第十九届百花文学奖

小说奖获奖作品集（上）

《小说月报》《小说月报·原创版》编辑部 编

百花文艺出版社
天津出版传媒集团

图书在版编目（CIP）数据

第十九届百花文学奖·小说奖获奖作品集：上中下 /
《小说月报》《小说月报·原创版》编辑部编. -- 天津：
百花文艺出版社，2022.1
ISBN 978-7-5306-8172-5

Ⅰ.①第… Ⅱ.①小… Ⅲ.①中篇小说-小说集-中
国-当代②短篇小说-小说集-中国-当代 Ⅳ.
①I247.7

中国版本图书馆 CIP 数据核字(2021)第 213423 号

第十九届百花文学奖·小说奖获奖作品集(上中下)
DI-SHIJIU JIE BAIHUA WENXUE JIANG
XIAOSHUO JIANG HUOJIANG ZUOPIN JI SHANG ZHONG XIA
《小说月报》《小说月报·原创版》编辑部 编

出 版 人:薛印胜
选题策划:汪惠仁 **编辑统筹**:韩新枝 徐福伟
责任编辑:刘升盈 齐红霞 张烁 孔吕磊
特约编辑:李跃 王亚爽
装帧设计:任彦 **内文设计**:郭亚红
出版发行:百花文艺出版社
地址:天津市和平区西康路 35 号 **邮编**:300051
电话传真:+86-22-23332651（发行部）
+86-22-23332656（总编室）
+86-22-23332478（邮购部）
网址:http://www.baihuawenyi.com
印刷:山东临沂新华印刷物流集团有限责任公司
开本:787×1092 毫米 1/32
字数:700 千字
印张:29
版次:2022 年 1 月第 1 版
印次:2022 年 1 月第 1 次印刷
定价:118.00元（全三册）

如有印装质量问题，请与山东临沂新华印刷物流集团有限责任
公司联系调换
地址:山东省临沂市高新技术产业开发区新华路 1 号
电话:(0539)2925659
邮编:276017

目 录

（上）

短篇小说

中篇小说

（中）

（下）

长篇小说

短篇小说

短篇小说
anpianxiaoshuo

冬　泳

〇班　宇

我跟隋菲约在咖啡厅见面，万达广场后边，约的三点，我提前半个小时到位。咖啡厅分上下两层，周日楼上搞活动，投影仪放电影。我走上去，发现二层漆黑一片，窗帘拉严，大家坐在小板凳上，对着一面白墙，目不转睛，身体前倾，姿势不端正。楼梯旁的小黑板上写着电影的名字，我盯着看了半天，总共四个字，其中三个我都不认识，就认识一个“鸟”字。我站在最后面，看了不到五分钟，便退出来，又闷又热，透不过来气，电影也看不明白，提琴配乐，一惊一乍，拉得我脑袋嗡嗡的。

我脱掉外衣，窝在沙发深处，店里的女老板走过来，跟我说，有埃塞俄比亚的咖啡豆，新上的，要不要尝一尝。我说不了，怕坏肚子，总觉得埋汰。她问我，那你喝点啥？我说，这样，你先给我来一杯白开水，我等朋友呢，她到了，我再一起点，放心吧，来都来了，肯定消费。

女老板收起饮品单，又端来一杯水，我捏着杯沿举到嘴边，温度太高，喝不进嘴，便又放下来，盯着它看，热气缭绕，屋内人不多，但空调开得挺足。我看了一圈挂在墙上的电影海报，全是外国字，没一个看过的，便掏出手机，给隋菲发了一条信息：我到了，一楼沙发，不急。

等了半天，她也没回我，手机马上没电，我收进怀里，又在书架上找了本书，胳膊拄在沙发扶手上，开始翻书，刚看两页，困意袭来，眼睛睁不开。半梦半醒之间，听见旁边桌的一对男女在说话，他们跟女老板好像挺熟，男的对女老板说，最近生意怎么样？女老板说，一般，平时晚上也不行，就指着周末呢。女的又问，能回本不？女老板说，费劲，现在来的都是粘夹儿，一杯咖啡能坐半宿，有的刚喝一半，就让你续杯，我说咖啡不能续，他说不用兑咖啡，往里倒点热水就行，你家太甜，我口淡。

不知过了多久，我听见对面有挪动椅子的尖锐声音，便试着睁开眼睛，光线很强，一时还不太适应，只见一团模糊的黑影坐在我对面，然后跟我说，等着急了吧？我伸个懒腰，揉揉眼睛，说，还行，几点了？隋菲说，快三点半了。我打个哈欠，说，困了，昨天夜班，没休息好。隋菲说，要不你接着睡吧，补补觉。我说，现在精神了，唠一会儿，别白来，你想喝啥？

隋菲向女老板询问半天，最后点了一杯美式咖啡，我告诉女老板，我也要一杯一样的。隋菲问我，你平时爱喝咖啡吗？我犹豫了一下，然后说，爱喝，尤其是上夜班时，咖啡比较提神，还解乏。隋菲说，我也爱喝。我说，是不是？有共同爱好。隋菲说，你总来咖啡馆吗？我连忙说，总来，每个月不来几次，我浑身难受，真的。

我说的句句属实。三十五岁一过，安排相亲，已经成为我父母最紧要的一项事业，我的家庭条件还可以，父母退休，旱涝保收，身体健康，没有负担，但个人条件一般，主要是个儿矮，穿鞋勉强一米六五。最近一年，我大概见过二十个女孩，高矮胖瘦，中专大专，各种型号款式，应有尽有。相亲这件事情，对我来说，日益熟练，手拿把攥，对我父母来讲，却开始变质，他们已经忘却初衷，忽视过程与结果，转而深陷于统筹规划的游戏里，每周为我安排时间，定时定点，错峰出行，催我去相亲，有时一天能见俩。

下午两点半的咖啡馆，相亲首选，这是我历经一年总结出来的经验。这个时间段，通常已经吃过午饭，双方坐一会儿，喝两杯饮料，没有额外开销，成本可控。如果没相中，一拍即散，没啥损失；假如聊得比较好，到了四五点钟，还可以直接一起吃晚饭，继续加深了解。但自从相亲以来，我只跟对方吃过两次晚饭，其中一次，吃完饭后就散了，嫌我烟抽得太勤；还有一次，开始时比较顺利，聊得愉快，女孩是替亲戚看鱼塘的，我们相处一个多月间，见过两次，一起去吃过冷饮，我还特意买一根渔竿，去找她钓鱼，几乎每天都发信息，后来把能说的都说完了，我认为这种情况就可以谈及下一步，准备结婚，对方告诉我这种情况是处到头了，应该吹了。

隋菲看着比照片要老一些，眼角皱纹明显，头发带着小波浪，远看有层次，近看像好几天没洗过，穿着一身深色毛衣，灰白坎肩，上身整得挺素，底下穿个皮裙，长款皮靴箍着小腿，裙子和皮靴之间露出短短的一截灰色裤袜，材质好像挺有弹性，接近于衬裤。

隋菲说，我本来不是特别想来，我妈非让我来的。我说，我也是，咱不勉强，走个形式，坐会儿就行，我也没指着非得怎么怎么样。隋菲说，你这么说，我压力也小一些。咱俩到底是谁介绍的呢，没弄明白，你知道不？我说，知道，兴顺街有个卖奶的，长啥样不知道，总围着一条大纱巾，天天下午四点多钟，骑着三轮车，吹着口哨，拉两大罐鲜牛奶过来，我妈总去那里打奶，说是新鲜，当天现挤，你妈有时候也去，她俩跟卖牛奶的都挺熟悉，一来二去，卖牛奶的对我们彼此情况都有所了解，所以就牵了根线。隋菲点点头，说，那你住得离我妈家挺近。我说，应该是不远。你没跟家人住一起？隋菲说，没有。我说，挺好，自由，愿意干啥干啥。隋菲说，好啥，我跟我妈没法一起住，老干仗，处不来。我说，处不来，但是还得处，接着处，往死里处，这就是血缘关系。隋菲笑着说，总结得挺好。我的情况你知道不？我说，一知半解。她说，离异，有孩子，归男方。我说，男孩女孩啊？她说，女孩，快上学了。我说，挺好，老话讲，闺女是妈的小棉袄。她说，跟我一点都不亲，爱臭美，谁给买衣服就跟谁，整天围着她爸后找的转，气我。我说，孩子小，长大了就好了，谁也不行，还得是亲妈，母女连心。隋菲说，你啥情况，我还不知道。我说，我啊，没结过婚，新华电器的，普通工人，三班倒。隋菲说，待遇不错吧？我说，不行，到手两千五百八，但保险上得挺全，单位比较正规。隋菲说，也行，自己够过。我说，一般化。隋菲说，你们厂子是生产啥的？我说，这个说来话长，经营项目比较复杂。我刚去的时候，是做电褥子的，生产长条的电热元件，后来几年，暖气烧得都挺好，就不做这个了，给我安排去连接器车间，干印制板，焊爪簧，应用挺广泛。这几年，厂子规模逐渐扩张，接不少新项目，有的产品还能用在武器上呢，属于军工企业。隋菲说，好单位，需要保密不？我说，保啥密，想告诉别人，都不知道说点啥，我去了就是干活儿，别人咋说咱咋干。隋菲说，挺好，省心。我说，听介绍人说，你在医院上班。隋菲说，以前在，化工厂医院，当护士，现在不了，状态不好，休长假，半年没上班了。我说，也行，好好休息。

我们正聊着，楼上传来一阵响动，我们抬头看去，狭窄的楼梯上拥出十几个人，沉默着走下来，表情深沉。隋菲看着他们，问我说，这是干啥的？我说，楼上周末有活动，放电影，现在应该结束了。隋菲问我，啥电影啊，看得都挺沉重。我说，叫什么鸟来着，四个字儿，什么鸟怎么怎么地。

我推开咖啡馆的门，与隋菲告别，门上的铃铛在身后一阵乱响，很好听。隋菲照着玻璃捋几下头发，然后问我要回哪里。我其实挺相中她，长相好，气质佳，说话也不招人烦，于是特意留个话头儿，说也没啥地方去，自己转转，问她有没有推荐。隋菲说，没有，要不陪我走到前面吧，好打车。我说，那行。走到路口，等了半天，也没有出租车过来，我说，要不一起吃晚饭，搭伴吃，能多点俩菜。隋菲想了想，说，那也行。

两瓶啤酒下肚，我又点了根烟，心情不错，跟她说，你是第三个。隋菲说，啥？我说，相完亲一起吃饭的。隋菲说，主要我回家也懒得做。我说，做完还得收拾，麻烦，不值当。隋菲说，你会做饭不？我说，别的不行，做饭还可以，酸菜炖牛肉、滑熘里脊、家炖三道鳞，都是绝活儿。隋菲说，学过厨师啊？我说，没有，就是愿意琢磨，愿意做，但做完自己不愿意吃，愿意看别人吃。隋菲说，有机会尝尝。我说，你这话也不实诚，很多事情，没有必要说开吧。今天吃个饭，咱们都挺高兴的，回头一散，谁也不打扰谁，也挺好，我再去你家，或者你上我家来，做顿饭，那不像话，关系到不了那一步。隋菲说，你挺现实啊，没看上我呗。我说，主要是你来了就说那话，本来不想来啥的，听着不对，明显是没看上我。我这人比较随和，谁看得上我，我就能看上谁，看不上我的，我也不上赶，那不是买卖，我有啥说啥。隋菲说，那你还想说啥？我说，我还想说，我根本就不爱喝咖啡，喝完睡不着，我就爱喝老雪、闷倒驴，劲儿大，喝完回家蒙大被一睡，爱谁谁。隋菲听后捂着嘴笑，我说，你乐啥？隋菲摇摇头，说，有那么好喝吗？我说，好喝，这酒有回甘，喝完回回口干。她继续笑，然后朝着服务员举手，说，再来俩，我也陪你喝一瓶。

我打车送隋菲回家时，已是半夜，我喝了不少，走道发飘。她住的小区较新，附近荒凉，住户不多，几乎没有亮灯的。开到附近，隋菲让司机停下，我也跟着一起下了车。隋菲转头问我，你下来干啥，直接坐车回去呗。我说，送你走几步，有点喝多了，想见见风，吹一吹，能好受点。隋菲说，别合计歪门邪道。我说，你放心，我不是那种人。隋菲说，那你是哪种人？我说，你看不出来吗？隋菲说，看不出来。我说，那你眼神儿不行。隋菲说，正经的，我都到了，你回去吧。

我说，今天吃饭花多少钱？隋菲说，没事儿，我请你。我说，这个不好，吃饭花你钱，总觉得欠你点啥。隋菲说，有机会还的。我说，有吗？隋菲笑了笑，说了句，你先回去吧。我便在路灯底下停住，看着她穿过马路，走进小区，然后又转过头来，跟我挥挥手，我也挥挥手，想朝着她和她身后的黑暗喊一句什么，但张了张嘴，始终没喊出来。

我到家之后，头晕得厉害，没去卫生间洗漱，直接上床，准备睡觉。我妈听见动静，进到我屋来，皱着眉头说，没少喝啊。我说，还行，有点困，睡了。我妈说，别，今天情况怎么样？我说，就那样。我妈说，到底咋样，你说一说。我说，明天再说。我妈将我脑袋底下的枕头抽出来，告诉我说，不行，现在就得说，不然我睡不踏实。人家对你啥态度？我坐起来，靠在床头，想了一会儿，说道，怎么说呢，不反感。我妈说，那你什么态度。我说，我也不反感。我妈说，不能吧？我说，什么不能？我妈说，这个结过婚的，还有个孩子，这礼拜没别的安排，让你去是锻炼锻炼，保持状态，你俩不能对上眼了吧？我说，相亲还锻炼啥，你天天到底合计啥呢，妈？我妈说，不让你去好了。我说，别管，这个挺好，兴许能处上，最近不见别人了，我睡了，明天再说。我妈表情懊悔，垫着手转身出门，一步一步，走得很慢，低声念叨着，这事儿整的，这事儿整的。

隋菲问我，你觉得我长得怎么样？我说，听实话吧？隋菲说，实话。我说，再年轻几岁，算是比较透溜，挺撩人，现在一般，但是对我来说，绰绰有余了。隋菲说，还挺拿自己当回事儿。我说，自己都不把自己当回事儿，谁还能把你当回事儿。隋菲说，有事儿求你。我说，我尽量办。隋菲说，我想我闺女了。我说，想就去看。她说，那家人不让。我说，那没办法了。派出所去告他们，能行不？她说，够呛能管。我说，那你有啥办法？她说，你帮我去一趟幼儿园，趁着他们午间活动，照几张相片，给我看看。我说，能行吗？她说，有啥不行，不偷不抢不拐卖，拍照又不犯法。我说，那你自己咋不去？她说，我怕跟那家人碰上，以前就有过这种情况，要是他们再把孩子转到别的园去，以后就更找不到了。

我骑自行车沿着轨道的方向前行。以前这边都是杂草，附近住户自己圈地种菜，这几年统一规划，种下一排矮树。树是种上了，但无人修剪，里出外进，不太整齐，树底下还有许多杂草，这个季节里，无论是草还是树，基本都已枯掉，没有一丝绿意。我在这些矮树的缝隙里骑，抄一条近道，时快时慢，偶尔抬头看天，风轻云淡。旁边有火车轰鸣着开过来，后面挂着几车油罐，开得不快，我用余光数着总共多少节，数到一半，有点乱，便停下来，转过头去，看着火车逐节经过，它掀起一阵微风，裹挟着石头与铁轨的气息，轻轻吹过来，相当好闻。

车开过去之后，我才发现，铁轨对面有人正望着我，穿一身警服，歪戴大檐帽，八字胡，矮瘦，栽着肩膀，口涎外溢，死死地瞪过来。我与他对视几秒，开始还以为是警察，后来觉得他的眼神不太正常，我便移开视线，继续往前骑。他在铁道对面，默不作声，与我并行，走得很快。我逐渐开始加速，他在另一侧也小跑起来。这时我才发现，他的手里拎着一根老的交通指挥棒，红白漆，十分破旧。我骑得越来越快，他也一直在加速，甚至开始奔跑，跨过铁轨，向我追来，并用指挥棒指着我，嘴里发出奇怪的呵斥声。他的嗓门儿很大，十分骇人，像是在追捕罪犯，我心里发慌，便在前面拐了个弯，向着另一条小路疯狂地骑去。那喊声始终紧随，更加急促，我没敢回头，但能感觉到他离我也就几米的距离，正在步步逼近，地上的一群鸟飞起来，我在它们中间穿行而过，仿佛也成为它们之中的一员，朝着前方飞去。我奋力蹬车，丝毫不敢放松。经过楼群，转到一条主干道，逐渐放缓，回头一看，后面已经无人跟随，这才松一口气。我浑身是汗，又渴又累，十分狼狈，将衣服敞开怀，站在路旁休息半天，才又继续出发。我边骑边想，我为什么要做这样一件事情呢？想不明白。

我跟几位家长共同守在幼儿园的小操场旁，隔着栏杆往里望。幼儿园由两层门市房改造而成，面积不大，操场在小区里面，器材丰富，滑梯、转椅、秋千，应有尽有。课间音乐响起，十来个孩子从二楼跑下来，噼里啪啦，下饺子似的，跟着老师做操，伸胳膊踢腿，连蹦带跳，模样可爱，也不吵闹。家长们纷纷掏出手机拍照，我也掏出来。隋菲向我描述过她女儿的模样，长头发，眼睛挺大，皮肤有点黑，翘鼻尖，眉毛旁边有颗痣，特乖，不爱说话，也不咋合群，愿意自己玩。我跟那些孩子有一段距离，痣是看不清，努力分辨半天，总算找到一个符合其余条件的，穿着一件嫩黄色外套，眼睛有神，做操也挺认真，虽然动作总是慢半拍，但很努力盯着老师看，我连拍好几张，各种动作，看着十分乖巧。做完操后，几个小朋友跑到栏杆这边，来跟家长说话，有的家长还给准备了切好的水果。这个小女孩向我这边看了一眼，但没走过来。我看着她默默走向大象滑梯，从背面绕着走上去，再在顶端滑下，从象鼻子里钻出来，整理好自己的衣服，面无表情，又绕到背后去，再次滑下来。我举着手机，又拍几张。回家自己欣赏半天，越看越有意思，还是闺女好。

当天晚上，我跟隋菲约吃烧烤。我点了两盘烤牛肉、一盘鸡脆骨、一盘墨斗鱼，还有一份拌花菜，又等了将近半个小时，隋菲才到，风尘仆仆，一进屋就管我要手机，我启开两瓶啤酒，分别倒满，再将手机递过去，说道，看了半天，整个幼儿园，就你闺女最好，一看就听话，招人稀罕。隋菲来回翻着照片，速度很快，我又说，你还别说，长得跟你挺像，尤其是眉眼之间，有股英气。我还没举杯，她自己边看手机边喝下一口，然后抬头问我，这穿黄衣服的小女孩，谁啊？

我愣住片刻，说，不是你闺女吗？她举着手机，放大照片，指着旁边一个穿红毛衣的小孩说，这个是我闺女，三十多张照片，你就拍了两个侧影。我说，这不是短头发吗？她说，铰头了。我挺尴尬，说，对不起，走眼了，刚下夜班，有点累，精神不集中，改天再去给你拍。隋菲摆摆手，情绪低落，说，再说吧，看不着闹心，看着了也闹心。我撒谎说，你女儿我也看见了，挺好的，健康成长。隋菲说，谁接的她，没看见她爸吧？我想了想，说，这个真没注意。隋菲说，要是有下次，你注意一下，她爸的右脸有道疤，挺深。我说，行，这个特征明显，不能认错。她又说，以前我划的。

隋菲穿得很厚，这在外面还看不出来，一层又一层，毛衫套了俩，我忙活半天，才全部脱完，累得满头大汗，衣服在椅子上都堆不下了，掉落在地上。隋菲缩在床的角落里，屋里没开灯，窗帘也没拉，幽光映入，她看起来又瘦又小。我坐在床边，擦着汗说，咋穿这么多？隋菲一把抓住我的胳膊，说，你管呢，快，上来。我借着酒劲儿，趴在她身上，换了俩姿势，干了挺长时间，呼哧带喘，本来对自己的表现挺满意，但隋菲一直没怎么出声，我的心里也就开始犯嘀咕。做的时候，她一直紧抓着我的腰，两腿绞在一起，最后我一激动，没能及时抽出来，全射里面了。做完之后，她一直没说话，我也没吱声，不敢轻举妄动。我直挺挺地躺在床上，很想抽烟，又不敢说，抓心挠肝，一个劲儿假咳嗽。过了半天，隋菲吐了口气，说，想抽烟了，去吧。我回应一声，连忙翻身下床，掏出烟盒里的最后一根。点烟时，借着火光，看见身边的隋菲双目紧闭，右手搭在额头上，胸口明显起伏，她太瘦了，肋骨都能看得出来。隋菲说，诚心处不？我说，我心挺诚，今天虽然喝了点酒，但没喝多。隋菲说，你以前跟过几个女的？我说，这话怎么说的，对象处过一个半，都没成。隋菲说，咋还出来半个。我说，手都没拉，就分了，只能算半个。隋菲说，干这事儿，跟过几个？我说，咋说呢。隋菲说，实话实说。我说，有一阵子，老去舞厅，黑灯里跳过几曲。隋菲说，啥意思，听不懂。我说，反正有那么四五回，后来觉得没意思，不去了，具体的情况，别问，不好，我说出来了，以后咱没法往下处。隋菲说，不问也行，但是我之前的事儿……我连忙接过去，说，那我也不问，如果要在一起，咱们往前看。我这个人实在，我妈暂时不让说，但是我也得告诉你，我家其实还有一套房子，回迁楼，六十平方米，两室一厅，八院附近，一直没动，咱俩以后要在一起，不用租房，按你的想法装修，这个钱我也攒出来了。隋菲说，想得太长远了，我话还没说完。有个事情，我先讲好，你看看能不能接受。我说，你说说看。她说，我不能生育，生完头胎后，身体报销了，所以刚才敢让你射在里面。我停顿片刻，在黑暗里猛吸两口烟，问她，定死了吗？她说，医院判的，你要是觉得不行，就再想想，不逼你，无所谓。我想了想，把烟掐灭，跟她说，没啥行不行，以后别划我就行。

隋菲说，你先走吧，两人在床上，有点不习惯，睡不着，别耽误你上班。我摁亮台灯，起身下床。她的房间很空，除了这张床，只有一个简易衣柜、一张写字台、两把椅子。我穿好衣服后，又把地上散落的衣服归拢到一起，在床尾逐件叠好，规矩地摞在椅子上。隋菲一直在看着我，做完这些之后，我披上衣服，准备走，她告诉我说，门有点紧，往右边拧，使点劲儿推。我按照她说的方法，用身体将门撞开，来到门外，又把门带上，然后并没有立即下楼，而是站在走廊里，听着她下床的声音，拖鞋擦过地板，有气无力，她走到门边时，我的心也提到嗓子眼儿，然后听见她在里面反拧门锁，锁簧咔嚓两声，像是在跟我进行一场冷漠的告别。

我妈问我，处上没有？我说，差不多。我妈说，啥意思？我说，按照社会普遍经验分析，一个女的，要是能单独跟你去吃烤牛肉，关系基本就算定了。我妈说，你俩还真处啊？我说，要不然呢？不是你介绍的吗？我妈说，她到底哪儿好呢？我说，说不明白，反正身上有股劲儿，挺吸引我。我妈说，你别上当受骗，她可有个孩子。我说，女孩，我还见过呢，没归她。谁骗我干啥，一穷二白。我妈说，那可不好说。你这礼拜天再见一个，我逛早市认识的，丫头挺胖，但人实在，摆摊卖小吃，吃苦耐劳，我看也不错，骑驴找驴，你去看一眼，也没啥损失。我说，不看，礼拜天我不休息，得去加班，连轴干，单位最近管得严。我妈说，那下礼拜去见。

其实礼拜天并不需要加班。下夜班后，我骑着车直奔文化宫露天游泳池，秋天过半，这里还能游最后几天，马上就要闭馆，再来游的话，就又得是明年了。我赶到游泳馆，花五元买张门票，正在更衣室换裤衩，隋菲给我打来电话，问我在哪里，说有事儿要商量。我说，我来文化宫游泳了。隋菲说，这都几月份了，外面还能游吗？我说，不怕冷就行，最后几天。隋菲说，你啥时候游完？我说，一般情况，我来这儿都得待一天，从早到晚，饭都在里面吃，反正不限时。今天你要是有事儿，我就早点走。隋菲说，不用了，等着吧，一会儿我过去找你。

我披着浴巾来到游泳池旁，虽是周末，但由于天气转凉，只有三五个人在水中，他们站在里面，忽上忽下，相互观望，也不怎么游。池中的水比前几天更绿，漂白粉味道浓重，几把破旧的折叠靠椅摆在岸边。我戴好泳镜，又把浴巾搭在椅背上，走到池边，试探着下水。水里很凉，我咬着牙，深吸几口气，一头扎进去，四肢僵硬，游了十几米，才逐渐舒缓开来。池面如镜，双手划开，也像是在破冰。我继续向前游，上下起伏，耳畔的声音越发嘈杂，水声轰鸣，我潜到水底，憋一口气，向着黑暗的一角游去，直至抵达滑腻的池壁，才又转身浮起，双手扶在栏杆上，那些声音又忽然全部消失，四周仿佛静止，只有几片枯叶在水面上打转。

隋菲来的时候，已是中午，太阳升高，晒干地面，水汽荡漾在半空之中。我裹紧浴巾坐在长凳上，隋菲从后面拍我两下，然后绕着走过来，在我身边坐下。我问她吃饭没有，她说还没吃，我说那你等一下。我去旁边买了两张鸡蛋饼，回来递给她，说道，文化宫特色，卖十多年了，酱刷得足，多给你加了根肠。隋菲看着鸡蛋饼，跟我说，今早我做了个梦，完后给你打的电话。我说，梦见我了吧？隋菲说，没有。我说，那梦见啥了？隋菲说，梦见我怀孕了。我说，不能吧？隋菲说，按说是不能。我说，身体有啥反应吗？隋菲说，本来没有，现在不敢说了。我说，都是梦，别吓唬自己，就是怀上，咱也不怕。隋菲说，我怕。我说，怕啥？隋菲说，怕有人又抢走。我说，谁要抢？隋菲说，我前夫，我还总能梦见他监控我的一举一动，总偷摸回来，有时候半夜醒过来，总觉得屋里还有别人。我说，打住，你再说的话，以后我都不敢过去了。隋菲顿了一下，说，手机再给我看看。我返回更衣室，取来手机递给她，她又翻看一遍我拍的照片，然后跟我说，穿黄衣服的，其实就是我女儿，那天没告诉你，你拍得没错。我看看她，说道，你还能有句实话不？

我扔掉浴巾，转身跳入游泳池，中午游泳的人逐渐多起来，很热闹，水里其实比岸上要暖和，我在里面漂着，阳光照进来，池水闪光，十分惬意。我心里数着，再有不到一周，这里差不多就又要停业，都说明年这边要动迁，那到时我去哪里游呢？隋菲在岸上，默默走向另一个泳池，那里水深一米，夏天时都是小孩在游，现在没人去，已经荒废，几天后就会抽干。她独自站在水池边上，俯视着池边缓缓浮动的绿藻。我光着脚走上跳台，站在高处，俯视着下面的人，隋菲在最远处，跟她的影子融为一体。我大喊一声，人们望向我，然后我迈步上前，挺直身体，往下面跳，剧烈的风声灌满双耳，双臂入水，激起波浪，像要将池水分开，这是今天的第一跳。我在水底，那些嘈杂的声音再次袭来，没听错的话，有人在为我鼓掌，也有人在喊，大概是池水溅到他们的脸上，路旁有车经过，不断鸣笛。我闭起眼睛，依然能感觉到光和云的游动、太阳的踪影，这时，我忽然想起一首久违的老歌：孤独站在这舞台，听到掌声响起来。

舞厅的刘丽给我发信息，问我最近咋没去跳舞。我骗她说去了，但没找她。刘丽说，嫌弃我了？以后断了吧。我说，开玩笑呢，其实没去，最近单位忙。刘丽约我晚上一起吃饭，我合计一下，有点犹豫，但实在不太想回家。下班之后，便直奔她家楼下的冷面店，要了一箱酒、几个拌菜，我俩边喝边唠，天南海北。其间隋菲给我打了个电话，问我在哪儿。我说，在外面，跟单位同事喝酒。她说，今晚你回哪儿住？我说，还没定好。隋菲说，我又想闺女了。我说，改天我陪你去看。隋菲说，我又做了个梦，梦见我下面一直淌血。我说，别吓唬自己，等我喝完，要是时间不太晚，我过去陪你。挂掉电话后，刘丽说，要去陪谁啊？我说，没谁。刘丽说，没谁就陪我唱歌去。我说，不去，就咱俩，没意思。刘丽说，那我再找几个，来都来了，没喝好呢，要上哪儿去。

我喝得有点大，横躺在包房的沙发上，天旋地转，打不起精神。刘丽一边唱歌，一边吃果盘。没过多久，刘丽的朋友来了，一男一女，看样子也是刚喝完酒，说话舌头发硬，我勉强起身迎接。男的比我高一头，低下身来，跟我握手，然后坐在我旁边，启开两瓶酒。我说，我真喝不动了，刚干了半箱。他说，咋的，瞧不起我啊？我说，那没有。他说，初次见面，多少整点。我点点头，接过酒来，跟他碰一下瓶，抿了一口。刘丽唱得很高兴，关掉大灯，打开闪光灯，边唱边跳，还想拉着我一起，我摆手拒绝。新来的一男一女起身跳舞，搂在一起，相互摩挲着，我看见那男的手从女的领口伸进去，往里面掏。一曲完毕，男的坐下，喝口啤酒，我给他递过去一根烟，并点着打火机，他的脸凑过来迎，一束火光正好照在他的右脸上，我清楚地看见一道长疤。

我问他怎么称呼。他说,都叫我东哥。我说,东哥,脸是咋整的?挺酷啊。东哥没回话,看我一眼,目光不太友好。我缓了一会儿,继续问他,东哥,在哪边住呢?他告诉我一个地址,我想了想说,那边有个铁道,对不对?两侧都是矮树。去过好几次,还总能遇见个精神病,戴大檐帽,拎个棍子,装警察。东哥说,对,你挺熟悉啊。他逮谁追谁,夏天时候,天天出来,现在少了,你说可笑不,神经病还知道冷热呢。我说,是挺可笑,你一般咋对付?东哥说,他不敢找我。我说,怎么呢?东哥说,他挨过我揍,知道我下手黑。我说,怎么个黑法?东哥说,兄弟,你啥意思?我说,没啥意思。东哥,我给你点个迪克牛仔,我听你这嗓子,挺适合唱他的歌。东哥说,我不会。我说,听听原唱,学一学,唱好了震撼全场。东哥说,×你妈,小×个子,我说我不会,你听懂没?我说,行,懂了。那我给你唱一个,《三万英尺》,词写得好,飞机正在抵抗地球,我正在抵抗你。东哥坐过来,搂紧我的肩膀,脸贴过来,皱紧眉头跟我说,不是,兄弟,你今天晚上到底啥意思?我没整明白。我把东哥的胳膊从我肩膀上拿开,说,我能有啥意思,就是忽然想唱歌了。刘丽看见我们这边不太对劲,连忙过来,将我们分开,另外一个女的拉住东哥,说着悄悄话,没过一会儿,他们便说还有事儿,先走一步,让我们慢慢玩,于是收拾东西离开。我掏出手机,想给东哥照张相,但灯光太暗,拍了几次,都是乌黑一片,什么也看不清。

他们前脚刚出门,我也紧跟着出去,刘丽在后面追我。此时已是半夜,刘丽非让我跟她回家,我说,今天不行。抽出两百元,打发她走,她还挺不乐意,扭过头又低声骂我一句。我没搭理,三步并作两步,转过马路,紧跟着东哥和那女的,还没走几十米,便看见他们走上一间二楼的小旅馆。旅馆的铁楼梯悬在外面,十分狭窄,满是锈迹,他们一前一后地走上去,踩在上面,嗵嗵作响,楼梯摇晃,仿佛随时会散架。走到二层，掀开棉帘进屋。我转到楼的另一侧，隐在暗处，风的回声在其中穿梭，听着也像在旷野里。我点了根烟，望向二楼，看见其中一间灯亮，缝隙里透出一点微光，随后又暗淡下来。我抽完烟，踩灭烟头，深吸几口气，朝着家里走去。

那天在文化宫游完泳，已是黄昏，凉风阵阵吹来，阳光将云染成金色。隋菲跟我说了很多话，我的耳朵进水，有一些没太听清楚。出来之后，我说请隋菲吃饭，隋菲提议在家里吃。我们推着车去卫工市场买菜，我买了豆角和排骨，还有鲜族拌菜。出来之后，天色已晚，我骑着自行车，隋菲坐在身后，车把上挂着我们的菜。骑车过卫工街时，隋菲说，我不敢来这边，今天上午，听说你在这边，我挂电话后，犹豫半天，闭着眼睛摸过来的。我说，有啥不敢的？她说，你右边是啥？我说，卫工明渠啊，以前叫臭水沟。我小时候就在这边住，前面就是我的学校，标准件子弟小学，现在扒了，改饭店了。隋菲说，我住得也不算远，小学上的是启工二校。我说，好学校，当年亚洲最大。隋菲说，你小时候总来卫工明渠吗？我说，天天来，夏天抓鱼食，飞虫多，活物儿，还能卖钱，冬天在上面溜冰，抽冰尜。隋菲说，有一年寒假，掉下去过一个小孩，你还记得不？我说，那不记得。隋菲说，咋能不记得呢，当时闹得动静挺大，小孩滑到中间，冰面裂开，掉进去了，当时没人发现，晚上家长回来，这才开始找。那时候里面不是清水，有油污，冻不结实。后来就再也没有小孩去了。我说，小孩没了，但有大人，每年俩指标，冬天一个，夏天一个。隋菲说，这啥意思？我说，年年淹死人，其实也不是淹死，都是整死了抛尸，扔进去的。隋菲说，你对这边还挺熟悉。我说，也一般，以前晚上吃完饭，有时候过来，动动脑筋，在路灯底下打两把六冲。隋菲说，去年，我爸就是在这儿没的。我说，啥？隋菲说，差不多也是这个时候。还没等我们报警，警察先来找的我们，环卫工人发现的，漂上来了，警察跟我说是喝多了摔进去死的。我说，节哀。隋菲说，我挺怀疑。我说，怀疑啥？隋菲说，怀疑跟我前夫有关。我说，为啥呢？隋菲说，当时我们正在闹离婚，孩子的事儿没整明白，我爸那天喝完酒，又去找过他。我说，后来调查他没？隋菲说，查过，有证明，没在场。我说，那就不是。隋菲说，不见得。我说，相信警察的办案水平，别想太多。我快点骑，咱得赶紧到家把豆角炖上。

每周大概有三天，我会住在隋菲家里。她平时并不总在家里，偶尔也去接一些上门护理的工作，换药、拆线、导尿、鼻饲都能干，一次三十元起，收费合理，冬天一到，找她的患者还挺多，有时候从早到晚，不得空闲。我一般是下夜班过来，买点菜，给她做两顿饭。隋菲挺爱吃我做的。吃过晚饭，我给她泡一杯速溶咖啡，然后陪她看电影，通常还没演几分钟，我就会昏睡过去，直到半夜，电影结束，隋菲总会把我摇醒，跟我说，你帮我分析分析。我说，分析啥？隋菲说，我爸的死，跟我前夫有没有关系。我感觉有。我说，警察说没有。那要是有的话，也是间接关系，不好判定。隋菲说，我爸那天晚上肯定去找过他。我说，可能吧。那天晚上你干啥来着，当时咋没报警？隋菲没说话。我说，咋没动静了？隋菲说，我跟我们院的大夫开房去了。我点了根烟，隋菲接着说，捞上来时，兜里有个打火机、半盒烟，钱在，手机也还在，不是为财。我说，许是意外，老年人脆弱，摔一跤，脑出血，不会走道，就跌下去了，没爬上来。她说，这一年以来，我天天想这些事儿，还老做梦，感觉自己都不正常了。我说，过去的事情，别想太多，我还是那句话，在一起，得往前看。对了，我好奇地问一句，你前夫叫啥名？隋菲说，问这个干啥？刘晓东。我说，没事儿，他是不是挺花啊？隋菲说，废话，不花我能跟他离吗？总他妈不着家。我说，是吧。隋菲说，你提他干啥？我说，没啥，总觉得有点熟。隋菲说，见过咋的？我说，应该是没。

周末我妈包饺子，我买了几样熟食回去。从进屋开始，我妈没给过我好脸色，我也没吱声。饺子煮好了，我刚夹起来一个，她用筷子打掉，跟我说，啥前儿黄？我说，黄啥，处得挺好。我妈说，咋的，还要结婚啊？我说，搭伙，对付着过。我妈说，不要脸。我说，你再这么说我走了啊。我妈语气缓和过来，儿子，妈找人算了一下，这女的命里跟你犯克，黄了吧，妈再给你介绍，有的是。我说，太累，真看不动了。我妈说，最后一次，以后不逼你。这个摆摊的胖丫头，等你仨礼拜了，啥话没说，心多诚，怎么你也得去见一下。我说，不去。我妈说，提前约好了，就今天，妈求求你。我拿我妈真是一点办法也没有，我要不答应，这顿饭都没法吃，只好说，在哪儿啊，几点？我看一眼就走。我妈说，就附近不远。你现在就吃饺子，这一盘都是你的，吃完就去，去了就好好唠。

我到咖啡馆时，胖丫头已经端坐在椅子上，袖子撸到小臂上，见我进来，兴高采烈地跟我举手打招呼，她的胳膊浑圆，挥动也十分有力。我在对面坐下来，她很主动，问我想喝啥。我说，白开水就行。她帮我叫了一杯水。她穿的衣服上都是卡通图案，脸蛋儿红润而光滑，相比之下，我更像她叔。聊了几分钟，我俩之间实在没有共同语言。我两口喝完水，跟她匆匆告别。她跟我一起出门时，说自己有点饿，我说要不然给你买个面包香肠，她没说话，扭头便走。

我骑车到隋菲家，车停在小区门口，锁在栏杆上，我拐进超市买盒烟。出门刚点上一根，看见有个人影在我面前一闪而过，穿着皮夹克，绒裤子，挺邋遢，经过那一瞬间，我看见右脸一道长疤，心里一惊，立即跟在后面。走了几步，他忽然站住，也点上根烟，扭过脸来往后看，我装着没看见，继续往前走，刚经过他身边，他从后面拽住我的衣服领子，朝着我吐了口烟，说，你叫啥来着？我假装刚认出来，说，我×，东哥啊。他说，你住这儿啊？我说，来看个朋友。他说，男的女的？我说，女的，打麻将认识的。他仿佛仍在回忆，犹豫着说，有机会聚一下，带出来看看。我说，行。东哥又抽了两口烟，然后拍拍我，说，走吧，我想起来了，你是刘丽的对象。我说，不算，认识而已。东哥，你住这个小区吗？他说，不住，来办点事儿。

我走进另一栋楼，从二楼走廊的窗户望出去。半个小时后，东哥从楼洞里走出来。待他走出院门，我转身到隋菲家里，她眼神慌乱。我说，咋回事儿，有人来过？隋菲说，没有。我说，不对。隋菲没说话。我说，今天回来有点晚了，我妈包的饺子，太香，全让我造了，没给你带份儿。隋菲说，没关系。我说，那我给你下碗馄饨去。隋菲说，不用。我说，不麻烦，冰箱里有虾皮，多放点，肯定好吃。我刚打开冰箱，忽然有人在外面敲门，像是用拳头在砸，力道很大，声音让人心惊，隋菲神情紧张，没有说话。又敲半天，声音忽然停止，随后隋菲的电话响起来，铃声飞扬，她迅速挂掉。门外的人开始边敲边喊，大呼小叫，言辞难听。我走向房门，隋菲抓住我的胳膊，我将她甩掉，把门打开，东哥站在门外，看见我后，愣了片刻，然后说道，咋的，原来是你啊？我没说话。他跟隋菲说，你就找的这人啊，小×个子。我说，东哥，啥事儿？东哥说，行，以后我就找你要抚养费。我说，可以，东哥，明天联系，今天不多说了，太晚了，影响邻居休息。东哥说，你要是不给，我就找刘丽，反正肯定能找到你。隋菲盯着我看，我的头很疼，像要炸裂，强忍着问，东哥，差多少？东哥说，三个月的钱，两千四。其实她要是没找人，这钱我要不要都行，但是找了，那这钱我就必须得要。我说，我给你。隋菲说，给个屁，跟你有啥关系。我说，兜里没那么多，这样，东哥，我送你出去，找个提款机，取给你，你看行不？东哥看看隋菲，拍着我的肩膀说，那有啥不行。隋菲啊，你也算找了个明白人。

我穿鞋出门，轻轻把门带上，又听见隋菲奔过来，反锁两次，楼道空旷,回响激荡。我站在楼梯上,咳嗽两声,给东哥点上根烟,小声说,东哥,别来气,有啥好商量。东哥没说话,嘴里叼着烟看我。我走在前面,他在我后面,出了楼洞。东哥说,你挺有主意啊。我说,东哥,有啥主意,家里介绍的,不处不行,我也为难。东哥没说话。我继续说,前面不远有银行,你咋来的,我这儿有自行车,带你一轱辘。东哥说,用不着,两步道儿,走着过去。我说,行。

路上照明不好,附近商铺都已关门。风挺硬,吹得我脸生疼,我提上拉链,脸缩进去,双手插在裤兜里,低着头走,东哥在我旁边,穿得少,冻得直哆嗦。走到路口,天空飘起一点雪花,在昏黄的路灯映照之下,细密纷飞。我说,东哥,下雪了啊。东哥说,下点雪好,杀菌。我说,是,感冒的太多。东哥说,你感冒了? 我说,没有,隋菲这几天事儿多,上门给老头儿扎滴流,全天忙活。东哥叹了口气,语重心长地说,兄弟,你得理解我,这钱我也不是非要不可,但是我要过来这钱,最终也是给孩子花,对不对?我说,那对。东哥说,一切为了孩子,为了孩子一切。我说,都不易。东哥说,老弟,刚才有句话,一直想问你。我说,东哥,你问。东哥说,你感觉隋菲咋样? 我说,什么咋样? 东哥说,别跟我装。我说,挺好的,方方面面。东哥说,是不,有时候我还挺怀念,她有那股劲儿。我没说话。东哥又说,但是你放心,没别的意思,我早都干够了。我还是没说话。东哥说,还有个问题,我想问问,你俩谁个儿高啊? 我说,不知道。东哥说,没比量比量? 我说,没有。东哥说,你光脚有一米六没? 我看她比你还稍微猛点,在炕上能够得着吗? 不行就垫个枕头。我说,东哥,这有个提款机,我进去取钱,你等我一会儿。

我推门进入,把卡插进去,输入密码,查了一下余额,又退出来,机器咔咔直响,仿佛在跟谁说着话。我推门出来,跟东哥说,机器里没钱了,换一个,前面还有个农行,我跨行取。东哥说,那不有手续费吗? 我说,没事儿。钱给不到你手,我心里也不踏实。于是我带着他一起又向前走了十分钟。农行在一条暗街的转弯处，我走进去，提出两千四百元，钱吐出来之后，我在里面又数了一遍，东哥隔着玻璃盯着我。出来之后，我递给他说，你数一数。东哥直接收进里怀，说，不查了，回头见。哪天叫上刘丽，咱们一起涮火锅去。我说，再说吧。东哥，以后别提刘丽了，行不？东哥看着我，笑了几声，说，尿样。然后搂紧夹克，转头离开。雪越下越大。

我掉头返回，走了几步，又转到另一边，没有往家走，靠在墙上，点了根烟，抽了不到一半，烟头便被雪浸湿。我扔掉烟，从地上捡了半块砖头，三角儿的，带尖儿，掂了几下，还挺趁手，便揣在兜里，又转回去。东哥已经消失不见，我连忙追几步，在一个丁字路口看见了他，我紧随其后，他正缩着脖子打电话，在前面又转入一个老式小区，在进铁门时，被绊一下，滑倒在地，单腿跪着，然后便对着电话大骂一声，缓缓起身，低头拍掉裤子上的雪。就在这时，我几步奔过去，攥紧砖头，露出带尖儿的那面，不等他回身，跳起来直接砸在他的后脑勺上，力度很大。他立即扑倒在地，捂着脑袋回头看我，说了句，哎我×！充满疑问的语气，像是不敢相信，然后对着电话说，你等会儿，先挂一下。我心想，还挺顽强，我使那么大劲儿，还没撂倒。于是没等他起来，我便又扑过去压倒。他比我高将近一头，但身体素质比我差太多，废物一个，我拎着砖头，照着眼眶猛砸，左右左右，轮着一顿搂，打得我掌心发麻。开始他双手还扑腾着，后来老实了，两臂垂下来，不断干呕。我几乎没费什么力气，便将他拽到小区电箱后面的夹缝里，在电箱后面，我又砸几下，然后将砖头扔向远处，起身离开。

回到隋菲家时，她看着我，没敢说话。我脱掉衣服，先从后面跟她干了一次，有点粗暴，隋菲叫得很凶，后来还带着哭腔。完事儿之后，我到厕所里把衣服裤子都洗干净，东哥有一口吐在我的裤脚上，我搓了半天。我洗衣服时，隋菲站在厕所门口，仿佛想问我点什么，又不敢问。我说，你睡吧，估计没啥大事儿，有事儿的话，跟你也没关系，放心。隋菲说，明天我想把孩子接过来。我说，我陪你去。我把衣裤晾在暖气上，然后便上了床。半天没睡着。隋菲转过身去，背对着我，自言自语道，钱给他了吗？我没回答。她继续问，刘丽是谁呢？我也没回答。她说，你又是谁呢？我还是没有回答。

我躺在床上，一宿没睡。闭上眼睛，也不得安稳，眼前全是雪花点，像收不到信号的电视机，茫然闪烁。隋菲在我身边，枕在自己的胳膊上，头发低垂，发丝弧度迷人，她的呼吸很轻，眼皮颤动，不知道是不是又在做梦。凌晨时分，雪映得天空发亮，我轻轻下床，拉开窗帘一角，看见地上已经积了很厚一层，有人骑着倒骑驴，戴一顶皮帽，斜着身体，艰难地向前蹬去，雪地没有倒影，我看了半天，直至他消失在我的视线里，才转过身来。隋菲仍躺在床上，保持着刚才的姿势，不过眼睛睁开了，直直地望向我，像一汪刚刚化开的雪水。

隋菲洗漱时，我收拾冰箱，拧开炉灶，做了两碗炝锅面，点上葱花，我饿极了，吃得狼吞虎咽，隋菲显然没什么胃口，基本是在看着我吃。我说，今天夜班，吃完饭，我陪你去接孩子。隋菲说，有点早，中午再去，现在刚送，不方便接出来。我说，那也行，咱们先出门转转。

雪已经停了，光线刺眼，让人对不上焦。外面还是冷，街上的人穿得都很臃肿，步伐笨拙，双眼盈泪。我拉着隋菲去商场，逛了三层楼，刷卡给她买了一双灰色的雪地靴，一千多元，看着暖和，她说不要，我非买不可，处这么长时间，一件像样的礼物都没送过，说不过去。隋菲说，那我也送你点啥。我说，不用，啥也不缺，以后再说。

从商场出来，已近中午。我拎着那双鞋，跟隋菲一起坐公交车，车上全是泥水，人们小心翼翼地挪着步，我们坐了四站，又换一辆，才来到幼儿园门口。此时大概是午睡时间，幼儿园内外都很安静，大象滑梯上也覆盖了一层白雪，看过去像披了一条白围脖。我在外面抽着烟等她们，不大一会儿，老师送隋菲和她的女儿出来。隋菲的女儿穿着粉色羽绒服，鼓鼓溜溜，跟老师挥手说再见，然后一蹦一跳，向我走来。她戴的帽子上面还有两个小毛球，走起路来一摆一摆，可爱极了，像是从动画片里冒出来的。走到近前，她也没问我是谁，只是躲在隋菲的另一侧，故意不去看我。我跟她们一起走过铁道，不慌不忙，速度很慢，像是标准的三口之家，前方仿佛有着整整一生的时间，在等着我们度过。火车从我们身后缓慢开去，轰隆作响，替我们挡住一阵吹起来的风雪。隋菲的女儿说想吃糖葫芦，我走到街的对面，给她买回来一串，我举着它，在车流之间穿梭，如同高举一把火炬，冰天雪地里唯一的颜色。隋菲蹲下身子，为女儿整理衣裤，娘儿俩的脸都冻得通红。在她们身后，我又看见了那个大檐帽，他穿着绿色的棉服，缩在墙角里，沉着脸望向我，我也看着他。这次，他的手里不再有武器，指挥棒不知所踪。走到近前时，他忽然抬起一只手，笔直地指向我，眼神凝滞，欲言又止。我转过头不再看他。跟隋菲说，去找个商场，进里面吃，别戗到风。

我和隋菲带着她的女儿，又在商场里玩了半天。晚上一起吃火锅，点了不少菜，最后没有吃完。隋菲的女儿问她，晚上回我爸家吗？隋菲说，今天不回，跟妈妈住。女儿问她，那我们赶快走吧，我有点困。隋菲说，今天是你姥爷的忌日，跟妈去烧点纸，然后再回去。女儿说，行，我也想我姥爷了。隋菲说，你有啥要跟姥爷说的，先想好。

我们去医院门口买来一刀烧纸，来到卫工明渠旁，走下河岸，我掏出打火机，帮他们点着，隋菲和女儿蹲在岸边，迎风烧纸，风很大，纸灰四散。隋菲边烧边说，爸，这边一切都挺好的，不用惦念。外孙女也来看你了。她女儿说，姥爷，我以前总梦见你，带我打滑梯，又领我上楼，给我热牛奶喝。隋菲说，爸，你给我托个梦，告诉我到底是不是刘晓东干的，我跟他没完。女儿说，姥爷，我好长时间没喝过牛奶了。隋菲说，爸，我离完婚了，又找一个，工厂上班的，挺勤快，对我也还行，你放心。她女儿说，姥爷，你想我不？我还想让自己梦见你，但我最近不怎么做梦了。

那些话语声在我身后，逐渐减弱。我向前走去，水面上结有薄冰，层层褶皱，吞噬光芒，随时可能裂开。我走到一棵枯树旁，抬头望向对岸，云如浓雾一般，遥远而黏稠，几乎将全部天空覆盖起来。我开始活动身体，伸展，跳跃，调整呼吸，再一件一件将衣裤脱下来，在水泥地砖上将它们叠好。

我走入其中。两岸坡度舒缓。水底有枯枝与碎石，十分锋利，需要小心避开。冰面之下，那些长年静止的水竟然有几分暖意。我继续向中央走去，双腿没入其中，水底变幻，仿佛有一个运转缓慢的漩涡，岸上的事物也摇晃起来。这时，我忽然听见后面声音嘈杂，有人正在呼喊我的名字，总共两个声音，一个尖锐，一个稚嫩。我想起很多年前，也有这样一个稚嫩的声音，惊慌而急促，叫着我的名字，而我扶在岸边，不知所措，眼睁睁看着他跌入冰面，沉没其中，不再出现，喊声随之消失在黑水里，变成一声呜咽，长久以来，那声音始终回荡在我耳边。我一头扎进水中，也想从此消失，出乎意料的，是卫工明渠里的水比看起来要更加清澈，竟然有酒的味道，甘醇浓烈，直冲头顶，令人迷醉。我的双眼刺痛，不断流出泪水。黑暗极大，两侧零星有光在闪，好像又有雪落下来，池底与水面之上同色，我扎进去又出来，眼前全是幽暗的幻影。我看见岸上有人向我跑来，像是隋菲，离我越近，反而越模糊，反而是她的身后，一切清晰无比，仿佛有星系升起，璀璨而温暖。她跑到与我平齐的位置，双手拄在膝盖上，声音尖锐，哭着对我说，我怀孕了。然后有血从身体下面不断流出来。我很着急，又扎进水中，想游到她身边，却被一阵风浪吹走，反而离她越来越远。我失去方向，不知游了多久，望见一道长廊横在我面前，很多人从上面经过，我抬头看得出神。后来发现有一位老人与我同在水底，并肩凝视，他的头发湿透，仿佛刚刚染过，脸色发白，嘴唇紧闭。我认出他来，一年之前，我们曾一起在路灯下打牌，他坐在我的旁边，酒气冲天，我默默出牌，他在一旁叫骂，从始至终，不曾停止。牌局结束，众人散去，我将最后的一把牌扬到他的脸上，他拉起我的领口，几乎将我提起来，众目睽睽之下，将我拖入黑暗之中。黑暗位于峭壁的深处，没有边际，刚开始还有拉拽声、争吵声，后来我们几乎同时发现，那是令人极度困乏的黑暗，散发着安全而温热的气息，像是无尽的暖流。我们深陷其中，没有灯，也没有光，在水草的层层环抱之下，各自安眠。

我赤裸着身体，浮出水面，望向来路，并没有看见隋菲和她的女儿，云层变得稀薄起来，天空贫乏而暗淡。我一路走回去，没有看见树、灰烬、火光与星系，岸上除我之外，再无他人。风将一切吹散，甚至在那些燃烧过的地面上，也找不到任何痕迹。不过这也不要紧，我想，像是一场午后的漫步，我往前走一走，再走一走，只要我们都在岸边，总会再次遇见。

【作者简介】班宇，男，小说作品见于《收获》《当代》《十月》《上海文学》《作家》《山花》《小说界》等刊。小说《逍遥游》入选“2018 收获文学排行榜”，并获短篇小说类榜首。

在阿吾斯奇

○董夏青青

云霭封锁了雪峰之间偶尔显露的天际远景。阴冷彻骨的北风越刮越大。靶场上掀起沙尘，落到正在一座墓地上挥动铁锹、铁铲的几个人身上。他弓起背，使劲铲开沙石，刨飞的陈土打在旁边人的衣裤上嘭嘭作响。七八个人手脚不停地挖了一个多小时，才在坑深两三米的地方碰到棺材。停顿几秒，大伙放缓的动作又快起来，知道要抢在暴雨之前将遗骸装箱。

露出棺盖时，站在几米外的一家人走到近前。

这家人是埋在靶场东头这位烈士的家属。来靶场之前教导员跟他讲，二十世纪七十年代连队骑乘巡逻，一个战士的马在山口甬道的雪崩中受惊。被甩下马背的战士一只脚被马镫挂住，拖行近一公里才挣脱，事后昏迷不醒，等不及送下山医治人就没了。当时连队给战士老家的民政局拍了封电报，一个月后民政局回信给连队，表示家属已知悉，并转达将孩子葬在连队的意愿。上个月，这位烈士的弟弟辗转联系到团部，说想来接大哥的遗骸回家。

开棺前，教导员松开铁锹向一旁伸出手。一个战士从上衣兜里掏出一小瓶酒递过去。教导员拧开盖，单膝跪地，将酒瓶高举过头顶后倒出酒来洒在棺盖上。起身时掷开瓶子，大喝一声。战士们扔下手里的家伙跟着教导员跳进坑里，上前弯腰抬起棺盖。

拾捡骨殖装箱时，烈士的弟弟跪倒在地，放声恸哭。他低头看见烈士脚上黄胶鞋的布面已经风化，橡胶鞋底还在。

阖棺前，他爬出坑外。烈士的弟弟上前将他从地上搀起。看他站稳了，松开手倒退两步，向他鞠了一躬。

雷声滚过，空气里潮乎乎的土腥味刺鼻。教导员让正准备回填土坑的战士们赶紧收队，和家属一同返回连队。

开饭时间已经过了，通讯员热了饭菜端上桌。教导员把一盘鸭架子换到他面前。

“营长，来。”教导员冲他扬了下下巴。

他摆摆手，起身盛了碗汤。

“您是这儿的营长？”烈士的弟弟问。

“忘了介绍。”教导员说，“这是南疆军区来指导工作的殷营长，他弟弟是咱们连队的三班长。”

“那这正好能跟兄弟见面了。”烈士的弟弟说。

“三班长现在正在总医院住院……休养好了就回来。”教导员说。

“生病了？”烈士的弟弟问。

他拿起盘子里教导员掰剩下的半块馍，没作声。

“中午你们先休息。”教导员拿给烈士的弟弟一个苹果，“下午把行李证明给你们，不然那箱子过不了安检。奎屯那边的殡仪馆也联系好了，你们到那里转车，先火化了再带回家吧。”

“教导员，听说还有个‘烈士’埋在这儿？”烈士的弟弟问。

“嗯，有。”教导员说，“一个从北京来的同志，二十世纪七十年代到的克拉玛依市人武部，有段时间就在我们这儿的牧区支农。当时边境经常有矛盾，为了边界的事扯皮、闹人命。他了解情况以后说，等我死了就把我的骨灰埋到争议区去，以后划定国界，再把我圈进来。”

“一九七九年的时候……”教导员说，“比你大哥再晚几年，这个叫李明秀的人就因为肝癌过世了，临走之前再次给家人交代，说务必把他埋在阿吾斯奇的双湖边上。这样国家可以拿他的墓作为一个方位物，作为边防斗争的一个证据。你们也知道，那个年代几乎没有火化的，可李明秀就是火化了以后，家属再从克拉玛依给送到这儿来。离过年还有不到十天，连队派人带过去埋了，原地竖了一块石头板子。”

“那后来圈过来没有？”烈士的弟弟问。

教导员在桌上横着画了一道，说：“本来以前两边的实际控制线是以两个湖中间的丘陵为界，我们管南湖，北湖是人家的，之后北湖也划给我们了。二〇〇五年军区给他重修了墓，立了大理石石碑。我们每回巡逻路过，战士都上前敬根烟，清明全连过去扫墓。”

“唔，真是个人物。”烈士的弟弟说。

“你也够能的。”教导员说，“当时我们想找李明秀的资料，托人去克拉玛依武装部、民政局、法院、档案馆，能去的地方都找遍了，愣是没档案、没记录，连张照片也没有。你哥牺牲那会儿我们就往你们老家发了封电报，没想到隔这么些年还能再找过来。”

炊事班后厨响起水声。连队军医端着饭盒走出来同他们打招呼。

“军医，来来。”教导员说，“过来吃点。”

“我吃过了，你们聊，你们慢聊。”军医把饭盒放在一张空桌上，从饭堂前门出去了。

“阿吾斯奇的军医。”教导员说，“老同志特别痴迷书法，每回写字都误了饭点。”

回到招待室,他听见沙发背后的窗户被风撞得嗡嗡作响。四月末,南疆的白天已经热起来,北疆山上还潮湿阴冷,棉被盖在身上又潮又重。这两天中午他都没睡。

上午去水房找工具时教导员拦住他,说人手真的够了。他还是过去拿了把铲子,说就算是代弟弟出力。

这两年不知说过多少回要来阿吾斯奇,可想不到有一天在这儿了,会是帮小弟收拾放在连队的被褥衣物和储藏室的行李,然后带走。

去年阿吾斯奇的雪下得早、下得多。连队自己烧锅炉,攒的煤渣子多了没地方放,入冬前就找乡里派拖拉机来运煤渣。拖拉机上山的时候没油了,驾驶员给连队打电话,说车没油了,让人快给送来。当时连队门前正好停着一辆兵团上来慰问的车,小弟一听就拿上一桶油,开着那辆皮卡去给拖拉机送。路上,小弟将皮卡车停在窄道边,跑下去找拖拉机。送完油顶着风雪往回跑时,对面驶来一辆拉粮食的大半挂车,司机没刹住,车头把皮卡车推出去十几米远,小弟当时就站在车斗后边,被撞进砌在路边的雪堆里埋住了。

上午那个人朝他鞠躬时,他第一反应是应当感恩、知足。相比那个人的兄弟,小弟至少还活着,至少将来睁开眼是躺在一张干干净净的病床上。

他端起热水瓶冲了杯茶,起身拉上窗帘。这时屋门被推开,教导员走进来。

"想着你就没睡。"教导员仰倒在沙发上,歪头盯着茶杯口冒出的热气。

他将茶杯端到教导员跟前,走到另一侧的单人沙发前坐下。

"我跟指导员说了,下午你跟他们一块儿去巡逻。到界碑看看,你弟去年刚带人上去描的字。"教导员说。

他点点头。

“你弟带的就是下午去巡逻的这个班，三班。”

“他跟我说过，三班都是他兄弟。”

“你弟天生是带兵的料，在连队很有威信。”

“是你们把他带出来了。”

“惭愧……”教导员小声说。

“中午见的那个军医……”他说，“是不是姓沈？”

“对，认识老沈？”教导员端起茶杯吹吹，抿了一口。

“听我弟说的，军医给过他很多帮助。”

“老沈确实热心。快五十岁的人了，工资比政委还高，很多事糊弄着来也不会有人追究，但是他不，连队的小孩都愿意找他，有病看病没病咨询个事，我有时候也找他，他读书多，啥都知道。”

“就是这样的人越来越少了啊……”教导员放下茶杯，靠在沙发上出神。

坐在勇士车的副驾驶座上向外看，雨前灰暗、阴沉的天空，已经被清澈明亮、瞬息万变的光芒冲破，无垠无底的草野上闪耀着星星点点。

“营长，这是您头一回来北疆边防吗？”指导员在后座问。

“对。”他说。

“南疆那边的边防什么样？”指导员问。

“挺高的，每年上山驻训的平均海拔都在三千米以上。”他说。

“那您出过国吗？”指导员问。

“去年夏天我们在塔吉克斯坦搞了一次联合反恐演习。”他说。

后座一阵惊叹。

“塔吉克他们强吗？”指导员凑上前，扶住副驾驶的椅背。

他一时不知道该从何说起。当时一个加强连从旅部机动到谢布克，再到白苏尔，从清晨一直到后半夜两点多才把车队开到塔方营区。零点多，他那辆车后座上的人都缺氧睡瘫了。驾驶员困得直点头，他在副驾上也迷糊了。到古米其帕峰脚下的一处平坦地，车开着开着就不走了。醒来时他才发现驾驶员把着方向盘也睡着了，车队的尾灯已在山腰处闪烁。

到宿营地已是凌晨三点多钟。全队人从车上下来开始卸车。那是一块种土豆的地，干干的沙土地。

“去那边演习，他们就准备了一块空地。”他说，“第二天起床，我们先搞了一个赠送仪式，把带去的帐篷送给他们。送完领导还要我们过去指导安装，说那边的人不会搭帐篷……”

“不会搭帐篷？”一个二条兵插嘴。

“他们平常不配发帐篷。”他说，“我们刚把示范帐篷搭好，一个班的人就进来在地上高高兴兴地铺毛毡，铺完往地上一躺。当天晚上下了一场大雪，帐篷顶子都被压变形了，一问，他们也是在地上睡的。”

“那他们平时吃什么？”指导员问。

“一天两顿土豆糊煮鹰嘴豆，每个人背包里都装着烤玉米饼子。我们带了煤上去，自己煮奶茶，炊事班还做的鸡腿、牛肉、揪片子面汤……”

“怎么不买着吃？”还是这个二条兵在问。

他向后座的人解释，说塔吉克斯坦的战士看到中方的士兵抽烟，非常惊讶。在塔方，只有官衔上有一定级别的军官才抽得起香烟。在小卖部，塔方的战士一根一根地买烟，糖也是，一次买几粒装到兜里带走。中方的战士一次拿走几条烟，糖果按公斤买。演习结束时，周围离得近的小卖店几乎被买空了。他记得店里最好的威士忌是人民币一百元一瓶，一百八十元两瓶。

车厢里又一阵惊叹。

“那他们的武器呢？”指导员问。

“武器……单兵素质还行。”

“也有实战能力,强悍。”他又补充一句。

“那我们的优势是什么?”指导员问。

他一时没答话,脑海里却晃动着那时的情景。

那中间某天,一个塔吉克老汉和一个穿着二道背心的女孩,牵来一头驴子卖给炊事班……

“优势?”他这才搭腔,“优势不就是你吗?”

“我?”指导员说。

“指导员和教导员不就是优势?他们训练完做祷告,我们就找你们啊。”

“教导员可以,我不行……”指导员笑着说,“不过我们有军医,他是阿吾斯奇的优势。”

“快看,营长!”一个战士抱着枪站起来,头盔撞到车窗上。

他顺着战士手指的方向,看见几匹棕黑色的马伫立在山坡上。

“那是班长养的马!”旁边的战士摇下车窗玻璃,头伸向窗外朝着那几匹马吹口哨。

“前年和哈方会晤。”指导员说,“我们骑过去的伊犁马就像人家马的儿子,哈方拔河用的绳子也比我们的绳子粗了一倍,几场比赛我们都没占上风,后来三班长上去找他们的人单挑摔跤,摔赢了,他们才给我们鼓了一次掌。”

“那他跟你们说过,他去俄罗斯给总统表演吗?”他苦笑道。

“班长和我说过!”二条兵大喊,“班长去看了克里姆林宫,然后走总统办公室的特殊通道去的红场。”

“总统也会武功?不是跆拳道吗?”有个一年兵问道。

“总统很欣赏少林功夫,听说前些年,还曾把两个女儿送到少林寺学了一个多月。”他说。

小弟被送进少林寺那年，他正在高三复读。当时村里有户人家的小孩，每天不去学校，跟着小混混儿跑，家里管不住了就想把孩子送去少林寺的武校。小孩的父母在村里打听，问谁家小孩愿意做个伴，学费和生活费由他们家管。村支书牵了个线，带那家人找过来……

在少林寺的六年间，小弟给他写过几封信。第一封信是讲同村的那个小孩为什么回去了。小弟在信里说，他们每天早上四点钟起床，穿上沙袋背心、系上沙袋绑腿就跑出去冲山。冲半个小时再回学校跑圈，一公里三分钟跑完，每天每人跑五个一公里。吃过早餐，教练会带他们去练蹿腾跳跃、拳术和器械。同村的小孩拉拉筋、压压腿还可以，下叉、下腰就不行了，老被教练拿木棍照屁股上打。打疼了他就大骂教练缺德，骂完又挨打。折腾不到俩月，同村的小孩就被家里人接回去了。

头三年武校学习阶段，小弟只跟着学校休寒假，每年暑假都和师兄弟在外实景演出，挣到的酬金用来抵在校期间的学费与生活费。

二〇〇九年，小弟在给他的一封信中说，少林寺受邀参加第一届俄罗斯国际军乐节，普京总统亲自接见了他们。在莫斯科，小弟参观了总统办公室，还去听了一场歌剧音乐会。在红场，好多人围着他们喊："斧头！斧头！"师兄跑过来让大伙摆动作，说这是想跟他们合影的意思。

信的后半部分，小弟提到身边很多师兄弟已开始寻求未来更好的出路。有师兄回家乡办武术培训班，有的去给企业老总当保镖。和自己关系最好的同学去拍了电影《新少林寺》，拜入中国香港洪家班门下，以后待在横店当专业替身。小弟说，他有两条路可选，一是美国的签证没有到期，大师兄推荐他去曼哈顿的华人街当私人武术教练；另一份工作，也是自己比较倾向的，是和同班一个德国同学回他在巴伐利亚的老家支教。信的末尾小弟问他,到底是选美元还是欧元。

他那会儿已在南疆部队当班长，深夜趴在锅炉房的地上给小弟回信。信中写到童年时奶奶家的老屋,晚上到处是老鼠的叫声,夏天雨水大,室内的积水漫到脚脖。哥儿俩每天吃的面饼磨嗓子,印象中最好的一顿饭是猪油酱油热水泡煎饼。奶奶家有两只羊,每天奶奶都背着筐出去打草,有一天因高血压晕倒在地里,他们俩就在那块地旁边的土路上滚轮胎,毫不知情。

他还写道有一年春节,他和小弟一早去给长辈们磕头拜年。当时小孩磕头,一般人就给一元、两元,五元就相当多了,十元得是相当亲近的关系和父母有相当大的面子才会给。那一年他磕了几十个头拿到十几元压岁钱，转头就让村里孩子拿一个玻璃球和一只哨子骗走了。回到家里,奶奶问他压岁钱在哪儿,他编谎话说丢了,奶奶就叫他脱了衣服,跪在桌上。他记得头顶的墙上有块碧镜,碧镜让小弟打碎了,留下几道裂痕。罚跪的时候,他一直瞅着那几道裂痕。没过多久小弟跑回家来,拳头和脸上都挂了彩。小弟从兜里把那笔压岁钱掏出来放在桌上,跪下给奶奶磕头,说快让我哥穿上衣服下来吧。

他在信里拉杂说了两页纸才切入正题。他说,希望小弟参军,为家庭争得荣誉。小弟练过武功、见过世面,进部队立功受奖的机会比他更多。尽管他几次想通过特种兵比武获得提干机会,现实中却总差了些运气。

信寄出后的第三个月,小弟入伍进疆。先在团里的步兵营待了几年,后被调往阿吾斯奇。

二十八号界碑与哈萨克斯坦的边防哨楼毗邻。那一带早先是苏联的地界,齐踝深的草丛里遍布铁丝绊网。车开不进去,人走进去稍不小心也会摔倒。

走过一截铺着碎石子的土路快进草滩时，指导员招呼大伙儿停下，各自检查裤腿和袖口是否扎紧。指导员向他解释，草丛里有一种叫草瘪子的虫，专把脑袋钻进人的肉里吸血。只要它的头钻到肉里，除非拿打火机烧，否则弄不出来。

“弄不出来会怎样？”他问。

“哦吼！那一块肉都会烂掉！”二条兵叫道。

指导员拍了一下二条兵，“咬过你吗？”

“咬过我班长啊！”二条兵嚷起来。

二条兵扶着被打歪的头盔，缩着脖子从指导员身边小跑到他斜后方，调换步速慢慢地跟上他。

“报告营长，上回班长带我们来给界碑描红，他真的被咬了。”

见他没反应，二条兵沉下脸，正了正头盔。

“营长，我亲眼看见的，班长小腿那一块都烂了。”

二条兵向他描述，去年小弟带他们从界碑回到连队，正赶上澡堂开放。洗澡时，大家起哄围住二条兵，说要排队给他搓澡，因为他皮肤又嫩又白，摸上去像妹子。大家开玩笑的时候听见小弟骂了一句，说他刚搓掉一只草瘪子。过了半月，小弟腿上被咬到的那一块开始红肿溃烂，到团部卫生队处理了伤口，又打了很多天消炎针才见好。

“正常。”他说，“他身上有各种各样的伤。”

“班长说他在少林寺的时候没有买保险，有病就得自己治。”

“更牛的是他把连队的二号马都治好了。”二条兵说，“那匹马他们不会骑，马鞍子绑得太松，骑久了以后把马背颠破了，就有草瘪子钻进去，生了好多蛆。当时卫生队的军医都说这匹马没救了，但是我班长不肯。他打电话去问沈军医，用盐水和强碱给这匹马清洗伤口，又找当时在连队的军医缝伤口。这匹马长伤口的时候特别痒，喜欢撞墙去蹭，我班长怕它把伤口又撞开，就搬了一个马扎坐在马厩里看着它。那匹马好了以后不让任何人骑，除了我班长。”

“待会儿去看看那匹二号马吧。”他说。

“班长下山的那天晚上二号马就跑了。有牧民在山里看到过，说它一直在疯跑。”

二条兵说罢从他身旁跑开，冲向界碑下的一块芦苇滩地。

界碑立在紧邻铁丝网的一个小土包上，坡下围着一片比人高的芦苇，地下水汩汩向外冒。

他跟在战士们后边深一脚浅一脚地走。他断续听见战士们讲去年在前哨点遇到跑过来躲雨的哈方军人，两边的人都把枪坐在屁股底下，一起吃泡面……各说各的语言，各打各的比画……又说到小弟在前哨点杀鸡，先砍一刀，那只鸡闭上眼不动了，刚把刀一放，那只鸡跳起来就跑。小弟追上去补了一刀，那只鸡还在跑。小弟干脆扔下刀抄起一根棍子去追……

太阳当空，界碑上新描的红色字眼看起来醒目极了。哈方一辆吉普车从铁丝网另一侧疾驶而过，战士们纷纷看向西北方向，低声讨论那边的暗堡里是否有人正在盯梢。这时有人在旁喊了一句，大家紧张地看过去，一个战士蹲在草丛边，拎起一个东西。

“这有一个快递袋！”战士说。

“哦吼！有地址吗？”二条兵三两步跳过去。

大伙儿陆续围上前，捏着那个灰色的塑料袋互相传看，窃窃私语。

他站在界碑前向四周远望，阳光在光滑舒缓的大地上流动。即将栽种新作物的大片黑土刚刚犁过，有雨水未及冲净的耙痕。他跟指导员打声招呼，转身从来时登上界碑的另一边侧路往下走。

高大的榆树投下阴凉，水声冲掉了野蝇的嗡嗡声。他目送眼前这道铁丝网向前蜿蜒。

晚饭后，通讯员带他去了连队的储藏室。到那儿才发现，小弟平日就把他的箱包收拾得很利索，根本不需要他再做什么。

小弟的箱子里有罐奶啤，他摸出来打开喝了一口，盘腿坐到地上。周围这么多的箱子里只有小弟的箱子把手断了，用一截尼龙绳和胶带缠了一个替代的。这还是小弟第一年休假，他在火车站外的小铺里买的，让小弟把肩上那只肩带要磨断的背囊扔掉，行李都收拾到这只皮箱里。这些年，小弟在武校演出赚的钱及在部队发的津贴和工资，大部分都交给了奶奶。让她在老家重修老屋，添置家具。要是奶奶不照小弟的安排做，小弟就大发脾气。奶奶想把钱攒下来让他和小弟趁早成家，小弟总觉得家底太薄，还要等两三年。

他抬起头，白炽灯管频闪的嗞嗞声叫他突然一阵心悸。从去年冬天一直等到此刻才体会到的预兆。几年前，小弟和连队的人在后山给鱼塘架网，远处一道雷电打下来，从铁丝网上传导过来的电流瞬时打飞小弟手中的铁钳。小弟飞奔回连队，求连长把手机发给他。

小弟不停拨电话，均无法接通。

他已经近三天没吃过饭、合过眼了。历时七天，号称地狱周的国际比武选拔考核到了此时，原先的五十名候选队员只剩六人。他在其中。

小弟打电话找他的前一天下午，他和同伴被带往塔克拉玛干沙漠边缘的一座山谷。引导员将地图、指北针、枪、弹发给他们，告诉他们从此地出发，次日中午将在地图对角线另一端的山口接他们。引导员走后，他打开地图，发现地图中的这条对角线至少对应了现实中七八十公里的山地路程。

从仅容一人侧身通过的谷口进入，走了几分钟后，眼前是一带至少横跨十公里的谷地。空气湿润，草木幽深，阳光照射不透。地上有很多动物的爪印。他们进入不久，有人就从一棵倾倒的红柳树下找到了第一批给养。大伙儿听着从未听过的鸟鸣喝了几罐红牛，嚼着牛肉干向山谷里走。走过两张地图的距离，只花去三个多小时。

深夜一点半，他们在山脚的一处斜坡上停下休整。坡下有河流冲刷的痕迹。他提议原地休息六个小时，其间六个人分三班哨，两个小时一轮。他和其中一人站第一班，其余的人把雨衣铺在泥滩上，打开睡袋钻进去睡了。

山谷里下起小雨。他把枪塞到衣服里，坐到一块石头上。不多时，雨下大了，他和同伴从背包里掏出脸盆顶在头上，那几个人就躺在泥水里，叫不醒。两小时后换岗，他钻进水淋淋的睡袋，似睡非睡迷糊了两个多小时。突然，一个人大声说："这是什么声音？"之后站岗的人大喊："快起来，发洪水了！"他从睡袋里爬出来时，发现距离他们不到两米的低地已变成一道河谷。暴雨倾盆而下，水位还在涨，将他们困在一块面积逐渐缩小的土丘上。

他找出北斗套进塑料袋，向外发送求救信息，但未得到回应。他们穿着白天的训练短袖，抱着膀子冻得意志全无。他想，如果当时选择在河谷的石头地上睡觉，那早不知道被冲到哪棵树上了。

早晨七点多，雨停云散。空旷地的面积稍稍扩大，却没有平地可走。他们把物资藏在一块岩石下，背上枪开始翻山。山上到处是昨夜洪水的冲沟。只让他没想到的是，那座山上去以后紧接着是另一座山，在山头和下一段空旷地带中间还有好几座山要爬。从七点走到下午两点，每个人脚上的陆战靴都磨烂了，才看到停在远处空地上的直升机。

直升机上并没有餐食和饮用水，只堆了几个背囊和投放箱。他们通过机务手中的北斗得知，现在几人集结为一个伞兵渗透队，即将在定位器鸣响时进行无气象资料、无地面标志和无空中引导的三无盲降。

背上十八公斤重的伞包，戴上头盔，穿好防弹背心，别起手枪，背起单兵战术背囊、步枪、夜间侦察装备。舱门打开，舱室的热气被寒风瞬间扑散，他从高空一千五百米处俯冲而下。

不断失去高度的三分钟里，他看到古老的山脉阴面覆盖着白雪，阳面黑如山谷雨夜。大大小小的温泉泉眼腾起白烟。归家的羊群走在沟坎丘壑之上。

落到地面，伞刀撞破了他的下巴。随他第二个出舱的伙伴打不开伞，中途拉开附伞捡回条命，只摔折一条腿。

夜里，他安慰小弟时说到那把被击飞的铁钳。那是一个兆头。如果当时他拿起的是那个家伙的伞包，运气未必好。

小弟出事后第三天他接到电话。离他和小弟商量为奶奶立碑的日子只有不到一个月了。在那通电话之前，没有雷电，没有飞出去的铁家伙。

招待室旁的图书室敞着门，屋里有灯。他经过时，看军医正坐在长条桌前翻书。见他走进来，军医起身摘下老花镜向他打招呼。

“营长好啊。”

“沈军医……”他颔首示意。

军医做了个请他落座的手势，之后提着暖水瓶走过来，将桌上一个放了茶叶的纸杯拿到近前，倒上热水。

“下午去巡逻了？”军医问。

“指导员带着去看了看界碑。”他说。

“那个界碑离哈萨克斯坦的哨楼很近，你见他们的人了吗？”

“看见他们的车了，车速飞快，土都扬到我们这边来了。”

军医笑起来。

“今天你也辛苦了，上午还帮他们干活儿。”军医说。

“小事。就是觉得这家人也挺奇怪的，隔了四十多年才来。”他说。

“下午和教导员陪他们在连队里转了转，听这个人讲，他们父母不识字，早些年家庭条件也不好，没坐过车，从老家过不来。他弟弟一家子这回过来也不容易，路上光火车就走了三天，往阿吾斯奇走的路又刚化过雪，有些地方路都毁了，颠了快四个小时，吐了一路。”

“能找过来是挺不容易的。”他说。

“一晃都半辈子了。”军医说。

他点头。

“三班长的东西都收拾好了？”军医问。

“刚从储藏室上来。”他说，“想着收拾一下，结果也没什么可收拾的。”

“三班长能吃苦、能干活儿。”军医说，“有时候我在这儿坐着，他过来打扫卫生碰见了就聊两句，问看的什么书、书里讲的什么事……有一回说到连长让他当炊事班班长，他说，这不就是个弼马温的差事吗？”

“当时也给我抱怨过，说不愿意下厨房。”

“我给他讲，毛主席的弟弟毛泽民，当年受兄长之托，也管理过一个学校师生的伙食。民以食为天，有的吃才有的干。战士们训练辛苦，最怕吃不好，全连队的嘴交给他，是觉得他行。”

“我还给他说过，别老觉得自己的出身不好，家在农村，自卑。”军医说，“你们‘殷’这个姓，至少可以追溯到三千多年以前商朝帝乙的长子殷微子，那西安的帝乙路就是以殷微子父亲命名的。孔子临死前把子路叫来，对子路说自己是殷人，殷人就是黄帝的后人。营长，这么说来是不是很好？”

“很好，”他说，“真的很谢谢您……”

“不用谢，历史书上写的，不是我胡诌的。”军医说，“三班长有一回给我说你要他多看书，看啥书没给他说，他就来问我。我说平时你们训练那么忙，个人时间很少，既然要看就看好书。就推荐了曾国藩的传记和家书，还有大学士苏东坡的传记。曾国藩和他的兄弟连心，仗打得好。苏东坡和他的弟弟苏辙，两个人同朝做官，官做得明白，文章也写得好。苏东坡有一句话说自己，叫‘上可陪玉皇大帝，下可陪街头乞儿’，眼中的天下人，没有一个不好的。我跟三班长说，不管是当班长，还是以后当排长、当连长，对上，关键时刻要能顶上去；对下，紧要关头也要能扛下来，尽心做事。”

“说实话，我都不知道他还在看书。”他说，“平时打电话也只跟我讲讲平常的训练。”

“还有个事你也不知道吧，”军医说，“几年前了，有天中午他来找我，说连续失眠半个月了，很苦恼。我就和他谈心，帮助他分析。问了几个问题以后他就说你别问了，告诉你吧，我偷东西了，但是我又放回去了，谁都不知道。具体什么事就不肯再往下说了。前年他主动再跟我提起这个事，说知道为什么你一定要他参军了。他说以前在少林寺，觉得社会上和他一样的人多。来了部队才觉得和他哥，就是和你一样的人多。”

他回到招待室时已响过熄灯号。外头下雪了。广大空旷的天地间，每一片雪花都标示出风的力道和方向，在窗外，在他眼前连缀而下，蕴藏着沉甸甸的寒光。

小弟七岁那年，村里来人通知说他们家正好占在村里预备施工的道路上，房子要被推倒了。父母动身去县上打工，奶奶将他和小弟接回老屋。

那天村里通街的施工队拿着铁锹在干活儿，推土机在推土。他和小弟还有村里几个小孩围着推土机团团转。这时村主任来了，把他们几个小孩叫过去，说你们别乱跑，我给你们安排个好活儿。村主任让他们在推土机后面捡砖石块子，拾起来往道路两侧扔，并许诺等干完了活儿，给他们发“义务工”的薪酬。他们一听干得十分卖力。傍晚，他们几个去找村主任要钱，村主任从兜里掏出笔来写了个纸条，让他们拿着纸条去大队部，找任何一个人都行。他们拿着纸条去了大队部，找到一个大队部的年轻小伙儿，当时那小伙儿是专门扛着摄像机给领导摄像的。他看了一眼纸条说，跟我来吧，就带他们去了大队部的楼道地沟。那里满地的酒瓶子。小伙儿说，拿吧，能拿多少拿多少。于是每个人都把口袋里塞得满满的，手里也拿了好几个。取了酒瓶，他们直奔村里的小卖部。那时一个啤酒瓶可以换一支很好的雪糕，要是换单晶，可以换一大袋子。他们没舍得把所有酒瓶都换了，就换了五个瓶子。几个小孩商量一下，把剩下的酒瓶藏到了村后的麦垛里。他记得那时和小弟每天一想起来，两人就跑去看看瓶子少没少。看了好几回，还真发现瓶子少了。

一天有个小孩跑来家里，说小弟溜进大队部的楼道地沟捡瓶子，赤着脚踩到一把二齿钩，钩子一下扎透了小弟脚底，流了好些血。他赶到时，小弟已经自己把二齿钩拔出来了。他背起小弟跑到村里的药铺。医生给小弟消毒包扎时，他去对面的小卖铺给小弟赊了一双蓝色的小拖鞋。

那时正是夏天，小弟脚疼，喊着咽不下去煎饼。傍晚，他带着小弟去钻树林照知了。他把剪下来的废轮胎条、破棉絮和干柴堆在地上，倒上油点燃，过后拿起木头杆子敲打树枝。知了纷纷惊飞出来，见了光扑向火堆，小弟就坐在一旁往塑料袋里捡。两个多小时的工夫，捡了小半袋子。往家走的一路上，知了在袋子里吱吱乱叫，谁碰见了都问袋子里装的是什么。

他背着小弟快走到村口时，看见奶奶在不远处干土方活儿。大队干部用白灰画的线是按家庭人头分的，每个人分几米。要求挖出的沟一人多深,一米多宽,两侧掏成斜坡,再用铁锹修出型来。工地上都各干各的,没有人相互帮忙。男劳力干得快,干完就回家了,剩奶奶还在默默地干。他从沟里走过去,趴在他背上的小弟把袋子提到奶奶面前。

奶奶伸手戳了戳袋子,问,这是什么?

他本想大声喊出来。这时突然觉得脖颈后头有点痒,站起来低头一摸,捏出来一只虫。

比瓢虫小,圆圆扁扁的。

"这就是草瘪子吗?"他自言自语。

待车队从浓阴覆盖的崖壁下穿行而过,他眼前连天漫地的帕米尔黑夜,被天顶一轮皓月照亮。墨色山体,铝灰的积雪。少顷,车队再次驶入峰岩夹峙的狭长山道,他眼前仍旧留有刚才一幕的清辉。

那晚在阿吾斯奇的图书室,军医从书柜里拿出一幅字赠他。说知道他要上山来,特意练来写的。

他接过字在桌上展开。写的是:但愿人长久,千里共婵娟。

他对军医说,自己还没成家,这怎么受得起?

军医摇了摇头,说这哪是写给相好的,是苏轼七年没见着苏辙了,苏轼想他的弟弟啊。

【作者简介】董夏青青,女,小说、散文见于《人民文学》《收获》《十月》《当代》《解放军文艺》等刊。曾获"人民文学·紫金之星"文学奖、"解放军报长征文艺奖"等奖项。现为陆军宣传文化中心创作室创作员。

制琴记

○阿　占

一

话说那天下午，胡三背着琴，像侠客佩剑一样，行于当街。

当街气息咸润，海风梭巡。胡三颇识风向，每次出门，都会自言自语一番，东南风三级，偏北风五级。那天下午却是顾不上的，因为心里被一件事填满了，再无留白，他只一意孤行。

这件事，就是去琴行与韩五见面。胡三为此血流加速，每一寸意念都在奔腾，甚至，走着走着，街道上的建筑与车水马龙也消弭了，天底下似乎只剩下一条通往琴行的路，他脚步骤疾起来，心中坚信那里有着更直接的浪漫主义体系。

琴行已经开了五年，代理着几个品牌的小提琴、中提琴、大提琴，还有各种尺寸的儿童提琴，方圆百里，是行当里最靠谱的一家。胡三常常看到母亲们牵着琴童的手，进进出出，少妇的标志性幽怨已经被喜悦取代了。老板韩五，是个清瘦的年轻人，喜欢穿卡其色裤子，笑起来很节制，无公害的样子。

每次去农贸市场，胡三会故意绕道，多走上几百米，只为从琴行门前路过。琴行的落地玻璃窗上晃动着云影和人影，好听的乐音从里面流淌而出，漫过胡三的小腿肚子，往心的方向上涨。这时候，胡三就会有种顺水行舟的快感，拎在手里的胡萝卜土豆也变成了鲜花。

因为急切，那天下午到达琴行门口的时候，胡三已微微出汗。他于逆光中推开门，撞上了天籁般的乐音，往前走了两步，便一动也不敢动了，直到曲终，才说了声真好听。

来人不善。韩五眯起眼，望过去。果然，胡三亮出了琴。“我不会拉，你找人来试音吧。”

这是一把手作小提琴。依照韩五的经验，琴体的造型和构造比照了欧洲制琴巨匠鼎盛时期的风格，整体弧度圆润，没有明显的直线。雕工很有信心。琴腰狭窄，便于演奏高把位和低音弦。面板与背板中间有音柱支撑，位置不偏不倚，须知道，这个位置于一分一厘之间所带来的变化都将对琴的音色产生影响。琴表油漆均匀，不太硬也不太软。琴箱内部处理得同样细致，没有留下任何工具的痕迹……真是一把有样貌的手作琴，韩五心底下暗暗叫绝。

几个行家在试过胡三的手作小提琴后，有的惊讶，有的打问，有的笑了，有的哭了，总归都离不开一个“好”字。市交响乐团的首席现场拉了门德尔松的《仲夏夜之梦》，随后便让韩五给出价钱。

一周之后，胡三如约而至。仍然是下午，仍然于逆光中走进琴行，仍然撞上了天籁般的乐音——他便站在原地，一动也不敢动，直到曲终，才说了声真好听。

大家都认为这是把好琴。

不好也不会往你这里送。

有人想买。

这把不卖。

你送来，不会只是为了试音吧？

胡三拍了拍韩五的肩膀，爷们儿，你代理的那些机械琴不利于天才琴童形成个人风格，机械琴看上去就像一个模子里出来的饰物，手工琴却是艺术品。我有匠人手艺，你有音乐资本，不如我们一起做琴吧。

是年，胡三五十初叩天命，韩五三十恰逢而立。

二

胡三看上去像个糙人，肿眼泡，狮子鼻，头顶是谢的，常见油光，一张凡夫黑脸。

他从何而来？竟会做琴。

原来，胡三出身木匠，十六岁学徒，练的也算童子功。从搬木头开始，拉锯，打下手，等到把工具熟悉了，开始改料。所谓改料，就是将原始木料改成师父需要的形状。每一天，木屑细密地落在胡三的脸上，太阳一照，他就变得金灿灿的。这家伙粗中有细，愣了吧唧不过是虚招，大部分时间里，都蹙着眉头在狠狠地揣摩着什么。老天爷又赏了他一双巧手，学什么都比别人快几分，颇得师父喜爱。三十岁上练成了一等一的高手，木匠行里都知道城西有个胡三。

木匠做琴，隔着山。胡三好就好在敢胡想，敢梦游，敢翻山，他才不怕哩。四十九岁那年，首届国际小提琴节在家门口举办，胡三走了进去，结果被国际琴展上的名琴镇住了。名琴们动辄两三百岁，凯瑟琳娜女皇、坦南特夫人、哈里森、贝茨……美妙的琴名和仙侠般的传说，胡三看得一知半解，但那些如神来之笔的做工，胡三是再清楚不过的——弯角稳重，且镶边干净，角木和衬条都是柳木的，衬条准确地嵌入角木中，琴漆仍泛着琥珀的亮透。琴箱内的状况表明了当初的制琴者曾经怀有一颗怎样的谨慎之心。

胡三记不住大师的名头，但记住了名琴的样貌和气质。太美了！他感觉自己用半辈子搭建起来的人生体系受到了极大冲击，遂魔怔了一路，回家就跟老婆说，我要做琴。

春节很快到了，厨艺几乎不输给木匠手艺的老胡再也无心备年货,他用两瓶茅台酒换回来两摞小提琴图纸,大年初一就拉开架势,图纸铺了满床满地,逐步分解,归纳笔记。要么说人不可貌相,别看胡三外表糙野,做起事来却是有洁癖的,一旦入了状态就不跟任何人说话，周围再无不相干的声音——他恨不能变回早产儿躲进保温箱里,与世隔绝。

图纸研究明白了,胡三心里有了底。二月初二,开凌梭鱼上市的时候,老胡取料、晒料、刨料,继而打眼、锯榫头、组装,把自己放在半成品、木屑和工具之间,一边琢磨一边敲打,不分昼夜。吃起饭来也是心事重重,个把月后瘦了整十斤。终于,等到樱花盛开的时候,他做出了人生中的第一把小提琴。

当然,第一把琴的音色不均、不圆、不润,自然也就不美。做琴是一件艰辛而玄妙的事,除非阿波罗跟胡三是熟人,这位主管音乐的神愿意网开一面，否则，胡三怎么可能一下子就做出一把好琴呢?

孬琴也有孬琴的启发性,年过半百的胡三很不服气,他决心一把一把地做下去,且相信自己总有一天能成。于是便有了第二把、第三把、第四把,到第五把的时候,胡三觉得自己可以有一个搭档了,于是想起了开琴行的韩五,也就有了开头的那段当街背琴疾行。

三

与野生的胡三不同,韩五看上去像个文人,戴眼镜,不高,偏瘦,食草动物的眼神,一张书生白面。

祖父爱听戏,韩五自小耳濡目染,小学四年级学会了吹口琴。怎奈他天性怯生，初次登台表演时紧张得吹不成调，台下哄笑一片,韩五落下了心理阴影,从此,自己闷着玩可以,上台就等于杀了他。

韩五一个人安静地玩着，长大后成了二流大学机械专业的理工男。在沉闷的青春期里，他又学会了吉他和二胡，甚至能拉拉小提琴，对音质音色特别敏感，乐器本事也全凭自己摸索，并无师从。大学时校乐队的老旧乐器常出故障，喜欢动手的韩五就成了乐队的调琴师，自拆自装乐器，这些个能耐让他在小范围里成了人物。

乐队里有个姑娘爱才，韩五也只有才。除此，他没有俊朗外形，不会献殷勤，缺乏幽默感。每次与姑娘约会都是在灰头土脸的乐器仓库间，他摆弄着破旧的吉他琴颂、古筝琴足、小提琴音柱，姑娘干坐一旁，怎一个风情不解啊。很快地，姑娘被吹长笛的小子撬走，一切戛然而止，韩五再次落下了心理阴影，直到毕业也没回过神儿来。

毕业以后，韩五方才明白，与生存现实相比，之前的所谓忧伤失落都是“过家家”而已。毕了业却没脱下满身的学生气，不懂游戏规则，与世界无法讲和。韩五常常在两极间奔走，既忘不掉被回忆修饰美化过的大学校园，也打不过身边那些被世道斧琢之后的俗戾之气，工作没两年就辞了职，尽管那是一家被大多数人羡慕的国企。

韩五跟父亲借钱，开起了琴行。开琴行，或会让爱好最大可能地介入生存方式。琴行里有乐声，就像教堂里有颂歌一样，韩五再也听不到尔虞我诈的市声了，他幸福起来，像一个逃过劫难的人。

初开张，门庭落寞，怕什么？有勃拉姆斯们陪着。韩五守着一屋子从工业流水线上下来的乐器，眼前却能浮现出一支庞大的交响乐团，其音场宏阔，如梦似幻。

韩五与琴童的母亲打交道，与乐团的小提琴手打交道，与教琴的老师打交道，与乐器工厂的销售经理打交道，与发烧友打交道，与房东打交道……此中也有磕磕绊绊，所幸都是借音乐说话，一切也就都说得过去。

因为始终保持着对声音的高度敏感，琴到了手上，调调弄弄，声音就大不相同了。韩五似乎知道每把琴的脾性，知道如何顺着琴的性子捋。有时侍弄琴入了神，彻夜难停，不知不觉间，马路上的早班公交车呼啸而过，天光已放亮。

没几年，琴行就有了口碑。乐器行当里，都知道城西有个韩五，性格生涩，音乐学养却是极高的，侍弄乐器很有道道儿。连同周末晚上的公益讲座也成了一个被追捧的文艺标志。其实，韩五并无多少公益之心，他只想遇到知音，宣泄生命能量，哪怕与某人争论一下巴赫与贝多芬的高下，争到脸红脖子粗，最后又在夕阳下山的时候和解——巴赫与贝多芬分别创作了音乐的《旧约》和《新约》，何必分高下。

唯知音难逢。大多数时间里，韩五都是寂寞的。直到胡三闯入了他的领地，让他预感到，一些期待已久的事情就要发生了。

四

那天下午，胡三的确说出了韩五想了很长时间却一直不敢去做的事情。某种意义上，胡三就像一个拉开帷幕的人，一个揭开谜底的人，之后他们便开始在老城里寻找可以用来开琴作坊的德式老房子。

找四米挑高的，琴声才能悠扬。

要有三联长窗，古典美很重要。

最好在主街的分支上，闹中取静。

必须是南北向，穿堂风对木头有好处。

…………

胡三韩五，你言我语，相互补充着彼此的希望。他们沿波浪般的马路起伏，身体倾斜着，也快乐着。暮春的傍晚，海雾须臾而来，瞬间濡湿了老城，二人撞破海雾，留下若隐若现的痕迹。

半年后，在一座大约建于一九〇一年的德式老房子里，以制作小提琴为主的琴作坊开了张。老房子是古典主义构图，左右两个石阶踏步通往气派的门廊，繁复雕花在尘埃中隐约可见。他们租下了老房子的西南一隅，留出木头等各种材料的费用，二人凑了凑，刚好够付租金。

一隅虽小，直通天涯。这面墙，挂满工具，构成了无意识的装置艺术。那面墙，排放木料，看起来像长长短短的诗句。琴行门口便是几棵梧桐树，很老了，和老房子一样老，树冠蔽日，枝叶与枝叶握于当空，风过处哗哗作响。

开张当日，收拾停当，韩五将一把老旧的小提琴挂在了琴作坊的北墙上，他不停地调整射灯角度，直到一束追光抚过琴腰，气氛变得神秘而忧伤。胡三问何方宝物？家里的老琴，韩五一语带过。胡三也没再追问下去。

就这样，在太阳下面，在月光里面，在德式老房子中，在木头的淡淡暗香里，胡三韩五，这一老一少，一动一静，一黑一白，一武一文，运用数学、物理学、造桥工艺、美学、声学甚至化学，开始做琴。

胡三做琴的时候，任谁都要责怪自己看走了眼——人家一点也不糙嘛。他戴着花镜，花镜背后的肿眼泡也被美化了。右耳朵别一支铅笔，没办法，他的童子功是从木匠那里开始的，早年打五斗橱的时候，右耳朵上别一支铅笔是标配，现在做琴了，依旧。

小提琴由三十多个零件组成。面板、背板和侧板的优美弧度用来确保共鸣的良好。韩五的学习能力太强了，他彻夜地翻阅各种资料，举一反三，加上多年侍弄乐器的经验和音乐学养，上手很快，几个月后便与木匠出身的胡三平分秋色了。

胡三啊，琴型是决定一把琴好坏的关键。意大利的制琴大师们不仅有绝活儿，还是感性的艺术家，两三百年前，他们对小提琴几何学的诠释,现在仍被小提琴制造家尊为概念模型。

好,韩五,咱们就照着意大利顶级琴的模样去做。

胡三啊,制作工艺的好坏对音色的影响度会达到百分之九十以上。包括对面板和背板的处理、音孔和面板弧度的处理、上漆的手法和漆的品种……

好,韩五,咱们就照着意大利顶级琴的程序去做。

胡三啊,意大利古琴的制作方法几乎失传了,咱跟谁学去?

放心吧,韩五,大师们会托梦给我们的。

五

非洲乌木做成的琴头已经完工,花了半个多月。胡三正在做面板、侧板等部位,还需要一些时日。

木匠出身的胡三,对木头有一种长驱不散的情怀。在他眼里,树木是有血肉经脉的生命体。从一棵树到一块木头,不是消亡,而是重生。好的木头一旦成就了一把好琴,那简直就是灵魂的蛇立。

面板用云杉,背板用枫木。用什么木头,韩五绝对听胡三的。比如,胡三不待见老虎纹,韩五也不待见,尽管那是业界普遍认为的好琴所具备的漂亮文身。胡三说,纹路深浅决定木质的软硬,太深的纹路不可能发出好声音,那不符合自然的声学规律。韩五点头称是,他仔细观察过真正用以演奏的传世好琴,纹路都不重。

不同的琴所选用的木头纹理不同,密度不同,出来的琴声自然不同。受韩五影响,胡三除了凭直觉摸索,也开始参阅大量的历史文献资料。一次偶然的机会,他读到了一位意大利制琴大师与一位贵族的书信往来,制琴大师在信中说了这样一段话:“先生,您定制的琴还要且等些时日呢,它还没吹够风没晒过太阳。”经过日期比对考证,那把琴两年前就已经开始制作了——胡三简直不能相信自己的眼睛，他让韩五继续去史料里深挖意大利古琴的制作工艺，果不其然，做好的琴身白板至少自然风干一年才能上漆。

这个发现让胡三的工艺洁癖越发严重了。他固执地认为，古代大师们对木头讲究得要死，尤其是木头的声学性能。老提琴声音优美的秘密是大师们使用了某种早已灭绝的云杉。几个世纪前，地球经历了一个小冰川期，让那时生长的木材特别适合于制作小提琴。

什么时候才能有条件选取最珍贵的木料，成了胡三的心事。最好的木头在意大利小提琴的原产地克莱莫纳小镇。能不好吗？树的年轮之间疏密相当，纹路清晰笔直，传声快，做出来的必是好琴。胡三跟韩五说，有生之年，一定要去那里采购木材。

胡三的工艺洁癖还体现在上漆的讲究。意大利古琴漆的配方已经失传，如今大多数提琴制作用的都是酒精漆，它挥发快，保不齐的是，时间久了，漆会硬化，进而影响木头的强度。这正是胡三所忌讳的。他决定自己熬漆，把一种类似油画材料的油性漆加入独家秘方，通过氧化过程逐步渗透。

胡三跟韩五说，要沉住气，熬漆需要时间，急不得，骨头汤怎么熬你知道吗？先将骨头放在冷水锅中，逐渐升温煮沸，再改文火煨炖，不然，骨髓里的蛋白质和脂肪是熬不出来的，熬不出来就不会有鲜美味道。道理都是一个道理，熬，就是等待和盼望。

从前的胡三是通过造物解决生活问题，做琴之后，物的精神提炼成了他的底线。

六

好听。真好听。

莫扎特的 D 小调，第四十一交响乐第二乐章，P063。

你说这一大堆，我只听懂了三个字：莫扎特。

听懂这三个字就够了。

胡三在做琴。韩五也在做琴。木屑纷纷飞扬，如鼓般的敲击声不断。认识韩五之前，胡三的音乐储备几乎是零，他从来没有听过一场室内交响乐，甚至连一张像样的古典音乐 CD 都没买过。可是，不打紧，音乐对他来说就像风的声音、雨的声音、落叶的声音、大海涨潮的声音、儿时祖母喊他回家吃饭的声音——反正都是这个世界上最好听的声音，而对于“好”的甄别，他有着锋利的本能和直觉。

韩五截然相反。他像食草动物那样对四周怀有深深的不安全感。三十年来，他主动或被动关闭的人生通道，最后都朝着音乐的方向打开了。毫不夸张地说，没有音乐，韩五不能活。每当音符掠过他的心智和身体，他是放松的、机灵的，甚至是亢奋的。因为亢奋，他开始不停地说话，追着胡三说。

勃拉姆斯沿用了贝多芬的音乐形式进行写作，他的第一首交响乐发表时，已经四十六岁了，这中间花去了他十四年的工夫。后来他的这首交响乐被世人称为“贝多芬第十交响曲”。

哦，这个老勃不生气吗？

不生气，他知道这是一种赞美。贝多芬九部交响乐之后，就数他了。

哦，如果换成我，我不愿意。胡三就是胡三嘛。

韩五不会和胡三争论。韩五自成体系，胡三也自成体系，他们只需继续做琴。不一会儿，韩五又兀自讲起了晚期四重奏。肖斯塔科维奇对恐惧和压抑的诉说，贝多芬穿过苦痛之门面对上帝召唤的谦卑，巴托克的孑世孤傲像极了巴塔哥尼亚的山峰，舒伯特则是一个孤独旅人喃喃自语着少女与死亡……胡三接不上话，但他明显放慢了手上的速度。

怎么不放他们的音乐？干巴巴地讲，有啥意思。

你不是在做琴吗?

耳朵闲着呢。

第二天,韩五拎来了两大袋子原版CD,让他吃惊的是,胡三竟然连夜做好了一个CD架。

胡三越来越喜欢在音乐中做琴。听不懂的,他也不问韩五。有一次,韩五转身取料时候发现胡三满脸是泪,便慌了。胡三用手抹了一把脸,说,十二岁那年的冬天,特别冷,北边的海都结冰了。病重卧床的父亲忽然要拉二胡,要知道,自从生病以后他已经有很多年没拉二胡了。没想到,父亲拉得很有调子,仿佛整条街都在哭泣。我刚才又听见了那种哭泣的声音。

他们在音乐里做琴。很快地,胡三没有音乐也活不成了——至少,做不了琴了。他忽然发现,那个隐形的自己,原来竟是天生通音律的。

七

做一把琴至少需要三十五天的时间,搭上了脑力、体力、心力,做完之后,韩五手掌起泡,胡三腰酸背痛,两个人都透支了。

能否使琴声得以充分发挥,取决于琴弦及其张力、琴马质量、运弓的压力和速度……做琴太复杂了,简直囊括了整个世界。仅仅懂科学是不够的,这毕竟是一把琴而非一台机器,没有对音乐的热爱以及说不清的天赋,根本无从判别从自己手上诞生的琴是一个精品还是一件产品。

每做完一把琴,胡三会给自己一个彻底的放松,望天,听海,穿风,各种出神。他坐在琴作坊门前喝茶,一壶喝乏了,再泡一壶,任街景流动、光影兜转。有时候,他盯着马路对面的一棵老槐树发长呆,槐树上有个硕大的喜鹊窝,喳喳声不绝,他听完巳时听申时,满脸高兴，之后便收了耳朵，坚决不听酉时的——因为酉时喜鹊，叫得悲伤。

一天里的大部分时间，他就这么闲坐着。中午到隔壁的小酒馆里吃饭，喝上两瓶啤酒，下酒菜是一盘鲅鱼馅饺子，或者一盘清水蛤蜊。初秋黄姑鱼汛期来了，酒馆老板夜里跟船出海，在海面上听见黄姑鱼产卵时“咕咕咕”的叫声像波浪一样连绵不绝，好听哟！第二天说给胡三听，胡三从此再也不舍得吃黄姑鱼了。

不做琴，胡三依然每天按时来琴作坊。韩五埋头于琴，不接话，他就在海风中自言自语。订单明明等在那里，他却说情绪没上来，做不了。

胡三通常要休息整整二十天。第二十一天的早晨，他像在非洲草原上巡视的雄狮一样，威风凛凛地出现在琴作坊，他的手正在发痒，身体开始肿胀，眼神已经狠下来，再不做琴就浑身不自在了。

只有一次，胡三做完琴之后没有休息。韩五去上海参观国际名琴展了，琴作坊里一下子没有了敲打木头的声音，胡三感到很寂寞，便把北墙上的老琴取了下来。

不就是一把老琴嘛。胡三想，还是一把被虫蛀了的老琴，千疮百孔。

胡三想给韩五一个惊喜，把琴修好，顺便让韩五见识一下自己的手艺。

这老琴，胡三听韩五拉过一次，声音已经喑哑，真不知道琴里藏着什么秘密，一直被韩五当镇店之宝供着。

琴身太老旧了，幸好，虫子只吃木头，那层漆还是很珍贵的。胡三决定把两毫米的侧板刮到一毫米，将琴身磨得几乎只剩一层漆，再往里填上好木头。把之前早已皴裂的胶水用丙酮一点点擦去，重新填上石膏，用动物胶水黏合……

方案在胡三心里生成，他开始对着老琴精雕细磨，刚修了两天，韩五回来了。

老胡，这次我看到了意大利顶级大师阿玛蒂的琴。价值之尊丝毫不亚于任何昂贵的古董。他的琴简直就是小提琴制作技术的奇迹啊！豪放的f孔，雕刻得很大气的琴头，极其优雅。琴漆呈带褐色的黄色，发光而透明。我还看到了另一位顶级大师斯特拉迪瓦里的作品，琴板宽大平坦，弧度极微，中间厚，向四周扩张的时候又渐渐地薄下去，越靠近侧板越薄，极易振动……

韩五脸上的兴奋像淘金者淘到了黄金一样。但只一分钟，韩五色变。变化之迅急，可比骨瓷餐具转眼被摔碎，两辆汽车猛然追尾，地震预警来不及响起城池已经坍塌。总之就是，刚才还好好的，一眨眼就毁灭了。

胡三，你疯了！你在干什么！给我住手！

这是胡三认识韩五以来，听到他发出的最大声响。他几乎不能相信自己的耳朵，刚才的嘶吼竟然来自韩五那薄弱的胸腔。这也是胡三第一次看见韩五发脾气，他开始相信兔子急了是会咬人的。

韩五几乎是扑了上来，劈头夺下琴，胡三愣在原地。

半个钟头，空气就像凝固了。窗外正是寒冬，海风回旋而起，无从消解，像动物的哀鸣、植物的尖唳。四面八方都是深深的混响，琴作坊里却静得有点吓人。

韩五长吁一口气，似乎费了好大力气才让自己平静下来。

这不是什么意大利名琴。也就是德国的大作坊琴而已。木头是好的，做工有点粗。但是，胡三，你不应该自作主张去修它，你应该先问问我。因为你不了解这把琴对一个家族意味着什么。它是我祖父用命换来的。

胡三还是愣在原地。又是一大段的沉默。随后，韩五的暴怒才渐渐变成了伤感的回忆——

祖父的父亲当年在诸城开大药房，祖父是五少爷，从小读私塾，十七岁考取了齐鲁大学，还是个响当当的小号手。战乱时家道中落，没钱供了，祖父只好辍学，来青岛投奔他的二舅，做起了土产生意。祖父有文化，又肯吃苦，欠账都能追得回来，并不见血光，人人都夸他有悟性有道义。

青岛港上南来北往，祖父仰仗自己的外语底子，不出几年，便跟洋人做起了贸易。后来，他通过德国牧师结交了一个叫希姆森的德国建筑师。据说这个希姆森是青岛老房子的忠诚建造者，其作品的美学形态卓越而持久。这并不奇怪，因他的音乐修养同样非凡，西洋乐器样样上手，小提琴尤其出色。希姆森还与教会合作开办了免费的音乐课堂，惠及青岛百姓和琴童。

准确地说，祖父和希姆森没有什么生意上的往来。祖父敬佩希姆森的为人，希姆森仰慕祖父的家学传承，几乎每个周末，希姆森都要到祖父家里吃中国菜，品崂山茶，带着家人，也带上心爱的小提琴。那一年的中秋家宴，酒至微醺，希姆森拉出了高音 E 弦上的颤音，祖父有生第一次听到，他以为是来自月亮的声音……

一九一四年秋天，日军占领青岛的前一晚，街上炮火连天，祖父把希姆森一家藏在了地下室。两天后，又花重金偷偷地联系了舢板，护送希姆森一家从小港取道红石崖，辗转上海，由上海乘船返回德国。很多家当都无法带走，希姆森让祖父在世道平稳之时变卖，去资助琴童。小提琴则托祖父保管好，说是家传之物，日后来取。

二十世纪中期以后，祖父的苦难日子就没有间断过。祖母自缢，父亲和两个伯父因为家庭成分不能上大学也不能参军。祖父把能烧的书都烧了，但琴总是藏得很好。可祖父还是得罪了人，抄家没完没了。最后一次，他从野蛮人手中夺过这把琴，跳下二楼的阳台，摔成了残废。我是老生子，父亲由于历史遗留问题，直到四十五岁才结婚，我出生的时候，他已经快五十岁了。

为了一把琴去跳楼？

人人都说祖父傻，一把琴，赔了后半生。可父亲说，祖父其实是想逃离生活的不堪。他坚持不住了。

希姆森呢？

再无音信。后人也没来过。父亲往大使馆写了好几次信，但是，一切平静得像没发生过一样。

祖父会拉琴吗？

不会。他希望孩子们能学，孩子们却怕了。

…………

胡三发誓一定要修好这把琴。前前后后修了一年，果然，重生后的琴音绮丽饱满，也沧桑沉郁。韩五感激胡三。胡三倒不好意思起来。

八

琴作坊的第七年，小满来了。

小满十一岁。他是跟父母一起来的，小满的父母很普通，周正、干净，当然还有一点自卑。小满却是不同的。他有一双澄澈的眼睛，一副倔强的嘴角，是个气质不俗的少年。

那天傍晚，一家人慕名走进琴作坊，想要打听一下手作琴的价格。价格显然不是这个普通家庭所能承受的。小满父母给彼此搭着台阶下，不至于尴尬，又或者，仅仅是为了安慰小满的失望。

小满，初学没有必要选手工琴。

是的，小满，老师说过从小学到大，至少要换三四把琴，除了最后买把好琴，其他的都可以用普及琴。

是的，小满，参加比赛时可以来租一把好琴。

是的，小满。

小满父母为胡三韩五的精湛技艺而动容，甚至面露谦卑。四个大人站在高高的屋檐下说话，小满兀自深情地打量着每一把琴。窗外夕阳如血，染红了大半个天空。天空之下，是下班高峰期的嘈杂市声。

母亲说小满从六岁开始学琴，有很强的表现欲，别的孩子拉琴都站得紧绷绷的，他第一次上台演出就很放松，肢体语言特别丰富，当时很多懂音乐的人看了他的演出，都说很有小演奏家的风采。

小满也得意地补充道，第一次是给全校一千多名师生演奏《新春乐》，演奏结束后掌声特别热烈，我当时还学着演奏家的样子，很潇洒地摆了个姿势。

父亲说小满从六岁开始学习小提琴后，就没有别的爱好了，现在每天要保证六七个小时的拉琴时间，小满已经习惯了这种生活。没办法，想学琴就没有捷径可走，手上的功夫如果没有时间的积累，是很难达到高水准的。别的孩子拉五个小时，你拉两个小时，你就是神童也肯定拉不过别人……

直到街灯亮了，小满才随父母离去。他们的家与琴作坊隔着两条街。从那以后，小满经常偷偷跑到琴作坊，只为看一眼漂亮的琴。

胡伯伯，你们晚上加班吗？如果加班，应该可以听到我的琴声。我每天下午放学回到家就开始拉琴，一直拉到周围的邻居提出抗议为止。有时拉得不好，爸爸连饭都不给吃。

韩叔叔，我一般都是在晚上十点以后才能开始做作业。因为爸爸说，如果先写作业，我会为了避开拉琴故意放慢速度，等到晚上九点后才开始拉琴，没多久邻居就要睡觉了。他把我拉琴和写作业的时间换个位置，因为他知道不管多晚我都会自觉地完成老师布置的作业。做不完作业第二天到学校没办法跟老师交差。

不知为什么,小满让胡三韩五心疼。

有时候,小满来的时候眼睛肿肿的。胡三韩五赶忙问怎么了?小满说自己昨晚挨打了,哭肿了眼。练琴偷懒就要挨打的。跟我一起学琴的同学,几乎没有不挨过打的。

胡三说,小满明天来,我给你带炸藕盒吃。小满说,谢谢胡伯伯,我妈每天都给我做好吃的,她累的时候,我就站在厨房门口给她拉琴。伯伯如果能让我拉一下那些漂亮的琴,比什么好吃的都管用。胡三韩五立刻同意了。他们也想看看这个气质不俗的少年到底是什么水平。

小满拉了一首《四季歌》,又拉了一首巴赫的《小步舞曲》,弓走得很直,节奏也不错,关键是他的整体状态与音符在一起。这么小的孩子竟然懂得用情感去拉琴!胡三韩五被感动了,他们应诺小满,以后如果有比赛,小满可以从这里借好琴,就算是赞助吧。

小满好久没来了。

也就两个月吧。

怎么感觉好久了?也不知道最近挨没挨打。

你喜欢上那孩子了。

假以时日,是个成器的好孩子。

胡三韩五一边做琴,一边说起了小满。韩五说主要想让小满来把做好的琴试一遍。演奏永远是所有乐器最好的保养方法。演奏产生的共振可以防尘,避免微生物的生长,还能像煲汤一样,让木头的状态逐渐臻于完美。

胡三说,前天那个土豪带着儿子来试琴,你怎么不让人家敞开试呢。再说了,如果真需要试琴,估计试琴的人要天天排大队吧。

话没落地,小满进来了。他好像长高了——不,是长出了悲伤。他的左臂上戴着孝,那一节黑色布纱像一个死寂的静止符,让胡三韩五不敢再说话。

我爸爸没了。下暴雨的那晚，他开着大货车，从桥上翻了下去。妈妈为了让我学琴，把房子卖了，我们现在租房子住。爸爸不用再打我了，我会拼命练琴的。妈妈白天上班，晚上到医院做钟点陪护，为了给我多挣点学琴的钱……

小满眼睛里闪着泪光，显然他在控制自己。对于一个十一岁的孩子来说，控制住悲恸多么艰难。小满说，为了节约租金，房子租得偏远，今天来跟胡伯伯韩叔叔道个别，以后再来就不是那么方便了。

胡三韩五安慰着小满。但在死亡面前，语言实在苍白，他们自己都感觉乏力。忽然，胡三说，小满，你想试琴吗？有好几把琴等着你试呢。

小满很难把泪水一下子收回去，可他的眼睛被点亮了。他拉起了布鲁赫的《G小调第一小提琴协奏曲》。两个月不见，他的水平提高了一大截子，韩五是听门道的，他发现，即便是难度最高的第三乐章，小满仍能从容地使用双音技巧，他似乎已经懂得捕捉瞬间之美而不事铺张。

小满，你进步太快了！

爸爸走了以后，我一直拉这个曲子。妈妈外表坚强，其实一直吃不下饭睡不着觉，瘦得很厉害，教琴的老师说这首曲子经常被心理学家用来给病人解除痛苦，我就不停地拉，希望对妈妈有用……

是的，是的，音乐可以救人，小满，你要拉得更好一些。

琴作坊开到第八年的时候，订单越来越多了，胡三韩五爱挑剔的毛病却越来越厉害——挑剔订单的数量和时间，挑剔琴主的品性。人们不解地问，你们跟钱过不去？

胡三说，不，我只是想跟它平起平坐。成为钱的奴隶，就会跟它结仇。做琴，不是钱说了算，而是我内心的声音说了算。每个商人都想要订单，我不是商人。从前是个木匠，现在是个做琴的，当年师父跟我说，做木匠要忠诚。我问他忠诚什么？他说忠诚于树，忠诚于刨子、锯子、锤子、斧子，忠诚于自己的工具箱，其他的都不用搭理……

胡三越说越来劲儿，说到底，为订单而活就是耻辱的。

韩五接着说，我们不可能做出二十把一模一样的琴。每把手工琴都不一样。首先木头就不一样，月亮下面砍伐的木头和太阳底下砍伐的木头，怎么会一样呢？再说了，好木头的珍贵除了天生质地，还有时间带来的变化。制作小提琴之前，好的木头起码要在自然状态下风干数十年以上，风干时间越长越好——我们准备好木头了吗？

琴作坊开到第九年的时候，人们说胡三韩五越来越矫情了。琴做完了当年不卖，放一放，为了声音更好听。可在这个快速消费的商品社会，谁还能为一把琴的风干等上一年时间？即便在今天的意大利，凭自然风干做出的提琴也已经寥寥无几——可胡三韩五就是要风干一年以上。

除了一年以上的风干，秘不外传的还有熬漆。熬漆的过程就像一次辟谷，不是胡三就是韩五，总有一个人躲起来熬上一两个月才能熬出一锅。而给一把琴上漆，需要半年，上一层，晾一阵，再上一层，一共要上三十遍。这样下来，做一把琴少说也要一年工夫了。

凭着这些矫情，胡三韩五的琴屡次在国际级别的比赛上获奖。甚至，有权威提琴鉴定家在看了二位的作品后，说了这样一句话：他们似乎知道意大利小提琴的某些秘密。

城里最高级别的发烧友，名家的启蒙老师，大学里的音乐教授，乐团的演奏首席，收藏家们，甚至附庸风雅的权贵们开始请胡三韩五吃饭。席间哗然，主座的右边是胡三，左边是韩五，一桌人轮番地献上敬意。人们极尽所能地谈论着音乐,有的人说到了点上,但话锋转得太快,还未曾走心,就走了题。于是,一大桌子人从文艺创作到时政事件再到坊间八卦和投资大计,话锋稠密拥挤,大有见山砍柴、见海撒网之势。

胡三韩五懒得搭一句话,显得和整桌气氛格格不入。也许他们的世界一直以三百多年前的一套标准为参照系,眼前的万千动静,在他们这里都不那么重要了,最后众人总结说他俩是世外高人。其实,私下里的真话是:那两个冷血的怪人。

九

秋天,月亮升了起来。赶在中秋节之前,城里的儒商林先生亲自来琴作坊下帖,名曰“天下英雄螃蟹宴”,请胡三韩五出席。二人推托,林先生不饶。二人继续推托,林先生拿清代戏剧家李渔嗜蟹如命举例,又拿鸳鸯蝴蝶派的许廑父大办百蟹宴说事。数个回合下来,胡三韩五不堪撕扯,只好从了。

林先生当晚还请来了三个顶级厨爷。苏州的,刚从百年老店松鹤楼退休。马来西亚的,在吉隆坡阿罗街上有两家夜排档。青岛本地的,号称海鲜酒楼界老大。

三个厨爷做出十道蟹宴,吃倒众生。蒸,头一道,蟹肉紧致有力,膏腴红艳厚笃,鲜香之气似乎能淹没整条街抑或半座城。众人情绪很快涨了起来。亟待第三道避风塘炒蟹撤下,著名诗人开始作诗,著名书法家则吆喝纸墨笔砚伺候,开始题字。奶油焗蟹钳上来的时候,已是第七道,电视台当家花旦举着法国梧桐堡干白,娇嗔胡三韩五几次回绝采访,不给她面子。下周哦,下周如果再让我吃闭门羹,就是不给林先生面子哟。

再看林先生,脸色依然不惊、不艳。他先敬了右手边的胡三,又敬了左手边的韩五，说，十把手作琴的订单，加拿大的朋友拜托我把这件事办好。请两位老师配合一下。价格翻番，时间紧。

胡三韩五几乎整晚无话。此时，胡三接了一句，做不了，我预感，情绪上不来。

就这样，胡三韩五又做了一次世外高人，或者，冷血的怪人。

散了局，这两个怪人，相伴着回程，不知何故，突然站下。一个抬头看着月亮，痴痴地，傻傻地，呆呆地不动。另一个笑了，伸出手指，弹了一下月光，那铮铮鸣响，不自觉间，把人世的一切都水银般流散了。

他们似乎同时想起了那个孩子，小满。还有北墙上的老琴。

小满应该可以参加维尼亚夫斯基世界青少年小提琴比赛了吧？

他需要一把好琴。

【作者简介】阿占，女，本名王占筠。有小说发表、转载于《中国作家》《小说月报》《小说选刊》《新华文摘》《芒种》《山东文学》等，入选“2019中国当代文学最新排行榜”、《2019中国年度短篇小说》《中国当代文学经典必读·2019短篇小说卷》《小说月报2020年精品集》等多个重要年选与排行榜。曾获泰山文学奖等奖项。现供职于青岛市文学创作研究院。

木 佛

○冯骥才

先别问我叫什么，你慢慢就会知道。

也别问我身高多高，体重多少，结没结婚，会不会外语，有什么慢性病，爱吃什么，有没有房子，开什么牌子的车，干什么工作，一月拿多少钱，存款几位数……这你渐渐也全会知道。如果你问早了，到时候你会觉得自己的问题很可笑，没知识，屁也不懂。

现在，我只能告诉你，我看得见你，听得见你们说什么。什么？我是监视器？别胡猜了。我还能闻出各种气味呢，监视器能闻味儿吗？但是，我不会说话，我也不能动弹，没有任何主动权。我有点像植物人。

你一定奇怪，我既然不能说话，怎么能对你说呢？

我用文字告诉你。

你明白了——现在我对你讲的不是语言，全是文字。

你一定觉得这有点荒诞，是荒诞。岂止荒诞，应该说极其荒诞。可是你渐渐就会相信，这些荒诞的事全是真事儿。

一

我在一个床铺下边待了很久很久。多久？什么叫多久？我不懂。

你问我天天吃什么？我从来不吃东西。

我一直感受着一种很浓烈的霉味。我已经很习惯这种气味了，我好像靠着这种气味活着。我还习惯阴暗，习惯了那种黏糊糊的潮湿。唯一使我觉得不舒服的是我身体里有一种肉乎乎的小虫子，在我体内使劲乱钻。虽说这小虫子很小很软，但它们的牙齿很厉害，而且一刻不停地啃啮着我的身体，弄得我周身奇痒难忍。有的小虫已经钻得很深，甚至快钻到我脑袋顶里了。如果它们咬坏了我的大脑怎么办？我不就不能思考了吗？还有一条小虫从我左耳朵后边钻了进去，一直钻向我的右耳朵。我不知道它们到底想干什么？我很怕叫它们咬得千疮百孔。可是我没办法。我不会说话、讨饶、呼救；我也不知向谁呼救；不知有谁会救我。谁会救我？

终于有一天，我改天换地的日子到了！我听见一阵很大的拉动箱子和搬动东西的声音。跟着一片刺目的光照得我头昏目眩。一根竿子伸过来捅我，一个男人的声音："没错，肯定就在这床底下，我记得没错。"然后这声音变得挺兴奋，他叫道："我找到它了！"这竿子捅到我身上，一下子把我捅得翻了个个儿。我还没弄清怎么回事，也没看清外边逆光中那个黑乎乎的人脑袋长的什么样，我已经被这竿子拨得翻过来掉过去，在地上打着滚儿，然后一直从床铺下边犄角旮旯儿处滚出来，跟着被一只软乎乎的大手抓在手里，拿起来"啪"的一声撂在高高一张桌上。这人朝着我说：

"好家伙，你居然还好好的，你知道你在床底下多少年了吗？打'扫四旧'那年一直到今天！"

打"扫四旧"到今天是多少年？什么叫"扫四旧"，我不懂。

旁边还有个女人，惊中带喜地叫了一声："哎呀，比咱儿子还大呢！"

我并不笨。从这两句话我马上判断出来，我是属于他俩的。这两人肯定是夫妇。男人黄脸，胖子，肥厚的下巴上脏兮兮龇出来好多胡楂子;女人白脸,瘦巴,头发又稀又少,左眼下边有颗黑痣。这屋子不大,东西也不多。我从他俩这几句话听得出,我在他床底下已经很久很久。究竟多久我不清楚,也不关心,关键是我是谁?为什么一直把我塞在床底下,现在为什么又把我想起来,弄出来?这两个主人要拿我干什么?我脑袋里一堆问号。

我看到白脸女人拿过来一块湿抹布,显然她想给我擦擦干净。我满身灰尘污垢,肯定很难看,谁料黄脸胖子伸手一把将抹布抢过去,训斥她说:

"忘了人家告诉你的,这种老东西不能动手,原来吗样就吗样,你吗也不懂,一动不就毁了?"

白脸女人说:

"我就不信这么脏头脏脸才好。你看这东西的下边全都糟了。"

"那也不能动,这东西在床底这么多年,又阴又潮,还能不糟?好东西不怕糟。你甭管,我先把它放到柜顶上去晾着,过过风。十天半个月就干了。"

他说完,把我举到一个橱柜顶上,将我平放着,再用两个装东西的纸盒子把我挡在里边。随即我便有了一连许多天的安宁。我天性习惯于安宁,喜欢总待在一个地方,我害怕人来动我,因为我没有任何防卫能力。

在柜顶上这些日子我挺享受。虽然我看不见两个主人的生活,却听得见他们说话,由他们说话知道,他们岁数都大了,没工作,吃政府给贫困户有限的一点点救济。不知道他们的孩子为什么不管他们?反正没听他们说,也没人来他们家串门。我只能闻到他们炖菜、烧煤和那个黄脸男人一天到晚不停地抽烟的气味。我凭这些气味能够知道他们一天只吃两顿饭。每顿饭菜都是一个气味,好像他们只吃一种东西。可是即便再香的饭菜对我也没有诱惑——因为我没有胃，没有食欲。

此刻，我最美好的感觉还是在柜顶上待着。这儿不阴不潮，时时有小风吹着，很是惬意。我感觉下半身那种湿重的感觉一点点减轻，原先体内那些小虫子好像也都停止了钻动，长久以来无法抗拒的奇痒搔心的感觉竟然消失了！难道小虫子们全跑走了？一缕缕极其细小的风，从那些小虫洞清清爽爽地吹进我的身体。我从未有过如此美妙得近乎神奇的感觉。我从此能这么舒服地活下去吗？

一天，刚刚点灯的时候，有敲门声传来。只听我的那个男主人的声音：

"谁？"

门外回答一声。开门的声音响后，进来一人，只听我的主人称这个来客为"大来子"。过后，就听到我的男主人说：

"看吧，这几样东西怎么样？"

我在柜顶上，身子前边又有纸盒子挡着，完全看不到屋里的情景。只能听到他们说话。大来子说话的腔调似乎很油滑，他说：

"你就用这些破烂儿叫我白跑一趟？"

我的女主人说：

"你可甭这么说，我们当家的拿你的事可当回事了。为这几样宝贝他跑了多少地方搜罗，使了多少劲，花了多少钱！"

"我没说你当家的没使劲，是他不懂，敛回来的全是不值钱的破烂儿！破烂儿当宝贝，再跑也是白跑！"

女主人不高兴了，她戗了一句："你有本事，干吗自己不下去搜罗啊。"

大来子说："我要下去，你们就没饭吃了。"说完嘿嘿笑。

男主人说：

"甭说这些废话，我给你再看一件宝贝。"

说完，就跑到我这边来，登着凳子，扒开纸盒，那只软乎乎的大手摸到我，又一把将我抓在手里。我只觉眼前头昏目眩地一晃，跟着被“啪”的一声蹾在桌上—— 一堆瓶瓶罐罐老东西中间。我最高，比眼前这堆瓶子罐子高出一头，这就得以看到围着我的三个人。除去我的一男一女俩主人外，再一位年轻得多，圆脑袋，平头，疙疙瘩瘩一张脸，贼乎乎一双眼，肯定就是大来子了。我以为大来子会对我露出惊讶表情，谁料他只是不在意地扫我一眼，用一种蔑视的口气说：“一个破木头人儿啊！”便不再看我。

由此，我知道自己的名字——木头人。

随后我那黄脸的男主人便与大来子为买卖桌上这堆老东西讨价还价。在男主人肉乎乎的嘴里每一件东西全是稀世珍奇，在大来子刁钻的口舌之间样样却都是三等货色甚至是赝品。他们只对这些瓶瓶罐罐争来争去，唯独对我提也不提。最后还是黄脸男主人指着我说：

“这一桌子东西都是从外边弄来的，唯独这件是我祖上传下来的家藏，至少传了四五代，打我爹记事时就有。”

“你家祖上是什么人家？你家要是‘一门三进士’，供的一准都是金像玉佛。这是什么材料？松木桩子！家藏？没被老鼠啃烂了就算不错。拿它生炉子去吧。”

我听了吓了一跳。我身价原来这么低贱！说不定明天一早他们生炉子时就把我劈了、烧了。瞧瞧大来子的样子，说这些话时对我都不再瞅一眼，怎么办？没办法。我是不会动的。逢此劫难，无法逃脱。

最后，他们成交，大来子从衣兜里掏出厚厚一沓钱，数了七八张给了我的男主人。一边把桌上的东西一件件往一个红蓝条的编织袋里装，袋里有许多防压防硌的稻草。看他那神气不像往袋子里装古物，像是收破烂儿。最后桌上只剩下我一个。

女主人冲着大来子说：“您给这点钱，只够本钱，连辛苦费都没有。当家的——"她扭过脸对男主人说,"这种白受累的事以后真不能再干了。"

大来子眨眨眼,笑了,说:"大嫂越来越会争价钱了。这次咱不争了,再争就没交情了。"说着又掏两张钱,放在女主人手里,说:"这辛苦费可不能算少吧。"说着顺手把孤零零立在桌上的我抄在手里,边说,"这破木头人儿,饶给我了。"

男主人说:"这可不行,这是我家传了几代的家藏。"伸手要夺回去。

大来子笑道:"屁家藏!我不拿走,明天一早就点炉子了。怎么?你也想和大嫂一样再要一张票子。好,再给你一张。大嫂不是不叫你收这些破瓶烂罐了吗?打今儿起我也不再来了。我没钱干这种赔钱买卖!"说完把我塞进编织袋。

我的黄脸主人也没再和大来子争。就这样,我易了主,成了大来子的囊中之物了。

我在大来子手中的袋子里,一路上摇来晃去,看来大来子挺高兴,嘴里哼着曲儿,一阵子把袋子悠得很高很带劲,叫我害怕他一失手把我们这袋子扔了出去。但我心里更多的是庆幸!多亏这个大来子今天最后不经意地把我捎上,使我获救,死里逃生,没被那黄脸男人和白脸女人当作糟木头,塞进炉膛烧成灰。

可是,既然我在大来子眼里这么差劲,他为什么要捎上我,还多花了一张票子?

二

完全没想到,我奇妙非凡的经历就这么开始了。

这天,我在袋子里,两眼一抹黑,好像被大来子提到了一个什么

地方。我只能听到他说话。他到了一个地方,对另一个什么人说了一句兴高采烈的话:

“今天我抱回来一个大金娃娃了。”

我不懂这话是什么意思。

另一个人的声调很细,说:“叫我看看。”

“别急啊,我一样样拿给你开开眼。”大来子说着,用他那粗拉拉、热乎乎的大手伸进袋子,几次摸到我,却都没有拿起我来,而是把我扒拉开,将我身边那些滑溜溜的瓶瓶罐罐一样样掏出口袋。每拿出一样,那个细声调的人都说一句:“这还是大路货吧!”

大来子没说话。

最后袋子里只剩下我,他忽地抓住我的脖子,一下子把我提出袋子,往桌子上一放,只听那个细声调的人说:“哎呀,这东西大开门,尺寸也不小,够年份啊!我说得对吧?”

这时,我看到灯光里是两个人,四只眼都不大,却都瞪得圆圆、闪闪发光地盯着我瞧。一个就是这个圆脑袋、疙瘩脸、叫“大来子”的人。再一个猴头猴脸,脖子很细,一副穷相,就是细声调的人。大来子叫他“小来子”。不知他们是不是哥儿俩,看上去可不像是一个娘生的。

小来子问大来子:“你瞧这木佛什么年份的?”

这时我又进一步知道自己还不是叫“木头人”,而是一个更好听的名字,叫作——木佛。我对这个称呼似乎有点熟悉,模模糊糊好像知道自己有过这个称呼,只是记不起这是什么时候的事啦。

大来子说:“你先说说这木佛是什么年份?”

小来子说:“您考我?乾隆?”

大来子说:“你鼻子两边是什么眼?肚脐眼儿?没长眼珠子?乾隆的佛吗样?能有这个成色?连东西的年份都看不出来,还干这个?”

小来子一脸谄媚的神气,细声说:“这不跟您学徒吗?您告诉我,我不就懂了！”

大来子脸上忽然露出一丝坏笑，他说：“先甭说这木佛。我给你说一个故事——”

小来子讨好地说：“您说，我爱听。”

下边就是大来子说的故事：

“从前有个老头儿和老婆儿，老两口儿有个儿子，娶了媳妇。儿子长年在外地干活。老头儿老婆儿和儿媳守在家。家里穷，只一间屋。老头儿、老婆儿、儿媳各睡一张小床上。老头子不是好东西，一家人在一个屋里睡久了，对儿媳起了邪念，但老婆子整天在家，他得不到机会下手。

“一天儿媳着凉发烧。儿媳的床靠窗，老婆子怕儿媳受风，就和儿媳换了床，老婆子睡在儿媳床上。这天老头子早早地睡了，换床这些事全不知道。

“半夜老头子起来解手回屋，忽起坏心，扑到儿媳床上，黑乎乎中，一通胡闹，他哪知道床上躺着的是自己的老婆子。老头子闹得兴高采烈时，把嘴对在‘儿媳’的耳朵上轻声说：‘还是年轻的好，比你婆婆强多了。’

“忽然，在他身下发出一个苍哑并带着怒气的声音说：‘老王八蛋，你连老的新的都分不出来，还干这个？’

“老头子一听是老婆子，吓傻了。”

大来子讲完这故事，自己哈哈大笑起来。

我听着也好笑，只不过自己无法笑出来，心笑而已。

小来子却好像忽然听明白了这故事。他对大来子说：“您哪里是讲故事，是骂我啊！”

大来子笑着，没再说别的，双手把我捧起来放进屋子迎面的玻璃柜里,然后招呼小来子锁好所有柜门和抽屉,关上灯,一同走出去再锁好门,走了。剩下我自己待在柜里,刚好把四下看个明白。原来这是个小小的古董店铺。这店铺好似坐落在一座很大的商场里。我透过玻璃门窗仔细看,原来外边一层楼全是古董店铺,一家家紧挨着。我是佛,目光如炬,不分昼夜,全能看得清楚。我还看到自己所在的这个小店铺里,上上下下摆满各种稀奇古怪的东西。我的年岁应该很大,见识应该很多,只是曾经被扔在我原先那主人黄脸汉子的床下太久了,许多事一时想不起来。这古董店里好几件东西都似曾相识,却叫不出名字。我看到下边条案上一个玻璃罩里有个浅赭色的坛子,上边画了一些潦草的图样。看上去很眼熟,却怎么也想不起来它是干什么用的了。

过了一夜,天亮不久,大来子与小来子就来开锁开门。小来子提着热水瓶去给大来子打水,然后回来沏茶、斟茶。大来子什么也不干,只坐在那里一个劲儿打哈欠、抽烟;大来子抽的烟味很呛鼻子。

我发现这店铺确实不大。屋子中间横着一个摆放各种小物件的玻璃柜台。柜台里边半间屋子归大来子自己用,放一张八仙桌,上边摆满花瓶、座钟、铜人、怪石、盆景、笔墨以及烟缸茶具,这里边也是熟人来闲坐聊天的地方。柜台外边半间屋子留给客人来逛店。地上堆着一些石头或铁铸的重器。

我从大小来子两人说话中知道,这地方是天津卫有名的华萃楼古玩城。

过不久,就有人进来东看西看。大小来子很有经验,一望而知哪种人是买东西的,哪种人是无事闲逛。应该跟哪种人搭讪,对哪种人不理。我在这店里待了差不多一个月吧,前后仅有三个人对我发生兴趣。一个矮矮的白脸瘦子问我的价钱。小来子说:“七千。”对方摇摇脑袋就走了。从此再没人来,我由此知道了自己的身价:七千元,相当高了。这店里一天最多也卖不出两三百元的东西,有的时候还不开张。看来我可能还真有点身份呢。在市场里,身价不就是身份吗?

此后一个月,没人再对我问津。可是,一天忽然一个模样富态的白白的胖子进了店,衣着干干净净挺像样。古玩行里的人一看衣着就一清二楚。邋邋遢遢的是贩子,有模有样的是老板,随随便便的反而是大老板。这胖子一进门就朝大来子说:"你这儿还真够清静啊。"看意思,他们是熟人,可是这胖子一开口就带着一点贬义,分明是说大来子的买卖不带劲。

大来子明白,褒贬向来是买主。他笑着说:"哎哟,高先生少见啊,今儿早上打北京过来的?"

高先生说:"是啊,高铁真快,半个钟头,比我们从东城到西城坐出租还快。一次我从东四到西直门,赶上堵车,磨磨蹭蹭耗了一个半钟头。"接着打趣地说,"今儿我算你头一个客人吧?"

"我可怕人多。人多是旅游团,全是来看热闹的,我这儿没热闹可看。这不是您告诉我的话嘛——三年不开张,开张吃三年。东西好,不怕放着。"大来子说,"您里边坐。"

高先生一边往里走,两只小圆眼却像一对探照灯,上上下下打量着店里的东西。

大来子说:"听说最近你们潘家园的东西不大好卖。"

高先生说:"买古玩的钱全跑到房市那边去了。肯花大价钱买东西的人少了。你们天津这边价钱也'打滑梯'了吧!"他说着忽然眼睛落在我身上。上前走了半步,仔细又快速"盯"了我三眼,这当儿我感觉这胖子的一双眼往我的身体里边钻,好像原先我身体里那些肉虫子的那股劲儿。他随口问大来子,"你柜里这个破木佛价钱不高吧?"

大来子正要开口,嘴快的小来子已经把价钱说出来:"七千。不算高。"

大来子突然对小来子发火:"放你妈屁,谁定的价,你敢胡说!东西摆在这儿我说过价吗?七千?那都是人家的出价,这样大开门的东西七千我能卖吗? 卖了你差不多!”

小来子机灵。他明白自己多了嘴,马上换一个神气,用拳头敲着自己的脑袋说:“哎呀呀,瞧我这破记性! 这七千元确实是前几天那个东北人给的价,您不肯卖,还说那人把您当作傻子。是我把事情记差了,把人家的买价记成咱的卖价了。”说完,还在敲自己的脑袋。

高先生当然明白这是瞎话。这世界上瞎话最多的就是古董行。

高先生笑眯眯看着大小来子演完这场戏,便说:“我也只是顺口问问,并没说要买啊! 说多说少都无妨。”说着便坐下来,掏出烟,先把一根上好的金纸过滤嘴的黄鹤楼递给大来子。大来子馋烟,拿过去插在上下嘴唇中间点着就抽。我一闻这香气沁人的烟味儿,就明白高先生实力非凡。大来子叫小来子给高先生斟茶倒水。

我呢?一动不动地坐在柜里,居高临下,开始观看高先生与大来子怎么斗智斗法。我心里明白,对于我,他俩一个想买,一个想卖。却谁也不先开口,谁先开口谁就被动。于是两人扯起闲天,对我都只字不提,两人绕来绕去绕了半天,还是人家北京来的高先生沉得住气,大来子扛不住了,把我提了出来。不过他也不是等闲之辈,先不说我的价高价低,而是手一指我,对高先生说:“今儿您也别白来一趟。您眼高,帮我长长眼,说说它的年份。”

谁料高先生更老练,竟然装傻,说道:“你这柜里东西这么杂,叫我看哪件? 铜器我看不好。瓷器陶器佛造像还凑合。”

大来子笑道:“您看什么拿手我还不知道? 铜佛不会找您,就说您刚才瞧上的这木佛吧,您看是吗时候的? ”

“你心里有数还来问我。你整天在下边收东西,见多识广,眼力比我强。”高先生不紧不慢地说。

“您不说是先拿我练?我说出来您可别见笑。依我看——跟我条案上这罐子一个时候的。”大来子停了一下说,“而且只早不晚。”

大来子说的罐子，就是条案上玻璃罩里的那个浅赭色的大陶罐，也正是自己看着眼熟，却怎么也想不起来干什么用的那件东西。

“你知道这酒坛子什么年份吗？”高先生问大来子。

大来子一笑，说：“您又考我了。大开门，磁州窑的文字罐，自然是宋？”

高先生举起又白又胖的右手使劲地摇，连说：“这罐子虽然品相不好，年份却够得上宋。这木佛可就差得远了。”

大来子说：“总不能是民国吧。我这件东西，古玩城里不少人可都看过。年份要是不老，那天那个东北人也不会上来就出七千。当然他心里知道这东西什么分量，那家伙是想拿这个价投石问路，探探我的底。”大来子这几句话说得挺巧，把刚刚小来子编的瞎话也圆上了。

我在柜里，把他们一来一去一招一式全看在眼里，商人们的本事，一靠脑筋，二靠嘴巴，看谁机灵看谁鬼看谁会说。我从他们斗法之中真看出不少人间的学问。

高先生听了，随即笑道：“打岔了。我什么时候说是民国的东西。虽然够不上大宋，明明白白是一件大明的东西，只是下边须弥座有点糟了，品相差了些。”

大来子站起身从柜里把木佛拿出来，说：“您伸出手来？”

高先生说：“你拿着我看就行了。”

大来子执意叫高先生伸出手，然后把木佛往高先生手上一放，说：“我叫您掂一掂它的分量。”

高先生立即露出惊讶表情。大来子龇着牙说：“跟纸人一样轻吧。没有上千年，这么大一块木头能这么轻？这还是受了潮的呢！再晾上半年，干透了，一阵风能刮起来。”大来子咧着嘴，笑得很得意。

高先生说：“这是山西货。山西人好用松木雕像，松木木质虽然不如榆木，但不变形。可是松木本身就轻，山西天气又干，这么轻不新鲜。再说看老东西的年份不能只凭分量，还得看样式、开脸、刀口。

我看这一准是大明的做法。"

大来子说:"甭跟我扯这些,您看它值多少?"这话一出口,不遮不掩就是要卖了。

高先生本来就想买,马上接过话说:"你要叫我出价,我和你说的那东北人一样,也是七千。"

"七千可不沾边。"

"多少钱卖?卖东西总得有价。"

"多少钱也不卖。"大来子的回答叫小来子也一怔。不知大来子要什么招数,为吗不卖。

"那就不谈了?"高先生边说边问。

"别人不卖,您是老主顾,您如果非要,我也不能驳面子。"大来子把话往回又拉了拉。

"别扯别的,说要价。"高先生逼大来子一句。

"三个数,不还价。"大来子伸出右手中间的三个手指,一直伸到高先生面前,口气很坚决。古董行里,三个数就是三万。

高先生脸上的假笑立即收了回去,但还是打着趣说:"你就等着'开张吃三年'吧。"说完他一边站起身一边说,"不是什么东西都能'开张吃三年'的。古董有价也没价。顶尖的好东西,没价;一般东西还是有价的。"然后说,"不行了,我得走了。今晚北京那边还有饭局,一个老卖主有几件正经皇家的东西托我出手,饭局早定好了。我得赶回去了。"说完告辞而去。

高先生是买家,忽然起身要走,是想给大来子压力。可是大来子并不拦他。

我在柜里看得有点奇怪,大来子不是想把我出手卖给他吗?干什么不再讨价还价就放他走了?

大来子客客气气把高先生送出门后,回来便骂小来子说:"都是你多嘴,坏了我的买卖。"

小来子说:“我嘴是快了些。可是七千这价也是您定的啊。再说人家高先生明摆着已经看上咱这木佛了，您干吗把价叫到三个数，这么高,生把人家吓跑了？”

大来子说:“你这笨蛋,还没看出来,他这是假走,还得来。”

后来我才懂得,大来子这一招儿叫“钓鱼”,放长线才能钓大鱼。

小来子在古董行还是差点火候。一个劲儿地问:“叫人家高先生看上的都是宝吧？咱这木佛能值大钱吗？”

大来子没说话,他心里似乎很有些底数了。

我却忽然想到,前些天大来子把我从原先那黄脸男主人手里弄来,只花了区区的一百元！古董行里的诈真是没边了。

过了一周,高先生没露面。店里却来了另外两个北京人,点名要看我,给的价很低,才三千元,还说最多是明末的东西。这两人走后,大来子说这两个人是高先生派来成心“砸价”的,还说很快就有人要来出高价了。不出所料,过了五天来个黑脸汉子,穿戴很怪,上边西服上衣,下边一条破牛仔裤,右手腕上还文了一只蝙蝠。进门就指着我要看,他把我抓在手里看了半天,张口竟叫出一个“惊天价”——两万元。惊得小来子冒出汗来。谁料大来子还是不点头,也不说自己要多少,只说已经有人看上我了,黑脸汉子出的价远远够不上人家的一半,硬把这黑脸汉子挡在门外。等这汉子走后,大来子说这黑脸汉子也是高先生派来的“替身”。他更得意。他看准高先生盯上我了,并从高先生这股子紧追不舍的劲头里看到我的价值。他拿准主意,一赶三不卖,南蛮子憋宝,非憋出个大价钱不可。他对小来子说:“弄好了,说不定拿木佛换来一辆原装的丰田。”

一时弄得我自觉身价百倍。

我虽然只是一个“旁观者”,却看得出来,这小来子费猜了。他既不知大来子想要多少钱,也不知我到底能值多少钱。他和大来子干了好几年,没见过大来子的买卖干得这么有根,这么带劲。一天,他独自在店里,忽然两眼冒光好似如梦方醒,朝我叫道:“怪不得他那天把你背回来时,说‘抱了一个金娃娃！’原来金娃娃就是你！”

这一下我反而奇怪了。我是木头的,怎么会是金娃娃?

我一动不动立在玻璃柜里,虽然前后才一个多月,却已经将这各种各样的花花肠子都看得明明白白。人世间原来这么多弯弯绕、花招儿和骗局;假的比真的多得多。不靠真的活着,都靠假的活着,而且居然活得这么来劲。虽然我还是我,却在这骗来骗去中身价越来越高。这就是人的活法吗?更叫我不高兴的是,我既然是佛爷,怎么没人拿我当作佛爷敬着,全叫他们当成钱了?而且当作钱那样折腾起我来。

三

一天深夜,我突然发现有两个人影在店铺门口晃动,我刚才看见小来子下班离开店铺时锁了门,不知为什么这两个黑影竟然不费吹灰之力,一拧门把就推开进来。总不会是小来子给这两人留的门吧?

虽然店内关灯,但我是佛,目光如炬,一眼就看清楚走进店内的两个人。一个五大三粗,另一个竟然是个光头。两人进来直朝我这玻璃柜走来,拉开玻璃柜,双手伸上来把我端出柜子。他们的目标就是我,动作又快又利索,绝不顺手牵羊拿点别的;只用块黑布把我一包就走。我给这块黑布一包就什么也看不见了。只能听到这两个人跑步的声音。

从他们的跑步声判断,他们似乎上上下下穿越过一些不同空间,有一阵还在一条有回声的通道里奔跑,后来奔跑声就加入了他们急促的喘气声。他们跑到一条街上。街上有汽车声。突然,在后边不远的地方有人大喊:“抓住他俩,小偷!抓住他们!”这两人闻声就跑得更快。就在脚步声变得极其紧急与慌张时,忽地发出一声巨响,同时我好像被扔了出去——我确实被扔了出去——可能是抱着我的那人被什么绊倒了,我就从他手中飞了出去。在我飞行到半空时,包着我的那块黑布脱落了。我看到自己在空中画了一条弧线,然后掉落在地上那非常惊险的一幕!当我撞在地面时,感到眼冒金星,头部和肩部像挨到重锤一样剧痛,不知自己是否被摔坏。

直到完全静下来之后,我发现刚才偷盗我的那两个人已经跑得无影无踪。两个小偷逃命要紧,顾不上我,追小偷的人也没有发现我,我被遗弃在一条深更半夜空荡荡的大街上。偶尔有一辆汽车从我身边飞驰而过,我开始害怕起来,街上一片漆黑,这些夜行车不会看见我,如果它们从我身上一轧而过,我会立即粉身碎骨。更要命的是,我不能动,只有乖乖地等待死神的降临。可是我想,我不是佛吗?佛总不会和人的命运一样吧!

忽然,一道强烈的光直照我的双眼。我横躺在街上,看着它直朝我飞驰而来,而且强光越来越亮,一辆车!我想我完蛋了,只等着它从身上碾过,突然它竟“吱呀”一声,来个急刹车。跟着我看见车门开了,一个人从驾驶座位下来,手里拿个电筒朝我走来。走到我跟前用电筒一照,自言自语地说:“他妈的,这是什么东西?我还以为是一只死猫死狗呢,原来是一截破木头!”他抬起脚刚要把我踢到道边,忽然又说:“噢?还不是破木头,一个木头人?木佛吧?老东西吧?大半夜谁扔在这儿的呢?”他想了想接着说:“我得把它抱回去,说不定是件古董。”

只他一个人,他自言自语,然后猫下腰把我抱起来,回到车里去。一进车门,一股很浓重的酒气扑面而来。一个人坐在车子后排座椅上发出声来:“什么东西?”声音咬字不清,像是醉了。

这人把我递给他,说:“您看吧,老板。兴许是个宝贝!”

原来车里的醉汉是个老板,抱我进车的是老板的司机。

跟着，我感觉自己躺在一个软软的热热的晃晃悠悠的怀抱里，倒是很舒服。我开始庆幸自己又一次死里逃生。只听这醉醺醺的老板对着我胡说:“你真是个宝贝,我的好宝贝吗?不、不、不,我的那些宝贝儿们全在‘夜上浓妆’呢！我怎么看不清你呢,你睁开眼叫我好好看看……”

我可真受不了他嘴里喷出的酒气。

前边开车的司机笑呵呵地说:“老板,它的眼一直睁着。您自己得睁开眼,才能把它看清楚。”

老板说:“去你妈的,多什么嘴,开你的车,天天闻你的屁味儿谁受得了？杨科长说爱放屁的司机根本不能用……”

我还没弄清楚怎么回事,老板就打起很响的鼾声睡着了。只听司机自言自语地说:“我忍了半天没放,这就叫你闻个够。”

我还是没弄清楚司机这话什么意思,只听一连串“吱吜吱吜”关门似的声音，一会儿就闻到一种很臭的气味从车子前边飘到后边，渐渐与酒味混在一起。这种混合的气味叫我无法忍受。我感觉我身体里边又有点发痒,是不是残存我体内的原先那些小虫子,也受不了这气味扭动起来了?

转天,我被放在一间气派又豪华的客厅里,老板坐在这里喝茶。此时的老板和昨夜在车里完全两样了。昨天衣衫不整,红着眼珠,口角流涎,满嘴胡言,横在车里像只睡熊。今天穿戴周周正正,挺着肚子,不苟言笑,脸上还有点霸气。我有点不明白,凭老板这种实力,为什么非用那个爱放屁的司机？昨天那屁味现在都不能琢磨一下,太叫人受不了了。

将近中午时候,老板家里来了两个客人。一个像曾经到华萃楼大来子店里去过的高先生,有点身份,只是头发梳得很高,抹了许多油。另一个文绉绉，肉少骨多，衣着古板，人还文气。听他们一说话，那个像高先生、头上抹油的人，老板称他华先生。文绉绉这位是在博物馆工作的文物鉴定员，老板称他曲老师。客人进来没有落座，就叫老板引到我身前，一起把我好好端详，然后才落座，饮茶，开始对我品头论足。

两位客人先说我“这件东西”不错，是“山西货”，曾经施彩，甚至沥粉和饰金。虽然年深日久，但还留有痕迹。看来这二位说话比较公道，因为不是买卖关系的，没有故意褒贬。由他们嘴里我还对自己有了进一步的认识，我听后不仅吃惊，还大喜过望。他们说出我正式的名称，叫作“菩萨坐像”。他们还有根有据说出了我的年代，属于宋元物件。华先生说是元初，因为我身上已经有一点辽金以来的“野气”。曲老师却一口咬定我是宋佛。曲老师说，宋代的菩萨还没有完全“女性化”，故看上去身躯有点伟岸，唇上有髭。元代就完全没有了。曲老师还说，这皮壳下边肯定有一层彩。欧洲人修这种老木器很有办法，而且是一厘米一厘米地修，能叫皮壳下边的彩绘充分显露出来，咱们的技术还不行。如果真能露出彩绘，肯定大放异彩。那就得送到欧洲去修。

二位客人中，曲老师是货真价实的专家，还常在电视台“鉴宝”节目里露面。经曲老师这么一说，那位华先生便不敢再多嘴。

老板欣喜异常，他对露不露彩绘的颜色没兴趣，只想知道值多少银子。他笑嘻嘻地用“鉴宝”节目的口气说：“您给个价吧。”

曲老师说：“在咱这真不好说，咱这藏家的收藏不是出于爱好，大半为了升值；文化不行，审美也差，根本看不出好来。这件东西要拿到香港拍卖得大几十万。在咱这最多十个八个吧。”

这句话把老板说得脑袋像一朵盛开的大牡丹。

经曲老师金口玉言地一说，我确而无疑地身价百倍了。你是否认为我心里也开花了呢？别忘了——我是佛，心无俗念，只望有个清幽静谧的地方，空气纯净，安全牢靠，不像现在活得这么揪心。想想吧，既然我这么值钱，下一步这大老板会拿我去做什么？这些有钱的人没好处的事绝不会干。

事情有点出乎我的意料。没想到这老板家有个佛堂。

老板娘信佛。可是他家有钱，去庙里烧香怕招事，就把“庙”请进家里，在家里建个佛堂。他家里的事老板娘说了算。家里豪华气派，佛堂更是豪华气派。佛龛、供桌、供案、供具，全都朱漆、鎏金、贴金、镶金。还花了不少钱请了北京一位书法名家题了两幅字。一幅是“佛缘”，另一幅是“心诚则灵”，词儿挺俗，却刻成匾挂在迎面大墙上。佛龛里的佛除去金佛就是玉佛。听这里人说，曾经也有做买卖的关系户为了讨老板娘欢喜，使大价钱从古玩行买来几尊佛，件件够得上文物。但老板娘嫌旧嫌脏，还是喜欢自家请来的锃光瓦亮的金佛玉佛。她说她自己请来的这些佛一看就有财气。

为此，我先被老板送到曲老师的博物馆，请一位修复师把我悉心清理一番。拿回来放在佛堂一角一个又明显又不明显的地方。因为老板不知老板娘对我是否喜欢。喜欢就往前摆，不喜欢往后放。看来我和这老板娘缺点缘分。她一见到我，就用鼓眼皮下边一双挑剔的小眼睛瞅我，脸上一点笑容也没有。她不像大来子、高先生和曲老师，对我有一种欣赏的目光。她似乎讨厌我，瞥了我几眼后，只说了一句：“怎么这么破，别给我这佛堂带进虫子来。”

老板说：“这尊佛一千年，哪能囫囵个儿。我已经请曲老师用了他们博物馆从英国进口的最先进的防虫药。”事后，老板就叫人把我挪到供案左边另一尊佛弟子阿难立像的后边。我心想，不管立在哪里，安稳就好。

老板娘不喜欢我，我也不喜欢这肥婆。虽说她信佛敬佛，一天早晚两次来佛堂磕头烧香之外，碰到任何大小麻烦都还要跑到佛堂来念叨一番，把头磕得山响，求我们帮助。于是我知道她家哪只股票要跌，哪个楼盘钱顶不住，哪个领导软硬不吃，哪个亲戚赖钱不还，再有就是老板近来又夜不归宿了。她把她恨谁、咒谁死也告诉我们，叫我们帮她。哪有佛爷管这件事的？我又想了：人间信佛礼佛敬佛拜佛，都是为了自己这点屁事、这点好处吗？

一天，老板把城南大佛寺的住持请来，请他指点一下我们这佛堂的摆设是否合乎规制，还缺什么。老板与这位住持闲话时说的话，我也全听到了。

老板问道："到您庙里去的善男信女多吗？"

住持见左右无人，说出点实话："现在哪还有几个真正的善男信女？都是烧香磕头来的。拜佛都是求佛。把自己解决不了的事推给佛爷。"

老板说："都是些什么人？"

住持立即回答："六种人。"

老板说："噢，您都归纳好了，哪六种？说说看。"

住持开口便说："第一种是得重症的，生死未卜，来求佛爷；第二种是高考的学生，前途未卜，来求佛爷；第三种是你们做买卖的，盈亏未卜，来求佛爷。对吗？"

老板说："没错。第四种呢？"

住持接着说："第四种是女人没有孩子，身孕未卜，也求佛爷；第五种是每次官员换届时，前程未卜，来求佛爷，官员都是偷偷来，自己一个人，连秘书也不带，悄悄来烧香磕头，完事低着头走掉；第六种，你猜是谁——"

老板想了想，说："我怎么知道？"

住持说："去比赛的足球队员，赢输未卜。一群壮汉一起来磕头、求佛。"住持跟着又说一句，"你想想，这六种人加在一起，每年到庙里会有多少人，香火还能不盛？”

这话叫老板听了哈哈大笑。一时我也笑，满佛堂的佛都大笑起来。其实我们这些佛都只是心里笑。既无声音，也无表情。对人间的各种荒唐无稽，我从来都是淡然相对，心怀悲悯，可怜世人的愚顽。

四

我终于没能在佛堂中待住。一天，老板那个爱放屁的司机把我从供案抱下来，放进一个讲究得有点奢侈的金黄色的锦缎盒中。我进了盒子里就什么也看不见了。我感觉自己被放在汽车里，开出了老板家。听说话车里还是老板和司机两个人，装着我的盒子就放在老板身边。他们要把我送到哪儿去，拍卖吗？

虽说佛主天下，我却不能做自己的主。谁有钱谁做我的主。本来佛是人想出来，造出来，给人用的。可是人们为什么还要给佛磕头，这事是不是太过离奇？

我听见老板说话的声音："我还是不甘心把它送给这陈主任，毕竟几十万啊！"

司机的声音："人家批给您一个工程能赚多少钱？人家不是没给您帮过忙。当初把市里那个大活儿给您之前，甭说这一个佛，五个佛您也送了。再说这个佛是咱在大街拾的，白来的。"

老板说："哪是拾的？是天上掉的馅儿饼。要拾，怎么不叫别人拾到？"

司机说："您要不早早送出去，哪天叫您太太拿出去卖了，她还叫我用手机拍下来去打听价钱呢。卖了钱也到不了您手里。"

老板说："她怎么这么不喜欢这个佛？"

司机说："人家不喜欢旧的，喜欢新的呗！我也看着佛堂里那些金佛、玉佛漂亮。如果不是曲老师说值几十万，您会喜欢吗？谁会喜欢旧的？谁不爱值钱的？”

老板说：“那就不知道这陈主任懂不懂了。”

司机说：“您会用得着为他操心？他秘书打一通电话，能把咱们市里最懂行的专家都叫去。不管懂不懂，懂得值大钱就行。”

老板忽说：“他会不会把那个搞电视‘鉴宝’的曲老师也找去？”

“肯定会！”司机说，“曲老师懂市场行情，能定价啊。”

老板说：“那就坏了，曲老师就会知道咱把这木佛送给陈主任了。”

司机笑着。他说：“这您就不知道了，曲老师为吗懂得行情？他整天在外边也折腾古董，搞钱。现在的专家哪个不憋足劲儿搞钱？您是用能耐搞钱，人家用学问搞钱。如果这佛叫曲老师沾上，美死他了，他准会使点法子，从这佛爷身上搞出一大笔钱来呢。您怕他把您说出去？他才不会呢。闷声发大财嘛。”

“是啊！”老板说，“他可以给陈主任介绍个大买家，做中间人。”

司机说：“赚钱的法子多着呢，只有我靠卖苦力搞钱。”

他们笑起来。

我在盒子里一听，原来那个博物馆的专家和这些买卖人并无两样，甚至更厉害了：一边在电视上捞名气，一边在市场上捞钱。

两人在车里正说得热闹。老板忽说：“你怎么又放屁了？”

我听了一怔，并没有闻到那天那种奇臭。我马上想到我被严严实实地关在锦盒里边，而且锦盒里有一种樟木的香气。我为自己感到庆幸。只听司机说：

“我糖尿病吃的药拜糖平，就是屁多。十年前我刚给您开车时哪有屁？我的糖尿病就是天天晚上在酒店饭馆歌舞厅陪着您应酬吃出来的。”

老板说：“你小子天天在车里放屁熏我，居然还怨我，哪天我找个没糖尿病的司机把你换了！”

司机有点发赖地说:“老板您舍得换我吗?我管不住屁眼却管得住嘴,这么多年这么多事,您哪件事哪个人名哪句话从我嘴里漏出去过。您心里有数。哎,老板,现在马上没味了,我已经打开‘送风’了。”

老板说:“送什么风,开车门吧,咱们到了。”

当锦盒被打开,我被拿出来放在桌上,来不及弄清这是什么地方,只见眼前站着三个人,其中一个是老板,但他靠边靠后站着。中间一人倒背着手,沉着脸看着我,那神气好像他是佛。他身边站着一个年轻人,肯定是秘书了。中间那人一动不动站着,呆呆瞧着我,似懂似不懂,他也不表示喜欢与否,站了一会儿便转过身向右边另一间屋子走去,老板和秘书马上跟在他的后边一起走去;好像他走向哪里,别人就得跟着走向哪里。他大概就是陈主任了。

在他们走进另一间屋子之后,由于距离太远,我就听不清他们说些什么了。能听到的都是“喝茶、喝茶”,过一会儿还是“喝茶”。又过些时候,老板似乎告别而去,他走时没经过我这间屋子。看来我被陈主任留下了。随后那年轻的秘书走进来,重新把我放进锦盒,轻轻关好。我好像被拿到什么地方放好,跟着我听见关柜门和上锁的声音。

我以为从此要过一阵“深藏密室”的绝对平静的生活。我想得美!只过了几天时间,我就被从锦盒里拿出来放在桌上,陈主任陪着一个人对着我瞧。这人并不是曲老师,刚才秘书来向陈主任报客人姓名时,说是“北京嘉宝拍卖行的黄老”。我想,陈主任是不是行事谨慎,刻意回避了曲老师这类本地人?黄老的年纪总有六十岁开外,谢顶,衣装考究,气度不凡,陈主任一口一个“黄老”称呼他,口气似很尊敬。他对我看得十分仔细,还几次用“不错”两个字夸赞我。在陈主任到另一间屋接听电话时,他紧盯着我胸前的璎珞与飘带细看,忽然脸上露出极其惊讶的表情,好像发现了宝物。等陈主任听过电话回来,这黄老立刻把脸上惊讶的表情收了回去,对主任只淡淡说了一句：

“东西不错，您要想出手就交给我吧。”

陈主任说：“交给你我自然放心。”

黄老说：“您的东西不上拍为好，我拿到香港去找买家，肯出高价的也是人家。”

陈主任说：“东西太老不能出关吧？”

黄老笑得露出牙来，说：“您下次去香港到荷里活老街那些古玩店看看就明白了，汉俑魏碑唐三彩，全是新出土的。只要肯出钱，什么东西都能出去。不单能出去，您要是咱这的人，在那儿买了几件东西还不用自己往回带，只管回来后到北京潘家园这边来取。”

陈主任听得瞠目结舌，说：“那就交您全权去办吧。”

黄老说：“那好，别的事我就和小袁秘书说吧。”说完便告辞而去。我就被装进锦盒再装进他座驾的后备厢里。

自从离开天津，我便找不到北了。

我被转手好些地方，经手好多拨人，至少被十五六个人看过，而且是在各式各样的环境里，高贵讲究的，粗俗不堪的，一本正经的，文气十足的。我对什么样的环境毫不在意，这都是人间的各种把戏，我只求一己的清静。

我的转机出乎我的意料！

那天——我也不知自己在什么地方。一个外国人拿着一大一小两个放大镜仔细打量我。外国人这么看佛吗？我第一次看到外国人，他脸上的胡子修理得很干净，根根见肉；牙齿像瓷器那么光滑透亮，金丝边的眼镜框后边一双蓝色的小圆眼珠专注地看着我。他那股认真劲儿给我一种好感。他有一个翻译，把他的话翻译成中文，说给我当时的经手人徐经理听。他说我身上刀刻的线条很深，刀法简练有力，只有宋人才有这么好的刀法。徐经理只是连说：“是、是、是。”这个外国人又说一句:"这种刀法,很像你们宋代北宗山水画使用的中锋的线条,非常有力,非常优美。"他跷起大拇指。

徐经理只是点头,赔笑,说是。看来他没太听明白。难道中国人对自己的好东西还不如外国人懂?

当这外国人看到我胸前的缨珞和衣衫,也和当时黄老一样露出惊讶的表情,他轮番用大小两个放大镜一通看,最后开始与徐经理谈价钱。那些话即便有翻译,我也听不懂了。

为了我,这个外国人至少到徐经理这儿跑了三趟。最后他们开始对我进行精细的包装,当一些有弹性的细绵纸把我小心翼翼地缠绕起来后,我就什么也看不见、听不到了,我只能随遇而安了。

过了很长的时间,当我被从一层又一层包装中取出来后,我看到许多稀奇古怪的脸,红的、黑的、白的、满是毛的,全是外国人对着我惊奇地张着嘴,其中一个竟然用不流畅的中国话对我说:"欢迎你来到德国德里斯顿温格艺术博物馆。"然后他们一同露出很友好的笑容。

他们不会相信我一个"木头人"能听见他们的话吧。我呢?则是惊讶自己的奇遇,我居然来到一个从来没有佛也不信佛的世界中来。这样会更糟糕吗?我还会碰到怎样更惊险和古怪的遭遇吗?

想不到吧,我现在已经是德里斯顿温格艺术博物馆的骄傲了。

这里边有一个重要原因连我也不曾料到。在我一连串匪夷所思的经历中,只有三个人曾经看到藏在我身上的奥妙。最早是那位搞"鉴宝"的曲老师,后来一个是北京嘉宝拍卖行的黄老,最后一个是把我"买"到德国来的那个外国人。他们都发现我身体一层皮壳下边,还保存着一些宋代彩绘的颜色。在我进了德里斯顿的博物馆后,他们请来一些修复古物的高手,动用了很多高科技,将我身上一些没有价值的表皮和污迹,一点点极其小心地除掉,这样前后居然干了半年。我没想到他们在我身上下了那么大功夫,却渐渐将皮壳下边一千年前的色彩,美丽的朱砂、石绿、石青、石黄五彩缤纷地显露出来,叫我古物重光,再现当年的辉煌。连我自己看了都大吃一惊。好像我穿了一件无比尊贵的华服!原来我竟是这般惊艳!哈哈哈哈,大来子、高先生、老板、陈主任要是见了,准要后悔不迭、捶胸顿足呢! 我最初那个黄脸男主人说不定还要跳河呢!

我现在就在温格博物馆 B 区亚洲古代艺术一展厅的正中央。他们给我量身定制一个柜子。柔和的灯光十分考究又精妙地照射在我身上。最舒服的是柜子里边的空气,清爽滋润,如在深山。柜子的一角有各种仪表,可以保证这种舒适无比的温度和湿度一直不变。最神奇的是,原先我体内那些肉虫子好像全死光了,再没有任何刺痒。最美好的感觉还是站在玻璃柜前的人们都在欣赏我、赞美我,没人再想打我的主意,拿我赚钱。

我应该从此无忧无虑了吧。可是渐渐我忽然有点想家,有点彷徨和失落,有点乡愁吧。可是我的家又在哪儿呢?大来子的古玩城还是那个老板家的佛堂?我是佛,一定来自一处遥远的庙宇或寺观,那么我始祖的寺庙又在哪里?

【作者简介】冯骥才,男,曾任中国小说学会会长、中国文联副主席、中国民间文艺家协会主席等职,现任中国文联荣誉委员、国务院参事、天津大学冯骥才文学艺术研究院院长。新时期文学初曾以《雕花烟斗》《啊》《神鞭》《高女人和她的矮丈夫》等小说蜚声文坛。自二十世纪八十年代以来,徜徉在文学、绘画、书法、非物质文化遗产保护等诸多领域,且皆有建树。近年来文思泉涌,新作不断,颇引文坛注目。

火车

——《城与年》系列

○宁　肯

一九七二年意大利人安东尼奥尼拍摄《中国》时，我们院几个孩子走在镜头中。安东尼奥尼并没特别对准他们，只是把他们作为一辆解放牌卡车的背景，车上挤满蓝色人群，我们院的孩子只停留了十几秒钟便走出画面，向城外走去。城墙已经消失了，护城河还在，过河就是城外：铁路、庄稼地、二道河与三道河。二道河是污水河，河汊纵横如车辙，那是我们院孩子抵达最远的地方。听说过三道河，没去过，通常就在铁道边上玩。从后来才见到的片子看，他们是五一子、大鼻净、小永、大烟儿、文庆、小芹。小芹是唯一的女孩，但是跟男孩差不多，一个颜色。那么，还有一个人是谁呢？他比别人都矮了一大截，落得有点远，而且不像是和前面一伙的。但是没有他，一切都无从谈起。四十年后我在镜子中看到他，他也老了。别以为侏儒不会老，照样会老，满头银发雪山似的，照耀着短小的藕节似的身体。

他们——当然也可说我们——过了桥。桥是南城的永定门桥，普通得不能再普通，要不是简易栏杆几乎看不出是座桥，路面也是一样的柏油与反光。桥上永远有人在打鱼，冬天凿开冰也打，每天打得上来打不上来都打，网抬起落下，像钟一样准确。总有含着长烟袋一动不动的老人围观，就是说不管这个城市已走了多少人总有闲人。街上也还有人，公共汽车空荡荡，但算不上空驶。偶尔车后面跟着辆自行车，汽车多快自行车就多快，没任何原因。阳光不错，路面反光，汽车、人、自行车像在镜子中。

护城河泾渭分明映着城市、农村、环城铁路，火车慢慢悠悠，汽笛声声，大团的白雾飘过河来，被坚硬的城市吸尽。白雾在田野上要飘很久，这也是我们喜欢河对岸的原因之一。我们在铁路上奔跑，追着白雾。铁路本是麻雀的世界，麻雀起起落落，重复飞翔。我们的奔跑没有重复感，我们只是几个孩子，并且奔跑的原因不明，与食物无关。枕木的节奏决定着我们的奔跑，只要踏上枕木不跑不行，直到有人带头卧下才全都卧下。没人教我们倾听，只是一人俯耳大家就都跟着——好多事都这样，然后竟真的听到了轻轻的震动。尽管就课本而言我们是白痴，但本能异常聪明。火车来了，尽管在远方，但是来了，远远地来了，简直有音准。虽然我们不知道音准但已听出来，声音越来越高，越来越密，越来越响，然后我们一哄而散……

火车从来轧不到麻雀，也轧不到我们。

黑色的火车红色的曲臂，喷着热气一下将我们吞没，什么也不见了，只见红色曲臂那样奇怪地来回转动，好像在原地打转，却在走。我们跟着热气大声呼喊，听不到自己的声音，只看到同伴的口形。火车过去了，我们依然跟着尾车跑，向尾车扔石头，歪戴帽子的押车员不为所动。

我们从没扔过绿皮车，看都看不够，窗口都是陌生人，他们看我们，我们也看他们，我们追着窗口跑，有人扔下东西，一包垃圾，或梨核儿，我们也不在乎。我们太喜欢陌生人，远方的人，每次都追出很远，客车走了看不见了我们还在铁路上走，不知为什么。有一次走得太远，突然意外地远远发现许多黑皮车，无数平行又交叉的铁轨，闪闪光，一个我们从未见过的陌生世界。我们不知道这是车站,要是客车我们自然会想到是火车站,货车站把我们看傻了。我们猫着腰穿过铁轨,神神秘秘爬上了一列列安静的列车,从此这里成为我们的乐园。我们跳进涂着沥青的车厢,进入闷罐车厢,从车尾到火车头,扳动拉杆,发出“呜,呜,呜”想象中的声音。在帽形尾车上,我们扶着简易的铁栏,站在押车人常站的地方招手,望远方,模仿叼着烟的姿势,从里面手扶门边只露半个身子,挥舞帽子。我们探寻各种可能的发现,工具箱、大衣、帽子、暖壶、杯子、饭盒、工作服,偶尔发现有工具箱没锁,打开看到里面有锤子、改锥、钳子、扳子、轴承,太让我们兴奋了。我们戴上工帽,穿上工作服,拿着扳子拧这儿拧那儿,好像工作了一样。我们不再是简单的孩子,货车站让我们像竹子拔节一下长了一大截,我们走路都和过去有点不一样,这一点甚至从影片中也可看出:我们不再是散散漫漫,而是步履匆匆。

那天是周二,是不是全世界星期二下午都没课?还有周六,不仅如此我们那时周四下午也没课。就算上午也常有自习课。我们头脑简单,本能不简单,那天一吃过中午饭本能就活跃起来。在大门洞外我们等了一会儿小芹,每次差不多都是小芹最后一个出来。烟色条绒上衣,烟色的猴皮筋,猴皮筋将两条烟色硬辫勒得很紧,整个儿看去小芹在我们之中是最接近麻雀的,干脆说就是一只鸟。五一子打了个榧子。

我们住在南城中轴线偏西,在和平门与宣武门之间的琉璃厂附近,我们院在北京也是数得着的上百户大杂院。有三个门,正门、旁门和后门,从前门儿进去后门儿出来穿过迷宫似的夹道,差不多就到了宣武门了。已经说不上几进几进院,院中有路,路中有院。夹道、小巷、角门、垂花门、豁口将十几个院连在一起,有的院门紧闭,常年没人,里边有树、亭子,甚至一段小河。小河好像是暗河的一段，没出院又消失了。具体到我们小院不到十户人，是这大院中最普通的小院，虽青砖墁地但房子低矮，就算正房也比别的院矮一点，据说是早年间的牲口棚。

我们等小芹倒不因为小芹是女孩，我们没什么性别意识，所有人都是一个人。小芹在别的方面和我们不一样，她有零花钱我们没有。小芹不和父母住，从小和姥姥住我们院，小芹父母住在北京的西城社会路，是中科院的工程师，过去节假日她父母老来我们院，去了干校后来得少多了，听说最近又去了新疆。小芹有一个姐姐在内蒙古插队，还有一个弟弟跟着父母在北京、五七干校、新疆到处跑。关于小芹我们也就知道这些。每月小芹都有固定的零花钱，五元呢，我们一年的学杂费才五元，这笔钱由姥姥掌握着，小芹因此恨死姥姥了。

我们从大院里出来，穿过门前的前青厂胡同，这是我们梦游都不会走错的胡同，前面不远过了北柳巷十字路口就是琉璃厂。我们的学校就叫琉璃厂小学，不在街面上，在小胡同内，走九道弯、小西南园、铁胳膊胡同都行。过了铁胳膊胡同是荣宝斋，荣宝斋对面是琉璃厂唯一的一座西洋建筑，四层带白廊柱，顶部刻有：一九二二年。老辈人说中国的第一部电影《定军山》就诞生在这楼前，但因这是我们每天的必经之路，已经视而不见。直到南新华街与东西琉璃厂交叉的十字路口才稍稍陌生一点：大街对我们这些孩子来说永远都有些陌生。这里有两趟公共汽车，一个是14路，另一个是15路。14路在这里的站不叫琉璃厂叫厂甸。厂甸到永定门一共七站：虎坊桥、虎坊路、北纬路、太平桥、陶然亭、游泳池、永定门。我们无比熟悉这些站牌，倒不是因为坐车，而是每次都数着站牌走着，一站一站，比坐车还熟悉这些站。

小芹坐过一次，坐完就后悔了。小芹在永定门等了我们好久，在桥上吃了三根冰棍儿，喝了两瓶汽水，差一点就坐车回头找我们。那以后小芹每次都跟我们走，但每次五一子都别有用心地鼓动小芹坐车。开始我们不太明白，后来就一块儿帮腔，结果终于等到小芹一句话：要坐大家一起坐。不用说，小芹请我们坐车。但五一子还有幺蛾子。小芹自然统一买票，五一子偏要把钱给他，他自己上车买。小芹给了五一子一毛钱，这样我们都要自己买，小芹也没说什么给了我们每人一毛。七站地七分，售票员要找三分，找回的三分说好了要还给小芹。我们都上了车，五一子最后一个，没想到车门刚要关上，五一子突然跳下车。五一子说他不坐车了，他跑着。我们立刻明白了。五一子像匹小马奔跑起来，一直在我们后面，车快他也快，车慢他也慢，有时他变得只是一小点了，但路口到了，五一子又追上来，甚至超过我们。每一分钱对我们都是宝贵的，因为就算一分钱，我们兜里都没有，小芹没想到快到第四站时我们每人花了四分钱买了票，到太平桥纷纷下车。

小芹也下了车。

五一子傻了眼，问我们为什么下车。我们都不说话。我们坐了四站花了四分钱，省了三分钱。小芹先没理五一子，先朝瘦得跟刀螂似的大烟儿要，大烟儿给了小芹三分，小芹不干，让把钱都拿出来。大烟儿看五一子，磨蹭半天，嘟嘟囔囔，说后面三站他也跑，意思是三分钱他可以留下。小芹毫不客气一把夺过大烟儿手里的三分钱，大烟儿心虚没躲，看五一子。大家都看五一子。接下来的大鼻净、小永、文庆，小芹只是伸手话都不说，他们张了手，但没主动送上钱。小芹一一从张开的手心里拿走了钱。到我这儿稍迟疑了下，我主动把钱放到小芹手里。

小芹朝向五一子，伸出手。

五一子拍拍兜，说钱丢了，可真说得出。

“那我翻了。”小芹说。

“翻吧。”五一子梗着脖子说。

一个女孩子翻一个男孩子身，我们都没想到。虽已是春天五一子仍穿着脏得发亮的土黄棉袄，空心儿的，下面穿了一条单裤。五一子跑了四站地，棉袄系在腰上，光了膀子，像小一号他当装卸工的爹。小芹一点不犹豫翻了五一子腰上的脏棉袄，解了下来翻，五一子光着大板儿脊梁，肩头晒得发红。小芹在五一子身上翻了个遍。

我们挺佩服小芹的，主要是我们把钱都交了，也希望小芹翻出钱。

“把他裤子脱了！”大烟儿说。

“藏裤裆里了！”大鼻净说。

我们太了解五一子了。

“我脱了？”五一子主动说。

“脱了。”

“你脱吧。”如果马有流氓的表情就是五一子现在的样子。

小芹伸手便脱，五一子拿出了钱，变魔术一般。

小芹妈妈每月一次从远方寄来生活费，姥姥把小芹的零钱换成一毛、五分，分成了三十份，每天视小芹的情况发放一次。哪怕三天一次，两天一次也行。但是不。小芹姥姥不。早晨小芹睡得迷迷糊糊便听姥姥唠叨，催快起床，数落昨天小芹的错误、不是，鸡毛蒜皮，嗡嗡嗡嗡，小芹堵上耳朵，姥姥给扒开。姥姥也真会挑时间，平常小芹根本不听，吃饭都端碗到邻居家吃，我们院倒是也兴这个。或者姥姥说一句小芹顶一句。小芹同姥姥的关系就跟敌对关系似的。上学都快迟到了姥姥还没完没了，越说越气，钱捏在手里不放下，有时小芹忍无可忍背起书包就走了。姥姥便追上去把早点钱甩给小芹，最气时不追，早点钱也不给了。第二天姥姥继续数落昨天的事，讲得不算太长便给了钱。小芹拿到钱，问，昨天的钱呢？姥姥没办法，要是吵起来小芹会把钱放下便走，继续不吃早点。这不是没有过。

小芹的零花钱包括早点钱。每天一个油饼，八分钱。另外的七分钱才是零花。粮票可以换钱，油饼要是交一两粮票可以省两分钱。为了这一两粮票小芹跟姥姥打了好长时间。粮票按月定量供应，每人一份，每月都有粮店的人到院里来发。“发粮票喽！”一嗓子就行，全院人都出来了，拿着户口本，就等着这天呢！小芹姥姥死活不给属于小芹的这一两粮票，买粮食都用了，哪儿有你的粮票，你都吃了。小芹不服，我早晨也得吃呀，粮票包不包括早晨，你要说不包括我就不要。不包括。包括。小芹给妈妈写信，讲理，控诉，妈妈寄来了全国粮票，问题才解决。我们院谁家都没有全国粮票，看着可新鲜了，全国粮票也叫全国统一粮票，到哪儿都能花，比一般粮票大，硬挺挺的像新钱票一样。但我们还是希望小芹把全国粮票花掉，别攒着，换成钱，攒几张就行了。每次出门远行，小芹都会给我们买冰棍儿，去时一根回来一根，还买过汽水呢。汽水一毛五分钱一瓶，当然不是每人一瓶，五六个人一瓶，你一口我一口分着喝，喝着喝着我们就打起来。这时就算五一子是我们的头儿我们也照样会跟他急，扑上去撕咬，只有小芹能像有电棒一样将五一子分开。小芹姥姥最恨的就是五一子，最瞧不上的也是五一子，老太太总能一眼就看穿五一子。每次我们筋疲力尽从铁路回来，小芹姥姥都像定时炸弹，是我们预料之中的。你们还回来，怎么不让火车撞死！

我们四散奔逃，五一子更是缩头乌龟。说起小芹姥姥我们都不怕，但一见小芹姥姥还是怕，就像说起炸弹不怕，一响可就另外一回事了，我们都像着了弹片被炸飞了一样，跟电影上的鬼子似的。倒是小芹充耳不闻，像没看见，从姥姥身边走过。她们家门敞着，弹簧都被临时卸掉，只等看着我们进院。小芹也不客气，进了屋使劲把屋门拉上，拉上弹簧，就差插上门。小芹姥姥本来冲着我们，立刻停了，无比愤怒地拉开门，哐当卸了弹簧敞开房门，跺着脚将小芹和我们一起骂。小芹躺炕上堵耳朵，有时一跃而起，摔门而出，好不容易回来，重新走到街上。

我们毫无同情心，没有一次到街上看看小芹。我们都在挨家长骂，那么大声我们听得出也是让小芹姥姥听的。小芹姥姥在我们那片是个很特殊的老太太，既不像有文化的老太太，也不像没文化的老太太，更不像是有着工程师女儿女婿的老太太，瘦，脸上皮包骨，抽长烟袋，黑牙。

我们院也就小芹不怕她姥姥，每次从铁道回来零花钱至少停三天，就是那七分钱不给了，只给早点钱。上铁道是大错，小芹也不争，而且没了零花钱小芹也有办法，早点不吃了，省了，就像五一子、大烟儿、小永——我们都不吃早点，就没吃早点的习惯。这当然是农村人的习惯，但我们院大多以前都是农村人，还保留着许多农村人的习惯。我就不一一列举了，还是说小芹，习惯了早点的小芹没了早点非常挂相，中午放学回来狼吞虎咽，一点吃相没有——吃相历来是老太太教育的话题。

“是不是没吃早点？”

“吃了。”

“撒谎。”

小芹姥姥跟踪了小芹，戳破了小芹的谎言。

“我的早点钱，我愿吃就吃，不愿吃就不吃，你管得着吗？你有本事别让我吃早点，别给我早点钱。”

“我是你姥姥！”

“你不是我妈。”

我们走在细长的铁轨上，伸出两手，排成一线，晃晃悠悠，不时弯腰捡起一块砾石扔向远方。铁轨与枕木是天然的一对，像一对老人。铁路已太老了，连石头都老了，带着深深的油腻污渍。但比起这座城市它依然是现代的，钢铁世界。信号灯闪耀，路轨反光，在这盛大而又迷幻的货车站，以及这几个孩子，安东尼奥尼拍不到这里不等于这里不存在。它一定会存在。我们轻车熟路地穿过纵横交错的铁轨、道岔，划过弯曲的扇面打开的钢铁之光。在红色信号灯处我们低下头猫下腰，不像麻雀，麻雀做不到这点，避开扳道工，来到了货车丛中。这里是一个无人的世界，大多是黑色车，也有个别好久不开的绿皮车。这里是我们的街道、我们的王国、我们的胡同，随便上到一辆尾车上，像以往一样，像一种固定的仪式，所有人的头习惯地凑到一起。

“海外来人了。”

“第三次世界大战就要打起来了。”

“联合国军已经登陆。”

《铁道卫士》印象深刻，已深入我们的骨髓，五一子扮演方化，手势我们太熟悉了，眼睛直直的。接下来的次序不固定，有点乱，大鼻净与大烟儿总是抢话：“可我那两百垧地？”大家一起喊：“给你弄个师长旅长干干不比你那两百垧地强！”笑得前仰后合。

小芹从不参与，只是看着我们，这时她的确是女孩。直到有一次五一子给了小芹一支烟，是的，五一子已开始卷大炮，偷他爹的。五一子给小芹卷了一支，小芹叼起来，大鼻净一副谄媚的样子给点上。别说，这时候小芹表情还真有几分女特务的样子，特别是小芹自行把硬辫子松开，头发弄得松松垮垮。我们都看傻了，有种非常陌生的东西，我们觉得好看，但谁也没说。

说不出来。我们的表情像镜子一样，小芹肯定看到自己。我们围着桌子。尾车空间不大，两边各一个铁凳子，中间是铁架做的桌子，两边的铁窗相对。靠里有个铁炉子，烟筒伸到车顶外。一般火车其实有两股烟，一股白烟，一股黑烟。浓浓的黑烟就从这里伸出车顶冒出，比白烟更长久，更让我们心驰神往。有时桌上还会有马灯、信号灯、信号旗，随便放着简单的行车记录，以及搪瓷缸子、饭盒、水壶、圆珠笔。椅子下面是工具箱，工具箱上面卷放着被子、大衣，都脏得要命，和煤堆在一起。我们拿着信号灯照来照去，不敢拿到外面。信号旗拿外面没问题，可以在尾车栏杆处乱晃，不会被发现。从一辆尾车到另一辆尾车，总是乱窜，我们不会停留在一辆尾车上，那天发现了一副扑克牌。扑克牌又脏又破，满是油污，但仍让我们兴奋不已，就像玩惯假枪见到了真枪。

我们一有清晰记忆就赶上了“破四旧”，脑袋像归零一样，当插队的哥哥姐姐带回扑克牌，我们无比惊讶，世界竟有这种新鲜玩意儿，神奇极了。我们当然玩不上，一向被世界忽略。但并不妨碍我们创造自己的世界。我们撕了作业本，裁成五十四张同样大的纸，写上红桃黑桃方块梅花和数字，大猫写上大猫，小猫写上小猫，也是一副牌。我们玩大百、小百、升级、争上游、憋七，甚至带到火车上玩。我们坐在两边铁椅子上，像开会一样，非常神秘，一点也不觉得那些破纸可笑。发现真正的扑克牌！那堆烂纸立刻被我们扔到窗外，随风飘散。五一子和小芹一头，大烟儿和文庆一头玩起对家，小永和大鼻净围观，替补。五一子让我把门关上。这不用说，我负责警戒，从来如此。

汽笛声声——远处总有，尽管这次是我们的车发出的，但七十多节车厢太远了，因此任何汽笛声可忽略不计，我们都习惯了。就算屁股底下“哐当”一声火车动了，通常也不太慌张。稍不同的是那天我把门锁上了，这也不打紧，还有窗户，我去开门，大家纷纷跳窗而出，以前就算开着门也有人成心跳窗。小芹和五一子收牌，收了最后几张，五一子翻身跳窗。铁门打开了，毫无疑问小芹会跟着我，这都不用说。车很慢，我下到铁台阶最后一级一跃跳下。当然摔在了地上，我太小了。果然小芹跟着我出来了，到了栏杆处，却没下台阶，迟迟没跳。我们追，喊快跳，快跳，几乎拉到了小芹的手，小芹却没动。小永摔倒了，大烟儿也摔倒了，在枕木和砾石上。

小芹扔下了扑克牌，我们每个人都捡到了，一边追一边捡，一边捡一边追。我这个罪魁祸首落在最后，远远追着，也捡到了一张。我不能说扑克牌是罪魁祸首，是一种命运，哪怕它经常用来算命，但我也恨死了扑克牌，我觉得我就是扑克牌。我们散散落落停下了，五一子从我们手中一一收走了牌。五十四张，一张不少。小芹没有一次扔下，一张一张扔下，不然我们也不会追那么远。火车消失了，我们又追了好一阵。

牌与小芹都重要，这是真的。的确，在迷茫中，牌仍然是一种快乐，一种无法言说的东西。一年以后我们见到了小芹，无论牌和小芹都已被成长太快的我们忘记。当然，牌要早得多，很快那副本来就很烂的牌被我们彻底玩烂，变成了碎片。确切说我们见到小芹是一年零五个月之后，也就是在那个春天过去后又过了一个春天的秋天，小芹来到我们院，在午后的阳光中打开尘封已久的门。院里老人的匣子正在批判《中国》，义正词严。居然抹黑中国，却又不明白那个叫安东尼奥尼的怎么来到中国的？谁请他来的？这部纪录片就是这样和我们有着扯不清的费解的关系。以往的批判都是鲜明的，极易理解，唯独这次像个天外来客。我们都已经上了中学，除我之外。五一子、文庆、大鼻净甚至都已开始上初二，所有人都长高了半头、一头，除了我。

我们已不认识小芹，但一看就知道是小芹。小芹也不认识我们，从我们身边走过，旁若无人。我们正在防空盖上打乒乓球，星期二，下午没课，就如小芹消失那天。小芹也一样，长个儿了，不再留辫子，而是短发，脖子显得有点长，对一切都不陌生，熟视无睹，好像从没消失过。她们家的门锁显然锈住，她开了半天也没开开。我想下去帮她,开个锁什么的我手到擒来,是我强项,可那时我正在房上玩扑克牌的碎片。还是她自己开开了,一股灰尘飞出来,她毫无感觉迎着进了屋,掸都没掸一下。但进去后把弹簧顺手卸下,打开门放空气。她不是不敏感。她穿了一件稍短的瘦削红黑格子上衣,下身国防绿裤子,遮住脚面,背着军挎,自行车后座夹着一个棕色有拉锁的手提包。车是八成新二六永久牌,支在门口。说不上她从哪儿来,不像外地,也不像北京。

小芹失踪后她爸妈连着来了两次,一次为小芹,另一次是前来奔丧,相隔不到三个月,从新疆来可不是容易的事。让我们惊讶的是两次小芹父母穿的是军装,领章帽徽,四个兜。彼时全民皆绿,但真国防绿很少,有也只是两个兜,下面空空如也。四个兜可不一样,馒头扣都比两个兜大一号,我们分得可清了。不过小芹父母来自偏远的新疆,我们的惊讶有点折扣,要是北京不得了。另外两人都戴着白眼镜,像兄妹,连神态都像,和解放军简直无关。所以关于小芹我们还是那句话:她没和我们在一起,那天我们去铁道没有她,不知她去哪儿了, 和我们对小芹姥姥说的一样。谎言有个奇妙的作用,一旦说出,特别是集体说出就会连自己都相信,会变成石头,我们因此从没怀念过小芹, 一分钟都没想到过报案或找铁路上的人报告,五一子收走扑克牌后便提出小芹没和我们在一起,不知道小芹去哪儿的谎言,心里的石头一下落了地,一致赞同。小芹在这一刻真正消失了。我们统一了口径,攻守同盟,五一子使劲扔出一颗铁路上的砾石,挥舞着好像一下长大的拳头说谁要是说出去,他绝不放过,会整死他。

“对,”我们随声附和,“整死他!”好像说的不是我们自己,一路上大家越来越高兴,越来越振奋。小芹姥姥定时炸弹的巨响让我们第一次觉得可笑,全不当回事,也没有四散奔逃。小芹姥姥骨碌骨碌转动着皮包骨的眼睛,不相信我们所说,我们的异口同声事实上反而暴露了我们在撒谎,街坊四邻其实也都听出来了。

“好啊,你们说小芹是不是给火车撞死了?是不是?是不是?我告诉你们,小芹被撞死了你们谁也别想跑,都得给我偿命!”这当然是气话、恶狠狠的话、威胁的话,但并不老让人相信的话。这么说痛快,不过验证了自己过去所教训的。但是当小芹真的没出现,我们的谎言由于不断地重复完善,越来越像真的,越来越具体,越来越无情,小芹姥姥收起了嚣张。

“真没和你们在一块儿?”一脸惶惑,眼睛可笑。

“没有,真的没有,真没有,向毛主席保证没有。”

“我们出门时还看见她,她往另一边走了。”大烟儿说。

“她去菜市口照相馆了。”最可信的文庆说。

“是,是,是。”

成功,是我们最成功的一次,小芹的消失甚至成为我们的高兴之源。直到小芹姥姥夜晚撕心裂肺的哭号才让我们的心一紧,但也很快就过去了。

“小芹,你个死嘎呗儿的,你上哪儿去了,你还不给我回来,你说你到底跟他们去没去,是不是撞死了,你去哪儿了呀,我怎么向你妈交代呀……我不活了……你快回来吧……回来吧……”一夜哭号,寻死觅活,非常恐怖,但直到三个月后才死去。

不是残酷,不,这是事实。

三个月后小芹父亲再次问到小芹,找了我们每个人,并保证不把我们讲的说出去。他们本来就是做保密工作的,让人特别可信,可我们也在保密呀。我不知道别人说出没有,反正我没说。我相信大家都没说。如果说上一次小芹父母来,我们还能看到他们白色眼镜片后面的那种怀疑,那种静默让我们的心还怦怦跳,那么三个月后,我们在他们的眼睛里什么也没见到,特别干净,因为我们干净。

小芹插队的姐姐也来了,还有新疆黢黑的弟弟,全家人都带着外地人的颜色，边疆诚实的风霜。新疆的风霜和内蒙古的还不同，新疆的脸更暗一些，连男孩都旧，反倒是靠东北的内蒙古的风霜十分鲜亮，好像秋梨与苹果。全家人一样的是：都没什么悲伤，我们觉得至少红苹果似的姐姐应当大哭一场，眼圈儿是红的，但是没有。他们处理了房间大部分东西，临走上了一把大锁。没必要那么大锁，好像科研成果。

要不是小芹旁若无人的样子，我想我们会很惊喜，但她的神态提醒了我们。我们惊讶，但无话可说。而且今非昔比，我们都不是孩子，都长大了甚至有点走样儿。大烟儿像刀螂，大鼻净湿乎乎的面积更大了，小永唇上起了一层茸毛。变化最大的是五一子，更像马了，说不清脸更像还是手臂更像，总之所有人都有点牲口的特征，何况他们现在都是我哥哥的徒弟，每天晚上跟着我的流氓哥哥举重，劈哑铃，盘杠子，个个表情生涩。小芹进进出出，收拾屋子，晾被子、毯子、枕头，到水管子处打水，从我们身边走过，我们对小芹慢慢收起好奇，像看陌生人一样。

“够牛×的。”大鼻净湿乎乎地说。

“那裤子估计是她爸的。”文庆说。

“傻×，她妈的。”大烟儿内行地说。

“×，你才傻×，”文庆说，“我还不知道她妈也是解放军？可你瞧那裤子绝对是她爸的。”

“你们傻×，国防绿不分男女，都是男式。”

声音就在小芹身后，尽管压低仍会让小芹听见。倒是五一子一直没说什么，马一样的沉默，马一样的目光凝视着小芹。至于我，我在房上，我的样子倒是和下面也有一种呼应。虽然当初主要因为我锁门才出的事，我的责任最大，但我又是无法怪罪的。我干了什么别人都不奇怪，因此我可以跟小芹打招呼，问这问那，毫无障碍，但我也没动。

倒是院里的爷爷、奶奶、大爷、大妈见了小芹格外惊讶、亲热，问这问那。小芹对他们倒也正常，露出我们熟悉的淡淡的笑容，回答了我们遗忘已久不可思议的问题。回答得十分轻松，小芹到了新疆见到了父母，并且早就见到了。这还不算，不久便又和父母一起回到北京。这些变故早就发生过了，只不过我们一点都不知道。

小芹不用成心，很自然就戳破了我们当初的谎言，我们院大人都知道了小芹原来是和我们在一起的，一起去的铁路，老人们眼珠不动了，困惑多皱的脸与其说是惊讶不如说是麻木，瞪着我们也瞪着小芹一动不动。小芹说她一直想去找父母，那天正好就去了。正好我倒没想过，可我一直认为她的确可以跳下来。只是再蠢不过的五一子他们竟然好像没听太明白小芹的话，我不知道五一子他们这会儿的聪明劲儿哪儿去了，逢到真正需要智力时，五一子的脸与晒黑的手臂、膀子、大腿没什么区别。

小芹在西城月坛北街铁二中上学，搬到我们院并没转到附近的四十三中，她骑着男式二六车每天早出晚归，饭还是在西城的家吃，只是住在我们院。她干吗搬回来住谁也不知道。肯定不是为了我们或街坊四邻。她有时回来得早，下午没课时中午一吃过饭就回来了，晚上吃剩的。我们胡同好多人也认识小芹，但也像我们一样对她感到特陌生。除了凡人不理，肥大的国防绿裤子、二六车也特扎眼，彼时没中学生骑车上学的。还有军挎，刘胡兰式的短发，和所有人都不一样。肯定有人拍她（拍婆子），只是不知道什么人能拍她。反正我觉得我们这片人都没戏，也就朝她瞎吼一嗓子。

他们都觉得五一子有戏，毕竟过去关系不错，便鼓动五一子。但五一子一见小芹就脸红，真的像马一样出汗，和谎言没关，小芹事实上也并没在乎，就是一种畏惧，正如小芹当初扒他裤子时的令人畏惧。五一子都不敢，大鼻净、大烟儿、小永都不敢，干脆完全放弃，就像完全不认识小芹。

有一天我敲开了小芹的门,我早可以这么做。与别人无关。那天我和猫、鸽子相隔不远坐在房上,她推着二六车进院,不知怎么向上瞥了一眼,并没与我相视便过去了。通常谁进院也不向上看,谁都是低头看门道、脚下,或平视,反而我可以看任何人。她中午之后回我们院多在周日,有时周六。偶尔星期一、星期三,这两天全天都有课。而那天是星期三,所有人都上学去了,她的黑红格瘦削上衣划破阳光,瞥了我一眼后穿过防空洞盖、小厨房过道,屋门口支上车,没锁车,掏出钥匙开门。她的短发真的不是圈子式,很阳光的。

当然,她见了我还是很惊讶,如同我对她房间的惊讶:房间竟然如此简单。

"有事吗?"

"没事。"

我到她的腰部,她的惊讶有拒绝的内容,但是随着俯视地打量,慢慢缓和下来,一贯的表情消失了。我的惊讶稍长一点,房间只有一张桌子、一把椅子、几块铺板、一点生活用品。以前的八仙桌、太师椅、自鸣钟、大黑柜都没了。四壁空空,桌上有课本、笔、作业、书包,几本没皮的不知什么书。墙上的主席像、窗台的石膏像是过去的。

"你不上学了?"她先问了我个问题。

"我想知道,"我单刀直入,没回答她的问题,"你三个月时间没找到你爸妈,到哪儿去了?怎么找到了在新疆的你爸妈?还有,你那天说正好,真是正好吗?"

我说:"我不会对别人说的。"

憋了太长时间,尽管我的问题多,但我觉得她应该回答我,因为她应该相信我,凭我每天坐在房上。结果事实的确不简单,她看到铁门锁了，希望把大家都拉走，结果都跳了车。

“你希望我不跳车吗？”我问。

“不希望。”很干脆。

她不想跳。爱拉哪儿拉哪儿，她当时就是这种感觉。她承认以前想过藏在尾车去新疆，但也就是想想。

“可你明明说那天就想去。”

“就那么一说。”

“真的不怪我？”我问。

她没说话。我讲了那天为什么锁门，关上门很好玩。你们玩真的牌，关上门好像开会。也真怕有人来，好不容易有一副真牌。我并没把门锁死，很快就打开了。

“你要打不开我就跳窗户了。”

我们有一句没一句聊着，都没坐，靠在空荡荡的墙壁上。上面是《毛主席去安源》像，我离得远，她顶到了。对面是落满灰的石膏像。一个在外面封死的窗台，里面可放东西。

“你一个人在车上不害怕？”

她没回答，将我赶走了。她这人很没准儿，不知哪句话就惹着她了。我们聊得还行，甚至有点像朋友，但她依然对我们的“友情”没任何顾忌。另一次同样的场景，还是靠在空墙上，她回答了我上次的问题。她说她一点都不怕。我觉得她没说实话。她说她觉得火车说不定会把她拉到新疆她爸妈那儿。这感觉不错，干吗要赶我走呢？

她睡着了。火车半夜停了，上来一个人。一个提着信号灯的人把她照醒了。这是个煤矿小站，押车员是个好人，答应帮她找车去新疆。她的运气可真不错，一上来就碰上了好人。我们这些常在铁路上玩的人对押车员并不陌生，大多脏兮兮的，叼着烟，歪戴帽子。不过我还是愿意相信她的话，碰到了好人。外地和北京可能不一样。

小站叫阳泉，已是山西地界，我们对山西不陌生，院里好几个插队的哥哥姐姐都在山西，我们甚至还听说过阳泉。押车员是位大叔，小芹坐的是拉煤的车，拉煤的车一般都不去新疆，押车大叔说只有拉石油的车才会从新疆过来过去，得等拉油的车。再有就是坐客车。新疆可是远了，什么车到新疆都得一个星期。客车要很多钱，最好还是拉油车。大叔有办法，铁路上有很多朋友。

“那你怎么那么长时间才到新疆？”我忍无可忍。

油罐车不是天天有，她在大叔家等。

“你住他家了？”我吃惊地问。

“是呀，怎么了？”

居然没把我赶走，我有点庆幸。小芹的脸上写着一切费解的不可思议的东西，一些即使不真真假假也是费解的东西。阳泉站在一条大沟里，四周是黄土，押车大叔还不住在大沟里，住在另一条枝杈的沟里，人家不多，散散落落着一些窑洞。窑洞我觉得很正常，院里插队的人也都住窑洞，听说冬暖夏凉，毛主席都住过窑洞。押车的个子不高，戴着一顶新的蓝帽子，那帽子蓝得就算在北京的大街上也难找。但我对那么蓝的帽子感觉并不好，有点不祥之感。小芹讲话就有不祥之感这个特点。小芹说大叔有口音，但是能听懂，有老婆孩子。

我一下放心了。

我一高兴，小芹又把我赶出去。

押车人的老婆是个盲人，但他女儿眼睛明亮。女儿十一岁了，没上过学，是妈妈的眼睛，帮妈妈干家务活儿。女孩想上学，有本、铅笔，自己有时写写画画。小芹说她还教了女儿写字认字画画，画青蛙和小鸟。小芹在窑洞住了一个多月，没等到去新疆的油罐车，每天帮盲女人和小妹编草编。这哪是小芹干的活儿，可小芹不仅干了还干得非常麻利，出活儿，荆条没了还到塬上去割荆条。盲女人和小妹妹和她一条心，三个人加劲儿干，小芹说着说着眼睛红了，把我赶走了。

编草编挣车票钱？即使不是胡说八道也差不多。说好的油罐车呢？两个月都没一趟？就算攒车票钱，一个运煤小站怎么可能有客车？如果一切都是子虚乌有，押车人是个大坏蛋，小芹怎么不跑呢？押车员来来去去，小芹完全可趁他不在家逃跑。但是好像没有，她竟然还叫他大叔。我在房上和众多麻雀在一起怎么也想不明白。真有盲人老婆？我用小石子投猫，猫连躲都不躲，毫无反应，躺在房脊上睡大觉。投向鸽子，鸽子飞走了，又飞回来。再投。我站起来大黄猫才懒洋洋伸了个懒腰，跳下屋脊，走了。

另外，就算一切都来真的，问题是再怎么说也三个月呢，她怎么过的？但我再怎么单刀直入也没用，被赶出来多少次也没用。她说了能说的，自相矛盾，她说押车大叔在另一个城市把她送上火车，这是对的，但另一个城市是什么概念？忽然想到她为什么总是穿肥大男式的国防绿裤子？几乎没见她换过，能感到腿在里边逛荡，一阵风刮过来时就像旗子裹住了旗杆。安全是安全但不也很扎眼吗？这一片的玩主都比较土鳖，不敢怎么样，铁二中那边就难说了，听说铁二中有许多响当当的玩主，我总是在房上不由得想象小芹在铁二中操场走过的样子：昂首挺胸，短发一动不动。

有一次我问小芹想她姥姥不，按理这事完全犯不着将我赶走，我不过是靠在墙上没话找话，结果她将我“请”了出去，就是揪住耳朵拉开房门一下将我甩了出去。我的耳朵几乎掉下来。这样的“请”当然不是第一次，而且主要很顺手，稍一俯身即可。但这次与往次不一样，往次通常都很慢，慢慢牵着我送出屋，这次很快。她太恨她那无法言说的姥姥了，过了那么久还是那么恨，完全是雷，不能碰这话题。我从没偷窥的毛病，但那次的哭声——呜呜地深长的大哭，让我踮起脚尖看到雨一样的她。

她想姥姥？

我从没见过那么混乱的脸。

我在房顶上看着太阳落山。越过海浪般的房顶，北京真的是可以看见山的，而不仅仅随口一说就是落山。那时的北京西边只有工会大楼、民族饭店、民族宫几座高层建筑，站我们院一马平川都看得见，像在海上看见个别轮船一样。金色哨音的鸽子不断掠过前方，整个房顶都是金色，哨音让我抬头，猫也在扬头，像我一样慢慢摆头，我的眼睛毫无内容，但猫不同，永远是警觉的，你能从它的眼睛里看到什么。警察的出现最初在猫眼睛中，一动不动，跳了两下又不动了。我其实并不特别意外，真正意外的是小芹的"罪行"。

不是警察来找到的小芹，而是小芹带着警察来到我们院。一共三个蓝制服警察，长得都一样。一个就够了，不知干吗要三个。小芹垂着头，短发有些乱，挡住了部分眼睛。没戴手铐，两手仍交在前面。此前在哨音中我已听见摩托车声，当然不知上面坐着小芹。哨音由远及近，掠过屋脊，摩托车突然停下，还突突响了一会儿。我立刻随着猫越过房脊跨到临街一边，两个警察押着小芹已进院，还有一个警察锁车。车是跨斗摩托车，俗称跨子，就是后来在"二战"影片里常见的那种。

三个完全相同的警察随小芹进了屋，很快出来了一个，外面警戒，也像"二战"电影。打火机"啪"的一声点烟，很帅，长长地朝我们院上空吐了口，看见我立刻警觉地摸什么，随后撇了下嘴角。我们院男女老少都出来了，没人敢靠前，吱的一声，问声怎么回事，倒是也都不是特别意外。没多一会儿小芹出来了，头更低了，并且惊人地戴上了手铐。

《曼娜回忆录》或者也叫《少女之心》。这个让我非常意外，怎么也想不到，我觉得也不该，她做出什么我都理解，唯独这事不可思议，抄什么不行，怎么抄的是这个手抄本？自然没有不知道这个手抄本的，即使我这个已放弃学业的整天在房上的灵长类都知道。我记得马脸的五一子还拿到过两页，来到房上和大鼻净、大烟儿、文庆、小永围着一起神神秘秘地看，念，忽高忽低，高时都向后动一下。五一子特别主动地招呼我过来，肯定是冒坏，我太了解他了。当我听到大烟儿“表哥的××进入了我的××”，确实，我的脸都绿了，我从没听到那样的术语，力量也就更大、更惊人。五一子看着我哈哈大笑，并低头看我的裆。那破破烂烂的两页纸不是作业本，是信纸，有红线格的那种。

小芹抄的是全本，家里竟然还有一本。

铁二中看来就是不一样，我们这片就是几张纸，大家瞎抄来抄去，要抓得有好多人抓起来，但好像一直没什么事。抄整本就不同了。小芹留给我最后的印象就是她戴着手铐低头走的样子，永远停在了这一刻。而且这次还不像上次，小芹出事后她们家的房子易主，房管所调配来了新的住家，一对在琉璃厂荣宝斋工作的老夫妇，膝下一女，据说是抱的。我们以为老头与小芹家有点关系，结果一点关系没有。关于小芹，传也是瞎传，有的说小芹判了三年，有的说五年，也有的说是“强劳”，反正差不多。我们之中有人骂五一子脓包，说小芹不定被人铆过多少次，五一子早该对小芹下手，如何如何。我觉得就算小芹像人们说的那样五一子也没戏。小芹和小芹家完全断了音信，这次我们倒没很快忘了小芹，好长时间都兴奋地谈论，分析得很细，都和性有关。但时间抹去了一切，时间层层叠叠，时间太长了，想不到四十年后我还活着，镜中的白发完全像雪山一样，或者我就是雪山。

这事没想到没完，小芹的父母现在竟然都是院士，照片都在门户网站上。小芹父母还都是白眼镜，加上白发，一看竟是那么亲切，感觉就是我们院的人，虽然院子早已不存在。费尽了周折，有一天终于打通小芹父亲的电话。小芹的父亲不知道我是谁,我具体描述了当年的自己,然后我听到了小芹母亲的声音。小芹母亲接过了电话,给了我小芹的电话。

这天晚上,我拨通了小芹的电话。

【作者简介】宁肯,男,主要作品有《宁肯文集》(八卷),包括长篇小说《天·藏》《蒙面之城》《三个三重奏》《环形山》《沉默之门》、散文集《北京:城与年》《我的二十世纪》、非虚构《中关村笔记》。曾获鲁迅文学奖、老舍文学奖长篇小说奖、首届施耐庵文学奖等奖项。现为北京老舍文学院专业作家。

鼠　辈

○戈　舟

“他的另一半儿走了，于是，他迅速地膨胀起来。这其实不难理解，他变成了一个胖子。”

“不难理解？”

“当然，这不是一加一等于二的那种逻辑，”她说，“本来结了伴儿的家伙，落了单，所以就忧郁成了一个肥仔——其实，这也跟一加一等于二差不多吧。”

我们第一次交流更像是搭讪，大家都有些没话找话的意思。当然，跟酒精也有点关系。聚会的东家已经喝高了，老黄他摘下自己胸前挂着的玩意儿，挨个儿向不同的朋友分赠了好几圈。

“瞧瞧，这是块地道的战国玉。”老黄说。可大家伙儿即便都有些酒意，也都不傻，还是能分辨出那玩意儿绝非古物，纵然不明就里，谁都看得出那不过是个电子产品。它的屏幕发着蓝光。于是，纷纷又给老黄挂回到胸前。

“他胖了多少斤？”我问。我断乎不会关心一个莫须有的胖子到底胖到了什么程度，但我得把话接下去。这也是一加一等于二的那种逻辑吧——别让一个主动跟你搭讪的、微醺的女人冷了场。

她将手机伸到我眼前，“喏。”

我看到一只体形短粗的啮齿动物。“他？”

“没错，瞧瞧吧，这是他现在的样子，没称过，不过我可以让你看看他之前的样子。”

“一只老鼠？”

“仓鼠。”她纠正。

“噢，仓鼠，可不还是个鼠辈嘛。”我本来想要说的是“鼠类”，结果说出口的却是“鼠辈”。这让本来中性而客观的科学分类变得有点像情绪化的嘲讽。

“他把她带走了，他现在重度抑郁。”

要承认，我有着惊人的理解力，听话听音，至少，我从她的这句话里，听出了三个角色，并且，性别各异。

“他，是谁？”我问。

此刻，我认为她并不需要具备和我一样惊人的理解力，也能明白我是在问什么。这个搭上的讪，是她所主导的，她理应把握内在的纹理与结构。

“雪糕，”她迟疑了一下，“尽管他是个小伙子，我们还是把他叫雪糕了，他特别白。”

我想她是会错意了，决定不再接她的话，安静地盘着手里的核桃。她欲罢不能，我看出来了，我们之间的话头已经打开，她会自己往下说的。

老黄的会所里全是些“战国玉”之类的玩意儿，真真假假，但我确信现在自己手里的这对核桃是真的。喝酒之前，我就将这对核桃从老黄的博物架上摸了下来，捏在手里，这对确凿的真东西，仿佛能给我定定神。

“女孩却被我们叫作肉球。”她果然继续说，“其实她挺苗条的，但他觉得肉球这个名字性感。”

老黄胸前的那件玩意儿再一次分派到跟前了，他兜头套在了我脖子上，将绳扣差不多推在了我的喉结处。

"他是谁?"我一边躲避着粗暴的老黄,一边故作镇定地继续着对话。我多少有点害怕,喝多了的老黄令人畏惧。我感到自己被按在砧板上了,生怕成为一个笑话。

"他,是谁? "她还是不能够领会我的问题。

"你躲什么躲!"老黄将绳扣固定在我衬衫第二个扣子的位置,"戴这种玉,绳扣必须拉到这儿,"他替我整了整衬衫的领子,"这是个讲究!"

我挺感激老黄的理性和讲究,喝多了的他,完全有可能给我来一个绞刑的。她在对面同情地看着我,继而伸手拍了拍我放在桌面上的左手。

"你,是个识货的,"老黄表扬我说,"这块玉也就只有你能配得上。小蚁,我看好你,你给我记住,我看好你!"这个表扬我是得记住。老黄是个收藏家,从战国玉到茅台酒,从文玩核桃到普洱茶,没人知道他这些藏品的真假,就像没人知道他是如何积攒起的财富。但我知道,他是真有钱。有钱到能让我必须记得他酒后的看好。

老黄拍拍我肩膀离开。我能够感到自己有点惊魂未定,这让我变得迫切需要跟她继续交谈下去,借此平复一下自己的呼吸。我认真看着她,开始觉得她好看。

"你不打算还给老黄吗?"她指指我胸前的赠品,笑得令人玩味。

"我是说,谁带走了肉球? "我直接拉回了话题,谁会愿意在一个好看女人面前暴露出自己的怯懦呢?这时候,追问一个带走了母仓鼠的人,会是个很好的掩饰。

"哦,罗宾,我们分手了,他坚持要平分这对儿伴侣。"

"就是说,实际上,同时有两对儿伴侣分开了。"

"哈,没错,肉球和雪糕、我和罗宾。我以为他会带走雪糕呢,结果他却选了肉球。可能他是真的觉得肉球很性感吧,没准现在他会搂着肉球睡呢。"

我需要脑补一些画面，不免也会联想她搂着一只公鼠睡觉的情形。老实说，我非常怕鼠类，非常非常怕。

“不知道肉球现在什么情况，雪糕倒是真的成了个肉球。”她说，“他的痛苦是不需要被专门理解的，那简直就可以直接目睹。肉球离开后，他疯狂地吃，食量是以前的五倍都不止。”

我不由得要仔细端详她的身材。她很苗条，至少不胖，胸还略微有些显小。而她，也是个落了单的。

“好在，你们可以结个伴儿。”

“我们？”

“对，你跟雪糕。”我觉得这是不言而喻的。

“不，没用，我们不是一类。至少，我们落单后的表现方式不一样，我的饭量根本没增加，甚至，我现在还有点厌食。”

“会不会，那个罗宾现在也暴食起来了呢？”我从桌上的盘子里抓起一块炸鸡塞进嘴里，“没准儿，落单后的表现也是分性别的。”

“有道理啊。”

她点头称是。我感到了一份落单之后也许专属雄性的饥饿感，于是，又抓起了一块炸鸡。

老黄开始四处寻找他刚刚馈赠出去的玩意儿。客人们笑闹着躲避他的骚扰，他理直气壮地扯开每个人的领口检查，女性们尖叫着拍打他的光头。

“我可不想让老黄这么干。”她说，“你也赶紧把这玩意儿收起来吧。”

我着迷地看着她，仿佛被催眠，眼前的她，竟被我看出了某种“仓鼠之美”：高高的颧骨和玲珑的下巴，瓷白的、略略有些大却俏皮的门牙。我像个白痴似的摘下了自己胸前的玩意儿，窝藏进裤兜里。我压根儿不想要这件不知何用的电子设备，但她让我赶紧收起来，我就赶紧收起来了。

“我得找他看看。”她站起来，将椅背上的围巾一圈一圈地围在脖子上。那是条很长的墨绿色围巾，她围上后，“仓鼠之美”更是美得不可方物。“看看他现在是不是也变成了一个肥仔。”她说。

我以为她围上围巾是要防御老黄，没想到她却是要抽身而去了。

“你现在就要去看——嗯，那个罗宾吗？”

“哈哈，当然不，他回英国了，过完春节才回来。那时候，他会不会真的肥到提不起裤子来呢？让我们拭目以待！”

“那么仓鼠呢？哦，肉球怎么办，他不会也把肉球带着一起回英国吧？”我抛出一个问题，不过是想挽留她。

“哦？”她歪头想了一下，嘟哝着，“这倒真的是个问题。”

说完她便走了。我却开始在心里敌视某个素未谋面的、回了英国的潜在胖子。

事情原本就会这样告停。我们历经过无数个这样的微妙时刻：似乎突然间会发生点什么，最终，却什么也不会发生；有那么一些瞬间，你觉得自己爱上了一个具有“仓鼠之美”的姑娘，并且些微地有些痛苦，既忍着羞怯，又忍受着妒忌的折磨，但下一个瞬间，你便跌入另外的幻觉里，觉得自己亦在令别人感到痛苦，忍着羞怯，又忍受着妒忌的折磨。就是这么回事儿。

可过了春节不久，她打通了我的电话。

“嗨，我是麦吉，”她自报家门，“从老黄那儿要到你号码的。”

“噢？噢。”我虚应着。

“去看看罗宾吧，他从英国回来了。”

于是我知道了电话那头的人是谁。“仓鼠来电”，我的心里是这么定义的。

裹了件羽绒服，我慢吞吞地出了门。坐地铁显然要更便捷一些，但我还是选择了网约车。车子在拥堵不堪的路面上蠕动，这是我需要的。我想让这段路程空前地缓慢下来，这样，才匹配我古怪的心情。我想让自己更迟钝一些，让思考的路线也像拥堵的路面一样阻塞。到达目的地后，我在那所大学的校门口又徘徊了一阵，最后，诚然鼓起了勇气，才向两个女生打问了留学生公寓的方位。

“沿着路走，看到那栋咖啡色的新楼就是。”她们热情地告诉我。

路边的梧桐树在冬天里显得格外萧瑟，它们的枝丫在空中相互伸出却不能握住，有种绝望的遥不可及之感。当我在“那栋咖啡色的新楼”前抬头仰望时，她在身后喊我了。“在这儿，小蚁，快过来！”

她躲在一丛冬青后面，只露出半截穿着迷彩棉服的身段，墨绿色的围巾捂住了大半张脸，棉服上的帽子也罩在头上，差不多掩藏掉了她的一切特征。

“坐下坐下，你蹲不了多久的。”她示意我跟她一同藏在冬青后面。

我摸出烟来，却一下子不确定这是不是有违她的意愿。我们是在埋伏，眼下，我确信这是她正在力求达到的局面，于是，抽烟这种事儿，恐怕不大符合埋伏的要求。她却示意我也给她来一支。我分别点燃了两支烟，不约而同，我们都深长地吸了一大口。为了抽烟，她从围巾里露出了漂亮的下巴。

“来晚了，”我说，“路上太堵。”

“没事儿，我盯着呢，那家伙一直没出现。”她像是劝慰我，仿佛是替我坚守住了某个紧要的阵地。

“干吗要用这种方式呢？直接去见见他不行吗？”我还是表达出了自己的疑惑。

她有些震惊地看着我，就像是听到了一个最愚蠢的问题。“你觉得，那样合适吗？”

嗯,是不大合适。我设身处地地想了一下。可不,结了伴儿的人一旦分离,彼此见面,有时候会堪称惊心动魄。

“我不想让那个死胖子以为我还对他抱有幻想。”她进一步解释说,“这事关国格。”

她说得这么郑重,我也不由得严肃起来。

天色暗沉下来,好像突然就进入了夜晚。对面“那栋咖啡色的新楼”不断亮起灯光,我却不知道哪盏灯才是属于一个死胖子的。肤色各异的留学生不断地出没于眼前,每当看到白种人,并且身板儿壮硕的那种,我就不免要探头探脑地意图甄别一番。

“别费劲儿了,他不是那样子的。”她低声提醒我。

我恍然大悟,“死胖子” 应该是罗宾落单之后才有可能达成的样式,就像雪糕,是在落单之后才暴饮暴食。于是,聚焦的范围进一步扩大,但凡白人出没,都会令我紧张一阵。

“不,你还是搞错了,”她叹息着,显然已经于心不忍,“罗宾是个黑人。”

那一瞬,我分明感到了绝望。天啊!我不能将自己的情绪归结为种族的偏见,只是想,天这么黑,昏暝中辨认一个黑人,难度何其大啊!

她感到了我的绝望,将脸探在我的面前,拉下围巾,补偿一般地吻了我。我感到自己的下嘴唇被两颗啮齿动物的门牙啃噬了一会儿,这便让我们的行为又不大像是一个接吻。像什么呢?嗯,像一对儿啮齿动物相互的喂食。

“我不喜欢 kiss。”她推开我说。

“kiss”,我盘算她是在说“接吻”还是“轻触”。可能是后者,所以她的吻有着轻轻的、啃噬的滋味。

“炫灿。”她指着“那栋咖啡色的新楼”说。

此刻,对面的大楼灯火通明,确乎“炫灿”。我在心里敲定了她所说的是这样两个汉字。我从来没有这样去认识一栋灯火通明的大楼，感觉世界被她用一个陌生化的新词儿就这么迅速地崭新定义了一下。

“走吧，”她站起来拍打着屁股上的土，“你们会见到的，咱俩可以打个赌，猜猜他究竟是变胖了还是没变胖。”

“我赌他没胖。”我有股没来由的冲动，好像就是要拧着她来，又好像是要捍卫一份男性的尊严，替男人们捞回点什么。

“好吧，”她吁口气，也替我拍打屁股上的土，“那我就只能赌他胖了。”

当晚我在她家投宿。上楼前，我们在楼下吃了大碗的骨汤烩麻食。似乎要表明什么，也可能纯属食欲的驱使，就着汤饭，我和她都吃了好几瓣生大蒜。

那只仓鼠蹲在她书架上的笼子里。并不白，压根儿不像支雪糕，充其量，是显得比较白的那种灰色，算是支淡巧克力雪糕；却真的胖，浑圆，让支棱在毛外的耳壳越发显得突出。忍着强烈的不适，我向它走去。我知道，这是我必须过的一关，过去了，我才能获得今夜投宿的正当性。

“它是睡着了吗？”我想让自己表现得轻松点。

“不会，它好像从来不睡觉，就算睡，也只能是昼伏夜出。反正我是没见过它睡觉的样子。”

“啊哦。”我只能如此作答一声。

它的确没睡，我一旦靠近了它，它便唰地一下立了起来，带着一股强劲的动能。我几乎要惊叫着蹦回去，但我竟然控制住了自己。不但控制住了自己，我还伸手从它的笼子旁抽出了一本书。

是一本朱维铮的《音调未定的传统》。书有折页，翻开，我看到有红笔勾出的段落：通观那以前的中国都市史，不论由于政治原因还是经济原因导致各自的盛衰荣辱，也不论那些盛衰荣辱过程或骤或缓,有几点是共同的或是相似的。

我竟然不折不扣地读进去了。其实,不过是以此抵御恐惧。我压根儿不敢抬头看那支淡巧克力雪糕。

“你也读朱维铮啊。”我强装镇定。

“不,这是罗宾的书。”

我们终于离开了书架,离开了那支淡巧克力雪糕。我再没有多看它一眼,但我分明知道它倔强地直立着,始终在目不转睛地盯着我。

“它现在安静多了。”坐进客厅的沙发,她对我说,“以前可不,它们会自己想办法从笼子里出来,结伴儿消失几天,也不知道去了哪儿,直到吃完了储备粮,才重新溜回来。”

“储备粮?”

“对,它们会将鼠粮搬运到秘密的地方。你知道吗,仓鼠习惯把食物塞进它们的大脸颊袋中,搬运存放到自己的洞穴里。有报道说,已经发现过有着多达九十公斤储藏食物的仓鼠洞。”

这好像是她第一次将那支雪糕称为“仓鼠”。我陷入在巨大的震惊里,想象着“九十公斤储藏食物”的那样一个规模,越发地紧张不安。她看出了我的不适,又一次,像上次在老黄的会所里那样拍了拍我的左手。我将她的手握在了自己手里。

“其实我原来也很怕老鼠,”她这是在安慰我,“如果不是罗宾坚持要养,打死我也不会想到自己有一天居然会养一对儿仓鼠。可它们毕竟还是来了,被人从网上下了单,咣当咣当,坐了几天几夜的车,焦躁不安地出现在了你的生活里,你必须要面对这个事实。”

我觉得她说得在理,情绪舒缓了不少。是啊,我也是不知被什么下了单,咣当咣当出现在了她的生活里,于是,必须要面对这个事实:爱、欲望、啃噬一般的亲吻、生大蒜,以及硕大的令人毛骨悚然的仓鼠。

“我的确非常怕老鼠——”我们手挽着手，我觉得我是在温柔地倾诉，“怕到只要在纸上写下这两个字，都会感到恶心。可滑稽的是，我自己居然是属老鼠的。”

“罗宾，罗宾也属鼠。”她说，“这就是他用来说服我养仓鼠的理由。我属虎，显然就没法儿跟他掰扯要养只老虎了。”

“嗯，我们都是鼠辈。”这么说，我还感到了些许的宽慰，仿佛因此便具有了与她手挽手走上相爱之路的通行证，又仿佛，恐惧感也因之没了来由。

“你看到了，雪糕如今的状态有多糟糕。我其实并不关心罗宾的胖瘦，我是想，可不可以把雪糕送回到肉球的身边去呢？”

“没有想过把肉球接回来吗？”说实话，我并没看出那支淡巧克力雪糕有多糟糕。

“不！”她断然说。也不知道是没法那么做，还是那么做有着巨大的荒谬性。

上床前，她让我把朱维铮的书放回书架去，我这才发现，那本书始终被我抱在怀里。于是，我必须再一次走向它，走向一只仓鼠。我用眼睛的余光看到，它依然那么顽固地直立着，仿佛凝固的雕塑。

她喜欢拉开窗帘睡觉。是夜，她枕在我的胸前，又一次对着窗外流光溢彩的城市之夜说道：

“炫灿。”

城市之夜在一个“炫灿”的指认下，宛如倒挂的宇宙。我的世界就是这样被她崭新定义了。我用自己的勇气证明了这一点。两个月后的某一天，雪糕从笼子里溜走了，她居然能够听到它神秘的呼救声。我们寻声在衣柜里找到了身陷绝境的雪糕。它掉进了一道深邃的缝隙里，解救它，你得把衣柜拆掉。她把身子探进衣柜，伸出胳膊努力去够，总是差之毫厘。于是换了我来试试。这其实注定无效，我的胳膊怎么说也要比她的粗。但情急之中，人是不讲理性的。我照着她的样子去做，努力将自己的胳膊变成一根柳条，我能够感到在那个幽深的所在，一只仓鼠求生的热望，它不断地蹦跳着，爪子一下一下地触碰到我的指尖，就像一个一个节制的“kiss”，每触碰一下，都有生动而热烈的律动叩响我的心门。

后来，我们想出了妙计。用一根鞋带系住一只塑料袋，坠入绝地。它成功地跳进了塑料袋里。当它被徐徐吊进光明之中时，有生以来，我第一次用手去碰触了一只鼠辈。没错，我抚摸了它。它有股沉甸甸的温顺。

我去给它抓鼠粮，那是干雏菊、香蕉片、枸杞、冻干鸡肉和面包虫干混合制成的精细口粮。我看着它疯狂地进食，一时没有留意她在我身后说出的话。她可能意识到了，追问我一句：“你听到了没，小蚁？”

“什么？”我回头茫然地看着她。

她并不看我，眼睛望向窗外“炫灿”的夜色。“哪一天你要是离开了，就把它也带走吧。”

这一天原来并不是遥遥无期。在下一个春节还没到来之前，我们便分开了。我从她家楼上下来，衣服口袋里残留着鼠粮和忘记交还的钥匙。这场爱情让我变成了一个仓鼠专家，我从网上习得：仓鼠的雌性和雄性都有多个伴侣，在繁殖季节，雌性仓鼠会寻找雄性的洞穴，在交配期间，交配塞形成并密封雌性的生殖道，阻止后来的雄性成功授精——重点是：交配后不久，雌性仓鼠经常将雄性赶出其领土。

我知道自己这么琢磨不合适。于是强迫自己换一个频道：仓鼠的视力差，只能模糊辨形，颜色只能分辨黑白。那么，是她让我原本只能将世界分辨为黑白的视力领略到了“炫灿”。一这么想，我便感到痛苦不已。

我回到了自己的家，那感觉，就像一只悲伤的、落了单的仓鼠灰溜溜地回到了自己的洞穴。

果不其然，我开始了暴饮暴食的日子。短短一个月的时间，我胖了有十二斤。对此，我是心里有数的。我知道，我的重量是和悲伤成正比的，为了不被悲伤压垮，我的食欲必须增加。我重了的这十二斤，不过是我灵魂的铠甲。我想，这世上是没有一个所谓的“无尽的痛苦”的，那痛苦的峰值和极限，其实是可以称重的。那个峰值和极限，便是一个月里增重达十二斤的痛苦。

最艰难的时刻，我尝试过吞食鼠粮，冻干虾和紫薯干口味的。我咀嚼着那咸甜交织的滋味，不免要去想象一个黑人男青年的味蕾。这没什么不可理解的，我们都属鼠，都曾历经与炫灿的分离。尽管，我从未见过他，但我们同为鼠辈。对于他，我知道的不少了。她热衷于对我讲述这位前任。哦，罗宾，那来自英格兰林肯郡北凯斯蒂文的黑汉子，中国政府颁与你有杰出贡献的国际友人的光荣称号，你有着四分之一的非洲血统和八分之一的蒙古血统，你的外祖母喜欢读张贤亮的小说，虽然我不曾见过你，但是我如此熟悉你。

我生出冲动，去见一见罗宾，看看他可曾摆脱了十二斤的重荷。但我无法驱动自己，那十二斤已然完全拘囿了我，让我只能身陷自己的牢笼里，闭着眼睛饕餮，睁开眼睛，眼睁睁地看着世界一天一天、一分一秒地从炫灿逐渐变成黑白色的。

幸好还有老黄。他在一个清晨给我打来了电话，劈面就向我索要：“我的战国玉呢？赶紧的，给我还回来。”

昔日老黄绞索一般套在我脖子上的那件玩意儿，不过是一只日本产的便携式负离子空气净化器，我在胸前悬挂了一阵子，如今早不知道丢哪里了。但老黄如同中了邪或者着了魔，他认定被我戴走的是一块无价之宝，开始无休无止地向我索还。他不分昼夜地给我打电话。我很难判断他是清醒着的还是在醉酒状态。说实话，我一如既往地有点怕他，他给我带来的压力，正一点一点将我的痛苦从身体里挤走。

“小蚁，实话跟你说，哥活不久了。”一天黄昏老黄在电话里带着哭腔对我说。

“别这么说——哥，怎么了呢？”

“癌，癌啊！”

我想我是不应该再细究什么癌了。我得把他的战国玉还给他。

我打电话给麦吉。电话始终提示“对方正忙”，她这是将我的号码屏蔽了。我成了一个不折不扣的烂人，一只被雌仓鼠驱离了其领地的雄仓鼠。我只有挣扎着爬起来，拖着重达十二斤的，如今又混入了耻辱的痛苦出门。我想起来了，那只负离子空气净化器只能是落在她家里了，我必须给“活不久了”的老黄拿回来。

敲门之前，我像个贼一般贴在门外听了听里面的动静。我既想听到点什么，又害怕听到点什么。我什么也没有听到，却分明听见了雪糕吱吱的叫声。我敲了门，随后，自己用钥匙打开门进去了。

雪糕还在老地方，我们百感交集地相互凝望了一阵。我从床头柜的角落里翻着了那件宝物，它放在她的一件黑色文胸里。我将文胸捧在鼻子上闻了好久。按下开关，那只负离子空气净化器竟然还有电。我将它挂在了脖子上，把那道有着一颗金属标识球的绳扣推在衬衫的第二粒纽扣处——老黄交代过，“这是个讲究！”

然后，几乎是不假思索地，我在离开前从书架上拎走了鼠笼。并且，我还顺手抽走了笼子旁边的那本《音调未定的传统》。

坐在地铁里的我一定是惹人侧目的。一个胖子，膝盖上放着另一只胖子。我局促地垂着头，是一种自惭形秽的心情。鼠笼中有一只大约直径三十厘米的跑轮，做成了一个封闭的奔跑曲面，雪糕安静地伏在上面，一副自暴自弃的样子。它早已忘记了奔跑的滋味。车厢里并不拥挤，所以身边的人尽量和我拉开了一些距离。有个女人突然大声对她的孩子说:“北京发现了两例鼠疫感染者!”

我冒汗了。尽管挂着一只貌似依然能正常工作的负离子空气净化器,我还是感到有些喘不上气来。我只能提前下了车。

徒步走了三站路,我渐渐感觉好起来了。这样的一个念头也越来越清晰,让我忍不住要对着笼子里的雪糕说:“伙计,熬到头了,你就要见到你的肉球了。”

它听懂我的话了,因为我看到它抽泣了起来。

校园里的路面在翻新,撅出的黄土裸露着,还没有铺上沥青,像是遭到了暴力的凌虐。梧桐树伸在空中的枝丫依然绝望。我并没有急着直奔“那栋咖啡色的新楼”,而是在一家超市给雪糕买了包锅巴。在昔日藏身的冬青后面,我将锅巴捏碎了喂它。我想让它有一个好的面貌出现在伴侣面前,尽管我知道它如今不好的面貌完全就是吃出来的,可我想不出其他的办法。这就是我们最深刻的困境,我们在大多数时候,只能徒劳地想着雪上加霜的对策。它依旧吃得疯狂,看得我难过万分。我想到了那天晚上我和她的蹲守,想到了下嘴唇被啃噬的滋味。

他是胖了还是没胖?我在心里面打着赌。对,现在,我希望他是胖了的,成了一个黑胖子。这不仅仅是因为我渴望着四个肥胖的鼠辈相逢的那一刻,还因为,此刻我由衷地愿意,她能够赢得我俩之间的那个赌局。这是爱,我想,甘愿让她赢,这就是爱。

但是,这个爱的赌局,永无揭晓答案的可能了。也跟一加一等于二差不多:“那栋咖啡色的新楼”里,压根儿就没有一个黑罗宾。

“没有,没这么个人儿。”大楼管理员,一位中年大妈诚恳地对我说。她把“人”说成“人儿”,无端地令人觉得可以信赖。

“黑人,来自英格兰林肯郡北凯斯蒂文。”

“没有,没这么个人儿。”大妈说,“只有一个英国人是从怀特岛上来的。”

“他有着四分之一的非洲血统和八分之一的蒙古血统。”我还是不甘心。

“没有,没这么个人儿。”

“他有个外祖母……”

“小伙子,谁没有个外祖母啊。”

“对了,他养着一只仓鼠!”我举起了手中的笼子。雪糕也趴在笼壁上,翘盼着铁丝网外面的世界。

“更没有了,楼里绝对不允许养老鼠。”

“这个不是老鼠,是仓鼠。”

“啥鼠都不准养,严格着呢。”

“大妈……”

“大妈不会骗你,没这么个人儿啊,就是没这么个人儿。”

我在“那栋咖啡色的新楼”外又站了很久,直到它在暮色四合中露出“炫灿”的端倪。我重新走上台阶,把手里的鼠笼放在大理石的地面上。我打开了笼子,雪糕无动于衷地趴着,我只好倾斜笼身,协助它滚了出去,看着它迟疑、徘徊,向我投来质询的目光,最终敏捷地冲进了大楼,一溜烟消失在前厅辉煌的光晕之中。

在她和大妈之间,我别无选择地只能选择信任大妈。但我宁可相信一切都是真的,只不过,那个真的世界,只对鼠辈成立。它会找到肉球,找到黑罗宾,找到过往不曾落了单的、结了伴儿的日子。

对此,我也试图想要跟她求证。其后的日子,有好几次,我来到了她工作的社科院门口,也曾在她家的楼下逗留不去;我看到过她落了单的身影,也看到过她结了伴儿的身影。但是最终,我都没有迎着她走去。

“为什么?”

“什么?”

“压根儿没有罗宾,是不是也没有肉球?”

“是又怎样呢？”

是啊，是又怎样呢？无数次在心里这般演练过之后，我得出了这样的结论：我们都是被什么下了单，咣当咣当，坐了几天几夜的车，焦躁不安地出现在了彼此的世界里。没道理可讲的，你必须要面对这个事实。

每当城市的夜晚灯火亮起，我就会将她想象成身在一片“炫灿”中的样子，无论她是结了伴儿还是落了单，她都身在那种有着孤注一掷气息的孤单里，她不断地用意念召唤与驱离着伴侣，那已成一种规模，而这规模，宏大到足以被称之为一个人的创世。那本《音调未定的传统》一直在我手里，算是一个她曾经真实不虚地存在过的证据，当然，也可以算是我从她的虚拟世界里窃取到的一个证物。因此，黑人罗宾一定也真实不虚地躲在某栋炫灿的、咖啡色的新楼里，用红笔勾出了书中的段落：通观那以前的中国都市史，不论由于政治原因还是经济原因导致各自的盛衰荣辱，也不论那些盛衰荣辱过程或骤或缓，有几点是共同的或是相似的。

——那就是，在所有或骤或缓的盛衰荣辱的时代里，都市总会并存着多重的族类，对于某些结了伴儿或者落单了的家伙而言，还有另外的一支队列可资藏身，我们不妨将其称之为：鼠辈。

如果有一天我们相逢，我想，我要跟那条来自英格兰林肯郡北凯斯蒂文的黑汉子如此分享我的心得。

【作者简介】弋舟，男，著有长篇小说《跛足之年》《蝌蚪》《战事》《春秋误》《我们的踟蹰》，长篇非虚构作品《我在这世上太孤独》，随笔集《从清晨到日暮》，小说集《我们的底牌》《所有的故事》《弋舟的小说》《刘晓东》《怀雨人》《平行》《丙申故事集》等。曾获鲁迅文学奖、百花文学奖、郁达夫小说奖等奖项。现为《延河》副主编。

仙　境

○哲　贵

一

从家开车到越剧团，大约需要二十分钟。车子一发动，余展飞身体就有感觉了，兴奋了，柔软了。不是柔软无力，是柔韧，充满力量，跃跃欲试。同时，身体里好像有股水在流淌，可比水要绵柔，几乎要将身体溶化，很轻又很重，很淡又很浓。他很享受。

越剧团有两个排练厅，一大一小。他直接去小排练厅。不用事先联系，更不用打招呼，他知道，团长舒晓夏已经在小排练厅了。一打开车门，一阵音乐涌进耳朵，那是锣鼓声，是密集如万马奔腾的行板。一听那声音，身体立即又起了不同反应。这次是热烈的，是滚烫的，是奔放的，他几乎要摩拳擦掌了。他听见身体里有开水沸腾的咕噜声，那是身体被点燃的声音，他要绽放了。他知道，那是《盗仙草》选段，是越剧里难得的武戏，特别有挑战性，让他神往，令他痴迷。他都快恍惚了。

他进了排练厅，果然，舒晓夏已经化好装，正在厅里踱来踱去。她看见余展飞进来，朝他看一眼，那眼神是急不可耐的。两人直奔化妆间。

这是余展飞的习惯，也是他的态度，即使是排练，即使排练厅里只有他们两个人，他也要化装，也要穿上戏服。他不允许马虎，一点也不行。

舒晓夏给他化装，他们都没有开口说话。他们不需要。几十年了，只要一个眼神、一个微小动作，便可以领会对方的意思。什么叫心意相通？这就是。什么叫心有灵犀？这就是。而且，余展飞听了进来之前的伴奏音乐，已经知道晚上排练的内容，没错，还是《盗仙草》选段。

他和舒晓夏第几次排这个戏了？起码有几千次吧，甚至更多。

装化完了，舒晓夏帮他穿上戏服。他晚上扮演守护灵芝仙草的仙童，是短打扮，头上扎着一条红头巾。在正式演出的戏文里，守护仙草的仙童是四个，两个先出场，跟白素贞对打。被白素贞打败后，去后山请两个师兄出来。白素贞最后不敌，口衔仙草，被四个仙童架住。这时，仙翁出场，放她下山救许仙。

他们晚上练双枪。这是《盗仙草》里很重要的一场武打戏。当然，双枪几乎是所有中国戏曲里的重要武戏，也是最基础的武戏。正因为基础，要练得出彩不容易，太不容易了，几乎所有武生都会的动作和技术，大家都很熟练，都想做得出彩，怎么办？办法只有一个：创新。没错，只有做出别人不会做的高难度动作，只有做出别人不会也没想过的精彩又优美的动作，只有做出惊险又与白素贞冒死精神相协调的动作才能技压群雄。难，太难了。但吸引力也正在于此，激发创新的动力也正在于此。一般情况，白素贞和仙童都是先拿拂尘出场，然后是剑，再是双枪，最后是空手搏斗。空手搏斗的难点在翻跟头，每个仙童翻跟头都是不同的，都有讲究，第一个是前空翻，第二个是侧空翻，第三个是后空翻，第四个是前空翻加后空翻。空翻都是连续性的，有连翻三个，也有连翻六个的，身体是否挺直，动作是否干净，是很考验人的。双枪是《盗仙草》里的重头戏，是重中之重。一般的演出，白素贞和四个仙童各拿双枪，打斗到激烈处，四个仙童围着白素贞，将手中双枪抛向中间的白素贞，白素贞要用脚板、膝盖、双肩和手中的双枪，将来自四面八方的枪，准确又利索地反挑回四个仙童手里。这里面有连续性，又有准确性，还要控制好力量和弧度，差一点点都不行。而且，八杆枪要连贯，要做得行云流水，要让观众眼花缭乱。既要武术性又要艺术性，要升华到美的高度。这太难了。

舒晓夏将伴奏音乐调整了一下，跳过前面舞拂尘和舞剑的段落，直接到了耍枪花。那枪是老刺藤做的，一米来长，两头都有枪尖，中间涂得红白相间，枪尖绑着红缨，行话叫花枪。他们每人两根花枪，先是象征性地比画几下。戏曲的灵魂之一就是象征。

随着锣鼓声密集起来，他们站到排练厅中间，耍起枪花。看不出他们身体在动，其实他们全身在动，他们身体很快被手中的枪花覆盖。他们的枪先是在身体左右画着圈，手臂不动，手腕随着身体扭动，锣鼓声越来越密集，枪转动的速度越来越快，红白相间的花纹这时变成红白两道光芒，两道光芒最后连在一起，形成一道彩色屏障。从远处看，排练厅中间的余展飞和舒晓夏不见了，只有两个彩色球体，纹丝不动，却又风起云涌。

耍完枪花之后，他们练挑枪。余展飞投，舒晓夏挑。这是余展飞和舒晓夏的创造，他们不是一根一根地来，而是八根同时来。余展飞将八根枪一起投过去，舒晓夏用脚尖、用膝盖、用肩膀、用枪将八根枪反挑回来。考验功力的是，余展飞八根枪是同时投过去的，而舒晓夏却要将八根枪连续挑回来，八根枪要形成一排，在空中划出一个优美弧度，像一道彩虹。练了一段时间后，反过来，舒晓夏投，余展飞挑。这种挑枪，整个信河街越剧团只有他们两个会，估计全天下也只有他们两个会。

二

父亲余全权是信河街著名的皮鞋师傅，绰号皮鞋权。他在信河街铁井栏开了一家店，做皮鞋，也修皮鞋。他长期与皮鞋打交道，皮肤又黑又亮，连脸形也像皮鞋，长脸，额头大，下巴尖，张开的嘴巴像鞋嘴。对于余展飞来讲，父亲最像皮鞋的地方是脾气。皮鞋有脾气吗？当然有。皮鞋最突出的脾气就是吃软不吃硬，它不会迁就穿鞋的人，不能跟它"来硬的"，必须顺着它的性子来，要尊重它，要呵护它。但它又是感恩的，懂得回报。谁对它好，怎么好，对它不好，怎么不好，它是爱憎分明的，也是锱铢必较的。擦一擦，亲一口，它会闪亮。不管不顾，风雨践踏，它就自暴自弃了。它对人的要求是严格的，甚至是严厉的。它不会主动选择人，但会主动选择对谁好。不是一般的好，而是全心全意，甚至是合二为一，它会将自己融进人的身体，成为身体的一部分。

父亲就是这样的脾气。每一双经过他修补的皮鞋，都有新生命，是一双新皮鞋，却又看不出新在哪里。他做的每一双皮鞋，看起来是崭新的，穿在脚上却像是旧的，亲切、合脚，就像冬夜滑进了被窝儿。

从皮鞋店到皮鞋厂，是父亲的一个改变，也是皮鞋对父亲的回馈。那一年，余展飞已经当了三年学徒，理论上说，可以出师单干了。实际情况也是如此，余展飞觉得技术已经超过了父亲。

也就是这一年，余展飞"认识"了舒晓夏。农历十月二十五，信河街举办物资交流会，越剧团接到演出任务，将临时舞台搭在铁井栏，就在皮鞋店对面。那天下午演出的剧目是《盗仙草》，舒晓夏演白素贞。

余展飞不是第一次看越剧，也不是第一次看白素贞《盗仙草》，他以前看过的，也觉得好，咿咿呀呀的，热闹又悠闲，真实又虚幻。

但那种好是模糊不清的,是不具体的。说得直白一点,就是舞台上的白素贞跟他没关系,没有产生任何联想和作用。但这一次不同,他被白素贞“击中”,迷住了。她一身白色打扮,头上戴着一个银色蛇形头箍。她的脸是粉红色的,眼睛是黑色的,眼线画得特别长,几乎连着鬓角。美得不真实,惊心动魄。余展飞突然自卑起来,粗俗了,寒酸了。他无端地忧伤起来,无端地觉得自己完蛋了,这辈子没希望了。当他看到白素贞和四个仙童挑枪时,整个心提了起来,挑枪结束后,他发现手心和脚心都是汗,浑身都是汗。这是他第一次发现自己的手心和脚心会出汗。当看到白素贞下腰,将地上的灵芝仙草衔在口中时,他哭了。差不多泣不成声了。他觉得魂魄被白素贞摄走了。

散场了。对余展飞来讲没有散,他依然和白素贞在一起,如痴如醉,亦真亦幻。他不知不觉来到戏台边,来到后台。他看见了白素贞,不对,是正在卸装的白素贞。有那么一瞬间,他有失真的感觉,却又觉得无比真实。卸装之后,舞台上的白素贞不见了,他见到一个长相普通的姑娘,身体单薄,面色蜡黄,眼睛细小,鼻梁两边还有几颗明显的雀斑。

舞台上下的反差让余展飞措手不及,让他惊慌失措。但恰恰是这种反差拯救了他,唤醒了身体里另一个自己,他感到震撼,感到力量,更主要的是,他看到了可能——既然她能演白素贞,我为什么不能演?他突然萌生出一个念头:我要去越剧团,我要唱《盗仙草》,我要演白素贞。

这个念头来得凶猛,令他猝不及防。用父亲的话说是,丢了魂了。

但余展飞知道,他的魂没丢,是被舞台上的白素贞“迷住了”,也是被现实中的白素贞“唤醒了”。他回到店里,对父亲说:

“我要去学戏,我要唱越剧。”

莫名其妙了。突如其来了。父亲没有放在心上，小孩子嘛，心血来潮是正常的，异想天开也是正常的，怎么可能去学越剧呢？怎么可能不做皮鞋呢？说说而已。不过，父亲觉得不正常的是，这个下午，余展飞什么也没有做，鞋没有做，也没有修。他还是那句话："我要去学戏，我要唱越剧。"

父亲明白了，这孩子鬼迷心窍了。

问题的严重性在于，接下来，余展飞还是什么事也不做，见到他就说："我要去学戏，我要唱越剧。"

那就是疯了。走火入魔了。父亲不可能让他去学戏，不可能让他去唱越剧。父亲的人生只有皮鞋，当然，他还做了一件事，就是生下余展飞。对于父亲来讲，两件事也是一件事，可以这么说，他也是父亲的一双"皮鞋"，甚至可以这么说，他从出生那天起，便注定这一生要和皮鞋捆绑在一起，逃不掉的。这一点余展飞知道不知道？他当然知道。实事求是地讲，余展飞不排斥父亲，也不排斥皮鞋。恰恰相反，他喜欢父亲，因为他喜欢皮鞋，也喜欢修皮鞋和做皮鞋。他喜欢父亲，是因为父亲对待皮鞋的态度，父亲没有将皮鞋当作商品，商品是没有感情的，而父亲对待每一双皮鞋，无论是来修补的还是来定做的，都像对待儿子。也就是说，在父亲眼中，余展飞和那些修补和定做的皮鞋几乎没有区别。余展飞委屈了。确实有一点。他内心却是骄傲的，他觉得这正是父亲与人不同的地方，他没有将皮鞋当作鞋来看，而是当作人来对待。这是余展飞喜欢的。余展飞也是将皮鞋当作人来对待的，他跟父亲不同之处在于，对他来讲，皮鞋是有性别的，是分男女的。这跟男鞋女鞋无关，而是跟皮料有关，跟使用的胶有关，跟使用的线有关，跟针脚的细密有关，最主要的是，跟皮鞋的气质有关。但是，无论是哪种性别的皮鞋，余展飞都是喜欢的，无论是他做的，还是别人拿来修补的，只要到他手里，他都会让它们发出独特的光芒，他会给它们全新的生命。

三

那一个月里，余展飞只说一句话，其他什么事也不干。皮鞋权先是惊讶，再是愤怒，然后是恐惧，最后是无奈。他懂儿子，就像他了解皮鞋和各道制作工序一样，不能“来硬的”。他做出了让步，但也是有条件的，他答应让余展飞学越剧，但只是业余，主业还是做皮鞋。这就是“以退为进”了。

余展飞答应了。只要能学越剧，让他不吃饭不睡觉都行。

父亲找到一个长期在店里定做皮鞋的人，也是父亲的酒友，他是信河街越剧团的鼓手。余展飞后来才知道，在剧团里，鼓手地位很高，类似于轮船上的舵手，起掌握方向的作用，起控制节奏的作用。父亲将那个鼓手请到家里喝酒，喝得脸色由白转红，又由红转白。最后，鼓手捏着酒杯，问他，想学什么？余展飞说他想学《盗仙草》，想当白素贞。鼓手一听就笑了，说：“要学《盗仙草》，想当白素贞，在信河街只能找俞小茹老师。俞老师是第一代白素贞，她的学生舒晓夏是第二代白素贞。这事非找俞老师不可。”

余展飞是从这一刻开始，才知道那天演白素贞的演员叫舒晓夏，因为那天演出就是鼓手敲的鼓，他告诉余展飞：“舒晓夏现在是越剧团的台柱子，俞老师已经退居二线，但要学戏，还得找俞老师，姜还是老的辣。再说，舒晓夏不收学生。”

一个礼拜后的一天下午，鼓手带他去越剧团见俞小茹老师。余展飞记得是直接去排练厅的，一大堆人，有化装的，更多是没化装的。穿什么的都有，穿短打扮的，腰间都用一条红腰带扎起来；穿戏服的，比画着动作，沉浸在各自的情境中。排练厅一片混乱，却又秩序井然。他第一眼就找到正在排练厅一角的舒晓夏，她穿着白素贞的戏服，脸上没有妆。她的装扮让余展飞有不真实的感觉，既是白素贞，又不完全是白素贞。他发现，自己特别迷恋这种感觉，似真似假，如梦如幻，虚中有实，实中有虚，脚踏实地，却又飞在半空。余展飞很羡慕这些演员，他们哪里是在排练？哪里是在演戏？他们就是生活在天宫中的一群神仙，饥食仙果，渴饮琼浆，生活在各自的想象中，悲欢离合，逍遥自在。这样的日子才是有意义的，不用考虑柴米油盐，更不用考虑生意往来，只需要考虑自己和角色的内心。他们就是神仙，是漫无边际的神仙。他多么希望成为其中一员。

俞小茹老师穿一件黑色旗袍，烫一个波浪发，在排练厅走来走去，有时停下来，对某个演员说几句，或者用手纠正某个动作，偶尔也示范一下。鼓手将俞小茹老师叫到一边，俞老师显然已经知道他，笑眯眯地问：

"你为什么要学《盗仙草》？"

"我要演白素贞。"

"你为什么要演白素贞？"

"我要《盗仙草》。"

"你为什么要《盗仙草》？"

"我要演白素贞。"

俞小茹老师一听就咧嘴笑了，确实是个外行哪。俞老师告诉他，《盗仙草》是《白蛇传》一个选段，以武戏为主。《游湖》《断桥》《合钵》也是《白蛇传》的选段，以文戏见长。俞小茹老师当年最拿手的是《断桥》，其次才是《盗仙草》，余展飞说：

"我只学《盗仙草》。"

紧接着，他又补充一句：

"其他戏都不学。"

俞老师没有觉得余展飞这种思维有什么问题，她觉得蛮正常，而且蛮正确。余展飞不是专业演员，他学戏只是好玩，也可能只是一种寄托。再说了，如果能把一段戏学好，学到精髓，就很了不起了。俞老师问他：

“以前学过没？”

“没。”

“会一点吗？”

“我会下腰，就是白素贞用嘴去叼灵芝仙草的动作。”

这一个多月来，余展飞做了一件事，用脑子回忆那天看到的演出，模仿戏里白素贞的每一个动作，他比较满意的是下腰。

俞老师说：

“下一个看看。”

余展飞二话没说，扎个马步，一下就将腰“下”去了，而且是以口触地。他知道自己做得不错，下腰下得轻松，起腰起得利索，脸不改色，心不跳。站起来后，拿眼睛看着俞老师。俞老师“咦”了一声：

“腰蛮软的。”

越剧团是不收业余学员的，再说，余展飞已经十五岁，这个年龄才学戏，显然迟了。余展飞见俞老师面有难色，他说：

“俞老师，我只想学戏，只想演白素贞。”

俞老师想了一下，说：

“我给你弄个简装看看。”

俞老师带着鼓手和余展飞进了化妆室，让余展飞在一面镜子前坐下。俞老师先在他脸上打一层底粉，然后在脸蛋儿上涂点胭脂红，最后是描眉眼。描完眉后，俞老师往后退两步，看了看余展飞的脸，又“咦”了一声。这时，站在边上的鼓手拍起了巴掌：

“好俊的一张脸。好一个白素贞。”

俞小茹老师最后收下余展飞，当然是看在鼓手的面子上。鼓手说了，俞老师这次“破例了”，以前没有收过“这样的”徒弟。

余展飞后来才知道，俞老师当初答应收下他，一方面是出于鼓手的面子，另一方面也是怜惜他，顺口允了而已。在她呢，也没有太放在心上。这些年来，她见过多少学戏的孩子最终还是选择离去。何况余展飞还有店要照看，家里还有一家皮鞋工厂刚开业。因为余展飞跟父亲有约定，皮鞋工厂开业后，父亲负责工厂，铁井栏皮鞋店由余展飞坐镇，他学戏时间只能在晚上。俞老师心想，这孩子也就是一时心热，正在兴头儿上呢，来几次，吃些苦头，自然知难而退。她也算做完人情了。

让她没想到的是，余展飞是真下了狠心学戏，什么苦都吃。学戏最难的是练基本功，单调、枯燥却费劲，譬如压腿、劈叉、踢腿、下腰、扳朝天蹬，哪一项不需要下死功？就拿最简单的压腿来说，一般人压个九十度试试？压不起来的，即使压起来，用不了五秒钟，保准抽筋，是那种不由自主的抽筋，身体就散了。再譬如劈叉，压腿也可以说是为劈叉做准备的，要将两条腿劈成“一”字形。对于一个十五岁的孩子来讲，要将腿劈下去，等于将他腿上已经生长出来的筋砍断，那得多疼？得下多大功夫？但余展飞一句疼没说，甚至没有发出任何声音。俞老师让他练拿大顶，让他拿三分钟，他一定拿十分钟。俞老师让他拿十五分钟，他一定拿半个钟头。他在店里也练，做皮鞋时练，吃饭时练，睡觉也练。这就让俞老师刮目相看了：这孩子不是一时兴起，而是着了魔了。看得出来，他是真喜欢学戏。这个时候，俞老师的想法发生改变了，将余展飞“放在心上”了，对余展飞有了“新的希望”。当然，俞老师没有将这个想法告诉余展飞，不需要说，也不能说，这是她个人的事，是她和舒晓夏的事，跟余展飞无关。现在，跟余展飞有关了，但他还是不需要知道，俞老师不想让他知道。

练完一年基本功后，俞小茹老师才正式教他学戏。余展飞的嗓音又让俞老师“咦”了一声。余展飞平时说话属于偏柔和的男低音，很男性化的。他居然能变音，最主要的是，发出的声音不生硬，是很温和的女低音。太难得了。男生扮旦角，第一是扮相，第二是声音，他居然能唱出这么真实的女声。俞小茹老师心里想:是个旦角的料呀。

四

拜在俞小茹老师门下,余展飞最开心的事是能见到舒晓夏,能向她学戏。

舒晓夏是他师姐,在内心里,余展飞却是将她当作师傅。没有拜入俞老师门下前,余展飞在家“瞎练”《盗仙草》中白素贞的动作,模仿对象就是舒晓夏。他脑子里既有舞台上的白素贞,也有卸装后的舒晓夏,两个形象既分离又合一。他记得白素贞的每一个动作、每一句唱词,甚至每一个眼神。如果要认第一个师傅,那就是白素贞,就是舒晓夏。

舒晓夏是在排练厅看到余展飞的,知道是俞老师新收的徒弟。她只用眼睛余光瞟了余展飞一眼,立即感觉到了威胁:这人不简单。她感觉到余展飞身上有种“仙气”,也可以称为“妖气”,她能感受到他身上的“执拗”“一根筋”和“不可理喻”。他是个“疯子”,是个什么事都干得出来的“疯子”。艺术需要的正是“一根筋”和“不可理喻”,特别需要“疯子”的精神和行为。她就是个“疯子”,为了演戏,她可以什么也不管,可以什么也不要,包括自尊,包括身体,包括生命。她只想成为站在舞台中央的那个人,只想成为戏中的那个角色。

舒晓夏对这种威胁不陌生。她曾经给过俞老师这种威胁。当她第一次正式登上舞台,正式成为白素贞后,她从俞老师眼神中看得出来,她是多么哀伤、多么无奈,那是一种被对方逼到悬崖尽头的怨恨,是走投无路的绝望。这种感觉不是长驱直入的,而是混沌的,是弥漫的,是眼睁睁看着自己枯萎的悲凉。眼睁睁看着自己消亡,却无能为力。

她现在感受到来自余展飞的威胁，她觉得，这是俞老师刻意安排的，是专门针对她的。她当然不甘心。她不是俞小茹老师，她不会束手就擒的，为了舞台，为了舞台上的角色，她会拼命的。

必须主动出击，但不能盲目。一个月之后，排练结束后，她在越剧团门口“无意中”遇到余展飞，她主动打招呼，主动自我介绍，主动约余展飞：

“有空的话，咱们一起排练《盗仙草》。”

这是余展飞做梦都想的事，只是没胆子提出来。

“真的？”

“当然是真的。”她停了一下，接着说，“这事不能让俞老师知道。”

她知道，俞老师是不会让她接近余展飞的，他是俞老师用来对付她的秘密武器。而她从余展飞的眼神看出来，他是愿意接近她的。

那以后，舒晓夏经常去余展飞的鞋店，打烊之后，余展飞反锁了店门，和她一起排练《盗仙草》。

舒晓夏原来的打算，是想让余展飞放弃白素贞，那么多越剧剧本，他演什么不可以？扮演哪个角色不行？为什么偏偏要演白素贞？他可以演青蛇，可以演梁山伯，可以演祝英台，可以演贾宝玉，可以演崔莺莺，可以演杜十娘，也可以演穆桂英。想演什么，自己教什么，可是，余展飞说：“不，我只学《盗仙草》，我只演白素贞。别的都不学，都不演。”

死心眼儿。舒晓夏也是个死心眼儿，她清楚，跟死心眼儿的人是没有道理可说的，讲不通的。那么好吧，就学《盗仙草》吧，就演白素贞吧。“教鞭”在她手里，“方向盘”在她手中，她指哪个方向，余展飞只能跟到哪个方向。也就是说，余展飞始终在她掌控之中，余展飞是孙悟空,她是如来佛,逃不出她手掌心的。

一接触,舒晓夏就知道,遇到劲敌了,跟自己相比,余展飞或许算不上戏痴,他不会为了演戏生命也可以不要,但他绝对是有魔性的,他心里住着一个白素贞,身体里也住着一个白素贞,一遇到白素贞,他就“魔怔”了,不能自拔了,意乱情迷,差不多是神志不清了。他怎么演都是白素贞,白素贞就是他。作为一个演员,舒晓夏明白,这有多么可怕,那等于说,这个演员进入一个特殊空间,这个空间里只有他,只有白素贞,他想怎么演就怎么演,他想演成什么样就是什么样,没人能够阻止得了。这样的演员,不是“疯了”是什么?一个“疯了”的演员,是什么都可以做得出来的,是无法估量和比较的。有时候,这样的演员就是个“神”,演什么角色都是“神灵附体”,都是“灵魂出窍”。这一点,舒晓夏是有体会的。

既然如此,教还是不教?当然教,而且要更认真地教。她要做的事情其实也很简单,就是不让余展飞“疯了”,让他清醒,让他知道,他是在演戏,他不是白素贞,白素贞也不是他。

但是,舒晓夏发现,她做不到,只要一接触到《盗仙草》,只要一接触到白素贞,余展飞什么也不管了,余展飞不见了,只剩下白素贞,而这个白素贞也不是她通常理解和演绎的白素贞,而是一个陌生的白素贞,一个带着余展飞浓烈气息和情绪的白素贞。那还怎么教?

让舒晓夏意想不到的变化是,在与余展飞接触过程中,她的心理和身体发生了微妙改变。只有舒晓夏知道,于她来说,这个变化是翻天覆地的,是史无前例的。她居然对余展飞“动了心”,居然有跟他发生身体关系的念头和欲望。在此之前,她只对戏里的人物有过这种感觉,对戏里的白素贞,包括对戏里的许仙,她可以以身相许,可以合二为一,她没想到对余展飞会有这种感觉。但她没有慌乱,出乎意料地淡定。她对余展飞最初的“敌意”来自他的威胁,当她接触余展飞之后，和他排练《盗仙草》之后，威胁升级了，变成了压迫。她发现，一旦成为白素贞，余展飞的白素贞比她更疯狂，比她更迷离，比她更决绝，也比她更柔情。这种感受很不好，是被压挤和束缚却没能力挣脱的感觉。这让她丧气。在演戏方面，她从来没有丧气过，也从来没有服过谁。她是最好的。她演的白素贞，是真正的白素贞，天下第一。可是，跟余展飞的白素贞一比较，她自卑了，无论是扮相、神态、动作、眼神、氛围还是唱腔，余展飞的白素贞似人似妖似仙，却又非人非妖非仙，那是真正的妖孽，光芒四射，摄人心魄。她达不到这个境界。

她对余展飞"动了心"，还有一个只有她才能体会的原因，这种体会或许只有她这样的演员才有，她愿意与余展飞合二为一，因为他们都是白素贞，他们本来就是一体的。

有这个心思后，她才让余展飞来她宿舍排练。舒晓夏心思不在穿衣打扮上，不讲究，但干净。宿舍却是"垃圾场"，眼睛看得见的地方，都跟越剧有关：脸谱、盔头、戏服、拂尘、刀、剑、枪、剧本等等等等，随意堆放，杂乱无章。有一面墙壁是镜子，镜子让宿舍显得双倍凌乱。不过，杂乱无章却产生出特殊氛围，即使是兵器，在这里也变得柔和，变得温暖，变得含情脉脉，变得情深意长，变得真实又梦幻。这里每一件东西都可能幻化成白素贞，至少与白素贞有关。

他们是在排练中亲吻起来的，就在那面镜子前，他们穿着戏服练下腰，练白素贞口衔灵芝仙草。他们背对背，在镜子前做成"m"形，两张嘴便"衔"在一起了。是舒晓夏主动的，余展飞有过短暂迟疑，但很快就热烈起来。脱下戏服后，又急切地抱在一起，继续"排练"。

亲吻是什么？舒晓夏理解，亲吻是正式演出前的"头通"，是热场子，是酝酿，是发酵，是含苞待放，是必不可少的过渡。可是，"头通"打了一个月，就是喧宾夺主了，正戏还唱不唱？舒晓夏有意见了，觉得余展飞在这方面的勇气和能力完全不像白素贞，更像懵懂迟钝的许仙。只能依靠自己了，因为她是白素贞，是完整的白素贞。

那天晚上，排练结束后，他们跟平常一样，戏服还没有脱就抱成一团。在亲吻过程中，舒晓夏增加了一个动作，主动探索余展飞身体。慢慢地，余展飞反应过来了，将手伸进她身体。戏服在不知不觉中被脱掉，身上所有衣服都不见了，最后时刻来了，当舒晓夏要将身体交出去时，余展飞突然停住了：

“不能。”

舒晓夏心里一冷，问：

“为什么？你不喜欢我？”

余展飞回答说：

“不是，你知道我喜欢你，但我不能。”

“为什么不能？”

“我也不知道为什么不能。”

余展飞的回答让舒晓夏不满意，很不满意。但没再问下去，她觉得冷，嘴巴都僵住了。

五

俞小茹老师告诉余展飞，以他的天赋，如果一门心思将工夫花在学戏上，将来成就一定超过她，说不定能走出信河街，走上全国舞台，成为一代名角。但是，她没有要求余展飞这么做，她说余展飞的任务不仅仅是唱戏，他还有家族责任。最主要的是，她认为戏曲环境变恶劣，看戏的人减少，社会关注点转移到赚钱上，能赚到钱才是英雄，才是当家花旦，才是台柱子，才是“名角”。她感到戏曲行业在走下坡路，而且是一条看不见尽头的下坡路。这种时候，她怎么可能让余展飞来做专业演员？她甚至觉得，余展飞根本不应该来学戏，他应该跟父亲做生意，帮父亲把皮鞋厂办好，赚更多钱。但她也没有要求余展飞这么做。在这个问题上，她蛮自私的，她觉得遇上了一个好苗子。唱戏是她的事业，她这辈子只做这件事，当然希望这个行业能够兴旺，希望得到更多年轻人关注，更希望有潜质的年轻人投身这个行业，只有这样，这个行业才有希望，才有未来。

她用一年时间给余展飞"打基础"，又花一年时间，将《盗仙草》教给他。是一句唱词一句唱词教，一个动作一个动作教。两年之内，俞老师一直"捂着"他，没让他"亮相"。其实也不是完全"捂着"，俞老师每周会带他去一次剧团排练，跟他配戏的演员，都是俞老师特意叫来的。他演白素贞，不能总是一个人对着空气比画，要考虑和四个仙童配合，要有默契，特别是挑枪那一段，差一分一毫都是不行的。

他第一次在剧团正式登台，是两年后的汇报演出，听说信河街文化局局长也来"观摩"。俞老师安排他演《盗仙草》。他在排练厅和四个年轻演员对戏也很正式，都化了装，穿了戏服，但毕竟只是排练。汇报演出不一样，虽是内部观摩，但所有观众都是内行，都带着挑毛病的眼光，还有领导坐镇。其实是考试，是大阅兵。

余展飞没有紧张，恰恰相反，他内心是迫不及待的兴奋。他不是剧团的人，没有考试压力。更主要的是，他知道自己演白素贞时，舒晓夏就在台下。他一直想让舒晓夏看看自己在舞台上演的白素贞，他想让舒晓夏知道，自己演的白素贞是从她那里来的，她演的白素贞，改变了他的人生，他原来的生活除了皮鞋还是皮鞋，他看到的和想到的都没有离开皮鞋。是她演的白素贞帮他打开一扇大门，让他看到，除了皮鞋，他的生活还有梦想，而且是一个只有他看得见、摸得着的梦想。或者可以换一句话说，她演的白素贞让他突然从现实生活中飞起来，让他看到原来没有看到的东西，那些东西是他以前想都没有想过的。

在他演出之前，是舒晓夏演，她演的也是《盗仙草》。舒晓夏上台时，余展飞在候台。他站在舞台右侧，一直盯着舞台上的白素贞。这是完全不同的体验。他上一次是站在台下看台上的白素贞，那时的白素贞是遥远的，是虚幻的，是可望不可即的。这次不同了，他在舞台上，他能感觉到，自己就是白素贞，他和舞台上的白素贞是相通的。他能感受到白素贞每一个动作、每一句唱词，更能感受到白素贞内心的愧疚、悲伤和决绝。

确实是不同了。他离白素贞更近了，甚至就是白素贞。他也觉得离舒晓夏更近了，因为舒晓夏已经和白素贞融为一体。

轮到余展飞上台了，他依然停留在刚才的情绪里，他已经盗到了仙草，飘飘荡荡回去救许仙。是锣鼓声提醒了他，让他重新回到舞台，哦，他又回到峨眉山，再盗一回仙草。余展飞不见了，舒晓夏不见了，舞台不见了，舞台下所有人，包括俞老师也不见了。他现在就是白素贞，白素贞现在只有一个目的——盗了仙草回去救许仙。白素贞更哀伤了，也更决绝了。白素贞一边担心许仙的生命安危，一边担心能否盗到仙草。但她内心是坚定的，是没有回旋余地的，必须盗回仙草，必须救活许仙。这事没得商量。

随着锣鼓声，白素贞使用了“莲步水上漂”。他确实是“漂”上去的，腾云驾雾，晃晃悠悠，却又风驰电掣。在舞台上转了小半圈，又回到右侧，他一抬头，开口唱道：峨眉山。他能感觉到，这声音是一支射向峨眉山的利箭，穿破云雾，不达目的绝不回头。

一上台，余展飞就忘记了音乐，他不需要音乐，他要的是仙草。音乐似乎又是存在的，变成一种提醒，让他不断向前、不断飞翔的提醒。

回到台下，余展飞依然沉浸在那种情绪和情节之中，白素贞口衔仙草，飞向家中的许仙。他似乎听到舞台下热烈的掌声，看到俞老师跑到后台，激动地抱住他，不停地跺脚。

六

那次“汇报演出”后，俞老师对他说，文化局同意招他进越剧团，局长特批一个名额。

进越剧团演戏，是他这两年来的梦想。可是，当真正要成为专业演员时，当他即将成为真正的白素贞时，他又犹豫了。这意味着，他将抛弃皮鞋店和皮鞋厂。在没有直接面对这个问题时，余展飞一直认为自己更愿意当一名演员，那是他的梦想。可是，当机会摆在面前，他犹豫了，但他不好意思直接回绝俞老师，只好说：

“我没问题，我回去问问我爸。”

余展飞记得，听他这么说，俞老师突然很夸张地笑了两声。但是，俞小茹老师那么骄傲的人，后来还是托鼓手去做父亲的工作，鼓手和父亲喝了一顿酒，回去问了俞老师一句话：

“你说做生意和唱戏哪个有前途？”

俞小茹老师再没说什么。或许，她已经想通了，或者，是绝望了。她在那一年提前办理了退休手续，与人合伙成立一家演出公司。

也是那一年，余展飞进入父亲的皮鞋厂，父亲抓生产和管理，他负责采购和销售，父亲主内，他主外。他向父亲提出要求，在工厂顶楼要了一个房间，装修成排练厅。下班后，他会去排练厅待一两个小时，有时更长。

也就是那一年，余展飞和舒晓夏开始每周排练一次，他们只排《盗仙草》。

他们两人演的白素贞是同一个白素贞，却又是不同的白素贞。舒晓夏的白素贞显得坚毅，甚至刚毅，眼神、动作和唱腔都显示出坚硬的力量，这种力量是掷地有声的。余展飞的白素贞是柔软的，甚至是哀怨和哀伤的。他的白素贞显示出另一种力量，是冰下流水的力量，看不见，但能够感受，那种感受让人忧伤，忧伤是一种无法言说的力量，特别“摧残”人。说不清两个白素贞谁更出彩，坚毅和柔软都能打动人。

皮鞋厂的发展是飞跃式的，从刚开始的三十个工人，增加到三百个，然后又增加到三千个。余展飞的职务也在发生变化，从科长升到副厂长。皮鞋权不管生产管理了，只抓技术。

舒晓夏凭《盗仙草》参加省文化厅戏曲比赛，她挑枪的动作设计打动了所有评委，拿到一等奖。这是信河街越剧团几十年来第一次拿大奖，半年之后，舒晓夏被提拔为副团长，成了“有级别”的人。

两个人都到了谈婚论嫁的年龄。这几乎是顺理成章的事，一个搞经济，一个搞艺术，还有比这更般配的结合吗？不可能了嘛。

余展飞也是这么想的，他觉得这是理所当然的。他知道舒晓夏喜欢自己，而且，他也知道，舒晓夏没有别的人选。以前没提出来，是因为他没想过结婚的事，他想舒晓夏也是。结婚看起来是人生大事，但在决定婚姻上，往往是一刹那，甚至是草率的。

余展飞想结婚，是因为父亲想他结婚，父亲对他说：

“我老了，这个摊子要交给你，希望你早点成家。”

余展飞没有当面答应父亲，但也没有反对。那就是可以商量的意思了。他找谁商量？当然是舒晓夏。

周一晚上，他们在皮鞋厂顶楼结束排练后。初秋的晚上，天气还没有凉下来，即使开着空调，两个小时排练下来，内衣也湿透。他们脱了戏服，坐在镜前卸装，余展飞突然对舒晓夏说：

“嫁给我吧。”

舒晓夏手里拿着卸妆湿巾，转头看着余展飞，一脸惊讶地问：

“为什么？”

她这么问，轮到余展飞惊讶了，他说：

“你不爱我吗？”

舒晓夏停顿了一下，点头说：

“我爱你。”

余展飞松一口气道：

“那就对了，你爱我，我也爱你，我们结婚。”

舒晓夏这时眼睛一动不动地看着他，然后，缓缓地摇摇头说：

“不，你不爱我。你爱的不是我。”

余展飞从镜子前跳了起来说：

“怎么可能？我还不知道自己爱的是谁？”

舒晓夏很镇定，面无表情地说：

“你爱的是白素贞，是舞台上的白素贞，而不是现实中的我。”

余展飞俯视着舒晓夏的眼睛，很肯定地说：

“我当然爱舞台上的白素贞，同时也爱现实中的你。”

“骗人。”舒晓夏仰视着他说，“如果你爱现实中的我，为什么不能和我上床？如果你爱现实中的我，为什么要和我争演白素贞？你爱的是白素贞，一直是白素贞。白素贞就是横亘在我们之间的峨眉山，无法逾越的峨眉山。”

余展飞突然打了个哆嗦，一股冷气从头顶倾泻下来，立即覆盖全身。他想否认，可是，一屁股跌坐在椅子上，什么话也说不出来。

七

皮鞋权退居二线了。他这么做，当然是对余展飞放心，除了唱戏，他对余展飞确实放心。他是满意的。一切按照他的设计推进，唱戏只是小插曲，开次小差而已，他最后不是选择回皮鞋厂了吗？谁还没有个开小差的时候呢？同时，他又对余展飞不放心，除了皮鞋厂，只剩下唱戏，连婚姻都耽误了，这让他焦急，也让他伤心。但他能下命令让余展飞娶妻生子吗?这不是工厂赶订单,他没办法亲自“上马”,只能商量,只能提议,只能干着急。他提议多次,余展飞表面上答应“好的好的”,却没有实际行动。他知道余展飞和越剧团的舒晓夏关系密切,也委婉对余展飞说过:

“我看小舒这人还行。”

余展飞点头说:

“是的是的。”

表明态度了,方向也指明了,余展飞还是按兵不动。他按捺不住了,他问:

“你和越剧团的舒晓夏到底在搞什么鬼?这样不明不白拖着算什么?”

余展飞装傻说:

“我们关系很好啊,她是我师姐啊。”

心力交瘁了。皮鞋权决定将皮鞋厂交给余展飞,不管了,没个尽头。迟早要跨出这一步的。

父亲退休后,余展飞觉得最大好处是可以无拘无束排练。但余展飞是不会“乱来”的,所有排戏都在工作之余。他觉得很好,每天充满期待,精神和身体都是饱满的。一想到晚上可以和舒晓夏排练,他就觉得这一天是美好的。

舒晓夏当上越剧团团长后,余展飞想出资装修越剧团排练场所,舒晓夏不肯。她知道余展飞有钱,也是真心实意,但她不愿。她打报告给文化局,局里拨专款让她装修。

装修之后,多了一个小排练厅,余展飞和舒晓夏有时将排练移到小排练厅。

余展飞“主政”皮鞋厂后,做了几个“大动作”:第一是改厂名,将原来的“皮鞋佬”,改成“灵芝草”;第二是将工厂改成集团公司,工厂名字带有计划经济痕迹,而公司是市场经济产物;第三是花了十年时间，在全国各地开了五千家专卖店，他让“灵芝草”开遍各地；第四是“灵芝草集团公司”上市，敲锣当天，他个人持股市值达到三十三亿。

在“上交所”敲锣当天，余展飞特别邀请俞小茹老师、鼓手和舒晓夏作为嘉宾。他亲自上门送请帖，鼓手看到请帖里注明“正装出席”，一脸诚恳地问：

“中山装算不算正装？我只有一套中山装。”

余展飞一听就笑了，他说：

“你穿法海的袈裟也是正装。”

俞老师现在在老年大学教越剧。余展飞约好去她家送请帖，她问余展飞，都邀请了谁？余展飞说邀请了越剧团的鼓手和舒晓夏。俞老师沉默一会儿，说老年大学教学蛮忙的，每天都有课呢。余展飞说舒晓夏有演出任务，去不了。她听了之后，改口说：

“我去请假试试，学校领导蛮尊重我的。”

舒晓夏确实因为演出没有参加，但余展飞认为，即使没有演出，她也不会去。这些年，除了演出，除了越剧团的事，舒晓夏很少抛头露面。她也很少提俞老师，余展飞倒是提过几次，她没有任何回应。余展飞后来就不提了。

舒晓夏没结婚。余展飞没问她原因。他动过再次向舒晓夏求婚的念头，但没提出来。

余展飞没再提，还有一个原因，他确实很享受和舒晓夏排练《盗仙草》，不但精神满足，身体也得到满足。他每天会去公司排练室坐坐。这个排练室是在原来基础上改建的，规模、设备和越剧团的小排练厅差不多，他有时会独自唱一段，或者练一阵枪花。有时只是坐坐，什么也不做，也就够了。

父亲走得突然，也不算突然。父亲身体一直很好，就像他做的皮鞋，经久耐用。可能是平时久坐的缘故，有高血压，也不是很高，低压一百，高压一百四十，按时吃“络活喜”，血压就“标准”了。他的死跟高血压没关系。余展飞觉得父亲是“闲死”的，他做了一辈子皮鞋，突然不做了，空了。他原来喜欢喝点酒，喜欢喝信河街五十六度老酒汗。他喜欢老酒汗直扑脑门儿的冲劲，喜欢酒后不断升腾的幻觉。退休之后，喝酒的念头也没有了，他大概觉得“任务”完成了，再活下去没意思了，也没意义了。

父亲走时，虚岁才七十，很叫人惋惜。事发突然，更叫人痛惜。

按照信河街风俗，父亲葬礼之后，有场宴请酒席，余展飞想请越剧团来演一段《盗仙草》，他想用这种方式，送父亲最后一程。余展飞觉得舒晓夏可能不会同意，越剧团是艺术团体，怎么会在葬礼宴席上唱戏？太低贱了。出人意料的是，舒晓夏居然一口答应。宴请那天，她带来越剧团全班人马。

《盗仙草》安排在宴请尾声，也是酒至酣处，差不多人仰马翻了。这个时候，临时搭建的舞台上，锣鼓声响起来了。很多人知道余展飞喜欢唱戏，喜欢演白素贞，但从来没见过，大家起哄，让余展飞来演。一个人带头后，几乎所有人跟着喊余展飞的名字，一边喊，一边用手掌或者拳头拍打桌面。场面“不可收拾”了。余展飞去“后台”找舒晓夏，舒晓夏化好装，戏服也穿好了，她看着余展飞问：

“你演不演？”

其实，听到锣鼓声后，余展飞身上的肌肉已经抑制不住地兴奋起来，他感觉肌肉在跳动，在喊叫，在翻腾，发出吱吱声。舒晓夏这么一问，似乎身体已飞翔在半空，哪有不演之理？

他坐下来，舒晓夏给他化装。锣鼓声中，他看着镜子里的自己变幻成白素贞。镜子里还有一个白素贞，那是舒晓夏扮演的白素贞，两个白素贞时而分开，时而重合。他听见演出开始了，两个守护仙草的仙童上场，几句念白之后，手持拂尘做着练武动作。他还听见喊叫他名字和拍打桌面的声音。又是一阵锣鼓过后，两个守护仙草的仙童退场，轮到白素贞上场了。他看了眼扮成白素贞的舒晓夏,她表情穆然,并不看自己。锣鼓声催得更急,他不由自主、恍恍惚惚地被舞台吸引过去。他一身白色打扮,手执拂尘,上身纹丝不动,脚板挪移,飘上了舞台。舞台下立即安静下来,叫喊声和拍打桌面的声音戛然而止:哪里还有余展飞的影子?分明就是千年蛇妖白素贞嘛。分明是舍身救夫的白娘娘嘛。太像妖怪了。

余展飞一踏上舞台,舞台便成了峨眉山,云雾缭绕,群山巍峨。他现在是她,是白素贞,是上峨眉山盗仙草救夫的白素贞。眼里只有千难万阻,眼里只有刀山火海,眼里只有灵芝仙草,眼里只有悲伤的希望。

他先是用拂尘与两个仙童对打。两个仙童不敌,向后山退去。

第二场,手持双剑与两个手持双剑的仙童对打,仙童败。

第三场是手持双枪与四个手持双枪的仙童对打。他突然感到双腿发软,双手发酸,沉重得抬不起来。客观原因是:为了父亲的葬礼,连续三天,余展飞每天只睡四小时。主观原因是:白素贞身心俱疲,她长途奔波,又挂念家中许仙性命,筋疲力尽了,她明知打不过四个仙童,却不甘心就此罢休。他知道,困难还在后头,还没到挑枪环节呢,他第一次怀疑自己能否顺利完成那套动作。此时,四个仙童将双枪从他头顶压下来,他使双枪往上一顶,感觉八杆花枪像八座山从头顶轰然而下,胸中有一口滚烫热流奔涌而上,被他硬生生咽下去后,这股热流更加凶猛往上涌,他眼前一黑,几乎一屁股坐下去。就在此刻,意外发生了,舞台上突然多出一个白素贞,手持双枪,飞奔过来,和他并肩而立。

四个仙童这时围成一圈,轮番朝她们投枪。两个白素贞背对着背,将枪尽数反挑回去。舞台上彩虹飞舞,霞光闪烁,舞台下的观众抻长了脖子,仿佛忘记了自己的存在。当四个仙童第四轮将双枪投向两个白素贞时，她们做出一个令所有人意外的动作——将枪悉数“没收”了。四个仙童见丢了兵器,慌了手脚,一哄而下。

舞台上只剩两个白素贞。她们舞出的枪花将身体团团包围住,成了两个既统一又独立的球体，发射出一道道让人睁不开眼睛的金光,既真实又虚幻。

【作者简介】哲贵,男,已出版小说《猛虎图》《金属心》《信河街传奇》《某某人》《我对这个时代有话要说》、非虚构作品《金乡》等。曾获十月文学奖、作家金短篇奖、郁达夫小说奖等奖项。现为浙江省作家协会副主席。

给母亲洗澡

○乔　叶

一

浴室的门错着巴掌宽的缝儿，母亲让我关严实，我说没事儿。她说了两遍，我也这么应了两遍，她就不再说了，只是不时警惕地朝门那里看看。和在老家相比，在郑州的她，气势上缩小了好几个尺码，显得怯弱了许多。此时脱了衣服，她明显更怯弱了一些。

在自个儿家里，怕啥呢？我说。

不怕啥。

怕人看你呢。

那可不怕。就这一把枯树老皮，怕啥？不怕啥也不兴开着门呀，谁开着门洗澡呢？

可我得听着泥蛋儿的动静呢。

哦。那把门再开大些吧。

泥蛋儿是我年方四岁的小侄子，我弟弟的宝贝二胎。泥蛋儿是母亲给他起的小名儿。他整日里嗒嗒嗒地跑来跑去，没个安生时候。弟媳妇小娜跳广场舞去了，侄女去上英语强化班，弟弟方才说下楼去买点儿东西，我不得不操着小家伙的心。

果然，他就嗒嗒嗒地跑了进来，奶声奶气地喊：奶奶脱光光啦！

瞎叫个啥！母亲满是宠溺地呵斥，眼睛就黏在了泥蛋儿身上。对这个小孙子，她是怎么看都看不够。

呀！呀！奶奶脱光光啦。泥蛋儿叫得更起劲儿。在幼儿园学会起哄了。

谁说我光了？还穿着裤衩呢。母亲低声说。她确实还穿着裤衩，宽大的平角裤，白地儿小蓝花。

那叫底裤！不叫裤衩！泥蛋儿纠正。

叫啥都中，叫啥都中。

你也脱光光呗。我怂恿泥蛋儿。

才不哩。我不洗澡！他一阵风地跑了出去。

低处的龙头汩汩地放着水，水位慢慢地往上涨着，眼看着泡住了母亲的腿。母亲坐在浴缸里，水汽缭绕中，像一尊像。自然不是佛像菩萨像观音像，可不知怎么的，就是像一尊像。

她用左手往身上一下一下地撩着水，也只能用左手了。自从中过两次风之后，她的右半边身体就越来越像是摆设了。

我把高处的花洒取下来，拿在手里，也往她身上冲着水，说，先洗头吧，不然头皮黏糊糊的。先洗了就清爽些。母亲说，也中。叫身子先恶服恶服。

我说，对，恶服恶服。

恶服，特指浸泡脏污。除了豫北乡下的老家，我再没听说过别的地方有这个说法。洗脏衣服脏床单，洗油腻锅碗，又或者是洗澡，总之，但凡是洗，但凡是洗之前的浸泡过程，都可以叫作恶服。恶，脏污；服，顺服。只有把脏污泡软，让它们顺服，接下来才能好好清理。这么理解是不是很合适？不曾见过老家有谁把这个口头语转化到字面上，反正我就是这么理解的。

母亲闭上眼睛。我把花洒举在母亲头顶，水流倾泻下来，母亲本来就花白的头发更花白了，本来就稀少的头发更稀少了。头皮大片地露了出来。花洒冲左边，左边头皮露得多，花洒冲右边，右边头皮露得多。

突然想起小时候母亲给我洗头的情形。大约每周一回，彼时我的发量称得上是茂盛，这个频次就有点儿过低。没办法，母亲忙，我也贪玩，把时间凑到一起不太容易。洗头又不是什么要紧事，能拖就拖着呗。我每日里胡天胡地地疯跑出汗，头发里最是容易藏污纳垢的，挨到必须要洗的时候，往往是因为母亲隔着饭桌都能闻到我头上的酸臭味儿。于是就洗。此时我脑袋上已经攒了许多“锈疙瘩”，要把“锈疙瘩”梳通，总是要费些劲儿，也总是有些疼的。于是母亲骂骂咧咧，我鬼哭狼嚎。一个像在上刑，一个像在受刑。每次洗也都要用好几盆水，可真是一项大工程啊。

等到渐渐长大，自己知道了干净，我就再也不让她洗头了，自己洗得勤快得很。再后来，就是给她洗头了。用过硫黄膏，用过“蜂花”，用过“飘柔”。到现在，我用的已经是防脱洗发水了。弟弟家里用的是“润源”，大概是个新牌子，没怎么听说过。

水小点儿，多费。母亲说。

我调整着花洒，让水流变小。

这城里水贵得，能赶上早些年的油价钱。

瞧您说的。啥时候油都比水贵。

那是。油不比水贵，那还能叫油？昨儿小娜才买的那油，叫啥瓜子油，恁小一瓶，都花了一百多元哩。

是葵花子油。

就你会洋气。葵花子不是瓜子？

是，是。

自从母亲中风后，我就不怎么顶撞她了，她的脾气也被我惯得没了边儿，动不动就指责我训斥我，在我跟前耍尽威风。

油跟水，不是一物，就不能比。人整天得喝水，谁整天喝油哩。

油得炼，水用炼？天上下雨下雪那都是下水哩，啥时候见过天上下油？叫我说，水就不该叫人掏钱买。水跟土一样，都是老天爷赏人的。

中风一点儿都没有影响母亲的嘴皮子。利落得很，甚至更利落了。直到花洒冲洗发水的泡沫时，她才闭上了嘴。

二

已经有五六年了吧，每年入冬之后，母亲都要来郑州住两个月。暖气开通一个月后来，在腊八之前一定回去。

她原是不大愿意来的，每次来都要我和弟弟三求四请，软磨硬劝，她才会勉强答应。泥蛋儿出生之后，她就很情愿过来了。她跟我说，过来住一住，对谁都好。大儿子一家能好好松快一段时日，闺女和小儿子也能好好尽尽孝。谁的心里都得劲儿，谁的面子上都光鲜。

别以为我没看出来，你就是想多看看你这小孙子。

那可是。她慨然道。

大孙子不亲？

你个挑事儿精。大孙子也亲，可那是老大家的。弟兄们再好，一门是一门的根儿。要算细账的话，我平日里亲大的多，还亏了这小的呢。

水流中，母亲脸上的皱纹更明显了，老年斑和黑痣也更明显了。在水光的润泽下，这些倒也不颓丧，是闪亮亮的一种明显。她的左眼角有一个月牙形的小疤。听她讲过很多遍，那是“大跃进”的时候，我姥姥在村外和社员们大炼钢铁，她和小伙伴们偷偷跑去看，你推我搡的，根本不知道害怕，越看离炉子越近，忽然间，炉子里爆出来那么一团火星子，直朝她飞过来，把她的一大片头发都烧焦了。

还好没破相。每次她都会这么感慨。以往我都会回敬她“那是您有福气”之类的,这次我决定改个说法。

要是破了相,可怎么嫁进我们老李家哩。

你个龟孙,花销你老娘来了。她骂。笑盈盈骂人的母亲,总是特别有光彩,那个神采奕奕的模样,好像根本不曾中过什么风。

母亲第一次中风大概是在十年前。那一年春天,我们家最靠北的那块地被上面“规划”了,说是要修一条高速公路。上面赔了一笔钱,说是收了当季麦子就不许再种庄稼,不定啥时候就会动工,到时候会毁庄稼,谁种谁心疼。有的人家就让地荒着,也有的人家不舍得让地荒着。在母亲的唠叨下,大哥大嫂就在那块地上种了玉米。进了农历八月,玉米穗眼看着一天天结实了起来,突然有一天就被工程队全部铲倒了。第二天,母亲就催着大哥大嫂和她去地里捡玉米。正值秋老虎的天气,那天也是热极了,一大片地里有好几个人中了暑,母亲则是中了风。

第一次中风后,母亲的后遗症并不怎么严重。我闻信赶回家时,她都下了床在厨房门口择菜了。我埋怨她,你看看你,多不值当!地都是人家的了,你还非得要那点儿庄稼!

母亲说,地是地,庄稼是庄稼。

人家不是把庄稼钱都给咱了吗?

钱是钱,庄稼是庄稼!母亲的神情都有些严厉了。

我只好沉默。只听她自顾自地唠叨:也不知道那些货们是咋想哩,恁造孽,不可惜庄稼。就不能跟咱们早说个一两天,容咱们收收?

母亲很快就开始了貌似正常的一切举止。其实那时她的右肢已经没有了韧劲儿,可她但凡在村里行走,就会格外注意保持平衡。她说不能让人看出来,不能让人笑话,也不能让人可怜。

水汽氤氲中，母亲微闭着眼睛。这可以让我从容地看着她。她在郑州期间，我的主要任务，一是给她做一次全面体检，根据体检情况开药调理——只要不是大问题，母亲就绝不住院。她抗拒医院。她的口头禅是：那是啥好地方？不管身上有病没病，到了那个地方，心里就先病上了！二呢，就是常来看看她，除了周末两天必陪，周二或者周三下班后也会抽空来一趟，送点儿吃喝穿戴，再给她洗洗头发，简单擦擦身子。痛快洗澡的日子都是在这样的周六晚上。周五我还要上一天班，太过紧张。周六上午能舒舒服服睡个大懒觉，午饭后到超市大肆采买一番，再来到弟弟家，给母亲洗晒一下床单衣物，然后早早吃过晚饭，细细致致地给她洗这个澡，顺便好好说说话。

这两个月间，在我的反复恳请下，她也会光临一次我家，但绝不过夜，晚上必定要回到弟弟家。

没听说过“七十不留住、八十不留饭、九十不留坐”？万一出了啥岔子，我可不能在别人家丢了最后那口气。她说。

我这里又不是别人家。

还就是别人家。她叹口气，闺女再好，也是门亲戚。

最初听到这话，免不了要跟她辩几句。后来就不辩了，随她。

唉，这日子多不禁过，你老娘我可是都七十五岁啦。母亲突然说。她总是这样，会突然强调一下自己的年龄，语气里有骄傲，也有感伤，似乎还有一种释然。

不算大。加把劲儿，再活个七十五岁！我说。

油嘴滑舌。母亲翘着嘴角，微微笑了。

这是我的母亲。她总是自称老娘。有时我也这么叫她：老娘。娘老了，就是老娘。老了的娘，就是老娘。虽然没有了老爹，但我是个有老娘的人，这就不错。即使她中过两次风，也不错。

三

水流中，母亲耳朵眼儿上的金耳环亮闪闪的，手上的金戒指也是亮闪闪的。这是第二副，她戴了也有十年了吧，给她买第一副的时候，是我刚结婚不久。结婚时我没有让丈夫买“三金”，母亲一直暗地里引导着我要，说咱们又没要啥彩礼，也没叫他买啥好衣裳，好歹有个“三金”戴着，办事儿那天也不会显得太素净。说得我没了耐性，明明白白地跟她说我不喜欢，她挺纳闷，说那是多好的头面啊。我说，那我叫他买一副给您戴吧。她狠狠地啐了我一口。

不知什么时候起，我一回村看她，就听她左一句右一句地提，村里哪个老婆子戴了金戒指，哪个老婆子戴了金耳环，有闺女的都是闺女买，没闺女的都是儿子买。她口气里很不屑，嘲笑人家烧包。我问她，你是不是也想烧包？她就骂我。我说我也给你买。她说你可别乱花钱，我可不是那轻浮人。我就买了一副“三金”给她。她先是叫着说，一样儿就中了，你还买三样儿！人家新媳妇儿也才三样儿！拿在手里看了看，就放在了一边，说，你就是买了我也不戴，我可不是那轻浮人。我说，闺女我是个轻浮人，就想叫你戴上，叫人家夸我孝顺。戴呗戴呗。她说，那我就戴个耳环吧。就戴上了。又说，顶多再戴个戒指。就又戴上了。项链死活不戴，说村里的老婆子没人戴。照着镜子看了看，又讪笑着说，怪没脸的。又说，恁贵。又说，你就是杆实心秤，就不会买个假哩？买个假哩也中，看着黄啦啦的就中，外人谁知道是真是假哩。我说，我又不是买给外人的，我是买给亲娘你的。你要是后娘，我就给你买个假哩。谁叫咱是真娘真闺女呢，可不能戴假哩。

起初她还是不大舍得戴戒指，说干活儿不利落，又说怕把金子磨少了。只有走亲戚之类的重要场合她才会戴上。有一次，她在村里吃酒席回来，和面的时候取了下来，等蒸完馍却怎么也找不到了，也想不起放在了哪儿。急得哭，骂自己老没成色老没材料，拨拉着大哥一家子都给她找，还把刚蒸好的馍一个个掰开找。后来终于在案板和灶台墙的夹缝里找着了。再后来，她就常常戴着了。说是怕丢，又说是金货避邪。

那些时日，老有新闻说，有骗子专门到信息闭塞的乡下去骗老年人的金首饰，我就有些担心。她好强，若是直接提醒她，她肯定不接受，我就曲线救国，每次回去就弦外有音地跟她扯闲篇儿，讲哪儿哪儿又发生了一起什么事故。听到后来她还是恼了，说响鼓不用重槌，在这十里八乡，你老娘还算是个响鼓，省省你的槌吧。

可她还是上了当。那次她是去镇上赶集，看见一个地摊前围着很多人，她就也凑了上去。摆地摊的是一个白胡子老头儿，穿着白衫，有点儿仙风道骨的样子，是个“野先儿”——我们老家都这么称呼到处流逛的游医。人挺和气的，说起话来慢条斯理，稳妥妥的。他面前铺着一块干干净净的白布，白布上摆着一堆草药，说这些药能消炎、能解毒、能祛火、能顺气，最关键的是还会免费送出几服药，只不过得挑有缘人。他一眼就挑中了母亲，说母亲一看就儿女双全，是上辈子积德积得厚，这辈子就该有福报。他就给福人再添点儿福吧。只是在给药前，需得先做个测试。金戒指和金耳环会影响测试的准头儿，需得摘下来。母亲就取了下来，“野先儿”叫她交给他保管，母亲有些犹豫，“野先儿”笑着说，老姐姐，这么多人看着哩，你怕啥？我这里有平安符，把这两样贴身物给你包一包，还能再送给你个全家无论远近老少儿女子孙都平安的大平安哩。

母亲就交了出去，眼珠不错地看着他把戒指耳环放进了红彤彤的平安符中。“野先儿”还对着平安符吹了一口气，才放在了一边儿。他给母亲的手腕上涂了点儿药水，看看颜色，说测试合格。接着就给母亲包了草药。包好药后，他把药和平安符一起给了母亲，让母亲第二天才能打开平安符，若是时辰不到就打开的话，“法力”就散了。

事实上,从镇上回家的半路上,母亲就开始心神不宁。快到村口的时候,她还是没有按捺住,忐忐忑忑地打开了平安符,发现金戒指和金耳环都变成了假的。虽然也是"黄啦啦的",却是铜的。她转头就往镇上走,到了集上,集还热闹着,那"野先儿"的地摊却如她最担心的那样,消失得无影无踪。她站在不远处,看见原来摆摊的地方站着两个老太太,一个在骂,一个在哭。

母亲没有上前。她说她看清楚了情况就走了。她怕人家也看出来她是丢了金货,她这个响鼓已经叫骗子的槌擂过了,喧嚷出来只会让别人的槌一擂再擂。她丢不起这个人。这事儿憋在了她心口,那两天她都没有吃下饭,然后就病了,发烧不止。任谁怎么问都闷着不理。大哥打电话给我,我赶紧返回,我一进门,她的眼泪就淌了出来。我问了好半天,她才吞吞吐吐地说了缘故。她一边哭,一边痛骂自己老没成色老没材料。我说,没事儿,就当丢了。丢东西又不是丢人。她说,丢东西就是丢人!我说,我再买不就得了。她说,可不要了。你那钱也不是大风刮来哩。

话堵到这里,我就不劝了。她懊恼了半天,终于还是回转了过来,犹犹豫豫地说,都知道闺女给她买了金首饰,以后走到街上,人家问她:你闺女给你买的黄啦啦哩?我可咋说哩。我连忙接住话茬儿说,咱再买呗。你又不是丢了闺女,闺女又不是没有钱,咱又不是没地方买。她扑哧笑了。想了想,说,那项链一次都没戴过,还崭崭新哩,你拿去换成戒指、耳环吧。我说不行,"三金"一样都不能少。她说,那这回真的买个假的吧,我看我也不趁戴真哩。我说,咱买两副,一副真的一副假的,你想戴哪副就戴哪副。过了一会儿,她又心机重重地说,人家要问原来那副哩?我说,你身上的物件儿人家谁操闲心呀?她说,这你可不知道,满村就那几个人,谁在街上咳嗽一声,不看脸儿就能听出是谁的喉咙。这是寻常物件?这可是金首饰哩，黄啦啦地晃着，那就是会说话哩。谁不看在眼里！

我说，这也简单。你就说，郑州的店里有活动，能以旧换新，闺女非要换个新鲜样式给你戴嘛。谁叫你养的闺女太孝顺嘛。她这才畅快起来，骂道：还孝顺死你个龟孙哩。停了好大一会儿，才像发布世界上最重要的真理一样说：唉，还是有个闺女好呀。

四

洗完了头发，洗发水的泡沫也落了一浴缸。一朵一朵地漂在水面上，像一朵一朵虚幻的花。母亲坐在花里，有点儿不像是母亲了。

泥蛋儿又嗒嗒嗒地跑了进来。

奶奶坐在奶油里啦！他喊着，就凑过来用小手去掬泡沫。

这可不能吃。母亲慌忙说。

我知道！我又不傻！他想把泡沫往母亲脸上抹，又够不到，差点儿跌进浴缸里。我只好用湿淋淋的手一把抱住他。

你也脱光光吧，和奶奶一起洗。

我不！我不和女生一起洗澡！

我和母亲一起大笑起来。

俺泥蛋儿多乖，都能分清男女呢。

原本就得意扬扬的泥蛋儿更得意扬扬，他指着母亲的乳房说：奶奶，你也有咪咪！

母亲笑得合不拢嘴。招呼他：吃奶不吃？

我才不吃！我从来不吃！

咦，你可不知道你那时候吃得多欢！

你胡说！你胡说！

泥蛋儿朝母亲撩着水，母亲也朝他撩着水，祖孙两个闹得不亦乐乎。不一会儿，泥蛋儿也就湿淋淋的了。我干脆擒拿着他，把他剥了个一干二净，飞快地给他冲了个澡。刚给他洗好，弟弟也回来了，我们俩在卫生间门口，一里一外，把泥蛋儿给交接了过去。

给泥蛋儿冲澡的时候，母亲就那么盯着泥蛋儿，简直都舍不得眨眼睛。

母亲的第二次中风，就是因为泥蛋儿。这事儿说起来，其实也跟人家泥蛋儿没啥关系。在我大嫂怀我大侄子，也就是母亲的大孙子时，母亲去邻村的观音庙里上了香。她说那个庙里的观音就是灵，当然也是她诚心诚意地跪够了一个时辰的缘故，所以才得了大孙子。因此呢，她认为小娜怀泥蛋儿的时候，她也有必要再去上上香。在我们的坚决反对下，她做了暂时的表面的妥协，到底还是趁大哥不注意，自己偷偷跑了去，跪够了一个时辰，起来的时候就又犯了病。那时已是深秋，霜降刚过。

那一次，我们谁都没有埋怨她。有什么可埋怨的呢？埋怨又有什么用呢？

我能生个儿子，也是因为您跪了吧？过了很久之后，我和她开玩笑。当然我也得到了意料之中的回答：这可不能居功。我可没跪。要跪也是你婆婆去跪，人家是当奶奶的嘛。我去跪个啥？

因为把最小的泥蛋儿放在了心尖尖儿上，母亲有时候说话就会失了分寸。我们几个都常给她一些零花钱，这些年她大概存下了三四万，对这钱的归属她早就宣扬过，说，那都是泥蛋儿的，你们可谁都甭想。这话惹得大嫂和小娜都不大高兴。大嫂不高兴她偏心，说，偏就偏呗，面儿上咋也得平嘛，赤裸裸地偏了小孙子，把大孙子往哪儿搁？小娜不高兴的是，又没多少钱，显得咱沾多少光似的，我可不想承老太太这人情，实在是犯不着。妯娌俩都有理。我们也只能承认，老太太是有些老糊涂了。

母亲的皮肤上已经有了一层薄薄的灰白膜，看样子是“恶服”好了。我便开始给母亲搓澡。先从脖子搓起。她脖子下深深的颈纹一道叠着一道，像是起了皱的棉布。我尽力把纹撑展，一下接着一下，慢慢儿地搓。

你轻点儿，当我是搓衣板呀。

我便把手劲儿放得更轻些。其实我都没怎么敢使劲儿了。如今的母亲比以前瘦多了，也更容易疼。

搓完脖颈，我开始搓胳膊。很快，灰白色的泥垢便滚成了一小条一小条，有点儿像是……像是什么呢？对，像是炒熟的碾馔。碾馔，如今知道这种东西的人恐怕不多了吧，更别说吃过了。碾馔用的食材就是已经饱满却还没有变坚实的青麦粒，把这种青麦粒放到石磨上去碾，一遍一遍地碾，碾成青绿色的小条条，这就成了碾馔。母亲炒碾馔的时候，会放很多大蒜。有时候再奢侈一点儿，会再放个鸡蛋，那更是清香四溢。

背还是重中之重，需用的时间最长。母亲的背并不是那么宽阔，却也得让我搓上好大一会儿。搓着的时候，像是在锄地，像是在给庄稼松土，像是玉米出苗后给它们间苗。需要搓两遍。先是从上往下搓，然后再从下往上搓。以前，我只是从上往下搓，母亲总觉得不够过瘾，嫌太顺当了，就要让我从下往上再搓一遍。我便听她的，从下往上再倒搓一遍。这样搓完之后，母亲方才觉得圆满。

搓着搓着，母亲的背就有点儿红了。如果她的皮肤很白的话，如我的皮肤一样白的话，那此时应该是很红很红的，可是她的背，苍老和黑的缘故，只是显得有一点儿红。

背上搓下来的“碾馔”也最多。缤缤纷纷地落下，颇有些规模。母亲身上还能搓下这么多“碾馔”，这真好，真好。在欣悦的同时，我的心里也有一个黑黝黝的地方正在塌陷：真怕母亲身上能搓下的“碾馔”越来越少，越来越少——这简直是一定的。甚至有一天，再也没有了“碾馔”，就像一块土地停止了对麦子的生长。那就意味着，我再也没有老娘了啊。

妈,我都好几年没吃碾馔了。

咋想起这口儿了?母亲道,要吃也得等明年的新麦啦。

五

二十多年前,母亲也曾给我搓过一次背的。迄今为止,那是我记忆里最深刻的一次搓背,因为疼。那时我还没结婚,刚上了班没多久,有一次,往老家打电话,母亲在电话那边喜滋滋地告诉我,镇上新开了一家澡堂子,“可卓了”。卓,这也是我们老家方言,很漂亮、很不错的意思。不久,我回去看她,就带她去镇上洗澡。澡堂果然很“卓”,居然还开设有包间。我想要个包间,母亲不肯,说,别烧包了。你刚上班,才挣下几个?省下那钱,买点儿啥不好?

于是就去洗大间。已是初冬,又是周末,洗澡的人还挺多的。熙熙攘攘的裸体中,母亲一层一层地脱着衣裳,也不大敢看别人,神情很是有些羞赧。我三下两下脱光后,就去帮她脱,她一把把我推开,说,别管我。我只好等她脱完,然后给她把衣服归置到柜子里,又给她拿来拖鞋,扶着她走进浴室,让她先进池子里“恶服”,母亲一进池子就碰见了邻村的熟人,那个老太太也是闺女带着来洗澡的。母亲和她热络地聊着天,才渐渐自如起来。

等我在淋浴间洗完,母亲也在大池子里“恶服”好了。我把她从池子里扶出来,给她搓背。那时候的她,还只需要搓背。那时候的她,背厚实得像案板。那时候的她,总是让我使劲儿再使劲儿。那时候的母亲,还很年轻,那么那么年轻。

给母亲搓完之后,轮到母亲给我搓了。她可是真下力气啊。搓了第一下,我忍着。第二下,就忍不住了,我说,疼。母亲说,恁娇气。第三下的时候,我从她手掌心里逃了出来,说,别搓了,太疼了。母亲说,不这么着哪能搓干净呢?我说,反正我不搓了,你快把我的皮给搓掉了。就是那一次，我的背当时就被母亲搓出了一道道的血印子，之后还结了一层薄薄的痂。我给母亲看，母亲还是那句话：恁娇气。

母亲其实用不着搓澡巾。她的手掌就像一块搓澡巾。

姑姑，你在干什么？换过衣裳的泥蛋儿又进来了。

给我妈妈搓澡呀。

我也想搓！

不行！

为什么？

因为这是我的妈妈呀。我的妈妈，就只能我来搓。

泥蛋儿乌溜溜的眼睛瞪着我。

你等你妈妈回来，给你妈妈搓就好了呀。

哦——

你姑姑诳你的。母亲朝着泥蛋儿伸出左手，说，俺泥蛋儿真孝，恁大点儿就知道给奶奶搓澡，来，来搓两把。

泥蛋儿就猴上来。我只好抱着他，让他学着我的样子，在母亲背上搓了几把。

搓得恁卓。俺泥蛋儿恁仁义，恁乖。

记得回头给你妈妈搓澡呀。

孩子都得给妈妈搓澡吗？

对呀。

哦。

搓够了，泥蛋儿又跑了出去，只听到他大声喊，爸爸，你为什么偷懒，不给你妈妈搓澡！

和母亲笑了一会儿，我继续给母亲搓。搓她的腋下，搓她的两肋，搓她的乳房。褪掉她的内裤，搓她的肚子、她的小腹……她的身上有很多疤。大大小小的，都有缘故。小腹上那道长长的疤，是生完弟弟，做结扎手术留下的。左大腿上有几个耙齿痕印，是二十世纪八十年代初，刚分地没多久，大哥借了“小四轮”耙地，大哥开车，母亲就站在耙上压耙。耙在土地上跌宕起伏，把母亲撂倒了，母亲的左腿被耙齿耙住，她大声喊着，可是“小四轮”的声音更响亮，大哥根本听不见。直到邻地界干活儿的人觉出了异样才把母亲解救了出来。左手腕上的小疤，是那年父亲得了癌症，母亲病急乱投医，在一个“野先儿”那里求了药，还按吩咐放自己的血做药引子，原本只是咬手指放血，嫌放得少，也放得慢，就割了自己的腕，倒是放得足了，差点儿没止住。右乳正上方那个小疤呢，则是她自己用铁棍烙的。那里不知从什么时候起长了个软软的小肉瘤——后来我确认了一下，那叫皮赘。她听人说用烧红了的铁棍烙掉就行，居然就真的那么做了。而且居然真的也没事，只是留了这么一个小疤。她对此很是得意。

这么想起来，母亲倒是没有因我留过疤——唉，她眉心的那个小圆疤，我怎么给忘了呢？那是母亲怀我的时候营养不良，月份越大越难熬，在家里纳着鞋底都能晕倒，一头磕碰在了桌角上，伤好后就有了这个疤。后来讲起这事，她还挺有些幽默感地说，都说怀闺女的娘更俊，敢情俺闺女就是叫俺这么俊的呀。

最后搓的，自然是母亲的脚。母亲的脚，左大拇指有点儿歪，因为十来年前骨折过。当时她正在做晚饭，猛听见大孙子在门口号哭，就慌忙往外跑，跑得太急，就被门槛绊了一下，把大拇指给绊折了。她当时根本没在意，直到实在不能忍了才去让村里的赤脚医生给看一下，上了点儿跌打损伤的药。定型之后，大拇指就成了这个样子。

没啥，又不妨碍干活儿。她说。好像这世上最重要的、最要紧的事情，就是能干活儿。

六

给母亲搓好了第一遍，再搓第二遍。第二遍，灰白的“碾馔”就少多了，只是零零星星的几小条了。

第二遍搓完。母亲道，这可搓净了，哪个汗毛眼儿都在出气儿呢。

要把浴缸洗一遍才能再换水。怕母亲在浴缸边沿儿坐不稳，我便把弟弟叫了进来。我把浴巾围拢在母亲腰间，母亲用左手紧紧地捏住浴巾两端的合口。我扶住母亲，叫弟弟去洗浴缸。弟弟埋下头，唰唰唰地清洗着浴缸里的污垢。薄薄的属于母亲的污垢。

搓出这些腌臜，能上几亩地了。母亲说。这个“上”，是给地上粪的意思。

弟弟把污垢刷干净后，又用花洒把浴缸冲了又冲，冲了又冲，仿佛想要冲出一个最新的浴缸。

中了，二小，这还不干净？还能咋干净？费水。老贵。这些个水，也能浇老大一片地了。

在郑州，母亲的思维永远是要和豫北老家对比着来的。听小娜说菜价，她会说老家这些个菜一块钱能买一大兜。听小娜说电费，她会说这一个月电费够村里谁谁谁一年的了。有一次，说得小娜不耐烦，就说她，老家是农村，这儿可是省会。母亲竟然接话道，叫我说，为啥叫省会，就是因为啥都恁贵，更得省着。省会省会，省着就会，不省不会。此妙语一出，遂成了我们家里的金句。

水能有多贵！弟弟说。他不抬头，闷闷的，口气有些凶。

你看看你这孩儿。都说不当家不知柴米贵，你这都当家多少年了，还不知道柴米贵？还恁不识说。恶声歹气的，还吃人咬人哩。

弟弟抬起头看着母亲，嘿嘿嘿地憨笑着，那样子比泥蛋儿还呆萌。

妈，你可真会给人安罪名呀。弟弟说。

母亲也笑了，说，我自己的孩儿，那还不是想咋说就咋说！

刷干净后，我和弟弟扶着母亲——弟弟几乎是半抱着母亲——让她重新在浴缸里坐好。在这个过程中，母亲一直用左手紧紧地捏住浴巾两端的合口，生怕浴巾掉了似的，直到弟弟出去方才松开。

母亲坐稳妥之后，我开始放新水。水哗哗地流着，水位一点儿一点儿地上升着，像是正在生长的柔软水晶。母亲就坐在正生长着的柔软水晶里，微微闭着眼睛，似乎是要睡着了。

我一边往母亲身上撩着水，一边有一搭没一搭地逗她说话。

妈，早些年，你跟我爸都咋洗澡啊？

汉们讲究啥，咋着都能洗。夏天河里洗，冬天烧盆热水抹抹搓搓就中了。我就是在家洗，咱那个大红盆，用了多少年。

妈，咱们今年过年去旅游吧？别在家招待亲戚了，老烦人。

那可不中。大大长长的一年，不待亲戚？跟亲戚们说甭来啦，俺要去外头耍？那可不中。

妈，要是真让你挑个地方去耍，你想去哪儿？

真要叫我挑呀……她忽然有些不好意思地抿了抿嘴，说，想去南京和北京。说起来，你在北京上的大学，二小在南京上的大学，村里可有人问呢，南京啥样？北京啥样？还怪想说说嘴呢。

那为啥哪回叫你去你都犟着不去?!我气得把毛巾摔到了浴缸里。

你个龟孙。说闲话哩，咋还恼了？母亲睁开了眼睛，倒是笑了，如今说想去，算是迟了？

不迟！我恶狠狠地说，等过完了年，天一暖和了就去！

唉，不去了，我也就是说说。看景不如听景……

必须去！

中中中，去去去。

…………

水放够了。无须再搓，我便用毛巾轻轻地擦着母亲。擦她的大腿，擦她的大腿根儿，擦她的屁股，擦她的膝盖，擦她有些僵硬萎缩的右腿……擦着我能擦到的她的一切，她的松懈的下垂的一切。

再次擦胸乳时，视线向下，我看见了母亲的小腹。累累垂垂的横纹，如同一条条微型的道路，黄中带褐的肤色恰如土地，道路的颜色则要深一些。道路中间的阴影时宽时窄。小腹之下的阴部毛发，则是如雪如盐的纯白。

似乎是打了个盹儿，母亲突然闪了一下，睁开了眼睛。

妈，咋样？洗好了吧？

可好了。

卓吧？

可卓了。她满足地叹了口气，说，都说有闺女给洗大澡是福气，叫我说，能洗上这小澡才是福气哩。

又胡说了！

——老家规矩，临终前用清水抹洗全身，就叫洗大澡。这是女儿们要做的事。

我喊着弟弟，让他过来。弟弟进门的时候，母亲喊了一声，嘿！我扭头，看见她指着浴巾。可是这时弟弟已经进来了。他走到母亲身边，想要去扶母亲，母亲把他划拉开，等我拿着浴巾过来，又给她围拢到腰上，才让弟弟架到她的胳膊下。

母亲说，看看我这一身水，别弄你身上。

没事儿。弟弟说。我能听出来，他肯定是哭了。

【作者简介】乔叶，女，已发表中短篇小说若干，出版有小说《最慢的是活着》《认罪书》《藏珠记》、散文集《深夜醒来》《走神》等。曾获鲁迅文学奖、百花文学奖、郁达夫小说奖等奖项。现为北京老舍文学院专业作家。

耳中刀

○文清丽

1

儿子,爸今天穿的啥衣服?我怎么摸起来,毛糙糙的?声音轻而小,我正在阳台上拿橙子给他榨果汁,一听这话,全身如刀割,比知他病情还让我痛心。原以为两个月了,我能适应和面对他了,怎么发现绝望才刚刚开始。比如这声音,比如这熬煎人的岁月。

出去跟他讲理!我这么想着快步冲出厨房,一瞧儿子紧张的神色,瞬间就不想开口了。那双手,变白了,人胖了,眼袋却掉下来了,整个人无力地陷在沙发里。我知道他比我更痛苦,便放慢脚步。放慢脚步是不想打扰他们父子的融洽,儿子在外地上大学,回来一趟不容易。

咋回事呀?你怎么连走路都鬼鬼祟祟的,像做贼。他皱着眉头说着,不耐烦地挥了下手。我把要发的火慢慢摁下去,把橙汁递到他手里,转身要走,他又说话了,嫌弃我了?不看你脸,我就知道你恨不得我早死。我想这样吗?我得罪过谁?我做过啥伤天害理的事,老天要如此惩罚我?

又来了,又来了,这话我已经能背了。接下来肯定说他当海军三十年,穿惊涛战海浪,多少回死里逃生,好不容易提了副师,离开潜艇，屁股还没在机关坐稳，双眼呼啦一黑，就此人生故事戛然结束。

果然，沙发晃了一下，爱人重新把身子放直，清了清嗓子说，儿子呀，你不要瞧不起你爸，爸一个农民的儿子，当海军三十年，穿惊涛战海浪，多少回死里逃生，好不容易提了副师，离了潜艇，屁股还没在机关坐稳，双眼呼啦一黑，就此人生故事戛然结束。

听到这里，我扑哧一笑，爱人扫视了一周，然后头转向我，我慌忙扭过身，最怕瞧他那双眼睛。

儿子从旁边的沙发上站了起来，说，我得走了，跟同学约好了一起到车站。他不说，我也知道他巴不得赶紧离家。年轻人，我能理解，在家待了一个多月。一个月中，他可能看多了我跟他父亲之间的战争，看到他爸爸的无奈，或者厌烦了这样的日子，他想尽快逃离。二十来岁，还没真正成人，不能让他为家事分心。这怪不得他。

做父亲的一听说儿子要走，慌慌地站了起来，要不是我扶住，差点儿打翻了旁边花几上的绿萝。他一把推开我，要拉儿子，胳膊拂掉了茶几上的玻璃杯，银色碎片飞溅。儿子已背起包，听到响声，看到我正擦他父亲满手的水，忙跑过来，握住了他父亲的手，准确地说，还有我的。

我说，儿子放心走吧，家里有妈呢，好好学习。

儿子扫了我一眼，又拍了拍他爸的肩，只叫了一声爸，走了。跟我一句话都没说，看爱人坐回沙发，我追到门口。儿子在换鞋，后脑勺对着我，不吭一声。

门缝里吹进的风，落在我没穿袜子的脚尖上，凉凉的，可不，白露快到了。

我把拉杆箱擦干净推给儿子，他看了我一眼，嘴翕动半天，才吐出一句，妈，我爸很可怜，请你照顾好他。

又一股火拱到胸口，我想骂难听话，甚至握起拳头想揍人。我清楚儿子此话的由来。我能想象在儿子的假期里，爱人都给他说了什么话，可是儿子要远行，我不能让他把火带到远方，一个让我鞭长莫及的世界。我慢慢松开拳头，摸摸他鬈鬈的黑发，说，你这孩子，说的什么话。

儿子提起箱子，三步并做一步地跑下楼，我追了两步。他说，妈，你回去吧，我爸一个人在家里呢。

我仍一步步下楼。楼道很暗，我想走出这黑洞洞的世界，在阳光下，让他瞧瞧我的脸，一张已经没了水分密布了细小皱纹的脸。好久没照镜子了，听朋友说，我憔悴得好像老了七八岁，一双眼袋像倒挂的悬铃木球。呵，悬铃木。爱人曾指着他营区成排的悬铃木给我讲，这种三球悬铃木，原产欧洲，因叶子形状与我们熟悉的梧桐类似，所以才叫法国梧桐。那是半年前，怎么距现在如此遥远，好像过了一个世纪。

妈！儿子长长地叫了声，且放下了箱子。楼道里的声控灯可能是因为他声音大，陡然亮了。我想说，儿子，你看看妈妈是不是长了白发？你再看看妈妈的手，粗糙得都不忍让人目睹。跟你爸爸刚结婚那会儿，妈妈除了工作，什么家务活儿都不会干，不会开车，算不清账目，厌烦进菜市场，缴煤气、电费，存钱，带着你到医院，只要你爸爸不出航，家中诸事都是他管。自从调到省城，没了你爸依赖，现在，妈是什么都能对付了，可我纤细白嫩的手却没了，代替的这双手，丑陋不堪得令我在人面前，都羞于拿出来。一下楼，儿子拉开单元的铁门头也不回地说，妈你回吧。我还没来得及说话，他就关上了门。片刻，我就听到他急促而欢快的跑步声，他跑向阳光，跑向自由，跑向那个让他欢笑的世界。而我重回黑暗的楼道，转身一步步上楼回家。

不用看，我都知道爱人是什么样子。他一定在沙发里发着呆，会把茶几上的东西全扫到地上，只要我出去得久了，他都这么做。

我打开门，随着一道风进家。他说，回来了？声音是温和的，这倒让我一时无措。儿子走了？打车是吧？

嗯。

那就好，来，陪我坐一会儿。

等我把地扫完，地脏。看着茶几周围的玻璃碎片，我尽量心平气和地告诉他。

不扫地，又死不了人。一听他这话，我小心地挪开玻璃碴子，坐到他跟前，他胡乱摸了半天，终于抓住了我递过去的手，不停摩挲着说，你看你手都变粗糙了，辛苦了，对不起。

老丁，咱找个保姆吧。

他没说话。

我尽量让自己语态平稳，继续说，找了保姆，我不在时，有人陪你说话，陪你到外面散散步，呼吸新鲜空气，好不好？单位的事实在太多，你病了，我请了俩月假，现在说什么也不好意思再跟领导开口了。现在部队军改力度很大，我们报社最近明确要求所有干部必须体能合格，上班要打卡。体能可不能大意，不像过去，说说而已。现在不但发了体能服，还明确要求，比如我这样的岁数，二十一分三十五秒跑完三千米，三分二十五秒跑完三十米蛇形路，两分钟做完九个俯卧撑，仰卧起坐两分钟得做十九个，才算合格。一项都不能少。而且还明确规定体能与调职调级都要挂钩，一句话，我体能若有一项不过关，年底就调不了七级。你知道团级和副师待遇差距是很大的。如果我调职了，咱就有可能分更大的房子。儿子大了，也该谈朋友了。家里再添人，咱们这个三居室就不够住了。

是不是这样你就借口不回家了？你想飞就飞到哪个野鸡窝了？他腾地丢开我的手，站了起来。我压住火，站起来想扶他，被他推开，他一步三摇地走过茶儿，我胆战心惊地看着地上的碎玻璃，说，你慢些，地上有玻璃碴儿。他也不理我，踩得玻璃啪啪响，我赶紧跑在前面不停地为他排除危险，他终于走进了卧室，我长长吁了口气，立即扫起地来。边扫边自责。怪我说话不加考虑，还是新闻系毕业的，又在大机关工作多年，怎么连人的心思都摸不透。千不该万不该，这时不该提分房提职的事。江树刚提了副师，就成了这样子。我的话语，等于判了他的死刑，好像说这个家以后就靠我了。你说说，这叫什么话。哎呀呀，寒烟，你要长脑子，要理解病人的心情，他烦呀。这么一想，我望了眼窗外，阳光灿烂，花园里姹紫嫣红，陪他出去散散心吧。上午给儿子包的三鲜饺子剩下了不少，晚饭现成。他爱吃饺子。

我推卧室门，才发现门已经上锁。我又想发火，极力控制住怒气，尽量使自己发出的声音柔和些，江树，出来，咱们到河边走走，天很蓝，云彩朵朵，花开得正艳。

没有声音。

我轻轻敲了两下门，里面仍无动静。

他会干什么？又在想啥？一道门，如一堵厚厚的墙，使我无从知晓他在里面干什么。会不会跳楼？这么一想，我敲门的力度增大了。他终于搭话了，喊什么喊？盼着我死呀？我就不如你的愿，我要等着我儿子娶媳妇，等着我孙子叫我爷爷呢。说着，门开了，他踉踉跄跄地从床边走过来，我忙扶住他的手。他说，走。

我怕他知道我哭了，悄悄地拭干泪。去世的妈曾说过，日子就是往前推，现在，只有我一个人推了。

2

寒烟，你家老丁气色蛮好的嘛，这可多亏了你的照顾。寒烟，你不简单呀，在单位，是处长，回到家，是好妻子，你看，两人好浪漫呀。我才走几步，这噪声，就一波接一波，搞得我都没心情散步了。

我知道他们都是妻子的同事。可住在妻子的单位，对一个男人来说，总是气短。我无法清楚妻子的同事心里怎么想，是看笑话，幸灾乐祸？还是发自内心的怜悯与同情？

可是我还得往前走，走在外面，日子就过得快些。寒烟挽着我的胳膊，出门时，给我戴上了墨镜，让我的虚荣心得到了部分满足。我必须去，我不去，她就不能逛公园，可带着我，她心情能好受吗？

一路上，她给我讲单位的事，讲路边的花、草、行人，我有时专注地听，有时就乱想了。比如这时，她在跟别人说话，说的都是家常事，好像都是女人。可真的没有男人在场吗？我怎么闻着香烟味，是中华烟那种特有的味道？好像还抹着男士兰蔻面霜。她送给过我一瓶。这么说，这个男人品位不低，搞不好他抹的面霜就是我老婆送的。这院里，都是她的同事。我因为病，离开了熟悉的军港，离开了我的大海，终于回到城里的家。这个新家，我眼睛好时，只来看过一次，院子很大，有草地。当时家里还是空荡荡的，除了我买的一个大鱼缸，被我催着早早送来了。

年轻时不少战友曾跟我说有个漂亮的妻子，对男人可不是好事，当时我一笑了之，说我信任她就像信任我手下的兵一样。可现在，我没自信了，她仍漂亮，而我却成了这鬼样子。她毕竟才刚过四十岁生日。三十如狼，四十如虎。这么一想，我感到心似被一条缆绳扯得生疼。

我明白抓得越紧，散得越快。可放得太开，怕再也追不到了。想当年，不，想三个月前，是她抓我呀。一会儿跟我说，不该一年前调到省城，两地生活，怕我提职后，在美丽的海滨城市的大机关守不住，被单位里一群莺莺燕燕迷惑。一会儿又跟我说，我们在大学里相爱，后结婚，是年级里硕果仅存的一对，我们没了，整个新闻系的爱情神话就没人信了。要不就说，你走到这一步不容易，要好好珍爱你的翅膀呀，不要让某些事把梦想折断了，别说对不起养你的父母，对不起你的妻儿了，连自己都对不起了。

怎么了？跟你说话呢。

咋了？

她却不再开口了。公园有人跳舞，那种踢踏舞，想必是年轻人。有人唱歌，歌名是《大海》。过去这歌是我最拿手的，现在才懒得听这走调的。不远处传来突突的发动机声，想必护城河里有电动船。男人说，女人笑，好像还有孩子在争闹，声音奶声奶气的，不知男孩还是女孩。旁边的花是香的，不知红的还是黄的，不知是月季还是玫瑰。前阵，我还用手去触摸，现在也懒得摸了。知道了又能怎么样？再说，花再美与我一个瞎子有啥相干。

我说，我累了，坐着歇会儿。你不是爱摄影吗，去照照风景。

她说，算了。

我说，让我一个人待会儿。

她说，那好，我去练练跑步。三千米，二十一分三十五秒跑完才能合格。

她走了，我一个人坐在椅子上，椅子是木质的，摸在手里，热热的。我把手搭在上面，阳光好温暖。不知过了多长时间，我闻到一阵炒辣椒的香味，这么说，快到吃晚饭的时间了？平时手机都会在她下班时响铃的，今天出来有她，我就没带。

她走得时间也太长了。她去了哪里？跟女人？不会，她烦女人之间的婆婆妈妈。那么就是男人，一定是男人！我知道她有魅力，经常出去，男人都跟她说话。公园离家不远，他们会不会就在我家鬼混，就在我的床上，在我穿着漂亮军服的照片下，羞辱我？他会亲她，会动她，甚至做一些我这个丈夫绝不能容忍的事。他也许就是那个中华烟？也许刚才他们就约好了的。平时他可能就藏在我家，怕我发现，会光着脚，在我眼皮底下行苟且之事？什么声音？嘭嘭个不停。接着一阵热气扑到我面前，接着那东西似乎弯下身子，像风吹火苗般，在我腿间蠕动着，好似朝我扑来。我听到了急促的呼吸声，闻到了汗水和喘气混合的气息，那湿润的舌头一会儿嗅到我脚面，一会儿又扑到我面前，感觉像是一条狗。接着，那声音远去，我感觉一只冰冷、灵巧的手又试图拽起我，我紧张地站了起来。什么情况？看来还是家里安全，可我悲哀地发现，没她，我连家都回不去。家离这个公园还不到一千米。

寒烟！寒烟！寒烟！你到哪儿去了？我先是喊，最后就是声嘶力竭地大骂了。她是气喘吁吁跑来的，那急促的声音好像没撒谎，说，我就在你不远处跑呢，第一次，慢了五分钟，第二次慢了两分钟，准备再跑一圈……

跑个屁，回家！我说着，大跨步地朝左边走，我知道她在后面，走得又急又快。别想糊弄我，我从小就能分辨出各种鸟叫的声音，又当了多年的声呐兵，练的就是耳朵。耳机里传来的声音裹挟着海浪、海洋生物和各型舰船发出的杂音，而我能从这十多种杂音中甄别出目标舰船发动机和螺旋桨的声响，据此判断出它的产地、型号，甚至舷号。鲸鱼悠长的叫声，海豚的翻滚声，飞鱼划过水波的声响，小狗受伤时的哀鸣，小鸟求偶的欢音，车遇险情时的紧急刹车声，火车穿过铁轨接合处的声音，老人混浊的咳嗽声，电饭煲煮稀饭发出的冒泡声，打太极拳人的推掌声，长跑者快到终点时的呼吸声，等等，都逃不过我的耳朵。

一周后，好不容易等到周末，寒烟却打电话说她要开会，说已给我订了饭，一会儿会有人送到家里。让我听清是常到家里来送饭的保安声音后，方可开大门。她回来时，已经九点了，四个小时，啥事干不了？趁她洗澡时，我特意闻了闻她的大衣，没有中华烟味，可怎么又有一股汗味？她身上闻不到汗味的，一定是男人！

寒烟，我的妻，我的眼睛，我的司机，我的厨娘，我的拐杖。我的梦想之光，烦恼之源。我离不了，管不住，我的灵魂，我的罪恶。让我大声吐气，再把它使劲儿咬断：寒——烟。寒——烟。叫一句，恶气消一半。

第二天，我向她大声宣布我同意找保姆了。条件是有文化，必须是大学生，且学中文专业。还有，要聪明，声音好听，脑子反应快，文字处理能力强，有一定的写作水平，发表过作品的优先。工资我定。别糊弄我，找个笨蛋我可不依。咱多年的声呐兵，鼻子灵着呢，耳朵那是我的千里眼，万里风。哈哈，好，就这样定了。没想到她竟然同意了，可惜我看不到她的脸色，想必一张粉脸，气得煞白。

一周后，她说经朋友介绍，家里要来一个女大学生，品学兼优，长相漂亮。小姑娘来了，寒烟先在家里带了几天，按她的话说，培训上岗，后来就放心地去当她的处长了。寒烟也有要求，小女孩不能住家里。当然，不能，绝对不能。住了，不就容易出情况了嘛。我相信她一定这么想。怎么忽然间，我的情绪大为好转。哈哈，自从得病，再也没这么高兴过，我美美地喝了两杯酒。

3

一出小区门，我就后悔那样对妈了。

坐上高铁，眼睛一闭，眼前全是妈的影子。一学期不见，妈已有了白发，脸蛋全陷下去了，穿衣也没过去讲究了。两个月前爸得病，妈一直没告诉我，我还是从同学处得知的。当时我担心可能都无法上完大学了，工作在妈心目中，那可是她体现人生价值的唯一途径，她怎么可能不工作，整天在家陪着爸爸？况且她深爱自己的那身绿军装。我是怀着不安的心情给妈打电话的。我不知道跟爸怎么说，更不敢听他的声音。我不能想象一个男人正在事业如日中天时，忽然得了这样的病，他如何应对？妈说，没事儿，你安心上学，有妈呢。一听这话，我竟有种如释重负的感觉。我无法想象病中的父亲会是什么样子，更无法想象妈每天是怎么过的。可是大学生活毕竟有更多好玩的事，比如谈恋爱，比如看电影、上网、打游戏，跟同学一起去吃饭、踏青、旅游，哎呀，要干的事太多了。

当我真的回到家，看到爸一刻都离不开我，我对妈就有了恨意。没得病前，爸可是一表人才，海军大校，两个月不到，从一只眼睛看不到，到一双眼睛看不到，据说与常年在水下生活有关。

爸说妈妈起初对他不错，后来看病不能好时，就对他态度变了，经常借口单位有事，会让邻居、保安给他送外卖，还再三说要给他找保姆。爸说这话时，哭了，我心里也很不好受，跟妈妈好几天都不想说话了。

可真跟爸待了一个多月，说实话，我理解了妈妈。爸爸说妈妈外面有人，他怀疑那人经常到家里来。我不相信，可是我又一想，妈妈也是人，又那么漂亮，谁能保证没人喜欢她？爸爸那样了，妈妈难道就这么甘心守着？况且他们以后的岁月还长着呢。

哎呀呀，我怎么这么乱想呢。不想了，打球去，反正这一切都会过去的。好在，家里有妈妈。

对了，我先给妈妈打个电话。

妈妈说她在给爸爸洗澡，我不知怀着一种什么心理，按平时要放电话了，可这时，我却忽然说，你让爸爸接电话。

我说，爸爸，你在洗澡？

爸爸笑着说，对呀，你妈在给我洗澡。我说我一个人行，你妈非要给我洗。这不，洗得很舒服。你放心，儿子，好好学习，争取将来当个银行家，这财经大学，可不是白上的。

放下电话，我唱着歌，去打球。

刚爸爸在电话里说，新找的保姆很聪明，又能干。这我就更放心了，有保姆，妈妈也轻松了，当然我就不用惦记他们了。

4

我无论如何没想到我竟当了陪读。我宿舍同学很无知地说什么陪读，那比保姆还下作，也就是不光彩职业的另一种叫法。我说你们真无知，我只是给盲人读书罢了。你以为什么人都有当陪读员的资格？告诉你们吧，我是男朋友介绍，经学生会推荐，经主人考核才去的。

夏洛蒂三姐妹，给人当家庭教师，我比她们还上档次，是陪读。陪一个海军大校读书，要是没水平，怕不到两分钟，就让人家踢出门了。

同学们嘻嘻一笑，说，陪读，读得火花飞溅，再深一层，不就……

我本来要发火的，可我才不会拿别人的愚蠢来气自己。这个世界上只要我男朋友黎光不在乎，我就无视任何人的态度。再说我还要读研，学费我跟妈说了，靠自己挣，这工作是黎光给我找的。他说他同寝室哥们儿都说，他是把一只羊送到了狼口。黎光说这话时，一双小眼紧紧盯着我，我歪着头，笑眯眯地问，那你怎么回答他们的？

黎光寒光闪闪的眼神盯着我，说，你猜？

我笑笑，说，好了，那人喜欢什么，给我提供相关资料，我要做足功课，方战无不胜。

黎光一把把我拉到他怀里说，我感觉有些后悔了，对方要真是狼呢？

我抱着他的头，说，你睁大狗眼好好看看，你女朋友是一只任人宰割的羊吗？再说不还有你这么一个弹无虚发的狙击手随时等待出击吗？黎光哈哈干笑了两声，说，我的女朋友可装着一肚子锦囊妙计，还对付不了一个瞎子？就当组织考验你了。不过，千万别轻敌，你看这是丁江树的资料，说着，他递给我手机，我一瞧，不禁肃然起敬：

丁江树，男，一九七〇年五月九日生，山东蓬莱人。先后毕业于解放军政治学院新闻系、海军潜艇学院。历任声呐兵、机电兵、鱼雷班班长、某潜艇政委、基地主任，大校军衔。

其妻寒烟，一九七二年三月出生，曾与他大学同学，现任某部宣传处处长，上校军衔。

我看了一眼，摇头道，太简单，我要他们更具体的资料，比如兴趣、爱好，有无孩子，孩子多大？

你要这么详细，插足呀？黎光眉头皱起来了。

真是笨到家了，还硕士生？知己知彼，方可百战百胜，你不懂吗？

黎光迟疑片刻，不情愿地在手机上又输入丁江树与妻子、丁江树与解放军政治学院、丁江树与海军潜艇学院等关键词。没想到，网上还有不少关于他的报道，这一搜，不少资料全冒出来了。丁江树是一名优秀的海军军官，发表过多篇作品，比武获过奖，立功数次，还有一个二等功，名副其实的文武双全，还是一个合格的丈夫和爸爸，据一篇通讯稿他妻子自述，儿子得病，在医院陪护的都是爸爸。我说，好了，你忙你的去吧。说着，打开电脑，边看边在手机记事本上挑重要内容，一一记录下来。

我虽然准备得足够充分，可一进门，还是怯了好半天。

女主人并不是我想象中的军队女干部那种特革命的飒爽英姿，相反，看起来柔弱，说话也文气。对了，我想起来了，她跟她丈夫一样也是学新闻的，身上有股女知识分子的清高和傲慢。她打量了我一眼，说，进来吧，老丁等着你呢。

然后我就看到了我的聊天对象。

他真不像中年人，浓发，细肤，腹部平坦，一副墨镜遮住了眼睛，显得比网上照片还帅。

我说，丁叔叔好。

他阴着的脸慢腾腾地抬起来说，我有那么老吗？称我大校。

大校好。这次我明白了瘦死的骆驼比马大的确切含义，叫他"大校"的声音大了一分贝。他仍冷冷地说，我职务是副师，副师是什么概念，你懂吗？

我心里冷笑一声，心想，都惨到这田地了，还念念不忘头衔，官迷一枚。嘴上却是羡慕的口气，说，当然知道了，在我老家，跟市长官一样大，我妈每每骑着三轮车带我走过市政府时，说，咱们市长在那儿办公。市长是谁嘛，孩子，就是咱们这座城市的老大。

看来脑子还好使。简要给我介绍下你的形象与个性魅力。

这话让我听得好一阵紧张，忙回头瞧了一眼，客厅里只有我跟他，我转过头，脸有些热热地说，还行吧。

什么叫还行？你不是中文系毕业的学生？老师没教你怎么写自我鉴定？给你三分钟时间，从个人形象到品行及能力，用最精准的语言，给我汇报。

我沉思了一下，说，我，王玗，一九九二年九月出生。身高一米六八，体重五十公斤。至于长相，自己说了不算，据同学说中等偏上，皮肤细腻，性格柔中有刚，认死理。我男友说我人看着还算能吃得下饭（怕他有非分之想，赶紧把我的狙击手男朋友先抬出来，把他的不良之念消灭在萌芽状态）。虽不敢说德才兼备，但品学兼优是老师的评语，这次学校保研就是明证。自我感觉皮肤虽白，尚细腻，但左额有豆痣一颗，听说不祥。人不聪明，还算好学。信奉诚实，讨厌虚假。对小猫小狗神灵万物，皆抱敬畏之心，悲悯之情。

我还要说，他摆摆手，电视机旁边有把小木椅，我拉过来坐到他对面。他可能感觉到我坐到了他对面，脸正对着我道，怎么没回答你平时喜欢什么？

我没回答他的问话，言道，大校喜欢听我聊什么，我就聊什么。

我知道的虽不多，可网上啥都有，我若不知道，会尽快查清，再向您汇报。

爸妈干什么工作？为什么来照顾一个瞎子？

我不是来当保姆的，是来陪您聊天的。

告诉我，你爸妈干什么的？家在哪？为什么来照顾一个瞎子？说实话。

爸爸跟妈妈离婚后，妈妈下岗了，我想自己挣钱交学费。

喜欢你的家乡吗？

不喜欢，我家在西北的一个县级市，位于盆地里，整天都是雾霾，啥地方都灰蒙蒙的，人好像也是一个模子刻出来的。不过，我喜欢吃我家的臊子面，可香了。上面放着豆腐、海带、蛋皮。蛋皮您知道怎么做吗？就是把鸡蛋摊成片，再切成菱形，很好吃。我看他认真地听着，又说，如果您想吃，我可以给您做，我会擀面条。还会包饺子、包子，只要北方的面食，我会做十七八个花样。但我不是保姆，吃饭须跟主人同桌，还有，我只陪您聊天，其他事通通不干。这两点，必须达成共识。

你学的可不是家政，我请的也不是保姆。

我考试成绩年年都是年级第一名。这是我的成绩单。我正要给他，才意识到自己太笨了，便说，对不起。

他没有生气，嘴角咧了咧，但没笑，又问道，中文系的高才生，你读过《西厢记》吗？

没读过，听说过有一出戏叫《拷红》。

他扭了一下脖子，我估计他对我不满意，马上说，我回校就去图书馆借。

他的手往茶几上摸了一下，不知是因为没把握，还是改变了主意，又抬起手指梳理了几下头发。茶几上放着一个棕色保温杯，我在商场见过，是磁化的，再看旁边还有两个杯子，一个玻璃的，一个紫砂的，比这小一号。我犹豫了一下，把磁化杯拧开，一股醇香的茶味扑入鼻中。我递到他手里，他喝了一口说，你计划跟我聊什么？

我顺着查到的他的相关爱好说，聊新闻，聊时政，聊优秀的文学作品或中国历史，或者也可以聊聊你的大学时代。你的爱情故事，你的从军经历，都是我感兴趣的。采取的方式是我先听你说，然后作为交换，我可以给你也讲讲我的大学生活。你是七〇后，我是九〇后，虽有代沟，但差异也是一种学习，对吧，大校？

说到这里，我瞧了一眼他的反应，他的嘴动了一下，马上又闭住了。这鼓励了我，我接着说，咱们方式多样，只要你配合，我管保让你谈得兴致盎然，你要知道，我在学校，可是讲故事的高手，听得我们同宿舍的同学不停地说，后来呢，后来呢。大校你看，这样行不？如同意，我就回去做准备。我现在无事，除了我参加研究生复试不能来外，到明年九月开学前的这段时间，我随叫随到。

你叫玗？王于的那个玗？嗯，名字不错，二十二岁，好年华，那么王玗，明天上午八点，准时上班。我是军人，时间观念极强。

明白。我出门时，女主人不知从哪间屋出来了，她家房子的门都在走廊里。她说，你是第三个应考者了，祝贺考试通过。

我说，谢谢处长。

她笑了下，这是我看到她后的第一次笑，笑得还挺好看。边下楼，我边盘算，一个月，不多，三千块，可以了，比我打工强，等明年开学了，我就成研究生了。我要蹦，忽感觉头顶好像有人，仰头一看，主人家的窗帘动了一下。

谁？肯定是女主人。背后有眼睛盯着可不妙，不过，咱行得光明，遇事不怕。走起！

主人家书真多。书是男主人的，女主人从不看书，只看没完没了的材料，边看边用笔画。可爱看书的男主人却看不成书了，人生就是这样,买金偏撞不着卖金的。比如我,长相好,成绩佳,可是因为爸爸跟别的女人好了,妈妈没工作,我只好边打工边上学。

女主人对我起初很好,后来好像对我老不放心似的。她也真是,把我当成什么人了。难道我会爱上一个瞎子?笑话,对他好,说好听些,是职业道德,拿了人家的钱,给人家服好务,天经地义。说难听点儿,为了让他多给我点儿钱。他经常背着女主人给我钱,先是一二百的,后来一千,我拒绝了,咱可不卖身,我有男朋友,他是我的师兄,在上研二。他说等他毕业了,找个好工作,安定了就娶我。

男主人说,我误会了他,他给钱不是想跟我干什么,而是去检查他妻子离开家后都干了什么。

一听这话,我感觉这个中产家庭看来不像表面那样风平浪静,这倒是个新任务。我只好接受了,做这样的事,在我看来,不地道。

我把男主人带到院子里的花园安置好,然后尾随着女主人到了电影院。一个女人到电影院去看电影,要么是孤独,要么就是约会。我买了一张票,跟她隔着一排就座。

不久,她左边坐了一个男人,跟她年纪差不多。右边一个女人,比较洋气。她跟男人和女人都没说话,可我总觉得奇怪。电影实在好看,是爱情片,大海、草原、温泉,正是我想象中的幸福生活,电影结束曲响起,我才顾得上再盯女主人,糟糕,目标不见了,旁边的男人也消失了。

这事闹的,怎么给男主人交代?

有了,先不告诉他实情,但可以告诉他可能有情况,在电影院。我也没说假话,好好的电影还没结束,就不见了,肯定有猫腻。会看电影的人都知道,要把后面的字幕和音乐全部看完,直到END出来。

我把情况报告了男主人,他让我不要慌,要记着留证据。就是拍照片。他还给我买了华为最新款手机。为了新手机，我也要不辱使命。

盯了好几次，女人上班下班，一切正常，可男主人认为我骗他，扬言要开了我，我一气之下，回校找朋友说不干了。

可好奇怪，昨夜躺在男朋友的怀里，我竟然梦到了男主人。他告诉我他眼睛好着呢，是故意装看不见的，他想看看他看不到世界时，他的朋友和亲人如何对待他。忽然一只手打在我头上，我惊叫一声，说，你怎么能对我动手动脚呢？灯“啪”地亮了，男友正盯着我看。我一下子坐起来，我……我个不停。男友说，我刚才梦见蛇咬我，是不是打疼你了？我松了一口气，说，不疼，睡吧。

又做梦了。男主人正在洗衣服，是给我洗衣服，洗的是内衣。

这都是什么乱七八糟的梦。我对男友说，你毕业后，咱们就结婚。

为什么那么心急，你不是说三十岁才结吗？

说实话，我心跳得像击小鼓。我摸着男友细嫩的手，眼前却不时闪现着一双粗糙的手。

这时，女主人打电话来说，男主人让我尽快到他家，他有事找我。

5

王玗不错，我原以为待不了几天，她就烦了，没想到我们竟然聊得挺投机。

起初我让她给我念卡夫卡的《变形记》。她的声音真好听，当念到格里高尔的爸爸一手拿报纸一手拿拐杖把儿子往房间里推时，她忽然不念了，说心里难受，要换一篇文章读。

我说继续念！

当念到格里高尔妹妹说他不是我哥哥，他是一个怪物时，她哭了。看我半天没说话,又说,你不要难过,你的妻子很爱你,你的儿子也爱你。

她真是聪明,怎么猜中了我的心思?

她读完后,我说卡夫卡写《变形记》,最让我叹服的是主人公变成甲虫后下床开门的细节,这很考验作家的功底。最让我感动的是这一段:“萨姆沙先生和太太在逐渐注意到女儿的心情越来越快活以后,老两口几乎同时突然发现,虽然最近女儿经历了那么多的忧患,脸色苍白,但是她已经成长为一个身材丰满的美丽的少女了。他们变得沉默起来,而且不自然地交换了个互相会意的眼神,他们心里打定主意,快该给她找个好女婿了。仿佛要证实他们新的梦想和美好的打算似的,在旅途终结时,他们的女儿第一个跳起来,舒展了几下她那充满青春活力的身体。”我问她读了这一段,有何想法?她说,你的意思是……

我说卡夫卡尽管对文中的小妹妹失望,但他仍然期望假如自己真的没有能力再给家里做贡献了,小妹妹仍然能够有好的生活。这让我看到了作家的悲悯情怀。还有,“葛蕾特的眼睛始终没离开那个尸体,她说:‘瞧他多瘦呀。他已经有很久什么也不吃了。东西放进去,出来还是原封不动。’”我认为这一句,表明作者已经原谅了这个小妹妹,而这个小妹妹在我心里就不是一个可憎的形象了,相反她有了人的质感,这正是作品的魅力所在。

我刚一说完,她忽然说,大校,你比我们老师讲得还好,你好有艺术感觉呀,你为什么不把你的人生故事讲出来,我写下来呢?我做你的笔,好不好?

一听这话,我心里一热,眼泪差点儿掉了出来。

她是一个好听众,不,还是一个很好的诱导师。她让我想起了我的大学生活,想起了我中断的军旅生涯。三十年了,我怎么能忘记我的从军岁月,我的大学时代?我给她背黑夜给了我黑色的眼睛,我却用它来寻找光明。我给她唱冬天里的一把火,熊熊火焰温暖了我。我讲尼采,讲苏格拉底,讲蓝色文化,讲我们在学校饭堂里的舞会,讲我跟妻子接吻,讲军校不让谈恋爱……

她说,我的天哪,笑死我了,你快听听我的心跳,是不是跳得特别厉害。她说对了,初恋是什么滋味呀,大校?

我说,别叫大校了,就叫我哥吧。

她说那不行,大校就是大校,大校,那是什么滋味?我说,你不是谈过恋爱嘛。她说不一样嘛。我好想回到二十世纪八十年代末呀,你们亲个嘴都不敢。我有时想,那也好,得不到的东西人才会珍惜嘛,那时写信,十天半月回信才到,就像十八九世纪的送信人,载着一封信,赶着马车,跑遍大半个城,多有意思呀。我就不喜欢手机,你走到哪儿,就打到哪儿。

我说,你这个小姑娘挺有意思。

她说,因为你有意思,我才要变得更有意思,否则我怎么能胜任这份工作呢。

她像孩子似的拉住我的手,说,你的大学生活多有意思呀,你再给我讲讲。就讲讲你们的教室什么样子的,那时你们跳的什么舞,唱的什么歌,吃的什么小吃?大校,快讲讲呀,我可喜欢听了。一听到她甜美的声音,我又亢奋了,说,好,你要记下来哟,否则我不会讲第二遍的。

她边听还边说,你讲慢些嘛,我记下来,多有意思的写作素材。

我说,你写,我无偿把我所有的经历全给你,我当潜艇兵从战士到大校主任,整整在大海上待了三十年,可有意思了。

哇,潜艇,我从来没见过,大校,我愿给你当秘书。那个丘吉尔不就有女秘书吗?保尔·柯察金不是也有女秘书吗?还有宋庆龄不也给孙中山当秘书嘛,还有那个许广平。我一听她还要说,忙说,王秘书,就这样办,咱不扯名人。

要得。她说着,拍了我一下掌。

从来没有什么救世主,我要自救,不再看别人眉高眼低,咱还不是废物。至于寒烟,爱去哪儿就去哪儿,一个四十岁的老娘儿们,能浪到哪儿去。爱跟谁约会,尽管去。

我要借助漂亮的女大学生之手,写出一部惊世之作。不,也不惊世,只聊以自慰,老天把我逼到这片田地里,我总不能等死吧。死容易,一口气的工夫,可我不甘心。最近听了《追忆似水年华》,咱也是新闻系的,也发表过一些作品,又在潜艇待了多年,有别人没有的生活,就不能当个作家?就像保尔·柯察金、贝多芬,身残志不残,趴着也要在这个热闹的世界里,为自己争份席位。

这一夜,我竟然一觉睡到天亮。触龙说赵太后,舍不得孩子套不住狼,咱得先把小丫头片子忽悠得神魂颠倒了,不怕她不帮我向我规划的阳关大道前行。

先解放思想,再付诸行动。对,干革命要循序渐进,这是第一步。想了好几天,我终于琢磨出了第一句:

> 当了三十一年的潜艇兵,我终于回到岸上工作。没想到,六十二天后,我又下到另一个潜艇,再也没上得了岸。

小姑娘一听,拍手叫好。大校,一听,这就是名著开头的样子,咱写完第一部分,先发微信,再放博客,我让我男朋友放到学校的公众号上,让朋友群同学群老乡群姐妹群一一转发,大校,你一定会红的,会红遍全中国。宣传文章标题我都拟好了,你是新闻系毕业的,看行不行:潜艇大校盲眼著书,水下世界刀光剑影。世间多少事,没人写,就无人晓。你一定能成功。她说着,握住我的手,哎呀呀,真是一双娇嫩的手,可惜我看不到,年轻的手感真好,使我一颗沉睡的心渐渐复苏起来了。

6

儿子说大学毕业后，想去北京发展。说实话，我内心很不情愿。儿子虽然不能全心照顾他爸爸，可有他在身边，我心里多少踏实些。可我不能自私，堵了孩子前程。江树没有说话，搂着我，像孩子一样哇哇大哭。他在潜艇工作三十年，每次出航，我送他上船时，他都说你要做好准备，如果……我马上捂住他的嘴，搂住他的脖子，死死地不撒手。他没有流一滴泪。八年前，出航潜艇遇上暗礁，全艇人都哭了，他没有。现在，他却在我怀里哭了。就在那一刻我理解了什么叫夫妻。扯上爱情，虚了点儿，那是年轻人的事。人到中年，我感觉夫妻就是对方的胳膊、腿，已经习惯了彼此相依，没了哪一个，都失了血肉和筋骨。

可我实在受不了他的猜疑，真想离开家，躲到远方一个清静的地方，让自己静静。好朋友提醒我，说，你是领导干部，还有上升空间，抛弃残疾了的丈夫，这可与众人心目中的解放军形象不符呀，想想社会舆论吧。可猜疑是把断魂刀，戳得我五脏俱碎。

原谅他，可以，毕竟我们一起生活了二十年，而且还曾经在大学共读两年。可让我恼怒的是他竟然让小保姆盯梢，这传出去，我怎么在单位做人？

王玗刚来时，比较单纯，盯了我几次，我回家她都不敢看我的眼睛，我便啥也不说，只送了她两件新衣服，只想让她对爱人好些，没想到几件衣服，她就再也不跟踪我了。其实，盯不盯，毫无必要。爱人虽然病了，可我仍爱他。让我好奇的是，她怎么给我猜疑心重的丈夫解释的，使他中止了这荒唐的举动。

更让我讶异的是，小姑娘来了不到半月，爱人竟变成了另一个人，比他健康时还有活力，我下班还没进门，就听到欢快的笑声和低声而亲昵的交谈声。我一回家,一切欢快瞬间烟消云散,而我好像误闯入别人的家,浑身不自在。小王一看到我,脸上虽然还挂着笑,明显充满了不安、惊慌,连语调都充满了虚假。让我恼怒的是小王没有告诉他我已回家,我也没出声,可我一进门,就能感觉到他们的默契,他们以一种虚假的方式来应付着我不合时宜的闯入。跟我生活了二十多年的丈夫,刚刚还在欢笑,因我的回来,脸上木讷而酸楚。如果让我描述所见,那么就是一幅如此让人沮丧的画面:严肃的男主人、规矩听话的小保姆、傻瓜一样的妻子。

现在,我出去一天,他也不刨根问底了,一会儿不见小王就问半天。她呢,虽然嘴上大校大校地叫,可那眼神,分明就是瞧恋人的那种。灼热得足够烧死一头大象。

他说他们在写小说,他情绪好极了。晚上搂着我时,跟我大谈他小说的某一个细节,某一个人物的塑造。他终于走出了精神低谷,这不是我盼望的吗,可我怎么一点儿也高兴不起来?他说文中有个轮机兵想家了,就一次次地给战友讲他家的泡桐树,讲他家桑葚结得多么的繁密。结果每个战友听得都能背了,给他起了个外号,叫"他家的"。我说此人写得好,他马上接口道,是小王建议加上的。那一晚我们做了爱,他说好久没有这么痛快淋漓了。

过去他嘴里动不动就是潜艇,现在他一张口,就是要写的书和王玗。魔鬼王玗。

他爱上了别的女人,我可以离开他了,可我为什么如此难受?难道是小姑娘的爱,使我发现了他潜在的价值?还是我潜意识有一种优越感,不容许别人对自己东西的占有?我跟江树生活多年,虽谈不上如胶似漆,却也相敬如宾。

我盼着那小姑娘开学,她走了,我可以给爱人当秘书,我新闻系的高才生,又在大机关当宣传干事、处长多年,文字功底难道还不如一个黄毛丫头?要写,也得推倒重来,我不容许另外一个女人的声音再在我家像鬼魂一样弥漫。

谁想到小姑娘整天往我家跑不说，还说即便上了研，功课也不会太紧，她还要来帮着记录小说，写书不能半途而废。难道她看上了一个瞎子？为了省城的户口？为了房子？他在青岛有套三居室，他病了后，我把他接来，想着好好照顾他，准备把房子卖掉，他坚持不同意。还是为了其他？起初我不相信，可是女人的第六感相当准。活了四十多岁，一个小女孩的神态我能看不出？她的眼神、举止，瞒不过我的眼睛。如果是她一厢情愿也罢了，知夫莫如妻，我感觉我身边的这个人也变了。他睡觉打呼噜，常吵得我睡不好，过去我提出分开住时，他几天都不跟我说话。前两天他忽然让我搬到儿子屋里，说怕影响我休息。什么意思？难不成他心里也长了虫子？

当我缝他衬衫即将脱线的扣子时，发现竟然有人捷足先登了，浅色扣子，缝的线却是粗黑线，针脚粗糙而稀疏。

我感觉，他现在有了多种角色，在我面前，他听话、顺从、和气，再也不发脾气，可我知道，这一切告诉我，他在我面前，戴上了面具。一个离我越来越远的面具。他试着想摘下这面具，可越摘，越让我难以忍受。我们就像两个曾经相携前行的伙伴，忽然间一个人不想走了，可拂不开面子，只好跟着对方走，走几步，回头望望，欲言又止，再挪一步。走的人难，等着的人更揪心。

他们竟然去了他的老部队，也是我曾经的老部队，在我出差时。如此的招摇过市，把我这结发之妻置于何地？她的男朋友知道了又该咋想？我的同学可是她男朋友的老师呀。家丑绝不能让熟人知道，我好歹也是一个有脸面的人。

吃不香，睡不着，我第一次理解了丈夫对我的猜疑，体会到他派人盯梢的心情。

不行，我得找她男朋友，这个念头强烈到我好像被人推着，不去，啥都干不成。我借口到他们学校找个熟人，顺便去看他。他们两人一间宿舍,老远就闻到一股脚臭味。

她男朋友一见我,怔了一下。我解释说离开大学快三十年了,想看看现在的大学生是如何生活的。他又是递水,又是递苹果。一看就是个特有主见的孩子。桌上放着王玗的照片,穿着一件白色连衣裙,很是清纯。

小伙子衣服脏了,胡子没刮,难道王玗好长时间没来看他了?我拿起那张照片,笑着说,小伙子你女朋友长得可真漂亮,得盯紧些,现在我们院里可有不少年轻小伙子望着她眼睛都发直了。

他笑了,说,我放心她。他说着,端起茶水递给我,可手明显有些哆嗦,难道真被我猜中了?

我感到浑身发紧,心里抽噎。

放弃他?还是让小姑娘走?放弃他,我身体是解脱了,可心里怎么总是割舍不下?万一他被小姑娘骗了,以后生活更艰难,我还能回到他身边吗?毕竟我们深爱过。还有,是不是给儿子打电话?他毕竟成人了,且是我唯一的亲人。

7

这几天我怎么感觉我是简·爱,他就是那个满目沧桑的罗切斯特先生。这个感觉可不好,两周了,我一点儿都不想见男友。我心里怎么生出这个念头?荒唐。

我可以堂而皇之地说,我离开他,他的小说就无法完成。他的书已经写了一半，在网上炒得厉害，有好几家出版社已经盯着他了,而他说,他的书离不开我。他说我在他面前,他才文思泉涌。而他却不知道,他使我知道了世界上有那么多的好书,那么多平凡的军人。他的肚子里装了许多有趣的事情。每次,他一开口,我就想笑。他把我叫什么,你们猜。他一会儿叫我小狗,一会儿叫我小兔,一会儿又叫我小白菜。好吧,我承认,他风趣,会体贴人,有成熟男人的魅力。我不为钱,不为户口,就是被他本人迷住了。

他说,你知道为什么画里不能表现人的愤怒,而诗里会?小坏蛋,读读《拉奥孔》吧,我敢说,你读了,肯定会很漂亮。不信,你就试试。

小狗儿,怎么今天话不多,什么,你对人生绝望了?小小年纪,知道“绝望”一词是怎么写的吗?看看电影《遗愿清单》就知道了。要把心静下来,把手机放到远处,走进人物心里,跟着电影里那两个病人,去体会他们只有半年或一年的生存时间,去体会那个黑人第一次跳伞的感觉,体会那个富翁一个人守着大房子的孤独,或者来采访一下我这个已居黑暗四五个月人的心理感受。

今天就采访?告诉你,小女孩,就像我们潜艇在深海中,所有的浪涌向你,所有的危险全齐聚你周遭:空中有飞机,海面有舰艇,你真不知道还能不能再上岸,能不能看到阳光和天空。对了,说到这里,我可要告诉你,你是我得病后最信赖的人,为什么?因为我在你身上闻到了一股气息,这气息不是化妆品,是雨的气息,是风的气息,是一个还没有被污染的孩子身上散发出的纯真味道。

何以见得?

你第一次跟我说话,叫我大校时,那声音充满了害羞。你递给我水杯时,我感觉你的手指在颤抖,手心有汗。你说你脸上有痣,可我听说你皮肤是光滑的,是白净的,这还不能说明你纯真吗?

你刚来那天我让你给我念《变形记》,你起初不念,后来哭着念。我妻子给我念过,她没哭。我儿子给我念过,也没哭。只有你是哭着念的,我知道你心软,你能猜出我像格里高尔一样怕被家人抛弃。

他絮絮叨叨,像个老大妈,可不知为什么,我竟然现在一离开他就急着来看他。如果你刚离开他,又想跟他在一起,难道就是爱?

他说着捂住了眼睛。

我知道他流泪了。我默默坐到他跟前，把手轻轻搁在他肩上，说，你放心，我永远也不会骗你。比如你的眼睛，我刚开始就很害怕，可现在，我不怕了，因为你是我的亲人了。

他说他只有一个心愿，就是能看一眼这世界，可这世界，我只能用我的语言来向他细细描述。我给他说今天天空上的云像群山，像彩练，像羽毛，可他还是说，如果让我看一眼就好了。

他说他的故事一辈子也讲不完。我第一次懂得，迷上一个人的灵魂是多么的可怕。我忽然感觉我不是我了，理智使我想躲开他，我有一周没去，我想让自己往明白里想，可我发现自己瘦了，我真的像《西厢记》里的那个崔莺莺，一听张生走，立马松了金钏。他让我一定要读研，他说他要供我，说我是一个作家的好苗子。可他妻子忽然说不用我了。我给他打电话，也没人接。我想一定是有人控制了他。

可怜的他呀。一个盲人，在世界上是多么的无助。我接触了他，才了解了这个过去从不会去想的世界。

他让我清晨起来跑步，叫我别睡懒觉，教我珍爱大自然，用自己的皮肤、声音和感官去感受生命中的每一个过往，一只猫，一只狗，一片落叶的形态或筋脉。他说当你看不到这个世界时，你才知道自己有多遗憾，你才会多么留恋这个你曾经没在意的世界。

我最喜欢听他讲在潜艇的生活。他三句不离潜艇。想起他给我说潜艇长得啥样时，我禁不住笑了。他说，潜艇你见过吗？我说，我连真的大海都没见过。他说，潜艇我怎么才能给你说清呢？他挠了一会儿头，说，对了，它像只鲸鱼，我们潜艇兵就是在鲸鱼肚子里战斗。你总不会说连鲸鱼都没见过吧。说实话，我在动物园见过猴子、老虎，还真没见过鲸鱼。他叹了一口气说，给我拿纸来，我给你画潜艇。他边画边说，潜艇的形状是圆柱体，中部设立一个垂直的塔，叫舰桥，也就是指挥塔，它是潜艇的大脑，里面有通信设备、感应器、潜望镜和控制设备。又摸索着指着鲸鱼肚子上一个圆，说，我们就是从这个口里下到潜艇肚子里的。潜艇是令人胆寒的国之重器，它无声、隐形，游弋在大洋深处，游弋在人们的视线之外，是制敌的法宝。

我听得云里雾里，没说话。他可能听出了我的不耐烦，声音又高了八度，说，你渴望旅行吗？潜艇兵不用花钱不用办护照，就可以环球旅行。站在舰桥上，可以看到美丽的大海，可见异国风情，可瞧沙滩上的帅哥美女。

我说，我心目中那在水面上航行的带着高高的发射炮的军舰才带劲。

他嘴一撇，说，你知道什么兵要求最高吗？潜艇兵。不但要求文化水平高，心理素质也要过关。男人嘛，当兵当然要当潜艇兵。

我有点儿小感动，便道，你还想着你的部队？

他半天才说，我的病可能就是因为我离开了潜艇，老天对我的惩罚。他说，你知道我为什么听力好？不是因为眼瞎了，而是我过去在潜艇声呐岗位上待了好多年。声呐是什么？就是潜艇水下的眼睛。可笑的是，老天把我真正的眼睛剥夺了，却让我的听力异常的敏锐。

不知是他的故事，还是他的声音，反正我越来越想见他，甚至梦中看到一身帅气的海军服，向我走来。

有天他忽然说，你这么向往海军生活，我带你到我的部队去玩玩。坐高铁，也就一个小时。不过，潜艇兵并不是你想象的那样浪漫，千万别失望呀。

我说哪能呢。

二月末的北方大海，宁静，寂寥。海风吹到脸上，硬而冷，沙滩游人稀少。军用码头倒是热闹，笛声不停地长长短短地响着，吵得人心里慌慌的。我虽有了准备,但潜艇比我预想的还难以忍受。官兵穿的并不是我在电影里看到的白军装，而是一件类似工作服的蓝色工装,油乎乎皱巴巴的。大校说,那叫作训服。船舱如春运的车厢,狭小、拥挤、闷热、汗臭。水兵睡觉是在帆布制的可拆卸式吊铺,睡时装上,起床拆下。约有三四层,层与层之间只能侧仰而入,人要翻个身都不易。让我惊诧的是水兵没有固定床位，两人共用一张床,一个人值班,另一个休息。

舱与舱之间有一个比脸盆大不了多少的圆形水密门,进去时,弯腰、低头、跨腿,稍不协调,头上就会碰个包或磕青了腿。

在潜艇里走路,只能猫着腰,艇内两侧管路密布、仪器设备林立。卫生间很矮小,因为潜艇排污容易暴露,每个人要克制如厕次数,就得少喝水。我第一次见二十四小时刻度钟,官兵们靠它分辨时间。空气中永远有股刺鼻的汽油味,让人一刻钟都无法忍受。

他对我说,每次出海前,官兵们都会留下家书,小到电话号码、银行卡密码,大到房产证,事无巨细。因为,每一次出航,随时可能面临生死。

听到这儿,我说,真没想到还有这么一个世界。

他叹息了一声,说,最难熬的是寂寞。在航海期间,潜艇上的官兵们不能使用电子设备和网络,长时间处于密闭、狭小的空间里,对人的生理和心理都是巨大挑战。潜艇兵不光要忍受艇上的高强度工作，还要耐得住深海航行的寂寞。特别是极限长航和极限深潜,那真是很考验人的,我们最长的一次远航是九十三天,你想想,在海上,大部分时间在水下,看不到蓝天,吸不到新鲜的空气,闻不到花香听不到鸟语,只有对时间的麻木,空间的麻木,对万物的渴望。渴望阳光,渴望新鲜空气,渴望闻土壤的气息。大家最盼望潜艇浮出海面,轮流到舰桥上去透气,那真是幸福的时刻。

我说，没想到潜艇兵太苦了。他说，不但苦，危险远胜于其他部队。浩瀚的海洋，表面上天蓝水绿，风光旖旎，可是水下却是刀光剑影，暗战汹涌，我们的潜艇从来没有一帆风顺地出去过，随时可能面对敌人来自空中、水面以及水下的威胁。但仍有很多人愿意当潜艇兵，因为它虽然危险，但充满了挑战。他说大家最爱说的一首诗是：国家之重剑，敌人闻胆寒。纵死忠骨香，海疆魂飞扬。

我走在冷得要命的鱼雷舱，根本就无心听他兴致勃勃地给我讲那长长的管子里能放多少枚鱼雷。再进机电舱，又热得浑身出汗。待在潜舱不到半小时，我感觉好憋气，想叫他上去，他却跟兵在一起，已经无视我的存在了。

奇怪的是每个兵都是乐呵呵的，包括他。他在这里，比在家还熟悉。从那个类似鲸肚子上的圆里往下进潜艇时，我一个正常人，手紧抓舷梯，腿肚子都打战，他却"腾"的一声，人就站到了舱底。在舱间，他像一个正常人，自如穿梭其中。听说要走，士兵们拉着他的手哭，他则半天不出舱，我坐在码头边，望着黑乎乎的潜艇，感觉自己好像第一次长大了。

返回的火车上，我忽然不想说话了，他也沉默了。快到家时，他说，对不起，这次旅行让你失望了。

我握住他的手说，不是失望，是钦敬。一个人，总要对某些事物，投入地去爱。不是它美，也不是它有用，而是时间久了，它已经浸染在你全身细胞中了。

他无语。我紧紧握着他的手，解释道，因为我也有体会。

此后他妻子对我明显有敌意，同学们也认为我对他有想法。他从来没有像外界人以为的对我有什么不轨行为，我也从来没跟他有任何不正当关系，最过分的也就是那天他摸了我的脸一下，他说他的战友们都说我长得漂亮，他只想知道我到底有多美。毕竟，盲人只能通过触摸来感知世界。他手指划过我脸上的皮肤时，我感觉有股奇异的力量推着我，心跳个不停。

他似乎感受到了我的异常，腾地坐回沙发上，说，你这孩子。“孩子”一词是从嘴里悄悄吐出来的，几乎是游丝状的，只有我听到。

让我们没有想到的是他的妻子在门外，听到了我们的对话，我猜后面他的话她没有听到，以为我们做了什么见不得人的事。

他妻子不愧是机关干部，说话滴水不漏，表面更是风波不起，我知道她为此瘦了很多，可她说出来的话总是那么无可挑剔。她说，小王，你到我家半年多了，大家都说你聪明、能干，你帮了我很多忙，可我这个做妻子的，总不能把照顾丈夫的任务全推给别人，对不对？你是一个懂事的孩子，应当能理解我的心情。她说得含蓄，眼角好似还有泪。她用一把水做的刀，轻轻一刀就把我跟她家划开了。

我男友没骂我，对我客气而礼貌，现在动不动就王玗王玗地唤我，好端端的名字，现在听来，好像是陌生人在外星球上呼唤我。瞬间，两行泪水淌过我的脸颊，但即便这样，我唇角还带着笑。他说，你说话呀。我死死地咬住嘴唇，生怕一个字从嘴里跑出来。要么说谎，要么如现在一样，保持沉默。

只有他儿子打来电话直截了当，你想要房子？要存款？那是做梦！不等我解释，就挂了电话。

学校老师也在劝我，我有嘴说不清，可我真不是他们想的那样啊。我逢人就说，你们听听他内心的诉说吧，关心一下弱势群体吧。我请求你们。

他不是一个废物，他有血肉。一个有血有肉的人难道就不值得人爱？就因为他瞎？难道他们认为我图他有房，有不低的工资？你们不知道他舞跳得有多棒，他的歌唱得有多迷人，还有，他坐在潜艇曾经的战位上，手摸着一个个键，让我感到彻骨的痛，就在那一刻,我忽然想陪伴他终生。

我要发微信,要发公众号,要让朋友圈里的朋友转发我真实的内心表白。你们为什么不相信我,连我最亲的妈妈都不相信我。妈说了,若我做了伤天害理的事,她就死给我看。

天好冷,雪花,把大地裹得一片惨白。宿舍里的同学个个都不理我……

我真病了吗?瞎子又不是传染病。

不,我不能病,我还有妈妈要养。我怎么办?对,先准备复试。学业第一步,工作第二步,其他一切,都当是过路的风景。对了,这是黎光说的。

想到这里,我闭上了眼睛,瞎子样在宿舍踟蹰起来。最近,我一个人在房间里,老想闭着眼,去干任何事。摸着洗衣,摸着接电话,摸着打电话。这时,我耳边忽地响起他给我背的一部电影中的结尾:无法分辨你的轮廓,只因你围绕在我左右。我眼中满是你的笑意,我的心变得柔软战栗,只因你无处不在。

8

小王走后,妻子对我越来越好,只要一下班,她就回家,陪着我说话,还说,你要写书,我来帮你记。我就是你的眼睛。她握住我的手,说,大校,从你第一次远航开始讲起吧。

嗯,那年我十九岁,一见到鲸鱼似的大潜艇,我就爱上了它。这一爱,就是一辈子。

在她急促的敲击键盘的声音中,我感觉自己好像回到了初恋时光,我的声音越来越温柔,而她在我口述停顿时,会轻轻抚摸我的头发,说,别急,慢慢想,咱有的是时间。我的大校!你永远是我的大校。我的眼泪夺眶而出,头靠在她胸前,如找到了我人生的航标。

【作者简介】文清丽，陕西长武人，1986 年入伍，毕业于解放军艺术学院文学系，鲁迅文学院第三届、第二十八届中青年作家高级研讨班学员。曾在《人民文学》《十月》《中国作家》《北京文学》《作家》等刊发表作品六百余万字，出版有散文集《瞳孔·湾·湖》《月子》《爱情总是背对着我》，小说集《纸梦》《回望青春》《我爱桃花》，长篇非虚构《渭北一家人》，长篇小说《爱情底片》《光景》。曾获中骏杯《小说选刊》奖、《长江文艺》方圆杯小说奖、《广州文艺》都市小说双年奖一等奖、《解放军报》长征文艺奖。有作品入选多种年度选本和排行榜。

锦　衣

〇陈蔚文

初秋的周末下午,吕美红接到中介电话,说临时出来套酒店公寓,房东急租,问她要不要去看。

来上海的第三个年头,她搬了四次家。前几次与人合租,都留下极不好的回忆。尤其第三次合租的女孩,一名看去很普通的文员,酷爱上网聊天到深夜,敲击键盘的声音像子弹穿过隔音不好的墙壁,向她密集射来。女孩还带回不同的男孩过夜,大概都是网上认识的,发出的声音比子弹更可怕。

另一个合租对象倒没什么动静,房间里挂满粉色的毛绒卡通玩具,温馨至极。吕美红第一次来看房,当场决定搬来合租。搬进来才知道,相处起来不是那么温馨,女孩只收拾自己房间,公共区域的卫生一概不理,包括厨房和洗手间,吕美红像是住家保姆,要承担打扫任务,包括收拾她和朋友聚会后的厨房——那简直是个尸横遍野的战场。如果要等女孩收拾,吕美红就只能饿肚子或叫外卖。

吕美红很少叫外卖,不健康,不卫生,还有不经济。准确说,这三者顺序应倒过来,首先因为不经济,然后不卫生,不健康。所以一个厨房对她来说很重要,小点没关系,至少得有灶具。

她实在不愿与人合租了,也厌烦了老小区里那种埋汰房间,怎么收拾也有种年深月久的邋遢。躺在弹簧松懈的床上,似乎承受着之前所有租客那些虚飘的孤独之梦的重量。

经历了几次合租，她对自己有了个交代，不是她娇气，实在是合租太考验人折磨人了，合租会损耗人的精力，影响工作，降低效率，所以尽管合租比单租要便宜几百元，但从综合成本考虑，并不合算。

她目前借住在一个远亲那儿。不白住，她要帮亲戚做家务，辅导孩子学习。那个孩子被宠坏了，很顽劣，她想赶紧搬出来。连续几个周末的下午她都在看房，却没合适的。中介让她去看的这套酒店公寓，老实说，即使房东急租，也超出了她的预算。

她同意去看房。只是去看看，不合适就算了。她并没有认为自己真的会租下一间酒店公寓。

公寓钥匙在酒店物管处，物管办公室的门关着，门上贴了张纸条，说临时有事离开一下。中介是个年轻小伙子，“要么我带你先看下户型，这间公寓同层都是一样的面积户型。若户型可以，咱们再等物业回来。”

中介叩开了一间房。一个穿白色薄睡袍的女人抱着胳膊，斜倚着门，年轻漂亮的外乡脸庞，房里有泡面和香水味，卧室隐约地放着音乐，被子半堆，仿佛还有体温残存——不止一个人的体温，这是个引人遐想的房间。

中介小伙子在这个漂亮的女人面前明显紧张起来，他笑着解释物业人员不在，他带客人来看下房型，“不好意思，打扰了。”白睡袍的女人表情缓和了点，“看嘛。”四川口音的她侧了下身，让他们进去。

吕美红迅速扫了眼房间，她看见左面靠墙有个带小水池的橱柜，柜面上搁了只电磁炉，可以做饭。进门处的过道两旁都嵌了柜子，应当有不小的储物空间。她匆匆扫了眼卫生间，居然有台小洗衣机。“这都是公寓标配的，”中介说，“这栋酒店式公寓设计时就结合了住家的需求。”

突然,她有些动心了。她本来只想来参观的。租金比她预算高了好几百。但她喜欢上了这里,房间的氛围与她之前租的那些小区的老房多么不同啊!那些有年头的小区老房子充满着陈味,她在里面住了三年,或者说,她住这样的房子其实已快三十年——她在老家的房子和这些房子差不多。一样充满油烟味,一样油污的排气扇,一样难看过时的家具。她当初不就是为了摆脱这个家才来上海的吗?

眼前这间酒店公寓和她住过的所有房子都不同,洁净、现代,正像她理想中的生活。既然是理想,她没想过要很快实现。她还不具备实现的条件,以她目前的收入。如果她足够理智,应当礼貌地告诉中介,她回去考虑下。考虑的结果是她会找出 N 个理由证明这套酒店式公寓并不适合她。

可她听见自己说:"我们去看下物业来人没有。"

房东是外地人,在这幢楼投资了三套公寓。不久前刚添二胎,忙乱得根本没空对付蔡小姐的不辞而别。中介说,蔡小姐之前租了一年,又续签一年,但离约定租期还有三个多月,她不见了,欠了一个月房租和两个月水电费。

房门打开,出现在吕美红面前的是一间凌乱至极的屋子,像搬家搬到一半的现场。到处扔着东西,橱柜门半开着。洗手池旁的垃圾桶塞满外卖盒,好在天气有些冷了,但还是散发出一股异味。

中介也是蔡小姐走后第一次带客人来,大概没想到这幅画面,抱歉地说:"到时房东应会出些保洁费,这间房收拾好,同刚才看的那间一样的。"又添了句,"街对过那个小区,有个单身女房客突然走掉,房东拖了十几车垃圾,听讲房里还有只死猫。"

吕美红没说话,她站在半开的橱柜前——里面胡乱塞了许多衣物,风衣、外套,她摸了摸一件黑色大衣,缩回了手。还有一摞鞋盒,她用脚轻轻碰了下。

“这些衣服可以请保洁一起处理的，送他们也行。”中介说。

“这屋子实在太乱了，你问问房东，房租多少？你把这里拍给他看下。”吕美红说，没什么表情，像在说与己无关的事。她推开窗，一株高大的法国梧桐在离窗不远处。这个城市最多的就是这种树，据说最早因种在法租界而得名。

中介联系了房东，把屋子照片用微信发了过去。房东回复说，如果今天能签掉合同，比之前的租金每月少一百，另外付两百的保洁费。

“这个蔡小姐是干什么的？”她问了句。

“不晓得，长得蛮漂亮，哦，好像在一个什么师范学音乐，听她提过一句。没想到屋子被弄得这样邋遢。”中介说，“我有次带客人来看房，碰见她和一个男人在路边等出租车。”

“是吗？她男朋友？”

“哪儿晓得，她们这种……”中介笑起来，暧昧而世故，“那天落雨，他们撑着伞，没看清男人啥样。”

她租下了这间房。在房东说的条件之外，她多争取了一周的打扫时间。起租日期在一周后，她换了锁。没找保洁。两百块可以在超市买一堆东西了。她做家务的能力不差。周六晚上，她把东西从亲戚家运了来。

周日全天，她都待在屋子里。她像面对重大考古挖掘现场般按捺着激动。满屋的凌乱，盥洗盆上有堆化妆品，几支半截口红，用了一半的洗面奶、粉底液、睫毛膏。在放电磁炉的那个矮柜里，还有锅碗。

她又一次站在了挂衣物的橱柜前。鞋盒里多是春夏单鞋，在橱柜角落，还有双黑靴子。积了灰，不过皮质不错，鞋码比她的脚大一码。没关系，垫双鞋垫就成。靴筒紧窄，蔡小姐应当有双细长的腿，不像她小腿肌肉发达——上高中时，她要骑半小时的单车到学校，车子是她母亲淘汰的，骑起来费劲。

她试了下靴子，拉链有些拉不上。她用了点劲，又试了次，拉链拉上了，但绷得小腿很难受。没事，多穿穿就绷开了，她穿着靴子站了起来。这个高度一下给了她某种支撑，高于生活的海拔。她的手拂动橱里的衣服，缓慢的，一种陌生的质感，因为曾沾着其他女人的体温而有些奇异。这是些好衣服，和她的衣服不一样的衣服。

她的衣服多是网购的，她费劲地从网上寻找那些性价比尽量高点的衣服，但这种概率并不大。“一分钱一分货”是永恒真理。有一些她自认为还行的衣服，和眼前这个衣柜里的衣服一比，立时显出高下。也许在房东或其他人眼里，这是堆需要花人力处理掉的垃圾，可对她来说，它们像天降的礼物。她几乎舍不得一下看完。

她庆幸是个男中介带她来看房，如果是女中介，面对这一橱柜衣服，一定会像她一样想占为己有吧。在决定租下这间房之前，她在脑子里迅速演算过一遍。是的，一年房租是超出了预算，可遍布房子的各种物品某种程度上弥补了——重要的是，她住进了一个崭新空间里。这个空间似乎通向一个新世界，一个真正与这城市接洽的世界。若没有这些衣物的怂恿，她进入不了这空间。

橱柜里的衣服拼凑出一个女人的身形：个子比她高，应当有一米六五左右，纤瘦，但胸不小，这从几个文胸的尺寸可看出，蔡小姐对蕾丝似乎有偏好，好几件衣服以及那几个文胸都镶着蕾丝。

这是个如中介所说的漂亮女人，留长波浪鬈发——某件大衣的肩膀处沾着这么根鬈发。对了，橱柜里竟然有顶短的金色假发。衣服上有香水味，盥洗台上有小半瓶香水正是这味道。馥郁的甜香，因为蔡小姐的不辞而别又散发出幽微的神秘力量。她轻轻喷了点，香水为空气赋予了一种新的内容。她取出一件绛红系带大衣套在身上，袖子长了点，其他挺合身。她在镜前打量，她从没尝试过这个颜色，这个颜色必需要好的质地才能撑住，否则就会俗气。轻软的羊毛裹着她，配上紧绷着小腿的黑靴子，镜中女人让她有些陌生。她浑身有些燥热，还没到穿呢大衣的季节。

这属于她的意外馈赠，她查看着它们。每查看一次，像重新发现一次并欣喜一次。洗手间盥洗台上有的瓶罐已干涸，有些还能用，包括半盒摔裂的安娜苏粉饼、卸妆水之类。她一样样仔细擦拭。这些高于她生活的物品，虽以残缺方式进入她的生活，可有什么关系呢？生活的本质就是残缺，所有的完整最后都会变成残缺。还能用才是最要紧的。

她洗完澡，躺在床上，时间已很晚，明天还要上班，但她又起来了，再看一眼，就一眼，她打开橱门，取出件麂皮绒的灰色的风衣。她曾想买件类似的风衣，在网上看了几圈，终于没买。要么质地差，要么价格高了。她摸了摸柔软的麂皮，就像那是只真正的可爱的麂子一样。套在身上，腰围紧了点。腰部有几条收腰的褶皱，拆掉就不紧了。她找出剪刀，边拆边有点做贼的感觉，她真的可以擅动这些衣服吗？蔡小姐万一回来了呢，也许她只是临时有事离开？她担心地问过中介，中介否认了这种可能："这种事我们碰多了，笃定不会回来，不然手机不会停机。"

中介的回答让她安心了些。是的，从种种迹象看，蔡小姐不会回来了。房里除了凌乱的衣服物品，其他都拿走了。她为何突然离开了呢？如此匆忙，甚至来不及把这些衣物打包。也可能蔡小姐本不打算要了，买新的比打包旧的更方便。

吕美红想起中介说的，"她们这种……"哪一种呢？物质的、虚靡的、冒险的、动荡的、不安分的，这些形容词似乎还不足以概括中介的口气，他的口气里也许还包含着更讥讽的内容。

她换上了一个蔡小姐的深紫色文胸，手感丝滑，她没有这样的内衣。她的内衣都很便宜，洗几次就变形了。当然，她和她的男友李工都不在意这件事,李工自己穿得更随便,他的衣服只要尺码合适,他都觉得可以。他也不在意她穿什么,在脱去她的衣服时,很少留心她的内衣,像那只是鳞,与鱼肉味道毫无干系。

周一她穿着那件麂皮绒灰色风衣，比往常早几分钟到了公司。这份工作是她来上海后的第二份工作,公司里女性多。来报到办理入职手续时,她带了几包老家特产红薯干,包装不大好看,有点乡镇风,味道却不错。第二天上班,她提前到办公室,发现昨天送同事的红薯干被胡乱丢在一个放废纸的小筐里。办公椅下的地上还有一包。那是女主管的位置。

那几包红薯干她吃了很久,每次吃,仿佛咀嚼一种难言的味道。她还是没舍得扔。

她沉默谨慎,埋头工作。没多久,听说有人说她这样拼,是想早点被提拔,和另一个女同事水果姐(她节食,经常只吃水果)争某个位置。

有次午饭,大家围坐桌边吃工作餐,水果姐说:“吕美红,你穿衣服还真是随性。你都在哪儿买衣服啊?”似笑非笑,像顺嘴一问。

她一窘,这天她穿的是件藏青色衬衫,早上出门后才发现有点褪色,想回去换又怕迟到了。水果姐这一问,使她意识到,自己的穿着可能早被同事议论过了。

这家公司女员工不少,她们议论明星、影视、婚育,还有衣服。如果谁穿了新款来,必定有一拨女同事围上来议论一番。水果姐是其中最热衷议论的,“衣服最要紧是质地好”,她常说这句,像强调一个亲自发明的真理。水果姐的衣服都不便宜,有老公做后盾。她自己是金山人,金山在上海西南远郊,但到底属于上海。老公其貌不扬,从湖北乡村考出,一路读到博士,在家外资公司工作。

“没钱只好随性，不像你有老公做后盾。我还能上哪儿买,网购。”吕美红目光看住水果姐，回答说。她答得平静——似乎从很早起，她就有了这么种应激模式。当遭到挑衅、挖苦甚或侮辱时，她的情绪首先转化成平静。

“你瘦，怎么穿都行。”水果姐笑着说了句，岔开了话题。

吕美红继续低头吃饭，她亮出了她的姿态，可以了。不必较真。她厌烦这种争斗，这种皮笑肉不笑的倾轧的办公室文化。这份工作待遇还行，她希望能稳定地干下去。

那时她还租住在老式小区，与人合租，下班回来，她躺在床上，疲惫极了。男友来电话，她说了几句就挂了。男友是她老乡，春节回家的火车上认识的，当时没想会与他有什么发展，只因是老乡(同在一个地级市，她家在市里，他家在下面乡镇)，又都在上海工作，留了联系方式。一来二去就谈了。男友是工科生，211 院校读的研，毕业后来沪。毕业时和单位谈的是研发岗，不过没写进合同。三个月试用期满转正，却被分到了工程岗，单位的工程岗频繁出差。她让他去找领导说，男友很为难，说工程部缺人，出差也有补贴，反正还没结婚，趁这几年多挣点。她不再说什么，觉得还没结婚，沉甸甸的担子已压了下来，压得人喘不过气。

男友，叫他李工吧，公司里都这么叫他，用度俭省。他很少给她买礼物，出去吃饭总是小馆子，先看价再点菜。再后来，他们很少吃馆子，买菜自己做。一开始去超市两人还有点不好意思买打折的，有了关系后，去超市就直奔打折区。通常晚上八点半之后去，这时的菜多有折扣。

她第一次和他约会，看他埋单时掏出的钱包都有点脱皮了，当时她心里一酸，简直想说，我来埋单吧。他的手机也是老款，屏幕摔裂了一条纹还在用着。她又有什么理由要求他不节省呢？城市生活不易，要花钱的地方还有大把等在后头呢。

李工很努力。他越努力，她越觉得吃力。

他们逛过几次商场，发现除了免费空调外，这是个自取其辱的消遣。差的她看不上，好点的折后也不便宜。有次她看中了一件连衣裙，修身，有质感，她看了下价格，不可能买的，但她很想试下。她说了尺码，让营业员拿来试下。从她和男友踏进店里的时候，营业员就不怎么热情，以她阅人无数的那双利眼可能已看出，她是不可能买下这条裙子的。

“这个码子没货了，你确定要的话，我可以从其他店调。”也许这是她们应付不买只试的顾客的回复。

“我试了才能确定要不要。”她的应激模式又开启了，她平静地对营业员说。

她回来难过了很久。如果她更骄傲一点，可以说：是的，我确定要，你调吧。但骄傲是要付出代价的。和钱比起来，她宁愿不要骄傲。

她有眼光，但是没有钱。她宁愿她没眼光，真正的“随性”。可她热爱衣物，因着曾经的重度匮乏而成为同样重度的执念。当年，她的高中英语老师是位优雅女人，中年离异，真丝控，把在外面兼课的课时费都变成了真丝。每到夏天，她穿着各式各样的真丝衣裙。有次她和班上女生说，真丝比爱情重要得多。每当她心情不好时，把一摞真丝衣物拿出欣赏，心情立时好多了。吕美红当时完全理解不了。毕业十年聚会，英语老师也来了，五十多岁仍清雅，据说她已再婚，丈夫是位画家。她穿着件普蓝真丝上衣，在灯下发出优裕从容的光泽。吕美红坐她身边，被她人与衣服辉映的光震惊了。那种光泽瞬间把席上时髦的女同学们盖过。像湖水，似天空，她不知该如何形容。她贪婪地盯着老师——这才是真正的美。衣人合一，互为匹配。有个流行词，“自带光环”，英语老师就是这样。

她的整个少女时代，却是光环的反义词“暗淡”。母亲在县卫生所工作，长年穿白色工作服，这为她极少买衣服提供了借口，她也不怎么给女儿买。吕美红一提要添衣，就会引来母亲喋喋不休。吕美红有限的衣服中多半是女性亲戚们淘汰的，高中时，表姐给了件暗红灯芯绒外套挺好看，只是一边肘部快磨破。吕美红剪了两块黑色圆布，用粗针脚的暗红明线缝上，旁人倒以为特意这么设计的。大概因为匮乏，她对衣服的心思绵延不绝，似乎要弥补从衣物中受到的伤害——她从没告诉母亲，中学阶段因穿得差，不仅被女生奚落，还在一次校运动会上被男生嘲笑。那次要求集体穿白衬衫黑裤子。她的白衬衫是父亲的旧衣改的，男式衬衫领；黑裤子短一截，吊在脚踝。

她不与母亲说，晓得说了也无用。她毕业后在老家上班几年，不顾家里反对，到上海找工作，就是想离了家。上海是个漂亮城市，有无数漂亮美物，虽不属于她，至少能看见——上海人说的“睇野眼”，也是好的。

从前她以为上班就好了，就能填平那些屈辱。然而发现自己太天真，上班后没什么改变，她仍黯淡。工资除去房租、日常开支，余不下什么，逢年过节还要发红包给父母。找男友后，经济也没改善。

春节前，她偶然知道有些同事发了年终奖，比如水果姐。她没有。她有点诧异。鼓足勇气再三，去问主管。比她大不了几岁的女主管答：这奖金是去年春节前入职的员工才有。你是去年春节后一个月入职的，所以没有。

听上去合情合理的解释让她只能说“哦”。应激模式瘫痪中。女主管比她更平静。可回头想，怎么也不对，她在公司工作了近一年，扣掉春节后那一个月，也该有十一个月的吧？哪有因为一个月，就把另十一个月抹掉的呢？她没再去问，知道女主管一定会给出另外“合情合理”的解释。

来沪七年的女主管聪明精干，对着她，好像人是不能有质疑权的。

水果姐和女主管关系好，公司里谁都知道，两人周末常约逛街吃饭，购买力也相当——别小看这个，这是划分类与群的重要参照。她倒也习惯了独来独往，在小城市，这或许是孤独。在大城市，这是自由。租了公寓后，她下班后迫不及待地回去，二十七平方米的公寓，面积正好和她年龄一样。空间虽小，但有着与这城市迷人的那部分完全同质的空气。

超出房租预算的部分她精打细算地计划，生活压缩到最简。

她告诉李工换了租房。“多少钱？”他问。她知道他第一句会这么问。她告诉他了。他没说什么，但她感觉到电话那头他情绪的变化。觉得贵了，当然，如果不是那些衣物以及物品，她也觉得贵。

李工住公司提供的宿舍，在青浦那边。双人间，满屋子的烟味、臭袜子味，她去过一次就再也不去了。

房间归整得差不多，蔡小姐留下的东西，她又在床下找出了个黑色手包，银色搭扣。夹层里有几枚硬币和一张快递寄件单，上面的字迹模糊了，大致看出收件地址是江西某地。包内还有串檀珠和一面化妆镜，一本妇保病历，写了小半本，字迹潦草，只看得出患者二十七岁——与她同龄，名字并不姓蔡。或许用的假名？最后一页的就诊时间在两个月前。

她还在搁电磁炉的柜子下发现六七只玻璃杯，每只杯子底部都贴着标签，用圆珠笔写着周姐、姐夫、大头、马莉、老K。蔡小姐的牌友？在床头和墙之间，掉了一本小台历。在一些日子上用笔画了圈。来大姨妈？排卵期？吕美红自己也曾在台历上这么画过。

那进门处的柜子，即使再想拖延这快乐，衣服也看完了。蔡小姐眼光不错，衣款都还简洁，这正符合吕美红。时髦的往往是廉价的，这是她在网购生涯中逐渐强化的美学观。

她在那件绛红大衣口袋里摸到一个小玩意儿，金属的叶子小挂件，连着半截断绳。叶子有点卷曲的造型，像被风吹过。她注视这枚叶子，像注视它背后藏着的某个秘密。她还从柜子上面找出一床空调被和四件套床品。

这一柜衣物要多少钱呢？一只文胸也许就贵过她的外套。

她在大一时，曾为买件新衣一个星期早餐吃稀饭馒头，中午和晚上吃方便面。那是她第一次拥有生活费，她毫不犹豫地把其中一部分作为置装费。她在校门口的小商业街上买了双黑色丁字皮鞋，准确说，不是皮是革。不到两个月，鞋面开裂。她去找老板，那个染着黄头发的胖女人比她更惊讶："就这价钱，不穿两个月，你想穿两年？"她把鞋扔进垃圾桶，回学校了。大二暑假，她买了双真正的皮鞋。商店打折的坡跟黑皮鞋，皮质不错，式样老气。她买了一包玻璃碎钻，用 502 胶一颗颗粘上，鞋子好看多了。这双鞋她穿到毕业。

这些毕竟是小打小闹的改造。她无法把化纤面料改造成羊毛或真丝，无法把平庸的式样改造成品牌的设计感。也就是说，她不能从本质上改变衣物，以及自己的人生。那如何才能从本质上改变人生呢？她也迷惘。大学时她读《包法利夫人》，对这个女人充满同情。哪怕世人都觉得她爱慕虚荣死得活该，可她理解她，像理解某个表姐或堂妹。

而她不可能成为包法利夫人。她没有她的美貌也没她的任性。她小心翼翼，按部就班。安全第一，这是她的信条。父母训诫多年后的塑造结果。她弟弟从训诫中走向了反面。高中就抽烟早恋，还偷同学的钱，因为想买新款手机。这几年因为去了当地亲戚开的公司帮忙，算转回些正道。

她的安全信条偶尔会迷失在当年英语老师身上重磅真丝闪动的光芒中——"你值得拥有"，拿什么拥有呢？曾经，她的初中同桌鼓动她去深圳，说给她介绍男友。同桌早年嫁去深圳，丈夫开厂，大她一轮还多。年年春节开车回家，街坊围着看那辆红色豪车。

吕美红去了趟深圳玩。同桌接待的，席上有个男人，她丈夫的生意伙伴，表情严肃，男人有条腿是假肢，出过车祸。女同桌没瞒她，说穿上裤子完全看不出，也不影响功能。说男人对她印象挺好，让她考虑下。

她没考虑，她无法想象只为了钱和一个男人生活。李工至少有壮实的身体，至少在某些时刻，能为她完整地使用，或完整地使用她。

钱可以慢慢赚，她对自己说。虽然这个慢，的确有些慢。仅凭她的收入买那些她想要的衣服，就颇为遥远。突然出现的蔡小姐的衣物，使这个慢变得更慢起来。有一天买得起时，是不是已来不及穿了？

第一阵寒潮来时，她穿上蔡小姐的黑大衣，就是那件她当初看房时，第一眼看到的黑色羊绒大衣。袖子长了些，卷了一圈上去，不影响什么。内搭是柜子里找出的橘色堆领羊毛衫，袖子上有个洞，像烟头烫的，她织补好了。她系上大衣腰带，穿上那双过分紧绷的靴子。打开房门去上班时，浑身一阵紧张。她很怕迎面碰上突然回来的蔡小姐，冷冷地盯着她问，“你是谁？你怎么穿我的衣服？”她甚至有几次做梦，梦见一通敲门声。一开门，一个漂亮女人站在门口，是蔡小姐。

她对自己说不可能的，蔡小姐还欠着房租和水电呢，不可能回来的。可她还像做贼一样，匆匆进了电梯。有次她在电梯里碰见那位看房时的四川口音女子，吕美红正想冲她笑下，她已在低头看手机，她压根儿不认识她了。

她希望同事们注意到她的衣着，又希望她们不要注意到。还是注意到了。午饭时，有位实习的姑娘直接表达了对她大衣的赞美，再是女主管，飞快把她从头到脚扫了眼。这一眼，她知道等同实习姑娘的赞美。

因为蔡小姐的衣物，在女同事们的眼里，她也许没那么廉价或随性了。这是她从她们的眼光中读出的。那眼光中包含了点惊讶，似是对她这个人的重新界定与认识。她甚至希望公司开展一次洗浴活动什么的，好把带蕾丝边的文胸露给她们看。但她现在只能露给男友李工看。

周日，李工结束一个工程出差回来。他和吕美红约好来她公寓一起吃晚饭。吕美红中午做好了几个菜，又找出那床四件套换上，酒红色丝质面料，吕美红躺上去，小心翼翼地放平身体，像躺在别人的床上。身体适应了那种丝滑后，她深吸了口气，这是多么美妙的感受啊，如在月光里，在湖水中，她的皮肤贪婪地触及那丝滑。她突然坐了起来——她发现脚底干燥地摩擦着床单。

她想起蔡小姐留在洗手间的精油和磨砂盐。她去洗了澡，用精油按摩了身体，再用磨砂盐去了下脚的角质，厚厚地给脚底涂了些乳液。她重躺上去，伸腿，没有那种摩擦到床单的感觉了。皮肤与床单融为一体，她感觉到自己的清新与美好，是的，她几乎从不会把这词用到自己身上。但此刻，她觉得了，她在美好中睡着了，以致李工打她的电话才醒。窗外不知何时天已暗下。

李工带了两个卤菜来，咸且辣，有一个是他最喜欢吃的肥肠。他老家在地处湿热的江南丘陵山区，从小吃惯咸辣，还有腌腊食物。她说过几次，这习惯不好，可他改不了，她也就不说了。

卤菜味道迅速把她之前涂的精油味道盖掉，她皱了下眉，不过李工没注意，他的注意力都在这间房上。

"怎么好好的想到换房？"李工问。

"早想换，和人合租太难受了。"

"房子不错，除了贵，没啥毛病。"李工努力地想要开个玩笑，不过他的样子一点都没开玩笑的轻松。

"听说这房东在这幢楼有三套公寓。"她说。

"有钱人多了。"他搛了一筷子卤菜。

“前面这个房客留了不少东西，衣服啥的。”她想想，还是说了。

“我刚来上海，租了个七楼半的房间。前个房客竟然在房间放了各种应急备灾背包，还储存了很多水、压缩干粮、药品和工具之类，就差挖出个防空洞了。”李工并没在意她说的“衣服”。她倒是注意到他的衣服，普通黑夹克，拼了个咖色领子，衬得他肤色有点暗。

他们这次有十天没见面了，饭后他匆忙洗碗——他的匆忙她知道是什么意思，她把床又整理了下，不知为何，她有点紧张。

他急促地脱光自己和她，用他惯常如公式的那几个前奏姿势。他吻她的脸、脖子，像刚才吃卤菜的急不可待。她闻到他嘴里和身上的卤大肠味。她突然有点反胃。他没洗澡就上床了，他的理论是做完再洗，省得洗两回。她反对过，有时有效，有时无效，看他当时的急切程度。

但这次，她坚定地说，你去洗洗吧。卤大肠味把她预设的某种与丝滑床品联系在一起的氛围全然破坏了。仪式感，她生活里少有可以支持仪式感的物品。比如这床床品，它的光滑是为清洁的身体和气味准备的。

“待会儿吧。”李工的呼吸声越发粗重，动作也大起来。她听见什么东西粗糙地摩擦床单的声音。是他的脚，不停在床单上划拉着。

“去洗洗吧，涂点东西。”她推开他起身从床头柜拿过瓶护手霜。

“干啥？”

“这床单新的，面料容易勾丝，都被你划毛了。”

李工没吭声。几秒后，他起身了，套上衣裤，脸色难看。她听见门打开然后被重重撞上的声音。李工走了。

她没想到他反应这么大。不过是叫他洗洗，有错吗？不该注意下个人卫生吗？妇科炎症多麻烦，她的医保关系还在老家，看个病既麻烦又费钱。他有什么好气呢？他平时不是挺爱惜东西，为什么不能爱惜下这床床单。

她打开窗子,透透房里的味儿——那股卤大肠味。从窗口望去,灯火密集。她想到李工离开时的脸色。他是个敏感的人,起初认识他时,看他不修边幅的样子,她以为他大大咧咧,后来发现不是这样。

他有次和她说,项目组派了两个女财会人员做审计,有空就在那聊购买经。两人家境都不错,聊的都是不便宜的牌子,他听得烦,和她俩说:"喏,我这从头到脚一身不到两百块,挺好。商家就是抓住顾客爱牌子的心理,价格太虚高了。"

那两个女人听了说,李工真会过日子,你太太有福了。"那以后,她俩就不怎么当我面聊购物了。"他说,像是自己成功而及时地制止了一场炫富。

吕美红没说什么,心里想的却是,他当那两个女同事炫富,他呢,是炫穷。炫穷比炫富更糟,况且人家只是正常聊,并没炫。她们谈论的只是消费力与购买习惯范围内的事物,就像大妈们谈论买菜一样。是他敏感了,他把自己从头到脚不到两百块的衣物作为一种不虚荣的"美德"展示,使这身衣物绕过了物质的领域去向了另个领域。他把"穷"抬到了一个高度,使后面连着一个词"干净"。穷而干净,继而产生美德的自信。多可笑啊,她仿佛看到他在两个衣饰精致的女人面前炫耀他"不到两百块"的一身——不用看都知道,那是多平庸的一身,从材质到款式。这身衣服只是能穿,根本不承担审美之责。

好牌子里包含的面料、设计、做工等等都是它贵的理由,他理解不了,也不欲理解。那两个女人,以与衣饰配伍的涵养回答得体,"李工真会过日子,你太太有福了。"——他以为他战胜了她们的炫富,实际上,是她们轻易击败了他的炫穷。

她一觉出她在怜悯他,就想赶紧逃开。或许她没资格怜悯他,她的处境不比他好,某种程度,他晋职加薪的机会比她还大,可她还是怜悯他。她怜悯他的同时也顺带怜悯自己,因着她和这个她怜悯的男人有肉体关系。

电影《北京遇上西雅图》里，女主人公文佳佳说，钱没有意义。是的，钱是没意义，当老志又飞去和妻儿团聚，她守着空房时，钱是没意义。但转身穿上体面衣服出门，想买什么而不必再三算计时，钱还是有意义的，且意义重大。她偶尔会想起那个女同桌介绍的男人，那个有假肢的男人，当时她的拒绝真的是种明智选择？她不知道该不该为自己有这个念头而羞愧。

"你以为大城市那么好待？这次机会难得，你叔的朋友是单位二把手，只要进了面试基本没问题。"她母亲发来微信，说老家有个单位准备招人，稳定。

她对那个单位没兴趣，或说对老家没兴趣，其中的"稳定"也如同一件令人乏味的衣服。上海之于老家就像个超现实世界，连超市也不同——她租的这个酒店公寓旁有家超市，有不少进口商品。每周五晚上有促销，她固定周五去，挑些打折品，这家超市与公寓如此协调——散发着城市之光，精细的，优渥的。它们吸引她，召唤她，令她生出无限依恋。明亮的灯光，锃亮的货架，还有店内的顾客。有次排在她前面的是个中年女人，买了满筐商品，大概是每周一次的集中采购。她一件件取出。手指白皙，指甲泛着定期护理的光泽。盒装的蓝莓、凤梨、巧克力、奶酪、坚果，印着日文的沐浴液、洗发水、柚子醋调味汁——她之前在货架上也看到，小小一瓶，价格感人，贴着中文标签。柚子醋用来干吗的，拌沙拉？她站在女人身后。女人背影修长，真丝印花长裙，微曲短发修剪有形。女人手中拿着一把名车钥匙。

她希望有一天自己能成为这个女人，过另一种生活，一种和一直以来她过惯的生活不一样的生活。像孩子对糖的渴念。尽管看上去遥不可及——就连这间公寓，超出她预算的公寓，一年后还会不会续租都不确定。

一场秋雨后转凉,她上下班路上都围着条蓝黑格子围巾,蔡小姐留下的。成分是真丝和亚麻,质地柔软。这是蔡小姐的,还是某位男士的?杯子下面贴着的大头或老 K?

吕美红人生里的男人屈指可数。在和李工前,和一个男人有过短暂的一段。某个饭局上认识的,男人说是做投资的,当时他穿了件合体的深蓝色西服,整晚她都在注意那件面料泛点微光的西服。在那件西服的推动下,发生了一些事。然后她知道他是银行业务员,主要工作是推销信用卡。有次他把她拉进了一个客户群。他在群内很活跃。越活跃,越显出他整个人像鲁莽的青春期尚未过去。

这段结束后,有次在返家火车上,当她听身边的李工和一个同事聊什么"一体化勘探开发机理"时生出钦佩。对衣服的虚荣,具体说,一件深蓝色西服令她犯了愚蠢的错误,她为此羞愧。外表朴实的李工像是命运给她一次纠正错误的机会。

她连朋友圈都很少看了。看得越多,越不认识朋友。她在网上看那些时尚帖子,有吸毒般的快感。她关注了不少时尚达人的微博,还花几块钱围观过一个时尚博主的微博问答——有人问怎样才能用不多的钱穿得看去高级点。博主答:最好的方式就是少而精,买个好点的深色真皮包,冬天备条质感好的羊毛连衣裙和围巾,指甲修圆,头发理顺,该脱毛脱毛,投资瓶好香水往衣柜里定期喷点。要是买不起好的设计款,就挑款式简洁的,不要城乡杀马特全身铆钉吊坠啥的……

没多少新意的回答正好证明"显得高级点"有着约定俗成的规律。这个问题有数百人围观,为什么都想显得高级点呢?"先敬罗衣后敬人",衣服仅仅是面料的连缀吗?仅仅只是蔽体御寒吗?不!它是符号,是标签,某种程度也是命运与道路。现实就是如此。吕美红领受过。自从她穿蔡小姐的衣服后,她能感觉到眼光落在衣服上折射后的态度。连公寓门口开便利店的阿姨也热情些，“今朝侬这件大衣蛮好看咯！”又转头和店员同事说，“现在好多人乱穿衣服的，哪像我们那时，三清四落才挺括。”

当然还有同事包括女主管，待她似乎都有了点变化。非显性的，但她能感觉出那种微妙。有次物业打电话给她，说邮递员通知邮箱满了，让她清理下。同事听到，问：“你租哪里，物业服务蛮好嘛。”

她说出公寓名字。

“不错嘛！比我租的房好多了。”同事说。她一笑，表示认可。她喜欢这间公寓，还有窗外那棵枝繁叶茂的法桐。她买了个不错的木质小音箱，如果在以前的租房，她是不会买这价位的音箱的，但这间公寓让她毫不犹豫地买了。它搁在电脑旁，流出各种旋律。她又一次感到美好的降临。她想起在哪本杂志上看过一位设计大师说，“‘自己’这个东西是看不见的，撞的一些别的什么，反弹回来，才会了解‘自己’。所以，跟很强的东西、水准很高的东西相碰撞，然后才知道‘自己’是什么。”

她当时看了好几遍，没怎么懂。忽然此刻理解了，譬如她与这间公寓以及蔡小姐留下的物件的碰撞，使她发现了一个新的自己，或说对一个新我的渴望。

下班她去清理邮箱。现在谁还写信呢，水电煤她都凭户号在便利店交费。打开邮箱，果真满了。多是水电煤缴费单，几封像广告促销的信，还有几张明信片。她抱了一摞回房。明信片一张是广东寄来的，一张是来自云南一个小城，落款是潦草的一个字母“H”。一张写着“一切可好？”另一张有铁轨图案的明信片上写着“总会过去的……”收件人写着这间公寓的地址门牌，没写姓名。从日期来看，是蔡小姐租房子时寄来的。

“当一艘船沉入海底，当一个人成了谜，你不知道，他们为何离去……”电脑音箱传出歌声，她把明信片搁进抽屉，也许蔡小姐哪天会来呢。这两张明信片上的话，虽然短，但都真心。这能看出来。真心多难啊。她不能扔掉，得保管到她不租这公寓为止。

外头正下雨，她烧开水，泡麦片粥。在等水好时，她站在窗边看那株法桐，雨更大了，枝干在雨中晃动。她记得到上海的第一天，清早的火车站外也是下雨，她拉着笨重的行李箱在街上走，想找一个公交站，雨越下越大，她只好在天桥底下避雨。那时她最想的就是找个干燥的地方，属于自己的，有杯热水和食物。现在不仅有了这一些，还多了一株法桐。

李工在那次愤然走后，一直没联系。她也有点赌气，没和他联系。有天下班，接到他电话，说他妈周六到，一起吃个饭。

“我妈不愿在外吃，要么去你那儿做吧？”李工说，我妈这半年身体都不大好，我想带她做个检查。

李工没说具体哪儿不好，但语气中透出沉重。也许这是他主动打电话给她的原因。她没见过他妈，去年春节本来说去他家，她外婆当时病危，她哪儿也没去。

周六中午晚一点李工和他妈才到，她中间打电话问，李工说在地铁上，他妈不肯坐出租车，晕车。

李工的母亲瘦小，见着她十分客气。给她带了土特产，又硬塞一个信封在她手中，她推拒，李工说，收着吧，这是我们那儿的礼数。嚷着说饿，自去盛饭，像在自家——多少有些夸张的，大概想向母亲确定自己和吕美红的关系。

李工母亲吃得少，说胃不好，吃不了什么。吕美红去盛碗萝卜排骨汤递给李工母亲，老人慌慌站起接过，直说自己来。吕美红看她瘦削的样子，心里有点发酸。

饭后李工抢着洗碗，让吕美红陪母亲到楼下转转，聊聊天。

李工母亲让她多担待儿子的脾性，“保平这孩子心好，就是和他爸一样急性子。有时牛脾气上来,你别往心里去。”又说,“你们都不容易,在这么大个地方,啥都靠自己,家里也帮不上,你们相互多照应。等有了娃,我带上几年,也算帮上一把。”

保平是李工的大名。吕美红听着“有了娃”心里茫然。昨天她母亲又在微信上劝她回去。还说,若是小李也肯一起回,说明他是真心对你,我和你爸就不再反对你们的事。之前,家里对她和李工的事是反对的。

她没和李工说,她自己都不愿意的选择,李工会愿意吗?好不容易在这个城市奋斗几年,虽说还一无所有,毕竟站住脚了。她喜欢这间公寓,还有窗外的法桐——这种树有种天生的气派,即使长在再下只角的地方也是气派的。她住的这一带,虹口区的某条路,据说算中只角。下只角呢,本地人专指闸北、南市等苏北人集中居住的地方。上海有名的《七十二家房客》,说的就是下只角的二房东们,把房子横七竖八地划分成小间,还搭建小阁楼。她去过闸北,那里也有不少法桐树,路过一个小菜场,她在门口摊档买了盒熏鱼。塞了块在嘴里,鱼还是热的,脚边是烂菜叶和泡沫餐盒。她喜欢这里。

她喜欢这座深阔的城。喜欢碰撞之后发现的那个“自己”,喜欢蔡小姐留下的那些东西,那些高于她生活的物件,有时她甚至有奇怪的感觉——当喷过蔡小姐留下的香水,搽上玫瑰气味的身体乳,穿上蔡小姐留下的外套和靴子,再用盥洗台上那些口红中的某支涂过嘴唇后,她觉得自己部分地变作了蔡小姐。

李工母亲检查结果出来了,胃癌,中期。医生建议手术,术后配合放化疗。李工骗母亲说是早期,没事,做个手术就好了。他母亲说回老家做,李工坚持在上海做,去联系了医院。床位要排到年后。

吕美红对李工像有了新认识,她原以为他会同意母亲回老家做手术。毕竟在上海做,花费更大。

李工母亲回老家前，她下班后去李工那儿看她。天又更冷了一层，头天下了今年第一场雪。老人直说她这么忙不用来的，又怪自己得病，“可把保平累着了。”

李工在厨房手忙脚乱地煮汤，瘦了一圈，胡子拉碴。接下来，他母亲的这病对他和整个家庭都将是严峻考验，精神的，还有物质的。她没留下来吃晚饭，说吃过了。回去，出地铁的路边，她买了块烤红薯，回去再冲杯麦片就是晚饭了。她捧着那块热红薯，快走到公寓时，抬头，残雪挂在梧桐树枝头，街道像一幅木版画。一个女人从二楼窗口探头叫女儿，“冷煞了，添件绒线衫！”十四五岁的女儿头也不回走掉了，大概去补习，拎着补习袋，单薄的黑卫衣下是一条蓬蓬的绿纱裙。

春节回去，她走了几家亲戚，和高中同学聚了个会，多是问她啥时结婚，啥时买房，啥时生娃。这几个问题如通用货币，出现在任何场合。她含糊带过，如百无聊赖的异乡人一心等着返程。年初四，父亲和邻居因为一点小事发生口角，最后拉扯动起手，母亲冲过去，拦在父亲身前。邻居是个急脾气，母亲怕伤着父亲。而父亲又企图挡在母亲身前，最后，仨人之间的冲突变成了父母之间的拉锯战。可之后父母关系并没变得更好。她宁愿他们没有那场拉锯战。

父母和她的主要话题还是劝她回来，让她想清楚，在外头再待个十年又能怎样，还是买不起房。她想起同学在聚会上和她算的账，你和男友的收入，除掉吃喝交通，得存多久能买一套二手房？首付基本上得四成才能从银行批到贷款。四成的钱在本地可以买一套很不错的新房了！同学在银行上班，算账是专业。可她并不完全认同这个账。有一间属于自己的房子是很重要，但生活本身以及在哪里生活，每一天，每一分，每一秒，比房子更重要。

算完账的同学接着开始聊股票基金，又说起某个女同学的离异，“她现在找的这个比她小好几岁呢！”一桌人笑起来，像“小好几岁”充满复杂意味。她有点透不过气，想起看过的小说里的一句话，大意是：当她形只影单时，她是孤独的；而当她和这些人在一起时，她孤独得甚至没有了孤独。她真是不喜欢老家聒噪的空气，还有陈旧的道德。

她想到李工，他回老家可能也不适应了吧？如果不是他母亲，估计他也急着回？他母亲的病，得花多少钱呢？这个钱某种程度也许直接影响着李工和她在上海的生活——如果他们还能继续的话。

没想到，次日晚，她收到李工的信息，说有件事和她说。他考虑了好一阵，准备回老家工作。年前已同市里的一家单位谈过了，对方同意给一个福利购集资房名额。“两房两厅，带装修，在市里的新区。上班后交了房款就能入住，我准备把我妈接来……她的病，没准拖不了多久，我不想让自己后悔。”

李工父亲去世早，他兄妹几个是李工母亲拉扯大的。吕美红一时不知如何回复。李工并没劝她一起回老家，是等她自己做选择？或是已觉得他们不合适，正好就此散了？

她接到他的信息时，正在新区一家娱乐城和同学唱歌。她本不想去，但其中有个男同学，高中时她曾喜欢过他。每次运动会有他的长跑项目，她喊加油都把嗓子喊哑。几年没见，她见他的第一眼，觉得今晚不该来的。他完全没了过去在她眼中的光彩，普通得有些乏味。

“上海到底不一样。”他说她。很高级的赞美了。她一笑。她穿着蔡小姐那件绛红色大衣，黑靴子。这衣服使她觉得与周围的睽隔。有人给她杯子倒上啤酒，她坐在沙发靠门处，腿上搁着蔡小姐那只银色搭扣的黑包，像随时准备抬脚走。她环抱着手臂，指尖触着大衣柔软面料，好面料令人上瘾。穿过好的，就难忍受不好的了。“好”是爱情，是高潮。好与不好是这样分明。难怪那么多人用好的身体、好的年纪去换好的物。蔡小姐是这种吗？她不知道。

包厢内歌声喧嚣，不时有人把自己点的歌“优先”，她点的不知沉哪儿去了。她本也不想唱，不想说——大分贝的歌声里，说话像喊。她找了个借口先走了，趁那个男同学上洗手间时，她怕他要送她，刚才从他看她的眼神里，不是没这个可能。

来时下了点雨，现在又大了点。她在路边撑着伞等出租车，冷得有点哆嗦。这身衣服适合室内。靴子箍得腿有些发木，她跺了跺脚，想起中介那次说碰见蔡小姐和一个男人打车。不知为什么，她脑海里常会掠过蔡小姐，是因为穿着她的衣服吗？似乎气息令她们有了一种联结。蔡小姐成了一个多少与她有关的熟人。她既是抽象的——只有中介说的“蛮漂亮”，又是具象的，有气味和尺码。

举伞的袖口散发隐约的香水味，这是蔡小姐的气味，城市的气味，繁华与动荡的气味。她想念那间公寓和窗外的法桐，雨打在树上的声响。有若干次，她站在窗边凝视夜色中的法桐，像注视一个还没醒来便已开始怀念的梦。若不是住进了这间公寓，若蔡小姐没留下那些质地优良的锦衣，兴许她会在脚下这个地方待得更久，谁知道呢。但一切不同了。是在哪里看过一句话，见过飞翔，就不能再忍受匍匐。她不知道自己能不能飞起，但她被一种隐约的东西怂恿着，鼓动着。她一只手插进衣兜，触到一个东西，是那枚金属的叶子小挂件。她在掌心握紧它，像握紧某种凭持。

【作者简介】陈蔚文，1974 年 7 月生，刊发小说及散文随笔数百万字，作品见于《人民文学》《十月》《天涯》《小说月报》等刊，作品被收录于多种国家级年度选本及中高考教辅。曾获“省政府特殊津贴专家”“百千万工程人才”等称号。中篇小说《锦衣》入选由中国小说学会主办的“2020 年度中国小说排行榜”。中篇小说《这一年》获《北京文学》2020 年度优秀作品奖。曾获人民文学散文新人奖、林语堂散文奖等。出版小说集《雨水正白》，散文集《若有光》《见字如晤》《未有期》《叠印》等十余本，另有合集多本。

中篇小说

ongpianxiaoshuo

或有故事曾经发生

○鲁　敏

第零天

1.一定要干好。

这是我能碰到的最好素材,我能感受到它曾经如何沸腾以及冷凝后的样貌,不,直到此刻它还在咕噜噜地持续发酵中。尽管乍一看显得有些干巴:某郊区别墅,未婚女孩烧炭自杀了,这是她生父李先生及其现同居女友的住处。发现人是小区杨姓保安。屋里留了纸条,说明跟任何人没有关系。

我喜欢这种遮遮掩掩的粗料,像缠裹了十八层油纸,相信我,每一层都会抖落出点不为人知的货色来,越接近里层,则越鲜美,尤其是最终那个核。也别指望"嘣"一声爆炸或者爆出粉色花瓣儿,这不是好莱坞或综艺节目,这是真正的人世间,明白吗?核里面只有:真相,赤裸无邪,第一次进入世人之眼——经由我的剥取和发现。

想得美,嗯,总得想得美一些吧,这些年我主要就靠这活着了。跑深度调查也五年多了,从没跟邪恶壮美的"十万+"发生过关联,但咱也没傻干,每天都深捋各平台头条和热搜,嚼碎了吐出来再……咽回去,咽下不得意之气。真的,要能碰到合适的"料",

我准也会喷射出炙热如岩浆的“十万+”，哈，这当今的度量衡与硬通货，庶几等同于古代中之状元（热度一昼夜）、榜眼（热度小半天）与探花（热度三小时）。探花就行，我不会痴心妄想到更久，那不符合现世的节奏和规则，它像月光下的潮汐，偶尔以雪白的浪花高高托举，更多是没头没脸地冲刷抽打——抽打日久，我胸膛中的所谓一片冰心，已生出千万裂纹。再这样无声无息地耗着，真他妈不如去死。

2.出门去见杨保安。下了楼，又折回去，把绿皮书塞进了包里，好歹忍住亲吻下书皮的冲动。是，得带着它，这有点小迷信，可迷信常常挺贴心的不是吗？今早，我起不了床，就从七点半直挨到七点三十八分。这挨出来的“八”分钟就是个好兆头，会保佑这第一个外围采访开张大吉。

地铁挤得背包都嵌入了我的身体，更能感到绿皮书“硬硬的，还在”，虽然它已被我翻得烂乎乎的了。“绿皮书”是我给它的昵称，因它皮子是绿色儿的，一本非虚构写作教材，普林斯顿大学专用，作者姓麦克菲，这位麦老师长期为《纽约客》撰稿，长达五十多年。五十多年啊，等于说我老爹还是光屁股猴儿的时候，麦老师就写上了，绝对祖师爷，带出了一代又一代的徒子徒孙徒重孙，包括我的偶像海斯勒，写《寻路中国》的……虽然我跟他们尚扯不上师徒爷孙之伦，却也无妨我自投宗派吧。这次，我就想绝对地去按照麦老师的教程来写，说不定将来能投稿给《纽约客》呢，为什么不？得“想得美”一点！

我在地铁里无声微笑，嘴巴合上时，被前面一个女人突然撩起的黄头发给塞了满嘴。推不开，只好连着口水轻轻吐出来。这没有影响我的好心情，差不多正是带着这顽皮的自信，我与杨保安接上头了。

寒暄中，一边紧密观察杨保安的相貌，他所在值班室的陈设，桌上的摆放、墙上的挂件。并提醒自己始终保持这样的习惯，必要的话用手机拍下来。照绿皮书的说法，最好能有一个绝妙到出格的比喻来形容某人的外貌：“一把神圣到不可言说的胡须”。对场景的复述要像悬疑片里的特写镜头，“墙上挂着一把古铜镜，灰尘隐约像一行字母”。

蒙对了杨保安的老家，并说我研究生宿舍的邻铺跟他是一个县的。杨保安嘴巴咧开了，接过我让的烟，“我们那里的娃，一是考研究生厉害，二是考公务员厉害。我儿子就考到深圳了嘛，我老婆抬脚跟着就去了。你猜她去干吗？踩缝纫做织补。你都想不到，妈的改一对牛仔裤脚，十五元。补一个毛衣洞，小指甲盖大，要九十元。还有换拉链，带衬的是三十五元，不带衬妈的也要二十元呢。”精确地报出一堆数字，好像我是来收集深圳织补行情的。我设法拉回，“这么说老杨，你那天是第一个进门去的？”

“本不该我下午班，给换的。下午班最无聊，只能打瞌睡。夜班……也是打瞌睡。我讨厌总打瞌睡，你猜我怎么打发时间？”咕咚一口茶，茶杯巨大，丑、脏。他瞪起眼，一脸期待。

“……还真猜不出。”我理理包，间接碰了下绿皮书。所有的时间都不会是浪费。这是谁说的，还是我这会儿的自我安慰？

“打死你也猜不出。亲娘都猜不出。”把笑声放出来，没有咽下去的茶水在黄牙齿上结成小气泡，“这个，你瞅这个。”他划拉下手机伸过来。是百词斩。“看，我都连续背了四百二十七天了！”

“哟！厉害！”他满意我这个态度，吸一口气，又要开头。我忙截住，“可那天就没法背了吧，现场一定很乱？”

“当然背！我天天打卡啊，有次拉肚子两天没正经吃饭我都背了。连续四百二十七天，从没停过。”停下，再次用激动的眼神盯我。

我把衣领松开透气，“您这是要出国旅行？还是说这小区里外国人多？”

挠到痒痒处了，他极享受地摇头，“纯粹就是打发时间，看大门实在太无聊了。每晚我发一个打卡图给老婆，表示我这边都妥妥的。她呢，就说说她白天的织补。比方昨天，给条皮裙子换搭襻，得多少钱？你使劲猜！”拧开茶杯盖子，举着。

要没什么事儿，我还挺乐意这么听他聊的，还真不知织补有这么好的行情。我有条裤子，裤腿毛了边，能改成一条中裤也不错。那是我为第一次约会特意买的，随即想到那些先后离去的女孩，心里涌起奋战之力，“这么说，您是背完单词以后去的现场？是自动报警器响了？”

杨保安愣了一下，呼地把盖子扣上，“那破玩意儿，估计早都不灵光了。是楼上邻居下来遛狗嘛，狗叫得厉害，死拖不走……”他皱了下眉头，晃晃茶水，“一百二十元，小铜搭襻才几个钱，净赚一百元，比我这强多了。我现在都有点信她了，真能替儿子攒上首付！”

坚持我的话题，“不是别墅嘛，楼上有邻居？”

见杨保安之前，我在小区转了几圈。大半是普通公寓，只有临近紫金山的那一侧，有十来幢别墅，户户可以推窗见山，它们大多门窗紧闭，窗帘垂挂，富贵而沉寂。我停在一排冬青树前张望，企图从空气中嗅出某种异样。没有，死神有如一阵惊风。我看看并不摇动的树枝，莫名心慌。

“要别墅的话，那死翘翘几天了都不会发现啊。外头都是瞎传，就普通两居。”

那不能用“别墅命案”做题了，确实也太俗气。我递上第三根烟，“那您当时一进去……”

“味儿太呛了，吃不消。那丫头脸色倒红红的，细瞧不对，就打110，看大门就是看大门，可别多事儿。”他突然换成秘密的口气，

“这半个月,连着三家中介找我,有家还请我吃了一顿,都是打听房主的情况。凶宅,你懂的?据说很抢手。”

“她身上穿着什么?倒在哪里?什么姿势?”我要画面感!他为什么不爱拍照呢?人们不是看见什么都咔嚓一下嘛。我情愿私人出钱买现场照片。绿皮书上有一章专门强调这个。比如鞋头的朝向、雨伞的摆放、窗帘的开合,等等。

“凶宅的价格一般才八成左右,要是死了不止一个,或者见血见刀,会更低。连我听了都心动,反正咱打小不信神鬼。”见我盯他,“真没仔细看啊,味儿冲得我也直犯恶心。再说,都过去好些天了。”他敲敲桌子,认真或假装认真地想了下,“反正衣服都是齐整的。我只记得,她指甲那叫一个长,各个指甲颜色都不一样。”

“那纸条,是放在手边上?还是装在信封里?抬头是什么,笔画稳不稳当?”遗书要能放在公众号里该多带劲啊。能不能后期“还原”一张,为什么这不可以?行了,我用力摁住这个丑陋的念头。

“啥纸条?没看到,我也不敢翻啊,得保护现场……那家倒是装修得不赖,有暖气片,电视机挺大,就是冰箱不咋的。我最喜欢双开门大冰箱。等哪天给儿子买上房,一定要双开门,一定装得满满的!”他沉浸其中,无法打断,“凶宅真没啥,全家灭门也无所谓。我总想跟我儿子谈这个事儿,他还没对象呢。对了,你对凶宅,咋想?”他把笑容收住,带着一种庄重的请求神态问。

我遂想了一下,包括那条毛了脚边的约会裤子……先有房子还是先有女朋友?鸡与蛋的问题。那来了又去了的几个她,真的理解过我这个人本身?有个女孩曾说我,并不会太跌落下去的,因为总也不会高抛起来。哈,我是初中物理题里的一道抛物线吗?

“能不能接受?我指娶媳妇结婚。”杨门卫语速加快,再次追问。

“什么房子都无所谓。”他不满地眯起眼。我继续,“假如真是互相喜欢的人，在哪里都开心的。假如并不互相喜欢，凶不凶宅的也不要紧，怎么着都是无聊。”两次从牙齿里吐出“喜欢”这个词，能清晰感觉到内心某处夹杂着渴求的绝望。我为这没有控制好的自我而有点羞愧。

“无所谓。”杨门卫思忖着，“假如这房子卖你，打几折你能接受？”

“前面你说八折？可以的。”我随口答，一边用“我是在工作，没时间闲聊”的那种眼神去看他，“关于自杀原因，您听到过什么？”

“我能听到什么？打个比方说吧，您家里有事的话，会把门卫当知心大姐啊？”他挺突然地站起身，给了我房主号码，“中介请我吃饭都没给。你这下满意了吧。我也要背单词了。”手机里一串仪式感的上课铃声，伴随着叽里咕噜的开场召唤。走出三五步，我回头看看，杨门卫露出的上半身嵌在铝合金门框上端四分之三处，一半脸正被手机屏幕照亮着。

3.摇摇晃晃的128路返城公交上，我在手机便签里起了个头。

小区门卫室的墙上，贴着卷曲的值班表，被烟熏得微黄。事发当天下午是门卫老杨的手写签字，已被加粗的红笔给标了出来。被问及那个曾被人们谈论，又已被人们忘记的下午，老杨到此刻都还感到一丝讶异，“那姑娘是精心准备的，连指甲都修得花花绿绿。”

我试图用李大人的眼光来审看：一堆垃圾。她不会满意的。这选题本就是险中求生、生息微弱。

“这两周前的事呀，长蘑菇了都。”她面前两台电脑，手上还有阅读器，耳机挂在脖子上，直接否了，左手正要把耳机重新扣回。她是去年才跳过来当头儿的，火力很大，一直不看好我，稿子基本都只给C档，大概是在逼我“另谋高就”。五年了，我也真是“老人儿”了，老而不力，老且不死。

“别。”记得我有些失礼地伸手去拉她，也不管异性及上下级授受不亲，“此中有真意。”我甩大词给她：时代感、当下性、典型性。我并不喜欢这些词，它们是塑料，是糨糊，还是广告牌。但咱不就是整天在与塑料、糨糊与广告牌打交道吗？

“潦倒艺术家？粉丝为明星献身？裸债大学生？整容失败？涉高层内幕？公知性侵？乱伦受害人？”报菜名似的，她一口气地掰开指头数落，然后又把指头全都收起，“这些都不新鲜了。没用！”复抓起耳机，“你还是跟黄老邪跑吧，他手上有两个题都不错，下期就上。要不然你这月又是光头了。”黄老邪是我们部门最凶残的，能同时扑三个特稿，带四个实习生（文末注一行“此稿某某、某某亦有贡献”），深得李大人激赏，“人家那一笔戳下去，从来都是稳赚不赔。”

“要不我写出来您再看？砸了算我的。”我不自觉也用了讲生意的口气，“这绝对是个大洋葱，只要我一层层……”

听到“算我的”那里，她已扣回耳机，可能还调大了音量，然后冲我比画了一个大巴掌：“五天之内。”从她的角度而言，这已经是宽容的最高值了。我觉得她比一分钟前看上去好看多了。

“今天算吗？”我夸大嘴形地问。她也像默片女王那样摇摇头，于是显得更好看了。

嗯，今天就当是个零，采访杨门卫无果也没事。

第壹天

4.“公民从来就没有真正的隐私，这就是现代文明的代价。当然我尊重和配合你的工作，我对你本人也不会有丝毫偏见。”第一句，包括他的灰卡其衬衫与蓝毛衣，让我明白：碰上知识分子了，起码他觉得他是。

李先生递上马克杯："速溶的，将就吧。我郊区那边倒是有磨豆机……"皱起眉，"现在也许得考虑出手。"我注意到他的手细长白嫩，似不染凡俗。很好，我已养成了注意细节的习惯。我要在有关他的部分里写下这个。

客厅久没收拾的样子，堆了好些空画框，角落里各种坛子、罐子。"您搞艺术？"

"是秦老师的东西，她教美术。就是跟我在一起的……我们一起凑钱买了郊区那里。我们没有正式办手续。"他说话时带着沉吟，很自然地做着解释与延伸。是个不错的被采对象。我再次检查了下录音，他肯定是那种要求"原话"引用的人。

离异，同居，业余艺术家，父亲的情人，我对这条线有相当的期待。当然最好还是从死者问起会比较自然吧，"她平常住哪里？"

"回城办事就这里，大部分时候我们一起在郊区。知道你来，她特意出去了，这你能理解吧？"

"呃，是问您女儿，她平时住哪？"

"哦，米米啊。"做父亲的把脖子慢慢向左边压下去，轻微一声"咔"，"判跟她妈。不过这几年好像住外面，我没有具体过问，成年了嘛。"他换个方向压脖子，没有发出"咔"，"我跟米米是没啥话讲的。"看看我，修正了一下，"我跟她妈也没有话说。跟秦老师也一样。我啊，跟所有的女人都没什么共同语言。"最后一句讲得特别慢，并略微点点头，好像预备着供我直接引用。嗯，把女儿也归为女人，仿佛全无血缘关系的视角，值得注意。我在本子上打个星号。

"平常你们联系多吧？"

"这个频率，实事求是讲，处于中等偏下，但如果把范围缩小到离异父亲的话，那我应当能超出平均值。她从小话也不多，也不管我要钱，但逢到大小节我还是给的，阴历、阳历生日都给，双11、双12也给。我转个账，她回个表情包，差不多就这样。”突然笑了一下，“她跟秦老师两个倒有话讲的，当然我怀疑她们双方都在表演。也是有趣得紧。一坐下来就没完没了地讨论脸上抹的那些玩意儿。我觉得她们前后两次吃饭，讲的话是一模一样的。我有时在地铁或茶馆里听别的女人相互讲话，大体也差不多。”我礼貌点头，同时在心里甄别秦老师与米米的这种相处之道，普通的社交友睦？漠然还是深藏敌意？秦老师干吗就不愿见我？四处看看，书架和墙上，照片也不见一张。

“她都收起来了，防着你要拍照什么的。这里，还有那边，本来放着好多她跟儿子的合影。她儿子在加拿大。”李先生瞅我一眼，“是不是认为，米米跑到我这儿来烧炭，是为了抗议我跟秦老师？其实我跟秦老师，从她儿子出国后才在一起的，再说这离婚都十来年了。但我不怪米米，她总得找个地方。房子出手确实会吃亏，也认了。”

“您刚才说，跟秦老师，也没什么话好讲？”挺好奇他们俩的这种半道关系，如何遇到，又如何决定远远地到郊区同居，算是惊动魂魄的彼此吸引？或只是搭伴过活与……鱼水之需？我在“秦老师”三个字下又画了一道线。

“她啊，每天最重大或者说唯一重大的事儿，就是打开视频系统看她儿子，儿子自顾忙他的，她没事儿就一直看，想到什么就随口聊聊，也就不需要我再陪她讲什么了。过日子真要讲那么多家常话吗？晚上吃什么，这衣服太脏了，好像又降温了。嘁！反正我是特别不耐烦。生也有涯，”李先生抿起嘴，“外面的世界才精彩。我知道这是很老土的歌词。但真的，人要放眼大千世界，而不是日常小我的琐碎。”像又投食给我一个小标题。

“你没事喜欢关注什么领域？订了什么公众号？有趣的事情太

多了，简直时间不够用！”他稍微探过身子，“比如我一直关注火星探测的进展，那可是整个太阳系中，跟地球最为接近的行星，NASA 撤退之后，马斯克和贝佐斯接棒，一般人只知道马斯克，其实贝佐斯也厉害的，亚马逊老板，同时做太空火箭……当然，闹脾气要阴谋搞事情的贸易战也有趣得紧。何以解忧，哈哈国际新闻！”

麦老师曾多次强调，留意受访者的独特表达或习惯动作。我记下李先生的口头禅，“有趣得紧”，一边感到时间像只可怜的小猫咪，正踮着脚从我脚边爬过。

他盯着我的笔，顿了顿，又周全补充，“当然国内的事情我也上心的。比如学术腐败问题，这不是一个简单的腐败，这关乎整个教育体系。包括幼儿教育、基础教育，问题都很大。其实有一个最简单的办法可以从源头上拯救现状：把师范学校的分数线拉到北大清华那么高，只收最优秀的学生，像巴黎高师那样，你想，这样的人出来做教育，就是想差也差不了哇。”他的目光像虚拟的听筒，在我的胸部来回逡巡，想找到我的心跳点，“能源问题你有兴趣吗？这跟地球上的每一个人都有关系。最近我就注意到可燃冰研究，可了不得，海洋水域下 90%的面积都是富含区，据说可供全人类使用一千年。这什么概念啊，光听一听就激动人心，而且它燃烧过程中不产生任何残渣和污染，绝对清洁！目前只有唯一的障碍还没解决，希望我有生之年能看到这个技术上的突破。”他投我以天下为公的炯然目光。

我心里涌起一股高低不平的憋屈感，这“先天下之忧”可真是没人味儿。看看本子，只记了这些：白皙的手、秦老师、红包和表情包、有趣得紧。我掏出手机看时间。

“不用查。我会给你讲的，我敢说我这儿可比百度全面多了。”一连串的“有趣得紧”似乎又要蹦出来了。

“还是说说你女儿吧，好吗？”打断，随即又为这样的无礼感到惭愧。“绿皮书”里指教过这样的情形：所有的交流，就算再无聊的空话套话，都夹带着信息或线索。可，能源问题！我补充：“我还急着赶一个会……”

他猝然停下抚摩沙发的手，原地轻拍两下、再两下，静了下来。

“米米那个留言条，能不能给我看下？”这是绝对必要的照片。

“说来也是莫名其妙，给警察拿走了呀！还有水杯、她的手机、包什么的，都封起来带走了。就隔着塑料袋让我们看了几眼，问是不是她写的。”

“那？”

“我说不好。连她妈妈也认不出的。你倒说说，现在谁能认出谁的笔迹来？比如你，你说说谁能记得并认出你的字来？”他反过来问我，上身挺直。

“确实，有时隔时间长了，我都认不出自己写的字呢。”我笑笑，是苦笑。一边提醒自己，得再次约瞿警官，前两个电话里他显示出纯熟的推托功夫，那家伙挺难搞。

“就是嘛。前一阵，有个相当激进的教育理论，提倡所有学科教学都电教化，因为现代社会已不需要手写。也就是说，目前整个大中小学里的海量书写作业，就是一种无效劳动，也是对纸张的巨大浪费。这个如果能推广，你想想，以中国人口的体量来看，能保住多少森林啊？”

“你们并不能确认，那是她写的？”

“还能是谁？那当然是她。”他又萎缩下去，手在沙发上来回移动。

“她跟您聊过吗？我是说……为着什么？”这样问一个父亲当然很可恶，反正我从敲门开始就是可恶的。

“我倒也想知道呢！这得问她母亲啊。我马上就给你号码，拜托你也替我请教请教呢，一直跟着她过的呀。我也想不通她为什么选在我这里，当然我说过我不介意。我买了这边的房子后，一直喊她过来玩，总也不来。这次终于说行啊我来……这些天，我反复回忆那个周末，从头到尾还真没瞧出任何不对。她跟秦老师仍是讲那些重复的话。到周日下午，本说好了一起回城，她说想再多待个半天，想正儿八经在早上给花园浇一次水。其实我那哪算什么花园，也就底层阳台嘛，一大半的花草都给我养死掉了。”他突然抬起左手来对付右手，处理食指上的一根肉刺。

他的双手为什么那样白那样长啊？我在笔记本上用力划去“有趣得紧”，说服自己接受这样的空手而归，并计划改天来突袭秦老师。

起身告辞时，李先生仍然坐着，并不送我，“离婚那一年，米米还上幼儿园呢，本来早上都是我替她穿衣服起床。”声音显得年轻了一些，“她最怕穿套头衣服，直嚷嚷说透不过气，小脸儿憋得红红的。我就不明白了，那一屋子的二氧化碳，她怎么就不嫌憋了。”

我轻轻带上门，蹑着手脚离开了。

5.超市进口货架上找到一小瓶白兰地，希望它足够纯正。晚上我打算用它洗头，并按摩头皮二十分钟。这是前几天刚看到的一个治脱发偏方。

头发这几年掉得太厉害。这不算个屁事，我介意的不是掉发本身，而是这种败落感的寓指。同事们老拿这个打趣，亲热地笑得上气不接下气，让我把昵称改为“禾几”。包括每次回老家，对于我眼下的状况（收入、单身、租房、升迁、考驾照、本科文凭，尴尬的各个方面），老爹现在已经不大讲了（讲了我即找借口改签，次日就走），他便权宜地只说头发，小心又痛心地啰里啰唆，“看看，头顶心那块比我还少，你这才多大啊！还有额角那块，你每天照镜子吗？这都是怎么搞的呀？”怎么不照，我照镜子的时间跟女人们差不多。逼仄的异地小旅馆（我认为那里的镜子会更客观），半夜里起来撒尿（失魂落魄的凝视），商场里匆匆走过镜子长廊（对照周围的人们进行抽样比较），更不用说每一次洗澡和洗脸，用巴掌擦去镜子上湿漉漉的雾气……

除了服用维生素 B6，闲下来我会搜罗些偏方，隔三岔五地换着试试。我知道这挺可笑，跟我笑话别人的怪毛病也差不多，反正也都是私底下的事情。

但瞒不过同住的铁刚。主要是卫生间共用，故我对头发所做的各种试验，他都略知一二。记得有一个方子，需要柚子核浸泡二十四小时后的水。那些天我常买柚子邀他同食。铁刚搜了下柚子的热量，满意地报出一个数字，欣然享用。

他细细地撕果肉，我则小心地把不大的核儿收集到碗里，他不时抬眼看我，看不下去了，“治表不治里，你这全是白费劲儿。”笃定到俯视的口气，“你这纯粹是因为……”见我求知地盯着，他打个哈哈，友好地递我一瓣，“我说，你觉得我活得怎么样？嗯，各方面。”

那还要说嘛。这位铁刚，真可谓是，怎么说呢？读的是经济，换过两次工作，工资已是我的四倍，为了跳往更好的地方，还加入了一个年费四万元的高级经理人俱乐部。他隔天健身一次，计算和控制入口的每样东西。不喷香水绝不出门，由此常被误会成是“钙”。事实上他交往着一个通往婚姻的、同样全面飘红的好女孩。绝对的青年楷模！我真诚地表示了赞赏。

“其实只要规划三件事，搞定它们就行了：身体、金钱、情绪或者说情感。”他目光如小钩子，向我抛过来。我不太明白，他只得又说：“你看我的头发？”

“又粗又亮。记得以前汪曾祺写小伙子的头发，打过一个比方，说发梢顶部像有个黑珠子。就是你这样的。”

“还掉书袋呢。你到现在还不明白吗，你这总掉头发，就因为你没搞好自己嘛……” 他省略掉什么，“包括你前后追的几个女孩，总成不了，就没好好想过原因？”

“怎么就没搞好了？是她们不识货，我就跟这柚子似的，先酸后甜。”笑哈哈地继续剥柚子，我是挺擅长这样讲笑话的。

“哼，没准儿这里头，”他指指脑袋，做出恐吓的鬼脸，“可比掉头发严重多了。”

就此打住。自此我是有点避讳起来，后来又搞过蜂蜜加鸡蛋清、葱头汁两个方子，都是趁他不在家。他不该那样说我的。他见天儿地像国际名模那样计算卡路里和体脂率，我说过什么吗？

把卫生间锁好，打开排风扇，它很吵，这很好。我倒出四分之一白兰地，与洗发水匀均搅拌在一起，然后把它们往脑袋上揉搓。又倒出四分之一到漱口杯，一口喝光。还有一半，隔两晚再用。

按摩头皮的这二十分钟，是一天之中我最像样子的时段。我像以往一样闭上眼睛，企图彻底地放松和愉悦，可今天这眼皮却总在抖个不停——我只好在心里把接下来打算采的对象、先后顺序、写稿时间等再次编排了一下。脚面有时间爬过，不是小猫咪了，喘吁吁的声音表明，是一只大狗，它的尾巴硬硬的直打着我的膝盖。

第贰天

6.去见米米母亲的路上，跟瞿警官联系了一下，第三次了。“哎呀小兄弟，封闭进修学习哪。”但这次给了我一个号码，说是与死者合租的。太好了！立刻短信请求微信号，对方通过了。

昵称是“初音”，往前翻了翻，全是带二维码的各种可售品。磨皮膏、指甲贴、洗文身店。嗯挺好，就像我的圈中友邻，见天儿地晒文章晒电影晒开会。使我颇感不解的是，米米出事那几天，并没有任何悼念或暗示……要是哪天我死了，铁刚起码也会为我点一串蜡烛吧，换作他死，我还会贴张他的照片呢。这不合常情，这大有价值！

“您在哪个方位？”挺勤奋地提前撒网，万一她跟瞿警官一样推三阻四呢。

发来一个定位，长营街上的一家店铺，叫“米米兔”。这！只得解释我起码得两小时后才有可能赶过去，毕竟是跟米米母亲约好了。

又一个定位，这回变成了湖南路。可真是爽利，我甚至觉得她有点过于配合，看来有话想说？心里感到振奋！不过，马上将要见到的是米米母亲，我得装备好抚慰伤痛的心情。事发已两周，但愿她能正常交流吧。

最初的设想是到她家里。场景很重要。同一个问题同一个人，家与公共空间，答得可能截然不同。米米母亲不愿意，她指定在小区附近的“益民大药房”门口——约好的时间，一位着玫红冲锋衣、背斜挎包的妇人从药房玻璃门出来了，指指药房门口一排肮脏的黄色塑料椅，表情紧绷：“坐。就这儿吧。”那排椅子上已经坐了两位老人，起码有一位耳背，聊天声洪亮。路边行人走走停停。二十米开外还有个公交车站。

“附近有稍微安静点的地方吗？”我有意无意地往小区大门那个方向挪。像很多这个年纪妇女的穿着一样，很不错的玫红，同样不错的冲锋衣，到她身上就哪里都不对了。我忍不住多看了几眼，心里闪过一丝什么。

“我不会请你到我家的。”识破我，她稍作解释，“离婚后，我这里就再没待过客了。再说我出门包都带身上了，完了我就直接去清凉门唱歌。”

“唱歌？”看来她情绪处理得还不错，我不禁又盘算着还有无回转的可能。真的很想看看米米住过的房间。她桌上的台灯与茶杯，床上的毛绒玩具，书架上的书（如果有的话）。这些庸俗的点缀对拉动阅读量极其有效，人们会条件反射地伤感起来。“她也曾有过心爱之物，有过温热绵软之躯，亦曾倚窗而立看雨打风吹”——这样的酸句我可以写上一长串，有时我也会冷不丁地想，如果哪天我突然挂了，世上会有一个人知道，我喜欢过什么，享受过什么，经历或尚未经历过什么吗？瞧，米米小姐，将心比心，我绝不能让你毫无痕迹地死去。

“对啊唱歌，我们好多人呢。跟广场舞差不多。”神气里其实是瞧不起广场舞的，她走得比我快，不觉中我们俩都进了小区。

“等会儿我可以陪您一起去清凉门，边走边聊嘛。”我用体己的语气，且先不管两小时后的初音吧。母亲这条线，要一竿子到底。

“那也行。”她脸色松了一点，到拐角处的健身器械区，一屁股坐下：“就这里吧，等会儿出去也方便。”

我只好也找了一个造型古怪、不知用来练什么的器械坐下，一边细瞧她。

“母亲长着一张被哀痛和时间极度摧残过的脸。”来的路上构思过这样的句子。实际上很难看出她刚刚遭遇过巨大变故，甚至也看不出曾经年轻过，以至我对米米的长相也没法推测了。

啧，我突然意识到，我一直都还不知道米米长啥样。这本不难，起码她生父李先生那儿应该有。我是在有意推迟着这个“知道”，这会便于我对她抱有更弹性化的情感，可以极强烈，如同她是我的亲人、爱人乃至就是我本人。也可以冷淡地只当作一个进行中的工作对象、路上行人……当然，对公众号文而言，得一开始就贴出生活照来，否则读者准会没心没肺的。但愿她是那种招人怜爱的俊俏模样。

我又一次打量母亲，同时勾连李先生的长相，想象着来自二人的卵子与精子，在很久以前的奇迹相遇。漫长的时间过去了，结合的造物在一日三餐一年四季中辛辛苦苦地长大，大到这个造物可以把自己给抹杀灭迹。有一个挺滑稽的心理学说法，说从子宫里出来，就是第一个“创伤”，然后每个人终其一生都在为这个创伤去修复或弥合。米米呢，倒好，不他妈的修复，也不他妈的弥合了，直接干掉。

母亲大概觉得凉，从背包里掏出一个花布坐垫，手工缝的，边角整齐。刚垫好，又拿出小水壶，同时还掏出个纸杯，给我倒上了递来，“我煮的梨子水，加了冰糖。”我真差点噎住。可能这个年龄阶段的妇女，都会这样仔细吧，脑子里又闪过什么，是的——我也算有个妈妈来着，当年都没等我断完奶便跑啦。想想她还真是个洒脱新潮的人哪。不知道她而今也会这样的冲锋衣加斜挎包吗？随身带着暖壶和坐垫吗？心里不禁有点发笑起来。没有人会相信，面孔不详兼去向不明的母亲，反倒成为我暗中消遣的一个小乐子。我的母亲全能九命七十二变，像大街上的每一个适龄妇女。

“是这样。”我咂着嘴里甜丝丝的糖梨水，让脸色沉痛，“我知道您一定不愿意提起米米，毕竟……”

“我愿意的。”她打断我，“我太生她的气了，气得没个说处。为她我总共才哭过两场。我这里、这里，”她捋着胸口，然后又捋着肚子，“还有好多泪水，偏就是哭不出来，起码得晓得她为什么去死我才晓得为什么哭啊。她这样莫名其妙！可真把我憋得太难受了。”她那切齿的样子让我不敢瞧她。我这样问可真是罪过。

“她爸爸现在往我身上推。噢，把她一手带大，我倒有罪了。要我说，米米还是在他那里走的呢。我真该跟他打官司要人的。”她用力喝水，更用力地咽下，“你想她都搬出去三四年了，哪里能算是我的事呢？我这冤枉找谁说去？”

我不安地伸腿，屁股下面的铁家伙发出吱吱怪音。

“没有人会相信我啥也不知道。我是她嫡亲的妈呀。”她苦闷得都看不起自己的样子，“这些天，除了到外面唱歌，其他时候我随时都在想。坐在马桶上想，端起饭碗来想，想得两边脑壳轮流疼。我一天天往回推算，都想到了上半年。今年母亲节，我还跟她开过玩笑说，你送啥礼物给我呢？她一下发三个哭穷表情过来。其实我哪里会要她花钱，开的啥美甲店哪能赚钱？后来还是我请她去拍了一个母女艺术照。喏。”

她在手机里翻出一张照片来递给我。这算是我第一次看到米米。照片里化妆太浓，又用了柔光镜，两人皆穿着复古宽大长衣，都是圆圆白白没棱角的脸，都有点区分不出。如果米米还活着，并迎面走来，我铁定是认不出的。

“照相的都说我们像姐妹呢。”她把手机拿回去，“死丫头，你到底有什么事过不去的。”她擤一下鼻子，鼻腔里发出空洞的回声，“我知道她爸喊她去那边吃饭，无所谓啊，离这么多年了，我都当他是个屁了。我也就是好奇，问米米那是啥样的一个女人，她连这都不肯说。跟她爸一个样，啥话都不跟我讲。”

“从头到尾您一点异常都没有觉察到？这实在不大可能啊。”我忍不住喃喃起来，简直都怀疑起是我这里出了问题，怎么到现在都没有摸到一点基本的骨架。老朋友般的失败感又来了，比以前更加强烈，如大网兜头，我这回所赌上的可是我刮锅底的最后一点信心哪。

她猛然起身，三两下收起坐垫和水杯，有如快镜头，然后以更快的速度往小区门口去。我得好一阵紧走才能勉强跟她齐平。我知道方才那话开罪她了，在她已经做了那么多的剖析之后。从侧面能看到她粗糙的腮帮红彤彤的，可能是风，更可能是愤然。我一时不敢开口，不免又开了小差——这大踏步的疾走，这风中的红腮，我那位母亲大人也会这样的吧？这样对比着的联想，像油渣子，嚼嚼也就吐掉了。

趋步紧跟，跟着她上了公交。只两站。随后我跟着她踏入一条临湖小道，道上渐渐有人与她相互招呼。天色这时已暗下来，那些脸都胖胖的、漕出来，像带着一层晕。她向我小声介绍打招呼的人，像点数一大溜儿远房亲戚，“别看他现在瘸了，做过特种兵，到现在还整天吹，说能二十分钟跑五公里，身上还背三十斤沙袋。”“就那个，都管她叫寡姐，四十岁前嫁过三个丈夫，都得病死了，就再没男人敢找她了。这诨名也是她自己取的。”“没事他就长那样，白化病，不传染的。我们这里有一半是老慢病号，能包圆门诊所有的科。”

这样说着，很快到达一个由城墙与门垛形成的露天凹形空间，她小声加了一句，“米米的事，我没跟他们说过，又不是什么非说不可的事，对吧。”我点点头。她于是挺放松地把我介绍给一位领头模样的白头翁，以及周围一大帮子的妇女与小老头儿，“记者。来看我们唱歌。”我对众人含糊致笑。这情况总会碰到。我明明是去采 A 事，可对方觉得 B 事或 C 事更有价值，他们会热心地带我去看 B 事与 C 事。

看来还不是——简单问好之后，包括米米母亲，就没任何人再招呼过我任何话。他们相互间也没有多少交谈。没有仪式或开场白，随着白头翁一挥手打起拍子，就很随意地张口开唱了。乐谱与歌词写在《人民日报》那样大的对开白纸上，笔画粗壮，挂在两棵树杈之中，如屏幕，众人皆仰头向之。为着耐磨，大白纸都用透明胶带糊了两层，并像挂历活页那样以孔洞绞串，每唱完一页，边上立着的两人，即拿着晾衣撑共同推举掀翻，配合极佳，全无多余动作。

我们走在大路/意气风发斗志昂扬……你挑着担我牵着马/迎来日出送走晚霞/踏平坎坷成大道/斗罢艰险又出发、又出发……在我心中/曾经有一个梦/要用歌声让你忘了所有的痛/灿烂星空/谁是真的英雄……让我们荡起双桨/小船儿推开波浪/海面倒映着美丽的白塔/四周环绕着绿树红墙……

什么歌都唱，显得极不讲究。这倒也与他们的模样挺配：老年人特有的那种松垮，满眼的残旧衣装，站得也是歪歪斜斜，到高音了，有的老头儿会耸起肩膀或歪转脖子，即便这样努力，整体完成度还是不行，高音基本上不去，上去的也挺不入耳。

鞋儿破帽儿破身上的袈裟破/你笑我他笑我一把扇儿破/南无阿弥陀佛、南无阿弥陀佛……团结就是力量/这力量是铁/这力量是钢/比铁还硬/比钢还强/向着法西斯帝开火/让一切不民主的制度死亡……田野小河边红莓花儿开/有一位少年真使我心爱/可是我不能对他表白……

随时可以走。可我挪不动脚，他们的歌声里有种古怪的和谐与壮美，牢牢地捕获了我。当中我给初音留了一条言，她没有回复。我也管不了，只挨着一块石头呆呆地听，一边看夜色中来往的胖瘦人影。人影的远处，是更为黝黑的湖面。这样的远望中，听这些老嗓子们的合唱，真是不赖，有如千帆过尽。时间还是像狗一般在膝盖边打圈儿，我用手轻拍它的背，让它坐下。

到他们唱完，陆续招呼着都散了，我还想再坐一会儿。米米妈妈在我边上站着，一边扎丝巾、戴口罩、戴手套，把自己团团包住，“这几天冷，到开春了会更热闹。有的老面孔，唱着唱着就不见了，反正也总有新的加进来。你还不走？我要走了。这个点，米米会吃点夜宵。”口气活像是米米还活着。

“您给她做什么夜宵？”突然也感到有点饿了，想到轮换着吃的那些破烂铺子，又全无胃口。一个人吃东西，总会让某种糟糕的感觉更加昭然。

“端一碗米饭放在照片前就行了，端到‘七七’。这你不懂吗？”

“那以前呢，她一般爱吃什么夜宵？”我勉强追问。跟这位母亲的谈话并没有能给我的本子带来什么有效内容。

“你忘啦，她早就不跟我住了。估摸着也就是叫点外卖，或者下点面条啥的。很要紧吗，这？”她从口罩上方投来有点责怪的目光。

“呃，米米为啥要出去住啊，您这里不方便还是什么？”我在心里拟出一个小标题，“离异父母各有新欢……”假如米米因为这个去死，还有写头吗？什么原生家庭之类的，我厌恶这些时髦到没有感情的词。

“我这儿可方便了，方便住一家三口爷孙三代四世同堂呢。”她尖刻地看我一眼，随即辛酸一笑，抬脚就要走。

“阿姨等下。”她收脚，但背朝我，“如果我这里查到米米走的原因，我给您打电话。”

她停下，扭回身体，取下口罩、手套，把丝巾也拉松，露出全部的脸来，重新走回我面前，挺正式地抓着我的手晃了两晃，以示感谢。

“嗯，我也没跟家里人住一起。没啥原因，出来也就出来了。”我吞吞吐吐地冒出这么一句。

她轻轻摇头，挺自然地拍拍我肩膀，一下子比我高出来好多似的。

——说实在的，我有点喜欢她拍我肩膀。

7.从湖边回到家已是晚上十一点。捋弄了一会儿镜子里的头发，显然又是白扑腾一天，感到自己有点水土流失。我把绿皮书祭出来，快速翻，纸张哗哗，能看到里面被我做过若干记号和加注的地方。这带点仪式感的动作多少催生出一点余勇，赶紧地，为明天找米下锅吧——没准大料就在初音那边，比起母亲、李先生、秦老师，我也情愿在她那里多下功夫。

反复斟酌几番才发出留言，“不会生气了吧。希望明天能再给一次机会，这次保证不会失约。”发出后重读，简直像发给闹脾气的女朋友。

漫长的十分钟，回了。

“（洗澡的猪）”

“明天？”我点开看了两遍那只动图猪。它一丝不挂。当然，猪从来都是一丝不挂。

“==”

“不急您忙。”关掉大灯，打开我最喜欢的床头灯。它外罩上有花纹，投射到天花板上会形成一堆大大小小的爱心。被铁刚嘲笑过多次，我不理会。躺在这么多心的下面，同样是失眠，感觉总会好一些。铁刚今天回来得比我还迟，肯定又是俱乐部那边有活动。他从不喝酒，以便替某个大人物开车，并且每次回来都为此而备感振奋，“多好的机会啊。你想想，他们当中无论谁，顺手举荐我一下，跟你说，年薪五十万不是梦。”是啊，我完全同意，也替他高兴，并希望那些烂醉过去的大佬能够在打酒嗝儿或呕吐时睁眼看下在前面默默代驾、把他们送到小区、搀扶上楼、有时还帮着去洗一下车的小伙子，并且这记忆能维持到次日或更久一点，小伙子可在痴痴地等着，等着被留意、被欣赏、被举荐哪。

“（吹头发的蒙娜丽莎）”“（问号脸）”

披头散发、丑丑的蒙娜丽莎，挺好笑。有些人就能用表情包表达一切。“时间迟了吧？”我假意客气，其实通宵都行，把我的笔记本写满才好！

“（直接说事）”

“你和米米，当时无话不谈吧。”

“网友才无话不谈呢。（一串骷髅头）。她来这么一下子，我倒成米米兔独资大老板了。”

哦，美甲店，她俩还是合伙人。更好。看着那抛着自己骨头玩的骷髅头，我忙顺着走：“她为啥要来这么一下子？”

“来一下子？要我说，简直能来一百下子。”

我一下从床上翻将起来。这几天处处撞墙碰壁，还是头一次得到这么肯定的回答。而且听听吧，“一百下子”，简直能把所有人欠我的都给补齐了。“愿闻其详”。我都冒出了书面语，正好也可略微提醒她，这是一个正式采访。

“起码的，长太难看了，真的。就这条，能去死五十回。”她直接发来语音条，声音有一点低哑。为便于保存，我转换成文字并截屏。米米不至于“太难看”吧，她们母女那张艺术照，大样子还好的。未及回复，新的语音条又源源而来。

“胖是万恶之源。紧身的显腰粗，宽松的坐车会有人让座。穿长裙像坦克。牛仔裤就成大象腿。哦还有伟大的双下巴，P 图起码要 P 三回的。”一串排比句中，她在气喘吁吁地发笑，“要是有脸蛋儿也成，还能算胖美人。不巧脸上好几坨扁平疣，两只小眼睛还有点对呢。哈哈哈。”

深感疑惑，我们说的是同一个人吗；更疑惑的是她那笑声里的刻薄无情。

“所以说越丑越作怪，总闹着想切双下巴、打瘦脸针、做皮秒激光。哈哈哈最好能去韩国来个大全套，换头换身通通换掉。”

趁她笑得上气不接下气，忙插空儿回了一条：“你总不会是说，米米只是因为外貌不如意？”

“早死早投胎嘛，投胎做大美女，生下来就是大赢家，一直能赢到死。你想想看，那谁谁、那谁谁有个屁本事啊，不就是有张脸。”不知她是不是打开了一个什么关键词搜索，报菜名似的一口气排出若干炙手可热的名字，“要么做花，要么做花瓶，要么做搁花瓶的好看桌子，都能成。丑八怪的话真不如去死啦。”几乎有点拍手称快之感。

“个人觉得，这理由，不太成立。”我小心反驳。

“也是，好歹还有个男朋友，她肯定不能算最惨的那个。”咂咂嘴，似笑非笑。

男朋友？看我，怎么从没想到这一宗？人们固然很难成双捉对，但也并不都是孤家寡人。“你认识她男朋友吧？等会儿推我一下。”我紧紧捏着笔杆，喜忧参半，旧城未下，新城又至。

“也可能分了吧。他们总在闹分手，一出岔子就拉黑，再通过我这里加上，然后再出岔子。”

“出岔子？”好，露出小苗头了。

“中彩呗。我看她不如在妇科办张年卡得了，四趟五趟的，说不定还能打折，将来我要有男朋友了也好蹭个卡，哈哈。”我有点混乱，这算是闺密之情的一种表达？

“四五趟？”我不情不愿地记下这数字。这方向有点没劲。

“最近倒是有一阵没去了，那玩不起的肚子歇菜了还是怎么的。”语音条出现好长一段空白，初音在回想着什么，“还是说他们彻底分了？”迷惑地吁一口气。“五次打胎致不孕，惨遭分手决定自杀。”勉强算一个俗套的“阅读点”？公众号编辑可能会在这里用加粗字体，然后下面的留言会有站队，愚昧与拯救，直男与渣男，女权与新女权与新新女权。我的身体我做主关你屁事。

想到米米父母，尤其是母亲，都不知道女儿反复打胎的事？还是说觉得这不是个事儿？重听了一下初音的口气，也是嘻哈的。想了想，遂以一种无立场的口气，“那有没有可能，米米其实对这种事情，是比较在意？然后就……”

“你是指哪种？”她声音突然带了鼻音，可能是躺下了。

“呃，生不了小孩，或者，分手？”我也有点困。如此夜深人静，如果不是在工作，而是两个人纯粹躺着聊天儿该多好哇。得，我这是在想什么呢？

“您可真逗，这算什么？要烦的事情多了去，所以我挺同意她死的，死了就什么都不烦了不是吗？”感冒一样的鼻音，显得多么真诚啊。已经过十二点了，得算是子夜，这给我一种恍惚感。上一次跟一位姑娘聊到这么迟，是什么时候？即便这是采访，也是共同度过的一段深夜啊。我有心说几句闲话，又担心会中止掉这毫无防备的状态。

我掐掐自己，奋力继续与米米有关的话题。“你们生意咋样？米米兔……”关于美甲，我着实也说不出什么。记起杨保安说的，米米十只指甲涂着不同的颜色，料初音也当是如此吧。

“光靠小铺子哪行？主要是做微店，我们俩建了差不多有三十多个群吧，洁牙烘焙淡斑丰胸美瞳酵素假发脱毛，反正有产品就做。我俩分头料理，在各个群搞气氛，给大家集赞投票打卡做运动做经验分享，再慢慢儿地带货。”

怪不得初音的朋友圈全是无情无义的二维码，只字不提米米，不过，就算是聊到这样的程度，我还是没能够弄明白，初音对米米之死，是极度伤心还是极度不伤心——有时这两者的表现，就是一模一样。

“那，生意还可以？”

“你小白啊。可以的话，干吗还要苦哈哈地伺候这么些群。她现在倒落得轻巧，活活地把我给吊这儿了。还是她狠。哈哈哈。”一阵幸灾乐祸的笑声，我把手机从耳边挪开一点点。

“冒昧问下，你俩开店的本钱是不是信用贷？利滚利？是不是逼得米米……”我急得单刀直入。

“一只小白兔，两只长耳朵啊，一对红眼睛啊。两只小白兔啊，四只长耳朵啊，两对红眼睛啊。”她连说带唱，调子乱七八糟，我实在无心欣赏。哪怕是高利贷，哪怕给骗掉大几十万上百万，亦可算作烂大街的平常死因，这文章就没法做了。当然，这对米米很不敬，但不得不这样来区分。难道我这么起早贪黑地拉大满弓，最终却放个空箭吗？那头初音又连发几条来了。“赚钱嘛，方法多得是。开个小窗私聊，都不要露脸，也不管胖瘦黑白，直接给器官特写，直接给声音。那打赏，东北话讲，哗哗儿的。哈哈你是小白兔，米米可不是，我也不是。”

“我也打过赏，还玩过 VR。”我忙分辩，甚至都想坦诚交代那些场景和我当时的反应。真的，我有点想对她说。显得冒犯吗？这只是出于采访之需吧，我还不至于苦闷到这样的地步。

“一百件事，九十九件都值得去死，唯独不会是为钱。你要那样想，米米会半夜里去找你算账的。”她开了个玩笑，但声音里并无任何笑意。我疑心她在讲反话。

“那我就整夜守着，正好想亲口问问她那九十九呢。”我很担心谈话进入死胡同，初音却突然改为通话了，哗啦啦自顾讲起。

“不信？我都能讲通宵的！煎饼馃子涨价了。新毛衣缩水了。楼上总往下扔东西。市容叫我们换招牌了。跟了多少年的网站突然死了。对了，还有退货和差评，那真是一天能气死好多回的——说天太热了不想洁牙了，退。说太便宜了，便宜无好货，退。说包装破了，差评。说使用说明书有错别字，差评并退货。说热爱国货、抵制日韩，退。总之，全人类都想不出来的理由，那些牲口们都能想到。

“对，私下里就管他们叫牲口，我跟米米也是牲口。整个群全是又丑又胖又穷还整天想着做公主做王子。你知道差评有多糟心吗？讲那许多好话，到处放交情认姐妹，几个月的忙，然后一单全毁。有次米米真的就为这事儿哭来着，哭得那么难听，跟杀黑毛猪似的。我学给你听。

“怎么，呜呜，就说我家的面膜，呜呜，有股萝卜干子加脚丫子的混合味儿。呜呜，怎么会有萝卜干子加脚丫子味儿？这都是，呜呜，怎么想得出来的呀？呜呜。”

我在她模仿的哭声中一阵气闷，倘若米米真因着这样的九十九种烦恼去死，那我这稿子可真又臭又长又可笑哇。在绿皮书里的倒数第二章，列出若干结构大法，随便哪一种都是有重点、有高潮、有铺垫的呀，而不是平均主义的细碎尘埃。求求你，米米。你不应当，也不可能就为着这生活本身去死吧，那世界上所有的人都应当去死了呀。

“你能听清吗？她真就这样的，上气不接下气地哭。我也懒得劝她。就由着她颠来倒去地号。”大概是不满我的沉默，初音竟然又学了一遍，敬业的演员非要加一条似的，一丝不苟地伤心欲绝，简直以为她是真哭了，“怎么，呜呜，就说我家的面膜，呜呜，有股萝卜干子加脚丫子的混合味儿。呜呜，怎么会有萝卜干子加脚丫子味儿？这都是，呜呜，怎么想得出来的呀？”

我在本子上胡乱划拉，子夜的时间白马一样嘚嘚嘚踏过，它的长鬃毛飘起，拂过我的后脑勺。我开始偏头疼了，偏头疼的那半边，大概会掉头发更厉害吧。初音这里又将惨淡收场吗？米米的心事到底是跟谁说了，男友吗？天知道。人们的爱或依恋、对彼此的重要性，到底是否存在或怎么样才能够发生？他们有血缘与姻亲关系？他们天天见面？比方说同事或合租者？他们在对方面前痛哭并能够被准确模仿？可以聊天很久直至失去效率与信息，比如像这会儿的我和初音？

我很留恋此刻能有人跟我说话，但同时又想找到借口，光滑地结束这场抚慰不了任何人的对话——懂了,初音这么无聊地再一次模仿米米的哭声,也是出于同样的原因吧。

“你饿了吗?”她止住哭声。

“有点。冰箱里好像还有一袋速冻饺子。”

“米米就是特爱吃夜宵,我也是。但我现在真不能再吃了。要不你替我们吃行吗?起码得二十个,调点老干妈,倒点醋,最好配两个蒜瓣。行吗?完了再喝半碗饺子汤,原汤化原食。”

“行,我替你吃。”我无意与她争论减肥一事的狗屁意义。大部分事情都是狗屁,如果乐意,大家就各自执着去吧。

“抽烟吗你?”她又问。

“偶尔。没瘾。”

“吃完夜宵替我抽一根。我这牙已抽得太黄了。”

“行。”

我先后发去两张照片:吃到一半的饺子、抽到屁股的烟。讲实话,我很高兴能与某一个“活物”分享这些,今天的饺子真有了饺子的味道。她要愿意,我可以每天晚上都替她吃。

她发来名片推送:志华。

愣了一会儿,想起这当是“米米的男友”。我有点不舒服,觉得她用“回赠”的方式来答复我发她的夜宵照片,一下毁坏了我依稀感受到的某些东西。我遂也一本正经地感谢她接受了我的采访并提供进一步的帮助。再无回复了。

我在黑夜里回放语音条。初音的嗓音直通通的,话又多又碎,真不能算好听。但能知道,她也是极乐意这么聊聊的。

第叁天

8.被来电铃吵醒,才七点,肯定是表姐。她隔一阵去我家一趟，替我父亲四处收拾下，顺便给我打电话，然后八点半赶去上班。表姐零碎地抱怨着各种家事。闭上眼睛屏息听，能辨出老爹在附近走动、呼哧喘气。他有支气管炎，一到季节之交便发作。表姐仍然在讲，我打开免提，过一会儿凑上去大声地“嗯、是吗、真的呀、亏得想到”。喝水（没了，现烧）。洗漱（牙龈又出血了）。蒸小馒头（扔包装时发现过期半个月了）。

表姐说了一通，照例把手机交给父亲。她总这样，逼我们互相问候。实际上能说什么呢。

老爹从去年起变了策略，总打电话就说想抱孙子，得知根知底地娶个老家媳妇才放心云云。他讲得太生硬，其实是觉得我还不如滚回老家算拉倒，啥都现成儿的。是，我现在确实不行，但我还没开始啊，哪怕最终开始不了，“我也情愿死在这里！”“倒是为个什么呢?”老爹在我激烈的口号之后，有意慢吞吞地跟我要一个解释。我说不清楚，也认为不必说清楚，就撂了他电话。从此就只是通过表姐的手机，客客气气地如此这般了——我问他胃口如何、睡得好不好，他囫囵答上几句。相当于单曲循环播放。表姐最后接过去，挂掉之前，她可能正抬头往院子里看了看，自语道：哟，今年这柿子结得可真多。

我正往架子上挂毛巾，听到这句，感觉身体里某处一颤，差点都想对着已经挂掉的手机再喊上几句什么。跟老爹就算通上几年的电话，都不如院子里那株柿子在瞬间带给我的心碎之万一。

志华的名片一点击，自动通过了，并跳出个花里胡哨的优惠卡，原来是电子城修手机的。那一带我正好熟悉，留了言就一路晃过去，虽然对这位男友并不抱太大希望。

电子城这一带算是高级地方，街两边儿都是气派门脸儿，各种金属门打开又关上，不断往外吐人，又往里吞人。黑西装、蓝色保洁、橙色外卖、灰色保安、和尚服、警服、校服、带胸牌的中介、高帽厨师、外套印着电话号码的物流工。人们都有着像模像样的差使并如此勤勉地交叉跑动着,瞧上去还真是赏心悦目。米米不在了,好多人不在了,好多人将不在了,仍会一直这样赏心悦目下去吧。

照二维码所示的摊位号一路找去。挺大的三面玻璃柜围成一个柜台,柜台上也贴了一圈二维码。外头站着两位魂不守舍的顾客,一位以均匀的步幅绕着柜台来回踱步,另一位则眼珠不错地盯着志华:我想那个正弓腰俯背捣鼓手机的当是他,衣服后背是同样的二维码。看不到他的脸。

倚着柜台等,在另外两位几乎是仇恨的侧目中,我的手机不停响。每天上午这个时候,李大人都会在工作群以倒计时方式"@"我,好像我不会掐日子似的。我总遮遮掩掩地给一个神秘主义的回复,让她,同时也是让我自己少安毋躁。她可能也只是例行公事,并不当真惦记。群里的讨论太热闹,新奇特异、怪力乱神,像秋之落叶冬之暴雪,来不及地层层覆盖。

今天倒好,除了李大人的大棒,还有黄老邪的胡萝卜在召我帮忙,他给我发来一串关键词和周边链接,大方地让我在其中选,溜了几眼,其实都不用看,随便哪个选题,都比米米之死"重大"得多!我每天都要替米米扒拉开那些迅速掩埋掉她面孔的落叶与暴雪,把她从急速坠落的时间深处打捞上来……"还在揪你那个过保期的死题目?这是搞出感情,当对象谈了?小兄弟醒一醒,咱就是流水线上的来料加工好不好?"黄老邪好心又尖刻地劝说。

手机设成静音,我把目光移到柜台里的手机尸体上,它们被胡乱地码成老高,夹杂着被肢解了的电池、粉嘟嘟装饰物的后背板、残损摄像头、裂成冰洞的黄金镜面,线路板暴露有如内脏却还在闪烁着未接来电或未读留言。真有如一幅废墟末世图景,想这些手机里,也曾有多少活色生香与情短意长哪——真想把这样的景观写到米米的稿子里去,这不是跑题,世界上的事情不都是互相关联着的吗?

两个顾客先后取了手机,即刻开机,获得新生般焕然离去。柜台后的志华起身向我抬了抬下巴,一边往嘴里塞烟,带着我往楼外走。志华五官平淡,令人过目即望(他在前面走,我立刻就忘了他长什么样)。背有点躬,鞋子大一码似的拖着走,显得疲沓。

他跟米米是修手机认识的:米米的每只手机,都会摔坏三四次屏,直到修不了。换新的,再摔。如此反复。后来志华给她打八折。后来只收她成本钱。后来免费。后来给她买新手机。——这听起来是直线逻辑般的过程,是我用了一千多米的步行长度,艰难诱供而来的。志华以一种极被动的态度待我,我提出一个设问句,他肯定或否定,或略作修正。我就像一个全运会记者:请问取得这样的成绩想感谢教练吗?真叫人气闷,乃至让我产生了一种促狭的冲动,想把这平推乒乓球般的短促对话,一股脑儿地都呈现在稿子里,我们那些娇气又挑剔的读者们会怎么样呢,说不定他们早就盼着被这样的琐碎刻板给虐待一下,并示威和投诉性地把阅读量直推到十万+!

“带我到米米常去的那家医院吧。”那是个很合格的场景,站在有图标或箭头指向妇科的那个楼层,我要在那里跟他聊米米,征得他的同意,拍照,发表时脸部打码。

志华扭头就往地铁走,“五站地就到。”倒也是喜欢他这样寡言的温顺。进了医院,他仍在前面带路,直带到住院部,上到三楼,他出来停在电梯间,冲我往里努嘴:“我每次就到这里。”

我四处张望,感到被愚弄了,“这是康复科啊!”他点头,完成任务的表情。

“米米在这儿看病?”一位条纹服病人歪斜着走过。

“她奶奶。”他显出一丝讶异。

志华这是有意装傻还是一派天然？见下奶奶倒也是可以。不过，奶奶的！奶奶，这岔得也实在太远了。

我冲志华晃晃食指，打电话问李先生要奶奶的名字和病房号。李先生很惊奇，“我母亲？病房号？”好像这是我给他临时发现的一个母亲似的。两分钟后，收到他一条挺长的短信，可以想见的书面语遣词：您不辞劳苦深入排查，这种敬业精神是值得敬佩的。她在三病区 24 床。不知您出于何种考虑，其实米米小时候只到寒暑假才跟奶奶住一阵子，并无特殊感情。此外，我也有义务提醒您，米米奶奶，即我的母亲，罹患多种疾病，恐无任何采访必要。

我抬脚就往病区里走，一边招呼志华，他在电梯间角落里找到一个消防箱，半挨着坐在上面，手肘稳撑在膝盖上，已专注于手机，头都不动地向我摇摇上半身。

病房门半掩，三人一屋。全都躺着不动，亦无声息。最里面就是惠连英。被子直盖到鼻头下面，头上还戴了帽子。室温的话，估计得有 20 度。我解开外套，轻叩床沿：惠奶奶。惠奶奶。

“你要能喊得她应你一声儿，我送你座金山。”卫生间转出一个胖女人，身上松耷着软绵绵的秋衣秋裤，嗓门儿高得有如呼号。我以眼示意惠连英的床位，小声回道：“我是米米的朋友。”

“啥米米？哦，那黑皮丫头。你放开声讲没事，这屋里三个，都不怕吵的。”目光像小灯泡，是久不与人讲话者所特有的亮，“本来在不同病区，打通了护士长，给我凑到一处，等于我承包这整个病房。”“小灯泡”自豪地扫过她的领地，给我指点介绍。

中间那位，身上进进出出若干管线，她排数：导尿、心电图、氧气管、输液。到饭点还得换鼻饲。“像不像多孔插座？”她抛出一个比方，直乐。靠门那一位，脸上平覆着一方毛巾（像死去的人那样），露出的头发乌黑、浓密，倒是比我强上好几倍。“工伤，二十八岁,高位截瘫加脑震荡。不肯讲话,也不肯见人,就是根会喘气儿的木头。好在是单位掏钱。”

“嗯。不容易。”

“仨全是木头。我乐得自个儿玩。假装这个是我儿子,那个是我老公,老太太呢,就当是我老娘吧,然后我就跟他们瞎说八道地讲,小孩过家家似的哈哈,就这么过家家,你猜我一个月挣多少?”她喜不滋滋,又想起不宜露富,“算了,你就猜哪位护理费最高吧。”

“惠奶奶。”我往最里床走,寒暄成本已经够多的了。

“是多孔插座!退休工资高嘛,保住这口气就等于保个账户,他家里人最认我。我经手这么多活死人,就从没一个害过褥疮!你晓得要多久喂一次水,多久翻一次身,多久做一组关节活动?讲究可多了,关键我肯用心,你想,最早我可是伺候走我老公的……”这位护工要也写东西,能写几页都不带标点的。

“惠奶奶是啥毛病?”我打断。

“就老了呗。脑萎缩、不认人,哪儿哪儿都老化了吧。我主要就保她两条:不感冒不感染。看捂这么严实,还是手脚冰凉。”她猛地伸手,拉着我的手就往老人被窝儿里去。一下碰到块凉肉,不知是大腿还是腰,惊得我悚然缩回。“哈哈哈,要是个漂亮大姑娘躺着,你缩手也这么快?”她称意大笑,秋衣下垂挂的空乳房愉悦晃动。

“你刚才叫她孙女黑皮丫头?”我顽强继续,其实也不需要顽强。她想说话,估计我就是问个天文地理,她也能扯出一嘟噜。

“皮不黑,是那丫头每次都黑着一张脸,凭我怎么热乎都不吭声儿,只在奶奶跟前脸冲脸坐着,一坐大半个钟点。我出去转悠,腿都走得酸了,回来一看,还在那儿坐着呢。”

“光坐着?”

“你以为能干吗,放炮仗敲锣鼓老太太也没反应的。对了,黑皮丫头倒是有一阵没来了。你是她男朋友？”

我没吭声。米米要是愿意我也愿意。

“黑脸归黑脸，倒也是个长情的姑娘。她再不来，我这里的三个，就更连死人都不如了，死人到清明还有人烧纸呢。”

“她死了。”我说。

女人弹簧似的一下子跳到惠奶奶床头，扯下被子，伸手放到老人鼻前，停了停，直拍胸口：“这玩笑可开不得。她这一口气，可就是我的嚼用呢。”

我理当说清楚，死去的是米米，同时观察对方的反应，然后兢兢业业地再从她这里追问压榨一番。一阵疲倦压倒了我。唉，黑科技是挺发达了，要能有什么设备，像公共探头那样，能抓取到人们某时某刻的想法就好了。

离开前，我也把凳子拉近到惠奶奶跟前。胖护工倒是机灵，套个外套带上门就往走廊外去了。

病房里一下子全然地静下来。不久就能从这一片静里，听到隔壁床各种仪器所发出的轻微电流声，还有输液袋偶尔一声“咕”。再过一会儿，能听到我自己的呼吸声。又等了一会儿，我企图分辨出更多的呼吸。没有。躺着的三位，就像已成为床的本身，他们没有为这个空间贡献出任何分贝。

看看手机，才过去了四分钟。

我要求自己坐满十分钟，我要在这个房间里好好听一听自己的呼吸——米米在那漫长的一个钟点里，也一直听着她自己的呼吸吗？这让她更想死了，还是尽量地不去想死了？

“米米生前最放不下的，是从小带她长大的奶奶。她每周会到位于热河南路上的钟山医院康复科探望已经失忆的奶奶。据护工王劳（化名）大姐回忆说，米米有情有义，每次都陪奶奶说一个多小时的话，以帮助老人家康复。”在脑子有一搭没一搭地编了这段儿。屁，全是大路货的谎话。

志华仍是以手肘撑膝、勾着头揿手机，跟我离开时一模一样。我拍拍他，他迅速站起，脚大概是麻了，猛地一矮。我扶着他往楼道走，“你只陪米米到过这里？别的呢？”

他手里仍在忙，“这盘快了，最多两分钟。”可能是被我催的，他突然身体一抖，曲终奏雅了。他抬头，空茫地笑着：“别的？别的什么？”

需要坐下来跟他谈。路边一溜儿油腻腻的苍蝇馆子，敲着铲子吆喝招呼。各人要了大碗面条，外加两瓶冰啤。

“前后统共为你打过几次胎？你陪过几次？”我见他面条吃得差不多了，前面扯的闲篇儿也够他放松的了，才开始问。

他仰头把啤酒喝光了，我又给他要了一瓶。他颊边微红，眼里现出一种哥们儿式的热忱，句子明显变长。

“两次？我估猜的。这事儿我没陪过。你准以为我是个特别差劲的人吧。”他用力抹一抹脸，“她从不讲这些，所以我也不知道。而且我们俩……”看看酒瓶，似乎到此刻都还在为此困惑，“是她非要跟我在一起的，都不知道她看上我什么。”

“你不喜欢她？”

“主要我……搞不懂她。她就只是跟我睡觉。”

“倒像你吃了什么亏似的。”

“不是不是。我问你，你跟女朋友那……之后，是什么感觉？”

“感觉？挺空的吧，比一个人时还空。所以我现在对女人，大部分时候也不想。”虽是实话，可这么的就脱口而出，也是怪。

“我也这样！我想，我大概并不喜欢她。”志华不自然地笑了一下。

“明白。喜欢归喜欢，睡……归睡，不是一回事。”两人碰杯，纵容凉丝丝的啤酒从喉咙管滑溜下去，“所以我一直就单着，不过也讨厌总一个人。”

“单着更好。你看我这！”他显得很能安慰我似的，替我又要了一瓶，“米米也没把我当人，你看，招呼都不打一个。”

“真想死的人，跟谁都不会打招呼。”我这样劝他，“对了，初音说你俩一直闹分手，主要为什么？”

“没具体事。是我要分的，毕竟，我又不是什么好男朋友。”

“她不肯？”

“肯啊，立刻拉黑。过不多久又找过来，一进门就拉窗帘、脱衣服。就像，嗯。”志华用手转了下啤酒瓶，“像渴得急着要喝水。”

“是不是长得……她有点自卑吧？”不得不继续扮演全运会记者。有一个我并不喜欢的理论：容貌不自信的女孩会通过性爱来寻求价值感。

“她可是很摆的那种！”他用了一句老城南土话，是形容女孩子长相显目乃至飒爽的意思，“反正两人走一块儿，我是不大配的……”

咦，初音可不是这么讲的呀。“给我看看她照片吧。”

“前不久全删掉了。”志华脸上有点尴意，“听修手机的客户讲过各种稀奇古怪的故事，反正手机里最好不要保存死去的人的照片，墓地啊、碑文什么的也不要乱拍，很容易出事情的。”

怀着似乎是对米米而不是志华的失望，我举起瓶子跟他很响地碰了一下，“那你们等于是，炮友？”

“不完全，我们还一起打游戏。要说我这人有点什么能耐，这个绝对算。”志华脸上大放笑意，“王者你晓得的，有一百星了我，一般的主播都能秀他们一脸！”

“我最多只是贴纸牌或连连看。你不知道夜里赶完稿子是有多残，什么都拼不动了。”

"我是干别的事都残,只有拼游戏才来劲,哈哈。有次在排位赛里碰到一个职业选手,都没干过我!这样讲你总能大致明白吧。"志华的模样越发雄阔起来,好像我们根本不是坐在这又闷又挤的小面馆里,而是置身一处殊绝异境,他在那里泥丸众生、霸业千秋。

好吧我替他高兴。我把最后几根面条挑出来吸溜完,像往常一样,胃里撑撑的全是食物,可还是有种不满足的饿感。

志华又跟我吹了好一通,从LOL到王者到吃鸡,重点是他如何从无名之辈到战神。见我兴致不大,想起我们见面的主题,敲敲面条碗,替我发愁了,"你这事怎么弄啊,就跟这空碗似的,啥都没,硬写?我是从小就怕写,也怕数学,文不能武不会的,活该只能打游戏。人总得有个特长对吧。你呢,主要是能写?"

能写吗,五年的泥坑都快没顶之灾了。也犯不着跟志华详解,胡乱点头,"对,能写。不过米米这篇,就没人说得清她。本以为你……"

"可惜帮不上你啊兄弟。"志华真诚地抱歉起来,"想想也就是一起吃东西、睡觉、打游戏,所以女朋友真不叫谈,而叫做,怪不得都是这样开头:你做我女朋友好吗?"

都没酒了,但我们还是又碰了下瓶子,像多年老友似的,还抢着结账。

"我请初音找到米米的病历了。她换过三本,前后统共为你打了五次胎。就在这同一家医院。也许就在她看过奶奶之后,就直接上九楼妇科去预约手术了。最后一次,病历上写到,找学医的朋友看的,说是子宫里面的那一层皮还是膜的,已薄得没办法再有小孩了。如果找不到别的原因,我认为这可能就是……"借着外面令人睁不开眼的正午阳光,我一口气对志华说出我的想法——没法说出的是:稿子是死路一条了。

“绝对不会。”志华也眯缝起眼，但很肯定，“米米讨厌生小孩的。”

“你这反倒知道？不是说你们不聊的？”我假作惊奇，心中直拍手。

“这是她在我们……那个的时候说过的。”志华有点涩嘴的样子。我也有点难堪，大太阳下的，深感这是对米米挺不敬的一个讨论。走了几步，一处广告牌的阴影下，志华又努力补充了一下：“她在那个时候，总喜欢乱七八糟地讲点什么。”

“挺好的啊，看来她很信任你？”我联想到酒后吐真言。以我不太精彩的性感受来讲，有时那也跟醉酒差不离吧。

“我不喜欢她那样。”志华在前头加快步子，“并不是说一定要像岛国视频……但她总不该那样自顾自说啊说的。”

“都讲些什么？”我疾步跟上，米米竟有这样匪夷所思的诉说方式！实在令我称奇。人到底会在什么时候对什么人说出心里话？万一确实只有在这样的状态之下，米米才会吐露她的内心呢，对着另一具根本无法倾听和回应的交战中的身体？我突然一股悲怆，想到她每每过来找志华，哪怕都分手了还是要找上门来……“快想想看，她都说过些什么？”我追问。

“那种时候，我真没法听清的。你别问了，问得都有点瘆人。我不想再回想跟她在一起的事情了。反正她说过这样的意思……原话我说不准，但这点我可以保证，她绝不会为生不出小孩去寻死。”我仍旧是坐往电子城方向的地铁，志华选了相反的方向。

我的地铁先到了，他好像是故意利用这当口儿来跟我补了一句，“米米走了，我当然很难过，但也有点松口气。”他表情含混，“如果你是我，没准儿也一样。”

要跳下车去再问点什么吗？我没有动。我就站在车厢门口，听凭安全闸和地铁门一一合上，看着两道门外有点变形的志华加速后退,倏然不见。

9.……整个晚上都在整理,本子一页页翻过去,写的都是鬼画符。那些以为比较重要、休戚相关的人物,不过是一扯就断的线头,我所能做的就是直接咔嚓掉。

比如下午的秦老师之访。没有打招呼,我径直前去。一路上想着,可以从她整天盯着远程视频看的加拿大儿子入手,套个近乎,都是母亲之心,也许她旁观者清,能看出米米的什么情况?她感觉米米与父亲之间,有着特殊的怨念吗?进而促使米米对秦老师发展出一种虚假的友谊,作为她的自杀掩体,以便大老远地跑到郊区——

"据著名心理学家某某教授分析,由于米米长期缺少父爱,反导致强烈的恋父情结,乃至发展为极端的自杀行为。心理学上,我们常把这种自杀命名为'图钉'型自杀,她是想把这枚图钉扎在父亲与情人的爱巢里。"是不是有点戏剧感?不过这离想象中的深刻性与社会性是有很大落差的。当然,这不是个挑三拣四、讨价还价的事儿。

拍拍门,倒是在家,隔着猫眼一句话就打发掉我,"我也很伤心和同情,如果真有什么情况,老李肯定会跟你讲的。"南方口音的普通话,音质柔和。然后就再无声息了,不管我又在门外说了多少好话软话,都像说给吸音壁了。这近乎哀求的扮相,让我深感不适。

在附近呆鹅一样转悠了两圈,不时看到跟我年纪差不多的小伙子,顺利闯关传达室、单元门、防盗门,登门入户。他们是"饿了么""闪送""顺丰""美团""韵达"。看得我挺羡慕的,想着是否该给秦老师订份外卖或闪送海鲜之类,然后在这里截下送货小哥,我换上他的制服,然后得以与她面对面——黄老邪就这样干过,并无技术难度，但也不会得到什么坦率的呼应。故而我只是想了一下，就抬脚离开了。顺其自然吧，我找到这平庸的借口。多少时刻啊，我都需要这四个字。

如纸上判官，我划掉了秦老师，然后是周保安，再是母亲。暂且保留下这三位：父亲李先生、初音和志华。对，还有一个特别客气的瞿警官……台灯惨白，笼罩光秃秃的键盘与皱巴巴的采访本，还有了不起的绿皮书。也许应当这样想，太容易掏出来的，最多就是李大人所不屑的那种烂大街货色。目前的空空如也，只能进一步地证明，米米之死，有着罕有的、无法归类的属性，不是吗？

我在电脑上东逛西逛，终于消磨到十一点多——"哦忘了谢谢。跟志华聊得还不错。多亏你帮我找到米米的病历。"真是乏味的废话，她那边就算是自动应答也行。到这个点儿，就是想抓一个能说几句的人，何况我这是在工作。

隔很久，初音发回两只毛茸茸带厚肉垫的猫爪，让人挺想摸摸的。我不再提米米与志华，推一个心理测试给她玩，讲讲新电影，帮我看星座什么的——想勘测到哪里才是她的话语兴奋区。她今天很怠慢我，全是表情包应付。快要撑不下去的时候，决定说说我一直想问的事情，你们做那么多代理，有什么对掉头发有效的玩意儿吗？我喜欢用"你们"，就好像我是在跟她和米米两个一并讲话似的。

不过两分钟，微信上就有了七八条未读留言，再一看，我被拉进了一个名叫"茂密森林"的四百人大群，熟人提醒里能看到有初音和志华。那七八条、现在已有十几条的留言，全是跟掉头发有关的讨论。

这会儿他们正讨论一种海带水疗法，群风极为谦逊和亲切，有一位正在晒图，对照海带水疗法以来的细小变化，有人分析口服与外用的差异，有的给出海带购买链接，有的认为南海的海带要胜过东海和黄海的,为什么?南海是热带,那里更有强盛的生长基因不是吗?有人就此转了一个关于南海主权争端的热文。又有人对前者进行了艾特:先解决头等大事,再关心南海主权。我默不作声地作壁上观,感受着一阵阵突如其来的欢乐,忍不住又跟初音索要:“你们不是侍弄着好多群吗,能不能帮我再拉几个?”

“不嫌烦啊?”

“想感受下你……们的工作。这不是还没找到米米的原因嘛。”

“米米要是没死,恐怕都能被感动死了。”

面膜打卡群。精油小公举。酵素王。亲亲艾灸。战痘天团。素食永生。再见拜拜肉。一键美白。雕刻三围。

满筐满箩的留言,轮换着看了一阵,各群的诉求各不相同,但结构、生态与气氛大抵相似,有点像国外电影里经常看到的那种心理互助组,不过更讲究,比如精确到毫米的臂围与胸围。讨论痘痘,以高清动图划分区域。面膜成分与对应肤色,做成曲线图表来分析——对身体苛刻到一种庄重的程度。

“这一个个的,是多么爱自己啊。”

“别用这口气。你是不知道,稍微胖点丑点,连粉丝团活动都不让去机场举牌牌!”初音用语音发来,一副夜聊的架势。原来这算是她的兴趣点?

“米米也这样?她其实还好对吧?”我起码得弄明白,米米到底算“很摆的”还是“丑得能死一百回”。

“得看跟什么人比了,如果跟我比,那死的应当是我,并且你这会儿采访的就会是她了哈哈。”初音笑嘻嘻地敷衍,随即调头向我,“你不也是吗?不然你要治秃顶干吗?群里头男的也挺多。我们有个明星用户,各种女性护肤品他都买,可爽气了,一私聊,原来他做广告设计,老板以为他是同性恋,所以很器重。据说那个圈子里，男同最吃香。所以他就索性一直假装是 Gay 啰，整天收拾自己。”

“嗬，这种事都跟你讲啊！是喜欢上你了？”心里再度焦虑起来，我到底想从初音这里得到什么呢？

“屁咧，越陌生越好讲真话呀。我就是阿猫阿狗，他也会讲的。”

“那你哪，什么情况下才会跟人讲心里话？”有心想与她探讨米米那种比较极端的情况，这么迟了，会认为我有别的暗示吧。

“交换。如果对方跟我讲，那我就讲。”

“我也一样。”四个字一发出，心里即感到一种异样感，觉得言重了。这意味着我们处于同样的状况，都想穿过重重夜幕，去无限接近那同样飘荡无依的彼此。不，打住，绝不能被这每夜例行而至的空虚所绑架。“不管怎么说，你们建这些群，也是做大好事，谁不需要这么个好去处？”我生硬地转移话题。

语音里传来一阵咕咕的笑，初音可能是含了一口水，“鬼咧，才没人谢我们，这个走了那个来，大马路似的，都没人发现米米好久没说话了，她还群主呢。我要哪天挂了也一样。”

“可不，我圈里的啥 A 股群、出版人群、帮帮投票群、设计师群、师门群，谁在意哪个怎样，谁晓得哪个在还是不在了。”

初音那边默然了，延续了好一会儿，我能听到她寂寞的呼吸。

“等会儿替你吃夜宵吧！今晚你想吃什么？”

好像我这想法过分亲近似的，她冷不丁就挥手道别了。

第肆天

10.云南馆子。闹哄哄的等座卡位，边上俩小孩拿着冲锋枪互射，逼真的“嗒嗒嗒”声与拖长的“啊”声惨叫。真羡慕这两个讨人厌的臭小孩,他们一再爽利地死去,又那样轻易地活转,当然从他们瞄准的方向来看,有许多子弹都射到我的心脏里了。

我专心盯着他们射杀我,以避免看到头顶上方那只循环播放明星视频的大屏幕,它跟我一路过来所看到的地铁广告、公交站牌、购物街当季新品橱窗等一起交叉闪动着,覆盖视线所及处,以致总让我产生一种强烈的烦躁,似乎他们与我们,过着全然不同的生活。有多少人算是我这一伙儿的?杨门卫肯定算,米米、初音也算。铁刚呢,快要到那一伙去了。李先生,还有我的导师常江,则要算广告上的他们吧, 可能这正是我需要时不时见见导师的原因。

常江导师过来了,金属拉丝登机箱,咖色外套,臂弯上的米灰围巾半拖着形成一种风度。我忙起身迎接,发自内心地躬腰伸手,跟第一次见他的动作是不差毫厘——常江导师有恩于我,这一份工,即仰仗于他的全力推荐,尽管后来我也得知,这家公司是他朋友“脑袋一热”的新创网媒,底薪极低,招人很不顺当,他算是拿我去帮对方的忙。无论如何,我得以留在这里了。我感谢他,并仍像读书时一样,有阶段性汇报的习惯,趁他出差刚回,或正要出差之前,跟他和他的登机箱一起吃饭——除去学校课程(大多安排在晚间),导师几乎每周都要去外地授课,论坛、评奖、测评、对话。常老师很善于讲演,一拿起话筒就如接通复读机,书面语奔涌,速记下来可直接推公众号。

跟往常一样,导师刚坐下来就讲“今天有点不舒服”。偏头疼、嗓子干咳、昨天睡得很糟、腰酸、溃疡了、牙疼加重、飞蚊症、好几天没有排便。上述这些情况,有时只犯三两项,有时几乎同时发作。导师年轻时加入过戏剧社,故即便说着这样的事情,依然像念台词似的,抑扬顿挫。

我端详他,每次都比上一次更为衰败,所有中老年的迹象都在比赛着包抄围剿他。我嘴里说着这种情况下应当说的“注意休息、导师的身体可比什么都重要”之类的话，可是相信吗？心里却由衷感到一种强烈到类似祝福般的向往之情：就算衰败，这也是一种功德圆满的衰败啊。他所拥有的资源、成就、物质、家庭，如同互相叠加着的小砝码，与他的年纪恰好相称着，他走过了生活的一大半，正好也攀到了大山头，现在，他可以甘心和放松地去老、去死了。而我的山头——它到底有没有，有的话又在哪里呢？

常江老师对我各方面的状况很是了然，他说过，我就像他年轻的时候。这也许只是鼓励之词，而所谓人生导师，也是一种内心软弱的寄托，可不管怎么着吧，不时见一下常导，对我确实会有着心理上的强健之效。

“公务舱走快速通道。我们能有五十分钟。”导师用手按着太阳穴，一边示意我不要管他，抓紧时间该吃吃、该说说。

想到五十分钟谈话时间，想到还有不到四十八小时需要交稿，好像前面二十多年都一直这样紧迫，一时竟不知从哪里开口。菌汤气锅升腾起水雾，“嘟嘟”冒着泡儿，导师的脸在对面摇动。我注意到他的眼袋，肿得又肥又白，还有他的腮、嘴角和双下巴，都被巨大的重力所牵引，直往地面上坠。

“导师你都还好吧？”

导师瞥我一眼，嘴里塞满了东西，像牛那样很大幅地咀嚼。人们总会因为赶时间而吃下更多。“我打算移民了。”舌头与牙齿使劲搅拌着食物，“进行得也差不多了。”

见我错愕，解释，一边在汤里翻找牛肝菌，“看看我这张脸都成什么样了，尤其这里头（他指指脑子，又指指胸）损坏得更厉害！这到底算什么，想想我也是半截身子埋在沙子里的人了。”

他要抛下的都是什么啊，多少人巴望着他那一切，哪怕只是其中的五分之一、十分之一。我感到一种红色的疼痛，就像看到一座特别高级的华厦给爆破塌倒了似的。我这里还在拼死拼活地衔枝叨土、寻砖觅瓦呢！或者，导师是遭遇到什么不名誉的舆论事件吗?论文、女学生、产学园腐败、站位问题。我尽可能地控制了一下声音和表情，“有什么特别原因？导师具体是有什么考虑？出去还是接着做专业吗？”

定睛看了我两眼，导师慈悲般地摇头，“这不需要任何原因。回头给你发些链接，你也看看。你想嘛，房产、媒体、实业、矿产、出版、教育、娱乐……似乎都有收紧下行趋势，一浪低，浪浪低，上游影响到中下游再影响到周边……”他高瞻远瞩又心平气和地指点，“要识时务。好些比我厉害得多的熟人，都过去了。总归是有道理的。”可能是为节省时间，他每层意思都带着潦草的跳跃性。我觉得他有些变化。记得半年前见面，他还跟我有声有色地骂了一通学术寄生虫，然后像布置作业似的跟我推了一本《被仰望与被遗忘的》，跟绿皮书齐名的非虚构必读。没来得及看，本担心他这次会问。

“再说人到晚年，需要一流的医疗。我想活久一点、好一点。真的，再忙三年，最多五年，多挣点，就彻底出去。外头看牙可是最贵的。”他指一下腮帮，一边从老豆腐上挑出辣子，又舍不得地捡回几个。“说吧，看你有事的样子?我帮不上具体忙，好歹还有说几嘴的能耐。”

“也没啥，跟导师一样，没具体原因，就是想动一动。”挥手赶蚊子般的，我用练达的口气。跟移民比，算什么呢这?“手上还在采一篇，也许会烂尾吧。反正多一篇少一篇，一样嘛。”轻松地摇摇头，这么一说，连自己也觉得挺有道理似的。

“我，严重不赞同。不要在不好的状态下做大的决定。我们到底应该如何处理现实与理想？这不是简单的指向职业升迁，或生活方式，这需要分几个层次来看。最最要害的，其实是关于自我人格的理想……”如同精英论坛开讲，导师握住了隐形话筒。经典国际理论，最新心理学发现，具体个案分析。“再说你三年还不到吧？在一个行业的积累很重要，你知道才华其实是什么，说到底，就是在一个领域里的功劳和苦劳。《卖油翁》还背得吗，‘我亦无他，唯手熟耳’。跳槽要慎，这里有一个双向悖反理论……”

讲到大概第四个层次的时候，微信响了两声，他皱眉看着，回了一个语音，平淡又亲切：你这是做啥呢，我们俩哪需要这样，也太客气了。再切换到跟师母留言，让她到门卫室取三份螃蟹，两人商量了几个来回，另外两份送给谁合适。然后又跟两个人（其中一位是通过秘书）要了地址。途中他不忘用下巴指菜，示意我抓紧吃。

我给导师盛了一碗汤，他心不在焉地喝了几大口，又接着开谈，准确地指向我的采访稿，如靶向药，“要好好写！再难看也要写下去。这世上没有什么是不能写的，就像没有什么人是不能爱的。你明白吗？所有的事物与人，都有发光的切面，既在它的生命体里，也应当在你的稿子里。”突然停住，给师母留言，说家里那份也不留了，你不是跟某某的太太是微信好友吗？马上给她闪送过去。讲完即迫不及待起身要找洗手间，“我最近开始尿频了。”

时间已不多了，我把没吃完的牛肉打了包，一边在脑子里尽量抓取老师刚才的讲话要点，哪几句算是可以推一把，让我能继续撑着往前走的。这就是我今天想要的不是吗？

餐馆出口，一排射灯自头顶而下，导师本就浮泡的眼睛更有些异样的红丝，“又有哪里不舒服吗？”

“我什么时候舒服过啊！刚刚吃急了，胃疼犯了。我今天都跟你说了些什么？说到理想我是怎么讲的？唉，实在太累……你知道的，我现在已经不大会说出自己的真实想法了。刚才在水池子边，突然心里很难过！想到我在你这个岁数，那也是很苦闷的，可那也比现在的我强多了！我得好好想想，当时我是怎么样的，然后我再告诉你……今天是来不及了，下次再说吧。哦，围巾，谢谢，现在总丢三落四！看到熟人还想不起名字。”

导师的身影像一粒小方糖，很快融化在咖啡般又香又苦的机场大厅。我挥了好久的手。一边咀嚼他道别前的话，像一个撤回键，把这整个中午他带给我的力量全都消弭了。或者这么些年，那力量本也是信则有不信则无的吧。

下午我给初音留过三次言，想约着去她们的合租屋看看，顺便再聊些别的。比如米米还有别的消遣和去处吗？加入过什么团队或活动之类，哪怕就是个读书会或绣花小组也行啊。也许那里有她的知心伙伴？思路需要全然开放，倒计时利剑已经离我的头顶心越来越近了。

初音的爽气全然不见，推三阻四起来，说米米那间屋早被房东清空了重新粉刷过，都有新客住进去了，带个两岁宝宝，夜夜哭得她睡不好。我解释说这不重要，或者说，这个年轻妈妈和她的夜哭郎，就是有用的。

我给初音拍去绿皮书里的重要段落，那些地方我都画上了两道杠。按《纽约客》审稿要求，其每一个具体之处，哪怕是小说，也要“精准调查”。例一：一篇名为《两万美元》的小说，里面的角色于1979年前往麦当劳享用麦乐鸡块，而审稿员指出，麦当劳推出这个产品的时间是1983年。例二：某稿子里写到叶芝故居，建筑物上挂着“叶芝故居”的牌子被描述为“椭圆形蓝色瓷板”，这真的准确吗？是否为黑色釉锡？于是辗转联络，派当地人骑上自行车，去实地确认。

因此你明白吗初音，我去过郊区，也找过她妈妈，可最重要的是得去看米米住过的那幢房子，它的楼层高度、涂面颜色、新旧程度、外头挂的衣服等等。生活就是由各种细节构成的，细节是无比神圣的，你明白吗？

隔了很久，初音给了我一个门牌地址，“今天我不在家。”

“那我等你在时再去，迟点也没事。”

“你来的所有时间我都不在。”

这下明白了。其实也有感知，她有了点变化，或者说，我与她之间有哪里不大对头，包括我这样仿佛是死皮赖脸地要去她的住处。故而对她的这种躲闪，我似乎又是全然理解乃至“人同此心”的。扪心自问，我对真的要与她见面，也存在着不可解释的恐慌与忧虑，担心我们这种纤细的联系就会承受不住，就会绷开，并咔嚓断送了。

意识到这一点让我有些烦恼，但决定置之不理，只保持一根筋的敬业感：莫非初音的回避，还是隐藏着与米米有关的什么鬼心思？

“这么不友好！你们真算是好闺密吗，怎么她出事，你连动态都没有发一条？”可终于问出了这个疑惑。

“发条集赞吗，集赞到100她会活转过来吗？”她硬戳戳地发回一条语音，密布着暴雨就要到来的乌云。

也有道理。

11.傍晚六点左右，我在506室敲门。鸟倦人归之时，总该有人回来了吧。哪怕只碰到那个带宝宝的女人，到她房间拍几张，最好能拍到尿布和小孩衣服，然后与米米打胎的那个妇科指示牌搁一块儿，读者们准会乖乖地进行联想。固然这角度还是很平庸，聊胜于无吧。瞧，我都能接受这样的想法了。

没人应门。机械地下楼转悠一阵，再上来敲几下。都快七点了，越等倒越是不急了，耳边偶有轰隆声，那是时间的加长货车一辆接一辆地从我身上开过。楼下有一个小园圃，被冬青树围拢着，扔着水果箱、旧玩具，还有只旧单人皮沙发。就这坐会儿吧。

沙发的斜前方，有几棵半黄不绿的树，认不出。应当不是柿子树。冷不丁想到老家的院子，小时候在那里爬上爬下，短暂又模糊的记忆……我翻出家里的号码，看了几眼，又关掉。

眯上眼睛打盹儿，正到有点困意之时，有“嘟嘟嘟”声自远慢慢而近，睁开眼，一只握着拐杖的手离我的头只有两厘米，手背满是老人斑。得。我起身，就近找地方蹲下，远远的仍然可以看到单元门。想起一个最新的研究发现，说东方式的久蹲有助增强性功能。哈。

老头儿很郑重地坐下，拐杖放妥，用脖子上挂着的眼镜，换掉脸上的那副，对准我上下瞅瞅，再换回去，极自信地说：“你不是这里的。”

“嗯。”

“七点到八点，该是我坐这里。”

“您老尽管坐。我……等人。”

“其实屋里有人。”兴致极为盎然。

“您？”

“我住505。猫眼里瞅到你一共打了五次门。”我一时沉吟，米米的事不知算不算这小区的新闻？“是那小娃娃的爸？不能怪人家不开门。”

看来完全不知道。也是，假如我或者铁刚哪一个挂了，对门的住家户哪里会晓得呢？何况米米又不是死在这里，她这“郊区”一招可实在是高明，如无影脚，哪儿哪儿都太阳照常升起。

这样也好。我摇头，含糊地说：“是找我以前一个女朋友，有一阵没联系了。”

“哦你说她啊，那也别担心。十点多，那丫头就会到这儿坐着了。我跟你说，这叫铁打的沙发流水的人儿。”老头儿被自己的幽默逗笑了，笑出一口痰，脖子里的青筋抖动，“我早上五点半起夜撒尿，能看到扫地的老白第一个占窝，他在这里吃豆腐脑儿。六点多，四五个妇女在这里围成一圈儿耸肩膀扭腰。九点，前楼的胖婶子过来剥毛豆、撕豆角，我就奇怪了，她怎么一年四季天天儿都要拾掇菜，连豆芽都要择根掐须的。十二点半，会有个跑快递的小伙子来这里打盹儿，大风天下雨天，他囫囵着裹在雨衣里照旧能睡，还真叫有本事。下午哪，人就多了，带狗来坐的，抽两根烟的，小孩子来玩沙子打架的，搞卫生的，收旧货的。我这时就最提防的，怕有人把这沙发给拖走，那可就完了蛋了。然后到六点……”

腿都蹲麻了，可终于等到老人家分神了，忙掐下话头就势站起，“到晚上十点多，她就这里一个人坐着？”

“我这还没说完呢。六点往后，可真是要排班的。天越黑，这里越是抢手……”见我要往旁边走，“可不就是一个人坐着。都一个人啊，有的玩手机，有的打电话，有的盘手串儿玩。还有像叶老头儿，喜欢举个小收音机，不晓得他能听个啥，早都耳背了。”

“那她干吗呢？”都不知道，我跟老头子这会儿说的，是同一个人吗？是米米、初音当中的哪一个？

“她吃东西。纸饭盒或塑料袋，窸窸窣窣响，吃得特别慢，我都觉得她不是在吃，是图嘴巴里有个东西在嚼吧。”

要说吃夜宵，这像是米米。想了想，我换个问法，“她一天不断，每晚都来的吗？”米米总归是不会再出现了的。

“有一阵子是没来，我还奇怪呢。但最近又来了，不吃东西，改抽烟，打火机啪啪响。”我想我明白了。老头儿继续以自信的口气，“相信我，你就在这里守着吧。等我这里完了，是楼上的小胖墩下来跳绳。然后是陈工的老伴儿，陈工死了之后，她接过来，说是替老头子坐的。再然后，就是你女朋友啦。”

“她们那屋，共几个人住啊？”最后再努力下，看老头儿是不是有区分。

“三个啊。一个刚生出个娃。一个是你女朋友。还有一个晚上五点出门，到凌晨四点才回，头上总扣个摩托帽，猫眼又变形，我就一直没看清是男是女。我家里还有一副眼镜子，专管看电视和看猫眼。你可别笑，现在什么传销啊吸毒啊瞎搞啊，都是租房子闹的！”他下唇收紧，显出一种市民式的铁肩道义来。

看看他混浊有如蒙荒之初的眼睛，一阵惊悚的欢乐袭来，他刚才讲的所有那些在这个沙发上轮流坐过的人，可能都不是他所看到的那些人。他从来就没有分清过米米与初音，甚至包括那位年轻母亲或晚出早归的夜行客。

可以确定，我今晚谁都不会等到了，得跟老头子拜拜了，“腿麻，得溜达一圈儿去，省得跟您这儿抢沙发了。您倒是说说，这破破烂烂个露天旧沙发，他们一个个的图什么，家里多舒服嘛。”

“别人我闹不清。反正我是觉得比家里强多了。你想，这远远近近的，毕竟会有人走动嘛。按说年轻人不应当，正是热闹的时候嘛，我不懂你女朋友是咋回事。想我那时在工会，我爱人在粮油站……”老头子开始回顾他曾经也有过的热闹，我一边活动手脚，一边慢慢后撤。

“这是一幢二十世纪九十年代的厂区老宿舍，翻新过的乳黄色墙面又被夏季的雨水覆盖上了弯弯曲曲的屋漏痕。9.8 平方米，米米生前租住的房子如今已没有任何属于她的东西。从她五楼的窗户往外，可以看到几株没有挂果的柿子树，树下有一张被人丢弃的旧沙发。据邻居大爷告诉记者，晚上十点左右，她总会到这里来坐坐。次日五点半，负责小区卫生的老白，会在米米坐过的地方扫掉当天的第一批烟头。”

是否可以用这个场景来开篇（对，柿子树是我的添加），然后一条线由此倒叙，追溯米米的过往，另一条向后，再现她如何走向死亡，最后形成总体上的逻辑性闭环。是啊，在绿皮书里，关于时间调度，有一个挺有意思的建议，就是最好能在整个事件中掐到一个类似于 0.618 的黄金分割点。并且，对时间进度条的前后拉动，也千万不要遵循老实巴交的匀速，比如晚上十点柿子树下的米米、康复病区奶奶病床边的米米、郊区公寓那个破花园里浇水的米米，她可以无限循环地停留在里面，只要我不喊“咔”，就一直不停。这些都是米米的时刻，像常导师所说的，属于她的独一无二……

我自欺欺人地遐想着——别的不说，就算真有柿子树，坐在下面抽烟的很显然是初音啊。可这个细节我还真舍不得抹掉。想了想，正好给米米母亲打个电话吧。

“不抽，这个我敢肯定，她一直很讨厌闻烟味。”

我觉得米米母亲不应当这么自信。我不禁脱口说出，“呃，她有个男朋友，您也是知道的吧。”

“这……没跟我说过。”声音控制得不错，还平稳地补充，“又不是结婚对象，也犯不着跟我说。我估计她爸也不知道。”能胜过做父亲的，就讲得通些。

“还做过好几次人流。”没有讲具体次数，好像这样就算体贴了。话一出口，我就羞愧至极。米米对此守口如瓶啊，她认为母亲不需要知道，连志华都不需要知道。

“就为这个去寻死了？”迅速反问，声音很尖，一下子抛到很高，如果不管前因后果，简直觉得这是一种喜悦的声音——她在等着我接下来的确认，以便终于可以一下子从空中直掉下来大哭一场。

真希望我这就是来告诉她原因的啊。现在轮到我控制声音了，“不，阿姨，我觉得不是。”本该解释下我的推理，讲讲志华其人以及米米与他的关系。但我的错误已经够多，我让自己闭嘴。

电话里毫无声音，可能米米母亲把手机拿得远了。我想起她的玫红冲锋衣，还有被寒风吹得通红的腮，她跟那些半老的人一起在黑黝黝的湖边放声歌唱。

“要这么说，也许米米还真的抽上烟了。”她顿了顿，“你一定觉得我这个做妈妈的很差劲吧。”

“没有的事。妈妈就是妈妈，挺好。”

“谢谢。”她似乎是这么说了一句，挂了。我往马路上看去，马路被各种小门面房的灯光，照成了一格一格，像深夜行驶的火车躺倒在地面一样。我看到好多母亲，年轻的、衰老的母亲，坐在灯光的火车里。

12.极疲乏，还得料理下头发。那半瓶白兰地，喝一半，头发根上抹一半，动作很慢，四处洒落。常说所谓放空、放空，我这脑子里是真的空了。外头突然有人猛力捶门。我从脖子上取下毛巾，暂且包住头发。

两个人扶着铁刚。进来后把他丢在沙发上，个子高的用下巴指挥我，“家里有碘酒吗？再弄些冰块。”

我抓住矮的那个，“嗳？”那人瞅瞅我头顶上的毛巾，嗅下鼻子，带点嫌弃地掸开我，嘴巴努下沙发，“我们只是负责送回家。”两人推开门走了。

铁刚额头和颧骨有两处青紫，左下巴尽是血。衬衫的肩膀和领口处都破了。裤腿上好几团脏污水渍，像被人在地上踢滚过。可都是名牌啊。酒气挺大，也可能是我身上的。

“俱乐部还上演全武行啊？你不是从来不喝的吗？怎么回事这？”铁刚双眼微合，不答。我替他处理，手法不熟，应当很疼，他愣是咬着不大能咬得上的牙，不出一声。直到我让他漱口，他这才吐出嘴里面的半颗牙，“别扔，要留着做纪念。”那晚就没再说过别的话。

到底发生什么了呢？与俱乐部里的大佬发生瓜葛？为着某个远大前程的位置，他与另一位年轻人相争？为某位女郎？有人误会铁刚的性取向？或者反过来，我想起初音讲的故事，他放任这种误会，但被发觉不是，对方恼怒……

半夜里，铁刚叫唤起来。平常很少进他房间，他挺在意这个的。眼睛肿得都睁不开了，用手指着床肚子，要止痛片。下面有个暗屉。除了各种药，还有套套、膏油、丝巾什么的，抱歉不得不窥看到。找到药倒了水，又把被冰块弄湿的枕头替他换掉，算是伺候完了。他用厚嘴唇嗡嗡地谢我，随即紧闭上眼。我把询问的话又咽了回去。

躺下来忽然想起那暗屉里有几盒药很不常见，西什么普兰？一查，是西酞普兰！唉。他真是要强，连病都瞒得这么成功。我把床头灯又打开，盯着投到天花板上的心心。后脑勺猛一阵发紧，铁刚此事提醒我了：会不会米米就是纯粹的抑郁症？一场未被觉察的暗疾，甚至她本人都不自知，所以不过就是因病而死，并且还是一种多发常见病。不，当然不是。我咬紧牙关，立刻拍死了这个可能。

不过——能感觉到自己正哧溜溜地急速下滑，呼呼的风声如耳语怂恿：算啦算啦，真有必要如此执着吗？就算此稿在明天还有百分之一的概率起死回生，再以千分之一的概率大热，然后我再以万分之一的概率拐到顺风车道，就此开挂，一步步攀升到高处，得以饱览人上人的风景，就像我的导师和他的高级朋友们一样，成功得能把人生给交代了，都可以去国外养老，去混吃等死。那真算有意思吗？

还不如现在就死得了！哈哈，那就成为再一个米米了。人们也同样会对我感到困惑吧，咦，这家伙莫名其妙地为什么就死了呀，什么都好好的，并没什么过不去的事情啊。一个接力跑的死循环。

有趣得紧吧。我在恶作剧的遐想中倦意沉沉。

铁刚那边偶尔传来一两声哼哼，要给他女朋友那边打个电话？算了，他肯定不愿意我打。每个人都活该独自呻吟，每个人都拖拽着无人知晓的水下冰山。

第伍天

13.九点半，瞿警官在他的办公室接见了我——一大早接到他仁慈口气的短信，我像饿过头的人，已无胃口。但当然要来，万一呢——一身制服，胸前别着工卡，坐得很端正，十足“接待媒体记者”的表情。

得体的致歉和寒暄，我们相握的手刚刚放下，他即做出“请”的手势，手势很标准，“手机和任何录音设备，请放桌面上，关掉。”

“您这么紧张，莫非是他杀？”我有意嬉笑。相比而言，这位瞿警官真可谓是温文尔雅了。

他不作声，笔直地继续保持伸出的胳膊。好吧，我可不希望他成为雕塑。

现在，他脸上终于稍许宽裕了一点，飞快眨了眨眼——这让我看到了他本人，只半秒钟，随后，他又不见了，只剩下制服、工卡和假笑。

我掏烟相敬，他指指墙上的标志。我拿出本子和笔，他没有阻止，只往后背靠靠。

“呃，蒙您帮忙，也采访了几位米米的亲朋好友，但还是没有找到她这么做的原因，请问您……”

他打断，“这就是一起普通自杀。说句不好听的，在我们这里就不算个事儿。所以确实无可奉告。”他说起“无可奉告”来那么顺溜，像是在说“你吃饭了吗”。

“明白明白。我只是想了解，她为什么……”

他没有吭声，只把两只膀子胸前横抱，“这是你的事儿啊。”

“我采了一大圈，小事小情的有一些，但绝不致死，所以我这，只有向您求教和求救来了。”在他这里，装软认㞞是有效果的。况且我也不是装，“总不可能无缘无故去死，我想您，一定有着很丰富的经验……”

再次打断，非常娴熟地打断，他有控制谈话的习惯，“为什么要寻死，不能再简单了。别看说起来都是各有各的麻烦，到最后一捋，无非就是为名为利为男女。”我不大愿意，也不大同意他用这样的口气去判断米米或随便哪个人的死。虽则也可能有他的道理。

我点头记录，写到“男女”两字，突然想到，初音的态度那样怪，会不会她与志华之间也有点什么？三角恋关系中，米米选择了离场？还是说，与她们合租的那个性别不明的夜归客，与她们之间，有现代派的性别纠葛？天，我这是想到多远了，也真是半癫了。我在“男女”二字上直打几个叉叉。

大概是看我有点穷途之相吧，瞿警官放松地站起来，双臂举成“十点十分”，同时扭起他的腰，“你起码要做凶案才对啊。当然我这里也是无可奉告。

“呃，我一直是想着，所谓的自杀吧，某个角度讲就是他杀，是这里一刀那里一刀的合谋，所以我心里也是当作凶案来做的。有可能米米这一桩上，我是运气不大好。可再无聊的自杀也该有个原因对不对，这想法难道哪里错了？”我听到自己的声音像害牙疼病似的。

他没吭声，只把手臂交叉伸到后背，并继续扭腰。我觉得他的脸上多出一点若有所思。

“嗯，现场照片或她的遗书，能不能给我看一下？还有她的手机通话记录，不知你们有没有查到什么特别的？”这是我此行唯一的寄予所在了。

“过去太久了，销号归档，爱莫能助。”他复又端端正正地坐下来。

“啥时销的号？就算归档，那也还是有个档在啊。”

“昨天，不，是前天。已经不在我这一环节了。”

“看这时间点掐的，谢谢您拖到今天接见。”我气得都笑起来。也可能他真有这么一个勾销期，跟户籍那边配套，是啊，这是人类正当的新陈代谢。

瞿警官没有笑，“你到底要找什么呢？就算给你看档案，也没啥有用的。”能听出来这是他本人在说话了，“你有你的难，我有我的难，这是我的饭碗明白吗？瞧，能给的号码我都给你了。”

当然，杨门卫和初音，可都是拜赐于他。我又摸出烟，他这次接过，把门掩上，又把窗打开，站在那里点上，吸一口，然后把烟伸到窗外，“她把手机恢复成原厂设置了，SIM 卡也扔了。通话记录当然还能查到，可你想想她这心劲，怎么可能跟谁去交底？包括现场的烟雾报警器她也给处理了。活儿干得可真是细——你不要误会，我警校有个师兄，为写论文评职称，叫我给他查过辖区内几年来的自杀数据、不同模式啥的。这事也有一比，处理得有好有孬。”他把烟弹到楼下去，谨慎地把屋内的空气往窗外又扇了好几下，“比如讲跳地铁，耽误交通不说，清理也特别不容易，完了还牵涉到赔偿官司什么的。所以我说这个小姑娘，考虑周到嘛。”

“她最后留的那纸条，还有印象吗？能不能跟我说说？我保证不出现任何与派出所或您本人有关的文字。”我把手压在胸口起誓。

瞿警官看烟味散得差不多，把窗户关上，把门打开，并把我往门边上带，“人家姑娘为什么要那样仔细？就是不想再麻烦任何人嘛，你又何苦违背她呢？真要怕交代不了任务，那咱公对公，让我们头儿去给你们头儿说说？一看你就是努力的小伙子，老哥可以帮你这个忙！”

“我也不纯粹是为了写稿子。这稿子不写都行。我就是特别想知道为什么，也等于说是总结经验教训嘛，你明白吗？万一还有别的人，跟她一样……”吸取经验和教训！哈，怎么说得这么正儿八经的，确也是发自肺腑。我停住，觉得自己泄露了什么。

瞿警官这次没有打断，在我有点语塞之时，还停下来等了我好一会儿。他一直送我到楼下，摘下帽子透气，并回递了一根烟给我，“是啊，吸取经验和教训。谁又是仙人呢，哪个身上没点事……你猜我多大岁数？”

“四十岁吧。”我看他发白如雪，脸上纵横，咬咬牙，往最不可能的小数字里头说。

“记者当然都是小油嘴儿，一般人都以为我快退休了。其实我四十岁还不到。活该老相，真没几个人能挺过我遇过的事。”

“您……”我犹豫着，如果不是采访需要，我真特别怕人跟我说心里话。我看看他，尽量不闪挪眼睛。他都挺过了什么？给老衰成这样。

“不讲不讲，跟记者是什么都不能讲的。不过我想你刚才讲得也对，我们得吸取经验教训。小伙子有意思哈！”他打起送客的哈哈来。

大约一刻钟后，我收到瞿警官一条彩信，放大看了看。是米米留下的那张纸条。

请打报警电话。跟任何人没有关系。这是我自己的事情。

怕浪费纸张似的，只是半张 A4 纸，手撕处还带着毛边与斜角。字不好看，但挺端正，三个句号，像三颗小黑珍珠，圆圆的，透亮。

14.有未读微信，李大人：一个加粗的大问号。她已经愤怒得不发文字了。

想了一下，回她一个加粗的大感叹号。这出于一个无聊的文坛小掌故，表示即将诞生伟大杰作的狂喜。都此时此刻了，我还酸乎乎地玩这一套。李大人显然明白了，赏脸回了一个表示加油的动态图。

派出所离电子城很近，反正要吃饭，不如再去找志华——顺便换个角度跟他聊聊他们三人的关系。这显然是瞿警官对我产生的影响。也或者，我对于米米在高潮时所喊出的倾诉还是难以释怀，我甚至觉得，光凭这一点，我就能好好地写上一大篇。这是多么夺人心魄的呼喊！可惜志华没有能领受到，还是说他刻意瞒过了我？我真不能放过这个点！哪怕并不能写到稿子里。

给志华的微信发不过去了，果然是喜欢拉黑。这可拦不住我，抬脚就往电子城去，二十分钟后，到达他的柜台。

场景与三天前类似。柜台里仍是小山似的手机残骸，外头徘徊着两个等手机的人，柜台里的人在埋头修手机。后背上仍是二维码，柜台一圈也是二维码——我重新扫二维码，跳出一个更加花里胡哨的维修优惠券：是另一个人。

志华离开了。为躲开我，因为那五次人流？躲开跟米米有关的任何挂碍？他跟米米之间，有着更深层的压力吗？我一时感到失职的踏空，也有负疚。我其实是同意他的，米米怎会为此事去死呢？但采访本身似乎就破坏了他原有的木然与自足，我想起他拖着鞋子、疲沓地走在我前面——他这是到哪里去了呢？

哦等等，我想起来，可能就昨天还是前天，我看到工作群里有人刷过一条消息，并报了选题，有家热门公司开出挺不错的条件招募竞技类游戏高手，并打算设立世界级顶尖赛事……我搞不清志华的真实水平，但瞧着那推文里广招天下贤士的意思，挺适合志华去投奔的。当然，这是我一厢情愿的、免责般的设想。我甚至还想着，是不是可以追踪一下志华？说不定可以换个后续角度来写。

六个月后，站在王者之路的总冠军领奖台上，游戏少年志华仍然记得传来女友自杀消息的那个遥远的下午。

得了得了，马尔克斯老先生会从坟里爬出来杀了我吧。

我软绵绵地倚在柜台边，像在陪那两个不耐烦的家伙等他们的手机。软绵绵的原因不是无力，是一种仿佛全身麻醉般的飘动感。感到更饿了。祝你好运吧志华，无论你是想躲开什么，或是想寻找什么。本来还挺想再见你一次的，也可以不采访的，好歹能两个人一起吃东西啊。

买了一个烧饼，没想到是冷的，因边走边吃而更加难以下咽，但总比一个人坐在铺子里强。我走得很快，竭力想逃过那种感觉——时间，时间正从我身上轰隆隆压过去，现在不是大卡车了，现在成了地铁，还是高铁？想到瞿警官说的，轨道上的肉体很难处理。于是我又把时间换成了飞机，宽体波音 777。这就对了，时间在我脸上飞逝，呼啸如耳光响亮。

有人来电，米米父亲。他说他不得不专门打个电话来，然后用书面语的表述方式感谢我转发给他的米米“遗书”照片。

“现在我能认出她的字了。我在家里头找到她以前的一个小记账本子，哪天办了理发卡，哪天吃重庆小面，哪天买两斤半糖炒栗子。如果现在警局再喊我去辨认她的字迹就好了，并且我现在还能知道她最喜欢吃什么呢……”我嗯了两声，不知如何回应。他也默然了片刻，然后再次谢我，但是终于还是忍不住提出修正，说“遗书”这个词并不准确。应当是留言条。不，“遗”字，最相宜。因为留言条的话，还应当有落款和时间才对……

我想他是不是还是坐在沙发上，白皙的手轻轻抚摩着沙发扶手，周围堆着秦老师的空画框。

“我在吃午饭呢，一个烧饼。”打断了他。我需要跟一个人说下这个冷烧饼，不管他是谁或他会怎么想。

他很明白地笑了一声，切成有点欢快的语调，好像我是一个正在喝苦药的三岁娃娃，“我一直讲的，人要放眼大千世界而不是小我得失。上次那个可燃冰，你还记得吗？那十全十美、取之不尽的最优能源，其唯一的障碍在于开采……”他很自然地跟我讲起了当前世界各国的前沿试验。热激化法、减压法、置换法这三种方式的利弊。但都还没有能够真正解决可燃冰在开采过程中因升温而分解的问题，而这又会导致不可逆的环境污染……米米父亲真的比百度搜索要好多了，不时夹带着“有趣得紧”。

我听得很专心，一边把冷饼子用口水泡烂，尽可能慢地咀嚼——麦子的味道，在我快要咽下去的最后几秒，朴素地香起来。在这种余香里，我收回了对米米父亲的曾有过的不屑，并与他达成了某种一致，对于人类知识进步的纯粹性观赏，或者说，对生命本身的寄寓与排遣之道。

如果说整个采访的子弹还有最后一发，我想留给初音。对，我认为我根本没有完成或者说就压根儿没有开始对她的采访。所有那些微信对话都有网友级别的可疑。当然应当与她面对面啊，从她的快速眨眼、无意识的小动作与结结巴巴，来判断她与米米的真正情况，而绝不该以一个秃顶光棍儿汉的身份在深更半夜愚蠢地抒情主义。

等等，为什么是子弹，这是自动冒到我脑子里的比喻，我当然不想初音死。我站定，不能不想到弗洛伊德，他对脱口而出的口误，总有着令人失笑的推理。他认为，坑、水桶、木箱、炉子、蜗牛、森林、水流、首饰盒等皆与阴户有关，而军刀、左轮手枪、水龙头、指甲锉刀、吊灯、自动铅笔、喷泉、气球等则寓指为阳具。我这是越来越不讲文明了吧。

"请给我一个定位。我这就过去。"我直截了当地给她留言。

毫无反应。

"我没时间了。"最好她是以为我也要去寻死。跟寻死也差不多。明天一早，我的稿子就应当像个胖儿子一样的给生出来，并躺在编辑的邮箱里等着迎接人间的第一缕阳光。而到此刻，我这个胖儿子连他将要投胎的子宫都还没有找到呢——又来了，我为什么总在这样的比喻里打滚？

发来了定位。还真是个好姑娘。艳阳当头，我有点目眩。不是为了终于要见到她，是为了可能被打开的真相。我没有打车，那没有地铁安全可靠。我要平平安安地见到并剥开那个核。

出了地铁就是她所定位的国展馆。彩旗飘摇，人山人海。巨大的气球，巨大的拱桥，各种奇装异服的女生，简直以为来到了什么理想国。女生们露这里露那里，或者裹这里裹那里，鞋子、帽子、眼镜、皮肤颜色什么的全都怪力乱神。有一位女孩我从上地铁就看到，白头发直拖到地，白头发下面是全裸的黑色后背，非洲朋友那样的黑。地铁上看她这打扮，很扎眼，一到此处，就平常得很了。

盯着一张不知何时塞到我手里的导览图一看，原来如此啊，Cosplay 年展会，她们通通都不是三维世界里的人物！我一下子有了不好的预感。

我发起位置共享，初音没有回应，也不回答我对她具体展位的询问。在走过大概二十来个展位空间之后，反倒有点奇怪的醉醺感。女仆、女王、女侠、女巫、女妖怪、女动物、女生灵。每一个都可能是初音——初音在忙着自拍,给别人拍,或者合影。她打着V字与爱心,无休无止地摆弄着道具与造型,没有所谓的胖瘦美丑,绝对完美极了。

我现在多希望回到第一天,我当时就应当直接冲到初音那里去才对啊。

我不顾礼节地直接呼叫起视频通话,这差不多是我的最后一口气了,得用力把它吐出来。

响了很久,她切换成了语音。嘈杂市声中我听到她的声音,与晚间判若两人,显得明快和虚假,"你要定位,我不是就给了吗?你具体有什么事,就这里说好了。"我突然醒悟,从一开始就是这样,她最多只是告诉我她在哪里,可从来就没答应过见面。这花招当然并不复杂,只是我一直迟钝不觉。

"都到这里了,见一下呗。你们穿成这样,我怎么找到你啊?"有那么一瞬间,我想到美甲,她会跟米米一样,十只指甲都精心装饰的吧。然而四周一瞧,这里所有女孩的手都不是日常的手了。"那要不,我把我的照片发你,你找我行吗?"我装傻似的,仍在争取着跟她见面的办法。

"见不见一样啦。有好几拨记者给我们拍照的呢。黑眼镜,小平头,黑双肩包,脸上有点油油的。我估计你们也都长得差不多对不对?"

给她说得又想笑,除了头发少点,我确实是这模样。"那要不你发一张给我瞅瞅?看到照片那我就不找你了。"继续讨价还价。

"本来就不用找,我们不在一个世界呀。"声音笑嘻嘻的。

"为什么,你能说说为什么吗?"我一阵耸动,不禁放慢语速,好像我这是在跟另一个世界的米米通话,她正在用一个曲折的附体的方式,回答我这些天来对她的全部追索。

“这你都不懂吗？我在二次元，你是三维啊！哈哈，好玩吧！我们就没法见面的。”

我吁一口气，从米米那里又回到初音这里。“哎，能不能问下，你为啥喜欢玩这个？”

“就傻乐呗，可以拍照啊，还有好多人会说喜欢我，可实际上他们看到的又不是我，哈哈。”

“你挺开心的？”

“开心，都开心死了。”

15.我爬上 128 路车，去往郊区的终点。城外的天色已经开始暗下来了，车辆和行人开始稀少，紫金山近在眼前，忽又在身后，如同在绕山打圈。我们摇摇晃晃地往斜阳深处驶去，砖红色的暮光照进车厢，一对拖着行李的情侣头靠头在打瞌睡，那动荡中的依偎感人至深。

杨门卫身端如钟，勾首向下，嘴唇暗中翕动。有人或车辆通过，他便抬头投射出一个假作机警的眼神。他也用这样的眼神投向我，随即收回。看来是忘了我们曾经见过，并有过长达一个小时左右的交谈。

我走近传达室的半截透明门，晃晃手跟他打招呼。他定睛瞧我，犹豫地放下手机。

“杨师傅，单词背得怎么样？”

“Yes！Go！累计打卡第四百三十二天。”麻溜作答，“咦，你咋知道？”重新聚拢眼神，突然一笑，“哦啊！来得早不如来得巧，他们中午才把钥匙托我收着呢。”

“钥匙？”我递去烟，把我给认成谁了？

“就那家的房子啊，你不是来打听过吗？”他稍微放低声，“往前倒数一百年，哪块土里没埋过人？”

“您是说，可以去看房了？”我真欣赏他这声东击西的记忆力。

“中介是我同乡，帮他个忙。有意向的，我就直接带过去。”他看看表，把一个写着手机号的牌子挂在门把手上，“咱手脚得快点。”

遂跟着他几乎一路小跑，不免想到没有采到的秦老师，经过这样的事情，又牵涉房产变卖，也不知米米爸爸跟她，是将从头收拾起，还是就此岔道分开。唉，人啊人。

房里是一派等着被出手的凄惨模样。浮灰下的家具东一处西一样。卫生间有股子臭气。地面各种杂物。墙上挂过东西的地方有一块块的白净。阳台，或者，米米想要留下浇一次水的所谓花园，花盆歪倒，杂草横生。

“就在这屋？还记得她当时的姿势吗？”走到朝北的小房间，我停在门口。

“小兄弟，不是我劝你，既然想买，就不要再想这些事情。你真是要看房子？”他突然狐疑地盯着我的脸。

“想谈女朋友，还是得先有房子才成。”

“这就对啦！我要用你来劝劝我儿子。你想，省出的那两折！我老婆得要做多少织补啊。”带着由衷的欣赏，他拍拍我的肩，“放心，房子本身质量绝对没话说。你要来迟两天，肯定脱手了。”

“要不您先过去，我再各处仔细看下吧。”

“那最好。”他掏出手机看看，“出来时门把手向上抬一下，就锁上了。”

小房间还算整齐。床罩、台灯都还在。衣柜门半开半合。一只印有旅行社名号的旧行李包，半张着口，里面是些不想带走的旧衣服。自然都不是米米的，她只是在这里留宿过生前的最后一夜罢了。

我把房门半掩，慢慢躺倒到那张小床上，如果能无意中摆成与米米相似的姿势就更好了，那也许会给我点超级启示吧，关乎时代、典型、深刻并且他妈的还挺打动人心的——如我在五天前所“想得美”的那样。

虔诚地紧紧闭上眼，除了一股淡淡的灰尘味儿，除了垫在后脑勺下的包有点硌人，一片虚静，我真的只能两手空空去往DDL的死境了。像临终者飞快回顾一生，我再次闪回有关米米的一切采访，没错，它们还是那个死样，真实、乏味得不值一提，可是，等等，等一等！我是不是忘了什么？绿皮书啊，就在我脑袋下硌着我的绿皮书，在它最重要的导言部分，麦老师可是专门加黑加粗地解释过“创造性非虚构”！这个词组，其重音与重点，是“创造性”，而不是“非虚构”，也就是说，对一应的原材质，可以“选择性”采信和“创造性”运用……

可不，真实到底什么样，不就是小儿眼中的那只太阳吗，孰大孰小孰远孰近孰凉又孰热哉？秦老师的未遂，志华的中断，态度可疑始终不肯露面的初音，不正有着最可作为的空白吗？记得我还猜想过“恋父情结”“死亡图钉”与“三角恋”呢，包括与米米她们俩同住的那位性别不明者，很方便就能带入“LGBT”的族群概念……嗯，真的，推倒，重来。把他们彼此遭际的幸与不幸，交互作用中的物理力学、光合作用或心理投射，翻个儿或卸八块，在历史、社会与家庭的所谓伦理建模中，重新推演出米米的死因，一条万能如意的逻辑链，要深刻便深刻，要动人便动人。需要的话，我可对某两条线筑渠引水、描红加粗，而把另外的线淡化出镜直至彻底删除。没什么的。谁是莺莺啊谁是红娘，谁是墙上美人哪谁又从坟中活转。哈哈反正那就是谁也不知道的“真相”，不是吗？

我差点儿翻身坐起——不，少安毋躁，再多琢磨会儿，就像人们在展览馆经常看到的模拟沙盘或古迹复原，要在细节与承转上考虑周全，所谓修新如旧……等会儿离开这里时，要记得拍几张照片（找一个毛绒玩具放在床头），加上瞿警官提供的半张纸遗书，我拍过的她们租屋楼下的旧沙发、志华修手机的柜台、米米工作群的讨论截图、人流病历、米米奶奶的病房，再问母亲讨要一张她们的合影（承诺脸部打上马赛克）——也能算齐活了，挺有声有色的，不是吗？

那么，现在我是不是可以稍微歇上一会儿？在米米生前的这张床上。这些天来，我他妈的何尝好好睡过一觉啊。

眯着眼也许才五分钟。手机响了。我知道一定是李大人。我盘算着应当如何答复。铃声是我新下载的一段太空摇滚。前奏幽冷，浩渺有如在宇宙散步。这样的铃声中，我出现了短暂而激烈的犹豫，长达三秒钟。

——不，上帝呀，难道我是上帝吗，我怎么能就有“创造性”呢？我必须，他妈的必须非虚构，忠实于这五天来的空旷悬念，正像米米所拼命维护的秘密那样，就这样顺势而下，如浊水缓慢地淌过旷野，没有风景，没有阻力没有动力，只是如影如伴的日常本相。李大人，咳咳，不好意思啦，这枚洋葱头真就没个核儿，它无味无物无挂碍。不过我会如诺写下来，并于明早准时交稿。您呢，则负责干脆利落地打红叉叉，确实太无聊啦，绝不会有人想看的，它本就不应当问世，就像米米就不应当去死。

——当然！必须大无畏和大无耻，必须“创造性”，此乃天赋神授的职业特权。以绿皮书之名，我要大大方方地声明，这就是了不起的艺术创作和媒介传播。必须勾画出海市蜃楼，必须让李大人颤抖着粗野地拍腿叫好，必须让人们被刺激的味道冲得眼红鼻酸，洒下不值钱的泪水，然后十万+，让米米在十万众瞩目中像模像样地死去，新生了一样地再次死去。

“唉。”仍然紧闭眼睛，我用极其骄傲的声音应答。

“病了，声音咋这样怪？”是老家表姐。

“没，只是躺着。”吁一口气。可惜没病，能挂了更好，顺手接过米米的接力棒。

“可注意不要生病了，一个人在外嘛，又没个女朋友。出门的话，没雾霾也得戴口罩，现在流感可凶，都能死人的。”随即是念经般的，一长串这种情况下的叮嘱。

“嗯。嗯。好好。”

“这两天注意收一下包裹。姑父非要把柿子给你寄过去。其实也没多少，有的太生，有的又太熟。我说哪里没有，又不贵的东西。姑父不听劝，就怪我那天跟你提了下柿子树，然后他就一直催着要我全摘下来寄给你。记得啊，可千万不要跟螃蟹一起吃。”

又是柿子。是啊，小时候总看着它们由绿变青，慢慢变黄，最后变红，然后我就可以吃它们了……我抹一把眼，那里很干燥。“放心吧就，哈哈我哪里有蟹吃。”头稍抬起来，想听听那边是否有父亲气喘的声音。没有。只听到我最后的时间，如高空而坠的重器，带着呼呼儿的风声，向头顶心砸将而来。我抖了一下，遽然而起。

【作者简介】鲁敏，女，1998年开始小说写作，出版有《奔月》《六人晚餐》《梦境收割者》《虚构家族》《荷尔蒙夜谈》《墙上的父亲》《取景器》《惹尘埃》《伴宴》《纸醉》《时间望着我》等三十余部。曾获鲁迅文学奖、人民文学奖、郁达夫小说奖等奖项。现为江苏省作家协会副主席。

第十九届百花文学奖

小说奖获奖作品集（中）

《小说月报》《小说月报·原创版》编辑部 编

天津出版传媒集团
百花文艺出版社

橡皮擦

○范　稳

一

正午之后，阳光弥漫着慵懒的倦意，湖之梦高档别墅小区便也渐渐陷入饭饱神虚般的昏昏欲睡。花园里的鸟儿不叫了，树上那几只调皮的松鼠，贼亮的眼睛也迷蒙起来，各自蜷缩在绿荫深处打盹儿。A 区 18 幢有只二货哈士奇，是它们的玩伴儿。它们在树枝上跳跃嬉戏时，那二货便会在树下狂吠，松鼠像逗一个两岁的孩子，常常溜到树干离地面两三米处，让哈士奇觉得只要轻轻一跃，就可够得着它。这只被主人叫作“二哈”的家伙常常被逗得从这棵树转到那棵树，捕获猎物的梦想让它垂涎三尺、乐此不疲。此刻，哈士奇也躺在自己的窝里做口叼松鼠的美梦。明晃晃的阳光下，世界宁静而混沌。哈士奇的老主人洪玉林打开了院子铁门，在车道上步履蹒跚地走了几步，茫然看着阳光下空荡荡的小区，大约是在想：我这是要去哪里呢？我要做什么呢？他是一个身材高大的老人，尽管筋骨已经萎缩，肌肉也已然松弛，可背不驼，眼不花，腰也不弯。谈不上仙风道骨，但也不是风一吹就要倒。老人踌躇片刻，回头喊，二哈，出来撒尿。那货在窝里头都不抬，只翻了翻眼皮，仿佛告诉老主人，一个小时前你才遛过我了嘛。老人这时看见了放在铁门边的一个黑色垃圾袋，刚才为了开铁门，顺手就把垃圾袋放地上了。哦，我是出来丢垃圾的。他提起了垃圾袋，感觉到沉，便想找自己的手杖，但手杖又不知躲哪里去了。这个世界上看不到的事物，还有那些过往的人和事，都是成功越狱的逃犯，永远消失在一个老人的记忆之外。真是可恨。

垃圾桶离这幢独栋别墅三十来米，洪玉林走到一半时，有两级台阶，老人没有看见，一步迈出去就摔倒了。

当天晚上，湖之梦小区物业公司安保部门的人调出了这天中午A区七号段的监控录像，人们看到老人跌坐在地上，半天都没爬起来，看上去孤独而无助。接下来发生的故事让人们回味再三，连最聪明的警察也没法判断，最公正的法官也举棋不定。

这个高档小区本来入住率还不到三分之一，每栋别墅之间又疏朗开阔，花园、草坪、树林、亭阁、水面等，营造出一片静谧宽阔的世界。所谓高档住宅区，就是让您能够拥有更多的私人空间。这是当初开发商的宣传主题词。但是他们和住户大约都忽略了，一个老人的私人空间越大就越孤独，也常常充满危险。

二

刮灰工白金华最近遇到一个社会性的难题：如何让一个民工三代考入七彩中学——这个连城里的孩子也趋之若鹜的私立名校，进去了就好比一只脚跨进了大学校门，也意味着一个民工的孩子将来会找到一份体面的工作，并最终成为一个城里人。这半年来他比自己当年高考落榜还要焦虑。作为一名外来务工者，他比许多城里人更熟悉这座城市，他爱它繁华的商场超市，爱它整洁宽阔的大街，爱它喧嚣与便捷的地铁，爱它风光片般的公园。他在一家装修公司工作，是一名技术娴熟的工人。无数个家庭的墙面屋顶、内墙外墙，经他的手之后，平整了，光洁了，像宫殿一样有了档次。有时他也会悬在半空中，为城市的高楼大厦装饰打扮，白色、黄色、红色、灰色以及种种与天地间相融洽的颜色，都在他的铲铲刮刮、磨磨刷刷中描绘出来了。你是一个真正的行为艺术家，一个画家曾经这样赞美过他；另一个诗人说，你是生活的装扮者。这些他服务过的城里人其实都是些站着说话不腰疼的家伙，他认为。我们不过是生活的敲门者，来城市讨生活的人。进哪扇门都要看你的身份证、暂住证、施工证、准入证等等各种能证明你身份的东西，还要忍受别人审贼一样的目光。“形迹可疑”，是白金华在小学时学会的一个成语，他现在总感到自己在城市里就是“形迹可疑”的那一类人。而人家城里人有一张身份证、一张卡，甚至一部手机就可以走遍世界了。诗人和画家，以及种种的家，上小学时哪个不想？一个农村孩子的理想是不断被现实修正并一步步往下拉的。行为艺术家是干什么的，白金华不明白，但这座城市是如何一天天在他这样的人手中长高长壮，他大体清楚；当他在某幢高楼上施工，远眺天地之间，城市高低起伏、丰富多彩的天际线，他都可以默数出哪幢楼去做过外墙，哪个楼盘去搞过装修，哪个小区几栋几单元几号的女主人漂亮非凡但很傲慢，哪个高档小区大又都住的是有钱有权的高端人士。这座在外貌上壮观无比的城市，既火热又冷漠的栖身之地，就像那每一户家庭都有的那道防盗门，隔开了多少伪善和真诚、苛刻和包容、轻蔑和尊重、虚情假意和坦诚相待。一个城市的打工者，是在用体力和汗水敲它厚重的城门。比如：请让我们的孩子到你们的学校读书吧。

城市的回答直截了当：交钱来！

过去在外省打工时，白金华的女儿白布舒的学籍转来转去的非常麻烦。现在城里的公立学校对外来务工者子女大门是敞开的，你只要有暂住证，有合法稳定的收入，从小学到初中，政府规定的义务教育让每一位学龄孩子都有学上。但到了高中以后，白布舒就必须回原籍上学，这样才有考大学的资格。白金华怎能不知道家乡高中的教育质量？自己就是毁在那所山沟沟里的高中的！白金华从不认为自己不如人，更不相信自己的宝贝女儿会输在起跑线上。女儿一出生他就给孩子取名“不输”，他对媳妇小琴说我们虽然输给了出身，但不能输给生活。城里人的孩子宝贝得不行，乡下人的孩子就不是心头肉了？只是女儿大了后，觉得这个名字太不雅，自己改名为“布舒”，看上去蛮有城里人的感觉。白金华最为欣慰的是，在校门口接女儿时，看着身穿校服的白布舒和她的同学一拥而出，谁能看得出来她是个民工的孩子？无论是学习成绩还是外貌扮相，我的女儿一点也不比城里人的孩子差。当然了，不能比的只是你的起点在金沙江大峡谷的深山里，从那里跑进大学学堂，得要两代人的努力。

女儿布舒中考预考成绩非常好，老师说只要正常发挥，上七彩中学应该没有多大问题。只是因为白金华是持暂住证的“准城里人”，想进七彩中学这样的私立名校就要比别人多交一笔“择校费”，当然还不算住校费、补课费、每月的生活费、学习资料辅导费等等杂费了。作为技术娴熟的刮灰工，白金华每天能挣到三四百元，除去周六周日休息和没有工作的日子，一月收入总有六七千元，加上媳妇打工三四千元的收入，夫妻俩月入一万元左右，日子还是过得紧巴巴的。媳妇小琴说：一万元在老家可是大钱了，在这城里，房租水电吃喝拉撒，扣七扣八的，钱就是抓在手里的沙子啊。夫妻俩刚贷款在城里买了一套三居室的二手房，每月六千多元的还贷压力相当大。但这并不能抵消白金华要让自己的女儿上名校的梦想。再穷不能穷教育不是？白金华经常说：等我们家布舒考上大学，毕业后再考个公务员，当上国家干部，我们从此就是正经八百的城里人了。小琴对老公的梦想总是信心不足，她会嘀咕说：再多的牛粪也堆不成高山。白金华的回答是：那些体体面面的城里人，三代以前还不都是农民？他们能做到的，我们又不笨也不懒，为什么就不能呢？你再看看我们村的王多贵，人家两代就换身份了，还当了区人大代表哩。城里人都在为他打工，围着他转。

城市就是个滋生梦想的温床，哪怕你生活在城市的边缘，身份低微而暧昧，你的梦也是五光十色的，是那越升越高的五彩气球。与大山深处宁静的村庄相比，城市的呼吸是急促的，城里的楼房比地里的庄稼长得还要快，它催促着你挣钱的脚步，让你连过年都不想回自己日益冷清的村庄。

与白金华想法迥异的是他的弟弟白银华，这是个与城市有些格格不入的家伙。他从十八岁就跟着哥哥满世界讨生活，到过广东，闯过海南，最远去过新疆，现在落脚在故乡的省会城市，多少有在家门口干活儿的感觉，至少，离他梦中的媳妇更近了一点。

白银华已经二十八岁了，去年春节回家相了邻村的一个姑娘，互相留了电话、加了微信。半年多交流下来，那姑娘说：明年过年你来提亲吧，你得让我爹相信你的实力。白银华明白那话里的意思，过去峡谷里提亲，男方家提一串茶叶饼、两块红糖就可以了。女方家如果认可这门亲事，便会留下礼物，再回赠两块用芭蕉叶包上的新春糯米粑粑。但这是白金华、白银华爷爷一辈的习俗，去年白银华的一个哥们儿也是去这个村庄提亲，带了两万扎得整整齐齐的人民币，还是被赶了出来。白银华不像他哥是个基本上守规矩过日子的人。他好打麻将，每次回到家乡，一年辛劳积攒下来的那几万元，差不多有一半要输在牌桌上，剩下的钱就随心所欲地吃了，喝了，花了。父亲早几年不在了，母亲也管不了他，只有哥哥的话他还偶尔听一下。两兄弟一起在外打工，他是帮手，也是徒弟。哥哥的手艺他从不用心学，他帮人刮灰，棱角线经常刮不直，墙面要么起泡要么开裂，还得他哥帮他补。他总是嫌这活儿脏，成天蓬头垢面，衣服上满是灰浆，且没有多少技术含量。但离了这点技艺，他在城里讨到生活也难。挣再多的钱，你以为就能成为城里人了吗？你看起来像个城里人，骨子里还是个农村人；老家人认为你进了城，城里人看你眼皮都懒得抬一下。城里人生活在天上,我们生活在地上,一个是天一个是地,你是提着自己的头发想升天。

白银华是打工阶层中的愤青、二愣子,在街上开车也要骂骂咧咧,骂交警,骂那些不断超越他们的豪车。欺负老子的车破吗,你撞上来噻!老子奉陪你一条命。有次和雇主吵架,抄起刮灰刀就要朝人砍去,要不是白金华及时按住他,那祸就闯大了。这个兄弟几天不在他眼皮子底下,他都不知道该不该去派出所寻人。白金华也不明白他为什么会有那样多的怨气,也许从他一出生就与社会结怨了吧。白银华是家中老三,那时算超生。

现在这个愣头青给他哥哥又出了道难题。他上周六和几个老乡打麻将,一个晚上输了一万六千元。白金华听完兄弟的诉苦,当即就给了他一巴掌。你是吃屎了?脑袋被门板夹住了?人家出老千坑你难道不晓得?今年不是还要回去提亲吗?打甩手就能把媳妇娶回家?白银华不当多大个事样说,血战到底嘛,出不了老千的。这点钱反正提亲也不够。我们这样的人,不搏一把,永远出不了头。

白金华差点背过气去。真是民工的后代还是民工,赌徒的儿子一定是赌徒。白金华的父亲是二十世纪八十年代第一批走出山村的打工者,每逢过年的时候用一个蛇皮袋藏着一捆捆十元的钞票回乡,风光得不得了。但他也好打麻将,除了年夜饭那天在家,其余时间都在镇上的茶馆里打麻将。白银华小时候最熟悉的声音,恐怕就是洗麻将牌的哗啦声。这样的家庭环境怎么能教育得好下一代?多年以后白金华常常反思父辈的荒唐。他高中毕业参加高考,自认为成绩还可以,考个警校应该没问题,白金华从小喜欢看侦探小说,一直想当警察。但白金华没有继承到父亲的那点好运,民工二代的名分倒是顺理成章地继承下来了。虽然他现在比父亲那一辈人混得好,可谁会认为这是好运?

白银华说:别气啦,还有更让人气不过的。我听工程队刘队长说，咱们公司今年有几笔工程款结不了账，公司要裁人了。到处都差钱啊，我只是差点运气。

白金华恨得咬了咬牙，人走背运，差的是命。发不出工资算多大个事。前年白金华禁不住身边的老乡怂恿，把十万元交给了同村的王多贵，百分之三十的年利率。第一年下来王多贵认账，十万元变成十三万元。双方重新签协议，继续将钱放王多贵那里鸡生蛋蛋生鸡，都是一条大峡谷里出来讨生活的老乡，还有什么不信任的呢。这笔老本钱是为白布舒上大学时用的。但就在上个月，白金华找王多贵说：女儿要上高中了，需要一笔钱，能不能把去年的利息先付给我？王多贵请白金华去高档餐厅吃饭、喝茶，然后两手一摊说：兄弟，别人也欠我的钱啊，眼下真的没有钱给你。我正在找人追杀那个欠我钱的王八蛋，不还老子钱，就先砍他一只胳膊。白金华不敢砍人胳膊，更不敢把这个消息告诉家人，怕影响女儿中考。女儿曾经跟他说起过，随便上个公立学校算了，花钱也少。为什么非要去跟那些城里人比呢？我们跟他们不一样。白金华记得自己的回答是：我和你妈辛苦一辈子，不图别的，就是要你和他们一样。

那个晚上两兄弟在白金华家喝下两斤多家乡带来的苞谷酒，喝得白银华热血贲张，喝得白金华眼冒泪花。白银华临走前撂下一句话：哥，富贵险中求，血战要到底。

三

白金华兄弟一个月前在湖之梦 A 区 18 幢对面的 32 幢别墅干过一段时间的装修，有一天下午，一个打扮得珠光宝气的女人开着一辆保时捷越野车，停在 18 幢的外面。刚好白金华兄弟买材料回来，那女人对他们说：小兄弟，麻烦帮个忙好吗？她让白金华兄弟从保时捷后备厢里抬下一箱茅台、一箱水果。然后她按 18 幢的门铃，一个保姆来开的门。女人指挥白金华兄弟扛着箱子穿过客厅,来到紧邻客厅的一间藏酒间，那里面有很多白银华叫不出名字的好酒。女人对扛着茅台箱子的白银华说,请先放在这里。然后她又带着白金华穿过一条走道,再经过一间保姆房,又走过一间摆放了各种古董的房间,来到餐厅,说:你先放在这里吧。本来白金华兄弟放下东西就该走了，但不知从哪个房间钻出一个走路颤颤巍巍的老人来，女人一见他就说:老领导,来看看您。老人很高兴的样子,先是把白金华兄弟当成跟女人一起来的,非要大家坐下来喝茶,不让他们走,热情得不得了。直到那女人反复解释说,他们是她请来搬箱子的,老人才释怀,顺手从茶几上抓起两包新版大重九塞给他们。白银华出来后问:哥你知道这烟多少钱一包吗？这家人好阔。

自从白银华在醉眼迷离中喊出“富贵险中求,血战要到底”后，这些天他们凭一张过期的施工准入证混进湖之梦小区，随时关注18幢的情况。他们在32幢搞装修的时候,已大体知道一些对面18幢的情况。白银华还和18幢的保姆以姐弟相称,在姐长弟短中,白银华还得到一个重要的信息:18幢平常家里只有他这个新认的姐和那个老人,老人有些糊涂了,生活基本不能自理。周六或周日其他家人才会回来。

湖之梦小区树上的松鼠也在打盹儿,白金华和白银华正蜷缩在自己的微型面包车里吃方便面。他们目睹了18幢的老人跌倒,白银华把方便面碗一扔说,哥,机会!

这几天里,他们脑海中对这幢别墅里将要发生的事情,反反复复地推演到睡不着觉的地步。这家的保姆每天上午会去外面的小超市买菜,有时也会带上老人,费时一小时左右。而下午三点前后,保姆会带着午休过后的老人在小区里散步遛弯,和难得遇见的几个邻居聊天,五点左右才会慢慢摇回家。18幢有院子门和防盗门,院子带刺围栏有两米高。客厅窗户是大落地窗,侧面一间屋子(保姆房)

有一扇带纱窗的气窗，保姆经常会把窗户打开透气，只有纱窗是合上的。如果有人要从那里翻进去，只需轻轻一跃——当然，还得考虑那些贴着每一扇窗户安装的红外线报警探测器。没有谁知道在白天或者主人出门时，这些探测器是否在工作状态。

好运的大门不攻自开。他们从车里跑出来，自然而然地扮演起见义勇为的好人。他们搀扶着老人进屋，先关上别墅的院子门，再关上厚重的屋门，白银华还悄悄把门背面的保险锁锁死。

大爹，你没有摔着哪里吧？白金华问。

面对两个进到家里的陌生人，洪玉林显得有些张皇失措，他张了张嘴，不知道该说什么。这时二哈开始狂吠。二哈，不要叫。老人终于说：坐嘛，坐下来喝茶。

白金华判定，老人认不出他们来了，但他装着好像认识他们的样子，表现出友善，这是好运打开了它的第二扇门。大爹，你不认识我们了吗？白金华笑眯眯地问。

刚才他们将老人扶起来后，老人突兀地说：你们回来了？

白金华顺口应道：回来了，回来了。他推测老人把他们当成家里的某些成员了。白金华在老家的奶奶也活成了个老糊涂，在小小的村子里也找不到回家的路，积攒了一辈子的零花钱也不知藏到哪里去了，连她从小带大的白金华、白银华兄弟也认不出来了。白金华现在需要弄清楚的是：面前这个老人糊涂到哪种地步了。

认得的嘛。认得的嘛。老人脸上现出困难的笑容。很像你在某个场合被人热情地打招呼，你绞尽脑汁、搜索枯肠也想不起对方是谁，但你还得虚情假意地掩饰自己的尴尬和难堪。洪玉林眼下的困难还在于：他不知道该把两个年轻人往哪里带。过去家里来了客人，都有人招呼；很多情况下，他从不用起身迎送前来拜访的客人，能抽出时间见客人一面都是给人莫大的面子。家里人都说他老了，不想多见任何人了，喜欢一个人活在自己漫长的回忆里。他们这样说得越轻率,老人就越如大河上的一根枯草,和外面的世界漂得越远。只有洪玉林自己知道,他活在一个多么孤独无助的世界,就像现在面对他想不起的客人,既有些手足无措,又仿佛守候了一万年,终于等到了乘着阳光的翅膀回家的晚辈。

回来了好,好,坐嘛,坐!坐!老人拉着白金华的胳膊,脸上现出解决了难题的笑意,深刻的皱纹乱成一团麻。

那只二货哈士奇又叫了几声,但看到主人对客人那么热情,便回到自己窝里打盹儿去了。

白金华吁了一口气,问:大爹,你家的保姆呢?

郝妈啊?交医保……老人茫然四顾,好像在找他的保姆。

难怪守了半天不见保姆出来。好运的第三扇门也打开了。白金华兄弟曾经认真讨论了如何对付这家保姆的问题。她很壮实,手脚利落。这种农村妇人,力气大得可以摔倒一个小伙子。每年白金华、白银华都要回老家交医保,还要按手印画押,不然就无效。今天好像是农村人站在了农村人这一边。

白金华继续问:大爹,家里没有其他人呀?

有个鬼!老人的语气忽然严厉起来,让白金华心跳了跳。这么大的房子,有个鬼。来喝茶嘛。工作忙哟,脱不开身哟。喝茶嘛。在美国远哟。来嘛,喝茶嘛。老人好像总算想起来了,客人进屋,应该喝茶。

白银华本来揣了一把小刀在身上,但刚才在车上时,他哥让他把刀交给自己来保管。白金华说,做这样的事情,最好不要伤到人,那样警察会把你往死里追。在这种大户人家里,能神不知鬼不觉地顺走几样东西就足够救我们的急了。但眼下的情形,让白银华觉得是个千载难逢的机会。不就是个糊涂的老人嘛,你当他面搬空这个家他都不会有反应。他用眼神告诉白金华,该动手了。

我讲个笑话给我听。老人忽然说。

白金华一愣，问：大爹，你……

我讲个笑话给我听。云根，云根，我讲个笑话给我听……老人喃喃地说，后面的话听不清楚了。

你自己讲笑话给自己听？白银华笑了。

白金华盯了他兄弟一眼，笑容可掬地对老人说：大爹，你先坐好。我来泡茶，我们再慢慢来听您老人家讲笑话。茶在哪里呢大爹？

后花园喝。茶室里喝。老人边说边往里走。白金华记得这幢别墅有前后花园，后院还有个加盖的茶室，面对一个鱼池。老人在前面走得摇摇晃晃的，他们紧随着老人来到餐厅，餐厅对面的门通向后花园，但是走到餐厅时，老人忽然说：吃饭嘛。

餐桌上凌乱不堪，有半碗吃剩下的面条、半盘香肠、一小碗花生米、一碟泡菜、东一堆西一段的骨头、嚼不烂的菜茎，还有一瓶茅台，白银华的目光黏在了茅台上。那天帮人家搬了那箱茅台进这个家门后，白银华问了白金华好几次：哥，你喝过茅台吗？

喝酒。来，喝酒嘛。老人忽然声音洪亮地说，眼睛也亮了起来。这让白金华心里一惊，老人好尖的眼睛，难道他还能看透人的心思？而白银华则像被人逮住了伸出去的手，慌忙说：不喝不喝。我们就喝茶，喝茶就是了。

老人却麻利地拧开了茅台酒瓶盖。再好的酒，一个人喝，也叫寡酒。杯子呢？他四处张望，没有人伺候的饭桌让他有些手足无措。餐桌上并没有酒杯，白金华不明白摆一瓶茅台是什么意思。

去找酒杯。白金华对白银华一努嘴。白银华转身往藏酒室走，白金华拉了一下他，手悄悄往楼上指了一下。他早已观察到了餐厅里的食品柜，那里有一排排的玻璃杯子，而老人的注意力在那瓶茅台上，他把酒瓶凑近鼻子，脸上现出一个嘴馋孩子般的陶醉。

酒杯摆上来了，桌上只有一个老人的残羹剩饭。洪玉林笑呵呵地和对面的年轻人喝下了第一杯酒，脑子虽然更加凌乱，但看上去他是真心高兴，这栋大房子里要有人晃动，有人说话，才叫家嘛！平常除了天天陪着他的保姆，以及二儿子汉国时不时回家看看，老人觉着再不会有人踏进这个家门了。从前单位上的人还经常过来看望他，先是那些受他提拔的下属，以及渴望得到他美言的后生，再后来就只有中秋节和过年前老干处的人来了，他们不过是完成节前慰问的工作任务，还没有等他过问清楚单位上的事，人家的后脚已经在门外了。气人的是这帮小狗日的今年中秋节都没有来！他感到自己已经没有了组织，一个干了一辈子革命工作的人，忽然失去了组织，生命的意义就没有了，只是等死，等得每一天都比一百年还长。更不要说等到个节日见到组织的人！外面的世界正无情地将他抛弃，像一辆越驶越远的乡村公共汽车，把他孤零零地扔在荒野里。他既找不到组织，也找不到回家的路，或者说，回家的路有很多条，错乱无序地在他的眼前铺展，而他明明感觉得到家就在眼前，一抬腿就可推门而入。他看得见老家的那间土坯房，看得见在火塘前忙碌的母亲，还看得见火塘上方悬挂的腊肉，被烟火熏得红亮红亮的，七八岁时的洪玉林偷偷地抻长脖子去舔腊肉上渗出的油珠。香啊，真香。这香味如此真实，好像味道还藏在舌头下面。但洪玉林却推不开时间源头那扇遥远的家门。

白银华神色诡异地从楼上下来，悄悄向他哥低语道：楼上有个保险柜。那时白金华已经和老人喝到第三杯了，他开始想象那个保险柜，它肯定有密码，如何才能让这个老人说出密码呢？

你还认得回家的路啊？来来来，喝酒……老人忽然高声喊，他的眼睛明亮异常，猛地站起来向白银华迎去，刚跨出一步腿就绊在凳子脚上，他摔倒了，手徒劳地在空中抓了一把，把两个碗、一个酒杯带到了地上。几声脆响后，老人已经跌坐在地上了。

白金华首先看到了一股血从老人额角处流淌下来，黑红黑红的，大约是在椅子角上刮破的。他上前去搀扶起洪玉林，让他重新坐在椅子上。大爹,今天你都摔了两跤了。你头上出血了,我帮你擦一下。不要动哈。

白金华从餐桌上抓过几张餐巾纸,又对白银华说:去找找看有没有创可贴。大爹,你的药柜在哪里?老人这时高声叫唤起来:哎哟,我痛。白金华用餐巾纸压住伤口,说:一会儿就好了大爹。老人说:我手痛。白金华拉着老人的手甩了几下,说:手没有摔着啊大爹。老人又说:我脚痛。白金华说:那你起来走两步。他扶着老人走了几步,没有发现有什么不对劲儿。

白金华现在感到了害怕,今天要是整出人命来,他们兄弟就惨了。老年人的事,说倒就倒了,说走就走了。白银华原来说他一个人来就可以把事情办了,他说哥你有家有口的,我一人做事一人当。但白金华怕他毛手毛脚的,将事情闹到不可收拾的地步。他珍惜自己的家庭,但他也只有这一个兄弟。

白银华开始无所顾忌地游走在各个房间,老人并没有什么反应,只是默默地看着餐桌上那几团浸染了斑斑血迹的餐巾纸,忽然反常地哼起歌来——

如果是这样,你不要悲哀,共和国的旗帜上……

白金华有些莫名其妙,他不知道这是什么歌,更不知道是唱给谁的歌。这个神神道道的老人,大约只有外星人才能跟他对话。你碰到一个外星人,可能会得到世界上最珍贵的宝贝,也可能被外星人掠走,一去不回。白金华眼里的外星人,既有某些从不正眼看他的人,也有那些钱多得不可思议的富豪。虽说都生活在同一座城市,但每个人的天空是不一样的。

好在老人的伤口也不是很大,况且老年人,血凝固得快。白金华松了一口气,继续和老人瞎扯,企图能得到更多有用的信息。白金华让白银华陪着老人喝酒，自己借口说要去找点纱布，帮老人包扎一下，也闪身上了楼。楼上有三间卧室，一间书房。显然只有一间卧室常有人住，那是一个带有卫生间的大房间，除了一排大立柜、一把日本进口的高档电动按摩椅、两个床头柜外，没有多少摆设。落地窗帘拉得很严，卧室虽然收拾得还整洁，但白金华还是闻到一股陈腐的气息。这种气息跟他家奶奶的那间黑暗狭小的小屋子里的气息差不多。老年人的睡房，不过是还剩最后几口气的人的“活棺材”，乡下城里都一样。孤独、阴暗、晦气，阎王派来的小鬼在窗台上探头露耳，死亡的阴影在空中飘浮。当然，卧室也是很多人最喜欢存放财富的地方，卧室里要是还有一个带密码的老式保险柜，你用脚趾都想得出来它会收藏多少财富。这个保险柜是绿色的，有一个衣柜那么高。可这个连人都认不出来的老人家还记得密码吗？白金华有些灰心地想。

真正引起白金华注意的是二楼的书房，它约三十平方米，两面墙是书架，靠阳台那一面是落地玻璃窗，还有一面墙上挂满了大大小小的照片，有彩色的，也有黑白的，还有很多的奖状和勋章，都用精致的相框装潢。这是这个家庭的荣誉墙。白金华在这座城市做装修十多年了，还没有见过哪家的墙上挂有如此“重量级”的照片——总理和蔼可亲地握着一个激动得露出满嘴牙齿的军人的黑白老照片。应该是楼下那位老人家年轻时的照片，还有一张彩色军人照，武警少将军衔，从五官长相上看，或许是老人的儿子。他目光犀利，威风凛凛，仿佛身后有千军万马，随时都可以掩杀而来，让白金华无处遁逃。

天老爷，这家人可惹不起。

家里来了贼。

白金华回到餐桌边时，老人语气平和地说。就像说家里来了朋友一样随意。白金华的心嗵嗵狂跳，白银华端酒杯的手抖了抖，去年白银华跟人斗殴被人用一根钢管抵在墙角，都没有此刻这样紧张。但老人那副淡定从容的样子，让他们一时又无所适从。

大爹，你说谁？白金华的声音发颤。

电视上都放了，贼进屋了，要出人命了。老人用手在脖子处比画了一下。

白金华用了十二分的力气才让自己镇定下来，说：那是电视。贼只是想拿点值钱的东西，不会杀人。

光天化日之下，他们也太猖狂了！老人忽然一拍桌子，目光凌厉起来。那种凛然不可侵犯的威严是白金华兄弟从来没有见识过的，他们几乎要崩溃了。

人啊，不能起贪心！不拿群众一针一线。老人嗓门儿洪亮地又加了一句。

大爹，你是说……电视上的坏人？白金华沙哑着嗓子问。

电视上放的，都是我叫他们拍出来的。老人转眼又平和下来，还打着手势，像在做报告：四一九入室抢劫杀人案，刑侦处的人勘查了现场后，我让宣传处的人去录像。我给他们说，为了保卫我们国家改革开放的成果，要告诉人民群众增强防范意识，要震慑犯罪分子，敦促他们尽快投案自首。四一九案告破后，两个犯罪分子王超贵和赵七能供认，他们就是在老乡屋子里看到了我们拍的电视，晓得了我人民警察的强大威力，才从躲藏的地方跑出来的。一跑不就落进我们的手里了？到处都是卡子，到处都有我们的眼睛。他们能往哪里跑？

这个老家伙哪里糊涂了吗？白银华有些绝望地看了看他哥。而白金华迎着老人咄咄逼人的目光，只能心虚地回答道：是，他们……不该跑。

你找到要找的东西了？老人依旧语气平和地问。

白金华吓得尿急，冷汗直冒。大爹，你头上出血了，我……想找纱布给你包扎一下。我只找到几片创可贴，大爹，我们先给你贴上止血哈。

白金华抓了张餐巾纸将老人脸上的血迹擦干净，这时他闻到从老人身上散发出来的臭味，原来城里的老人也是臭的啊。白金华的奶奶身上也经常有这样的味道，老人大小便失禁，可不像一个婴儿尿床那么简单，白金华又重新找回了点信心。但白银华将创可贴给老人贴上时，洪玉林一把抓住了他的手，忽然大声说：你这下跑不了啦。

白银华使劲儿挣扎，都把老人从椅子上带了起来，但也没能挣脱。老人的手竟然像鹰爪一样有力。

白金华忙上前去，抓住洪玉林的胳膊，急切地说：大爹，大爹，我们……我们来过你家的，帮你家送东西，你忘记了吗？我们不是……你想不起我们来就算了。大爹，我们还有事，我们走了。他不断给白银华使眼色，赶快脱身走人。

但老人断然说：只许你老老实实，不许你乱说乱动。

白银华有些恼怒地说：你放开我！他用另一只手抓住了老人的手，准备来硬的了。白金华脸上也现出事情就要办砸了的恐慌。

汉中，你好不容易回来一次，我讲个笑话给我听。

老人的语气忽然温和起来，像一个父亲对归家的儿子说出来的殷殷话语。我把汉国叫回来，汉美叫回来。汉国都当爷爷了，我们家四代同堂了哟，过年时我们一直在等你回来啊。每年的年三十晚上，我会悄悄给你留菜哟。不能让你妈知道，不能让她知道。他的脸上这时荡开一层哀戚之色，可怜巴巴的样子，像一个被人遗弃在大街上的老人。

白金华反应过来，老人又犯糊涂了。汉中是谁，是他的儿子吗？他怎么会对着白银华说这样的话？他究竟要跟哪个讲笑话，又想讲个啥子笑话？真是急死人！白金华长吁一口气，这个老人家得哄一哄，不然他不依不饶地纠缠到门外，那还了得？

三个人重新坐下来，老人兴致又高涨起来。人齐了，就欢欢喜喜地过年了。都不要走，汉国平常在部队工作也忙，喝酒嘛喝酒。

白金华问：大爹你有个儿子是将军啊？老人一撇嘴说，将军算个啥？呵呵。这小子小时候调皮，差点被我一枪崩了！他现在嘛，工作是刻苦的，组织上是信任他的。

白金华又问：大爹年轻时见过总理？老人的眼睛亮了，嗓门儿又大起来，一脸的自得之色。一九五三年去北京开公安英模会，总理问我多大参加革命工作，我说十五岁。总理说，还是个小鬼嘛，打仗害怕吗？我说报告总理，我跟共产党走，干革命，就不晓得"怕"字。总理笑了，跟我握手。我激动得差点要哭。

白金华心里想：这就是人们说的老干部了吧？还是老公安。我们动他一根汗毛，惹的麻烦就大了。

四

在旧金山大湾区圣何西县皇后镇的一幢公寓楼里，地产律师洪汉美借助远程监控系统将万里之外家中的情况看得既一清二楚又一头雾水，手中的电话拿起又放下。

本来此刻已是美国西部时间的深夜一点，她早该去就寝，九点还要出庭。但她惦记着家中的老父亲，因为她知道今天保姆回农村老家办医保，要到北京时间的晚上七八点才会回来。家里几个房间都装了监控摄像头，这是她去年回家力主安装的，借助网络他们这些在外奔前程的子女可以随时看到家中的情况。两个月前的一天中午，保姆郝妈在午睡，洪汉美在监控画面中看见厨房里飘出阵阵浓烟，便急忙打越洋电话到小区物管那里报警。原来是老爸想烧开水，却把郝妈炖在煤气灶上的一锅红烧肉烧煳了。满屋浓烟滚滚，洪汉美在旧金山仿佛都闻到了浓烈的焦煳味，而亲爱的老爸却呆坐在客厅里浑然不知地看电视。

从前一年回国探亲时开始，洪汉美就发现孤独的父亲越来越糊涂了。五年前母亲去世后，父亲就像一个落单的老小孩儿，越发沉默、迟缓、笨拙、木讷。从前那个叱咤风云的传奇英雄，那个让子女们既自豪又惧怕的父亲，那个让犯罪分子闻风丧胆的前公安局局长，现在成了一个吃饭都要戴一个口水兜的老孩子。他的光荣过去，正在被一块无情的橡皮慢慢擦去。

阿尔茨海默病，中国人略带不恭地叫作老年痴呆、老糊涂，医学上也称之为AD患者，也许是所有做儿女的肩头上卸不下来的重担。洪汉美最早察觉到父亲正不幸滑入AD患者的深渊，两年前就提醒她的哥哥洪汉国要引起重视。但洪汉国身为边防武警部队的少将，长期忙于公务，对父亲的状况并不以为然。说老年人嘛，都有不清醒的时候。咱老爸活了八十多岁了，能吃能睡，啥病没有，血压也不高，一年都不感冒两次，够省心了。洪汉美却不这样看，父亲面对回国探亲的女儿，再不会一遍又一遍地询问美帝国主义的社会治安状况，再不见他天天读《人民日报》和《参考消息》，甚至连《新闻联播》也不准时收看了。她就父亲的状况咨询了美国的医生。医生说，你父亲现在的病症属于AD症初期，它是不可逆转的，只会越来越严重。从失认，到失忆，再到彻底失去生活自理能力。她记得去年回家那天的家庭团聚宴，老父亲端起红酒杯对她说，妈妈，你辛苦了。餐桌上的晚辈们笑翻了天，老人一时手足无措，不知道自己到底做错了什么。洪汉美当时眼泪忍不住流了出来。

如果母亲不先走，父亲不会老得那样快。家人都这样认为。一个亲人在衰老，并不仅仅体现在他脸上的皱纹、满头的白发以及越发蹒跚的步履，他是一盏逐渐暗淡下去的灯，是流进岁月的沙漠里越来越细小的溪流，是一棵慢慢凋零枯萎的老树。这是谁都无法阻挡的事情。这些道理洪汉美都明白，她想不明白的是：不可抵御的衰老，为什么会摧毁一个人的智力，抹去他的记忆，让他失智？不管他曾经是总统首相，还是贩夫走卒。仿佛是上帝拣选出一些人，向世界展示人生尽头的残酷与玄妙；或者说，在生界与冥界之间，还有一个只有他们深陷于此的黑洞，幽暗、缥缈、迷蒙、混沌、混乱，没有人可以拯救，也没有人能够理喻。

洪汉美不无悲哀地发现，家中的人已经不屑与这个曾经威风八面的一家之主多说一句话。哥哥汉国总是忙，嫂子对父亲的厌恶在空气中都嗅得出来(母亲去世后这股气味益甚)，侄儿洪疆刚得了一个宝贝女儿，一心只过自己的小日子，是那种精致自负的小中产，他们一周回爷爷家一次，不过是为了履行当孙子的义务，那种漠然、敷衍，甚至不比对二哈更亲热。哥哥一家人放着一栋大别墅不住，宁愿挤在部队分的福利房里。哥哥的解释是他还在部队当着领导，住在别墅里影响不好。洪汉美明白，自己没有资格责怪哥哥一家不管老父亲，当她看到保姆郝妈搀扶着父亲在空荡荡的小区踟蹰散步时，只有一种深刻的无奈。自己身在美国，离异，和女儿刘涯难得回国一次，刘涯和外公也几乎没有多少亲情可言。这个在美国长大的孩子总是会问同一个问题：为什么不送外公去养老院？我们不想被人指着脊梁骨骂。这不是洪汉美说的，是哥哥汉国的话。一个受人敬重的将军怎么会把自己的父亲送进养老院？洪汉美只能给女儿这样解释：我们这一代中国人，将“忠”和“孝”视为美德，信奉的是“老吾老，以及人之老”。儿孙一大群，老人却在养老院，是不肖子孙的做法。那就宁愿看到一个老人关在家里孤独寂寞而死，也不愿给他一个有尊严的晚年？面对女儿的指责，洪汉美总是底气不足地说：不，你外公晚年很幸福。

洪汉美当然知道自己这话里的虚伪，二十七岁的女儿也知道。甚至家里任何一个人都明白，别墅里的这个老人，如果真的要有幸福的话，就是他能够穿越眼下的混沌世界，进入天国的那一天。侄儿洪疆有一句话是这样说的:一个经常尿裤子的老男人,活着还有什么意义啊?

父亲还不到大小便失禁的地步,但他已经不能“正确”地大小便,除非有人帮他。经常的情况是,他要么人站在便槽前,却将小便滴滴答答地全尿在裤子上、鞋子上;要么他将大便屙在便坑外(父亲一直拒绝用马桶),然后又像小孩玩泥巴一样搞得卫生间里一片狼藉,有一次他把大便糊在了盥洗台上、镜子上、墙上(也许他想将之清理干净,但却越搞越糟)。去年洪汉美回家过春节,给父亲买了一箱纸尿裤,可父亲却拒绝穿,说女儿把他当什么了,小屁屎娃儿吗(这种时候他为什么又那么清醒)?洪汉美只得一次性买来十条棉裤、二十条秋裤、四十条单裤。她告诉郝妈说,只要他屙在裤子上,你就给他换。洪汉美不能容忍父亲身上散发出来的一丝恶臭,但家里还是经常恶臭盈室。她不明白的是:一个暮年男人的屎尿,为什么会那么臭?那么大的房子,只要父亲一“闯祸”,几间屋子都臭不可闻,而且那臭气中还夹带着死亡的气息,令人无法忍受。她专门托人从西藏买来藏香,让郝妈到处熏。再好再浓郁的空气清新剂或香水啥的已经没有多少效果了。

给父亲换裤子的事情,家里人都不愿脏了手,全交给郝妈做,没有哪个家人能够忍受那种臭味。一个人活成老小孩,可能会变得很可亲可爱,但也可能会令人无可奈何甚至心生厌烦。父亲情绪不好时,便会骂人,甚至动粗,乱打乱踢,仿佛不是他尿裤子了,而是别人。哥哥汉国有次帮他换袜子,结果遭父亲狠狠踹了一脚。所幸任劳任怨的郝妈还可招呼得住个性一向刚硬古怪的父亲,她说什么父亲都乖乖地听,老老实实地按她的话去做。即便是母亲在世时,父亲都不会这样听话。

他们是谁?父亲好像跟他们认识。但在洪汉美印象中,家中没有过这样的朋友或亲戚。父母的亲戚中,母亲那边的洪汉美全知道,母亲出身于城里的读书人家,亲戚本来就不多,来找洪家帮忙的少。父亲那边的穷亲戚就太多了,七大姑八大姨的,过去不是来借钱就是来请求安排工作。父亲参加工作早,对故乡似乎没有多少感情,又是一个极讲原则的人,为此得罪不少老家那边的亲戚。后来父亲索性不回老家了,他说人家是衣锦还乡,我穿一辈子制服,不能用公家的衣服去还我欠的债。

莫非他们是父亲老家来找工作的后生?不然父亲怎么会请他们喝酒?那两个年轻人看上去不像是有多大教养的人,但也好像不是贼眉鼠眼的坏小子。家里的卧室、书房、客厅、餐厅、阳台这几个父亲常去的地方都装有摄像头。起初洪汉美看见一个年轻人在父亲的卧室床头柜翻找什么时,吓得汗毛都立起来了。但她随后又看见这人把一片创可贴贴在父亲额角上。卧室的床头柜就是他的药柜,应该有创可贴之类的常备药。

家里的监控设备装好后,洪汉美觉得自己逐步沦为"窥视癖",一发现有什么不对劲就打电话。有一次郝妈去超市买菜,她看见父亲长久歪坐在客厅沙发上一动不动,家里的座机打了无数遍,他也没有反应,父亲也不用手机,说看不清上面的数字按键。洪汉美认为父亲不是心脏病犯了就是脑梗,便哭喊着打电话到物管公司。那边倒是反应迅速,立即派人去敲门,门又敲不开。然后社区民警、救护车都出动了,最后来了一辆消防车,消防队员搭上云梯从楼顶开着的气窗爬了进去,父亲方才大梦初醒,笑呵呵地面对一屋子的陌生人,把那些警察、医生、消防队员当成单位上来慰问他的人,要人家都坐下来跟他汇报工作。物管公司的经理在电话里抱怨说:洪姐,拜托你不要经常这样吓我们了。

她也曾想打家里的座机,问一下那两个年轻人是干什么的。但她怕如果他们真是坏人,岂不是打草惊蛇?万一他们狗急跳墙做出什么对老父亲不利的举动……她不敢多想。

洪汉美犹豫再三后，决定先给二哥汉国打个电话，但那边一直是忙音。天知道他此刻在哪个连手机信号都没有的地方忙。洪汉美深深叹了一口气，继续观看家里正在上演的那出“戏”。

五

你是谁？

你从哪里来？

你犯了什么罪？

这是什么地方？

每个进了监狱的犯人，一进去就要回答清楚这四个问题。洪玉林就像满肚子的故事刚刚打开了话匣子。我马上就要回去工作了。他打着手势说，他们不让我工作是错误的，组织上的平反通知已经下来了，我知道的。恢复工作是组织对我的信任，职务啥的暂时不考虑。老干处的人乱七八糟瞎整，当初就不该提拔小刘这样的人。我受党教育多年，党叫干啥就干啥。老人豪情满怀，一拳砸在桌子上，震得酒杯都翻倒了两个。

这是醉了还是继续在装糊涂？白金华心里叫苦不迭。装糊涂的人好对付，真糊涂的人你还真拿他没办法，你得有时间慢慢和他周旋，在一个混沌的世界里和他一起跌跌撞撞地摸索。就像白金华的奶奶，她一生的积蓄陷在记忆的沼泽里，只有世界上最聪明绝顶的人才可以将之打捞出来。白金华一度认为自己是家里最聪明的人，因为他读的书最多。他读侦探小说、犯罪小说、推理小说，常常把自己也读进情景之中。白金华回老家时把这点才华全用在了“寻宝”上，最后他就像一只嗅着钱味儿的猎狗，愣是在一床破被褥里把那区区几千元搜出来了。而眼前这个老糊涂的财富，绝对是可怜的奶奶的百倍以上。

可是，白金华今天脑子转得再快，也转不过这个比奶奶还糊涂的老警察。老天爷啊，还是快放我们走吧。

老人仍然兴致勃勃、口若悬河、颠三倒四地给两个图谋不轨的年轻人讲起了自己的革命工作履历：一九五三年梁王山土匪叛乱，杀人放火，一个村寨一个村寨地烧光抢光。工作队员被吊起来打，砍手砍脚。把人装在汽油桶里，架在柴火上活活烤死。我们公安队配合解放军剿匪。雷四眼，过去坐八人抬的轿子，当马帮走四方，驮鸦片去缅甸越南，赚大钱。都是有武装的哟。县公安队伙食好，我从来没有吃到过那样好的伙食。雷四眼出门，前面四挺机枪开路，后面两挺机枪压阵。我们跟雷四眼打了三仗，都让他跑脱了。白面馒头盛在一个大簸箕里，随便吃。我一只手抓四个，两只手抓八个。教导员说，饱饱地吃，吃饱了去追雷四眼。汉中，你要多多地吃，吃饱了好抓雷四眼。来嘛，陪你老爸再喝一杯嘛。报纸上说，雷四眼被我剿匪部队生擒。我那时不懂，就去问教导员，什么叫生擒？教导员说，就是被你活捉了的意思。呵呵！汉中，你晓得了吧，杀人不眨眼的雷四眼，是被你老爹活捉的。生擒，嘿嘿。像抓一只小鸡。

我可不是你的汉中。白银华突兀地冒出一句，把他哥哥都吓了一大跳。这家伙喝高了吗？白银华却不管不顾，语带嘲讽地说：大爹，我要是有你这样的老爸就好喽。我老爹只是个金沙江峡谷里的农民。

金沙江峡谷？洪玉林老人顿时眼睛亮了，是鱼坝村的吗？我家就住那儿。你们一进屋，我就听出是我老家那个地方来的人。什么人张口一说话，我就晓得他从哪里来的。过去干侦察员，三句话就可问出人家是干哪样的。人民公社时有个偷牛贼，说话哐当哐当的，嘿嘿，打铁的嘛。老人现在思路基本清晰，表述也大体准确连贯，跟刚才说话颠三倒四的模样判若两人。

白金华被老人的话搞得心里一会儿热一会儿凉，有点猫爪下的老鼠的感觉。别的不敢想了，能赶快溜走就是大本事。他努力揣摩老人的思路，企图在混沌中找到一条求生之路。他顺口敷衍道，鱼坝村在我们村子的下面，我们在半山上，核桃箐村。大爹，我们是老乡哟。

嘿嘿，老乡，老乡。许多年都没有见到个老乡了。故乡的话题再次引发了老人的兴致。平常他多想跟人讲讲自己的故乡啊，连保姆郝妈都知道他的老家房前有几棵树、屋后的水井有多深、他们家的那头老牛叫什么名字。他开始准确无误地回忆起那些远逝的地名和乡土风俗。鱼坝村邻近的村子是沙石滩和放牛坪，我们在沙石滩上枪毙雷四眼，人山人海。过年时人们在沙石滩上和往来的马帮做买卖，置办年货。四乡八邻的小伙子和姑娘唱情歌打跳。放牛坪的牛羊好，核桃箐的小伙子能干，入赘江边的小伙子个顶个强。有句话是这样说的嘛：买腿长的骏马，招山上的女婿；吃头刀的羊肉，娶鱼坝的姑娘。你们认得鱼坝村的张梨花吗？白金华摇摇头。老人有些失望，说，你们怎么会不认得呢？她是我的老母亲啊，是峡谷里最能干的女人。我好多年没有看到我的妈妈了，我要回家，可是他们不让我去。老人的目光暗淡下来，脸上又现出哀戚之色。

白金华问：你家老母亲还活着？

活着的嘛，还可以上山打柴呢。老人肯定地说。有天打柴的时候，就生下了我，小时候他们叫我柴娃。唉，活着活着，就没有用了。

白银华冷冷地说：大爹，你不愁吃不缺喝的，手里有花不完的钱，还住这么大的房子，活得多风光啊。

风光？年轻人才会风光。老人轻松下来，脸上的皱纹也舒展开来了，老顽童般晃起了脑袋。山这边的姑娘唱山歌，还没有唱完，山对面的小伙子就跑到跟前来了，这才叫风光。

白金华应了一句：是啰是啰。我们那边都是这样的。

老人的目光温热又空蒙，望着窗外绿茵茵的树林，仿佛看见了故乡的火塘。他说：峡谷里的梨树，一阵春风吹过后，就高高低低地都白了,好看得不得了。江水起春汛,那些鱼噢,要去小龙溪上游摆子。拿个撮箕,站在小龙溪的水头上,一撮就是满满一撮箕啊。呵呵呵。天底下最好的地方,就是我们的金沙江峡谷啊。洪玉林笑得口水都淌下来了。

屁哟。穷山恶水的山沟沟。白银华嘀咕了一句。

老人"啪"的一声拍起了桌子。瞎说!我不准你诬蔑我的家乡穷!我们那里要啥就有啥的,鱼米之乡嘛!

白银华顶了一句:穷就是穷,我没有诬蔑。那个鬼地方就是穷得鸟都不屙屎。

老三,莫多话。白金华低声喝了一句。

穷?穷……穷……洪玉林嘴唇哆嗦起来。再陡的坡上都要长棵草。你咋个长大的?

爹妈养的!白银华根本不听他哥哥的。爹妈都是盘田种地的农民,我们能好到哪里去?

你……不爱妈妈的小杂种,老子要毙了你!

老人下意识地去摸腰间。这个动作娴熟、自然,一看就知道是个一辈子佩枪的人。白金华心头一惊,他相信老人腰间如果真有把枪的话,白银华也许还不明白怎么回事,枪口就顶在脑门儿上了。

白银华冷笑道:你枪毙了我,家乡不还是穷?来嘛,反正我们这种人的命不值钱。猪。我们是猪!你晓得吗?白银华声音大了起来。

你放屁!老人喝道。旧社会劳动人民才牛马不如。你这个反动分子!老子的枪呢?他两手固执地在空荡荡的腰间乱抓一气,最后有些难堪地将手捏成了拳头。白金华注意到那是一只枯瘦的拳头,骨节粗大,皮肤松弛,蜡黄的手背上布满灰褐色的老年斑。

这只握了一辈子枪的手终于颓然地放下了,老人的头也低下了,呼呼喘气。白金华赶快给他倒满一杯酒,说:大爹,你消消气,我们喝酒吧。别跟他计较,他不懂事。

老人一口把酒喝了，说：再来一杯。

老人连喝了四杯，屋子里的气氛缓和下来了。白金华想，干脆把他灌醉了算了。没想到老人忽然说：家乡那么好，你们跑到城里来做啥嘛？

白金华说：大爹，你怕是好久都没有回过老家了，我们那边真的很穷。

老人不计较这“穷”字了，沉默了好一会儿，才问：真的？

白金华平常最怕别人问老家的事。他总是为自己的故乡感到羞愧，他情愿自己是个没有故乡的人。不是因为故乡穷，而是故乡带给他乡下人的身份，让他在城市里再漂泊几十年也擦洗不掉。就像白银华说的那样，爹妈是盘田种地的农民，你好不到哪里去。他只有指望自己的女儿，她出生在城里，她的故乡就是这座城市，将来她还要在这城里工作，把自己民工后代的身份像擦作业本上的铅笔字一样擦掉。这世上有这样一块“橡皮擦”吗？他不知道。

他没有正面回答老人的问题，显得有些沮丧和忧伤地说：我们这种农村人，吃得饱饭，又有什么出路呢？我爸出来打工十多年，只是把我们养大，我们是民工二代。现在满大街都是富二代，我们不敢去比，我们当年没有条件上大学，这辈子就当个农民工，也认命了。我只是不想我女儿再当个民工，在这座城市里没有身份、没有地位，将来再嫁个民工，以后子子孙孙都是民工！真那样的话，我们的生活还有什么意思？没有钱，还不是生活中最大的难事。活得没希望，那才难。

白金华不知不觉动了真情，好像搞错了说话的对象。连白银华都听不下去了，戗了他哥一句：啰唆。

老人却郑重其事地说：让她好好读书。

白金华还陷在自己的情绪中。要有条件啊，大爹。农民工的孩子要上个城里的好学校，可不容易。当年我还想考警校，像你一样当个人民警察哩。可是我们的学校，小学时就一个老师，中学时教语文的老师还教数学和地理。你说说我们怎么跟城里的学校比？

农村娃娃，好好读书，才有出路。洪玉林抓住白金华的手，不停地摇晃，像是在托付一件重要的事情，把白金华搞得有些感动，以至于他都搞不清自己的角色了。

白银华却一撇嘴：你说得轻巧噢，大爹。我们又不是那些有钱人，想上哪样学校就上哪样学校，国内再好的学校也嫌不好，还出国留洋哩。

老人正色道：瞎说！留洋有啥好？我女儿就在美国读的书，遭罪得很。日子过得那么苦，还受美帝国主义的罪，真是气死我了。

白银华嘲讽道：看看吧，你们这样的人家，都去美国读书了还喊遭罪，我们想受这种罪还没有资格哩。妈的有钱就任性，想过啥日子就过啥日子。

放屁！老人喝道，年轻人，你的资产阶级思想很严重。

嘿嘿。白银华用戏谑的语气说，老大爹，我还想有地主阶级的思想呢。我他妈的有得起吗？

剥削思想。我要枪毙你！老人厉声说，又从座椅上站起来，身子晃了一晃，险些再次跌倒。

哈哈哈哈，大爹，你都枪毙我两次了。可是你的枪呢？

白金华觉得他兄弟今天不把事情闹到不可收拾就不肯收手，这让他感到害怕。他喊了一句：老三，你太烦了！

孩子要读书。要读书才好……老人嘴唇嚅动着，又坐了下去大口喘气，不知是气的，还是累的。他又抓住了白金华的手，与其说这次是想要嘱托什么，倒不如说他想找个支撑，以让自己不瘫倒下去。这个老人已经被他们打败了，像风中的枯树，一阵微风就可让他轰然倒地了。餐厅里此时斜射进来一束阳光，在洪玉林的头上镶上一层耀眼的光芒，让那满头的银发更白，白得近乎透明，白得令人心生怜悯和敬畏。

两兄弟的目光碰在了一起，都从对方眼里看出了无奈，也明白现在是开溜的最好时候。白金华抽出了自己的手，说：大爹，我们要走了。白银华也接了一句：我们走。拜拜了老大爹。

不要走……老人伸出一只手，仿佛想挽留他们。但他忽然张了张嘴，"啊、啊"两声，艰难地站起来，一行尿液从裤裆处稀稀拉拉地淌下来了。

白银华皱起了眉头，鼻子收紧成一团，白金华也闻到了一股新鲜的尿臊味。

郝妈，郝妈呢？老人手足无措，张着嘴四处看。

地板上已是一摊尿液，浓烈的臊臭在餐厅里弥漫开来。白银华面带鄙夷地说：喂，你尿裤子了。

老子没有！老人硬硬地回敬道，但是他又不得不低头看脚下的尿渍。他想移动脚步，但却一脚踩在那摊尿上。他提起脚来，放下去，还是踩在尿液里。"啪嗒""啪嗒"，老人左脚挪右脚，右脚换左脚，仿佛在踩着尿玩耍，让两兄弟不得不再次皱起了眉头。

嘿嘿，你慢慢和你的尿玩吧。白银华幸灾乐祸地拍拍老人的肩膀，准备走人。

麻烦你们……麻烦你们，找条裤子……老人费力地说。终于明白他现在的窘境。

想得美哟！你又不是我老爹。白银华说。

老三！白金华喝了一声，起身往楼上跑去。

麻烦你……老人目光哀怜地追着白金华的背影。

一会儿白金华就拿了一条裤子下来。过来，帮个手。他对白银华说。

白银华一把抢过他哥手里的裤子，抖了抖，对老人说：告诉我楼上保险柜的密码，我们就帮你换裤子。明白了吗，老大爹？

老人呆呆地看着两兄弟，嘴唇张了张，无话。

你浑蛋！白金华没有料到兄弟会来这么损的一招，张口骂了一句。

大爹，你好臭哟！你好好笑哟，“我讲个笑话给我听”。哈哈，这就是你讲给自己的笑话？讲干净是要花钱的。白银华并不理他哥，冷酷地说。我们他妈的从来就不干净卫生，天天一头灰一身泥，才能挣一点点钱。钱还被人骗走，孩子也没钱上学。社会险恶啊大爹。

白银华将手中的裤子往前递了递，老人伸手来接，白银华又收回去了。说出密码来，我们就给你换上。快点想哟，裤子上有尿可不好受。他笑吟吟地说，像在逗一个小孩。

白金华常常不明白他这个老弟的心肠为什么会那么硬。兄弟俩在社会上闯荡多年，在需要跟人争勇斗狠时，往往是当弟弟的冲在前面。没有白银华这个狠劲儿，他们怎么会走到这一步？他们本来是来打劫的，但未泯的良知告诉他，他应该去帮助眼前这位老人。那他到底是好人还是坏人呢？在社会上你想做个好人时，没有多少人正眼看你，而当你黑下心来做坏人时，又有一双无形的手推着你去学雷锋。这让他对眼下的困局心生厌恶。他觉得现在是他们哥儿俩掉进粪坑里啦，比站在一摊尿里的这位老人家还狼狈。

老人睁大了眼睛望着白银华，目光里既有屈辱又有愤怒。他又转头求助似的望着白金华，白金华连说一句话的勇气也没有了，不敢直视老人的眼睛。他想，我们是在做要挨雷劈的事。但事到如今，不管你做还是不做，天上惩罚的雷已经在积蓄力量了。

这是一段困难的时间，像沙滩上被烈日炙烤的鱼，人有时熬不过去，一颗鲜活的心便瞬间成炭。老人开始莫名地淌眼泪。先是一两滴，缓慢地在苍老的脸上流淌，然后他张了张嘴，像一头老狼一样干号了两声，又止住了。

我想不起你们是谁了。想不起来了。你们弄死我吧，弄死我吧。

我这个样子……唉，唉。我不想活了，我听到我妈妈在喊我了。

白金华声音小得连他自己都听不见。大爹，我们是……我们其实不是……只是孩子要交大笔的学费……他语无伦次、结结巴巴，世界上大约很少有这样狼狈不堪的打劫者。他想去拉着老人的手，或者帮他拭去脸上的老泪，但是他不敢。奶奶说过，老年人流泪，佛菩萨也会不高兴。你们年轻，看到姑娘红扑扑的脸是福气，可看到老人的眼泪，就要遭报应了。

白银华继续他的冷酷。生不带来死不带走的东西，你捂着藏着干什么呢？这世道有人抢钱明火执仗，有人抢钱喝杯酒之间。大爹，就算你先做件好事，我们再学雷锋。

洪玉林终于缓缓嚅动了下嘴唇：要根针就给你针，要根线就给你线。走嘛。

白银华的眼睛开始放光，白金华却感到害臊。老人已经颤颤巍巍地走在前面了，看上去既漫不经心，又无所畏惧。

等一下，大爹。换双鞋吧，楼上是地毯。白金华说。

白银华瞥了他哥一眼：多鸡巴事！杀猪还怕手上沾血？

老人这时停下脚步，回头不急不慢地对白银华道：我们老家有句话说，隔着大山娶媳妇，等于在温泉里放屁。

白银华不明白这句话的意思，他发现老人的眼神有些不对了，但他仍然读不懂这将意味着什么。白金华跑到前厅鞋架上找来一双布鞋给老人换上。他们那时并不知道，他们在这里做的每一件事情，不是无可挽回的堕落，就是难以名状的救赎。

老人带兄弟俩走进卧室。白银华差点忍不住想跟他哥说：世上有些天大的难事，其实撒泡尿的工夫就能解决了。这种衣柜般大的保险柜，两兄弟给一些公司粉墙时见过。把它放在家里，天知道要存放多少贵重的东西。电视里放的那些贪官，不都是把一摞摞的钱放在这种地方吗？

老人径直走到保险柜面前，默默地站了一会儿，然后握着门上的把柄往右一抬，保险柜门便訇然洞开。白金华恍然大悟，一个脑子糊涂了的老人怎么会记得住密码？他们原先看到保险柜时首先感到犯难的就是如何得到那一连串的密码。他们甚至连试着摸一下保险柜门把柄的想法都没有过！侦探小说把人看糊涂了。人的眼睛有时真的会被一片树叶挡住世界上所有的风景。

两兄弟站在老人的身后，面对梦想中的财富之门，都能互相听到对方的心跳。白银华抻长了脖子，白金华却反常地紧盯着他的兄弟，仿佛随时要按下他脑袋里伸出来的欲望。人有时并不明白自己在最紧要的关头该做什么，无论是以命相搏，还是对一个姑娘说一句暖心的话。生活中的剧情常常在人们的想象力以外，白银华如果在此时要动粗，白金华不敢保证自己会不会踹他一脚。人放下自己的欲望，就跟放下一袋金币一样难。慈眉善目的老天爷有时会化作人间一位宽厚的长者，让你忘记金币。他现在慢慢转过身来，手里捧着一套折叠整齐的解放军 65 制式军装。

白银华说：大爹，你的裤子在这里。他想老家伙还真糊涂到了把换洗衣服收进保险柜了不成？他的眼睛瞄进了保险柜内，但他很快就被一道光照亮了——这在他的生命中是从来没有过的事情。

你，穿上它。洪玉林老人郑重地对白银华说。

我？白银华吓得后退了一步。不是被老人吓到，而是被那身军装吓到。

此刻，没有比军装更令人肃然起敬，并忘掉邪念的了。红色的领章鲜艳夺目，草绿色的纯棉府绸布像春天深处的思念。白金华、白银华分别是二十世纪八十年代和九十年代生人，不会知道这身军装所代表的时代意义。他们只是从电影、电视或画报中见到过这款老式军装。和现在解放军的军装相比，他们只会认为它土气。

多年以前，白银华曾报名参军，体检都过了。接兵的一个连长说他文化基础不错，体格也健壮，到部队锤炼锤炼，会是一个好兵。他的梦已经飞进了遥远的军营，农村人嘛，除了考大学，就是当兵。不然他们怎么走出大山？但后来他被告知，他的名额被乡里的人家“顶替”了。白银华没有找人讨说法，也没有唉声叹气，更不会掉眼泪。他只是冷笑几声，就收拾行装找他哥打工去了。

面对递到面前的军装，白银华身上的邪念在消退。是你要换裤子，不是我。大爹……他底气不足地说。

来吧，穿上让我看看。老人轻柔地说，小心地将军装抖开，一股英气扑面而来，令人心动，无法拒绝。

并不仅仅是因为“人是衣裳马是鞍”这样老套的说辞，而是无论何种款式的军装，总是有魔力的。它会和男儿身上的血性相碰撞，激发出此生从未有过的情感。一个再卑微的人，也会被一身军装赋予勇气、荣誉和责任。

把军帽也戴上。洪玉林又从保险柜里取出一顶镶有红五星的绿军帽。哦，对了，还有皮带。老人现在思路清晰，已经完全掌控了局面。军人怎能不扎腰带呢？他说，收腹，挺起胸来，再挺。腰要紧，背要平。好，好，就是这样。就是这样，就是这样，就是这样……

老人围着白银华转，把他拉到卧室里的穿衣镜前，帮他正正帽子，紧紧皮带，抻抻衣角。此时，所有的事情都在向相反的方向发展，或者冲出人们想象力的边境，飞进银河系里，用光年的速度抵达从不敢想象的彼岸。时间发生了扭曲，宇宙也充满了庄严。就像白银华看见镜子里的那个军人，妈哟，老子原来可以是这个样子。卧室里打劫者和被打劫者都忘记了对方是谁，忘记了自己在干吗，忘记了危险仍未解除，并且即将来临……

像啊！像。太像我的汉中啦。汉中，你总算回来了。汉中，我就你这么一个有出息的儿子……汉中，妈妈，妈……妈妈要是能看到你这个样子……

老人双手扶着白银华的双肩，再次抽泣，老泪纵横。

六

简直太离谱了！洪汉美在地球那一端忍不住叫了起来，眼泪簌簌而下。她有想抓起什么东西砸向哪里的感觉。而往昔的伤痛，是你想喊想砸也挣脱不了的渊薮。

一九七九年的春天，是个多雨多雾又压抑伤感的季节，那一年南国边城的樱花不开，桃李不结，戍边的男儿不归。多年以后洪汉美在给自己的女儿讲起这段岁月的感受，她习惯用“稀里糊涂”这个词。这一年她即将考大学，学习是稀里糊涂的，对班上某个男生朦朦胧胧的爱是稀里糊涂的，成绩当然也是稀里糊涂的，忽好忽坏；能否考上大学或今后要从事什么职业更是稀里糊涂。甚至，当某个春雨下得像人的眼泪的晚上，父亲一脸严肃地来到她的小房间，说：你妈要出一趟长差，我最近接了一项很重要的任务，忙不过来。你明天就搬到你小娘家去住，等高考完了再回家。洪汉美的家在城北，走路去学校也就十来分钟路程。小娘家在城南，她都没有想一想家里为什么要如此“舍近求远”，让她每天坐八站地的公共汽车去上学。其实父亲那张严肃认真了一辈子的“干部脸”和母亲事无巨细的照料、念叨早就让她厌烦，到小娘家反倒更自由了，还可偷偷看点闲书，写些永远只给自己看的情诗啥的，于是也就稀里糊涂地答应了。二哥洪汉国那时还在乡下当知青，洪汉美不是十分相信大人们的话，她想最坏的情况可能是又要搞运动了，父亲又要挨整了吧？母亲又要每天愁容满面了吧？在一个少女的童年记忆中，没有比看着父亲戴着高帽游街更大的打击了。

可是有。甚至还更大，更令人无法相信、无法承受、无法忍痛含悲。高考结束,洪汉美在一个炎热的夏日回到家里时,面对的是一夜白了头的父亲、哀伤绵绵的母亲以及大哥洪汉中"革命烈士"的遗像。大哥洪汉中在这年春天的边境战争中牺牲了。即便到现在自己也已经两鬓斑白了,洪汉美还在为当年的稀里糊涂痛悔。为什么不能去送大哥最后一程?为什么不在那个时候陪在父母身边?哪怕不考大学也罢。当了三年知青的大哥也报考过大学,只可惜连考两年都没有考上。父亲说,男儿不当兵,怎么能长成一条汉子?父亲说话的方式从来都是豪迈革命的、不与家人商量的。他亲自为大哥拎着背包,满面荣光地把儿子送上了接新兵的军车。《再见吧,妈妈》,这支歌在那个年代曾经风靡全国,无数年轻英武的士兵在南国的丛林中豪迈地唱着它,挥手告别了他们的家乡,告别了他们的母亲:

再见吧,妈妈,军号已吹响,钢枪已擦亮,行装已背好,部队要出发。你不要悄悄地流泪,你不要把儿牵挂……

这是这个家庭最不愿听到的歌。

真是鬼来拍门了。洪汉美一边抹眼泪,一边盯着屏幕看,生怕看漏任何一个细节。父亲怎么能把大哥的军装给一个来路不明的小子穿上?大哥牺牲后,部队送回来大哥的遗物—— 一身崭新的军装、一双黑色的新皮鞋、一些衣物、一个搪瓷缸、两个脸盆,还有两本日记本、一本相册、十几本书等等。母亲睹物思子,天天以泪洗面,在床上躺了一个多月。母亲真是不容易,一颗柔软善良的心,破碎在一个铁石心肠的男人身上。谁跟这样的男人过日子谁认倒霉。父亲后来把大哥的遗物都带到自己单位收存,只留下这身军装,锁进保险柜。这个保险柜是单位配发的,平常父亲的佩枪、弹夹、保密文件什么的都放在里面,家里任何人都不知道密码。二哥洪汉国小时候特别调皮,有次他趁父亲疏漏,忘记关保险柜,悄悄把父亲的枪偷出来,拿到公安局大院的小伙伴们中去显摆，事发后差点被父亲一枪崩了。

母亲去世后，父亲的心变得比母亲还柔软。洪汉美有一次回国探亲，撞见父亲一个人在卧室里，把大哥的军装平平整整地铺在自己的床上，军帽也端端正正地放在枕头上，独自垂泪。洪汉美那天拥着父亲，父女俩守着那身军装大哭一场。大哥洪汉中仿佛就在身边，可是他倒下了，再也不能起来。就像那个年代另一支很流行的歌里唱的那样，他已经“化作了山脉”。洪汉美情愿父亲把全部的过去都遗忘，哪怕他不再认识所有的亲人。她曾经跟父亲建议：我们把这军装烧在大哥的坟前吧。父亲的回答是：这军装在，我儿子就还活着。

洪汉美再也看不下去了。父亲这是在干什么？那两个小子究竟是什么人？大哥的牺牲，是这个家庭永远的痛。家里可以挂母亲的遗像，但从没有挂过大哥任何一张照片，哪怕是过去的全家福。只要有大哥在场的照片，都被小心收藏起来了。一个儿子在父母的目光里慢慢长大，他在不同的年龄留下不同的风采，最后永远定格在英姿勃发的二十一岁。哪个做父母的受得了？有些伤口永远不会愈合，尽管它会被流逝的时间一分一秒、千针万线、点点滴滴地慢慢缝合，但在时间的缝隙里，那伤口总会在不经意间被撕裂开来，思念之情、哀伤之痛，依然让人心滴血。几十年过去了，哥哥牺牲的事，家里虽然绝不会忘记，却再不会轻易提起。这是洪家一条不言而喻的铁律。先是母亲受不了，后来是父亲。这个在家里让孩子们敬而远之的严父，在洪汉美的记忆里他的生命中只有工作，绝少有家庭、亲情、父爱，以及儿女情长一类的情感。即便是过年吃年夜饭，父亲的脸上也难得有轻松的笑意。有次母亲在饭桌上抱怨说：大过年的，你就放下你那张“干部脸”吧，让孩子们轻松一点。父亲把酒杯一蹾说：轻松什么？我的干警还在一线值班。不吃了，我去看看他们。大哥汉中战死后，父亲同样不跟任何人商量，就将二哥汉国送进了军营。报纸、电视台的记者天天采访，他可光荣上了天，但回到家里母亲与他寻死觅活，说：你害死了汉中，还要毁了汉国吗？你的心是铁打的也就算了，难道我的心就不是血肉做的？老两口儿那年差点没离婚。洪汉美每每回忆起这些痛彻骨髓的往事，哪怕只是在生活中因为触景生情的一闪念—— 一支老歌、一本旧书、一个童年时期的伙伴、听人说起这段共同的记忆，都像有一把锥子扎在心尖上。家里有谁知道她当年选择出国是为了逃避这些挥之不去的伤感记忆？有一年她回国探亲，在街上看到一个青年骑辆已不常见的永久牌旧自行车，要命的是车后还搭一个扎着两条羊角辫的小姑娘。往昔情景扑面而来，那不是大哥正载着自己去上学吗？洪汉美当时就把持不住，在大街上不管不顾地泪流满面。

二哥汉国的电话还是打不通。她便打给侄儿洪疆，说：老爷子一个人在家，两个陌生人摸进去了。老爷子不知为何把保险柜打开了。洪疆在电话那头大叫：这还了得！我马上报警。洪汉美说，先别惊乍乍的，吓着老爷子。你最好先过去看看再说，我感觉那两个人……但洪疆那边的电话已经挂了。

洪汉美想：这下半个城市的警力都要惊动了。

不到半个小时，警方已经悄悄把A区18幢围得连只野猫也逃不出去了，大队警察封锁了整个小区。市公安局的孙副局长亲自指挥了这次行动，他的指挥车就隐藏在离18幢不到三百米处的一个拐角，指挥车上的微波传输平台已和小区物管安保部的监控画面接通，18幢室内的情况看得一清二楚，家用监控系统让孙副局长省了好多事。封控组、火力组、观察组、侦察组、电磁干扰组以及精锐的反恐突击分队均已就位。侦察小组已经潜伏到18幢东西两侧的窗户下，一种叫作“隔墙听”的侦听器像一副“耳朵”一样地贴在了墙上，孙副局长可以清晰地听到室内人的说话声。反恐突击分队的攀登突击车悄无声息地开到了别墅的北面，一组突击队队员借助攀登架顺利地攀上了屋顶，按计划他们将配合地面攻击从天而降。孙副局长布置了三套攻击方案，将突击分队分成三个战斗小组，每组五个人，分别从正门、窗户和屋顶同时展开攻击。他一再交代突击队队员：人质是我们的老局长，千万不能有任何闪失。老局长要是伤到一根毫毛，我拿你们是问。

孙副局长刚干警察时，洪玉林就是他的师傅。他有些自责这些年来对老局长关心太少了，连两个小蟊贼也敢到老局长家来打劫，这不是羞辱我们这些干警察的吗？因此接到报警后他调集了市里最精锐的反恐突击分队。他权衡又权衡、小心再小心，可偏偏还是出了点纰漏。火力小组的狙击手和观察员选择了 18 幢西面最高的一棵大叶榕树作为火力支援点和观察点。但没想到他们爬上去时，惊动了榕树上的两只松鼠，两个小家伙从树上蹿下来，在周边几株稍矮的树上蹿来蹿去，洪玉林屋里的那只二哈狗这下激动了，冲窗外一阵狂吠。孙副局长从画面上看到两个犯罪嫌疑人行为异常起来，他还通过"隔墙听"听到其中一个家伙问：有人来了吗？孙副局长当即命令：行动暴露，按第二套方案行动。

第二套方案由孙副局长亲自上阵。他戴上耳麦，套一件装有纽扣摄像头的工装外套，化装成一个送水工，先按响了门铃，然后在外面高叫：送水！他身边的助手敏捷地把一根针式软管窥视镜从门缝塞了进去，只有六毫米大小的柔性探头将门后面的情况拍得一清二楚。孙副局长的耳麦中不断传来指挥车上报来的信息。情况正常。两个人走过客厅东端通道。是老局长和另一个嫌疑人。没有使用暴力。没有看到凶器。他们正走向大门。还有五米，四米，三米，两米。准备行动。

门打开了，是那个穿解放军老式军装的家伙来开的门，孙副局长瞥见老局长就在他身后右侧三米处，看上去没有任何要劫持人质的意图。但他还是一步抢进门去，将自己卡在老局长和犯罪嫌疑人中间。跟在他身后的反恐突击队队员蜂拥而入，利落地将这个家伙按翻在地。这时从屋顶展开攻击的队员也从楼上冲下来,他们很快从餐厅里把另一个犯罪嫌疑人制服了。

孙副局长扶着洪玉林,说:老局长,是我们。

洪玉林眨了眨眼睛,好一阵才仿佛认出从前的老下属。但他接下来的反应让所有的人大吃一惊。

要过节了,你们才想得起来看我呀。嘿嘿。

孙副局长说:老局长,您没有事吧?

坐嘛坐嘛,谢谢组织的关心。来这么多人干啥,你们工作也忙。来了就喝酒嘛。老人拉着孙副局长的手往沙发那边带。

老局长,我们接到报警了。孙副局长说。

洪玉林已经拉着孙副局长坐下来了。小孙,来来来,我讲个笑话给我听。他笑呵呵地说。

孙副局长被搞得有些一头雾水了,他问:老局长,我们是来抓人的。他指指被突击队队员们架着的白金华兄弟俩说:这两个小子……

洪玉林往屋子里望了望,好像一屋子荷枪实弹的警察和被押着的那两个人才让他回到现实,他忽然大喝起来:乱整！你们乱整嘛。

孙副局长诧异地问:老局长……

把人给我放了。快！孩子要读书。

洪汉国这段时间一直在边境线督阵抓捕一个贩毒团伙,任务完成后才打开家里的手机,待他心急火燎地赶回家时已经是晚上十点。洪疆还在爷爷家,保姆郝妈也回来了,父亲也没有睡,守在客厅里的电视机前,对洪汉国的问候爱理不理。洪疆把他拉到楼上书房悄悄跟他说:警察进屋时爷爷毫发无伤,家里的东西一样也没有少。本来警察当时就要铐人,但爷爷非要给那俩小子担保,说是他老家的亲戚,不准警察动他们,还把他们送上车。警察也查了,他们没有案底,还真他妈的跟爷爷是一个地方的。当然他们一出小区,孙局的人就把他们带走了。

你去把人给我要回来。现在就去!洪汉国父子俩一回头,发现老爷子拄着拐杖站在门口,一双豹子眼在灯光下熠熠闪光。

爸。洪汉国踌躇片刻,才说,孙局有他们的办案程序,我……我不好干预的。

办什么案? 老人凶凶地反问。

爷爷,您等他们问清楚再说嘛。您连我都经常认不出来,咋分得清好人、坏人?那两个烂民工看上去就不是好人。现在孙子辈的人对祖辈说话,都没轻没重惯了。

洪玉林愣了愣,拐杖往地板上一杵,喝道:你个小屁屎娃儿,你爷爷是干什么吃的,还要你来教? 什么烂民工? 我们是一家人!

洪汉国凶了儿子一句:放肆! 跟爷爷怎么说话的?

洪汉国把老人哄到卧室,说:爸您先睡,剩下的事情我去处理。老人说:不睡,我要看到孩子上学。洪汉国问:这么晚了,谁的孩子要去上学啊? 老人只是反复念叨:孩子要上学,我不睡。洪汉国最后只得说:好吧,明天我们就送孩子去上学。

好不容易把老父亲哄上床,洪汉国还是找不到头绪。怎么闯进家里来的两个陌生人,倒成了他家的亲戚了? 他决定先问一下妹妹的想法。他跟洪汉美用微信视频,洪汉美说:我一夜没睡,把家里的监控录像调出来反反复复地看了两遍, 我也问了小区的物管公司,那俩小子曾经在我们家对面那幢别墅搞过装修,凭过期的施工证进入的小区。他们物管公司安保部调出的录像证实,老爷子中午去扔垃圾时摔倒在外面了,是那两个年轻人将他扶起来送回家的。如果是做好事学雷锋,送老人回到家里就离开嘛。干吗赖着不走?还在家里到处翻动。当然他们也貌似做了些好事,比如把摔倒的老人扶起来、为他换裤子、陪老人喝酒聊天等等。可看到他们在家里鬼鬼祟祟的样子,打死我也不相信他们是好人。主意打到我们家来了,也是吃了豹子胆。

洪汉国说:也许老爸在家是太寂寞了,来者都是客,都要热情接待,请人喝茅台。咱爸从来都是疾恶如仇的人,不至于放跑两个敢到家里来行窃的坏人吧?

洪汉美问:最近一段时间父亲的情况怎样?洪汉国沉吟片刻,回答不出来。手上经办的这个跨国贩毒案,让他有两个多月没有来看望父亲了。他回头问在一边玩手机的洪疆,你每周都过来的吗?儿子头也不抬地说:我还不是忙得很,上个月来过的。洪汉国叹口气,对妹妹说:我先去孙局那里问问情况吧。有了口供,什么都清楚了。

洪汉国赶到市局时,孙副局长还在班上。两人年龄相仿,过去孙副局长也是洪家的常客,私下里两人都称兄道弟,因此见了面也不多客气了,直接谈案子。孙副局长说:老局长家出这么大的事,是我们的防范工作疏漏了。下午我把辖区派出所的人狠狠训了一顿。

洪汉国说:发生这样的事情,也难免。孙局,你进门时,你认为我父亲……当时是清醒的?

孙副局长有些不解地说:清醒的啊,我不认为他喝多了,虽然我闻到了他嘴里的酒气。汉国兄,你知道的,我参加工作时,连酒量都是老局长培养出来的呢。

洪汉国把到嘴边的话咽下去了。父亲已经糊涂了这件事,家人都没有告诉外人。英雄老去,诚可尊敬,英雄老糊涂了,爱戴他的人又情何以堪。他换了个话题问:现场勘查的结果怎样?

有些地方被人翻动过了,抽屉、床头柜、食品柜、酒柜、衣柜等地方,都发现了指纹。孙副局长低头翻阅自己的工作笔记,然后他抬起了头说:奇怪的是保险柜的把柄上没有发现他们的指纹。家里值钱的东西都在开着的保险柜里,一台尼康相机、两对手镯、十二件首饰、一套北京二〇〇八年奥运会的纪念金币、两万三千两百四十元现金,都没有动过的痕迹。我们也没有找到任何作案工具,技侦处的人连花园都翻查了两遍。现在是刑拘,老局长不肯做证,还说是你家亲戚,我们又没有找到证据,按《刑法》第八十条规定,至迟明天这个时候我们就得放人。

洪汉国似心有不甘。假定他们是入室抢劫,不至于一样家伙都不带吧?

孙副局长挠挠头说:有这样的案例。对没有抵抗能力的老人、妇女、孩童来说,犯罪分子顺手从厨房里抓一把菜刀就足够了。不过,将军,我可不能做有罪推定的事情。

他称呼洪汉国"将军",洪汉国自然心知肚明。大家都身居高位,重权在握,又干的是同一行当,都有一条明确的底线。洪汉国为自己刚才的话感到有些害臊,他为自己打了个圆场。

如果他们真是我们家的亲戚呢?你认为?

孙副局长一愣,我怎么知道你们家的情况?难道你老兄……也不清楚?他小心地问道。

洪汉国回避了这个不好回答的问题。他问:你们有口供了吗?

还没有。孙副局长说,刚才来报告说,这俩小子嘴还硬呢。你要不要来看看?

孙副局长打电话让审讯科把审讯室的画面同步传过来,他拉把椅子让洪汉国坐他身边,洪汉国看到被分别审讯的白金华和白银华。他们面无血色,一个显得很惊恐,一个则有些故作镇静。这小子叫白金华,我感觉他有些反侦察经验。孙副局长说。

根据传过来的文字记录,两人辩称他们是来回访从前的客户,看看有无质量问题,遇到老人跌倒在路上,才扶起老人送他回家,在聊天中发现原来是老乡,还是沾亲带故的亲戚关系。他们只是在屋子里陪老人喝酒而已。除此以外,就什么也问不出来了。不过,两人的口供稍有出入。白银华说洪玉林是他的舅姥爷,白金华则绕了半天,说洪玉林是他家二大爷的亲家翁家的一个堂伯的远房大表叔。

这时有人来报告说，两个犯罪嫌疑人的亲属接到我们的通知后，立马就赶来了，是个妇女和一个孩子，就在外面的接待室。孙副局长问洪汉国：你要不要去看看？

他们来到接待室，孙副局长拿着讯问记录本问那泪流满面、不知所措的女人：你叫胡小琴？女人惶恐地点点头。孙副局长又问：你和白金华、白银华是什么关系？女人哭兮兮地说：白金华是我男人，白银华是我小叔子。他们咋个吗？你们要抓他……呜呜呜呜。倒是那个看上去约莫十几岁的女孩不断地为她妈妈擦眼泪，说：妈妈别哭，别哭，爸爸会回来的。这孩子的镇静倒让洪汉国有些吃惊。洪汉国脑子里一下闪过父亲的那句话：孩子要上学。难道……

孙副局长跟胡小琴解释道：白金华、白银华涉嫌私闯民宅，现在正在接受调查，问题查清了我们会再通知你。你们放心，我们不会冤枉一个好人，也不会放走一个坏人。现在你们可以走了。但胡小琴说：我们不走，我们家白金华不会干坏事的。我们要等他出来。

孙副局长转身出来，对跟出来的洪汉国说：这种情况多了，让他们去对付。我也该下班了，要不要去食堂吃个夜宵？洪汉国说：行，我也等等审讯的情况。

快到晚上十二点时，儿子洪疆打来电话，说已经在公安局外面了，爷爷就在他车上。今晚不见到那两个人，他就不睡觉。

洪汉国心里一阵叫苦，不是已经哄上床了吗？他老人家现在怎么就那么精神呢？刚才看审讯记录，已让他找出一些疑点，他相信只要让市局的人审一晚上，什么问题都能搞清楚。但老爷子牛脾气上来了，牛都得给他让道。

洪玉林一见他们就冷冷地问：我的人呢？洪汉国说：正在审。瞎整！老爷子又吼起来。孙副局长忙说：老局长别生气。我们进屋里喝杯茶。洪玉林用手杖点着他问：你是哪个？孙副局长赔着笑脸说：老局长，我是孙志峰。

小孙啊。放人。洪玉林将手杖往地上一杵。

老局长，我们正在调查……

放人。洪玉林再杵手杖。

洪汉国有些看不下去了，说：爸，人家有人家的办案程序，我们先回去吧。

洪玉林扬起手杖就要打，在一边搀扶他的洪疆忙拉住了他说，爷爷，爷爷，您疯了吗？

孙副局长把洪汉国拉到一边，说：这样吧，先给那俩小子办个取保候审，跑不了兔崽子的。别把老爷子心脏病惹发了。

深夜一点多，白金华兄弟办完取保手续出来了。白布舒迎了上去，扑到她爸爸的怀里。白金华跪下了，眼泪无声地淌。白银华则像被霜打过了一样，整个人都蔫掉了。市局里值夜班的人都知道了下午的案子，现在听说他们的老局长来了，那些手上无事的处长、科长、支队长、大队长都纷纷跑出来问候。一群高级警官簇拥着洪玉林、孙副局长和洪汉国，恨恨地盯着刚放出来的那两个家伙，仿佛想随时扑上去再将他们捉拿归案。让人感到奇怪的倒是洪玉林，他既不上前去跟他的“外甥”打招呼，也不走，只是站在公安局门厅的台阶上，苍老的目光望着那一家人相互搀扶着狼狈离开。那女人只回头张望了一下，便感到警察们凌厉的目光像一阵阵刚硬的风，吹得她双腿直哆嗦，结结巴巴地说：天爷爷，快走快走。只有那孩子不断回头，眼里全是疑惑。也许她在想：这是一场噩梦吗？

七

一周以后，洪汉国一家搬来与老父亲同住。他用下命令的口吻对妻子和儿子说：老人还在世一天，我们就陪他一天。

陌生人入户事件的余波渐渐平息。生活一如既往，如河中之水，再大的意外，也不过是一块石头扔下来，砸出一些响动、波浪和涟漪，转瞬之间，响声消失，飞溅的浪花跌落，涟漪也平息了。一切恢复如初，一切都将被时间之河载走。

洪家有个微信群，除了洪玉林不用手机不在群里外，其余人经常在群里聊。因此，一段时间以来，大家有空就在微信上讨论。哪来那么“巧”的亲戚？从未说起过，也不事先联系，更不经人介绍，空着两手就登门认亲戚了？远在美国的洪汉美作为一个律师，竟然对发生在自己家中的一桩“疑似刑事案件”束手无策，这让她感到真是对自己职业生涯的羞辱。她在微信里和大家讨论“犯罪未遂”和“犯罪中止”这两个法律概念。她时而扮演起诉人的角色——假定这两个人是打算到家里来行窃，家人及时报案，警察及时出现，阻止了他们犯罪。无论是美国的法律还是中国的法律，“犯罪未遂”都要依法追究刑事责任，至少也得判他们三五年的。

有时她又不自觉地当上了辩护律师——在警察没有到来之前，他们客观上有充裕的犯罪时间，包括家中的保险柜已经打开，老人毫无反抗能力，他们看上去又有点像《刑法》条款中“在犯罪过程中，自动放弃犯罪或者自动有效地防止犯罪结果发生”。如果是这样，则可以轻判或免予刑事责任。

但更多时候她还是作为一个家庭成员在发言——父亲即便再糊涂，也不至于敌我不分吧？当年他参加剿匪，跟随一支小分队追捕雷四眼，三天三夜连续战斗，小分队的战友牺牲的牺牲，负伤的负伤，父亲只身一人一路追踪到藏区的雪山上，最终让杀人如麻的大匪首也不得不俯首就缚。现在那股疾恶如仇、不屈不挠的劲儿怎么就没有了呢？

当然，态度更直截了当的是家庭里的第三代洪疆，这个年轻人在群里指天发誓地说，不把那两个烂民工送进去，他就不配姓洪。咱们抓了一辈子坏人的爷爷竟然被两个小蟊贼欺负，是可忍孰不可忍！

洪汉国有时也会在群里说几句。也许过去咱爸公务在身，不便多讲乡情，现在退休多年了，人也老了，难免就乡里乡亲、儿女情长起来了。中国的乡村你们不熟悉。一个村庄里都是亲戚，方圆几十里的人家还沾亲带故，八竿子打不着的人说不定还有血缘关系。父亲老家那个地方，峡谷深幽，闭塞落后，但民风古朴，重情讲义。

他现在尽量让自己保持公正和理性，不能把一家人的情绪再推向仇恨的高点，尽管他也是意难平。但他一要考虑到自己职务在身，二要应对老父亲说不清道不明，又不依不饶的糊涂或苛刻。这期间只要他一回到家，老人一会儿说窗户玻璃上爬满了拳头大的小人儿，要他用枪把那些想闯进家里的家伙都打下来；一会儿又念叨着要去看白金华兄弟，说他的两个"外甥"都长那么高了，他高兴。当然，老人催问最多的就是那孩子上学的问题解决没有。有次更荒唐到拿出一沓钱来，要郝妈带给白金华兄弟，给孩子交学费。洪汉国起初以为敷衍几日，老人便会慢慢忘记这事——他一生多少重要的人和事都忘记了，连母亲的名字都想不起来了，可"孩子要上学"却像一颗种子一样在他混沌的脑子里生了根、发了芽，似乎满世界都只有这个问题最为紧要。有一天洪汉国刚下班回家坐下来，正想给老父亲问个安，老人又问，孩子上学没有？洪汉国稍稍反应迟了点，老人就一杯茶水泼到了洪汉国身上。

多年的职业训练让洪汉国习惯于从不同角度去思考同一个问题，作为法律的捍卫者，他从不怀疑自己的执行能力、决断能力，他当然也知道有些"灰色地带"，是最详尽的法律条文也难以全部照亮的，何况制定法律的是人，依法办事的也是人。人有时也会陷在"灰色地带"里左右徘徊、举棋不定。他已经从其他渠道摸清了白金华家的大体情况，这个打工家庭竟然不自量力地想让自家孩子上七彩中学，多少城里的中产家庭都对它望而生畏呢。

有个晚上洪汉国从梦中醒来，梦里的情景像刚放过的电影一样。在边境线一侧,有个大山深处的村庄,被人们叫作“背毒村”。因为穷,村里有不少男人偷越国境去帮贩毒集团背毒品。他们挣得并不多,却是用生命和全家的幸福去冒险。在一次缉毒行动中,一个只有十来岁的女孩追着他们的警车跑,嘴里不断喊:“爸爸,回来!爸爸不要走!”让车上的洪汉国心酸不已。

其实这不完全是洪汉国的梦，工作中他经历过太多类似的事情。只是在梦中那个追着警车跑的女孩,不知咋的幻化成了白金华的女儿。那天晚上她扑进她爸爸怀里,为白金华揩拭眼泪的小手让洪汉国难以忘怀。还有她不断回头张望的目光,除了困惑不解外,洪汉国甚至感觉到了那眼睛里的敌意和仇恨。唉,孩子,我们不是你的敌人。可是你怎么能跟一个孩子解释得清楚这些道理?

第二天上班路上,洪汉国给一个前下属小陈打了个电话,他现在是市教育局的一个科长。洪汉国本来是想咨询一下七彩中学的情况,但下午小陈就回话了,说:报告老首长,您交代的事情已经办好了,学校那边非但不多收一分钱,按城市户口待遇办,还给免了将近一万元学杂费。洪汉国随口说了声谢谢。小陈便道:老首长您千万别这样说,我不敢当的,本来就是小事一桩。明天带孩子去见一下校长,办个手续,秋季就可以入学了。老首长要是没有时间,就我带孩子家长去。洪汉国本想说自己去办,但他实在不想再看到白金华猥琐的样子——他是猥琐的吗?洪汉国有些判断不清,他或许是不忍心看到那个女孩。于是洪汉国对小陈说:那你就帮我跑一趟吧,我把那人……我家亲戚……联系方式给你。洪汉国在心里骂了句:妈的,还真整成亲戚了!

晚上临睡前,洪汉国把帮助白金华孩子入学的事在家庭群里说了,还说当老爷子听到这个消息时,竟然也只说了个“好”字。真不知道他老人家脑子里究竟在想什么。唉,就当我助一次学吧。我也再不会挨他老人家打骂了。

儿子洪疆在微信里语带讥讽地说:一群清醒的人,被一个老糊涂带进了坑里。偏偏他还是咱家的国王。

洪汉国训斥儿子道:瞎说些什么?再糊涂也是你的爷爷!你给老子记住,你爷爷活着一天,他就是一个传奇。

洪疆说:现在是一个笑话了。然后用了一个偷笑的表情。

洪汉国正想再训他几句, 这小子现在说话越来越没大没小了。却见到洪汉美在美国那边也搭上了话:助学是应该的,但一个电话就能解决的事情,犯得着铤而走险吗?

洪汉国说:你忘了他们跟我们不一样。

洪疆接嘴道:就是嘛,他们闯进家里作奸犯科,我们还得给他们兜着,帮他们的女儿上好学校。这就是我们和他们的不一样。

Innocent until proved guilty.这是洪汉美的女儿刘涯发上来的一句英语,平常她一般不参加家庭群里的讨论,一是她对国内的事情不太了解,二是她工作也忙,对洪家的家长里短似乎不感兴趣。

洪汉国 @ 了刘涯:小涯,什么意思啊?

洪汉美代女儿回答:一个人在被证明有罪之前都是清白的。

洪汉国回说:当然,我们国家也早就废除了有罪推定。

洪疆又跟了一句:他们本来就有罪嘛。板上钉钉的事,不需要推定。要不是看在爷爷的分儿上,我早一脚给他们踢进牢里去了。

刘涯这次用中文打上来一句:你们不觉得自己很强势吗?

这下大家都沉默了。许久洪疆才回了一句:我爷爷连冷热都分不清楚了,还不是弱势吗?

刘涯追问了一句:你们一个电话都能解决的事,别人却要用身家性命去搏,谁强谁弱?

洪汉国其实一段时间来也在内心里反问:这件事情要是放在一个普通家庭,孙副局长会调动精锐的反恐突击队吗? 派出所的特警中队就足够应付了。如果不是老父亲从中阻拦，白金华兄弟能从轻发落吗？他还想起放走白金华兄弟的那个晚上，面对一大群威风八面的高级警官，白金华一家看上去那样猥琐、孱弱、卑微，像风中飘走的几片树叶。没有比这更具震慑力的场面了。要说强势，这才是只有洪家才会有的强势。干了一辈子警察工作的父亲当然太知道手握权力的人的强势。父亲也是从普通老百姓一步步走出来的。洪家的人都多次听洪玉林讲过他参加革命工作的经历。洪玉林小时候常饿得眼睛发绿。有一次他实在饿得受不了了，就把家里供奉在神龛上的两个荞麦粑粑偷吃了。他父亲是个敬奉山神、水神、树神以及一切鬼魂的人，偷吃敬神敬鬼的东西，山林中蛰伏的各路鬼神就会打上门来。洪玉林被他惊恐而愤怒的父亲一巴掌打得从屋门口滚到门外的一堆猪屎里。那时他才十五岁，穷人的孩子更叛逆。他离家出走了，刚好那年解放军进到峡谷，洪玉林就这样被一个巴掌打进了革命队伍。谁家三代以前没有穷过？

洪汉国还想起有一天老父亲在饭桌上莫名其妙地说了句：有人来找你讨口饭吃，你不要问人家出来要饭的原因，给他一袋米就是了。

刘涯又在那边讲话了，说我给你们看看国外一个 AD 患者在刚开始痴呆时，在一个医疗团队的帮助下写下的自白，或许有助于我们理解外公。然后她把一段文字发过来了。

——请给我们说话的时间，等待我们在乱麻成堆的脑袋里搜寻到自己想要使用的词汇。如果我们不知道自己说到哪里，请不要让我们觉得难堪，因为我们的思考和说话，已经不是司机和他开的车的关系。

——请不要在意我们的判断，因为我们慢慢地在丧失判断。我们既没有办法确定自己的判断正确与否，也没有办法说服你们。当然你们也很难说服我们，除非你们使用暴力。我们的判断通常是失控的车，在黑暗中靠惯性往前走。

——如果我们忘了最近发生的某件特别的事情，请不要以为我们没心没肺。只要给我们一点提示就好了，我们可能只是想不起来。您也许能帮助我们回想起刚发生的事儿，也许不能。请别为难您自己。如果我们脑子里彻底没有这件事儿了，那它就是被一块橡皮擦擦干净了。

——也许有一天，我们开始经常忘记锁门，忘记关煤气，经常喊错儿女的名字，一遍又一遍地重复同一个话题；终于，我们又变回"孩子"了。我们会忘记一些事，又固执于另一些事。我们开始无理取闹，我们找不到回家的路，那块橡皮擦把我们所有的过去擦得一干二净。到最后，我们再也离不开二十四小时的看护。我们是想努力保持尊严，但尊严的意义本身，我们也想不起了。很抱歉，这就是生命最后的样子。

一个周末，洪汉国和几位老战友在家里聚会。做晚饭时他去厨房帮郝妈择菜。在给一把芥蓝去皮时，他顺手去灶台上的双立人刀架上取去皮刀。在把刀从刀架上取出来的一瞬间，他的血一下涌到了脑部，就像面对一支指向自己的枪。

洪汉国记得很清楚，这套德国双立人牌的厨房刀具是两年前买的。刀架上配备了适合各种用途的五把刀——两把菜刀、一把去皮刀、一把剔骨刀、一把带齿的多用途刀，还有一根磨刀棒。那把去皮刀刀尖锋利、小巧玲珑，平常去个菜皮、削个水果啥的，非常好用。但在一个月前，郝妈在择菜时将它遗忘在择下的菜皮篮子里，当垃圾扔掉了。事后洪汉国还安慰过自责的郝妈说，一把小刀嘛，再买一把就是。

现在这把小刀就在洪汉国手上，也是黑色的刀柄，不锈钢刀身，刀柄上甚至也有铆钉。只是它不是双立人牌的，洪汉国一摸到刀柄就感到了异样。再仔细一端详，双立人的刀柄上有三颗规规整整的铆钉，这刀只有两颗，还摇摇晃晃的，再看刀身与刀柄的接合部，以及刀背、刀刃，无不带有冒牌货粗糙、拼凑、简陋的特点。妻子和洪疆是绝不会买这种地摊货的。

他问在一边忙碌的郝妈：这把小刀你认得吗？

郝妈瞥了一眼他手上的刀，脱口而出：哎呀，你把它找回来了？

你看仔细点，是你原来丢的那把吗？

郝妈把刀接过去，顺手拿起一根芥蓝削了一下，嘴一撇说：没有我们原来的那把好用。

是你买回来的？

不是。郝妈说，你不是说这种刀人家商店要卖就是一套嘛，单把的不卖。

洪汉国把刀放回刀架，也就那么巧，它刚好放得进去，新旧成色也差不离，只有认真观察才会发现它稍长一些，刀柄还没有抵到刀架口。

这把刀在刀架上放了多久，你还记得吗？

郝妈被洪汉国满脸的严肃吓着了，张了张嘴，回答不出来。

洪汉国记得监控录像中有一段，当二哈开始狂吠时，白金华进了一趟厨房。从厨房的窗户可以看到花园及花园外面的情况。洪汉国当时将之理解为他在观察，他发现什么了吗？他进厨房的时间大约也就十来秒。也许他顺手就将这把准备作案的刀插进刀架上了，这个家伙够机敏的。那天现场勘查的警官还是嫩了点。

洪汉国看着有些张皇的郝妈，掏出一支烟来点上，说：没事了，你忙吧。

晚饭时，战友们都给洪玉林敬酒。这三位战友和洪汉国在部队摸爬滚打几十年，他们一起当兵，一起上军校，过去经常来洪汉国家蹭饭吃,老爷子也把他们当成自己的儿子。饭桌上洪疆故意问他:爷爷您还认得这几个叔叔吗?

老人笑眯眯地说:认得嘛,认得嘛。那么他是谁呢?洪疆指着一个叔叔问。老人仍然笑呵呵地说:是我们家的人嘛,老朋友嘛。他叫什么呢?叫什么不重要嘛,是一家人就是了。高高兴兴在一起喝酒,一家人嘛。老人目光躲闪起来。洪疆却不依不饶,说:爷爷,在一起喝酒就是一家人了啊?现在人们天天都在饭桌上谈生意,尔虞我诈,相互欺骗,这也算一家人?洪汉国实在看不下去了,喝道:洪疆,别多嘴了!

那个晚上,家人都睡了后,洪汉国进到厨房,面对灶台上的刀架发了很久的呆。他抽出几张餐巾纸,将那把冒牌去皮刀从刀架上取出来,仔细包好,放在手掌里掂量了又掂量,仿佛要知道它有多重,仿佛也想追问它曾经试图嗜血的罪恶。然后,他转身将它扔进了垃圾桶。

【作者简介】范稳,男,1986年开始发表作品,现已发表各类题材、体裁的文学作品六百余万字。代表作有《水乳大地》《悲悯大地》《大地雅歌》《吾血吾土》《重庆之眼》等。曾获第七、第八、第九届茅盾文学奖提名奖。现为云南省作家协会主席。

补血草

○尹学芸

一

请好了假，屯屯回家换了套新衣服，打车去了城北的储蓄银行，在三楼办公室见到了桂行长。桂行长打发掉了所有的人才走过来，这期间已经过去了一个多小时。屯屯一直不安地看着他处理公务，脸上满是打搅了人的歉意。桂行长却始终没有看她。坐到了屯屯的对面，桂行长把小包装的茶叶包撕开封口，小心地倒进紫砂壶里。屯屯注意看着桂行长的手，洁净、修长，像绘画或弹琴人的手。他的手比他的脸年轻很多，当然，他的脸也不老，只是不如他的手年轻。

屯屯在喉咙里喊了声哥哥，叹气样地，吹动了空气中的浮尘。

“哦？”似有感应，桂行长抬了一下头，镜片后的眼睛在她脸上停了大约半秒。

“今天怎么有空过来？”桂行长说得心不在焉。他端过来一盅茶，说这个是顶级金骏眉，朋友刚从福建捎来的。“你尝尝，喝得惯不？”

“好喝好喝。”屯屯蚊子样地应道。嘴唇遇到了烫茶，都还没怎么喝到嘴里。香气氤氲得鼻孔直痒，她忍住了一个喷嚏。

“你别紧张。”桂行长说，“你紧张的样子就像个小姑娘。”

“我是老姑娘了。”屯屯笑了下，白牙齿一晃，又不见了。说好的不紧张，其实还是紧张。屯屯抖了下肩膀，紧张似乎如浮尘，能够轻易抖落掉。“我请好假了。”屯屯说，“我要回北疆。”

桂行长意外地看了她一眼，问，什么时候走？屯屯说，马上。夜里八点多的火车。桂行长看了一下表，说，怎么不坐飞机？屯屯说，我习惯坐火车。桂行长说，不坐高铁？屯屯说，坐高铁要倒车，麻烦。桂行长说，我找人送你。屯屯说，不用。我回家收拾一下东西，然后就去长途车站，来得及。桂行长自己喝了口茶，似乎再无话可说。视线落在了茶盏里。洇了会儿，桂行长抬起头来说：“家里有什么事吧？”

屯屯呼出一口长气，望向窗外。一大片白云在天空中急急行走，像鹅群一样。其中一只“鹅”明显脱离了队伍，在旁边浮游。我爸想我了，他最近身体可能不大好，一直喊我回去。屯屯小心地瞥了一眼桂行长，上次见他的时候是年节后，屯屯来送北疆的土特产。薰衣草精油、马肠、烤鸡蛋、葡萄干、胡杨林里长的蘑菇，几乎都是吃的用的。精油是女人用的，屯屯不说，桂行长自是明白。他说，这么沉，你把北疆背来了？

就是那次，屯屯告诉他，父亲得了直肠CA（肿瘤 cancer 的缩写）。发现的时候是在秋天，父亲说啥也不愿意做手术。后来是趁他昏迷的时候把手术做了，他便血便得已经不行了。想来桂行长是知道的，他没有问CA是什么。能当行长的人，天下的事没有什么不知道的。在屯屯眼里，他就是个天神一样的人物，无所不能。她看他的目光都是景仰。他当时这样问了句：“精神……好吗？”省略了主语，他只关心精神。这让屯屯不以为然。屯屯笑着说：“他想吃补血草，说我采的才管用。我知道他就是想哄我回去，想吃补血草，谁采还不一样呢？”

“补血草是什么？”桂行长开始变得专注。

桂行长去过新疆不止一次，南疆北疆都走过。他喜欢新疆的石头，和田玉、哈密玉、蛇纹玉、玛纳斯碧玉……那些坚硬的生命和温润的光泽，能让一颗心盈满水分……可他没听说过补血草，从没有人告诉过他。

屯屯说，补血草是一味中药。又叫黄花矶松和金匙叶草，有止痛、消炎、补血的功效。自从做了那次大手术，他总发脾气，说手术把他做坏了，说自己缺血。他捏着手腕说，因为没有血，血管像奎屯的河床一样，都瘪了。

这些是妈妈在电话里反复告诉她的。但屯屯留了个心眼儿，省略了“妈妈”两个字。

“其实他就是瘦的。”屯屯皱一下鼻翼，那里堆起了细碎的皱纹，把几粒细小的雀斑埋葬了。屯屯是一个玲珑细瘦的女人，小小的个子，典型的瓜子脸。谈起父亲，她的紧张消弭了，就像说一个淘气的孩子。“我今天从这里路过，顺便上来问问你，可有什么要捎的，或者，给小北带点什么？”

小北是桂行长的儿子，明年就要高考了。

屯屯的两只眼睛一眨不眨地看着桂行长，心里却在想这是个倒霉催的理由。想问这句话，电话里就能问，何苦大热的天跑上楼来。

“没有。”桂行长果断摇头，“他什么也不缺。你路上注意安全，到乌鲁木齐告诉我一声，到奎屯再告诉我一声。”

屯屯心里一阵凉一阵热，鸡啄米似的不知点了多少下头。她把包带放到肩上，站起了身。“那我先走了。”屯屯说，“哥放心吧。”

冲口而出，两人似乎都有些不自在。过去屯屯叫他桂主任，后来叫桂行长。几年前的晚上，遇见他们一家三口在一起散步。桂行长对儿子小北说，叫姑姑。妻子立马说，叫阿姨。屯屯僵住了，只是笑了笑。错过身去几步远，就听桂行长的妻子说，阿姨是官称……你怎么随便跟人套近乎？屯屯在路边的灯影下尾随他们走了几十米，桂行长说，她是下属。妻子说，下属就更应该有分寸。桂行长低垂着头，一副无可奈何的样子。她完全可以不遇见他们，是她想遇见。她想近距离地看看小北长什么样。事实是，当时小北站在树影里，她没看清。桂行长的妻子走路呈外八字，屯屯从小就知道，这样的走法是吃官饭的命，她是保险公司的副总，她的父亲曾经是埙城炙手可热的人物。桂二奎之所以能当行长，据说与其岳父也有干系。这些屯屯都是听同事说的，屯屯在邮政部门上班，管分拣包裹。那里女人成堆。女人成堆的地方八卦就多，没有什么秘密能瞒人，当然，屯屯的秘密除外。

桂行长走到办公桌前，拉开抽屉，拿出一个信封，立起来贴放在一只纸袋的内壁。正好秘书敲了下门，推开了一道缝。“桂行长，人都到齐了。”

桂行长说：“让大家再等几分钟。”

秘书应了一声，小心地关上房门。桂行长把纸袋递给屯屯，说，茶叶你留下。屯屯希冀地看着他，等他说下句话。他的话却说完了。屯屯的脸像小姑娘一样涨得通红，她觉得今天的自己很可疑，倒好像是专门为信封来的，那个信封很鼓。屯屯抱着纸袋往外走，羞愧得走路都要跌跟头。

她没有回头。感觉中，他在门口看自己，然后，急急推开了对面会议室的门。

二

屯屯的新衣服，其实就是一件雪纺连衣裙，上面开紫色的花，有点像补血草。在网上看见这件衣服时，屯屯心里一动，一刻都没迟疑，第一时间放进了“购物车”里。这大半年，屯屯的耳朵简直被磨出了茧子，妈妈总在说补血草，因为爸爸总怀疑自己的血管空了。“你出去看看，补血草出芽了吗？长骨朵儿了吗？开花了吗？”用补血草的花沏水，喝下去能直接流到血管里，变成O型血。这是爸爸做梦时，一位长着白胡子的长者告诉他的。从此，他就一心一意等。妈妈每次说起这些，屯屯都要抹一回眼泪。妈妈的脾气如河东狮吼，发起来地动山摇。不知什么时候改了性情，一句话来回说，一回比一回示弱。眼下是七月，北疆奎屯的七月，该是补血草在北坡上大面积开花的日子，爸爸却说妈妈采来的补血草不管用，“你让小美来，她采来的才管用。”

“大姐、二姐呢？”

“你就回来一趟吧！你爸说了，别人谁采也不管用！”

“我爸怎么样了？”

“他最近一直在医院里，几天不想吃喝，老说小美该回来了！”

“你把电话给我爸。”屯屯对着手机说，“爸，你要好好吃饭，听我妈的话，听大夫的话。我明天就去请假，争取能早一点赶回去，给你采补血草。”

听筒里却没有父亲的声音。屯屯又喊了两声：“爸，爸！”

妈妈说：“你听不见他说话，他声音小得像蚊子。”

“你让他吃饭呀！”屯屯着急。

妈妈说：“你还不知道你爸的脾气？犟驴，你就随了他！”

屯屯喉头一哽，把电话挂了。

眼下屯屯倚在靠窗的位置上，感受着列车的风驰电掣。林木、灯火、黑黝黝的旷野成了一条线，在屯屯的眼前惶急地闪过。对面卧铺的女人一直在打电话，哇啦哇啦地说着家长里短。坐下，站起。站起，又坐下。收了线，她开始自言自语。被单旧，毯子薄，枕头一股汗油味。说一句，看屯屯一眼，她是想跟屯屯结成同盟。这是个耐不住寂寞的女人，有些肥胖，却长着削薄的嘴唇。头上是稀疏的发卷，泛着晦暗的光。屯屯不想接她的话，是因为屯屯需要安静地回味一些东西。从坝城到北京一路奔忙，途中大巴车出了点意外，剐蹭了一辆小汽车的屁股。紧赶慢赶上了火车，似乎还没站稳，列车就呜的一声开始鸣笛。

一颗心终于安稳，屯屯把行李安顿好，脱了鞋子把脚收到铺位上，整个身体呈“之”字形。两只胳膊趴在小方桌上，专心致志地看窗外。

“天黑了。”女人的搭讪是在表示不满。那意思是，乌漆麻黑的，能看见个啥？

屯屯歉意地回头笑了下，又恢复了拒绝交谈的姿势。

“茶叶你留下。”她心里依然叫他桂行长，这是一个郑重的称呼。

那，信封给谁？

这话他没有交代。如果也给屯屯，他没必要说“茶叶你留下”。

是有话外之音的。

那信封里，不多不少是一万元钱。从柜上新取的，紧实实地拦着封腰。屯屯掀起来看了看，都是连号的。

屯屯假装从那里过，却在楼下打了电话。接着，又去了趟洗手间。摆弄一下头发，擦掉额上的汗水，又扑了些粉。她不想那么潦草地面对他。对了，之前她还特意穿了条新裙子，虽然他既没注意屯屯的穿着也没注意她的脸。屯屯磨蹭的这一段时间，他却有了精心准备。是精心，屯屯很笃定。准备了，却没有多说话。他知道屯屯的爸爸得了直肠 CA。这么多年，屯屯从不轻易找他。这次登门，他想屯屯应该有要紧的事，而不是像她说的，只是从这里路过，问给小北捎点啥。

“到乌鲁木齐告诉我一声，到奎屯再告诉我一声。”屯屯的紧张让他不忍。她紧张，他也不舒服。

这句话，却像架飞机在屯屯的脑子里轰鸣，似乎，还应该有弦外之音。是不是……到医院再告诉他一声？

这让屯屯振奋。她的胳膊肘支在跷起的二郎腿上，两只拳头顶着下巴，在隆隆的火车声中对自己说：“这一趟，去得值。”在这之前，屯屯为去不去见桂行长简直伤透了脑筋。其实，每次去见桂行长都会伤透脑筋，包括给他送北疆的土特产，屯屯会想，他需要吗？他回家怎么解释？他会轻视这些东西吗？这些土特产，都是屯屯花大价钱买的，因为都是市面上最好的，每一朵蘑菇屯屯都会反复比较和挑选。色泽，大小，一点霉斑都不许有。人家不让选，屯屯就往上加钱，直加到人家无话可说。这事在屯屯心里有点神圣，不容许有丝毫瑕疵。然后便是千里迢迢背了来，像背着一个巨大的情感包裹。每次从新疆回来，她都要带这带那。干果、水果，甚至真空包装的牛羊肉，有一次，她带来了足有三十斤的烟熏小羊排，给他放到办公室就走了。屯屯刚到楼下，他的电话就追了来，粗暴地说，你干啥带这种东西?！埙城也能吃到新疆的牛羊肉……你费那瞎劲干什么！屯屯想说话，却没提防抽了一下鼻子。三十斤，放到瘦小的屯屯身上，光是上车、下车、上楼……他知道自己的话重了，叹了一口气，让屯屯别走，晚上一起吃个饭。屯屯贴着墙根儿走，胆小得像只偷油的耗子。

屯屯的婚姻后来解体了。离了婚的屯屯有几年没有回新疆，也就有几年没有见桂行长。虽然同在一个邮政系统，却仿佛彼此毫无牵连。储蓄银行有了自己的办公楼，就像跟邮政分家了一样。屯屯租住在城北的建设公寓里，与华府小区隔了一条小马路。屯屯经常到华府小区里散步，那里花草繁茂，还有健身器材。每次从七号楼前经过，都要往上看一眼。七号楼是单独的一栋别墅，宽大的玻璃窗上倒贴着鲜红的“福”字。阳台上晾晒着衣物。朦胧的灯光里，映衬着暖洋洋的一幅生活图景。屯屯经常抬着头一望就是半天。她不走，月亮也不走。她形单影只站在那儿，就像别有企图。

她见桂行长需要理由，从北疆回来，就是最好的理由。

那是他第一次请屯屯吃饭。在埙城最高的一家旋转餐厅。坐到上面，能环视城市周围的夜景。他点了最贵的一种龙虾，剥出的肉全部放到了屯屯的盘子里。他给屯屯道歉，说不是不喜欢她的东西，相反，他很喜欢。只是，不想屯屯那么辛苦。交通这么便利，新疆有的东西，埙城也有，受那个累不划算。

“我又不是走来的，哪里就累死了。”屯屯有些负气，情不自禁地用手背去抹眼睛。他稍一示弱，屯屯的情绪就有些鼓胀。“当年我走来也没有觉得多辛苦，都是我心甘情愿的！”

他把纸巾叠得方方正正让她擦鼻涕眼泪，惊愕地听她讲出了第一次出疆的经历。

这些经历，屯屯从没对任何人说起过。她决意要出疆，誓死不回头，都是十八岁那年的事。一九八八年的夏天，高中毕业的陶小美从奎屯出发，来到了乌鲁木齐市。离开奎屯是她小时候的信念，走着离开也是信念之一，这都是她计划好的一部分。在乌鲁木齐市的电业局给黄板打了个电话。黄板是埙城人，在乌鲁木齐市附近的驻军地当兵。那一年他复员了。屯屯就是接到了他复员的消息，才义无反顾地要来埙城。他们是笔友，开始交往的时候，屯屯就知道了他的家在遥远的地方，那里或多或少与自己有些关系。就因为知道他是埙城人，屯屯才肯与他交往。

电话里，黄板却说不认识她。

陶小美说，我是新疆奎屯的，奎屯，你当真不记得奎屯了？话没说完，就呜呜哭了。

黄板赶紧说，奎……屯屯，屯屯我想起来了。屯屯你想来就来玩几天吧！

陶小美当即决定做个新人，给自己改名叫屯屯。

后来她才知道，黄板在部队喂猪，闲来没事就找杂志上的征友启事，像她这样的笔友，黄板有五个。难怪黄板每次写信要用复写纸，连称呼都不换，抬头称:我的。落款称:你的。既亲密又暧昧，能把人撩拨得心神摇荡。

那些信，屯屯外出割草都要带在身上。戈壁滩空旷辽阔，落日又大又圆。在夕阳底下看那些信，美丽的句子像补血草的花朵一样芬芳迷人。

屯屯从乌鲁木齐市走到北京用了四十三天，她扒过煤车，坐过邮车。其实，她有钱买车票，可她越来越享受这个状态。长到十八岁，这是第一次走这样长而有意义的路。这样的长途奔袭，不是为了自己，而是为了心中一种神圣的秘密。这样一条路，一直在她的梦里。从脚肿，到磨就了一副铁脚板，有时两三天都吃不上一顿热乎饭。她在北京甚至没工夫停留。京东的一个地方叫埙城，她打小就知道这样一个地方。离埙城三十里，有个村庄叫罕村，是他们的祖籍地，上学填表要填的地方。爸爸就在那里长大，一九五六年支边，他跟新婚三天的妻子来到了北疆。那个新婚三天的妻子，却不是屯屯的母亲。

就因为那个人不是屯屯的母亲，爸爸自打从罕村出来就再没回去过。有一次他去北京出差，拐到了埙城，却没有回罕村。

他从不提有关罕村的任何事。他的故事极其神秘。

从陶小美记事起，父母之间的战争就永无休止。妈妈嘶吼着让爸爸滚，滚回埙城，滚回罕村。这两个地名，就像长了翅膀在屋子里乱飞乱撞。两个姐姐把头藏到被子里，屁股可笑地撅到了外边，像两只圆溜溜的西瓜。妈妈熟练地一把扯下她们的裤子，巴掌就像拍在生瓜蛋子上，能把两瓣屁股拍肿。陶小美只有五岁多一点，不怕死样地双手背后贴在门板上，两只大眼睛乌溜溜地看妈妈。“将来长大了，我一定要滚回埙城，滚回罕村。你们等着瞧吧！”草房的屋檐下坠着一尺长的冰凌，爸爸蹲在墨黑的屋檐底下抽烟，头上悬着一排冰锥做的利器。屯屯真怕那些利器落下来，戳破爸爸的脑袋。

那天她梦见爸爸死了。从梦中哭醒，她从妈妈的被窝里爬进了爸爸的被窝。爸爸把她抱在怀里，叹息似的说，我不会死。我死了，谁给我打幡呢？

再长大一点，她才知道这话有多重。

打幡的人应该是长子。再退一步，应该是儿子。从内地来新疆谋生的夫妻占大多数，他们的第一件事，就是要造一个儿子出来。这是信念。在西部举目无亲，一定要造一个儿子出来给自己打幡。否则，死都合不上眼。

新疆离内地千里迢迢，来的时候下了火车坐汽车，下了汽车坐牛车，摇摇晃晃在戈壁滩上走了七昼夜。他们很多人出来就没想再回去。

她和黄板同居了。黄板的父母死活不同意这门婚事。屯屯初次上门时，就像个要饭花子。鞋子开裂了，头发长短不齐。上衣甚至扣错了纽扣，湿答答地贴在了后背上。黄板也用排斥的眼光看她，等她从浴室出来，换上干净衣服，黄板的眼睛就直了，说，你是新疆的古兰丹姆吗？

“戈壁滩上的一股清泉，冰山上的一朵雪莲……”黄板走到哪儿唱到哪儿，中魔了一样。

等于来个不要钱的媳妇。黄板的父母终于想通了，“媳妇家里远，就不能有事没事回娘家，能省很多麻烦和钱物。”屯屯的婆婆账算得很仔细。

这个婚姻维系了七年，以黄板的出轨而告终。

黄板经常问，你跟我过日子总是心不在焉，你到底有啥心事？

或者，黄板这样说，你到底因为什么从新疆走到埙城，我没有那样大的魅力吧？

还有，你为啥总不怀孕？

黄板的话风越来越飘，眼神越来越轻佻，屯屯就知道他们该结束了。她不能等着人家往外轰，屯屯自己离开了。

屯屯从来也不敢告诉黄板，她不想生小孩。小孩不在她的人生规划中，她从小就没规划过要做母亲。她对母亲这样的角色很排斥。十九岁那年她怀了一次孕，自己去外县偷偷做了流产。躺在肮脏的小旅馆里，苹果绿的窗帘晒成了白菜帮子色，上面画满了地图。她一个人悄悄地流眼泪，是因为委屈和孤独。这种委屈和孤独却没有人可以倾诉。哭够了，去洗手间换卫生纸，她对着那些暗红的血块凝视了很久，然后果决地冲掉了，对着镜子梳好头发，扶着楼梯下楼。那时她刚应聘到邮政局当投递员，每天骑一辆28式的男款自行车，跳上跳下时就像在演杂耍。她负责城区西部的报刊投递，曾经把来自台湾的一封“死信”投活了，那一家人绣了锦旗送到邮政局。

到年底，她被评了先进，转了正。

三

一幢水泥铸的大筒子房，投递组在东头，分拣组在西头。她有时闲着没事会去分拣组转悠，拿张报纸一边走一边假装阅读，有一回踢到一只邮袋上，栽了个大跟头。一直没看到桂二奎的身影。一打听才知道，他当了主任，去楼上办公了。

桂二奎皱起眉心看屯屯，他一直觉得屯屯不靠谱。她在他面前总紧张，心里有鬼的人才会那样。屯屯身材娇小、模样可人，一副永远长不大的样子，既像无脑，又像无心。年轻的时候，整个一副不良少女模样。夏天穿极短的短裤，指甲涂宝石蓝，从不穿袜子。第一次见屯屯那年，他也在邮政分拣包裹。搬动一个大邮袋放到手推车上，一抬头，梳着荷叶头的小姑娘站在他面前，说，你跟我爸长得一模一样。

他从没见过她。卷曲的黄褐色头发，根根带着弯钩。鼻头和眼神都是尖的，有一种热切的东西在神情里，那么想和你贴近或吸附。他警惕地问，你是谁？她说她是罕村的。可口音明明是外乡人，习惯说一口儿化音。“我都不用问，一眼就看出你是桂二奎。”她那时跟他说话一点都不紧张，一派天真烂漫。

院子里还有其他人在干活。桂二奎警惕地四下看了眼，把她领到大门外。“你爸是谁？”

“和你通信的人，他叫陶子晟。”

桂二奎一听就明白了。

三年前，有个人来寄包裹。刚一进邮政局，工作人员就把嘴巴张大了。“桂二奎，你来办理业务。”有人故意把他叫到了前台。包裹是寄往新疆的，单子上写的是衣物。那人有些饶舌，主动说他有三个女儿，她们全部喜欢内地的服装，为满足三个女儿的愿望，他跑遍了整个埙城。桂二奎客气地接待了这个不寻常的顾客，不时看一眼他的脸。他也戴眼镜。他们都有些夹鼻，口是方的，有厚嘟嘟的嘴唇。发际线都有些高，亮出圆鼓鼓的额头。他们的身材居然也一致，都像蚂蚱一样有两条又瘦又细的长腿。他们看着对方，就像看着一面能推进或退回岁月的镜子，那里是多少年前或多少年后的自己。桂二奎莫名有些激动，手情不自禁地抖。为了掩饰，他把两只手插到绿色制服的方兜里，使劲抓住了里子。他们身边逐渐有人围拢过来，顾客把他拉到了外面，在外窗台上用一条卷烟纸写下了自己的通信地址。又撕下了一条卷烟纸，把二奎的地址写下，装进了自己的衣兜里。然后开始了小心翼翼的通信。他们的通信没有违禁内容，谈的都是学习和工作，但都写得很长，他们有话说。有一回互寄照片，正好被妈妈发现了。

“天杀的啊，陶子晟，我让你欺负了一辈子！我不活了！”

妈妈的叫声比刀子还要尖锐，在家属院的上空响彻。跟爸爸结婚时她是初婚，是响应支边号召来建设边疆的。同乡给她介绍陶子晟这个人，除了大几岁，有文化，脾气好，多才多艺，还挑什么呢。后来她才知道，他不单结过婚，还有不止一个儿子。他不告诉她，除了想隐瞒，还因为这伤口太深太痛，他不想回首。可这算什么理由。许多年，她都认为是爸爸欺骗了她，骂他陶骗子。再加上总也生不出儿子，她对待自己，甚至有些苛刻。有一回，她发癔症，一剪刀就把陶小美的头发剪掉了。因为太擦近头皮，剪刀尖甚至戳破了耳轮。鲜血倏地顺颈项流了下来，陶小美一抹，胳膊都是红的。陶小美吓傻了，她以为自己的耳朵被剪掉了。“你咋就不是个带把儿的！”妈妈气愤地骂，“你不知道他想儿子想疯了?”其实她自己也想有儿子,她死了也要人打幡。大美和二美都描述过,妈妈怀上小三时,整天横草不拿、竖草不捏,油瓶倒了都不扶。她笃定这回是个儿子。迈门槛想好了才迈左脚。喝醋,一点辣味也不吃。肚子稍大一点,她就说儿子在她的肚子里练武功。生产的时候她说啥也不进产房,说怕。医生护士都以为她怕疼,说,你都生两胎了,再生顶多像母鸡下个蛋。可只有家里人知道,她是怕再生个丫头。

妈妈把照片摔在炕上,问三个女儿认不认识这是谁。三个丫头都惊呼,太帅了,这是爸爸年轻的时候!妈妈恨恨地说,这不是你爸,这是你爸的私生子,他们居然偷偷来往!可怜我这么多年一直被蒙在鼓里,我恨不得杀了他!

“我有哥哥?真的哇!”陶小美不识时务,激动得眼冒贼光,嘴巴一张,流出了口水。

妈妈见不得她这样,狠狠扇过来一巴掌。

粮食局大院住了五六十口人,有维吾尔族、回族、哈萨克族、蒙古族。有个人总像影子一样在院子里飘,戴一顶白线帽。她在外边的屠宰场工作,有一回拿回来六根小羊拐骨,对陶小美说,你要吗?那羊拐骨不单洗净了,刷白了,甚至被包了蜡衣,晶莹剔透。哪个小姑娘能拒绝这个诱惑啊?陶小美把羊拐骨拿回家,把妈妈气疯了。她逼着陶小美把羊拐骨还回去,说不还回去就永不许她吃饭!陶小美抽抽搭搭往院子的东南角走,雪落得没了脚脖子,鞋窝里是透骨的凉。她的眼泪没等淌下来就变成了冰豆子,自己都感觉像受难的女儿国公主。大宝和二宝正在堆雪人,他们一个比陶小美大,一个比陶小美小,可他们都是男孩子。雪人戴了一顶毡帽头,鼻子上顶了一块西瓜皮,但分明是笑着的。西瓜一准是夏天吃剩下的,滚落到床底下,冬天扫除时被发现了,但它们依然不坏。陶小美家里也发现了一个大肚子西瓜,滚得像煤球一样黑,但切开一看,瓤是红的,甘甜。

陶小美把六根羊拐骨出其不意地丢到雪人怀里，撒腿就往回跑。

大宝二宝都是小白帽的儿子。陶小美从小就知道关于他们的隐秘，他们都是小白帽抱养的孩子。要再过几年，陶小美才能从大美的嘴里知道"爸爸有两个媳妇"，第一个媳妇就是小白帽。他们一块儿从内地来新疆，因为不生育，爸爸把她休了。

她常年偏头痛，便用兔毛毛线织了顶小白帽，一年四季戴在头上。

桂二奎一直努力避免见到屯屯。他当主任以后的第一件事，就是把屯屯调到了下面的一个邮政所。他不愿意探究有关屯屯的一切，那女孩就像一个巨大的旋涡，稍有不慎就会让自己人仰马翻。他跟陶子晟一直在通信，你来我往，不亲密，可也不疏远。他们就像一对普通的老少朋友。从不谈屯屯、罕村，以及与家族和自身相关的种种，他们只谈工作、学习、风物，比如傻石林、奎屯河大峡谷、百葡庄园、巴音沟乌拉斯草原。他甚至早早买了相机学摄影，把那些风景照成黑白相片，虽然模糊一片，但他会注上长长的文字说明。

在陶子晟的心目中，家乡的所有指向就是桂二奎这个人。桂二奎代表天、地、村庄以及万事万物。而遥远的北疆，是桂二奎心中若有若无的惦记，时间长了会想写一封信，诉说工作中的种种事情。但也只是想写一封信而已。

一点点红酒，屯屯的脸就晕上来颜色。有酒盖脸，她忽然很放肆。她说，你为什么叫二奎？不是因为有大奎你才叫二奎，是因为你也出生在新疆的奎屯。奎屯，你当真一点都不知道吗？她没想到这个话题会让桂二奎难堪。他的脸瞬间变成了紫猪肝。他的家庭很诡异，母亲像个菩萨整日礼佛，父亲则像个仆人整天侍弄庄稼。父亲看母亲的眼神总是怯怯的，像个犯了错的孩子。家里有一块旧羊毛毡毯，母亲当蒲团用。上面是繁复鲜艳的各色图案，一看就是西域背景。有一次，父亲在屋檐下想用柴刀砍羊毛毡，刀举了起来，母亲在门口出现了。母亲清冷的眼神只一瞥。父亲马上现出一脸讪笑，拿到河里洗了。他十几岁的时候才偶然知道自己出生在新疆，满月就从新疆回来了。大奎长他三岁，对新疆毫无印象。村里当年有许多人去新疆谋生，他的父母也去了，但耐不住那里的干燥和寒冷，又回来了。

这些，他都是听村里人说的。他甚至暗暗庆幸父母当初的选择，假如父母不回来，就不会有他现在的生活。

直到那次父亲生病。他记得很清楚，他三十五岁那年，父亲因为阴囊肿物住院，他的高中同学在医院当医生。手术完了，同学拉他到僻静的地方告诉他，你父亲先天阴茎畸形，不会有性生活，更不会生育。

他至今都记得同学怜悯的眼神，看着他像看一只稀有动物。

他悄悄给自己验了血，血型告诉了他所有的秘密。他这才知道，他与新疆的关系复杂了。

他居高临下地看着屯屯，一点一点收起了对她的怜惜。桂二奎说，难怪你总也长不大，你太任性了。人生就是过日子，你从新疆走到埙城，仍然没长一颗过日子的心。

屯屯僵住了。

桂行长嘲讽说："你不生一个自己的孩子，将来靠谁？"

"反正不会靠你！"屯屯突然爆发了，双手捂住脸，哭着跑了。

四

牵起嘴角，屯屯轻轻扯出一个笑，随之眼泪就落了下来。这眼泪有宽慰，更多的是委屈。这些年的委屈如果打进包裹，能从内地一直铺排到新疆。信封就放在随身携带的布包里，用手一摸，就能摸到。她拿出了手机，想给姐姐们发条微信，都想好了说什么，“我叫他哥了。”这是第一句。“哥给爸捎钱了。”这是第二句。脑里翻涌了半天，到底没有发出去。家里人知道她回来，但她没有说自己的具体行程。妈妈人老了，却越来越耐不住性子，她怕妈妈把姐姐打发到乌鲁木齐市来接她。或者知道她下午到奎屯，她连中午饭都不让大家吃，“一定要等小美回来一起吃！”妈妈对她越来越好了。

“你和桂二奎是怎么回事？”黄板知道她从新疆回来给他带东西，黄板以为她是给领导送礼，这可以理解。后来又觉得不像。黄板的眼神有了越来越深的怀疑。有一次，他在屯屯的本子里发现了桂二奎的一张正装照片，蓝西服，紫条格的领带，背景是红的。是从宣传橱窗里揭下来的。那次黄板打了她。黄板喝了酒，下手非常狠。他抓住屯屯的头发往墙上撞，让她交代与桂二奎的关系。他甚至怀疑屯屯与桂二奎有私生子，因为她那么热忱地给人家孩子送吃的。屯屯就像个女英雄，一声不吭。打死都不吭。

她想，秘密是我的，绝不告诉任何人。黄板也不行。我是为了桂二奎才来埙城的。桂二奎没答应我之前，我什么都不能说。永远都不会说。否则传个满城风雨，桂二奎没法儿做人，事情就更没有指望。况且即便说出来，也只能落个笑柄。我被嘲笑没什么，绝不能让人嘲笑桂二奎。他是做行长的人，以后还要做更大的官，他要脸面。

“你为啥改名叫屯屯？”黄板在一家公司做装卸工，身上的一点文气早没了。他在部队的时候爱看书爱写信，警句格言抄了一本子，专门写信时引用。后来，就光想喝酒了。“你原来叫什么美来着？”

屯屯仰面看着屋顶，一把头发还在黄板的手里攥着。头皮跳了起来，眼前金星乱冒。她从来也没恨过黄板，没有黄板她就不能在埙城落脚。黄板帮助她实现了最初的愿望。黄板松了手歪在床上，她赶紧去给他端洗脚水。泡脚可以醒酒。他的脚臭得吓人。

“你就是不待见我，连名字都不稀罕给我起。姐姐漂亮是大美，二姐差一些是二美。为啥要叫我小美，我有那样差吗？”

屯屯离开新疆时跟妈妈有一顿恶吵，她从小就对陶小美的名字深恶痛绝，因为同学们总借此嘲笑她，管她叫“臭小美”，连老师都恶意喊错。那是她第一次撒泼，也是最后一次。谁也想不到，这个温顺乖巧的三妹吵过这一次就真的不辞而别。三个月以后才写信来，说她去了埙城，却不肯写详细地址。接到信以后，爸爸曾来埙城找她，却没有找到。爸爸给罕村打了个电话，叔叔不在家，是婶子跑到大队部去接的。证实这孩子确实来过罕村，只是不叫小美，叫屯屯。屯屯在婶子家的炕沿上坐了坐，就走了。婶子抱怨大伯哥当年休的妻是村里的大户，现在仍有半个村庄的敌人，他们一家子的日子都不好过。“你把人家带到那么远的地方又甩掉，换作是我的女儿我也不依。”

屯屯去了桂长河家，带了两包点心。

桂长河就是桂二奎的父亲。

“奎屯最早的名字叫哈拉苏。”司机有些卖弄，他把屯屯看成了外地的观光客，“你知道哈拉苏是什么意思吗？翻译过来就是黑色的泉水。奎屯有肥沃的黑土地，有数不清的黑泉水。”

“我想采补血草。师傅，你知道北坡还有补血草吗？”

司机一下闭上了嘴。

下午六点的阳光还很明亮，北疆的阔大似乎要让人开裂眼角，天地无垠。干燥的感觉从到达乌鲁木齐市就有了，嘴唇是皱的，眼睑是皱的。拇指肚像小钢锉一样，立起来一层毛刺。师傅却说他不知道什么叫补血草，北坡现在是一片工业园区，专门织一种羊毛毯，出口到东南亚。据说泰国大皇宫里的地毯就出自奎屯人之手。屯屯描绘了半天，师傅总算明白了，说，就是那个紫花棵子，路边到处都有。

果然在树丛下看见了一片紫色，像云霞一样迷人。司机点着了一支烟，看着屯屯像支箭一样射过去，扑下身子采草。屯屯先是弓着腰背，后来又蹲下身去，人变成了花丛的一部分。她小心地采那种盛开了的植物。读高中时，采补血草曾经是勤工俭学的一个项目，大家要背着筐拿着镰到遥远的野外去找，一天才能割一筐。这些补血草晾干以后搭乘火车去内地，他们认真猜测过服用这种药物的人都是谁。除了能补血，它还能消炎，用于神经痛、月经量少、耳鸣、乳汁不足、感冒，外用治牙痛及疮疖痈肿。那天，她背着筐去找同学，同学的父亲认真地打量着她说：你是陶子晟的女儿？看屯屯点头，同学的父亲迟疑地说，你爸爸其实是个好人，就是太可惜了……

爸爸当然是好人，什么叫太可惜了？他会画画，会拉手风琴，都是来新疆以后自学的。他还会打算盘，在粮食局做了很多年会计，一星儿差池都没有。无论母亲如何打骂，他从不还手还口。可为什么要强调"其实是个好人"呢？屯屯那个时候无论如何也想不明白。

采补血草的速度降了下来，目光也越来越挑剔，屯屯专门拣那些长得高的、模样漂亮的采。司机摁响了喇叭，屯屯才发现自己远离了国道足有五十米。因为视野广阔，五十米就像被叠加了，让眼睛觉得不够用。那辆现代出租车像个玩具一样在地上匍匐。屯屯抱着一捧花朵回来了，脸上都染了花粉的颜色。司机问，这回去哪儿？屯屯答，沙湾街 294 号。

"奎屯有十八家医院，你这是要去人民医院。送花的人不少，给病人送野花的还真少见。"司机看了一眼倒车镜，有些饶舌。

"爸爸在几楼？"

"死丫头，你是不是已经到医院了……四楼靠拐角的那个屋子，我们包了一间病房。"

楼道里很安静，消毒水的气味在空气中弥散。一扇房门打开了，大美和二美刚要往外冲，屯屯已经站到了门前。妈妈在窗前坐着，爸爸在床上躺着，吊瓶里的液体还有一瓶底，输液管垂下来，连着爸爸的左胳膊。听见动静，爸爸把头歪了一下，却没有睁开眼。

“你是一个人回来的？”妈妈问。

“他没和你一起来？”大美问。

“你还真给他采补血草了，爸喝不动的。”二美说。

“爸爸怎么这样了？”什么也顾不得，屯屯把补血草塞给二美，奔到了爸爸的床前。爸爸骨瘦如柴，两颊塌陷成了坑。曾经好看的手瘦脱了形，小臂连着手背，就是被一层皮包裹。如果装些肉，就变成了另外一个人的手，是桂二奎的。脑子里电光一闪，身上起了鸡皮疙瘩。屯屯小时候就喜欢被那手握着，柔软，细腻，天生就不喜欢干农活。就是因为不喜欢干农活，国家号召支边，说到那里就可以有正经工作，爸爸才带着新婚的妻子义无反顾地来了。屯屯急忙翻包，拿出了那个信封，鼓鼓的一个信封放到了爸爸的手心里，又把他的手指扣在上面。屯屯附在爸爸的耳边说：“这是哥哥给你的。整整一万元，都是连着号的。哥哥的意思是说……”

爸爸的眼球骨碌一下，突然睁开了。紧跟着，有两滴混浊的泪淌了下来，在干燥的皮肤上虫儿一样爬行，又倏忽不知去向。爸爸的眼神在聚焦，像是从深远的洞穴里射过来，终于照见了屯屯。屯屯忍着悲痛又说：“哥哥让我告诉你，他虽然不在你身边，却像这钱一样，跟你连着血脉……”

爸爸张着嘴喘气，图钉一样盯牢了她，眼神里却别有深意。失望，失望，还是失望。只是说不出，或者，不想说。

屯屯脑子里轰地响了一下。她明白了爸爸的意思。他是想哥哥能来，给他打幡。这是他一辈子的愿望。他们都以为屯屯这次能把人带来。他们生活在同一座城市，在一个系统工作，有着比别人更近便的关系和联系，他怎么可能不来呢！哪怕作为一种心照不宣的关系来送亡人一程，也是个安慰。这样的想法谁心里都有，但谁也不说。屯屯一直觉得还有时间，爸爸只想喝她采的补血草，爸爸是在撒娇。她一点也没想到事情已经迫在眉睫。屯屯跪下身子，额头抵在了那捆钱上，五内俱焚。真的是五内俱焚。她想，她其实没有能力带回这个哥哥，可她一直不说，不肯说。全家人都误会了，都误会了！这有多害人！屯屯羞臊得恨不得找个地缝钻进去。当年她千里迢迢去埙城，原本所有的努力都为了这一刻。这一刻她想象过千百次，可没有一次是今天这样的！这一刻提前到来了，她却没有防备！可如果不提前到来，还会有机会吗？他只肯出一万元钱！一万元钱！想起在他办公室的一幕幕，他们彼此之间客套、迂回、隔膜，屯屯哪里还有指望！屯屯连哭声都没有，她觉得，她不配！爸爸吧唧一下，嘴张开了，却没有合上。他扭过脸去，把手抽了抽，没抽动，但屯屯感觉到了。这一万元钱安慰不了他。倒退些时光也许能安慰，现在却不行。他的眼里都是空茫。窗外铺天盖地飞舞着黑色的蝴蝶，急不可耐地往窗上撞。如果破窗而入，他的世界就黑了。而眼下，他甚至希望黑暗早些到来，他再也经不起波折了。

屯屯冲出了病房。

她设想过爸爸憔悴瘦弱成这样、那样，却没想到他已然弥留，生命随时可能终止。所谓的用她采的补血草补血，不过是妈妈的一个谎言。他们内心的愿望鬼都知道，可谁都不说。他们就那样遥遥地注视着她，希冀堆得像天山一样高。

那样高的天山足以把她压垮。

屯屯在楼道的尽头失声痛哭。大美追了过来，摇她的肩膀，逮着间隙说："你给他打个电话吧！"

屯屯拼命摇头。这样的事情当面都不好讲，电话里又怎么讲清楚。

大美失望地说："爸爸得了癌你也不告诉他？你怎么这么废物啊！爸爸一直不闭眼，不是在等你，是在等他儿子……我们都以为你们已经相认了，妈妈甚至说，这次只要你回来，就一定能把他带回来。那时爸爸还能说话，问，带得回来吗？妈妈说，带得回来，一定带得回来！”

只有家里的男丁才能打幡。许多年前父亲就说过，如果在家乡，还可以有远门近支可以倚靠，在这偏远的北疆不行，没有儿子打幡，做鬼都不安生。

屯屯哭得撕心裂肺。她恨自己迟钝，也恨自己缺少勇气。她在桂二奎面前越来越缺少勇气，似乎她的勇气在十八岁的时候都用尽了。她越来越觉得无可奈何，她走不近他。即使把整个北疆背给他，她仍然走不近他。这次给的一万元钱，让她高兴了一路。揣度桂二奎的心理以及种种可能，都是屯屯高兴的理由。现在看，却是封堵了她的嘴。也许还有另一层意思——你以后不要再来找我了，我已经忍无可忍。当年她兴冲冲地跑到了那座叫埙的城市，是想一头扎进去，最终把这个哥哥认下。然后，有朝一日荣耀地带回北疆。她能为家里做的就是这个，她为这个目标一直在努力，她也一直在这样暗示家里人。怎么也没想到，几十年过去了，她仍是孤零零的一个人，岁月什么也没有为她留下。

五

还没进村，天已经黑了。内地与新疆有两个小时的时差。桂二奎隔着时空盯着那辆行进的列车。他判断得不差。屯屯在乌鲁木齐给他发来了短信，上写：哥，我到乌鲁木齐了。

查奎屯与乌鲁木齐衔接的那列火车，按时间推算已经进站了，却一直也没等来屯屯的回复。他坐立不安。心想，屯屯是忘了还是手机丢了？会不会她下车了却把手机掉在了车上？或者，她要见到家人才向他报平安？对了，她还要去采补血草。她肯定先去采补血草了。手机摆在桌子上，不时跳动几下。一看不是屯屯，电话他通通不接。他心中郁闷，烦躁难挨。还有半个小时才到下班时间，他从内部的小电梯下楼，从车库里开出自己的那辆吉普车，直奔外环。

“大哥，我今天下乡了，一会儿从家门前过，你让嫂子给我熬一碗粥。”

大奎在电话里慌忙地应，问他还想不想吃别的。他说不想。

屯屯不会有事。他坐立不安表面是因为牵挂屯屯，其实还有更复杂的原因。他心跳得很不规则，新疆那个叫陶子晟的人，眼下生死攸关。肯定是生死攸关，否则不会几千里地让屯屯回去采补血草。补血草当然救不了命，这很明白。就像……自己与北疆毫无瓜葛却同样心神不宁一样。只是，真的毫无瓜葛吗？

自从意识到陶子晟可能跟自己有渊源，通信就戛然而止。这种感觉很奇怪。过去的意识是朦胧的，不确定。可以出于好奇或新鲜，一封信从邮筒里发出，辗转来到陌生的地方被阅读，像回复一样让人期待。来信带着北疆瓜果成熟的香味，或冰天雪地的寒冷。这次吃了狍子肉。下一次，半扇猪肉被不知什么野物瓜分了。他们从内地带去了养猪的习惯，挖好大一个坑，长和宽各有三四米，一人高，猪无论怎样蹿跳也出不来。下面放一个食槽，承接剩饭剩菜。家属院外有林业部门的苗圃，里面长很多野草，谁随便扯上几把，就够猪一天的伙食了。有时大家都扯，猪会用野草铺个炕，那可是只聪明的小眼动物，一杠一杠的抬头纹里都是智慧。它冲人哼哼的时候，会发出类似儿童的腔调。年猪杀掉，一部分用盐腌制，大部分则埋在雪堆里，那可是个天然的大冰箱，整个冬天都不会化。只是某一天夜里忘了关门，半扇猪肉全不见了。碎屑迤逦很远，杂乱的脚印戳在深雪里，令你分不出是豹子还是熊。

他的信永远只有一页。只一页就够了。朦胧的不确定的感觉就应该这样被对待。后来情形变了。桂长河因为阴囊肿物进行了手术，这个从没让他感觉亲近的人,从那天被宣布不是他的父亲。他彻底蒙了,天塌了一般。关键是,这种感觉无人可说、无处可诉。公园有一个石子儿砌的八卦图,他就在那上面疯狂地走,从黑到白,从阳到阴。他紧抿着嘴唇,汗水从嘴角汹涌而过,脖颈变成了溪流。从远处看,就像一团雾气,他被自己蒸腾了。他不知道自己是谁,是怎么回事。从哪里来,要走向哪里。这个想法就像个魔,在他的心底汇成了巨大的呼啸。他还能接到从新疆寄来的信件,他不回。慢慢地他也不写了。

这个话题是羞耻。不只涉及生命,还有性。因为医生同学告诉他,父亲那种情况不会有性生活。那么问题来了,母亲在新疆到底发生了什么? 那个人是谁? 跟那个人到底是怎样一种关系? 怎样一种关系才是他能接受的?他几次要问,几次又都忍下了。有一次,母亲数说屋里臭味的来源,是因为父亲总不洗澡。父亲的恶习就是常年不洗澡,一辈子不洗澡。父亲说洗澡会洗丢东西。就像过去有人说照镜子会丢魂一样。有一天他突兀地问母亲:“年轻的时候,你为什么不同他离婚? ”

他不敢看母亲。他怕母亲想他所想,不好回答。可母亲边纳袜底边说:“我是他家买来的。当初就说好了,我这一辈子,换他家两斗小米子。家里后娘养了三个孩子,靠这两斗小米子度饥荒,才没饿死。”

袜托是木头的,装在袜子里。大头朝上立在炕上,母亲把袜托搂进怀,就像搂着一个婴儿。在袜底完整敷几层旧布,然后密密麻麻穿针走线,等于给袜底护了铠甲,才经踩磨。小门小户的日子就像白纸糊窗户,针鼻大的窟窿就漏斗大的风。

他还能说什么呢? 有时候他甚至想,母亲离婚也带不走他和大奎两个孩子。带不走怎么办,总要留一个给不是爹的爹。母亲不会这么干。

母亲得了脑血栓,栓了口腔。这就是命运的安排,让她的舌头僵硬得像块木板,只能从喉咙深处发出呜呜声。命运封存了她所有的秘密，再不给人刺破的机会。最后几年父亲一直在照顾她，给她洗澡、梳头、换干净的衣服。推她到外面晒太阳，把肉和菜切碎了给她熬糊糊，把鱼和虾的肉煮成粥。对她就像对一个婴儿，居然把她养得白白胖胖。他偶尔回家，母亲会比比画画表达自己的心满意足。他心酸地想，也许这就是命。母亲多半生的付出就为了这时候得到补偿。所谓的圆满，大概就是指这样一种残忍的结局。

他和妻子是大学同学。他运气好，同学聚会时被人戏称驸马。他也一步一步从普通营业员走上了高位。当初妻子家里不同意这桩婚事，甚至闹到了断绝关系的地步。是他动了很多心思赢得了这门婚姻。就是现在，他去岳父家也要进厨房择菜、洗菜。拖把从来不用，要用小毛巾清理每一块地板。家里不能有浮尘，否则岳母的气管受不了。这些他不是非干不可，而是姿态。位置越高，姿态越低，这是必须的。现在回头看，所有的付出都是值得的。虽然妻子从不跟他回罕村，可他不在乎。大奎盖房的时候所有的费用都是他出的，条件是给他留出一间房，候着他告老还乡。这不过是个借口，妻子心里明镜儿似的，只是不跟他计较。家里的大事小情通通都是他出钱，大奎出力。妻子从来不管。在他们那种家庭，活出人样来不容易。母亲三年前往生了。在他的坚持下，拿条毛毡包了母亲的骨灰，没有跟父亲埋在一起。父亲埋在了村里的河套地，母亲则被他带到了城里的墓园。他知道这件事在村里饱受诟病，甚至让大奎觉得没有颜面。他有话语权，可他什么也不说。他在心底想，桂长河，你不能来世还和母亲在一起。这种想法能让人发疯。除了娶母亲时付出了两斗小米子，还付出过什么，他甚至不能给母亲一夜欢爱！

母亲去世以后，他很少回罕村。他不回来，就像罕村不存在一样。他情愿这个罕村不存在，好让自己变成孙猴子。他在坝城顺风顺水，他珍惜在坝城的荣誉、地位、事业、家庭，不希望被外来因素打扰。

可是，有一个屯屯，就隐藏在城市的某个角落，时不时地冒出来，毫无征兆，把这种平静打破。

就如此刻。

“老家有点事，如果晚了我可能就住在乡下。”他给妻子发了条短信。

只要涉及老家，妻子从来什么也不问。这是种高贵的沉默。父亲母亲去世，妻子都没来奔丧。她有合适的理由，比如，已经出差了；或者，将要出差了。乡间烦琐的丧俗让妻子望而生畏，比如哭丧、行跪拜之礼，还有宴席上油腻的碗和乡邻挥舞的筷子。他当然明白。结婚前，妻子只跟他回过一次罕村，一桌饭菜她不吃，她只吃煮鸡蛋，自己剥皮。但妻子给婆婆买貂绒皮衣做补偿，彼此给彼此台阶。这些都很重要，可以得过且过或欲盖弥彰。她心里只有他这个人，而没有他身后的背景。仿佛他就是孙猴子，真能从石头缝里蹦出来。

关键是，她心里有他，他已经满足了。他没有理由多要求她什么。

薄雾自天外而来，在杨树的枝头打着晃。左右两侧的沟渠浓绿成行，在暗淡的天光底下，像水墨画一样。黑暗遮掩了树叶上的浮尘，沟渠里的垃圾，路上的泥泞以及远处的一只狗。狗不时狂吠，他却只闻其声。白天下了些小雨，空气中是一种被溅起的土腥气。他甚至查了远在西域的那座城市，那里经常是万里无云，日照充足，天蓝得要命。年降雨量十六毫米，却要蒸发三千毫米左右。土地和植物常年处于焦渴状态。年平均气温只有六摄氏度，奎屯在和硕特蒙古语有“寒冷”之意。离天山五十公里。一条奎屯河由十八条支流汇合，发源于依连哈比尔尕山……

还有什么？

这一切怎么荒谬得如此熟悉而亲近？

他自嘲地笑了下，心头却是暖的，似乎有一股活泉在奔涌。他摇了摇头，给自己点着了一支烟。他平时不吸烟，因为妻子不喜欢。但车上会备一盒，心情烦躁的时候吸一支，会感觉通体舒坦。然后拼命漱口，嚼口香糖，确信一支烟的能量销踪灭迹，他才会回家。他从不惹妻子生气，他是模范丈夫。眼下他在罕村粗糙的水泥桥上，推开了车门。一只脚踏到地上，另一只脚踩在车框的边缘，像个出租车司机一样，弓起腰背，冲着夜色吞云吐雾。抽了一支，又抽了一支，又抽了一支。他有些醉了，是的，醉烟。头是痛的，眼前迷蒙，有轻微的眩晕感。他从没连着抽两支以上，嘬得腮帮子都是酸的。他在想他为什么要回罕村，见到大奎说些啥。是的，他是有话想说的。是不是要说，有没有说的必要，他其实一直在犹豫。或者，说出来有没有意义？有的，他对自己说。大奎是长兄，长兄如父，他该知道实情。或者，他应该给个主意，下一步怎么做，做些什么。这么多年，大奎一直不知道他跟北疆有联系。最早是通信，后来是吃从北疆带来的马肠和蘑菇。他从没告诉过大奎。他又看手机，屯屯还是没有消息。屯屯不会再有消息了，他深深吸了口气。因为她不知道他其实也惦念。回想过去的几十年，他一直在怠慢她，有意识地，下意识地。甚至把她分到下面的小营业所，条件简陋，只有三个营业员。后来那个营业所被取缔，屯屯才重新回来。屯屯一直是个普通职员，干最脏最累的活。她第一次带东西来，战战兢兢，甚至不敢接他的眼神。倒好像她是来乞讨的。他从没体恤过她。他不愿意见到她，她遇见的从来都是冷脸。他只请她吃过一次饭，在旋转餐厅十八层，听她谈完经历，他说她没长一颗过日子的心。“你不生一个自己的孩子，将来靠谁？”她捂着脸哭着走了。又一次来，就像不计前嫌一样。他羞愧地想，这话说得自私而又刻薄，实在不该从自己的嘴里说出来，倒好像是屯屯想靠他一样。

如果真……靠他，这有什么不应该吗？

村庄在一条河的臂弯里，三面环水。通往村庄的路上空无一人。小的时候，他每天都在这条通天路上走，割草，拾柴，上学，赶集，看人的白眼。遇到人从不打招呼。便有人说他随爹,桂长河就从不跟人打招呼。“他就像一条夹着尾巴的狗。”他上小学四年级写作文时这样形容他,受到了老师的严厉批评。“他即便真是条狗,你也不能这样写。”老师说完就笑了。老师是女的,笑容就像腐烂的大肉花。“要写出他的高大和不平凡。”

“他没有高大和不平凡。”他赌气地大声反驳,引来了哄堂大笑。

记忆中,他很少叫那个男人什么。他看他的眼神总充满鄙视,从小到大都如此。他就像个土拨鼠,整天钻到地里。天不亮就走,天不黑不回。脸上敷一层黑油泥,嘴唇是紫桑葚的颜色。眼白大眼球小,灵活转动时更像鼠类。他身材矮小,生了颗枣核脑袋,与相貌堂堂的他背道而驰。他曾听村里人说闲话,桂长河怎么生得出二奎那样的娃?羞耻的感觉似乎与生俱来,他不清楚这其中有什么因果。独记得小时候的眼神,总仇视地看着他。那时他还在读初中,有一天,他路过菜园时听见有人说话。“你吃了吗?吃的啥?我吃的是蚂蚁缠大象,你知道什么叫蚂蚁缠大象吗?”篱笆墙上爬满了豆角秧,他好不容易扒开了一道缝,见他正在用一根木棍逗弄水龙沟里的癞蛤蟆。

“啥叫蚂蚁缠大象?”他好奇地问母亲,母亲也不知道。他便知道他在说疯话。

有一次,同村有个同学说“你爸爸爱跟蛤蟆说话”,被他痛打了一顿。事后他想,同学如果说“桂长河跟蛤蟆说话”就没事了,他是听不得“爸爸”两个字。“爸爸”不能跟蛤蟆说话,蛤蟆不能跟爸爸平起平坐。

他觉得戳心窝子。

他把手机扔向副驾驶座位。拿起来又查看了一下,心里一阵烦乱。这个屯屯,一把年纪了还是不靠谱。他驾车朝村里走,电话突兀地响了,他赶忙接听。是哥哥大奎,问他到哪儿了。粥早熬熟了。他说,已经到家门前了,开门吧。

六

大奎结婚早,已经是有孙子的人了。大奎在他面前总是不知怎样表达亲近才好,给他拿各种吃的,就像对待小孩子。大奎爱看书,是乡村的文化人。一个梢间里都是他收存的各种图书和农具,几千册书随意堆放着,许多都是课本和各种实用手册。大奎爱书成痴成迷是出了名的。饭后一家人都在屋里看电视,大奎隔窗喊:"小点声。别看电视剧,看点有知识含量的!"说完看了他一眼。他其实不管他们看什么。大奎解释说:"我喜欢看长学问的。昨天看有关新疆的节目,说有一种树木叫胡杨,一千年不死,死后一千年不倒,倒了一千年不腐。这要是人多好。"他谦逊地看了二奎一眼,补充说,"人生一世,草木一秋。"

二奎心里咯噔一下,想,这难道是感应?大奎从来就不是个悲观的人,从没听他发过牢骚。他平板、务实、憨直,有一点小虚荣。他想起了屯屯带来的东西,薰衣草精油、马肠、烤鸡蛋、葡萄干、胡杨林里长的蘑菇。对,就是那种蘑菇,有股年深日久的草木香,特别对他的胃口。他经常在水里发几朵,自己炒一盘。素炒,加一点红辣椒点缀。红辣椒也是奎屯的,封在一个袋子里。还是几年前屯屯拿来的,夏天怕生虫子,二奎把它放在冰箱一角冷冻。每年秋天,奎屯都是晾晒的红艳艳的辣椒颜色。他在网上看到过照片,红辣椒掀起的波浪把人都淹没了。妻子不知道这些蘑菇和辣椒来自哪里,他也从不请她品尝。从不提起屯屯这个人,以及与之相关的事。他知道她不关心。薰衣草精油他送给了女下属,他不送给妻子。他不想撒谎和解释。他们兄弟偶尔坐在一起,谈发家致富,谈左邻右舍,谈村里的人和事,从没谈过新疆以及与新疆有关的风物。这不构成一个话题,从没有因缘谈起。

今天是有些特殊了,新疆的胡杨居然做了开场白。

他只喝了一碗粥。那碗粥顺着喉管缓慢进入食道,似乎随时都想反流。他们坐在阳台上,屁股底下每人一把藤椅。藤椅是他屋子的标配,他知道,只有他来才会搬出使用,平时会被大嫂擦拭得干干净净。藤条编的小圆桌上摆着茶水瓜果,有些瓜果就是园子里出产的。小黄瓜只有手指头长,若不是他来,他们不舍得这么小就摘。他拿起一根黄瓜咬了一口,顿时满口生香。嫂子从堂屋取来小板凳,刚要坐下,就被大奎轰了进去。"你进屋看电视,我跟二奎说事情。"大奎素来把兄弟看得重,甚至重过老婆孩子。熏蚊子的火绳冒着青烟,黄瓜花、豆角花的香气在空中弥散。他给二奎的茶盅里倒了茶,二奎看一眼门框上悬着的电灯,大奎赶紧站起身,把灯拉灭了。二奎打小就不喜欢太亮的灯光,他嫌晃眼睛。

二奎抬眼望天,一枚巴掌大的小月亮钻入了云层,像多半块害羞的玉米饼。小的时候他经常看着这块"玉米饼"出神,舔着上嘴唇想,不知怎样才能吃到它。几颗细小的星星明明灭灭,像是还没考虑好,该不该跳出来值勤。

"你知道你为什么叫大奎吗?"二奎觑着眼问。脑子里却想起了屯屯说过的话,"你不是因为有大奎才叫二奎。"

"知道,奎屯生的嘛。"大奎回答得简朴,却吓了二奎一跳,"打小连小学老师都说,咱村很多人走新疆,有几家子到了奎屯。桂大奎、桂二奎都是新疆奎屯的产物。"大奎努力想把话说得幽默。

"你还记得什么?"心里却在想,他为什么从来都没跟我说过。

"入学时咱爸想给改名,找后街的老五叔起了桂长金、桂长银两个名字。但咱妈不让,她说,我这辈子啥都听你的,但这件事打死也不能依你!咱爸也是倔人,跟妈这一通吵。你那时小,就会抱着妈的大腿哭。我可是记得真真的,妈正在拉风箱,顺手抄起一把菜刀架到脖子上,那刀刃割着了皮肤,血都冒了出来。咱爸吓坏了,扎到了姑姑家,三天没敢回来。有时我还会想起,改个名字的事,不知她为啥动那样大的肝火。桂长金、桂长银的名字其实也不赖。”

“你没问过她？”

“没问。我猜……她可能是为了纪念。”

“纪念……奎屯？”

如果真是为了纪念奎屯，奎屯应该是有值得纪念的人和事。桂二奎叹了口气。

他又想抽烟了，摸了摸口袋，烟放车上了。大奎原来比他知道得多，这是个意外。他从来也没有把自己的名字跟奎屯联系在一起。虽然屯屯说起过，可那次有酒遮脸，他没有当真。乡间叫“奎”的人很多，未必都与什么有牵连。他想，该谈一谈陶子晟了。他此次来，就是想谈谈陶子晟。奎屯的陶子晟，在他心里隐匿了很多年。那年他来到邮局给女儿们寄衣物，却把大家都惊炸了。他和桂二奎两个人互为翻版，能一眼让人看出隐秘。当然，邮局的人不会那样想，大家都当新闻传播。现在陶子晟躺在病床上，等着女儿给他采补血草，这分明是个幌子。这个叫屯屯的女人，就生活在坝城，像个卧底。当年从新疆奔了来，一卧就是很多年。毫无缘由地带这带那，用一句书面语言，就是加强联系。不管你愿不愿意，她就是要加强，其实是强……加。看似柔弱拘谨的她，执拗得有些过分。直到这次，去奎屯之前还专门来辞行。她哪里是辞行，分明是通禀。我来告诉你情形，一个得了直肠 CA 的人喊我回去。几千公里之遥，不到关键时刻怎么可能喊她？采补血草只是借口。就因为猜到了她是来通报消息，桂二奎才准备了一万元钱，连号的。这是他特意吩咐的，隐喻若有若无。这些元素里都是故事，大奎听得懂吗？他会不会被吓着？

“有件事我一直没有告诉你。”大奎忽然变得诡秘。他往前拉了下椅子，浓重的夜色被他扯开了，脸像浮雕一样明晰了些许。大奎是一张团圆脸，扁平，有一点抹去特征的混沌，不像二奎棱角分明。桂二奎没来由地紧张，自己是来诉说秘密的，没想到大奎也有。“你知道咱爸咱妈当初为啥去新疆吗？”

因为穷。所有的人都是因为穷。也有人是因为远大理想和抱负，想建设边疆、保卫边疆。但罕村的人不是。吃不饱，弟兄几个挤在一间屋子，娶了媳妇却分不了窝，只能在中间拉一块布帘。新疆天大地大，能施展手脚。还有一份稳定工作，按月拿工资。当年就是这样宣传的。

“我告诉你，别人是因为穷，咱爸咱妈不是。后院园子里埋了几缸小米子，专门为度荒年用。咱爷爷是个大神，能运筹帷幄决胜千里。”

这些桂二奎恍惚记得。爷爷在大户人家当过账房先生，积攒每一分钱给家里储存粮食。那年月小米子是好东西，能让坐月子的女人奶水充盈。后来那些小米子被挖出来，早发霉了，顺便做了肥料，那一园子白菜长得肥硕壮观，爷爷总挑了偷偷去卖，被联防的人追得挑着担子跑。

“你没觉得，咱俩长得不像？”

二奎大吃一惊。

大奎缓缓说出了根由。母亲去世后，留下一个上锁的抽匣，大奎打开，都是母亲保存的老古董。各种票据、存折。其中有个存折是一九五八年存入大乡信用社，定期三个月，现在已经取不出来了，因为没有底案。几样首饰，工分簿。还有一张毛头纸，四方的，写仿影的那种，展开看却是一纸文书，密密麻麻的满是毛笔字。你知道上边写的啥？

二奎惶惑地摇头，他想到了卖身契。母亲就被卖了两斗小米子。

大奎更加诡秘，说，是一纸契约。亏得我平时爱学习，连蒙带猜读得懂繁体字，契约好像与咱们的身世有关！

什么叫“好像”？

二奎抖了一下，冷气一下侵入了身体，像是哪里接通了一个孔，让冷气长驱直入。他握紧了拳头，禁不住要打摆子。生命难道是被一纸契约规划好的？

二奎粗暴地打断了大奎:“说内容。”

大奎仰脸望天,回忆道:“双方遵守自愿之原则……桂家都许以合法身份。如果生两个以上……女方不得与男方发生任何联系……”

“一个就允许?”二奎低吼。他觉得大奎吞了字,这里面有常识性错误。“你说详细点。”

“年深日久,很多地方黏到了一起,字迹十分模糊。”

“契约呢?”

“烧了。那东西丢人,我怕让孩子们看见。”大奎变得可怜巴巴。

“哎呀!”二奎痛心疾首。他想,母亲一直保存着,在早,是自己孩子在桂家合理合法的凭证。后来一直没销毁,分明是想留给他们看。母亲是个仔细人,不会因为疏忽而忘掉——自己难道跟大奎真的不是一个父亲?

“纸上到底是怎么说的?”二奎简直要给大奎作揖了。

大奎却越发说不清,紧张得直冒汗。

“你那屋子存了那么多破烂儿,就不能存下与自己相关的?”二奎怒不可遏。

大奎一下红了脸。那屋旧书和农具是荣耀,让他在乡村显得与众不同。二奎以前没表示过不同看法,今天却叫它们破烂儿!

“下面签名的都有谁?”二奎阴沉着脸问。

“黄连荣。桂长河。桂田。上面都按着手指印。”大奎说得胆怯,伸出食指朝虚空摁了下。

二奎舒了口气,莫名地拍了下大腿。黄连荣是母亲。桂田是爷爷,在桂二奎八岁那年就死了,他依稀记得爷爷的清癯模样,胡子只有稀疏的几根,是黄的。总是一副阴鸷相,从不在眼睛中间看人。桂二奎觉得他就像奴隶主,一家人都是奴隶。他穿黑大褂,喜欢背着手走路。抽烟时烟袋杆高擎着,下面坠着烟荷包,显眼地钉着一粒翡翠扣子。顿顿要喝酒，锡酒壶要放在茶缸里用热水温。小碟咸菜旁有几粒花生米，用香油、醋腌制过，扑鼻香。

喝过酒就往铺盖卷儿上一躺，两只膝盖弓起，一条腿架到另一条腿上，很响地打鼾。

还记得那是个小的三间瓦房，小格子窗都是四方块，过年糊上新的毛头纸，窗子便像安了玻璃一样亮。其余时间便是年深日久的颜色。烟道从炕上过，每一个缝隙都冒炕烟，熏得席子和被褥都是黑的。煤油灯也冒黑烟，放在小躺柜上，能照亮整个太师椅。爷爷蜡黄着脸在那里坐上一晚，两只鼻孔都是黑的，像猪鼻子一样。

那一晚的情景二奎能够想象。父亲坐在炕沿，母亲倚靠在门口的墙上，半个屁股虚坐着。爷爷在太师椅上挺着身子，架起两只胳膊。旁边的桌子上放着笔墨纸砚，砚台的口沿上停放着一支吸满墨汁的毛笔。账房出身的爷爷会摆足了架子。按时间推算，那应该是一九五五年的冬天，刚有支边的信儿。村里许多青年跃跃欲试。家家虽分了土地，但那时的人像现在一样，对远方有着不切实际的幻想。其实主要还是因为穷，缺吃少穿，十几口人挤在一栋房子里。桂家不缺粮食和住处，但桂家的难处说不出口。媳妇八岁用两斗小米子换了来，十三岁圆房。桂田比谁都清楚他的儿子桂长河生不出一儿半女，要想桂家有后，只得想别的法子。要想不丢人而又少是非，最好到外边去，越远越好。

去新疆的想法一定是爷爷桂田的主意。他眼界开阔，大开大合。

母亲那年十八岁，已经是个有想法的少妇。这纸契约约束的是双方，但显而易见，保存在母亲手里，是个撒手锏。怀孕生产都是女人的法定义务和权利，但前提是，你的孩子得有来路，孩子能不能被善待，取决于母亲的性行为是否合理。

“你那时为什么不告诉我？”沉默良久，桂二奎还是发泄了一下。被大奎蒙蔽的感觉很受伤，大奎有事从不瞒他。

大奎忸怩着说:“觉得不是啥好事,告诉你也嫌丢人。何况……”大奎迟疑了。

二奎的脑子动了一下,猜出了他咽下的半句话。无非是因为“两个人长得不像”,让他心有挂碍。他们都是从同一个娘肚子里爬出来的,至于父亲是谁,大奎未免太杞人忧天了。

“今天为啥又说了?”二奎面露嘲讽。

“与胡杨相比,我们都是渺小的人。”大奎坐正身子,振振有词。那一刻,大奎简直像有神仙附体,口气和表情都带着居高临下的悲天悯人。

二奎站起了身,他一刻也不想在这院子停留。大奎的这一面让他看不入眼。他从很多年前就看不入眼。大奎嗜书如命、一些小的聪明和计谋、属于乡下人的自命不凡,以及随处表现的虚荣和浅薄都让他难以容忍。他真的怀疑两人的血管里流的不是相同的血。但大奎说得不错,与植物相比人类都很渺小,哪怕是一棵草,还能野火烧不尽。只是,他觉得没有必要再跟他理论下去。月亮移出了云层,洒下几缕清辉。二奎借着月光星光盯看了一眼大奎。他们长得不一样,脾气秉性不一样。小的时候大奎就有些女气,爱哭鼻子,爱穿有颜色的衣服。也就是说,陶子晟与他没关系……不知为什么,他暗松了一口气。想起屯屯说过的补血草,也不知现在采到了没有。心慌的感觉突如其来,他摇晃了一下,情不自禁地捂住了胸口。“你怎么了?是不是不舒服?”大奎关切地探过身来。二奎没有接话茬,而是不动声色地舒缓了自己,他想到了远在北疆的病人,也许这是心灵感应。

他的心像是被什么挖了一下。

“这畦西红柿长得不错,是沙瓤吗?”他往菜畦边上移动了下脚步,是在为抽身做准备。

面前黑乎乎的,其实啥也看不清楚。

“还不知道呢。”大奎忐忑地接话儿,“要等红了才知道。”

“时间不早了，我得回去了。”

大奎赶忙问：“你今天有……事儿吧？”

“没事儿。”二奎边说边利索地往外走，“我就是路过，来看看你和大嫂。”

七

屯屯伸了一个懒腰，奎屯的早晨就醒了。她惺忪好一刻，才想起这是睡在老房子里。老的土坯房，有一种干燥和舒爽。指尖碰到手机，心跳了一下，却没有动。昨晚妈妈炖了一只鹅，屯屯的筷子不时挥动，除了吃，她不知道该干什么。一家人都看着她。大美、二美和两个姐夫。二美嫁到了克拉玛依，姐夫是维吾尔族人。大美就住在家属院旁不远处的楼房里，那里爸妈其实也有房，可他们不去住。老房子有大院落，可以种很多蔬菜。政府一直说拆迁，但一直没动静。当年他们从内地带菜种，一茬一茬培育，种子像人一样，早把这里当成家了。

屯屯知道一家人都看着她。妈妈说：“小美……”屯屯说：“我改名了，我叫屯屯。”妈妈赔着笑说：“我总忘。屯屯好听，小美……”

一家人都觉得，屯屯应该给二奎打个电话，把爸爸的情况说清楚，他实在是坚持不了几天了。如果二奎能在他活着的时候来看一眼，爸爸就能瞑目了。否则，他死都会很勉强，所以横竖不咽这口气。屯屯在垻城这些年，多亏二奎照应。否则，她人生地不熟，怎么可能生活得好，还能谋到工作？屯屯是唯一能跟二奎说上话的人，是陶家所有的指望。“你现在就打，让我们都听听，看看他怎么说。”大美把屯屯的手机从包里取了出来，屯屯接过，又放进了衣兜里。“他这两天忙，过两天再说吧。”

“爸爸还能活两天吗？”二美越来越不满。她连续值了几天夜班，心情很烦躁。

大美说:“怎么活不了……他让小美捎来那么多钱。”

大美的意思是,屯屯说的是实话。

妈妈说:“你哥会来的。我做梦都梦见了。”

顿了顿,屯屯说:“他不会来了,你们死了这条心吧。”

妈妈突然叫了起来:“你说什么?”

屯屯心一横,说:“桂二奎不会认你们的,你们就别做梦了!”

妈妈讪笑了一下,她觉得小美是在说笑话。

妈妈的态度早已转变了,对二奎,还有对爸爸的前妻灯碗。灯碗是小白帽的小名,她的大名谁也记不住。她的偏头痛好了,但小白帽还戴在头上。按理应该叫她大宝妈二宝妈,可因为大宝二宝都不是她亲生的,大家都愿意叫她小白帽。年前爸爸做手术,灯碗去医院探望了,拿了一盒子糕点。她比爸爸大三岁,但远比爸爸健康。她立在病房门口,没有往床前走。只说了一句话:“你好好养着吧。”就回来了。妈妈做什么好吃的都给她端一碗,有时自己也咕哝:“你爸要是当初不跟她离婚,恐怕就不会得这种烂病。”

有一天,庆贺二美生日。屯屯和两个姐姐喝果子酒,都喝得有些高,胡乱说,我们的生命来得多不容易啊,这个世上差点就没有我们姐妹三个了。

大美说,如果爸爸不跟小白帽离婚。

二美说,如果妈妈不跟爸爸结婚。

屯屯说,如果二奎一家不走,这个家就是一家四口。爸爸、小白帽、大奎、二奎两个哥哥。

大美问,如果那样,二奎还能当行长吗?

二美说,不当行长也能当局长。

屯屯说,是雄鹰在哪里都能高飞。

姐妹三个聊得高兴,喝得也高兴,都把自己放倒了。那是爸爸手术后最高兴的日子,医生说,手术很成功,半年以后陶师傅就跟从前一样了，打球、骑马、弹琴，样样行。爸爸参加了一个俱乐部，经常骑马到很远的地方。

没想到半年以后成了这样。妈妈说，是她的错，如果不手术情况也许会更好。大美和二美都说，爸爸心事太重了，活得好好的，总想死后打幡的事，好人也会抑郁的。

妈妈马上沉了脸。打幡的事也是她的心病。

屯屯把脸埋进碗里，她想，都是自己无能，才落得眼下这个局面。自己不去埧城，爸爸就不会指望。每次来，爸爸都要偷偷打听二奎的情况，问二奎对她好不好，有没有请她吃过饭。屯屯夸张地说，很好啊，经常请我吃饭，每次都去高档餐厅吃龙虾。爸爸笑得特别幸福，仿佛为当年的错误找回了安慰。十八层旋转餐厅那顿饭，吃得不愉快，却被屯屯借用了很多年。屯屯经常对自己说，爸爸的病，你也有责任，年复一年地让他空指望，他多受了许多煎熬。喝了一碗肉汤，屯屯放下碗，说："我去熬补血草。"

都说不用熬，熬了也没用。屯屯不理。熬出来的补血草装进罐头瓶里，是深红的颜色，真像血浆一样。屯屯不顾一家人的劝阻，还是跑到了医院。她想，我横竖也得把补血草喂给爸爸喝，管用不管用，我都要喂给他，否则不是白回来一趟吗？大美的女儿佳佳充当临时陪护，她的男朋友在这里上班，说好的今天他们值一夜。看见小姨进来，赶忙闪了出去。爸爸的手臂露在外面，冰似的凉，屯屯给他放进被单里。补血草倒进碗里一些，屯屯用汤勺舀起，对爸爸说，你的血管里没血了，老神仙说，喝了这些就能把血补回来。来，张嘴。汤勺凑到爸爸的嘴边，爸爸嘴唇动了动，但没有张开。屯屯说，你喝一点，我跟你说哥哥的事。爸爸嘴唇颤动两下，真的张开了。屯屯小心地把补血草倒进爸爸的嘴里，顺嘴角流出了些，但非常明显，爸爸有一些吞咽的动作。屯屯说，我一会儿就跟他联系，让他过来看你。你高不高兴？爸爸微微点了下头。屯屯说，我不知道你病得这样重，否则我会带他一起回来。

爸爸扯动眼皮,努力想睁开眼睛。屯屯注视着这一切,那颗心突然坚定了。

屯屯在乌鲁木齐给桂二奎发了信息,没得到回应。屯屯想,人家只是客气一下,并不是真的关心你。到了奎屯,因为一直想到哪里去采补血草,就把发信息的事忘了。

“他如果真关心,怎么就不能主动联系我呢?”私心里,屯屯有得寸进尺的想法。

“他不行了,就剩最后一口气。可他想见你。你能让他见你一面吗?这样他死也甘心了。”这样几句话,修改了好几遍,该表达的想法和感情,客气又不失亲昵,还得很郑重,否则,不足以引起重视。屯屯在路灯底下连续敲了很多个流泪的表情,想了想,又点了发送位置,显示的是奎屯人民医院。

我在医院,人不行了。屯屯又加了一句。

屯屯仰着脸看天。一颗玻璃球大的星星钻出来,眨了下眼,又没了踪影。屯屯觉得自己就像那颗星星一样,无所适从。或者,她总是无所适从,不管是在埙城还是在北疆。她都是一个无所适从的人,身边有亲人,却走不近,靠不上,真是无可奈何啊!这颗星也许就是爸爸,以这种明灭的方式提醒她。屯屯很焦灼。等了足有十分钟。这十分钟真是漫长。没有消息。还是没有消息。她一咬牙,把电话拨了出去。“您拨打的电话已关机。”她反复拨,几十次都不止,手机键都快要被摁掉了。“他这是故意的。”屯屯一边摁键手一边哆嗦,“他一定知道我会打电话才关机的。他不想被打扰。”可是,他有理由接受打扰吗?没有。没人告诉他他是谁。与远方的陶子晟有什么关联,他不知道,他也可以假装不知道。我们谁都没有勇气告诉他真相。真相,被厚厚的历史尘埃湮没着,有时候,我们甚至惧怕这一点。因为里面包裹的是不堪、耻辱、丑陋。屯屯就像晚秋灰败的一棵芨芨草,在清凉的月光下往家里走,直走得泪流满面。她觉得,自己犯了战略性错误,她一直胆小、谨慎、虚妄地对待桂二奎，等待他觉悟。自以为是，步步为营，其实是给了他逃避或隐遁的理由。所以，他送给她一万元钱甚至都不说用项。他分明是不愿意介入其中。他用钱画了一条河，把屯屯以及与屯屯有关的一切隔到了彼岸。没有比这更阴险的了。试问，以后屯屯还能再去找他吗?屯屯情不自禁地要打摆子，她觉得，自己被耍了，回来时一路的兴高采烈是因为自己蠢。她以为，他们之间的关系是澄澈的，是不言自明的，其实哪里有这么简单。想起了自己的这半生。二十年最好的年华都给了守候，今天的局面却如此不堪。她赌气关上了手机，也关上了与他的信息通道。她越来越不敢想明天会怎样。父亲躺在病床上，一家人都眼巴巴地看着她。他们不知道，她在埙城这么多年还是无法走近他，跟他说话还要紧张。屯屯觉得自己快要死了，浑身连一丝力气也没有。“就让我死在爸爸前边吧！”她边走边嘟囔。终是不甘心，走到家门口，又打开手机看了一眼，她彻底绝望了。屯屯想，我们不是一个时空的人。我们是过错而不是错过。我们之间的距离比新疆到埙城还要遥远。

血缘也是一条河流。就让这条河流终止吧。

白色的纱绷子罩着餐桌上的盘碗，屯屯揭开看了看，有她爱吃的糕点、绿豆汤和煮鸡蛋。屯屯揉了揉肚子，昨晚的鹅肉汤都还在胃里，她吃得实在是太多了，眼下一点胃口也没有。屯屯重又把纱绷子罩上了。

几件衣服挑拣了一下，仍是穿了那件长着补血草的连衣裙。这件连衣裙，隐约代表了一种心境和象征，穿在身上能有些许安慰。奎屯的太阳可真明亮，通透得就像一面镜子，光芒四射。妈妈和姐姐一早就去医院了，说好的让屯屯睡到自然醒。屯屯眯着眼，在偌大的院子里走了一圈。这里一共有十一排房，五十几户。现在留下的住户不到三分之一，都是老弱病残。许多屋脊都坍塌了，上面长着各种各样的草。小的时候，屯屯串过二十几户人家的门子。从内地来的，她只没去过小白帽家。妈妈经常说小白帽的是非，让屯屯对她一点好感也没有。小白帽住在最后一排，离水房很近。她嫁了一个安徽人，那人去登天山时跌断了腿骨，成了跛脚人。后来他们收养了两个儿子，大宝十七岁那年用荆条筐去屠宰场背马肉，回到家里自己煮，吃完通体是黑的。原来马肉沾了荆条就成了剧毒，老家的人都知道，但大宝不知道。二宝开一辆红色的出租车，在外面买了房子，很少回老院子来。建家属院的热闹场面屯屯还记得。家家挖坑土，脱土坯。爸爸赤脚踩泥窝窝，那些泥浆要掺上些麦草才有筋性。四个框的器物叫坯模子，把那些拌好的泥浆塞进模具里，用拳头杵紧实，再把坯模子小心朝上一端，一块坯就像毛豆腐一样落在地上。横几排竖几排，亮得像一片水塘。奎屯的太阳很快就把坯的表面晒干，屯屯放学时，和姐姐们一起把土坯搬起来，搭成"人"字形，晒另一面。待完全干透，就可以造房子了。热火朝天的场面留在了记忆里，长长的一条街上只看见几个寥落的老人。年轻人不喜欢老房子了。他们喜欢带电梯的洋房，宽大的露台架在半空，或者移一些土在阳台上养花种草。从这点来说，内地和边疆的年轻人都一样，亲近土地的方式更像是隔靴搔痒。

可当年这院子里的味道多迷人啊。维吾尔族人把炉子砌到外面，烤馕。南方人做甜点，北方人做水饭。一对哈萨克族夫妻经常提来猎物，有一次，他们居然扛来一只金狐狸，三角脸贴在后背上，就像睡熟了。坝城来的人从家乡带来了各种各样的种子，他们听说这里的土地广博，种子可以随便丢进地里。高粱有黏高粱、笨高粱，谷子有大黄米、小黄米，还有各种各样的蔬菜种子，把园子种得像开博览会一样。记忆最深的是冬天的雪，一早醒来，大雪封门。爸爸赶紧搬来木梯，去房上扫雪。大团的雪落下来，在屋檐底下堆得像小山一样。大美跟妈妈用推车往外拉，二美用木锨往外推，屯屯则跟着爸爸爬到了房上，她从小就胆子大。结了冰的房草又湿又滑，爸爸还在扫雪，发现屯屯已经像鸟儿一样飞到了空中，扑通落到了雪堆里。雪粉迸溅而起，被风旋起几米高的雪瀑。房上的爸爸吓坏了，赶紧从木梯上下来，屯屯已经从雪窝子里爬了出来，连睫毛上都是雪粒子。她蹦跳着说："太好玩了！太好玩了！"大美、二美也不甘示弱，争相爬到房顶，姐妹三个就像跳水运动员，依次往下跳，左邻右舍都跑出来看热闹。爸妈哭笑不得。后来，爸爸受这次"跳房子"的启发，在外面修了块有落差的滑雪场。

水房还在西北角矗立着，圆溜溜的像个炮楼，上面长了数不清多少种植物，葱绿的叶子挤挤挨挨，有的巴掌大，有的指肚小。一棵柳树居然长得小孩胳膊粗，旗杆样地在上面晃。冬天到这里挑水是个危险活，冰凌冻得有一尺厚，经常有人摔得人仰马翻，骨头摔劈摔断。屯屯带领学雷锋小组来做好事，专门扶装满水的水桶，防止外溢。结果是，水都洒到了自己的棉鞋上，棉鞋冻成了冰蛋子，回家被妈妈好一顿骂。

八

"裙子可真是好看呢，这花是补血草吧？"

屯屯扭回头去看，椿树底下站着灯碗姨，掐着一把韭菜打量她。因为妈妈的缘故，屯屯小时候几乎没跟她说过话，她们背后都叫她小白帽。妈妈经常嘲笑她的矮身量、蒜头鼻。年纪轻轻就是少白头，一个髻绾到脑后，用网子罩着，走路一颠一颠，像箍着个小煤球。在妈妈眼里她一无是处。屯屯也觉得她一无是处，说话嗓子尖细，像踩了猫尾巴，走路瞅脚尖，跟谁都不打招呼。可她有一股蛮力，下手抓住羊的两条后腿，手腕一翻，膝盖一顶，刀尖对准羊的颈项，放血连一根羊毛也不沾。其实她的身量没有那么矮，鼻梁也算周正，就是鼻头略微大一些。她姓姚，罕村姚姓是大户。当年嫁到陶家也是贪图陶子晟的模样人品，带到新疆来这么一丢，就把她丢背过气了。跟陶子晟一样，她从出来就再没回过罕村。

除了路途遥远，年轻的时候都觉得没脸回去。

她比陶子晟大三岁，可看上去哪有大三岁的样子啊。她看上去那么结实、精干。两只脚踩在地上，看着就有根。说实话，她也不像妈妈说的那么不堪，妈妈纯属埋汰她。屯屯朝她走去，她把韭菜放到一个石磩上，走出了椿树的阴影。搭着凉棚看一眼，惊叫说："是小美啊！你爸喝到了你采的补血草？"

屯屯叫了一声"姨"，问她听谁说的。灯碗说早上出去买早点时遇到了你妈，你妈说二奎也回来。

屯屯含混地应了声。

灯碗马上问，他啥时来，是坐火车还是坐飞机？

屯屯只得说还不一定，心下也奇怪她怎么会对二奎感兴趣。问她弄韭菜做啥饭，她说包素馅饺子。"老家的伏天韭菜是臭的，奎屯的韭菜是香的。"她的话更像是别有深意。"二奎走的时候才一个月零八天。"她说，"那年的奎屯六月飘雪。"

这是在说往事还是在说气象？她的话屯屯不想听，屯屯岔开了话题。问她是不是吃韭菜鸡蛋馅，她也意识到了屯屯心不在焉，寥落地说："小美，中午在这儿吃吧。"

屯屯说，等会儿要去医院，爸爸的情况很不好。

灯碗说，他就是在等二奎。大家都知道，他就是在等二奎。

屯屯的心里抽动了一下，赌气似的说，二奎要是一辈子不来呢？

灯碗不满地发出一个鼻音，说，你爸这辈子，就这么点念想，你们怎么就不帮帮他，让他了了心愿。他心里苦。

屯屯奇怪地看了她一眼，心说当年是他抛弃了你，你倒不说自己苦。

屯屯想走，灯碗说，你到我家坐坐，我给你看样东西。

屯屯迟疑了一下，但没挡住好奇心。她想会是什么东西让她看……突然想，灯碗心里应该有秘密，她当年也是当事人啊。

屯屯跟随灯碗走进了家门。锅灶，火墙。因为没有后窗和后门，屋里暗得影影绰绰。这房子早先建成什么样现在还是什么样，墙壁黑黢黢的，贴着两张门神画，也落满了灰尘。不像屯屯家里，隔断打通，辟出专门做饭、吃饭的地方。后窗装上玻璃，房间变得通透。每年都刷房子，墙壁总是雪白。跛脚丈夫早就去世了，她这些年过得有多狼狈，看一眼这房间就知道。

炕边是块毡子，有着繁复的图案。屯屯小心地坐了上去。灯碗说，这毡子还是当年你爸买的。他去乌鲁木齐开会，买了两块花毡，另一块送给了二奎的妈。

这话是什么意思？屯屯皱着眉头想。那时妈妈甘绒花还是黄花闺女，与这件事情不搭界。花毡如果几十年不清洗，灰尘大概能落豆腐厚。好在这块花毡还是薄的。屯屯使劲想罕村的桂长河家，他家有高门槛、土坯炕，屋里整齐洁净，被子叠得像豆腐块，但记忆里没有这块花毡。

“他妈年轻的时候一定是美人。”屯屯搜索着记忆。她就见过二奎妈那一面，不冷不热。自家婶子说，那是个凡人不理的主儿，“她以为自己是菩萨。”婶子鄙夷，“常年吃斋念佛。”

“长得是不差，比你妈好看。”灯碗抓了一把沙枣给屯屯，没注意屯屯皱了一下眉头。

“我爸是咋跟她扯上关系的？”屯屯假装问得随意，其实她心里特别好奇。眼下爸爸躺在病床上，这些不雅之事似乎也轻淡了。爸爸的作风问题让妈妈数落了一辈子。屯屯也奇怪，爸爸为啥跟人家生了两个儿子而又没跟人家结婚。“他傻子一样让人骗了。”这话妈妈只敢偷偷说，“他让人家骗了，他又骗了我。”

“这话不该我说，回家问你妈。”灯碗的声音有点冲。

“我妈不知道。”屯屯的口气也硬了起来。

“她成心装不知道！”

屯屯无言。有点后悔跟灯碗进到这屋里来。看来和解只是表面上的。妈妈经常送来好吃的也没能温暖她，也许她这一辈子太孤寒。始终没有原谅那个带她来新疆的人。她在这里没有一个血亲，却要在这寒冷的地方待一辈子。

换了谁都不会轻易说原谅。

屯屯的心里柔软了一下，想妈妈为什么来送吃的，无疑，人都老了，有些事能够放下了。但以妈妈的心性，她无疑觉得自己是站在高处，虽然一辈子也谈不上幸福，但与灯碗比，她是胜利者。胜利者容易有姿态，况且爸爸需要她这种姿态，妈妈自己也需要。

妈妈甘绒花是一个会“作”的女人。当年是文艺女青年，被人敲锣打鼓送来的。妈妈打小父母双亡，跟舅舅舅妈长大。国家号召支边，她第一个报了名。舅妈哭哭啼啼劝她不要去，说，新疆那么远，坐火车都要半个月，去时容易回来难。甘绒花刚强地说，好儿女四海为家，你没听广播里说吗？舅妈劝不了她，去邻居家借了十个鸡蛋，想煮熟了让她在路上吃。甘绒花却不愿意等，自己背着铺盖偷偷跑了。甘绒花被分到了离奎屯一百多里的农场，说是农场，却连一棵庄稼也没有。没有卫生纸，来月经了自己烧草木灰装到布袋子里垫下体。冬天开垦芦苇地，跳进淤泥里清淤，冰碴直往鞋里灌。夜里就睡在芦苇湖里，身下铺着茅草。几根棍子四角一支，上头盖些芦苇就是草房，很多人指甲盖都冻掉了。她跟爸爸认识三个月就结婚了，因为奎屯比农场条件好，火墙能让人夜里睡觉冒汗。

甘绒花结婚前是一个人，结婚后是一个人。如今老了，大概又变成了另外一个人。大美曾经对屯屯说，妈妈有时惦念二奎，比惦念你还强烈。

屯屯眨眨眼，记忆中不是这样的。她问，为什么？

大美拍了她一下，说，你以为只有爸爸想打幡的事啊！

她添什么乱啊！屯屯不满。

“您想让我看什么？”屯屯有些坐不住了，她心里虽然有些柔软，但她不喜欢眼前这个女人。她的鹰钩鼻子像一只隼，眼神也泛着凌厉的光。这屋里的一股不洁气味也许就是她身体散发出来的。

灯碗打开柜盖，拿出来一只铁盒子。大概许久没有打开过，她搂在怀里开得很吃力，有指甲摩擦的凄厉声。她到底还是打开了，里面是一个蓝布袋，有点像小时候见过的烟袋荷包，封口处系着白线绳，那线绳已经是老旧的颜色了。她把线绳解开，把口松一松，倒提着往炕上倒，一个一个滚出来的，居然是羊拐骨。

屯屯目瞪口呆。

那六根羊拐骨落在炕上，彼此撞击时发出清脆的声响。它们摆出各种各样的姿态，各个温润如玉，安静得像一只只小猫，却支着耳朵。岁月没从它们身上行走过，它们还像初始那样清秀洁净。屯屯吃惊得眼珠差点落下来，“这是……”

灯碗用手一划拉，六根羊拐骨悉数抓到了手心里。她摩挲着说：“你……忘了？这是当年我在屠宰场收集的。那样多的羊拐骨，要怀孕的母羊水色最好，还得是前腿。羊大了不行，小了也不行，一样大，‘耳’清晰，等了好多天才遇到合适的。用毛刷刷干净，用开水煮去油污，埋土里去腥膻，然后又用蜡油包起来，模样才好看。那时小姑娘玩的羊拐骨都刷红漆，像从血锅里捞出来的。有天我下班，正碰上你因为羊拐骨哭鼻子，要借别人的玩，人家不让。我就想，我要给你找几根最好看的羊拐骨，让你在小伙伴面前有面子……没想到你不要，还没一刻钟就还了回来，扔在了雪堆里。二宝气得哭着拿回家来，说连个黄毛丫头都瞧不起我们。我说，她不是瞧不起我们，她是听了大人的话，将来有一天她长大了，就会懂得我们的好意。”

屯屯心潮起伏。这一段话包含了多少烟火味啊。那些遥远的记忆只剩下了一些轮廓，被她一提拎，慢慢就凸显了边缘。那六根羊拐骨就像心头肉一样，让她多么不舍。可她惹不起家里那个朝天吼，说如果不还回去就永不许她吃饭，屯屯怕她说到做到。她小时候就怕挨饿。

“你还要吗？”

还用说？虽然都忘了怎么玩。屯屯使劲儿想，一个“耳”代表什么，一个“平”代表什么，记得玩法有多种，却一个也想不起来。难道自己也老了？屯屯忙不迭地说：“我要，我当然要。”

灯碗把它们重又装进布袋里。

屯屯谨慎地说：“上一辈的事我搞不懂。可我知道，我爸对不起您。”心里在想，我爸若对得起你，这世界就对不起我了。

“不是。是我对不起你爸。”

屯屯又被惊住了，她的样子平和诚恳，屯屯不禁问：“您能仔细说说吗？”

她叹了口气，拍着那块毡子说：“当年二奎就躺在这上面，睡了八天，每天都睡十几个小时，醒了就睁大眼睛看屋顶，从来不哭不闹。二奎满月就被他妈抱了来，说这个孩子姓陶不姓桂。我早早备了一只羊，让二奎喝羊奶。二奎小时候可好看了，两只大眼滴溜溜转，嘴唇红得像抹了胭脂。刚满月的孩儿，就‘喃喃’地会跟你说话。可谁想到他们又变卦呢？那晚下大雪，你爸去农业站开会去了。二奎妈穿着一件皮袄进来，浑身上下都是白的，脸也是白的，像一只野狐狸。她进门就扑通跪下，雪抖落了一地。她说，这孩子不能姓陶，得姓桂，否则桂家人会剥了我的皮。我问她是咋回事，这事是立了字据的，她和你爸生两个儿子，老大姓桂，老二姓陶。大奎都三岁了，你爸终日提心吊胆，怕她生个闺女……二奎妈哭着说，我是卖给他家的，这事我做不得主。他去哪，我得跟着去哪。他让我干啥我就得干啥，否则将来遭罪的是孩子。他说回老家，我就得跟他走。他说得把两个孩子都带着，我就得过来抱……我的命不打紧，还有大奎呢，他得有个安身立命的地方……说完就砰砰磕头。只几下，脑门儿就流血了。她用袖子一抹，脸就成了血葫芦。我在屠宰场杀羊，可我怕人的血，看见人的血我就哆嗦……她抱孩子的时候我动也没动，就那么眼巴巴地看着她把孩子揣进皮袄里，走了。

“你爸开会回来看见孩子没了，简直疯了，一拳就把我杵到了墙旮旯。带人骑着快马一直追到乌鲁木齐市，也没见着他们的影儿。他以为是我不愿意照看别人生的孩子，故意把孩子弄丢了。‘你连牲口都敢杀，我不信你抢不过她！’我是抢得过她。后来我一直想，真要动起手来，她抱不走这孩子……可她是孩子的妈呀。你爸一辈子也没解开这个疙瘩，他就是觉得我把他儿子弄丢了。”

“真的不怪您。”屯屯痴痴地像在说梦话。她想起自己曾经怀过的一个孩子，那一定是个儿子，四十天，才像一粒葡萄大，在邻县的小医院把他弄丢了。那年她才十九岁，根本没有做母亲的打算。如果把他生出来，会送给别人吗？哪怕那个人是亲生父亲也不行，绝对不行。屯屯心里忽然一阵钝痛，她对眼前的女人有些肃然起敬。那个雪夜发生的事改变了很多人，满脸是血的母亲要抱婴儿。若真厮打起来，孩子说不定会摔到地上。会把二奎摔成脑震荡。那样，生活就走样了。

屯屯情不自禁地笑了笑，伸手握了下她的手，那手像鸡爪子一样瘦。

“二奎啥时候回来，小美你告诉我一声，我想看他一眼。”

二奎不仅是爸爸的儿子，也是她的儿子。屯屯点点头，却不愿说二奎根本不可能回来。没有比自己更失败的人生了。坐在这女人面前，屯屯发现自己连她都不如，鼻子一酸，眼睛就湿了。把布袋抓在手里，屯屯赶紧起身告辞，女人着急地说：“我话还没说完呢……二奎的妈，其实有可能跟你爸结婚……”

“他们结不了。”屯屯微笑着说。

“一家人都在找你，你怎么在这儿？”

走进来的是二宝，一副胡子拉碴相，头发长得遮住了脖颈，油汪汪的似乎很久没洗了。屯屯一下蹦了起来，“我爸咋了？”

二宝连忙摆手，说，不是你爸咋了。是你姐，大美，打你电话总关机。说这都晌午了，不会睡到这么晚。她是不是又跑了？我正好在医院门口拉活，她打发我回来看看，你家里没人，我就寻思来家里先看看，没想到你在我家。

屯屯这才把心放下了，摸了摸口袋，手机还在床上。她没有瞅二宝，她瞅羊拐骨。二宝一看就知道是怎么回事，说，你拿它干啥，又不会再玩。

屯屯把羊拐骨收起来攥紧了，说，姨，我走了。

二宝说，我送你。

屯屯说，不用。

屯屯先回家拿手机，顺便把羊拐骨放进了行李箱。似乎把年轻时的一颗心也放了进去。那颗心一直不安稳，放进去，就妥帖了。她平静地打开了手机，查看信息，只有大美的几条留言：睡醒了吗？起了吗？吃了吗？

“我还就不信了，没人打幡就不死人了。”屯屯自言自语。她用两只碗扣住鸡蛋，骨碌骨碌地摇，把皮子很快都摇散了。

她两口就把鸡蛋吃了，噎得直抻脖子。屯屯用最快的速度喝了几口绿豆汤，吃了块点心，她得赶紧去医院。鸡蛋皮子和点心渣子用纸包起来，丢进了垃圾箱。出来发现二宝的车就停在了门口，屯屯想绕过去，二宝下车拉住了她，把她塞进了副驾驶。

二宝的车很脏，一股烟油味。屯屯摇下了车窗玻璃。那玻璃有些故障，下落时咯吱咯吱响。

“有点小毛病。”二宝看也不看她。

屯屯偏头看着窗外。出了家属院左拐两百米就上了大马路，奎屯发展很快，很多现代化的建筑拔地而起。马路的对面是繁华的商业街。过去这里是所中学，左右都是林地。屯屯放学的时候就像一只警觉的兔子，看准了才往家跑。不知有多少次，她在晚上放学的时候被二宝堵住，二宝把她逼到了坎下的林地里，让她跟他谈恋爱。有一次，二宝强行亲她的嘴，被屯屯一巴掌推开了。屯屯奔跑时，被二宝扯到了衣襟，一溜扣子都不翼而飞。这样的丑事都是屯屯在暗夜里自己消化，从没对别人提起过。

“我也去过埙城。”二宝给自己点着了一支烟，看见屯屯皱眉，又在车帮上摁灭了。“你不信？你走以后我整天担心，怕你出事。后来我从家里偷了点钱，坐火车到了北京，然后又坐汽车到了埙城。在西关的早点铺子喝了碗羊肉汤，那味道比奎屯的差太远。这件事我跟谁也没说过，我在城门洞子里住一宿，就回来了。埙城也没有什么好，两条街，几分钟就走到了头。城西有座庙，我从那里过，没进去。我想去罕村，又懒得去。我妈都不回去，我去算怎么回事，人家也许都不认我。城门洞子里不走车，夜里住的都是流浪的人。我妈经常说，我们家跟你们家肩膀头儿不一般高。那时我不认，后来明白了。”

“我们有啥可高的？”屯屯丢了一句。

“你们一家彼此都是亲人，跟我们家不一样。我们家谁跟谁都不是亲人。”

“爹妈也不是？”

“爹妈也不是。”

二宝朝窗外吐了口痰，目光盯紧前方。

“你不要这样想。”

“从小大家都这样说。”

“我从来没这样说过。”

“所以我喜欢你。小美，你比别人心眼儿少、单纯。我那时是真的喜欢你。所以你出走我很难过，我那时还想你是因为我才离开家的。”

屯屯不说话。那时她出走的原因复杂，但肯定不是因为二宝。她不喜欢他，可也不怕他。她不喜欢他纠缠，就像不喜欢吃某道菜，见了就想绕着走。她可是从没想过二宝去埙城找她。

“你的孩子好些了吗？”

“脑瘫的孩子就那样。不过现在自己能走了。”

屯屯心中涌起悲悯。他们的苦难都是病孩子造成的。他和灯碗姨的关系没处好，可灯碗姨的工资卡在他手里，常年支付孩子的医药费。

“我想听你说一句心里话。”二宝说。

“啥？”

“你离家出走，跟我有关系吗？”

“没有。”屯屯轻轻叹口气，“我为什么走，全奎屯的人都知道。”

九

一束花先送进来，然后是一张脸。戴眼镜，厚嘟嘟的嘴唇，有些夹鼻，大脑门儿锃亮。大美跳起来的同时，妈妈突然喊了一声：“陶子晟！”然后就捂住了嘴。妈妈剧烈地摇晃着爸爸说：“陶子晟，快醒醒，你的补血草来了啊！”

二美惊慌地喊：“回血了，回血了。护士，护士！”

护士跑过来梳理了针头和输液管，说，你们看着点，这么多人，还让病人动。

大美冲过去抱住了二奎，使劲地摇，泪花迸溅，却无语凝噎。二奎还木讷着，他没有准备迎接这样隆重的礼节。他刚一探头，她们就知道他是谁，而他有些拿不准。

她们都在抹眼泪，一屋子眼泪纷飞。他不好意思面对这些女人，把花放到床头柜上。他有些惶惑，自己似乎走进了一个激动的王国，这种激动似乎与他有关又似乎无关。他赶忙凑到病人旁边，双手支在护栏上，俯下身子端详。他需要确认，这个叫陶子晟的人，身份朦胧而又暧昧。大美搬了把椅子让他坐，搀扶了他一下，触到胳膊上的手有点凉，像贴了块膏药。病人在均匀地呼吸，脸颊赤红，眼皮偶尔跳动，像是在装睡。他的手、小臂、被单下的胸脯、脖颈以及整张面孔都十分消瘦。他把陶子晟的手抄起来，握住，就像握住了一把柔软的植物。根子植入血管，触须四下延伸。他们就这样声色不动地结成了一个整体，粘连、交织。他不知道说什么。他只见过陶子晟两次。第一次他去邮局寄衣物，惊炸了所有的人。那时他还懵懂。第二次是三年以后，陶子晟请他在附近的小饭店里喝了酒。四只眼睛看着彼此，彼此落在彼此的眼里，也在心里。隔膜而又戒备。甚至，连书信里的常温都达不到。他们的话题很小心，从不碰触彼此，以及与彼此相关的历史，甚至不谈罕村。他们小心地维护着这一点点陌生，仿佛是块糖果，稍有温度即化。陌生才是安全的，他扎了藩篱，阻挡他可能来的情感侵犯。事实证明他多虑。陶子晟比想象的要可靠和安全。他乐意成全二奎，一个父亲愿意成全自己的儿子。

今天他终于主动走近陶子晟了，没有想象的那么难。他从罕村出来的路上就一直在打腹稿，他要去看他，送他一程。他知道，这是陶子晟渴望的。也是自己此生唯一的机会，碰触和亲近血缘，机会转瞬即逝，永不再来。他特别害怕失去。原本他还觉得这是他和大奎两个人的事，可那个人突然变成了自己一个人的父亲，更让他觉出了紧迫和惶恐。原定好的会议简化了议程，一些约会临时取消了。他一边在文件上笔走龙蛇一边吩咐秘书备车，订飞往乌鲁木齐的机票，越快越好。然后订一辆商务车连夜去奎屯，我要在车上休息。奎屯最好的宾馆订一套房，这些已经不用他交代了。秘书回复说，那里甚至有一家邮政宾馆最好的房子在等待他。他在上午九点四十分到达了边疆这座陌生的城市，阳光通透，碧空如洗。他南疆北疆走过很多地方，却从没到过这里。过去，他一直选择绕过这座小城，是因为心里有些东西像丝麻一样缠绕，让他不得安宁。如今那些不安宁的因素都自动消失了。他洗了个澡，换上干净的衬衣，委托前台小姐订了一束花。一切准备就绪，他开始联系屯屯。这么多年，他都没主动联系过她。私心里，他是有些愧疚的。他甚至有些紧张地想，第一句话应该怎样表达才不失分寸，是先问病情，还是先问补血草？或者，自己也跟她去采一些？昨晚，满屏流泪的表情让他大吃一惊。他以为自己来晚了，看了信息才明白，屯屯的话说得客气而又节制。“他不行了……你能让他见你一面吗？”

可是，他拨打的电话已经关机。好在屯屯发了位置，他没怎么费周折，就找到了医院和病房。

迷乱、兴奋、流泪、无措、确认彼此的身份、放下紧张和盲从……故事终于从高处跌落，病房恢复了常态。他像个普通的陪护一样倒了一次尿袋，洗了一次脚。大美烫好的小毛巾被他接了过来。有些热，他抖开来透了透风。一家人都看着他的手，酷似父亲的那双手，能弹琴和打珠算，灵动而修长。一张脸、背影、回头时转膀子的那个动作，都是年轻时的陶子晟的翻版。他的注意力都在病人身上，从额头到耳轮、眼窝、鼻翼、下巴都小心地擦拭，像擦一件珍贵的瓷器。这些事情他做起来得心应手，仿佛对方不是弥留，而只是睡着了。岳父住院的时候这些活计都是他干，远比做儿子的要尽心。今天，他终于为自己的父亲做了一回儿子。甘绒花两手撑在椅背上，似乎想站起来，但一直没站。她老了，胖而油腻。二奎的眼神一直避着她，但能感觉到她内心的不平静。她总想表达什么，却羞于出口。她的眼神凌厉，偶尔发出的声音具有一种覆盖功能，这样的人跟岳母一样，都具有一种掌控欲和欺凌欲，遇到更强大的对手会弱化，弱化到无。

他不好意思看她。她却不错眼珠地看着他，心中装满了复杂的情绪。那些无所适从的、亦远亦近的想法混乱交替。她跟三个女儿不一样,跟他没有任何关联。可她这一生的不幸都跟他有关。自从她知道丈夫不止有一次婚姻,知道他有儿子并私下来往,就强烈地感受到了不平衡。被忽视、被忽略、被轻慢、被蔑视的种种情绪随时迸发,一直血拼到老,到这个男人被病魔击倒,才回了头,以往的岁月其实并不完全像她想象的那样不堪,她人为地添加了许多作料和养分。可惜她醒悟得太晚了。这间病房因为他的到来有了喜庆和庄严,似乎一切都跟原来大不同了。医生和护士经常借故进来看看,重点看他。他无疑是经看的、体面的,有着成功人士通常有的自信和气场。绅士、礼貌,言不高声,但站在那里就有一种分量。

"护士,没液了!"

二美的叫声素来都是委婉的、柔弱的,眼下却有了几许张扬。小护士的鞋跟儿有点响,一路敲了进来,进屋就说:"嘿,老爷子终于醒了。"他正在烫小毛巾,一回头,陶子晟的一双眼睛睁得大大的,一动不动看着他。小护士熟练地挂好输液瓶,问:"认识吗,他是谁?"陶子晟清晰地说:"我儿子。"甘绒花喜极而泣,大声说:"他这一辈子不敢说'儿子'两个字,现在胆子终于大起来了!"

"哥,你要请我吃饭,我想吃海鲜!"大美说得张扬。

"你请了小美那么多次,也该请我们了。"二美说。

"好的,想吃什么随便说,我请你们。"二奎语调平和,他很快认知了自己的哥哥身份。

"羞不羞,哥哥大老远来的,你们不请他,倒让他请你们。"甘绒花的声音听起来都像煮熟的糯米。

"哥哥就应该请妹妹,谁让他是哥哥呢。"大美已经有些撒娇了。

屯屯小心地推开病房的门,被一屋子的喜气洋洋弄得不知所措。一个高大的身影背对着她,她知道,他来了。刚才路过护理站,护士说，十八床的儿子一看就是个当官的。她就明白了。她并没有感到意外，他来与不来都是一种存在，她想通了。她的一颗心稍稍沉了沉，嘴角宽展了一下。她意外的是，他们的氛围那么好，完全像一家人。这是怎么回事？她错愕的样子让大家更发笑了，仿佛这不是在病房，而是在戏台底下。二奎把手伸到被单里，正在给爸爸做按摩。他回头朝她笑了下，她喊了一声“哥”，却像嘴里发出来的一个“嘘”声。她还是有些拘谨。走到床前看了看爸爸，爸爸仍然闭着眼。她走到墙角坐在一个凳子上，这样谁的视线也不遮挡。妈妈说，刚才你爸醒了，一眼就认出了你哥。大美二美也争相告诉她刚才的景况，大美附耳过来说：“护士问爸认不认识这个人是谁，爸清晰地说，我儿子！”耳朵潮乎乎地痒，屯屯赶紧用手揉了揉。其实她关心他有没有喊爸，大美不再往下说，她就知道了，他没喊。大美是一个藏不住事的人。

妈妈敞开嗓门儿说：“你哥才是你爸的补血草，你哥一来他就醒了。”

“他等了哥哥一辈子。”

“他一辈子的心思都在哥哥身上。”

“如果不是因为跟灯碗离婚，他说不定会追去罕村。”

“灯碗是谁？”桂二奎弓起腰来问。

甘绒花说，这些就像档案一样，早就解密了，二奎你也不要难为情，你的身世全奎屯人都知道。灯碗是你爸的前妻，不生育。是当年你爸从老家带出来的。你出生以后满月就被抱到了陶家，说好的送给陶家当儿子。你在灯碗的被窝里睡了八天，你妈后悔了，又把你抱走了。

二奎一下住了手，这里好像没有陶子晟什么事。

“也把你的童年抱走了。”大美调侃了句。她把哈密瓜切成小块用牙签扎着送到了二奎的嘴边，二奎躲了一下，接受了。

屯屯把这一切看在了眼里，补充说，你是爸爸跟桂家妈妈生的孩子。原本说好了，老大姓桂，老二姓陶。那晚天降大雪，桂家妈妈趁着爸爸开会把你抱走，一直抱回了罕村。爸爸散会后骑着快马追到了乌鲁木齐，也没有追上。回来爸爸就跟灯碗姨离了婚。他们两个一辈子都再没回罕村。

“你听谁说的？”大家几乎一起问，问完病房一下静默了，屯屯有些不安。

“我们小时候有多少好玩的事啊。”大美善于打破沉默，接着自己刚才的话茬说，“哥你在内地根本体会不到。从房子上往雪堆里跳，扑地一下，雪没头顶，出来连眉毛都是白的。爸给我们每人做一个冰船，从坎上往下冲，呼呼带着风声，像在海里冲浪。”

“你爸心灵手巧，就是一辈子抬不起头来。”

二奎有些尴尬，还是问了句为什么。

甘绒花说，因为没有儿子……没有儿子死了没人打幡，从内地来的人都讲究这个……我又生了三个丫头，肚皮不争气啊……你被抱走的事，成了全奎屯的笑话。那时候的奎屯就像个村子，好事不出村，坏事一个时辰就都传遍了。他在单位也出了名，大会小会挨批判、写检查，每次有运动就先批斗他，让他交代作风问题，女同志都不敢找他说话……若不是他打得一手好算盘，怕连会计也当不成了。

甘绒花说得哽咽。她想起了自己，一辈子也因为这个原因跟他过不去。

“可我们小时候很幸福。”二美慢声细语地说，“那个时候生活水平低，大家都只顾一张嘴。可我们家有书报看，记得有《儿童文学》《少年文艺》《大众电影》等。小伙伴都爱往我们家跑，连老师都知道爸爸妈妈有文化。有一次，爸爸从呼和浩特回来，居然带来一本书叫《绿化树》，爸爸还没看，我们都抢着看完了……那个作家叫张什么来着，很有名吧。”

大美说：“那时我们已经长大了。”

二美说："我是说，这些哥哥都没享受到。"

二奎静静听着这些，心中涌动着一种奇怪的感觉。仿佛他原本就是她们的哥哥，从来没有分开过。

"液怎么停了？"屯屯吃惊地站起身。她们的热闹她插不上嘴，她记忆中的童年生活不是她们说的那样。也许是因为年龄小，她把胆子吓破了。那颗飞翔的槽牙带着血的红线，她夜里经常梦见。

二奎缓缓地站了起来，垂下了头。他感受到了从这具躯体里渗出的丝丝凉意，皮肤不再润滑，而是逐渐僵硬。"他走了。"

十

"我知道你当年为什么离开奎屯，不像别人说的那样是跟小兵蛋子私奔。你是为了不丢这个哥哥，才千里迢迢地回去守着他。"二宝看了一眼二奎，在屯屯的耳边悄声说，"你到底把他守回来了。"

屯屯被孝衣包着头，扭过脸去，一下捂住了嘴。

陶子晟的葬礼按照家乡罕村的仪式举行，送葬的队伍排起了长队。长幡被二奎高举着，像一面旗帜。幡有白幡、红幡、花幡、杠幡。杠幡就是把幡放到棺材上，意味着后继无人，自己的幡要自己顶。打白幡证明你至少有儿子。奎屯从来也没人打布幡，他们打的都是纸幡，二奎别出心裁，请人定制了布幡，两边是亡人的生卒年月，中间是名字，在奎屯的天空底下，猎猎地飘。过十字路口的时候要烧纸，屯屯跪在二奎的身后，看他点燃了纸钱，火光跳起来，二奎小声说："爸爸，一路走好。"

屯屯满脸是泪，一下就哭出了声。

爸爸被葬在了南山坡下，周围是大片的补血草，开得让人异常宽慰。墓碑上写的是"第一代支边人陶子晟先生之墓"，这也是根据二奎的要求定制的。二奎说，爸爸是为建设边疆来的，理应把"支边"两个字写上。甘绒花本能地想反对，她觉得太过仪式化了，不像家人立的碑。可看着大美、二美都围着哥哥转，她还能说什么呢？

屯屯翻到了黄板的电话。十几年过去了，也不知他有没有换号码。“你知道我跟桂二奎是什么关系吗？他是我亲哥哥。”屯屯发了条短信。

时间不长，手机铃音响了。黄板说，哪天我去邮局找你。

屯屯说，我辞职了。

这话冲口而出，屯屯心里一动。她是觉得她不需要埙城了。

黄板问她辞职准备去哪里。

屯屯说，还没想好。

屯屯把黄板删了，然后关上了手机。

【作者简介】尹学芸，女，著有长篇小说《岁月风尘》《菜根谣》、小说集《士别十年》《我的叔叔李海》《天堂向左》《分驴计》。曾获鲁迅文学奖、百花文学奖等奖项。现为天津市作家协会主席。

敦　煌

○艾　伟

有一段日子，小项和周菲经常一起散步闲聊。小项是成都人，大学毕业来到永城，分配到了永城电视台，孤单一人住在集体宿舍里。周菲也刚从外地调入歌舞团，虽然有自己的房子，但丈夫和孩子暂时没有跟着一起过来。两人惺惺相惜，成了闺密。

她们免不了谈男女之事。小项坦白，至今没谈过一次恋爱，单恋过几次，也只是一个人感动，连男人的手都没拉过。小项从少女时代开始就喜欢写日记，她把自己的那点小心思都写在了日记里。周菲说，她也是，结婚前没人追，倒是婚后，男人们好像突然在她身上发现了金矿，不时会发一些暧昧的信息给她。

一次闲聊，周菲讲了她在上戏进修时的一段情感。男的是学表演的，很帅，每天来她的宿舍。宿舍住着四个女生，他为她而来，她们既羡慕又嫉妒，这让周菲感到满足。他们一起看了几次电影后很自然地在一起了。

周菲还没说完，小项就生气了。小项认为周菲是个坏女人，一个有夫之妇怎么可以干这种事。小项抛下周菲，一个人沿着护城河怒气冲冲地离去，令周菲很尴尬。

后来周菲对小项解释，她其实只想告诉小项，男人都差不多，以后小项会知道。周菲说，她和那位帅哥在一起时并不美好，帅哥自私得要命，这种男人以为同你好是对你的恩赐。小项还是不能认同周菲的行为，她说，我如果结了婚，不会和别的男人乱来。

经人介绍，小项认识了陈波。第一次约会，小项问周菲，穿什么好？小项毕业不久，在打扮上没太费心思，平时穿着随便，还像大学生的样子。周菲带着小项逛街，选购了几件衣服。周菲说，衣服并不是流行就好，要适合自己才好。小项长得小巧玲珑，胸小，好在皮肤白皙。那天周菲替小项挑了一件吊带衫，下面配一条裙裤。周菲说，这样会使你显得修长。小项对着镜子看自己，第一次看到自己可以这么漂亮。

那次约会，小项对陈波基本上是满意的。陈波是外科医生，看起来相当沉静，脸部瘦削，显得结实而精干。

约会了几次之后，小项想带陈波来见周菲。周菲开玩笑说，你这相当于见家长啊，看来你认真了。小项说，我吃不准才让你看。

大家是在一个茶馆见的面。小项和陈波先到，一会儿，周菲从茶馆门口走进来。室外的光线使周菲看起来面目模糊。小项和陈波站起来。陈波礼貌地和周菲握了个手。陈波握手十分有力。一双典型的外科医生的手。只是陈波的手心冰凉，好像是个没有体温的人。这一点让周菲很吃惊。那天陈波是拘谨的、低调的，话不多，一直看着小项，目光幽深。基本上是小项在说，叽叽喳喳的，像栖息在电线杆上的小鸟，亢奋地和周菲说着最近的八卦，好像这会儿陈波不存在似的。中间，小项去了一趟洗手间，陈波的目光一直跟随着小项。周菲注意到，只要小项消失片刻，陈波就会不安。

小项和陈波的关系算不上浪漫。经人介绍本身就是个平庸的开头，提前消解了“浪漫”这个词。有了开头，就意味着一个方向，走着走着，小项和陈波就走向了婚姻的殿堂。

结婚前，小项是有疑虑的。作为结婚对象，外科医生陈波是理想的，他家境好，在西门街有一套现成的婚房。陈波在医界小有声望，收入不菲。陈波话虽不多，但很照顾小项，让小项有安全感。小项因此觉得在永城有了根基，好像她就此不再是漂泊的，而是可以根深叶茂生长的。心有不甘还是有一点的，小项和陈波在一起时，没有太多的激情，一切平淡如水。她谈不上爱陈波，对陈波的激情甚至比不上过去的单恋对象。她多么想有一次像模像样的恋爱，她不奢望如书中描述的那样，至少是可以让她全身心投入的。

周菲对小项的想法不以为然。周菲觉得陈波挺好的。周菲母亲的直肠出了问题，生了个良性肿瘤。周菲是找陈波开的刀。周菲毫无缘由地信任双手冰冷的外科医生陈波。周菲凭直觉认定这双手做手术一定是冷静而精准的。母亲的手术做得堪称完美。在医院，陈波十分严肃，每次见到周菲都尽量笑一下，竟然有些腼腆。周菲去过陈波的办公室，物品各归其类，办公桌一尘不染。周菲因此对陈波很有好感。周菲对小项说，陈波那么在乎你，家境又体面，这样的老公哪儿找去，过了这个村没这个店了。

周菲让小项别有的没的净想些不靠谱的。

那年深秋，小项和陈波结婚了。陈波的父母希望儿子找一个本地姑娘，有共同的地域背景，他们会更放心一些。不过既然儿子这么迷恋小项，他们也不排斥，只是私下担心，陈波这么迁就小项，会成为一个“妻管严”。这“病”医生治不好，陈波的母亲不无玩笑地对自己老头说。陈波的父亲多年来一直有怕老婆的名声，他不住点头，趁机戗道，这是家传。陈波的父母都是知识分子，父亲在大学教授马列，母亲在研究所研究海洋生物，不过都退休了。除了金钱上的资助，他们懒得管儿子的家庭生活。小项有时候会觉得陈波父母对陈波的态度过于超然，有些淡漠了。这也可能是陈波的个性造成的。平日里，陈波和人相处都有距离感。

照陈波父母的想法，结婚这件事越简单越好，酒席也不用办。一个隆重的婚礼和婚后漫长的日常生活没有半毛钱关系。小项不同意,她希望有一个正式而隆重的婚礼。从少女时代开始,小项脑子里一直有一个瑰丽的梦——她在某一天会遇上一个白马王子,然后披上洁白的婚纱和王子结婚。在那个梦里,连结婚的仪式都是在教堂里办的。陈波支持小项的想法。不过去教堂是不合适的,他和小项都不是教徒,梦想一下可以,真要在牧师的主持下结婚,他们自己都觉得不妥。最终,同所有的婚礼一样,他们请亲朋好友饱餐一顿,其间让婚庆公司安排诸种礼仪,共同见证一对新人在婚礼进行曲中走入婚姻的殿堂。

小项的母亲参加了婚礼。小项的母亲面容有些憔悴,不过和小项长得很像,年轻时应该是个美人。小项的母亲一脸愧疚,面对亲家公夫妇甚至有些卑微,好像小项高攀上了一户好人家。小项对母亲的低姿态颇为不满,她对母亲耳语,你没必要装得好像我嫁不出去似的。小项的母亲带来一只红色的小盒子。小项知道这只盒子是外婆给母亲的结婚礼物。外婆家从前开过珠宝行,不过到母亲出嫁时,典当得差不多了。总还是有些宝贝的,外婆把家里最值钱的东西都传给了母亲。现在,母亲又把这只盒子及盒子里的东西传给了小项。

小项的父亲没来。婚后的某一天,小项对周菲说,在她十岁那年,父亲和母亲离了婚,各自组建了家庭。小项没有把自己结婚的消息告知父亲,她和母亲更亲一些。周菲有些吃惊,她和小项走得这么近,小项竟然从来没说起过自己的家庭,周菲突然觉得小项身上有很多秘密。

仪式中有一个父亲把女儿送到新郎手中的环节。陈波的父亲担当此任。陈波的父亲非常乐意,挽着小项的手臂,庄重得像一位真正的父亲。陈波的母亲语带讥讽说,老头子这辈子就想有个女儿,今晚他算是找到感觉了。

婚礼那天,小项和陈波进入洞房时都累坏了。第二天他们醒来的时候已是上午十点。西门街很安静。阳光从窗帘缝隙中照射进来,照在地板上。从窗帘的缝隙望出去，西门街的两棵银杏树树叶金黄，像一堆燃烧的金子，灼人双眼。母亲送的那只红色盒子放在梳妆台上，盒子表面镶嵌着由白色象牙拼接而成的月季花饰。母亲曾告诉过她，等她出嫁时，会把这只盒子以及盒子里的宝贝送给她。母亲嫁人后又生了个女儿，小项以为母亲不会记得自己说过的话。母亲没有食言。小项是感动的，母亲对她比她预料的要好。小项看着那只盒子，在一众现代家具中显得相当醒目，好像这只盒子才是这个房间里真正的主角，把婚房照亮了，好像房间里因为有了这只盒子，她和陈波就会百年好合。

小项说，想看吗？里面的东西很值钱。陈波摇摇头。小项问，一点好奇心也没有？

小项从床上起来，走到梳妆台前，把盒子抱在怀里，回到床上。她打开盒子，一件件给陈波看，玉佩、蓝宝石、翡翠、珍珠以及一只雕饰繁复的拇指大小的金佛像……小时候，母亲从来不让小项看里面的东西，小项很好奇，曾把盒子上的小铜锁砸了，偷偷看过，结果被母亲打了一顿。在小项悲伤地大哭一场后，母亲说，这些东西以后都是你的，是你的嫁妆。后来母亲找人修好了那把小铜锁。

小项说，陈波，要是我们生个女儿，这盒子和里面的东西就做她的嫁妆。陈波显得有些激动，他把小项搂在怀里，亲小项的额头。小项突然生出对陈波的依恋，一种类似生死相依的感觉。这是小项第一次感到自己对陈波其实是有感情的。是的，陈波沉静、干净，只是不太会说甜言蜜语罢了。

小项再次起身，从抽屉里拿出自己的几本日记本，放入红色盒子里。小项说，以后把日记也送给女儿，当她的嫁妆。

谈恋爱时，陈波知道小项喜欢记日记。陈波问小项，你的日记里都记着什么？小项说，你想看啊？看了不要吓着你啊。陈波说，有很多秘密吗？小项说，很多小心思吧。小项停了停，表情严肃地说，在你之前，我没让一个男人碰过，你想看你就看吧。陈波温和地笑，说，我不看。

后来，这只盒子成了小项的一个特殊领地，陈波和她之间很自然形成一个默契，陈波不看小项盒子里的东西。

一年后，陈波和小项有了女儿豆豆。

小项原指望陈波的父母可以照顾一下豆豆。陈波说，怎么可能，我爸妈当年连我都不管，把我寄养在农村老家，我是乡下奶奶带大的。果然公公婆婆除了偶尔心血来潮来看看孙女，平时基本上不闻不问。公公婆婆在钱方面是大方的，说让他们请一个保姆，钱他们来出。带孩子实在太累了，请保姆这件事，小项动过心思，陈波反对。陈波说，医院里我面对的全是陌生人，可不想在家里再见到外人。小项知道陈波这样说只是个借口，他其实是不想女儿像他那样被外人养育。虽说奶奶也算不得外人，但寄养本身让他同父母之间有一种微妙的隔阂，不可言传，难以消除。陈波倒是很勤快，在小项哺乳期间，几乎包揽了所有家务，对豆豆也很疼爱，恨不得整天抱着她。女儿什么也不知道的时候，陈波就开始讲故事给豆豆听。那些故事是陈波乡下奶奶讲给他听的，土得掉渣，却蛮有民间智慧的。女儿没有反应，小项经常笑得花枝乱颤，弄得陈波很不好意思，特地去书店买了一摞童话书来讲。

小项的观念不知不觉有些改变，她对男女之事不像以前那么矜持了，办公室里女人之间的一些玩笑，她不再排斥。她生出一个粗俗的念头，老娘孩子都生了，还怕什么。在电视台，小项平常接触的都是些光鲜亮丽的人物，身边演员、主持人一大堆，经常听到关于她们的各种各样的绯闻。电视台一位主持人，几乎每年要闹一次恋爱，并且每一次都是全身心投入，轰轰烈烈。最新的一次是，她爱上了一位比她小十岁的富家少爷，大家都认定少爷是玩她的，她却飞蛾扑火般投入。这种事小项听多了，就习以为常了。想起以前听到周菲婚外和别的男人好，她的反感如此强烈，感觉有些好笑了。生完孩子后，主管策划部的副台长韩文涤让小项参与策划了几台晚会，相当成功。这些晚会的一些串台词出自她手，有妙手点睛之效，广受好评。

周菲调到永城快三年了，终于尝到了“梦想很丰满，现实很骨感”的滋味。周菲的心中一直有一个梦，她想做一个能够充分表达自己这么多年来生命体验的舞剧。几年前她看了云门舞集，非常感动。她看过很多现代舞剧，那是纯西方的，表达的往往是个人生命中本能的暴烈和激情。云门舞集特别东方，舞蹈语言是现代的，内里却安静如一幅一幅的水墨画。她觉得这是她要的，她想做一个比云门舞集更有叙事性的舞剧。本来她盼着调到永城歌舞团能组一个自己的团队，调她过来的人也答应会让她按自己的想法做。三年很快就过去了，周菲终于认清了事实：没钱。她要做的不是市场欢迎的，纯粹是自我表达。这有点自私，可周菲就想做这样的作品。她不想辜负生命，浮夸之作宁可不做。

这三年，周菲除了弄她的舞剧剧本（反正暂时也没钱排，她一直在改），基本上很空闲，和小项常见面。周菲有舞台经验，能恰到好处地给小项的策划项目出点子。小项受益匪浅。周菲在男女方面很敏锐。小项老是提起韩文涤，出现的频率有点高。周菲意识到小项喜欢韩文涤（可能小项自己还没意识到）。周菲是认识韩文涤的，虽没深交，总还是有些了解的。周菲觉得韩文涤并非简单的人，周围美女如云，至今没有传出任何绯闻。人长得有些像年轻时的王心刚，气质沉稳、低调，只是目光比王心刚要锐利一些。据说他最有魅力的时候是开策划会时，话不多，常有妙语，含金量很高，直指问题核心，适当的地方来几句冷幽默，逗大家开心。电视台有不少女人喜欢他。他不来电。美女们夸张地表示痛心疾首。还有人怀疑他的性取向。周菲知道所谓的性取向问题，只不过是台里女人打趣，不能当真。周菲觉得小项对韩文涤产生喜欢或者崇拜之情也属正常。周菲也算是阅人无数了，韩文涤虽然待人温和有礼(照小项的说法身上有股暖烘烘的气息)，却总是和人保持距离，周菲凭直觉断定这男人一定是有野心的，不可能在私德上犯错，影响仕途。

小项有今天和韩文涤的信任和支持不无关系。小项心里面很感激他。她想过送他一件礼物，表达谢意，又怕他拒绝。他是个气场很强大的人，不能说他不温和，但总还是让人感到威严得难以接近。小项是有些怕他的。

在哺乳期，小项也非常注意穿着得体。她的乳房不大，可奇怪的是她的乳汁特别多。她怕溢出弄湿衣服，上班时做了不少防护措施。这使她的胸看起来比平时要大。她自己也觉得沉甸甸的，比往日性感。她很享受这种沉甸甸的感觉，希望自己永远沉甸甸。生完孩子后，很多人说小项变得漂亮了，皮肤里好像有光芒透出来。

有一次小项发现自己的乳汁从衣服里渗出来，感到挺难为情的。她本想去厕所里往胸口垫一些纸巾，见走道上空无一人，就面向墙壁把手伸入胸口，垫将起来。刚好韩文涤从办公室出来，看到这一幕。小项捕捉到了他的目光，同平时不一样，是男人那种。小项的心不由得狂跳起来，脸也红了。小项几乎是逃回办公室的。

后来小项时常回忆那一幕。当时的狼狈转换成了某种暧昧而温馨的感觉。好像因为那一幕，她和他之间有了某种私密关系。

小项的暗恋史源远流长。小项初次暗恋的对象是高中时的班主任，一位严肃的语文老师。小项记日记的习惯就是这位语文老师鼓励的结果。小项的作文好，经常被当作范文在班上读。后来语文老师被调到别的学校了。她听说是因为生活作风问题被调走的，据说和另一个班上一位女生有了不伦恋。小项不相信。她倒是设想过那个不伦恋的女生是自己。小项在各个时期暗恋过各种各样的男人，有时间漫长的，也有时间短促的。短促的几乎若昙花一现。小项对自己如此频繁地对男人动心感到不可思议，有时候她会觉得自己很“花心”。

小项和韩文涤在走廊迎面而过，韩文涤经常对她视而不见。即便这样，小项想起他来，心里面还是温暖的。她说不出他在哪里刻意帮了自己，她却感到他的帮助是全方位的，润物细无声的。即便他们除了工作关系没有任何私交，现在韩文涤还是成了小项某种精神上的依靠。

夜深人静的时候，韩文涤开始以另外的面目出现在她的想象里，他对她变得温柔，变得温润如玉，他们成了亲人。她偶尔会想象一下和他肌肤相亲，但更多的是精神上的想念。她赋予韩文涤无数高尚的品质(没有绯闻成了他高贵品质的一种)，她告诉自己，她爱慕和崇拜他是因为对这些高尚品质的认同。她由此生出人生的暖意。

时间一久，只要单独面对韩文涤，小项都会有眩晕的感觉，变得呼吸困难。她因此不敢太靠近他，总是和他保持一定的距离，怕自己真的会晕过去。有时候在电梯里碰到他，她除了对他傻笑，大气都不敢出，她很担心自己会失态。

小项在业界有了名声。有一些企事业单位会在节庆日搞晚会，他们会找小项策划。其实小项知道，他们找她策划也并不完全是她水平有多高(当然还过得去)，更重要的是他们看中小项手中有演员和主持人资源。小项出马，晚会马上就高大上。小项在工作中会遇见一些陌生男人，他们中的一些人会心仪于她，会在某个特定的日子，比如三八节或情人节，给她发暧昧短信。不能说小项毫无喜悦，虽然她明白这些短信不能完全当真，很多人只是逢场作戏，但哪一个女人会不喜欢有人追呢?她盼望韩文涤在这样的日子里发一个问候或鼓励的短信。

认识的人多了，小项经常介绍一些人给周菲，希望他们能出钱支持周菲。小项真心觉得周菲能排出一台好舞剧。可是他们除了对周菲的美貌感兴趣，正事没有任何进展。周菲很气馁。周菲有一次和小项喝酒，说了句粗话，要是我卖身他们能出钱的话，我也干了。小项听了竟然觉得难受。在这一行里，看得多了，小项对女性的处境还是敏感的。

小项听到韩文涤家庭生活的传言是在半年后的一个酒局上，有人提起韩文涤，说韩文涤的夫人很漂亮，外面有人了，韩文涤也知道自己被戴绿帽子的事，一直忍着。那人说，他夫人和韩文涤妻子是闺密，有一天韩文涤打电话给他夫人，韩文涤在电话里抽泣，说都是他的错，不怪他妻子……小项听了非常震惊。她一直以为韩文涤家庭生活很幸福，没想到是这样子。小项感到心痛，感觉要泪崩了。她连忙起身去了一趟厕所。

周菲当时也在。周菲看到小项从厕所回来眼睛是红的。周菲的心沉了一下，敏感地意识到同刚才的传言有关。小项开始频频敬酒，喝得很猛。周菲本来要拦她的，又想，小项也许想喝醉一次。随小项吧，反正喝醉了也可以安全送她回家。

小项喝高了，并没有醉，只是有些兴奋。饭局结束，小项夸张地和每个人拥抱告别。周菲一直在边上作陪。直到人全散去，小项抱住周菲痛哭。

如周菲所料，小项如此失态是因为怜惜韩文涤。小项替他不值。小项甚至觉得，要是她是接到他电话的那个人，是听到他哭声的那个人，她会感到幸福的。周菲这才知道小项已深陷在对韩文涤的情感之中。小项问怎么办？周菲不知道如何安慰她。

周菲是冷静的。她并不在乎那个叫韩文涤的人。她痛惜小项。凭直觉，周菲不认为韩文涤会接受这份情意，但有什么办法呢？她只好鼓励小项主动出击。出于对人性的了解，小项现在这个样子，不撞南墙根本醒不过来。不过周菲还是警告小项，一定要保护好自己的婚姻，那个人不可能娶你，你以后会知道稳定的婚姻对女人来说多么重要。

有很长一段时间，小项沉溺在对韩文涤，某种温柔的怜悯和母性情怀中，虽然有周菲的鼓励，她还是有点胆怯，迟迟没有行动。她想起哺乳期时，他看到她往胸口放纸巾时的目光，好像这目光至今还粘在她的胸脯上。她想象他承受的创痛，想象他哭泣的样子（没想到这么高大的男人也会流泪），她多么想他埋在她胸口哭泣。

又过去了很长一段日子。

一天，小项上班到得早，竟然在电梯里碰到韩文涤，并且是单独相遇。他还像往日那样严肃，甚至没看小项一眼。小项一直看着他，她和他靠得如此近，她几乎嗅到了他身上特有的温暖气息（更多的是她的想象）。不知怎的，小项突然泪流满面。韩文涤似乎很吃惊，问，你怎么了？他从口袋里拿出一沓纸巾递给小项。小项几乎没有思索，抱住了韩文涤，把脸贴在他胸膛，失声痛哭。小项不知道是为他哭还是为自己哭。她只想哭。韩文涤身体僵硬，没任何反应。小项抬头看他，他的表情有点惊愕。不过，他很沉稳。他指了指电梯上的摄像头，说，监控。

小项迅速离开他的怀抱，好像韩文涤的身体发出高压电，击中了她，让她本能地退离。他们的办公室在十一层，电梯很快到了。小项几乎是从电梯里逃离出来的，好像她刚刚受到了非礼。

回到办公室，小项羞愧难当。出于自尊，她给他发了一条短信，为自己的失态向韩文涤表达歉意。让小项意外的是韩文涤回复了她。韩文涤说，一直以来把小项当作小妹妹看待。别的不再有进一步的表示。“小妹妹”在小项看来是个暧昧的词语。小项突然感到雨过天晴，希望又以近乎顽强的方式从失望的土地里长了出来。小项想既然都这么主动过了，丢过人了，就继续丢人吧。小项开始在短信里表白。韩文涤的回应谨慎而节制。

那段日子，陈波想和小项亲热，小项都拒绝。睡觉前，小项不忘拿起手机，给韩文涤发一条短信，言辞热烈。晚上，韩文涤从来不回复小项。有一天小项睡不着，偷偷跑到卫生间试着给韩文涤打电话，想知道他是不是还开着机。开着机的话，说明他看到她的留言了。他已关机。小项回到床上，陈波问，出了什么事吗？小项说，你想哪儿去了。陈波说，你刚才去打电话了？给谁？小项说，你神经啊。一会儿，小项说，你怎么疑神疑鬼的？要不你查看一下我电话吧。小项这么说，并没有把手机递给陈波。陈波翻过身说，睡吧。

和韩文涤的关系没有朝小项所希望的方向进展。一个月后，韩文涤不再回她的短信。在单位里，他对小项也越来越冷淡。小项想，大概是自己太主动，把他吓跑了。

小项觉得自己失恋了。小项茶饭不思，还经常失眠，深陷其中不能自拔。她因此感到很痛苦。没有恋过便失恋更令小项感到挫败。这种状态持续了很长一些日子。

小项想起周菲让她主动表白时留下的警告（当时小项极度排斥周菲的话，认为周菲有偏见）。周菲说，你要做好受伤的准备。韩文涤不是一般人，外面都在传他快要升官了，不会在这种事上犯错，他老婆都对他那样了，他都不愿离婚，这得需要多大的意志力。况且你又是他的下属，像他这种男人，知道兔子不吃窝边草的道理。周菲是多么聪明。

小项明白男女之事强求不得，道理虽懂，她还是心有不甘。好在小项的工作很忙，需要和各种各样的人打交道，她又是个注意自己形象的人，得把自己的情绪牢牢把控好。另外，她接触的人很多是开心果，说学逗唱，一副游戏人生的派头。欢笑总是能缓解沮丧的情绪。久而久之，小项就死心了。有一天和陈波亲热后，她想起韩文涤来，竟然觉得那个人非常陌生。

小项对自己说，陌生是对的，我从来就没了解过他，一切都是想象的产物。

小项习惯于把自己的情感生活告诉周菲。小项虽然说得轻松，周菲却意识到，小项还没有真正忘掉韩文涤。对于一个没有谈过一场真正的恋爱就结了婚的女人，小项是不会善罢甘休的，无论是精神还是肉体，出轨是迟早的事，不是韩文涤也会是其他人。

夏天的时候，韩文涤真的如传言一般，升职调到别的单位。同事们给韩文涤做了一个欢送仪式。小项竟然有些怅然。小项以为自己完全把他放下了，韩文涤要离开时，她意识到他从来没从自己的精神上被抹去。小项和同事们一样，祝贺韩文涤荣升，说一些场面话。那天韩文涤第一次在公开场合对小项亲近，他走到小项边上，笑着说，有空了去我那儿坐坐。小项听了还挺意外的。这不是她熟悉的韩文涤。在台里，韩文涤从来不主动让下属去他办公室。小项的心思不由得动了一下。她看着韩文涤。韩文涤却把目光投向另一个美女。

韩文涤离开电视台后，小项经常想起他。不过小项没得到他任何消息，更别说收到他的邀请了。韩文涤走时说过的那句话，小项念念不忘，心有所动。她恨自己是不是有些轻浮，就凭他这么一句话，心里又凭空等着什么似的，死灰复燃了一般。有好几次，她路过他的单位，想上去坐坐。不做同事了，他会怎样对她呢？不过这样的念想并没持续多久，小项心中的涟漪慢慢平静下来。她不再想起他，好像他在她的世界上消失了，已是一个不存在的人。

但韩文涤还是在的，那年秋天，小项突然收到韩文涤的一条短信问候：你好吗？

看完短信，小项愣了好一会儿。她心中生出遥远而悠长的感觉。接到短信的那一刻，她意识到自己并没有真正忘却他，相反在等着他的出现。他依旧在自己身体或记忆的某处，等待某个时机被激活。

我很好，你呢？这句话，她写了好几遍，终于颤抖着手指按键发了出去。

他迅速回了条短信,我也很好。

这样,他们开始了频繁的短信往来。从前的感觉慢慢被唤醒了。现在,她收到他的短信时,会有一股暖流在身体里流过。她不知道是不是该相信他短信上说的。他说他很珍惜她的情意,也让她原谅他的不解风情。他的言辞依旧是谨慎的,不过意思明白多了。她回忆或虚构过往的一切。暗恋他时,她是那么绝望,又怀着希望。在和陈波做爱时,脑子里幻想的是这个人。在这样的秘密交流中,她有了幸福感,好像突然得到了一件原本并不奢求的宝物。她觉得自己似乎恋爱了,这回是真的,虽然有时候她依旧将信将疑。

走向更亲密的下一步是自然而然的。终于有一天,韩文涤提出和她约会。韩文涤的约会非常直接,他开好了房间。这不像是他的做派。他是个多么含蓄的人。在小项的想象里,他应该请她喝咖啡才对,不应该一步跨向宾馆的某个房间。不过小项很快试着理解他的行为,他很忙,或者他害怕在公开场合碰到熟人。永城就这么大,他认识的人又多。

小项是怀着温柔和爱去和他约会的。在约会前,小项在镜子里端详自己,她觉得自己并不好(之前她一直为镜子里的自己骄傲,现在却自卑得要命)。她从来没和相爱的男人约会过,她不知道见面怎么和他相处,还担心自己的身体没有反应。她很忐忑。

她进入房间时,他已经到了。她有差不多半年没见到他了。这段日子他们虽然每天在交流,但他只活在她的想象里。而现实和想象毕竟是不一样的。在进门前,她脑子里的他高大而温情,她被他的光芒灼照,有轻微的晕眩感,心跳强烈到她不能呼吸。她感到自己的担心完全是多余的,她的身体完全打开了。只是他完全不是她想象的样子。没有光芒,相反,他显得有些慌张,甚至有些气短,好像他意识到自己在做一件并不光彩的事。这令她的心里产生了一种轻微的抵触和尴尬,好像自己的行为也是见不得人的。她刹那平静了。有一种陌生的气息从房间里弥漫开来。这不是好兆头。

韩文涤坐在那里一动不动。小项想,他应该过来抱住她。气氛是如此冷。有一刻,小项犹豫是不是要逃走。她舍不得。小项注意到韩文涤看她的目光是无助的。他大概是真的没有经验。她忽然心疼他。她想,已走到这一步,我主动一些吧。

她动作僵硬地抱住了他。他马上回应,开始亲吻她。他显得很疯狂,但她感到他的嘴唇是冷的。她不知道哪里出了差错。她希望自己的热情可以唤醒他的激情。小项主动脱光自己。韩文涤只是亲吻她,没有进一步的动作。小项解开了韩文涤的纽扣。韩文涤犹豫了一下,没有阻挡。

然后,他们失败了。他们赤裸相见,韩文涤没有任何反应。小项尽量帮助韩文涤,他还是不见起色。

小项问,你是紧张吗?

韩文涤说,可能。

小项说,同她也这样?

韩文涤有些失神,语调含混,同她没问题。

小项想起那个传言,他们说他美丽的妻子在外面有了情人。小项就是听到这个才激发起对他的热情。现在她有点明白这个传言的意思了。小项突然抱住了韩文涤,在他的胸口呜呜地哭起来。

你怎么了?他问。

没有关系。没有也没关系。我不在乎。她说。

这是他们第一次,也是最后的一次。那天他们分手时,他和她的目光一直在逃避对方。回到家,小项装作什么也没发生过,给韩文涤发信息。她还是愿意和他保持亲密关系。韩文涤没有再回她。

一个月后,小项意识到韩文涤在她的生命中消失了。这一次是真的消失了。空闲的日子,小项还是会想起他来,想起他失败时窘迫的样子,她为他惋惜和心痛。现在她知道他是个压抑的男人。这个看上去沉稳而低调的男人，或许这么多年来真的一直默默地爱着她。她愿意相信是这样。

同时,她也为自己惋惜。她爱过他,但她终究没有得到他。

等到豆豆上幼儿园,小项突然空闲下来。再次想起她和韩文涤的事,小项竟然有一种陌生和荒诞感。那些事情好像发生在很久很久之前,甚至远到仿佛是前世,很不真实,与己无关似的。那种曾经有过的深刻的悲伤早已不着痕迹,一切山高水远了。她想,原以为无比深切的情感到头来竟都成了一片虚空。

周菲找到了金主,终于可以排她的舞剧了。周菲对小项说,金主是某公子的白手套，这点钱对他们来说就像头上拔下来的一根白发。话虽这么说,周菲也不是没担心赵总另有目的。对于他们来说目的无非是色,不是对周菲色,就是对周菲手下的女演员色。不过这个赵总从来没提过任何要求。他们是在一个饭局上认识的,席间,周菲说起自己那个永远排不了的舞剧。赵总马上答应帮她。当时周菲并不相信,一笑而过。哪知道第二天赵总差人送来了一张支票,给了一半的钱。

周菲觉得有必要谢谢他。她不想单独同他见面,就拉上了小项。小项这段时间一直在嚷嚷着空虚之类的话,老是拉着周菲逛街买衣服。这家伙乱买东西,看见一件好衣服,会买两件。周菲从小项买衣服的行为中想起一个成语:不知餍足。她觉得这个小女人总归有点贪婪啊。

本来周菲拿小项做挡箭牌,小项竟拉起皮条来。饭局毕,两人把赵总送走,小项说,赵总不错啊,我以为是个臭男人,竟然是个靓仔。天哪,这么年轻管着这么大摊子事,你不动心？周菲听了哭笑不得,说,你是不是爱上人家了啊,要不我给你们牵个线？小项打了周菲一下，说，你的男人，我哪敢碰。周菲听了刺耳，不过她懒得同小项解释。

两人都喝了酒，周菲是开车过来的，周菲找了个代驾，先送小项回家。一路上，顺着刚才的气氛，两人聊着八卦，也不顾及车里面还有个代驾在。小项议论起台里的女主持人，那个每年要谈一次轰轰烈烈恋爱的女人这回动真格了，那小她十岁的少爷居然要娶她，女主持折腾着要和丈夫离婚，丈夫不肯，几次自杀未遂。周菲说，看来是真爱，他们好了有三年了吧，你们那女主持恋爱的频率明显下降啊。小项笑了，说，她真是有激情啊，取之不尽，用之不竭，每一次都像威风锣鼓，排山倒海，气势恢宏。周菲开玩笑道，我看你现在也是这样，一副春心荡漾的样子。小项白了周菲一眼。

关于和韩文涤的事，小项巨细靡遗地同周菲讲过，连那次约会也讲了。当时小项是多么伤感，好像自己是舞台上的一个角色，刚刚经历了一场生死之恋。不过，现在小项完全忘了那一出，好像她已把那个深情的自己丢到了历史的垃圾桶里。

也许是喝了酒，小项言语或多或少有点轻浮。小项说，周菲我问你，要是我这辈子只有陈波是不是亏掉了？周菲说，你不是有过韩文涤，还同人家上过床。小项说，哪有。又打周菲。周菲说，好了，别闹了，你还是好好守着你老公吧，陈波挺好的。激情有什么好，细水长流才是真的过日子。小项对周菲讲过她和陈波床上的事，小项说陈波一板一眼，在床上精确得像在手术台，机械重复着同一套动作。那次周菲被小项逗乐了，说，你可以放荡一些啊。小项说，陈波会受不了，以为我从外面学来的。又说，他表面上不太问我外面的事，但他多疑。

两人一路玩笑着，代驾小哥突然出声了，问，你们是演员吗？两人愣了一下，这突如其来的发问让她们发出嘎嘎嘎的欢笑声。小项来劲了，趴到左驾座位的背上，看着代驾，还忍不住摸了一把代驾的脸，对周菲说，刚才没注意看，是一位帅哥哟。周菲制止了小项，说，人家开车呢，你别闹。

周菲心想，小项真的是孔雀开屏了。至少今夜是这样。是因为赵总吗？

春夏之交，小项听同事说，省里请了一位英国专家，要在西湖景区搞一个关于舞台空间利用的培训班。不是小项所在的系统搞的，但主办方给了电视台策划部一个名额。英国的舞台艺术深具传统，小项的同事都争着想去。小项也想去，不过她懒得争，在心里放弃了。结果最后轮到的是她。

报到那天，天气突然转暖，刚好小项带着夏装，就及时换上了。小项的身材是小巧玲珑型，她自认为不太合适穿裙子，宽大裤子或裙裤合适她，再配上宝蓝色的短袖T恤，把她的皮肤衬得十分白皙。那天小项换上衣服，看着镜子里的自己，觉得自己都爱上了自己。小项对自己的身材很满意。在家里，要是豆豆不在，她喜欢赤身裸体，也不管窗帘是不是拉好。陈波对小项这个行为倒也没有制止，只是看到她裸身，就把窗帘拉上，生怕被别人看了去。

那天小项报到时有点晚了，大多数学员都到了，围在报到处，叽叽喳喳说话。学员来自全省，男男女女，年龄相当。他们基本上来自同一个系统，或多或少是认识的，至少听说过彼此吧。小项谁也不认识，她好像突然闯入了一个陌生的领地。不过小项认为这挺好的，可以认识一些新朋友，可以开阔视野，还可以拓展一下社交圈。现在的社交圈，同学（哪怕只同学三天）就是天然的社交纽带。

有一双眼睛一直盯着小项。他走过来帮小项拿行李，小项的行李不多，就一只拉杆箱。小项没有拒绝。同学嘛。在去房间的路上，那人介绍了自己，叫卢一明，他说，他去过永城，在一次会议上见过小项。小项记不起来了。小项仔细看他——理着一个小平头，觉得他像一个运动员。那天，他穿着一件藏青色的长袖衬衫，大概是因为肌肉发达，衬衫显得有点紧，也因此显出他的挺拔来。后来，他告诉小项，他每周要去健身房三次。他说，不健身，身体会难受。

到了房间，小项在镜子里看自己，一边看，一边想起"艳遇"这个词。她有一种预感，在这三天里，可能会发生一些事。她对卢一明不了解，她想象了一下，如果和这个男人真的有艳遇，她是否可以接受。她对着镜子里的自己露出淫荡的笑意，说，为什么不呢？近来，她经常起念，想尝试陈波以外的男人。

吃晚饭的时候，卢一明端着盘子坐到小项对面。卢一明很自然地约小项晚饭后一起散步，小项爽快地答应了。到目前为止小项在男女之情上没多少实质经验，但面对卢一明时她表现得沉着老练，好像她是个情场老手。后来，小项才明白，卢一明才是情场老手，她只不过是个雏儿。

两人沿着山谷小道，一会儿便到了苏堤。大约是周一的缘故，晚上的苏堤行人不多，显得很清寂。小项经常来杭州，都是来去匆匆，少有闲心在西湖漫步。年轻的时候，她倒是独自一个人走完过长长的苏堤。现在的西湖因为灯光的缘故，晚上看起来美轮美奂，好像真的到了天堂。苏堤倒是幽暗的，大概因为苏堤的绿植更茂盛吧。

在一个黑暗的深处，卢一明拉住小项的手。小项稍稍犹豫了一下，没有回避。小项以为自己准备好了，事实上并非如此，他们手拉手散步时，小项感到自己是拘谨的、僵硬的。她原本以为拉着男人的手，身体会有欲念。没有。卢一明却是有欲望的，她感受到他手上传来的温度，感受到他手上的不安分。他不说话。不说话是某种危险的开端。她有点担心，周边人这么少，如果他这会儿做出些什么，她不知该如何反应。

在一棵桂花树下，卢一明突然用力把小项揽在怀里，迅速用嘴封住了小项的嘴。小项吓了一跳，然后是本能反抗。她发现自己不能适应如此迅速就走到这一步，在她的想象里，男女之间应该先有言语暧昧，或含蓄的表白，或甜言蜜语，卢一明却毫无铺垫，跳过语言直接进入行动了。她本能地推开卢一明，说了一句没头没脑的话，你对别的女人也这样吗？

仿佛是这句话带出了小项的生气。她觉得自己受到了轻侮。小项甩下卢一明，几乎是逃离了苏堤，沿着山谷的小道回到宾馆。她以为卢一明会追上来，或向她道歉，或继续拥抱她。如果他那样做，她也许会原谅他的粗鲁，他们还可以出来散步。他没有，他站在那儿，看着她，好像对小项的反应颇感稀奇。

小项跑回自己房间。她关好房门，靠在门边，气喘吁吁。奇怪的是欲望在那一刻突然在身体里苏醒了。她的手指在自己嘴上划了一下，迅速唤起刚才瞬间的印象。她闭着眼，好像这会儿卢一明正吻着她。那一瞬非常仓促，或许完全是她的想象，她觉得他的嘴唇饱满热烈。她的嘴微微张开，迎接着他。她感到心脏猛烈跳动，胸口发胀，好像这会儿她身体里唯一存在的就是那颗脆弱的心脏。

后来她躺到床上，一直看着手机。或许他会给她发一条短信，请求她的原谅，或者向她表白他这么做是因为喜欢她。一个小时过去了，手机没有任何动静。她不知道他是否从苏堤回来了。她反省自己是不是显得太决绝了？会不会伤害到卢一明？她的身体发烫，伴有轻微的抽搐。仿佛是为了转移自己的欲望，她给陈波打了个电话。陈波似乎吃惊她会给他打电话，问她怎么了？也许因为身体里的欲念，她说话特别温柔，她甚至想，这会儿如果陈波躺在身边也是好的。不过她很少在陈波面前流露她的情欲，他们谈家常。陈波问了培训班的情况，小项则关心女儿豆豆。

就在小项和陈波通话的时候，一条短信蹿了进来。小项迅速打开短信。是那个卢一明发来的。短信大胆直白：我想你。

小项的心跳震天动地，她甚至怕陈波在电话的那头听到。有很长时间小项没有说话，陈波问怎么了。小项这才反应过来，说我有事,有空了再聊。然后就迅速挂了电话。

她还没来得及回他短信,房间的门被敲响了。她觉得自己的心快要从胸腔里飞出来了。刚才她已打了几个委婉拒绝的字,还没来得及发出。她决定删掉。这时,陈波的短信进来了,问她为什么电话挂得这么急?好像是陈波的这个短信让她下了决心,她突然有点厌烦,狠狠地按下按钮关掉了手机。她打开房门,卢一明一把抱住了她。

当卢一明离去,小项静静地躺在床上,看着天花板。她觉得太不可思议了。她和卢一明才认识不到一天,她竟同他上床了。她回味着刚才的情形。他很好,她很享受。她认定他是高手,是个惯犯。他竟带了避孕套。她对此竟涌出小小的妒忌来。

不过小项心里还是涌出一种奇怪的幸福感。她终于了了一桩心愿。他比她想象的要好。她想同人分享她此刻的心情。她自然想到了周菲,拨通了周菲的电话。

电话那头传来嘈杂的音乐声。周菲可能在某个剧场排练。得到赵总的钱后,周菲便开始排练她的舞剧。漫长的排练。边排边改,周菲说。小项管不了那么多,此刻她就想分享。她只有周菲可以倾诉。

小项听到自己在电话里的声音几乎是颤抖的,声音里有一种扼制不住的欢喜,好像她突然得到渴望中的宝物,急于示人。

男人和男人不一样。小项说。

什么不一样?周菲问。

周菲听了很久才明白怎么回事。周菲从排练厅出来,听小项细说。

我高潮了,以前没有过,陈波很快。小项说。

周菲很吃惊的。小项和陈波结婚快五年了,并且有了孩子,小项竟然才知道女人的秘密。周菲本来想骂小项几句的,听了这话心就软了。这是小项应得的。她告诫小项,一定要小心,别怀上孩子,除非你打算和那个花花公子结婚。小项说，不会，我爱陈波。周菲冷笑一声说，你对陈波的爱很奇特。

英国教授是个中年男人，相当肥胖，他夹着讲义从教室门进来时，昂着头，摇晃着身子，步子结实，像一只在河边奔走的鸭子。英国人对中国戏剧界的情况并不了解，讲解得十分简单，属于低级课程。小项和卢一明同桌。卢一明小声对小项说，这些西方人，总是以他们为中心，居高临下看我们，以为我们还是蛮族呢。小项忍不住笑了一下。卢一明不太说话，说出来倒是一句是一句，甚至有些刻薄。这课确实无趣，小项的思绪就飞了。卢一明身上散发着热烈的气息，就好像小项身边置放着一只冬天用来取暖的火熜。想起昨晚的情形，小项一下子有了感觉，一股暖流从身体里流过。卢一明仿佛知道小项的心思，在课桌下拉住小项的手，在小项耳边说，昨晚你哭了。小项顿时耳根发烫。她感到昨晚自己确实有些失态，快感在她身体里爆炸时，令她猝不及防。她紧紧地握住他的手，她觉得自己的手会撒娇了。她甚至想掐疼卢一明。

卢一明不想忍受这种课，偷偷地溜出课堂。小项觉得教室里一下子变得空空荡荡。这之后，小项一直在玩手机，她希望卢一明会发短信给她，让她逃课。现在她不会再迟疑，她会毫不犹豫从教室里出去。也许对英国教授不礼貌，她无所谓，反正是“蛮族”，没有所谓的教养。她专注于手机，听到有同学在和英国教授交流开放式舞台让每一个观众成为演员的可能性，同学认为这在西方行得通，在东方有难度，因为东方观众比较含蓄，不愿在公众场所放开自我。

小项在课堂上心猿意马地坐了半个小时，也偷偷地溜出课堂。到了教室外，她就发了一条短信问卢一明在哪儿，并告之她也溜堂了。卢一明迅速回她，你在房间？小项回复，是的。

小项回自己房间，卢一明已站在门口。小项说，你这么着急？卢一明没吭声。小项想,这句话等于在说自己,是她这么着急,谎称自己已到了房间,好像怕他不会约她似的。

如果说昨天晚上小项的身体或多或少有些拘谨,今天她完全放松了。她想男女之间要想深入了解最快的捷径莫过于上床了。多年后,小项对这个想法做了修正,她认为上床谈不上彼此了解,只是发现了另一个人最私密的习性而已,至于他的思想、品性、为人处世无法在床上完全看清楚,而是需要日常生活。

既然课程是如此乏味,小项后来几乎每天都在和卢一明偷情。她的身体变得十分敏感,动不动就会有反应。她觉得自己好极了,甚至觉得自己是个尤物。这两天她几乎没想起过陈波,倒是想起过韩文涤。她替他感到可惜,她认为他至少是想要她的,但他完成不了。他注定不知道她的好。

卢一明完事后喜欢抽烟。抽完一支烟,他会穿好衣服迅速离开,干脆利落。这让小项觉得他是个无情的人。不过小项没有多想,他能带给她快乐就够了。在他面前,小项不再是骄傲的,她对他低眉顺眼。他拿出烟,她会替他点上,然后她靠在他身上,问他一些问题。这些问题其实没有必要问,如果她和他没有以后的话,这些问题并不存在,但她就是憋不住。她想自己好像又用情了。她问,你有很多女人吗?卢一明调皮地看了看小项,反问,你说呢?小项说,你是个坏蛋。卢一明说,别胡思乱想了,我没那么花心。小项说,我才不信。小项又问,你怎么会看上我?你一眼看出我是个容易得手的女人?卢一明说,你容易得手吗?看不出来,我见到你就喜欢上了你。小项不知道卢一明说的是真是假,很可能是逢场作戏,但还是有些感动,她主动亲吻卢一明。

有一天,卢一明突然问,你去过敦煌吗?小项摇摇头。卢一明陷入沉思,一会儿,他好像突然惊醒了一样,没头没脑地说,敦煌是个令人怀念的地方。

小项不知道卢一明为什么提起敦煌。不过她记住了这句话，记住了那个地方，记住了他说话的样子。那一刻他的目光是空洞的，好像敦煌本身就是个空洞的地方。在平常，他的目光都是坚定的，他看她时，她会觉得他的目光可以把她的衣服剥落，让她变成赤裸的。她意识到，她和他只是在此时，她有过去，他同样有。她问，你为什么突然说起敦煌？

他没回答。他把烟掐灭，起来穿衣服。他除了和她亲热，不愿说起自己的生活。她却有自己的想象，敦煌一定有着让他刻骨铭心的故事，敦煌对他意义非凡，而她让他想起了敦煌。她觉得她在他那儿更像是一个通往敦煌的媒介。

三天的培训很快就结束了。分手的那天早上，小项主动让卢一明来她房间。他没带套子。小项想，这几天做得太多了，大概他都用完了。小项担心过怀孕，但她完全昏了头，不顾一切接纳了他。小项放纵而悲伤，被一种垂死的情感控制，好像末日来临，她和他从此再也没有未来。在激动的时候，小项问，你会不会想我？会不会到永城来看我？

卢一明在点头。她敏感地意识到卢一明的敷衍。她想，真相就是如此，对他而言，这只不过是一次艳遇。她的身体突然僵住了。她感到痛感从下面传来。这三天她如此欢喜，可这会儿，她宁愿他是陈波，赶快结束。她闭上眼睛，眼角洇出泪水。

这次她没给他点烟。她命令他赶快起床，去药店买一盒事后避孕药来。他有些迟疑（这迟疑也让她不快），不过还是去了。她一直躺在床上耐心等待，一动不动，好像她的肉身此刻是死的。半个小时后，他回来了。他变得比往日体贴。他给她倒了一杯开水，从盒子里取出一片避孕药，递给她。他说，这药伤身体的，你以后不能这么任性，我以为你是安全的，否则我不会这么做。她点点头，心里涌出暖流。她想，他还是关心她的。

小项回家的那天晚上，陈波早早把豆豆哄睡，想和她亲热。她断然拒绝。拒绝的原因是下体不适。她怀疑那三天太放纵了，被感染了。她甚至有些担心染上的是脏病。陈波在一旁唉声叹气。她感到歉疚，有点怜悯他。透过窗帘的缝隙可以看到那两棵巨大的银杏，枝繁叶茂。它们在西门街有多少年了？小项曾听陈波说起过树龄，不过她忘了。陈波说，他小的时候觉得这两棵树一直通到天上，他有一个愿望，变成一只鸟，飞到树的顶端，去看看天堂的样子。四周十分安静，某些时候能听到豆豆的咳嗽声，陈波说，这两天豆豆支气管有点发炎，不过无大碍。小项紧紧抱住陈波，把脸贴在陈波的背上，说对不起，我有点不舒服，等身体好了再给吧。小项感到陈波的身体紧绷。陈波是个自尊心很强的人，他轻轻推开小项，说去睡沙发，这样难受。小项差点流泪，为了不让陈波看见，她转过身，又轻轻说了声对不起。

第二天醒来的时候，小项吓了一跳，床单洇了一大片鲜血。她吃了避孕药，提前来例假是正常的，不过血流这么多她还是害怕。更害怕的是感染，若真染上脏病，这时候流血麻烦就大了。外科医生陈波也吓坏了，让小项去医院。小项不愿意去，陈波很坚持。是陈波开车送小项去医院的。她本能地坐在后座，好像怕陈波看出端倪。若真的是脏病，她该如何同陈波说呢？她脸色惨白。她看到陈波的脸同样惨白。她还发现陈波没把她送到自己供职的医院，而是去了另一家。陈波解释，那一家妇科更专业。小项意识到陈波是个敏感的人，怀着和她一样的恐惧。恐惧让小项神情恍惚，好像这车子里埋着一颗定时炸弹，随时会引爆。

这三天你在干什么？为什么打电话你老是关机？陈波问。

我不舒服，躺在床上，我可能生大病了。小项停了停，又说，陈波，要是我真的生大病死了，你会不会难过？

陈波回过头来，眼睛通红。他的手往后伸，握住小项的手，说，你不要胡说。

在去医院的路上，陈波一直拉着小项的手。小项想起在杭州卢一明拉她手的样子，觉得那一幕像是一个梦境，一点也不真实。陈波好像也在某种恍惚之中，他的车差点撞到对面过来的一辆中巴车。小项挣脱陈波的手，说你专心开车。

检查的结果是没什么大碍，有中度的炎症，另外就是由炎症引起的例假混乱。谢天谢地，没有脏病。医生问，你最近吃了什么药物吗？小项连忙摇头，说没有。医生说，吃点消炎药，静养一些日子就好了。医生不知道陈波是同行，她严肃地对陈波说，一个月内不能有房事。又说，以后房事前要洗干净。这会儿陈波的脸是黑的，没听到医生的话似的，没有任何回应。

在从医院回来的路上，小项想起卢一明，她拿出手机，给他发了一条短信，告知她来了例假。对方一直没有回。小项因此一直在看手机。快到家时，小项才收到回信，只有一个字，好。小项的心颤抖了一下，想，她分手时的感觉是准确的，他真的没怎么在乎她，他就是个老手，也许他第一眼就看穿了她，知道她盼着出一次轨，并不需要太花工夫。事实上，他确实没费劲就得手了。

日常生活中，陈波表现得非常好，下班准时从幼儿园或父母家把女儿接回，顺便买些菜，煮晚饭，然后一家三口一起吃。将近一个月，陈波一直躺在沙发上。小项通常会在睡觉前发一条短信给卢一明，问卢一明在干吗。卢一明往往如实回答，也会问候小项。小项虽然认为卢一明对她未必多有情感，可她还是指望着和卢一明交往下去。他们在杭州的三天中倒没说多少话，分别后才开始说些生活中的点滴。令小项遗憾的是，卢一明没有一句温存的话，好像那三天在他生命中并不存在。小项有时候会觉得卢一明回她短信只是在应付她，心里面多少有些失望。可有时候卢一明会主动发来问候的短信，小项又兴奋起来。慢慢地小项习惯了这样的交流，并在这种不涉情感而又私密的交流里，得到乐趣。只要把个人的期望降到最低，只要把愿望当成事实，一切都可以在想象里变好。小项甚至想过，也许有一天，卢一明会突然出现在永城，特意来看望她。

周菲最近一直在排她的舞剧。小项抽空去排练场看周菲。周菲在台上忙。她们用眼神打了一个招呼。小项在台下找了个位置坐下。他们正在排练其中的一个场景。小项听周菲说起过这个舞剧。周菲说，她不是女性主义者，不过她是女性坚定的维护者。周菲认为女性不需要同情，而是需要赞美。周菲没讲过剧情，不过小项猜测，剧情大概和周菲的生活可以一一对应。周菲排练的是家庭生活一幕，女主角以独舞的方式表达对丈夫的愧疚感。小项不觉有点羞愧。她回忆了一下，已有好久没关心陈波了。

在排练的间隙，小项和周菲聊了几句。小项问周菲舞剧什么时候会上演。周菲说，一直在变化中，她自己都不知道会排成啥样，她希望把她的生命感受表达出来。小项本来想谈谈卢一明，她本以为一夜情不会生情，还是会的。她觉得自己太多情了。她想让周菲帮着分析分析。大概是刚刚看了周菲排练的片段，小项认为现在谈这事不太合时宜。这得要多无心无肝才行啊。和周菲告别时，小项说，戏挺不错的，我感动了，期待首演。周菲苦笑，只说赵总的老板出事了，可能会牵连到赵总，赵总那儿还有一半资金没拨过来，要是没有后续资金投入，这出戏可能就黄了。仿佛为了安慰小项，周菲又说，不过办法总比困难多是不是？

几乎是周菲戏里的模仿，有一天，女儿不在，陈波在厨房做饭，小项突然从后面抱住了陈波。陈波回过头来，诡秘一笑，说，医生吩咐过我哟。小项说，没关系，我应该好了。

陈波没回话。小项不放过陈波。陈波终于关掉了煤气灶，一把抱住小项，把小项扔到床上。

一会儿，陈波满头大汗地从小项身上爬起来，到厨房继续做饭。小项躺在床上，内心对陈波生出从未有过的温柔。她想，陈波终究是豆豆的爸爸，别的男人再好也是假的。

晚上躺下后，小项问起豆豆爷爷奶奶的事，说已有一段日子没见到二老了。陈波说，这段日子他们去东南亚玩了。昨天还打电话过来问豆豆想要什么礼物。小项沉默了。结婚这几年，在心里，小项并没有把陈波的父母当成亲人。陈波的父母倒是挺喜欢她的。这些年，二老一有空就满世界跑，回来时都会买礼物给她。她有好几个名贵的包是婆婆送她的。

陈波说起小时候的一件事情。小时候在奶奶家，中午午睡时陈波总是溜出来，爬到屋顶上，看隔壁家的院子。童年时他喜欢隔壁家小阿姨，她是村里的小学老师，人长得特别好看。她的老公在城里开火车，要一个月才回家一次。有一个男人经常在中午到院子里来，每次来都戴一顶太阳帽，并把帽子压得很低。一会儿屋子里传来小阿姨的叫声。陈波以为她被那男人欺负，用屋顶的瓦片砸隔壁家。男人和小阿姨从屋子里出来时，手拉着手。陈波没认出那个男人。陈波一直想把这事告诉她的丈夫。

后来呢？小项问。

后来爸妈把我接回永城，我以为要在老家上小学的。陈波说。

你没告诉那个开火车的男人？

没有。陈波说。

一会儿，陈波又说，有一次火车司机回家，把我叫到一边，问起我是不是看见有男人找他老婆。他大概听说了什么。我什么也没说。他骂了我一句走了。

这天晚上，小项没合过眼，心里一直想着陈波的故事。陈波的故事意有所指似的，令她不安。不过她又想，一直以来陈波最喜欢说的就是童年往事，好像那是他此生最快乐的时光。

那年十月，小项去了一趟法国，是跟着永城小百花剧团一起去的。小项跟团做一些日常工作。其实也没她多少事，相当于单位给了她一次出国的福利。她是兴高采烈地出国的。

在巴黎的演出是此行的重头戏。虽是文化交流，但观众大都是华人。在海外，华人见到祖国来的人真是热情，演员们在整个演出过程中，感觉空前地好，有一种国内没有的盛大成功的幻觉。演出结束，华人们把他们包围，拍照，让演员们觉得自己成了大明星。

演出结束，演员们顺理成章地要求团长请客，吃夜宵。一行人选了一个韩国烧烤店。团里美女众多，以团长为核心，把团长包围住。在热烈的气氛中，女演员们用轻佻的口吻同团长说话，她们要团长烤牛肉给她们吃，有几个还要团长喂。这只是演员们日常的恶作剧。这些美人一个个都是开心果。团长倒是很镇定，她们提什么要求，他就怎么做。但看得出来，团长喂美女时，心里面是愉悦的。小项感到很好玩。她想起卢一明，给卢一明发了一张现场的照片。他给照片起了个名字：齐人之福。

周末一大早，周菲突然接到陈波的电话。陈波是从来不打周菲电话的。这么早接到陈波的电话，周菲愣了一下，生出不祥的预感。

陈波的声音听起来有些沙哑，嗓子好像充血了，不过他的声音依旧是平静的，合乎周菲熟悉的那个外科医生的形象。陈波问，小项外面有人了吗？周菲吃了一惊，说，不会吧，我没听她说起过。陈波又问，卢一明是谁？周菲想，糟了，外科医生都知道对方名字了。外科医生从来是精准的。周菲虽然听小项讲起过此人，不过没见过他，她就说，我不认识。陈波说，我看过小项的日记了，小项在日记里说，她同你说过这人。陈波的声音听上去像在述说某个病人的诊断报告。周菲是那种不会说谎的人，一说谎就结巴，她说，是吗？我记不得了。那边没吭声。周菲说，你在看她的日记吗？陈波说，是的，我一夜没睡，她外面有人了。周菲不知如何作答,她想了想,劝慰道,陈波你别全信啊,日记也许只是幻想,小项特别喜欢幻想,你知道的。那边沉默。周菲继续说,也许小项只是对某个男人有好感,这很正常,我也经常对男人有好感。陈波挂了电话。陈波显然不信周菲的话。

周菲知道事情严重,第一反应是给小项打电话。她得让小项有准备,并且最好让小项和她的口径一致。小项关机了。周菲想,法国那边现在还是午夜,小项应该还在睡梦中。周菲留了一条短信:小项,你看到短信,第一时间给我电话,有急事,先不要接其他任何人的电话。

那天下午一点半,周菲终于接到了小项的电话。也许是刚醒来,小项的声音带着一种黑夜的气息,略带四川口音的普通话有种性感的磁音。大概身处异国,让她有远离尘世的感觉,对周菲所言的急事,她压根儿没有往自己身上想,还以为是周菲出了什么事。

出事了?没有主语,但她的声音听起来是与己无关的。

是的,小项,陈波一早给我打来电话,他看了你的日记。周菲说。

周菲急着想同小项对口径,也想知道小项的日记究竟记了些什么。小项那边已发出哀叹,完了,陈波会发疯的。

然后就挂了电话。

有很长一段时间,小项呆坐在那里。有一些念头开始在小项的脑袋里清晰起来。她今年以来又开始恢复写日记,她把一切都写入了日记,全是纪实,并无周菲所说的幻想。她的日记藏在那只妈妈送她的盒子里,一定是陈波打开了它。盒子用小铜锁锁着,可陈波打开了它。陈波曾对她说过,他永远不会打开那只盒子的,他食言了。也许是她太忽略陈波了,陈波起了疑心。她对陈波太放心了。她今年才又开始写日记,她用力回忆,应该只有卢一明那一段,并无涉及韩文涤。但卢一明那一段足够刺激陈波了。

小项和周菲通完电话后,一直等着陈波的来电。陈波没有打来。

小项不像陈波那样沉得住气，她打了过去。她本来以为有惊涛骇浪等着，但陈波并没有多说，只是说，难得出一回国，玩得高兴些。小项在电话里哭了，说，陈波对不起，我爱你。陈波说，你在说什么呢？小项又说了一句，陈波，我爱你。陈波笑了，说回来再说吧。

一件事是不是没说出就不存在？比如如果不记在日记里，比如如果陈波看了日记然后不捅破，比如如果从此以后他们不再提起此事。就像刚才，陈波什么也没说。不说就不存在吗？存在的，反而更加无处不在，反而比说出来还要沉重。

就因为陈波在电话里让小项玩得开心一些，小项就感到分外内疚，放下电话，她情不自禁哭了起来，好像失恋了一样。陈波的沉默或者高姿态只有一个指向，就是不原谅。

小项回国那天，是陈波去机场接的。从法国飞来的航班是午夜抵达永城的。那是一个雨夜，陈波开着小车穿行在湿漉漉的街巷。

我给你买了一双马飞仕图皮鞋。小项说。

一路上，小项想的不是马飞仕图皮鞋，而是家里那只装着日记和首饰的红色盒子。也许占据两个人心的唯有那只红色盒子，他们的沉默通过红色盒子进行着交流，只是太沉重了。

好像什么也没发生。豆豆睡了。小项进女儿的房间，亲吻熟睡中的女儿。眼泪还是没有止住。她把带给女儿的礼物——一只粉红色的邦尼兔，放在小脸的一侧，好让她明天醒来有个惊喜。

小项回到房间。她看到那只红色盒子。它上锁了。锁换了，不是原来那把小巧的铜锁，而是普通的黑锁。那黑色像一枚核炸弹，看上去非常小，但足以毁掉这个她栖身的只有百多平方米的小小的家。

然后就是洗澡，做爱。分外的激烈。陈波咬了她，陈波说，我爱你，你知道吗？我爱你，我没法想象没有你。小项说，我知道，我知道。小项本来也想说我爱你。在法国，在电话里，她这样对陈波讲过，现在她讲不出口，好像一出口就证明她是虚伪的。她任他咬，她感到身体的某个部位可能出血了，尖锐的痛，她忍住了，好像这会儿痛是她唯一的解脱。

一切同小项想象的不一样。她以为回国后他们会大吵一场，她做好被外科医生陈波狠狠揍一顿的准备（她甚至还想过他会杀掉她并肢解她），她会跪下来认罪，请求饶恕，她会向陈波保证，以后不会再犯错。陈波没给她机会。什么也没有发生，陈波甚至都没问她一句。

这不是小项理解中的陈波。陈波表面平静，只有她知道他有多偏执。他把什么都藏在心里。他的父母曾对小项说，他们从不知道自己的儿子在想什么，希望她能走进他的心。

小项知道事情没有那么简单。陈波打开的是一只魔盒，魔鬼从盒子里放出来了，钻入了陈波的心里，它吸食陈波的精血，在成长。

之后的事就是在日常生活中生长出来的，慢慢把两个人带入深渊。小项想，这才是陈波，他的疯狂是阴性的，一点一滴，细水长流。

最初是他们亲热的次数变得频繁。几乎是一有机会（比如女儿不在），陈波就会抱住小项，不分场合和地点，有时候在厨房，有时候在浴室。过去陈波是温柔的，甚至是静默的，现在虽然依旧沉默，却变得无比粗暴，没有前戏。小项想，他这是在强暴她。是的，强暴，小项没有别的词语可以描述陈波的行为。恐惧已进入小项的身体，每一次拥抱，小项的身体都是僵硬的。小项觉得一切都是报应，她做了坏事，第一次对她的惩罚是让她感染并流血，第二次是老天把惩罚的权力交给了陈波。

有时候是正常的。正常地温存，正常地静寂，正常地亲吻。这个时候小项是感恩的，希望陈波永远这样。即便如此，小项也没享受可言，那无处不在的恐惧让她的身体再也体会不到男女之间的乐趣。

一天晚上，陈波温存地亲吻小项，陈波突然说话了。陈波原本在床上不爱说话的，现在他在自言自语。一会儿，小项才听明白陈波在背她的日记，是卢一明占有她的内容。小项意识到，他们亲热的时候，陈波的脑子里都是小项的日记。这段日子陈波在模仿那个记在日记里的人。小项紧紧抱住陈波，哭了起来。小项想，他终于要说出来了，这就对了，让他说出来，让她来坦白，来认错，只有这样，她和他才是有救的。

小项说，对不起，对不起，对不起。

陈波说，你讲，他是怎么对你的。

小项说，我该死。

陈波说，你讲，我想听。

小项说，我日记都写了。

陈波说，我想知道一切。

小项说，求求你，饶了我吧。

陈波说，你讲了我才原谅你。

陈波在她身上粗暴蛮横。同时陈波也是软弱的，可怜巴巴的。他的目光既是疯狂的，也是渴望的(像一个渴望糖果的孩子)。小项心软了，她讲了和那个男人的细节。陈波起先是闭着眼睛安静地听着，然后突然掐住了小项的脖子。

小项后悔说出那些细节。这是对自己的再次伤害，也是对陈波的再次伤害。覆水难收，说过的话再也收不回来了。她其实早已知道，这个看起来平静的外科医生，内心一直潜藏着偏执和疯狂。

凡事都有自己的模式，一颗细小的种子会慢慢生长。性爱也是这样。小项尽量配合陈波，满足陈波的各种要求，可她心里明白，她和陈波的关系脱离了常轨，滑入险境。

陈波总是能在小项说出的细节里，找出新的可能性。他会问出新的关于那个男人的问题。小项意识到，陈波虽然把那只红色的盒子锁上了，并且把钥匙交给了她，他还是在偷看她的日记，他自己留着一把钥匙。日记里的每一句话对陈波来说都是问题，需要小项去填满并界定他无边无际的想象。如果小项不说，他就折磨她。自从小项讲述过一次后，陈波开始骂她贱货。小项刚开始觉得刺耳，感到羞耻，不过不久就适应了。她认为自己确实是个贱货。她如此轻易，怀着莫名兴奋，让一个几乎是陌生的男人占有了她。在某种气氛下，小项觉得自己的罪在“贱货”这个词语里得到赦免，同时让她激发出一种宽泛的母爱，拥有坚忍的承受力。

当小项的身体布满了伤痕时，已是冬天。小项清醒地意识到，他们不该如此下去了。她知道，陈波病了，陈波被一种邪恶的欲念控制了。

陈波，我们还能在一起吗？小项问。

我没想过这事。陈波说。

你不会原谅我了，陈波，我把一切都毁掉了。小项说。

陈波没吭声。

我们怎么办？

我不知道。

我们是不是要看看心理医生？

陈波坚决不去。小项知道陈波不会去。一个外科医生怎么可以去看心理医生。

我们得把一切都忘记。否则我们没有未来。小项说。

让我想想。

这样的时刻，陈波的表情像个孩子，软弱，不知所措。小项并不指望陈波会想出什么办法，心里已做好离婚的准备。也许陈波所做的这一切都是因为爱她，也许她为了豆豆也应该守住这婚姻，但小项清楚地知道，目前这种状况只会带来毁灭，对谁都没有好处。

一整天小项都没见到陈波。陈波开着车出去了。傍晚，小项给陈波打过电话，想问他是不是回家吃饭。陈波没接。夜里十点多，陈波回家。陈波的表情庄严而圣洁。小项又看到了过去那个熟悉的陈波。陈波告诉小项,他坐在永江边想了一天,他离不开小项,打算原谅她。他说,他不想再想起小项那三天所做的一切,与那三天有关的东西不能出现在他们的生活中。陈波要求小项删去周菲的电话(卢一明的电话及信息早已删除),从此不再同任何知道此事的人往来。关于日记的处理,陈波说,找一个隐秘的地方,把这只镶着象牙月季花的红色盒子埋藏。

埋藏这只红色盒子,小项是理解的。如果陈波把心里的魔鬼捉出来,关入盒子里,埋在地底下,也许陈波的心魔就消了。有一件事小项不能理解。小项想烧掉那本日记本,至少把那三天的内容烧掉。陈波不同意。陈波说,我记得上面每一个字,烧不掉了。

埋那只红色盒子被陈波搞得颇具仪式感,好像那红色盒子是一口婴儿的棺材。陈波和小项开车去了一趟陈波的乡下老家,老宅有一个院子,院子里有一棵苦楝树。他们在苦楝树下挖了一个坑,把那只红盒子埋了下去。在埋下的那一刻,小项望了望天空。天空碧蓝。那一刻小项觉得自己的身体好像被洗净了一样,既轻盈又干净。她心中涌出新的希望。

小项从乡下回来的第二天,永城下了第一场雪。雪来得很猛,一下子盖住了大地。在南方,雪因为稀少而令人兴奋。单调的白把绿色和建筑都覆盖了,大家都很高兴,很多人冒着雪,在雪地上奔走,呼喊,一个个像孩子一样。就在这个雪天,小项约见了周菲。

她们有一段日子没见面了。小项回国后一直没和周菲联系。小项接到过周菲的电话,问起和陈波的事处理得如何。小项在电话里简要地和周菲说了一下,告诉周菲,等她处理好了,会联络她。

小项注意到周菲见面那一刹吃惊的表情。周菲的表情是一面镜子,照出了小项此刻的状态。小项低下了头,说,你的戏怎样了?

周菲没有回答。周菲问,小项,你怎么了,这么憔悴?

周菲伸出手，把小项的衬衣领子拉开。小项本能地把领口护住，她不想让周菲看到身体上的伤疤。周菲没放过小项，小项脖子上的血痕完全暴露在周菲眼前。

他弄的？周菲问。

小项再也忍不住，失声痛哭。周菲紧握小项的手，说，他怎么可以这样对待你。

小项说，我不怪陈波。是我对不起陈波，把陈波毁了。我那段日子也是鬼迷心窍，就想尝试陈波以外的男人。如果陈波能原谅我，我什么都肯做。

小项说，好在陈波是爱她的，她和他一起在努力恢复正常的夫妻关系。他们打算从头再来，因此，她得删除同杭州有关的一切。小项说，我答应了，这次见面后，我会把你的电话号码删掉，不再见你。你不要再打我电话，我不想再出错，如果陈波看到我们有联系，陈波会旧病复发。

周菲问，你因为这事才找我的？

小项点点头。

周菲说，小项，你是个傻瓜，我不知道怎么同你说，我不会删掉你的电话号码，你哪天需要我，一定要打电话给我。

整整一年，小项几乎断绝了社交，一下班就回家。陈波也是。他们都在尽量忘记那件事。

这一年，外科医生陈波变得越来越消瘦，他竟然开始脱发了。也许是他纠缠于她身体的次数太多，简直不知餍足。也许是工作太辛苦了。小项担心陈波在手术台上会出什么事故。那是陈波的立身之本，要是出个差错，陈波这辈子就完了。好在作为外科医生的陈波是理智而冷静的，他在手术台上的专注无人能及。他在医院里的声誉超过了他这个年龄应得的。他广受病人信任。

有一天，有一个女人从另外一个城市来找小项。那是一个难掩悲伤的漂亮女人，她直接来到小项的单位，递给小项一封信。信的封口完好。小项看了一眼信封，上面有收件人和寄件人的地址，收信人是小项。小项马上意识到对面的女人是谁。

在办公室接待这个女人显然不合适。小项把她带到台里的休闲区，那儿有一个咖啡室，平常人不多，很安静，不会被人打扰到。

她猜不透这个女人的到来意味着什么。不过，她倒不慌张，不会有比陈波发现她的秘密再坏的情形了，而且她觉得这个女人的到来并无恶意。

没有任何客套和铺陈，女人告诉小项，卢一明死了，死于一次车祸，在高速公路上，被一辆失控的大卡车撞飞。听到这个消息，小项一时没反应过来。小项当然猜到坐在面前的这个女人的身份。小项看得出来，她并不是来算账的。那女人告诉小项在被撞飞的车内还有另一个女人。

他风流成性，也许你知道。那女人说。

女人喝了一口咖啡，说，她来找她很冒昧。这信是从他的遗物中找到的。应该是一年前写的，没有寄出。女人说，她没看这封信，本来想烧掉的，又觉得应该把这信转给属于她的人。

也许对你很重要。我没见过他给谁写过信，可能在他心里你不同一般。见到你，我明白他为什么给你写信了。她说。

女人没有久留，很快就走了，好像害怕听小项讲述与卢一明有关的往事。她离去后，小项突然像被抽空似的全身战栗，眼泪瞬间汹涌。要是这个女人不来，小项几乎快忘记卢一明了。她不但删除了手机上他的信息，也删除了在脑子里他的记忆。现在他一点点在黑暗中浮现，她记得即便在亲热时，他的目光也是茫然的，好像他的灵魂不在现场。她意识到自己所受的苦，同这个男人有关。现在这个男人死了，但并不等于一切都消失了，这个男人还将出现在她和陈波日复一日的生活中。她不知道自己是在为他难过还是愤怒。

小项决定不打开这封信。她得遗忘一切。遗忘才能自救。要是陈波可以遗忘就好了——她知道陈波并没有遗忘。像那个女人一样，她想过烧掉这封信，不过最终还是保留了下来。她把这封信锁在单位写字台最深处。

那天回家，陈波似乎觉察到小项神色有异，问小项出了什么事。小项故作轻松，说没事。陈波并没有相信。安静的外科医生陈波，现在变得越来越多疑。晚上，陈波在翻箱倒柜找什么。陈波说，他在找一本刊载他医学论文的杂志。小项知道不是的，他的病又犯了。他的头脑有幻觉，他总是怀疑小项隐藏着什么。

生活在继续。陈波在努力。陈波偶有失控，但失控后，总是痛哭忏悔。好在她和陈波都爱女儿。小项一直觉得女儿长得不算好看。她和陈波长得都还算周正，豆豆几乎没有遗传他俩的优点，不受控制地长成了另外的样子。小项有时候会感叹，豆豆真的是不起眼的小孩。这让小项不太愿意让单位的同事见到女儿。她或多或少有点虚荣的。

那一年，豆豆突然变了，眉眼长开来了，原来的塌鼻子也隆了起来，眼睛也变大了(豆豆原本眼睛看起来像细小的一条线)。老师特别喜欢豆豆，说豆豆继承了妈妈的天分，唱歌跳舞都特别好。连豆豆的爷爷奶奶都发现了豆豆的变化。奶奶说，都说女大十八变，豆豆这么小就从丑小鸭变成了白天鹅。大约亲情之外，人还是喜欢漂亮的小东西吧。豆豆的爷爷奶奶一辈子享受惯了，不爱自己做饭，经常下馆子。最近二老下馆子喜欢带上豆豆。

生活一如既往进行中，表面上风平浪静，只有小项知道，恐惧并没有从她心里退去。她猜不透陈波脑子里在想什么。有一天，陈波问小项，你说豆豆像谁？不像你也不像我。小项开始以为陈波是在开玩笑。但陈波是严肃的。小项这才隐约感到另一种怀疑开始侵入陈波的思想。

不知从什么时候起，陈波对女儿变得冷淡了。他不怎么愿意接女儿，借口现存有的，比如临时有个急诊手术之类。小项不会开车，只好踏着自行车去接豆豆。小项有活动时是非常忙碌的，她抽不出时间时，只好麻烦豆豆的爷爷或奶奶。二老接了几次后就觉得生活被打乱了，就出钱雇了个专门接送豆豆的阿姨。

陈波着迷于和小项做爱，好像唯有如此他才是安心的，他才确信自己拥有小项。这一年来，小项对性事已没有一点兴趣。但她从来不拒绝。虽然陈波有时候会控制不住动粗，她也忍了。这是她欠他的。他们亲热的时候，偶尔豆豆会来敲门，陈波迅速从小项身上爬下来，穿着短裤，训斥豆豆，并把豆豆锁到自己的房间里。小项听到隔壁房间传来女儿的哭声，对压着自己的陈波说，陈波，我求求你，你一直对豆豆好的啊，你怎么啦？她是你的骨肉啊，你对豆豆好一点好不好？

陈波用怀疑的目光看着小项。小项的内心冰凉冰凉。小项再次确认，某种怀疑侵蚀了他的脑子，控制了他的情感。小项想，难道他在怀疑豆豆不是他亲生吗？自己的初夜都给了陈波，陈波是知道的呀。结婚不久他们就有了孩子，如果这也怀疑，陈波真是脑子有病了，是病入膏肓的病。

当小项意识到陈波的疑虑，她想过做一个亲子鉴定打消陈波的心魔。又想，陈波从来没有说出过他的疑虑，如果她提出来，陈波一定会觉得被冒犯。即便陈波亲口同她讲他的怀疑，她提出这件事，陈波也不一定会同意。

豆豆生日那天，陈波对女儿特别好，特地为豆豆买了新衣服和一个火车玩具，蛋糕是陈波下班时带回家的，陈波一边亲豆豆，一边喂她蛋糕。豆豆对陈波的突然亲昵受宠若惊，不知如何反应，只好无助地看着小项。不过豆豆马上适应了，毕竟是亲爹。后来豆豆开始拍陈波的马屁,表情近乎谄媚。小项看了很伤感。

小项是从豆豆的口中得知陈波带她去了一趟医院。是爸爸的医院吗?小项问。不是,是开车过去的,很远的医院,在另外一个地方。爸爸让我不要告诉你。豆豆说。医生从女儿的口中提取了一些唾液,并剪了一撮头发。陈波也是。他们在医院里等了半天。当陈波看到报告单时,泪流满面,紧紧抱住豆豆。豆豆不知道爸爸怎么了,她问,爸爸,你要死了吗?陈波摇摇头,说,爸爸对不起你。

小项感到无比委屈。她大哭一场。在痛哭的时候,小项明确意识到这个家庭已经破碎了,她得离婚。回顾这一年,她自己都惊奇是怎么熬过来的。现在好了,陈波已确认女儿是他的骨肉,就这样分手吧。放过彼此,对谁都好。

我们再在一起,会是悲剧。陈波,你放过我吧,我看不到希望。小项说。

起初陈波不肯。他认为他和她正在变好,并且会越来越好。这在小项的预料之中。陈波对她有一种偏执的迷恋。有时候小项觉得这种迷恋未必是真正的爱,可能是她对他的伤害造成的。可怕之处就在这儿。小项从来是决断的,只要她做了决定,她就会迈出这一步。小项觉得从此以后她不再欠着陈波了。她在外面租了一个小房子,先搬出去住。至于女儿豆豆,是一个难题,她不知道如何向她解释。她还小,什么也不懂。她知道离婚对孩子的伤害有多重,她自己就是一个例子。她实在没有办法了,她非如此不可,她得离开陈波,否则对这个家,对她和陈波都是灾难。她决定把女儿留给陈波,她断定现在女儿是陈波生命中最重要的人,陈波会小心保护她。她当然会来看女儿。总有一天女儿会明白的。多么悲哀,自己的悲剧还是降临到女儿身上。

虽然还没有正式离婚,还是惊动了陈波的父母。一天,陈波的母亲来到小项的出租屋。陈波的母亲是从豆豆那儿听说的。豆豆告诉奶奶，妈妈搬出去住了。不久前，小项还对豆豆撒过谎，说自己这段时间不住在家里了，因为工作很忙，还经常出差，不过会随时来看她。看来豆豆年纪虽小，什么都懂了。陈波的母亲是个直性子的人，她说起自己此生最后悔的一件事就是把陈波放在乡下老家，让陈波奶奶带大。她说，那会儿他们都太忙了，没办法。陈波对他们不亲，心里有怨气，接回城里后几乎不同他们说话。他们从来搞不清陈波在想什么。说到这儿，陈波的母亲，这个开明的知识分子流下泪来，她说，豆豆说陈波一直在欺负你。其实我早发现了，你这两年身上经常有伤，我看着都心痛。我不知道你们夫妻怎么了。陈波一直对你很好的啊，他脑子出问题了吗？

小项没回答。她说不清楚。听到陈波的母亲这么说，她还是有点感动。至少她是理解的。她没有站在陈波的立场上骂小项。

我担心的是豆豆。你们是大人离就离了，可豆豆怎么办？陈波虽是我的儿子，可豆豆跟着陈波我不放心，我担心会把豆豆毁了。陈波母亲说。

这是劝和的一种方式吗？婆婆是想让小项回心转意回家吗？听了陈波母亲的话，小项不是没有犹豫。她觉得婆婆说的不无道理。但她真的无法再回去了。她说，陈波对豆豆好，是真的好。豆豆也和陈波亲。

你看问题太表面了，我研究海洋生物的，海洋生物为了自保都懂得拍马屁，何况小孩子。你不觉得豆豆更信任你吗？婆婆说。

婆婆说她找过陈波，谈过豆豆的问题，如果陈波和小项最终离婚，希望女儿让小项来养育，陈波坚决不同意。陈波还说，他和小项只是分居，不会离婚，他也不会同意离婚，让他们不要操心。后来陈波的母亲退而求其次，说不离婚是最好的，假设一定要离，陈波不放心小项带豆豆的话，索性他们来带。陈波母亲说，我们小时候没带过你，把你放在乡下，算是我们欠你的，我们在豆豆身上还。陈波沉默了，黑着脸，不再回答母亲一句话。

那天的谈话没有任何结论。小项没弄清楚陈波母亲找她的目的。传达的信息量是够的。这个海洋生物研究者把所有的问题都摊在小项面前了。

这天，小项特意去幼儿园接女儿，带女儿去她最爱的肯德基吃饭。吃饭时，小项问豆豆，如果爸爸和妈妈分手，你愿意跟谁？豆豆埋头吃着鸡翅，说，我不想你们分开。

小项和陈波分居了一个月后，陈波居然奇迹般地想通了，他同意离婚，并在离婚前给小项买了一套二居室的房子。那是一个周末的早上，陈波敲开了小项的出租屋，带小项来到永江边的一个小区。陈波说，有一户人家要出国了，急着出售房产，我想买下来给你住。你不能住出租房，太委屈你了。小项知道陈波是有钱的。关于钱的来历，小项不是太清楚，也许陈波的父母给了陈波一部分积蓄。那房子很好，在永江边，可以看到江景，房子装修风格简洁，很符合小项的审美。陈波见小项满意，就买了下来，房产证上是小项的名字。小项很感动，她觉得陈波真的是在乎她的。

办离婚手续的那天，陈波要求，女儿归小项。小项很吃惊。她一直以为陈波舍不得女儿的，一定会把女儿留在身边。陈波的母亲也这样说过。小项说，我当然要豆豆，你当真？陈波说，豆豆跟着你更好，毕竟你是母亲。

小项以为是陈波的母亲做了工作，后来她敏锐地意识到陈波在这件事上有他的心思。他不是真的不要女儿，他只是让女儿困住小项，让她不去找别的男人。在陈波的潜意识里，他们这个家分开只是暂时的，随时都可能破镜重圆。

小项深究自己的内心，她其实也是希望这个家庭不要破碎。在她心里，她依旧认定陈波是对她好的。陈波是个可怜的病人，只是控制不了自己而已。

小项带着女儿豆豆开始单身生活。有一年时间，虽然有女儿作陪，但她的生活可以用“寡居”来形容。

她和周菲恢复了从前的闺密关系。小项把周菲的电话号码删掉了，她是从朋友那儿问来周菲的电话号码，打电话给周菲。小项说的第一句话是，周菲，我离婚了。

周菲和小项在三江口一家咖啡馆见了面。周菲说，小项的气色比上次好很多。一年半之前的那次见面，小项简直不成人形。这次小项打扮得体。她穿着一件深咖啡色中式套裙，胸口点缀细小的白色花朵，雅致纤秀，她不着痕迹地施了粉黛。离婚后，小项的状态大有改善。

周菲这段日子并不顺心。赵总终于出事了。不过他还算有信义，在被抓之前想办法把答应给周菲的另一半捐助打了过来。很快赵总便被判了刑，八年。周菲知道赵总只是白手套，但他什么事都自己揽了下来。其实没用，那位公子也没逃过法律制裁，再也无法帮他了。她去看过他几次。他气色越来越差。他说，他可能生病了，以前他肺部有结节。周菲担心他的身体，通过关系让赵总出监做了一次检查，查出是癌变。周菲帮他办了保外就医。

幸好发现得早，他还有救。周菲说。

治好了？小项问。

医生说没大碍了，不过医生挺帮忙的，一直开诊断书给狱方，所以一直保外就医着，没再进去。周菲说。

小项说，这个赵总吧，眉清目秀的，人品不错，怎么会给那公子哥做白手套呢？

周菲说，知遇之恩吧。一次在酒吧，公子被流氓围攻，赵总当时也在，并不认识公子。他救了公子。后来公子对他特别好，他一下子变成了人上人。

小项说,唉,以为是福,哪知惹的是祸。

周菲说,都是命。

小项说,这赵总是喜欢你的。

周菲不语。

小项问起周菲的剧,你排得怎么样了啊?你得提速。

周菲显得有些烦恼,说,越排脑子越乱,总是没达到预想的效果,我都怀疑自己是不是废了。

离婚后,陈波每周都到小项这里吃一顿饭,也是为了探视女儿。陈波喜欢去学校接豆豆,有时候他和豆豆会在外面吃,再把女儿送回永江边小项的居所。有一次,陈波向小项求欢。小项拒绝。小项说,这是不可以的,我们离婚了,这算什么呢?陈波就抱抱小项,在小项额头亲吻一下,赞美小项,你现在越来越漂亮了。小项轻轻把陈波推开。

秋天的时候,陈波来看女儿,带了新女友,一位幼儿园老师。虽然是可以预料的,但小项心里一直没想过这件事,没有思想准备,因此有一点点震惊。她明确意识到她和陈波之间的句号出现了。小项意外地发现自己的潜意识里竟然没有这个句号。那女孩很乖巧,适合陈波。陈波说,是她一定要来看看你和豆豆。我想,也行。那天,小项做了一桌的菜款待陈波和那女孩。吃完后,那女孩和豆豆去玩了。豆豆似乎很喜欢那女孩。大概做幼教的懂小孩的心思,容易笼络孩子。陈波来到厨房,问小项,这女孩怎么样?小项说,挺好的,安静,善良。陈波说,你这么说我放心了。爸妈一直逼我,要么和你复婚,要么再找一个结婚。我来听听你意见。小项说,你结婚吧,这么好的女孩哪里去找。

小项对自己的单身生活突然厌倦了。单身生活总归是辛苦的。小项也算是美女,离婚的女人免不了会有人试探。在社交或工作中碰到的那些男人,大都算得上是成功人士,她不动心,好像“寡居”对她而言是一种安慰。在潜意识里，她也许想以此惩罚自己。现在她想，也许有个家庭也是好的。

秦少阳是位留美海归，在一家上市公司做文化总监。上市公司三十年年庆，需要搞一台晚会，通过朋友介绍找到小项。小项第一次见秦少阳竟然想起韩文涤，并不是两人多相像，完全不像，想起韩文涤小项自己都感到惊讶。秦少阳下巴的胡须刮得干干净净，有着中国男人少见的天真气质，笑起来特别灿烂。他们在工作中相处得非常愉快，好像彼此认识了一百年。接触多了，小项对秦少阳的个人生活有了一些浅层了解。小项以为像秦博士这种人，温文尔雅，事业有成，应该早就结婚生子了，没想到还是单身。小项笑道，你是钻石王老五啊，我一定要替你找一个配得上你的美女。秦少阳目光灼灼地看着小项。

他们认识一个礼拜后，秦少阳单独请小项吃饭。秦少阳说，我带你去一个好玩的地方，放松一下。结果他们来到永江旧码头停泊的一艘客轮上，那客轮已改装成一家高档西餐馆。跟着秦少阳走进一间小小的包间，小项想这儿哪里算得上是好玩的地方。小项发现秦少阳有些表达并不准确，可能在美国待久了，习惯于用英文，汉语相对贫乏了，或者可能是美国那地方实在太乏味了，国内什么地方都变成好玩的了。他们坐在包厢里，包厢里点着蜡烛。酒还没喝，秦少阳脸已红了，竟有些腼腆。秦少阳似乎为了让气氛轻松一点，指了指窗外，宽阔的江面上零星漂过几艘货船，发出带着水汽的马达声。红酒醒好了，秦少阳从服务员手中接过盛酒器，替小项和自己倒上。秦少阳一下喝干了酒杯里的酒。小项对秦少阳特别好奇，她带着好玩的、观察的表情看着他，她不知道这个有绅士派头的男人今天会不会喝醉。小项没想到秦少阳会向她求婚。

小项，我想娶你。秦少阳借着酒劲说。

小项并不认为秦少阳是认真的。男人都差不多，需要上床时甜言蜜语，从床上下来后，那些话就像刮过的风，不着痕迹。小项笑了，说你们美国人对待婚姻这么随便？秦少阳目光坚定，好像并没有听小项说什么，他说，我第一次见到你就想娶你，我觉得你什么都好，你就是我一直等着的人。说完秦少阳又喝了一杯酒。小项突然有点感动，她看出他是认真的。她笑说，你喝酒才这么说，酒话谁信。秦少阳说，我可没醉。小项笑了，她对他不无好感，在他面前她一直是放松的。她伸手抚摸了一下他的脸，温柔地说，我没有你想得那么好。

自然他们在一起了。小项本来不指望他们的关系是长久的，到那台晚会成功演出后，秦少阳和小项还在一起。

因为在秦少阳那里特别放松，小项喜欢在他们亲热后倾诉自己的过往，当然是有选择地讲。她没讲韩文涤。更多讲了卢一明。陈波也有涉及。陈波对小项而言不堪回首，不想多讲，但总归还是要讲到的，否则秦少阳理解不了她和陈波何以离婚。卢一明不一样，某种意义上这个人改变了她的人生。况且卢一明死了，死是一种赦免，原本故事里的轻浮自觉地被过滤了，她可以更庄重地讲述她和他的故事，讲述那三天她和他不知餍足的青春往事（小项觉得同现在比那时候无论身心都年轻，虽然那时候她已为人妇且有一个女儿）。她还讲了他某一天奇怪地提起敦煌，她说他虽然语焉不详，可她觉得敦煌对他来说一定很有意义，同他的生命密切相关。小项还提到他在高速车祸后，卢一明的太太来看过她，带来了一封信。小项以为讲这些事可以把秦少阳吓跑。没有。秦少阳安静听着，目光充满理解和温情，好像这才是他想象中的小项。秦少阳对那封信有好奇心，他问，信里都写了什么？小项说，她没拆开。为什么要拆开呢，没有任何意义了。秦少阳说，你害怕知道信里内容？小项摇摇头，不害怕，我只是不想看。

她不问秦少阳的经历。她不想知道他的任何过往。

他们开始有伴侣的感觉了。他们一起逛街购物，一起下馆子吃饭。有时候带着豆豆,豆豆不排斥秦少阳(也许家庭变故让豆豆变得没有安全感,所以对有可能进入自己生活的人她都小心讨好。这么小的孩子,心计这么深)。他们三个走在街上像一家三口。秦少阳经常替小项埋单,小项不是个占便宜的人,她算得很清楚,她也总是给秦少阳买礼物,价值大致相当。吃饭当然是秦少阳付,小项认为这理所当然。

女儿已在寄宿学校读小学。秦少阳有时候会在小项那儿留宿。小项和秦少阳在一起看电视。有一天,小项在电视新闻上看到了韩文涤。小项听说过韩文涤去省城任职了。在电视上看到他还是第一次。那天他在接待外宾及其夫人。他的夫人在陪。小项见到传说中他美丽的夫人。确实是个美人。笑容是标准定制式。看到这一幕,小项心如止水,平静得连她自己都吃惊。

你认识他?秦少阳问。

他曾是我的上司。小项说。

秦少阳没再问下去。

他升官升得真快。小项又说。

大多数时光秦少阳会赶回自己的住所。那上市公司不在市区,他的住所离市区有点远。秦少阳出门的时候,小项会想想秦少阳和她的关系。秦少阳已不下三次催促小项,尽快确定婚期,他说,这样他才安心。他还说,他怕有一天小项在他的生活中消失,找不到她了。小项说,怎么会?我有单位啊,这房子也不会飞走,你随时可以找到我。每次,秦少阳离开后,小项会抱住枕头,这枕头还透着秦少阳的体香。他是小项碰到过的最干净的男子,温存体贴,他们的身体也相处得非常和谐,身体彼此寻找、探索,总能发现意外的惊喜。小项感到自己都有些依赖他了。有一天,秦少阳对她说,如果小项有一天离开了他,他会不知道怎么生活,生活会失去意义。小项听了不免感动,可是在秦少阳面前,小项从不表露自己对他的依赖,好像他们随时都可能分手，好像他们的亲密关系仅止于性。只有当秦少阳走后，她的心里才涌出怜惜。她抱着枕头说，你这个傻瓜。

六月的一个晚上，周菲断断续续排了三年的舞剧终于公演了。舞剧名一改再改，最终定名为《妇女简史》。想起这部剧，小项真心觉得不容易。周菲为这舞剧耗尽心血。小项蛮佩服周菲的耐心和毅力。一个人只有如此专注才可以有收获吧。也只能说收获，还谈不上成功（至少现在还不能说成功）。不过什么又算是成功呢？

小项和秦少阳一起看了《妇女简史》。这是小项第一次完整看这出剧。这是一个男人和一个女人既相濡以沫又彼此折磨的故事。主题大胆，有赤裸的性，也有残忍的暴力。两个人慢慢走向自我毁灭，走向彼此的祭坛。在舞剧的高潮处，舞台漆黑，整个剧场漆黑。突然，一束光从天而降，背景中出现一尊高大的佛像，光线好像是佛像散发出来的，一男一女两个舞者把手中的刀子刺入彼此的心脏。拿着蜡烛的诵经者从舞台四面八方拥入，围着两具尸体，佛经的吟诵声慈悲、庄严，又带着一些恐怖的气息。这时候，大佛像内响起敲击声，声音大到把诵经声完全盖住了。刚才死亡的一对男女死而复活，他们忘记了一切，开始了他们的舞蹈，回到舞剧开头的那一幕。不过，现在他和她的四周都是诵经人，他和她跳到每一个诵经人那儿，都会发出刚才的敲击声，好像他们此刻正在佛的肚子里。

演出非常成功。一定有很多人当面祝贺周菲。小项觉得在这样的场合，她不去凑这个热闹了。她给周菲发了一个短信，由衷地赞美她。好几处，我看到了自己。小项说。

小项和秦少阳出来的时候，小项还沉浸在舞剧的气氛中。她没想到周菲编导了这么一出令人毛骨悚然的舞剧。小项和秦少阳不由自主地拉着彼此的手，好像唯有如此才可以得到安慰。小项不想说一句话。秦少阳似乎知道小项的心思，也没出声。仿佛那舞剧还在继续演出，好像他们一出声就会中断故事的进程。快要离开剧场时，秦少阳轻轻说了一句莫名的话，哪天我们去看看敦煌。

在剧院外面，小项骤然撞见陈波。小项没想到陈波也来看了。难道周菲也邀请了陈波吗？陈波这会儿黑着脸，看着小项。小项意识到陈波在等着她。陈波的小女友无助地站在一边，目光里有愤懑和委屈。显然这之前陈波已和她闹得不愉快了。

陈波把小项拉到一边，质问小项，那男人是谁？小项说，你干吗啊，同你有什么关系？陈波说，你怎么能这样？小项说，你醒醒，我们离婚了，你只是孩子的爹。陈波说，我不同意你同这个人交往。小项指了指陈波的女友，说，快回到她那儿去吧，当心她跑了。陈波说，我不在乎。

小项不想再理陈波，拉起秦少阳上了车。秦少阳埋头开车，一直没问，偶尔看一眼小项。小项表情严峻。小项说，刚才是我前夫。秦少阳说，我猜出来了。小项怕秦少阳担心，说，他没别的事，问我豆豆的事。秦少阳显然不信，目视前方，朝永江边小项的寓所开去。

一会儿，他们到了小项的家。秦少阳有想走的意思。小项说，晚上你住我这儿吧。周菲的戏让人不安，你陪陪我。

他们正在亲热的时候，屋子的门被擂响了。小项马上意识到是陈波。她想，他真是个疯子，他怎么可以这么闹。小项对自己的身材很自信，并没穿衣服，来到客厅。门外传来陈波的声音，小项，你开门。小项说，男友在，不方便，有什么事，明天你来单位找我。陈波说，我不相信，你让我进来。小项说，你这是干吗，为什么要这样？秦少阳也从房间里出来了，不过他穿好了衣服，他有些胆怯，这个青年时期在美国成长的男人显然没碰到过这种场面，他担心小项把陈波放进来，他们之间会有一场决斗。

小项对秦少阳使眼色，让他说话，证明屋子里确实有男人。秦少阳想了半天，结结巴巴地说，你好，我叫秦少阳，是小项的未婚夫，只要小项同意，我随时准备娶她。

小项差点晕过去。她想，这位博士真的是书读多了，太老实了。

门外再也没响起敲门声。过了半个小时，小项意识到陈波走了。不过她并不确信，陈波固执，天晓得他走没走。也许在楼下的小区里辗转徘徊。小项又想，他们离婚了，离婚后陈波变得正常了许多，有时候他来看小项，小项甚至觉得他比以前开朗，也会开玩笑了。他应该不会如以前那样做出疯狂的事来。她希望自己是想多了。陈波有了女友，他们会结婚，会有一个孩子，会从此过上幸福的生活。

第二天，秦少阳一早走了，他要赶到郊区上班。小项打扮好，下楼时，发现陈波站在不远处，脸色苍白而憔悴，眼眶深陷，神色痛苦，目光迷茫，却又有坚定的疯狂。自从陈波带女友来过小项家后，在她的感觉里，她和陈波已画上了句号。现在看来，这个句号并不是句号，只是一个长长的省略号。小项想，陈波的心里依旧还装着她。这是一种什么样的心理呢？他们分开了，事实上，分手后，他们友好相处，对彼此都是解脱。陈波为什么要这样？

小项假装没看见他。陈波不放过她，陈波拉住她，说，我决定了，我们复婚。小项愣住了。昨天晚上，小项总是想象陈波像一个幽灵一样在小区里徘徊，她一夜没睡，她的体能和精神已达崩溃的边缘。她突然感到愤怒，她吼道，你凭什么？凭什么你想干吗就干吗？发了一通脾气后，小项抑制不住大哭起来。陈波站在一边，安静地看着小项。

后来的一段日子，陈波没再来找小项。小项听说陈波和那位小女友真的分手了。有一天，小项路过那幼儿园，那女孩正站在门口的游乐场，她看小项的目光充满敌意，还带着些许嘲弄，和小项先前的印象有很大的落差。小项有些恐慌，赶紧离开。那女孩走出来，叫住了她。那女孩说，我知道你的一切，陈波和我每天讲的都是你。小项停下来，既然都说到这儿了，干吗不深入了解一下内情呢？那女孩继续说，你前夫疯了，他不会让你和你的海归男友心想事成的。小项问，他想怎么样？那女孩说，他是医生，他有的是办法，你让你那海归男友当心点吧。小项非常吃惊，愣住了。女孩说，我是好心，当心点总是好事。

小项没有把那女孩的警告告诉秦少阳，免得秦少阳担惊受怕。

陈波好像失踪了。连周末也没来看女儿。这不正常。小项不禁有些忧心。女儿问小项，爸爸怎么不来看她。小项敷衍道，爸爸这阵子出差了。

秦少阳只要不出差，一如既往来小项家。他原本是个开朗的大男孩，看起来涉世不深（可能因为他在美国待的时间太长了），面对现在这个局面他不免有点无所适从。开头还好，当作一切没有发生过，两个人还是像过去一样，下下馆子，看看电影。慢慢地，小项发现秦少阳变得心神不定，和她说话时欲言又止，一副心事重重的样子。小项一度怀疑秦少阳是不是介意了，也可能是厌倦她了，这段时间他再也没有提过结婚的事。她想男人都一样，甜言蜜语就像流水，水过无痕，都不可信。小项对此非常失望。

有一天，秦少阳还是没能忍住，同小项讲了他的心事。他说，他最近经常收到陌生电话，不是同一个电话号码打来的，电话号码老变，但内容是一样的，要么说开车要当心，要么说他知道人体结构，可以像庖丁解牛一样肢解他。用点药就行，不痛。再用点药，你的身体就会变成水，不会留下任何痕迹。秦少阳告诉小项自己来小项家的路上，有一辆车插向他的车，幸好及时避让并刹车，不然会从高架桥坠落下去。小项问，这种电话多久了？秦少阳说，半个月了。小项看来电显示，确实都是陌生电话号码，没有一个电话来自陈波。小项说，少阳，你最近结了仇家吗？问完后，小项自己都觉得是废话，除了陈波，怎么可能会有人想置秦少阳于死地。小项想起那幼师同她说的话，她一直以为是个玩笑，或出于某种恶意，看来她是真的在警告。小项还是不敢相信陈波会干出这种事，和陈波一起生活了这么多年，在她心里，陈波还是一个善良的人。每次，他们吵架后，陈波的眼泪和悔恨都是真实的。

小项决定去见陈波。她来到西门街。小项有好久没来这里了，西门街的一草一木她熟悉到闭上眼睛都能想得起来。她敲开了陈波的门。陈波见到她显得颇为受宠若惊。小项注意到这房子似乎重新装修过了，有一种焕然一新的感觉。她还看到在卧室靠床的那面墙上，她和陈波的结婚照放大了，装在一个巨大的镜框里。照片上的他们看起来非常甜蜜，目光中充满了对未来无限的希望。陈波说，那时候，我们多么年轻啊。小项说，陈波，你这是什么意思？我们已离婚了，你挂着这照片又何苦？陈波说，我想好了，我前段时间把屋子用涂料刷了一遍，把家具也换了，我要和你复婚。陈波这种疯狂的念头让小项心里冒出一股冷气。

小项决定不问陈波关于电话的事。问了也是白问。即便是陈波干的，陈波也不会承认。谁会承认这种事。小项和陈波谈起女儿，小项说，女儿一直在问你为什么不去看她。陈波说，等我把一切都搞停当，就把你和豆豆接回家。我以前没处理好，我保证以后再也不会了。

小项和周菲见了一面。小项夸周菲的舞剧非常出色，很震撼。周菲告诉小项，云门舞集的人看了她的舞剧，想邀她去台湾演出。小项祝贺周菲。周菲意识到小项找她有事，不再谈她的舞剧。倒是小项还沉浸在舞剧中。小项问，周菲我问你，那男女都杀了对方，你为什么要让他们重生，开启新生活，他们在一起还能生活得好吗？周菲说，总得要有些梦想，人间也没那么绝望，什么都有可能发生是不是？

小项回到家里，把秦少阳留在她家里的东西全部整理好。在整理的时候，小项已泪流满面，秦少阳的每一件东西，她都舍不得，但她知道不能留下来。那件衬衫他刚换下来，还没来得及洗，还带着他的气息，她忍不住把衬衫贴在脸上。她哭得更欢了。她喃喃自语，说，这都是为了你好，你和我在一起不会幸福的，我不配再有幸福，但你一定要有。对不起，对不起，这是最好的办法。

那天秦少阳来到小项这儿，小项面色阴沉。秦少阳问小项怎么啦？这时秦少阳看到自己的包放在客厅的沙发上。秦少阳说，小项，你要赶我走吗？小项强忍住自己的眼泪，装出一副绝情的样子，说，我们到此为止，你以后不要再来了。我得回去了，陈波是孩子父亲，什么人都比不上陈波重要。

仿佛一切没变化。小项和陈波还有亲爱的女儿豆豆在一起，还是一家人。就好像周非舞剧的结尾。结尾就是开始。第一天晚上，陈波抱着小项，非常温柔。小项是紧张的，她已习惯了秦少阳。她感受到陈波身体里传来的疑虑。她想自己应该配合他。她感到自己是多么机械。

日子一天一天过去。现在看起来一切正常。陈波在他们做爱时再也没有失控，陈波要得也不像以前那么频繁。看得出来陈波在努力克制自己。这令小项起了幻想，好像她和陈波真的回到了开始。如果一直这样，也不错啊。她因此有一种苦尽甘来的感觉。她甚至觉得自己做了一个对的决定。她放过了秦少阳，让他免于恐惧，而她修好了原本破碎的家庭。这让她感到些许的欣慰。如果从前的一切是上天对她和陈波的考验，目前看起来他们经受住了考验。

这期间，秦少阳给她发过无数的短信。在短信里，他说他会一直等着她，只要她愿意，他依旧盼着同她结婚。小项没有回他。她想象过他的痛苦，也担心过他。他曾对她说，如果失去她，他会不知道怎么生活，生活会失去意义。然而她明白她不能回复他，一回复，会没法收拾。

有一天，小项洗完澡，从浴室出来，看到陈波在看她的手机。她感到不妙。陈波还是在怀疑她。陈波说，刚刚有个短信进来。小项没说话，拿起手机看了一眼，是秦少阳发来的。小项没回话。也没看陈波。这事最好的方式是沉默。如果陈波看了所有的短信，他应该明白，她没回过一个。陈波不应该生气。可她知道陈波在生气，他的脸这会儿是黑的。

这天晚上，他们亲热时，小项再次意识到那个黑洞依旧在陈波身体里。小项想，一切只是美好的幻想，问题没那么好解决的。

清明节前，陈波向小项提议是不是提前祭祖，然后，全家一起找个地方去度假。小项那段日子工作特别忙，手头有好几个策划项目在做。但为了家庭，有什么不可以放下的呢？她说很好，我们一家人有好久没出去玩了。

祭祖那天，小项做了一桌的菜。祭祖的方式完全照永城的习俗。小项点上蜡烛，发现纸钱没了。她对陈波说，我去小区念佛的婆婆那儿买点纸钱来。陈波说，你快去吧。

小项回来的时候，吓了一跳。她看到蜡烛和祭祖的菜肴中间放着一只红色的盒子。小项站在那儿一动不动，恐惧占据了她整个身心，她感到自己快要崩溃，随时会晕眩过去。陈波没事人一样，对小项说，你搬出去住后，我就把它挖出来了，埋在那儿，我总担心它烂掉。小项脸色苍白，低头烧纸钱。她对自己说，不要哭，没事的，陈波把盒子取出来没别的意思，真的是担心盒子烂掉。烧完纸钱，小项跪在桌前，对着祖宗磕了三个响头。

晚上，小项哄豆豆睡熟，回到房间。陈波已洗完澡，等着她。小项心领神会，进浴室洗澡。一天下来，她已非常疲劳。也不完全是疲劳，应该是麻木，或许是紧张。她慢慢洗着自己的身体。几年下来，她的身体已不如从前，但底子好，身材还是紧致的。她比任何一次都要洗得缓慢和干净，好像以此可以洗干净她身上一切“脏”东西，或者想以此挨过这个夜晚。

她出来的时候，陈波把房间的灯关了。她以为陈波睡着了，长长地松了一口气。今晚陈波终于放过她了。她躺到床的左侧，轻轻盖好被子，怕把陈波弄醒。

陈波突然抱住了她，一下子进入了她。陈波说：“你讲，你讲啊，卢一明是怎么弄你的……”

这世上没有破镜重圆的故事。即便是重圆也不是原来那面镜子。

三个月后，秦少阳在小项的手机中消失了，他不再发来信息。突然之间断了音信，小项心里空落落的，有些恍惚。她担心他出了什么事。过了一周，她拨通了他的手机。电话里传来电子语音：对不起，你拨打的电话是空号。她的心一下子提了起来，涌出某种不祥的预感。后来，她打电话到他的公司。一个女孩接的电话，对方回答，秦老师好久没来上班了，公司里的人都不知道他去了哪里。

小项愣住了，那一刻一直隐藏在她心里的幻想明确地降临到她的脑子里。电话那边，那个女孩在问，你是谁？你有秦老师的消息吗？小项挂了电话。

小项开始拒绝和陈波亲热。哪怕陈波有时候强行行事，她也不让他得逞。陈波也是脆弱的，在她的反抗下，他会迅速退潮。几次后，陈波也不再碰她。他们还躺在一张床上，但他们之间却像隔着一条银河，遥不可及。

这样过了两个月。一天晚上，他们像往日那样钻进被窝睡下。灯已经关了。这两个月，小项的睡眠特别差，有时候她整晚都睡不着。那个幻觉一直跟着她。她努力想压制那个幻觉，压制不住，反而把幻觉当成了真实。她觉得自己也病了，有点分不清真实和幻觉的界限。

陈波也没睡着，半夜时分，黑暗中传来陈波的声音，你为什么不毒死我？

什么？小项吃了一惊。

我知道你半个月前买了砒霜，我一直等着你下药。小项，我没救了,也许我死了才有救。陈波说。

小项没想到陈波知道她买了药。他什么都知道,他现在不像一个外科医生,而像一个神探。她相信,她手机上的一切他都已看过了,包括最近她给秦少阳发的信息。虽然她拨打的电话已是空号,可她向那个空号发了无数条短信。她告诉他,他和她在一起的日子是她此生最美好的时光,她愚蠢地放弃了,她替自己惋惜。

小项突然泪流满面。她下过几次决心,想把药投到陈波的茶水里。她发现自己根本没有这个狠劲。毕竟他是孩子的爹。

他在这个世界上消失了,同你有关吗?小项问。

也许吧。我找过他,我知道他一直在联系你。我威胁他,让他悄无声息地离开永城,不要再联系你,否则我就对付你。我知道他在乎你,每个人都有弱点,不是吗?陈波说。

他还活着?小项问。

陈波脸上露出疑惑的神色,他看了小项一眼,一会儿才确定小项在问什么。他脸上露出奇怪的微笑,说,谁知道呢,我是个病人,做过什么事我自己都不确定。

小项知道在陈波这儿是不会有答案的。他的脑子里有一部分永远深不可测。小项也不想得到答案。

很多时候小项愿意相信只不过是她臆想了秦少阳的“消失”。但愿只是臆想。他还活着。她这样希望。

小项和陈波等于摊牌了。他们之间再也没有挽回的余地。陈波固执地不答应分手。陈波对小项说,除非你把我杀了。

有一天,陈波的母亲约小项,说想和她单独谈谈。这么多年来,陈波的父母基本上不介入小两口的家庭生活,除了金钱上的资助,小项也没感受到来自公公和婆婆的太浓烈的亲情。小项不知道婆婆要同她谈什么。一路上她想好了,这一次她一定要向婆婆讲述她和陈波婚姻的真相。

她们在月湖边找了个茶馆。婆婆精心打扮，说明这不是一次随随便便的见面，而是“正式”的。公公和婆婆有些腔调和普通人不太一样。

那天见面，作为海洋生物学家的婆婆，讲起了海豚：海豚是海洋里最聪明的生物，它们和人类很像，一夫一妻制。雄性海豚看中雌性海豚后，就会求欢。雄海豚交配完成后就会离开，远走他乡。

你知道为什么雄海豚要远走他乡吗？婆婆问。

小项知道婆婆会马上给她答案。

海豚是最钟情的动物，如果雄海豚不离开，雌海豚会安定不下来，会发疯，这样它肚子里的宝宝就会有危险。只有雄海豚离开得足够远，远到雌海豚感受不到爱人的存在，才会安心孕育自己的孩子。婆婆说。

小项知道婆婆不是来给她普及海洋知识的。这是婆婆的方式，喜欢用冷门的海洋生物习性做谈话的开场白。小项有时候会怀疑这些知识是婆婆信口瞎编的。

终于说到正题。婆婆说，她知道陈波和小项的婚姻不幸福。作为父母知道是怎么回事。陈波这孩子心理一直不太健康。你们这样下去，陈波和你都会毁掉，还有豆豆，豆豆还年幼，她承受不起你们的家庭冷暴力。

小项开始理解婆婆开场白的意思了。

你是想让我离开永城？小项说。

你千万不要认为我狠心。我知道陈波很爱你，非常在乎你。我经常对陈波爸爸说，你和陈波真是前世冤家。我们去咨询过医生，医生认为陈波童年有阴影，有强烈的不安全感，才导致他抓住你不肯放，只要你在他身边，或在这个城市里，他就不会得到安宁，无法重新开始。婆婆说。

小项有点惊讶。婆婆说出了自己心中所想。她确实无数次思考过这个问题。

这对你也好,你是个好女孩,受到这么大委屈也从来不同我们说。那次见到你身上有伤,我都难过得要死。婆婆说。

小项想,毕竟是高级知识分子,平常不显山露水,心里明镜似的,什么都看在眼里。

你去找你的幸福吧,你会找到一个好男人,会有全新的生活,你是个讨人喜欢的女子,一定会的。豆豆你不用担心,我和她爷爷会照顾好她。一定会让她健康成长。我们这辈子最后悔的一件事就是小的时候没把陈波留在身边,我们很愧疚。照顾豆豆对我们来说也是一种补偿。

婆婆几乎在哀求了。这个平时看起来平和却不流露情感的女人这会儿眼眶泛红。

那天从月湖茶室回来,小项开始为离开这个城市做准备。她认为婆婆说得有理,留在这个城市,她逃不过陈波的"魔掌"。当然很可惜,她在这个城市已有了自己的事业,如果去别的地方,一切得重新开始。不过她又想,她现在有手艺,有资历,应该在任何一个城市都有能力养活自己。

那天晚上,她到单位整理自己的办公室。在抽屉的深处,她看见一封信。几年前一个女人送来了这封信。她没拆开过。她拿在手上,犹豫着是丢掉还是拆开来阅读。她沉思了一会儿,把那封信放在了包里。

整理好办公室的个人物品,她给同事写了一封告别信,放在自己的写字台上。她觉得必须写这封信。她可不想让同事们认为她无声无息地从这个世界上消失了,像秦少阳那样。

第二天,小项离家出走,没同陈波和女儿告别。她不知道怎么告别。陈波的母亲应该会告诉陈波和豆豆的。她暂时没想好目的地，她只是想旅行。她想陈波、豆豆或其他人可能会找她。她关掉了手机。她本想把电话卡扔到河里的，又想，万一有意外的事发生呢？所以，她只是关机。她告诉自己不要打开电话。听到女儿的声音，她的心会软。好不容易下了这个决心，她不想前功尽弃。

她坐上高铁，向西旅行。她暂时有了一个目的地：成都。成都是她的老家。她想先去一趟成都，看望一下母亲，或者还会看望一下父亲。不过她不会同父母讲她失败的生活。两边的风景向她扑面而来。列车好像逆时间而行，好像这会儿她正在从今天的自己慢慢退回青涩的自己，退回到最初写日记的那个少女。她想起了秦少阳，他们在一起时，他喜欢问她的过往，问她的少女时光，问她爱过几个男人，他说，他不在乎她的过往，只喜欢现在的她，现在的她刚刚好，是上天给他的礼物。当他这么表白时，小项从来不说话。她不问秦少阳的过往。一个海归博士，一个三十六岁的男人，一定有长长的情史。她不问。她不想知道他的过去。她觉得他现在的一切就是所有，她什么都不需要知道。

可是她太傻了，她现在才深刻认识到他是她此生碰到的最好的男人。但她放弃了他，也伤害了他。他"消失"了。那个臆想又可怕地出现在她的脑子里：他被肢解，然后硫酸把他的肉体溶化成了流体……

她泪流不止。对面座位上一个小男孩对妈妈说，阿姨流泪了。小项看了看男孩，抚摸了一下男孩的头，说，阿姨没事。她露出某种幸福的笑容。是的，只要回忆，生命的磨难中总还是会有温暖的时光。

在成都老家住了三天，小项决定继续西行，她想去西藏看看。她一直想去看的。记得在看周菲的舞剧《妇女简史》时她就有一个念头，舞剧虽然尖锐，但最终是宽容的，充满了对生命的宽厚，舞剧里，包括幕景上和舞台上，有几百个出家人身穿袈裟聚在大佛像下诵经，场面令她感动，那诵经的声音神秘、庄严、慈悲，那一刻，她觉得唯有这种声音可以安慰人生的苦难。

在成都，小项每天做同样一个梦，她梦到了月牙泉。她依稀记得她少女时代也梦见过月牙泉。她觉得很奇怪。她记起卢一明的那封信。在一个安静的午后，在老家后面的小院子里，在沿壁而上的蔷薇藤蔓下，小项从自己简单的行李箱里取出那封信。她好像下了天大的决心，拆开信。这是一封写于五年前的信，信纸都已泛黄了。小项深吸一口气，读了起来——

亲爱的小项：

我这么称呼你，你有点吃惊吧。我知道在你眼中，我只不过是一个花花公子。我确实是的。我不讳言这一点。不讳言不表示我不痛恨自己。我经常感到自己丑陋。我很少照镜子。我害怕在镜子里看到一张不堪的脸。

小项，对我来说，杭州的三天是我生命的奇迹。在那三天的缱绻缠绵中，我多次想表达心里的话，都没说出口。我想，我在你那里的形象一定糟透了。后来我就自暴自弃了。我感到你对我产生了某种依恋，而我却害怕了。我要在你面前把自己的形象毁掉。这就是我们分手时我有意为之的行为。

我非常不安。这不是我想要的。我必须要诚恳地告诉你我对你的情感。我想修补我在你那里的形象。至少此刻我写这信时是这样想的。但我不知道我最终是不是有勇气把这封信寄出。此刻我很空虚，也很悲伤。我知道这辈子空虚和悲伤会一直伴着我。

我第一次见到你就喜欢上了你。你让我想起我生命中最重要的时刻。那时候，我和一个女孩在敦煌，我们已走到穷途末路。我不知道你明不明白，爱就是穷途末路。我是多么爱她。

她是个天真的女孩,你看着她的脸,你会觉得她干净得像是未经尘世。实际上只是表面。世上有很多假象,有些女人看上去很干净,目光明亮,毫无杂质,但并不表示她们不复杂。我得说,你和她很像。气质非常像。我最初看到你时,吃了一惊,我以为她再一次回来了。

我和那个女孩深爱过。这个你不要怀疑。但如我所说,爱会导致穷途末路。我不想在这封信里具体展开。说起来都是些鸡毛蒜皮的事。总之,我们相爱。我们伤害。我们怀疑。我们和解。我们为了自救,想过与世隔绝的生活。我们到敦煌时,我们仿佛已活过一辈子了。我们看一个一个经洞。晚上坐在月牙泉边。天很低。星星非常大。沙堆高悬在天边。那一刻我们已没了力气。我们相约沉没于月牙泉冰凉的水中。

她走了。我活了下来。我们被打捞上来后送到医院。我竟然被救了。从另一个意义上说不是被救,而是被打入了地狱。这之后,我一直过着地狱般的生活。

你出现了,仿佛时光倒转。我惊讶于自己的激情。在那三天中,我一直在想一个问题,我是不是可以重新再来。但我也同时看见了终点:爱的穷途末路。我这样说是不是不够真诚?好吧,我再真诚一点。我是个已婚男子,我妻子漂亮、宽厚,她知道我背叛她。我不时拈花惹草,对不起她,她默认。这就是婚姻。经不起检测,可让人觉得可靠,可以依赖。这是我考虑的。另外,我害怕爱。我再一次表白,在那三天里,我爱上了你。

因为爱上了你,我在心里面不想让你难过,并且我很想在你那儿有一个好的形象。今天晚上,我很空虚,也很悲伤,我写下这封信。我不知道我在说什么。也不知道是否会发给你。我在想,如果发给你,我的生命又会发生什么。

后来你突然同我中断了联系。你不会知道,我来永城看过你。我看到你带着女儿从幼儿园出来。你女儿很漂亮，像你。也许我到永城来打算约你重续旧情。我不确定。但看到你如此幸福，我退缩了。理智告诉我，我不应该毁掉你的生活。

现在你知道了，我是个优柔寡断的人。或者你可以说我是个不负责任的人。不过我有一种预感，我不会活得太久。一个人的预感往往是准确的，我确信。

在那三天的最后时光，我同你说起过敦煌。我突然说了，语焉不详。如果我最终寄出了这封信，如果你有一天读到这封信，你就会明白了。也许有一天，你会去敦煌，去月牙泉。在月牙泉的西北角有一块大石头。我女友的骨灰撒在那儿。上面有她的名字。

我为什么要同你讲这些呢？其实这些话更多的是说给我自己听的。你是恰好成了我倾诉的对象而已。不过我想让你明白，那三天我幸福并且害怕，然后逃避。

就写到这儿。我都不知自己在说些什么。安好。人们总是这么说，可总不能安好。

卢一明醉后

读完信，小项非常吃惊。看得出来信写得很随意。很多跳跃的短句，表达时思维处于不稳状态。这封信彻底颠覆了卢一明在小项这儿的形象。如果说她到目前为止是不幸的，那这不幸很大程度来自于这个男人。当然她自己也负有责任。在她受苦的时候，她对他不无仇恨。她后悔没早看这封信。如果早看到，她可能会更平和一些。

天空飞过几只天鹅，排成"人"字，向北飞去。小项涌出一个念头，她想去敦煌看看。她想象，他活着的时候，大概总会去月牙泉看看她的吧。现在他也死了（读完这信后她都怀疑不是车祸而是自杀），那石块边也许杂草丛生了。

第二天，小项北上去了敦煌。到敦煌没有想象的困难，从敦煌机场到月牙泉的路途不算太远。傍晚时分，小项到了月牙泉。她很容易就找到了那块石头，比她想象中的略大一些。她试图寻找上面的名字。没有。小项怀疑自己是否找对了地方。

有一个男人来搭讪。一个还算有风情的单身女人总会引来搭讪的男人，尤其是那些独行的背包客。小项对自己说，此行她将守身如玉。那个人自称是艺术家，把小项带到他的画室。她看了他临摹(其实是一种创造)的无数佛像。进入那个屋子，她的眼睛都被刺痛了。所有的画面以金色(黄金一样的金色)和靛青为基调，呈现出一种整体的圣洁。可是每一幅画上的佛像都是人间的，世俗的，甚至是情欲的。小项的身体那一刻有些触动。那个艺术家从背后抱住她时，她挣扎出来，温和地说，你安静一点，佛在这里，这里便是圣地。艺术家说可以去宾馆。她只是笑，说，我走了，你画得很好，你会成名的。在小项的工作岗位上，她接触过无数的画家，她这么说是真诚的。

小项刚迈出门，艺术家说，你等等，我有话同你说。小项站住了，她想看看艺术家翻出什么花样。

我不是本地人，在这儿有十五年了。艺术家说，你知道你刚才看到的石头边发生过什么事吗？

小项惊愕地抬起头来看着艺术家。艺术家表情严肃。

那地方曾经发生过凶杀案，有一位姑娘死在那儿。法医说是被人按住头窒息死的。杀死她的是一个浑蛋，他自己也畏罪自杀，但运气好，被救活了。艺术家说。

什么？小项以为自己听错了。

是一位漂亮的姑娘。我见过她。艺术家说，很可惜是不是？这么年轻的生命就消失了。他们是一对情侣，到敦煌来玩。那女孩在旅途中爱上了别人，男人起了杀心。奇怪的是男人有女孩的遗书，是双双殉情的遗书。男人因此逃过一劫，没被起诉。

小项愣在那儿。她陷入巨大迷惑之中。一股冷风吹过院子，小项感到寒冷。艺术家问她怎么了？她没回答。她几乎是逃走的。此刻她需要安静，她需要整理自己的情绪。她不知道发生了什么。这世界太不可思议了。她该信那封信里的话，还是信艺术家的话？

小项想起周菲的舞剧，那两个舞者相互刺杀时，舞台上的光影像水波一样，他们好像是两个溺水的人。小项怀疑周菲是不是也到过敦煌，听这位艺术家讲过这个故事。

第二天，小项一早就醒了。她一刻也不想待在敦煌。也不想知道真相。这世上真相有好多种，关键是你相信哪一种。

小项整理好行李，照既定方案奔赴拉萨。她搭了一辆便车到火车站，她坐普通的火车，到处转车，终于在一个星期后抵达拉萨。

现在，她终于站在广场上，抬头仰望布达拉宫。她有一种灵魂出窍的感觉。天空碧蓝如洗，白云一动不动，布达拉宫既是沉静的，又是辉煌的，笼罩在一种金色的光晕中，甚至布达拉宫周边的山体，在夕阳的映照下，也是金色的。她有点理解敦煌那个艺术家的用色了，金色和靛青色就是天堂的颜色。

布达拉宫的广场上，都是俯身朝拜的香客。这一切是熟悉的，小项在图片、录像以及电影中见过这些场面，但看到香客们脸上的虔诚和微茫的希望，她还是感动。她感到生命如尘土一般，谁也抵挡不住那只神秘的命运之手的拨弄。看起来过去做的每一个选择都是自己做出的，可回过头去看，还是见出无处不在的命运的照拂。

后来，她站在大殿的一侧，听着几百位僧人诵经。她听不懂经文，她只能倾听声音本身，那么阔大的仁慈的声音，在整个殿宇里萦绕，通向天际。这些声音此刻钻进了她的身体，就像喝下去的烈酒，在胸腔在胃部热辣辣地扩散。一直以来，她拜佛，谈不上真正信佛。现在她也谈不上真正有信仰，只是身体里涌出一种冲动，她想和那些藏人信众一样，对佛顶礼膜拜一次。她贴身在大殿的石板上，久久地双手合十，举在头顶，直到坚持不住。她俯伏在那儿，双手捧住自己的脸，痛哭起来。在泪光中，她看见陈波、豆豆，还看到在她的生命中消失的秦少阳。

回到拉萨圣地天堂大酒店，她抑制不住打开了手机。她以为会有陈波和女儿的短信，竟然没有。她想，陈波的母亲做得真是绝啊，她真的把她从他们家的生活中删除了。她不知道婆婆是如何描述她的离家出走的。她一定把她描述成冷酷的人。她心有不甘，内心酸楚，此刻她多么想把女儿抱在怀里。

她站在房间的窗口，看着拉萨傍晚的风景，内心茫然。天空已从浅蓝色变成靛青色，那么透亮，好像靛青色的另一边就是天国。这是个安静的城市，神无处不在，有一种庞大的威严在四周生长，让人卑微得不想发出任何声音。远处的拉萨河闪耀着亮晶晶的波光。她久久地凝视着远方，好像就此可以看到自己的去处。这时，“叮”的一声，进来一则短信，一个陌生号码发来的，短信没有署名，上面写了一句话：

你好吗？在敦煌听一位画家讲起一个女人，想起你。

【作者简介】艾伟，男，著有长篇《风和日丽》《爱人同志》《爱人有罪》《越野赛跑》《盛夏》《南方》，小说集《乡村电影》《水上的声音》《小姐们》《战俘》《整个宇宙在和我说话》等，另有《艾伟作品集》五卷。多部作品译成英、意、德、日、俄等文字出版。现为浙江省作家协会主席。

何秀竹的生活战斗

○刘　汀

一

对自己被踢出家长沟通群这件事,何秀竹早有预感。

当她冲动地把多多的成绩单发到群里,而且@了所有人之后——尽管她不是群主,@无效——她就知道自己肯定要惹众怒。但是何秀竹必须这么干,也只能这么干。多多上学期期末成绩大爆发,考进了年级前五、班级第一,而且有两科满分,这无疑是老母亲最骄傲、最值得炫耀的事。收到老师发过来的电子成绩单时,她正跟丈夫马勋吵架。起因是何秀竹想再给多多报一个英文戏剧班,而马勋坚决反对。一开始,何秀竹发挥自己语速快而且善于重叠咏叹的本事,把马勋顶得节节败退。十五年的婚姻生活,早已让何秀竹和马勋之间的话语方式形成了固定套路,每一次交谈,最后都会落入同一个叙述循环里:不管是谁第一个聊起某件事,另一个立刻提出不同意见,接着试图互相举例子或仅凭感叹词和语气词驳倒对方;到了第二阶段,何秀竹的火气燃烧到顶点,开始竹筒爆豆子、暑天下雹子一样朝敌军扔炸弹,一阵噼里啪啦、轰轰隆隆,马勋被炸得哑口无言,满脸死灰色;最后,何秀竹嫣然一笑,说,真理不辩不明,道理不讲不清。马勋做一个长长的深呼吸,耸耸肩,无奈地笑笑,说,真理常常掌握在弱者手里。

这一次的常规战役眼看就要按照套路结束，马勋突然拿出一摞打印好的A4纸,上面密密麻麻,有文字有图片。何秀竹好奇地接过来看了看，原来是马勋处心积虑搜集的有关反对孩子报课外班的各种文章，作者的名头一个个都很响，从著名教育专家到哈佛女孩儿她妈。说实话,她正打算宜将剩勇追穷寇呢,哪想到从来都是小米加步枪的马勋扔出颗原子弹来。但是何秀竹战斗经验丰富，她不怕原子弹,就算你扔的是原子弹加上氢弹她也不怕,只是扔得这么突然,她毫无准备,有点招架不住。毕竟,何秀竹此前大部分争吵得胜是源于她事实上的胜利——多多的数学成绩是不是提高了？所以报数学班很有必要;多多在英语演讲比赛里是不是得奖了？所以英语补课不能少……现在她面对的那一摞纸里摆出的也是事实,而且是超级事实,她没法用多多的事实去反驳哈佛耶鲁和马云马化腾的事实。

不过,多多的事实毕竟更相关一些。就在何秀竹准备忍气吞声高挂免战牌,让对手暂且攻下一座城池,等到合适时机再反攻时,手机微信叮咚一下响了。她拿起手机,本意是借此转移话题,把失败化于无形,让敌人来不及品尝胜利果实就转战其他战场。微信里跳出一张成绩单截图,多多班级第一、年级第五,两科满分,比期中考试进步了一大块。更关键的是,图片下面老师还附带了一句话:多多妈妈,你们的补课成效显著,再接再厉,再创辉煌。

何秀竹从脚跟底下泛起一种最后时刻翻盘甚至起死回生的酸爽感,微微一笑,把手机递给马勋,下巴颏儿一扬。马勋看了两眼,很快像上千米高空熄了火的热气球,先瘪了,继而急速下坠,最终的命运当然是球毁人亡。为了这一次战斗,他准备了两个多月的时间,还咨询了三四个家有小儿女的同事，本意是想给儿子争取更多的自由玩乐的权利，没想到最后却被儿子自己打败了。看到多多这么好的成绩,他心里五味杂陈,不知该高兴还是伤心。

马勋已经记不清是从哪一天开始，自己在家里的话语权就被悄然剥夺了。说剥夺也不准确,像是海边堆起来的沙堡,不知不觉、潮起潮落间,堡没了,只剩下一堆细沙。刚谈恋爱那会儿,何秀竹跟她的名字很像,文秀如竹,有风轻轻摇动,无风静静伫立;骨子里很较劲,但做事很温和。就连结婚时挑婚纱这种女人最在意的事,何秀竹最后都心甘情愿地遵从了马勋的建议:她喜欢一套蕾丝花的,但马勋说这个看上去太土了,给她选了一件模特穿起来很高级,可她穿起来有点不伦不类的婚纱。他俩去吃饭,从来都是马勋说吃什么就吃什么,尽管何秀竹吃不了辣，他们还是常去川菜湘菜馆，点一堆剁椒鱼头辣子鸡。如果非要找一个自己沦陷的时间点,只能是从怀上多多算起,这小家伙在他妈妈肚子里还没黄豆大,已经成了家里的话语中心。或者再腹黑点想,何秀竹并不是真的愿意那么听马勋的话,她一直在等绝地反击的机会,她是一个隐忍的战略大师,非常清楚在什么时候采用什么战术。马勋一次次在微小的战役上取得胜利,某种程度上不过是何秀竹的战略撤退,诱敌深入腹地,然后一举歼灭。

多多协助何秀竹掌控了家里大大小小的事，但凡马勋有不同意见,多多就会作为一个无解的撒手锏出现,他只能乖乖听令。当然更重要的一点是,何秀竹确实比马勋能干、会生活,多年的摸爬滚打让她深谙如今社会的游戏规则,对每一件事都能冷静客观地分析,然后找出最适合他们的那条路。比如买房,马勋最开始考虑去天通苑买一个大房子,住起来宽敞舒适,可何秀竹坚持在四环内,而且必须是一公里生活圈:一公里之内,有地铁站、医院、幼儿园、小学、商场。他们现在住的五十平方米小房子也习惯了，如果这会儿让马勋从天通苑上下班,每天三个小时地铁公交通行,打死他也不愿意。再比如,多多三岁时上的幼儿园,何秀竹就在儿子的不情愿和马勋的反对声中,给他报了好几个课外班。然后幼升小,多多竟然凭借着弹钢琴拿到了重点班的最后一个名额——这年头,弹钢琴算什么特长呢?可人家多多除了钢琴,英文也很溜,重点班的班主任恰好是英语老师。

没错,我们可以说何秀竹是一个生活家,每天最多的心思都是用于怎么在有限的资源和可能之下,过好眼下和未来几十年的生活。对她来说,从一睁眼的早餐到晚上睡觉前的晚安都是战斗,都不能输,输也必须是战略上的撤退而不是溃败。两个人的工资和奖金,何秀竹都做了详细的规划,她细分的 Excel 表让学计算机的马勋都搞不太清楚,比如家庭支出这一项下面就有十三小项,不多的理财产品又分了五种,长线短线、保底不保底、基金股票,月月做预算,月月做结算,结余怎么花,亏空怎么补,复杂程度不亚于一家大公司的预算结算财务。马勋觉得,只要给何秀竹一个支点,她的确可以撬起地球,要是从政,至少能当个管经济的副总理。

这个阶段,所有战役的重点当然是多多。

何秀竹之所以把多多的成绩单发到家长群里,还@了其他人,让别人也晒晒成绩单,不只是为了秀自己孩子有多优秀——她当然知道这么做让人讨厌。何秀竹其实是为了曲线救国,这个国是她自个儿。她手机里有几十个群,其中有关多多班级、学校、老师、课外班的就有十二个,从整体上来看,多多只在其中的七个群里算是第一梯队,在三个群里是差生,两个群里是中等生。最近课外班形势比较严峻,中等生退步为差生,五个群亮红灯了:奥数、绘画、小提琴、机器人、口才演讲,各有各的问题,各有各的状况。何秀竹接连受到暴击而无处发泄,她必须找一个靠得住的出口,就是这时候,多多的期末成绩单成了她收复失地的大杀器,管他呢,先投出去再说。

何秀竹没办法不把多多的成绩看得这么重,因为有自己的人生在那里做参照,她深刻地知道,对普通人来说,学习不好就没有尊严,就没有好出路。社会发展到现在,吃饱饭已经不是难事了,难的是你能轻松愉悦地吃饱饭,还能想吃什么吃什么。人人都说,学习不重要,活得快乐最重要,可你满大街去问问,那些刚刚温饱、感冒都不舍得买一盒清热颗粒的人，能快乐吗？就算要烦恼，也要那种成功的烦恼、甜蜜的负担，因为你永远有退路有出路，而不是绝路。何秀竹用自己几十年的人生证明，绝大多数人天分都差不多，差的就是吃没吃苦。

二〇一九年的春节，何秀竹打破了她跟马勋结婚后形成的一个惯例，不再一年一家地回老家过年，而是留在北京。留守的目的，不是要过个京味年，而是要把多多的课外班重整河山。经过前一段时间全面系统地调查研究，她发现自己在这件事上走了错路、弯路。错误不在于报课外班太多，而在于没有对课外班报名进行有针对性的设计。何秀竹跟绝大部分家长一样，选业内口碑最好的补习机构，选补习机构里的名师，但是忽略了另外一点，那就是对同是课外班的学生的选择。最近她才慢慢琢磨明白，仅仅把课外班当成查缺补漏、提高成绩的地方，实在太可惜了，这儿还有其他很多用处。

“我得下一盘大棋。”何秀竹挥舞着菜刀，一边剁冻得硬邦邦的土鸡，一边跟马勋说。

为了更好地开展工作，何秀竹重新加入了家长群。这个家长群的群主并不是班主任，也不是常年班级第一的孩子家长，而是一个班里最有钱的孩子的母亲，大家都叫她“黄太太”。黄太太是全职妈妈，生了孩子之后就没上班，她老公是一家大公司的独立董事，家里资产过亿。这所区重点小学去年规定，教师不能建家长群，更不能在群里发通知——可问题是老师有很多事情要通知，怎么办呢，只能把通知发给一个家长，再让这个家长在群里发给其他家长。黄太太现在扮演的就是这个二传手角色。

开学第一天，何秀竹就被教育了。她以为开学嘛，就是去送孩子上学，办手续，领教材。可还没进校门就发现，学校门口的马路拥堵不堪，豪车无数，不亚于国际车展。等进了班级，那些家长们女的花枝招展挎着名牌包，男的一身西装夹着公文包，互相递名片、扫微信、留电话，敢情这可不只是开学报到，还是一个大型社交场所。黄太太声音尖细，皮肤白腻，头发烫着时髦卷，一进屋就自来熟地跟所有人打招呼："哎呀，今天紫外线好强哟。"

黄太太本来就建了一个家长群，但最初只有七个人，群名叫"七仙女"。这七个人都跟她是一个小区的，孩子们幼儿园就在一个地方上，划片的小学也是一个。开学那天，何秀竹知道了有这么个群，就想加入进去。对于何秀竹这种单纯因为学区房名额搬来，住着一个几十平方米小房子的人，黄太太一开始不想接收，但何秀竹自有她的办法。人不好打交道，她就走狗道。黄太太养狗，每天把孩子送到学校之后，必牵着狗出来跑步，有时候是狗牵着她跑步。何秀竹不养狗，但她知道搞定了狗，也就搞定了狗主人。何秀竹见黄太太的狗是一只纯种柯基，于是通过查资料和跑到宠物医院去咨询，把这种狗的习性搞得门清，连它喜欢什么颜色、什么味道都掌握了。何秀竹也在同一时间去跑步，穿黄颜色的运动衣，喷了恰到好处的香水，那只狗果然对这个总是路过的人心生好感。何秀竹趁机夸狗，然后假装偶然地提起两家的孩子是一个班，继而对黄太太的儿子一通夸，侧重点是夸黄太太教育得好，两个人在这一点上迅速达成了共识。有了这个基础，一切就水到渠成了，过一段时间，她看似无意地跟黄太太说，学校不让老师建群，但班里其实应该有一个家长群，这样方便大家互相交流。黄太太便说自己建了一个群，何秀竹就说，这个群其实应该扩大，把所有家长都拉进来。黄太太觉得这违背了自己的初衷，有点犹豫。何秀竹说，你看孩子们在班里排名竞争，其实也是家长们的竞争，我知道你家里有钱，但学校毕竟主要看成绩不看收入。还有就是，看家长对老师和学校的影响力，咱们是群众，你这个群主如果能影响到一个班级的家长，也就等于是一定程度上在影响学校和班级，这对你家孩子有好处啊。三说两说，黄太太心动了，然后两个人就把所有家长都拉到了群里。

这个群后来做了两件事，让黄太太觉得这个决定做对了。第一个是，有一年春游，学校安排的线路非常无聊，她们就在家长群里商议家长们出钱自己安排，当然一切都不违反学校的规定，结果这次春游效果极好。有一个家长在报社当记者，趁机报道了一下学校的自然教育，校长很高兴，老在家长会上举这个例子。还有一次就是，家长们群策群力，把国内一名非常著名的作家请到了班里去讲座，结果这个作家人气太高了，一个班级的讲座最后成了全年级学生都参与的文化活动，让学校趁机上了一下热搜。全校师生都很高兴。

可是时间长了，何秀竹的一些做法让黄太太有点不满，她后来想想，很多事都是别人出主意，自己执行，何秀竹好像是垂帘听政的慈禧，自己仿佛是光绪帝，于是趁着那次何秀竹秀多多成绩，把她给踢了出去。黄太太本来想，何秀竹来跟自己服个软，她再把她拉回来，就说不小心误删。哪承想，何秀竹一直没动静，她又不好意思主动去问，两个人一直这么尬着。就算在小区或学校碰见了，还是如常地点点头，聊聊孩子说说狗，不谈这个事。

一直到大年初二，何秀竹借着拜年的机会约黄太太。拜年当然是幌子，何秀竹是带着自己的一整套计划约黄太太的。黄太太在咖啡厅里正襟危坐，想矜持几分钟，可是何秀竹的计划说完，就问了她一句：你参不参加？这就跟问全中国的女人参不参加双十一疯狂购物一样，黄太太想都没想就说：必须参加。她心里挺佩服何秀竹的，觉得她真是有想法，而且有执行力，这一点自己赶不上，那就只能跟着走。接下来，何秀竹回群又成了顺理成章的事。

“当头炮打得不错。”何秀竹跟马勋说。第一颗棋子动起来了，这盘棋也就活了。

何秀竹和黄太太先是跟班级前十名的家长单独做了沟通，统计了他们都报了什么班，都在哪家机构、哪个时间段上课。统计完心中有数了，两个数学最好的孩子报的奥数班（有时候不叫奥数班）跟多多是同一家机构,但是不同班;另两个报英语班的不是同一家机构,但反馈很好,主要好在他们那里的外教是真正的英美国家来的,而不是很多英语培训机构那样,找的都是印度、多米尼加等其他英语国家的老师,多多得转过来。另一个方面,何秀竹对多多现有的课外班同学和家长做了一个统计分析,她发现,虽然都是同一个补习班,但孩子们和家庭的情况差别很大,何秀竹要做的就是有针对性地优化多多周围的同学。何秀竹和黄太太通过各种方法跟这些补习班的孩子的家长取得了联系,他们有的是企业高管,有的是大学教授,有的是政府公务员(处级以上),何秀竹单独拉了一个群,表明了自己的态度:我们应该强强联合,既让孩子们互相学习互相促进,也使他们在这里结交将来可以资源整合、互相合作的人脉。何秀竹说,我们花了大价钱、费了大力气进到重点小学,并不只是为了高质量的教学水平,更是为孩子的将来选择同学圈、朋友圈;在培训机构里也是一样,你的孩子跟什么水准的同学一起学习,决定了他将来是什么样的格局、视野和资源,因此我们必须好好利用这一点。何秀竹的想法得到了几乎全部家长的认同,然后大家就开始调整上课时间,争取把所有人凑到一个课外班里。

大年初六,新年度补习班第一天开课,看着多多跟小伙伴们走进教室,何秀竹终于松了口气,这盘大棋算是步入正轨了。参与的家长都很满意,每个人都得到了相应的配置。何秀竹更满意,在所有这些人里,她可是资源最差的一个,多多不是超级学霸,她跟马勋顶多是小中产,既没有商业资源,也没有行政资源,但是最后多多跟所有这些人的孩子们平起平坐,获得了同样的学习机会。

趁着多多在上课,何秀竹和马勋坐在新中关的一家餐厅里吃晚餐,难得的二人世界。何秀竹要了一瓶红酒,一边摇晃着杯子醒酒,一边得意地跟马勋说,咋样?你老婆厉害吧,服不服?马勋五体投地,赶紧举杯说,心服口服,向伟大的老婆大人致敬。

玻璃杯碰玻璃杯的声音清脆悠扬，叮叮如山中泉水，在何秀竹听来，宛如又一场战斗的凯旋之音。

二

二十五年前，她十六岁，即将初中毕业。

她成绩不错，但因为生活的地方太偏僻了，根本不了解社会状况，她和她的家人、老师、同学都不知道，那个年月，中国高等教育即将迎来大发展，教育市场化和扩招政策呼之欲出。在她们家乡那儿，人们还都说，读中专好啊，上三年学，国家包分配，毕业就挣钱，一辈子“铁饭碗”。这句话是对那些想读高中考大学的人说的，他们还接着说，考大学得先读三年高中，绝大部分人考不上，就算考上了，毕业了高不成低不就，反而找不到工作。这两句话她听了许多遍，但她自小的愿望就是考大学。她第一天去村里的小学上学，背着母亲用破旧衣服碎片给她缝的花书包，书包带有点长，一走路就啪嗒啪嗒拍屁股。她喜欢这种声响，每一声啪嗒里，都有书本纸页摩擦的细微声，一听到这个，她就开心，觉得自己能飞起来。村里的大人看见，都问：秀竹上学去啊？她骄傲地昂起小脑袋：嗯，我要考大学。大人们都笑，觉得一个孩子还真敢想，那时候她们十里八乡只有一个大学生，还是二十年前的。说多了，再加上她确实从一年级开始就始终第一名，人们也不免嘀咕：这小丫头，将来没准真能考上大学。毕竟，多年前那个唯一的大学生就出在她们家的院子，那家人搬走了，她父母结婚时没地方住，买了那几间没人要的土坯房。

从小学到初中，她所向披靡，成绩一直保持在班级前三，经常是第一名。等到了初二，班里突然来了几个转校生，听说还是从大城市里来的，因为父母工作的原因，暂时到这里借读一年。那时候，乡镇的初中刚开始普及英语教育，何秀竹他们英语老师就是个中师毕业生，一口英语听起来满是山东腔,读课文像英文版的山东快板。但新来的几个学生,张嘴就是美国音,人家甚至能用小录音机直接听英文歌,边听边唱,还能跳很多高难度的动作。多年后她才反应过来,他们听的是迈克尔·杰克逊,全世界都有名。再一次考试,她的排名一下子落到了班级的第五,她不服气,起早贪黑学习,可最后还是比人家差几分。有那么几次,拿到成绩单,看着那微弱但永远无法拉近的差距,她挺悲哀的,吃得比人家差、穿得比人家差,她都能接受,可成绩比人家差,她心里头不服气。但有什么办法呢?除了更加努力,她什么也做不了。

好在初三下学期不久,这几个人就都走了,何秀竹又回到了班级前三名。期中考试一过,就要报考了,班主任在班会上跟同学们说,班级前三名就俩选择,第一个是考中专,三年毕业,毕业就是国家干部,一辈子不愁。第二个就是考高中,读三年,不一定考得上大学,考上了,不一定能有工作。班级前十名,就看你能不能超常发挥,碰碰运气。剩下的同学,想参加的就考一下,给自己留个念想,不想参加的就别浪费报名费了。

她想都没想,说自己报高中。班主任说,别着急,好好考虑考虑,这么大的事更得跟家里商量一下。

那个周末,她步行二十里回家,肩上背着大书包,包里是一摞卷子和瘪了的干粮袋。此前她每周六下午回来,周日下午返校。返校时带着一口袋母亲蒸的戗面馒头,还有一罐子咸菜,这是她三天的口粮。另外三天用粮票在食堂吃,也主要是馒头和咸菜。

到家时太阳落山了,为了省电,屋里还没亮灯,父亲和母亲正摸黑在地桌旁吃饭。不用看,只听父亲嘴里咀嚼的声音,何秀竹就知道他们吃的又是小米饭就咸萝卜,家里的面,主要给她和弟弟吃。母亲永远把小米饭做得黏黏糊糊,吃到嘴里时吧唧响。好在她特别会腌菜,不管什么蔬菜,只要让母亲细细致致地用水汆了,再给她足够的盐，她就能腌得特别好吃。黄瓜翠绿，萝卜清爽，白菜脆生，芥菜叶子有淡淡草香味。腌黄瓜在全家人的牙齿中咯吱咯吱响着，把黏糊糊的米饭顺利送到胃里去。

秀竹你咋回来了？

母亲看到她，有点吃惊。何秀竹两周没回家了，她说初三下学期，学习任务重，二十里路走来走去太耗时间。前两周，她的干粮和咸菜都是同村的一个同学给捎去的。

饿了吧，快吃饭吧。父亲说着，放下了碗，嘴里仍然是咯吱咯吱声。

我不饿，她说，我还剩一个馒头呢，路上吃了。

弟弟的碗空着，里面剩下不少饭粒，一看就是匆忙吃完，跑出去找伙伴们玩去了。

她知道，不晓得她要回家，母亲只做了三个人的饭，她吃的话，父亲就吃不饱了。

父亲坚持让她吃，她只好接过大半碗黄澄澄的饭，往嘴里缓慢地扒拉。

父亲找出烟口袋，把已经成了末子的烟叶揉进烟袋锅里，划了火柴点着，吸一口，吐出一股浓烟来。

这样的场景，几乎每一次她回家时都要重复一遍。接下来的台词也永远不变，但是每次说，她都像是第一次那么紧张和窘迫。

又要交啥钱？父亲小心翼翼地说，好像特别怕从她嘴里冒出一个他完全无法承担的数字。

资料费、伙食费、住宿费、报名费……她也小心翼翼地报出名目和数额。虽然她不是他的亲生女儿，可她念书从来没让他们操过心，而且每年都拿回红红黄黄的奖状，有时还有奖品，可每一次跟父亲讨钱时，她依然有种说不出的羞耻感，仿佛她讨这一点儿钱，是要去干什么见不得人的事。她知道这都是因为穷，因为她家的特殊情况。那些有钱人不会理解，穷人仅有的那点自尊，并不是针对他们的，而是针对自己最亲近的人。弟弟从来不这样，他每次跟父亲要钱，像是来讨债的债主。爸，学杂费一百三十元，你给我一百五十元。爸，报名费四十二元，凑个整，五十元吧。弟弟成绩也很好，所以父亲大多数时候都满足了他，尽管母亲老是念叨不该多给他。她有几次看见弟弟和他的狐朋狗友们，偷偷躲在牛圈里抽烟，而且是有过滤嘴的香烟。父亲这辈子都没抽过几次的。可是她不想去揭穿弟弟，她觉得他能享有这种奢侈的禁忌，是对自己亏欠的平衡。她也想跟有钱的女孩子一样，买漂亮的裙子，抹最贵的雪花膏，甚至打个耳洞，戴上亮晶晶的水晶耳环。但这不可能，所以她愿意让弟弟在一定程度上替自己去实现这奢侈的放纵。她要把眼光放远一点，她知道只要自己考上好大学、找到好工作，这一切都能在后半生慢慢补偿回来。

就五十元报名费，她说，我回来是老师让跟家长商量，报考中专还是高中。

拾掇碗筷的母亲停下了手脚，父亲嘴里含着一口烟，半天才吐出来，那些烟雾在他脸上的皱纹里久久不散。他们心里当然清楚，她一门心思考大学，但还是问：你自己咋想的？

她说，我就是想读高中，将来考大学。

母亲重新坐在小板凳上，父亲又使劲吸一口烟，但那袋烟已经在他们沉默的空当里燃烧殆尽，他只吸了一嘴的烟油子味。父亲开始在凳子腿儿上磕烟袋，把里面的灰烬磕出来，烟油子味立刻扩散开了。

他放下烟袋，看着何秀竹说：秀竹，咱们家现在是这样。你弟弟出生时住院的钱，从你三爷家借的，还了这么多年，还欠两千元。家里有一头牛，种地全靠它，卖了就得喝西北风。地呢，一共十三亩半，十亩山坡地，你也知道，收不了多少粮食，收了也卖不了多少钱。我想出去搞副业，找个工地打工，可你妈一个人家里又忙不过来。我打听过了，读中专没学费，有的学校每个月还有七八十元的补助呢，读高中三年的学费得好几千元，还怕考不上，这钱就白花了。你弟弟也初一了，将来让他考高中吧。你是老大，又是女孩子，将来能有个工作，嫁个好人家，也就行了。

这些话，父亲不说她也清楚，她甚至也知道自己最后的选择是什么。但她总要挣扎一下才甘心，这是她注定要溃败的一场战斗，可是她必须放一枪，哪怕只是朝虚空放一枪也行。她嗯了一声，把脸埋在了那只瓷碗里，眼泪落在了黏糊糊的小米饭上，让那坨饭看起来像是糨糊。她不能对眼前这个自己叫作“爸爸”的人要求更多，作为一个重组家庭，他对她的好甚至超过了很多亲生父亲对自己的儿女。她永远都会记得，七岁那年，母亲带着她第一次走进这个家门时，这个男人往她的手里塞他从山上采来的野果子，脸上笑着。野果子红彤彤，他的脸也笑得红红的，她是个孩子，也能感觉到他的真诚、和善。为了这个家，他真是起早贪黑，像牛一样干活儿，也像牛一样整日闷着头，他唯一的放松就是抽几袋烟。下午的那些话，是这么多年他跟她说过的最多的话了。她们来了一年后，弟弟出生，他也并没有对自己生分。有几次，她夜里醒来，听见隔壁屋子里的父母还没睡着，在有一句没一句地聊天。母亲说，老何，真是谢谢你呀。父亲说，啥？母亲说，你对秀竹跟亲闺女一样，她是好命。父亲说，这有什么啊，秀竹是个好孩子，我养了这么多年，就算是养一只小猫小狗，也有感情了，何况是人呢？然后她听见一些窸窸窣窣的声音，她知道他们悄悄地钻到了一个被窝里。她赶紧命令自己睡着，睡着，快睡着，可是却越来越清醒。她只好把头蒙进被子里，再用手捂住耳朵，她并不太清楚父母到底在干吗，但她知道，那一定是一件不该被其他人听见的事。

第二天一大早，她匆匆赶回学校，还是带着母亲蒸的馒头和咸菜，再就是五十元报名费。其实她一夜没睡，她想了很多可能的回旋余地。她想，如果能够从哪里借到钱，自己读完高中，将来再还也行；又想要不要先去打一年工，挣到钱了，再回来读书；如果有人给她留住读大学的机会,她能为他做任何事,任何事,不打折扣的。太阳光从窗帘缝里照射进来,她知道第二天到底是来了。天还黑着的时候,父亲和母亲就起床了,他们轻手轻脚。父亲说:让她多睡会儿,等下还得走几十里路。他们走出屋子。她躺在床上,脑海里被父亲和母亲的身影充满:父亲在给那头牛添最后一遍草料,饮水;母亲烧火,和面,蒸馒头。闻到蒸锅里散出来的面香味,她终于不再去幻想读高中的事了,她清楚,自己此刻的命运,就像蒸锅里的馒头,已不再可能变成其他形状。

她报考了中专,那是二十世纪九十年代中期最后几批中专生了。考试发挥正常,成绩出来后不久,她被离家几百公里的北方矿业专科学校录取。收到通知书时,全家人都很兴奋,她虽然因为没能读高中、上大学而遗憾,但自己十几年的书毕竟没白读,心中也是感到安慰。父亲想请亲戚朋友吃饭庆祝,被她拒绝了,她怕人家说他们是为了份子钱。她对村里的人,没有什么深切的情感,不管是亲戚还是邻居,就像她上学第一天就笃定自己将来要考大学一样,她也很早就知道自己肯定要离开这个地方。十六年来,她在此生活,可每天想的都是其他地方,现在,那张离开的车票拿到手了,她又怎么能在这里欠下一河滩的人情?

可是最后,父亲还是禁不住亲朋们的询问,你养了这么多年的外姓女儿,就不能让你风光一回?父亲心里不甘,只是不愿意强迫她,想算了,却是母亲觉得应该办一场,也让人们知道,何秀竹是懂得感恩的。似乎就是这次请客之后,她和父亲的养父女关系,在村里人眼里才变成了真正的父女。父亲端着烟袋在村子的广场上逡巡,人们常常会问,老何,你家姑娘考的啥学校?是一个啥矿业学校,通知上说了,三年毕业,将来包分配的。离村子一百多里的地方,有一座金矿,是整个县里最有钱的地方。人们对所有矿业的想象,都是从那里来的。何秀竹的一个表哥就在这个矿上，做最底层的矿工，每个月都能有五百多元的收入，过年过节回来走亲戚，总是给大人们发过滤嘴香烟，给孩子们一大把水果糖。何秀竹去读矿业学校，那将来肯定不是下井工人，是坐办公室的，噼里啪啦打着算盘，稀里哗啦看着报纸，每个月还发洗衣粉、卫生纸，过年过节发大桶的植物油、鸡蛋。将来呢，再找一个矿上的老公，双职工家庭，那得是啥生活啊？从这些想象和村里人七嘴八舌的假设中，老何得到了一种满足，连从肺部咳出来的烟雾都多了一种清凉之感，他几十年弯曲的颈背，也稍微挺直了些。

她坐在村后的谷子地里，那些大穗的谷子正从青转黄，她握着它们，沉甸甸的，心里说不上喜悦，也说不上伤感。她觉得自己完成了一件大任务，不满意，但能接受。就像这满地的庄稼，长得这么好，可从小的生活早就教会了她，几亩地的谷子，也换不来一台电视机，换不来一辆三轮车。粮食这东西，没有的时候，命一样金贵，够吃的时候，就不值钱。

但这毕竟是她生活里的一个秋天，她还是会憧憬读书生活和读书后的工作。她想无论如何，自己算是从泥土里把扎得最深的那条根拔了出来。最大的概率是，她会成为某座矿的一个正式职工，有能每天洗澡的宿舍，有工资奖金，如果努力并且运气好，她还可能是在矿务局坐办公室的那种。花花绿绿的裙子、香喷喷的雪花膏、打着蝴蝶结的发卡都在向她招手。只是不是现在，现在她唯一可以马上实现的就是打两个耳洞。这个本来也不急切，有了耳洞她也没什么可戴的。但是那天，母亲悄悄把她叫到里屋，递给她一个灰色的小木盒。她打开一看，里面竟然是一对翡翠耳坠。因为年深日久，翡翠有些暗淡了，可那深沉的绿色里，仍然闪着它的价值。何秀竹惊喜不已。

母亲说，这是她姥姥给她的，也就是何秀竹的太姥姥。太姥姥家里当年是个不大不小的地主，有不少珍贵首饰，“文革”的时候“破四旧”，绝大多数都毁掉了。太姥姥冒着危险，偷偷给每个子女留了一件小首饰。这件东西，母亲本来是想留给弟弟将来的媳妇的，但因为何秀竹放弃高中读中专，她总觉得对不起她，就瞒着父亲、弟弟，给了她。

有了它，她再也等不及去打耳洞了。有钱的话，可以去镇上的理发店，有专门打耳洞的项目，一个耳洞十元，两个就是二十元。但村里人都不会花这个钱，她们有自己的办法。从赤脚医生那里借一点酒精，用棉花蘸了给耳垂消消毒，把缝衣针在烛火上烤到发红。再从米缸里找两粒米，放在耳垂的两边不停地揉搓，米粒会把耳垂部分皮肤和肌体变薄，而且由于持续的揉搓，这一块会因为失血而感到麻木。这时，再用最快的速度把烧红的缝衣针穿过耳垂，轻微的灼痛中，一个耳洞就成了。为了让耳洞不因血肉愈合而封闭，她们会找一根细细的小笤帚棍或小树枝穿进去，直到这个细小的耳洞真正形成。当然有失败的，有的是伤口发炎，不得不去医院里打针输液，还有的就是几天后耳洞长死了，把那根小棍裹进了肉里，就只能再撕心裂肺地生生拔出来，也还是要去医院。

她很幸运，除了伤口处稍微有点炎症发红，没出现其他情况。一周后，她的两个耳洞已经可以戴耳坠了。在镇子的长途汽车站里开往学校所在小城的长途车发车后，她从背包的最底层找出那对翡翠耳环，戴在了耳朵上，那种轻微的下坠感，让她获得了特殊的满足。从此之后，她何秀竹再也不是一个单纯的农村女孩儿，她是一个中专生了，一个戴着翡翠耳坠的中专生。

三

何秀竹又做梦了。

在梦里，她跟镜子里的自己说话，她说什么，镜中人就说什么，像一个重复的机器人。时间久了，何秀竹忍不住发怒大喊，镜中人竟然燃烧起来，烈火中发出咯咯咯鸡叫一样的笑声。何秀竹颤抖着醒来，身边的马勋迷迷糊糊中知道她又做噩梦了，只是握了握她的手，翻个身继续睡去。他已经习惯了。

第一次做这个梦是什么时候？就是跟马勋确定关系那年。研究生二年级，有同学组织大家去五台山徒步加露营，他俩都报了名。两个人同级不同系，有几门公共课一起上，彼此都脸熟，但没怎么说过话。谈恋爱之后，他们细细回想，似乎有几次课堂上挨着坐过，马勋还借过何秀竹的笔，但交往也仅限于课堂。那时他们都没想过，两个人后来会成为一家人。

一路上山很顺利，到了五台山的大殿上，正赶上僧人做法事，不知道是在超度什么人还是常规法事。阵仗不大，但看起来严肃规整。一个僧人在香炉前，一边焚烧用黄纸写的祭文，一边大声念着经。看了这一幕，何秀竹突然脸色发白，双腿虚软，就在即将瘫坐在地的一刹那，一双手扶住了她。是她旁边的马勋。

你怎么了？马勋问。

没事，她说，可能是有点低血糖，虚脱，歇一会儿就好了。

他扶着她到旁边的台阶坐下，把水壶递给她。

她喝了两口水，说，我没事了，你去看吧。

马勋恍然大悟般说，我知道了，你肯定是身体……明白，我给你弄点热水去。

几分钟后，马勋不知从何处弄来半杯热水，兑在她的水壶里，水变得温热而不烫。她猛喝了几口，感觉好了些。何秀竹知道马勋以为她大姨妈来了，她也不去说破，自己之所以如此，是猛然间想起了她最不愿意想的事。

考研那两年，她租不起北京的房子，只能躲在老家复习功课。父母不理解，既然拿到了同等学力的本科文凭，完全可以在县城里找个工作养活自己，干吗还非要考研？就算读了研究生，毕业后不是也一样找工作吗？而且，那会儿因为多年的扩招政策，研究生的工作比本科生还难找。何秀竹跟父母吵了一架，说当年要不是他们逼着她读中专，自己也不用绕这么远的弯路了。吵完了，她又心虚、愧疚，考中专说到底还是自己的决定，父母并没有真的逼她，是她自己逼自己。后来，父母知道改变不了她的想法，就想着换个方式，催她找对象结婚。他们三番五次地给她介绍镇子上的小伙子，创造机会让她和他们相中的人见面。为了能继续留在家里复习，何秀竹每一次都去配合演出，但一见面就告诉对方，她是不会结婚的，来这儿只是为了让家人放心。时间一久，家里人反而更担心了，因为在县城开修理铺的弟弟回来告诉父母，他有一个同学离家出走了，原因是，她是同性恋，跟父母坦白了自己的性取向，父母接受不了，她无奈之下离家出走，至今下落不明。

她对弟弟十分失望。她当时读中专的另一个想法，就是觉得将来弟弟会读高中，然后上大学，替自己完成这个梦想。可弟弟到了高中之后，跟镇上的一群同学混在一起，整天看录像、打台球，根本无心学习。他最后连高考都没参加，毕业了就在镇子上开了个摩托车维修部，勉强混口饭吃，对象谈了两三个，最后都没成。弟弟有意无意地说，她不结婚，他就谈不成对象。

弟弟本来当闲谈说起，不想听者有意，母亲私下里问弟弟，同性恋是啥样？弟弟说，没什么，看着跟其他人一样，就是男的不喜欢女的喜欢男的，女的不喜欢男的喜欢女的。她妈听了，捂住了胸口。他们不敢跟她当面提这个事，但是私下开小会，越说越觉得她像同性恋，想着该怎么办。

打听来打听去，终于从一个亲戚那里听到一个办法。在当地，流传着一个叫泰山奶奶的神灵，可以帮人免除灾祸。人们还说，可以去泰山奶奶那里换人，用一个新的人把旧的人换走，这样原来那些问题就都没有了。这些事，何秀竹一直被蒙在鼓里。

端午节刚过，天气开始热起来。何秀竹正在院子里的树下背单词，一阵咯咯咯的鸡鸣推开了院门，父亲拎着一只芦花母鸡走进来。母亲听见鸡叫，急匆匆自里屋奔出，瞧见父亲说，回来了？问准了没有啊，是不是头窝鸡蛋孵出来的老母鸡，还有蛋茬儿开了吧？

问了，父亲说，她二娘说这只老母鸡她记得最清楚，前年夏天孵出来的，头窝鸡蛋，刚入伏就出窝了。昨天开的蛋茬儿，这不是第一个蛋刚下出来，还热乎着？父亲另一只手里是一个白白的鸡蛋。

抓鸡干吗？要来客人？咱们家不是有鸡吗？她合上书问。

父亲看了她一眼，又看母亲，欲言又止，努努嘴，让母亲说。

母亲把手在围裙上搓了搓，说，秀竹啊，我跟你爸商量了，想去泰山奶奶那里给你换个人。

她的头嗡的一下，眼前恍惚，她听说过这种事。还是她小时候，村里有一个酒鬼，每天都喝得醉醺醺，躺倒在马路上，狗撒一身尿都醒不过来。后来，他家里人就带他去泰山奶奶那里换了一个人。回来后，他滴酒不沾，性情大变，整个人都木木的，很少说话。她记得很清楚，换人之前，不喝酒的时候，他很会唱快板讲笑话，很得小孩子们的欢迎。换了人之后，他只会直愣愣盯着人看，看得人心里发毛。何秀竹生出一种隐隐的恐惧，读书这么多年，她当然不相信什么换人的说法，可童年时村人大变样的事实和各种传说，还是让她不由自主地感到害怕。

我不去，她说，我好好的，干吗要去换个人？

父亲走上前，瞪着她说：你必须去。你要不去，我绑也把你绑去。父亲很少如此决绝地跟她说话，她第一次觉得，这个男人的隐忍里藏着些坚硬的东西。

那只鸡被父亲拎着翅膀，两只爪子在空中弹抓着，但是毫无所获。豆子大的眼睛，警觉而绝望地看着何秀竹，她发现鸡的眼睛竟然这么亮、这么黑，像两颗珠子。小时候家里杀鸡，她总是跟弟弟抢着吃鸡眼睛,据说吃了这个,就不会得近视眼,看书过目不忘。煮熟的鸡眼睛是灰白色的,其实不好吃,像是面粉做的小豌豆。现在,她觉得自己吃过的所有鸡眼睛都变成了黑色,一颗颗密密麻麻挤在一起看着她。

她发出了一声尖叫,但是脚没有动,不知为什么,她觉得自己双腿没有知觉,不听使唤了。她一动也动不了。

母亲走过来说:秀竹,这只鸡就是你的替身妹妹,你得给她起个名字。

我不要,我不要替身妹妹,我就要我自己。她喏喏地嘟囔着。

做好这件事,我们就不再拦着你复读考研了。父亲说。

何秀竹听了心里一动,她知道自己在家的这段时间,他们也承受着压力。

好,你们说话算话。何秀竹说。

她给这只鸡起名何翠竹。

下午的时候,何秀竹遵从母亲的嘱咐,换了一身素净的衣服,跟着她去了村东的元君庙。这里供奉着泰山奶奶,全称天仙玉女泰山碧霞元君。小时候,每逢年节或泰山奶奶的诞辰日,她们也经常到这庙里来玩儿,看大人们烧香磕头,祈祷平安。何秀竹从未想过,自己有一天会跟她发生这么复杂的联系。

跟她们一起来的,还有那只老母鸡——何翠竹。这一会儿,何翠竹被关在藤条扎的笼子里,依然瞪着黑亮的眼睛,不时叫两声,咯咯,咯咯。它不知道自己成了一个女人的替身。

父亲母亲都在泰山奶奶像前跪下,让何秀竹也跪下,磕头上香。父亲起身,把何翠竹提出来,另一只手里多了一把刀。他把何翠竹按在地上时,何秀竹也浑身哆嗦,尽管她知道那只是一只鸡,从小到大,她不知道看过多少次父亲杀鸡了。可这一会儿,何秀竹突然有点担心那只鸡真的是自己的替身妹妹,是一个有着魂魄的人。但是她说不出话,也动不了,眼看着父亲手起刀落,剁掉了鸡头,一股黑色的血从鸡脖子的断口处喷涌而出，溅在她的白鞋子上。何翠竹的两只黑爪子，仍然在弹抓着，很快彻底伸直了。父亲放下何翠竹，从兜里掏出一张写满字的黄表纸来，开始念，念完掏出火柴，把纸烧了。他的声音出奇的大，像变了一个人。从此之后，这个场景就扎根在她头脑里了。

回到家，母亲把整只鸡用铁锅煮了，除了一点盐，没放任何其他调料。何翠竹被一只大瓷碗端上桌子，摆在何秀竹的面前。

吃了它，母亲说，一点都别剩，全吃了。

鸡肉虽不太老，但炖得时间不长，而且因为没有放佐料，有一种鸡毛水般的腥味。何秀竹硬着头皮撕咬那只鸡，撕咬着已经被煮熟的何翠竹。母亲说，吃完了，她就能是一个全新的人了，那个有着某些说不清的毛病的何秀竹，会跟着死去的何翠竹一样消失。

这件事，除了家里人，何秀竹再没让任何人知晓过。吃了那只鸡之后，她状态一直不太好，神情恍惚，导致那一年英语考试发挥失常。拿到成绩时，何秀竹才被泼了冷水一样清醒过来：神仙也靠不住，她最后能靠的还是自己。何秀竹打算再复习一年，这一回，她心态平和，埋头苦干不问前程，终于考上了矿大的研究生。读研时回想起来，她有时候会觉得那一次换人确实有用。当然，她并不是说自己变了一个人，而是通过那次事件和它的后果，她确实放下了某些东西，重新认识了自己。有一些后来她性格里最核心的元素就是在那段时间一点点地从她身体里生根发芽的。

只是那只鸡被剁掉头的样子，元君庙里香火缭绕的阴暗氛围，那种燃烧的黄表纸和香烛的味道，父亲变了调儿的声音，一直深深地潜伏在她的无意识之中。此后的很多年，她不进任何庙宇，不关心任何佛事，当然更不吃鸡肉。她以为，这一切只要埋得够深够久，就能被生活本身降解，至少不会再次出现。这一次徒步五台山，出发前，何秀竹心里有过犹豫，但最终还是决定去。她觉得自己已经今非昔比了，想看看给这段记忆打造的笼子是不是足够坚韧。

按照行程，他们并没有在山上停留，而是连夜下山。走到半路，天降大雨，山路湿滑，有几个背包落到了悬崖之下。他们无奈找了一处略可以遮风避雨的山洞，燃起一堆火过夜。有几顶帐篷遗落了，他们几个人只能挤在最大的一个帐篷里，好在帐篷够大，能装下他们瑟瑟的身体。

夜里雨停了，竟有猫头鹰的叫声从不远处传来。或许是这叫声进入了已经睡着的何秀竹的耳朵，把她层层叠叠藏起的记忆唤醒，于是她看见镜子、镜子里的另一个自己和燃烧的火焰，听见了黑眼珠发出的咯咯声。那是何翠竹，一个长着鸡脑袋的人，重复着她说的每一句话和所有的动作，她本来就是她的替身嘛。何翠竹问她：何秀竹，这么多年，你过得怎样了？你还记得我吗？我是你的替身妹妹何翠竹啊。你想干什么？她颤抖着问何翠竹。我什么也不干，何翠竹说，我就是想你了，想看看你过得怎么样。你过得很好啊，可是我在受苦，我在替你受苦，你知道吗？何翠竹说着话，就燃烧起来，她的眼珠越变越小，越变越黑。

何秀竹从噩梦中惊醒，发现自己的手被旁边伸过来的一只手握着，是马勋。他们之间隔着一堆背包。两个人都醒了，透过帐篷的缝隙，他们能看见山洞外雨后的天空湛蓝无比。彻底的雨过天晴，晨雾和光亮达成完美的和谐。看了看手机，是凌晨五点钟，太阳就要升起了，因为是在山上，有一线金色的阳光已经穿云过雾而来。

做噩梦了吧？要不出去走一下？马勋小声说。

何秀竹点点头，她不敢再睡，也不可能睡着了。

他们坐在一块大石头上，晨曦渐渐显露，她第一次知道，阳光并不是突然而来的。其实从很早很早的时候，它们就在来身边的路途上，这一路遥远而漫长，要经过许许多多的星星和虚无，要穿过厚厚的云层，要从海岸和山脉越过，才照到人们的脸上。让人感到高兴的是,尽管走了这么远的路,第一缕光仍然是明亮而欢快的,她的心也渐渐浮出回忆和噩梦的水面。马勋的手再次悄悄伸了过来,握住她的手。她没有动。何秀竹能感觉到,他的手虽然瘦,但有一种淡淡的温暖和坚定。她转头看马勋,马勋则仍在看那颗刚刚露出光芒的边缘的太阳。突然有钟声从远处的庙宇中传来,声音空旷悠远,和光一样并没有疲惫之态。他们就这样恋爱了。

从梦里醒来,何秀竹看见马勋已经起床,厨房里有动静,他应该是在做早餐。自从孩子上小学,马勋就每天起来做早餐,然后再去上班。他有做饭的天赋,很多东西,在馆子吃过,回家琢磨琢磨就能做出来,味道一点儿不差。刚结婚那会儿,她就被他的手艺拴住了,怀孕的时候更是,他还自己做了一本菜谱,打印出来足足有几百页厚。生完多多,何秀竹体重达到一百四十斤。马勋倒是没有嫌弃她胖了,但是她自己接受不了这件事。以前的衣服都穿不了,她天天感慨,马勋就说,咱们再买新的呗。她说,我叫啥名?马勋愣一下说,胖又不影响脑子,自己啥名还能忘了,何秀竹啊。她就说,那你说,有我这么粗的秀竹吗?就算为了配得上这个名字,我也得把这身肉减下去。

她真是一个说到做到的人,因为她现在很信奉网上的那句话:你如果连自己的体重都控制不了,怎么还能幻想着控制自己的人生?多少年来,她早已经习惯了以一种战斗的姿态面对所有事,不管是文斗还是武斗,不管是公开斗还是暗地斗,不管是跟别人斗还是跟自己斗。战斗,取得胜利,或者撤退,等着将来取得胜利,是她多年来唯一遵循的逻辑。那么,这身肥肉就是她的敌人,从孩子百天开始,她就坚持走路上班。从家到单位,大概有五公里,她要走一个小时左右,为了实现这一点,她需要比坐公交早起半个小时。对她来说,压缩时间,也就是压缩肉体。

看看手机,已经六点半了,何秀竹得起来战斗了。

前天下午，马勋带着多多在小区附近的球场打球，上篮时碰倒了一个老头儿，结果被老头儿讹上了。老头儿躺在医院里不出来，张口就要二十万元。马勋一直自责，觉得确实是自己的责任，但何秀竹去医院看他时发现了破绽。那是个小医院，医生跟老头儿一家人都很熟，他们说话时，何秀竹听到了一句“这次待几天”，老头儿说“看情况”。她早就听说，现在碰瓷的人可不只是在路上，有很多老人在公园或球场碰瓷。何秀竹今天得去几个地方，老头儿的小区、篮球场、医院，好好调查一下。马勋对这件事懊恼不已，但对何秀竹来说，这不是什么大事，只要让她找到证据——她相信她一定能找到证据，事情很好办，她甚至还能反过来起诉他们诈骗。一想到这里，何秀竹心里生出一些兴奋感，她喜欢这种状态。

四

二十世纪九十年代中期，是北方矿业专科学校几十年辉煌历程的最后光芒。这所身处东北小城的专科学校，在七八十年代曾经很红火，据说当时国家的好几个大矿，都是这里的毕业生发现的，其中的一位老教授还成了院士。那些年，它录取了很多优秀的中专生，但进入九十年代，随着综合性大学的发展，随着高校的市场化，随着整个国家产业的大升级，它也跟很多中等专科学校一样，走过了自己最好的时期。

这些情况，是她到了学校之后，才慢慢了解到的。

从老家的镇子到北方矿业专科学校所在的小城，有一辆长途汽车。每天下午五点发车，第二天清晨五点左右到，路上会休息一个小时。她独自一人，拎着自己的行李，揣着五百元，踏上了上学路。可能是因为远行的紧张，也可能是她从未坐过封闭的长途客车，车刚一启动，她就开始晕车，头晕目眩、恶心，但是什么也吐不出来，只能干呕。

她靠拼命喝水来压制自己的不适，脸色很快就变得蜡黄。过了几个小时，等感觉终于舒服点时，又开始尿急，但汽车行驶在高速路上，还不到服务区，显然不可能停车，只好忍着。她第一次发现憋尿竟然是这么痛苦的事。

车窗外黑漆漆一片，只有对面偶尔来车时车灯的光一闪而过。她不知道自己离家多远了，在陌生的黑夜中，她心里有种如释重负的失落感，未来虽然不如期许，但未来毕竟来了，又轻松又伤感，又激动又彷徨。

九月份的东北，清晨已经有了很深的凉意。汽车停在一个半旧半新的车站，地上铺的砖大部分已经被车轮轧碎，坑坑洼洼。一些老房子墙上贴的瓷砖已经破败，刚刚盖起来的两层小楼瓷砖还没贴上去，通体水泥灰。走下车的一刻，她被凉风吹得打了个哆嗦，那种凉好像融化成空气的冰棍儿，带着一丝丝微甜的气息，一直从口腔顺着呼吸到了肺泡里。她跺了跺发麻的双脚，搓了搓手，抬头见东方露出金色的光晕，但太阳还没有升起，朝霞仍被薄薄厚厚的云彩挡着，天空如此冷艳、清冽。

这是平原，和她之前所在的山区不同，使劲看，能看到很远很远处模糊的村庄。黑色的土地上升起的淡淡的雾气的氤氲中，小城里早起的清洁工、卖早点的人，已经开始了一天的劳作。乘客都走光了，长途车也停车进站，只有她还站在马路边上。清洁工的扫帚哗啦哗啦地从她脚边扫过，丝毫不管飞扬的尘土落在她放在地上的背包上。

太阳嘣地一下，从黑色的大地跃上空中，阳光把一切照拂到了。也照在了她身上，只是同时给了她一个长而模糊的影子。这一刻，她有点儿想家。

报到后，她才发现这里并没有比老家的镇子繁华多少，虽然不繁华的镇子她也没去过几次，但她知道那里有十几栋四五层高的楼房，还有就是街边每隔十几米就有一个小商店、小吃店。镇上的女孩子骑的都是女士自行车,不像她们村里,不管什么人,骑的都是那种高大的二八式自行车,因为结实牢靠,方便载人和各种东西。

她不太清楚从车站到学校该怎么坐公交车，而且这个点公交车还没发车,于是拎着行李去一个刚刚打开门脸,还没把眼角的眼屎擦干净的包子铺老板那里问。

老板把眼屎揩下来,看了看,仿佛那里面藏着他什么时候遗忘的一枚硬币,又用中指弹到门玻璃上,然后顺着中指的方向说:沿着这条路往西走,看见一个红绿灯,左拐,再走十分钟就到了。

她谢过包子铺老板,步行去学校。路上,她遇见一个同样背着行李的男孩儿,他走在路左边,她走在路右边。他看见她,仿佛特别吃惊。一开始,她以为并不同路,但是红绿灯左拐之后,他们仍然走在同一条路上。他不断地看她,她被看得有些害怕。等两人都站在了北方矿业专科学校的牌子下,还是何秀竹先开口:你,也是来学校报到的?男孩儿点点头,她才略微放心了。男孩儿说,你什么专业?她说,通知书上写的是焊接技术与自动化。我是测绘专业,二年级了,男孩儿说,能……告诉我名字吗?

哦,我叫何秀竹。听他说是师兄,她放下了戒备。

我叫肖扬。

太早了,报到工作还没开始,肖扬把她领进一间教室,让她先休息会儿。教室里已经坐了十几个人,有男有女,都在抱着碗喝豆浆。学校食堂提供了一大桶热豆浆,还有酸菜馅包子。她打了一碗豆浆,拿了两个包子,坐在一张空课桌旁吃起来。肖扬走出教室时,又认真地看了看她。

宿舍是八人间,四张铁架子床,靠窗有一张桌子,桌上的黄漆大部分早已剥落,露出牛皮癣一样的木质纹理。还不是木质,是那些菜汤、茶水、汗液等人类生活留下的所有痕迹。屋子里有一股霉味，因为在她们入住之前，为了防止夏季雨水倒灌，已经两个月没开窗子了。甫一进门，她还以为进了老家冬天储藏土豆和白菜的地窖，那种微微的发霉气息袭击着她的鼻翼，让她接连打了十几个喷嚏。她是第一个到的，坐在满是灰尘的木板床上发了好一会儿愣，一抬头看见了靠窗的上铺栏杆上，贴着自己的名字——何秀竹。

但是到了晚上，所有人到齐，花花绿绿的被子、褥子铺好，红红绿绿的暖壶、脸盆摆满屋地，叽叽喳喳口音各异的话飘在空中，这间宿舍和这所学校就一瞬间活了过来。这些刚刚认识的朋友，分享着各自从老家带来的土特产，略带羞涩但是热烈地相约一起去食堂吃饭，很快就熟络起来。到了食堂，她一下发现自己尴尬了，别人都拿了饭盒，就她没有。原来当时和录取通知书一起的，还有一张入学须知，上面介绍了入学的各种注意事项，她看得匆忙，没注意学校食堂不提供餐具，需要自备。好在她还算机灵，看见食堂免费汤那里摆满了空碗，这是给喝汤的同学准备的，她走过去，拿了两只，到窗口买了一个馒头、一碗白菜炖豆腐。这里还是用饭票菜票，五百元交了一部分学杂费，买了脸盆、暖瓶，所剩不多了，餐饮补助要等一个月之后才发，她就买了一百元菜票、五十元米票，要靠它们撑一个月。

学校的生活新鲜而刻板，她按时上课、下课、做作业，按时起床、睡觉、进操作间，很快就适应了。一切成了按部就班，唯一的意外是，半年后，她的身体开始疯狂地发育。读初中时，因为伙食差，也因为学习累，她一直瘦瘦小小，面色土灰。到了中专后，每个月都有伙食补助，不但能吃饱，甚至还可以隔三岔五改善一下，营养上来了。再加上她热衷参加各种体育活动，排球队、篮球队、田径队，她都报名，她骨子里喜欢那种竞争的感觉，但从小而来的自卑感又让她不太善于出头露面，不敢去竞选学生会或者社团干部，所以这些体育项目成了竞争的最好方式。特别是排球，她灵活敏捷，打自由人位置，一度成了校队的替补队员。到二年级开学的时候,她的身高已经蹿到了一米六,体重达到一百斤。更关键的是,她的乳房不再是瘪瘪的了,打足了气的排球一样鼓胀起来。还有她的臀部,穿瘦一点的裤子,就会非常翘。为了不让自己的乳房在略显瘦小的衣服包裹下过于坚挺,她不得不买小号的乳罩,好把它们收住。这常常造成她胸闷憋气,而她又经常运动,打完一场球或跑完三千米之后,她就要跑进厕所的隔间里,抻着胳膊解开身后的内衣扣子,那对乳房会火山喷发一样喷涌出来。她大口大口地喘一会儿气,享受着身体放松的快感,等快上课或快回宿舍时,再重新把扣子扣上。时间久了,她的心脏承受了不该有的压力,以致在二年级下学期发生了一次骤停,被同学抬到校医院做心电图。心律不齐,医生严肃地告诉她,如果再不注意,她的心脏会出大问题。她吓得够呛,在那之后,她忽然想开了,不愿意再束缚自己的身体,敞开了它们去生长,去放松。真是奇怪,小心翼翼裹着的时候,她的乳房、她的臀部,都在拼命地扩张,可放开了,它们反而消停了,变得越来越紧致。

她开始明白,身体有它自己的心思,你无法左右。该它长的时候,什么力量也阻止不了,该它美的时候,什么衣服也遮挡不住。既然阻止不了遮挡不住,那不如就尽情地去展示。这一年,她已满十七岁,在伙伴们的熏陶下,开始渐渐懂得了美,也明白了自己作为一个少女,跟男性之间、跟女性的其他年龄段之间的巨大差异。当然,就在发现自己身体的一瞬间,她也发现了自己和同宿舍同学的很多不同,她们的胸罩和内裤是带蕾丝花边的,而她的是棉线的;她们身上的裙子展示着光洁的肩膀和锁骨,甚至能看到乳房的轮廓,裙摆至少都是膝盖往上,而她仅有的两条裙子都是有袖的,长到脚踝,颜色单调;她们的头发烫了各种卷,有的还染了颜色,而她永远用一根橡皮筋扎着马尾辫。更重要的是,她发现她们都谈了男朋友。

她下铺的胡杏儿,已经交过三个男朋友了。现在,她又看上了班里的同学孙君。据说，孙君的爸爸是当地一个矿务局的副局长，孙君毕业就直接进矿务局，两年副科，三年正科，将来甚至可能是处级。胡杏儿常常在宿舍里摆弄一件大衣，说是貂皮的，上一个男朋友送给她的，分手时想要回去，她没有给。她跟那个数控技术专业的师兄说，你前前后后亲了我五百四十七次，一次一元也要五百多元，我留一件衣服是应该的。还是十月天，虽然身处北方，天气只是凉，还没那么冷，但胡杏儿也会穿着去上课。教室里人多，通风也差，胡杏儿很快就一身大汗，然后散发出一种动物皮毛的臭味。胡杏儿骄傲地说，貂皮太保暖了，都是这种味。旁边的人也就信了，毕竟大家都没见过真正的貂皮。

熄灯后，她躺在床上，脑海里闪现过班级里的男孩子，甚至隔壁班的男生或师兄师弟们的身影。他们都不令她动心。真奇怪，其中有几个长得很好，高而白净，很像那个年代电视剧里的英俊少年，但完全激不起她的爱意。若干年后，当何秀竹只能通过爱意来勉强说服自己接受丈夫的性需求的时候，她会想起这些年月，才会在生命的对比中明白，这些男生激不起的不是爱意，而是性的冲动。他们的身体，哪怕他们赤裸着站在她面前，她也只能感觉某种羞耻和尴尬，不是欲望。只有那些强壮勇武，并且眼神中带着坚毅神情的人，才会让她心动。比如，那个教田野调查课的老师。他已经四十岁了，听说当年曾是地质大学的高才生，研究生毕业后留校，但因为一件见不得人的事件被告发，不得已到了这所专科学校任教。老天仿佛是故意的，他也姓何，学生们都叫他何教授。

她和同学们许多次看见何教授游荡在学校的体育场，他的身体可以在单杠、双杠上翻滚，即使隔着衣服，你也能感觉到那些肌肉绷紧的形状。特别是夏天，男生们大都穿着白色或蓝色的条背心，下身是运动短裤，露出的肌肉让被遮掩的部分变得充满神秘和想象。这种想象让她的脑海里迸发如电焊操作时的绚烂火花，仿佛真有一只电焊枪在电击她的心，让每一次绚丽都留下一个伤疤。女同学们窃窃私语，说何教授当年一定是因为不正经被下放的。为什么呢，因为大家看到他的身体，就想跟他不正经啊。可是这个何教授，永远面色严峻，从来不对任何人笑。他上课的时候，写一手板板正正的板书，每行字都直得能当尺子，每个字的大小完全一样。他给他们画田野调查的地形图，从来不用辅助工具，总是随手就成，要山有山，要水有水。她被他的身体和冷酷吸引，觉得他心里蕴藏着巨大的不为人知的故事，这个故事的真相可能会震惊世人。只是，她从未单独跟他说过一句话。有时候，他们会在运动场上碰见。他旁若无人地在器械上锻炼，而她的排球打得大多心猿意马，偷偷瞄着他的身影，接连被对手扣过来的球砸中。有人会大喊：何秀竹，你魂儿哪儿去啦？她想，也许他知道自己的偷看，但是不揭穿，也毫不在意。

她真正的朋友是肖扬，那个报到时碰到的师兄。他是学生会的副主席，但在这所小学校，学生会也没什么权力，副主席也不是什么响亮的名头。肖扬只不过是组织各级的学生办一些活动，组织各种技能大赛，或者邀请一些校外老师来开讲座。他们第二次遇见是在食堂里。那个月，因为“大姨妈”来得凶猛，她买的卫生巾不够了，有一天就用卫生纸解决，但是卫生纸不卫生，身体发炎了。她又跑到医院去看病，买消炎药，把零花钱一下子花完了。补助还没发下来，她好几天都是打了少而素的饭菜，不好意思跟舍友们一起吃。她们熟络之后不久，就经常一起吃饭，把所有的菜摆在桌上，每个人都能尝到不一样的菜品。

她坐在角落里，他直接坐到了她的对面，还把一个鸡腿夹给她。她感到羞愧，甚至有点儿觉得受到了侮辱，赶紧给他夹回去。两人的推让之中，那个鸡腿掉在了地上，被一个路过的同学踩了一脚。鸡腿惨不忍睹，那个同学也摔了个跟头。肖扬似乎知道她生活的窘迫，学校里有勤工助学的机会，主要在食堂帮厨或清扫校园，他总是给她留一个名额。她不想接受这无端的好意,可又需要那点钱来补贴自己慢慢增长的日常开销,所以每一次都在纠结之后去了。只要有空,他会帮她一起干,削土豆、择菜,清理落叶和大风刮来的杂物。

不久之后,同学们都发现肖扬对她的关心已经超出了一个师兄对师妹的关心,当然就顺理成章地猜测他喜欢她。她也这么觉得。只是肖扬始终没有表白,也就让她没有拒绝的机会,她总不能主动去问吧。她感念肖扬的所有帮助,给予她别人没有的亲切感,可这不是男女之间的喜欢。

有一次,拿到补贴,她提出请肖扬吃饭。肖扬答应了。两个人约在校外的一家小饭馆里,她点了鸡肉和蔬菜,还有一小瓶二锅头。肖扬进来,看见了酒,说,你会喝酒?她摇摇头说,不会,我给你点的。她知道肖扬喝酒,甚至有点爱喝酒,有好几次,她看见他摇晃着从校外回来,神情伤心落寞。他失恋了吗?但是也没有看见他有女朋友啊,更何况他生活里接触最多的女生就是她,所有人传言他在追求她。难道是因为她?

肖扬倒了一杯酒,说,女孩子不喝酒好。他自己喝起来,一口菜都没有吃。她给他夹鸡腿,他又给她夹回来,她再夹给他,说,吃吧,要不又掉了。他们想起了那个被踩得惨不忍睹的鸡腿,笑了起来。他把那瓶酒喝完,已经醉了。这时候,她觉得自己可以问出那句话了。但是,没有等她问,肖扬自己讲起了这件事。

肖扬说,小竹,你……你知道吗?你长得特别像我妹妹。

何秀竹心想,这是什么话?要用这么老套的话来追求我或者做什么吗?

肖扬说,真的。他拿出钱包,打开,里面有一张旧照片,照片上的女孩子真的有点像何秀竹。

她吃了一惊,说,你妹妹?

肖扬点点头,双胞胎妹妹。

那这个孩子呢？你们的弟弟？

照片上的女孩子，怀里抱着一个一岁多的婴儿。

不，他痛苦地摇摇头，说，是我的外甥，我妹妹的孩子。

她惊讶得张大了嘴巴。

肖扬告诉她，几年前，他在镇子上读初中，一次夜里，妹妹去给他送吃的，回去的路上被同村的一个年轻人强奸了，怀了孕。那个坏小子是他的小学同学。那天晚上，那个小学同学跟一群小混混在镇子上的录像厅看了黄色录像，回去的路上碰见了肖扬的妹妹。这个家伙精虫上脑，又喝了酒，就干了坏事。肖扬主张去公安局报案，把那个家伙抓起来，但是父母不同意，怕丢人，怕被村里人笑话。后来，眼看着妹妹的肚子大起来，有人给他们出了个主意，让他去那个同学家里说，只要结婚，就不去告发他。那个干了坏事的年轻人一直躲在外地，他的父母接受了这个提议，把他找回来，办了个简单的婚礼。他们还不到法定的结婚年龄，领不了结婚证，但在农村，只要办婚礼了，也就算结婚了，证可以后补。结婚前一天晚上，他去找那个小学同学，狠狠地打了他一拳。婚礼后几个月，妹妹就生了一个男孩儿，因为没有结婚证，上不了户口。

他一直觉得是自己害了妹妹，可又没有赎罪的办法，甚至不敢回去见她。所以那天开学，他看到跟妹妹长得有点像的何秀竹，就忍不住想要帮她，保护她，仿佛这样自己就能好受一点。

她听得落泪，不知道该怎么安慰肖扬。她又跟老板要了一瓶酒，给他和自己各倒了一杯。她一饮而尽，说，事情已经这样了，你好好念书，好好毕业，将来再找机会报答你妹妹吧。

他们两个互相搀扶着回到学校里，在楼下分别时，肖扬把她头上的一个粉色头花摘了下来。

你干吗？她问。

给我吧，肖扬说，我妹有个一模一样的。

她没说话。

在这之后，她对他有了一种怜惜之情，他们互相帮衬，像一对真正的兄妹那样。这份情，是她几年的中专生活里最珍贵的情感。肖扬早一年毕业了，在他的努力下，回到老家的一个地质局上班，那样他可以照顾家里人，特别是妹妹。那个妹夫，本性难移，根本不上班，整天和一群狐朋狗友在镇子上游荡，喝酒打架，常常进派出所。他走得特别匆忙，他们甚至没有正式告别，只有一封简短的信。他就这样从她生活里消失了，再没有任何消息。她常常会想起肖扬，想起他喝酒和痛哭的样子。

他的信很短，最后一句话写的是：秀竹，谢谢你，让我多了一个妹妹。

五

何秀竹在拥挤的地铁里奋力护着自己已经隆起的肚子。这时候，她怀孕三个月了，看起来还没有那么像孕妇，而更像一个发胖的女人。何秀竹腹部的妊娠纹像一条细长的蜈蚣，从肚脐隐隐约约一直延伸到了下体。它第一次出现的时候，何秀竹有些慌乱，趁着产检时咨询大夫，得知大部分女性都会有妊娠纹，有的在生完孩子之后很久才能消去，极少数会一辈子带着。回到家，何秀竹一直暗暗担心自己是那个极少数，她在网上搜索相关图片，看得心惊肉跳。有的女性生完小孩，妊娠纹像八十岁老人的皱纹，层层叠叠，如果再加上一条剖宫产的切口伤痕，简直惨不忍睹。

对长相平凡的何秀竹来说，她一直引以为傲的就是自己身材的匀称丰满，这与她长年坚持不懈的锻炼有关。自结婚后，因为马勋的手艺好，总在家吃饭，她体重长了不少，但体脂率控制得一直不错，特别是她的小腹和腰，虽然还没有马甲线，但平滑、紧致、光洁。马勋每一次跟她求爱,都是一只手从她的小腹抚摸,然后向下延伸,再滑回小腹,又向上伸展,如此反复几次,最后停留在腹部的肌肤。因为手掌的摩擦,她腹部的肌肉微微绷紧,那里就像是沙漠里无风时寂静的沙丘,形成一种天然而美的弧度。完事之后,他们并排躺着,马勋的手还是会停留在那儿,经过沙暴的沙丘形成全新的弧度,而轻微的汗又像清晨的露珠让它略带湿润。更何况,激情的余绪会从她身体的最底层一波一波向上泛起,沙丘以肉眼不太容易察觉的幅度起伏着,那是两个人情爱生活中最美好的时刻。

何秀竹极度担心自己的妊娠纹会像一场天翻地覆的狂风,把她的沙丘吹得面目全非,为此,她考虑去做孕期瑜伽,但按照她的习惯,做之前查各种资料,发现利弊难断,后来也不了了之。自从怀孕,她再也没和马勋有过性生活。

何秀竹要去金融街的中国银行办理贷款业务,中介约的是九点。他们要跟房主在那儿谈好贷款的事。这事,马勋跟她意见不同。何秀竹坚持就是砸锅卖铁,也一定要买一个学区房,哪怕不是最好的学校,也得是海淀区的重点。为此,他们不得不把回龙观的那套房子卖掉,用卖房的钱先把第一套贷款还了,剩下的付首付,再贷款买新房子。自从怀孕开始,何秀竹就在折腾这件事,她几乎把海淀区所有数得着的小学附近的小区考察遍了。有段时间,她骑一辆电动自行车,每天中午一下班就去看房,饿了就随便在路边吃个灌饼或者汉堡。一个月后,何秀竹给马勋看了一张详细的 Excel 表,那上面条分缕析地列着主要学校对应的主要小区、小区配置、小学对应的初中和高中、平均房价。每套房子,何秀竹综合性地打了星,最高五星。马勋看了说,你真行,你应该去当房产中介。何秀竹说,买哪个?马勋说,那肯定五星的啊,这还用说。何秀竹冷笑一声说,我也想买五星的,但你得看钱啊,就咱们那点钱,拼死了够得上一个四星的,还得是个小两居。马勋说,那怎么办?

何秀竹摸了摸自己那时还没有鼓起来的肚皮说，马勋，你不知道我小时候念个书有多难，我绝不能让咱们孩子这么难，我必须想办法，至少也得上一个四星学校。

在中国银行总部大楼，跟着中介，何秀竹和房东按流程把贷款协议签好，一切还算顺利。接下来，就等网签结束，付了首付，银行放贷，他们再去房管局过户。可是就在这个节骨眼儿上，房东联系不上了，发短信不回，打电话不接，连中介也找不到他。何秀竹心里犯嘀咕，在家里跟马勋翻看各种合同，一条一条跟网上的模板对照，没发现什么大的漏洞。马勋扯出一张房东的身份证复印件来，说：我们查查这个人，不会是个骗子吧。

两人打开电脑，输入房东名字，很容易就查到了，还不是个普通老百姓，是一个非常有名的国企的总裁助理。何秀竹说，这人不可能是骗子。马勋说，就算是骗子，也不会只骗几万元定金吧，何况这还有中介呢。两人一头雾水，继续给房东打电话，还是不通。这时候，何秀竹脑子里突然蹦出一条新闻，似乎跟这件事有关系，但她记不清到底是哪天看到的新闻了。

何秀竹说，你别说话。

马勋一愣，我没说话啊。

何秀竹打了个不耐烦的手势，回忆自己这几天看到的东西，那条新闻就在脑海里漂浮着，可她就是看不清也抓不着。何秀竹急得不行，拿出手机来，查自己的上网记录，翻了半个月的记录，没有。她想起，这条新闻是在单位看的，就跟马勋说，马上走，去我单位。

马勋说，这大半夜的，去干吗？

何秀竹说，重要，别问了。走。

两人穿衣服出门，打了车去何秀竹办公室。她现在是《地质研究》杂志的编外编辑。何秀竹开了电脑，继续查自己的上网记录，鼠标在七天前的一条新闻那里停住了。新闻写的是，那个特别有名的国企一把手被“双规”了。何秀竹眼前忽然一暗，身子一晃，歪在马勋身上。

马勋吓一跳，说，你怎么了，不舒服？

何秀竹缓了口气说，老公，要麻烦。

到底咋了？

你看新闻。

马勋看了看，说，这跟咱们有啥关系？

何秀竹说，你想想啊，这家公司一把手被“双规”了，房东是他的助理，他也可能被“双规”啊。他要是被“双规”了，他的财产就会被冻结，房子怎么可能过户啊？还有，咱们刚跟他签完了贷款合同，他进监狱了，我们又没法撤销合同，被扔在半路上了，而咱们回龙观的房子却必须马上过户给买房子的人。按照这房价增长的速度，几年后他财产解冻，咱还买得起房吗？

马勋听了，也是一晕。但他不敢再刺激何秀竹，赶紧说，没事老婆，哪儿就那么寸呢？你歇会儿，喝口水，我再查查。马勋坐在电脑前，搜索和这家公司还有房东有关的一切新闻，越查越觉得何秀竹的预感可能是真的。

结婚这么多年，马勋从没见过何秀竹如此低落。她一直像一个战士，永远充满斗志，永远在执行自己的战略战术，从来没有过度慌乱。但这一次，何秀竹发现自己面对的敌人可能是看不见的意外，是她无论如何也没法对抗的事情，没法再淡定了。

马勋关了电脑，扶起她说，咱们先回去吧，我觉得没事，没那么巧。

两人回到家里，躺在床上，一开始都睡不着，但谁也不知该说什么。这件事，一说起来就像被投掷到真空里，漂浮、失重，没着没落。两人也都不太敢动，过了一会儿，还是马勋先睡着了，甚至打起了呼噜。何秀竹听着他的呼噜声，心里压抑烦躁，她想把他叫醒，这么大的事，还有心思睡觉？可是叫醒之后又能怎么样呢？什么都改变不了，搞不好还要吵一架，再说，这件事从头到尾都是何秀竹在张罗，每个决定都是何秀竹做的，也怪不到马勋头上。

何秀竹翻身下地，到卫生间坐在马桶上，她感到下体有液体在流动，可是没有小便，是血。何秀竹狠狠地咬住了嘴唇，心里不断告诉自己，不要着急，不要焦虑，不要再无谓地加重负担，冷静，深呼吸。她清理了一下，尝试着站起来，疼痛似乎并不严重，血也没有继续流淌。还好，她想，叫救护车的话动静太大了，还是出去打车吧。可是，她还要走回卧室去喊醒马勋，跟他解释这个情况，看他震惊和慌乱。何秀竹一边考虑着，一边走向客厅，所有医疗本、社保卡、产检的资料都放在一个整理袋里，她准确地找到那个抽屉，拿出整理袋，然后开始穿衣服。

那时候，网约车还不流行，她缓慢地下楼，走到小区门口，等出租车。很幸运，几分钟后就有一辆出租车过来。司机停车后，车窗摇下一条缝，问，去哪儿？何秀竹知道，这种行为表明路途短的话他有可能拒载，就赶紧说，我去妇幼保健院，师傅，我给你加十元。司机把车窗全摇下来，看了看她，说，上来吧。何秀竹上了车。

路上，司机好事地问，这么晚去医院，你老公怎么不陪你？何秀竹这时候出奇的冷静，回他说，哦，我刚给他发短信，说上车了，他在医院门口等我。司机不再说话。何秀竹又想，马勋半夜醒来发现自己不在，肯定会急坏的。她得给他发条信息，可是发什么呢？说自己去医院了？他同样会着急。后来只发了一条：老公，我出来透透气，一会儿就回，不用来找我。

转机来自中介小曹。何秀竹躺在医院的妇产科的床上，一个值班医生给她做检查，手机叮咚一声，她拿出来看了一下，是小曹发来的微信，说：姐，房东回来了，他这段时间出国了，手机才打不通。约下周二去银行和房管局办手续。何秀竹忍不住惊呼了一声，把医生吓了一跳：怎么了？何秀竹挥舞着手机说，没事大夫，我有点兴奋。

大夫说，有点出血，问题不大，不过最近必须注意不要运动，保持情绪稳定，再稳定一段时间，别太兴奋啊，就算中了几千万彩票，你也得冷静。

何秀竹拼命点头。

何秀竹回家的时候，发现马勋还没醒。她躺在马勋的身边，他的手伸过来，碰了碰她的胳膊，又缩了回去。何秀竹拿过马勋的手机，把自己发的那条微信又删掉了。事情解决，一切回到正轨，又折腾了大半夜，但是她这会儿一点都不困。窗帘上，有她最喜欢的变形金刚图案，卡通版的。买窗帘的时候，马勋选了一款有竹子图案的，说跟你的名字搭。何秀竹说，我是大熊猫，竹子我喜欢吃，不喜欢看。她喜欢变形金刚，不光是因为小时候看动画片的记忆，更因为她觉得那些汽车人才是自己的偶像，他们身体坚硬而灵活，内心坚硬而柔软，就像读中专时自己焊的那个变形金刚。这个重达十多斤的作品，多年来一直跟着她兜兜转转，从没有离开过。此刻，它就在小客厅的窗台上，每次她回家都能看见它。她按照擎天柱焊的它。"汽车人，变身。"她常常暗暗跟自己说这句台词。

何秀竹又起来，走到客厅，用纸巾擦拭变形金刚。多年来，经过她不断地擦拭和打磨，它已经变得光滑，甚至发着微光。何秀竹曾想过喷漆，但后来作罢，她更喜欢它本来的样子，那些点焊接口处的疤瘌，那种钢铁本身具有的沉重冰凉的手感，是他们共享的心灵秘密。擎天柱提醒着她过去经历的一切，那些少年岁月里的艰难和甜蜜，那些奋斗日子里的辛苦和收获。在每一个生活最困顿的时刻，何秀竹都会在内心听见它说：去战斗吧，去战斗吧，不管你遇见的是什么。

没有人知道，它才是她生活中的定海神针。

六

在北方矿业专科学校的三年里，她们二十个女孩子跟另外三十个男孩子一起，每周有两天去操作间里电焊、打磨各种钢铁。当然也有设计课，但设计的主要是最简易的螺丝、扳手，学着画图，到钢厂浇筑模型，然后还是拿回操作间打磨。第一个星期，她的手磨了十几个水泡，只能让同样情况的同学用缝衣针挑破了，涂点碘伏消毒。等到一个学期结束，十六岁的她手上已经一层厚厚的老茧。放寒假回家，她帮母亲揉面，母亲见了她的手大吃一惊，说：你不是去念书的吗？这手上的茧子咋比我的还厚？她苦笑一下说：我这手没毁掉就不错了。

学习尽管枯燥平淡，可毕竟年轻，常常会有些莫名而来的快乐。她和同学们，经常自己焊一些小玩意儿，奇形怪状的扳手、钢筋做的栅栏、不锈钢管杯子等等。他们小时候都看过动画片《变形金刚》。家里没有电视，她只能偶尔在邻居家的电视上看几集。她最喜欢里面的擎天柱。上中专后，她收集了很多变形金刚的贴画，贴满自己的背包、文具盒、工具箱。她尝试着用厂子里废弃的边角料自己焊了一个变形金刚，焊完了再用砂纸细细打磨，把所有的铁锈磨掉。何秀竹还从小店里买来各种颜料，把自己的擎天柱涂抹得花花绿绿，看起来很像那么回事，但后来又用小刀把那些漆全部刮掉了。她把擎天柱摆在自己的床头，每当看见它，就感到浑身充满了力量。她会想起电视里的机械的声音：地球人……我们来自赛博坦星球……这件作品，她认为自己会留一辈子，将来传给儿子，传给孙子。

读到三年级，这群年轻人年纪最小的也满十八岁了，一夜之间变成了成年人。在这之前，他们谈恋爱还是偷偷摸摸的，学校里的老师、辅导员都知道，但睁一只眼闭一只眼，只要是不在公开场合过于亲密都不太管。一到三年级，学校里的情侣开始公开成双入对，课堂里挨着坐，食堂里一起吃饭。甚至有时候，他们还会互相去彼此的宿舍串门，当然留宿是不可能的。宿舍里，恋爱谈得最疯狂的还是胡杏儿，她长得漂亮，天生有一种妖媚，特别是她的眼睛，总带着一种楚楚可怜的神态，很能激起男生的保护欲。她看你的时候，你会觉得很可爱，但剥开可爱的糖衣，里面包裹的其实是诱惑。她也知道自己漂亮，更清楚这种漂亮能为自己带来什么。开学不久，她就和一个学生会的师兄好上了，那个师兄常常站在宿舍楼外的一个钻探机雕像下等她。她从窗口看见了师兄，但并不马上下来，哪怕她那会儿已经换好了衣服，准备好了一切。她总是让他等几分钟，不长也不短，既不会消耗掉男生的耐心，又要让他觉得这等待是极其值得的。她走出宿舍楼门口，也不急着冲过去，而是看着他微笑。他会主动走过来，明明是她迟到了，明明等一下他们出去还要绕过那个雕像。

然后呢，过了几个月，在雕像旁等她的人就换了。何秀竹她们就问，杏儿，你俩咋分了？胡杏儿说，不合适呗。咋不合适？胡杏儿就说，我觉得他太大男子主义了。大家就惊呼，他还大男子主义？在你面前跟条听话的小狗一样。

这个年代的这个地方，这个年纪的大部分中专生们，还不太知道性爱是怎么回事。她们只是模糊地觉得，只要跟男人睡觉，就是性爱，就是最刺激也最禁忌、最羞赧也最甜蜜的事。即便这些想法，她们也大都从电视和言情小说里听来、看来的。男同学们有时翻墙出去，到小城的录像厅看录像。有人说，他们看的都是黄色录像。至于怎么个黄和怎么个色，却又不甚清楚。

后来有一天，胡杏儿晚饭时偷偷跟何秀竹说：秀竹姐，我求你件事。

胡杏儿说自己晚上要出去，可能会回来很晚，那时候学校的大门已经关了，她只能翻墙。而墙头很高，特别是学校院子里这边，必须得有人接应她一下。前一段时间，学校知道很多同学夜不归宿，出了硬性规定,超过晚上八点的,一律不给开门。何秀竹好奇到底是什么样的事情吸引着胡杏儿往外跑。她想拒绝她,可是胡杏儿好看的杏仁眼里充满了祈求,她摇动着何秀竹的胳膊,小奶猫一样哼哼唧唧。何秀竹说,谁知道你几点回来啊,我也不能一直在院子里等着。胡杏儿说,十二点半,我一准回来。何秀竹心里忽然想起个事来,说:你是不是跑出去看录像呀,看……那种录像?胡杏儿愣了一下,咬了咬嘴唇说,也是也不是。我早就不看录像了,我找了个外校的男朋友,他只能晚上出来见面。何秀竹看着胡杏儿,说,你胆子可真大。

何秀竹真正答应胡杏儿的缘由她自己不愿意承认,那就是她对胡杏儿爱情生活的好奇,或者是她对男女之间的感情和性的好奇,她想知道一个女人到底该如何跟一个男人发生“关系”:既是情感关系,又是那种关系。在她的身边,如果说有谁能给她一些启示,也只有胡杏儿。

那天晚上,天气凉爽宜人,何秀竹十一点就从宿舍偷偷跑出来,在她跟胡杏儿商量好的接应点附近等着。一直等到半夜一点钟,才听到轻轻敲墙的声音,还有胡杏儿浅浅的叫声:秀竹姐,秀竹姐,你在吗?

何秀竹故意沉默了好一阵,等到胡杏儿的声音变得着急,甚至带点哭腔了,她才答应了一声。

过一会儿,外面一阵响动,胡杏儿披头散发地爬上了墙头,何秀竹伸手扶住她的腿,她慢慢出溜下来。刚一落地,胡杏儿就搂住了何秀竹,呜呜哭起来。

你哭什么啊?何秀竹说。

胡杏儿说,姐,我……我今天接吻了。

何秀竹惊愣了一下,说,接吻?

嗯,就是……亲嘴,我跟小刚哥。

两人并不直接回去,而是悄悄坐在了小花园的长椅上。

何秀竹忍了半天还是问出来，杏儿，接吻，什么感觉？

胡杏儿说，我说不好，你吃过棉花糖吗？何秀竹摇摇头。胡杏儿说，糖你总吃过吧，棉花糖就是棉花一样的糖，特别软。接吻，就好像是把天底下最好吃的棉花糖塞满嘴，甜软香，等着它一点一点地融化，然后顺着嗓子，落到你心里。

何秀竹哼了一声说，那干吗不买糖吃去？

胡杏儿也哼了一声：不一样。可是很快，她的陶醉陡然间变成了委屈，又啜泣起来。

你到底咋回事嘛，哭哭笑笑的。

胡杏儿说，接吻特别特别好，可……可……没想到小刚哥还想……

啥？

他还想干别的。

何秀竹终于明白了胡杏儿的意思，说：你是说睡觉？你不是已经跟好几个男的睡过了，你还怕啥？

胡杏儿听了，眼睛立刻睁大了，高声喊着：谁说的，谁造谣的，谁这么不要脸！

何秀竹没想到她反应这么大，立刻说：我也是听她们瞎说的。

但是这一晚之后不久，学校里开始公开流传胡杏儿跟很多人睡过觉的传言，说她跟好几个男的一起睡。胡杏儿气愤地找何秀竹理论，问是不是她传的谣言。何秀竹当然否认，但胡杏儿认定就是她，从此跟她日渐疏远，甚至在教室或走廊碰到，也一定要哼一声，翻个白眼。何秀竹本想再找她好好解释，但胡杏儿始终不给她机会。而且，尽管传言甚嚣尘上，但胡杏儿仍然是最受男生们欢迎的女孩儿，并不影响她的恋爱。

再后来，何秀竹发现，宿舍里的八个人除了自己，都有男朋友了。有几个还是一夜之间冒出来的。只有她没有，但也不能说没有喜欢的对象,比如何教授。她对身边的那些同学始终没多大感觉,只有何教授让她萌动了少女之心,当然,她不会对此付出任何行动的,这至多算是暗恋。同宿舍有一个文学青年,常常从图书馆借琼瑶、亦舒等港台言情小说来看,有时候还会声情并茂地给她们念上几段。她知道很多学生喜欢看老师的爱情故事,比如那本《窗外》。可是,她也觉得自己跟何教授之间与故事里的人不同,不是吗,她怎么可能说出那些文艺而肉麻的话呢?他也不可能含情脉脉地对着她吟诗作赋。她当然还无力分辨自己对何教授的情感不过是一种模糊而懵懂的少女怀春,春天来了,不是这朵花先开,就是那棵草先长,何教授不过刚好是第一棵在她眼里开的花而已。

可是,在这样一个半封闭式的学校里,在这个萧瑟的北方小城中,四季和世界的其他地方一样,花开了就有可能被授粉,最后结出半熟不熟的果子。他们总是会在教室、操场、食堂里遇到,如果其中的一个人又总是创造机会去遇到,概率就更高了。从各种各样的嘴巴里,她听说了他的许多事。比如,他的老婆也是学校的员工,在食堂里做红案,挥舞着砍刀剁猪肉或者萝卜。有一次,她听一个同学说,他其实三十岁才结婚。他是怎么结婚的呢?据说,那个彪悍的女人看上了他,把他叫到自己的宿舍里,锁上了门,不让他出去,两天之后,这个本来很坚决的男人被这个更强悍的女人摆平了。更不堪的细节描述说,她脱光了他的衣服,也脱光了自己的衣服,不知道用了什么手段,她让他勃起后进入了自己。据说,事后他还哭了,她安慰他,哭什么,我会好好照顾你的。有时候,她忍不住借助这些传言想象了那样的场景。他哭了,是因为委屈?还是因为自己终究没能控制住的勃起?总之,他通过一种奇特的方式缴械投降了,从此成了她合法的俘虏。他们快速地结婚,生孩子,变得和其他家庭一样。据说,就是从那天开始,何教授开始了十年如一日地锻炼身体。在小城和学校里,没有标准的健身房,他大多流连于操场和学校教职工宿舍楼前的运动器材上。

她看着他在单杠上大回环旋转，一圈又一圈，像个体操运动员。

他不会晕吗？她想。

他当然会晕。有一次，她有意无意地从单杠旁路过，他旋转了之后跳下来，身体摇晃着摔倒了。她赶过去扶他：何教授，何教授。他用手指指自己的胸口，她看着那健硕的肌肉和皮肤上细密的汗水，不知什么意思。忽然间，她明白了，他以为自己穿着外套，他指的是衣服口袋。她转头看见他的衣服挂在旁边双杠的杆上，快速过去扯过来，从口袋里掏出一个小药瓶，在他眼前晃了晃。他点点头，伸出两根手指。她明白了，是两颗药。她掏出药，喂到他嘴里，又从自己的包里拿出水杯，递到他嘴边。

吃下药之后十几秒，他的脸色慢慢恢复正常，呼吸也渐渐平稳，然后慢慢站了起来。他的身体仍然摇晃，但扶住了单杠的铁杆。

谢谢你，他说。

何秀竹说，您别客气。

她又看见了他的身体，背心下的肌肉此刻是松弛的，但他还没反应过来自己没穿上衣。她递给他，他慌忙地接过去，穿上，却不小心穿反了，然后不得不脱下来，重新穿。

你……她问了半句话。

他一听就明白了，说：我心脏有点问题，有时候会犯病，随身带着丹参滴丸。今天真是多亏了你，要不……我就交代了。

身体不好，你怎么还这么大运动量啊？

他没说话。她一下想起了听到的那些传言，赶紧又补充说，何老师经常跑野外，身体确实需要锻炼。

他们略有尴尬地告别了。告别之前，他问她宿舍电话是多少，她说给他了。

此后，他们和之前一样在那些场合遇到，彼此多了一些亲近和熟悉,但也都是点点头,随口说一句闲话,并没有特别的交流。在食堂里,她许多次看见他的妻子,她应该有一米七五的个头,体重至少两百斤,有时候到前厅值班,站在窗口给学生打饭。对学生们来说,她是一个慷慨的人,不会像很多食堂大师傅那样总是把勺子里的肉抖掉,她会盛得满满的。所以大家看见她在窗口里,都愿意排在这个窗口买饭。她对何秀竹跟对别的同学一样热情,那张又圆又肥的脸上露出过分亲切的微笑,粗声大嗓地说:就要二两饭?你看你瘦的,年轻人长身体,得多吃饭啊。她给她饭盒里的饭足足有三两。

怀揣秘密的日子,似乎比其他时刻更有生活的滋味。她有时候会走神,想一些跟何教授有关的事情。她有段日子没看见他了,听说这几个月他带学生去野外做田野调查。他们去的是贵州的一个山区,那里探测到一个镍矿,储量很大。这学期末,她们毕业的前半年,也要出去实地考察。他会是带队老师吗?她怀着期待问自己。

七

二十世纪九十年代末的时候,国家重工业发展很快,水涨船高,各个地方的小钢厂、小矿场、小锻造厂如雨后的蘑菇,一圈一圈地往外冒。有些干不下去黄了,但很快会有更多的小厂子挂上牌子,开动机器。特别是国有企业下岗潮过后,不少在国有大厂干不下去的人,都拼上家底,自己创业办厂。尽管三年的时间里,何秀竹努力学习,认真操练,成绩很不错,但最后并没有进自己理想的矿务局或大型国企,而是到了这一个总共不过一百多人的小厂子。

去厂子前,她回了趟家。那天晚上,家里的空气闷得能拧成绳子。全家人不约而同地暗暗想起,如果当初她没有考中专,而是考高中,会怎么样。因为在前几天,当年村里的第一个大学生偶然回乡,到原来住的地方追忆过去,聊天中听说何秀竹竟然去读了中专,大为不解。他跟她的父亲母亲说:将来是大学生的天下,中专生只能当个技术工人。她也知道,父亲刚从镇上的医院回来,医生给他定了个病,说是糖尿病,空腹血糖二十多,最好每天打胰岛素。何老头儿看着那张单子,半夜没想明白,他大半辈子吃的糖还不到半斤,怎么就得了糖尿病?这病不该是那些整天吃大米饭拌白糖的人得的吗?每天打胰岛素,开玩笑,他哪里有这个钱?对他来说,得病就是命,跟村里的其他人一样,到医院检查,给这个命起一个看不太懂的医学名字,回到家里跟它一起活到死。她觉得自己这也是命。人人有自己的命,就看你认不认。

第一天去厂子里报到,后勤的人给她发了一套工服,蓝灰色的,布料粗糙,肥厚宽大。穿上之后,她就不再是一个年轻的女孩子,而是一个女工。他们工段就她一个女工,主要负责把前一个工序组装好的锤子、钳子或各种零部件等工具打磨光滑,没有一点技术含量。这种活儿,她在学校就干得熟门熟路,适应起来没什么难度。宿舍也还是集体宿舍,跟在学校不一样的是,三个人住,有一台十四英寸的彩色电视机,画面总是飘着雪花,但也能看。公用浴室和厕所在走廊的一头,食堂就在宿舍楼的一楼。

刚进厂子那段时间,她迷惘而空虚。一周上六天班,而且是三班倒,回宿舍已经特别累了。她偶然在电影频道看了卓别林的《摩登时代》,电影里的人整天拧螺丝,下班之后还保持着那个动作,心里就想,自己和这个人太像了。这么一想,那颗仍然算少女的心便忍不住感到一点酸楚和凄苦。如果再赶上来例假,肚子疼得撕心裂肺,又不好跟工友们提。流水线的活儿一个萝卜一个坑,少了一环,整个生产线都得出问题,只要没倒下,她们谁也不敢请假。有一次,她来例假,量特别大,一天要跑四五回厕所去换卫生巾,被工长当众批评。她回去哭了半夜,枕巾几乎能拧出眼泪来。第二天早晨,她看着镜子里红肿的双眼，有点生气，自己什么时候变得这么脆弱了，动不动就流眼泪？可那段时间她就是这么敏感，眼窝子好像突然变浅了，盛不住一滴眼泪。

周围的一切都这么漠然而不可更改，有吃有喝，但就是没什么激情。身体和意识沉闷了一段时间后，就蠢蠢欲动，从其他方面寻找喘息的机会，像她当年对待自己的乳房一样。这一次，她选来选去，选择了爱情，或者说是爱情选择了她。她和隔壁工段的小胡之间的那段交往，到底算是爱情，还是两个同病相怜的人的抱团取暖？等到多年后结婚生子，她回想起来，都没法下一个准确的定义。但是她得承认，两个人的交往拯救了她在厂子里的生活，倘若不是小胡，她也许会抑郁，也许会因为一个不小心留下残疾。

他们开始于厂子里的一次事故。

那年冬天，厂子接了个急活儿，让他们在半个月内赶制出五千个零件，所有人半个月无休，每天加班到晚上八点多。小胡是电焊工，因为太过劳累，焊东西的时候不小心打了瞌睡，电焊枪直接点燃了旁边的一根电线。她离那里不远，冷静地拉了电闸，才没引起更大的事故。但是因为突然断电，流水线上的两百个零件全部报废。她没有说出小胡的事，只说是因为赶工，用电量太大，电线过热，引起短路。

过后，小胡请她到厂子外的小店里吃饭，以示感谢。那天小胡跟她说，其实他眼睛视力不太好，不适合干电焊工，招工的时候他给体检的医生塞了红包，才合格的。在厂子里，电焊工因为技术要求比较高，工资也高些。她就说，你这样太危险了，搞不好眼睛会瞎的。小胡说，我也担心。她说，你还是转岗吧。小胡给她夹菜，她面前的碗堆得满满的。

不久之后，他们变得熟络，开始在食堂里坐在一个桌子上吃饭，偶尔到厂子外的小路上走走。还有的时候，小胡骑自行车驮着她，到城区买东西。她会帮小胡缝一下挂坏的衣服，小胡老家寄来风干牛肉,也会特意给她留一份。小胡是一个天生乐观的人,不管在什么时候,都嘻嘻哈哈,什么样的日子都不觉得苦,都能找出乐趣来。比如,他跟她表白的那天,送的礼物就是他自己用废旧铁丝焊的一颗心,足足有五公斤。他把那颗铁心放在桌子上时,发出了沉重的咚咚声,惊得她半天合不上嘴巴。他常常出人意料,她喜欢跟他在一块,只是,她总感觉缺少最重要的那种冲动,好像一道特别好的菜里缺了最关键的调味剂。菜能吃,可就是不够好吃,欲望仍然在最深处蠢蠢欲动。然而,摆在她餐盘里的这已经是最好的一道菜了,于是,她收下那颗心,把它摆放在自己床头,跟擎天柱一起。后来,她发现那颗心最好的用处是摆小花盆,她就在一起去集市的时候买了四五种花。花盆是她自己制的,根据那颗心的形状,用铁丝焊在上面。那些年,周华健的歌《花心》也还流行,这个装饰就被工友们命名为“花心”,一时传为美谈。

第二年夏天,同宿舍的一个工友结婚搬了出去,另一个去上海看病,要好几个月才回来。小胡就经常来看她,晚上的时候,两个人从食堂打回饭,在这里吃。她还偶尔用小电饭煲煮点汤。吃过饭,小胡会抢着刷碗,让她歪在被子上翻看《故事会》和《今古传奇》。一切收拾停当,小胡会有点不舍地告别,她当然能看出他眼神里的意思。他想留下来,他想跟她过夜,这毕竟是二十岁的身体,荷尔蒙分泌旺盛,一个身体急需靠近另一个身体,一颗心也想在另一颗心那里找到安慰。但她总是假装看不见,她还没产生足够突破心理防线的冲动。他身上没有肌肉。

直到一个周末,三伏天,温度快四十摄氏度了。小胡大中午的从外面回来,拎着一个西瓜。他顶着太阳骑摩托去城区,买了一个冰镇的西瓜回来。西瓜身上裹着一层水汽。她正在午睡,浑身是汗,那台不住摇头的小电扇根本不解决问题。她还是起来给他打开了门,睡衣的领子很低,他一下就能看见她上半个乳房,它们这时已经彻底成熟了。他把西瓜放在桌子上，一转身，没想到那个西瓜很圆，自己滚落到地上，摔得七零八落。本来有着八分困意的她被西瓜碎裂的声音彻底惊醒，他们开始蹲在地上捡还能吃的瓜瓤往嘴里塞。黑色的水泥地上，红色的西瓜汁液流淌，翠绿的瓜皮小船一样在浅红色的海洋里。好像是她先把一块瓜皮扣在他脸上。“人家都说瓜皮特别美容。”说着，自己的脸上也被扣了一块，一种腻腻的凉爽。两人一瞬间玩开了，身上、脸上都涂抹了甜甜的西瓜汁。太热了，很快那些凉爽就变成一种甜腻的温热，嗅到了气息的苍蝇开始嗡嗡嗡围着他们飞。冲动就在这样的瞬间迸发了，而且是她先开始的。她舔了他的脸，西瓜汁和汗液混合在一起的甜咸味道让她瞬间产生了冲动。他也开始舔她。她感到了另一种热，是从身体内部侵袭过来的，几秒钟的时间就淹没了她的每个毛孔，外界的热再也感受不到。

他们只有过这一次。

她没有感受到所谓的快乐，他好像也没有，他们只是因为燥热引起的发泄，发泄本身是痛快的。结束后，闷热的确消退了很多，但是因为太过匆忙，他们身上的西瓜残液沾染到了床单上，跟她身体流的血混在一起，很难区分出来。等他穿好衣服离开，她就把被单、褥单全部扯下，用它们把地上的西瓜汁擦掉，然后去水房彻彻底底地清洗了一遍。

她把床单晾晒在院子里的晾衣绳上，偏西的太阳仍然明亮灼热，和阳光之间即使隔着两层床单，仍然能感到刺眼。就是在这个时候，离开这里的念头开始从心里滋生。她甚至产生了一点羞愧，想不通自己怎么会在这里待了这么久。她记起自己小时候，有一次踩了狗屎，然后就在那里呜呜哭，就是想不起来赶紧把脏东西蹭掉。她特别恨自己这一点，遇见任何不好的事的第一反应永远不是去解决它，而是哭或者情绪低落。所以，她决定这一次不给自己留这个时间，走，马上，今天，立刻。

离开当然不可能这么快,她可以不在乎父母,未来还没想过,最大的问题是小胡。自那一次之后,他已经信心满满地开始考虑结婚的事了。在他想来,一个谈了这么久的女朋友,已经有过这么一次亲密接触,接下来一切都是顺理成章的事了。他们身边所有的人都是这样的。他不知道,也不可能理解,恰恰是这一次亲密接触,唤醒了她。是身体上的羞耻感,唤醒了何秀竹心里的羞耻感。他正准备跟她提结婚,而她已经决定了跟他分手。

何秀竹没想到,这个嘻嘻哈哈的小胡竟然会策划出一场声势浩大的求婚。

那天是礼拜天,他们休息。平时各种机器声、电焊声、打磨声都停歇了,整个厂区陷入每周一天的安静日,工人们到公共浴池里洗洗涮涮,换上鲜艳的衣服去逛街、看电影。宿舍楼下平日里停满的自行车、摩托车,被人骑走了十之七八。厂子就在城区边上,骑车十分钟就能到商业街附近,那里有商场、电影院、服装店、市医院,还有各种餐馆。

何秀竹这天也想去看电影,王家卫的新电影《花样年华》上映。工人们其实对王家卫不感冒,他们感兴趣的是张曼玉和梁朝伟,这两个能从很多香港录像片里看到的人才是吸引他们的根本原因。更重要的是,他们从收音机和晚报里得知,那是一部爱情片。对年轻人来说,去电影院当然要去看爱情片。何秀竹跟小胡提这事的时候,她本以为小胡会毫不犹豫地答应,但很意外,小胡说他今天有事,不能进城,还让何秀竹也别进城。何秀竹问他什么事,小胡说,没什么事。她当然能看出他的一些拼命压抑的局促,好像知道一个秘密,但忍住不说。何秀竹的原计划是,在看完电影之后,如果时机合适,就跟他摊牌。

何秀竹没有听小胡的,自己骑自行车去了城区。在电影院门口,她看着一对又一对的年轻人进进出出,心里怪怪的。其实,她想约小胡看《花样年华》,是因为她知道那是一个分手的故事,她还没有想好怎么去说，或者说，她决心要离开，但还没想好到底怎么跟小胡讲。何秀竹要离开，但这个决定不仅仅关乎爱情，更关乎她的不甘心：我就这么过一辈子了？这有什么意思？其实她哪里知道什么是有意思的，就是感到不满足，感到不对，一切的一切都不够准确，都似是而非。何秀竹一直能感觉这一点，可到了现在才承认。

从带她的隋师傅那里，何秀竹清清楚楚地看到了将来可能的生活。隋师傅毕业后到工厂，嫁给了一个同事，然后穷尽一生都没有离开过，她自己对此颇为满足。可是何秀竹不行啊，一辈子困在工厂和操作间里，跟一辈子待在农村种田有什么区别？现在，她攒了一点点积蓄了，心里有了底，一时半会儿不会饿死。她想，回老家去，从最开始出发的地方再一次开始，从自己的轨道被改道的地方再一次开足马力，甚至，回到更早更早的时刻，她第一天上学的路上，跟每个遇到的人都说：我要考大学。

何秀竹一个人看了《花样年华》，记住了那句最经典的台词：如果有多一张船票，你会不会跟我一起走？她并不是一个绝情的人，她想把这句话说给小胡听，虽然她内心深处知道他的答案肯定是否定的。但是，梁朝伟又何尝不知道张曼玉的答案呢？他还是要问，她也要问。从电影院出来，她去一家面馆吃了碗面，然后骑车回厂子。

一路上，她骑得飞快，似乎是在用呼呼过耳的风声把心底的噪音遮挡住。路两边人影憧憧，父母、弟弟、何教授电影胶片一样从她脑海里掠过，那些留在她意识深处的声音飘忽不定，但听到它们时的感觉和引起的反应，又在心里真切无比。她听到了汽笛声，仿佛离开的船真的要起航了。她没坐过船，这汽笛声是从电视和电影中来的。那条大船啊，泰坦尼克号一样巨大的船，螺旋桨已经开始转动，卷起漩涡，把冰冷的水切割成白色的浪花。她从远远的码头上跑过来，纵身一跃……

她去宿舍，宿舍没人。给男工宿舍打电话找小胡，宿管大爷说电话没人接。何秀竹有些纳闷,不知道小胡干什么去了,她一路上准备好的那些话不能再等了,今天不说,明天就会被软化许多,就要继续拖下去。她拖不起了。何秀竹已经想明白,他们之间的那一次狂热性爱,其实是自己安慰他也安慰自己的一个举动。这时候,何秀竹听见一粒石子敲击玻璃的声音,她打开窗子,探出头,看见一个工友在楼下。

干吗? 她问。

快点去厂子的大礼堂,小胡出事了。他急切地说。

何秀竹愣了一下,能出什么事? 而且,她敏感地注意到了工友的表情里隐藏的笑意,特别像一个恶作剧的人的表情。但她还是下楼,跟着他去大礼堂。

没有开灯,礼堂里有一种窸窸窣窣的安静。她有点忐忑,被工友扯拽着带到了主席台上,正踌躇间,突然礼堂的灯全部亮起来。突如其来的光芒让她有一瞬间失明了,不是那种什么都看不见的黑暗,而是什么都看不见的光明。她终于从灯光里看见面前跪着一个人时,还有点恍惚,以为是幻觉。那个人抬起头,是小胡,他穿着西装,抱着一束花,说:秀竹,嫁给我吧。

他是在求婚。礼堂里座位上突然拥出十几个工友,大声起哄说,嫁给他,嫁给他。

你在干吗? 她问。

小胡愣了一下说,傻瓜,我在向你求婚啊。

你疯了吧,她说。

根据电影和电视剧里的情节,这时候她应该激动甚至捂住脸哭泣,然后拼命点头,然后他们亲吻,然后所有人欢呼,然后去厂区附近的小饭馆吃饭喝酒庆祝。可是,她不能这么做,这会把两个人都拖入黏稠的西瓜汁液一样的深渊。

小胡看她始终没有答应,站了起来,把花塞到她怀里说:你不愿意？

何秀竹摇摇头。

那就是愿意？

何秀竹又摇摇头。

她此刻没办法解释清楚自己的想法，只好说对不起，然后转身跑掉了。

所有人愣在身后，她只听见小胡声嘶力竭地喊了一声，为什么？！

冲进宿舍里，何秀竹倒在床上，可是呼吸急促，心里沉闷，感觉很不舒服，又站起来，满屋子地走。何秀竹无所适从，直到她看到那个变形金刚，把它抓在手里，心里突然定了下来，慢慢地，呼吸也变平缓了。她长长地吐出一口气，似乎要把所有的愤懑和无力吐出体外。过了一会儿，何秀竹的内心轻松起来，毕竟这个决定是早早就埋藏在心里的，只不过以一种完全想不到的方式告诉了对方。她没想到小胡今天不去看电影竟然是在准备求婚。早晨的时候，她看到了他眼睛里有种隐藏秘密的兴奋感，还以为他要跟朋友去打游戏或者打牌、喝酒。

晚上，整个厂区听说了这件事，大家议论纷纷。在这个小小的王国里，所有人都认识，所有事都是大家的事，平时缺少谈资的人们，终于有了可以好好谈谈的故事。其实，大部分人既奇怪于小胡怎么突然搞了这么一出，也啧啧于何秀竹竟然没有答应。特别是那些女工们，她们打心眼儿里觉得小胡的做法很浪漫，如果是自己，一定会被感动的。

何秀竹是不是喜欢上别人了？她们猜测。

不可能吧，她整天在厂子里，我们都看得见，除了小胡，没有哪个男的找过她呀。有人马上反对这个猜测。

那你说是为什么？

不晓得，我就是觉得何秀竹可能跟咱们有点不一样。

她们有人烫了头发,有人端着脸盆去浴池洗澡,有人洗积攒了一周的内衣,小心翼翼地不让何秀竹听到她们的谈话。这种所有人一起分享一个八卦的感觉真是令人激动。

男工那边呢?几乎所有的单身工友在一个酒馆里喝酒。包间是早就订好的,原本是为了求婚成功庆祝,现在成了小胡借酒消愁的地方。他的朋友和工友们在陪他喝酒,他们都觉得他应该多喝点,喝醉,一个男人的脸被丢在地上踩了一脚,除了喝醉还能做什么?总不能去打何秀竹吧,毕竟人家有权不接受你的求婚。每个人都跟小胡碰杯,不说话,或者只说:兄弟,都在酒里了。什么都在酒里了呢?理解?支持?同情?笑话?一切的一切,反正都在了,你自己去品味吧。小胡喝了很多酒,他是被工友抬回宿舍的。有好几次,他几乎要吐出来了,但硬生生地压了下去,他不想吐,他就是想沉浸在醉酒的难受中,似乎这样就可以稀释一下心里的痛苦。

第二天,何秀竹按时上工,她从没旷过一天工,请过一天假。

走进车间时,所有人轻轻抬眼看了她一眼,然后迅速低下头,继续开工前的准备。检查机器,换手套,戴口罩,看进度表……他们闭着眼睛也能流畅地进行。何秀竹一夜没睡,但此刻一点都不困,她已经彻底想通了,一切已经发生的事情,都不必去纠结,她必须按照自己的计划退回出发点,好再次往前走。

繁重而单调重复的工作很快把所有人带进呆滞和空白中,没有人有空想七想八,都盯着手里的活儿。临近十一点的时候,有人冲进了他们车间,在机器的轰鸣中大声喊:何秀竹,何秀竹,快点,小胡出事了。何秀竹听到了喊声,但她以为那是昨天的记忆在作祟,直到那个人冲到她身边,一把拉住她的胳膊。

他变形的脸和带着惊恐的眼睛,以及变调的喊声:小胡出事了。

何秀竹突然感觉到了自己的心跳,怦怦怦怦,像厂子里有时用重达几吨的铁锤锻造某些零件的那种声响,砰砰砰。她的第一反应是小胡可能寻短见了。

他们冲出车间，到了厂子大院里，正好看见有人扶着小胡从他的车间里出来。他的左手抱着一件衣服，衣服上滴着血，另一个人拎着一个塑料袋，塑料袋里是四根手指。因为失了血，那些手指的皮肤变得很白，像他们用的白色橡胶手套。厂子里的一辆车开了过来，众人喊着快快，去医院。不知道谁推了一把，何秀竹不由自主地跟着上了车。

在车上，小胡闭着眼睛，呻吟着，忍受着剧痛。何秀竹像坐在一排钉子上，她想回头看一眼小胡，可是不敢，她怕看见他苍白的脸，尤其是那四根手指头。刚才碰见的一瞬间，她看到他眼睛里那种带着委屈的恨，像铁扦子一样扎她的眼睛。

小胡的手指有三根接上了，另一根食指因为伤口处骨头碎裂严重，已经无法再接上。何秀竹被厂里安排在医院照顾他，这是她一生里最艰难的日子。她最不想面对的就是小胡，可是又要每天面对他。护士比较忙的时候，她要给他解开绷带，换药，就会看见那四根肿胀的手指和那根不存在的食指。自始至终，小胡没有跟她说过一句话，他毕竟还有一只手是完好无损的，大部分生活都可以自己处理，他不需要也不愿意求助她。

几个月后，小胡出院。这次严重的事故调查报告也出来了，小胡前一夜宿醉，属于违反规定醉酒上工，迷迷糊糊把手伸进了切割器里，导致了惨剧。由于是个人原因，厂里不给他算工伤，只是报了医药费，没给任何赔偿。而所有人知道，小胡喝醉酒是因为何秀竹拒绝了他的求婚，所以，人人心里都把她想成罪魁祸首。何秀竹也充满愧疚，但并不悔恨，她取出自己所有的钱，给小胡。小胡不要，他只拿回了自己送给她的那颗铁心。想想真好笑，一颗铁做的心，仿佛在嘲笑他们，被焐得再热，时间久了也得凉下来。

两人同一天离开厂子，小胡属于被变相辞退，而何秀竹是主动离开。在汽车站的候车大厅里,他的车是下午三点,她的是三点半,一个往南一个往北。临上车前,小胡终于说:秀竹,我不怪你,真的。何秀竹不知道该和他说什么,他不怪她,她也不觉得自己该为此负责,可是她必定要一辈子背负这件事。毕竟他们在一起过,毕竟两个人赤身裸体地纠缠过,在她的感情生活里,他处在一个极其特别的位置。不是爱和不爱,不是性和欲望,是什么呢?好像他们互为各自手里的产品,他制造了她的一部分,她也制造了他的一部分,然后他们终将被送往另一个流水线去完善,再然后组装到完全不同的机器上,再然后去远方的工厂,迎接截然不同的人生。

八

何秀竹抱着一盆吊兰,手里还拎着一盆仙客来和一盆富贵竹,敲开了兰草花卉养植店的门。花卉店的萧姑娘正在给一盆花剪枝,从浓烈的幽香里抬起头,看见何秀竹有点惊讶。这已经是这个月何秀竹第三次抱着花来她这里了。

又有问题?萧姑娘问。

何秀竹把三盆花小心地放好,说,你说也怪了,我都是按照你教给我的方法浇水、施肥、晒太阳,这花怎么就老是蔫蔫的,半死不活,还有一棵都快烂根了。

萧姑娘放下手里的剪刀,起身,仔细看何秀竹的三盆花,的确一棵棵都长得不太旺势,那盆吊兰明显快枯了,富贵竹的根已经有了腐蚀迹象。她用手指捻了一小撮花盆里的土,凑到鼻子底下闻了闻,一股过于潮湿的腐殖味道。

你这是浇水浇多了啊,萧姑娘说。

不可能,我还是上周五浇的水呢,后来我就出差了,昨天回来一看,花就这样了。

那是不是你老公，或你家儿子给浇水了？

那就更不可能了，我家这俩货一个基因，对花草完全不感冒，在他们眼里这玩意儿没法跟鸡翅、羊肉串比，你就算给钱让他们给你浇水，他们都懒得干。

萧姑娘听了，又细细看了看几盆花，说真是奇怪了。

何秀竹说，你再帮我看看，这半年我养的花怎么老是死呢？难道是家里风水不对？

萧姑娘扑哧一下乐了，说，何姐，要不你先把这几盆放我这儿几天，我给你养养，等活泛过来，你再搬回去。

何秀竹说那可太好了，你不知道，这段时间为了这些花，我都快抑郁了。说着，何秀竹从包里掏出一套还塑封着的化妆品来，塞到萧姑娘手里说，这是我朋友出国帮我带的，说是很多明星都用这个牌子。

萧姑娘当然是一如既往地拒绝，何秀竹当然是一如既往地坚决要送，结果当然是一如既往地萧姑娘拗不过何秀竹。两人一番推送，弄得气喘吁吁，在暖湿的花房里出了一层细汗。萧姑娘说，好吧好吧我收了。何秀竹说，妹妹，我想喝你泡的茶了。

萧姑娘笑了，说，我就知道没有白拿的好处。何秀竹也笑。

两人洗了手，坐到里间一个茶海旁，萧姑娘动作熟练地泡了一泡武夷山岩茶，边喝边八卦各自身边的事。

何秀竹认识萧姑娘，何秀竹还认识开咖啡店的王姑娘、开素食馆的苏姑娘、做保险的杨姑娘、美容院的宋姑娘。这么说吧，何秀竹生活的各个圈子里，都有她认识的姑娘或小伙子，有的是姐妹，有的是兄弟。何秀竹自己也不知道从什么时候起，开始把各行各业的人都认识了。但凡在生活、工作上有一点交集的，她都不会当成擦肩而过的陌生人，而是像当一辈子朋友那样去结识。比如，儿子多多从幼儿园到小学所有同班同学的家长，她都认识，连多多课外班的同伴家长，她也认识很多。当然了，何秀竹也并非所有人都加微信、联络，她有着自己的考察标准,这个标准就是,但凡在她的生活或者儿子多多的生活中具有可能性的人,她才会留意。何秀竹的手机通讯录和微信通讯录分了很多个组,有幼儿家长组、小学家长组、补习班家长组、生活组、医疗组,所以,在她的生活里,不管发生任何事情,她都能第一时间联络上一个专业人士,进行咨询。比如,前一阵多多要报一个舞蹈班,她前前后后考察了不下十个,可都各有优缺点,没有比较突出的。就在拿不定主意的时候,她听说多多的一个同学晓雪报了天之舞舞蹈班,立马就给多多报了。原因很简单,是因为晓雪的妈妈是舞蹈学院的老师,虽然她是做行政的,不跳舞,但平时会接触到各式各样的舞蹈人士,她选的班一定是最可靠的。

每当很多人跟何秀竹说,所谓的学区房,其实毫无必要,教育还是要靠孩子的兴趣,或者说宁当鸡头不做凤尾,何秀竹就在心里鄙夷地想:鼠目寸光。还在怀孕时她就做好规划,幼儿园、小学、初中、高中,能进多好的学校就上多好的学校,教学质量先不说,就算孩子是全班倒数第一,但更重要的是他长大后,他的同学都是什么人。你满世界看看,那些当官的、赚大钱的,各行各业的顶尖专业人士,到底是从重点学校出身的多,还是从普通学校出身的多?答案很明显,择校择校,择的是你从小到大的朋友圈,是你将来的资源圈。想明白这一点,何秀竹宁可在四环里住一个蜗居,也不去郊区住别墅。就算都是补习班,四环内的和五环外的教师水平也差着不少呢。

在萧姑娘那儿喝了几泡茶,身体透了透汗,舒服多了,她一看时间差不多了,开车去接儿子。多多今年五年级了,马上要小升初,正是要劲儿的时候。从学校出来,吃口饭,还得赶紧去新中关的英语补习班,没时间复习,只能路上让多多自己复习。

车到知春路那儿,堵住了。按平时,堵个七八分钟也就过去了,可今天不知怎么回事,半个小时竟然纹丝未动。何秀竹看了看时间,还有二十分钟多多就下课了,看样子自己不可能及时赶到,就给马勋打电话。马勋现在在中关村的一家公司上班，这会儿赶过去，完全来得及，可马勋的电话始终无人接听。这条路越来越堵，汽车喇叭嘀嘀嘀叫成一团，何秀竹越来越着急。马勋的电话很少打不通，偏偏赶上今天这个节骨眼儿上打不通，真是奇了怪了。何秀竹对马勋死心，冷静了片刻，想好了对策，先给班主任小于发了条微信，告诉她等会儿放学，让多多跟他同学小雅的妈妈黄太太走。然后给黄太太发微信，让她顺便接一下多多。黄太太是全职母亲，从来不会迟到。小雅和多多一起在上英语补习班。十几秒钟之后，黄太太先发来信息，说没问题，新中关见。何秀竹这才放下心来，打开了车载音响找歌，看到了班得瑞的《寂静森林》，手指点了一下，舒缓的音乐屏蔽了车外的噪音。你堵你的车，我听我的歌，能奈我何？

晚上，从补习班回到家，已经接近晚上八点。多多想吃麦当劳，本来何秀竹不想给他吃，但想到今天自己没能及时赶去接他，心里有点儿愧疚，就给他要了一个麦当劳的鸡腿堡，还有两个鸡翅、一包薯条。多多听了欢天喜地，跟妈妈保证，他今天一定认真做作业。

汉堡是马勋拿回来的，他在楼下碰到了麦当劳的配送员。

刚进门，马勋把汉堡往桌子上一丢，没好气地说：你就给孩子吃这个？

何秀竹本来就对他今天没接电话有气，这会儿又被他指责，也气鼓鼓地说：你管得着吗？我儿子，我愿意给他吃啥就吃啥。

何秀竹已经闻到了，马勋喝了酒，而且还不少。她看着马勋微红的眼睛、有些摇晃的身体，还有他醉酒后夸张的脸，心里一字一顿地告诉自己：别吵，孩子在家呢。何秀竹起身，把麦当劳送到正在写作业的儿子房间，让他赶紧吃，吃完写作业。

马勋坐在沙发上，打开了电视，电视里正放着《甄嬛传》。何秀竹觉得今天马勋有点怪，平时他没这么嚣张，尤其喝完酒之后，总是小心翼翼的。何秀竹给马勋出去应酬或跟朋友聚会的时间做了规定，每周一到两次，每月不超过五次。马勋反抗过，但何秀竹用儿子多多把他反抗的气焰全部灭掉了。

马勋说，老婆，我出去应酬或跟朋友聚聚，也不全是为了我自己，我多交朋友，多积累资源，将来有一天我是要自己创业的，我都是为了你们娘儿俩。

何秀竹说，你说到点上了。我相信你出去不会乱搞，顶多喝完酒到歌厅里找个小姐陪着唱唱歌，是吧？马勋，你要真为我们娘儿俩着想，第一条就是保护好自己的身体，为多多健康工作五十年。就算你不给儿子留几千万资产、十几套房子，你也得保证老了不会生大病，不会瘫痪在床上让人伺候。这才是你这个当爹的最该做的。

从结婚开始，何秀竹就给自己和马勋买了保险，每年两个人的保费要两万多元，孩子出生之后，又加了一份，一年将近三万元。马勋挺反对这件事的，他觉得与其把钱存在一些不靠谱的保险公司，还不如拿出来创业、投资，钱生钱。另外，虽然说按照他们现在的收入，三万元不算太多，但何秀竹的说法让他心里别扭。何秀竹说：你如果不能健康工作五十年，就算生病，也得从病里掏出点钱来。马勋气急了；说：你钻钱眼儿里去了，也不怕卡死在里面。何秀竹倒不生气，说：我就是想让自己跟孩子的生活有个保障，所以必须事事想在前面，我可不能让任何意外事故影响到多多的成长。

马勋并不是标准的IT男，属于半路出家。本科时，他读的是北京航空航天大学数学系，辅修了计算机，后来发现计算机比数学有意思，但是考本校计算机系硕士研究生差了几分，被调剂到了地质大学。他觉得数学太枯燥了，而且绝大部分人根本成不了数学家，就算成了数学家，也一辈子登不上那几座最高的山峰。他不希望自己跟其他人一样，在数学的半山腰晃荡一生。计算机的好处是，只要你掌握了最新的技术，你就能应用它。这有点像弹钢琴和拉小提琴。钢琴嘛，你只要手指头按对了黑白键，出来的音八九不离十，可小提琴不一样，全凭细微的乐感。在计算机领域，他也知道自己不是顶尖的，甚至连第一梯队也进不去，至多是一个比较有能力的码农。赶上这些年中国互联网的大发展，他这种比较早进入行业的程序员，积累了一定的基础，只要身体熬得住，收入还是不菲的。

对于创业，马勋并不是这两年才动心，他在读研时就跟两个同学一起写过一个程序，专门帮学生找自习室。读书时，学校里教学资源紧张，而且很多学院为了赚点外快，在晚上或周末开展社会办学，什么老年大学啦、中学生培训啦、教师培训啦，把本来就紧张的自习室抢占了不少。为了占个座儿，很多同学都要早晨五六点起来去图书馆排队。

马勋和宿舍的两个同学也深受其苦，后来他们发现学院路其实有七八所高校，有几个离得比较近。他们在网上下载了每所学校的排课表，然后用大数据分析出每天哪所学校的哪个教室没有课、能容纳多少人。很多同学受益于这个软件。有一阵，学院路几乎有百分之二十的学生使用这个软件。马勋和合伙人满心憧憬，觉得自己就算当不了比尔·盖茨、扎克伯格，也能在互联网里占有一席之地。但世事难料，马勋和另一个合伙人有技术，可是不懂经营和法律，这个软件被第三个人注册为法人，直接卖给了互联网大鳄，自己卷了一千万元跑到了硅谷。马勋最后成了单一的码农，一气之下退出。

这之后，毕业，工作，他有许多次在撸串的酒桌上豪言壮语：老子一定还会杀回互联网，以后的中国互联网就是这三驾马车：马云、马化腾、马勋。其实他还真有点前瞻性，只不过执行力差，而且对自己的前瞻性没有任何判断。比如，网约车刚开始的时候，马勋就说这个将来一定是大市场；网络医疗还没开始，他就到处说，将来很多小毛病根本不用跑医院，只要在网上咨询就可以了，没过多久，春雨医生就上线了。每一次，他都能嗅到互联网发展的信息，每一次他都晚半步，刚好错过。

这一切,他都压抑在心里。说良心话,何秀竹是一个好妻子,能干,顾家,这个家庭的大大小小的事,几乎都是她操心,马勋是个甩手掌柜。就连买房子、生孩子、上学这些大事,也都是何秀竹拿的主意,而且最后证明这些主意都拿得对。比如这个学区房,如果不是何秀竹干脆利落出手,只过半年,价码就涨了百分之十,他们就买不起了。何秀竹是他们家的话事人,可她又不是那种靠强势和胡搅蛮缠当家的人,她比男人还讲道理。马勋最怕的就是她的道理,一件周末到底要不要上培训班的小事,何秀竹可以花一个月时间来搜集、整理、规划,马勋提出的任何反对意见,都能被她提前想好的理由堵死。有时候,马勋觉得活在一个真空实验室之中,自己是小白鼠,何秀竹是那个温柔而变态的科学家,她不给他试药,只是让他在她的规划下平稳生活。可马勋希望有点意外,有点随意性。比如出去吃饭,跟以前不一样了,何秀竹会提前想好去哪家餐厅,甚至想好了菜谱和坐哪张桌子,但马勋会对那些没去过的或新开的餐馆感兴趣,总想去尝试尝试。这对何秀竹来说就是挑战,她讨厌这种随性的意外,觉得任何计划外的事都隐含着危险。

何秀竹喜欢花,马勋其实也喜欢花,但他喜欢不开花的花,比如仙人掌、多肉之类。搬进新房子后,他曾经养过几盆,但很快都被何秀竹淘汰了。对何秀竹来说,不开花的就不叫花。用她的话说就是:是花你就得开,是树你就得栽。何秀竹把花摆在家里的每个地方,马勋常常笨手笨脚地打翻她的花盆。这时候何秀竹不会发火,但是会让他坐在沙发上,她就这么盯着他看,看得他心里发毛。何秀竹说,我不需要你干活儿,没事你就在沙发上看电视,或者到电脑前打游戏,就是别乱动,你一乱动我的花就得遭殃。

渐渐地,马勋把对何秀竹的不满,都发泄到了那些花身上。他在网上看到一条新闻,说一个人如果每天跟一朵花说脏话,咒骂它,它很快就会枯萎。一个人在家的时候,马勋会对着每一朵盛开的花骂娘，用最恶毒的语言诅咒它们烂掉。发泄完了，他感到一种不安的放松感。最开始，放松感强烈，但慢慢地就会觉得不安更强烈。在他又一次打翻某盆花的时候，他会恍惚，分不清自己到底是无意的还是有意的。

那些花继续活着，继续盛开，丝毫没有受他恶语的影响。甚至，看起来自己的诅咒反而滋养了它们。终于有一天，他无法再忍受下去这一切，他担心自己因此疯掉。他开始动手了，给花浇水、施肥、晒太阳，只不过是按照它们习性反着来的。所以，何秀竹的那些花渐渐腐烂枯萎，她当然不知道自己的丈夫在偷偷地、温柔地杀死它们。这是他仅有的对妻子的报复。常常，何秀竹带孩子去补习班，他在家里给那些花以营养的毒药，然后去厨房炖他们喜欢吃的牛排、猪手、羊肉。他觉得这个时刻做出的饭菜是最香的，因为自己心里那点恶毒已经释放出去了，留下的都是对妻子、儿子的爱意。

他不想承认的是，在内心最底层的不安正在渐渐降低温度，变成一种寒意，甚至冰冷。他知道，这件事如果不及时停止，早晚会被何秀竹发现的。

何秀竹本想对喝醉的马勋进行家法伺候，却被一个加微信的陌生人打扰了。那个人的头像是一枚头花。何秀竹对这个头花有种熟悉感。她正回忆时，看到了那个人加好友的留言是：秀竹姐，我是肖扬的妹妹，肖莉。

何秀竹一瞬间想起很多事，读中专时第一天遇到的那个温暖的男孩儿，他们曾经那么亲密。真是奇怪，自从他毕业回到老家之后，两个人竟然彻底断了联系。有许多次，何秀竹都想去问问他的联系方式，但后来都作罢，她特别担心他过得不好，担心他被自己沉重的内心负罪感压倒。她几乎已经忘记这个人了。

何秀竹通过了肖莉的好友申请。

肖莉说,她送儿子来北京上大学,想见她一面。

何秀竹说好,问她儿子在哪所学校,她找一个方便的地方碰头。两个人最后约在肖莉儿子学校附近的小饭馆。

第二天傍晚,何秀竹打车过去,很远就看见了饭馆的招牌。她走进去,一眼就认出了那个曾经和自己很像的女人。她安静地坐着,完全看不出早年曾遭受过伤痛的影子。她们握手,互相笑笑,然后面对面坐下。肖莉说,她点了几个菜,不知道何秀竹喜不喜欢吃。何秀竹说,都行的,主要是见见面。

何秀竹仔细看着肖莉，她发现肖莉还是跟自己有点像，不是容貌,是神情,只有微微的一点像,但就是这么一点,也足够了。怪不得那时候肖扬第一眼看见自己,就会愣住。

肖莉把那枚头花摆在了桌上。

肖扬呢？他怎么样？何秀竹问。

肖莉没有说话,而是拉开旁边一只包的拉链,从里面拿出一张报纸,递给何秀竹。何秀竹注意到,那只包是个很著名的牌子,不便宜,心里想,看来她这些年过得不错。

何秀竹接过报纸,刚一展开,就立刻在头版的大照片上看见了肖扬的脸。他的头发花白,戴着手铐,站在法庭的审判席上,但是眼神里并没有一般的贪官那种颓废、悔恨和没落,反而是平静的,好像自己对这个结局不但早已知晓,甚至是安之若素。何秀竹的心狠狠地疼了一下,这种疼像条细线一样从心脏一路沿着血管游走到全身,最后整个身体都被这细微的疼痛刺激得有些麻木了。大标题上写着:湟源县国土资源局副局长肖扬严重违纪被"双规"。

何秀竹合上了报纸,她不想看审判的细节,或者他犯罪的细节,这些已毫无意义。

肖莉说:我去看我哥,他跟我说,让我一定想办法找到你,把这个带给你。我打听了很久,都没有你的消息,还是我儿子通过网络查到了你的联系方式。

何秀竹忽然涌出眼泪，她从来没有如此难过，连自己最艰难的岁月里都没有。她回想起他们最后的分别，仿佛从那一刻起，他就早早地预定了自己的结局，他所做的一切，仍然是来赎少年时那无意中的罪。

他还说了什么？何秀竹问，她把那枚头花拿过来，使劲握着。

肖莉摇摇头说，他没别的话，只是让我把这个带给你。

何秀竹说，我记得他说，你也有一个一模一样的头花。

肖莉又摇摇头，说，没有，这是他毕业回家的时候给我的，我戴了好多年，后来他又要了回去。

何秀竹愣住了。

肖莉说，秀竹，谢谢你。我哥说他一点也不后悔。他做了他想做的一切事，而且做成了，他心里再也不难受了。

何秀竹哽咽着问：所以你，这些年你过得还好吧？

肖莉点点头说：我挺好，我哥回去不久，我就离婚了，也谈不上离婚，因为我们连结婚证都没有。后来再也没结，我一个人把孩子养大，都读大学了。也不是一个人，我哥也没结婚，他一直在帮我，他最后……也是因为我。我觉得特别对不起他……

肖莉说不下去了，其实也无须再说，两人开始长时间但并不尴尬的沉默。她们各自想着心事，在无形中，她们的心事仿佛在空气里互相交融了。

服务员一盘一盘上着菜，但是她们一筷子都没动。何秀竹看见满桌的菜中，竟然有两种是鸡腿，她的眼泪几乎掉下来，狠狠地抹了一把眼睛，跟吧台招手，让他们把店里最好的酒拿一瓶来。过一会儿，服务员拿来一瓶茅台，问她，确定要开吗？

何秀竹点头，自己拿过酒瓶，打开，把酒倒进三个杯子里。

何秀竹说：来，我们跟肖扬哥喝一杯吧。

她们碰杯，干杯。真是好酒，一点感觉不到辣，只有灼烧感从口舌一路向下，烧热到胃部。

分别时，黄昏即将消逝，黑夜来临，街上灯光闪烁。在地铁站口，何秀竹跟肖莉拥抱了一下，在两个人的脸交错的一瞬间，何秀竹忽然想清楚了她们到底哪点像了。她记起了，肖莉特别像她梦中出现的何翠竹。

九

一九九九年的三月，北方下了一场十年未见的春雪。

那场雪很大，大到很多地方的屋门都被积雪堵住了，人们不得不打碎玻璃，掏一个雪洞才能出门。院子里的雪有一米深，大地白茫茫，天空却灰沉沉。雪后的第二天，太阳高照，天气陡然升温，那场雪就迅速融化，整个世界变得冰冷泥泞。

他们就在这样的雪后黄昏，到了毕业实习的基地吉林省珲春市小南岔矿区。这里地处中朝俄边界，是吉林省最靠东北的一个市区，隶属延边自治州。三百多年前，《中俄尼布楚条约》的尼布楚，离珲春很近。没上过高中的何秀竹当然不知道这段历史，但是在学校这几年，她在图书馆里看了很多武侠小说。金庸的小说《鹿鼎记》也写到这段历史，小说里，小混混、小流氓韦小宝，在这里跟俄国的女皇有过露水姻缘。对年轻的何秀竹、胡杏儿她们来说，这种遥远的跨国浪漫，是一种奇怪的浪漫，因为这里面包含着刺激性的禁忌。所以，当得知这次田野实习的地点是珲春时，她们都有种莫名的亲切感。

雪水打湿了他们的鞋子和裤脚。他们知道这里的寒冷，但没有想象过会遭遇一场春雪带来的湿，鞋子浸泡在泥水里，微风吹过，整只脚是麻木的。学生们拼命跺着脚，好让自己暖和一点，但常常是溅起了更多的泥水。除了寒冷和偶尔走过说朝鲜语的朝鲜族人，黄昏时的珲春跟他们上学的小城没有多大分别。

他们住进了这个边塞小城的招待所。招待所房间不多,学生们住六人间,老师们是双人间。晚上,何教授带大家去了一家朝鲜族饭馆吃牛尾汤饭。朝餐有自己的规矩,牛尾汤上来之前,先上来七八个小碟子,每个碟子里是各种各样的泡菜,看着红辣辣的,但吃起来主要是咸酸味。他们尝了几口,都不太适应。主食上来了,每人一份牛尾汤、一份白米饭,热气腾腾。这时候再去吃泡菜,就觉得特别对味儿了。胡杏儿喝了一口,皱起眉头,说牛尾汤有腥味,不想吃。何秀竹把自己带的一个面包给了她。自从那次事件之后,两个人的关系冷淡很多,但这次出行,在火车上,胡杏儿却主动坐到了她的旁边,亲热地挎着她的胳膊,好像两个人从没有过隔阂一样。

孙君突然站起来说:何老师,咱们喝点儿酒吧,好歹出来一回,天又这么冷,喝点儿酒暖和暖和。

何教授连忙摆手说:不行不行,学校有规定,出来实习绝对不能喝酒。

孙君说:可周一才正式开始实习,今天还是周末呢,属于假期时间,是不是啊同学们?

男同学立刻跟着起哄:对对对,现在是星期天,学校管不着。

孙君一听有人支持,立刻来了劲儿,跟老板喊:来两瓶白酒,要当地的啊。

饭馆的老板一听,马上从柜台那儿拎了两瓶红旗河过来。何教授把烫嘴的牛尾汤咽下去,再想阻止已经来不及了,孙君和另一个男同学已经用牙齿把酒瓶盖起开了。他们找了几个杯子,给每人倒了一点儿酒。其实何教授也馋酒,在家里老婆控制不让他喝,只有出差或出来实习的时候,才躲在房间里偷着喝点。

孙君递了一杯给何教授,何老师,请与民同乐。

何教授接过杯子说:行吧,你们都打开了,那就喝点吧,不过一定不能多喝，更不能喝多。

可是一群十八九岁的年轻人，遇见了酒就跟猫遇见了鱼一样，想不喝多也难。几杯酒下肚，劲儿上来了，挽起袖子划拳行酒令。一开始，女同学还很矜持，不敢喝，过了一会儿甚至比男同学还放得开。只有何秀竹没喝，每次她都把杯子端起来，在嘴唇上碰了碰，然后就放下。人多杂乱，也没人注意她。她旁边的胡杏儿很快就有了醉意，眼神老是盯着孙君，很快坐到孙君旁边去了。老何呢？手里夹着一支烟，被年轻人这种热气腾腾的热闹所感染，在烟雾中似乎看到了自己读大学时的样子。他的青春，也曾经是如此的喧闹而充满激情。学生们唱起了歌，年轻的朋友们，我们来相会，再过二十年……老何不断地独自端起酒杯，他不吃菜，下酒的就是这群人的歌声、喊声，是他模糊回想起来的过去。在他的斜对面，整场唯一清醒的何秀竹悄悄看着他。

从小饭馆里出来时，这群人身上都带着热气，好几个小伙子甚至把外套脱下来。他们就这么互相搀扶着，走在珲春的大街上，无惧泥泞的街道和料峭的春寒，说着胡话，唱着醉歌。清醒的何秀竹看着他们，心里头有点羡慕，也有点疏离，她刚才其实也想喝酒的，但一直被何教授吸引，害怕自己喝醉了，说出什么不该说的话，或者做出不合适的举动。她知道自己酒量浅，不敢尝试。孙君他们喝的那种高度白酒，她估计两小杯就得醉。那年，她考上中专学校，请亲戚朋友到家里吃饭，父亲带着她挨桌给七大姑八大姨和街坊邻居敬酒，她每次抿一抿，可抿多了，也醉。那天客人们还没散尽，她就醉了，当着大家的面背起了课文里的古诗：黄河远上白云间，一片孤城万仞山。母亲和弟弟把她强行拉到屋里，让她休息，可她还是喊叫：劝君更尽一杯酒，西出阳关无故人。第二天，她带着头痛醒来，感到丢人和惭愧，可回忆起自己昨天的所作所为，又感到一种舒坦。她在炕上翻来覆去，终于想明白这种舒坦从哪儿来了。其实，她在心里对自己没有读高中还是有遗憾的，但这遗憾没有任何地方和机会可以说。这场醉酒，反而让她发泄出来了。

从那儿之后，她再没有喝过酒。

今天她也抿了一点，不算多，但已足够让她有微微的醉意。这点酒意明显不太够，她还能清清楚楚地感觉到自己仍然在隐藏和压抑什么。那身体里要满溢出来的东西，被无形的盖子盖着，这是一种柔软但无限的膨胀。她看见何教授走在队伍的最后面，他没唱歌，但嘴里哼着什么。她故意落后，跟他几乎并排了，听见他哼的其实是戏曲，可不知道是什么戏，也听不清具体词。几乎每一秒她都想跟他说话。不知道为何，如果是在学校，如果是任何其他的时间和地方，她都敢于跟他聊聊天，可就是今天此刻，就是这酒意微薄却并不充足的状态下，她的内心充满了忐忑。或者说，她绝不会承认自己是喜欢何教授的，这跟胡杏儿与孙君，或者其他人的那种所谓爱没有任何相同点。可是，她到底为什么想要跟他说话，又想要看着他呢？

他是她的老师，是比她大几十岁的一个男人。哦，对了，他是男人，这是最根本的一点。如果说每一个怀春的少女身边都有一个人激发她最初的幻想，那何教授可能就是她命定的那个开关。

回到宾馆，她拿着脸盆去公共水房洗脸，冷水让她体会到自己的身体到底有多么热，也让她渐渐从半迷狂的状态里清醒过来。她回房间时，又在走廊里碰见了何教授，他跌跌撞撞冲进了水房。她听见他的呕吐声和呻吟。她在水房的门口来来回回地走，但是不敢进去。楼道里的灯突然灭了，可能是停电了，她在黑暗中一动不敢动。

过了一会儿，灯又亮起，何教授抹着嘴角的涎水，摇晃着走出来，衣服上沾着食物残渣，刚好跟她碰个对面。

他们谁都没说话，擦肩而过，回了各自的房间。

暖气还没停，屋子里很热，再加上人多，女孩子睡前又都洗洗涮涮，暖气片上搭了一张旧报纸，晾着她们的胸罩和内裤。温热的暖气把衣服上的水汽蒸腾出来，形成一种淡淡的氤氲，混合着她们的雪花膏、护手霜的味道，是一种脂粉气、女人气。她在这湿润的香气里躺倒在床上，闭着眼睛，脑子里许多凌乱的片段闪回。突然，她睁开眼睛，看向胡杏儿的床铺，是空的，她根本就没回来。

她不知道胡杏儿去哪儿了，自从那次事件之后，她们基本上没说过话了。来时的火车上，胡杏儿主动过来示好，她也只是恰当地回应，两个人都不去聊过去，但关于未来又没什么共同话题。她感到遗憾，胡杏儿曾经是她最好的朋友，就因为一句无根的谣言，两个人成了陌路人。从那之后，胡杏儿变得“规矩”了很多，极少在深夜才回来。但是这半年大家都能看出来，她一反被人追的常态，开始对孙君上心了，总是往他身边凑。

所有人在这温热湿润的气氛中睡去了，那些青春的身体，经过了酒精不同程度的麻醉，还有坐了一天车的疲惫，徜徉在暖意中，感到放松和舒服。但是，凌晨三点时一阵剧烈的玻璃碎裂之声惊醒了整个招待所的人。灯分散着亮起，人们迷迷糊糊地起身，问发生了什么事，然后是噔噔下楼的声音，再接着有人大声喊：跳楼啦，有人跳楼了。

跳楼的是胡杏儿，她正躺在泥泞的地上哀号，她的腿摔断了。

在实习的第一天，就出了一件大事。

那天晚上喝完酒，大家都回了自己的房间，胡杏儿和孙君却进了另一个房间。那是走廊尽头的一个房间，住客出去办事，服务员打扫完没锁门，房门虚掩着。两人走上楼道的时候，本来昏黄的灯光，因为突然停电整个儿黑了下来。就在黑暗中，胡杏儿的手搂住了孙君的脖子，还把孙君的手塞到了自己的衣服里，接下来，他们的嘴碰到了一起。两人开始从热切变得疯狂，他们身体靠着的一个房间门开了，两人顺势进去。他们停止动作，以为会惊醒屋子里的人，但是静了十几秒都没有任何响动，孙君借着窗口透进来的微光看见，这是一间四人间，四张床铺上都没有人。他们又开始了自己的动作。

他们滚倒在一张床铺上。

激情退却后，两人感到了惬意和疲惫，加上酒精的作用，竟然相拥着睡着了。半夜，房间里的客人开不开门，拼命敲，两人惊醒。慌乱中，他们想跳窗子逃走，可是孙君胆小，他不敢跳，却一把把胡杏儿推了下去。

胡杏儿在冰凉的泥水中躺了半个小时，嗓子都号哑了，才被医院姗姗来迟的救护车拉走。

这件事之后，他们的实习被临时取消，全体人员两天后就回到了学校，包括腿上上着夹板的胡杏儿。何教授因为带队饮酒，而且出了这么大的恶性事故，被学校处分。孙君和胡杏儿留校察看。有了处分，将来毕业分配会受到影响。半个月后，学校换了个老师，带着他们在附近的一个小地方实习了一个星期，算是完成了任务。

最后的半年过得兵荒马乱，所有人在想方设法分配到好一点的单位，矿务局、地质局、专科学校等等。何秀竹三年来成绩优秀，表现良好，她信心满满，觉得自己能进东河市的矿务局，成为正式的国家工作人员。但派遣证下来的时候，发现根本不是，她竟然被分到了一个小机械厂。这个机械厂跟她的专业不完全对口，而且不算国有单位，属于半私企，效益一般，偏远，没人愿意去。招不满名额，学校才把何秀竹塞进去的。

她去找领导问情况，领导只告诉她，上面就是这么安排的，至于她向往的矿务局名额，已经填上了别人的名字。

十

从厂子离开那天，正是她二十岁的生日。

并不是她非要挑这么个日子矫情，她原来的计划是要早一周的，但是每年到生日那天，厂子里会发一个蛋糕券，她要等这张券，好带一个蛋糕回去。何秀竹第一次吃奶油蛋糕，就是到厂子的第一年用工会主席发给她的蛋糕券买的。

她坐在长途车上，挎着一个黑皮包，捧着一盒奶油蛋糕，生怕颠簸的车把蛋糕颠碎了。她知道，这一次回去，如果告知父母自己辞掉了工作，他们一定会很恼怒。她要从各种细节上去消灭这些恼怒的小火苗，不让自己因此被烤焦。给她底气的，是黑皮包里层的五千元，这是她两年多来攒下的全部积蓄。何秀竹从邮政储蓄银行取出这笔钱时，心跳剧烈。她回到宿舍，关上门一张一张地数，越数越平静，她甚至忍不住跟自己说了一句：其实你早就有这个心思了。何秀竹这才恍然大悟，当第一个月拿到工资，到邮局去给父亲汇钱，她鬼使神差地从四百元钱里抽出了一百元，只汇走了三百元，就已经暗中为今天做着准备了。

两年多来，她一点一点地积攒着对未来生活的保障，小心翼翼地守着这点钱不被感冒、月经不调和各种应酬消耗掉。她知道，如果这笔钱的数额不够让她安心，她就得在这里忍耐下去，继续这平常无奇却又安稳的日子。

在小城生活的岁月，敏感的她看到一家又一家小商店涌起，那些卖零食、日用、服装的不说，就连五金店都遍地开花。厂子里的效益也可见端倪，这些年房地产、汽车领域发展越来越快，相关的五金制造跟着水涨船高。他们是个小厂子，做不了大件，但那些装修用的门窗、折页、汽车门把手、修车的扳手这一类小东西，订单一年比一年多。何秀竹想回到镇子上开一家五金店，她基本摸透了进货的渠道，只要有货源，销量问题不大。去年春节回去，她就听留在老家的初中同学说，县政府跟秦皇岛一家大的地产公司签订了战略合作协议，县上所有的商品房都由他们来建。她还看到以前空荡荡的马路上，小汽车越来越多，尽管都是大城市淘汰的高油耗、重污染的二手车。这一切都在暗示她，开一家店最好的时机到了。

何秀竹最大的困难是家里，是生病的父亲和母亲。只有搞定了他们,她才能安心地把这家店开起来。回家之前,何秀竹给村里的赤脚医生打了个电话,让他转告父亲,自己两天后坐长途车到家。

何秀竹从长途车上下来,胳膊因为长时间捧着蛋糕,已经麻了,只能请司机帮她把行李从底箱里拎出来。她站在村头,没有看见来接她的父亲,这里空荡荡的,连一条狗、一只鸡都没有。难道赤脚医生没有传话给家里吗?就算父亲不来,母亲或弟弟也应该来呀。她小心地把蛋糕盒放在一块石头上,缓慢地活动着胳膊,血液流到已经很长时间缺血的臂膀,她双手的知觉慢慢恢复。何秀竹深呼吸几口气,闻到了猪粪、鸡屎的味道,一瞬间就回到了家乡,这两种东西,她小时候要背着粪篓来拾,沤好了之后母亲去施给园子里的茄子、辣椒。

何秀竹背上所有的行李和包裹,拼尽全力才让双手空出来,艰难地捧起那个包装盒已经略微变形的蛋糕,往家的方向走。她能感觉到,盒子里的蛋糕在长途奔袭之后,已经不再完整,但她不敢打开看,她还抱着幻想,不停地告诉自己没事,蛋糕变形了也是蛋糕,依然美味。

是邻居家的小孩子帮何秀竹开了院子的门,又冲进去大声喊:何大爷,我姐回来了。屋子里有一个沉闷的应答声,但并没有人出来。何秀竹的心一沉。

走进屋里,何秀竹看见父亲躺卧在床上,母亲端着一碗药在喂他。她连忙把蛋糕放下,凑过去问,我爸怎么了?

父亲有些歉意地看看她,说,没事,老毛病,这几天又犯病了。说是要去接你的,可就是起不来,你妈也不敢离家。

何秀竹接过母亲手里的药碗,去给父亲喂药。

一直沉默的母亲空出了手,狠狠地拍了自己的大腿一下,突然大声咒骂起来,这小瘪犊子,怎么就这么能折腾啊。你爸这病就是他给气的,他把我们俩都气死得了。

何秀竹说，到底怎么回事？

是弟弟何秀山闯祸了。

去年秋天，何秀山压线进了镇上的高中，因为这个，何秀竹还专门寄给他一套运动服、一双假的耐克运动鞋，花了将近一百元。但何秀山到了镇子上之后，跟同学里的一群好玩好闹的人交上了朋友，那群人大都家在镇子上或矿上的，家庭状况好，常常一起跑出去打台球、看录像、喝酒。何秀山没钱，又想跟人家一起玩儿，就只能鞍前马后当小弟，跑腿，打架的时候冲在最前面，下手最狠。他就靠这种方式赢得了这群人的认可，让他跟着蹭吃蹭喝蹭录像看。何秀山为了显示自己的仗义，跑到学校外的小卖店赊烟赊酒，欠了不少钱。商店老板找他找不见，追到了家里，父亲母亲才知道儿子在学校干的这些事，只能东拼西凑把账结了。父亲要收拾何秀山，没打到儿子，却被他一甩手摔了个跟头，犯了心脏病。

这还没完。何秀山不敢回家，整天躲在镇子上学校旁边的出租房里。这间小房子，是他同学租的，这两个同学家在一百多里外的矿山，住不惯宿舍，就合伙租了一间房子。有天晚上，何秀山跟他们一起躺在被窝里抽烟，烟头没掐灭，引发了大火。刚好隔壁的人下夜班回来，看见着火了，把他们喊醒，几个人逃了出来，火势却难以控制，两间房子全烧了。本来这事三个人都有份儿，但另两个人一口咬定烟头是何秀山扔的，而何秀山竟然为了所谓的"哥们儿义气"，自己承担下了所有的责任。

何秀山被派出所带走了，老何就躺在床上再也没起来。

听了弟弟的事，何秀竹脑袋晕乎乎的，她不相信这些都是当年跟在自己屁股后面，整天姐姐姐姐喊着，因为怕做噩梦而不敢睡觉的弟弟何秀山干的。那时候，他是多么胆小而羞怯啊，即便是最熟悉的亲戚来家里，让他喊人，他也总是低着头轻轻地喊一声。何秀竹还记得，两个人一起去田里捡麦穗和豆子，麦芒把他的小手划得到处都是细微的伤痕，他就用这双手捧着金黄的麦穗递给她说：姐姐，姐姐，你看我捡的麦穗多大啊。捡豆子时，他用自己稚嫩的手翻开土块，一颗一颗地凑成一小捧，还是递给她说：姐姐，姐姐，好多豆子啊。豆子也是金黄的，他的手却黑乎乎，指甲里蓄满了泥土。

如果说，何秀竹对自己的出身和故地有什么怀恋和温情的话，一大半都来自弟弟。她比他大七岁，从小父母在忙地里的活儿，大都是她拖拖拉拉地带着他。自从她读中专后，他们就分开了，一开始还会每个月通几封信，后来书信渐少，而她也似乎要刻意跟自己的过去保持距离，连带着对弟弟的事也不那么关心了。她写信，也只是问问学习怎么样、吃得怎么样，从来没想过他长到了青春期，开始叛逆了，开始结交各种各样的朋友并受他们影响。其实，弟弟很小时偷偷抽烟的样子，已经露出了将来的苗头。何秀竹这时候才发现，弟弟其实已经早就不是那个捧着豆子和麦穗的孩子了，他现在手里拎着酒瓶子、嘴里叼着烟，对一切都满不在乎。作为一个早熟的女孩儿，何秀竹当然也在自己的青春期见证过那些假装“混社会”的男同学，甚至在一部分女孩子的心里，他们染着颜色的头发、流里流气的穿着和满嘴的脏话，还带着一种特殊的魅力。她哪里想到弟弟也会变成这样？

安顿好父亲，何秀竹就去路上拦车。等了好半天，才有一辆四轮车开过来，何秀竹赶紧拦住，问师傅到不到镇子上。开车的是一个四十多岁的男子，从隔壁村来，刚好要去镇子上拉猪饲料。何秀竹爬上四轮车车斗，扶着栏杆颠颠簸簸到了镇子上。她先找了个公用电话，给自己在镇政府上班的初中同学孙鲇鱼打了个电话。孙鲇鱼跟她做过一个学期的同桌，因为长得特别像一条鲇鱼，得了这个外号。他初中毕业去读了中师，毕业后回镇子上的中学教书，两年后调到了教育局，也算是在政府系统了。

孙鲇鱼的眼睛比念书的时候更鼓了，嘴也变得更大，见了何秀竹，嘻嘻哈哈说：啥时候回来的？也不说一声，给你接风啊。他一开口，何秀竹就闻到了他嘴里浓重的口臭味，混合着他吃的大蒜的味道，几乎令人作呕。她强行压住恶心的感觉，笑着说，老同学，我有事麻烦你。

何秀竹把秀山的情况才一提，孙鲇鱼就摆手说，他是你弟啊？他这个事现在轰动全县了，好在火灾被控制住了，也没有人员伤亡，要不更麻烦。何秀竹说，老同学，你一定得帮帮忙，看能不能请派出所先把人放出来，他还是个孩子，再说这也不是刑事犯罪。孙鲇鱼说，这样，我先打个电话问问。

孙鲇鱼拿起电话，嗯嗯啊啊了半天，放下电话跟何秀竹说：秀竹，这个事说大不大，人家房东也不想为难孩子，就是把损失赔偿了就行了，这是民事纠纷。派出所拘留秀山，也不会超过二十四个小时，现在我带你去领人，但你必须在一周之内把钱赔给人家。

谢谢谢谢，何秀竹连忙感谢。

孙鲇鱼带着何秀竹去派出所，就在政府大院后边，走路不到十分钟。一个民警把何秀山领了出来，头发蓬乱，满脸烟灰泥垢，可见进去之后脸都没洗一把。何秀山看见姐姐，眼神里怯懦又雀跃，他知道救自己的人来了，也知道姐姐肯定会骂他。他凑到何秀竹身边，何秀竹举起手想给他一巴掌，可他这会儿的眼神，像极了小时候做错事的样子，让她忍不住心头一软，手只是轻轻落在他脸上。

脸都不洗一下吗？还是自己知道没脸见人？

姐——何秀山小声地喊了一句，眼泪在眼睛里打转。

何秀竹带弟弟出来，又跟孙鲇鱼道谢，说请他去吃个饭。孙鲇鱼说，老同学别客气，举手之劳，好好教育教育你弟弟，别再闯祸了。出了政府大院，何秀山拉姐姐的袖子：我饿了。何秀竹就带他去旁边一家面馆，他呼噜呼噜吃了两碗茄丁打卤面，摸着鼓起来的肚子说：终于吃顿饱饭。

为了平息这件事，何秀竹把自己准备开店的钱都赔给了房东。她别无选择，父母没钱，弟弟更没钱，硬拖着不给人家说不过去，闹到法院，更难收场。当何秀竹把用手绢包着的五千元递给房东，又从房东手里接过一张几厘米宽的收条时，差点哭出来。她那家五金店，她计划了好几年的事业，竟然还没开始就破灭了。但是她没有为这个去伤感太长时间，她知道，只要你活着，总会有什么事来折腾你，反正躲也躲不过，只能硬着头皮往上冲。

如果说这件事有什么好处，那就是何秀竹终于不用为辞职的事在父母面前小心翼翼了，无论如何，她搭上了自己的全部身家，摆平了弟弟闯的祸，父亲和母亲再也没理由去数落她。但是何秀竹自己得想这件事，五金店开不成，她干什么呢？

何秀竹干了很多事。她借了点钱，跟着一个堂姐去临沂进服装，然后到大街上摆摊卖。这事有赚头，但辛苦，而且很快各类商场、商店都知道了进货渠道，争相效仿，她们的利润就越来越低。她还跑去矿山应聘，结果人家这会儿至少要大学专科，她这种中专学历完全不考虑。她跑到市里去考了一次公务员，成绩不错，面试的时候铩羽而归，有关系的比她更年轻的人，拿到了那份工作。何秀竹几乎尝试了所有能尝试的路子，都没能走通，但是她仍然坚信前面有一条路在等着自己。就算前面是东墙西墙南墙北墙四面铜墙铁壁，她也会闭着眼睛撞上去。不撞南墙不回头，撞破南墙也许就活过来了。

“置之死地而后生。”那段时间，何秀竹的脑海里一直在翻滚着从《读者》上看到的这句话，可她总是弄不明白怎么个死法，又怎么个活法。直到一次她在深夜惊醒，再也没能睡着，就这样看着整个世界一点儿一点儿从黑暗走到清晨。阳光照进房间的一刹那，何秀竹知道自己该干吗了，她要从头来过，从她当年初中毕业时选择中专那一刻来过。她要回到那个命运之轨被扳歪的时刻，再做一次选择和努力，命，如果有的话，她也只认自己拼过全力的命。

何秀竹再次出门了。

这一回，她去了市里，花了一年时间，一边打工一边念书，在夜大拿到了同等学力的本科文凭。但这不是终点，何秀竹的目标是考研，她要去大城市读研究生。现在，在何秀竹面前已经没有任何迷障，她身后更是空若无物，什么都不去想，只是去做就是了。她坚信，自己可以做到。“世上本没有了路，只要你不停地在一个地方走，早晚能走出一条路来。”这句话，也是从杂志上看到的，不是原话，何秀竹改了后半句。

十一

她最隐秘的那部分，跟任何人都不会说，连她自己都只在极其必要的时候才想起。她更愿意什么也不想地去享用那种快乐，混杂着意淫和想象的快乐，她又开心又悲哀。她的开心在于，那是她全部人生的唯一例外；她的悲哀也在于，她明确地知晓这一生最大的放纵也只是如此了。她像一个心无旁骛地在沙场上征战若干年的战士，回到阔别已久的家乡，只能通过杀掉一只鸡、一只兔子来品尝血色。她如此努力所争取的，不过是她既不是女儿、母亲、妻子，也不是单位的谁谁谁、某人的闺密朋友之类，她仿佛躺卧在阔大的海面之上，任由自己缓缓沉入海底。

但她总会在即将窒息的一刻浮上水面。

Hery 的手指轻柔地划过她的头皮，她感到自己的身体在微微颤抖，头皮是酥麻的，像是每一个细胞都被最合适的阳光、空气、温度唤醒了，伸展着自己的纤维。她渴望那双手继续下去，甚至渴望它们能肆无忌惮地从衣领伸进衣服里面，越过蕾丝边的胸罩，去抚摸暗暗发胀、发烫的乳房，而且要用力。她几乎要呻吟起来。

力度怎么样，姐？

Hery 带着南方口音的普通话，沿着水痕钻进她的耳朵，顺着耳道一直蔓延到鼓膜。鼓膜在轻微的潮湿中微微颤动,她也随即发出轻轻的一声嗯。这不是对 Hery 的应答,而是一个女人对自身的感叹。她不想从刚才的想象和体验中出来，这个彻底忘掉家庭和社会的瞬间是多么美妙,这个灵魂赤裸的瞬间多么让人陶醉。当然,他的手只是在头发里游走、抓挠,不可能伸进衣领去撩骚她。他的话再次有些不合时宜地响起:姐,今天就洗个头吗？不剪一下？要不烫个离子烫吧？

结束了,她得回到现实里,那个每次给她做干洗的洗头小弟,真正感兴趣的是推销贵宾卡,是让她在店里烫发、染发、美容,他对她本身丝毫不感兴趣。她不在乎他感不感兴趣,每周一次,她都会到理发店去做干洗,这个习惯她保持了有两年了。

两年前,一个电话把她的前半生扎了个针眼儿,何秀竹绷了几十年的那股劲儿，就这么一点一点地放掉了。电话是胡杏儿托人打来的。自从中专毕业后,何秀竹跟胡杏儿再也没有联系过。对方电话里说,让她去东河市。何秀竹记得,当年自己曾有机会分配到那里,但后来名额给了其他人。

何秀竹是在东河市的医院里见到胡杏儿的。胡杏儿得病了,癌症,已经做了大半年的化疗,但效果不明显,癌症转移到很多器官,医生说活不过三个月了。看着脸色雪白、头发掉光的胡杏儿,何秀竹号啕大哭。她的眼泪既是给这个读书时最好朋友的,也是给自己这些年所经受的一切的。很长一段时间以来，她觉得自己是世界上最惨的人,可现在面对着胡杏儿,她发现自己仍然是幸运的那一个。胡杏儿身体很虚弱,她真的不行了。她有一个未婚夫,不是孙君,是她单位的同事,自她生病后一直不离不弃地照顾她。胡杏儿的未婚夫告诉何秀竹,说她一定要见到你,有些话,一定要在死之前说。

病房里只剩下何秀竹跟胡杏儿,她握着她的手,那双手仿佛没有骨头，是一团融化的肉。何秀竹几乎无法从这双手里感觉到她还活着。胡杏儿断断续续地告诉了她,当年毕业分配的事。

对不起,秀竹,是我占了你矿务局的名额,现在这可能是我的报应。

原来,当年分配时,胡杏儿怀了孙君的孩子,但是孙君并不想跟她结婚。他和她在一起,就是为了身体的贪欢。孙君让她把孩子打掉。胡杏儿知道自己不可能收服这个浪子,就以此为条件,让孙君找他父亲,帮她安排工作,她不能赔了感情最后什么都没剩下。孙君的父亲通过暗箱操作,把本来要给何秀竹的矿务局名额转给了胡杏儿。在那个年代,这不是多难的事。

胡杏儿依约打掉了孩子。当她得知自己抢走的是何秀竹的名额时,曾有过短暂的挣扎,可她不敢也不愿意放弃,她觉得自己比何秀竹更需要这份工作,更需要这个保障。这么多年来,她一直心怀愧疚。她一直通过各种方式关注着何秀竹,每一次何秀竹换了地方,她总是第一时间想办法找到她的联系方式,可是她一次也没有联系过她。她不知道自己该怎么说,该如何面对昔日的朋友。到现在,她命不久矣之时,这件事再也不能拖下去了。她于是央求那个无条件爱她的未婚夫,帮她联系何秀竹。

何秀竹听得震惊不已,她脑海里有千万个疑问在翻滚,可那些疑问在已经不可更改的现实面前又是如此虚无缥缈。她感到自己深陷困境,胡杏儿即将死去,她又能对曾经的掠夺怎么样呢?所以,她既没有办法对胡杏儿说出原谅的话,也说不出安慰的话,她只能握着她软绵绵的手流泪。

何秀竹没有马上返程,一直陪胡杏儿走到最后。她们见面之后,胡杏儿只活了五天。一个阴雨天里,何秀竹跟胡杏儿的未婚夫一起,把那个瘦到只有六七十斤的身体送到了火葬场,看着她化成烟火和灰烬。

回北京的火车上,何秀竹翻来覆去地想自己这些年的日子,想那些在她生活里来来往往的人,想命运的乖张和残忍。如果那时候,她如愿去了矿务局,自己的人生肯定跟现在完全不同。然而生活里没有如果,也幸好,没有如果。她忽然明白了什么是无常,也看清了眼下自己面前的路,很宽,甚至有好几条可以选择,但现在,她会选最多人走的那条。

从火车站回家,遭遇了大堵车,她实在等不及了,直接拎着行李箱下车往回走。离小区还有两站地左右,她低头赶路,却被一个少年拦住。原来街边是一家新开的理发店,门口旋转的花灯影影绰绰。少年站在光影里,顶多十八岁的样子,拿着一摞宣传单,用很小的声音问过路的人办不办卡,现在可以打七折。她也收到了一张,正要跟平时一样随手扔掉的时候,她看见了他的眼神。那是一双初出茅庐还没有被生活磨炼过的眼睛,带着一丝可怜巴巴的祈求,可她又在这祈求里看见了某种隐秘的倔强,仿佛是整个湖面结冰时在最中心留下的一小片波纹。他有一张婴儿般光洁的脸,俊俏,白净,特别是他的鼻子,那是她在男人的脸上见过的最漂亮的鼻子。

她鬼使神差地问:你们这儿能做干洗吗?

他立刻活跃起来,说:有的,干洗、美容、保养,什么都有,而且新店开业,打七折。办卡储值一万元以上,终身半价,特别划算。她说,我想做个干洗,而且就你洗,做得好了,我就办卡。他愣了一下,说:我……我现在负责发传单,我……

那就算了,她说。她转身离去的一瞬间还在想,自己这是疯了吗?可还没有等想法全部闪现,就听见身后的声音说:姐,那咱们去店里吧,我给你洗。她已无法再走。她走了太多年了,终于找到一个停下的理由。

后来她知道,如果这一个月他再没有业绩,很可能会被炒鱿鱼,她是他能抓住的最后一根稻草。他们走进装修豪华的理发店,店内到处是镜子，把人照得恍恍惚惚，音响里外国歌手声嘶力竭地唱着，好像所有人都被这个时代遗弃了。他跟门口那个化着精致妆容的经理小声说了些什么，经理点了点头，他放下手中的东西，走到她面前说：您要存包吗？她反问他：你说呢？他脸红了一下，说：姐你跟我来。

他把她引导到干洗区，躺卧在一张柔软舒服的椅子上，脖颈下的凹槽让沉重的颈椎感到一种轻松。他拿了洗发液，挤在自己的手心，双手揉搓出泡沫，然后涂抹在她头发上。她闭着眼睛，但能感觉到自己的头发缝隙被泡沫充满，整个头仿佛漂浮在水中。他的手指伸进了她头发里，梳理揉搓，海面开始翻滚着温柔的浪花。她心里跟马勋、跟生活梗着的那股劲儿突然松懈，眼泪唰地一下就流了出来，他并没看见，还以为是水龙头溅上的水。后来，他们又去洗发区清理了泡沫，再回到干洗区的躺椅上，他给她捏额头和耳郭，然后用一根棉签采耳。他把棉签一头的棉花扯得细细长长，轻轻伸进她的耳洞，似乎是他隔着口罩的呼吸钻了进去，她身体微微抖动了一下，然后感到了极其熨帖的舒服。她仿佛睡着了，但能感受到他轻盈而小心的动作，她的耳朵里什么也没有，她的头发也不脏。她这会儿觉得，人长头发和耳朵，就是为了做这些的。

离开时，她办了一张一万元的贵宾卡，刷卡的那一刻，她看见这个少年的眼神里再也不全是怯懦了，而是多了一种兴奋。他把她送到门口，热情地开门，说：姐您慢点，您常来。她走下台阶，又听见他喊了一声：我是25号小源。

她一身轻松地回到家里，马勋正在沙发上打游戏，见她推门进来，有些茫然。他没想到她这么快就回来了，也没想到她开门、关门的声音如此平常，而不是以前吵架时的猛烈摔打，而且她还拎着两个外卖盒。她把装着三文鱼寿司的餐盒放在茶几上说，我吃过了，就进了卫生间。里面很快响起淋浴的声音，一切都仿佛跟其他日子毫无不同。他愣神的刹那，游戏里的那个他丢掉了一条命，他赶紧重新集中注意力，再次端起了冲锋枪。

她在卫生间里，把刚刚洗过的头发又冲洗了好久。刚才，在脱衣服的时候，她羞赧地发现内裤是湿的，她恍然间醒悟，之前在洗头的时候，自己的身体竟然涌起了潮汐。本来她不打算洗头的，但现在，似乎不洗就留下了某种罪恶的证据。温热的水敲击着她的头皮，那个少年的手指触碰的感觉从身体里涌现出来，继续冲击着她的感官。借着温热的水，她尽情地流了一会儿眼泪，但是她此刻并不悲伤，也不难过，她忽然发现自己以前所纠结的很多事情都是庸人自扰。她总是以一种别扭的姿态去对抗，搞得辛苦疲乏，但只要换个姿势，一切似乎很简单。

在此之后，她每周都会到那家理发店去做干洗，有时也剪一下头发或者烫发；干洗的话，总是找那个25号叫小源的少年。他们渐渐熟络起来，她眼看着他的青涩洋葱皮一样一层层褪去，露出本性的另一面。他的手指在她的头发里，再也不是最初的小心翼翼，而是驾轻就熟的老练，她依然能感觉到放松和舒适，可再也体验不出原来的战栗感了。他会跟她说自己交了个女朋友，每天晚上十点多下班，他们一起骑自行车一个小时回到西山附近的出租房里。

路上好安静啊，他说，有几段还特别黑，我摔倒过一次，把手都磕破了。

她脑海里忍不住想，啊，他有女朋友了，还住在一起，他们肯定做过了，他们肯定每天都在做。她总是被自己的这些想法吓一跳，忍不住扭动一下身子，想用身体来掩饰心里不堪的想象。他已经不再注意她的这些细微动作，对他来说，她跟其他洗头的人毫无两样。他还说自己是家里的老小，上面有三个姐姐，说她特别像他大姐。她听了，心里很不舒服，但又知道这毫无理由。她有次曾亲耳听到，他跟另一个来做美容的女人说，她像他的大姐。他可能并没有那么多姐姐，甚至一个都没有，连小源这个名字也是进店之后才起的。

总体来说，她在工作里、家庭里遇见什么不太顺心的事，第一时间都会到这里做个干洗，她沉溺在这种合情合理的陌生亲密接触中。她不喜欢去洗脚城捏脚或做什么SPA之类的，哪怕那里也有好看的男技师。她只是渴望一双温柔的手穿过头发。一年多后，他已经不再是洗头小弟，而是这家店里的一线理发师，他的头发有时候是直的有时候是卷的，有时候是红的有时候是黄的。他熟练地操持着剪刀和吹风机，跟所有的女客户谈笑风生，她以自己的上百次洗头，目送他从一个少年变成一个男人。她能想象，过不了多久，他就会跟马勋或她单位的那些男人一样了。但是无所谓，她已经找到了生活之路，她已经学会了改变形体穿过奇形怪状的人体森林。这张卡还有三千多元，她转让给了一个朋友，然后到另外一家办了新卡，因为那里有新来的少年，也能做干洗，她也只需要做个干洗。

两年的时间，她换了三家店，现在是第四家。

其实，三天前她才来过一次，本来要等下周再过来。但晚饭时她无意间发现的一件事，让她心情低落到了极点，她必须出来放松一下。

把多多送到家附近的课外班，她回去收拾了一下屋子。她拎着在阳台晒好的水去浇花时，发现每个花盆里都湿润润的，有的甚至还滴着水，她记得清清楚楚，自己这几天并没浇水。那只能是马勋浇的，但是，自己专门晾晒的水一点没少。这只能说明，马勋是用其他水浇的。他怎么会突然给花浇起水来了呢？

有一个想法突如其来，让她自己也感到害怕：他，会不会是故意弄死我的花的？这个念头一出来，她浑身战栗，如果这时候马勋在家，她可能会吃了他。她坐下，开始翻两个人的聊天记录，除了日常的吃饭、买东西、接送孩子之类的信息，没什么奇怪之处。她闭着眼睛回想自己每次浇花的情形，似乎花盆总是湿的，还有有些不能多接触阳光的花，总是出现在阳台上。之前，她都以为是自己忘记搬回来了，现在想来，也有可能是马勋故意搬过去的。她还想起，自己去花店咨询时，店主几次都说那些花按照方法养，是绝不会死的，可是都死了。

她颤抖着拿起手机，要给马勋打电话，但是电话在接通之前挂断了。她发了条微信给他：没事，不小心摁到了。这一会儿，她冷静了些，她想到自己对马勋，也有过许多不能示人的小心思。比如，多多两岁时，有一阵马勋的父母过来住，她悄悄实行的冰山政策。她对公婆没什么意见，双方属于最常见的关系，不亲密但也没什么矛盾，她的意见是对马勋的。他们在这儿住了一个月，她对公婆都是热脸相迎、嘘寒问暖，但对马勋始终冷若冰山。

还有，她和马勋之间的性生活，也是她掌握着主动权。曾经有过一段时间，她的欲望比较强烈，几乎每周至少要两三次。那时候她还没生孩子，年轻，荷尔蒙旺盛，但是马勋和所有男人一样，已经过了那个新鲜刺激的阶段，对身边人有了初步的审美疲劳了，他大都是打卡完成任务。但是自从她怀孕之后，他们就很少再做爱；生完孩子之后，她身体的激素发生变化，对于男女之事越来越淡，相反马勋因为长期的禁欲，又变得需求旺盛起来。她掌控着性生活的节奏，一切都是按照她的时间点来的，以至于很多次，马勋为了一次求欢，会干干净净地洗半个小时澡，甚至喷点香水，奴颜婢膝地钻进她的被子里，探索着抚摸她的乳房和小腹。她感到他的可怜，所以满足了他。她并不担心马勋会出去乱搞，他没有那个胆量，并不是说他不敢去，而是他本身就不会。他是一个危机感很重的人，不相信洗头房里的女孩子身体健康，也不相信他们说的警察绝对不会来查，他深深地害怕偶然性的噩运落在自己头上，特别是前几年爆出来一些热点事件之后。

她想起来的和马勋之间的那些温情，都是极其细碎的，但在她的心里扎下了根，缓慢地被日常生活浇灌着。它们长不成大树，可是架不住犹如青草般蔓延，日积月累，就把大部分空间侵占了。比如，她生多多的时候，二十多个小时还没生下来，马勋不停地劝她说：剖吧，剖吧。可是她坚持要自己生，她觉得这是对自己的考验，等第二天终于把孩子生下来，那个主治医生跟她说：你老公不错，你知道吗？进产房前他跟我说，万一有什么事，一定要先保大人。她听了心里顿时热腾腾的，这有点让她意外。还比如，他知道她宝贝那个铁做的变形金刚，某一年的生日，便特地找朋友在一家厂子里仿制了一个，说万一那个丢了，还有个备份。这俩铁疙瘩都摆在客厅的窗台上，背靠着那扇窄小的窗子。

何秀竹已经想通了，婚姻里总会有各种各样的暗战，但是最好不要挑明，一旦挑明，暗战就变成了宣战。所以，她不打算跟马勋说花的事了，但是她会找个合适的时机提醒他，让他知道自己已经发现了他的猫腻，并且，非常大度地原谅了他的任性。不是吗？一旦你把男人的这种抗争当成孩子般的任性，他们在你的眼里也就跟孩子一个等级了。

Hery是个九〇后，其实比她之前见过的所有洗头小弟都大胆，他常常会低低地俯身，嘴唇几乎就在女客人的耳边，轻轻地说：姐，水温怎么样，舒服吗？他像现在同样年纪的青年人一样，善于这种暧昧的撩动，但其实并不想也不会跟任何客人发生实质性的越界，他们徜徉在这种道德边缘的行走中，以此为乐。他的呼吸钻进了耳朵里，又麻又痒，她忍不住耸了下肩。他的手滑到了她的脖颈那里，轻轻地揉捏着，似乎就要钻进内衣了，却蝴蝶般飘然闪开，给她留下徒然的渴望和失落的空荡，尽管她已经准备好了在他深入时低声制止。

这二十分钟的时间里，她已经想好了接下来的应对策略，一味地进攻只会适得其反，杀敌八百自损一千的事，她干不起了。毕竟，她的目的不是压倒马勋，而是让这个家更美好，让自己活得更幸福。

晚上，马勋回到家时会发现一地狼藉，到处都是花的尸体。她把所有的花都拔掉，花盆里的土和肥料全部清理。马勋会大吃一惊，问她：怎么回事？她将告诉他，也许他说的是对的，她就不适合养花，她跟花相克，与其养死，还不如直接毁掉。他心里会产生内疚，然后劝说她：哪有什么相克不相克，都是偶然现象。她会问：老公，你说我还能养花吗？我是不是就不该有自己喜欢的东西啊？他肯定会说：当然能养啊，没事，咱们换一批新花来养，这回肯定行。

他们家里还会绿植葱郁、鲜花盛开的，她确信；而且这些花再也不会轻易枯萎了，她也确信。

【作者简介】刘汀，男，著有长篇小说《布克村信札》、散文集《浮生》《老家》《暖暖》、小说集《中国奇谭》《人生最焦虑的就是吃些什么》、诗集《我为这人间操碎了心》等。现供职于某杂志社。

我是夏始之

〇余　耕

一

夏始之走过万豪酒店华丽的大堂时,心中泛起一阵悲酸:丈夫从未带她住过五星级酒店。

以前经济拮据,两个人偶尔出去旅行,住的大多是经济型酒店。后来,丈夫向亲戚朋友借了10万块钱付了首付,他们在东五环买了第一套两居室的房子。每个月还银行房贷,不是个大数,也不算是个小数。再后来,有了儿子小豪,儿子一个人的开销快抵上每个月的银行房贷。自从买了按揭房、有了儿子,旅行对于夏始之和丈夫来说,更是一件奢侈的事。所以,与丈夫结婚八年以来,夏始之从未住过五星级酒店。

而此刻,丈夫徐中来正在五星级万豪酒店的2019号房跟情人幽会。是的,夏始之是到万豪酒店来捉奸的。半个月前,她支付了一笔不菲的劳务费,聘请了一位私家侦探,暗中调查丈夫有无出轨行为。女人的直觉往往是准确的,尤其是在情感方面,每个女人都是爱情侦探。据说女人在这方面的天赋源于女人之间的八卦,在八卦的过程中可以体验不同同性的感受和经验。可夏始之不是一个喜欢八卦的女人,她的疑虑主要来自丈夫的冷淡。大半年以来,丈夫跟她的亲热都是点到为止，临睡前抱一抱，还没等亲吻，丈夫就转身把台灯关上了。关闭台灯的潜台词相当于在说，累了，睡觉吧。

有一回，丈夫关上台灯，照例背对着夏始之准备睡觉。夏始之先是用脚钩住丈夫的脚，用脚趾挠着丈夫的脚心，徐中来懒懒地蜷缩起腿来，一副全身心拒绝的姿态。看他如此反应，夏始之侧过身，把胸口紧紧贴住徐中来的身体，他竟然微微起了鼾声。夏始之略有些懊恼，她干脆侧起身半搂过去，顺势还打开了台灯。柔和的灯光照亮卧室，也照亮夏始之的欲望，亮晃晃得让人无法忽视。夏始之自信自己的容貌和身材好过绝大多数36岁的女人。丈夫当然明白妻子的意图，就在他皱着眉头找托词的时候，突然，对过的房间里传来儿子小豪的哭声。6岁的儿子胆子很小，经常在噩梦里被吓哭，平时大都是夏始之去安抚儿子。这一回，徐中来翻身下床去了儿子房间，等把儿子安抚睡了，他也就懒得挪窝，在儿子的床上睡着了。接下来的半年，夏始之跟丈夫只有过两回性生活，而且都是她主动要求。最后一次做爱，夏始之觉得简直是自己强奸了丈夫，而且在她尚未尽兴的时候，便被徐中来粗暴地推下身来。

夏始之是一个要面子的女人，不仅在社会上、在公司里要面子，在家里也要面子。被丈夫从身上推下来的那一刻，夏始之就像一只遭遇断崖跌停的股票，她的性欲也跟着跳崖自杀了。没有了欲望也就没有了期待，没有了期待，夏始之开始寻找答案。无论是生活中，还是影视剧里，丈夫的表现都是出轨才应该有的状态。于是，她开始在徐中来身上排查蛛丝马迹。为了不混淆自己的嗅觉，夏始之不再用香水，甚至连以前没有用完的香水也通通扔掉。把家里的香水清理干净，是为了更好地捕捉丈夫身上有没有别的女人留下的香水味。夏始之还花了1600元，给自己配了一副眼镜，就为了偶尔经过丈夫身边的时候，能够看清楚他在跟谁聊微信。夏始之本来有一点儿轻度近视，出于经济和漂亮的双重考虑，曾经的她一直拒绝配戴眼镜。

戴上眼镜的夏始之,立刻引起丈夫的警觉,他问妻子怎么戴眼镜了。

夏始之反问丈夫:“我戴眼镜的样子很丑吗?”

徐中来赶忙关闭手机屏幕,回复道:“挺好挺好,很斯文。”

接下来,徐中来明显减少了在手机里聊微信的频率。非要看微信的时候,也是调整好身体角度,面对着夏始之打开手机的微信页面,只要看到夏始之身体稍有晃动起伏,立刻关闭手机页面。徐中来只要拿起手机,夏始之也变得勤快起来,不是给丈夫倒茶递水,就是给丈夫削苹果洗草莓,找一切可以接近丈夫的机会,只为了一窥徐中来微信里的秘密。有一回,趁着丈夫喝多了酒,鼾声打得山响,夏始之半夜起来,从丈夫的枕头底下悄悄摸出他的手机,然后去了洗手间,破译四位数密码。从丈夫的生日、儿子的生日到自己的生日,然后是丈夫的月份加儿子的日子,儿子的月份加丈夫的日子,丈夫的月份加自己的日子,自己的月份加丈夫的日子……她把三组六个数字进行了30次不同组合,也没有打开丈夫的手机。她甚至想回到床上,拿起丈夫右手食指用指纹解锁,可那么做太过冒险了,万一吵醒丈夫,又该如何解释自己的行为呢?她本来也可以直接问丈夫要手机来看,可那样做的话,两个人的面子都挂不住。夏始之忍住了,她不想把脸撕破,因为她很依赖丈夫,尤其是在精神层面。从确认恋爱关系那天起,夏始之每天要给徐中来发短信,少则十几条,多则几十条。通讯进入4G时代之后,夏始之更加勤快,连文字加图片一天能够给丈夫发上百条微信,哪怕丈夫老半天后只有一个字的回复:嗯。

徐中来每一个有应酬的夜晚,夏始之在家里都会坐立不安,想象着饭局上的女人会不会跟徐中来眉来眼去,酒酣之际会不会跟徐中来加微信,加了微信之后会不会搞暧昧,搞暧昧距离上床只差一个合适的机会……她沉浸在焦虑中,对小豪的哭闹声要么听而不闻,要么心烦意乱。

夏始之悄悄回到床上，轻轻地把手机塞回到丈夫的枕头下面。丈夫翻一个身，嘴里含糊不清地念叨了一句，夏始之觉得丈夫念叨的很像是一个女人的名字。她支起耳朵，在黑暗中静静地候着徐中来能够再念叨一遍，一直候到天蒙蒙亮，丈夫睡得很沉很香，没再说一个字的梦呓。

夏始之不再使用香水，似乎也被徐中来觉察，他的反制策略是自己开始使用香水，而且使用中性香水，并经常变换香水牌子，像是在故意混淆妻子的嗅觉。

几个月的暗中较量，夏始之没有找到任何有效证据，能够证明徐中来有了外遇。但是两个人的相处状况依旧没有改善，且有渐行渐远的迹象，因为相互生了提防之心，心和心就再难以靠近了。无奈之下，夏始之只好求助于外力，找了私家侦探来调查丈夫。私家侦探的电话，是她在公司写字楼的便利店门口捡的，跟“包小姐”的名片一样，零零散散撒在人流密集的写字楼群中。夏始之试着拨通名片上的电话，电话里传来一个浑厚的男低音，一口地道懒散的京片子口音，让夏始之觉得有些不靠谱。男低音听了夏始之的简单描述后，口吻有些不屑，说这类小事一个礼拜就能搞定，而且能够拿到法院认可的铁证，但是要支付取证费。

见到私家侦探文更生是上周二的中午，夏始之约他在写字楼群里的一家咖啡店见面。夏始之比约定的时间早到五分钟，这是她的习惯，所有约会从不迟到。因为从小在福利院长大，按时起床、按时吃饭、按时上课、按时熄灯、按时换洗衣服、按时被发放牙膏和手纸……遵守时间，成了夏始之日常行为意识里的重要组成部分。文更生迟到至少一刻钟，待确认夏始之是他的客户后，他连一声“抱歉”都没有，大大咧咧地坐在星巴克窄小的椅子上，左右两侧还宽余得能蹲上两条狗。

夏始之对文更生的印象越发差了，她觉得坐在对面这个体格瘦小的男人不仅言谈举止缺少教养,连长相都让人生厌。他的脸像是在诠释“稀疏”这个词。两只小眼睛的眼距超过一只半眼睛;稀疏的眉毛若是长在女人脸上,倒是能省掉修眉这道工序;矜持的鼻子只在鼻尖处凸显出来,告诉别人这里是鼻子;他的牙齿里出外进不太整齐,偏偏又遇到两片不含分界线的薄嘴唇。文更生用脊梁顶住椅背,把一侧屁股掀起来,从后裤兜里掏出一个很小又很脏的简易记事本,对夏始之说:“把你老公的资料给我写清楚,姓名、年龄、工作单位、手机号、身份证号……”

夏始之迟疑一下,没有用文更生不知从哪里掏出来的半截铅笔,而是从自己挎包里拿出自来水笔。她一边在简易记事本上写着丈夫徐中来的资料,一边暗自怀疑眼前这个形象猥琐的私家侦探:这货色不会是骗子吧?他真能探察出丈夫的子丑寅卯?这么好听的男低音怎么会从那么难看的嘴巴里发出来?

疑虑归疑虑,夏始之最终还是支付了80%的佣金16000块钱,剩下的钱要等文更生取证之后,一次性付清。踌躇好几回,夏始之才在手机银行输入密码。她的踌躇不单单是对文更生能力的怀疑,更多原因是家里本来就没有多少存款。

文更生等手机收到银行汇款信息后,把记事本重又揣回后裤兜,站起身来就要走。夏始之起身拦住他,问他为什么不签合同。

文更生懒懒地回问道:“你是不是还想要发票?”

夏始之说:“至少得有个收据之类的凭证吧。”

文更生说:“我们这一行还处于灰色地带,不会留下任何凭证,我们的生意跟小姐差不多,靠信誉,靠口碑。”

说完,文更生便朝门口走去。临出咖啡店的时候,他把手中的半截铅笔丢进一位女服务员围裙的肚兜里,女服务员在文更生的背后,把嘴撇到腮帮子上。

时间过了一整个礼拜，也就是今天上午，夏始之接到文更生的电话，说是丈夫徐中来跟情妇今天中午幽会，地点就在万豪酒店 2019 号房间。文更生还问夏始之，要不要他跟着去酒店录像取证？捉奸录像取证需要再缴纳 10000 块钱。

夏始之稍做犹豫，便拒绝了文更生。拒绝不完全是因为钱的事，虽然夏始之也心疼钱，主要原因是她不想把捉奸的事情张扬出去。因为徐中来供职于事业单位，去年刚刚提拔成为部门的处长，单位领导和同事们都看好他年轻有为的仕途。

文更生虽然没有挣到帮忙录像取证的钱，还是不忘用他浑厚的男低音叮嘱一句："都在气头上，带上几个娘家人过去，省得吃亏。"

夏始之沉默片刻："我在福利院长大，没有娘家人。"

文更生一时间不知道该如何接话，夏始之便挂断了电话。

万豪酒店大堂有一个酒吧，夏始之路过酒吧的时候，招呼侍者给她一杯酒。

侍者问她要什么酒。

夏始之没有去过酒吧，不知道该要什么酒，她问道："什么酒劲儿大？"

侍者说："伏特加、杜松子、威士忌还有白兰地，都是高度酒。"

夏始之接着问道："白兰地多少钱一杯？"

侍者从吧台里面拿起一个酒瓶："这种法国白兰地，260 元一杯。"

夏始之头也不回，转身走出万豪酒店，进了酒店旁边一家便利店，从货架上拿了一瓶 21 块钱的牛栏山二锅头。她站在便利店门口，打开二锅头，对着瓶嘴"咕咚咕咚"喝下两大口。一股火辣辣的感觉，从口腔直钻进胃里。夏始之从未遇到过捉奸这样尴尬的事情，她想喝点酒给自己壮壮胆气。两口烈酒咽下去，胆气没有壮多少，倒是勾起了心底的难过：如果不是被亲生父母抛弃，何至于到了这个时候连个娘家人都没处找……等她再次仰起脖子喝酒的时候，两行热泪顺着她两个眼角浅浅的鱼尾纹滑落下来。

二

站在 2019 号房门口，夏始之像一尊雕像一样伫立了半个小时，房间里隐约传来男女调笑的声音，那声音就像刀子一样，一刀一刀剜割着她的心。

夏始之举起手，准备按 2019 号房间的门铃，她的手却在半空中停了下来。敲开门会怎么样？夫妻自此反目成仇，狗撕猫咬一番后离婚？小豪才刚刚 6 岁，以后便要在单亲家庭里长大，他的心里会不会像自己一样，留下一个巨大的缺爱的黑洞？离婚后，儿子小豪跟谁？跟着爸爸生活，继母会不会虐待他？跟着妈妈生活，自己能给儿子与这座现代大都市相匹配的物质生活吗？不管怎么样，只要丈夫在自己身边，这还是一个完整的家。有没有正常的性生活不重要，再说了，外人也不会知道自己半年只做两次爱……

想到这些实际问题，夏始之缓缓放下停在半空中的手。

一位送餐侍者推着餐车走过来。夏始之从侍者的眼神里看出来，餐车是送往 2019 号房间的。夏始之冲着侍者，很有风度地笑了一下，轻声说道："敲错了门，打扰了一对野鸳鸯。"

说罢，夏始之转身往电梯间走去。错身经过餐车的时候，她看到餐车上放着两副刀叉碗筷，两只水晶高脚酒杯，四只乳白色陶瓷汤盅，汤盅上面盖着纹饰精美的陶瓷盖子，不知道里面盛着什么菜品。但是，冰桶里的酒瓶再一次刺疼夏始之的心，那瓶酒就是酒吧侍者向她推荐的白兰地，260 元一杯的法国白兰地。

从鞋子到服装，再到背包，夏始之浑身上下没有一件名牌。她平时买衣服，全都是在淘宝的小店里扒拉，发现一件合适的东西，还要去其他商铺比对价格，尽量挑选最便宜的购买。而丈夫与情人幽会，不仅跑到五星级酒店里开房，还要点整瓶的法国白兰地……泪水在夏始之的眼圈里打转，她微微仰起头来，不想泪水弄花了脸上的彩妆，那是她刚刚喝完二锅头，去大堂洗手间里补好的妆容。她觉得一会儿就要跟情敌面对面，自己从外表和气势上都不能输。

夏始之没有进电梯，而是拐进安全出口，一直等到送餐侍者离开。她觉得必须敲开 2019 号房门，问问丈夫哪里来的底气，让他可以像一个土豪一样在这种地方挥金如土。撕破脸就撕破脸，丈夫有了外心，名存实亡的婚姻只会让自己平添恶心。离婚就要牵扯财产分割，财产怎么分割？虽然家里存款交了侦探费后，只剩下 27000 块钱，可北京的房子值钱啊，七八年来房价翻了好几番。房子的首付款是丈夫问亲戚借的，可一直都是夫妻二人在偿还房贷，房子应该算作夫妻共有财产。但是，丈夫出轨在先，作为过错方，他没有资格跟自己争房子。是的，为了房子也得敲开房门。不仅要敲开房门，还要大闹一场，闹到丈夫的单位去，让丈夫身败名裂。凭丈夫的工资，他不敢也不可能到五星级酒店消费。丈夫的部门是单位里的肥缺，他手里握着道桥大工程的第一道审批权，想贿赂他的人排着队。这些话都是出自徐中来的嘴，是他的正处级公示完毕那天晚上，他在家里喝了酒，得意忘形后的狂言。

站在 2019 号房间门前，夏始之又开始犹豫了：让丈夫身败名裂，断送丈夫的仕途前程，儿子将来读书和就业就得不到父亲的提携，儿子会怎么看待自己的母亲？离婚预示一个女人的失败，而按响门铃就预示着决裂。夏始之再一次放下按门铃的手，可就在此刻，2019 号房间里传来女人兴奋的叫床声……

妒火中烧的夏始之没有按门铃，她直接用拳头敲打房门，“砰砰砰”，她连续擂了十几下房门，直到房间里传来徐中来的声音。当他确定门外站着的人是夏始之后，便再无声息。夏始之变得有些失控，她开始用更大的力气砸门，2019 号的房门依旧纹丝不动。砸门声把其他房间的住客惊动了，两三个房门打开，有几个人伸头缩脑探望走廊，当他们弄清楚夏始之砸门的原因后，脸上露出幸灾乐祸的神情。

突然，夏始之的手机铃声响起，她从背包里掏出电话，看到手机屏幕上显示的是小豪的班主任小何老师。夏始之不敢怠慢，急忙接听小何老师的电话，竟然是小豪在学校食堂门口的台阶上摔断了胳膊，此刻正在积水潭医院急救室。夏始之挂断电话，大脑瞬间一片空白，她不知道自己接下来该做什么。她从背包里取出剩下的半瓶二锅头，“咕咚咕咚”又给自己灌了两口，喘了一声粗气，对着 2019 号房间大声喊道：“徐中来，刚才小何老师来电话，说小豪在学校里摔断了胳膊，现在已经送到积水潭医院了，你开开门，咱们之间的事先往后放，你赶紧跟我一起去医院。”

2019 号房间还是没有丝毫动静。夏始之终于爆发了，她使足全身力气，用脚踢门，并大声骂道：“徐中来你还有人性吗？你儿子躺在医院急救室，你却跟狐狸精躺在五星级酒店里胡搞，你就不怕遭雷劈吗！”

就在此刻，酒店的大堂经理带着两名保安走过来。夏始之冲着 2019 号房间喊道：“好吧，徐中来，本来我还想给你留下情面，冲你今天的举动，我夏始之非跟你拼个鱼死网破！”

三

夏始之赶到积水潭医院的时候，儿子徐小豪的胳膊已经打上石膏固定，班主任小何老师坐在病床边上相陪。小豪看到妈妈，眼泪止不住地流，像是有一肚子委屈。看见受伤的儿子，夏始之顿时打起十二分精神来，因为她在小何老师的家长群里一直都是热情、开朗、乐于助人的正能量形象。夏始之甚至没有安慰儿子，便堆起一脸耐心的神情，听小何老师讲述小豪受伤的经过。

小何老师有些诧异，她觉得夏始之跟儿子似乎不亲，不像大多数家长那样，见不得自己孩子受一点点伤害。

病床前只有一个凳子，小何老师只好站起身来跟夏始之讲话：“吃完午餐，小豪跟几个同学一起往食堂外面走，走到食堂门口的时候，他们开始打闹推搡，结果，小豪被挤下门口的台阶，摔断了胳膊。得知小豪受伤的消息，我和学校领导第一时间赶赴现场，进行了果断有效的处置，我怀抱着小豪，教务主任亲自驾驶自己家的车辆，把孩子送到治疗骨创伤最专业的积水潭医院，我跑步进了急救室挂号，经过几方专家会诊后，骨科医生对小豪骨折的胳膊进行了行之有效的处理，目前，孩子的状态非常稳定，您看看，他的神态多么自如。”

夏始之很有耐心地听完小何老师新闻稿似的讲述，先对小何老师表达感谢，转而问小豪：“你怎么那么不小心？”

小豪嘴巴张了张，没有出声，眼泪又流了下来。小何老师在一旁握着拳头鼓励道：“刚才不是已经答应何老师了，见到妈妈不哭吗？男子汉要坚强哦。”

小豪强忍着哭腔：“不是我不小心……是卢浩天推了我。”

夏始之心里已经明白了七八分，她了解自己的儿子，小豪胆子很小，今年刚刚上一年级，平时不怎么合群，怎么可能跟同学打闹？自从入学以来，小豪经常会在晚上睡觉的时候做噩梦，在梦里呼喊救命，想必是遭遇了校园霸凌。夏始之的内心开始自责，这半年以来，自己把心思全都放在捕捉丈夫有没有外遇的事情上，忽略了对刚刚入学的儿子的关注。事实证明男人是看不住也防不住的，有没有外遇全凭个人道德约束，可当下有些人的道德底线比狗还不如，这是一个出轨的时代，只要有机会。

夏始之抱着儿子的头，轻轻地把他揽在怀中。在这个弱小的生命正需要父母呵护的时刻，他的父亲却在忙着跟情人约会，而他的母亲正在倾尽全部心思捉奸。夏始之觉得自己和丈夫都愧对儿子,她决心把丈夫出轨的事情放在一边,集中精力先来处理儿子的事情。

夏始之定了定神,她对小何老师说:“我去学校的食堂帮过厨,包过水饺,我知道食堂门口装着摄像机位,我想先到学校调看监控录像,以确定小豪是不是遭遇到校园霸凌。”

小何老师脸上露出不悦的神情,她觉得夏始之对她不够信任:“这个……我们学校领导会调看监控录像。”

夏始之看出小何老师的神情有异,立刻解释道:“小何老师您别误会,小豪这半年来晚上经常做噩梦,其实我早就该跟您沟通,可是……可是我一直忙于工作,这次出了这么大的事情,我正好想借此机会搞清楚,小豪在学校里是不是总被人欺负。”

夏始之把儿子摔断胳膊这件事上升到“校园霸凌”,并非是无中生有。她好几回在家长群里看到过类似消息,有的家长向卢浩天的妈妈投诉,说是卢浩天欺负她家的孩子。有一个家长还说卢浩天恐吓自己的女儿,说他爸爸是法院里的法官,谁都不敢拿他怎么样……每当出现这些言论的时候,小何老师就会出来制止。孩子就像是握在班主任手中的人质,家长们立刻蔫了,不再有人敢控诉卢浩天。夏始之曾经也问过儿子,问他有没有受过卢浩天的欺负,小豪支支吾吾地岔开话题。把这半年的信息证据串联起来,夏始之十分笃定:卢浩天平时没少欺负小豪。

夏始之没有再深入这个话题,她准备先安抚好儿子的情绪,明天再去学校,她一定要看到学校食堂的监控录像。

就在此刻,病房里“呼啦啦”进来三个女人,小何老师立刻起身迎上去,拉住打头的那个微胖的女人,向夏始之介绍说:“这是卢浩天的妈妈,她得知消息后,第一时间就赶来医院看望和慰问小豪。”

卢浩天妈妈一把抓住夏始之的手,另一只手抚摸着小豪的头,说道:“这些小孩子真是不懂事,嬉笑打闹起来不知道轻重,看看可怜的孩子，真让阿姨心疼。”

夏始之试着抽回自己的手，却被卢浩天妈妈紧紧握住不放。跟在卢浩天妈妈身后的两个年轻女人，一人手里拎着一个大塑料袋，挤上前来把两大塑料袋零食全都堆放在小豪的病床上。

小何老师在一旁解说道：“这是卢浩天妈妈的一点儿心意，给孩子吃的。”

卢浩天妈妈没有松手，她还抽回抚摸小豪的手，握住夏始之的另一只手，真诚且用力地说：“小豪的医药费全部由我们负担，这一点你放心，绝不会给你们增加额外的经济负担。”

夏始之突然觉得鼻腔里一阵酸痒，她想抽回一只手来捂住鼻嘴，双手却被卢浩天妈妈紧紧地握着。一个喷嚏以排山倒海之势爆发开来，像霰弹一样的液体均匀地喷射在卢浩天妈妈细腻的手背上。四只手瞬间尴尬地分开，两个女人面面相觑，一时间冷了热烈的气氛。冷场倒不是因为没有合适的话解围，而是卢浩天妈妈觉得夏始之的喷嚏喷在自己手上，她应该道歉。可夏始之觉得自己的双手被死死握住，导致她当场出丑，卢浩天的妈妈才应该道歉。

小何老师赶忙打圆场，她像是对着卢浩天妈妈身后两个女人说：“浩天妈妈工作很忙，在百忙之中抽出时间来看望小豪，还主动为孩子支付治疗费用，如果所有家长都能这么通情达理，我这个班主任就好做了。”

夏始之转头看着躺在病床上的小豪，说道：“治疗费用是小事，我现在要确定两件事，一是小豪的胳膊会不会留下残疾，二是这次伤害事件是不是校园霸凌。”

夏始之话音刚落，手机铃声便响起来，她看到是公司同事蔡萌萌的电话，赶忙接听。电话那头，蔡萌萌用很低的声音说道：“刘总两点等你汇报工作，你在哪儿？”

夏始之说：“呀！我全给忘了……我现在在积水潭医院，我儿子在学校里摔断胳膊了。”

蔡萌萌说:“真的是孩子摔断胳膊了?”

夏始之很是纳闷:“是真的,你怎么不相信我?”

蔡萌萌说:“没有不相信你,以为你忘了汇报工作,胡乱找个借口呢。”

蔡萌萌是徐中来大学的同班同学，夏始之就是通过她介绍才进入公司的。平时在公司里,蔡萌萌对夏始之多有提携,两个人成了闺密。接完蔡萌萌的电话,夏始之瞬间脸色煞白,一早通过秘书预约了刘总下午两点汇报工作的事儿,早就被丈夫和儿子的事情冲淡,忘得一干二净。

四

没有意外,关键地点的关键时段出现监控故障,夏始之没有看到学校食堂门口的监控录像。就算是看不到录像,夏始之也没有表现出应有的愤怒,因为孩子是学校的人质。事情闹大了,吃亏的还是自己孩子。可如果息事宁人,儿子还会继续被卢浩天欺负。这才是一年级上学期,接下来还有五年半的时间,儿子的童年时光会是多么暗淡,她不敢细想下去。

夏始之走出学校大门,步入沉沉稠稠的雾霾中,她感觉胸口越发沉闷。昨天,闺密蔡萌萌给她打完电话,部门经理申明才的电话就跟着进来,他就差破口大骂了,说公司上下五百多号人,没有人敢让刘总坐等两个小时的。要是搁在平时,夏始之肯定会为自己辩白几句,因为丈夫是事业单位的正处级干部，她不是非要死乞白赖耗着这份工资,大不了换一家公司工作。结婚七年以来,夏始之换了三份工作,三份工作都是搞后勤行政,去哪个公司都是差不多工作程序,没有任何门槛障碍。夏始之大学本科读的是哲学,在现代社会众多领域里毫无用处，她只能做行政工作。

夏始之听完申明才的训斥，忙不迭地道歉，道歉的间隙小心翼翼地解释了一下儿子在学校里摔断胳膊的因由。挂断电话，夏始之也不明白自己怎么突然变得唯唯诺诺起来，虽说这是她从前最为熟悉的状态，谨小慎微谁也不敢得罪，树叶飘下来都怕打破头。自打与丈夫徐中来结婚后，尤其是两口子在北京买了属于自己的房子，还生下儿子小豪，夏始之找回了一个社会正常女人该有的状态。

夏始之是个弃婴，被遗弃的时候还不到 1 岁，她当时被人裹在一条破毯子里面，放在朝阳区儿童福利院的门口。福利院的工作人员只在毯子里面找到一张火车票，火车票是从韩麻营站到昌平北站的。车票的背面歪歪扭扭写了一串数字：1983、2、16，大概是孩子的生日。有工作人员建议把孩子送回韩麻营，说韩麻营是一个小镇，不难查出孩子是谁家的。

院长老严摇了摇头，说就算是送回韩麻营，也不会有人承认。老严院长把那张硬纸板车票塞进档案袋里，递给新来的保育员明秀，说是给孩子建个档案。

明秀接过档案袋，问院长老严：“给孩子起个什么名字？”

老严院长挠了挠半秃的大脑袋，说道：“今天是中国的第一个夏时制的第一天，就叫夏时制吧。”

明秀掂量半天，觉得一个女孩子叫夏时制实在别扭，就自作主张改成了夏始之。

夏始之结婚的时候，请来了明秀院长，而且把明秀院长当作唯一的娘家人。在婚礼上，明秀阿姨对夏始之说：“孩子，你要是愿意，就喊我一声妈，这些年来，我也一直把你当自己的闺女看待。”

夏始之愣了一下，随之眼圈发红，眼泪差点流出来。是啊，那个本该被称呼“妈妈”的人，被她在心里怨恨了许多年。在她最为难熬的日子里，夏始之甚至在心里诅咒过“妈妈”。“妈妈”是她心里的一个黑洞，随着年龄渐大，黑洞也就越大。明秀是这个世界上能够让夏始之感受到温暖的人，如果要找一个最有温度的称呼，肯定是“明秀阿姨”，而不是“妈妈”。

夏始之仰起头来，用两个手掌轻轻地按了按两个下眼睑，努力地把眼泪吸收回去。她拉起明秀阿姨的手，说道：“您就是我的亲人，‘妈妈’在我心里被恨了 28 年，所以，您要原谅我，我不能管您叫妈妈……”

夏始之向公司请了假，她原以为今天会在学校里耽误一天时间，没想到校长一句“摄像头坏了”，就把她顶了回来。她本来想跟丈夫商量一下，如何跟学校掰扯孩子受伤的事，卢浩天的爸爸是法官，小豪的爸爸也是正处级干部，凭什么让自己儿子白受欺负。可丈夫昨天晚上压根儿就没有回家。不回家是什么意思？难道是丈夫做错了事害怕自己跟他闹？还是丈夫铁了心要离婚？

昨天晚上，夏始之陪着小豪在医院观察室一直待到晚上十点，确定没有其他并发症状，这才带着儿子打车回家。回到家里，发现丈夫徐中来还没有到家，夏始之便给丈夫发了一条微信，说是要跟他商量儿子受伤的事情。一直候到半夜，没有收到回信，她才开始给徐中来打电话，但始终无人接听。早晨，夏始之又给丈夫发微信，说自己要去学校处理儿子的事情，希望丈夫回家照顾小豪。直到夏始之走出学校大门，才收到徐中来的回复：我在上海出差。

夏始之心头袭来一阵恐惧，因为丈夫明显在撒谎，他不可能什么物品都不带就去上海出差。以前，徐中来每一次出差，都是夏始之帮他收拾行李箱。这些年来，丈夫逐渐学会讲究，出差要带的东西多起来，除了衬衣、领带、西装，还要带香水、剃须泡沫、电动牙刷。如果丈夫没有出差，他晚上会去哪里？难道会住在情人的家里？如果能住到情人家里，他们为什么还要去五星级酒店开房？能够住到情人家里，说明情人是个单身女性,单身女性肯定比自己年轻。想到这里,夏始之下意识地摸了一把自己松弛的腹部。自打生完孩子,肚皮就像一坨被扔在沙滩上的水母,失去了生气。斑驳的妊娠纹比蛇皮还恶心,缝合的刀口就是一条丑陋的死蜈蚣,自己都不忍心看。

夏始之的身材和长相都不错,属于中等偏上,的确要比她的同龄人更显年轻,只是产后恢复得不好,尤其是晚上脱下收腹腰带,就像从真空塑料袋掏出的羽绒服,瞬间蓬松在床上。她甚至一度怨儿子小豪,小豪出生的时候 8 斤 6 两,属于超大胎儿,才会把她的腹部撑出妊娠纹。

夏始之急匆匆往家里赶,她要给儿子做午餐。对于儿子,夏始之很多时候觉得苦恼,她不知道该如何跟儿子相处,甚至不愿意跟儿子对视。像大多数母亲一样,夏始之也会因为孩子无助的眼神而心生怜悯,可她又很抵触这样的怜悯。夏始之无数回反思,她觉得这种心态的形成源于自己的身世:一个弃婴从未感受过亲情之爱,才导致她不知道该如何爱自己的儿子。

五

丈夫徐中来整一个月没有回家住,其间回来过几趟取东西,都是在夏始之白天上班的时间。第二次回家, 徐中来给妻子留下一封长信,表达了他想离婚的想法。信是手写的,说明徐中来很认真,他在信中写道:我们曾经有过美好的爱情,那个时候你像一头被惊吓坏了的小鹿,喜欢受到我安静的庇护……

读到此处,夏始之哭了。恋爱的时候,包括刚刚结婚那段时光,夏始之的确能够感受到美好的爱情,丈夫对她呵护有加,她以为一辈子都可以这样过下去。她甚至觉得这个世界是公平的,自己的人生也是公平的,她被亲生父母遗弃,没有享受过亲情,却得到美好爱情的滋养。这份滋养是雨露，让她干裂的心田被浇灌；这份滋养也是阳光，照亮她心底的黑洞。

徐中来接下来写道：都说爱情是有保质期的，爱情过后的柴米油盐生活是现实又残酷的，虽然我做好了心理准备，可没承想它来得这么猝不及防。部委公务人员的工作压力本来就大，而你对我的关注，就像勒在我脖子上的一根绳索，越来越紧……

这一个月以来，夏始之也在问自己：我的爱毫无保留地给了丈夫，甚至有时候疏忽了儿子，可丈夫为什么还会在外面另寻新欢呢？当她读到这封信的时候，简直难过到了极点，自己的无私之爱竟成了丈夫脖子上的一根绳索。长达九页的信笺里，大部分都是丈夫对她的控诉，对于出轨一事，徐中来却只字未提。

读罢丈夫的信，夏始之觉得天旋地转，她扑倒在床上大哭一场。大哭也不是放声号啕，她用一条被子蒙住脑袋，在黑暗里悄无声息地流眼泪，这是夏始之自幼在福利院养成的哭的习惯。

夏始之能够接受的是丈夫回家负荆请罪，上演忏悔的戏码，可徐中来没有按照电视剧的剧本往下走，而是直接进入离婚的高潮部分，这让夏始之乱了方寸。她曾经在心里预演了无数回接受道歉的场景；等到丈夫回家痛哭流涕的时候，她绝不能轻易原谅，首先要搞清楚那个女人是谁，怎么认识的？谁先勾引的谁？第一次性关系发生在哪里？不正当关系持续了多久？以后还会不会继续犯这样的错误？即便是得到了承诺，她也要绷住劲儿冷一阵子，时间是一个礼拜或半个月，才能缓和双方关系。而徐中来似乎早已预料到这些戏码，他在信中写道：作为一个来自苏北的农民子弟，能够进入国家部委工作，还能在北京买上房子，拥有一个自己的家，我很满足。我对这个家，对儿子，都有万分不舍。可我心里清楚，这件事过后，即便你可以原谅我，我脖子上的绳套也会越勒越紧，一直到我窒息。人生苦短，只有这一辈子，我不想我的生命在这样的氛围里消耗殆尽……

一个月后，夏始之所在的公司在司马台搞团建活动，四五百人的团建队伍占满整个度假村，夏始之主动要求跟蔡萌萌同住一间房。分居已近三个月，这是夏始之人生最黑暗的时刻。她没有能够交心的朋友，似乎是害怕朋友窥见自己心里的黑洞，夏始之对人有很强的防备心。这种防备心理是从小养成的，在福利院长大的孩子很难信任别人。蔡萌萌算是唯一能够说几句真心话的人，夏始之想好了，她准备趁着公司团建的机会，向她唯一的闺密倾倒一下心里的苦水。

司马台的度假村赢在环境，欧式轻奢的室内布局，配上窗外的崇山峻岭和古老长城，别有一番恍如隔世的风情。两个女人进到客房，扑倒在各自的床上，夏始之没说几句话，就把话题引到自己的家事上。蔡萌萌像是有意回避，她从床上坐起身来，说是要出去看看司马台长城的险峻风光。夏始之略有些失望，她好不容易鼓起勇气，要把自己和丈夫分居闹离婚的事情向闺密倾诉一番，却遭遇了软拒绝。夏始之想把家事告诉蔡萌萌，主要是因为蔡萌萌是徐中来的大学同学，两个人的关系也不见外，彼此能够说得上话。蔡萌萌出门要去看风景，似乎也没有邀请夏始之同去的意思。“砰”的一声房门关上了，只留下夏始之独自一人傻愣愣地躺在床上。敏感的夏始之反复琢磨蔡萌萌的态度，难道是自己要求跟她住同一个房间，她不高兴了吗？公司的中层以上的领导都是单独一间客房，蔡萌萌属于市场部的总监，她跟申明才住隔壁，都是单间。夏始之是普通员工，她原本跟同部门的小刘住一间房。因为自觉跟蔡萌萌是闺密，所以，她便主动要求跟蔡萌萌同住。夏始之这样想，是不是丈夫要跟自己离婚的事情，蔡萌萌已经知晓了，因为她跟徐中来是很亲密的同学关系，因此，蔡萌萌开始疏离自己了？

团建的晚宴七点钟准时开始，度假村的宴会厅里热闹异常，大家全都沉浸在欢乐的气氛里，相互间频频举杯畅饮。夏始之没有跟上情绪的节奏，只跟上喝酒的节奏，她一杯接一杯地喝着啤酒和红酒。公司里几个喜欢恶作剧的坏小子，一口一个夏姐叫着，给夏始之换了白酒。本已微醺的夏始之几杯白酒喝下去，三个月以来的委屈化成泪水，止不住地流。

坐在邻桌上的蔡萌萌把一切看在眼里，她用胳膊肘碰了碰坐在身旁的申明才，示意他看夏始之。申明才望着流泪的夏始之，问蔡萌萌怎么回事。

蔡萌萌悄声说道："跟丈夫分居三个月了，正在闹离婚，大概是心情不好吧。"

申明才笑道："离婚是大趋势啊。"

蔡萌萌说："作为后勤部领导，你得多关心自己的属下才对。"

小刘给夏始之递上一张纸巾，她接过纸巾擦泪的那一刻，突然间崩溃了，止不住地趴在桌子上抽泣起来，这是她这辈子第一次在人前失态。女人出嫁前，可以把委屈发泄给父母。女人结婚后，可以把委屈发泄给丈夫。可夏始之从未体验过父母的呵护。她刚刚学会在生活中依靠一个男人，她还不敢对他发泄情绪，这个男人便舍弃她另寻新欢。于是，夏始之36年来的委屈像是滔滔洪水，在这一刻决堤了。

申明才一看情况不妙，担心夏始之的眼泪影响团建晚宴的氛围，赶忙起身走到夏始之跟前，小声催促她回房间歇息。谁知夏始之酒劲儿上了头，趴在桌子上一会儿哭一会儿笑，旁若无人。申明才无奈，只好搀扶起她绵软的身体，急匆匆走出宴会厅。

此刻，夏始之已经完全失去了意识，她依靠在申明才身上，被他半拖半拽地送回客房。申明才问夏始之要房卡，夏始之早已神志不清，申明才不得不摸她身上的口袋。摸着夏始之凹凸有致的身材，带着酒劲儿的申明才禁不住心中一动，他把摸到的房卡又塞回夏始之的裤兜里。然后，他掏出自己的房卡，打开旁边的客房门，把烂醉的夏始之搀扶进了自己房间。

清晨时分,夏始之醒过来,感觉头疼欲裂。突然,她发现身边竟然睡着一个男人,而且是自己的部门经理申明才。瞬间,夏始之便蒙了,她努力地回想昨天晚上发生的事情，但只能回忆到自己趴在桌子上哭,其他事情一概回想不起来。夏始之转过身子,用被子蒙住头,眼泪无声地流了下来。

六

时间又过去一个月,夏始之和徐中来的离婚陷入僵局。离婚离成僵局,主要问题出在夏始之这里。不是夏始之不想离婚,而是她看到丈夫情义已绝,就算是她把身段放到最卑微处,也不可能挽回这场失败的婚姻。夏始之曾经发微信暗示过徐中来,意思是自己可以原谅他的出轨行为,并且揭过这一页,重新接受他回归家庭。徐中来接到微信后,过了三天只回复了六个字:谢谢！我要离婚。

收到这六个字的微信时，夏始之正在陪着小豪写作业。孩子上学,累死家长。这是自小豪读幼儿园以来,夏始之经常抱怨的一句话。孩子的作业、手工、读听写、社会实践,甚至连背一些校规政令,都要父母参与。

小豪大概觉得妈妈有些异样，他抬起头来问道:“是爸爸的微信吗？”

夏始之像是受到了惊扰。她冲着小豪呵斥道:“写你的作业。”

小豪感到受了委屈,一大颗泪水滴在作业本上。夏始之突然觉得有些心疼小豪。而且,她还想到以后的岁月,也许就是她跟儿子相依为命……夏始之一把搂住儿子的头，这是她跟儿子间少有的亲热举动。小豪顿时哭出了声,他环搂住妈妈的腰,很委屈地抽噎着。这一回,夏始之没有流泪,她知道从这一刻起,自己又回到了从前,回到那个无亲无靠无依托的世界，而且身边还多了一个孩子。夏始之不像别的妈妈那样溺爱自己的孩子，对于小豪，她更像在承担义务，一个把小豪养大成人的义务。

等到夏始之同意离婚后，双方便进入实质性谈判，谈判的主要对象是孩子和房子。徐中来明确表示自己工作忙，孩子还小，他照顾不了。但是，他愿意每个月多支付儿子1000块钱的抚养费。夏始之也担心小豪太小，将来不免会在继母那里受气，所以她答应接受儿子的抚养权。

最终导致离婚成为僵局的是房子。徐中来说房子现在价值580万元，需要还贷110万元，他让夏始之付给他70万元现金，房子便归属夏始之和儿子。夏始之咨询过律师，律师觉得这个条件可以接受。夏始之对律师说，丈夫出轨在先，属于过错方，房子应该完全归自己所有。律师说她没有拿到丈夫出轨的证据，仅凭个人陈述，法庭不会采信。

夏始之在这个世界上没有一个亲人，短时间内如何筹集70万元现金？她只有一个闺密蔡萌萌，偏偏蔡萌萌又是丈夫的大学同学，关系还比较亲密，她又如何肯帮自己呢？还有，夏始之觉得蔡萌萌最近的态度有所变化，好像在有意无意地疏远自己。另外一个与夏始之关系比较近的人是明秀院长，明秀院长的丈夫前年去世，只有一个儿子已经移民美国，并且在美国娶妻生子。明秀院长还有三年就退休了，去年，明秀院长把自己的所有积蓄150万元全部捐献给了福利院，她手里应该也拿不出70万元现金。于是，夏始之跟丈夫徐中来的离婚离成了僵局。

夏始之有些焦头烂额，觉得生活变得一团糟糕，她开始整夜整夜地失眠。在失眠的深夜里，她甚至想起团建那天晚上醉酒的事情，从自己早晨的着装判断，申明才肯定跟自己发生了性关系。夏始之既气愤又恼怒，她一度想报案，举报申明才强奸。可她自己无法陈述强奸的过程,而且,一个女人在外醉酒本身就不是一件体面的事情。何况自己又处在离婚的旋涡里,如果让丈夫抓住把柄,完全可以给自己扣上婚外一夜情的帽子,自己不仅名声扫地,房子的归属权就给了徐中来。经过左右权衡,夏始之决定忍气吞声。

夏始之吃了哑巴亏还不算完,另外一件闹心事也让她心绪烦乱,她的例假已经拖后半个月。她很担心自己怀孕,因为团建醉酒的那个晚上,自己还处在排卵期的边缘。当然也不排除另外一种可能,由于近期情绪波动造成例假滞后,高考那一年夏天,由于情绪紧张,她曾经两个月没有来例假……夏始之在心里不停地这样暗示自己。

清晨,夏始之起床给儿子做早餐,她只做了儿子一个人的早餐,因为她今天要参加公司组织的体检,需要空腹。把小豪送到学校后,夏始之还要步行一站地,乘坐地铁赶往体检中心。在拥挤的地铁里,她听到背包里手机铃声响起,可她无法把手插进人缝里掏手机,直到地铁到了四惠换乘站,她才有机会掏出手机。手机显示来电竟是私家侦探文更生,夏始之犹豫了一下,回拨了文更生的电话。文更生用低沉且懒散的京片子催她支付尾款,还嘲讽她没有信誉。

夏始之嗫嚅着应付道:“我现在在地铁里,说话不方便,微信里说吧。”

说完,夏始之挂断电话。因为车厢里拥挤,她只能单手举着手机,给文更生发送了一条微信:你承诺我可以拿到法院采信的证据,可我现在什么证据都没有,离婚还要给我丈夫支付 70 万元房款。

不一会儿,夏始之收到文更生的回复:我提议跟你去酒店取证,你拒绝了,责任不在我,请你及时支付尾款。

夏始之没有再理会文更生,她举着手机,挤出地铁车厢。

走进体检中心,大半都是熟悉的面孔,夏始之按照体检惯例,先去抽血排尿，然后就可以去体检中心的餐厅用早餐。夏始之端着小便塑料杯，刚刚走出厕所门口，背包里的手机又响起了铃声，她只好一手端着粘贴着二维码的尿杯，一手接电话。电话还是文更生打来的，义正词严地声称再收不到尾款就要给夏始之发律师函……

恰在此时，蔡萌萌端着空尿杯走过来，她看到夏始之在接电话，便顺手接过夏始之手里的尿杯，并小声说道："我帮你送化验室。"

夏始之冲着蔡萌萌递过去一个谢意的眼神，急匆匆走出体检中心，跟文更生理论去了。文更生有些恼火，他在电话里继续质问夏始之没有契约精神。

夏始之反驳文更生："我没有拿到出轨证据，是你没有契约精神。"

文更生说："你也算是帝都 CBD 的一白领，你能不能拿出一点儿白领的素质来。"

夏始之说："好吧，让我们心平气和地来解决这件事情，你继续帮我取证，如果拿到证据，我就支付尾款。"

文更生说："再次取证没有问题，你还得再支付取证费。"

夏始之说："你这个人怎么就知道钱钱钱，简直是贪得无厌。"

文更生回道："你要证据，难道不是为了钱？"

七

国贸 CBD 地铁站，正值下班高峰期，人流像混浊的洪水流进地铁的入口。

在夏始之的眼里，地铁就是黑夜的入口，晚上吞噬着劳作了一天的白领，早晨再把他们吐出来继续工作。地铁像是一个黑洞，吞噬光吞噬人也吞噬灵魂，要不早晨走出地铁的人怎么会脸上无光、浑身没劲儿，像是丢了魂一样。

今天，也许是夏始之这一辈子最漫长的一个工作日。早晨送完小豪，走进公司的时候，看见工位上摆着她的体检报告。夏始之对于自己的身体很是自信，这也是她唯一自信之处。她随意地翻看几页体检报告，正准备把它塞进文件夹里，突然发现尿常规检查的那页多了一行字：尿 HCG(+)，建议进行彩超检查，排除宫外孕或者其他滋养细胞疾病……

尿检 HCG 加减号对于已婚妇女再熟悉不过了，减号是没有怀孕，而加号则是怀孕。多日来的担心终于被验证，真是越怕什么就越来什么，夏始之赶忙把体检报告锁进抽屉里，然后木呆呆地坐在工位上发愣。其间，申明才召集开了一次部门会议，夏始之一句都没有听进去。申明才婆婆妈妈很啰唆，部门里的员工私下都管他叫“蔡明婶”。申明才啰唆完了，让部门员工谈谈自己的看法，夏始之被几经催促，才知道轮到她发言。夏始之茫然地看了一眼申明才，说道：“我刚才头晕，没有听清楚……”

开完部门会议，夏始之的微信收到丈夫徐中来发来的一张图片，正是她尿检 HCG 结果的截图。丈夫随后又发来一条微信：我们分居半年，你对自己的怀孕做何解释？

夏始之一时间有些发蒙，觉得自己的头大了一圈：徐中来怎么知道这件事的？自己才刚刚看到体检报告……这么短的时间，丈夫能够得到自己体检报告的图片，夏始之第一时间想到了蔡萌萌。她站起身来，直奔蔡萌萌的办公室，才发现蔡萌萌的工位上空着。部门的同事告诉夏始之，说蔡萌萌今天一大早来公司，向公司人事部递交了休年假的申请。

夏始之离婚了。

房子的所有权归属丈夫，徐中来最后给了她 20 万元的安置费，并让她月底搬家另寻安置处。

为了小豪读书方便,夏始之想在小豪的学校周边租房子,可学区房的租赁价格要比周边高出 1000 元左右。夏始之一个周末跑了六家房产中介公司,也没有找到合适的房源。其实,合适的房源有一大把,主要是价格太高,夏始之只能量入为出,把两居室的目标降低为一居室。

夏始之从一家房产中介走出来,在门口跟一个男人撞了个正着,这个男人一把拉住夏始之,说道:"尾款到底什么时候给我?"

这个男人正是文更生,他今天戴了一顶棒球帽,夏始之差点没有认出他来。夏始之觉得自己的运气背到了家,最近诸事不顺,租房子还能碰上要账的。夏始之不想在中介公司门口丢人现眼,因为没准还要在这家中介租房子,她看中一个一居室,月租金 5500 元,就等着中介公司的中介费打八五折。她示意文更生往前走, 找个合适的地方谈。文更生便跟着夏始之走到一个商贸中心,在星巴克门口寻了一张空桌坐下。

文更生打趣道:"请我喝咖啡,也免不了付尾款。"

夏始之说:"这是星巴克,不点咖啡也能坐。"

文更生说:"大头都付了,剩下点尾款还要我三催四催,你不烦,我都烦了。"

夏始之说:"我算是吃了没钱的亏,因为缺钱,所以算计,因为算计,越发吃亏。"

文更生掏出半盒皱巴巴的中南海香烟, 抽出一根来点上:"那就别跟我算计,赶紧把尾款给我。"

夏始之说:"教训我接受了,但是钱不能给你。"

文更生问道:"为什么?"

夏始之说:"我已经离婚了, 因为你没有帮我拿到前夫出轨的证据,他逼迫我给他 70 万元,因为我借不到 70 万,只好把房子给他,而我现在只好带着儿子出来租房子住。"

夏始之避重就轻,没有说出前夫拿到自己婚内怀孕的证据,才导致失去房子的所有权。

文更生皱了一下稀疏的眉毛，大概是想攒一个同情的神情，因为五官过于松散，他的同情只相当于做了一个鬼脸。

文更生咂巴了一下薄嘴唇，说道："这个事儿，我多多少少有一点儿责任，看你一个中年妇女还要带着一个孩子，我就不再跟你计较了……你刚才去中介租房子？"

夏始之听文更生不要尾款了，心中暗暗长舒了一口气，她冲着眼前这个其貌不扬的男人点点头。

文更生说："这样吧，我在这附近正好有一套房子要往外出租，咱们俩君子协定，就不要通过中介浪费中介费了。"

夏始之问道："多大的房子？"

文更生说："两居室，89平方米，26层，南北朝向。"

夏始之说："两居室太贵了，我想租一居室。"

文更生摘下棒球帽，使劲儿地拍在桌子上，说道："算了，我好人做到底，按照一居室的租价给你。"

八

夏始之抱着最后一个纸箱子，准备锁门的时候，她环顾一圈客厅，眼泪禁不住涌出眼眶。这是她生活过八年的房子，也是她人生中第一栋属于自己的房子，原以为，自己这一辈子都会住在这里。从这一天开始，除了回忆，这栋房子跟她再也没有任何关系了。忽然，夏始之看到墙上还有一张她和小豪的照片，她把纸箱子放在门口，走过去从墙上取下相框，塞进纸箱子。临要锁门的时候，夏始之忽然又想起了什么，她奔进厨房，拎出来一袋子五常大米和一大桶调和油。因为徐中来不会做饭，油和米留给他肯定会坏掉，她觉得自己日后要精打细算过日子。最后，夏始之往客厅里投去仪式感很强的深情一瞥，才

“咣当”一声合上防盗门。

搬家公司的工人把大大小小的箱子堆在新房子客厅里，幸亏文更生的两居室还算宽敞，夏始之懒得归置，她想等闲下来再细细收拾，反正以后多的是空闲时光。她躺在床上缓会儿腰，自打生完孩子，夏始之就落下了腰疼病，稍微劳累就觉得腰疼难忍。躺了十多分钟，夏始之便咬牙坐起身来，她要去学校接小豪放学。此时，她才意识到，自己的生活不是回到了从前，而是比从前还要辛苦。从前没有亲人可以依靠，也没有儿子需要照料。现在，她还是没有亲人依靠，可儿子还要依靠她。

夏始之在一楼电梯间里遇见文更生，她愣怔一下。

文更生歪着嘴笑了笑，把他的薄嘴唇扯得更薄了，他解释道：“我在这个小区里有两套房子，我就住你楼下，有什么事儿跺两脚地板，我就上去了。”

夏始之点点头，一边往外走一边说：“有钱任性，一次买两套房子。”

刚刚走进电梯的文更生，趁着电梯门还没有关闭，冲着夏始之的后背说：“我是坐地户，拆迁补了两套房子……”

夏始之站在14号线地铁口犹豫了三秒钟，她决定再往前走五百米，搭乘公交大巴去学校接儿子。因为公交车大巴只要5毛钱，而乘坐地铁需要3块钱。夏始之为自己刚才的犹豫有一点儿不好意思。转念又一想，她觉得没有人能够看出来自己刚才的踌躇是为了省下2块5毛钱。生活在北京这座城市里的人，大概已经没有人会为10块钱的事儿费脑子。但家庭主妇对物价却都保持着极高的敏感，上个周末，小豪想吃苹果，年前还是4块钱一斤的红富士苹果，现在已经涨到了16块钱一斤，整整翻了四倍。夏始之咬牙挑选了八个苹果，称重后居然有57块钱。夏始之苦笑一下，自己车厘子自由尚未实现，平民水果的苹果已经直奔车厘子去了。过苦日子对于夏始之来说，算不得什么了不起的事情，因为她打小就是一个人苦过来的。

在学校门口接到小豪，夏始之对儿子说：“妈妈今天搬家搬累了，咱们在外面吃饭吧。”

小豪的胳膊已经痊愈了，学校的处理意见是孩子们之间嬉笑打闹造成的意外伤害。夏始之本想让徐中来去找区教育局理论，可徐中来担心日后孩子在学校的境遇，便劝说夏始之息事宁人。接下来，已经离婚的夏始之更没有孤军奋战的心气，她只能告诫小豪远离卢浩天。想起这件事情，夏始之便觉得沮丧，因为自己能力有限，眼看着儿子又将成为另一个缺乏安全感的自己。但夏始之更多在意的是自己的感受，似乎不太在意小豪的想法，因为她觉得小豪远比自己的童年幸福得多，他至少还有母亲养育，他至少知道自己的父亲是谁。

看小豪没有反应，夏始之追问一句：“你想吃什么？”

小豪迟疑着，最后小声说道：“我想吃肯德基的炸鸡。”

夏始之说：“要少吃油炸的垃圾食品，这里有家沙县小吃，要不咱俩一人吃一碗酸辣粉，再给你加两个饼。”

今天是周四，夏始之请了两天假，加上周末两天，她有四天的休息时间。她把请假报告交给申明才的时候，申明才讪讪地笑了笑，小声说道：“上回酒后无德，大家都是成年人，心照不宣好了，这也不能……不能成为你三天两头请假的理由呀。”

夏始之冷着脸道：“我请假做人流。”

申明才不敢再问了，赶紧抓起笔在请假报告上签了字。

夏始之拿着挂号单，坐在妇产科外候诊已经有两个钟头，前边还有两位患者就轮到她了。周围候诊的基本都是挺着大肚子的孕妇，孕妇们大都由丈夫陪伴着，脸上浮现出一层即将为人母的骄傲神情。也有几个落单的年轻女士，她们既没有男人陪伴也没有挺着大肚子，从她们愁云惨雾的脸色上，大致能够判断出，她们多半是来做人流的。

终于轮到夏始之了，她忐忑着走进三号诊室，接待她的是一位男医生。

夏始之心里暗骂：女人倒霉的时候，做个人流都遇到男医生。

男医生倒也和蔼，他问夏始之哪里不舒服。

夏始之说怀孕了，要做人流。

男医生一边询问她最后一次来例假的时间，一边开了一张收费单，并对夏始之说："先去做个B超，要确定不是宫外孕。"

突然间，夏始之觉得小腹一阵坠胀，她拿着收费单，急忙走出诊室，去了卫生间。等她从马桶上站立起来的时候，红彤彤的马桶把她吓了一大跳，竟然是来月经了。突如其来的月经，让她有些吃不消，她手里捏着收费单，脚下竟然有些踉跄。夏始之觉得自己活成了一个冷笑话，在等待做流产的时候，突然来了月经……

夏始之木然地走出卫生间，在经过妇产科手术室的时候，突然看见前夫徐中来的身影，他搀扶着一个面色苍白的女人从手术室走出来。

一位女医生跟在徐中来的身后，用嗔怪的口吻说道："以后注意避孕措施，一年做两次人流，以后还想不想要孩子了！"

那个面色苍白的女人没有吱声，她把头靠在徐中来的肩膀上，散乱的长发从她的面庞滑落开来，夏始之这才看清楚，这个女人竟然是蔡萌萌。

一时间，夏始之有些浑然不知所措。她甚至不知道把脚迈向哪里，神情恍惚地走出门诊大厅，走到一处人少的地方，一屁股坐在台阶上。夏始之愣怔怔地望着眼前的一辆灵车，过了许久，她才反应过来，自己坐在医院太平间的台阶上。

九

夏始之大概用一个月的时间，做了一个决定，她主动申请去公司的销售部。在行政部门工作，每个月拿的是平均工资，而市场部却是公司的突击队，有的销售精英曾经有个月拿过 21 万元的销售提成。当然，销售部也是全公司最辛苦的部门。在市场化的社会里，想要别人选择你推销的产品，就得吃下别人吃不了的苦。夏始之所在的公司代理一款美国的保健品，这些年随着人们对健康养生的重视，国外保健品开始大行其道。

放下清闲饭不吃，主动要求去销售部，夏始之主要基于两点：一是要赚钱，二是回避申明才。其实，夏始之最初的想法是辞职，她想离开这家公司，以避免跟蔡萌萌和申明才打交道。可是，辞职再找新工作需要时间，而一个人支撑一个家的时候，最害怕的就是失业。因此，夏始之决定在公司里先换一份工作，换一份有挑战性，也能养家的销售工作。申明才在行政部，蔡萌萌在市场部，她则要去销售部。蔡萌萌和申明才这两个人，现在是夏始之恨之入骨的人，超过她对自己父母亲的憎恨。如果申明才没有趁她醉酒占便宜，她会很清楚自己不可能怀孕，也就不会把房子让给徐中来。至于蔡萌萌，她本想去找蔡萌萌理论，当面质问她是不是故意把自己的尿液置换。可夏始之权衡再三，还是忍住了，因为蔡萌萌很清楚自己当晚没有回房间睡觉，她如果撒泼把自己和申明才的事情说出来，自己在公司里还怎么待得下去。曾经有丈夫有家庭的夏始之，婚后积攒起来的勇气，随着婚姻的瓦解也消散得无影无踪了。夏始之清晰地觉察到，她又回到曾经那个胆小、怯弱、唯恐被树叶砸破头的夏始之。甚至在耀眼的阳光下，她都能看见自己心底的那个黑洞，较之从前更加大，更加深了。

夏始之很清楚自己心底的黑洞，那是从小因为缺失亲情之爱造成的伤害。在福利院里，每当铃声响起，她的心里都会紧张，哪怕有些仅仅是吃饭的铃声，也会让夏始之坐在餐桌前抖动半天，甚至拿不住筷子。在十几年的福利院集体生活中，夏始之身边的小伙伴们时不时会被人认养，只要见到生人就害怕到哆嗦的她没有人认养，大人们大概都觉得她有些神经质。在这段难熬的时光里,幸亏有明秀阿姨的悉心照料,一直到夏始之过了10岁以后才不那么怕生人。而福利院的孩子一旦超过10岁,也很少有家庭会认养他们。福利院剩下的二十多个大孩子,大都有肢体或精神方面的残疾,只有夏始之算是一个肢体和精神都健全的人。随着年龄渐大,夏始之出众的相貌也渐渐显山露水。明秀阿姨十分喜爱夏始之,鼓励她读书考大学,用知识来改变自己的命运。夏始之不负众望,高考时虽然没有考取名牌大学,好歹进了北京的大学,并就读哲学系。她相信明秀阿姨的建议,用哲学帮助自己解决精神层面的痛苦。她在大一开学的日记本上,写下这样一句话:如果没有哲学,你将撑不过那些艰难的岁月。

与众多"80后"有个性的女孩不一样,夏始之身上几乎没有任何个性,她就像一只吓破胆子的小白兔,惊恐地提防着周边的一切,她会提防新买的羽绒服里藏着针, 甚至提防呼吸的空气里有人给她混合了神经性毒气……

哲学并不是灵丹妙药,从小被亲生父母遗弃的伤害,在她心底掘了一个无底洞,仅凭哲学是填不满的。婚姻曾经为她心底的黑洞照进一缕曙光,她在婚姻的滋养中,渐渐地积攒了勇气和自信,开始像一个社会人一样面对生活。但是,婚姻的突然坍塌,又让她的黑洞陡然间扩张。夏始之觉得自己的婚姻已经不能用"失败"两个字概括,而是比失败更让人痛苦百倍千倍的构陷。因此,对于蔡萌萌和申明才两个人,夏始之现在恨不得食其肉、寝其皮,她现在要把仇恨深埋进心底的黑洞,先赚钱。

在调去销售部的当天下午,夏始之去接小豪回家的路上,她对儿子说:"妈妈换工作了, 以后会很忙, 你得锻炼着自己坐公交车上下学,好不好?"

小豪紧贴着妈妈的身体,妈妈的身体随着公交车摇晃,他随着妈妈的身体摇晃。小豪许久没有说话,乘坐公交车是他跟妈妈最亲近的时刻,在他的记忆里,妈妈从未像其他妈妈那样拥抱过自己,所以他很珍惜在摇摇晃晃的公交车上紧贴着妈妈大腿的时刻。而妈妈却在此刻告诉他,以后他要自己乘坐公交车上下学,小豪的心里顿觉失落和灰暗。

今天的公交车司机大概是一个新手,一路上急起急停急刹车,夏始之不得不用双手紧抓住车厢里的拉环。她见儿子不作声,便用膝盖顶了顶小豪的身体,问道:"你听见了没有?"

不知道是为自己一个人上下学,还是因为被妈妈的膝盖顶得有些生疼,小豪觉得很委屈,他带着哭腔应道:"听见了。"

在小区门口,夏始之遇见正要出门的文更生。文更生说自己想吃爆肚了,他还主动邀请夏始之和小豪一起去。

夏始之有些犹豫,文更生低下身子问小豪:"那家爆肚店的羊肉串不赖,你想不想吃?"

小豪点点头,说他也爱吃爆肚,还要拌进两份芝麻酱去。

十

两个月过去,夏始之只拿到三个很小的订单,她的月收入在销售部垫底,甚至比她在行政部的工资还要低两千多块钱。这两个月,销售部的业绩都在下滑,原因是中美打起了贸易战,随着商品关税上涨,需要消费者来埋单。夏始之没有想到,中美贸易战这么大的事儿能影响到自己这个小人物,她本来就像所有消费者的思维一样:贸易战关我屁事,凭什么给我涨价?

夏始之开始失眠,也整夜整夜睡不着觉,一直到她把朋友圈刷完,还是毫无倦意。她想起销售部经理说过的话,一个好的销售人员的朋友圈至少应该保有 3000 人。

夏始之叹一口气,因为她的朋友圈只有261人,能够互动的也就二三十人,且大多都是同学,从小学一直到大学的同学。就在夏始之要关掉手机,准备强迫自己入睡的时候,她看到一个叫冉伟的高中男同学在朋友圈发了一个帖子,帖子的内容是他所在单位组织退休干部到梁家河参观。夏始之知道冉伟在一家大型国企工作,好像是做办公室主任之类的角色。她想如果冉伟能够帮自己一把,采购一点儿保健品作为退休干部的福利,自己的业绩将会大幅度提升。想到这里,夏始之点开冉伟的微信,字斟句酌半天,才给他发送了五个字:嗨!老同学好。

夏始之之所以字斟句酌,是因为在读高二的时候,冉伟曾经对她示好过。冉伟戴一副黑框眼镜,长得秀气有余,气势不足。夏始之一心想找一个高大健壮、能够让她依靠的男生,所以她对冉伟的示好装傻充愣,不做任何回应。时过境迁,不知道自己当年的"软拒绝",会不会在冉伟心里留下阴影。夏始之正在漫无边际地瞎琢磨,冉伟的微信便来了:美女还不睡觉啊?

夏始之很是开心,这么多年过去了,说明自己在冉伟心中还是有位置的,他不仅称呼自己是美女,还体贴地问自己为什么还不睡觉……她即刻回复道:心情不好,睡不着。

夏始之还后缀上一个悲伤的表情,这才按了发送键,然后捧着手机,静待冉伟的回复。

冉伟的回复速度也够快:谁惹我们的班花了?是不是跟老公吵架了?

夏始之脸上绽放出久违的笑容,因为冉伟称呼她是班花。当时班里的男生推选出四大美女,夏始之虽然名列其中,但她觉得自己顶多排第四位,绝对不敢称班花。夏始之抿着嘴角,在微信里写道:老公去欺负别的女人了,我已经离婚半年了。

冉伟微信回复:很抱歉!我不知情。

接下来，两个人你来我往，足足在微信里聊了一个半小时。两个人最后商定，周五晚上在雍和宫附近的一个酒吧见面。冉伟让夏始之把保健品的资料带齐全了，他需要全面了解产品后，才能上报给领导审批。

夏始之第二天没有去公司，销售部实行弹性工作制，除了每周一参加一下部门的例会，其他时间自行安排。因为前一天晚上跟冉伟聊天聊得太晚，她一觉睡到九点半，居然都没有起床给小豪做早餐。小豪已经接受独自上下学这个事实，好在小豪个头比同龄孩子显高，看上去像个大男孩。夏始之内心有些自责，她对儿子虽说缺少爱的互动，但是作为母亲的职责和义务，她还是会尽最大努力去完成。

正在内疚着的夏始之突然想起另一件事，她答应周五晚上陪小豪去看电影《复仇者联盟 4》，而且电影票已经买好了，还选了影院正中间的位置。一时间，夏始之有些懊恼，懊恼单身女人带着一个孩子还要忙工作……突然，手机铃声响起，夏始之拿起手机发现是文更生的电话，她接听问道什么事。

文更生说该交下半年房租了。

夏始之说："你个催债鬼，认识你以来，问我要钱就是你的主旋律。"

文更生说："两居室的房子按照一居室的价码租给你，半年期的房租都拖了一个月了，像我这样的中国好房东，你去哪儿找？"

夏始之跟文更生说话从来不见外，她有些不耐烦："别催了，我这就微信转给你……对了，你今天晚上有事吗？"

文更生语气有些兴奋，忙说道："没事，没事。"

夏始之说："这样吧，拖了你一个月房租，我请你看'复联 4'补偿一下。"

文更生笑道："算你懂人事，本房东就赏你这个脸。"

夏始之说："今晚七点半的 IMAX 电影，别耽误了。"

文更生说:“看 IMAX,我从来不会错过银针落地的声音。”

夏始之说:“好的,时间差不多的时候,你上楼来接小豪。”

文更生有些诧异:“你……不去啊?”

文更生和小豪在去电影院的路上时,夏始之也在前去酒吧赴约的路上。她几乎用了整个下午来洗澡、化妆和换衣服,服装换了大概有十几身,有一身是今年最流行的“薄漏透”蕾丝纱裙,她上周买的还没有穿过。为了配合这身“薄漏透”,她又换了三四个胸罩和内裤,最后决定放弃这身性感的蕾丝纱裙。夏始之骨子里还是一个保守的女人,她觉得这么重要的约会,穿一身没有经过大众眼神确认的新衣服,多少有点冒险。历经一下午的穿上脱下,再穿上再脱下,夏始之把先前化好的妆已经弄花了,只得在临出门时重新补妆。最后,她决定穿能彰显自己一双长腿的短裙,这条短裙已经穿了两年,既诱惑而且保险。

夏始之几乎没有去过酒吧,她在那间酒吧周围转悠了好久也没有找到门,最后是冉伟让她打开“位置共享”,她才走进一个门脸丝毫不张扬的酒吧。十几年不见面,夏始之发现冉伟胖了不少,原先单薄的小圆脸现今已经饱满到赘肉累累。他满脸堆起笑意,来了一个亲密同学间的熊抱,两只小胖手还不停地拍打和抚摸夏始之的后背。夏始之没有拒绝老同学的热情,甚至还将身体主动贴近上去,任由冉伟足足熊抱了半分钟之久。两个人的身体松开后,冉伟的热情高涨起来,他问夏始之喝什么。

夏始之说随便。

冉伟似乎觉得“随便”二字饱含深意,便愈发兴致勃发,他冲着吧台的服务生喊道:“来一瓶马爹利干邑。”

服务生爽快地应着,把一个很漂亮的酒瓶双手托给冉伟。

冉伟点点头,让服务生打开。

夏始之认识这个酒瓶，这便是万豪酒店卖 260 元一杯的法国白兰地。她禁不住瞅了冉伟一眼，小声说道："这个酒太贵了，换个便宜点的吧。"

冉伟冲着服务生一挥手，意思是尽管开瓶。他转过头，把嘴凑到夏始之的耳畔，小声说道："放心吧，不花我自己的钱，吃吃喝喝这点小事儿，我一支笔签个字就管用。"

夏始之学着冉伟的样子，把自己的嘴巴凑到冉伟的耳边，说道："那你赶紧帮我签个单子，给你们的退休干部发点保健品，我都快穷死了。"

冉伟赶紧把脑袋缩回去，瞅着夏始之说："公司对外采购都是透明的，这跟吃吃喝喝不一样，我一个人签字不管用，只能往上报批。"

夏始之问道："那……有戏吗？"

冉伟把服务生倒好的酒杯推到夏始之跟前，说道："事在人为，只要去努力，就有戏。"

夏始之端起酒杯："我感谢老同学的努力，先干为敬了。"

接下来，两个人推杯换盏，临近半夜时分，把一瓶法国白兰地全部喝光。其间，冉伟几次把手放到夏始之的大腿上，但都被夏始之推开。

夏始之几次推开他的手，冉伟也心中有数：今天晚上没戏。

十一

自从得知夏始之离婚以来，明秀阿姨几乎每个礼拜都会来看望小豪。说是看望小豪，明秀阿姨其实更多牵挂的是夏始之。她至今还记得夏始之高考前夕的状态，整夜整夜地睡不着觉，最后甚至连饭都吃不下。其时，明秀阿姨已经升任福利院院长，她特意开会做了叮嘱，希望大家给予夏始之更多理解和支持，因为这是福利院历史上第一位参加高考的学生。明秀阿姨还请来京城著名的中医为夏始之把脉，亲自给她熬汤煮药进行调理，最终帮助夏始之顺利通过高考。选择哲学系也是明秀阿姨的建议，她深知夏始之被父母遗弃后的心理伤害有多大，而且偏偏又是一个敏感脆弱的性格。填报高考志愿那天，明秀阿姨跟夏始之聊了许久。明秀阿姨说人这一辈子什么都把控不了，只有自己的信念能由自己掌握，所以当人在难熬的时候，最重要的是向内求，而不是向外求，这便是君子求诸己。明秀阿姨还说，哲学除了引导你做一个好人，还教会人如何掌握自己的信念，如果没有哲学，你将撑不过那些艰难的岁月。开学后，夏始之把这句话写在自己的笔记本上。

明秀阿姨带来一袋子苹果，还有一盒车厘子，她一边在厨房里洗水果，一边跟小豪聊天。

明秀阿姨问小豪，妈妈什么时候回来？

小豪管明秀阿姨叫姥姥，他对姥姥说，妈妈最近工作很忙，经常会很晚才回来。

明秀阿姨问小豪，晚上怎么吃饭？

小豪说："有时候煮速冻水饺吃，有时候跟着文叔叔在饭馆吃。"

明秀阿姨愣了愣，继续问道："你妈妈怎么从来没有对我说过这个文叔叔？"

小豪说："文叔叔好像喜欢我妈妈，可我妈妈好像不喜欢文叔叔。"

明秀阿姨把洗好的车厘子端到餐桌上，推到小豪跟前："小豪喜欢文叔叔吗？"

小豪抓起一把车厘子，接连往嘴里塞了好几颗，鼓胀着嘴巴含糊不清地回道："文叔叔是个私家侦探，什么都懂，我挺喜欢他的。"

一老一小聊着天，一直聊到晚上十点钟，明秀阿姨要赶晚班车，她穿好衣服在门口换鞋的时候，夏始之回来了，还带着一身酒气。看到明秀阿姨要走，夏始之没有进门，她挽着明秀阿姨的手臂，一直把她送到汽车站。

明秀阿姨问道："最近有没有拿到销售单子？"

夏始之叹一口气："也许我不是做销售的料，没想到卖东西给别人会有这么难。"

明秀阿姨说："不要着急，你算是刚刚入销售行，等你积累到很多经验的时候，才会有好的销售业绩。"

夏始之说："我没法不着急，带着一个孩子，还要付房租，我觉得自己快撑不下去了……"

明秀阿姨拍着夏始之的手背，宽慰道："撑不下去的时候，还有明秀阿姨呢，最近福利院面向社会招聘一名副院长，事业编制，你要是有兴趣可以去试一试。"

见夏始之没有反应，明秀阿姨又说："有时间去一趟韩麻营吧，那是一个小镇，要想找到你的亲生父母，应该不是什么难事。"

夏始之愤愤地说："我不会去找他们的，就算是我的亲生父母站在我的面前，我都不会叫他们一声爸妈。"

明秀阿姨摇了摇头，长叹一口气："抱怨是女人最大的不幸，你也是人到中年了，有些事情该放下就得放下，背负着一肚子怨气生活，你这辈子都不会轻松的。"

公交车来了，明秀阿姨拍了拍夏始之的手背，转身不疾不徐地走上公交车。末班车上有很多空座，明秀阿姨没有坐下，而是透过车窗玻璃冲着夏始之挥着手，示意她早点回家。

望着远去的公交车，夏始之眼睛有些湿润，明秀阿姨就像她灰暗人生中的一支蜡烛，给她光明，给她温暖。烛火的光亮和热度虽然有限，却是她凉薄世界里唯一能够看到的希望。

夏始之这些天来有些沮丧，她已经陪着冉伟去了五次酒吧，光是法国干邑喝了就有几万块钱，但是订单迟迟还没有拿到。夏始之很心疼那几万块的酒钱，她觉得自己喝什么酒都差不多，无论是 260 元一杯的白兰地，还是 18 块钱一瓶的牛栏山二锅头，都是同样的辛辣和眩晕。去了五回酒吧，冉伟有三回趁着酒劲儿对她动手动脚，都被她半就半推地拒绝。尤其是今天晚上，冉伟甚至在亲吻她的时候，把舌头伸进她的嘴里。夏始之没有用舌头迎合另一条舌头，而是本能地咬紧牙关，任凭冉伟的口水滴到自己的腿上。带着几分醉意的冉伟在舌头抽离后，说出一个诱人的数字，他说如果把下面的七个分厂和四个子公司的退休干部加在一起，至少会下一个六七十万元的订单。

夏始之在心里盘算了一下，六七十万元的订单至少能够拿到 12 万元的销售提成，足够她打破眼下的窘境。

遭遇到一个更软的拒绝后，冉伟有些意兴阑珊，他抬起手腕看了一眼手表，示意服务生结账。这一回，他已经懒得为夏始之叫车，而是自己钻进一辆网约的商务车，独自先行离开了。夏始之打了一个酒嗝儿，心中暗骂道："许多年过后，那些曾经的翩翩少年，都他妈的变成了龌龊男。"

十二

文更生躺在急诊室的连椅上，等着护士帮他处理伤口。他给自己的伤口处一一拍照，待护士来了，流着血又让护士帮他再拍一遍。原来，文更生下午去一家酒店帮当事人取证的时候，被人打伤了。在酒店捉奸数年，都是被捉奸的人犯尿，没想到这一回被"奸夫们"揍了个鼻青脸肿。在酒店的大堂里，文更生向当事人要了 10000 块钱的取证费，便随同当事人一起上了楼。文更生打开手机录像功能，冒充服务员骗奸夫开了房间门，结果发现房间里有三个奸夫。他的当事人被推出房间，他则被摁在洗手间里暴揍一顿。文更生抱紧脑袋，任凭三个赤条精光的男人拳脚相加，间歇的时候，一丝不挂的女人又进来踹了他两脚。那个女人虽说力气不大,可是两脚都踹在文更生的私处,疼得他直犯恶心。

在医院收费处交费的时候,文更生接到夏始之的一条微信,说自己要出公差,问他能不能帮忙照看小豪。

文更生回复道,骗鬼去吧!开房就说开房,周末出什么公差。

夏始之回道,没有骗你,的确是公事。

文更生道,公事私办,当心被捉奸!

夏始之回道,闭上你的乌鸦嘴!

夏始之纠结了好几天,最终还是下了决心,拿下这个大单。因为冉伟还向她暗示过,一年可以给老干部们发放两次保健品,再私下动员几个老干部给董事长写几封感谢信,夸大一下保健品的疗效,现任领导们也不会拒绝,没准还能成为他们集团的礼品。按照冉伟的说法,这个采购量能到 300 多万元。300 万元的提成就有 60 万元,还不带公司百万阶梯的升级提成。

夏始之也有说服自己的理由:我现在是单身,跟谁谈恋爱都是正常的;高中时候看不上冉伟,因为他不够强大,现在的冉伟呼风唤雨,我喜欢上他属于正常;我已经问过冉伟的婚姻状况,他说已经离婚了……

夏始之狠拍了一下自己的大腿,决定拿下这个大单。她拿起手机,主动给冉伟发了一条微信:一周没有你的消息了,最近很忙吗?

冉伟老半天才回复了一个字:嗯。

夏始之能觉察到这一个“嗯”字背后的疏离,她赶紧回复道,万豪酒店的酒吧不错,我们以后再约会换个环境吧。

冉伟很快回复,择日不如撞日,那就今天晚上吧。

夏始之也没有迟疑,嗯。

夏始之随后便给文更生发信息,让他帮忙照顾小豪,因为她心里清楚，今天晚上该发生的事情肯定会发生。下午时分，夏始之开始梳洗打扮，她顺手打开电视机，想让屋里有一点儿人的声响。画眼线的时候，细心的夏始之发现自己的眼角略有些低垂，这是面部走向衰老的表现，她的心中掠过一丝恐慌。

电视机里传来一位歌手的演唱：是不是我们都不长大，你们就不会变老？是不是我们再撒撒娇，你们还能把我举高高……夏始之抓起遥控器把电视机关掉。

看了一眼手机上的时间，夏始之觉得该出门了，因为小豪快放学了。如果让小豪看到自己拿一只手包出门，就没法谎称是出公差了，如果不是出公差又怎么解释在外面过夜呢。穿戴整齐后，夏始之推开防盗门，发现脸上敷着绷带和创可贴的文更生正站在楼道里抽烟。

夏始之吃了一惊，问文更生发生了什么事儿。

文更生把烟蒂扔在地上，讥讽道："拿着个手包出公差呀。"

夏始之有些恼羞："你来监视我？"

文更生一只脚踏在烟蒂上使劲踩了一下："切！我来等小豪放学。"

夏始之不再辩解，赶紧按开电梯，逃也似的钻进电梯间。

文更生今年44岁，一直未婚，前后相亲不下三十回，也谈过七八个女朋友，但是时间都不长。文更生总结过原因，他觉得看重外貌的女人也是没有耐心的女人，都等不到了解他的内涵就着急分手。自此，他便拒绝相亲，并且改变了对待女人的策略：他要跟女人先成为朋友，再在朋友的基础上发展爱情。他自觉跟夏始之从客户发展成了朋友，可是，从朋友到爱情的过程却迟迟不能展开。从第一次见到夏始之，文更生就心生好感，因为夏始之的眼睛和眼神都是他喜欢的那种类型。夏始之长了一双杏核眼，大多数男人都喜欢，没有什么特别之处。夏始之的眼神是散乱的，游移不定，竟是文更生喜欢的。文更生喜欢这样的眼神，也有自己的一番道理，他觉得高傲自信女人的眼神多是坚毅又笃定的，这样的眼神冰冷且拒人千里。而夏始之的眼神里散乱着一种让人心疼的怯意，能够激发男人保护女人的豪情和荷尔蒙。多半年以来，文更生的豪情和荷尔蒙始终澎湃着，可夏始之却视而不见。

电梯门打开，小豪背着书包走出来。看见满脸是伤的文更生，小豪露出一脸惊恐，他问道："文叔叔您跟人打架了吗？"

文更生摇摇头："文叔叔被人打了。"

小豪说："那还是打架了。"

文更生说不对："打架是拳来脚去有来有往，被打是单方面的，抱着脑袋生生地挨揍。"

小豪问道："为什么要抱着脑袋挨揍？"

文更生说："男人这一辈子会打很多架，动手之前就要有预判，如果觉得这一架势在必输，那就抱着脑袋挨揍，免得激怒对手挨更多揍，你听懂了没有？"

小豪点点头，说懂了。

文更生拍拍小豪的脑袋："去，把书包放下，叔带你去吃爆肚撸串。"

小豪听说去吃爆肚撸串，很是开心："不等我妈？"

文更生说："你妈出差了，你今晚到叔叔那里写作业、睡觉。"

小豪爽快地应道："好嘞！我要拌上两份芝麻酱。"

文更生说："两份芝麻酱。"

十三

夏始之终于夺得11月份的销售冠军，提成加上工资有13万多元。

一个月就赚了一年的薪水，这让夏始之信心大增，觉得自己半年前的选择是正确的。年底快到了，她决心再努一把力，争取让冉伟帮自己再拿下那个300多万元的大单。如果这个单子做成了，她将成就公司有史以来的最大订单。憧憬着未来的销售业绩，夏始之感觉好极了，整个身体像是要飘起来一样轻松愉悦。钱对于一个缺失爱的女人来说，握在手中才有实实在在的安全感。谁说幸福的感觉只能向内求，有了外在的钱，夏始之觉得自己的幸福感更强。她嘴里哼着一首与欢快心情不太相符的曲子，正在厨房里剥一块三文鱼的鱼皮，因为今天晚上冉伟要来家里做客。冉伟到家里做客的起因，得从昨天的邀约说起。昨天下午，夏始之给冉伟发微信，说一周没见面，有点想念了。

过了半天，临近傍晚时分，她才收到冉伟的回信：上级主管的巡视组进驻企业，最近不能外出消费。

夏始之回道，那明天晚上来我家吧，你还没有尝过我的厨艺呢。

之所以邀请冉伟来家里吃饭，夏始之是希望两个人的关系更进一步。这回冉伟来了自己家，下一回她便可以去冉伟家。据冉伟说，他有一个5岁的女儿，正好可以跟小豪做个伴儿。一个男孩加上一个女孩，是二婚再组家庭的理想搭配，不会像两个男孩那么争吵打闹，也不会像两个女孩那般暗中积怨。夏始之越想越开心，禁不住嘴里哼起了歌，“桃叶尖上尖，柳叶擎满了天，在其位的明公啊，细听我来言哪，此事出在京西蓝靛厂……”

夏始之打开冰箱门取出冰块，拿着冰锥凿冰块，准备给冉伟配威士忌。突然，门铃声响起，夏始之看一眼厨房里的报时钟，觉得兴许是冉伟想她了，所以提前来了。夏始之赶忙摘掉围裙，欢快地打开门，却发现站在门口的是文更生。

夏始之问道：“你不是跟小豪出去吃爆肚了吗？”

文更生说：“吃完回来了，小豪在楼下写作业呢。”

夏始之有些纳闷:“那……你什么事儿?”

文更生往屋里看了一眼餐桌上的蜡烛，揶揄道:“今晚来什么客人,搞得这么隆重?”

夏始之翘了一下嘴角:“当然是我男朋友啦。”

文更生从牛仔裤的后屁兜里掏出一沓折叠过的A4打印纸,递给夏始之:“你男朋友叫冉伟吧?结婚六年,有一个5岁的女儿,老婆现在怀孕七个月,岳父在某部委高就,冉伟攀龙附凤才有今天的位置。”

夏始之展开打印纸,匆匆扫了几眼,怒气冲冲地说:“谁让你背后调查人家了?你……真是太过分,太卑鄙了。”

文更生仍是神情自若，用他低沉磁性的声音说道:“我哪里过分了?拿奸情当爱情的人才卑鄙!”

文更生点上一支香烟,把语气缓和下来,说道:“我拿你当朋友,所以我希望你拥有阳光下的爱情。”

夏始之冷冷地说:“我需要什么样的爱情与你无关。”

说完,夏始之用力关上防盗门。

文更生没有着急回家,抽着烟在街上转悠一圈,他给小豪买了两块烤红薯和一串冰糖葫芦,这才回到家中。小豪已经写完作业,正在看宫崎骏的动画片《悬崖上的金鱼姬》。文更生情绪有些低落,把烤红薯和冰糖葫芦放在餐桌上,使劲地咳嗽一声,算作示意小豪来吃,他便独自一人躺进沙发里闷闷地抽烟。

小豪业已懂事,他似乎觉察到文更生情绪有异,便按了暂停键,小声地说:“我刚才上楼,看见那个男人了,我不喜欢他。”

文更生坐起身来:“你喜欢不喜欢不重要,关键是你妈喜欢。”

小豪沉默了一会儿，问道:“我爸爸一直在谈恋爱，我妈也恋爱了,文叔叔怎么不谈恋爱?”

文更生吐出一口浓浓的烟雾，学着赵忠祥的腔调说道:“在求偶的季节里，那些善于鸣叫和展示自己的白头雀，总是会率先得到配偶。”

小豪被文更生逗乐了，他笑着问道：“文叔叔为什么不鸣叫？”

文更生说：“叔叔的声带受过伤，叫的声音不好听。”

这个时候，楼上传来一阵“吱嘎吱嘎”有节奏的声响。

小豪看了文更生一眼，问道：“这是什么声音？”

文更生撇着嘴：“鸟叫了。”

十四

眼看着到了年底，夏始之没再拿到任何单子。她先前只瞄着冉伟那个六七百万元的大单，便没去拓展新的业务，年底是公司按业绩评功封赏的日子，夏始之12月份却颗粒未收，她的心情也跌到谷底。心情跌到谷底，并不仅仅是因为没有拿到那个六七百万元的大单，还有半个月以来，冉伟音信皆无，发微信不回，打电话关机。这种感觉让夏始之的心情很糟糕，她本来觉得自己再次找到恋爱的感觉，可冉伟此举哪里像是谈恋爱，分明就是始乱终弃。难道文更生说的都是真的？冉伟没有离婚，而且妻子怀孕已经七个月……选择不相信文更生，是因为文更生一直在追求自己，这一点，夏始之心知肚明。作为“情敌”，文更生利用职业之便抹黑冉伟，是再正常不过的事。夏始之当时就是这么排解自己的困惑，因为她宁可信其无。

明天是圣诞节，徐中来刚刚把小豪接走，说是要一起过平安夜。望着窗外阴冷的灯光，夏始之心底泛起一丝惶惑的不安。她觉得自己与冉伟先是高中同学关系，而后发展至恋爱关系，即便是冉伟不想往下谈了，至少也该跟自己打个招呼。这般无声无息的不理不睬，拿自己当什么了。突然，门铃声响起，夏始之的心脏一阵狂跳，因为她几乎没有朋友，按门铃的人没准就是冉伟。她趿拉着拖鞋，迈着小碎步穿过客厅，打开房门的时候却失望至极，站在门口的又是文更生。文更生拎着两只装满食品的大塑料袋，把他本就松垮的上肢坠成两个溜肩膀，看上去没有丝毫男人的气度。

文更生往上提了提两只大塑料袋，对夏始之说："小豪不在家，我怕你一个人寂寞，来陪你过个平安夜。"

自打知道文更生的磁性嗓音是因伤所致，夏始之便觉得磁性消失了，非但不是磁性，简直像是沾着沙砾的鞋底踩在铁板上的声音，既刺耳又扰心。此刻的夏始之的确很寂寞，也很焦虑，但她期待天鹅的时候，飞来一只秃鹫，却是无论如何都不能接受的。

夏始之用倾尽全力的温和口气对文更生说："对不起，我想一个人清静一下，想厘清一些问题。"

文更生很是尴尬，有些难以收场，他把两塑料袋子食品放在地上，又从口袋里面摸出一个玻璃球，塞进夏始之的手里："要是一个人想不清楚的话，就把这个玻璃球扔在地上，我就会上来陪你。"

说完，文更生主动关上防盗门。夏始之倚靠在门口的鞋柜上，长吁了一口气。文更生的频频示好，她早就感受到了，可双鱼座是无可救药的颜值控，她对文更生的外表怎样都提不起兴趣。文更生跟小豪倒是相处融洽，两人几乎快成了忘年交。文更生没有社会地位，可他手里至少有两套北京的房子，他算是北京土著加土豪。即便如此，夏始之还是从内心排斥这个五官松弛的男人。

夏始之刚要转身继续窝回沙发里，突然门铃再次响起，她皱起眉头对着防盗门说道："让我一个人清静清静好不好！"

门外传来一个陌生的男音："你是夏始之吗？"

夏始之愣了一下："我是。"

门外男音传来："我们是西城区检察院，请你开开门，配合一下我们的工作。"

夏始之心中一惊，手里的玻璃珠子"吧嗒"一声跌落在地板上，弹了几下，滚进了鞋柜下面。

十五

夏始之被审查了好几天才放出来。

在审查的过程中，她才逐渐明晰：冉伟出事了！因为所有问题都是围绕着她和冉伟的关系展开的。其实，夏始之从家中被带走的时候，她心里就已经估摸出来了。夏始之清楚自己从来不做违法的事情，即便是通过冉伟的关系销售保健品，自己从中扮演的角色顶多算是道德层面的事情，构不成违法。想到这里，她心里还算坦然，跟着检察院的人等电梯的时候，夏始之看见文更生穿着一身睡衣从安全楼道里出来。原来，文更生听见玻璃珠子落地的声音，不由得心中狂喜，连睡衣都顾不上换，便从安全楼梯爬上来。看到眼前的场景，文更生当即傻眼了，他拦住检察院的人询问什么事。

检察院的人着便装，便有人向文更生解释，说是西城区检察院的工作人员，还向他出示了工作证件。

文更生看了夏始之一眼，眼神中颇有些责怪的意味，但他对夏始之说道："认真配合调查，大大方方谈恋爱没有什么丢人的，小豪有我照顾，你就放心吧。"

对夏始之来说，这几天似乎有一年那么长。她把自己与冉伟的交往过程反反复复交代了好几遍，甚至讲过做爱的过程，但她始终咬定自己在跟冉伟谈恋爱，这是事实，也是那天晚上得到的文更生的暗示。在她即将被带进电梯间的时候，文更生叮嘱道："大大方方谈恋爱没有什么丢人的……"

没错！文更生是在暗示自己，自己是在跟冉伟谈恋爱。这就对了，恋人之间相互帮忙无可厚非。在这煎熬的几天里，夏始之突然觉得文更生其实也没有那么讨厌了，如果此刻文更生出现在自己面前，她甚至会觉得亲切。

这天，一位工作人员走进来，对夏始之说："对你的调查算是告一段落，你先回去，该干吗就干吗，关于调查内容，你要严格保密，不准对任何人泄露。"

夏始之问道："我犯法了吗？"

工作人员说："犯不犯法，法院说了算，你要做好退还赃款的心理准备。"

夏始之道："我光明正大地谈恋爱，我以团队最低价卖保健品给冉伟的企业，我赚的是公司的销售提成，凭什么说是赃款？"

工作人员严厉地说："你已经涉嫌不法交易，关于案件定性，还要看我们接下来的调查取证。"

夏始之回来的那天晚上，文更生在全聚德烤鸭店订了一个包房，说是要给她接风洗尘带压惊。等夏始之和文更生进包间的时候，明秀阿姨和她的混血孙子早已候在里面。明秀阿姨抢先两步，与夏始之抱在一起，两个女人开始抽泣抹眼泪。文更生嬉笑着把两个人劝说开来，四个人刚刚坐定，徐中来和小豪一步闯进来。这一回，是夏始之主动拥抱了儿子，小豪有点受宠若惊，眼泪在眼圈里打转，因为妈妈对他很少有亲昵的肢体接触。

徐中来也走到夏始之的跟前，他似乎不知道该做什么，也不知道该说什么，他用一只手扶住夏始之的胳膊，嗫嚅道："等小豪放了寒假，你来挑个地方去度假吧，我来安排。"

夏始之微微侧身，不经意地撇开徐中来的胳膊，冷冷地对徐中来说："我哪里都不能去，要留在北京等待调查。"

文更生急忙起身打圆场，他热情地拉着徐中来入座，徐中来有些尴尬，说他只是过来送儿子的。文更生不容分说，就把徐中来按坐在椅子上，还在他的耳边悄声说道："她现在需要亲情的陪伴。"

徐中来小声回道："我们离婚了，情分早就疏远了。"

文更生说："那也比我近。"

徐中来眨巴着眼睛，回味文更生说的话，有点不明就里。

席间，众人没有询问夏始之接受调查的情形，大家尽量说一些开心的事，要么就逗两个男孩说笑。

明秀阿姨问夏始之，接下来有什么打算？

夏始之窘了瞬间，说道："我压根儿就不是做销售的料，所以，我也不想在原来的公司干了。"

明秀阿姨说："那就去福利院应聘副院长吧，你的各方面条件都合适。"

夏始之犹豫着："我现在还在接受调查……"

文更生接过话："根据我的经验判断，你如果有事，或者是要处置你，他们是不会现在放你出来的。"

文更生举起酒杯，跟徐中来干了一个满杯，一副深谙此道的样子，继续说道："既然放你走，就不能不对关了你这几天有个说法，所以才会危言耸听让你有所忌惮。放心吧，人家不是说了，该干吗就干吗，听明秀阿姨的，应聘副院长去。"

大家都把话往宽处说，夏始之的眉头这才舒展开来。

看着文更生和徐中来推杯换盏，明秀阿姨很是开心，她小声对夏始之说："最近没啥事，去一趟韩麻营吧，带上你的侦探男朋友。"

夏始之的脸上即刻恢复成冷色调："我为什么要去找我这辈子最恨的人。"

明秀阿姨说："就算是这辈子都解不开这份愤恨，你至少也得知道你恨的是谁吧？"

夏始之瞅着坐在对面的小豪，处在愣神的状态里，她没有说要去，也没有拒绝。她的神情像一个忘了采摘的茄子，被霜冻摧残得皱皱巴巴,从皮色到茄子心正在缓缓变成黑色。

十六

寒假第二天,文更生开着车,载着夏始之和小豪驶出拥挤的北京城。黑色越野车飞驰在京承高速公路上,刚刚挣脱城市的拥塞,转而一头扎进无边无际的雾霾里。夏始之慵懒地闭上眼睛养神,车窗外的雾霾让她觉得呼吸不畅,干脆眼不见为净。

自从记事起，夏始之的内心就充满恐惧，感觉自己生活在丛林里,任何一个个儿头比自己大的动物都可以威胁到她。她没有可以依靠的怀抱,每一位阿姨的温暖都是暂时,只要把她放下,她便重新置身丛林,虽无性命之忧,可内心的恐惧一刻都不曾消失。年龄渐长以后,夏始之开始懂事了,从小积攒起来的恐惧变成了对亲生父母的怨恨,恐惧有多深,怨恨就有多重。带着这么多深重的怨恨,即便是找到亲生父母,又能怎样?

禁不住明秀阿姨和文更生的絮叨，夏始之踏上了前往韩麻营的寻亲之路。早在动身前,她便在心里拟好了台词,见到亲生父母后,她一定要问问他们:你们当初为什么要抛弃我?你们这些年来过得心安吗?你们后悔过吗?

一阵猛烈的颠簸,惊得夏始之睁开眼睛,发现文更生已经把越野车驶离高速公路。文更生导航的目的地是韩麻营派出所,历经六个小时的车程,终于找到派出所。文更生跟一位当值的副所长说明来意,副所长很是热心,他叫来一位管户籍的民警帮忙查找 1983 年 2 月 16 日出生的女孩登记。而后,副所长又找来一位民警,让他查找丢失人口的登记。查询档案需要时间，副所长让文更生一行三人先出去吃饭。

韩麻营四面环山,人口不多,街道却说不上冷清,因为有三条省道汇聚在小镇上，街道两侧有很多吃饭、修车加补胎的店铺。文更生挑选了一家门脸稍大的“四海大酒店”，点了一份烤羊排、一只叫花鸡、一份西芹百合，还要了一盆酸辣汤。店里客人不多，菜上得很快。夏始之没有什么胃口，小豪和文更生早就饥肠辘辘，烤羊排和叫花鸡不消多时，便被梳理成一堆骨头。

文更生打了一个满足的饱嗝儿，又给自己盛了一碗酸辣汤，这才腾出嘴巴对夏始之说：“在这荒山野岭的地儿，家里没有男人是不成的，你出生那个年月，计划生育抓得紧，我估摸着你被遗弃十有八九跟这个事儿有关。”

夏始之用勺子搅动着碗里的酸辣汤，没有说话，也没有喝汤。

文更生接着又说道：“到了现在这个岁数，你也没有必要跟自己的亲生父母怄气，他们也是迫不得已，那是当时的国情。”

三个人吃完饭，正待要离去，副所长拿着一沓资料走进来，一脸笑意冲着夏始之打招呼：“找到了，找到了，南窝子村的，你叫韩春英。”

即便是对父母有再多怨恨，夏始之还是觉得有些期待，她问道：“他们在哪儿？”

副所长坐下来，不紧不慢地说道：“很不幸，你的父亲 15 年前就因病去世了，母亲是前年去世的。”

夏始之的眼睛里闪过一丝失望的神色，轻轻地吁了一口气，心里竟也生出几许难过。她在心里反复品味着突然间涌出来的难过情绪，到底是为亲生父母？还是为自己？被她怨恨的亲生父母已经不在了，而这份怨恨的情绪也就无处安放了。此前，那些早就拟好的质问和情绪，要发泄到何处才能使自己心安呢？自己原来叫韩春英，从这一天开始，我还是夏始之吗？夏始之在心里问自己。

文更生看了一眼夏始之，对副所长说道：“你们韩麻营人挺逗的，这算是哪门子找到人了？”

副所长仍是一副不急不躁的样子,他让文更生别着急,转头对夏始之说:“你还有一个姐姐,叫韩春玲,嫁在本村,还住南窝子村。”

十七

越野车在一条坑洼的土路上开了一个多小时，终于看到了南窝子村。坐在车里如同坐在船上,前后左右摇摆个不停。

小豪从未到过这种地方,心中不免惊喜,他问夏始之:“妈妈,农村是这样啊？”

文更生接着小豪的话，对夏始之说:“你差一点儿就在这里长大了。”

文更生随口说出来的一句话,正是夏始之所思。她望着车后面扬起来的滚滚黄土，脑补着自己在这方土地上一步步长大的画面。突然,一个急刹车,车里的三个人的身体都往前倾,夏始之和文更生幸好都绑着安全带,后座的小豪则撞到前椅靠背又弹回车座上,小脸上挂满惊慌。

文更生放下车窗玻璃，冲着倒在车前的一个五十多岁的男人大声吼道:“我车里装了行车记录仪,别想跟我玩碰瓷。”

五十多岁的男人胡子拉碴儿,板着一张像是好久没有洗过的脸,从地上坐起身来,不紧不慢地对文更生说:“啥行车记录仪,在俺们这儿啥都不好使,恁快掏钱给俺瞧病。”

文更生说:“碰瓷你都不够敬业,距离我的车还有一米多远,你的伤在哪里？”

胡子脸倒也听话,坐在地上往车前挪了挪身子,说道:“俺受了内伤,肋骨断了。”

文更生被胡子脸气乐了:“人家都去大城市碰瓷，你怎么在家门口干这种勾当,就不怕乡里乡亲笑话？”

胡子脸说:“笑贫不笑娼,俺们这里没人笑话赚钱养家的人。”

此处已经快到南窝子村村口,文更生和胡子脸一问一答之际,村里已经有不少闲人围拢过来。一个中年男人冲着胡子脸喊道:“村里半个月没进外地车了,韩老三今日里好运气呀。”

另外一个年长一点儿的女人冲着文更生说:“撞了人就别赖了,多多少少赔俩钱得了。”

其他人也随口附和,帮着韩老三向文更生要钱。

文更生摇了摇头,叹了口气,他指着坐在副驾驶座上的夏始之,对村民大声喊道:“车里面坐着的这个人,就是你们南窝子村的,你们这回是武松抢了林冲,自家人打劫自家人了。”

夏始之打开车门,她的脚一落地,黄土面子就淹没了她的皮鞋。夏始之皱了皱眉头,她走到韩老三跟前,瞅了他一眼,对围观的村民们说道:“我叫韩春英,出生在这个村子里,我还有个姐姐叫韩春玲,你们认识吗?”

听完夏始之的话,围观的人群几乎同时发出一阵惊呼,先前那个帮腔的中年男人窃笑道:“韩老三,你碰了你小姨子的瓷了。”

韩老三一骨碌从地上爬起来,对着夏始之看个仔细,说道:“还真挺像……俺听婆娘说过,说她有个妹妹,你这是打哪儿来?”

年长的女人跟着打趣道:“还是个有钱的小姨子,这车怎么也得值三四十万元吧,直接送给姐夫得了。”

韩老三脸上也露出兴奋之色,他拉开车门,一屁股坐上副驾驶,冲着车外的夏始之和文更生喊道:“妹子、连襟,咱们回家。”

村子中间的小胡同无法进车,韩老三让文更生把车停下,四个人下得车来继续往里走,进了一个很破败的院落。

韩老三指着四间老房子,对夏始之说:“你姐姐在屋里呢。”

接着,韩老三冲着屋里喊道:“春玲,春玲,你妹子来看你了。”

夏始之看了一眼四周，虽说都是农村的平房，但还算有模有样，唯独姐姐家显得败落。“吧嗒”一声屋门打开，一位面容憔悴的中年妇女走出来，她望着院子里站着的三个陌生人，又瞅瞅韩老三，一时间竟有些不知所措。

韩老三急忙上前，牵过中年妇女的手，把她拉到夏始之面前，对她说道：“你以前不是提过你有个妹妹，被你娘送去北京了，你瞅瞅，你妹子回来看你了。”

中年妇女伸出一双粗糙的大手，握住夏始之的手，两眼直勾勾地盯着夏始之看了半晌，突然间，两行眼泪涌出眼眶，她嘴唇哆嗦着说道：“真的是春英，真的是春英，眼睛、鼻子、嘴巴，跟咱娘一个模子……”

透过中年妇女憔悴的脸色和凌乱的短发，夏始之发现眼前这个女人的眉角眼梢，还有鼻子，真的跟自己有几分相像。按说，一个农村妇女有这样的长相，算是出类拔萃的，可是韩春玲的右眼角有一条斜过脸颊的伤疤，把一张俊脸生生给毁了。

韩春玲从炕上的柜子里摸索出一把卷得紧紧的纸币，抽出一张百元纸币，递给丈夫韩老三，让他去买些猪肉和韭菜包饺子。

韩老三接过钱，瞅了一眼文更生：“咱们连襟好不容易凑成块儿，得喝二两。”

文更生说得喝，便领着小豪跟着韩老三一起出门买酒去了。

屋里只剩下姐妹二人，夏始之竟然觉得自己无话可说，眼前这个女人的脸上除了那道丑陋的伤疤，还镶嵌着磨难镌刻过的皱纹，看上去浑像是一张50岁的农村妇女的脸。

韩春玲似乎比夏始之放得开，她走近妹妹，伸出双手抓起夏始之的手，把头抵在夏始之的胸口，号啕着哭出声来。夏始之也不由自主地抱紧韩春玲，这是她平生第一次感受到来自血缘亲情的拥抱，眼泪也禁不住流下来。一对同胞姐妹相拥而泣。

十八

夏始之让文更生送她去韩麻营火车站，她说她要坐火车回北京。

文更生查了一下购票信息，说道："一天就一趟慢车，要坐八个多小时，还只能到昌平北站，那我和小豪去昌平等你吧。"

夏始之说："不用了，我从昌平坐公交车去福利院。"

在前往韩麻营车站的路上，文更生没话找话问道："你觉得你姐姐和姐夫人怎么样？"

夏始之望着车窗外的天空，说道："人们倾其一生都不一定能够认清自己，那些仅有一面之缘的评价，又有什么意义呢？"

文更生听着这句没头没脑没逻辑的话，只是笑了笑，没有作声。

这是夏始之第一次乘坐绿皮火车，穿行在灰黑色的山峦里，满眼都是北方冬季的萧瑟。人生就像是一趟单程的旅行，夏始之错过襁褓里的母爱，也错过父亲的暴戾，她究竟是该喜该悲？逃离了南窝子村淹没脚脖子的黄土，在中国最好的都市里长大，拥有了令亿万人垂涎的北京户口……如果人生重新来过，可以用这些现实的条件来置换遥远山村里的母爱，自己难道真的会毫不犹豫地选择母爱吗？

车过梁底下站后，夏始之从背包里掏出一个皱皱巴巴的牛皮纸信封，里面装着一堆硬纸板火车票。这是母亲去世后，姐姐韩春玲从母亲的箱子底翻出来，用姐姐的话说："我还以为是妈攒下的钱，结果就是一堆去北京的火车票。"

夏始之把信封里的火车票倒出来，数了数总共 45 张，22 张韩麻营到昌平北的车票，23 张昌平北到韩麻营的。夏始之按照时间顺序排列了一下，除了第一张火车票是 1983 年 5 月 5 日，其他车票都是每年 2 月 16 日韩麻营到昌平北，2 月 17 日昌平北到韩麻营，而 2 月 16 日正是自己的生日。原来，母亲每年都会在自己生日这一天，坐着绿皮火车辗转到北京，这样的奔波一直持续到自己大学毕业。从出生到大学毕业，在自己生日这一天，都有母亲的眼光相伴，她是躲在哪里看着自己？妈妈确定会在生日那天看见我吗？大三那年的生日，我是在医院里度过的，因为感冒转成肺炎，妈妈知道吗？

夏始之清晰地记得大三那次住院，身边没有一个人陪伴，半夜被查房的护士扰醒后，她发现床头柜上有一碗冲泡的盖面，里面还有两枚茶叶蛋，而且还有温度……这一刻，夏始之再也无法自控，她趴在车票上哭到哽咽。她几次想止住哭泣，可 36 年来的怨恨通通化作眼泪，止不住地涌出眼眶。

昨天晚上，夏始之跟姐姐睡在一个被窝里，她问过姐姐："把我扔掉，他们是不是想要个儿子？"

韩春玲叹了一口气："咱妈生了你，坐完月子就被拖去结扎了，就算是把你扔了，也生不了儿子。"

夏始之问道："那为什么还要遗弃我？"

韩春玲说："长大后，我也问过妈，她说是想给你找条活路。"

夏始之冷冷地说道："你不是也活得好好的。"

韩春玲突然坐起身来，撩起自己的短发，露出右脸颊的伤疤，对夏始之说："我身上大概有十几处伤疤，都是咱爸打的，我后背上的伤疤是一岁半留下的，是咱爸用火钩子烧的……他脾气不好，喝上酒，连我带咱妈一起打。我比你大 3 岁，可我不记得你出生的事，只记着从小挨打的事儿。"

夏始之沉默了好久，又问道："咱……妈怎么知道把我放在福利院门口？"

韩春玲说："咱妈年轻的时候去北京的福利院帮过工，她说福利院吃得好，还能给孩子上北京户口，是个得福报的好地方。"

韩春玲拉着夏始之的手，接着说：“别怨咱妈，她心里头一直记挂着你，临走前那几天还跟我念叨过你，说你读完大学就能过上好日子了，我才知道她每年都去北京看你，来回车票要花不少钱，每次回来咱爸都会打一顿咱妈，连我一块儿打。我背后偷偷问过咱妈，为啥不把你认回来？她说她愧对你，知道你的日子好过就得了，她的心就安了……”

火车进昌平北站时，已经临近傍晚。出了车站，夏始之一路打听去了汽车站，乘上开往德胜门的公交车。一路上，夏始之都在体味母亲当年的心境：三十多年前，火车应该更慢，昌平到德胜门的路应该更难走，母亲要赶整整一天的路程才能到北京。她应该不会去住旅馆，因为她没有那么多钱，也没有留下住宿的发票凭证，母亲会在哪里熬过这冰冷的一夜呢？那些在寒冷冬夜蜷缩在街头巷尾的可怜人啊，那里面竟然有生我的母亲，可我对那些孤苦无依的身影从来都不肯多看一眼……

半年过后，夏始之应聘进福利院，并当上了副院长。

周末的时候，夏始之经常带着文更生和小豪去看望明秀阿姨，有时候还会在明秀阿姨家吃饭。吃完饭，四个人还会坐在一起喝茶聊天，邻居们都把夏始之当成明秀阿姨的女儿。

最近一个周末，文更生接手一个调查案件，正忙着帮人家调查取证，没有跟随夏始之去看明秀阿姨。夏始之和小豪在明秀阿姨家吃晚饭的时候，接到福利院的电话，说是有一个刚入院的女婴发烧不止。

夏始之放下碗筷，说是要去福利院看看才放心。

夏始之牵着小豪的手往外走，出门口的时候，她回过头来对明秀阿姨说道：“中秋节放假，我和小豪再来看您……妈。”

明秀阿姨听见夏始之管自己叫妈,嘴唇哆嗦了一下,眼里噙满泪水。

【作者简介】余耕,祖籍山东崂山,先后出版长篇都市小说《德行》、童话小说《当心你的狗》、历史长篇小说《古鼎》。小说《魔伽吒》入选中国作协选编的《2017年中国中篇小说精选》。2018年,长篇小说《金枝玉叶》在掌阅上线,付费读者评分高达9.2分。都市荒诞小说《如果没有明天》获得第十七届百花文学奖影视改编价值奖,根据小说改编的话剧《我是余欢水》在北京上演两百余场。由正午阳光公司投拍的电视剧《我是余欢水》上映后社会反响热烈。

第十九届百花文学奖

小说奖获奖作品集（下）

《小说月报》《小说月报·原创版》编辑部 编

百花文艺出版社
天津出版传媒集团

骨　肉

○马小淘

一

我十二岁那年，我妈妈和我亲生父亲私奔了。我知道这听起来好像一个颇具喜感的病句，好像二人转里那句——我只知道生我那天我妈没在家。这要是句玩笑倒好了，可是我妈真就那么潇洒地跑了。十二岁，被她和命运一起归纳成我人生的分水岭。从此，我从一个动辄唱着“请把我的歌带回你的家，请把你的微笑留下”的无知少女，变成满脸不苟言笑的早熟女生。后来我读大学时，一个室友一边谈起私奔的浪漫色彩一边做少女怀春状，我特想给她一嘴巴。私奔有什么浪漫的，私奔就是自私自利，自己酒池肉林，把别人扒光了扔到雪地里。

我记得那是个平凡的傍晚，爸爸骑着自行车接我放学，我们一路有一搭无一搭地聊着，没有电视剧里的诡异配乐提醒接下来会有节外生枝的情节发生。

妈妈不在家，屋里灯黑着。餐桌上早饭的碗筷没有收拾，小碟子里一块吃了一半的酱豆腐几近风干，委屈巴巴地暗红着。碟子下边压了一张撕得参差不齐的牛皮纸，上边七扭八歪地写着：

张老师，我走了，先不带走张函，对不起。

没有落款，但显然是妈妈留下的。她走得太仓促，乍一看，那一行潦草的字迹简直如同涂鸦，压根儿不像一张离别的便签。最精彩的是，她可能是太着急了，写了一个错别字。我叫张涵，她写错了我的名字。

如果是侦探剧，大抵会有人依据这错误的名字发现蛛丝马迹，推测出这是妈妈刻意留下的线索，她是被胁迫的，故意写错女儿的名字，便于展开推理。然而，她没有这么缜密的心思，她只是跑路心切。

那一刻我觉得挺好笑，感觉逮住了妈妈的把柄，她随随便便写错了我的名字，下次她再批评我做题马虎，我要拿这个作为有力的还击。我没有清楚地意识到发生的到底是什么。这事是有点不寻常，但是好像也没什么大不了的。我妈本来就是嚣张任性天马行空的角色。所谓离别，是在一次次对那个傍晚的回忆中逐渐清晰的。

爸爸颓然地坐在餐桌旁。忽然很有点蔑视地盯着我看。

“你不是我亲生的。”他有几分恶狠狠地说。

我不知道该接点什么，他一语道破的不是天机，对我来说却比天机更骇人。

“你妈，和你亲生爸爸跑了，我被甩了。”他接着说。

“那我呢？”

“看不出来吗？你也被甩了。还他妈甩给我了。”

“我会为你养老的，请别杀掉我。”我一时不知道该说点什么，还无师自通地学会了为生存担忧。

“你以为我缺人送终啊？你这种苟且劲儿真像你妈！”他朝我大喊。

“什么叫苟且？这个词我好像没学过。”

“苟且就是，为了活，过一天算一天，什么事都干得出来。”

“嗯，懂了。但是我妈她跑了，她没过一天算一天。我才是真苟且，我不跑。你对我动点恻隐之心吧。恻隐之心，我新学的。”

“我在你说这些废话之前已经动了，我是成年人，不跟没用的人清算。我现在没什么心情吃饭，也不想给你做饭。”他犹豫了一下，接着说，“其实，我现在不太想面对你，你回屋睡觉吧。明天还要上学。”

时间也就是下午五六点，这个人竟然让我回屋睡觉，但是我不敢反驳。我知道我妈疯了，他说的应该都是真的。

“晚安。那个，我以后还叫你爸爸吗？”

“你觉得呢？”

“晚安，爸爸。”

然后我就真洗漱上床假装睡觉了。事情发生得太突然了，我根本还没理清头绪，就被裹挟进了肃杀的氛围里。在此之前，爸爸说话的语气并不如此刻薄。他绝对是个慈父，在每一个该讲原则的瞬间都会板不住脸。妈妈说他一直以来的做派叫作惯子如杀子。当然，那时候我以为他是我亲爹，对我多好都是应该的。所以当我被通知，他不是亲爹的时候，我忽然意识到自己遭遇了什么。之前和美幸福的家，原来一直是个危机四伏的肥皂泡，两个大人彼此心知肚明，只有我一直活在假象里。我妈和我亲生父亲跑了，而我叫了十二年“爸爸”的人，和我没有血缘关系。我竟然是个非婚生子，身份不仅尴尬，简直还有点肮脏。现在他们不管不顾地跑了，还没带上我。

爸爸让我上床睡觉，我根本不敢提出其他意见。我还是有些惶惶然，生怕他还没考虑清楚。对他来说，我就是个狼崽子，也可以算作仇人之女，留着我干吗？当人质？慢慢折磨？越想越觉得凶多吉少。或者他万一图痛快，明天一睁眼，我已然被他扔到垃圾箱里，或者被送到孤儿院了。反正送回姥姥家姥姥也不会要我的，我感觉她连我妈也不怎么喜欢，她心思都在我舅舅身上。平心而论，这些年最喜欢我的还真就是我爸爸，但他现在已经成了我养父，还是被我妈戴了顶硕大绿帽子的养父。我以后的日子能好过吗？就算他不会追究我，我也不好意思再像以前那样在家里又作又闹，要漂亮衣服，要高级钢笔了。我得像《鹤的报恩》那样，把自己的羽毛拔下来织到布里，报答养父的大恩大德。

我真是无家可归，被亲生母亲抛弃，又忽然多了个素未谋面的生父。这种凄楚的身世在武侠小说里大概更夸张，我可能还会被生父的仇人打下山崖，但是又会大难不死，很快在山崖下获得秘籍，最后还有可能不止一个侠客英雄无缘无故地爱上我，非要为我肝脑涂地。然而生活不是主角开挂的武侠小说，就算是，我也未必是生活的主角。我可能就是那种命不好，一直不好，到最后也没什么转机的配角。

我只是短暂地哭了哭。后续的眼泪要涌来时，我竟然劝住了自己。以前我只要一哭就停不下来，非要别人好言相劝或者赔礼道歉。这回我陡然明白了什么叫欲哭无泪，所谓一夜长大，真不用提前练习。真他妈时势造英雄。

第二天我起来做了早餐，其实也不能算做，我就是把冰箱里的面包、果酱拿出来摆了摆，又冲了两碗芝麻糊。我收起了桌上那张边角参差的牛皮纸，我要永远记得那个错字。从前我根本起不来床，从来没用过闹钟，都是妈妈叫我，第一次只能叫醒两根手指。我会从被窝里伸出两根手指，哀求：再睡两分钟，就两分钟。

那一天我学会了用录音机定闹钟，以便早早出现在客厅。

爸爸起来看了一眼餐桌，又看了一眼我。

“少来这一套，除非坚持一辈子。”他说。

我放下手里的面包就回被窝了。我已经很难准确描述当时的心情了，愤怒、羞耻，还有点放心。我大概一直知道他其实是个君子，越表现得委曲求全只会显得自己更滑稽，不如就死猪不怕开水烫吧，应该不会被撵到大街上的。

二

我上学，他上班，我们像一对普通的单亲家庭的相依为命的父女。郁郁寡欢一点也是正常的，至少外人看来，我们这种有变故的家庭，总要有点垂头丧气才符合剧本：我妈抛夫弃女和野男人跑了，我和我爸都是受害者，我们一时半会儿还没法从打击中走出来。

爸爸以前也不是个话多的人，现在变得格外少了。他表达苦闷的方式也真没什么新鲜的——少说话，多喝酒。他的举止做派都和电视剧里那些被绿了的好人差不多，让我怀疑他到底是真想喝，还是在模仿那些人。

他依然每天接我放学。虽然那时候我大多数的同学都自己回家，不用家长接了，但他没有提出不接了，我也不敢说，每天放学，他扶着自行车和一群低年级学生家长挤在一起，等我出来。有一天我甚至看到他在吃冰激凌，是那时刚刚流行起来的美登高，比小时候的冰棍儿卖得贵一些。车筐里放着一根，大概是留给我的，我走过去，他递给我。我们之间形成了某种别别扭扭的默契，可以不说话的时候就尽量不说。谁也没有通知谁，但是就这样仿佛一蹴而就地形成了，十二年的欢声笑语顷刻间灰飞烟灭。

他会在离家最近的商店买两瓶啤酒，也不多喝，但是和从前的不喝比起来，还是有借酒消愁的意思。有时候他做饭，我就跟着吃。有时候他懒得做，就给我两元钱，能买一个面包、一根火腿肠。

我绝对没有遭到任何虐待，也不是冷暴力。只是我们心情都不太好，或者说是非常不好，谁也不知道说点什么合适。好像彼此的伤口都还没有结痂，如果非要拥抱在一起，可能粘连，重新流出鲜血。淡漠、冷硬的气氛正搭配我们的心情，如实呈现痛苦比假装开心容易多了，毕竟我们在学校、单位多少都要做戏，表现出一切尽在掌握的勇气。

奶奶作为外围的当事者，表现得异常暴躁。她只要一看我俩就克制不住大骂我妈，一骂就停不下来，很多时候以哭声收场。她总是用重复的词语声讨妈妈，数落爸爸无能，说不知廉耻的儿媳妇和窝囊废儿子让她抬不起头来。一想到儿媳妇和人跑了，她就吃不下睡不着，好像最为这件事困扰、可能一生也走不出阴影的是她。我们因为不想反复面对她的愤怒，降低了去奶奶家的频率。

“奶奶知道我的真实身份吗？”一次从奶奶家回来，我问。

“你有什么身份不身份的？”

“你明白我的意思。”

“不知道。”

“一直不知道？”

“原来只有我和你妈知道，现在加上你，应该就三个人知道。不对，也许你亲爸也知道。”

“你就是我亲爸。”

“忠心不要表得太早，显得很虚伪。”

“你不告诉奶奶吗？”

“算了。让她多骂几句窝囊废也没什么不好意思的。她挺喜欢你的，这个让她知道了，比你妈跑了打击大多了。她本来也不喜欢你妈。告诉她对咱俩都没什么好处，不仅你，我也会更艰难。咱俩就忍辱负重吧，别给你奶奶添堵了。”

后来我每次见到奶奶都觉得特别鬼鬼祟祟。尤其是她刀子嘴豆腐心，比以往更勤地给我买新衣服穿。我知道她觉得我没妈可怜，比以往更怜惜我。可这一切的前提是，我是她亲孙女，我是她儿子的亲女儿。她不是没事瞎关心全世界，给没妈的孩子送温暖。她只关心她的一亩三分地，关心她孙女。而我其实是个冒牌货，哪怕我妈没跑，我也不是她亲孙女。揣着明白装糊涂，骗吃骗喝，我的心里并不舒服。

我们家的情形就像《红灯记》：

> 爹不是你的亲爹，奶奶也不是你的亲奶奶……你姓陈，我姓李，你爹他姓张！

据爸爸说，我爹他姓刘，叫刘雨刚，和我妈青梅竹马，两家住得不远，是小学同学、初中同学。我妈高中毕业时，他已经进了工厂，因为游手好闲而小有名气。据说我姥姥顶看不上他，说他三岁看到老地没出息，一脸倒霉相。所以妈妈和他谈恋爱也是偷偷摸摸地，两人不到二十岁就眉来眼去，二十二岁出双入对，在工厂是一对引领潮流的"流氓"。这是爸爸的原话——一对引领潮流的"流氓"。搁在别人嘴里，可能是一对璧人，在他这儿被归类为一对"流氓"，也算合情合理。后来的岁月里，我发现了他对"流氓"这个词的偏好，几乎稍有点出格之举的，他都会以"流氓"两字相赠。说回我亲生父母，据说两人山盟海誓认定了彼此，我姥姥纵使一百个看不上刘雨刚，也架不住自己姑娘铁了心，也就睁一只眼闭一只眼了。可这时候我爸爸，也就是我养父杀出来了。我爸爸作为群众艺术馆的新职工，被派去我妈他们工厂体验生活。他从师大美术系毕业，彻底结束了画家梦，浑浑噩噩被分配到群众艺术馆，彼时正沉浸在无法实现理想的苦闷中。不过说实话，即使我对他充满敬仰，我也必须承认，他的画乏善可陈，无非就是一些中规中矩的临摹，和所谓的艺术毫不沾边。体验生活中唯一的亮点就是我妈了，爸爸说妈妈那时喜欢穿粉红、明黄、宝蓝、葡萄紫等等饱和度很高、存在感很强颜色的衣服，在当时的女工中并不多见。因为色彩的关系，她站在人群里永远是出挑的，当然，肯定更因为长得好看。一个美人如此张扬，才叫耀眼。

“我那时候刚看了部外国电影，叫《叶塞尼亚》，女主角是个美艳奔放的吉卜赛女郎。那气质和你妈妈太像了，热情、大胆、野路子，还有种娇憨，和周围其他的人不一样，尤其和学校里的女孩儿不一样。”爸爸如是说。

可能是受了这番言论的影响，后来我看到妈妈年轻时的照片，觉得一眼望去她就是个浪迹天涯的人。这种人不该被娶回家，她不是安居乐业的命。

“然后，你就频频示好，从刘雨刚那儿抢了我妈？”

“默默示了示。你妈肯定能感觉，她一看就是心思不往正地方使，对男女的事却非常敏感。我心里清楚她肯定看不上我，而且人家已经有了男朋友，我还硬往上冲就显得不太道德了。”

也不能算是卧薪尝胆，反正在工厂体验生活半年，本就要天天去上班。然后就不知道是劫还是缘地赶上刘雨刚出事了，他偷了车间的配件拿去卖，尝到几次甜头就变得越发大胆了，多次铤而走险，终于被逮了个正着，直接就被开除了。那时候正赶上“严打”，刘雨刚怕开除还不算完，再被抓进去蹲个十年八年，越想越害怕，就跑路了。在那个街口看公用电话的王大妈帮喊一下，没有手机、寻呼机，没有网络的年代，好像没来得及和我妈告别也是合理的。于是，骑着自行车下班的我爸，碰到了在长椅上哭的我妈。他劝了一会儿，把我妈送回了家。这一送不要紧，立马就被我姥姥盯上了，一个一看便知是知识分子的纯良小伙子，还在群众艺术馆搞绘画，不知道比偷东西被开除的刘雨刚强了多少倍。我姥姥对我爸异常殷勤，再加上刘雨刚的消失，我爸备受鼓舞，仿佛看到了某种希望。

而真正促成我爸妈结合的，其实是我。这时候我已经悄悄来到了人世，静静藏在我妈的肚子里。很荒诞的是，恰恰是我的到来，把我妈推向了不是我亲爸的男人。

“刘雨刚跑的时候知道我妈怀孕了吗？”

“这很重要吗？”

“当然重要了。知道不知道能决定他是臭不要脸还是不要脸。”

“他好像知道，你妈告诉他了。”

“真他妈不是个东西。”

“不要轻易说脏话。你是个女孩儿。”

这是几年后我通过断断续续的谈话梳理出的他们“三小无猜”的故事。时间的流逝终于使我们可以越来越平静地谈论那个离开的女人，我也终于解开了好奇，我怎么可能另有生父。他们结婚十二年，我十二岁，而我却是其他人的孩子。原来，用现在的话说，我爸就是备胎、接盘侠、喜当爹。由于我的迅速壮大，他俩闪婚了。在这桩看似郎才女貌、速战速决的婚姻中，我爸飞快地成了一个神不知鬼不觉的后爹。我想起电视剧里夫妇不和时，总有那么句台词——孩子是无辜的。我太讨厌这句台词了——废话，我当然是无辜的。可是我好像又不太无辜，因为我来了，我妈才火速嫁给了我爸。

“你从一开始就知道，我是刘雨刚的？”

“知道。你妈这点倒是磊落的，我追她，她就告诉我她怀了刘雨刚的孩子。我怀疑她和我结婚主要就是为了合理合法生下你。她掌握着全部的主动权，利用了我对她的迷恋。你妈妈就是那个工厂的巨星，她在那儿虽然是个工人，却比厂长得到的爱还多。我相信若不是我，还会有别人愿意。所以即使在那个时候，她的姿态也没低过。”

“你难受吗？”

“说实话，我有点记不得年轻的自己是怎么想的了，好像也痛苦过，但更多是一种幸福，我为了得到你妈而感到由衷的幸福。更重要的不是婚姻，而是美。劳特累克说过：美丽女人的曼妙身姿并非为爱而生，它太精致了。”

“谁？”

“我喜欢的法国画家。你别打断我，我要说的是，我被你妈妈的美折服了。她爱不爱我不那么重要，我为自己可以合法地、近距离地欣赏她的美而满足。尤其是你出生的瞬间，我觉得你就是我的孩子，我甚至觉得你长得像我。人要是渴望活在假象里，有一丝一毫的可能，他也不想戳破。我一度觉得，你妈妈可能已经爱上我了，你抱着娃娃跑来跑去，她边嗑瓜子边看电视，周末带着你去公园转转，没什么太新鲜的，平顺、踏实，我觉得这就是我想要的全部。直到你亲生父亲回来了，我察觉到你妈神不守舍，电视照样看，饭照样做，但是我能感觉到她微妙的紧张。她甚至开始像刚认识时那样，不由自主地管我叫张老师，我知道一定发生了什么。”

“你知道？”

“我没料到是刘雨刚阴魂不散，我以为是你妈外边有了别的什么人。结果我一问，她就说了，是刘雨刚。我真是五雷轰顶，你们完完整整一家人都凑齐了，我这位置不是一般的尴尬啊！因为你也是他的，我好像连打他都不合适。你妈也不是完全不痛苦，她两边跑，但是她对咱俩都还可以，请原谅我按驻地划分，把你归为我这伙。我都知道的，事情就是这么棘手，我得装君子啊！我也是太自信了，觉得十几年过去了，我们虽然过得不能算恩爱，但也至少是和谐的，这么安逸，这是谁也舍不下的。我还鼓励她，说忠于自己的心，人是可以爱两个人的。可是她自己坚持不下去，她说她太难受，决定舍弃一个。没想到她那么果断，舍的是我，还没怎么犹豫。出局的是我！我细想这还真有点不对，虽然道德是可以超越的，但法律还是顾忌顾忌得好。我们是合法夫妻呀，我是受保护的那个，她按先来后到，那可是街道大妈的逻辑啊！”

三

我学习成绩特别好，因为心里装着低人一等的秘密，我知道我必须要成为学业上的佼佼者。唯有所谓优秀，才能掩盖某些先天不足，我的身世已经是一个巨大的失败，我只能在能掌控的部分赢回一分。至少我希望，开家长会的时候，爸爸可以感到一丝骄傲。这个原本和他毫不相干的乱七八糟的孩子，吃他的，喝他的，能让他有一刻觉得值得。

小学毕业后，我和爸爸搬离了那个邻里邻居鸡犬相闻的家属区，住进了商品房。爸爸虽然无缘成为大画家，但是画点油画把家境搞到殷实一点还是可以的。我是非常雀跃地搬家的，毕竟作为那条街的重点保护对象，我始终无法以昂首挺胸的姿态出现。连号称格外古怪乖张的自行车车棚看车大爷都对我格外关照，别人存车他正眼都不看，我和我爸一去，他总是关切地问，晚上吃点什么啊？两个人的晚饭不好弄啊。干吗老强调两个人，您这儿还一个人呢！商品房的好处就是永远不需要和邻居社交，再也没有人以过度关切的目光看我了，我知道大家都是好意，但是那些悲悯的目光好像是一种提醒——你妈和别人跑了。而这提醒每次都会触动更不为人知的部分，不仅是跑了，她还是和我亲爸跑的呢。有时候我觉得，邻居们的好意也带着某种站着说话不腰疼的成分，立场正确地看别人家的笑话，只要掩饰好猎奇，假装悲悯就好了。

随着远离旧环境，伤口也在慢慢愈合。我与爸爸除了那些简明扼要的对话，也会有许多其实没什么特别却意趣盎然的瞬间，我们越来越像一对真正的、毫无可疑之处的父女。我初中的班主任姓熊，报到的第一天我看到长得怒气冲冲的熊老师，第一次觉得有人能和自己的姓氏如此匹配。回家我与爸爸提起，他兴致勃勃和我说起很多可以做姓氏的动物名，比如马、牛、虎、鹿、燕、龙、骆，甚至我们翻起了字典，查了猫、驴、鸭、猪等等，竟然发现鸡和狐也是可以做姓氏的。从来没遇到过姓这俩姓的人，鸡小姐、狐先生，哈哈，听着好像有什么别的意思似的。他也经常带我去公园、游乐场，我被指挥着在各种景点到此一游、笑对镜头。那时候相机还是胶卷的，一卷二十多元，才三十几张，拍完还要拿去冲洗，挺金贵的。洗出来要是哪张闭了眼睛，他还要怪我浪费钱。

“下次别照了，我不怎么喜欢照相。”

“你这是像谁啊？你妈最喜欢照相了。下次你好好配合配合，省得有人说我苛待你，有照片为证。”

“我当然是像你了。”

这中间我妈回来过一次，大概是我十四岁时，她回来和我爸办了离婚手续。据说民政局周六周日不办公，所以她是工作日回来的，只停留了一天。而那天我正上学，回家后发现床上放了两件新外套、一件新马甲。非常明艳的粉色和黄色，它们无一例外都小了。我偷偷试了试，腋下非常紧，不及时脱下来可能会撑变形。看来，我真是比她想象得顽强，在没有母爱的地方，我成长的速度已经超出了她的预测。爸爸问：“三件衣服是送给姑姑家的妹妹还是要留着做个纪念？”我反问：“有什么可纪念的呢？”他还是默默留下了一件，收在了我衣柜最下边。

那时候我已经开始来例假了。我还记得初潮的情景。有天早晨我正在刷牙，爸爸欲言又止地出现在门口，他咬了咬下嘴唇说：“你看看你内裤上有没有血？”说完转身退到了客厅。

我狐疑地脱下内裤，真有血。我意识到自己是来了生理健康课本上讲的月经。

“怎么办？”

“我去买。”

我回到卧室，发现床单上有血，爸爸一定是看到了床单，推测出了我的情况。

彼时女孩儿都很回避这个话题，生理健康课上老师讲到月经，大家都讳莫如深，有的还做出夸张的懵懂，都急着和月经划清界限，一副谁也没发育那么早的奇怪模样。

“所以这个东西要多长时间一换？”我指着卫生巾问爸爸。

“具体我也不知道，可能几个小时吧。”

“能坚持一天吗？我不想在学校换被同学看见。”

“又不是在操场换，你在厕所弄谁能看见？”

“我们学校厕所是开放式的，没有门。”

“你等会儿，我打电话问问你姑姑。”爸爸犹豫了一下，“你自己打电话问问你姑姑呗……算了，还是我打吧。”

那是个没有网络的时代，现在不成问题的事，都要颇费一番脑筋。和姑姑通完电话，他说中午去学校接我吃饭。

“我上午先去学校周围几个公共厕所转转，当然只能以男厕所的情况为参考。我接你出来吃午饭，顺道带你去上厕所。”

“那卫生巾你带着行吗？”

他冲我翻一个白眼，答应了。

中午他站在学校门口等我。

“你走路的姿势太吓人了。是想告诉全世界你用了卫生巾吗？”他撇着嘴说。

“有那么明显吗？”

“是的。两条腿劈着，非常不自然。”

初中余下的两年，每个月都有几天爸爸会到学校接我吃午饭。虽然很多时候是翻着白眼来的。

接下去的周日，姑姑带着她女儿和我逛了街。她给我挑了好几件内衣，还嘱咐要轻轻用手洗。我其实不太情愿，和背心比起来，胸罩真的是十分不舒服，有一种强烈的束缚感。姑姑说，现在不穿，以后胸会下垂，而下垂就不像年轻姑娘了，会非常显老。

我能感觉到爸爸面对我发育时的束手无策和慌乱。他没有经验，甚至也没有立场，一个没有血缘的父亲，面对一个来月经的别人的亲姑娘，进退两难。他吞吞吐吐地告诉我，血不能用热水洗，不然容易洗不掉；特殊时期不要吃凉的东西，不要剧烈运动，不然容易肚子疼。我不知道这是姑姑告诉他的，还是他自己偷着查的资料，只是永远忘不掉他极力掩饰难为情的神色。有一次，我坐在沙发上看了两集电视剧，起身离开时，他有些讽刺地瞧着我说："自己有什么病，自己不知道吗？"我回头看到沙发上隐隐约约的血渍，赶紧冲进卫生间换裤子。

时间久了，好像这个家从一开始就只有我们俩，一切自然而平衡，仿佛不曾缺少什么。我的文具和衣服都是最高档的，都是百货大楼里最新的款式，好像某种较劲，别人家孩子有的，爸爸都会买给我。甚至初中三年级，我们家买了当时非常尖端的电脑——奔腾486，我成了同学里第一批玩上《大富翁》的。周六，他还送我去学计算机，我至今记得几个 WPS 的命令，可惜好像一直也没派上过用场。有些时候，我觉得他简直有些过分小心翼翼，比如同学们常常会说起家长下班回来气不顺，和他们发一顿无名火，我却从来没有遇到过。他表达苦闷的方式就是默默喝酒，喝多了就睡了，没发过酒疯，那种隐忍克制仿佛某种程序，不会被轻易破解。而我，感到一种并未被当成自己人的失落。至亲之间，总要有胡搅蛮缠的瞬间，因为骨血相连，不会被拆散，所以不必顾及什么。

有时候我觉得他对我有些过度保护，比如他坚持接送我上学，即使偶尔出差把我送到姑姑家，也叮嘱姑姑接送我。比如他不喜欢我参加集体活动，总觉得一个老师管好几十个学生会有照顾不周的危险。有一年学校组织去市郊的飞机制造厂参观，他不想让我去，觉得来回两个多小时大巴不安全。

"破飞机零件有什么好看的啊？在家看电视不行吗？"

"你不是不愿意我看电视？"

"我现在愿意了。"

“大家都去,我想去,我要参加集体活动。”

“不去的话,我给你买一套新衣服,不低于三百元。”

三百元在那时绝不是一笔小数目,对于一个中学生诱惑算得上巨大。

“你知道我是班干部吧?”

“两套,不低于三百元。”

“你当年是这么跟我妈谈条件的吗?”

“她不值这么多。”

四

我十六岁那年,姥姥死了。她硬硬朗朗了六十多年,突然就患脑溢血去世了。邻居们都说她是不敢缠绵病榻,一双儿女都不在近旁,真得了卧床不起的病,怕是也无人照顾。她年近四十岁就开始守寡,可以说是忍辱负重,也可以说是独断专行地拉扯一双儿女。话说我妈那时候也快上高中了,正是叛逆期,姥姥却重男轻女,把节衣缩食的钱都投资在舅舅身上,所以母女俩多年来心有嫌隙。再加上她当初不同意我妈和刘雨刚,十几年后我妈又和刘雨刚跑了,她始终不肯原谅我妈。这也只是姥姥的一面之词,好像我妈一直十分忏悔,一心求得她原谅一样。在我看来,我妈根本不在乎她妈原不原谅她。她才不需要上有老下有小恶心她呢,她没妈也没女儿,她只有刘雨刚。

小时候我觉得姥姥挺看不上我的。我成绩一直好,她却总说女孩儿都是早慧,过几年就会被男孩儿追上。也不知道她说的男孩儿是指全部男孩儿,还是特指我舅舅家那个后进生。我和表弟每次起争执她都要拉偏架,义正词严搞出一些姐姐要让着弟弟、男孩儿小时候会格外好胜的歪理邪说。最精彩的是有一次我们动起手来,她竟然一把推开了我,怕我伤到表弟。那时候爸爸、妈妈、舅舅、舅妈都在，气氛让除了我姥姥的其他人都有些窘，四位家长都不知道该说点什么好，我记得舅妈冲我妈笑了笑，我妈也回以微笑，没一会儿大家就都各自抱起孩子起身告辞了。

我虽然年龄尚小，却对长辈的不友善的瞬间记忆犹新，一提起姥姥，就想起她推开我的画面。其实我妈跑了之后她对我特别好，但我对那种充满歉疚的好都充满了警觉，仿佛那种好与我的自尊相抵触，让我感到非常不舒服。她会经常买几本不着四六的书送我，还会不自然地夸我聪明、漂亮。有时候她会推心置腹地给我讲一些人生哲理，可是听起来都没什么切实的意义。姥姥不仅对我心怀愧疚，对我爸更是时刻准备着道歉。以至于她谨小慎微的态度让我爸感到非常难堪，总是把我送去就找理由告辞。而我爸越是要走，我姥姥就越感到抱歉，两人的互动陷入恶性循环，我都能感到两人的狼狈。

我不知道姥姥知不知道我到底是谁的孩子。她肯定不知道我知道真相。这么惊悚的问题，我必然不敢问她。

"其实你姥姥是个好人。虽然重男轻女、没什么文化、没什么分寸、有点势利，但是大理儿上是个好人。"我爸曾经这么评价她。

"重男轻女、没什么文化、没什么分寸、有点势利，这听起来简直一无是处了！"我觉得这几个归纳倒是挺到位的。

"大是大非上有数。就比如她看我那眼神，全是对不住。"

"看你也接不住啊，你根本不敢看她。"

"我一看到那些所谓知情者对我的抱歉，就感到屈辱。"

"我姥姥倒是一直对你挺好的。我觉得她不怎么喜欢我妈，也不太看得上我，就对你这个女婿还挺满意。"

"可惜还是个假的。我就是说双簧前边抹着白鼻子的家伙，发声的还是你爸，我只是在前边假装跟着动。"

"我说过一百次了，不要把那个人叫作我爸。"

那是秋天，北方的秋天特别短。那些高大的树，叶子却格外不结实，一阵风过，就稀里哗啦全掉下来了。树一秃，冬天就名正言顺地来了。姥姥好像瞅准了时辰，死在了那个转瞬即逝的秋天。踩在满地落叶上，咯吱咯吱的响声，好像姥姥平素那些没什么道理的絮叨。我发现自己非常想念她，想起她经常搽的花牌手油，我之前一直觉得那个气味太香了，却忽然很想再闻闻它。爸爸帮着舅舅操办了姥姥的葬礼，我觉得他完全有理由不参与，但是他被推进了一个逆来顺受大好人的轨道，不由自主去掺和那些让自己不痛快的事。姑姑说，毕竟妈妈和舅舅都在外地，他如果不帮着张罗张罗，自己心里过不去。

我妈赶回来的时候，已经是葬礼过后的一个深夜。据说她去了香港旅游，联系不上。这个人就是这么神奇，把女儿扔给别的男人，妈妈去世时正在香港潇洒。

她好像也没特别伤感，至少第二天她出现在我面前时看起来。她对我露出一个谄媚而热烈的笑容，继而向我扑来。

四年来我第一次见她，说内心平静是假的，但也绝不是激动。我偷偷打量了她，如果再高个几厘米，再瘦个十几斤，才更像我记忆里的她。她好像变矮变胖了，也许是爸爸的讲述里不断强调她年轻时的动人美貌，让我的记忆也出现了偏差。

我下意识地躲了躲，她也警惕地在扑空前收了手，那个拥抱在即将成形时不了了之了。

“涵涵，想妈妈吗？”

我都不知道她怎么好意思问出口的。

“这位女士，你是出差了三天吗？问出这么撒娇的问题。”

“我也是没办法，我们那时候条件太差了，什么都没有规划，根本没法带你走的。带你走就是让你吃苦遭罪。”

“所以呢？你是因为心疼我才抛弃我的？你就宁可吃苦遭罪也要

追求自己的爱情，把我扔给没有血缘的人，留下一张草稿一样的便条，就人间蒸发了？”

“你知道了？谁告诉你的？那个王八蛋为什么要告诉你！”

“你有病吧！你骂谁王八蛋，我爸爸吗？阿姨，我警告你不要骂我爸爸，他是我唯一的亲人了。”

“你那么小，怎么可以告诉你这些！我以为他是个好人，他那么喜欢你，不会忍心伤害你的，我没想到他会和你说这些。都是妈妈不好，是妈妈做错了，妈妈应该带你一起走的，让妈妈弥补你吧，涵涵。妈妈现在就去和他说，妈妈带你走……”

她像电视剧里歇斯底里的被侮辱与被损害的妇女一样，边说边哭，语无伦次。如果不是从第一集开始看她这出大戏，还真以为她是受害者呢。

“我亲生妈妈都抛弃我，我有什么权利要求一个养父珍惜我！还要求他不伤害我，你伤害我们的时候怎么不问问你自己啊？”我挣脱了她的手，不想继续这个我埋怨她、她埋怨我爸的对话，“我不走，我和我爸爸相依为命。你回你的苟且之地吧，阿姨。”我已经学会了“苟且”另外的用法，并且活学活用在了合适的语境。

我本来应该到此为止，但是我忍不住号啕大哭。我与她一脉相承，用哭号回应着她的哭号。被命运吞噬的人，却一副要吞噬什么的姿势。我们两个都长着血盆大口，看起来一定非常丑陋。

五

据说我妈还真去找我爸兴师问罪了，她觉得我爸揭破真相是对她的报复。她不擅长反思自己，却敢于第一时间追究别人。仿佛把小女孩遗弃荒野，却回过头来责难收留孩子的人为何没早点赶到。我爸还轻描淡写地对我道了歉，他说他那天告诉我就后悔了，也确实是失去了理智，确实是心怀报复才口不择言的。

“我永远不会忘记那天的情景，也会永远记得自己说过的话，我不会离开你的，爸爸。”我在心里对他说。

很多年以后我还是没想清楚，他没有直接把我送回姥姥家是出于习惯还是同情，还是他自己也没想清楚。

他其实无儿无女，离了婚可以轻手利脚地再找一个，可是却好像全无这方面的心思，一副除了含辛茹苦把我抚养大别无所求的架势，一心一意演着现实版《搭错车》。苦情程度简直超越了《搭错车》，毕竟我其实还是情敌的女儿。

学业所迫，我每天忙得睡眠不足，他一天天上班、下班、买菜、做饭、画点画赚点外快，日子好像复制粘贴一般日复一日，根本没什么乐趣可言。他绝对有大块空白的时间谈个女朋友，但是却丝毫没有这方面的迹象。他当然也不会像电视剧里的慈父，说出什么“看着你慢慢长大就是我最大的乐趣”之类的感人宣言。他就是默默地活着，好像没什么不开心，但是隐约透着一股黯然。

“你真是为了我不找女朋友吗？”我忍不住问。

“没有合适的。”

“有人喜欢你吗？”

“不多。”

“那就还是有呗。你为什么看不上人家？”

“不好看。”

“你还真是好色啊！都一把年纪了，二婚还要找好看的！”

很多时候我觉得我们的对话更像一种较劲，好像简单粗暴，又好像离真实无比遥远。爸爸真的依然执着于美人吗？遇到我妈那样一个不管不顾的蛇蝎美人，几乎直接摧毁了他的一生，他却还觉得美色是第一要义？那他还真是吃一百个豆都不嫌腥。

我转念又想，我是真诚地希望他开始下一段感情生活吗？如果他谈了恋爱,顺利,要结婚,一个女的搬进我家,然后这屋檐下,我切实意义的后爸给我领来一个后妈,后妈还以为后爸是我亲爸,也许他们还会再生个孩子,他们才是骨血相连的一家人,姥姥也不在了,好像我最后的后路也被堵死了,真有那一天我该何去何从啊!

结果,有一天,他真领回来一个女人。我放学回家,看见桌上已经炒了三盘菜,一个女人系着围裙从厨房走出来,对我笑。那真是恍如隔世,那女的不是我奶奶,不是我姑姑,虽然全然不像,却让我想起了我妈妈。那是平凡家庭每天都发生的事,一个系着围裙在厨房的妈妈,我十二岁之后却只在梦里见过。

不只是全然不像,简直是截然相反:那女人矮而白胖,一头直发;妈妈高而黑瘦,最喜烫头。上帝造人的时候一定用妈妈和那女人互相参照了,不然怎么可以背道而驰得如此极端。再加上她糟糕的化妆技巧,那张白脸真是和美搭不上什么关系。

"涵涵,这是牟阿姨。"爸爸一脸假笑地看着我。

我笑容可掬地叫了"牟阿姨"就看向餐桌。一盘烧茄子、一盘酱鸡翅、一条鱼,都是家常菜,但摆盘颇有讲究,尤其是那条鱼,还像饭店里一样在盘里放了一朵白萝卜雕出来的花。好像是鱼的追悼会,尸体旁边配白花。

"你们艺术馆搞雕刻的?"我小声说。

"闭嘴。"爸爸也小声说。

牟阿姨又做了一道拔丝红薯,说是专门为我做的,女孩儿都爱吃。这道菜还是有点难度的,连我姥姥都不是百分之百成功,搞出过吃起来一样但就是拔不出丝的版本。牟阿姨不知是出色发挥还是原就是零失误的高手,一盘拔丝红薯,块块能拔出老长的细丝,供我假装天真,掩饰不自在。

"你和你爸爸长得真像。"牟阿姨微笑地对我说。

我和爸爸相视一笑,好像认同着牟阿姨对我们父女外貌的归纳。爸爸迅速地朝我眨了一下眼，只有我们知道这笑容里藏着我们共同的秘密。

“不仅仅是长得像，说话的神态、举手投足简直一模一样。”牟阿姨作为房间里话最多、掌握情报最少的人，滔滔不绝。

“他们都说我们长得像。”我像是捣乱地配合着，心里却真感到一阵温暖。我希望真可以像他，希望朝夕相伴可以替代遗传，让我们变成一对一眼望去便是亲生骨肉的父女。

一顿饭，她轻声细语对我嘘寒问暖，还弄了一双公筷礼貌地为我夹菜，一种并不仅仅是出于认生的别扭弥漫全身。她好像面面俱到，真诚友善，但那张若有所思的脸和过于准确的动作又透着一种隔阂。一个非常不恰当的感觉——她像个太监，再温顺和阴柔，也有一种毫无女性魅力的男性气质。我很多年没有猛烈地想起妈妈了，那一晚，很多和她有关的画面涌入脑海——她教奶奶跳迪斯科，把录音机调到最大声，不顾奶奶的羞怯和厌烦一顿狂扭；她急三火四地冲进我的房间，大喊着：快换衣服，街角新开了一家锅烙店，咱们背着你爸去尝尝；她买西瓜人家多找给她五元，她捏着意外横财走了两条街，左思右想又给人送了回去；她看《渴望》边哭边骂刘慧芳，这女人有病，谁也救不了她，她自己有病……我必须承认，这个丧心病狂抛弃我的女人有超出常人的感染力，她不管不顾、欢快、幽默，有一种与生俱来的热情。只要她在家，各处都回荡着她制造出的各种响动，那时的家庭氛围与现在完全不同。

“你觉得牟阿姨怎么样？”晚上，爸爸问。

“萝卜花雕得不错，祖上是御膳房的吗？”

“我觉得她很纯洁。”

“你是一朝被蛇咬十年怕井绳吗？二婚不是要找大美人，就是要找完全不一样的，以纯洁为第一标准。”

我忽然意识到我爸好像还没走出我妈的阴影。他对女人的判断，我妈依然是一条隐隐的线，像她那么好看，或者干脆迥然不同。他还没有忽略她、忘掉她，他心里总有个隐隐的她。也包括我，那个牟阿姨真没什么不好的，她有可能贤惠、顾家、温文尔雅，而我对这个家女主人的认识是被妈妈定型的，所以我觉得正常的牟阿姨那么奇怪。

“说真的，你接受我和她交往吗？”爸爸继续问。

“哪儿找来的？简直如同定制一般，从头到脚和我妈南辕北辙！我无所谓。没给我留下什么深刻的印象，和大马路上任何一个稍微有点体面的人一样，嗯，她像一个工作人员，对，就是这个词，不知道干什么的，但肯定有工作，工作人员。你想和她好就和她好吧，好像不是多讨厌。我有什么权利反对啊，我一个寄人篱下的。你就是找个叔叔回来，我也会祝你幸福的。”

牟阿姨没有再出现过，我后来回想她做的鱼还挺好吃的，虽然煞有介事了点。奶奶说他俩肯定根本没谈过恋爱，是我爸随便领回家试探我的。可我觉得牟阿姨好像挺卖力表现的，不像一个随便搭戏的群众演员。

六

一晃我十九岁了，这中间我妈妈问过几次我要不要去南方和他们一起生活。我爸也问过几次，我确定他不是为了甩掉我这个包袱之后，就彻底拒绝了。我们俩过得挺好，虽然磕磕绊绊，也有些莫名其妙的冲突，但是感觉最大的挑战已经过去了，灾难也已经是虎头蛇尾的尾巴阶段。

听他自己说，他也和女人喝过咖啡，看过电影，只是最后都不了了之，他对异性能使出的全部勇气都用在追我妈顺道接纳我上了，现在只剩下把天聊散的能力，坐在一个女人对面，说着说着就无话可说了。喝完咖啡，默默无言；看完电影，面面相觑。

“你可以不说话，直接抓她手。”

“你以为我是你那个流氓亲爸呢！”

连我也哑口无言了，他果然具有让人不想再说话的能力。

这中间我倒是谈了一次比较走心的恋爱，高中同学，学习不好，长得帅。一起逃课，看过电影，放过风筝，也畅想过未来。当然，像我这样长大的孩子，肯定不是一头栽进去的懵懂少女，我知道我们成不了，我还小。但我也是真诚的，虽然带着扫兴的理智。

老师知道后按照惯例找了家长，见到是个负责的爸爸便更加苦口婆心；说是对我寄予了厚望，没想到高考前夕我会犯这么致命的错误。我心想我成绩也没有下降，不过就是正常的异性相吸，怎么就错误了？更谈不上致命！

我爸回到家竟然怒不可遏。

“只注意了你拿回来的成绩单，没想到你已经学坏！”

“我怎么学坏了？我卖淫了？不就是和男同学看个电影吗？”

“你听听，你高中都没毕业，就和男同学看电影，一副情理之中的样子。你的嘴脸非常丑陋，现在。你分得清你是干什么的吗？你是学生，不是流氓。你就应该好好学习，电影院就不是你该去的地方。”

“我给你考上好大学不就得了。”

“不行。你考上好大学是正常，你还得规规矩矩的。你不学好，考上哪儿也是没用！你可以收敛一点吗？我对你要求不十分严格，那是相信你自觉。我养你，是为你妈行个方便，不是要把你放任成女流氓报复她。麻烦你替我考虑考虑，没人知道你是遗传的堕落，都以为是我教唆你学坏呢！你还真来了上梁不正下梁歪的那一套！我不同意你谈恋爱，坚决不同意！”

“从我妈身上你看不出吗？家长喜欢的不一定行。家长不同意的，可能还过得不错！”

“你住口。”

“你又不是我亲爸爸。”我小声嘀咕。

“我是王八蛋！”他竟然听到了，暴怒地摔门而去。

“你他妈现在知道我不是你爸爸了，早干吗去了？”大概二十分钟之后，他在隔壁大喊。

我没敢接茬儿。我知道我说错话了，但是我也不太想道歉。

除了我小声嘀咕的那句之后，这样表面上看起来通情达理，其实非常上纲上线的暴君训话，后来还发生了很多次。他总是能火眼金睛挑出我历任男朋友的缺点，毋庸置疑地指出，那个人配不上我。在他的认识里，我每段恋爱都是幼稚，是头脑一热，是自取其辱。

我记得有一次看综艺，一个男艺人说自己剪了难看的发型，着急让头发快点长，就会把避孕药磨成粉加在洗发水里，屡试不爽。当时我正急于留长发，就到药店买了避孕药加进了洗发水。本来没当个事儿，可是被爸爸发现垃圾桶里的避孕药包装，又是一顿大闹。他先是以为我吃了那药，近乎歇斯底里地呵斥我。我说我只是希望头发长得快点，在尝试偏方。他将信将疑，以自以为严峻的目光注视了我半天，试图通过对视检验我是否慌乱。发现我非常淡定之后，他如释重负，一丝好奇飞快地从他脸上掠过，又迅速变为严肃与恨铁不成钢。但是发现我没吃，只是洗头，声调明显变低了，估计训诫强度也比之前准备的有所下降。他批评我愚昧又大胆，说避孕药有各种副作用，虽然不吃，随着洗发水和头皮接触，谁知道对身体有没有伤害。训诫之余，他还雷厉风行地到卫生间把洗发水扔了。我其实还挺心疼的，毕竟避孕药也不便宜，还没怎么用，就被他给处理了。

他还偷听我和同学的电话，生怕我和男生搞出什么把持不住自己的亲密接触，重蹈我妈的覆辙。他没有明说，但他那紧张兮兮的样子，让我一眼看穿无谓的担忧。

我的高考志愿也和他冲突、拉锯了一阵。我想学英语，他认为英语只是工具,学别的专业也不耽误我好好学英语,我应该学法律、建筑,或者其他什么更像一个专业的专业;我想留在本地,他坚决认为我应该到北京、上海去读书,说大学不仅仅是学习,还有氛围,说我一定要去看看世界的磅礴和复杂,才能摆脱他们人生的局限。最后,我的第一志愿四个学校清一色报了北京、中文系。这是我们不断商量、彼此妥协的结果。

毫无意外,我被第一志愿录取了。仿佛人生的某种平衡,在学业上我不曾遭受什么挫折,带着"穷人的孩子早当家"的努力,我总在分数上得到丰厚的回报。学习也确实让我快乐,好像因为觉得这世界太复杂,我竟然真的有很旺盛的求知欲和好奇心。每每弄懂了一些稀奇古怪的难题,都让我异常兴奋。我那个被爸爸棒打鸳鸯的男朋友,勉强考上了本地的三本。成绩出来后,我们对彼此的未来都有了大方向的估量,便心有灵犀地疏远了。

七

去北京报到前的暑假,我妈盛情邀请我去她家住几天。之前的寒暑假,她也发出过类似的邀请,我都以冲刺高考学业为由拒绝了。也不是全然没动过心思,只是拒绝她给我带来了一种快感。多年前她抛弃我,如今我冷淡她。我不会可怜地等她回头,我已经把牙打掉咽进了肚子里,我要用我的拒绝和桀骜来惩戒她、提醒她:她是个道德有污点的人。

"我觉得你应该过去住几天。她毕竟是你妈妈。"我爸很有些深明大义地说。

"她抛弃我的时候,就应该预料到有这一天。我又不是卖火柴的小女孩,怎么会饥寒交迫等在原地!"

"她抛弃的主要是我。你只是暂时被留下,人家没说不接你。革命必然会有牺牲，委屈你一个，成全你亲爹亲妈，这点觉悟都没有吗？”

“凭什么？她走的时候连我名字都写错了！我恨她。”我竟然哭了。

“你都这么大了，不能用书本上简单的感情来面对世界。不是只有爱和恨这么简单，人人都有难处。你妈妈不是故意的，她做事就那样心不在焉，当时又那么匆忙，你又不是判卷老师，写个错字没必要揪住不放。她后来一直给我单位汇款，尤其是每年你生日前后，我都能收到钱。你想想他们在外边生活也不容易，她在尽自己所能，在经济上弥补你。”

“你要了吗，那些钱？不是都退回去了吗！咱们缺钱吗？”

“我没要，是因为早几年我也有气，而且确实咱们也不缺钱。如果，我是说如果，我下岗了，我们处在经济上的困境，她的钱可是能救命的。”

“没有如果。如果我们那么惨的话，我只会更恨她。”

“你马上要变成一个大人了，不能总用受害者的身份想问题。你小时候确实过早经历了一些人生的不公平，包括你妈，包括我，都给了你一些伤害。但是我希望这些不要影响到你对世界的判断。不管是和我，还是和任何人，都不要成为互相舔舐伤口的人。而且你不能要求你遇到的人和事都是标准的、正确的，谁也没有做错，所有人对你轻拿轻放。我不希望你把自己当成一个弱者，别人做错了，你也要有能力去宽恕和原谅。我培养出来的孩子，要襟怀广阔。”

“对别人太过仁慈，那就是对自己残忍。”

“她永远不能算是别人，她是你妈妈。”

爸爸似乎说完了，我们沉默了一会儿，他忽然摸了一下我的头。

“你缺什么吗？你妈妈虽然不在，但我觉得我做得可以，所以你应该是个健康的孩子。要上大学了，要有精神上的成长，别没事老想着惩罚别人，那样还有工夫想自己吗？去吧。回来我们去海边玩。”

于是第二天，我襟怀广阔地、以一个强者的姿态上了飞机。一睁眼，行李都被收拾好了。我确实受了那番话的触动，也觉得人活得这么高洁活该吃亏。

飞机上隔壁坐着一个严重鼻炎患者，好像呼吸十分不通畅，几秒钟抽一次鼻子。一路被呲呲啦啦的抽鼻子声搅乱着思绪，好像什么都没有想，又觉得非常疲惫。

一出机场，就看到我妈在出口奋力朝我挥舞手臂，她依然动作夸张，看起来充满活力。我走近，见她身形没有多大变化，但当年的美艳已被生活撕扯得七零八落，原本肤色就黑，还不润，竟有了几分黑瘦老太的前兆。只有那生动劲儿一成不变，她大笑起来，眼角挤压出几条细碎的纹路，嘴里一颗虎牙也露了出来，一瞬间我觉得记忆里有过和这一模一样的画面，那种真实感让我不禁恍惚。

“你男人呢？不急于看看自己早年的作品吗？”我不知道为什么冷如冰霜的语调从嗓子里冒出来，人有时候不能完全操控自己，本能无处不在。

“爸爸在家等你，他犹豫了很长时间，还是觉得在家里等合适。”

“我有爸爸。我不会叫那个人爸爸的。正常人都只有一个爸爸，请别为难我。”

“涵涵，你不叫也可以的。但是对他别太刻薄好吗？”

“你记得我是哪个‘涵’吗？”

妈妈有些糊涂地看着我。算了，她根本不知道我在说什么。我要是斤斤计较，早活不下去了。

去她家的一路上，她嘴都没有停过，如同一个导游，尽力介绍着这座城市的景点和地标。这和我有什么关系，我又不是来旅游的。她那副自顾自说话的样子，让我觉得非常熟悉。纵使七年空白，我依然可以自如地想起当年她还在时的情景。

到门口的时候，我突然间却步，之前努力营造出的平静一扫而光。我将迈进的房子，原本是我理所当然的、亲子鉴定的家吧，爸爸妈妈都是医学上的如假包换。而我十九岁了，从未踏入过这个家门。

门陡然打开，一个六七岁的男孩儿向我扑来。一看就经过了动员、演习，训练有素的架势，让人想起领导来学校检查时门口那些挥动塑料花喊着"欢迎欢迎，热烈欢迎"的孩子。他是我弟弟，来之前已经被做过了心理建设，要有姐姐的样子，大人的心结，不能拿弟弟出气。对了，我忘了说，他们私奔的第二年春天，又生了一个孩子。也就是说，我妈抛弃我的时候已经怀孕了。多么完美，新的孩子已经来了，旧的还有什么可留恋。她每一次都是怀着同一个男人的孩子奔向新生活的。刘雨刚优秀的繁殖能力也是让人佩服，不管在多么不合时宜的当口，他都能精准地入侵她，恶毒地发送一枚精子，变成我，变成弟弟，让他的女人以生育的方式和他建立紧密的羁绊。不被祝福的恋情，勾引有夫之妇，两次狗血的相遇，都以怀孕达到不得不有个转折的高潮。

"你叫什么名字？"我故作亲切地问。

"刘凯新。"

真难听。刘雨刚、刘凯新、张涵，听起来八竿子打不着，一点关系没有。我想起高中开学的第一天，老师点名，一个女孩叫刘涵。听到那个名字我心一惊，如果不是阴差阳错，我也应该是刘涵吧。

客厅不大，有一股贫贱夫妻百事哀的衰朽的味道，廉价的空气净化液把那味道吞噬了，但是还残存了一点点，被我捕捉到了。

沙发上坐着一个没有必要描述外貌的男人。仔细想想他当时也就四十多岁，却有一种非常苍老的姿态。我不得不承认，我曾经无数次在想象中描画他的样子，这个基因上的父亲，我对他没有正向的情感，却充满了好奇。我以为他一定非常健硕，或者习惯性带着吸引低级女性的邪魅狂狷的笑容；或者喷着廉价发胶，把头发弄得硬邦邦的自以为很帅；或者就算长得不济，也应该目露凶光，有个亡命徒的样子，可是他竟然就是个头发稀疏的中年人，看起来毫无兴风作浪拐跑别人老婆的能力。他强做慈祥状，却没有一张与之配套的平静的面目，一脸被生活苛待的生硬线条，可以想见平时骂骂咧咧的模样。也没有形体可言，发发糟糟，像一块学徒做出来的不成形的面包。我忽略了时光，我的想象里他一直是二三十岁和我妈反复纠缠的样子。而他现在，已经是个发福的隔壁老刘，一点不像流氓，简直有一种“樯橹灰飞烟灭”的幻灭感。

他站起来，犹豫了一下，竟然向我伸出了右手。然后我那个弟弟也冲过来对我伸出了手，我妈不知是热衷展示一家人的团队意识还是短路了，也过来和我握了握手。难道有记者吗？难道本次会晤要上新闻？竟然会出现一一握手的诡异画面。寻亲电视节目到了这个段落都会呼天抢地，而我们竟然像领导人会面般握起了手。撒手之后，又都有些不知所措，表现得近乎冷场。毕竟我们的主题不是失散和重逢那么简单。

他们的手都不热，也都有点湿，生命气息微弱，散发着一家人的统一质感。我觉得我是个闯入者，摸了三条奄奄一息的搁浅的鱼。

“涵涵，别拘束，就像到自己家一样。”刘雨刚没有看我，声音不大地说。

听到他叫我涵涵，我一个激灵，涌起一股被陌生人无事献殷勤的不适。他的声音像是从鼻毛丛生的鼻孔里飘出来的，可怜巴巴，听着难受，让我想起初中时那个腿脚不太利索的生物老师。他的样貌、声音都让我反感，抛开前情，也不想相信这是我血缘上的父亲。

“就像到自己家一样”，这句待客的套话，用在这儿太准确太精彩了，简直是小说家也想不出的场景，可以分析出一百个微妙的意思。

相顾无言了一阵，还是我妈一惊一乍地带我参观了整套房子。两居室，比起我和爸爸现在的家，寒酸了太多。他们看起来像三个受害者，带着我参观他们并不宽裕的生活，我好像是代表我爸来访贫问苦的。所有关于奸夫淫妇的刻板印象轰然倒塌，一对私奔的男女，难道不该过得放纵糜烂、腐化堕落吗？可是他们竟然活成了一对可怜虫，像一对老实巴交、安分守己的中年夫妻。这就是妈妈背井离乡飞蛾扑火重新选择的生活吗？她应该早就追悔莫及了吧！这日子简直像一块嚼了一天的口香糖，无味到令人想吐。人有时候会产生非常上不了台面的小心思，某个瞬间，我脑中竟划过一丝庆幸：没有带着我一起跑，没把我拉进这拮据的生活，留我和我爸吃香的、喝辣的算捞着了。

餐桌上，妈妈对我异常热情，几乎指着每一道菜都说是特意为我做的。还有据说我最爱吃的爆炒鱿鱼，我有点模糊了，最近这些年都是爸爸做什么，我吃什么，我最爱吃的已经变成了番茄牛腩。按说，我重新吃到妈妈做的菜，应该瞬间被拉回童年的记忆。然而好像我的味蕾都失忆了，嘴里的味道那么陌生，像是正处在一个新开张的餐厅，迎面而来的都是新的刺激。对面坐着一个六七岁的男孩儿，上下唇迅速的碰撞表达出他的津津有味。这是属于他妈妈的味道，属于这个三口之家的味道，这套房子不大，却装满了他成长的印记，这里从未留下过我这个不速之客的蛛丝马迹。我，一个素未谋面的陌生姐姐，一个遥远而难缠的客人，一个他们复苏良心的安慰剂，他们一定早和他说好了，要对我好，对我笑，让我乘兴而归。

可能是房间的采光不太好，每个人的脸都很暗淡，他们都是满面尘灰烟火色；也可能是错觉，我觉得他们都很累，连小小年纪的刘凯新的脸上也有疲于应付生活的沧桑。他长得像妈妈，眉眼浓重，鼻梁高挺。按照这个逻辑，我应该像刘雨刚，但是我不敢仔细看他，我希望他在我心里模糊着。

我们一家人整齐地坐在一起——不幸的是——已经太晚了。我与他们仿佛一个整体，却横亘着一道看不见的结界。尴尬的儿女双全，我比任何时刻都感到自己孤苦伶仃，我其实非常多余，我不应该被生下来，当初如果我妈把我做掉，老老实实等着刘雨刚回来，正常地结婚，生下刘凯新。而我爸也可以不出现在他们的故事里，他年轻时喜欢过她，然后她嫁给了一个流氓，他也许会难过一阵子，但是很快会过去，然后他会遇到一个真心喜欢他的女孩儿，有一个属于自己的孩子。这样两家人毫不相干，各过各的日子。只是这貌似完美的方案里，我消失了。我虽然很努力，也挺聪明，可我到底是个有点多余、给所有人埋下不幸悬念的孩子。好可惜！

晚上，妈妈底气不足地询问是否可以跟我一起睡。我拒绝了，不是多么恨，或者故意冷淡她，而是可以预见的窘迫让我没有和她亲热的勇气。况且，他们只有两间屋子，我和她一起睡，难道要睡在他们夫妇的大床上吗？我无法允许自己踏足那个男人的私人领地，不能坦然躺在他睡过的床上，我们之间必须有清晰的界限。

妈妈讪讪地走了，我理解她急于与我亲近的心，却也替她感到狼狈。如果我同意了，我们难道要互相搂着一秒睡去吗？如果不能马上入睡，要说些什么呢？只有些不咸不淡的话可说吧，如果真敞开心扉，哭一夜可能都是不够的。

我自然失眠了，躺在弟弟的单人床上，感到一种意念中的浑身瘙痒。妈妈说床单都是特意新换的，但我还是忍着抓狂钻进了被窝。睡在别人家的那种不适应席卷着我，即使我努力做到刘雨刚说的那样——像在自己家一样。他们一家三口挤在隔壁，以显而易见的低姿态表达着对我的歉意。我在这儿像个钦差大臣一样被敬着，却时刻体会着芒刺在背。我知道，此刻自己是不由分说的VIP，即使现在起身到他们房间去砸东西，那所谓的父母也并不敢呵斥我。可这可悲的VIP，是拿举目无亲换来的，我曾经被弃之如敝屣，曾经像一只旧拖鞋被轻易抛弃。不管是他们，还是我，都不知道如何拿捏那种假装亲昵的分寸，以显示我们可以忘了过去。

第二天傍晚，刘凯新坐在写字台前做数学题，据说为了迎接即将到来的小学生活，学前班都开始有作业了。我看见他的屁股在椅子上挪来蹭去，一会儿挠头，一会儿吃手，压根儿无法沉下心五分钟。我竟有些优越地想起“蓬生麻中，不扶而直；白沙在涅，与之俱黑”。他大概不会太爱学习吧。

一个礼拜终于度日如年地结束了。临走时，妈妈把我拽进卫生间，塞给我一万元钱。那沓钱是连着号的新票，显示是特意准备的。她说那是她和刘雨刚的一点心意，让我上了大学买点可心的东西。我和她推搡了半天，彼此的手都有些红了。我觉得她好像要哭了，于是我的手软下来，把钱捏住了。

收下钱，她和刘雨刚战战兢兢把我送到机场，不知是否为这救赎团圆之旅的圆满结束长出一口气。我想象着他们回到家瘫倒在床上、终于不必再强打精神的松弛模样。不仅他们，其实我也是小心翼翼的，那个家好像很普通，却让我觉得每一个细节都不对劲。我们根本就不是一家人，都在克制自己容忍对方的奇怪，所谓对方，是指我和他们仨。十二岁时，我以为我会终生恨他们。直到一周前，我还非常鄙视他们。但是那一刻，我没办法统计出心里有多少个情绪，这对琐碎、邋遢、不敢招惹我的夫妻，我的价值观告诉我，他们是一对烂人，可是我竟产生了巨大的怜悯之情。但是我的愤怒还在，我感到胸口有一个冷风飕飕的窟窿，挤压着日久年深的寒气。

飞机慢慢滑行至跑道，我忽然发现自己在哼歌——终于可以走了，我是一个幸存者，逃离了他们家。我打开前座靠背里塞着的杂志，我需要读一些字，不管内容是什么，我不想思考。

八

“你们家人怎么样？”爸爸问得平静，我却觉得听出了一丝幸灾乐祸。

“他们家就那样。”

“你觉得你长得像刘雨刚吗？”

“他真的特别丑。”

我好像在爸爸脸上看到一抹得意之色，但也可能是我想多了。谈起那家人时，我的心态变得十分复杂，有一种家丑不可外扬的羞于启齿。

“人家一家人和和美美的，你会有些不是滋味吧。毕竟这些年没有共同生活，你可能会觉得有点别扭。你上飞机她给我来了电话，说感觉你有些拘谨，说你真像是我的骨肉，和我一样又聪明又刻薄，说话不那么招人喜欢。”

“我觉得他们特别可怜，房子那么小，两个大人看起来孱弱、无能，孩子也就那样。”

“你这都是什么逻辑？听来听去都是物质生活不好、人长得不好看，你怎么这么势利？难道他们住大别墅，你就觉得自己吃亏了，应该早点去投奔？你所谓的优越感竟然是人家物质条件不如咱们？他们要是真过得那么不好，你妈怎么不回来啊？至少她真没你这么嫌贫爱富！”

“我嫌贫爱富也是你教育出来的。她也得有脸回来啊！我的优越感难道不是因为他们是一对地地道道的小人吗？”

“不要这么说你妈！我挺佩服她的。至少人家追求真爱的时候是真果断，敢顶着坏女人的名声。道德不是法律，并不是完全不能超越的，比如为了爱情。爱情让人一往无前。我后来仔细想了，我们可能一直挺貌合神离的，只是我当时不敢往深了想，不敢面对，一直在伪装某种其乐融融。你妈叽叽嘎嘎和我说的事，我都觉得没什么意思；我感兴趣的事，我也不会跟她说。别人送我两张画展的门票，她说我得请她吃顿好的，才肯陪我一起去。我一直回避我们精神世界的不匹配。我对她，既奉若神明又居高临下，我没有真正在乎她在想什么，觉得她只要美就足够了。你想想，那是十二年啊！她和我过了十二年，还是不计得失地和刘雨刚跑了。说明她舍得，她知道哪个更好！可能她和刘雨刚确实更合适，他们之间才有交流，才有真正的吸引和理解。”

“灵魂伴侣，是吧？他们哪有灵魂，他们就是被肉体左右的人。别反省了，都是受害者太爱自我反省，坏人才越来越猖獗的。”

“我说过，咱们别把自己放在受害者的角度想问题。你失去的永远不可能是全部。你妈很单纯，单纯的人有时候能更坦然地面对自己的内心，包括不好的企图。我当然也翻来覆去地恨过，但是我后来明白了，她吸引我的就是那份天真，她就不具备瞻前顾后、患得患失的能力。一个成年人，别人为了责任和你继续在一起是一种羞辱，我又不是不能自理，没理由不让她走啊。虽然听起来不太周全，但她有权利追求自己的爱情。你是以一个标准形象要求她的，含辛茹苦、克己复礼，但是这本来就是一个虚幻的、过于严格的标准。谁也不会得到教科书式的母爱。谁规定的妈妈一定要陪在身边？妈妈也有自己的选择，不能陪在你身边的妈妈也是妈妈。”

“我不是成年人！我不能自理！而且她追求的什么爱情，日子过得稀巴烂，还生个孩子叫凯新，是有多不开心，才要这么心理暗示！”

“你怎么知道人家不开心？没有很多钱，并不意味着不开心。人家守着自己的爱人，也许非常满足。其实我并不想听到她过得不好的消息。她可以走，但是刘雨刚毕竟我也认识，好像是差了点意思。”

“你刚不是说他们才有交流？”

“能交流的大有人在啊！不是我，也不该轮到刘雨刚，在能交流的人里，也能找到更好的。行了，咱俩别在这儿马后炮了，你妈自己不后悔就行了。一个没什么能耐的大美人，她根本不了解这个世界；或者说，没能耐的大美人都是人到中年不那么美了，才知道世界的本来面目的。不过你看，她看人也不是一直不准，至少她看准了我是一个好人——她坚定地相信我会善待她的心肝宝贝。”

“她哪有心肝？她这是不负责任。”

“她真没有心肝就好了。每一个你觉得草率的决定背后，都可能有撕心裂肺的煎熬。她快刀斩乱麻舍的是我，你始终是她的心病。你妈真不是坏人。你忘了，你小时候咱们家二楼老头儿养的猫把麻雀咬死了，你妈还带着你去安葬小麻雀，她挺善良的。”

“你的意思是她对我还没对那麻雀好呗？”

九

几天后我们就去海边玩了。我好像对海边并没有特别的感受，爸爸似乎对江河湖海情有独钟。十五岁时的“十一”国庆节和爸爸一起去杭州，长假的西湖边人山人海，游湖的船上黑压压全是人头。爸爸试探地问我是去排队还是再等等。我说你给我买个冰激凌，吃完咱俩回宾馆吧。

当然，我还是在作文里把西湖美景大书特书了一番，对着苏堤、白堤、雷峰塔一顿抒情。我一直挺擅长写作文的，有一套勇敢的修辞技巧。我记得唯一写得有点艰难的一次，是赶上作文题目是《我的妈妈》。

夏天的北戴河竟然不热，吃海鲜、玩水也算是惬意的。我不会游泳，学了两次都以鬼哭狼嚎的喊叫告终。我坐在岸边看着水里的爸爸。他穿着我选的大花泳裤，看起来还是有些老了，肩膀和手臂都有点松弛，即使是背影，即使他不胖，依然和年轻人的紧致差异明显。

说好了第二天早晨去看日出，我们却默契地睡过了，他来敲我房门时已经八点多了，既然已经错过，就索性继续睡吧。如此恶性循环晚睡晚起了四天，吹吹海风吃吃海鲜，好像看不看日出也不那么重要。

书面语一般说海水是蔚蓝的，但是我觉得我看过的每一片海的颜色都不太一样，一滴滴近似透明的水汇在一起，组成了各种微妙的颜色。按照那种很肤浅的联想，爸爸喜欢海大概是他有大海般宽广博大的胸襟吧。爸爸的确比我更享受这次旅行，他说这也许是我们最后一次一起旅行了，我长大了，会有自己的朋友和世界。我觉得他有点煽情了，我们的日子还长着呢。

海滩上拿着拍立得相机的商贩吆喝着生意，十元一张。

“给你们爷儿俩来一张吧？”

于是我们来了一张。

“都不爱露牙，爷儿俩一模一样。”照相的一手交钱一手交货，不忘对我们拍照的表情即兴点评。

我看着照片，也觉得我和爸爸一模一样，并且想起了一个风马牛不相及的例子——《葫芦娃》。七娃被蛇精、蝎子精养大，所以不认爷爷和六个哥哥，被蛇精的三观操控了对世界的第一反应。这样比我就成了七娃，我爸就成了妖怪。

临走的最后一天，我挣扎着起来看了日出。爸爸以不容置疑的口吻要求我务必完成这项任务，说是要以一个温暖的日出结束我的毕业旅行。

睡眼惺忪地来到公园，比当年杭州的情形还吓人。天空没有几颗星，黑暗中，四处是只有轮廓、看不清面孔的人影，看来不辞劳苦也要逮住太阳上班的人还真是不少。我望向远处的大海，其实是一片隐约的深蓝。如果四下无人，可能还会有种寂静的美，可在百十来号人并不安静的注视下，我感到的只有焦躁和困倦。

当太阳像一个金色的气球蹿出海面时，我和爸爸异口同声地说：“好圆啊！”在周围激动的喊叫声中，我们竟然同时奇葩地先注意到了形状。

太阳桀骜、自带节奏地离开了大海，橘红色的光一层层铺洒在海面上，那的确是不可思议的景象。仿佛的确是一种强大的明亮和希望，君临天下般战胜这残夜，是严格意义的光芒万丈。

很快天就亮了起来，几乎算得上不由分说。好像瞬间的痊愈，黑夜荡然无存。周围原本模糊的面孔清晰起来，在短暂的激动过后，大部分脸上浮现出倦怠，甚至有怅然若失的神色。我和爸爸静静地朝海边走去，轻微的浪打湿了小腿，我们有一搭无一搭地闲聊着。无外乎嘱咐我到了大学别和同宿舍的人太计较、花钱也不必太节省、学习可以适当放松但是要心里有数之类的。一只喜鹊飞过来，停在离我们大概五六米远的地方，它叽叽喳喳，两条细腿小范围来回溜达着，仿佛念念有词，把爸爸的良苦用心用鸟的语言重复了一遍。我们不敢贸然移动，怕喜鹊飞走。

爸爸忽然说："我想吃咸鸭蛋。"

"你看日出的时候想的吧，我也想到了鸭蛋黄。"

十

我大学四年，谈了两个男朋友。爸爸支持我恋爱，一改高中时的严防死守，变成了青春岁月不花前月下着实可惜的开明嘴脸。然而他对我选的那两人都嗤之以鼻，他说一看就是没什么根基的东西，不值得托付。有一天他指着电视里播着的矿泉水广告问我，那个小伙子长得怎么样？我一看是王力宏。

"当然好看了。"

"要是他追你，你能甩了现在那小子吗？"

"能啊！王力宏当然行啊。"

"那我想想办法，看能不能联系到他。他叫什么？"

"王力宏！"

一度,他和他们艺术馆一个收集少数民族民歌的女人出双入对了一阵。那女人比我爸小九岁,也是离异。我爸屁颠屁颠陪她田野调查,也是相当投入。不过最后,女的着急结婚,软硬兼施,我爸忽然就嫌烦了。据说一个人独惯了,很难和另一个人再组装成一个统一思想、统一行动的整体。

大学毕业,我被保研了,只是把行李打包好,寄存到学姐的宿舍,等到开学再搬到研究生宿舍。原本大三时也想过毕业后要留在北京还是回家,如今继续上学的机会送到眼前,好像抉择就可以再拖三年。每每面对未来,我都思前想后,全然没有我妈的果敢。

本以为可以轻轻松松玩一个假期,还计划了和本科的同学去旅行,可是又被我妈给搅和了。我上大学时有了手机,还是当年颇为流行的诺基亚蓝屏 8250,我妈隔三岔五会给我发一些不痛不痒的短信,有些就是那种转来转去的段子,有些是只要敷衍便可回答的"注意身体""要穿外套"一类的叮咛。在我常常莫名想哭的青春期,她一直缺席,我第一次来例假她不在,我的第一套内衣是姑姑给买的,我从一米三五长到一米六五,她不曾看见。我一米六五三年了,一夜不睡依然红光满面,二十岁出头,刚刚变成了一个大人,身体好到了人生的巅峰,她让我注意身体。雪中送炭的时候不见人,这锦上添花的关怀对我又能有什么意义?

她得了乳腺癌的消息是爸爸告诉我的。大概她缺乏通知我真正消息的勇气,奇怪的是她好意思告诉我爸爸。人有时候很神奇,吃柿子拣软的捏,一捏就敢捏一辈子。她觉得她对我无比亏欠,对爸爸却定性为不过是有点突兀的好合好散。

爸爸勒令我立马回家,坐第二天的飞机去看妈妈。不知是出于什么心理,他订了两张机票,和我一起去。

"你是去看笑话吗?"

"住口。"

我站在病房门口，不想进去。几乎已经确诊了，还有个小检查要做。

爸爸拉了拉我的衣角，我还是没动。他把我叫到楼梯间，没有说话，给了我一巴掌。我十二岁之后他第一次打我，也没有多疼。

然后我默默地跟着他进了病房。

妈妈已经垮掉了，她的眼角、法令纹、整个人都耷拉着，据说从来没感到过有什么不适，一发现却已经是晚期了。

刘雨刚和刘凯新都在，再加上我和爸爸，好像迅速勾勒了妈妈的一生。由于场合特殊，没有人表现出尴尬。妈妈吃力地朝我们笑了一下，我以前一直觉得她最让男人无法免疫的就是她的笑，特别完整，特别灿烂。而这个笑容很是勉强，几乎是哭的另一种表达方式。她还是不擅长掩饰情绪，绝望爬了满脸，有一种不会好了的气息。她的两任丈夫和两个孩子平和、友善地站在她旁边，仿佛她全部的爱和任性都已被接纳和原谅。可是她拿人之将死换来的，这看似和解的时刻，她只能靠在医院灰扑扑的枕头上，谁也无法真正体会她的疼痛、疲惫和孤独。

我当晚查了资料，网上说即使是晚期的乳腺癌，也有人又活了十几二十年。化疗、放疗虽然要遭罪，却不是没有存活的希望。

然而一直咋咋呼呼的妈妈迅速地死掉了。我开学不到一个月，就请假奔赴她的城市，去参加了她的葬礼。医生说发现得太晚了，治疗方案刚定下来，就又发现了脑转移。她有时表现得很积极，说相信自己会战胜癌症；有时候又说太煎熬，想直接跳楼。呕吐、头晕，后来不断晕倒、神志不清，越来越嗜睡。据说在弥留之际，她不让刘雨刚给我打电话，说不想让我看到她不成人形的惨样，希望我记忆里一直是她年轻时的模样。

可是我还是看了她的遗体。在太平间冰冷的铁柜子里，她整个人变得干瘪而黄，好像头发也不似原先的黑亮，我不知这是人断气后的相同症状,还是癌症夺走了她发丝的光亮。在那个小格子里,她的脸如同戴了副失真的面具,是真正意义的死气沉沉。她好像一个陌生的大婶,筋疲力尽,僵硬又冰冷,不是我记忆里盛放的妈妈。那个被爸爸比作叶塞尼亚的女人，那个狠心抛弃我们去追求真爱的人,那个最炙热的人,就这么冷了,没有活过五十岁。

刘雨刚说,她的最后时刻曾经反反复复断断续续地说,要把连衣裙留给涵涵。他不知道说的是哪条连衣裙,也不确定这是她清醒时最后的托付,还是已经是意识模糊的胡话。他有些怯懦地看着我,说这段时间太忙了,等整理出来,如果有连衣裙,一定会给我。即使是这样悲伤的时刻,我们也忘不掉彼此的生疏。他在我心里始终是个扁平、混沌的形象,永远也无法立体、真切起来。

我也不知道什么连衣裙,是我十四岁同桌穿的那条？还是十八岁忽然流行的那条?我都曾默默希冀,却没有对任何人提起。面对这个世界,我早已有了深深的自知之明。我张嘴爸爸会买给我,但是我知道我不该享受得那么仗义。

难道她知道欠了我多少条连衣裙吗？她已经死了,说这些又有什么意思。

她的葬礼非常热闹,我、我舅舅和舅妈,我们像外地的亲友团,被观摩和议论着。除了刘雨刚和刘凯新,我谁也不认识。那些可能是妈妈生前有着亲密关系的朋友、同事,与我毫不相干。我们是一对早已没有共同世界的、名义上的母女。我听见他们小声称呼我为“和前夫生的”,他们都搞错了,不是同母异父,我妈这辈子可忠贞了,她只为一个男人生过孩子！我觉得有点好笑,那个安详躺在棺材里,并不富裕又并不长寿的女人,看起来好像一事无成,却有着这么搞笑的秘密。她其实是个特工！一个打入我爸家内部,又全身而退的特工。

刘凯新眼睛像两个烂桃子,作为更名正言顺的孩子,他也并未被命运优待。他只有十一岁,就彻底成了丧母的孩子。比我当年还要小一岁。

爸爸也来了，他没有去参加葬礼。他说其实该送最后一程，但万一是添乱就没劲了。

我回到酒店的时候，他已经喝了不少。桌上一瓶古井贡酒，只剩三分之一了。

“我买了店里最贵的酒。清醒太难受了。”

“你觉得她是不是特别内疚？所以积郁成疾了？”我也喝了一口。

“我听过你和你男朋友打电话，你骗人的技巧和哄人的手腕都是一流的，和你妈一样。你还读了那么多书，不是自以为是，你是真行。你妈没什么文化，自负都建立在幼稚上，我挺喜欢她那种无知而富有主见的劲儿。她以为她弹无虚发，她其实都脱靶了。你是升级版，你更厉害。但是你们最大的短板就是，你们其实挺有良心的，你们绝对受折磨。你妈没得选，她真爱刘雨刚，你看刘雨刚看她的眼神，你必须承认，他们之间有爱情。她是为爱情跑的，她跑的时候肯定血脉贲张，可能还笑出了声。但是跑只是一个时刻，跑了之后，她会不断地想，不断地检讨自己对不起你，对不起我。她绝对受着良心的谴责。”

“我也是呀，我没有一天不在谴责她！我小时候好像诅咒过她得癌，可她真得癌了，我又特别后悔。”我哭了。

“不管她是不是骗了我，根本没喜欢过我，但是她是你妈妈，你小时候不睡觉整夜哭，她就整夜抱着你，腰都累坏了……她没有陪伴你整个童年，但是她始终爱你。”

“别人家妈妈不都这样嘛！你什么时候这么《艺术人生》范儿了？”

“我后悔没把你早点还给她，我觉得她过不去的主要是没陪着你。这事可能最折磨她。”

“你是懒得再恋爱，再生孩子吧，万一再被骗呢？我听说外国人好像喜欢这样，他们不介意孩子不是自己的，说不用自己忙活完还得等十个月了，来了个现成的，前人种树，后人乘凉。”

“哎哟，你怎么这么愚昧啊，跟那《大清炮队》里的清朝老百姓似的，觉得外国人腿不会打弯！他们是懒啊还是傻啊？孩子都麻烦别人生？人都差不多，外国人也不是精神病，还是想要亲生的。”

“《大清炮队》？干吗的？”

“一部电影，刘晓庆演的，你小时候看过。”

“那你干吗不要个亲生的？”

“计划生育啊！再说不是装作你就是亲生的嘛！”

“那不计划生育，你要吗？”

“当然了。”

“那你对我和对他会一样好吗？”

“至少表面上一样。我也是有城府的。”

第二天我俩眼睛全肿了，我不知道我们聊到了几点、哭了多长时间、我爸又喝了多少。我失去了妈妈，他失去了唯一和他领过结婚证的女人。

十一

我博士二年级时，我爸得了癌症。

我周围的同学基本都是父母双全，我们好像根本没到要面对父母离世这件事的年纪。接连遭遇两个癌症，我真觉得自己是天选之人，二十几岁就一次次和命运短兵相接。

好在是早期胃癌，只要切除彻底，五年之后不复发，就算基本脱险了。

然而我爸和我妈表现出的绝望不同，他非常崩溃，以近乎亢奋的方式表达着自己的不甘心，用前所未有的反常释放出巨大的能量。

“别人女儿听说家长得了癌症都会号啕大哭，你竟然如此冷漠！因为我不是你亲爸爸对吧？你这个孽障！”他手握病历对着我大喊。

“你很快会康复，你只要把手术做了，好好吃饭就会好的。”

“放屁！好好吃饭就会好的？癌症，你知道什么叫癌症吗？我得了癌症！”

“别人女儿知道，别人女儿号啕大哭，觉得得了癌症就肯定活不了了，对吗？我是博士，我比她们有文化。我可以负责地告诉你，你八成死不了！”

“我怎么早没看出来你是个白眼狼！”

“你现在到底需要什么？希望得到怜悯吗？因为我没有哭哭啼啼地同情你，让你感到不悦了吗？”

“没一个好东西。”他瞥了我一眼，健步如飞地走了。

这样的咆哮一直持续到他手术前一周。仿佛破罐破摔，他一改之前的彬彬有礼，以各种歇斯底里博取我的关注。他甚至无来由地对我大喊：“你为什么越长越像刘雨刚？”妈的，我要是真越长越像他，我也没有办法啊！比如他让我倒杯水，如果我十秒钟没有起身，他就会厉声指责，对我军事化要求，令行禁止。我都怀疑他是不是得了躁郁症，过几天胃癌割掉了，这个躁郁症可不是那么容易好治的。但是我也理解他，自小没和他分开过，奶奶说我性格像他。我们都是孤僻的人，用教养掩饰内心深处的喜怒无常。看起来很好相处，其实非常挑剔。如今，他怀疑大限将至，再不放飞自我，大概来不及了。

直到手术即将来临，他好像才认清形势地平静下来。他把存折和银行卡都找了出来，一一写下密码。

“万一我下不了手术台，你就都取出来存到自己名下，不要告诉男朋友。你奶奶需要钱的时候，你自己衡量着给，觉得超出承受力也可以拒绝。我要是下来了，你主动还给我，我还要挥霍！”

“哎呀，别一副金山银山的架势好吗？就这么点遗产也好意思交代吗？还是再多赚些一并给我比较拿得出手！”

手术预料之中的成功，我想起我高中的教导主任就得了胃癌，切了三分之一，休息了俩月就回来上班了，体罚逃课的男生时依然孔武有力。冥冥之中，我预感爸爸不会什么事都不顺，既然是早期被发现的，就该顺利被切除。

之后的寒假，我陪他去了法国和荷兰。他说他画了一辈子油画，却只是早年被组织去过一次意大利。欧洲那么多博物馆、美术馆都没有亲眼见过。他说，在画画上他没什么天赋，少年时有过狂热，工作以后就变成了讨生活的营生，如今都快以所谓画家的身份熬到退休了，还是要去看看真正的艺术。

然而整个旅行对我如同噩梦，如果说有什么比我妈不告而别对我刺激更大，那就是这次旅行了。他一路或是抱怨我订的酒店贵，或者嫌便宜的酒店小，每天吃早餐都要拿走一袋糖——理由是怕自己低血糖晕倒，以备不时之需，虽然他根本没有这个病。在卢浮宫、奥赛、橘园、蓬皮杜，他瞻仰大师之余不忘以眼神维持秩序——对大声喧哗的国人挨个儿投以不忿的目光。我订了红磨坊最前排的票，可以边吃晚餐边欣赏无上装的康康舞，这个号称喜欢劳特累克的家伙却在抱怨芦笋煎得难吃。在阿姆斯特丹，我问他，要不要来点大麻？在荷兰咖啡馆里吸大麻合法。他暴跳如雷，怒目金刚地瞪着我说："你太让我失望了！我辛辛苦苦培养你这么多年，到头来你还是个流氓，竟然说出这么无耻的话！"他的脸因愤怒而变形，像是已经偷偷吸完了。在海牙莫瑞泰斯皇家美术馆，他觉得一个外国老头儿插队了，企图用中文和人家理论理论。整个旅程，他身兼纪检委和纠风办，对我以及全世界的不文明现象展开了激烈的批判。我非常怀疑，医生把他长了肿瘤的胃切掉了一部分，是不是还顺道加了点什么。这个总是嘟嘟囔囔的人，真的是我爸爸吗？

矛盾在回程的飞机上达到巅峰。空姐来发水，他要了香槟，我不渴，就什么也没要。

“你怎么什么都没要？”

“我不渴。”

“你要一杯。”

“我不想要。”

“你要一杯，备在这儿，万一我要喝呢！”

这时候发水的车已经走到后一排了。

“人家问我要不要，我说我不要，现在要我追着去要吗？你渴了我再给你要呗，水随时都有。”

“你怎么这么做作？我不就是不懂外语嘛，让你要杯水，就这么费劲！我可真是不配给你当爸，也不能给你当爸了……”保守地说，我省略了三四百字吧。

我没接话，只是在心里说：不当拉倒。那时候我觉得自己没错，即使我应该对你感恩戴德，你让我不爽我也有权不配合。坦白说，我挺想要一杯水泼到他脸上的，就当养育之恩涌泉相报吧。

十二

并没有什么涌泉相报的机会。四年后，胃癌没有复发，爸爸死于酗酒过度引发的心脏病。

毫无预兆，没有留下只言片语。他去世的那晚，我正在看话剧《恋爱的犀牛》。已经是换过多少轮演员的老戏了，起初我迷恋那文艺而美的台词，后来我忽然觉得马路像爸爸。我坐在剧场里哭了。我不知道具体在哪个瞬间他不在了。

整理他的遗物。他的衣柜里一切按颜色分类，整整齐齐，像他自律、克制、单调的人生般一目了然，没有冗余。这个家已经二十几年没有个女主人了,我始终是个四体不勤的小崽子,里里外外都是他一个人操持。

我想起我们唯一的一次出国旅行。在蒙马特高地的小丘广场,他看着一群热闹的肖像画师在做游客的生意,不无自嘲地说:“我要是在这儿摆个摊,不知道能不能开张。”还有他执意要去的拉雪兹神父公墓,要去看埋葬着肖邦、王尔德、巴尔扎克的地方。由于看不懂园区地图,我们原计划两小时的公墓拜谒之旅变成了一个上午。在顺利找到了莫里哀之后,我彻底迷路。这里虽然有众多的名人墓地,却埋葬着更多普通人。细想有点滑稽,为了寻找名人,我们在普通人的墓园焦急地穿梭,好像即使死也有明显的区别。终于找到了王尔德,我曾在电影里见过他的墓碑。斯芬克斯的雕塑,被密密麻麻的唇印包裹。据说有一位女士情不自禁亲吻了他的墓碑,然后全世界的人都受了启发,要把香吻献给王尔德。过剩的爱总会变成一种负担,饱含深情的口红腐蚀了他的墓碑,花了九千欧元清洗、修复后,墓园决定用玻璃挡板隔离了墓碑。他贫病交加、寂寥地死在巴黎拉丁区一个小酒店里,死后迎接着四面八方的一往情深,好不荒诞。面对着已被修整干净的墓碑,我想起他说过:“人生是一件蠢事接着另一件蠢事,爱情则是两个蠢东西追来追去。”这话简直是特意对我爸说的。他还说:“二十年的浪漫使一个女人看起来像一座废墟,二十年的婚姻使她像一座公共建筑之类的东西。”这句好像为我妈准备的,和刘雨刚二十多年的孽缘,两段加起来二十多年的婚姻,她既像一座废墟,又好像是一座公共建筑的废墟,那场浪漫的私奔最后也不过是一桩柴米油盐的婚姻。

告别王尔德,我继续抓狂地面对地图寻找肖邦。沿路我看到一个中年女人手扶墓碑默默流泪, 对于我们这可能是个庄严的景点,对于她却是长眠着亲人、生死两隔的地方。那段时间热爱气急败坏的爸爸却平静地走着。他默默地看着一座座墓碑,感慨着这个墓碑好美，那个逝者太过年轻。我一边不信邪地研究着公墓的地图，一边等他，却见他在一座墓碑下驼着背，一动不动。看名字，那墓属于一个女孩儿，生卒年份相减的数字仅仅是七。墓碑上的雕刻是一双手，展开的手像一双翅膀，轻轻托着一颗蓝色的珠子。难道法文里也有“掌上明珠”这个词？我看了一眼爸爸，他已经泪如雨下。

我意识到自己是个无赖，一直有多么自私和放肆，在他那么脆弱无助的时刻，我却全无体恤之心，要求他永远温和得体。而我，这个来路诡异、假冒伪劣的私生子，却一直心安理得地做着他的掌上明珠。我一直记得我妈欠我的，却选择性地忘了我欠我爸的。我竟然从没有认真想过，作为负心人留下的野孩子，他是以怎样的胸怀对我呵护备至，我哪来的底气对得了癌症的他挑三拣四。他默默消化了爱恨情仇，我却要求他时时刻刻保持优雅，即使和死神擦肩，也不能有一丝松懈。许多年前，我说“我会为你养老的”，结果我有恃无恐啃老读到博士，不曾有过经济上的担忧；我大学离家后，只在寒暑假短暂地回去。十几年他孤零零一个人，告诉我要襟怀广阔，而我心里只有自己，近之则不逊，远之则怨。他先是被我妈扔在半路，又被我渐渐忽略。我们真是一对背信弃义、赶尽杀绝的母女，我曾经轻蔑她的利己，却终于发觉我们如此相像。我好像看到了遗传的力量，我到底是我妈和刘雨刚亲生的，别人对我的好照单全收，别人稍微自我一点，我立马翻脸，我的基因里带着遗传的缺陷——自私、冷酷。我一直以为，父女一场，我给予爸爸的是克制着的深情，而其实我只是一只白眼狼。爸爸的整个人生被我、我妈，还有这不讲道理的生活彻底围剿。他原本可以丰富辽阔地生活，却被我们紧紧禁锢，变得可以轻易概括——一个沉默的好人。多少次泣不成声也遮掩不了我的无耻。但愿有来生，我们能做一对名副其实、血脉相连的真正的父女。愿他那时可以长寿，给我机会报以搀扶和陪伴。

虽然那个提供精子、血浓于水的刘雨刚还依然安康，可是我心里空茫一片，切实地感到双亲死去溃不成军的悲恸。从此，我是一个彻头彻尾的孤儿了。

【作者简介】马小淘，女，已出版长篇小说《飞走的是树，留下的是鸟》《慢慢爱》《琥珀爱》、小说集《章某某》《火星女孩的地球经历》、散文集《成长的烦恼》等。曾获“中国作家鄂尔多斯文学新人奖”、在场主义散文奖新锐奖、第四届西湖·中国新锐文学奖、储吉旺文学奖等奖项。现供职于某杂志社。

黄河故事

○邵　丽

一

如果不是为了给父亲寻找墓地,我觉得在很长的时间内我也不会再回郑州。如果不回郑州的话,我们家庭发生的那段历史,我是没有时间也没有心情讲出来的。但是话又说回来,试图忘掉历史的人,恰恰都是有故事的人。

至于为什么要寻找墓地安葬我的父亲,说起来真让人难以启齿。他死去几十年了,骨灰却一直在殡仪馆的架子上放着,积满尘土。而那些尘土,大部分却是别人骨灰的扬尘。我常常觉得上帝是位最好的小说家,他曾写出世界上最短也最精彩的小说:"你必汗流满面才得糊口,直到你归了土,因为你是从土而出的。你本是尘土,仍要归于尘土。"归根结底,这也是我们要安葬父亲的动因,他一直没有被埋到土里。对于一个死去的人来说,没有埋到土里就等于没死完、没死透、没死彻底,只是一个野鬼游魂罢了。

我到深圳已经二十多年了,后来我又把母亲和妹妹接来深圳,她们也在这里十多年了,而我父亲的骨灰还留在郑州。每到清明或者春节,我和妹妹便依着老家的习俗,买点黄表纸,到楼下西侧的十字路口烧一烧,算是对往生者和活着的人都有个交代。火燃起来,明明灭灭地映红我们姐妹俩的脸。时间过滤了悲伤,更何况我们本来就不十分悲伤。我们有时还会一边烧纸一边说起别的事情,有时候还会笑起来。行道树上的火焰花偶尔有一两朵跌下来,轻微的一声响,像是一声轻轻的叹息。花开得正盛,在夜晚的灯光下更是红得决绝。深圳的花从冬天一直开到夏天,我们总是分不清木棉树、凤凰花和火焰木的区别,都是一路的红。但这火焰花开在树上像是正在燃烧的火焰,白天一路看过去,一簇簇火苗此起彼伏,甚是壮观。

火焰花下,适合我们搞这个仪式,也红火,也清爽。母亲从不参与,但也从不干涉,她对此没有态度。

最近几年过春节，深圳都是这种阴不阴晴不晴温暾的天气,好像对过年有着深刻的成见,非要闹情绪似的,让人一天到晚心里堵得像是塞满东西的屋子。我百无聊赖,睡得晚,起得也晚。那天早上起来下到一楼，看见母亲和妹妹还坐在客厅里有一搭没一搭地说话。昨天是阴历二十四。二十四,扫房子。打扫屋子时拿下来的全家福照片被母亲拿在手中擦拭。从侧面看起来,她像一架根雕。她很瘦,干而硬,又爱穿黑衣服。两只树根一样的手拿着相框,让人有一种硌得慌的感觉。她就是这样,以自己的形象、语言和作为,始终与世界拉开距离,至少是以这姿态与我拉开距离。

我没理她们,把面包片从冰箱里拿出来放进吐司炉里,然后拿了一只马克杯去接咖啡,自己随便弄点东西胡乱吃吃。每天早上我起得晚,而我母亲和妹妹总是六点多起床,七点多就吃完早饭了。她们俩还保留着河南的生活习惯,早睡早起。岂止是把河南的生活习惯带到了深圳,我看她们是把郑州带到了深圳,蒸馒头、喝胡辣汤、吃水煎包、擀面条、熬稀饭,而且顿顿离不了醋和大蒜。搬到深圳这些年了,除了在小区附近转转,连深圳的著名景点都还没看完。对于我母亲来说,什么著名的景点都赶不上流经家门口的那条河。不过那可不是什么小河,母亲总是操着一口地道的郑州话对人家说:“黄河,知道不？俺们家在黄河边，俺们是吃黄河水长大的。”

“这过完年啊，”母亲看着那张照片，嘴张张合合，往照片上喷着哈气。我看她夸张的样子，很想笑，对自己的亲生女儿，没有必要这般表演吧？的确，就这两年她像换了个人，会说起父亲。过去许多年里，她是从来不提我父亲的，我们当着她的面也从不说起父亲的任何事情。在我们家里，好像父亲这个人是从来不曾存在过似的，“你得回郑州一趟，人家一直打电话，说殡仪馆又要搬迁了。还得给你爸再挪个地方。”

“回郑州？”我端着咖啡，挨着妹妹坐在她斜对面，“你呢？”

“我们不回！”

我问的是她，她回答的是我们。我母亲这些年就是如此，她敢于替我妹妹的一切做主。而且，现在只要说让她回郑州，她好像遭受多大惊吓似的。

“那好吧！本来我也想回去一趟，把我那套老房子处理了算了，趁着现在郑州的房价正高。”

“别。你先问一下你弟弟，看他要不要。”她跟我说话从来就不容分说，“再一个说了，我老了也得有个挺尸的地方吧？”

“好。”我嘴上答应着，心里却暗自好笑。我弟弟又不在郑州，也很少回郑州住，他在郑州买个房子干什么呢？我的眼睛像透视镜一样，对她那点小心思门儿清。她是想让我把那房子留下来，却又不肯说，她在我面前是需要维持尊严的。我并不缺那一两百万元，我是故意说卖房子的事给她听。既然她不开口讲出来，我就没必要让她过于遂心如意。

“还有，”她停下手里的活儿，用右手食指重重地敲打着桌面，严肃地看着我和妹妹，“你们姐弟几个商量商量，让你爸这样挪过来挪过去终究也不是个办法。不行的话，在黄河北邙山给他买块墓地安葬了算了。人不就是这回事儿？不入土就不算安葬。你爸死几十年了没安葬，他不闹腾才怪！入土为安。”

我妹妹好像才突然睡醒似的，从手机上抬起头，看看她，又看看我。估计刚才我们说的什么她都没怎么听，但只管伸个懒腰站起来说：“好！我没意见。”

对母亲的话，我却一下子没有意识过来，端着咖啡杯子的手在唇边呆住了。自从我爸死后，几十年来她第一次这样郑重其事地主动说起安葬他的事儿。不知道为什么，我的心突然有点发紧，手心里汗津津的，说不清楚是疼痛、伤心还是恼怒。

“我打电话问过了，一块差不多的墓地二十多万元，你们看看怎么办吧！”

我一边抿着咖啡，一边拿眼睛盯着她。我知道她这话是说给我听的，这钱弄到最后还是得我出。于是我想了一下说：“妈，普通墓地二十多万元，只能用二十年；好点的墓地五十多万元，宽展，而且可以终身使用。你不是不想让我爸挪来挪去吗？再者说，还有你，百年后我爸身边可给你留个位置？”

我这样说的时候，眼睛一直没从她脸上挪开。她先是像被蝎子蜇了一样立起来，想说什么，又似乎感觉我不怀好意，叹了口气重重地坐下来说：“百年之后是以后的事，我死了，自己又不当家。你们把我埋在那个……他身边，可不是我自己要求去的！”

她差点脱口说出“饿死鬼”三个字，过去她老是这样称呼我死去的父亲。

“那就这么定了？”

“好吧。那就买好的，五十多万元的！”母亲说。

“妈，要不这样，”我笑着对她说，“要是二十多万元呢，我自己拿了就算了。这五十多万元，你看我们姐弟五个，一人拿十万元，剩下的钱，包括安葬的各种开销全都由我包了。这样大家都尽点孝心，你觉得怎么样？”

她看看我，又看看我妹妹，好像没听懂似的，一脸迷茫的神情。

“不过我大姐、二姐还有弟弟，你得先一个一个给他们打电话说一下。我这次回去好跟他们商量这事儿。”

她终于弄明白我的意思了，估计心里有点恼怒，把镜框来来回回翻了几遍，然后面朝下，咣当一声扣在桌子上，说：“好吧！”

那是我们家唯一的一张全家福，我弟弟周岁那年照的，弟弟还被母亲抱在怀里。那个相框里父亲的照片，也是他留在世上唯一的一张。他表情别扭得好像走错了门似的，目光迟疑地看着镜头，一只眼大，一只眼小。

深圳这座城市的崛起，说到底也就几十年的工夫。可她平地起高楼，活生生长成一副王者之相，现代化的高楼大厦，大块的绿地，原生的和移植过来的古树，虎踞龙盘。生机勃勃的现世存在，会让人忽略她的历史。

我刚来深圳时，是一名工地上的建设者。那时我刚初中毕业，是个瘦骨伶仃的毛丫头。唯有的，是眼里的那份倔强。我离家闯世界时的弱小，母亲可能早就忘了。可我怎么能忘得了呢？

灶王爷赏饭，从承包公司的餐厅开始，我慢慢起家，是这座新兴的城市成就了我。她包容、接纳、充满机遇，她给了我这样的打拼者一个广阔的生长空间。有时我关了灯躺在黑夜的床上，隔了窗去看外面灯火璀璨的一座城。偶尔一两声隐约的汽笛的回响，有恍若隔世之感。一切都是安稳的、踏实的、充满秩序的。我的屋子，纯天然的木质地板。我的床，我身边睡着了的丈夫。我以为我已经彻底忘了自己是他乡之人，忘了自己的过去。就像身处的这座城市一样，忘了她的历史。

刚开始做餐饮的时候，我的餐馆有几个拿手菜名声在附近传开了，生意还不错。后来我将粤菜、豫菜和其他一些地方菜融合，尽可能满足全国各地各种人的口味。名气渐大，不仅扩大餐馆，开了分店，又与人合开了一家快餐公司。

我有做菜的天赋。我们姐弟几个后来都开饭店,估计跟我父亲有很大关系。对此,我母亲是不甘心的,至少表面上死不认账。要说几个孩子也都挣钱,但开饭店挣的钱让母亲非常不屑。虽然她未必听说过“君子远庖厨”的圣人之言,但靠吃都能活一辈子,养活一家人,到底是个啥世道呢?这是母亲心里的疼痛。她羡慕我们的老邻居周四常,孩子各个有出息,不是县长就是局长,逢年过节家里跟赶集似的不断人,还都拎着大包小包的。我们家可好,不管谁回来都是浑身油渍麻花的,头发里都有一股子哈喇子味儿。

有时候我想戗她几句,想想又忍了。她抱怨的时候,从来不觉得自己住在深圳的高端小区,而且这些都是靠开饭店换来的。我,也就是她的亲生女儿,如今是多么耀眼!我是深圳几家最大的餐饮集团公司的老板之一。

我真的天生就是该吃这碗饭的,来深圳做餐饮业不几年,生意很快就做得风生水起,在周围的佛山、珠海、东莞都开了分公司。我做生意实在,舍得下本,而且保证食材新鲜地道。宁可利润少一点,薄利多销,也绝对保证质量。我的盒饭业务几乎包揽了半座城的学校、医院和工厂。

那时深圳的房子还不贵,我买了一套花园洋房,三层,楼顶还带个大花园。那年妹妹离婚后来深圳住几天想散散心,看到我过得这样舒适,非要闹着到深圳来跟着我,说是要换个环境。我说:“咱妈又离不开你,你过来她怎么办?”

小妹说:“那肯定把咱妈也接过来啊,你房子这么大,空着多不好!房子圈不住人气儿可不行。刚好你公司也缺人手,用自己人不比用外人强?”

我权衡了一番,与我老公商量,可否让我母亲和妹妹来深圳与我们同住?我老公是个热情对待所有亲戚朋友的家伙,他哪会有不同意的可能。与其说是商量，只是想给老公打一下预防针，“你要有所准备，我妈可不是一般的妈。”我说完定睛看他，想让他明白跟我母亲共同生活的艰难。我老公不说什么，只是轻松地笑笑。从那张单纯得一目了然的脸上，我知道一切对他都不能构成什么问题。

就这么简单，我妹妹辞了职，开始当然是瞒着我母亲。她们就此搬到了我这里。千里迢迢，背井离乡，我们俩都不曾想到，母亲这回竟然这样顺当。她们一住就是十多年，母亲虽然嘴上抱怨各种不如意，却从来不提回郑州的事儿。

眨眼之间就过完了年，年后这一段时间是餐饮业的淡季。我把公司的工作给合作伙伴和妹妹——她在我公司做财务总监——安排妥当，就从深圳回了郑州。

在高铁快进入河南地界的时候，我不禁想起当初让她们来深圳的情景。开始妹妹跟母亲说这事儿，母亲像被烫了一下，差点跳起来。她说：“那地方又热又潮，有的人还不讲卫生，老鼠、长虫都吃，太恶心了！”

妹妹说：“家里有空调，热了你不用出门。况且也没人逼咱吃老鼠、长虫不是？你想吃啥咱们自己弄。”

“反正我是不去！”母亲说。

我妹妹威胁她说：“你要是不去，就自己留在郑州好了，我去！”

我妹是幺妹，只有她和我弟弟敢跟母亲当面顶嘴。

母亲看着她，长长地叹了口气，犹豫了半天才说道：“现在的你姐，可不是小时候的她。她要是发起脾气来，还不把咱们俩给吃了？”

妹妹吃惊地问她：“你乱说！我姐还会发脾气？你这是听谁说的？”

“不用听谁说！”母亲说。

妹妹说：“妈，你别老是挑剔我姐了。你有我姐这样的闺女，真是你的福气。看看你吃的用的，有谁对你这么好？”

“她有你对我一成好，也算我没白养活她！”母亲恨恨地说。

妹妹打电话笑着跟我讲起这个，我也在电话里把它当成笑话来听。我嘴上笑着，心里却有无限的酸楚。

我那些年是怎么过来的？

我做什么工作，我住什么房子，我结婚嫁了一个什么样的男人，谁关心过？特别是我母亲。我总是设想，哪怕哪一天家中接到我死在外面的消息，她肯定会一如既往地活。我在她心中的分量，并不比我父亲更重一点。

不过，我母亲能主动跟我妹妹说起我的脾气，我真有点吃惊。不是她以死相威胁，反复叮嘱我那件事情在任何时候、给任何人都不要说出去的吗？事情已经过去很久了，不管是我还是我母亲，都应该守口如瓶才是。所以这一辈子，这事儿绝对不会从我嘴里说出去。即使她说了，我也绝不会承认。

我故作轻松地说："我的脾气怎么了？别说我没脾气，即使有脾气，也绝对不敢在她面前发啊！"

"那是，谁都会，就你不会！"妹妹说。

说到最后，妹妹的声音却有点哽咽了。妹妹说："三姐，我知道你的委屈。咱们姐弟几个，你对咱妈最好，对咱们家贡献也最大。"

我说："胡说什么呢？哪里有什么委屈！而且早就过去了。"

很多东西，的确已经过去了，甚至从来就没人记得，比如我受到的冷落和伤害。

也或许一切都没过去，但我们谁都不愿意去触碰，那太危险了。

比如我父亲的死。

正月初十那天，我正在郑州丹尼斯进口超市买东西——去大姐家得给小孩们买点吃的。走到收款台拿出手机刷钱的时候，我看到有妹妹的几个未接电话，还有她给我发的微信，说母亲突然晕倒送医院了，是被急救车接走的。我顷刻之间急出一头汗，超市里太闹腾，我顾不得结账,放下东西就匆忙往外走。我想到春节前刚刚给她体检过,除了胆固醇有点高,其他各项指标都正常。医生还开玩笑,说再活二十年都没问题。怎么会出这种状况呢?她的身体按说不应该有大问题呀!除了这个,我还吃惊自己会如此紧张,心里默念了几声“菩萨保佑”。

走到超市外面给妹妹打了电话。在电话里,妹妹的声音显得很轻松,依然像往日那样没心没肺的口气。她说:“姐,你不用急着回来了。医生已经全面检查过了,没大问题,说是一过性的黑蒙,主要是脑部供血不足引起的。”

我松了一口气,说:“你快吓死我了,也不发信息说一下。不过这距她上次犯病快二十年了,那次是二〇〇〇年的阴历七月二十六。”

“咦?”妹妹吃惊地说道,“我真服你了姐,对妈最孝顺的真是你,连她生病的日子你都记那么清楚!”

之所以记得这个日子,是因为孝顺吗?也许是,也许不是。说是,事到临头我还是这么恐惧,怕她有个闪失;说不是,毕竟那是我自己的日子。

我打了一个哆嗦,被自己的心思吓了一跳。

因为,这个日子我死都记得,它与我母亲当时犯病的时间只是重合而已。但我发誓,我们家没人记得,包括我母亲也不会记得。

每年的这个日子,我都当成自己的生日来过。

二

我跑了一个多小时也没找到殡仪馆。新开的道路横七竖八,连导航都常常弄错。周围布满了盖好的和正在盖的高楼大厦。世界在破坏中得以重建,但的确福祸相倚,看是对活着的还是死去的人而言。死者为大,宜静不宜动。

每座城市都有自己的生长逻辑,但也习惯于模式克隆。有时候从郑东新区走过,我觉得自己好像并没有离开深圳,从建筑到周围的绿化,看不出来有什么差别。

绕了半天找不到方向,我只好停车向路边的一位老人问路。老人摘掉头上的草帽,一张黢黑苍老的脸,我竟然认出他是过去我们村的,但是叫什么名字已经记不得了。我下了车,向他问好。他狐疑地看了我半天。我说出我父亲的名字。他看着我,擦了好几下眼睛,好像要哭的样子。估计他是沙眼,当地人叫风流眼,遇风流泪。他说他不愿意搬离这个村子,但是房子都拆完了,他就在工地上给人家帮忙,干点力所能及的零活儿。他虽然没我母亲年龄大,但也很老了,应该像我母亲一样,住在某个孩子家里享清福。

他朝右前方的一个地方指了指说,咱们村里死了的都在那儿挺着。"挺着"就是躺着的意思。我的父亲也在那个几乎看不到的地方挺着吗?我仔细看才看到一片灰砖建筑,它被灰头土脸地夹在几条道路中间,只是因为有一个在顶端抹了白漆的烟囱,才能让人勉强认出它来。这个建了不到十年的建筑,又面临着拆迁,它将成为饥不择食的城市胃口里的一粒齑粉。

我们那儿过去是郑州郊区比较偏远的村庄,不过村子靠近黄河,与我们紧邻的圃田,曾经出过一个叫列子的名人。这里在公元前四百多年之前就被称作郑国,不管郑国长得啥样,早已面目皆非了。不消说黄河水频繁泛滥,造了被毁,毁了再造。就是改革开放后,我们原来居住的村庄也早已经被那个巨大的城市之胃吞没了,舔得干干净净,没有留下任何痕迹。不过圃田竟然还有遗存,列子当年隐居修炼的那间屋子还在,据说已经申报了非物质文化遗产。列子在当地的传说颇多,除了是什么思想家、哲学家、文学家、教育家,还是养生专家,非常会吃。连庄子都夸他会轻功,能"御风而行"。这个传说跟当地人的会吃不知道有没有关系,据说国宴师傅很多都是来自这个地方。

如今，高速公路从此穿行而过，那些在这片土地上种植、恋爱、争吵和繁衍的人不知所终。现在这里已经规划成一个市内森林公园，城区还在不断地扩充。他们模仿别的城市，将一些不知从哪里弄的古树移植过来，在这里生长得从容而傲慢，好像它们几百年前就住在这里似的。倒是我这个土生土长的当地人，举目萧然，无所凭依。

跟老人告别的时候，他问："你妈还在不？"

我说："还在。身体还好着呢！"

"嗯。"他把草帽戴上，低头摆弄着手里的扫帚，"你姐可是发大财了。你们姐弟几个都发财了。唉！"他目光犹疑了一下又说："那又能咋样呢？你爸死了恁多年了。你妈倒是享福了。你爸死的时候，还是我们几个人跑了几十里从河下沿抬回来的。"

估计他并没闹清楚我是我父母的哪个孩子。

"我爸的尸体那时候是怎么被发现的呢？"我抓住仅有的一点机会，想跟他聊几句我爸。可他不再搭理我，只顾低头扫他的地去了，顷刻间我们之间沙尘横飞。

在城市的驱赶下，父亲的骨灰也搬迁了好几次。现在没地方去，只好暂时寄存在殡仪馆的骨灰堂里，跟无数素不相识的人挤挤挨挨、相依为命。这已经是他的第三个栖息之地了。父亲命苦，生前没有过几天安生日子，死后也颠沛流离，不得安宁。更可悲的是，写着他名字的骨灰盒里，装的也许根本就不是他的骨灰，甚至也不是某一个人的骨灰，而是很多人的骨灰。这事儿细想起来真的很恐怖，幸亏我父亲性格好，没有什么仇人——在第二次搬家的时候，运骨灰的卡车在道路上发生了侧翻，所有的骨灰都撒了出来。当时殡仪馆严密封锁消息，很多年后我们才从别人口中得知。但大家都像我们一样，把它视为无稽之谈，更没人去殡仪馆闹事，都宁愿相信自己亲人的骨灰没有问题。

何止如此呢？父亲的死，到现在还是一个未解之谜。不过也说不定，也许根本没有什么谜。但是，在他死的前几天到底发生了什么？没有人告诉我们，母亲更是守口如瓶。虽然当时甚至其后很长时间，村里还有人在背后指指点点，说是我母亲逼死了父亲。但毕竟只是胡乱猜测，拿不到台面上。况且他堂堂七尺男儿，怎么可能会被一个比他矮一头的女人逼死？也太说不过去了。我只记得之前几天，母亲曾经跟父亲在食品公司闹过一场，但那绝不至于让父亲轻生。况且那件事情过去之后，母亲回家并没有再跟父亲继续闹腾，甚至提都没再提这件事，父母两个的生活也没有任何反常。

我父母一共生了我们姐弟五个，前面我们三个姊妹像下饺子似的来到人世间。从我记事起，我就知道我们家是母亲当家，满屋满院都是母亲。父亲像是一个影子，悄没声儿地回来，悄没声儿地走。母亲每天忙忙碌碌，忙完地里忙家里。可是父亲像个没事人一样，不是谁家有个红白喜事去帮人家做菜，吃一顿饱饭心满意足地回来，就是跟着一群人去打兔子、钓鱼，好像他是这个家里的过客。

等添了我弟弟和最小的妹妹，家里日子更不好过了，经常是吃了上顿找下顿。父亲虽然不干什么活儿，但饭量很大，估计很多时候都吃不饱。有时候他站起来去盛第二碗饭，母亲就会看着自己的饭碗，恶狠狠地小声骂道："贪吃鬼！"母亲生气时的脸很黑，骂人的时候更黑，又穿一身蓝黑衣服，像一团沾满墨汁的废纸堆在那里。有时候她骂完，把碗咣当一声搁在桌子上，两只手扳着自己的一条腿，斜欠着身子坐在那里生气。她不光生父亲的气，也生自己的气，生一堆儿女的气。我母亲这一辈子，大部分时间似乎都在生气。她觉得这个世界上的一切，都跟她的想法格格不入。

我虽然小，也明白母亲骂的这句话是什么意思。每当她这样骂父亲的时候，我们吃完各自碗里的东西，也不敢再去盛饭了。这倒成了一件体面事，母亲老是拿这事在外面夸自家的孩子懂事，说："我们家要是饭做少了，根本吃不完，孩子们那个懂事啊，你让我，我让你，谁都不肯吃；做多了反而不够吃，孩子们抢着吃。”

在家里母亲倒是很少当着我们的面数叨父亲，有时候他们吵架也是回到自己屋子里，关着门吵。只是有一次中午，除了干菜和一点玉米面，母亲实在找不到更多做饭的东西。而父亲却从人家的宴席上吃得油汪汪地回来。母亲气得把水瓢都摔碎了，当着我们的面口不择言地数叨起父亲来，说：“只有地痞流氓二流子才光顾着自己那张嘴，一人吃饱全家都不饿了吗？”

我父亲有时也会带一些剩饭剩菜回来，香气诱人。如果不被我母亲看到也就罢了，我们几个狼吞虎咽地吃一顿。若是被我母亲迎面碰到，她就一把夺过来扔在地上骂：“连要饭的都不会吃人家的剩嘴头子！”

父亲也不辩解，闷声不响地回到屋子里，坐在凳子上抽耳朵上夹回来的那支烟，他不会抽烟，总被那明明灭灭的火和一团烟气弄得挤眉弄眼的。要么就面无表情地看着地下，很像在煞有介事地思考人生重大问题。

我们趁母亲转身的工夫，狼一样地抢食地上的食物。这更加让母亲恼羞成怒，她过去用脚踩，把馒头踢飞，然后逮着谁，迎头就是一巴掌。大的哭小的跳，场面甚是壮观，很像武打片里的一场群殴戏。

由此，我母亲更加仇视我父亲，所有的混乱不堪都是他带给这个家的。母亲需要稳定，需要长卑有序的尊严和面子，需要家要有个家的样子。而父亲就是破坏秩序的始作俑者。

上学之后才听村里的老辈人说，我爷爷和我姥爷是世交。爷爷是个远近闻名的老中医，写一手好字，开的药方都被人当字帖用。姥爷家境富裕，是三村五里闻名遐迩的乡绅，也写得一手好书法。两个人到一起，就是写字、下棋、喝酒。据说我爷爷最佩服的人就是我姥爷，说他人仗义，事儿做得公道。要是没有我姥爷主持公道，村子早就乱得没有章法了。

母亲从未说起过他们，父亲也没说过。只是有一次我大姐入团要填表，问起姥爷和爷爷来。正在纳鞋底子的我母亲突然抬起头来，显出一脸的自豪。她说："你姥爷，真没白活！"后来听我二姨说，枪毙我姥爷的时候，正在上中学的母亲就穿着上白下蓝的学生装，站在离她爹很近的地方。枪响之后，血沫子顺着风扑了我母亲满脸满身，她眼睛都没眨一下。

"你爷爷也没白活！他跟你姥爷一样都是体面人。"过了一会儿，她又补充道，"你姥爷拄着拐棍儿往村里一站，那没有不听他说话的。再大的事儿，他只要站那儿三说两说，都摆平了。"

父亲出走的那天夜里，天气非常恶劣，外面电闪雷鸣，风雨交加。我们早早就上了床。半夜里我们突然被他们房间发生的激烈争吵弄醒了，然后就听见有什么东西被打碎和我弟弟惊恐的哭声。我们姊妹四个的房间与父母隔一间堂屋，他们住东屋，我们住西屋，弟弟跟着他们睡。

大约半个小时后，他们房间里安静了下来。除了听见外面的风声雨声，夜晚屋子里静得吓人，仿佛能听见我们几个的心跳。不过没有一个人说话，也没有一个人起来看看。刚开始的时候，被惊醒的小妹吓得想哭。大姐在她脸上狠狠拧了一把，她缩进被窝里再也没敢出声。

第二天早上我们才发现父亲不在。第三天、第四天，天气转晴了，万里无云，世事一派祥和。但我们再也没见到父亲。

母亲依然忙里忙外，操持着一家人的吃喝。我们没有一个人问起过他，好像家里压根儿就没有这个人似的。

第五天早上，我们还在梦里，就被母亲一个一个从被窝里拽起来。她让我们立马穿上衣服，往我们每人头上和腰里勒上一条白布。

她冲我们喊:“都出去哭吧,你爹死了!”

二姐听了,坐在床上哭了起来。母亲一把把她拽起来吼道:“哭什么!要哭去后面好好哭!”

她的声音听起来,有好大的怒气。

那时我刚从二姨家回到这个家不久,心里根本不知道害怕。我们跟着母亲,来到屋后的院子里,看到院子中间的席子上躺着一个巨大的尸体,被水泡得像一头牛,浑身散发着腐臭的气味,头肿胀得像一只粪筐那么大。这怎么会是我们清秀瘦弱的父亲呢?我犹犹豫豫地站在那里。母亲不由分说便把我按跪下,然后就号啕起来。我们扭头看着母亲,她移开捂在脸上的手巾,拿眼睛狠狠地剜我们,我们只好也学她的样子,跟着号啕起来。

二姐只是默默地流泪。

在我们村子里,我们这个姓氏是一门很小的人家,没人出头管事儿,再加之父亲又是横死,所以也没举办什么葬礼。我们哭了一场,就把父亲草草送到火葬场了。

事后听母亲跟村上的人说:“黄河水那么凶险,哪一年不淹死一堆人?父亲是趁下大雨到黄河捞鱼,被大水卷走了。”再后来,母亲说起这事儿的时候,总是会在后面加上几句:“摔死的都是会骑马的,淹死的都是会泭水的。许是饿死鬼托生的,怎么那么贪吃呢!”

此次之后,再说起父亲,她都喊他“饿死鬼”。

我那时候懵懵懂懂的,听了母亲这话,真是觉得父亲是自己找死。他太贪吃了,下那么大的雨去打什么鱼呢?除了二姐,本来我们几个跟父亲也没多少感情,他死了也就死了,过去了也就过去了。我们甚至还有点庆幸,家里的空气应该不会再那么紧张了吧?

几十年后,母亲给父亲选择了黄河边的邙山墓地。母亲说,你爸活着的时候喜欢去北边的黄河打鱼,就葬在那里。我也觉得那个地方不错，人家的广告语就是“生在苏杭，葬在北邙”。虽然那个北邙说的是洛阳，但是邙山东西狭长，黄河边的邙山的确也属于北邙。

我找了好几个老同学，他们还都在管事儿的位置上，但是价格怎么也压不下来，五十万元已经是最少的了。对于快速发展的城市来说，墓地本来就是稀缺资源，而邙山墓地更是寸土寸金。

母亲想把父亲安置在这里，不知道考虑了多长时间，肯定不是突发奇想，但也不会谋划很久，她是个心里存不住事儿的人——只有父亲的事情除外，那是她的黑匣子，也许父亲根本就没什么事儿。那到底是什么事情促使母亲做出给父亲买墓地这个决定的呢？她是突然想到还是悟到了生命中的某个东西？

那天我给母亲打电话，问她给大姐、二姐和弟弟说了没有。我说虽然我的房子可以卖两百来万元，但一下子也出不了手。这几年生意上连续投资，手上也没闲钱啊。母亲不耐烦地说：“打了！都打了！”

其实，开始我就知道让我们姐弟几个每人都拿钱的想法几乎是不可能实现的。我母亲就是想要我主动说出来，所有的费用我一个人出。这话我早憋在喉咙口了，不吐出来，是不想让她觉得太随便，谁的钱也不是大风刮来的，况且各自有一家人，我可以在兄弟姊妹困难时帮他们一把，但每次把责任都推给我，显然令我不快。要是我遇着困难他们帮不帮我，就难说了。

但是出乎意料的是，现在母亲的态度突然转变了，立场似乎很鲜明。她斩钉截铁地给我说：“我也想通了，这不是谁拿不拿的事儿，不是谁钱多谁钱少的事儿，而是你们几个，都得对你爸尽尽孝心！”

“你爸好歹也是一辈子，你们现在吃香的喝辣的，都这么好，做儿女的不尽一点孝，良心上过得去吗？”

我天！这是我母亲吗？是从她口里说出来的话吗？一辈子否定自己丈夫，否定得如此彻底，几乎可以说是一无是处。她这是怎么了？这话从她口中一说出来，我在电话这头差点笑出声。可想想又有点沉重起来，无论如何，不管她是怎样想的，现在她能对我父亲说这样的话、做这样的事儿，至少对我们这些孩子的感情算是一点弥补、一点安慰吧——那感情的缺口虽然随着岁月的流逝曾经模糊过，但只要认真打量，它依然在那里，从来没有消失过。

三

现在郑州老家这里只剩下了大姐一家人。弟弟随弟媳一家搬去了开封，母亲和小妹又跟我去了深圳。原来二姐和二姐夫住在辖区的东南角，他们在那里开了一家小饭店，主要卖卤肉、羊肉汤等地方小吃。二姐的店在附近很有名气，她会做生意，也很会做人。由于她的卤肉卖不完其他小店就没生意，所以她每天卤多少肉是定量的，去得晚了就没了。她这样做，主要是想给同行留足生存空间。后来二姐查出淋巴癌，为了看病方便，他们卖掉饭店和住房，搬到市人民医院附近去了。那儿离火车站也比较近。

大姐住的地方早已经由村庄变成了社区，是村子拆迁之后就地安置的。大姐夫在村里人缘好，大小也是个村干部，所以他们家分了临街的三层楼。大姐和大姐夫开的也是饭店，店面比二姐的要大得多。当初大姐执意要起个"大饭店"的招牌，大姐夫不同意，说二妹开个小饭店，我们起个大饭店的名字，自己不说什么，人家外人会看笑话。但大姐执意这样做，后来虽然生意做得很红火，但她的口碑还是赶不上二姐。二姐把饭店卖掉搬走跟这有没有关系，也未可知。二姐就是这种性格，酸辣苦甜都搁在自己心里，从来不抱怨什么。

陆续有了孙子辈之后，大姐忙不过来，大姐夫也不想干了，就把一楼二楼的饭店承包给人家。他们一家住在三楼。说实在的，有这么多年的积累，他们的日子过得轻松又殷实。

大姐和大姐夫都是二婚。要说也不算，反正也没办结婚手续就在一起过了。他们的婚姻认真说起来，绕的圈子还真不小。大姐现在嫁的这个人，我可以喊他姐夫，也可以喊他表哥。表哥的母亲是我二姨。二姨是母亲的堂妹。

曾经有那么几年时间，我被二姨抱养过。那时父亲还活着，不知道什么原因，那年夏天我拉痢疾，长达一个多月治不好。家里也确实困难，拿不出更多的钱给我看病，再加上当时农村的医疗条件有限，几片包治百病的小药片，却怎么也治不了我的病。拉了几十天，开始还会跑厕所靠墙根，慢慢裤子都提不上了。医生束手无策，父母更是一筹莫展，到最后也就不再抱着我去医院了。父亲自己也想了很多办法，给我弄来一些草药，一样一样地熬了喝。我喝进去多少吐出来多少，终是没有用处。后来他干脆天天躲出去，不敢面对我，害怕看见我那难受的样子。母亲也不知道听谁说了，狗翻肠子人拉稀，这病没得治，就直接把我扔到灶火后边草灰堆里，随便拉去，反正也不用洗。她后来从不提这事儿。要说也没啥大惊小怪的，乡下小孩子命糙，哪个病了不是拖拖就好了？要是好不了，那也没办法，拖好了是病，拖不好了是命。说白了，其实是等我自生自灭。这样拖着拖着我真的就气息奄奄了。我不吃饭，也不再说话。我妈便在我们家西屋地上铺了一张席子，把我放在上面，就等着我咽气了。

不知道我二姨怎么听说了这件事儿，那天天还未明，她就拉着二姨夫来到我们家。一看见蜷成一团的我瘦得没了人形，二姨抱着我大哭道："我的儿，你妈这是让你等死啊！"也许她是菩萨派来救我的，我已经两天没睁眼了。她的眼泪滴在我脸上，我奇迹般地睁开了眼睛，眼巴巴地看着她。二姨是个从不会说重话的人，那天和我妈戗戗了半晌儿："就是只猫狗也不能看着它死吧？"我妈说："你说得轻简，这都多少时候了？药也没少吃，钱也花干了。换你伺候她一个多月试试看！她自己不吃不喝，谁有本事救活她？"

二姨闻听此言，抱着我蹲在地上放声大哭。二姨夫把我从二姨怀里接过来，抱着我头也不回地就回了他家。他们没有闺女，只有一个儿子，就是上面提到的我这个表哥。二姨天天没日没夜地把我搂在怀里不松手，熬一锅小米汤放在跟前，喂了吐，吐了再喂，愣是把我从死神手里夺了回来。

我的病奇迹般地慢慢好转了。待能吃点其他东西，我二姨夫就用一垛麦秸换了一只奶羊，一天一大碗鲜羊奶。家里养了两只母鸡，鸡下蛋的时候，二姨就让我蹲在鸡窝旁等着。带着体温的鸡蛋热乎乎地握在我的小手心里，快乐得眩晕。我奔过去交给二姨，全家人都舍不得吃，全都给我攒着。

我二姨不知道从哪儿得了个偏方，说鸡蛋囫囵着隔水干蒸，治痢疾。我吃的时候，表哥就在旁边看着。我让他，他就说不爱吃鸡蛋，可我分明听到他吞咽唾沫的声音。一个秋天过去，我吃胖了也长高了，更重要的是，脸上有了笑颜。可能就是那些有爱的日子，奠定了我此后人生的信念。我每天几乎是贪婪地窝在二姨的怀里，这是我梦想中母亲的暖。而我自己的亲娘，自从我记事起就没有抱过我，还整天说我是块木头。我夜晚做梦都能梦见我母亲用一根指头戳着我的头说："无情无义，整天木个脸，好像谁都欠她二斗米钱。"

在二姨家的几年，是我过得最幸福的时光，后来我也一直把那里当成自己的家。我还学会了撒娇，晚上躺在二姨的怀里，我娇羞地说："我会听二姨二姨夫的话，好好念书。等我长大有本事了，买好多好多鸡蛋，给你们吃。"我第一次说出这样矫情的话，不敢看二姨的眼睛，我知道二姨会笑得嘴都合不拢。可是她的眼泪哗哗地淌，把我的头发都弄湿了一大片。

"我苦命的儿！"二姨用指头梳着我的头发，心疼地叹息道。

我把二姨夫抱我回去的那一天当成是我的新生。农历七月二十六。我母亲第一次晕倒也是在那一天。我一直有点奇怪，为什么母亲正赶上那一天生病？莫非冥冥之中真有什么神奇的力量吗？

表哥和我大姐是同班同学，在学校里两个人非常好，谁若有点稀罕的东西，都偷偷带给对方。但当着别人的面，两个人从不说话，一开口就脸红。这事儿被同学看出端倪，开始起哄，喊他俩“两口子”。二人也算是青梅竹马，情投意合。这事不知怎的传到我母亲耳朵里了，她跑到我二姨家大闹了一场。我妈不喜欢二姨的儿子，说他没有汉子气，太懦弱。她连带着把二姨二姨夫数叨得恨不得找个地缝钻进去，她跳着脚说：“你们得管好自家儿子，他再招惹大妞，我闹得让他上不了学！”

二姨小声回嘴道：“骂过来骂过去，那不是你的外甥啊？”

“我不认这个外甥！从小就瘪犊子一样！”母亲瞟了一眼二姨夫道。

其实二姨也不喜欢我大姐，她觉得我大姐太能了，也太自私，大的不睬小的不让，吃屎都得占个尖儿。所以二姨索性借着这个事儿，先托人给我表哥定了一门亲，好歹将这事平息了。

还是我大姐先结的婚。男方家庭条件不错，爹是邮电局的一个小头目，妈在卫生院工作，是有头有脸人家的孩子。我母亲最看好的就是男孩的汉子气，高大威猛，坐像一座钟，走路一阵风。把我母亲高兴得合不拢嘴说：“敢做敢当，一看就带种！”

但结了婚不久，两人就开始打闹。我姐脾气逞强惯了，处处要压人家一头。那个男的也是个火暴脾气。结婚没几天就开始斗，男人索性不进家，在外头整夜玩。不回来就不回来，我姐丝毫也不会示弱。男人从外面打一夜的牌回来，看看锅里没个热乎饭。鞋上一脚泥，直接要进屋睡觉。我姐拦着劈头盖脸地吵道：“邋遢死算了！我刚刚拖完地，你就不会爱惜点？”他闻听此言，穿着鞋跳到婚床上，边蹦边用被子、褥子蹭他的鞋子。“我看你是皮痒欠揍，你算个鸟毛，这还是不是俺家？”我姐气得当下就扔下手里的活儿，回了娘家。

日子还得过，儿子不争气父母遭难，我姐一次次跑，他爸妈一次次带着他去我家把我姐接回去。这还不算什么，过些日子，我姐发现他不只是打牌，还爱赌成性。于是屡屡阻拦他，把他惹急了劈头盖脸就是一顿暴打。我大姐挺着大肚子，青紫着半拉脸哭着回娘家，说："妈，这就是你相中的男子汉，真带种！"我妈说："他爹娘不管吗？"我大姐哭着说："谁敢管他？说轻了，摔盆子打碗；说重了，电视机随手就砸了。"

我母亲不羞不恼地听完说："看这样，儿子赌钱也不是一天半天了，他爹娘不管就是帮凶。有人生没人养的，你咋就恁好欺负？"

我大姐哪是个省油的灯？打不过儿子骂爹娘，打也打了，骂也骂了。开始他父母还管，后来干脆躲开不问了。一家人早已经麻木了。

我妈说："不急。你现在还没有说话的地儿，等你肚子里的孩子落地，你还不想说啥说啥，想咋说咋说？！"

半年后，我大姐果真生了一个大胖儿子。我妈仗势冲到人家家里找事儿，人家一家人慌着讨好，滚烫的鸡蛋茶堆尖捧上一大碗，这是当地最大的礼节。热脸蹭个冷屁股，我母亲推开家里人，当着人家爹妈的面训斥那男的："你要想当爹，就要有个当爹的样子！不好好过日子还不如早点离了算了，孩子我们带走！"

那男的还没说话，公公婆婆早就慌做一团，恨不得和儿子一起要跪下来磕头求饶。

"我们会管好孩子，他再不学好我就拿砖头拍死他。"那当爹的说。

我妈这一闹，再加上得了个大胖儿子，男的着实老实了一阵子。我妈还挺得意的，教导我姐道："这管男人啊，得看火候。你看关键时候我一出面，他就老实了吧？"

哪知话还没落地儿，要赌债的来家把门堵了。他在外面又输了十几万元。堵门的说："不还钱就剁手。"

我母亲得了信，没等我姐回去求救，就央着村里的一群人过去了，把一家人堵到屋里，问他们怎么办。

那男的知道这回祸惹大了，扑通跪在我母亲面前。

“站起来！”我母亲厉声说道，“大老爷们儿能随便跪吗？”

那男的跪着没动。我母亲对我姐说：“抱着孩子跟我回家吧！”

那男的从怀里掏出一把刀来，把自己的左手放在地上，用右手举刀把左手小指剁掉了。

一家人鬼哭狼嚎地扑到一起，妈妈捂着儿子的手说：“钱我们替他还，我们还。”

到关键时候，爹妈还是心疼自己的儿子，舍不得打舍不得骂了。

我母亲看这情形，心早已经凉到底了。这样纵容着，还能有个好？她看着他血淋淋的手，丝毫不为所动。“离婚。”

那边的母亲哭号着说：“他年轻不懂事，再给他一些时间，他会改的。”

我母亲说：“摊上你们这样护犊子的爹妈，他这赌怕是戒不了了，没救了。”

我母亲这样说，好像她很懂。其实她真的见过，她小时候见她爹料理过赌徒，都是指天发誓，最后个个都家财散尽。赌真是改不了的。

我母亲说完，就带着众人把我大姐和孩子接回了娘家。

对方花那么多钱娶个媳妇，又得了个孙子，末了落个人财两空，毕竟心里过不去。三番五次来求情。男人长得确实排场，事到临头还会办事，今天买新衣服，明天买金戒指，说话求饶像换了个人似的。不知底细的真觉得我母亲不懂事，心也忒狠。我姐有点动心了，她说：“妈……”我母亲挥手截住她说：“这事儿啊，长痛不如短痛。你是不知道利害。话我先撂这儿，你要还跟他过，今后他把你们娘儿俩卖了也别再踩我的门了！”

拉拉扯扯，拖了一年多才把婚给离了。

这边大姐结婚不久，那边我表哥也结了婚。他们办婚礼的时候我去了。女方长得比我大姐好看多了,人也温柔。结婚后两个人过得还不错,生了个女儿,我二姨给带着。那几年时兴到南方打工,男的女的都出去打工。表哥恋家,又担心二姨二姨夫的身体,不愿意到南方去,就在郑州随便找些零活儿做。表嫂跟着人家去了东莞,开始在工厂,后来做保洁,再后来我表哥都闹不清楚她做什么工作了。头几年一年还回来一两趟,给我二姨放下一点钱,大人小孩都买些吃的穿的。后来过年也不回来了。再回来就是要求办离婚,家产一分不要,女儿也不要,只要一张纸带走就行了。

表哥刚离了婚,我姐就带着儿子搬他家去了。大姐的儿子那会儿正是会说囫囵话的时候,忽闪着一双星星一样的大眼睛。见了我二姨二姨夫就喊爷爷奶奶,又忙不迭地去拉妹妹的手。二姨二姨夫又喜又忧,吓得一整夜睡不着觉,怕我母亲去闹。我二姨买了点心果子,要去找我母亲商量,临出门被我大姐拦下了。我大姐说:“不去,不用说,越说事儿越稠。”

大姐又说:“这回由不得她做主。”

结果我母亲一句话都没说,认了。真是愣的怕横的,横的怕不要命的。

我大姐和我表哥两个人虽然重新组织了家庭,但也没再认真去办结婚手续。法律上说不允许近亲结婚,怕后代有遗传病。但他们还是坚持生了个儿子,很聪明,也很健康。

从那以后我们再见到表哥,都喊“大姐夫”。

我到大姐家的时候还不到十点,坐下唠了一会儿家常。大姐身边放着一堆儿童衣服,好像是刚刚洗过的,她在一件一件地拆衣服领子上的标牌。我也有这个毛病,女儿的新衣服先剪标牌,小孩子皮肤嫩,标牌摩擦怕孩子不舒服。几次我伸手想帮她,都被她拒绝了。后来她对大姐夫说:“你带着三妹出去转转,她很久没回来了,看看咱们这里的变化。”大姐夫迟疑一下,说:“咱们一起去吧,今天三妹回来,咱们别做饭了,到下面饭店吃算了。”

大姐瞪了他一眼,说:“去吧,我做饭!饭店的饭有啥吃头儿,你还没吃够咋的?”

大姐夫没再说话,带着我出了门。只要他身边没有其他人,我依旧喊他“哥”。我说:“哥,不用开车,咱就在附近随便走走吧!”他说:“好。”然后就自顾低着头,带着我向村子西边的新区走去。路两边种着香樟和银杏,都是很名贵的树种。树坑里看着是嫩绿的草,修剪得非常平整,用脚踩一下,却发现是塑料垫子。一棵棵排列整齐的塑料草苗种在垫子上,做得很逼真。新区刚刚建成,一派新气象,从道路到房屋都是新崭崭的,但是看起来满不是那么回事儿。不过要真挑毛病,又说不上来什么,就像看到那树坑里的塑料草坪一样,光鲜,却形容不出心里是什么滋味儿。说到底,是找不到家的感觉了,这也许就是我,包括我母亲和妹妹不愿意回来的原因吧。

我表哥打小就性子腼腆,不善言辞。我妈一辈子就看不上老实巴交的人。可我了解他,他跟我二姨夫一样,心里特别实诚,就是说不出来。以我大姐的泼辣性子,那会儿怎么会喜欢上他?或者说他们怎么会相互喜欢?这也真是让人想不到。各花对各眼,世上的事儿确实不好说。

我被养在他们家的时候,表哥特别疼我,不用我二姨和二姨夫交代,他处处让着我。你能感觉他发自内心对我的接纳,好像我从来就是他自己家的妹妹。那时因为我瘦小,觉得他好高大。现在他明显变老了,不但头发全白了,眉毛、胡子也星星点点地白着,背也有点驼了。他对着我笑的时候,我突然有种想哭的感觉。想起有一年下大雪,他去学校接我。他嫌我穿得单薄,不由分说就把自己的棉袄脱下来裹在我身上。路上的沟坎被大雪封平了,我不小心踏进一个坑里,半截身子都被埋进去了。他将我捞出来,顺势提起来扛在肩上往家走。大雪漫天,天地间晃动着我们兄妹俩,那情景我一辈子也忘不掉。我踢腾着要下来，怕他累着。他反而跑起来。不知触碰到哪根神经，我咯咯咯笑起来。他不知我为什么笑，却也跟着笑起来，越笑越止不住。他把我放下来，我们俩索性一边打着雪仗，一边大喊大叫大笑着往家跑。我表哥一向讷言，仿佛是被压抑得太久，需要来一次宣泄。毕竟是两个小孩子啊，生活的困窘让我们过早成熟到沉默。我们就那样疯着、笑着、闹着，跑了一路。他笑起来的样子很生动，与平日里闷闷的模样大不一样，像是两个人。他只穿一件单褂子，却大汗蒸腾，头顶上都冒出烟来。那时他多健壮啊！

想着这些，我扭头去看他的脸。他要是笑的时候，模样仍是周正好看。而他却闷着，无端地露出几分悲苦。

我说："哥，你还好吧？"

"挺好的呀！"他回过头来，又那样看着我笑了笑。

"咱家那闺女现在咋样？"

"去找她妈去了，在那边成了家。偶尔回来一趟，看看奶奶。"

他看看我。

"只要孩子过得好就行。"我也看看他。

可能是天有点冷，他笑了一下，嘴巴略微有点僵硬。

"哥！"我站下来，也希望他站下来，说几句话，或者拉拉他的胳膊。可是他还低着头慢慢往前走。

我心里说不出来的难受，眼睛湿润了。

我们回到家时，大姐已经做好饭了，一个肉丝炒红辣椒、一个木耳海米炒白菜丝。主食是一盘素煎包，底子煎得焦黄。还有一盆紫菜蛋花汤，黑黑黄黄的热汤上，细细地撒着一撮青蒜苗末儿，看颜色就觉得好喝。我们家的人都天生的好厨艺，再怎么简单的饭菜，也能做得像模像样。但说实话，招待远方的客人的确有点寒酸了。

大姐夫看看菜，看看我，又看看大姐。大姐解下围裙扔在椅背上，用手捶着腰说："我们眼下比不得三妹，山珍海味人家顿顿吃。小户人家就这样，从小就在一个锅里捞稀稠，她啥不知道？”

我连忙说：“是是是，我现在吃得很少，减肥呢。”

大姐夫拍了一下手说：“哎呀忘了！早上我起来专门给三妹买的她爱吃的烧鸡和合记牛肉还在冰箱里呢！”

我心里一热。大姐却有点嗔怒地瞪他一眼说：“那你还不赶紧拿出来？”

我也好几年没回来了。大姐虽然也比过去老了，但她吃得胖，看起来满面红光，好像跟大姐夫不是一代人。吃饭的时候，大姐跟我郑重地说起父亲墓地的事儿，她说母亲已经给她打过电话了，让她出十万元。

我故作轻松地说：“要说这事儿早就应该办了，老是让咱爸挪来挪去，连个固定的地儿都没有，也不合适。”

“这事儿是不是你的主意？”大姐瞪着我问。她跟母亲一样，从小到大就用这种口气跟我和二姐说话。

大姐夫低头给我夹了两块牛肉，又给我盛了一碗汤。虽然他没抬头，但我知道他在小心地听着。

“不是谁的主意，关键是这事儿应该办了。”我也明显感觉到大姐的话里有情绪，努力显出不在乎的样子，“妈跟我和小妹商量，我们都同意了。”

“反正我是拿不出来这么多钱！”大姐忽然涨红了脸，眼里竟然涌出了泪来。她把筷子拍在桌子上，索性捂着脸哽咽着哭了起来，“我们比不得你，十万元钱跟拔根毫毛一样。老大老二生孩子的生孩子，上学的上学，都是些造粪机器，睁开眼睛就只管要钱，四处都是用钱的地儿。我和你姐夫都不干了，你们觉得我会屙钱啊？”

“大姐。”我看着她，一时不知道说什么好。她用“你们”这个词儿，更让我觉得刺心，好像我们是合着伙儿来勒索她似的。什么时候母亲被划到我们阵营里来了？我和母亲，能是“我们”吗？

“三妹轻易不回来，你不会好好说话啊？”大姐夫想劝她。

“你出去！”她不容分说地尖声向大姐夫吼道，然后用手指了指门口。

我怕大姐夫尴尬，说：“你先出去吧姐夫，没事儿，我跟大姐说说话。”

大姐夫出去了。大姐从座位上站起来，又一屁股坐在沙发上。她忘记了沙发上都是孩子的衣服，又像烧着了似的跳起来，换到另一个沙发上，用手拍着沙发扶手说：“用钱的时候才想起来我是她闺女了？那时候咱弟弟卖房子，卖给人家要十六万元，卖给我，她非撺掇着要十七万元。你想想，我还是她亲闺女吗？”

大姐说的这事儿确实是母亲干的，当时弟弟在开封开饭店正缺钱，准备把这里的老房子卖了，对外要价是十六万元。大姐知道了想要，来跟母亲说，意思是看能否再便宜点。母亲不晓得大姐知道底价，好像还很偏向大姐似的，把价格说到十七万元。大姐气得脸都白了，房子也没买。虽然当时一万元钱不是个小数目，但事情已经过去这么多年了，她还在为这事较着劲。

“还有你！”她忽然用手点着我，对我怒目而视，“你这样干，有意思吗？你以为我不知道是吧？”

“我？”我一脸无辜地看着她，“我怎么了？”

“你怎么了？你知道为什么从小到大我和妈都不喜欢你吗？你心里藏的东西太深！你明知道这件事儿办不成，至少不是这么办的。我、你二姐还是咱弟弟谁会拿出十万元钱来？可你为什么还非要撺掇母亲给我们都打电话呢？你这就是为了看她的笑话！你就是想证明给她看：都靠不住，最后还得靠你！这个家都得靠你！”

我的头好像受到重重一击，有点眩晕的感觉。她说的也不完全是错的，开始我的确就是想让母亲看看每个孩子的态度。她一辈子说一不二，也该清醒清醒了，该让她为她的自负难受一下。但后来也的确是母亲的态度变了,她说让儿女各自尽孝心,也是事实。我满脸委屈地说:“大姐,这事儿真不是我提议的,是咱妈说让每个儿女都为爸尽点孝心。你别想多了。”

大姐的口气也慢慢缓和了下来,但吐出来的话却更狠:“三妹,你用顺从来抵抗她,你用孝顺来折磨她,你以为我们都看不懂是吧?你这样做不嫌累吗?她都多大岁数的人了,你还要她,不放过她?再说了,”她冷笑一声,“她现在想要我们对咱爸尽孝心了,当时你们小不知道,可我能不清楚父亲是受了什么样的羞辱才跑去投河的吗?她就是这样指着父亲的头,”大姐的指头几乎戳到我脸上,“她那天说,你要是有一点囊气,就扎河里死了算了!”

她看着我惊愕的表情,放缓了语气说:“当然,她也没想让父亲真的去死,只是图骂着痛快。可父亲却真的死了。父亲死了,死得那样难看,她落了一滴眼泪吗?家里死一只羊都比父亲死了更让她伤心!”

她一口气说了这么多,突然就安静了,似乎也痛快了一下。

我心中波浪滔天,恨不得放声大哭一场。但我脸上依然平静。我说:“大姐,我记得父亲出走那天我们几个挤在一张铺上睡觉,你是看见了还是亲耳听到了妈那样骂过爸?”

大姐脸红起来说:“还用亲眼所见吗?全镇子里的人都知道。”

可能大姐夫听见屋子里声音小了,他推门进来了。我把大姐重新拉到餐桌边,把她的筷子捡起来擦了擦递给她,笑着安慰她说:“大姐,这事儿咱们几个还要商量着来。如果你现在真拿不出钱来,我先替你出了。”她不说话,大姐夫也不敢说话。我继续说:“现在我就是这样想的,就是想着把父亲的墓地买了,赶紧结束这件事儿。本来我已经考虑好了,这次回来处理我的房子,反正卖房子的钱我也用不着,就先给咱爸买块墓地,等你们以后宽裕了再说!”

“你们想买你们买,别说替我垫上的事儿!”大姐的火一下子又蹿了上来,“咱爸活半辈子就是个笑话!他还没让咱们家人的脸丢尽?

好意思去占几十万元一块的墓地？人死了就是死了，埋啥样他还能知道咋的？况且这能改变他带给咱们家的耻辱吗？”

“大姐！”我的情绪再也控制不住了，站了起来。她怎么可以这样说自己的父亲？过去我是没忘记，但也没记住什么，“咱爸已经死几十年了，他是什么样都不重要了，重要的是他给了我们几个生命。你只记着他带给我们的耻辱？你倒要说说，咱爸到底带给咱们家什么耻辱？”

“那还用说？”她的嘴张了张，却并没说出什么来。

大姐夫连忙把我拉着坐下，用乞求的目光看着我。我心一软，真的有点可怜他，于是就不再说什么了。

大姐一直没再动筷子，我和大姐夫也没动。屋子里的空气像凝固了似的，浓得化不开，让人喘不过气来。又坐了一会儿，我站起来，从行李箱里掏出一堆给新生儿买的礼物，还有红包装着的两万元钱，放在客厅的桌子上。本来还想说点什么，但脑子里一片空白。

我摔上门，直接从楼梯走了下去。快到一楼的时候，大姐夫才气喘吁吁地撵了下来。我莫名其妙地对大姐夫说：“哥，过日子不是靠忍的，她要一直难为你，该打就得打。男人不能软弱，软过了头就是窝囊，别像咱爸！”我哭了，大姐夫也流泪了。

四

关于父亲，我只听二姨只言片语地说起过。那时她已经是胃癌晚期了。我负担了全部治疗费用。可她做了胃切除手术后，受不了化疗的折磨，坚决拒绝继续治疗，回到家里养病。

人常常就是这样，你对他非常好的人，他未必会报你的好；而对你有恩的人，你也未必会报答得了人家的恩情。我觉得我对二姨就是这样，除了每年打几个电话，就是回到郑州的时候去看看她。所谓看看她，无非就是给一点钱，拼命让她接受，几乎就是强迫了，为着让自己安心。我曾想接她到深圳跟我住，我母亲坚决反对："她又不是没有儿子，你接她来算什么？再说了，还有你二姨夫，总不见得他也跟着来。"我母亲话说得咄咄逼人。这倒不是阻止我接她来的原因，我主要是害怕她过来，母亲那脾气，会让她整天心不落地。其实我心里很清楚，二姨那样责己的人，她哪就肯真的来呢？

我从来没有专门为二姨回来过，更没有在家陪伴过她。我不能放弃最后陪她的机会了。我丢下手头的工作，专门从深圳赶回来陪她，不管需要多长时间。

她已经消瘦得不成样子了，但精神还算好，经常断断续续地跟我聊过去的事情，我姥爷，我母亲。"你妈这一辈子，也不容易。"我二姨一辈子都不会说自己的好，更不会说别人的不好。

我给二姨熬小米粥，做手擀面，炖鸡蛋羹，就像我小时候她喂我一样喂她。她吃不了几口，只是神情快乐了一点。她催我回深圳，却拉着我的手一刻不肯松开。她依赖我，就像个小女孩。她没有闺女，我大姐肯定是指望不上。我哥有时回来看看，也只是看看，待不了多长时间，我姐的电话就会追过来。

我二姨夫比我妈小好几岁，却也老得不成样子了。虽然身体没什么大毛病，但也说不上好，不是这疼就是那痒。他费力地照顾老伴儿，老两口儿相依为命。我真担心，我二姨不在了他怎么办呢？想想他那时候一口气抱着我走了十几里路，气都不带喘的。人，没几年好日子，就像二姨说的那样。

傍晚会有一段安静的时光，太阳落下去了，天还很亮。我扶二姨坐到院子里的躺椅上，看着倦鸟归巢，天一点一点地暗下来。"啪"的一声，一片梧桐叶子落下来，像是一头栽倒在地上。有一种锐疼刺进身体的某一处。隔壁邻居家有小孩在哭，是个口齿伶俐的女孩儿，估计也就五六岁的样子。她的哭闹里带着娇嗔，正是拥有全世界的年纪，那般理直气壮。我想到了我的女儿，她也是这样，哭起来无凭无据无法无天，感情竟然可以宣泄得如此畅快，哪是我们可以想象的啊！她们这一代人，生出来就含着金钥匙，享受万般宠爱。不过，总有那么一天她也会像我一样，坐在老人跟前，眼睁睁地看着亲人们一个个离开，却又无能为力。

我握着二姨的手，一个关节一个关节轻轻摩挲，有时候我们不知道怎么的就说起了我父亲。我没有打断她，也没有专门问过父亲的事情。我在她的叙述里慢慢地、小心翼翼地还原我的父亲，真害怕稍微多用一点力，父亲就消失了。但后来我发现，其实我的努力完全是徒劳的。在二姨的嘴里，我的父亲是一个矛盾体。有时候他是那样善良，踩死只蚂蚁都心疼，对人和气，甚至还有些儒雅。有时候他又是那么懒惰、颓废，让人哀其不幸怒其不争。在我母亲眼里，这些都还不是最重要的，母亲最恨的是他贪吃。听不得别人家里来客，他会在人家门前转几遍，生着法子也要去帮厨。那时正逢困难时期，谁家也不想多管一个人的饭。虽然他总能用简单的食材做出蛮像样的饭菜，但他不请自来还是让人家觉得是个笑话。遇到谁家有红白喜事，他就更不把自己当外人，不等请就提着菜刀找上门去。我大姐所说的耻辱，估计就是这个形象的父亲吧。除此之外，我还真不知道父亲曾经给我们家带来过什么耻辱。

其实，每个人都禁不起认真打量，谁都有不堪的时候。只是，父亲遇到母亲，就像油遇到了水，妖怪遇到了孙悟空，她总是让我父亲现形。我有时候会走神，觉得现在的大姐夫，就好似当年的父亲。好端端一个体面男人，愣被大姐弄得一脸困顿。幸亏现在过的是好日子，吃穿用度不用忧心，大姐夫还不至于像父亲那样被羞辱。

“唉，你爸啊，”二姨说起我爸的时候的表情，有时候看起来有些过于认真，反而让我觉得很陌生。她说的每句话也像是经过深思熟虑、字斟句酌的，这更是让我心里疑窦重重，好像她故意在回避着什么。所以她说的时候，我一字不落地听着，总是沉默以对，等她慢慢地表达完，生怕漏掉一个细节，“他算是生错了地儿，一辈子没跟人红过脸，也从来没见他说过别人的不是！”

“村里人都说他是个热心人，待人又得体！”二姨夫补充道。

而有时候她又会说：“你爸确实是狗屎扶不上墙，也指望不上他。你妈一个人拉扯一大家子也真够苦的。如果不是他太那个，你想想你妈会那样对他吗？”

我问二姨关于我父亲留下的食谱的事儿。这事儿过去在镇子远近传得神乎其神，说我爷爷家曾经有一本秘传的食谱，传给了我父亲。我父亲又传给了我二姐。父亲活着的时候私下教过的几个徒弟开的饭店，都说是我父亲秘传的手艺。而且我家姐弟几个都开饭馆，也都有几个拿手菜。

二姨夫说：“怪了，我整天和他在一起，从来没听说过你爸留下过什么食谱，更没听说过他教过任何一个徒弟。”

我记得我曾经就这事儿问过我二姐。我二姐说，父亲死前确实到学校给她送过一个本子，那本子上也确实写的都是做菜的事儿，是父亲自己写的。但她没有仔细看，父亲死后她珍藏着，有一天却发现本子不翼而飞。

一直到二姨去世后，她说的父亲“那个”，我才多少明白一点是什么意思。在我拼缀起来有关父母的图景里，父母这桩婚姻，两个当事人都不大愿意，完全是我爷爷强行拉郎配一手造成的。

我父亲出身中医世家，家庭条件优裕，从小到大都是衣来伸手饭来张口，没受过任何委屈。可我父亲除了会念书，其他心思全用在吃上了，常常偷我爷爷的药材炖鸡煮鸭。他卤的猪头肉能香一条街，做年食也样样在行。开始我爷爷看他聪明，对他寄予厚望。后来看他只在意庖厨，非常失望。但他打也打了，骂也骂了，儿子却终是不上进，最后索性由他去了。好在那时候爷爷家丰衣足食，也不在乎父亲糟蹋一点食材和药材。父亲尽着性子痛痛快快当了几年“少爷厨子”。

而我母亲虽然是个女孩子，但从小就被我姥爷送进了学校，成为县中为数不多的女学生。她学校未念到毕业，我姥爷被当作恶霸给镇压了。说起我姥爷，他的故事可以拍一部电影，肯定还得是加长版的。他出身优裕，自幼聪慧过人，过目不忘，完全可以考个好功名。但他志不在此，特别喜欢《东周列国志》里的人物，“义”字当先。他在乡里更爱出头逞强，喜欢当老大，仗着家里有钱，既喜欢仗义疏财，也热衷于抑富济贫。有人对他感激涕零，也有人对他恨之入骨。我姥爷被枪毙那一天，传说跪了一街筒子人，求政府手下留情，都是受过他恩惠的人。

我母亲自小就随她父亲的性子，敢作敢为，倒也是个自立自强的主儿。父亲被镇压，她一点也不觉得羞愧，竟然指挥着愿意帮忙的人给爹爹办理了丧事，像送别一个正常人一样，丧礼办得有鼻子有眼儿。平日里出出进进，她腰板挺得直直的，小小年纪，家里家外都能独当一面。在全镇子上，也算是响当当的女汉子。我爷爷为此格外看好她，这桩婚事是过去爷爷和姥爷商量过的，所以尽管两个当事人都不满意，爷爷还是拿当年和我姥爷的约定镇着他们，逼迫他们结了婚。大概在我爷爷的世界观里，说过一次的话，就是诺言。

按照当时的形势，我爷爷的家财和他在当地的影响，也足以被划为地主、富农。好在上天眷顾他，让他在我姥爷被枪毙后不多久竟然无疾而终。我父母结婚的时候，家里的财产大部分都被充了公，只给他们留下了两间破房子和必要的生活用具。

开始母亲还把对未来的希望寄托在父亲身上，想着他出身大家，见过世面，应该有主见、有魄力，两个人齐心协力挑起生活的担子，没有什么过不去的。她哪里会想到，父亲眼高手低，说起来头头是道，干起事情来百无一用。所以家里的事情，渐渐地都要由母亲来做主。

后来我大姐出生,家里的日子过得更加紧巴。刚好有一个机会,外地的几个客商要去武汉贩药材，不知道怎么打听到我父亲懂这个,就找到他让他帮帮忙,一起去一趟武汉。母亲想着这是个好机会,就把自己千辛万苦攒的一点钱拿出来，把自己的金戒指都卖了,让他跟着人家去武汉长长见识。

临行前,母亲一夜未睡,帮他收拾路上用的东西。缝了一条腰带,把钱夹在里面。

天还未亮,母亲就擀好面条,把我父亲喊起床。

面条里放了细细的姜丝、葱花、麻油,还卧了几个荷包蛋。

“人家说这面越拉扯越长,”母亲用少有的温柔口气说,“人在外面,得想着家里。一定多长个心眼儿,不能光顾吃喝。要把人家的生意照顾好,咱们自己也赚点。”

“这你就放心吧！”父亲胸有成竹地说。

吃过饭,母亲提着包袱,一直把父亲送到路口,看着他和那几个客商会合,直到看不见他们人影了才回去。

还是十几岁的时候,我父亲曾经跟着他的父亲我的爷爷去过武汉。我姥爷那一次也去了,他们是到武汉三镇拜访湖北的几个朋友,在那里好住了几日,天天吃香喝辣,坐着朋友的汽车到处游逛。那真是一个光怪陆离的世界,景美人美,吃得也美。尤其是武汉的小吃,让父亲乐不思蜀,大饱了口福。

父亲跟着那帮客商搭火车走到汉口已经是第二天傍晚了,他们草草吃了碗面就找地儿休息,准备第二天一早去药材市场。毕竟人家是来贩药材,不是来海吃胡喝的。但父亲被心里的馋虫勾着,哪里睡得着？看看一帮人睡了,他自己又溜到江边的小吃摊上一家一家地品味。吃到高兴处,也学旁边的人买了米酒大碗来喝。谁知道那酒喝着好喝,但后劲儿大。等他想站起来的时候,已经醉得东倒西歪了。好不容易找到住宿的旅馆,天已经快大亮了。他被扔在床上昏睡了三天三夜。同去的人喊他不醒，见他不是个做事的人，也不再管他，把他身上的钱财洗劫一空，一去不回头。按后来母亲的说法，人家没把他扔长江里喂鱼，已经算是万幸了。

三天后父亲才醒来，看看身无分文的自己，一时间没了主意。后来他把自己身上值钱的东西都抵给旅馆才得以脱身，靠沿途要饭走回来的。母亲看见他蓬头垢面、衣衫不整地回来，只道是他被人偷了，不但没责怪他，反而还千方百计安慰他说："你不知道外面的险恶，第一次出去没经验，慢慢就学会小心了。"

二姐和我出生后，家里的日子更难了。母亲找到我舅舅借了点钱，安排父亲去城里买一台缝纫机。她在城里上学的时候跟人学过一点缝纫，想把这个手艺捡起来挣点钱补贴家用。谁知道他去城里转了一圈，买了一辆三轮车回来了。

母亲看他煞有介事地骑着三轮车回来，样子看起来很是滑稽可笑，就耐着性子问他："让你去买缝纫机，你怎么买这东西回来？"

"这东西？这东西好啊！"父亲从三轮车上跳下来，像得胜回朝的将军，一边轻轻抚摸着三轮车座子，一边眉飞色舞地跟母亲说，"我去供销社问了，缝纫机要票，没有票人家不卖。这个不要票，这多好啊！多实用啊！给人拉点东西，既不用什么手艺，又自由自在，而且男女都能干。缝纫机就你自己能用，我不能在家闲着吧？"

母亲不但没生气，还就着这事儿，逢人便夸奖他有眼光、有头脑。

开始一段还真不错，给人家拉货送东西挣了点钱。每天见了钱，都完好地交给母亲。可巧有一天，他给饭铺子送菜，卸货的时候看见大厨正在做菜。他一时技痒，讪笑着凑过去说："老弟，要不我帮你干一会儿？"

大厨斜睨他一眼，说："老兄，还是好好送货吧！这活儿哪是你能干的？"

父亲便去找掌柜的。掌柜的也听说过我爸，只知道他过去老是给人家帮忙，但没听说他在饭店做过，便对我爸说："老兄，今天不行，这可开不得玩笑，外面好几桌客人等着上菜呢！"

父亲说："不误事的。不误事的。"说罢就去菜案边站着。大厨正想看他的笑话，便把刀顺过来，刀把子递给我父亲。

我父亲接过刀，神情立马肃穆起来。他挽了挽袖子，并未急着下手，而是一边用磨刀棍细细地磨着刀，一边认真地看着面前点菜的单子，仔细盘算了一下，才开始切菜。也未见他有大动作，只见菜刀贴着案板，像小鸡啄食似的不停地动着。不一会儿工夫，他面前就规规整整摆满了肉丝、肉丁、肉片和花红柳绿的各种配菜。案上的东西准备齐了之后，他才开始开火、架锅、烧油。在父亲的操持下，一时之间只见勺子翻飞、碗盘叮当。平时蔫不拉叽的父亲，好像突然间换了一个人，简直像个音乐演奏家，把各种乐器调拨得如行云流水，荡气回肠。一会儿便让老板和大厨看傻了。

"我的天！"老板以掌击手，兴奋地喊道。

没多长时间，客人的菜全部做好了。菜案干干净净，锅灶也利利落落。这让掌柜的和大厨看得心服口服，半天才回过神来。掌柜的本来就是个二把刀，靠糊弄过路的赚几个钱。找的大厨也是一般的厨子，只能应付个粗茶淡饭而已。

"今天真是开眼了，想不到咱这里还有这样的高手！"掌柜的不住嘴地赞叹道，"人家多少有点手艺都去考厨师了，您咋没去呢？"

父亲就不能听到人家表扬他做菜好，这是他最高兴的事儿。他乘兴把大厨喊到跟前，把做菜的方法和火候一一讲给他，让他照着做。掌柜的也高兴，觉得我父亲实诚。待客人走了之后，让他拣拿手的做了几道菜，跟大厨三个人在外面坐了。

掌柜的说："今天算是遇到高人了。不知道能不能请大哥委屈到我这小铺子里，算给小弟我帮帮忙。"

大厨也在旁边,不住口地喊我父亲:“师傅,师傅。”

我父亲说:“很抱歉,这个我做不了。”他知道如果要跟母亲提这个,母亲肯定会跟他拼命。

“价钱您只管提。”掌柜的说。

“不是钱的问题。”父亲说。

掌柜的无奈,只好劝我爸喝酒。三个人喝干了两瓶烧酒。父亲喝了酒,仍和上次一样,头晕眼黑。掌柜的要找人送他,他大咧咧地说没事儿。两个人把他扶到三轮车上,他走了不多远,便一头栽到沟里,肋骨立时断了两根。

家里没钱,母亲只好把三轮车卖了,卖车的钱还不够治病的。母亲虽然脾气不好,但大事上总还是明白事理,人都这样了,她反而不再苛责,尽心给父亲治病。特别是对父亲喝酒,虽然坏了两次事儿,但母亲并没有过分责怪他。她觉得一个男人不吸烟,再不喝酒,就更没一点汉子气了。她偶尔说起我姥爷,一顿喝一斤酒,一点醉态都没有,说话滴水不漏,那叫一个威风!

但是出两次事以后,父亲就滴酒不沾。他知道自己吼不住那一口。

看着他一个大男人整天无所事事,母亲暗自着急。想着他自小背过汤头歌,多少也懂点医术,于是就去托了镇上的一个人,让给他找点事干。这个人曾经是她爹的跑腿儿,和她家的人关系很好。过去她爹也常常带他来家里吃饭。她爹被镇压了,这个人却因为在政府里有关系,被树成受欺压的劳苦大众的典型,后来竟然当了干部。但他人倒不坏,当了干部之后对我们家还是比较宽容的,至少没有落井下石。我母亲去求他,他二话没说,就安排我父亲到镇上一个兽医站当临时工。要说这真是有点乱点鸳鸯谱,兽医跟人医毕竟是两码事。好在我父亲还懂点中草药,安排到兽医站,如果他愿意好好干,也说不定真的能干好。

但他去了不到半年就被开除回来了，还背了三十元钱的罚款。那时候的三十元钱，够一个家庭吃一年半载的。事情的经过是这样的：有个生产队的一头驴生病，已经病得走不成路了，用拖拉机拉到兽医站。那天刚好我父亲值班，看了看这头驴后，他说已经没有治疗的价值了。不知道他是想展示一下自己的手艺或者是可惜这头驴，他提议大伙儿凑点钱把驴买下来。五元钱买了一头病驴，杀了之后他配了煮肉的汤料，然后亲自下手卤了一锅驴肉。兽医站的人每人都分了一份儿。后来不知为什么被镇上知道了，说是破坏人民公社生产资料，要追究兽医站的责任。兽医站的领导把责任一股脑儿推在我父亲一个人头上。他被开除不说，还被罚了三十元钱。

不过他那次出事儿以后，卤煮驴肉便成为镇子上的一道地方名吃，一直到现在都经久不衰。再一个就是我父亲会做饭的名声也传出去了。

为了这件事，我母亲大病了一场，好久都没迈出过家门。身体好了之后，她性格像变了个人似的，脾气暴躁得简直像一支炮仗，遇火就着，对父亲再也没有任何温情。从此之后，我们家人再也没人敢在她面前说到吃的话题。没人在后面督促着，父亲也不再出门找事儿干了，天天浑浑噩噩混日子。后来发展到母亲在家里不管怎么对待他，他都跟木头人一样，装作没听见。

父亲死后，有一次母亲跟二姨哭诉道："如果他能出去拼一拼，就是把家里所有东西都输干了，我也不会责怪他一句，他也不枉活一场！"

二姨说："人各有命，就像你说的，我嫁一个杀猪的，不照样得过日子吗？"

说起二姨夫，母亲总是不屑一顾，她觉得好歹我爸也是个少爷出身。"不过，他一个大男人，天天在家里混吃等死，活着就是丢人。就这你还说我家的孩子教育得好，教育得好。好什么好？不都跟他一样，一窝子饿死鬼托生的！”

我二姨夫在我二姨病逝后的第七天死于心肺衰竭。我回到深圳还没来得及喘气，又飞回了郑州，帮哥哥处理后事。

在我母亲嘴里，二姨夫一辈子都只是个杀猪的，是个没丁点出息的人。可这个杀猪匠和我二姨恩爱一辈子——可能也称不上恩爱吧，平淡夫妻，一辈子没吵过嘴，但也没爱得死去活来过；从没大富大贵过，可也从不缺衣少食，相依相伴过了一生。二姨缺少我母亲的志向，从不巴望自己的丈夫或者儿子能出人头地。他们两个相依为命，都活到八十多岁。

对于他们的去世，母亲并未表示过多伤心，该做什么还做什么。只是说到二姨的时候，她会说："要说不该啊，她比我身体好嘛！"或者说："她这一辈子，过得也不值。"对二姨夫的死，她没有任何态度，问都没问过，自然没人知道她心里是怎么想的。我想，她不至于对食品公司那档子事儿还耿耿于怀吧？

五

二姐是在孤独中长大的孩子，在我们家，她虽然比我处境好一些，但也不怎么讨母亲喜欢。为什么唯独我们俩不讨母亲喜欢呢？虽然我们从来没在一起说起过这个事儿，但是各自心里都有数。二姐贪吃，而且性子懒散。这是母亲最受不了的。而至于我，母亲说得更难听，她说我从长相到性格，特别像我父亲。有一次忘记因为什么事儿，她跟大姐说起我。她说："你三妹要是再长了胡子，活脱脱就是你爸又从黄河滩爬回来了！”

在我们家，二姐长得最漂亮，就是不爱说话，是我们村有名的冷美人儿。我父亲最喜欢的也是二姐，暗地里夸奖这个闺女像个大家的孩子。二姐说，她不像我们几个深受母亲的控制，时时处处孤立父亲。她不但不讨厌父亲，甚至还有点喜欢他。他从来不打骂孩子，大小事儿说一句狠话都很少。她说她喜欢父亲看她时的目光，柔软得跟兔子一样绵软的眼睛。打记事起就喜欢腻着父亲，整半天整半天地拱在父亲怀里自个儿玩儿。父亲偶尔会给她讲些个故事，猫姑姑的鱼汤之类的，反正都跟吃有关。猫姑姑给小猫做鱼汤，新鲜的鱼放上几朵蘑菇，再加上葱、姜……煮出白浓浓的汤，那个好喝啊，把小猫的肚皮都撑破了。每次故事还没讲完，二姐的口水都流出来了。母亲嫌二姐贪吃，也可能与这有关吧。

我母亲不喜欢二姐的再一个原因，就是她脾气特别倔，自己不愿意干的事情，怎么说都不行，打骂也没用。有一次，她嫌母亲用我大姐的旧衣服给她改做的棉袄太难看，不愿意穿。母亲就把棉袄从她身上扒拉下来扔在地上，说不愿意穿就别穿！大冬天的，她硬是穿着一件单衣去上学，回来冻得感冒了好几天。

不过，说她贪吃还真有点冤枉她，我觉得她只是好吃，最多是会吃而已。在吃的问题上她比较挑剔，喜欢吃的东西一定要吃够，不喜欢吃的东西宁愿饿着肚子也不吃。本来在我们家“吃”就是一个最大的贬义词，是一种恶。而她不但贪吃，还把倔劲儿用在吃上，这让母亲更加愤怒。一个人对吃这么讲究，还有什么救儿？所以母亲刻意要在家里创造一种以吃为耻的氛围，并把这种观念深深地种植在我们的骨子里：贪吃的人都不是什么好人，都不会有什么出息。

我们对于父亲的疏离就跟母亲的这种教导有关。一直到现在，我们也避免在母亲面前谈论吃。虽然都开饭店，但是在家里闭口不谈饭店的事儿。母亲不管在任何时候、任何情况下，也绝对不会去我们任何一家饭店吃饭。

二姐是我们家唯一一个读书读出功名的人，这让母亲以吃为耻的文化受到很大的冲击。收到录取通知书，二姐也不向她报喜，通知书锁抽屉里，一句话都没有。其实母亲早已经听说了，但她不说，母亲也不问。她曾经向我大姐抱怨道,知道是个不孝顺的,翅膀长硬了还不知道会咋着呢! 所以二姐考上学,本来是给家里挣足了面子,应该在村里放一场电影祝贺一下。有人提起这事儿,母亲一口回绝了。二姐走的时候她也没送,一早就下地干活儿去了。

我借了一辆自行车,把二姐送到了市内的学校。

二姐财会专科学校毕业后,被分配到区政府上班。她漂亮,又有文凭,一上班就被区里一个副书记看上了,想娶回家当儿媳妇。副书记找了个中间人,就是原来跟着我姥爷,后来在镇子上当干部,给我爸安排过工作的那个人。他来找我母亲。刚刚说明来意,我母亲便说:"其他人说这事儿,我不一定答应。要是您说了,我信! "

母亲跟二姐说这门婚事的时候,带着几分得意,好像她立了好大的功,"看看人家的那个家,若不是不讲出身成分了,人家能看上咱? "

让母亲想不到的是,二姐死活不答应。她知道那个副书记的儿子是个混世魔王,打架斗殴不说,还有女孩被他糟蹋过。

对二姐的拒绝,母亲眼睛都没抬,说:"年轻人,哪个不浑上几年?看人家那家庭,父母哪会不操心?结了婚就好了。"我二姐说:"人家家好,和我有什么关系? 我是跟人过,不是跟他家庭过。谁想嫁谁嫁,反正不是我! "

母亲气得站起来,指着二姐半天说不出话来。后来看见二姐往外走,她在后面跳着脚说:"从小到大你都哭丧着个脸,等着我死是吧?人,说一句就得算一句!我已经答应过人家了。你要不答应,要么你离开这个家,要么我死。你看着办吧! "

二姐二话不说,收拾了几件简单的衣服,头也不回地走了。

就是那一次,那一年的阴历七月二十六日下午,母亲又一次气得犯了病,一头栽倒在沙发上,口吐白沫,人事不省。后来拉到医院抢救了半天,虽然并没有生命危险,但还是把我们吓得不轻。

最终二姐还是屈服了。

本来就是硬撮合的，再加上性格差异那么大，结婚以后两个人完全过不到一起。书记的儿子不务正业，天天泡在歌厅酒吧，经常是十天半月我二姐还见不到一次他的人影。但我二姐从没回家诉过苦，跟任何人都没提过这事儿。后来还是我母亲看着不对劲儿，结婚几年了也没孩子。找人一打听，两个人基本没在一起住。母亲把二姐找回去问她，这些事儿为什么不跟她说？

二姐说："不想说。"

母亲说："那就立马跟他离婚！"

二姐说："不想离。"

母亲说："你说不离就不离了？"

我母亲实在咽不下这口气，到书记家跳着脚骂了几次。人家那家也不是任人撒泼的地方，立刻催着儿子离了婚。本以为我们家还会闹，我母亲一句话没再说。我二姐净身出户，带着自己的衣服就走了。

二姐离婚后，那家人倒是有点后悔，毕竟自己家的儿子什么样他们比谁都清楚。二姐与他结婚几年，从不吵闹，也没向家里提过任何要求。在单位更是低调内敛，踏实得像颗螺丝钉。穷人家也能教养出这般又懂事又有尊严的孩子，他们觉得很难得。

他们再找那个中间人来说合，被母亲一口回绝了。

二姐离婚后也没有回娘家住，而是住在区里给的一间单身宿舍里，像是什么事儿都不曾发生过，安安静静过自己的日子。二姐后来又找的这个人也是她的同学，原来在西北当兵，执行任务的时候腿被冻坏了，是立过军功的。后来转业到地方上，安排在镇政府办公室工作。在学校时二姐倒没有怎么在意他，记不得他什么样子了。但现在他毕竟是当过兵的人，受过部队的训练，总是把自己收拾得整整齐齐，腰杆挺得笔直，办事利利索索，如果不仔细看，走路的时候完全看不出腿是受过伤的。二姐知道他的伤情有多重,他能坚持这个姿态,需要怎样的毅力啊!

这个人也很同情二姐的不幸,总是不动声色地帮助她。毕竟她的前公公还干着领导,虽然人家丝毫没有难为她,其他的却很少有人敢和二姐走得近。势利是人的本能,她也不怪谁。可大家的冷淡和明显的距离感,让后来的二姐夫感到不快,他就是那个时候走近二姐的。

二人相处久了,日久生情。他向我二姐求婚的时候,我二姐就提了一个条件,要求两个人同时辞职,不再看人家的脸子了。

他二话不说,先打了辞职报告。

母亲听说了这事儿,跟二姐闹得要死要活的。一家子人都上不了台面,好不容易出了这么一个体面人,说不干就不干了。又要找未来的二姐夫去闹,被我二姐呵斥住了:“辞职是我自己的事儿,也是我要求他辞职的,你找人家说什么理?”

我母亲说:“不是因为他,你会辞职?”

我二姐说:“我结婚是你选择的,离婚也是你定的。难道你还想让我再来一遍吗?”

我母亲气得三天不吃饭,病得一个月起不了床。

二姐他们两个人辞掉工作结了婚,在他们居住的村(那会儿已经叫社区)东边盘下了一个餐馆,主卖卤煮驴肉和牛羊肉类的食品。周围的人都说二姐的卤肉好吃,传说是我父亲给她秘传过食谱,得过我父亲手把手的真传。每当有人问起他俩的时候,他们都矢口否认。这让人家越发觉得这传说是真的,而且添油加醋,越传越神。

后来是我问她,她告诉过我,父亲确实给过她一个做菜的笔记本。她一直藏在家里,不知怎么的,那个本子不见了。我二姐找我母亲讨要,我母亲死不承认,说她没拿。二姐这种性格,倔起来谁也没办法,天天追着母亲要。后来把母亲逼急了,母亲说:“你说是我拿,就是我拿了。我塞灶火里烧了！”二姐更急，说：“那是我爸留给我的，你凭什么烧了？”母亲劈脸给她一巴掌，把二姐打得一头撞在门上，头上立马鼓起了个大包。母亲说：“我凭什么烧了？就凭我不想让你们成精！一个两个都成馋嘴精了！”

对于二姐的再婚，后来母亲再也没有干涉，可是她辞了公务员开饭店，真是让她吐了一回血，一下子老了好几岁，一个人关着门叹气：“学还不是白上？真随了你那死鬼爹。原本我就说她哪来的恁大福气，到底是盛不住啊！”

母亲一次也没去过我二姐的店，经过那条街都绕着走。逢年节走娘家，我二姐绝不带自己饭店的食品，带的都是超市里买的礼物。

也真让我母亲说着了，也许是遗传基因的作用，也许父亲留下菜谱这件事儿在我们心里深深地扎下了根，要不我们姐弟几个怎么不约而同都选择了开饭店呢？

二姐他们的饭店开了几年，生意很不错，也赚了一些钱。她却一路瘦下去，而且一直没生孩子。二姐夫拉着她去医院检查，结果发现患了甲状腺肿瘤，已经癌变了。虽然手术做得还不错，而且三个疗程的化疗做下来，二姐的身体并没有很大反应，头发也没掉，但二姐夫还是不放心，经常要拉着她去全国各地的大医院找专家。二姐想着刚好趁着这个机会，也可以给二姐夫治治他的伤腿。于是两个人一合计，就把饭店转让给别人，老房子也卖了，买了一个旅行车，天天跑着求医问药。最近我联系了她两次，他们一次是在北京，一次是在天津。直到我要走的前一天他们才赶回来。

本来我在郑州东来顺火锅店订了个房间，二姐喜欢吃涮羊肉。可是怎么说她就是不出来吃饭，我只好让火锅店把东西打包送到她家里来。

那天我到她家的时候，他们正在整理大包小包的中药，屋子里弥漫着一股药香。因为是逆光，或者是心理作用，我看着她瘦得像个影子一样坐在那里，禁不住一阵心酸。我屁股还没坐稳，她就说起母亲打电话安排父亲墓地的事儿，说早就该好好办了。然后，她手朝里面指了指，对二姐夫说："你去把东西拿过来给三妹吧！"

二姐夫站起来的时候，我才拿眼睛去打量他。他也比过去瘦了，但精神头很好。他身上有一股正气，因此看起来哪里都大方端正，和二姐很是般配。关键是两个人相敬如宾，日子过得很称心。不过到底上了岁数，能看出来腿走着还是多少有点不利索。他回到里屋，拿过来一个用报纸包着的大纸包，在沙发上打开一看，里面是十捆百元钞票。

"这是十万元钱。"二姐夫指了指那钱，然后怕烫着似的缩回手，两只手来回搓着。

我"哦"了一声，站起来走过去，把纸包重新包好，放在二姐面前的桌子上。我说："二姐，二姐夫，这个事儿你们不要管了，先抓紧时间看病。二姐，尤其是你，谁不知道你现在过的什么日子？这几年你们俩看病估计把家里的钱都折腾得差不多了。即使你们要出这笔钱，我也先替你们垫上，以后再说好不好？"

"那怎么行？"二姐生气地瞪着我，"谁也代替不了我，你也知道父亲跟我最亲。"说着她的眼圈红了，低下了头。

"我知道。等你们缓过劲儿来再说吧！我这次来不是要钱的，就是过来看看你们。一直想让你们去深圳住一段时间，你们总是害怕给我添麻烦。自己一家人，能有什么麻烦呢？"我的眼泪也流了出来，在我们家，我跟二姐最好，"而且我跟大姐也说好了，我的房子卖了，钱也不存了，先把墓地买了，把咱爸安置好，以后再说好吧？"

二姐低着头没说话，也没再推让。

我怎么会不知道父亲对二姐最亲呢？在我们家，唯一能跟父亲说话聊天的只有二姐。二姐跟我说过，父亲出走的那天下午，曾经专门到学校来找她。那时她还在上中学，他在学校门口旁边等着她放学出来。那是秋天了,他一个人瑟缩着站在离校门口很远的地方,害怕人家看见他。二姐出来没看见父亲,只顾低着头跟在其他学生后面往前走。后来她感觉有人在旁边跟着她,扭头发现了父亲,也不知道他已经等多长时间了。但周围都是同学,她也不好意思喊他,那时候的学生都怕家长到学校来,让同学们看到笑话。女儿在前面走,父亲就远远地跟在她后面,直到周围没人了,二姐才站下来。

父亲从怀里掏出一个夹了肉的馒头递给二姐,馒头里的肉夹得很厚,一闻就是父亲卤料的味道。那是他从人家酒席上带过来的,包馒头的纸油汪汪的。二姐接过来,感觉还热乎乎的。

两个人站在那里,父亲看着瘦小的女儿三下五除二就把一个大馒头吞进肚里,意犹未尽。父亲的眼圈却登时红了,一脸的惭愧,那神情好像是在说:"妞,爸没本事,要是你生在过去,想吃什么爸都给你做。"

两人还没说几句话,远处又过来几个同学。二姐急得想走开,害怕被同学撞见。

"二妞,我想给你说个事儿,"父亲从怀里掏出一个红塑料皮本子递给二姐,"这个你放起来……"

那几个学生走得越来越近,二姐匆忙接了,没等父亲把话说完便扭头跑开了。

那是父亲和他的孩子说的最后的话,至于他还想说什么,永远也无从知晓了。

二姐说,她和父亲分开后就开始后悔了,以后很多年里,她一直为这件事情后悔,不仅仅是因为后来他死了。她说,当时她就非常伤心,一个寒瑟的父亲,特地来看女儿,她就那样把他撂开不管了。她应该让他把话说完,当时没想那么多,只是觉得以后还有机会。

"谁知道,再也没有机会了!"二姐每次说到这里,都会哭一次。

二姐讲了这一段故事之后,我曾经跟她讨论过这么一个问题:

如果父亲不是自杀,他为什么要跑那么远去学校找你,交给你那个笔记本?在家里完全有足够的时间,也有很多机会啊!可见对于他的死,他是有预见的。至于那天夜里跟母亲发生的争吵,最多是促使他下决心的一个因素。说母亲逼死了父亲,完全是无中生有的臆想。

二姐长长地叹了口气,说:“咱们家那环境,还容得下他吗?”然后又摇摇头说:“别想他了,都过去了!”

火锅把二姐家的温度升高了,她的新家还没开通暖气,空调功率太小。二姐解开围巾,脱了外套,我看到了她脖子上手术留下的疤痕。现在的外科技术好,倒是做得细细的不太明显。我站起来,把我脖子上的珍珠项链取下来要给她戴上,装饰衬托一下,刚好能遮住一部分痕迹。二姐坚决不要,使劲和我推让,脸涨得紫红,脖子上的疤痕变得更红了。二姐夫说:“三妹真心给你的,你要再推让就生分了。留下吧!你也从没给自己买过一件首饰。”我眼圈又红了,我那里有一大盒子珠宝玉器。看看我身上的衣饰,再看看她。同是一个母亲生的,命运却有着巨大的差距。

我说:“这珠子不值几个钱。二姐是个美人,戴在她身上就是比我戴着好看。”

那是我年前刚买的南洋珍珠,十毫米的金珠,我知道我要是说出来价钱,打死她也不会要。

我对二姐夫说:“该去给二姐添几样像样的衣服了,女人打扮得漂漂亮亮,运气都会跟着好起来。”

二姐夫以军人的认真口吻说道:“是的,年前年后我催她七次了!这几年病着,她心都懒了。”

我笑了笑说:“二姐,你过的是自己的日子,干吗总是跟谁赌气似的?”

她有心结,父亲的死,以及母亲对她的干涉,一直都没有化解,沉积在她的心底。但我知道，你无法说服她，除非她自己走出来。

二姐这才不再推让了。她把珠子在脖子上转了一圈，问二姐夫："好看吗？"二姐夫笑了笑，点点头说："三妹说得很对，人就得打扮，看着精神。明天就去买新衣服，咱好马得配好鞍。"

二姐的情绪也轻松多了，对我说："三妹，现在咱妈最离不开的就是你了，你也够心累的。"

我笑了，说："天底下谁会信啊？她不是离不开我，是离不开小妹。"

"信不信由你，"二姐本来也想笑，但没笑出来。她下意识地摸了一下脖子上的疤痕，"我最了解她，你别看她说什么，要看她做什么。她就是嘴硬。她为什么自打去了深圳一趟也不回来？"

然后她拿起我的手压在她手上，认真地说："别跟咱妈计较了，她一辈子就那样。她一直跟我过不去，更跟你过不去。我吧，生性就这样子。那时她可能觉得或许你能有点出息，能吃苦，也能忍。她就是怕你像咱爸，太没心劲儿了！你什么都不要，都不争取，她是恨铁不成钢。她最崇拜咱姥爷，就怕自己的孩子像咱爸。"

我的泪涌上来，努力把它压下去。但是仔细想想，二姐的话也让我不舒服。她怎么也会像大姐一样，看得出来我在跟母亲计较？这话从大姐嘴里说出来我还受得了，从她嘴里说出来我很难接受。不过话又说回来，我不是也一直觉得二姐心里在跟母亲计较吗？

但我不能跟她辩解。虽然我无论如何也改变不了她母亲也是我母亲这样一个事实，但母亲从小到大这样对待我，总得有一个理由吧？我始终痛苦的不是她这样对我，而是她为什么这样对我？

但是我说的却是："她那样子对咱爸，我这些年也一直在想，咱爸又有哪样做错了呢？说咱爸给咱们家带来耻辱，连大姐也这样说。咱爸到底给咱们家带来什么耻辱？"

"那要看怎么说了，每个人看问题的角度不一样。"二姐若有沉思，“算了，反正都过去了。”

二姐这话，让我更是难受，莫非她也曾经认为父亲给我们家带来过耻辱？

“我不认为咱爸给咱们家带来过什么耻辱，而且如果没有咱爸，咱们几个会开饭店吗？”我心里空落落的，有一种坍塌般的悲凉，“有些事情可以过去，有些事情永远都过不去。我现在琢磨出每一道菜，都会想，我这菜就是做给爸看的，就是想让他满意！咱妈整天讨嫌他，说他嘴馋，他要是活着，我就让他吃个够，龙肝凤胆我都给他买！”

一句话，说得我们姐儿俩的眼圈都红了。我们不敢看对方，眼睛盯着咕嘟咕嘟冒热气的火锅。后来还是二姐夫添菜，我们才结束了这难挨的沉默。

吃过饭，我们又说了一会儿话。临走的时候，我给二姐放桌子上五万元，说让她和姐夫看病用。她也没有推让。

第二天我回深圳是坐的飞机，我急着赶回去看看母亲的病情。大姐夫把我送到机场，接到二姐的电话，她和二姐夫也赶到机场送我。二姐还收拾了一包东西，说都是母亲爱吃的咸菜什么的，让我带回去。我把东西塞进行李箱里，回到深圳才发现咸菜下面整整齐齐压着十五万元。

但是那串珍珠项链她留下了。

六

最早起步的时候，我花十几万元给自己在郑州买了套房子。一来那时候郑州的房子便宜，与深圳比起来像买白菜似的。二来是怕钱握在手里不牢靠，说到底更是为了让自己安心，万一哪天外面的路走不通了，自己总是个有家的人。

回到我自己的房子里，才觉得是真正回到了郑州，而不是像走在梦境里，飘忽得惶惶不可终日。有时候我不想受任何人打扰，就关掉手机，静静地坐在空荡荡的房子里想那些过去的事情。回忆正汹涌而来，我像坐着时光之船，一点一点地穿越回忆的激流，与自己的过往擦肩而过时，即使是伤痛也变成了甜蜜。

我想起了母亲。跟母亲在一起生活了几十年，我也没弄明白她。她的性格非常古怪，或者说非常奇特。我常常想，即使我父亲是一个上进的人，能达到母亲所要求的高度和标准吗？母亲最羡慕的人就是我们家邻居周四常，父父子子都是走的仕途，里里外外都风风光光。而我们呢？母亲觉得一家子都是卖饭的，挣再多钱，也是从人家嘴头子里抠出来的，怎么说得起嘴？一粒老鼠屎坏一锅汤，都是我爸把儿女带歪路上去了。

二姨说，母亲的性格最像我姥爷。我姥爷最后被枪毙，也不是作了多大的恶，而是他眼睛太尖、嘴巴太利。他是镇上的摆事老大，谁家父子兄弟分家，闹三天打断胳膊、腿都扯不清。着人请他去，他穿着长袍拄着拐棍往人家堂屋里一坐，三下两下就把家当给分了。虽然他处事公道，大家也都相信他，但毕竟事到临头，有满意的有不满意的，反正满意不满意都得听他的，一句都不敢抱怨。一个镇子就这么大，谁敢保准今后没事求到他门下？不过话又说回来，在熟人社会里，让人敬着却又让人怕着，终不是啥好事。

我从一开始就知道在这个家里母亲最不喜欢的是我。但她从来没说过我有哪一点不好，也许她是整个不喜欢我，也许是我没有一点讨人喜欢的地方吧。小时候我在家里就是干活儿最多的一个，她像从来没看见一样。其实，哪个孩子不渴望疼爱呢？我越是刻意迎合，她对我的反感越甚。莫非仅仅因为我在长相上像父亲？这无论如何说不过去，毕竟我性格不像父亲，也并不贪吃。

开始母亲最喜欢的就是大姐一人，说她不但漂亮，也会说话，办事也有胆儿，拿得起放得下。后来有了我弟弟，她的心思大部分就放在我弟弟身上了。但相对我们姊妹几个而言，她还是偏向大姐。没儿子的时候，她希望在女儿中培养一个男儿。有了儿子，她觉得找到了希望，殊不知真正性格像我父亲的就是我弟弟。但她不承认，也不允许我们任何人这样说。

父亲去世后，二姨曾经跟我说过，母亲找人算卦，人家告诉她我命里克父母，父亲去世就是因为我妨的。一直到今天，我和母亲从未亲近过。她和妹妹在一起，看电视都挤在一张单人沙发上，出门手牵着手。我哪怕靠近她一点，都能明显感觉到她身体的抗拒。

唉！她究竟是害怕我什么呢？以她的性格，我不相信她是害怕我真的会妨死她。

整个成长期我都非常自卑，为自己给父母带来厄运而惴惴不安，因此在她面前就更加局促，到后来说话也变得结结巴巴的。母亲说我长大了是个会使心眼儿的人，整天低着头，说话哼哼唧唧的像蚊子声。

“低头婆子仰头汉！整天低着头，心里有啥见不得人的事儿？”母亲说。

母亲的情绪感染了大姐，或者说，大姐觉得她可以代替母亲。家里除了母亲，大姐就是当家人。父亲对这个家庭的影响几乎可以忽略不计。在这种环境下，家里的粗重活儿自然都是我的，洗衣服、做饭、打扫院子。我干活儿多，出错就多，经常被母亲责骂。我记得有一年冬天，快过年了，气温特别低，我提着一篮子衣服去河里洗。河上空旷无人，就我一个，棒槌敲打着衣服，砼——砼——砼地传出老远。我并不觉得委屈，干活儿似乎天经地义。即使是这样的日子没有尽头，能让我待在这个家里就让我很满足了。我常常在书上看到“忧愁”二字。可忧愁是富贵人家的事情，我没有权利忧愁，我只是盼着母亲让我上学。我拼命地干活儿，好让母亲满意。

那天洗完衣服之后，可能是蹲的时间太长了，站起来的时候一头栽倒在地上。两只手本来就冻得都是口子,地上的沙和石子儿都钻到伤口里,让我疼出了两行泪。寂寞的旷野里,天那么高远,我那么渺小。

我要是栽倒在河里呢?我要被水冲跑了又有谁会拉我一把?也许死了会更好些,我父亲不会就是这样想的吧?

我吓得哭了起来,对着一河的水哇哇哇地号叫:“啊——啊——啊——爹呀,妈呀,二姨呀,二姨夫呀……”

在家里我不敢哭,掉滴眼泪都不容许。母亲心情不好时,碰巧我干的活儿她又不满意,她就会拧我,但只是拧我的胳膊、屁股。大姐也会拧我。她拧我的时候不说话,只是死劲儿掐我的脸。母亲也骂我:“我还没死呢,你给谁哭丧?”偶尔她心情好些,便会笑话我:“瞧瞧,自己倒会惯自己,我们家出了个小姐!”

我每次委屈得受不了了,就会跑去二姨家。我哭二姨也哭,她说:“哭出来就好了,小孩子老憋屈着会落下病的。”

那天哭完,回家我也没跟母亲说,自己跑到卫生室让医生把石子儿拣出来,包扎一下就过去了。直到我结了婚,才在老公的哄劝下,又做了一次手术,把里面的最后一颗小石子儿拿了出来。那剩下的一颗石子儿,在我肉里疼了多少年?

估计我母亲从来就没想过,我那会儿还是个小孩子,而且是个十三四岁的小女孩儿。

在二姨家,我的身体和情绪都慢慢恢复了。读完小学,有一天母亲突然来到二姨家,说要把我带回去。二姨和二姨夫都很吃惊,说:“孩子在这儿好好的,你这是干什么?”母亲不耐烦地朝他们摆着手说:“闺女是我生的,我也没说过要把她送给你们。你儿子也大了,你们家就两间小房子,男大女大的,一个屋里住着不方便。她杵在你们家里,净碍事儿。”母亲说完,瞪我一眼命令说,“站在这里干啥?还不赶紧去收拾你的东西！”

我靠着二姨站着，看着母亲凶狠的样子，腿都是软的。但我怕她跟二姨闹，便嗫嚅着说：“我马上就去收拾。”

她朝我不耐烦地摆摆手说：“那就赶紧去吧！”

二姨跟着我来到里屋，一边帮我收拾东西，一边流泪。二姨夫蹲在门口，一根接一根抽烟。表哥那天出去了，不知道是有事儿，还是故意躲出去了。不过即使他在，肯定也不敢说什么。

我跟着母亲回了家。原来是家里添了弟弟妹妹后，她腾不出手干家务活儿了。她见我身体好了，让我回来好歹多个帮手。那时候大姐在她面前还吃香，霸道凶狠，啥事都推给小的。二姐本来就倔，不大听她使唤，一天到晚捧本书，心不在焉地干点活儿她也看不上。二姐也没少挨打。母亲说：“随她那死鬼爹，啥都别想指望。”

快开学的时候，我跟母亲说我要上学。母亲吃惊地看着我说：“你也要上学？你大姐、二姐都上，你再上，莫非要我拆骨卖肉？”

我说：“妈，我保证一边上学一边干活儿，绝对不在家吃闲饭。”

“不上了！”她对于我敢还嘴，更加恼羞成怒。

过了好久，她看见我一直站在那里没动，口气有点软了，说：“你这样的死脑筋，上也是白上。你先把家里活儿干好，以后再说吧！”

我不再乞求她，我知道跟她说软话没用，只有把事儿做好才有可能改变她的想法。所以我每天早上五点多起床，晚上十点多才睡，把家里的事儿理得头头是道。我再提出上学的时候，她没有阻拦。

我初中毕业后，顺利地考上了高中。那天趁她在家做针线活儿，我蹭到她跟前，跟她说我要上高中。

“不上！”她抬头斜了我一眼，就低下头去。父亲活着的时候，有时尽管她说话不好听，但还讲理。父亲不在之后，她的脾气变得更加暴戾，说话就跟放小刀子似的。

我站在她跟前，磨磨蹭蹭不肯走。

"你就是在这里扎根儿,也不能再上了!"

我依然站在那里。她干完手里的活儿,看都没看我一眼,噔噔噔地从我身旁走出去了,脸色阴沉得像要下雨一样。

这次看来是真不让我上了。

我想到了二姨,我不想她还能想谁呢?趁母亲不在家,我去找二姨。到了二姨家已经快中午了,我看到二姨夫和哥正在吃饭。二姨不在,二姨夫说她去舅舅家了。说话间,哥已经给我盛好了饭。在我吃饭的时候,哥说:"你二姨明天才能回来,你要是有急事,我骑车载你去,或者我把她喊回来。"我想了想说:"如果二姨在那边没有急事的话,还是把她喊回来吧,我有点急事,在咱们家说方便些。"我在二姨家里说话就口齿利落,像换了个人。

我哥饭都没吃完,放下手里的碗,推着自行车就走了。

二姨下午回来了。我一直站在门口等她。她看见我,眼圈先红了。还没待她进屋,我扑通给她跪下了,抱着她的腿哭着说:"二姨,您救救我吧,我想上学!"

"你妈又不让你上学了?"二姨蹲下来,抱住我的腰,"我明天就去给她说。她要是不同意,我供养你!"

说话间,我哥也从外面进来了。我们四个人坐在屋子里,你看看我,我看看你,好像谁都没勇气再提这个话题。大家心里都明白,二姨去见我妈也于事无补。后来还是我哥打破了沉默,我哥说:"这样吧,明天我去给大姨说,你上学,我去替你干活儿。"

"那肯定不行!"我脱口而出。我知道,二姨二姨夫身体都不好,这个家离不开他,我不能再拖累这个家庭。

"没事儿,"我哥说,"就这么着!"

我知道母亲的性格,我哥这样说也只能是安慰我而已。

我跑来二姨家,也只不过是哭一场,发泄发泄罢了。二姨能有什么办法呢?

吃过饭，我提出要回去。二姨也没再留我。她一直在哭，她知道自己斗不过我母亲，让我哥骑车把我往回送。我们一路无话，但好像又说了一路的话。我知道他说的什么，他肯定也知道我说的什么。

到了村口，我哥把我放下，连看都没看我一眼就折转头往回走，根本没提去找我母亲的事儿。我猜他肯定在哭。我看着他走远了，突然间又泪流不止，我喊道："哥！"可能是因为迎着风他没听见，或者他听见了不敢停下来，只顾低头骑着车走了。

我停了好大一会儿，拐上另外一条路。那条路直通黄河花园口桥，桥下就是黄河最深的地方。我走到黄河边，想着过往的一切，万念俱灰。前无目标，后无退路，还不如一死了之，免得牵累这么多人。我不是怕母亲的脸子，而是看不得二姨一家人的眼泪。

我还想到了我的父亲，肯定他也是怀着我这种绝望的心情，纵身跳入黄河的。父亲会洑水，我也会。既然黄河能带走父亲，也一定能带走我。

一想到父亲，我不但没有伤心，反而有一种说不出来的高兴。

月亮升起来了，把河滩照得恍如白昼。我沉着坚定，一步一步朝河边走去。河边是茂密的香蒲，我扒开香蒲往前走。前面有两只憩息的水鸟突然受到了惊吓，扑棱棱飞起来，就在我头顶上盘旋。我继续朝前走，眼前出现了一只鸟巢，像一个精致的手工编织的小篮子，那么小巧，那么温暖，挂在香蒲秆上。我走过去，看见鸟巢里有两只刚刚出生的水鸟，还有几只鸟蛋。在月光下，鸟蛋发出异样的光，好像通体晶莹剔透。我看着那两只幼小的生命，毛茸茸的，张着小嘴叫着。我站住了，犹豫起来，多么温馨幸福的一家啊！我不能打扰它们的生活。我折回头，慢慢往岸上走去。

抬头寻找那两只老鸟的时候，我突然看到了远处的城市。在夜色里，它离我是如此之近，灯火此起彼伏，照亮了半边天空。虽然在这里长大，可我从没有这样认真地打量过她，尤其是没有看过她深夜里的面容。平时她僵硬的、阔大的钢筋水泥身躯，在夜里突然显得柔软起来，像起伏的山峦。她那明明灭灭的灯火，多像生命的律动。是的，她像有生命似的看着我，温柔地眨着眼睛。她在召唤我。我为什么不走向她？这难道不是一条比死亡更宽阔、更诱人的道路吗？

我的心一阵疼痛，一阵温暖。就这样死去，我不甘心。我要走进城市，我要感受城市。虽然我并不知道外面的世界等待我的将会是什么，但至少它会给我自由，让我自己能够决定活不活，以及怎么活。

我没有明确的志向，我甚至没有梦想，我追逐的是一个可以远远离开家的地方，越远越好。

后来的事实也证明了，没什么，真的没什么。我一个身单力薄的小女孩子，随着建筑大军进入城市，而且直接去了深圳。那不是一道窄门，她所给我的生命的力量，比父母给我的更坚实，也更坚定。

说真的，从我离开家那一天起，我已经下定了决心，不管混成什么样，我绝不会再回家。

七

我父亲还在的时候，我二姨夫在郊区食品公司上班。那时候食品公司还属于国有，基本上所有的副食品都属于国有，不允许私人经营。其实说到底，二姨夫就是个杀猪的。这也是最让母亲看不起的地方，所以二姨夫很少到我家来。我母亲要是去他家也不搭理他，如果她偶尔去二姨家，碰巧只有二姨夫一人在家，母亲会扭头便走。她只跟我二姨说话。

二姨夫在食品公司负责杀猪、分割猪肉，最后还要处理猪骨头。认识他的人都说，杀猪匠可是个肥差，给个大队书记也不换。当时这活儿也确实是个肥差。看到他从街里走过，很多人都露出钦羡的目光。他浑身上下散发着猪油的香气，满脸油光。在那个吃不饱的年代里，他不但能吃上肉，还能喝上肉汤，确实让人羡慕不已。

他之所以能吃肉喝汤，就是当时猪骨头也是国有财产，不能随便废弃，要卖到废品收购站。收购站就在食品公司隔壁，但食品公司得把猪骨头处理干净才能交给收购站。这就是二姨夫能吃肉喝汤的根源。最后一道工序，是他负责把剔剩下的骨头放在大锅里煮，以便把骨头上的肉剔除干净。所以，他和食品公司的其他工作人员吃肉喝汤不但是权利，还是责任。

那时候生活匮乏，卖和买都凭票。一个人一个月二两肉票，所以也不是天天杀猪，老百姓一年都吃不上几次猪肉，有时候十天半月才杀一回。每当杀完猪之后，食品公司的人就蜂拥而上，围着几口大锅啃骨头喝汤。有时候啃不完，还能从骨头上剔下一些肉来，被他们揣在身上偷着带回家。

刚刚开始的时候，二姨夫可怜我父亲，赶哪次杀猪多了就会偷偷地把我父亲带进去吃喝一顿。那是我父亲最快活的日子，他总是早早地去，帮我姨夫打打下手。熬汤的活儿他争着抢着就做利索了，啃一次骨头会让他高兴好几天。后来去得多了，他跟食品公司的人也熟络了，就不再偷偷摸摸，而是大摇大摆地去了。

有一次煮肉，父亲又是早早地过去。这次他带了一包自己配好的几味中草药，趁二姨夫没注意扔在汤锅里。肉还没煮好，香气已经溢满了半条街。食品公司主任跑过来，问我二姨夫是怎么回事儿。二姨夫只顾在烧锅后面低着头干活儿，也没太在意，就跟主任说："没怎么啊？怎么了？"

主任说："你鼻子让蛆堵住啦？还没闻见香味儿？"

话还没说完，副主任带着食品公司的好几个职工跑过来，都是奔着这香味儿来的。

二姨夫疑惑地看看父亲。父亲也红了脸，嘿嘿地笑着说："也没什么，就是在药铺弄了几味中药放进去。你们放心喝，滋补壮阳，保证可以让老婆满意。”对他而言，说出这样的话等于是冷笑话。食品公司主任也没笑，他神情严肃地训斥道：“这是吃的东西，你敢乱弹琴，不要命了？”说完，他实在禁不住那馋人的香味，舀了一勺汤递给副主任。副主任的汤刚一进口就笑逐颜开，说：“是真他妈的好喝！”副主任又舀了一勺递给主任。

主任吹了吹，把一勺汤全部喝下去了。然后闭着眼，一脸的陶醉，向我父亲伸出大拇指说：“想不到你还有这个绝活儿！”

父亲得意地搓着手，嘿嘿地笑，那意思好像是说，我也不是白来吃肉的。

后来每逢杀猪的日子，主任都让我二姨夫喊上我父亲。二姨夫也不好到我家去，就站在我家门口附近等。后来我父亲掐好日子，有时候二姨夫还没上班，他就在路上等着他。

过了一段时间，食品公司主任说：“你老是这样来不合适，万一人家说句闲话，我顶不住。这样吧，你读书多，每次你到食品公司来，也不是为了吃喝，你给大家说说书里的故事，算是咱们食品公司的理论学习夜校吧！”

父亲听见这话，高兴得不得了，毕竟这是他的强项。每当吃饱喝足，他就坐在那里给大家说故事。从《水浒传》《三国演义》到《烈火金刚》，他讲得头头是道。高兴了甚至来一段“三言二拍”里的荤段子，让人听得合不拢嘴。大伙儿听得入了迷，恨不得彻夜不让他走，常常会说到凌晨才回家。食品公司的主任总结说：“过去人家说书中自有颜如玉，书中自有黄金屋。现在应该加上一句，书中自有猪肉汤啊！”

这次他没得意，显出尴尬的神色，讪讪地笑着说：“也是。也算是。”

那一天恰逢下大雨，雨水把我们家的后墙给冲垮了，眼看着房子摇摇欲坠。母亲让我和二姐去找他。我们赶到食品公司，看到他坐在一圈人中间，眉飞色舞地说着什么，周围的人哄然作笑。昏黄的灯光照着他油乎乎的嘴和黏腻腻的头发,活脱脱一个电影里汉奸的形象。我跟二姐羞得简直想找个地缝钻进去,互相推搡着谁都不肯进去喊他。我们捂着耳朵面朝着墙,既不敢看也不敢听。直到等着他讲完一段,二姐才让我过去喊他出来说话。二姨夫也跟着出来了,听了我们说的消息,两人慌了说,你们先回去,我们马上再带几个人一起去看看。临走他还没忘记把用塑料袋装的省下来的一点碎肉递给我二姐。

我和二姐刚刚走出食品公司的大门,就看见母亲怒气冲冲风风火火地赶过来。她也没打伞,浑身淋得精湿。湿衣服像绳子一样缠着母亲,让她看起来像只水生动物。她一眼就看见二姐手里的塑料袋,不由分说,劈手夺下来,拿着那个袋子就冲进食品公司院子里。我和二姐在后面小跑才能撵上她。她进了院子后,刚好与他们带的一群人迎头碰上。她吼了一声冲向我父亲,把那包碎肉劈头盖脸地朝他砸去。碎肉和汤汤水水顺着我父亲的头发往下滴落。我二姨夫过来劝阻,我母亲一口痰吐在他脸上。然后也不管我们,扬长而去。

那是母亲第一次在有外人的场合没给父亲留脸面。

八

在深圳稳定下来之后,我回了一趟郑州,临行前专门去香港给母亲和姐妹们买了大包小包的东西。那时候母亲跟妹妹住在一起,我到郑州的时候,妹妹没在家,跟着单位的人一起出去旅游了。妹妹本来想让母亲也跟着一块儿去,她说跑不动,就留在家里。她这些年跟我妹妹几乎没有分开过一天。她依赖她,确切说是控制她。

我总觉妹妹的离婚是与母亲有直接关系的。这桩婚姻原本是母亲给定下来的。妹夫是个公务员,人长得体面,工作也体面。母亲的确比较满意,她自己也出去说,几个孩子里面这是她最满意的婚事。但妹妹结婚后,她几乎寸步不离地跟他们在一起生活。我妹妹心大,是个马大哈脾气。妹夫也是个有心胸的人。平日里小两口儿言来语去的,说了什么彼此并不在意。毕竟感情好,两个人有时候开起玩笑来也不怎么讲分寸。当妈的听了,却觉得这里那里都不对劲儿。有时候女婿无意说点什么,她不等我妹妹开口,直接就接上去了,弄得女婿甚是尴尬。对于女儿,她更是任意指责,只要不高兴了,非要说出口来不可。

慢慢地,两口子之间就出现了罅隙。但我妹妹是个没心没肺的性格,大咧咧地不当回事,也从不拿老公当外人。有时候明知道母亲没理,却还是站在母亲这一边跟老公斗气,哭了闹了,就觉得没事了。时间长了,妹夫夹在两个人中间确实不好过,但他始终忍气吞声,觉得忍忍就过去了。但他的忍让换得的却是母亲变本加厉的控制。有一次因为单位提拔了几个人,没有妹夫。他回来向我妹妹发了几句牢骚,说了,心里的结也就解了。谁知我妹妹又学给了母亲。我母亲找个机会,就仔细地盘问妹夫,一边问一边横加指责。本来单位的事就够烦心的,回家还要再受丈母娘一遍羞辱,这把妹夫平日压下去的怨气激起来了。实在是忍无可忍,他分明不是在跟一个人过日子,而是在与两个人做斗争。于是,他就跟我妹妹摊牌说:"咱妈仅在家里管管我也就算了,现在她连我工作的事儿也想管,这日子能过下去吗?"妹妹又拿这话去吓唬母亲。谁知母亲根本不吃这一套,她说:"不知道好歹的东西!乡下孩子,住我们的房,吃我们的饭,我们娘儿俩伺候得像爷一样,家务活儿没让他碰过一指头。凭啥还这么仗势?他说过不下去,那你就拿话撑着他!想怎么着都行,看看谁后悔!"

妹妹觉得母亲说得也有道理,就拿硬话撑住了妹夫。

婚最终还是离了,我母亲等着人家后悔,可很快那边就结了婚。刚离婚那会儿,我妹妹哭了一阵子。后来自己也觉得没了丈夫更舒适点,不用在意谁谁的感觉了,想睡就睡想起就起,妆不用化衣服也不用挑拣，饭想怎么吃妈就给怎么做，也挺好的。妹妹年轻貌美，在银行工作，收入不算差，离婚后介绍对象的也不少。我妈看了总是挑肥拣瘦不满意。她也懒得跟我妈理论，反正妈说好就好，说不行就不行，她没意见。她的口头禅就是，不操闲心，简简单单地生活，只要快快活活就成。只要不让她自己想事儿，处处让妈当家做主，她图个省心。反正我妹妹省心了，我妈就开心了。这世上如此般配的母女，说出来还真没几个人相信。

这次母亲不愿意跟着妹妹出去旅游也是有原因的。她曾经跟着出去玩儿过，和一群年轻人在一起，开始大家都客气着。可她还跟在家一样，什么事由着自己说了算。时间长了，大家就觉得老太太有点过分了。人家不驳她的面子，可也不理她那么多。出来玩儿带个老人，两边都很尴尬。她渐渐觉得大家都对她不敬，大家说什么故意递眼色，她插不上话，心里非常失落，旅游还没结束，就气鼓鼓地让妹妹带着她回来了。后来我妹妹出去玩儿，她十有八九都反对。这次见她实在要去，就赌气说懒得动，自己在家待着。

我赶到妹妹家已经很晚了，当天晚上也没说那么多，洗洗就睡了。第二天我睁开眼，已经快九点了。我听见客厅里有动静，便走过去，看见她正在翻我带的东西。我脸也没洗，就赶紧过去帮忙。

她低着头翻检东西，看见我进来，一脸的尴尬。

“你这都是在市场上捡的货底子吧？”她说。

我笑着说：“那可不是！这都是我去香港买的，因为怕不好带，我把包装盒都扔了。”

“嘁！”她拿起一支欧姆龙血压计扔在床上，“在咱们这儿地摊上，十元就买了。”

我耐心地说：“妈，你不懂，那是专门给你买的，日本原装的，要一千多元。”

“这也是给我的？”她拿起一打丝光袜，当时比较时兴这个，“这是人穿的？跟葱皮儿似的。”

“这是给妹妹买的。”我打开最大的那个包袱，“这是我给你买的几件衣服，你刚好试试合适不？”

她扭头看了看，不屑地说：“不试。看着就不行。”然后拍了拍自己身上的衣服，“看看你妹给我买的衣服，哪哪都是合身的。布料还厚，穿着沉甸甸的。”

我笑了笑，拿起一件马甲给她披上，说：“衣服可不是料子越厚越好。这个你还是先试试看吧！”

“咦？你啥意思？你是说你妹妹买的东西不好？”她好似遇到蛇一样拨开我拿衣服的手，“不行！我不喜欢这不长不短的东西！”

“这个呢？”我把一件毛料外套往她身上披，“这是法国进口的，牌子货。”

她一把推开我，转身就往她自己房间里面走。

“我不需要你孝顺，我不要你的东西！也不会穿你买的东西！”她说。

我感觉自己体内有一枚炸弹爆炸了，累积了几十年的能量一下子爆发出来。我冲过去，一把抓住她后面的脖领子，想把她拉回来。她一边往前挣，一边拿手往后面推我。但我毕竟比她力气大，强行把她拉回来按在沙发上，低声叫道：“我看你试不试！我看你试不试！”一边说，一边就往她身上套那件外套。她拼命挣扎，但是一言不发，咬着牙跟我对峙。但毕竟是那么大岁数的人了，很快她就不反抗了。

我们俩都斜靠在沙发上喘着粗气，愤怒地看着对方。

她忽然现出软弱的神情，几乎用乞求的口气跟我说：“今天这事儿，不管到啥时候，不管对谁，都不要说出去。说出去我只有死！好吗？”

我没理她，猛地站起来，走到卫生间用冷水冲了半天脸。我出来看见她很平静地坐在沙发上，冷冷地看着我。她那种眼神我是第一次看到，是一种深入骨髓的厌恶。我不禁一阵发冷。

“你回来就回来，买这些大包小包的东西干什么？就是为了让邻居看见，说你对我孝顺、对我好？”她的眼睛里突然流出了眼泪，这是我第一次见她流泪。父亲死的时候她只是干号几嗓子，并没有落泪，“你太有心眼儿了。你对我好？真对我好吗？”她的眼泪越过脸上的沟沟壑壑，那上面是黑褐色的泥土一样的颜色。在这块土地上，我从来没感受到过温暖，“你这样子做给别人看，还不是为了报复我？你小时候我对你不好，你偏对我好，看我老脸往哪儿搁？你就想这样子让我羞愧死是吧？”

我也冷冷地看着她，一句话都没再说。但是心里突然有一种极大的、恶作剧般的满足，我觉得我平生第一次在她面前占了上风。

第二天我就回了深圳。我和她单独住在同一个屋子里，觉得那三室一厅的屋子还是太小了，压抑得我时时刻刻都想爆炸。

九

关于父亲是被母亲逼死的说法为什么在我们镇子上不胫而走，我到现在也没闹明白。其实我们家也没人真正去追究过原因。一来也没外人在我们跟前说起过，二来母亲对这种说法压根儿没当回事儿，甚至连嗤之以鼻都算不上。二姨倒是跟我说起过，她的说法还有一定的合理性。她说：“人家也不是说你妈逼死了你爸，而是你爸受不了你妈对他的态度，自己投河死了。”

“态度”？我估计这个词二姨不知道在心里斟酌过多少次，但我听了心还是往下一沉。这么多年我们要么是从未想起过，要么是忘记了或者刻意回避，在母亲营造的家庭氛围里，我们的“态度”在哪里？如果父亲真是被“态度”逼死的，那么这“态度”里，有多少是我们的成分？难道这些事情一股脑儿都怪在母亲一个人身上吗？

然而,想了一下我还是说:“听说会水的人,投河是淹不死的,所以他们死的话也不会选择去投河。是不是真是我爸去打鱼被河水卷走了呢?”

“真不好说。”二姨轻轻地叹了口气,“那谁说得了呢?到底河跟河不一样啊,人家都说黄河是面善心恶,长江是面恶心善;我没去过长江,黄河每年淹死那么多人,有几个不是会水的?”

我说:“我爸跟他们不一样,他懂得黄河的水性。差不多每次下大雨或者发水,都要去黄河打鱼。”

二姨说:“常在河边走哪有不湿鞋?我约莫着那是你爸的命。”

在村里人眼里,我父亲是一个非常幽默风趣、知书达理,而且相当有生活情趣的人。打兔子钓鱼,套野猪网鸟,还会讲故事,简直无一不通。更重要的是他的一手好菜,哪怕是一根白萝卜到他手里,都能做得跟别人不一样。毕竟他是大家庭出来的,吃过见过那么多,而且读过很多书,背过汤头歌,懂中草药。

我记得父亲在的时候还是大集体,没有包产到户,我们郊区人还靠种地过日子。有一次在田里干活儿,他到田边的沟里解手,发现了一个兔子窝。于是他又喊了几个人,从窝口开始刨土。然后他把耳朵贴近土地,听了一会儿,拿着铁锹朝地下插去。在他插下去的地方把土刨开,果然锹下有只兔子。父亲没用一滴水,把一只兔子剥得干干净净,然后跑着到周围采集了一些野草野花什么的塞进兔子肚子里,放在火上烤。那个香味儿弄得大伙儿也没心思干活儿了,到处跑着找兔子窝。后来我父亲还为此在生产队的大会上做了检讨。

那时候的生活已经渐渐有了起色,村里谁家有红白喜事总是请我父亲帮忙。我父亲忙活一天,可以得几个馒头、一盆抹桌子菜。我们家的生活虽然好了一点,肉还是吃不起。再说了,这总比父亲游手好闲强得多。母亲尽管厌烦得不得了,开始极力反对,后来到底管不了。父亲倔强起来,母亲也没办法。于是她只好睁一只眼闭一只眼,只当没看见,反正她是从来不会吃一口的。

有一次,母亲回我舅舅家走亲戚去了。刚好我家的一只羊被生产队的拖拉机撞倒了,流了很多血。眼看着奄奄一息快没命了,父亲趁着它死之前,就把羊杀了。其实羊很小,也很瘦。我爸用羊骨头烩了一锅菜,把好点的羊肉都给母亲留着,等着她回来再吃。

饭做好后,全家人正准备吃,我妈从姥姥家回来了。看见我们围着桌子等着吃饭,便问我大姐道:“哪里弄的肉这是?”大姐说,我爸把家里的羊给宰了。她并没有告诉母亲,说羊被撞着了。也可能是故意不说,也可能还没来得及说。母亲一听这话,二话不说就折返到厨房拿了一把菜刀出来,要去砍我父亲。父亲赶紧逃到西边屋子里,从里面顶住门。母亲拿着菜刀,一刀一刀剁在门上。她一句也不叫喊,害怕邻居们听见。后来菜刀深深陷在门板上,她实在没力气拔出来,才算作罢。

可等母亲回到堂屋,我们已经把桌子上的菜吃差不多了。母亲气得把桌子一把掀翻了,瘫坐在地上,一左一右地扇自己的脸。

十

刚到深圳的时候,我在建筑公司的工地上当小工。其实小工是最累的,搬砖、和灰、清理建筑垃圾什么的,都是小工的活儿。那种累是说不出来的,也不是劳动强度有多大,而是消磨你的耐力。所以多年之后有人问我那会儿累不累,我真不知道该怎么说,只能说记不得了,也许是真的想不起来。很多时候做梦都还在搬砖,或者和灰。攀上脚手架,一脚踩空,我从上面掉下来了。正奇怪摔这么狠怎么会不疼,恰好就醒过来了,一身都是湿淋淋的汗水。

那天是下班后的休息时间。男的都打牌喝酒去了。天气晴好,蓝天白云。我坐在简易宿舍门口看书。有个穿着休闲装,长得黑黑胖胖的大个子男人领只狗在工地上转。他已经从我跟前走过去了,又转回来,走到我的跟前问:“你是在这里干吗的?”

“哪里?”我疑惑地指了指前面的工地,“这里?”

他认真地看着我,点了点头。

我说:“我是工地上的工人。”

他吃惊地看着我问:“我们工地上有这么小的工人?”

我翻他一眼说:“个子小不少干活儿,我都干一年了。”

我看看他,也不知道他是谁,听他说话口气蛮大的。我低下头继续看书。

“你多大了,闺女?”他没走,停下来站在我跟前。

“十八岁了。”我说。为了到这里打工,我多报了三岁。虽然我瘦了点,但个子不算低。

“你有十八岁?”他准备扭头走了,又拐了回来,也不跟我商量就把我手里的书拿过去。那是一本《高中数学》,他看着快被我翻烂的书页和我在上面记的笔记。

“这上面都是你写的?”他的声音温和得让我难受。长这么大,从来没遇到过有人这么温柔地跟我说话。再加上刚才那么没有礼貌,我有点不快。而且他的河南信阳话让我听起来有点困难,但出于礼貌,我还是认真地点点头。

然后他放下书,一声不吭地走了。

大概过了三四天吧,工头突然通知我让我去公司财务科报到。到了财务科上班以后我才知道,那天跟我说话的是公司老板,怪不得他说话口气那么大。他是怜悯我,他的女儿跟我差不多大小,因为神经衰弱,经常头疼,不能到学校上课,就请老师在家里教她。患个头疼就能请老师在家上学?反正有钱人就是任性。

老板安排我在财务科当了记账员。过去工地上的工友们看见我都阴阳怪气的,不知道我走了谁的门子。连我自己都觉得不可思议,运气来得太意外了。记账员的工作与做小工有天壤之别,相当于建筑公司的白领。在这里,我又打起了上学的主意。我一边工作,一边报考了电大。课程对我来说并不是很难,数学我能考满分。我不明白这么容易的题,有的学生为什么愣是学不会。上电大时,我是最优秀的学生。

老板的女儿叫任小瑜,我们是在我到财务科上班一年后才认识的。那天财务科科长通知我说:“下午下班后不要走,老板和老板娘要请你吃饭。”当时我很诧异,我一个毛丫头,人家老板凭啥请我吃饭,而且还带着夫人!

下班之后,科长把我领到职工食堂里面的小餐厅,把我介绍给老板就出去了。我看到老板和一个中年妇女在屋子里坐着喝茶,我站在门口手足无措。老板和那女的见我进来,都站了起来,热情地跟我握手让我坐下。坐下之后,我才弄明白这个妇女是老板娘。她并不像影视剧里的当家夫人,她们一个个耀眼而且霸道,一副高高在上、不食人间烟火的样子。而眼前这个女人看起来面目良善,模样周正耐看,但打扮得非常朴素,甚至还没有我们财务科的年轻员工打扮得入时。平时老板穿衣服也不十分讲究,那一次见他我还以为他是工地的工头之类的人。

正说话间,一个女孩子推门进来了。她穿着一身运动装,理了一头短发,瘦得像根棍儿。皮肤是那种不健康的苍白,嘴唇也没有血色。但人看起来温和恬静,倒是个好孩子的面相。

“爸,”她走到我旁边拉了把椅子,“这就是你跟我说的爱学习的姐姐吧?”

老板摸了摸自己的头,不好意思地咧着大嘴憨厚地笑了。

他们三口热情地述说着,开始因为紧张,我不知道他们在说什么,听了好一会儿才弄清楚是怎么回事儿。原来老板家里有个保姆兼家庭教师,现在人家结婚走了。他想让我接这个角色。

我一口回绝了,我说我还是想上班。

“你看这样好不好?”老板娘讨好似的看着我,“你半天上班,半天陪小瑜学习。至于家务,我另找人。”

“好吧好吧姐姐!”那女孩儿拉着我的胳膊摇晃着,“你这么小就出来打工,还能考上电大,肯定有一肚子故事!我爸爸天天在家夸你。我一个人在家好难挨,我想让你陪着我一起学习!”

“她叫任小瑜,”老板娘怜爱地看着女儿,“从小被娇惯坏了,不懂事,恳请你能带带她。”

老板也看着我,说:“先委屈你试试吧,也不勉强。不行再说。”

我看着一家三口诚恳的样子,勉强答应了。那时候我对富人没有一点好感,也是多年受仇富教育的结果。

任小瑜果然是个好孩子,虽然生在富贵之家,可一点都不娇横,还特别有善心。有一天学习完,我们一起出去散步,在小区外面看见一个孩子面前摆个牌子,上面写着:“我饿了,实在走不回家了。请好心人给我十元。”她马上就从口袋里掏出十元给那个孩子。回去的时候我问她:“万一是个骗子呢?”

她站下,认真地看着我说:“万一不是呢?”

我看着她,看着明亮的天空和宽阔无边的草地,看看远处的高楼和身旁盘根错节的老榕树,看看树上树下快乐的鸟儿在啁啾,我的眼睛润润的。纵使我是铁石心肠,也很难不被这样一个冰清玉洁的女孩儿打动。这一世界的好都属于她。我也已经长大了,明白了很多事理。我不能责怪父母生下了我,但也不能不说,是自己投错了胎。家庭环境对一个人的性情影响太大了!

并非我天生不是个嫉恨人的人,我是被这一家人的善感化了。我在小瑜身上,不,在他们这个家庭也学会了很多东西,那是在我那个家庭根本体会不到的,那种亲人之间的爱和默契,那种充满善意的做事风格,那种为人处世的谦恭,都对我以后的人生产生了极大的影响。在他们家,我对财富、对富人有了全新的认识。穷不一定都好,富也不一定就天然带着恶。

小瑜长得瘦弱,却是一个超级爱吃的家伙,也真是会吃。学习期间,基本上每周她都要带我去几个好吃的地方,从日本料理到墨西哥烤肉,从杭帮菜到川湘菜,从海鲜到笨鸡笨鸭,基本上没重样过。但让她想不到的是,只要吃完她爱吃的菜,回来我都能试着给她做出来。她喜欢吃川菜馆的麻辣小鲍鱼,每个礼拜都要去吃。偌大的一盘红辣椒碎,里面埋着可怜的几只小鲍鱼,一盘菜几百元,差不多是我半个月的工资。我拉着她去鱼市上转,鲜活的小鲍鱼十元一只。我们买了十几只,另外买了葱姜、新鲜的青花椒和小红尖椒。我回家用刷子将鲍鱼洗净,放在开水中烫一下,取出完整的鲍鱼肉,切片。锅里放一点橄榄油,先将鲍鱼片爆一下,加入葱姜、新鲜的红辣椒和青花椒。鲍鱼本身带鲜,不要任何调味品,只需一点生抽和黄酒。做出来之后看着就让人馋涎欲滴,小瑜一口气吃了半盘,老板和老板娘也连称鲜美、好吃。

做菜我这么无师自通,自己也感到很吃惊。虽然我很小就开始做饭,但都是萝卜白菜家常便饭,鸡鱼肉蛋都很少做,像海鲜什么的过去见都没见过。莫非我们家族真有会做菜的基因?

有一年过中秋节,老板要在家里请几个好朋友吃饭。任小瑜提议由我来做菜。她的这个提议立即得到了老板和老板娘的赞同。这就是这家人的风格,倒不是他们认为我能做好,而是觉得不该当着孩子的面驳我的面子。那天我和小瑜亲自跑到市场上买菜,把我们最喜欢吃的菜列了个菜谱,做了十几道菜。那真是我最得意的一次,菜还没上完,就把参加宴请的人的味蕾征服了,都交口称赞,说:“在哪个高级饭店请的专业厨师?”小瑜得意地把我这个半大妮子介绍给大家的时候,几位客人都惊呆了。

这样过了两年,小瑜的成绩上去了,我也拿到了电大会计学专业的本科毕业证,接着我还想考会计师资格证。小瑜也要去加拿大留学了。我完成了任务,也算报答了恩情,准备着离开这个家。临走的那一天吃过晚饭,我正准备回去休息,老板却招呼我留下了,说要给我谈件事儿。

“我们公司的餐厅,是我最头疼的事情。”老板开门见山地给我说,“换了好几任厨师,大家还是不满意。除了中午,实在没办法了,才有一些人在这儿吃饭。公司想接待客人,菜总是不让人满意,弄得很没面子。有些中层干部和员工请朋友吃饭,大家宁愿舍近求远出去,也不在咱们自己餐厅吃。这么大个公司,餐厅都弄不成个样儿,公司补贴很多,还连年亏损。”

我认真地听他说,没有插话。

“我的想法是,让你把这个餐厅管起来。”老板说。

我很吃惊,这可比不得在家里烧几道家常菜。况且我仅仅是一个小小的记账员,没有任何领导经验。但我也不想一口回绝,不就是做饭吗?我思考了一会儿才说:“请您给我几天时间,我考虑考虑再说好吗?”

我长成了一个大姑娘,我有了自己的想法。

我私下里考察了一下,觉得餐厅的问题可以归纳为三个:第一个是主管负责制,会造成主管与厨师之间的矛盾,没有厨师负责制合理;第二个问题,我们公司大部分员工是北方人,而请的厨师都是当地的南方人,菜品和口味方面南北方相差太大;第三个问题是北方人晚上喜欢吃面条或者喝粥,而这些东西南方厨师根本不会做,或者做不好。

送任小瑜去机场的路上,我把我的想法跟老板讲了。我说:“咱们这个餐厅,位置特别好,周围基本上都是市场和公司总部,想吃点好的要跑好远。如果我们做好了,公司的员工吃饭不但可以不花一分钱,餐厅还能挣钱。无非就是把公司临街的地方调整出几间房子给餐厅,需要朝外开个大点的门脸儿。”

然后我说出我的决定:“我不想当这个主管。我想承包这个餐厅,我先试三个月,若是能成,除了我们的员工免费吃饭,我再给公司每月上交五万元利润,算是房租费。”

我说的是五万元,不是五百元也不是五千元。我被自己吓了一跳。对于做餐饮,我骨子里有一股子狂野。

老板还没答话,老板娘就激动地拍了一下车座扶手,说:“这个也算我一份儿。反正小瑜走了,我在家也没事儿!”

老板微笑着点了点头,又摇摇头说:“果真,我没看走眼啊!”

然后他侧过身问我:“听小瑜说你爸自己写过菜谱,难不成真给你们留下过秘传绝技?”

我不知什么时候竟然给小瑜说起过我的父亲。但老板此时此地说起他,让某种情绪击中了我。我有点发抖,不知道是激动还是伤感。

我意味深长地回答道:“是呀!”

十一

我想说说我的爱情。

有人说穷人不配拥有爱情,毕竟贫贱夫妻百事哀。这是我从父母和我的那些穷亲戚身上看到过的。再美好的初见,也终是会被日子的窘困弄得千疮百孔。在我开始创业的那几年,拒绝过许多真真假假的求爱者。一晃我就过了三十岁,小瑜的妈妈给我介绍过不下十个人,我并不是没看上,是压根儿就没认真看过,心不在此。我一个人在深圳,唯一能待得住的地方就是小瑜家。叔叔阿姨两口子是真心待我好。小瑜一直在国外,每次假期回来我们俩都黏在一起,几乎没分开过。小瑜真是又懂事又孝顺,在国外也时刻惦记着爸爸妈妈,每次打电话都让我多去家里陪他们。我一有空就会去,反正我一个人也没什么事，真是把这里当成自己的家了。每次去都顺便在超市买些菜，亲自下厨做给他们吃。阿姨常常开玩笑说："丫头，咱们家小瑜要是个男孩儿，我就让她娶你。你和这个家天生有缘分。"

小瑜当然不会娶我，她嫁了个美国老公。她那边欢天喜地，四处晒旅行照。这边爸妈哭得稀里哗啦的。就这么一个女儿，却远嫁到大洋彼岸。当时我也觉得嫁个外国人，心里无论如何都过不去。我打电话问她："你是不是吃错药了?你那么百依百顺的一个人，怎么在婚姻大事上不听听叔叔阿姨的意见呢？"

"你怎么这么糊涂呢？"她一边嘻嘻笑着，一边特别认真地跟我说话，"一码归一码，孝顺是孝顺，那是我应该做的;可婚姻是我自己的事儿，我不能让任何人替我做主。况且，我父母并没有阻拦我，一直说尊重我自己的选择啊。"

我的心一阵疼痛，想想姐姐和妹妹的婚姻。我对婚姻有一种本能的抗拒和恐惧，之所以一直不找对象，恐怕也和这个有关系。

每当叔叔阿姨心里因想女儿而伤感的时候，我就劝他们说，还不如移民到美国，索性跟着小瑜他们一起生活算了。叔叔说，他的公司离不开，如果他走了，从河南老家拉出来的这几百号人怎么办？况且他一口西餐都咽不下去。阿姨也说，她一句英语都不会，跟个外国女婿生活在一起，她根本无法接受。

那些日子我怕他们伤心，去家里的次数更多了。我去他们家以后一直拿着家里的钥匙，小瑜出国的时候我想还给他们，阿姨还把我说了一通："你也想走啊，小瑜不要我们了，你也想抛弃我们?"他们完全把我当成自己的女儿了。我出入自由，我交代保姆买什么菜做什么饭，我管制叔叔抽烟喝酒，带阿姨去做护理去上瑜伽课，一副当家做主的样子。不了解的人还以为我是任老板的另一个女儿。阿姨听人这么说，也从来不反驳，反而得意地看着我，一脸的幸福模样。我不得不说，我命好，开始闯世界就遇到这么一家人。并不是每个人都能如我这般幸运。

叔叔总是担心阿姨想女儿会想出病来,就让她每隔一段时间去美国看看小瑜。没跟他们在一起生活的时候,他们这样的人是别样世界的人,和我的家庭相去千里。他们原本也是基层小公务员出身,夫妻俩辞了工作一起闯天下,同甘共苦,相濡以沫,一步一步熬到今天。与他们相处多年,从未见他们发生过大的口角。有时候叔叔因为工作不顺心,回家说话声音高一点,阿姨就连哄带劝地安慰他。阿姨不高兴叔叔喝酒,逢他喝醉也生气,生气也只是嗔怒:“你不爱惜自己身体,你老了病了我可不伺候你!”叔叔就笑道:“那还不好办?到时候我就找个年轻漂亮的伺候,你可别不乐意。”阿姨说:“估计你不敢,你找一个试试?我不说话,你闺女就会收拾好你。”叔叔说:“我怎么会怕一个毛丫头? 我是怕你不要我,上哪儿再找一个给我亲手擀面条、蒸馒头的女人? ”

我觉得他们就像孩子一样,还保留着童心。这样从不斗心眼儿,对所有人都坦诚相待的两口子,怎么能把企业做这么大? 可又如何能不把企业做这么大? 这对我后来的企业管理也是一个深深的触动。

他们斗嘴的时候若是我在,就假装愤怒地提出抗议:“秀恩爱等我不在的时候秀,别忘了家里还有一个大龄女青年。”我总能在合适的时候逗得他们哈哈大笑,我们合着就该是一家人。

真的!

就是那次,叔叔和阿姨又一起去看小瑜,我奉命在家里看家。家里还养着小瑜的宝贝狗任小白和任小白的女儿小小白。任小白是一只白色的泰迪犬,已经十四岁了,走路都有点蹒跚,得有专人伺候。阿姨不在,我就是狗保姆。

叔叔阿姨刚走不久,家里就来了客人。

我正打扫卫生,听见有人按门铃。我打开门看见一个一脸傻笑的人站在门口。小小白大声地抗议着,不想让生人进门。他却开口便叫:“小瑜姐!”

来的人是个毛头小子,长相嘛,乍一看一般般,仔细一看更加一般般。个头倒是不低,怎么着也得有一米八靠上。这么高大的个子,却一脸稚气,戴着两只银圆大小的圆饼眼镜,看起来很搞笑。

我被这个人的傻气逗笑了,我说:“你什么眼神,凭我这五大三粗的样子,你哪只眼看着我是你小瑜姐了?”

“那你是谁?”他把头伸进门里寻找。

“我是你小瑜姐的朋友,不行吗?”

我把他让到沙发上,给他倒了水,便上楼给小瑜打了个电话。小瑜那里是半夜,她睡意蒙眬地听我说完,在电话里哈哈大笑,她说:“他就是我给你讲过的那个傻呆。”我在这边也哈哈大笑,“傻呆”的故事我听得可不少。我问小瑜:“我该怎么安置他?”小瑜说:“你怎么安置任小白,就怎么安置他得了!给他找个睡觉的地方,一天三顿饭管饱。出门脖子上挂个牌,写上咱家地址和你的电话号码,别万一走丢了回不来。”

这人是任小瑜的表弟,阿姨的亲侄子。阿姨姓乔,她侄子叫乔大桥。小瑜给这个表弟取绰号“傻呆”。傻呆也不是十分傻,是他们老家的高考状元,清华大学建筑系学生,今年硕士毕业。假期结束就要去美国读博,已经被美国康奈尔大学风景园林专业录取。小瑜说,她这个表弟除了会学习,情商是个零,一句囫囵话都说不好。谁要是问他长大干什么,他就回答,学习。要是问他有什么爱好,他仍是回答,学习。他在清华读了六年,北京城都没转过来。小瑜曾问他清华大学校园有什么特色。他直接给她发来一张校园的鸟瞰图,然后再发一大堆评论文章。再问他,他就说学校哪哪有几棵百年老树。再问仍旧说不明白,好像他在清华只待了六天,而不是六年。

“不知道这样一个傻呆,是怎么考上康奈尔大学风景园林专业的。这个专业一直是康奈尔大学的优势，别说在美国，就是在世界范围内都算得上前列了。”小瑜说。

也别说，看看那瓶底儿似的眼镜就知道为什么了。

家里多了一个人，让我很有压力，下了班还得想着给他弄饭。但他在家里待了两天我就放松了。乔大桥比任小白娘儿俩还省心，给啥吃啥。到了饭点，我做饭，他就规规矩矩地坐在餐桌边等着，两手放在膝盖上，等着我端给他吃。菜做好了，若是我忘了放碟子和筷子，他不说话，就坐在那里一直等着。我的天！这真是弄个油饼挂脖子上都不知道转圈吃的主儿。有一次我有个应酬，给他打电话说晚会儿再吃饭。一直到我回来，他就坐在餐桌边傻等着。我赶紧给他做了个蔬菜沙拉，下了一碗水饺。他呼呼啦啦就吃完了。我问他：“沙拉好吃吗？”他回答：“好吃。”我收拾碗碟时发现，洗的蔬菜全部吃了，旁边小碟子里的沙拉酱动都没动。我哭笑不得，笑话道：“傻呆，你吃的是原味蔬菜。”

从那以后我就和小瑜一样称呼他“傻呆”。他随即就答应了，一点抗议的意思都没有。

我比乔大桥大七岁，在他跟前却像个妈。我带着他理发，进理发店时像个流浪汉，出来时就变成了一个少爷。我看他打扮得三不整四不齐的，就领他去买衣服。我挑什么他就穿什么，我是设计师，他就是我的模特。从服装店出来，就像换了个人，精精神神一个帅哥。

我给了傻呆一把钥匙，上班时我告诉他看书累了就出去转转。他也很听话，看一会儿书就到隔壁的市民广场晃悠一圈。那天我回来，他告诉我今天转了十一圈儿，走了三万多步。我说那好吧，今天犒劳你，咱们出去吃吧！他立马站起身，在门口等着我带他出去吃饭。在路上，我给他讲各种菜的味道和特色。他看着我，嗯嗯嗯地答应着。我以为他对这些不感兴趣，便说：

“人活着，不懂吃还有什么意思？”

“是的，可也不一定！”他认真地回答我，这是他第一次敢于反驳我。

“好吧，傻呆，”我像对待小孩子那样拍着他的肩膀，“你倒是给我说说，有什么意思。”

他脸红了，低下头，没有说话。

我的头发是轻烫一下披在肩上的，做饭时以免碍事，就随便弄个什么绾一下。有一天我给傻呆煎牛排忘了弄头发，低头的时候头发挡住了眼睛。我正要用手理一下，头发忽然被身后的一双手拢起来。我知道是傻呆，也没太在意，只是感觉他用个什么东西给我别了一下。吃完饭我去清洗时才发现，头上别着一个水钻的发卡。我最不擅长的就是弄头发，不是披着就是绑着，被他这么拢起来别上一个头饰，一张脸都变得闪闪发光。我跑出去问傻呆：“你这东西哪儿来的？”他一脸诚实地回答：“在商场买的。”

“你自己？去商场了？为什么想起买这个？”

“你的头发总是披着，我觉得拢起来更好看，更显气质。”

“好看？气质？”天哪，这是傻呆在说话吗？

接下来还有更多的意外，他会突然买一本书说：“送给你的。”

“为什么要送我这本书？”简·奥斯丁的《傲慢与偏见》，小瑜推荐给我读过。

“你很像她。”

“谁？”

“伊丽莎白。”

“咦？傻呆啊傻呆，你是说我像伊丽莎白小甜瓜吧？皮糙肉厚是吧？”我说完哈哈大笑。

“有啥好笑的，”他沮丧地看着我，“我是认真的。”

“说你是个傻呆一点都没冤枉你！我哪里有一点‘伊丽莎白’的影子？莫非哪里还有达西等着你老姐我是吧？”

调侃了几句，脸色突然就凝重起来。某种伤感的情绪蔓延开来，我的脸上肯定出现了类似忧伤的神情，也许那一会儿真的像迷茫时的伊丽莎白。

"你会有的。你很好，非常好。"

我看见了他镜片后的眼睛，纯净得像一只羔羊。

我把书还给他，突然无厘头地烦恼起来，把他扔在客厅里，独自走了。我突然翻脸让他不知所措，接下来的几天我都爱搭不理的，我做好饭会命令他自己去端盘子，自己摆碗筷。他吃完了我又凶他，让他自己收拾。他真的去洗，我又劈手夺过来。我被一种前所未有的情绪控制了，一种深藏在心底，连自己都不知道的烦恼和喜悦。

我在黑夜里拧自己的脸，我这是在干什么？我面对的只是一个孩子、一个傻呆。

我给自己冲了个冷水淋浴，在镜子里，我甩甩头发让自己恢复精神。一切又恢复了原状，我恢复成一个大姐、一个小母亲。我忘记说了，傻呆三岁就没了母亲。说是母亲进城购物时走失了，二十年没有消息。有人猜测死了，又有人说被人贩子卖到山窝子里了。失踪两年被法院宣布死亡后，父亲又娶了继母，生了两个妹妹。傻呆是跟着祖母长大的，他读书的费用全是姑姑，也就是小瑜的妈妈出的。

闲暇时间，我又开始带着傻呆四处游走。我们去植物园，他拽一根草茎，三下两下就拧成一枚戒指，捧着递给我。那么大的手，托着一点小小的精致，真是憨态可掬。抬眼看他的脸，一脸孩子气地傻笑。我们去看电影，他一下子变成另一个人，他会告诉我电影的来龙去脉，原著是谁、人物故事的合理和不合理、演员哪一点没表演到位，等等。他熟悉那么多演员，包括国外的，好像都跟他哥们儿似的。莫非他什么都懂得，却装傻充愣欺骗我们？

好在他就要离开了，他要去遥远的美国。我们，或许一辈子都不会再见面了。

果然我没猜错。傻呆真不傻，他去美国后开始对我全方位展示他的霹雳手段，一天一封邮件，狂轰滥炸。我不知道他从哪儿弄到我的邮箱，他并没有问我要过。傻呆的爱情炽烈到足以把我融化。我知道我们之间的差距有多大，年龄、文化以及阶层，每一项都足以让我窒息。所以我一直拒绝，绝望地等待着他苏醒。他开窍了，说不定哪一天就会和小瑜一样宣布婚讯，娶个洋妞也说不准。

这样痛苦地煎熬了三年，我瘦了，瘦得像个麻秆儿一样。瘦了之后也变白了。我不是矫情，我真的忧郁了，是那种来自心底的掩不住的哀伤。他们说我的气质越来越像一个大企业家。的确，我的生意越来越好，我变得越来越高级，离原来的我也越来越远。

这一天终于到来了，傻呆告诉我他提前毕业了。他发来穿着博士服的照片。那一刻我有点迷糊，不是说要五年才能毕业吗，怎么三年就毕业了？也太牛了吧？

照片上，他长大了许多，肩宽了，像一个成熟的男人了。他张开双臂，像个外国人一样对我歪着头笑着，那笑容我是那么熟悉。我多想扑进去，那个怀抱是我日思夜想的。我想爱他，好好爱！

傻呆说："美国有给我工作的机会。"

我回复他："好哇，你有才华，那边的空间可以让你更好地施展。"

傻呆说："我要你也过来，嫁给我。美国的中国餐也有很大的市场。"

我毫不犹豫地告诉他："我不会去的！离开中国，我做出来的仅仅只是食物而已，不管挣多少钱都不会成为我的事业。"我并不明白我为什么这样说，我是爱差不多被我遗忘的家乡吗？我已经走得太远了。

我告诉他："忘记我吧！找个合适的姑娘成家立业。"

我好久再没收到他的任何消息，我昏睡了两天，觉得一切都过去了。也许根本没来，也不该来。我要求自己把一切都放下，毕竟长痛不如短痛。

一个月后，阿姨打电话让我回家一趟，说有要事。我连忙放下手头的工作赶回家去。进门就看见了笑嘻嘻的傻呆。那一刻，我如遭雷击。阿姨说："大桥把什么都告诉我了，他要娶你。"

"我？"我也顾不得面前是阿姨，泪流满面，泣不成声。

"好孩子，这几年你一直都心事重重，你该早点告诉我。"

我呆呆地站着，哽咽着说："阿姨，这不合适。"

"再没这么合适的了，傻孩子！他不娶你娶谁呢？往后啊，该改口叫姑姑了。"阿姨过来拉住我的手说。

我和傻呆第二天就去办理了结婚手续。傻呆把工作签到了深圳的一家设计院。办完手续，我们默默走到办事处对面的公园里。好像一切才刚刚开始，又好像一辈子的话语都已经说完。他说："你去哪儿我就跟到哪儿，我是你永远割舍不掉的一部分。"

我看看他，把手递给他。这是我们第一次手拉手。他把我揽在怀里，我把头抵在他的胸口说：

"傻呆，我也是。"

傻呆说："你是我生命中最重要的人。"

我说："傻呆，你是我的全部。"

说完，我忽然颤抖起来，泪流满面。我拿着他的手放在我泪湿的脸上，轻声说道："阿呆，阿呆，掐我的脸，我要疼！我不是在做梦吧？"

然后我就伏在他怀里痛痛快快地纵声哭出来。有生以来，我这是第一次这么痛痛快快地哭，那声音盖过了周围的一切。我的眼泪鼻涕濡湿了他的新衬衫，我哭花了自己精心勾描的脸。我把我这些年的眼泪都攒着，就是为了哭给他，一个傻呆，我的阿呆！

在傻呆面前，我彻底地打开了我自己。多年藏在心底的郁结，一层层地揭开，我的家庭、我的母亲，甚至我父亲的死。我说："阿呆，一直以来我都是赌着一口气过来的。我也不清楚赌什么，反正是放不下。”

傻呆抚着我的后背，深情地说：“没事亲爱的，你会放下的。”

“会吗？”我在黑夜里大睁着眼睛。

不过，我终于相信了这个世界上是有爱情的。我的父母不懂得，我的兄弟姐妹不懂得，但我懂得了。

十二

这次回来，本来我不再想找弟弟说安葬父亲的事儿，我知道说了也是白说，我弟媳妇那一关就过不了，到时候不但拿不到钱，还会惹一肚子气。但母亲既然已经给他打了电话，说这钱要他们拿，我不见就是我没走到，到时候两边都会怪罪我。

这次母亲对父亲的事儿这么上心，我和妹妹猜了很多次，都猜不出来她的心思。是不是跟她这两次生病有关？也许她觉得自己也快走到生命尽头了，见面时要对父亲有所交代？

但母亲并不是那样的人，她一生都不肯示弱。

到弟弟那里去我还要了却一桩心愿，我想去看看他们那里办事处的派出所所长，我曾经托人家办过兄弟媳妇的一桩事儿，办完之后一直没有时间感谢。

弟弟算是弟媳家的入赘女婿。我们姐弟几个的婚姻，除了我还算顺当，其他几个的事儿扯起来都有点长。当年弟媳的父亲在我们村子边上开了一家超市，弟媳也跟着父母过来读书，刚好跟我弟弟是一个班。弟媳长得虽然不太漂亮，但被娇养的孩子不一样，气质独特，且能歌善舞，自幼学得一手好琵琶。弟弟一门心思迷上了她，可是人家根本没把我弟弟放在眼里，她喜欢的是我们这个城中村村主任的儿子。高中一毕业，两个人就大操大办结了婚。

那时候城市化刚刚开始，村里大拆大建，政府和开发商都要征地，所以村主任是个肥差，恐怕也借机敛了不少钱。村主任的儿子买了一辆大路虎，天天跟开辆坦克似的到处显摆。有次他拉着父母去朋友家喝酒，回来的时候被前面的一辆破手扶拖拉机挡住了路，路虎发挥不了威力，怎么按喇叭，前面始终不让开路。那天他们都喝了不少酒，情绪极度亢奋，再加上有点生气，他大着舌头问父亲："老大，今天让您破费点小钱吧？"他父亲眼睛都没睁开，大大咧咧地说："小子，你看着办吧！"他一脚油门轰到底朝拖拉机冲去。想着他这么好的车，对付一个破手扶拖拉机根本不是事儿。没承想拖拉机被撞飞了，车斗里拉的几十根钢筋借着惯力冲出来，有几根从路虎的挡风玻璃上直插进来，他们父子两个被穿个透心凉，当场就死了。

那时候我未来的弟媳刚刚生了一个儿子，正是在家里颐指气使、作威作福的时候。可是这突如其来的打击，让这个家顷刻之间支离破碎。婆婆虽然伤得不重，但精神却差不多崩溃了，家里什么事儿也管不了，家里亲戚过来连偷带拿，弄得一个家乌烟瘴气。弟媳本来贪图人家的家业，可房本上没一处写的是她的名字。更难以接受的打击来了，婆婆失去了丈夫，失去了儿子，她再不能失去孙子。开始霸着孙子不让儿媳妇碰，后来干脆抱着孩子藏起来不见面了。

弟媳被这突如其来的变故弄得晕头转向，天天脸不洗头不梳，病得要死不能活，父母只好把她接回娘家。恰好那会子我们村子拆迁，把他们的超市也给拆了。她父母又带着她回了老家开封。

我弟弟觉得这是天赐良机，一而再再而三地追到人家家里，捧着大金戒指求婚，非要给人家当上门女婿不可。对这送上门来的好事，人家还能说什么呢？兄弟媳妇收拾得花枝招展地应下了这门婚事，二话不说就去办了结婚手续。老两口儿生有一儿一女，儿子结婚后另过了。跟前就这么一个闺女，父母高兴得不得了，直喊我弟弟活菩萨。他们觉得是我弟弟救了他家闺女，救了他们一家子人。

这事儿把我母亲气得半死，但是没用。说来也怪了，母亲对我们几个姊妹从来都是斩钉截铁,不允许还嘴,就是对自己的儿子,从来没敢说过一句硬话。但这次我母亲开始还是拼命阻拦了,要死要活的。我弟弟说:“我就是要娶这个人,你要是敢逼我,我立马去投黄河,让你们家断子绝孙!”

母亲吓得脸色都变了,她知道我弟弟不会泅水。

母亲的重男轻女是摆在桌面上的。自从我们家有了弟弟之后,她就再也没有把我们姊妹几个看在眼里,全世界就只有她的儿子。好吃的好穿的都是他的。但弟弟是扶不上墙的烂泥,虽然也不干什么坏事儿,就是混吃混喝,没囊气,更没什么志气。有一次,我二姐说:“他就是我父亲的翻版。”这话被我母亲听到了,一巴掌扇到二姐脸上,五个指印几天都没下去。她死都不愿意承认自己的儿子像他爹,更不会允许自家人这样说。

弟媳他们那个镇子离开封中心城区很近,现在已经成了市经济开发区。说来也怪,不管我弟弟做事如何荒唐,自打和弟媳结了婚,突然就上路了。夫妻俩在镇上开了一家饭店,开始是我弟弟亲自掌勺,硬是把饭店一铲子一铲子炒出名气来了。后来他培养了几个徒弟,又招了大厨,生意慢慢做大了。开封是座古都城,古迹颇多,来看古城的人尽管不火爆,可也常年络绎不绝。几年下来,临街盘了几间门面房,接连生了两个闺女,一高兴后面又买了几亩地盖了个小院,日子过得相当滋润。

我母亲一直没认这个儿媳妇,这也是她这么多年不愿意回河南的一个原因。我妹妹有时候逗她说:“你不认媳妇总不会孙女也不认吧?”我母亲说:“我这一辈子就厌烦闺女。”我母亲就是这样,她后半辈子都是吃闺女的、住闺女的,但是要让她心里认可闺女可真是不容易。

去年弟媳妇的娘家侄子想去当兵。但这孩子在当地名声太坏,品行差,打架斗殴是家常便饭,是派出所的“常客”,所以派出所死活不给盖章。弟媳不知道怎么打听到我跟派出所所长的老婆是小学同学,关系很好。其实,过去许多年并不来往,只是近几年我成了家乡的名人,她来深圳旅游找我,是我接待的。她很是感激,关系就热络起来了。

弟媳便让弟弟给我打电话。我拒绝了,说这事儿不好管,让人家为难的事儿我开不了口。我弟媳自个儿给我打了电话,还没张口就先哇哇大哭。说她娘八十多岁了,就这么一个孙子,不把他安置好,老娘会死不瞑目。对于这个半路冒出来的弟媳妇,我不知道该怎么拒绝,也知道如果拒绝了她,我弟弟面临着怎样的处境。于是万般无奈,就给派出所所长的老婆打了电话。派出所所长的老婆倒是干脆利索,她在电话里说:“这不是个事儿,你谁都不要找了,这事儿你妹子我说了算!咱们办事处就是走一个兵,也是你这亲戚的!”

果真人家把这事儿利利索索给办了。

那天去看他们,因为带的东西多,我让大姐夫开车跟我一起去。现在郑州和开封已经实现了一体化,道路非常好走,我们早早就到了他们家。弟弟已经明显发福了,头发也谢顶得厉害,那个中年油腻的样子猛一看真像我父亲。但认真打量,跟我父亲还是相差甚远。我父亲骨子里有一种尊贵,那是别人触碰不得的,虽然历经岁月的消磨,但依然坚硬;而我的弟弟则缺少这种东西,他是一味地软。我母亲不承认儿子像父亲,我倒是觉得他不配像父亲。

我弟媳则打扮得光鲜靓丽,乍看起来比我弟弟小好几岁。其实她比我弟弟还大两岁。弟媳一副志得意满的样子,一见面没有寒暄几句,就高门大嗓地说着他们现在的一切,刚刚从云南买回来的红木家具啦,在云南茶山上定制的老树普洱茶啦,刚刚去日本旅游买回来的衣服啦。反正绕过来绕过去,就是闭口不提父亲墓地的事儿。

在我脑海里闪回的,还是我们过去的家庭。我想起父亲和母亲,心头难免有一阵心酸。看着我油腻不堪的弟弟,禁不住总是想到在昏黄的电灯灯光下说书的父亲。

说了一阵子话之后，我给派出所所长的老婆打了电话，说中午我请他们吃饭。人家也挺给面子的，我放下电话不久，两口子就过来了。中午喝得很是高兴，两口子也很会办事，所长夫人给我带了礼物，场面弄得热热闹闹，给足了面子。弟弟弟媳也很高兴，我弟弟亲自掌勺，上的都是店里的高端拿手菜。我们几个轮番敬酒，大家尽兴而归。

吃完饭，我送走客人，去了趟洗手间。从洗手间出来，发现人都回后面院子里去了，只有大姐夫站在门口等我。我正要出去，却被服务员拦住了，说让我到款台结账。我愣了一下，笑着说："你弄错了，我是你们老板的姐姐，今天是你们老板请客。"服务员也笑着说："老板娘刚才专门交代了，说是你请来的客人，这账她让你结。"见我愣了一下，服务员说："我听老板娘说，你是深圳回来的大富翁，这点小钱算什么啊？你不知道老板娘的脾气？这两千九百二十元如果你不拿出来，得从我的工资里扣。"

我笑了笑，赶紧从包里抽出三千元给她，说："多出来的算是小费，我们深圳都兴这个。"服务员立时脸笑得开了花一样，说："姐可真有气质，和我们老板娘比起来，你是牡丹，她也就是朵西兰花。"说完自己先捂着嘴笑歪了脸。

出了门，我看见大姐夫已经坐在车里了，知道他为刚才的事儿不高兴。我拉开车门，把他喊下来，小声说："哥，算了，这种事儿一介意，反而显得我们小气，让咱弟弟也下不来台。"

他长叹了口气，跟着我回到后面院子里，坐下来喝了一阵子他们的古树普洱茶，又和弟弟弟媳说了半天话。弟弟说："姐，你轻易不回河南，走时想带点啥？我给你买去。"弟媳妇不等我谦让就抢着说："深圳什么没有？人家咋会稀罕咱这些不入流的东西？"我弟弟闷了一会儿，站起来又坐下，终还是起身去院子里翻出一袋子晒干的草叶子，说："这是我们秋天在黄河滩挖的蒲公英，沙地里长的，连着根拔出来晒干的。这个熬水喝，消炎效果非常好。咱妈爱嗓子发炎，不用吃药，拿这煮水喝一天就好了。”弟媳妇也赶忙说：“对对对，蒲公英可是个好东西，特别是黄河滩里的，纯野生，听说还有降三高的作用呢！”

关于父亲的墓地问题，他们一字没提。我更不想再提起。

车子走到半道，我弟弟突然发来一条微信：“三姐，我挺想咱妈的，她要是愿意回来住一阵子，我去郑州陪她。”

我回复道：“好的！”想想过于程式化，便把感叹号删了，在后面加了一个愉快的笑脸。

我离开的那一天，大姐夫送我。二姐和二姐夫后来也赶了过来。在机场托运完行李，到了安检口跟他和二姐、二姐夫告别的时候，大姐夫递给我一个用旧了的小化妆包，他说是大姐让交给我的。我随手放在手提包里。在飞机的头等舱安置好之后，我带有几分好奇地打开那个小包，里面一层一层地用餐巾纸包裹着一卷硬硬的东西。一共包了五层，打开之后，一个红皮笔记本的塑料封面里，夹着一个自制的小本子。那种纸质相当低劣，但剪裁得很整齐，顶头用白线极精细地缝合在一起。白线已经泛黄了，被手指摸过的地方也形成了灰黑色的霉斑。仔细辨认，缝起来的地方还露着“兽医站处方笺”的暗红色字迹。

那一刻，我几乎魂飞魄散。平静了好一会儿，哆嗦着掀开小本子，扉页上写着：《关于做菜的几种方法》，居然还用了书名号。一页页地翻下去，一共二十几页，每页一道菜，详细地记述了选材和制作方法。

这就是我们探寻了几十年的秘密，我父亲的菜谱。钢笔字，漂亮的楷体，线条流畅优美，刚柔并济。

你可以想象我搂着那个本子，那种激动，那种癫狂，那种伤感，那种得意，简直是无法用语言描述出来的。我静静地等待着飞机倾斜着身子升到两千米、五千米、八千米、一万米的高空，它的爬高过程也是我的心情爬高的过程。等飞机平稳了，我镇定地站起来，把自己关进头等舱的卫生间里，哭了笑，笑了又哭，纸巾用了一大堆，脸上的妆容被冲得乱花残蕊。我索性用清水洗了个彻底。假面消失了，镜子里几乎是一张让我自己陌生的脸。我打量着这张脸，想起傻呆常常说的一句话：你不化妆的样子才是最好看的。真的是这样，说不上是清水出芙蓉，但确实很好看。我对着镜子，给了自己一个开心的笑脸。

十三

回到深圳，我给母亲看了父亲的墓地购买合同。只是预付了定金，手续繁复得比买楼盘都不差，真正拿到墓地还得排队等到一年之后。这也就意味着父亲在入土之前，至少还得流浪一次。有人说现在的人生不起、活不起，也死不起，我算是信了。

母亲还没出院。她自己不愿意，说是要做完全部检查再说，反正现在国家给报销。我笑了，我说："国家不报销难道还不给你看病是吧？"

"那可说不定！"她总是喜欢犟。关于购买墓地大家兑钱的事儿，她一句都不提。

我和医生商量了一下，医院保留住院手续，白天观察，人晚上回家住，第二天早晨再来。医生同意了。母亲也挺高兴，在这里住几天，虽然住的是单间，可满楼道人闹哄哄的，医生护士一会儿一趟，她根本睡不安生。病号饭有盐没味的，估计受了不少委屈。在她下床我妹妹给她穿鞋的时候，她提出想吃老家菜，说人一生病，就特别想念老家的味道。

我笑着说道："你和小妹天天在家不都是吃老家菜嘛！"

她说："那不一样。"

我朝妹妹挤挤眼，依然笑着说："不行你换个口味儿，去尝尝我们的餐厅好不好？"

她也不答话，径直朝门外走去。

我开车带着她们跑了半天才找到一家好点的河南馆子，点了几个河南特色的菜品。有红烧鲤鱼、老豆腐蘸酱、炸八块，尤其还有她喜欢吃的扒羊肉。开始上菜，她吃得很高兴。我妹妹看她情绪不错，就特意多给她夹菜。后来等扒羊肉上来了，她把筷子放下，站起来趴在上面一边看一边拿鼻子吸溜吸溜闻着，然后摇摇头，"噗"的一声坐下了，脸色也阴沉起来。她用手指着盘子里的羊肉说："这菜不是这个做法嘛！肋条肉要用肥肉，这瘦不拉叽的羊做不好。葱段也得用油炸黄，不能炒成这样黑不溜秋的！"

我和妹妹惊呆了，从小到大，这是她第一次说到菜，而且是我父亲最拿手的一道菜。我和妹妹相互看了几眼，谁都不知道该说什么。后来还是妹妹说："这是在深圳，能吃到这样做的羊肉已经不错了，就凑合着吃点吧，回家让我们姐儿俩亲自给你做。"

她要了一碗疙瘩汤，桌上的菜一口也没再动。吃完饭回家的时候，我们一路无话。最近一段时间，我觉得母亲的情绪确实很反常。

妹妹陪母亲住楼下，我和老公、女儿住楼上。寒假还没有结束，老公带女儿去普吉岛玩去了，屋子被保姆收拾得纤尘不染。回家这几天，快把我累散架了。我把浴缸的水放满，想躺在里面舒舒服服泡个澡。

在我昏昏欲睡的时候，听到母亲和妹妹在下面说话。楼上楼下的浴室在同一个位置。母亲说："……要说你们姊妹兄弟几个，嫁的娶的就你三姐夫最好。人有学问，又懂得跟人亲。我们娘儿俩在人家家一待这么多年，一个不喜欢的脸色都没有。"

"你不是说，住的是你自己闺女的房吗？"我听见我妹妹哧哧地笑。

"别再胡说,再怎么说人家是一家人!女婿脸难看,我能吃得下饭?再说了,你房子弄好几年了,要不是你姐夫不让搬,说住一起热闹,我们娘儿俩……唉,我能不知道好歹?大桥这孩子,待人亲。"

"而且是真亲,我姐夫是不是真有点傻,跟谁都像没出五服一样,傻亲傻亲的?"我妹妹又哧哧地笑起来。

我母亲叹了一口气说:"我不是不想让你再找,是怕你找不到好人。你能遇着一个你三姐夫这样的,我死也瞑目了。"

我的眼睛湿润了,真上岁数了,最近变得越来越爱哭。我们姊妹四个,只有我一个人的婚姻是自己做的主。我母亲见到大桥后一直客客气气,不夸赞也不批评,从来没有态度。现在她这样评价大桥,其实也是对其他几个女儿的道歉。她实在太强势了。

母女二人沉默了一会儿。

后来我听到母亲说:"……你爸啊,本事不大,气性不小。"母亲像是自言自语,也像是在对妹妹说。

父亲死的时候我妹妹还小,对父亲一点印象都没有。平时我和姐姐说起父亲,她也很少插话。

"妈,我爸已经去世几十年了。"我听见水花呼啦呼啦响,估计是在给我妈搓背。母亲这些年一步也离不开妹妹,妹妹也真是会伺候人,"妈,你快快活活过好自己的晚年,什么都别想了。"

"唉——"母亲长长地叹了口气,"要是能放下就好了!"

我不忍心再听下去,起来把窗户关严实,也没心情泡澡了。浑身又疼,人又困,躺在床上却怎么都睡不着。父亲死时的情景老是在眼前晃来晃去。父亲的死像一个死结,纠缠了我们几十年,莫非母亲想把它解开吗?突然想起来,在我回郑州给父亲买墓地之前,她曾经给我和妹妹两个说过这样的话:"不入土就不算安葬。你爸死几十年了没安葬,他不闹腾才怪!"这话是什么意思?到底是谁?怎么闹腾了?父亲肯定不会闹腾她,只有她自己闹腾自己,心里过不去这道坎儿罢了。

可是这道坎儿我也不敢往深处想,真不敢再想下去。

过得去吗?

过不去吗?

一股无以言表的杂乱而又清晰的疼痛浸透了身体的每一处。我们只有一个父亲,可是他已经死去了;而活着的,也是我们姐弟五个唯一的母亲啊!

母亲,我是恨着她的。可我恨了多少年就爱了多少年;恨有多深,爱就有多深。倏忽之间,她已经八十六岁了。我在黑暗中大睁着眼睛,任泪水濡湿枕头。我清晰地意识到,她离死亡越来越近了,这是我心底最恐惧的,要多恐惧有多恐惧。

我心里某些冷硬的东西在松动,好像沉积了几十年的冻土层在慢慢融化。尽管我不去想,可那些过往的日子突然雪片般地向我飞来,一层一层地落在我心底,令我百感交集。

下午在医院看妹妹给母亲穿鞋的时候,我突然想起一件事。我在郑州的老房子收拾东西的时候,看见母亲乱七八糟的衣服里面,还裹着一只纳好的鞋底子,只有那一只。当时我就猜想,另外一只是丢了,还是根本没纳出来?那只鞋底子很大,显然是父亲的。如果是父亲去世前纳的,为什么母亲还要一直保留着呢?

那只鞋底子虽然做工不是很精致,但明显看出来,母亲还是下了很大功夫的。鞋底子纳得厚厚实实,针脚密密麻麻。它像有生命似的与我对望。一瞬间,我被感动得热泪盈眶。我想起二姨说过,家里再穷,我母亲也保证父亲出门必须穿戴得齐齐整整、干干净净,能有模有样地站在人前。这母亲一针一线纳出来的鞋底子,曾经寄托过她多大的希望啊!

我拿起那只鞋底子,把它紧紧贴在脸上很久很久,感受着它的坚硬和温暖,然后把它放进我包里。我想,等父亲入土的时候,我一定要把它跟父亲放在一起。

郑州的小房子我在售房网上挂出去了。可我没告诉任何人,在东区最好的地段北龙湖西岸,买了一套带院子的洋房,两层带地下室,加在一起有四百多平方米。我母亲要是想回郑州就让她回来住,她稀罕土地,深圳的楼顶上搁满了盆盆罐罐,里面种满了荆芥、玉米菜、薄荷、小茴香,都是她让我妹在网上买的家乡的菜种。一个带院子的房子会是我母亲晚年最美好的期盼吧,可以让她任意栽花种菜。这里距开封也只有半个小时的车程,孩子们谁想陪她住谁就过来,反正房子足够大。

我待在郑州的这一段时间,抽空转了市区的各个地方。西区改造成了一个标准的绿城,拥挤却充满秩序。而庞大的郑东新区,高楼大厦之间,有着阔大的开放式公园,处处草木葳蕤,生机勃勃。郑州,也许克隆了别的城市,但她长得像谁又如何呢?无论像谁,她毕竟是她自己,她有自己的核心文化,她有自己的发展逻辑。过去那个老郑州是回不来了,但是一个崭新的郑州依然是郑州。人在变,城市也在变。我父亲死去几十年了,不也一样在改变?

我的家乡,一切皆好,一切都会变得越来越好。当我们想着她好、想着让她好的时候,她怎么能不好呢?

我父亲将回到黄河岸边的邙山,他可以俯瞰河流的两岸。他老人家在另外一个世界,也一定改换了容颜,体态从容,坦然以对。

我估算了一下,这座眼下已经拥有一千万人口的特大城市,按照国家中心城市的规划,还有两千万人的增长空间。虽然这座城市处处都是豫菜,但不具规模,没有完备的标准,也不成体系。这里的粤菜馆子也有几家,但做得不伦不类,更是不具规模。我要回到郑州来,我想研究开发豫菜体系。我还想把地道的粤菜搬回来,甚至想搞一个菜系融合工程。我设想用餐饮撬动一个有着巨大的潜力的市场。

这样的设想，母亲还会觉得做餐饮拿不出手吗？

我的父亲叫曹曾光，他生于黄河，死于黄河，最后也将葬于黄河岸边。他再也不是我们家的耻辱，我要完成的正是我父亲未竟的梦想。

【作者简介】邵丽，女，作品发表于《人民文学》《当代》《十月》《收获》等刊物，多次被《小说月报》《小说选刊》《新华文摘》等刊物选载，部分作品被译介到国外。曾获鲁迅文学奖、百花文学奖、《人民文学》年度中篇小说奖、《小说选刊》双年奖等奖项。现为河南省作家协会主席。

过香河

○张　楚

一

过了香河收费站，还不能说是出了河北。在香河跟白鹿之间有个西集检测站，验完行车本、身份证、保险单，拿到进京证，才算真正入了京城。在验行车本时，那位斜眼女士发现蜜蜜有两次违章没有缴纳罚款。真他妈倒霉，蜜蜜扭过头问，舅，你带现金没？我忘了带钱包。我说我身上一角钱都没有。蜜蜜皱着眉头摊了摊手，妈的，银行卡里也没钱了。我瞥了瞥蜜蜜，用微信替他缴了罚款。×！他往地上啐了口痰，又擤了把鼻涕，抬脚在鞋帮处抹了两抹。

我们上了车，他的车。他的车是辆白色宝马。我向来对车没什么概念，在我看来，这辆昂贵的宝马还没有那种银灰色的普通大众漂亮。他开得很快，当然并没有超速。收音机里放着相声，老相声。老相声演员跟一些说相声的演员有些不同，声气里少油腔滑调，仿佛穿了很久的长袍马褂。高速路两侧的树木恍惚拱了苞芽，又恍惚没有。以后跟老艾说话注意点，我递给他支红梅烟，清了清嗓子，想了想说，蜜蜜你也老大不小了，哪儿能说话没把门儿的？

叫我叶密，舅，他睃我一眼，跟你们说多少遍了，别再叫我蜜蜜，你们老也记不住！

好的，蜜蜜。

你不知道她多气人，蜜蜜说，我怀疑她得了老年痴呆。哪天把她送进敬老院，我也彻底省心了。他吧嗒了两口过滤嘴，灭了，我赶紧又掏打火机，袜子、内裤好好的，没漏没洞，你扔了，她捡回来洗洗涮涮，不照样穿？你寻思你真是土豪地主？那是一次性的，蜜蜜撇了撇嘴，再说了，都扔垃圾箱了她还乌鸦似的叼回来，恶心不？卫生不？那你也不该骂她老不死的，我说，你好歹也是大学毕业。我那算啥狗屁大学，他挠了挠头说，我光顾着练吉他、打篮球了，英语四级都是花钱雇枪手考的。那你至少算个艺术家了？我打趣他。我艺术家？屁。他顿了顿说，不过，我吉他弹得还行。

我没再说话，偏头看他。他的脸比丝瓜短点，三层眼皮，每隔两秒他的眼睛就以蜥蜴岔舌吞噬昆虫的速度眨一眨。他从初中就这样眨，一晃都眨了快二十年。初始以为是眼疾，老艾和老叶带他去县医院。医生说，人哪，每天都在不停地眨眼，正常人呢，一分钟眨十次到二十次，去掉睡眠时间，一个人一天要眨眼一万次左右，眨一次眼就跟擦一次玻璃窗一样，能使眼睛保持清洁，而且，闭上眼皮时可以预防光线不断地进入瞳孔，眼底的视网膜能暂时休息下。

老艾和老叶没料到眨眼还有这么多学问，他们拿着医生开的眼药水回了家，每隔俩小时就将蜜蜜按在炕上，将眼泪般的透明液体小心地滴进他的眼皮。点了七天药水，蜜蜜还是不停地眨眼。老艾和老叶又带他去北京儿童医院，排了两天队也没挂上号，干脆带着蜜蜜去动物园看蟒蛇看孔雀，还看了熊猫跟河马，然后蜜蜜手里攥着棉花糖一家人坐着绿皮火车回云落了。

有很长一段时间，蜜蜜的眼睛恢复了正常。所谓的正常，就是从前一秒眨两次，后来两秒眨一次。我们都眨眼，只不过他比我们着急，我记得当时老叶说，只要不把它当病，它就不是个病，况且，医生不是说了嘛，眨眼相当于擦玻璃，越擦越亮堂，是好事呢。既然老叶这么说了，老艾也就这么信了。反正无论老叶说什么，老艾基本上都认为是对的。老叶从部队转业后在村里当过两届妇女主任，专门负责超生妇女的计划生育工作。他最得意的是，不动刀枪就打消了李根旺老婆再次怀孕的念头。她已经生了四个女孩。

前几天，我把电脑纸箱扔了，蜜蜜说，她也不嫌累，那天正赶上停电维修，她吭哧吭哧地抱着纸箱爬到十三楼，浑身的臭汗。还把纸箱藏进我办公室的卫生间。你说我的员工们怎么想？老板连瓶瓶罐罐、破箱子破鞋都攒着卖破烂，还能发啥大财！我随便损了她两句，她就哭哭啼啼。她眼泪咋恁便宜呢？

你不是还没招聘员工吗？你那能叫随便损两句吗？又是傻子又是白痴的，也就是老艾，换成我，大巴掌早扇过去了。我抬起胳膊朝着空气猛烈扇了两下，正手一下反手一下。他肩膀抖了抖，方向盘一歪，车差点撞上高速护栏。舅啊，我满肚子苦水，只是没处倒，你哪天有空了，我陪你喝两盅？他笑着瞥我两眼，你们学校离我家太远，不然让我女朋友天天给你炖牛肉、蒸海鲜。

我忙得很。我不爱吃海鲜。

忙啥啊？你快五十岁了吧舅？咋想起辞职来进修了？还学的编剧。编剧是啥玩意儿？编瞎话？编一集瞎话多少钱？啥？一线编剧每集三十万元？啧啧，五十集就是一千五百万元，扣税还剩下……一千两百万元。靠！他踩了踩刹车，望着我说，这买卖不赖啊！比卖手机膜利润大。

好好开你的车，蜜蜜。

叫我叶密，舅，叫我叶密。

他并没有生气，不过他努力显出生气的模样。他一生气，特别像《海绵宝宝》里的章鱼哥。这孩子从小就长得老，不过，嫩丝瓜和老丝瓜还是有区别的。他的眼角也有皱纹了。他眨眼的频率也比以前更频繁了。

即便是私下场合,他也不愿意我们管他叫蜜蜜了。

二

蜜蜜叫叶蜜蜜。蜜蜜是老艾和老叶的儿子。老艾是我老姑的大闺女。老艾生了龙凤胎,大的是女孩,叫叶甜甜;小的是男孩,叫叶蜜蜜。叶甜甜很皮,十岁那年偷着去河里洗澡,淹死了。那段日子,老艾差点把眼哭瞎了。老叶呢,患了恐水症,从河边走哆嗦,看到水缸哆嗦,喝口水也哆嗦,当然水不能不喝,不过后来他再也不洗澡了。冬天还好,夏天老叶穿行在村庄的葬礼或婚礼上,犹如随身携带着简易垃圾箱,都是老艾趁他睡着了,偷偷地给他擦胳膊擦屁股。叶蜜蜜当时倒没什么,闷了几天,该吃吃该喝喝,照样鼓捣他的收音机。

他打小就喜欢收音机,一开始听中央台的《小喇叭》,后来听单田芳的《白眉大侠》,再后来就拆了收音机,将零件卸得七零八落,关键是卸了他还能装起来。我们当时都对这个长得比水芹还细的男孩抱了无限的幻想,他让我们想起历史课本中的瓦特,想起爱迪生,我们都以为我们的后辈中总算要出个人物了,即便不能是爱迪生那样的大人物,好歹也能到大型国有企业里当名工程师。可蜜蜜长大后只考上了普通本科,学的机电,却天天打篮球,要不就抱着吉他唱民谣,还组了支乐队,乐队的名字叫“夏天的云梯”。据说毕业前他们举办过一场校园演唱会。我从没见过他在舞台上的样子,按照他的说法,那至少是他人生的高光时刻之一。当他在空旷庞大的舞台上唱那首 Beyond 的《海阔天空》时,透过冒着煳味的烫过的棕色鬈发,他看到黑暗中渺小的人们举着手机,一束束的光捅向夜空,犹如无数把《星球大战》里的激光剑,在无边的夜幕上写着激昂的情诗。当“情诗”两个字从他的厚嘴唇里哆嗦出来时,他的眼睛以暗夜闪电劈过旷野的速度眨了两眨。

毕业后他去北京混日子。我搞不懂为何这些孩子都喜欢到北京扎堆，哪怕住地下室吃咸菜，哪怕送快递送外卖。那时我还在县城里当公务员，跟他来往稀松。我向来对年轻人的热忱充满了怀疑。我似乎从来没有年轻过。按照蜜蜜的说法，他在北京饭店的后厨切过菜，能将土豆丝切得比银线还细，要不是老被一名住房部的胖阿姨骚扰，没准早混成凉拼了。那可是北京饭店啊！他眯着眼说。可据我所知，那是家很老旧的饭店了，除了离王府井和天安门近些，菜不见得比胡同里的苍蝇馆好吃。

据他说，还在后海的阁楼酒吧里当过驻唱，一小时七十八元，唱到后半夜他感觉嗓子都冒烟了，如果不是不想跟那个专唱法语情歌、长得貌似黑猩猩的海拉尔姑娘纠缠，他极有可能也会在后海开酒吧，专门卖浏阳河威士忌和驻马店生产的传教士啤酒，“一瓶进价五十元的洋酒卖一千五百元！”总之，当他叙述起那些年的北漂日子时，眨眼的次数比平时缓慢了些许，仿佛沉淀的、灰颓的时光给他的眼皮打了针镇静剂。

他还在海淀新中关大厦前，也就是十号线海淀黄庄B出口的空地上卖过唱。在我印象里，那里基本上都是抱着孩子卖假发票的、手工擦鞋的、贴廉价手机膜的，还有就是衣冠楚楚、神态自若的小偷。可蜜蜜说，那里是高校区，谈笑有鸿儒往来无白丁，他都唱英文歌，他的英语发音就像是平翘舌不分的南方人说普通话，不过他照样吸引了很多音乐爱好者。“美妙的嗓音是爱的通行证”，那时候微信流行，他跟他的粉丝建了个群，群有个风骚甜美的名字，叫“蜜汁源”。蜜汁源群顶峰时期人数曾达到两百零三人。他不定期在群里发布演唱的时间和地点，以及他PS了无数遍的照片，照片里的他总是戴副黑色墨镜，头顶上是墨西哥宽檐草帽，吉他扛在肩膀上，总之看起来像位郁悒的盲诗人。而他的那些歌迷，即便是下大雪，也会撑着伞将他围圈起来，默默地听他唱贾斯汀、山羊皮乐队或枪炮与玫瑰乐队的老歌。多年后那个群依然没有解散，不过没有人在里面讲话。按照蜜蜜的说法，那仿佛是块肃静的墓地，既然是墓地，当然不需要聒噪的赞美诗，也不需要早已死亡的上帝。

你知道吗舅，蜜蜜有次说，我过得苦呀，你想都不敢想！为了省房租，我在地下室跟对情侣合租，一间房，十平方米，还是张双人床。两男一女挤一张床，幸福吧？我们在墙上钉了根铁丝，睡觉时就把布帘拉上。布帘上有四个戴红头套、穿蓝色紧身裤的蜘蛛侠，他们分别朝上下左右四个方向爬，灯熄灭了，还在不知疲倦地爬。要是他们吐的蜘蛛丝能堵住我耳朵就好了。为啥不买耳塞？难道买了耳塞就感觉不到床铺像海啸时的波浪那样咆哮吗？妈的，那个推销假药的重庆小子又黑又瘦又矬，咋就那么能折腾！……舅啊，我就是那时患上失眠症的。

舅啊，你知道失眠有多难受吗？

眼睁睁看着天黑下来，眼睁睁看着天亮起来。

他可能不知道，我也有失眠症，只不过，比他初到北京的日子幸运些，我有张属于自己的单人弹簧床。那张床也老了，哪怕是打个喷嚏，也要等着楼下投诉。我辞了公职，跑到这个在儿歌里咏唱过的地方，住在一所比麻雀肠子还细的学校里，念狗屁编剧班，在我那些亲戚看来，也许比蜜蜜强不了多少。用老艾的话来讲，就是人要死活不肯过好日子，连菩萨也劝不住。不过你一个人，在哪里都一样，怎么欢喜了怎么来吧，老叶安慰我说，实在混不下去，就找蜜蜜。放心，蜜蜜哪怕只有半碗饭，也不会让他老舅饿着！老叶说完干了盅二锅头。你看，说不定我比蜜蜜还不如。

我那时才晓得蜜蜜在北京过得不错。初到北京时，他约我在国贸地下餐厅吃贵州跑山鸡。我等了很久，才看到他晃着比火鸡还长的脖子进来。他套件黑色敞领翻毛飞行员夹克，夹克有些短，这显得他的腿跟鹭鸶似的;他脖子上挂着条粗金链,看成色即便在澡堂子里泡澡也漂不起来;脚上呢,是双没脚踝的油亮皮靴。总之他把自己打扮得像东北那片的直播歌手。他快速眨着眼,大声呼喊着我的名字,犹如欧洲人见面般热烈地拥抱着我,又长辈似的拍拍我的肩膀,说,胖了,胖了。他跷着腿点了跑山鸡,点了糟辣脆皮鱼,点了稻草烧鲫鱼,还点了锅苗寨酸汤鱼。他不停地给我夹菜,盯着我囫囵着吞咽。当我不停地打着饱嗝儿时,他眨着眼说,舅啊,我带你到房子里看看。

你在北京买房了?我惊讶地盯着他,在哪里买的?哎,三环内的房价比纽约都贵,我在通州买的,不大,一百八十平方米,够我住了。

他似乎在期待着我继续问点别的。我没问。至于他怎么赚的钱,我也没问。他有些失望地扫我两眼,舅啊,你胃口真好,要不我再给你扤碗鸡汤?

当我跟他到地下停车场时,才发现他是骑摩托车来的。那是辆黑色宝马摩托,看上去手扶拖拉机那么庞大,当他干瘪的屁股骑上座位时,仿佛一枚五十毫米的麻花钉钉到了铝合金窗上,从车玻璃挡板看过去,他只露个扁蚂蚱似的狭长脑袋。我很严肃地劝他晚上最好别骑摩托出行。他问为啥,我说,路人远远瞅着一根细丝瓜架车把上,没上身,也没下身,会吓死的。他愣愣地看着我,半晌儿才说,舅啊,你幽默起来挺瘆人的。我说,让你意外的事多着呢。他拍了拍后座说,上来吧,带你兜兜风。你们这些老人家,肯定没体验过心率一百五十的感觉。

那天我确实体验到了心率一百五十的感觉。不仅如此,还体验到了什么是心率过缓。当他将房间墙壁上的储物柜挨个儿打开时,我看到了整齐如键盘的白色方格,每个格子里都有双鞋,像是每个佛龛里都供着尊佛像。鞋是新鞋,只不过搁置的时间长了,难免鞋面上落着灰尘。我从小就喜欢这个牌子，现在总算把一九九六年到二〇一六年所有款式、所有颜色的纪念版收齐了，他摸着下巴上的两根胡子问，咋样？我问，你要开网店吗？他"嘁"了一声，那些收集老照片、收集黑胶唱片的，是为了卖钱？那叫精神享受。我不禁瞅了瞅他的脚。他小时候都穿布鞋，会干农活了，鞋的款式才多起来：玉米地施肥时穿老叶攒的部队绿胶鞋、稻田里间稗草时穿两元五角一双从集市买的塑料拖鞋、雨后搊扶被风吹倒的高粱时穿过膝的黑雨靴。高三时我给他买过"双星牌"球鞋，他穿了整整半年，腊七腊八脚都冻皴裂还不舍得脱。

过几天我妈就来了，给我和员工们做饭。他将储物柜的门一扇一扇小心关紧，我才察觉柜角都贴着标签，标签上写着年份、尺码与产地，印度尼西亚、越南、土耳其、罗马尼亚、菲律宾……手写的，字侉大侉大的。这么多年了，这孩子的字还那么丑，但写得很认真，丑得非常一致。

据说，老艾第一次去蜜蜜那里颇费了番周折。她先从周庄村头坐短途汽车到县城，从县城坐长途汽车到市里的东站，再从东站坐2路公交车到火车西站，然后坐一个半小时的高铁抵达北京南站。她不会坐地铁，蜜蜜叮嘱她直接打车，到蜜蜜的公寓花了一百三十多元。老艾可能没想到出租车费那么贵，她面色通红地说，咱们县城的赵四烧鸡才四十二元一只，这……三只烧鸡就没了？蜜蜜知道她对烧鸡情有独钟，知道赵四烧鸡对她而言不啻另外一种货币，他对老艾抱怨似的疑问并未介意，他穿着条纹睡衣睡裤趿拉着拖鞋悠闲地领着老艾参观完自己的卧室和办公室，又领着老艾参观未来员工们的办公室、卫生间、厨房和储物间。当然，他的员工们都还在某个不知名的地方等待着他的呼唤，此时连一个人影也没有。

那天阳光不错，老艾走在一间又一间明亮的房间里，房间里飞舞着宁静的灰尘，窗台上摆放着盛开的紫色满天星，这一切让她的眼眶渐渐潮湿起来。她不停地嘟嘟囔囔，至于嘟囔了什么蜜蜜半句都没听清。后来老艾扶着门把手问，我住在哪里呢？蜜蜜一愣，他竟把最重要的事情忘记了，可他毕竟从小拆过二十多台收音机，他说，妈啊，你住我卧室，我住办公室。老艾说，那王如云来了怎么办？蜜蜜咧嘴盯着老艾说，妈呀，我现在是单身狗。老艾笑着问，咋，为了养狗不要女朋友了？蜜蜜说，妈呀，王如云被我踹了。我俩分了。

老艾瞪着蜜蜜，不晓得说什么才好。后来老艾跟我叨叨，她觉得特别对不起王如云。王如云是北京延庆的姑娘，以前跟蜜蜜是同事。王如云脸大眼大，身坯大，手脚也大，老艾第一眼就看上了，觉得这姑娘干活肯定是把好手。那年春节王如云在老艾家住了三天，头天晚上烧的土炕，有些倒烟，老艾听到王如云咳嗽了半宿，晨起时眼睛比巨型安哥拉兔还红，心里不落忍，从兜里踅摸半天，好歹掏出两百六十元，让王如云和蜜蜜晚上去镇上住旅馆。王如云说，阿姨，我没您想得那么娇嫩。于是老艾当天让村里的铁匠和水暖工安装了两组暖气，又从她妯娌那里背过来半袋大同煤块。刷碗也不用老艾，王如云那蒲扇大手三两下就将碗底的油渍蹭得干干净净，连丝瓜瓤都省了。没事了也不多言不多语，坐在炕沿上嗑瓜子看各地方台的春节联欢晚会。人家可是北京姑娘呢，老艾跟我说，半点架子也没有，听说听道。王如云还为蜜蜜堕过胎。本来老艾老叶想那年将婚事办了，可蜜蜜死活不同意。你个王八羔子！有啥洋气的！人家是北京户口，家里有房有车，你咋就不开窍！老艾骂了一上午，骂也就骂了，蜜蜜只是坐椅子上用手机打游戏。他打游戏时，眼就眨得慢。老艾喜欢蜜蜜打游戏。

如今竟然不要王如云了，老艾觉得无论如何都说不过去。翌日天还没亮，老艾就从床上爬起来，蹑手蹑脚去厨房给蜜蜜做早餐。蜜蜜最爱吃煎柴鸡蛋，八成熟，上面涂层老艾春天做的酸豆酱，再涂层蒜蓉汁。做完早餐老艾去洗漱，才发现唇角生了排细密的水疱。据老艾说，她想了两天，才鼓足勇气给我打电话。在她看来，亲戚中只有我混过仕途，当过股长，发展过党员，做过上访户的思想工作。我是出面劝慰蜜蜜最合适的人选。我对老艾说，年轻人的事我们不要管，管也白管。你当初要死要活，偏要嫁给老叶，我姑父用皮带抽你，我姑戴着顶针掐你，你不照样没松口？恋爱中的男女，做烈士的心都有；分了手的男女，做杀手的心都有。

老艾就不说话了。可能老艾没想到我会把话说这么绝对。她的沉默让我有点心疼。我说，哪天我去蜜蜜那儿看看你吧，咱姐弟俩喝点小酒，我这里还有瓶陈年茅台。老艾这才结结巴巴地说，弟啊，我戒酒了，糖尿病，血糖九点多。我劝她注意饮食，水果少吃，含糖的饮料也别喝了，胰岛素该打就打，别舍不得。她心不在焉地嗯嗯啊啊。后来才知道她嫌每年两百元的农村合作医疗费太贵，根本就没交。

我记得以前老艾有事没事就喝红糖水，一茶缸一茶缸地喝，咕咚咕咚地喝，像是三伏天里饥渴的骡子。

三

虽说要去看老艾，可一次都没去成。初春我搬了次家。以前我住在学校南区宿舍，后来房子被收回，将我安置到北区的一栋筒子楼。那栋楼大概也有三十多年了，屋内没有厕所也没有洗漱间，晨起要排队方便、洗漱。我的新室友是山东人，青岛四方区的，学的中国古代美术史。他长得也特别像古画里的人，细眉细眼，溜肩长臂，住了几天，发现他颇有雅士风范，是个难得的慢性子。

他的慢反映在方方面面，比如起床，他先要抱着那个长约一米的棕色维尼小熊抱枕苏醒十分钟，然后才磨磨蹭蹭穿衣服，下床后他会茫然地盯着书桌，一盯就是半天，不晓得是在整理日间的行程还是在回味昨晚的梦境。当我吃完早餐回来,他开始洗脸。洗脸要用洗面奶,他会耐心地用掌心来来回回地蹭着鼻头、下颌、双腮、额头和尖耳朵,他把脸洗完了,我在图书馆都看了半个小时的书了。等他洗完脸、如完厕,会从衣柜里挑选衣服,如果觉得裤子和上衣不搭配,他就会陷入选择困难症。这倒没什么,主要是当他发现换掉的那条裤子上有块栗子大的油点时,他会想到洗衣服。等把衣服泡好,发现洗衣粉又没有了,于是,他穿着拖鞋去学校南区的日用品商店买洗衣粉。

而他人缘那么好,在去商店的路上,会遇到读本科时就认识的打扫卫生的大爷(这个大爷被解雇过,然后又被聘用)、食堂卖北京炸酱面和河南烩面的大姨(他加了她的微信,据他判断,大姨的丈夫应该在人民大会堂当保安)、刚从芝加哥交换回国的师弟(师弟的一位美女同乡在民族大学读硕士,长得很像明星)以及篮球场认识的经管系球友……当然这样也挺好的,只不过他的时间总是不够用,而且有时时间难免发生错位,比如他最近一件麻烦的事情就是,记错了雅思考试的时间。他以为是十四号,结果是四号,当十天后发现这个事实时,他多少有些懊恼,报雅思的两千元白交了。为了安慰自己,他只好重新报了名。为了庆祝重新报名成功,他决定和女友去泰国旅行。

我给他起了个绰号,叫"蜗牛",不过思来想去这个称呼也不是很合适。再说了,一个无聊的中年人给二十多岁的小伙子起绰号,显得有些为老不尊。不管怎样,自从跟蜗牛同居一室后,我发现自己原来是电影中的闪电侠,这让我挺骄傲的,无论上课还是在图书馆自修,都有种偷盗了他人时间的喜悦。那套十二册的《维特根斯坦全集》我早就不读了,我觉得没有必要再折磨自己,不能因为读哲学书再去研究概率和线性代数,再说即便将概率和线性代数学透彻了,也不一定能把维特根斯坦的话弄懂。我倒是对他的身世很感兴趣，他的父亲卡尔·维特根斯坦是奥地利钢铁工业巨头，母亲莱奥波迪内是哈耶克外祖父的姑表妹。一九〇三年，维特根斯坦前往林茨的一所技校学习，同学里有个人叫阿道夫·希特勒。维特根斯坦跟蜜蜜一样，从小爱好机械与技术，十岁时就制作过一台简单实用的缝纫机。

当蜜蜜在学校里组建乐队吟唱着风花雪月时，十九岁的维特根斯坦已经到曼彻斯特维多利亚大学攻读航空工程空气动力学学位。据说为了彻底搞清螺旋桨的原理，同时出于对数学基础的兴趣，维特根斯坦阅读了弗雷格的《算术基础》……然后，他去拜访弗雷格，并且听从了弗雷格的建议，又去拜访了罗素，剩下的事情我们大概都知道，罗素是这样赞美他的："他对哲学具有比我更多的激情；他的是雪崩，相形之下的我似乎只是雪球。""一战"期间，维特根斯坦在战场上完成了《逻辑哲学论》初稿。他认为所谓的哲学问题已被解决，了无生趣，就去小学教书。这是个一直处于"主动性"的人，在这点上，他跟我有点八字不合，总是超出我的思维边界。

这样我放弃了维特根斯坦，开始读威廉·福克纳。有时我将那本让人头疼的《押沙龙，押沙龙！》扣在桌面上，呆呆望着窗外。窗外是那种北方常见的白杨树。青白色的皮，盘旋着上升的树瘤和笔直的枝条让叶子的响声显得格外透亮，我常常以为外面在下雨，而当我将目光投向窗外，只不过是春风拂过，那些绿油油散发着清苦味道的叶片哗啦哗啦地响着，同时泛着白亮耀眼的光芒。

我当初来这里，只是不知道我还能干点什么。我对写剧本一无所知，兴趣也不大，上这个学凭的是在单位写材料的一点基础。不过我知道，这是个赚钱的行当，当然，也是个杀人的行当。要想老老实实写出来，大概相当于让老叶去当省长或书记。后来我不再追查所谓的"意义"了，人没死，总要干点事，无论这事我喜不喜欢。世界的意义必定在世界之外。这样,我如往日那样听课、蹭课、翘课或者逃课,那天我正在听国学院的老头讲八卦乾坤,蜜蜜来电话了。他说他要住院了,能不能陪几天床。我问老艾和老叶呢,他支支吾吾地说,他们都在老家。我问王如云呢,蜜蜜说,舅啊,如今她是猫,我是老鼠。

当我见到蜜蜜时,他裹件猩红色运动服躺在雪白的病床上,仿若才端出烤箱的南美对虾。蜜蜜换了半月板,那块他从来没有在乎过的骨头变成了块金属。幸亏他还没有从公司正式离职,住院的费用公司给报销。我妈不管我了,蜜蜜哭丧着脸说,我妈跟王如云见了面。她俩去吃了顿卤煮,还每人喝了两瓶小二锅头。我说,老艾不是戒酒了吗?蜜蜜说,架不住王如云哭啊。王如云啥话也不说,灌口酒,哭一阵。哭一阵,灌口酒。我妈就劝,劝了半天屁事也不顶。你也知道我妈心比海绵还软,最见不得别人伤心。她就陪着王如云喝呗,开始用酒杯,后来就吹酒瓶。两人都喝高了,王如云抱着我妈哭,我妈也哭。你知道我妈哭起来,声音比土狼叫还瘆人,把服务员吓坏了。劝也劝不住,老板娘就来劝,还是劝不住,老板就来了。老板看见桌上的两屉庆丰包子吃光了,炒肝也吃干净了,就劝她俩回家。王如云哼唧哼唧还是哭,老板就报了警。我就把我妈领回来了。我妈骂我狼心狗肺,我骂她软柿子。她一生气就跑回老家了。舍不得打出租车,还问我去火车站咋坐地铁。我这膝盖坏了,要动手术,前几天给她打电话,她说田里活多,忙不过来,自己不来还不让我爸来。啥玩意儿!

我说你这就叫报应,明知道膝盖有旧伤,还偏去打篮球;明知道你妈心软,还偏让她去会王如云。你要是再骂你妈,我也不管你了,屎尿都拉在病床上也不管。蜜蜜不吭声了,别过头去。他旁边的病床上是个女孩,竖着耳朵听我们讲话。我看到蜜蜜的眼眨得像蜻蜓振翅膀。

蜜蜜还没出院，老叶先从云落过来了。他不光自己过来，还带了三罐酸酱、五棵发臭的酸菜、十斤剥好了的花生米和十五个燍了毛的猪蹄。反正他把蜜蜜的冰箱保鲜层都塞满了。他当兵时任过伙食班的班长，擅长挥舞着铁锹炒大锅菜，其实呢，他炒的小灶更香，尤其是炖肘子和熘肝尖。肘子火候大了容易炖烂炖飞，熘肝尖火候小了容易熘嫩浸血。老叶平时不下厨，只过年过节才系上围裙露两手。这两手也就够了，肘子才端上桌就被客人抢光了，他们通常给他剩两片散发着油光和蒜香的猪肝。老叶年轻时见过来自五湖四海的人，人到中年时跑过乌鲁木齐和银川的大货车，走到哪里都不发怵。他下了火车后没有打出租，而是买了张《北京市交通地图》，从衣兜里掏出那支笔尖快磨秃了的永生牌钢笔，戴着花镜勾勒了一条地铁路线。他事先准备了一元硬币，顺利地买了票，然后背着那个沉甸甸的尿素袋上了地铁。当他推开病房的门站在蜜蜜跟我面前时，我们都惊呆了。那年北京的春天老下雨，细细的，密密的，这让老叶仿佛是个走夜路掉进河里的旅人，眉角、发梢和脸庞湿漉漉的，衣角和裤脚滴答着水。你个臭小子，该好了吧？他笑嘻嘻地盯着蜜蜜说，你老寻思自己是美国梦之队的队员，其实呢，他掏出三元一盒的三塔牌香烟在鼻孔下嗅了嗅，打了个喷嚏，说，其实不过是咱们村篮球队的水平，还是替补的。

老叶陪蜜蜜住了半个月，老艾才来。老艾拉着张老脸，唇角弯垂，行动迟缓。我妈像不像慈禧太后？蜜蜜挤咕着眼说，她寻思自个儿掌管六宫呢！瞧她那件毛衣，穿了三十年，绒球都磨秃了，还不下架，我从高端百货商场给她买了件豹纹真丝女式上衣，她竟然说比家里炕上的那条床单还丑，我真服了她！蜜蜜嘴不闲着，眼也不闲着，他盯着老艾拿块用内裤裁剪的抹布擦了他的办公室，擦了他的卧室，擦了他未来员工的办公室和厨房，又去擦马桶。你就不能闲会儿？鬼似的飘来飘去，我头都被你晃晕了。老艾瞪他一眼，将抹布用热水烫，用洗衣粉搓，然后搬了家用折叠梯擦客厅的灯管。老叶！我听到老艾恶狠狠地喊道，没眼力见儿，快来帮我扶着！老叶就将手里那只刚煺完毛的白条鸡扔水池里，小跑着过来，一只手扶着梯子，一只手攥住老艾比斑马还细的小腿。手洗了没？老艾皱着眉头嚷，你把我裤脚都攥湿了。老叶慢条斯理地说，没洗，我刚把鸡粪掏出来。老艾站在梯子上俯瞰着我们，犹如圣母在云端俯瞰着受难的众生。我听到她冷冷地说，他们爷儿俩的心啊，真是比老鸹都黑。然后，她的目光热切地打在我身上。

我就点点头。老艾发牢骚的时候，我就点点头。

四

那年春天，我的蜗牛室友真的跟他女朋友去泰国旅行了。他们去了一个礼拜。等蜗牛爬回来，黑亮黑亮的，动作似乎更迟缓。他打开那个睡袋似的长条行李包，一件一件往外掏衣物，等把衣物叠好，都夜里十二点了。要帮忙吗？他笑笑说，不用大哥，我自己来。他似乎很介意别人碰他的东西，哪怕只是双鞋帮被海水浸泡过的鞋子。我的手机掉海里了，哎，他用纸巾将鞋面擦干净，打了鞋油，用刷子来来回回地蹭，我想他至少蹭了有六百下。等那双鞋子亮得刺人眼时，他哎呀了一声，我的那双凉拖丢在芭提雅的宾馆里了……哦，除了凉拖，还有我给你买的泰丝领带，从普吉岛买的呢。他说话时眼睛无辜地盯着我，仿佛是我弄丢了领带。出于礼貌，我随口问了句他们在泰国的行程，他就絮絮叨叨地说起来，他的语速比平常人的语速要慢一半，等我睡着时他还在慢慢腾腾地诉说着他们在芭提雅碰到的不靠谱的导游。我迷迷糊糊地想，他能安全地活到这么大，真是不容易。以后过十字路口的时候，千万记得拽他一把。

那天蜜蜜说要带着老艾和老叶来学校看我。我说太远了，比从北京到老家的时间还要长。蜜蜜说，不是我要看你，是老艾和老叶，其实也不是老叶，主要是老艾。她老不放心你，怕你老了，再学坏了。我说那就来吧，我请你们吃潮汕牛肉火锅。蜜蜜嘿嘿笑着说，你没给我找个舅妈吗？我说你再贫嘴，就用锤子把你另外那条腿的半月板也敲碎。

他们还是让我吃了一惊，来的不光是老艾全家，还有王如云。蜜蜜什么也没说，王如云倒是很客气，舅舅舅舅地喊着，仿佛喊了几十年。老艾的那张圆脸时不时挤出丝微笑，然后时不时地瞥蜜蜜两眼。我就知道了，王如云肯定是老艾带过来的。老叶身上的味道没那么浓重了，看来老艾在他睡着时替他擦了身。

为了以示隆重，我叫了蜗牛和另外两位同学，那两位要去北京大学听讲座，这样，只有我们六人围绕着那张十人台的转桌稀稀拉拉坐好，等着锅里的水滚开。老艾似乎对蜗牛印象不错，问他是哪里人、多大、父母做啥工作的、读的啥专业、以后是留在北京还是回老家。蜗牛都郑重地一一作答。他标准的普通话和低音炮般的男中音让老艾更是喜欢了，又问他有没有女朋友、女朋友是干啥的、父母是干啥的。蜗牛还没应答，蜜蜜说，妈，你要做媒啊？老艾说，这么好的小伙子，能当回媒人也是福气。蜜蜜说，人家是研究生，将来留北京的，你还要给人家介绍个咱们村的姑娘吗？ 老艾愣了愣，羞涩地说，哎，咱们村里的姑娘，怎配得上他呢？蜗牛这才说自己有女朋友，也在读硕士。老艾就略显惋惜地盯着蜗牛说，哎，要是甜甜还活着……一提到甜甜，老叶就哆嗦起来，我赶紧给老艾递了个眼色，老艾小女孩般垂着头，看着滚烫的锅底里冒出的红辣椒发呆。

那顿饭吃得很慢。话题大都围着蜜蜜马上要开张的公司展开。蜜蜜说公司在工商局办了营业执照，税务登记过段时间再办理。员工也不用多，四五个人就能忙过来，要是老艾和老叶添把手，效率就更高了。我才知道他的公司主要业务是加工手机膜和各种零部件，听他的意思，在原来的公司跑销售时，他已经打通了各种关系，销路是不愁的。按照他的口风，公司每年赚个三四百万元是小意思。王如云自始至终没怎么讲话，只是低头吃肉。她胃口很好。她长了双蒲扇大手是有道理的。等酒足饭饱，蜗牛才说，呀，我女朋友发信息了，在学校等我呢。我瞅了眼，那姑娘是半个小时前联系的他。姑娘有个很好听的名字，叫阿杰莉娜。

蜜蜜他们打车回通州，我跟蜗牛回宿舍。宿舍门口的树下站着个女孩，穿着件粉红色连帽衣，背对着我们，无疑就是他的女朋友了。这所学校有规定，女生不准进男生宿舍楼。尤其是我们这栋的宿管大妈，都是朝阳区的，眼睛自然更毒辣。其中有个姓杨的，天天拉着张寡妇脸坐在门厅里，盯贼般盯着往来的学生，即便苍蝇飞进来，也要逮住辨清公母，母的绝对就地正法。蜗牛只能跟他女朋友在树下说话了。幸亏那棵树不仅枝繁叶茂而且粗壮雄阔，树龄两百年也有了，远远望去只能看到黝黑的树皮，看不到树后的人。

等我再接到老艾电话时，已经是暮春了。我知道蜜蜜的公司开张了，作为一家手工作坊式的公司，蜜蜜雇用了五名职工，当然，这五名职工里包括老艾和老叶。老艾和老叶是厨师、保姆、保洁员、搬运工、装货员和邮递员。老艾说，她要被蜜蜜气死了，人家王如云常常来公司打下手，蜜蜜连个好脸也不给。更让她恼怒的是，他把那辆宝马摩托车卖了。为啥卖？蜜蜜有天骑着摩托车去打篮球——我不让他去他就不去吗？向来都是我说往东他偏往西！在国贸跟辆奥迪车撞上了！奥迪车车主边开车边打电话，就刮到摩托车屁股。幸亏蜜蜜命大，从摩托车上摔下来，只磕破了脸皮。车主大概是个角色，横得很，连句好话也没有，只是说他买了保险，让保险公司的人来处理。你还不知道蜜蜜那脾性？当时就爆炸了，跟人家吵起来，不光吵起来，还动了手，把人家的门牙打掉了一颗。哎，反正到最后，蜜蜜鬼迷心窍，非要把那辆破相的摩托车卖给那个撞他的人。那人死活不买，蜜蜜就天天打电话，又去公司堵人家。人家被缠得没办法，答应出二十万元。

我有点发蒙。我记得蜜蜜说过那辆摩托车是花了四十多万元买的，这才骑了不到半年，就半价处理了？我说话就跟放屁一样，老艾咬着牙，蜜蜜那王八羔子，非说一看到摩托车就烦，眼不见为净，贱卖就贱卖吧。他那点花花肠子我还不知道？这不，前几天他买了辆轿车，难看得很。膝盖没好全，还老开车去体育馆打篮球。你当舅舅的可要好好管教管教！他公司刚开张，哪里有闲心玩？膝盖上还镶着块钢板，再作下去，钢板坏了咋整？这要残废了，拄着拐杖上蹿下跳，就算是王如云，也不会嫁给他了。

好吧，为了让老艾放心，我不得不约谈蜜蜜。蜜蜜说，舅啊，我正在打篮球！你忙啥呢？要不过来一块儿打？我才到体育馆！我记得你以前是单位篮球队的。我说好，七八年没摸过篮球了，可蹦起来还能摸到篮筐。蜜蜜说，舅啊，你就别吹牛×了，是骡子是马牵出来遛遛。

为了教训下蜜蜜，我特意带了个帮手。这帮手不是别人，正是蜗牛。蜗牛别看性子慢，打篮球却是把好手。基本功扎实，花活玩得好，手指转球左右手背衔接揉球，动作既唬人又迷人。我们到那里时他们正在打半场。在旁边观察了会儿，发现他们装备虽然齐全，却全是半破子手。蜜蜜见到我跟蜗牛有点意外，他可能没想到我们真的会来。他殷勤地向他的球友介绍我们。他的介绍有点夸大其词，不过很让蜗牛受用。他说我是国内著名的编剧，像《千秋引》啊，《丈母娘会武术》啊，《太监也疯狂》啊这些收视率超百分之一的巨作都是我写的。说实话，这些电视剧的名字我都没听说过。他又介绍蜗牛，说蜗牛不但是研究唐伯虎的专家，还是唐伯虎的第八代传人，毕业后就到故宫博物院当研究员了。那些球友对我们似乎很感兴趣，又是递烟又是递水。我们也没说啥。能说啥呢？

打完篮球已经傍晚，几个球友纷纷收拾行李。蜜蜜挥挥胳膊说，今晚我做东，吃日料，都别回家了。那些球友都赞成，看来对我和蜗牛的球技还比较满意，愿意我们俩掺和在他们当中。我们一起去停车场。蜗牛偷偷问我，蜜蜜的朋友都是啥人啊？最便宜的那辆车，也要一百多万元。

那家日料店在三元桥附近，东拐西拐的，上了楼才发现是家私人会所。男女服务员穿着和服在门口鞠躬相迎。屋里只有两张檀木桌子，中间用影壁隔开，再里面是个KTV包间。老板是个日本人，长得像蓄了胡须的福山雅治，中国话说得比蜜蜜还溜。看样子他们熟得很，老板说，今天上午才从北海道运来条蓝鳍金枪鱼，你们真是有口福。还有条寒鰤鱼，要是喜欢，一块儿做了。蜜蜜叼着香烟说，上！把最新鲜的都上一份！别忘了海胆我要……他还没说完，“福山雅治”抖了抖小胡子，笑眯眯地应道，两份。

那天晚上喝的清酒。我认为清酒也许是世界上最难喝的酒了。尽管如此我们也都喝了不少。我跟蜗牛很少插话。我们只是听着他们讲。听着听着我似乎明白点什么。这些球友多是有钱人家里的孩子，听口风不是读过哈佛商学院的MBA，就是在中信证券任职，其中有个孩子是山西人，他明显喝多了，耳根子比龙虾还红，他拍着蜜蜜的肩膀问，你爹那个矿卖了没？最近大形势不好，该出手就出手，我家老头卖了三个矿了，矿多累主啊。

蜜蜜说，我家还好，毕竟有个钢铁公司接着，说完他瞥了我一眼，说，我爹是个土财主，目光短浅，我撺掇他去海外投资，他又不肯，要是把马德里市政厅买下来，价钱不早就翻倍了嘛。球友哎了声，又跟他碰了杯酒，说，这些老古董迟早要被淘汰的。他们这代人啊，没知识，更没见识，只是走了狗屎运。

我夹了块金枪鱼慢慢地吃。我很替老叶开心。走了狗屎运的老叶从来都不知道自己开了家钢铁公司，还有座矿山呢。

蜜蜜明显喝大了，结账时钱包掉出来也丝毫没有察觉。我替他捡了起来，里面得有二十多张银行卡，还有张合影，黑白的，模糊不清。我辨认许久，才看清是蜜蜜和甜甜的合影。他们长得并不像，完全瞅不出是双胞胎。当我将钱包递给蜜蜜时，他嘻嘻地笑着说，舅啊，我可从来都想着我姐呢，我常常跟她唠嗑，她只听我说，却不搭腔，不过，我知道她想我，她还像小时候那么爱我，总是趁我睡着时偷偷亲我。她其实一直想着我们，对不？

我只好拍拍他的头。说实话，这么多年来，他在我印象中还是那个四五岁的男孩，抱在怀里犹如营养不良的猪崽。稍大些，他总是坐在过头屋的水泥地板上，戴着近视眼镜手持放大镜，研究收音机的电子管和线路，神态犹如一个研究病毒的老科学家。当我们从他身边蹑手蹑脚走过时，总会闻到刺鼻的、零件烧焦的煳味。我很难把这个记忆中的男孩跟眼前这根丝瓜重叠铆合。我只比他大十几岁，因为是他舅舅，却像隔了几个世纪那般遥远，他在我面前似乎永远也长不大了。每次看到他，我就想起切斯特菲尔德的那句话：青年人往往自视聪明，就像醉汉自觉清醒一样。这话简直就是针对蜜蜜说的，或者就是针对作为他舅舅的我说的。我也知道，这样想他有点不公平，但是习惯成自然了。

那晚我跟蜗牛先行告辞，蜜蜜的朋友们也喝多了，非要去K歌。让我意外的是，下楼时我仿佛晃到了王如云。她躲在一楼那扇庞大透明的旋转门旁侧抽烟。她来等蜜蜜吗？为何不一起吃晚餐？我愣了愣，抬起手跟她打招呼，可她装作没看见的样子迅速转过身去。她对面是双层立交桥，黑魆魆的，犹如蟒蛇的骨架，车辆萤火虫般慢吞吞地行驶，没有声息，而空气里是西府海棠花粉的颗粒。我留意到她的肩膀很宽，站在夜色中仿佛一个柔道运动员。她就那样背对着我，哆哆嗦嗦地抽烟。

五

老艾坐了一个多小时的地铁来找我时，樱花都快谢了。那天值班的是杨宿管，除非老艾去做变性手术，否则我就是管老艾叫亲妈，她肯定也不放老艾进楼。大厅玻璃门外有间狭窄的接待室，老艾看着来来往往的学生一句话都不肯说。不然咱俩去咖啡馆？老艾摇摇头，那玩意儿难喝得很，还不如红糖水。我说，咖啡馆里也有汽水，你不是顶爱喝橘子汁吗？老艾似乎被说动了，可路过体育馆时，她指着参差不齐的台阶说，弟，我们在那里坐会儿吧。

这样，我跟老艾肩并肩坐在观礼台上看着足球场。场地上有帮孩子正在踢足球，他们嘹亮的呐喊声间或传来，让老艾时不时有些走神。她说，她还是同意蜜蜜跟王如云分手了。没错，王如云是个难得的好姑娘，可是……可是，我想抱孙子，蜜蜜也想以后要孩子。我问，王如云想丁克？老艾垂着眼睑说，王如云也稀罕孩子，可是生不了。王如云跟蜜蜜好之前有个高中同学，两人处了好些年对象。如云那时小，不懂事，也不知道爱惜自己，为他打过两次胎，后来跟了蜜蜜，又打过一次。医生警告过她，可她根本没往心里去。你说我跟老叶要是都死了，蜜蜜老了，头疼脑热的连个端茶倒水的人都没有，我在阎王那里能省心吗？

咸吃萝卜淡操心，再说，日后哪里敢靠孩子养老？不都得掏钱住养老院？老艾撇撇嘴，打死我也不去养老院，丢不起那人。你小，你见得少，有些养老院可是地狱啊。根本没人管你，屋里比茅厕还臭，屎尿拉一裤裆也没人给你擦。我要老了，瘫了，蜜蜜不养我，我就吃把安眠药死了算了。好死总比赖活着强。

那王如云……还常去蜜蜜那里？去。这姑娘啊，一根筋。你说蜜蜜有啥好？长那么砢碜，钩虾似的，眼睛眨巴眨巴，看着就心烦。老艾叹口气说，除了手里有俩钱、会唱几首破歌、会打篮球，还会啥？你说，他会啥？我是掐着半颗眼珠也瞧不上他。

一阵喊叫声传来，原来是一方攻进一球，孩子们欢呼着搂抱在一起。老艾盯着那些孩子说，蜜蜜要是能给我生几个孙子，再生几个孙女，该多好。我不禁笑了，你给蜜蜜找个蜂后算了，生两窝，还会采蜜，连红糖也省了。老艾有些不服气，不就是拉扯孩子吗，有啥大不了？你老姑不拉扯了我们姐八个？都活得好好的，没见谁早夭，你老姑也活到九十岁。

我盯着老艾。老艾的脸开始有些僵硬，后来不知怎么就笑了。我恍惚想起了她少女时的模样。老艾那时在大队的小卖部当售货员，卖牛舌饼、香油馃子跟小黑枣。我放学时常从小卖部路过，老艾总是偷偷往我袄兜里塞两颗水果糖。那时，她笑起来比小黑枣还甜。她后来还在县城的国有饭店四部干过厨师，她叔伯大伯在那里当会计。据说老艾的手艺得到了烧鸡大师赵岩的真传，这个羞赧的姑娘熏制的烧鸡酥脆腻香、皮老肉嫩，成为四部招牌菜。要不是后来跟老叶结婚，老艾没准也成烧鸡大师了。据说县城最火的赵四烧鸡店，就是那位大师的后人开的。这么多年过去，这个卖过小黑枣、熏制过烧鸡的女人有双混浊的三角眼，鼻子常年红润，每到春天就犯干燥性鼻炎，嘴巴不再微微上翘，两条泾渭分明的法令纹让她的唇角耷拉着，犹如哀伤的河流。她唯一没变的就是发型了。她一直留着小学课本里女英雄式的黑硬短发。不过，如今头发已经花白了。

王如云这孩子是真不赖，厚道本分。老艾的声音甜得像砂糖橘，我把她当亲闺女，还认了干女儿。你们宿舍那个小唐，真的有女朋友了？

我这才明白老艾大老远地跑来，究竟是为了什么。我拉着她的手说，老艾啊，人家小唐打算去海德堡大学读博士，就算他没有女朋友，就算两人对了眼，你想让王如云干等五年？她也老大不小了吧？如果我没有记错，也快三十岁的姑娘了。老艾似乎有些失望，不再说话，拖着虚肿的两腮盯着草地上跑来跑去的孩子们。她身上还穿着那件腈纶的蓝地白道的毛衣，绒球早就磨没了，薄薄的。她为啥不穿那件豹纹真丝女式上衣呢？

那天中午我请老艾吃了碗兰州拉面。当她端过那一大碗热气腾腾的免费面汤时，似乎嫌葱花和香菜有点少，伸手抓了一小撮。结果被正在捞面的师傅吼了两嗓子，手干净不干净！瞎抓个啥！老艾的手哆嗦了下，葱花掉进瓷盆里，这时师傅放下手中的大碗，戴着塑料手套将掉进去的葱花抓出来，扔进身后的垃圾桶。老艾的嘴角抽搐着，说不出话。我说，你别生气，跟这种人生气不值得。老艾说，我有啥生气的，我儿子在北京有房有车，他有吗？她声调很高，说完又故意瞥了那师傅两眼。师傅脸色如常，只是手里的面抻得更细了。

吃完面我执意将老艾送到地铁口。老艾说，我这个礼拜蒸酸菜猪肉发面包子，你跟小唐过来吃吧？

于是那个周末，我跟蜗牛去蜜蜜家吃包子。那晚除了我们和蜜蜜一家，除了王如云，还有个染黄头发的姑娘。姑娘坐在蜜蜜身边，王如云坐在老艾身边。老艾时不时将凳子挪一挪，离王如云远点。蜜蜜和那姑娘有说有笑，动不动还弹弹人家的脑门儿。姑娘说包子热，蜜蜜还夹到自己嘴边使劲地吹。姑娘也话多，讲着公司里女同事的情事，动不动就爽朗地笑半天，后来她站起来敬我酒，一口干了一大杯啤酒，看样子酒量比王如云还好。她说，舅舅，你还认得我吗？我姓邹。我说我脸盲症，有回跟我们局长走个对面也没敢打招呼，怕认错人。她似乎对我的回答甚是满意，说，蜜蜜住院，我在他旁边的病床上，你忘了？我还给过你海南杧果，橄榄球那么大。我这才恍惚想起来，她就是那个蜜蜜老偷眼观瞧的邻床女孩。看样子她跟蜜蜜关系很熟络，反正比王如云跟蜜蜜亲近多了。

我拿眼去瞥老艾，老艾装作没看见，只是嘘乎着给蜗牛夹红烧排骨。王如云端起酒杯敬酒，老艾叹息着说，干闺女啊，妈的血糖又高了，这酒啊，不能沾了。王如云的酒杯端在空中，放也不是，喝也不是。这时蜗牛说，王姐我敬你。听说你也喜欢画画，有时间我们切磋切磋？王如云爽快地干掉，蜗牛又说，我们公司每个礼拜都有美学讲座，你要是感兴趣，可以报名参团，我跟我们经理说说，给你打个折扣。王如云没吭声，盯着蜜蜜，蜜蜜盯着邹姑娘，邹姑娘盯着老艾。老艾说，一晃都该立夏了，虽说不该饮酒，可好日子不喝口，总觉得缺了点啥。老叶啊，你不是有瓶法国葡萄酒吗？赶紧让孩子们尝尝，别老让他们喝猫尿了。

老叶慢慢腾腾地说，遵旨，老佛爷。

六

整个夏天如此漫长。为了不至于饿死，我接了个活，去写关于扶贫的剧本。为了写剧本，跑到千里之外的祁连山住了半月。房东清晨都给我煮碗面，大概因为我是客人，酱油和盐多放了些，齁得我整天想喝水。村附近的山上盖了养鸭场，是精准扶贫对接项目，有两百个鸭棚，每个棚里都养了三百只鸭子。我很羡慕邻居那对夫妇，早起四点半就披着露水去鸭场。他们要不停地捡鸭蛋、投饲料、锄鸭粪，一日三餐都在鸭场吃。晚上七点他们夫妇徒步回家，先经过两道种满了山药的山梁，再经过那条时常断流的河流，然后走过种满了板蓝根的农田，穿过开满了金盏花的荒地，才能到家。当他们看到我在树下乘凉喝啤酒，牵着的两只手慌忙撒开，男的嘿嘿笑着问，又喝上啦？他们本地的方言跟他们的莜麦面一样粗糙劲道，如果不看他们的眉眼，你会误以为他们在寻衅吵架。说实话我很羡慕他们头顶星斗上工下工的日子，不由得想了一下我也娶个农村媳妇的情景。

从山里回来，正是北京最热的季节，干燥、烦闷，青蝉嘶叫，也没叫来一场雨，只有月季繁盛疯狂，开得洗脸盆那么大。我从地铁口钻出来，看着钻入地铁口的穿西装的年轻人，几乎透不过气来。这时老艾给我打电话，没精打采地。她说，弟啊，有空帮我倒把手。蜜蜜啊，哎，又住院了。

蜜蜜又换了块半月板。看着他躺在雪白的病床上，我丝毫不觉得意外。我坐在中央空调的风口听老艾不停唠叨，不听老人言吃亏在眼前，没痊愈还老打篮球老喝酒，东跑西颠，日作夜作，看你这下还嘚瑟不？蜜蜜只是躺着打手机游戏，即便是邹姑娘用勺子舀了西瓜喂他，他也懒得张嘴。邹姑娘板着脸说，你是割了舌头还是拔了牙？蜜蜜这才嬉笑着咧开大嘴，将冰镇西瓜吸进喉咙。老艾跟我偷着说，这姑娘啊，对蜜蜜真好，我只是不明白，她图蜜蜜啥呢？也是，据说邹姑娘是北京土著，从小就住在朝阳区太阳宫，读的编导，在电视台上班。看样子老艾对邹姑娘的家境也颇为了解，父母离了婚，她被判给了母亲，继父呢，带了个儿子，年岁跟她差不离。邹姑娘的母亲在城乡超市当收银员，继父是街道办事处的会计。房子是她母亲的，七十平方米，顶楼，没电梯。不过，老艾说，小邹还没跟她妈说蜜蜜的事。据说她妈年轻时风光得很，当过红卫兵的头，是把刷子，她担心蜜蜜根本应付不了她的审查。没错，老艾用了“审查”两个字，仿佛蜜蜜是个嫌疑犯。

我忍不住问，王如云呢？老艾说，哎，这闺女，很久没过来了。我倒是挺想她。她刷碗刷得可真干净呢。我盯着蜜蜜看，蜜蜜抬眼看一下，眼皮无辜地眨动着，继续打他的手机游戏。我只能在心里摇摇头。

蜜蜜出了院，也不过消停了个把月，仍瘸着腿去体育馆的篮球场。打不了球就在旁边帮人家看衣物、买水，同时负责吆喝、鼓掌。买卖倒不怎么操心，老艾、老叶跟仨员工忙得脚尖朝后，他也懒得搭把手，反正销路不愁，几个大客户的采购商都是多年交情，他手松，私下给的回扣比他们的年薪还厚。老艾说晚上装完货倒头就睡，都想不起来给老叶擦身。老叶只要从员工身边走过，人家就忙不迭捂鼻子，后来他们从早到晚都戴着口罩，有高级过滤功能双层保险的那种，连雾霾跟老叶的气味一块儿都过滤了。

而蜜蜜跟医院的缘分也不浅，出院没两个月，就又搬了进去。那天晚上我在操场慢跑，没带手机，跑完又端着脸盆、沐浴液去澡堂排队，回到宿舍时蜗牛说，大哥，你手机都快被艾姐打爆了，赶紧回吧。等我打过去，先听到了老艾的哭声。我很多年没听过她的哭声了，她的哭声让我想起乡村葬礼上的农妇。她抽噎着说，蜜蜜出事了。我让她慢慢讲，她又号啕了好阵子，才说，王如云把蜜蜜的筋挑了。我一时没反应过来，老艾就喊，他舅啊！快来医院吧！来了就知道了！

等我赶到医院，蜜蜜正在手术室。老艾和老叶坐在外面的椅子上。老艾时不时扒住老叶肩膀号两声。老叶沉着脸说，没想到王如云看着老实，却如此心狠手辣。很久没露面的王如云中午说请蜜蜜吃火锅，蜜蜜就去了，去了就被王如云灌多了，等他醒过来时发现自己躺在宾馆。他想撒泡尿，迷迷糊糊喊着王如云的名字，没人应答，他想下床，却发现根本动弹不得，开了灯，床上几摊血，他去瞅自己的脚，发现脚踝血淋淋的。他倒是很镇定，打了急救电话，打了前台电话，打了老艾电话，这才给王如云打。王如云的手机关机了……老艾擤了把鼻涕，说，这可咋整呢？膝盖没长好，筋又断了，这要真成了瘸子，还能娶到媳妇吗？老叶用块脏兮兮的手绢不停地擦她眼睛，又擦他自己的眼睛。

动完手术的蜜蜜很快就醒过来。醒过来的蜜蜜只是盯着天花板，听老艾骂王如云，然后老艾、老叶跟我商量报警的事。我说这属于刑事案件，再观察观察蜜蜜的病况，明天一大早去宾馆所属地的派出所。老叶说，他跟宾馆那边也商量好了，房间还保持原样，那可是犯罪现场，宾馆视频里也有蜜蜜和王如云一起上楼的证据，总之，王如云这个歹毒的女人跑了和尚跑不了庙。老艾只是不停地骂着王如云，骂完王如云又骂自己引狼入室，老觉得她可怜，跟蜜蜜分手后还认了干闺女，没想到却是个杀人不眨眼的主儿。

我们正叽叽喳喳，蜜蜜猛地喊了嗓子，不能报警！

他刚动完手术，中气却十足。我们愣愣地盯着他。他胸腹起伏目光涣散，报警？报狗屁的警！谁敢报警我跟谁没完！躺两天，老子又能去打篮球了！妈的，我又没进火葬场，你们哭个×！

我们面面相觑，后来我朝老艾、老叶使个眼色，他们鸟悄着退出了病房。我倒了杯温水犹豫着递给他，他没接，头缓缓偏向一侧，并不看我。我说，你这是什么态度？受了伤，爹妈疼，你吼个啥劲？他不吭声，只是瞅着窗外。窗外是棵巨大的速生白杨，树叶肥大鲜绿，能听到蝉在嘶叫。这个炎热的夏天的傍晚，天还是那么亮，一大块一大块的光斑透过杨树的枝叶和明净的玻璃晃在他身上，我看到透明的液体从他的太阳穴顺着颧骨上的绒毛滴到枕头上，不晓得是汗，还是泪。舅啊，他压着嗓子说，我丁点都不疼，没事。我瞅了瞅他的双脚，被白色纱布裹得严严实实，他当时还从宾馆的床上摔下来，额头磕到桌角出了血，也包扎起来，他躺在那里，看上去仿佛一位弥留之际的麻风病人。突然我听到扑哧一声乐，定睛一看，还真是他在笑，只听他说，两讫，漂亮！

七

蜜蜜的膝盖和脚筋九月份才恢复得差不多，不过平时还是坐着轮椅。体育馆肯定去不成了，他就坐在轮椅里拍那只经常慢撒气的篮球。员工们嘴巴上戴着厚厚的口罩，耳朵里塞着从网上买的劣质耳塞,面色凝重地加工着手机膜,看上去犹如兵工厂快退休的老工人。老叶天天蹬着三轮车去超市买牛蹄筋、排骨、羊盖骨,用高压锅焖得烂熟,逼着蜜蜜上顿吃下顿吃,他说这叫吃啥补啥。我劝他不如多买点核桃、黑芝麻、鹌鹑蛋、猪脑啥的。老艾呢,不甘心,按照她的说法,就是要跟王如云掰扯掰扯,她偷偷给王如云打电话,开始提示关机,后来就提示该用户已注销。看来,她这辈子别想再遇到这个擅长刷碗的姑娘了。

邹姑娘呢,跟蜜蜜比以前更黏糊,这是老艾跟我说的。多好的姑娘啊,一点不嫌弃蜜蜜,老艾说,蜜蜜如今可是个残疾人呢。本来老艾想会会邹姑娘父母,被蜜蜜半路拦截了。你真是吃饱了撑的,蜜蜜说,你好歹让我拄着拐杖见未来的岳父岳母吧?缺心眼儿!老艾对蜜蜜的指责并没有生气。她觉得蜜蜜说得一点没错。邹姑娘来看蜜蜜的日子,她就当盛大节日过,鸡鸭鱼肉换着样来,听说邹姑娘爱吃龙虾,她还专程跑到海鲜批发市场去买。据说掏钱时老艾的脸是紫色的。她心里盘算着一个礼拜吃两只龙虾,一个月就是八只,一年呢,就是九十六只,一只个头小点的龙虾也要两百元……可转念想到蜜蜜坐着轮椅眨眼睛的模样,也只得释然。从那以后她主动要求加班到夜里十二点,有次老叶犯了前列腺炎,半夜两点半起夜,他看到老艾坐在节能灯下,双手在机器里娴熟机械地移挪,胳膊旁边是一摞一摞散发着塑料味的透明手机膜。他就喊,老艾老艾,睡觉了。喊了几遍老艾也没吭声,老叶就蹑手蹑脚地到她身旁,歪头瞅了瞅。老艾闭着眼,鼻腔里发出轻微的、均匀的呼噜声。老叶很是感慨,他说年底了一定要让蜜蜜给老艾颁个最佳员工奖,都睡着了还坚守在生产一线。

等蜜蜜能拄着拐杖行走了,他突然想起要干点别的。看来老叶炖的猪脑蜜蜜没白吃。所谓干点别的,就是打算开家文娱公司。舅啊,我想办个选秀比赛,类似好声音那种。好声音看过吧?哟,你不知道，中国热爱音乐的人比诗人还多。好声音为啥那么火？励志热血，不看长相看唱功，点燃了普通人欲望的小火苗啊。他们财大气粗我比不了，不过，我可以把节目录完后卖给视频播放平台。我说，你别白日做梦了，这种节目早创收视率新高，物极必反，不多久就要走下坡路，等你公司成立了，导师选好了，节目录完了，估计国人已经喜欢别的节目了。

蜜蜜坐在轮椅上不吭声，他的两条章丘大葱般的腿弯曲着，老让我担忧稍不留神就会折断。再说了，那些参赛学员哪里找？人家好声音有职业星探，都是资深专业音乐人，坐着飞机天南海北犄角旮旯儿地选人，你寻思每条座头鲸都会在月光下唱歌？蜜蜜说，舅啊，这个我不愁，你还记得我们“蜜汁源”微信群吗？里面有很多牛×的业余歌手，有程序员，有剧院保安和地铁安检员。舅啊，高手在民间，你可千万别瞧不起民科，蜜蜜打了个响指目视着我，只要你给我从文体局办个许可证，一切问题就都不是问题。

我说，我在北京认识的最牛×的人，就是你了。

蜜蜜笑了。他挥了挥手，说，你能给我找些靠谱的赞助商吗？

我想了想说，你看老艾跟老叶如何？

蜜蜜就掉转轮椅去了厕所。

让我意外的是，蜜蜜的文娱公司真搞到了批件，也找到了赞助商。据说帮忙搞手续的人是邹姑娘的远房亲戚，至于有多远已无从考证，反正邹姑娘动用了她父亲的表姑的女婿的外甥。最大的赞助商是经常跟蜜蜜在体育馆打篮球的山西人，我还记得他父亲是开矿的。这年头，人们总是对开矿的人充满了敬意。不过，我怀疑这个山西人打篮球把脑子打坏了。据说开始他们想把比赛现场放在北京电视台的演播大厅，不过费用比较昂贵，另外选手们要是从全国各地飞过来，这机票费、宾馆住宿费和饭费，都是让人挠头的开支。后来还是老叶一句话点醒梦中人，你为啥不在咱们县录节目呢？

是呀，为啥不在云落县搞？跟县委县政府搭上桥，不光这住宿饮食解决了，也能套不少赞助费。现在各地搞文化宣传，奇招怪招频出，争西门庆的故乡也要争到法庭上，何况这种全国规模的选秀比赛？蜜蜜看着我，老艾和老叶也看着我。我只好说，好吧，看在你断过筋的份儿上，我找找老宋——死马当活马医。

老宋是我初中同学，如今是我们云落县的宣传部部长，县委常委。他年轻时最喜欢托尔斯泰的小说，我跟蜜蜜拜访他时拿了套人文社的《托尔斯泰全集》。我两年没见过他，他除了头发稍白，倒没啥大变化。他对蜜蜜的创意颇感兴趣。我觉得这事似乎有些眉目。老宋初中时是我们班的文体委员，初三迎新春晚会时，还穿着借来的西服唱过《西游记》的主题曲《敢问路在何方》，唱得有模有样，只是每到高音处就破嗓。我们同学聚会时，喝完酒后的项目必有K歌，也全是老宋的提议。那天老宋握着我的手说，你放心，外甥的事啊，就是我的事，这种利民惠县的大项目，我们是求之不得，求之不得呀。这情形好像是我帮了他一个大忙，我的下巴在心里半天没有合上。

老宋确实没有让蜜蜜失望。他的提议得到了县委书记的首肯。县里正在申请“中国曲艺之乡”称号，此时举办一场有全国影响的比赛，对申乡之路无疑是锦上添花。他们十分痛快地答应了蜜蜜，还应允所有选手的住宿费全包，如果他们是坐长途火车来云落，火车票也给报销。至于节目录制后跟哪家网站合作，他们进行了周密的研究部署，最后选择了家名叫巴拉巴拉的网站。这家视频网站建成不久，据调查，主要客户是高中生、外来务工人员和喜欢打游戏的大学生，日均流量达两千万。

那几个月，我基本上没见到过蜜蜜。偶尔我去通州吃老艾捏的大馅发面包子。老艾和老叶领导着三名员工坚守后方，老艾每天都是凌晨三点才睡觉，用老叶的话来说，就是她得了神经性官能症，即便早早爬上床，那双手还是在空中不停地抖动，只有把散发着臭味的手机膜塞给她，她的呼噜声才会渐渐响起。老叶说，他无比怀念老艾鼾声如雷的日子。

蜜蜜他们的声势挺浩大，不时有关于他们的消息传到我耳朵里。他们把录制现场放在了云落县的广播电视局。那些参赛学员通通住在三星级的县政府招待所，然后坐着大巴车前往录制棚，大巴车前面还有两辆鸣笛的警车开道，煞是威风。让我意外的是，蜜蜜说服了一位主管农业的副县长参加了比赛。这位副县长以前是中学音乐老师，民族唱法，拉一手好二胡，长得富态喜兴。据说他参加蜜蜜的节目也是县里常委会通过的。他们认为，隔壁县的副书记在网上卖烧鸡，一天卖了六千只，为啥他们就不能派一名副县长参加歌唱比赛？歌唱比赛可比卖烧鸡档次高多了。

他们还和市里的电视台签了合同，到时候直播决赛全程。蜜蜜他们请的四位导师包括一个二十世纪九十年代末的二流歌星、一个光头海归音乐博士、一个韩国变性歌手，还有一位鲐背之年的老作曲家。蜜蜜还是很精明的，这四位的出场费可能还没有那四把转椅的价格高。这场赛事从深秋一直持续到深冬。决赛现场是在我们县的巨蛋剧场。这个剧场属于电影院。

据说老艾跟蜜蜜要了五十张特约嘉宾票，她和老叶筹谋半宿，决定把这些票赠送给邻居李根旺和他的歪脖老婆、李根旺的四个女儿和四个姑爷、村“两委”班子全体成员、大伯家的二哥二嫂、莲姐家那个在芬村小学当音乐教师的外甥女、住在敬老院酷爱京剧的表弟，以及周庄小学上学年的三好学生……决赛当天，我们家的亲戚、村中睦邻、村“两委”班子成员赶着马车、骡子车，开着拖拉机、三马子车、面包车或者轿车纷纷奔往云落县城。他们穿着过年才穿的衣服，包里装满了瓜子、糖块、手纸和饮料。在他们看来，这场隆重的盛会让冬闲时节变得有乐子了，为了跟上潮流，他们还网购了廉价荧光棒和细杆烟花，可烟花在安检时被没收了，这让他们颇为不快。当五名决赛选手之一的副县长穿着马褂登场时，现场的观众沸腾了，他们还从来没在现场听过大官唱歌呢，他们忙不迭肃然站立，双臂如麦浪般左右摆动，整齐划一地呼喊着副县长的名字，同时将绿色荧光棒和 LED 广告牌高高举起，他们激昂的呼喊声几乎淹没了副县长的歌声……

本来我约了蜗牛同去云落看决赛，不过蜗牛最近遇到点麻烦事，用他自己的话讲，就是跟阿杰莉娜的关系处于崩溃边缘。至于个中缘由倒没细说，他向来注重保护个人隐私。为了安慰他，我请他吃了顿麻辣小龙虾。我才知道青岛人酒量那么好。当蜗牛将第十二杯扎啤一饮而尽时，我看到眼泪从他狭长的丹凤眼里滚出来。他说其实泰国之行时就隐约感觉到哪里不对劲儿，这种微妙的不对劲儿只有恋爱中的人才能体会，譬如她坐在海边发呆，眼望着猎户座叹息，即便是潜水跟海豚嬉戏，她也从来没有笑过。蜗牛手里没有多少积蓄，旅游的钱 AA 制。泰国回来，她又在电影学院旁边租了房，每月房租就五千五百元。蜗牛问她哪里来的钱，她说跟一位大哥借了十万元。至于是什么大哥，她也没做过多解释，只说在公司打工时认识的客户。她在政法大学读研，业余时间会去律师事务所干点杂活。她不容易，蜗牛说，母亲离婚，继父是酒鬼，打骂是常事，本来想考清华大学的研究生，回国后能找个好点的教职，考了两次都没考上。

我愣了下，她是……外国人？蜗牛点点头说，嗯，在越南的格鲁吉亚人，你知道她为啥跟我谈恋爱吗？我说，难道不是因为你是小唐伯虎？他没吭声，掏出手机给我看照片，照片上是个在健身房里练器械的外国小伙。你瞧，蜗牛将照片放大，将大脑袋探过来，哽咽着问道，我跟她前男友，耳朵是不是长得一模一样？我只好点了点头说，没错，都是典型的招风耳。

蜗牛过不几天人回了青岛。蜜蜜的好声音决赛我也没去,终日蜷在宿舍读书。风的声音不大,从玻璃上滚过,静悄悄的,仿佛猫的呼吸,只不过翌日醒来,玻璃上布满诡异的白色森林。喜鹊在窗前那棵老槐树上瑟瑟发抖,嘴里叼着不知从何处觅来的珍珠红果。我低头看看扔在桌上的《福克纳小说》,无边的厌倦浮升起来。后来我盯着书架上的那排白丝绒的《维特根斯坦全集》看,慢慢心情好转一点。没错,那个干冽的冬日午后,我站在一间散发着姜片、馊饭气息的宿舍里似乎受到了一点维特根斯坦的影响。维特根斯坦在“一战”战场上完成了《逻辑哲学论》初稿——哲学问题已被解决,于是他“怀着贵族式的热忱前往奥地利南部山区,投入格律克尔倡导的奥地利学校改革运动,成为一名小学教师”,结果他的执教生涯因为南部农民的粗俗愚蠢而终结,不得不到修道院当了一名园丁——你看,这么拔尖的人也会遭遇这样的命运,何况吾辈乎?这个“影响”还不小,我的心态莫名就好起来了,竟然主动地想起自己好久没有联系蜜蜜和老艾了。

八

蜜蜜的节目录制完后,县政府派了辆大巴车送决赛歌手去北京机场和火车站,路过香河收费站安检时,发现得了季军的那位来自贵州的歌手原来是个潜逃多年的杀人犯。八年前他把债主连同一只泰迪犬用水果刀捅死在出租屋内。他对被捕似乎早有心理准备,验身份证前本想跨过高速护栏从下道逃跑,怎奈被热情的政府工作人员死死拉住,怕他乱走迷失了方向,不好向领导交代。这个憨厚的贵州人被警察押走时还在安慰蜜蜜,他会在监狱里继续苦练海豚音,出狱后再报名参加蜜蜜的赛事。他始终相信自己能练出比维塔斯还要高半个音阶的海豚音。

过不多久，县里接到上面通知，禁止行政官员参加任何性质和形式的娱乐节目。蜜蜜和他的伙伴们不得不和县里斡旋。斡旋的结果就是，必须删除关于副县长的所有镜头。好吧，最大的噱头消失了，他们不得不把焦点放在参赛的那位白血病患者身上。这个患者除了长得砢碜点、病情尚未痊愈，似乎一切都完美无瑕：美妙如外星人般的歌声、鬼魅的机器人舞步让他仿佛是被上帝打过两拳又亲吻过的人。当一切似乎都被摆平时，他们接到通知，跟他们签约的巴拉巴拉网站被封了，这个网站被怀疑恶意传播黄色视频和其他非法链接。

蜜蜜命苦啊，老艾将饺子边捏成花朵的形状，慢腾腾地摆放到高粱秆扎的盖帘上。不过，他总算安生了，她瞥了眼躺在沙发上打游戏的蜜蜜，说，那三个员工也辞职了，为啥？发不起工资谁还给你白干？好吧，看来我们都接受了这样的现实：蜜蜜没能赚得盆满钵满，反倒赔了老本。不过，老艾眼里的灵光闪了闪，说，也有好消息，蜜蜜被小邹她妈接见了。

据说觐见准丈母娘前，蜜蜜的眼比平日里眨得更快。他听邹姑娘多次提及，她母亲是个厉害角色，可到底厉害在何处、哪里又是个角色，邹姑娘倒说不太清，按照她的表述就是，她身边的人，包括她母亲身边的人，都认为她母亲身上长满了棘刺，换句话说，他们都对她的母亲充满了由衷的敬意和恰到好处的恐惧。出于对群众评价的信任，蜜蜜心里打了很久的小鼓。见面头天夜晚，他基本上没睡觉，晨起时挂着黑眼圈。也是，他的膝盖和脚筋尚未痊愈，走起路来细瞅，还是能瞅出些猫腻，更别提他那双眼睛了。为了给未来的丈母娘留个好印象，蜜蜜把见面的地址选在了咖啡馆。那家咖啡馆即便是白天也森冷黑魆魆如盘丝洞，只有巨型白色蜡烛的光芒提醒着顾客，这里是人间福地，能喝到苏门答腊盛产的麝香猫咖啡。他颇为谨慎地选择了靠窗的包间，这样的话虽身陷暗处，但也有丝丝缕缕的光线从白色窗纱透进，他将靠窗的位置留给了自己，他说他当时是这么想的：也许老太太会在若隐若现的光线下被他清奇的面貌吸引，比如他高悬的希腊式鼻梁和宽阔性感的约鲁巴人厚嘴唇，从而忽略了五官其他的部分，比如鱼唇般的眼睛。后来会见的结果跟蜜蜜猜度得相差无几，那位烫着大波浪、眼神如金雕般犀利、语速比法国人还快的老太太事后跟邹姑娘说，这小伙看起来不赖，不过皮肤怎么那么白？不会是白癜风吧？他房子多少平方米来着？蜜蜜看起来还是老样子，懒洋洋的，只不过以前能吃十个肉包子，现在吃六个。我估计他把自己攒的那点老底全嘚瑟光了。这是种不需要太高智商的本领。有时他坐在员工的椅子上，跷着二郎腿呆呆地望着窗外，直到房间里弥漫着肉皮的煳味——那是燃烧的香烟将他的手指烤焦了，不过他看起来丝毫没有感觉到疼痛。他没再去篮球馆打篮球，老艾偷偷跟我说，蜜蜜不是不想去，而是没有交今年的会费。老艾还说，蜜蜜打算将那辆宝马车卖了，可小邹姑娘死活不同意。

我以为蜜蜜会跟我聊聊。聊什么呢？我也拿不准，不过我觉得一个暂时失败的人通常会需要一名忠实的倾听者。可他只是快速地眨着眼，目光越过我，落到那台彩色电视机上。他什么节目都看，《婚姻保卫战》《非诚勿扰》、卖锅卖假宝石的电视购物、十万岁的狐狸女仙和三万岁的玉皇大帝孙子在九重天外谈恋爱……那天他转到纪录频道，看到十几条毒蛇正在追逐一只老鼠。那些吐着芯子的蝮蛇犹如锦衣卫杀手，在峭壁岩石间、在灌木丛中、在沙土地里疯狂地追逮那只灰毛老鼠。那只吓破了胆的老鼠上蹿下跳，东躲西藏，每每险象环生处又能安然脱身，让人觉得仿佛是上帝的那只手在庇护着它，看着看着蜜蜜转过头，看着我。他的眼睛眨了眨，说，舅，我就是这只耗子，死不了的皮耗子。

皮耗子，他舔了舔嘴唇，皮耗子。

我递给他支香烟，将电视静音，想了想说，别瞎折腾了，蜜蜜，干脆回云落吧。你不是吉他高手吗？开个音乐培训班，钱能乌泱泱地拥来。他直愣愣地盯着我，嘴巴僵硬地努了努。要不就开烧烤店，弄点特色菜，烤菜蛇烤蝎子烤法国蜗牛、烤鲍鱼烤海螺烤海肠，再烤点羊盖骨黑鲇鱼啥的，配几款新鲜的捷克精酿啤酒，本薄利厚，咱们云落人，穷是真穷，可最贪吃。我帮他将香烟点着，说，可为而不为，是懦夫；可为而为之，是勇士；不可为而为之，是愚夫。他呼出口浓烟，眨巴着眼说，舅啊，你说的我没整太明白……不过……连你这种老年人都出来混，我干吗还回那兔子不拉屎的地儿？

我一时不知该如何接话，我听到白炽灯由于电压不稳传来的嗡嗡声；我看到电视里女主角跑着跑着鞋跟断了，她只得拎着鞋子横穿马路；老艾跟老叶正嘀嘀咕咕，神情肃穆如外国政要商讨欧美大事；邹姑娘在看直播，一个嗲声嗲气的男人正在推销口红；春天尚未来临，孩子们已经在夜色中捉起了迷藏……后来，我听到自己说，你看过萨特的《死无葬身之地》吗？蜜蜜摇摇头。我还听到自己说，有位奥地利的哲学家，跟你一样，从小热爱机器，他说，其实，一个男人的梦想几乎是从来不会实现的。

蜜蜜端起易拉罐啤酒喝了两口，看着我，眼睛飞快地眨动着，搞得我不得不把注意力集中在他的眼睛上，似乎过了好久，我才发现他嘴巴在笑。

行啊，舅。他说，你这反鸡汤才是真正的鸡汤啊。

啥意思？我说。

天机不可泄漏。蜜蜜说。

九

我有段时间没去老艾家。老艾倒是打过几次电话，炖了松茸乌鸡，还炖了我最爱吃的河豚，我都推辞掉了。

春天又来了。春天总是来得那么冒失。仿佛春风一度，万事万物就膨胀着炸裂。那天我正在图书馆的沙发上小憩，便接到了蜜蜜的电话，他叽喳着说，舅，告诉你个好消息！我打算拍网剧。我头昏昏沉沉，并没听太真切。说实话，我对他那晚的话还耿耿于怀，什么叫“连你这种老年人都出来混”？关键是，想想也是，正因为是，才更耿耿于怀吧？

如今最火的是啥？是网剧！这个时代最需要的就是精品网剧！你可要多研究研究，写出《四平青年》《北京女子图鉴》《无证之罪》这样叫好又叫座的。他说。

我忍不住问，你想拍啥？

我要拍的剧，有悬疑有穿越，有谋杀有神话。我还想加点科幻因素，打个比方，你去了一个平行世界，发现舅姥姥、舅姥爷还活着，我妹妹没得白血病，我舅妈也没跟你离婚，你是不是会舍不得回来？你最好的选择就是，谋杀另外一个世界里的另外一个你，然后冒充另外一个你，继续过着幸福的家庭生活。

我没吭声。

舅啊，帮我写剧本吧！哪天你过来，让我爸炖肘子，咱爷儿俩顺便好好唠唠。我就不信攒不出牛×的本子！等外甥赚了大钱，按一线编剧给你劳务费，你要愿意，入干股也成，咋样？

我说，这活你舅干不了，人老眼花血压高，还天天吃着褪黑素，你找专业编剧吧。

他似乎有些失望，不过肯定是意料中的失望，他的声音听起来依然高亢，那……我先找别人搞，别人搞完了你再搞！谁让你是我舅呢，对不？

等他挂掉电话，我还没回过神。他可能知道我对他没有信心，从来不看好他。不过，我突然意识到，他看我大概也是一样吧？

果然我一直没有等到他的剧本，当然我也没有真的在等，因为有一段时间我确实“混”到了一件事。我的一篇小说被朋友推荐给某位导演。我自觉那是篇很糟糕的小说，没想到导演很是推崇。他家住在三里屯附近，当我见到他时，他正抱着一只豹纹短尾猫在阳台上抽烟。和我想象中的名人不同，这是位谦逊得让我心虚的人，他不停地给我续茶、给我点烟，每隔十分钟就问我空调的温度是否适宜。那时停暖了，风还挺硬。我以为他要买我的小说版权，结果发觉并非如此。他正在构思一部电影，他的意思是让我做这部戏的编剧。他猫一般浑圆的瞳孔注视着我，让我对他充满了想象中的敬意。他说，这是个韩国人在里约热内卢的故事。主人公之所以是韩国人，是因为制片人和投资方都是韩国人。一部关于灵魂救赎、身体救赎的电影，最重要的是避免人物形象陈腐，男主的身份是哲学家，没错，这是一部关于韩裔大学哲学教师和里约热内卢黑帮的故事……当他提到哲学家时我莫名地兴奋起来，这也许是之后整个春天我和他厮混的缘由。我们常常在他宽阔得近乎空荡的客厅里小声地构思着故事框架，辩论着故事的走向以及诸多异想天开的细节，这些细节往往让我们亢奋起来，他那个脖颈比白天鹅还优雅的女朋友不停地给我们斟酒，从不插话。在很长一段时间里我都怀疑这个安静的女孩是个聋哑人。通常喝着喝着我就困了，躺在他们家客厅的沙发上沉沉睡去，半夜醒来，会听到他和女孩亲热的声音。

他经常带我出去吃饭，每次吃饭的人都不尽相同，有中国台湾来的家具商人，有部队厨房用品生产商，有洛杉矶回来的独眼画家、画家的龅牙情人，有某五星级酒店的老总以及长得犹如海狸鼠的某省要员公子……我的酒量剧增，通常一斤白酒后还能整十几瓶比利时啤酒。我发觉，这里的每个人似乎都是一部秘史，他们看上去鲜亮、热忱，脸上的肌肉时常因为激情的焕发而略显僵硬，可我知道，我对他们一无所知，包括几乎三两天就喝顿大酒的导演。没错，到了我们交往的后期，我们似乎忘记了电影的事情，我也很少再去他家里，而是直接打车到他预订的酒店包房，或者某个朋友家的别墅。就是在别墅阳台的遮阳伞下，我第一次喝到了小说中常提及的马提尼酒。他有数不清的朋友、喝不完的美酒、慷慨的赞助商、精致得犹如名媛的女人，我有时候会产生种错觉，自己俨然变成了一名食客。

还好，我断断续续接到老艾的电话。她的方言一下子就将我拉回到云落乡村。她说，蜜蜜他们去老家拍戏了。拍什么戏？我愣怔半天才想起来蜜蜜说过拍网剧的事，还真拍啊！老艾说，她也搞不清楚，反正蜜蜜带了帮人回了云落县。蜜蜜自己当导演，还有俩专业演员，据说是中央戏剧学院表演系毕业的，剩下的都是群众演员，有蜜蜜的初中同学，有长得像梁朝伟的业余歌手，还有在云落县农业局当主任的表弟。他们还借到了县评剧团的行头，备着筹拍古装戏。反正能省则省，不能省的就不拍。蜜蜜的表弟叫荀连生，也是我外甥。他有个朋友开饭店，当了赞助商，提供在云落期间的饮食。蜜蜜承诺饭店老板，将来会在鸣谢单位里添上他们饭店的名字。拍的啥戏？老艾说，她真的不晓得，反正有场戏是在饭店拍的，三个小伙子揍男一号，他们摔碎了几个盘子几个碗，还有把檀木椅，只是动手时没把握好轻重，把男一号的眼睛打成了乌眼青，男一号只好戴着墨镜继续拍戏。老艾还说，小唐也去了呢。我有些讶异，小唐能干什么？我还寻思他在青岛呢。老艾说，你咋瞧不起人家小唐呢，小唐是美术，还是剧务。没有工资，可小唐说，这比写论文有意思多了。

联系到我正在经历的一切，我突然有点同情起蜜蜜来了，拉个草台班子就干起来，还有点悲壮呢。

至于邹姑娘那边，老艾说，情况也比较安稳。这是唯一让她欣慰的事情了。她说,她已经跟邹姑娘的父亲友好地会见了十多次。当老艾提到这十多次见面时,不禁笑出了声音。由此看来,这些会面充满了温暖的回忆。没错,老艾说,老邹,也就是小邹的父亲,是个和蔼的老头,常年坐在轮椅上,嘴角流着涎水。他以前是某区财政局的处长,退休后发现颅内长了瘤,就动了手术,手术不成功,就只能天天坐在轮椅上了。他有处房子,八十多平方米,两室一厅,他妹妹就搬过来伺候他。那可真是相亲相爱的一家人,老艾感慨道,他妹子也老大不小了,死了男人,孩子结了婚,没啥事,就来当保姆,长得那叫喜相,真是菩萨转世,每天做饭洗衣、给老邹洗脸擦脚、喂药唠嗑。老邹可稀罕我了,每逢我去了,都拉着我的手说个没完没了。当老艾详细地跟我讲述亲家们如何进行日常会晤交流时,老叶通常不吭声。后来老叶偷偷跟我说,那个老头确实不错,只会流着涎水说俩字"真好",无论老艾说啥,老邹都答"真好",比鹦鹉还有礼貌。

蜜蜜那边不久传来消息,剧组解散了。直接原因是男一号失踪。那天的戏,是男一号发现自己是财神转世,惊喜之余凭咒语拿到了许多钱财,等他开着宝马去找当了富豪情人的恋人,才发现恋人已失踪。按照后面的设想,这个不靠谱的恋人穿越到了唐玄宗后宫,要跟杨贵妃正式争宠。剧组人员都住在一家二星级宾馆。宾馆的老板是荀连生的初中同学,不光提供住宿,还提供免费早餐。男一号是特殊待遇,房间里还有个靠窗的浴缸,朝窗外望去,能看到烟波浩渺的涞河。确认男一号失踪之前,他们彻底搜查了他的房间,除了两双没洗的袜子,只有张便签。那张画着宾馆图案的便签安静地压在电话下面,上面只写了一句话:亲爱的导演,我去找玉皇大帝汇报工作了,祝你好运!

按照蜜蜜的意思,男一号走就走,大不了再换个演员,反正男一号来回穿越,穿着穿着鼻、眼被虫洞磨损变形也是情理中的事。

荀连生也谴责失踪的男演员，说皮相一般，喝起酒来没够，演床戏时则过于敬业，将来肯定红不了，没啥大出息。蜜蜜觉得荀连生很有眼光，就提拔他当了导演助理。当他们重新踅摸男主时，女主也请辞了，她说她母亲患了重病，本来哥哥嫂子看护，可嫂子不久前怀了孕，家里缺人手，她只能回老家照顾ICU（重症监护室）里的母亲。蜜蜜和蜗牛开车把这位孝顺的女演员送到了火车西站，验票前蜜蜜又塞给她三千元。据蜗牛说，女演员当时泪如雨下，说等母亲病愈肯定连夜赶回剧组。她对女主和杨贵妃的宫廷斗争有更大胆的设想，到时会跟蜜蜜夜谈。蜜蜜听着听着又从车里拿了条香烟送她。这女主是烟鬼，两天三包点五的中南海香烟。

男主和女主都跑了，还拍个屁，蜜蜜打道回府，但临行前他特意叮嘱荀连生，要守住阵地，道具啥的先放在他们农业局仓库，评剧团的行头也先不要归还，尤其是龙袍和凤冠霞帔。他用了一句很老的电影语言表达他的豪情说，我胡汉三还会回来的。

老艾照例是包饺子，我照例坐地铁赶往蜜蜜的公司。也许不能叫公司了，一个员工都没有了。当我见到蜜蜜时，他正躺在沙发上打游戏。他更瘦了，坐起来时犹如黔灵山冬天的猴子。

我说，剧本我都等了小半年，也没等到。

蜜蜜打了个哈欠说，舅啊，根本没剧本，都是我想拍啥就拍啥。大导演不都这样吗？那谁谁啥的。

我想笑，没笑出来。我怕我会语露讥讽，赶紧换了话题。

那晚的饺子吃得也有些沉闷。没买龙虾，买的麻辣小龙虾。老艾将盘子塞到邹姑娘前面。老艾失业后急遽衰老起来。她的钢丝般的短发多日未曾梳洗，看上去犹如刺猬的盔甲，她拿着块抹布走来走去，结果厕所擦了好几遍，堆满手机膜的桌子上依然落满灰尘。她也不给老叶擦胳膊擦腿了。据老叶说，在睡梦中她的双手仍在空中不停地、有频率地抖动，像是位执着的指挥家，即便把散发着臭味的手机膜塞给她,她的呼噜声也不会响起,只在黑暗中浮起沉重的、带着哨音的叹息。老叶唯恐老艾精神出了问题,每日侦探般小心翼翼盯护她,以防止她从楼梯上滚下去、从阳台上摔下去,或者把那瓶快过期的安眠药吃下去,总之,事情的结果是,老艾还没有事情,老叶已经快疯了。我只好安慰老叶说,老艾不会有事的,只要蜜蜜安然无恙,老艾就永远是老艾。

吃到半截蜜蜜去接电话。金属半月板和被挑断又连上的脚筋让他走路的姿势宛若僵尸。老艾瞄我一眼,似乎有话要说。我正琢磨着是否私下里跟她聊聊,这时邹姑娘说话了。说话前她一直细致流畅地剥着小龙虾坚硬的外壳,时不时把沾满调料汁水的手指放进嘴巴里吧唧吧唧地吮吸。这个贪吃的姑娘扫了扫我们,擦了擦手说:我跟蜜蜜要结婚了。

我去看老艾、老叶,他们明显也是第一次听到这则消息,尤其是老艾,她的眼睛都快赶上巨鱿鱼的了。有那么片刻桌上鸦雀无声,似乎我们都被这个好消息给吓呆了。邹姑娘回头看了眼蜜蜜,说,你打个狗屁电话啊!她的声音掺杂着小龙虾的麻辣味,让我们终于苏醒过来。老艾的脸犹如在蜜罐里浸泡了半年,每条皱纹、每根眉毛、每块老年斑都散发出甜美的味道,她拉着邹姑娘的手问,你们……想好了?你爸妈咋说的?

我结婚跟他们有狗屁关系,又不是他们嫁人。邹姑娘舔了舔嘴唇说,我和叶密打算冬天结婚。

老艾拉着邹姑娘的手,舍不得放下,却也没再问什么,好像害怕问多了姑娘会改主意。这时老叶说,我还有瓶好酒,你们要不要尝尝?还没等旁人接话,老艾就嚷道,你个老古董!有啥好商量的!还不赶紧献上!小唐!你不是会做锅包肉吗?赶紧添个菜!蜗牛慢慢腾腾地说,大姨,我炒菜手快,你们别急,马上就出锅。

那晚除了花四十分钟将锅包肉煎煳了的蜗牛,我们都没喝多。

阿杰莉娜找了个新男友。新男友是某大学将要离婚的美学副教授。凡是能够说的，都能够说清楚；凡是不能谈论的，就应该保持沉默。我打算将那套《维特根斯坦全集》送给蜗牛。

十

我没想到邹姑娘会求我办事。他们单位打算搞一台消费者权益晚会，她写的脚本。她第一次干这种活，难免有些心虚，写好后让我帮忙审审。也许在她印象里，编剧都是写公文的高手。我没好意思推辞。说实话问题不少，有些话我觉得当面交流比较稳妥，便约她在蜜蜜家会面。她说，舅啊，下午领导就找我谈脚本。我们领导是个戴牙套的中年妇女，正处于更年期……我想在汇报前先跟你聊聊。既然她这么说了，我也就应了。坐了很久的公共汽车，又走了很远的路，才在约好的那家湘菜馆见到她。她不是个健谈的人，点了满桌子菜，没一个我爱吃的。她不停地用筷子翻弄着剁椒鱼头的眼睛。我知道那里的肉最鲜嫩。当我们交流完脚本的事，鱼头只剩下白色骨架，面条也被她呼噜呼噜地吃完。我还以为她只是对龙虾才有这么旺盛的食欲。谢谢你，舅，她打了个饱嗝儿说，这次时间太赶，下次我陪你喝酒。你喜欢白的还是啤的？我说，啥都行，啥都喝不多。她也没接话，低头看了会儿手机，而后抬起头漫不经心地盯着窗外的天桥。我想午餐可能要结束了。对于这位见面多次却宛如陌生人的未来外甥媳妇，我觉得沉默或许是最真诚的交流。

后来我也将目光甩向窗外。酒馆二楼跟天桥几乎持平，我看到天桥上有个老头坐在桥孔边侧，不时朝着行人磕头。也许不能叫磕头，他一条腿都没有。当他从地上抬起双臂接过路人递过去的钱币时，露出没有门牙的牙龈傻笑。这老头不是骗子，邹姑娘说，骗子大多数人都能一眼瞅出来。我说是吗？邹姑娘说，当然，除了叶密。她笑了笑。她笑的时候还是挺耐看的，有两颗不对称的虎牙。她说，你外甥傻得很，有回我们过天桥，碰到个身强力壮的小伙，穿着身运动服乞讨。他自称是自行车运动协会的会员，这次骑行的路线是从佳木斯到深圳，可半路不慎被偷了钱包，身份证、银行卡全部丢失，他饿了一整天了，哪位好心人要是资助他点钱财，他感激不尽，等他补办完证件，会将钱从微信上转账。然后呢？我看着邹姑娘问。她吐了吐舌头，叶密当场甩给他三百元，还说，哥们儿，赶紧吃口热乎饭去吧，甭还了，谁他妈没倒霉时候？你看，你外甥就这么傻，弱智儿童，不过……邹姑娘用牙签剔着后槽牙，慢声细语地说，男人傻点，对老婆肯定错不了，是吧，舅舅？她犀利的眼神探过来，我只好郑重地点点头，心里却暗笑，蜜蜜在我眼里像一个小泼皮，没想到这姑娘觉得他老实。

过不多久老艾来学校找我。我正在宿舍收拾行李，课业快结束了。我不知道是继续留在这里，还是回我曾经无比厌弃的云落。我和她仍坐在体育馆的看台上，俯瞰着椭圆形草坪。老艾说，她打算和老叶回老家。蜜蜜的公司破产了，房子也退了。我半晌儿才反应过来，问道，那房子……难道不是蜜蜜买的？老叶拍了拍我脑门儿说，你个傻孩子，他哪里有钱在北京买房？租的，月租一万五千元呢。我沉默了会儿，那他结婚怎么办？住哪里？邹姑娘知情吗？老艾说，这姑娘啊，真不简单，知道蜜蜜房子是租的，只说了句，没事，住我爸那儿好了，让我大姑回家歇着。你说她到底图啥？她妈呢？她妈不是个厉害角色吗？老艾紧张地左右逡巡一番，小声说道，哎，小邹没敢跟她妈提这茬儿，瞒着呢，可瞒过了初一，能瞒到十五？这小邹啊，老让我摸不着她的经脉，我这当婆婆的，心里慌着呢。

老艾还跟我商量，打算秋后回云落县城开店，专门卖烧鸡，烧鸡的名字都想好了，就叫“蜜制烧鸡”，要跟赵家的叫叫板，看谁的味道更正宗。我说你都三十年没熏过烧鸡了，手艺早废了吧？她

“嘁”了声，好歹年轻时熏了千八百只烧鸡，咋会忘？我想开了，蜜蜜在北京混得不易，我跟老叶赚点钱，供他东山再起。说到“东山再起”四个字时她拍了拍自己的大腿，又拍了拍我的大腿，郑重得很，好像家里真藏着一个末路英雄一样。我说，开店也要钱，你们手头够吗？老艾摇了摇头，她脸颊旁的钢丝一下子变密了，眼睛茫然地盯着足球场上奔跑的球员，半晌扭过头盯着我说，借，你忘了？咱家亲戚多，掰手指头数数，光表姐表妹堂姐堂妹连姐连妹，就有十三个，一家借五千元，十三家是多少？六万多元呢！

那天，我开着蜜蜜的车拉着老艾和老叶回云落老家。本来蜜蜜也要回，可邹姑娘怀孕了，妊娠反应强烈，两口子去了医院。老艾跟老叶回家的目的极其明朗，就是跟亲戚们借钱。老叶有点晕车，玻璃窗没有关严实，能听到呼啸的风声。我听他俩不停嘀咕着。老艾说，跟四舅家的二姐少借点，二姐夫小脑萎缩，去年夏天把农药当雪碧喝，住了半个多月医院呢，命差点没了，老叶沉吟着说，三千元；老艾说，三舅家的三妹，男人得了癌症，住院化疗借了一屁股债，老叶说，免了；老艾说，大姑家的大姐，孩子在深圳开公司，大姐夫在施工队当泥瓦匠，没啥缴费，老叶“嗯”了一声，一万元；老艾说，五妹家的房子拆迁，闹了三套房，听说刚卖掉一处，老叶想了想说，两万元……说着说着，老艾忽然冒出一句，不晓得王如云那丫头到底跑哪里去了。老叶脸一黑道，提她干啥！还等着她把你儿子手筋也挑了吗？！老艾诺诺道，你最近肝火挺旺啊，蜜蜜没跟你说，他的银行卡昨天收到笔转账？不是小数目，十万元。这个账户啊，以前是他跟王如云合用的，连小邹都不知道。老叶沉默了会儿说，要真是她的钱，赶紧给我退回去！老艾叹息了声，嘟囔道，王如云干活可真是把好手，那大手，丝瓜瓤子似的……

老叶不吭声了。

车过香河时，老艾慢悠悠地说，弟啊，只有过了香河，我这心里才踏实些，像老做梦的傻子，激灵下就醒了，你说怪不怪？我刚想跟她开个玩笑，手机响了，是那个导演打来的。我跟他有些时日没有联系了，他的声音听起来既熟悉又陌生。他问道，兄弟，你有护照吗？我说，我还从来没去过外国呢。他说，那赶紧办个，下个月你陪我去趟韩国。我说，去韩国干吗？他说，我们见一下制片人，你忘了吗，是韩国人投的资。我这才想起那个还没来得及写的剧本——里约热内卢的韩裔哲学家以及黑帮秘史。我咳嗽了声，说，我哪里也去不了啦，打算回老家跟亲戚合伙做点小生意，不搞编剧了。他说，你开什么玩笑，这时候撂挑子？我们这部电影将来是要送戛纳电影节主竞赛单元的。我知道他没有说谎，多年前他确实拿过一次戛纳奖。不过，我在呼呼的风声中听到自己说，我真的要跟俺姐去卖烧鸡了，你再找找别人吧大哥！对不住了。

放下手机，老叶、老艾疑神疑鬼地盯着我。我说，我也做一次维特根斯坦。老艾说，你说啥？我冲她傻笑了一下，说，我可以借给你们三万元。老艾脸红了一下。其实他们两个脸皮都很薄，一生还从没借过钱呢。当车开到关镇服务区时，老艾忸怩着说她要撒尿，快憋不住了。我就停了车，跟老叶溜达到屋檐下闷闷地抽烟。老艾矮矮的，跟个没长开的倭瓜似的，扭摆着朝洗手间小跑。她的背影跟我母亲极为相像，我不禁喊了嗓子，老艾！老艾！老艾就转过身朝我们笑了笑。说实话，都奔六十岁的人了，笑的时候，还那么羞涩。

【作者简介】张楚，男，在《人民文学》《收获》《十月》等杂志发表过小说，出版有小说集《七根孔雀羽毛》《夜是怎样黑下来的》《野象小姐》《在云落》《中年妇女恋爱史》等。曾获鲁迅文学奖、百花文学奖、郁达夫小说奖等奖项。现为天津市作家协会副主席。

忧郁的星期天

○老　藤

人类受制于法律，法律受制于情理。

——托·富勒

1

办公室充斥着一股怪味，这怪味仿佛能化成粗粝的砂纸一遍遍擦过神经。怪味来自一只甲虫的尸体。

早晨，保洁员清理房间时，在窗台那盆月季花中发现了一只不知何处飞来的甲虫。惊起的甲虫飞落地板上，被保洁员无意中踩在脚下。没承想已成齑粉的绿色甲虫竟然能散发出令人难忍的怪味，如同泄漏的对苯二酚和过氧化氢，令人无法忍受。甲虫尸体被清理掉，怪味却还在室内阴魂不散。更让人烦躁的是，这间三十平方米的办公室内还不仅仅只有甲虫惨死带来的怪味。

漆色深重的写字台上，一字排开四盒卷宗，都是牛皮纸硬盒，如同四块墓砖，透出丝丝凉意。看着四盒卷宗，肖樱忽然联想到了潘多拉魔盒，一旦打开它，会不会有大大小小的魔鬼溜出来。

在她之前，极刑复核这个工作少有女性担任。

同事小庄曾打电话说："姐那么小鸟依人，怎么就成了掌管虎头铡的女包公?”小庄已经步入中年,还是口口声声叫她姐,这是刚参加工作时的称呼,一叫便不再更改。在小庄眼里,她是永远的领航人。法学教授出身的父亲在她接手这个工作时说了这样一句话:“你不仅是我的女儿,更是法律的女儿,法律的女儿办案,要宗宗铸成铁案。”

父亲用了一个“铸”字。她没有问父亲为什么要用“铸”字,问了父亲也会让她自己悟。恰巧远在Y省的胡杨来电话,她请教这位自己崇拜的学长。胡杨说令尊这个“铸”字是提醒你,法律就像模具,铸出来的东西质量如何,关键取决于模具的使用。她认为胡杨的解释靠谱。胡杨是她雁大法律系学长,自己的隐形精神导师,有什么疑问她总是第一时间想到胡杨。应该说,能够上报到她这里的案件大多数都清晰明了,中院、高院的判案水准越来越高,复核工作的难度明显降低,但她从来不敢掉以轻心,她始终铭记这样一句话:办案就是铸案。办公室里属于她私人物品的只有书柜里的书,这些书经她亲自编号,各就其位,有条不紊,大都是中外法律方面的著作。书柜里有一张镶框彩照,那是读大学时她、学长胡杨和一位叫吴为群的雕塑大师合影。她和胡杨几乎是前后脚工作发生变化,远在Y省的胡杨被提拔,成为政界一颗耀眼的新星。她被任命为最高审判机关某庭副庭长,成为负责极刑复核的法官。而照片中的吴为群却蜷缩在桌面一盒卷宗里,成为她复核的对象。

她是一个能在压力中获得快感的女人。作为资深法官,她对刑法条文及精神的掌握已经百炼钢化为绕指柔,还没有哪起案件让她迟疑难决。但从现在起,情形有所不同。手中这支笔就如同一把铡刀,抬起容易,落下却难。这是一支胡杨送给她的钢笔,万宝龙牌,书写流利,手感极佳。

墓砖般的卷宗如同四个魔盒,每个盒子都装着一个令人发指的罪人。虽然只阅过一遍,四个罪犯的画像已经在她的脑子里勾勒成型。

打开吴为群的卷宗，她嗅出了一股酒和食物混合后的馊味，带有腐烂之气。吴为群案件颇似恐怖电影，令人时时后颈发凉。吴为群是个艺术家，他雕塑用的是铜，按理说嗅出铜臭味才合理，怎么会出现食物腐烂的味道？书柜里那张三人合影，吴为群站在中间，那时的吴为群穿藕色唐装，长发，茶色圆眼镜，很有艺术范儿。吴为群是雁大特聘教授，出道早，是当时学生公认的偶像。谁能想到昔日的偶像竟然成了死囚犯！吴为群杀人隐藏了整整十九年。吴为群杀人案得以告破，要感谢在巴黎举办的一次国际影展。展览是个好东西，能把美丽呈现给世人，也会让罪恶大白于天下，因为冤魂在得不到昭雪之前，不会在黑暗里沉睡。她疑惑的是一个文质彬彬的艺术家为什么要犯下如此重罪？

印度哲人甘地说过，人类社会有七宗罪，没有人性的科学位列其中。在看到王珩卷宗之前，她没把甘地这句话与实际相联系，科学从来就具有两面性，就像原子弹技术，在和平者和战争狂人手上用途会截然不同。但这毕竟是很遥远的事情，现实生活中，科学已经成了真理的代名词，谁代表科学，谁就蒙上了一层光环。在看完王珩的卷宗后，她明显闻出一股油漆味。她皱了皱眉，油漆味来自化学物质——苯，这是一种致癌物，很多装修新宅的人就因为过多吸入了这种东西，导致身体出现状况。她想到了甘地，那个苦行僧模样的老人，想到了甘地说的这句话。真的，有些东西虽然是科学，但它从发明之日起就心怀鬼胎，戕害人性。王珩的科学研究为他赢得了数不清的荣誉，甚至登上了高高的领奖台，这又怎样呢？卷宗里的事实做证，他害了太多的人，让很多人陷入不可自救的痛苦。王珩案她认为有必要好好挖掘，并作为典型案例在媒体上做一下报道，让更多的人从迷信科学的误区里清醒地走出来。世间之事，最怕的是“迷信”二字，她甚至自我检讨，自己对法律的迷信是不是同样可怕呢？记得上大学时，胡杨就劝她不要迷信法律，法律能解决的只是第一级台阶的问题，而复杂的人生，有数不尽的摩天大楼要去攀登。

年轻人犯重罪总是让人唏嘘不已。但金可可是个例外，这个雁大哲学系毕业的高才生只用三年时间就创造了一个财富神话。从社科院辞职经商的金可可，孙悟空一样摇身一变，成了腰缠亿贯的大老板。孙悟空变身尚需在屁股上薅几根猴毛，而金可可连汗毛都省了，他只是编织了一个谎言，便神奇地堆砌起一座金融大厦。在审讯笔录中她看到金可可说过这样一句话：大欺欺世，小欺欺人，我算什么？充其量就是没有兑现承诺而已。这个年轻人脑子里充满无法破译的乱码，对自己那套聚敛财富的理论深信不疑，而对自己的罪行却毫无悔罪之意。金可可在成就自己财富神话的过程中，背负了五条人命，他消费的每一元钱，都沾满底层投资者的血泪。对此，金可可在笔录中有这样一句话：我是姜太公钓鱼，愿者上钩，哪一个进到我公司里的人都不是捆绑而来，公司当然有公司的规矩，不能想来就来想走就走，打个比方说，我公司是一艘驶离海岸的船，你半路跳船投海，却让我这个船长来承担杀人之责，这不是荒谬吗？她从这本卷宗里嗅到了一种尼古丁的气味，不由得干咳了几声。某些哲学知识被用于武装小人，小人就会如虎添翼。从照片上看，金可可一副轻蔑的神情，瞳仁不端正。她发现金可可眉间狭窄，几乎连到一起，鼻梁中部喉结一样凸起。她很不解，一个哲学系的博士，难道搞不清传销的本质？尽管金可可也是雁大毕业，但她丝毫没有同情之意，金可可这种犯罪是明显故意。

纪老畋，一个年逾花甲的花炮匠人，藏匿火药竟然夺去了七条人命！花炮本来是喜庆的标志，谁想到一个花炮匠人因为不愿意动迁，竟然会设置爆炸机关，让前去拆迁的人几乎全军覆没。纪老畋的正面照看上去十分朴实，其他地方看不出凶相，但侧面一张就有内容了，侧照可以看到纪老畋的眉心处长了个肉瘤，高高凸起来，如同公鹅的鹅冠。她对这眉包产生了兴趣，在看到纪老畋照片之前，她还没有发现谁有这样一个眉包，她甚至猜想这眉包里会不会藏有火药，在某个特定时间里瞬间引爆。在合上纪老畋卷宗时，她闻到了一股稻草燃烧的气味，她觉得特奇怪，卷宗里怎么会有田野烧荒的气息？她闭上眼睛，脑海里浮现出在香格里拉拍照时所见的向晚炊烟。乍一看，四起案件的犯罪者都够了核准的要件，但既然是复核，就要从头到尾再依法捋上一回，毕竟人死不能复生。

下班后，她没有乘车，而是选择了步行回公寓。她想边走边整理一下思绪，同时，也把四种怪异的味道从呼吸中彻底置换走。北京的秋天空气尚好，尽管马路十分拥堵，但人行道足够宽敞，越来越多的人选择汽车出行的时候，人行道就难得一见往昔摩肩接踵的情形。白天，一个叫于泽的律师打来电话，说胡杨离婚了，这个消息让她吃惊，胡杨怎么能官职一升就抛弃妻子呢？但于泽还有一句话让她疑虑全消，离婚是女方提出来的，说白了是女方抛弃了胡杨，女方根本没把一个副省级干部放在眼里。

五公里路，她走了一个小时。回到公寓楼下，她没有上楼，而是走进了一楼的彼岸咖啡，来到自己熟悉的那个卡座坐下。熟悉的服务生朝她笑了笑，为她端来一杯卡布奇诺。她点点头，抬腕看看表，差一刻七点，央视《新闻联播》将要开始，她知道胡杨是这档节目最忠实的观众，此时一定坐在电视机前。她打通了胡杨的电话，问他履新感受，胡杨说他一上任就接了一件大活儿，主管扶贫脱困，Y省属于老少边穷省份，扶贫攻坚任务重，自己感到了前所未有的压力。她本来想问问离婚之事，隐约听到电话里传来《新闻联播》的前奏曲，这支短促却十分有力的曲子似乎能撬动地球，每次播放都会拉开一系列重要的话题，便打住说："好了胡杨，你看新闻吧，挂了。"

她端起那杯卡布奇诺，咖啡浓郁的泡沫上有一个巧克力画成的心形，她不忍心破坏这个造型，端着杯看了好一会儿，脑海中开始回放历历往事。

大学毕业前夕，相处了一年多的胡杨忽然对她冷淡起来。当时，两人虽然没有确定恋爱关系，但彼此心照不宣，只差一个仪式或一个拥抱。晚上，她独自漫步来到未平湖畔，不知不觉就来到湖边一棵老国槐树下，树下有一条被学生们称作缪斯胡床的长椅，这是她和胡杨相识的地方。在国槐树下，她听过胡杨用口琴吹奏的《月亮河》，口琴响起的那一刻，未平湖里每一道波光都是明亮夺目。

仿佛约好一样，胡杨也来到国槐树下。两人在缪斯胡床坐下，肖樱问："报到证下来了？"胡杨点点头，道："我去了Y省。"担心的事情终于出现了，她感到胸闷，想咳，却忍住了，弱弱地问："不喜欢北京？"胡杨依旧望着湖面："北京虽好，但不属于我。"她终于咳了几声，是干咳，震得耳膜鼓胀，接着问："是去无可恋？"

"不是！"胡杨突然说，"我心里留恋一个人。"

她忽然觉得大脑嗡嗡直响，这是渴望已久的回答，但似乎已经没有意义，因为胡杨离京远赴Y省，取舍已定，结果无法改变。她没有说话，象牙白连衣裙似乎变薄了，薄如蝉翼，她感到了一丝凉意。

"正因为我爱她，才必须离开她。"胡杨转过头，仰望着星空。

"这是悖论，"她说，"嘴上讲爱一个人，眼里却又无视她的存在，狠心冷漠地离开她。"

"不是您说的那样，她是一枚钻石，和钻石在一起，我担心自己会被划伤。"胡杨停顿了一下，"我只能远远地欣赏她耀眼的光芒。"

她一切都清楚了，胡杨是一个自卑到了骨子里的人，无论怎样激励，他也不会改变这种态度。她忽然感到自己以前是不是对胡杨产生了错觉，大脑迅速地回放自己与胡杨的每一次见面，她明白了，胡杨似乎从来没对自己用过"你"，他总是礼貌地称呼自己为"您"，这说明胡杨对自己是敬而远之。"把一个女生比喻成冷硬的钻石，似乎不是表扬吧。"胡杨摇摇头说："除却纯洁高贵的钻石，我找不到更合适的比喻。"说完，胡杨从口袋里拿出一个圆乎乎的小东西，摩挲了几下，道："我可以送您一件礼物吗？"

她没有说话。胡杨说："这是我亲手制作的乐器，叫埙，希望您能喜欢。"

她犹豫片刻，还是接过这个比梨子略大一点儿的埙，陶质九孔，没上釉，表面却平滑，看出制作者的精心。"谢谢你，虽然我不会吹奏，见到它我会想起你的口琴和那曲《月亮河》。可是我没准备礼物回赠你，我该回去了。"她不想再坐下去，担心会控制不住自己的情绪。来这里之前，她想了诸多可能，唯独没有想到目前这一选项，她感到自己遇到了一个爱情的懦夫，胡杨啊胡杨，你可知道你毁掉了一个女生的初恋！

她没有直接回宿舍，在校园漫无目的地踽踽独行，大脑像一张A4打印纸，空无一字。

走到一处古老的青砖四合院时，一阵音乐声从院子里飘出，曲调伤感，多有颤音，这曲子如同一条无形的绳索在她毫无防备时猛然将她套住，而且越套越紧。她驻足不前，直到曲子结束，还看着红漆剥落的大门发呆。院门虚掩，凌霄花的藤蔓爬满青砖墙头。忽然，门被推开，一个满头银发，身穿灰色中山装的老者走出幽暗的灯光，腋下夹着皮包缓缓走上甬道，想必是历史系的老师了。她迎上去问："请问老师，刚才院子里播放的是什么曲子？"老者打量了她一眼，尤其注意到她手中的陶埙，很和蔼地说："是《忧郁的星期天》，匈牙利作曲家鲁兰斯·查理斯的作品。"老者说完走了，走出不远，又回头道："记住，是鲁兰斯·查理斯的《忧郁的星期天》，不是《忧郁的星期五》。"暑假，她买了这首曲子的磁带，对于她来说，这支曲子具有特别意义。

毕业后每次回雁大，她都会到那个四合院去看看，院子还在，经过修葺，已经成为人文学院一个办公场所，有了一个令人浮想联翩的名字——"二院"，可惜物是人非，她渴望邂逅的银发中山装老者再也没有出现。

第二年毕业，她选择了留在北京，走进梦想中的最高审判机关，开始了法官生涯。

不知从何时始，她开始恐惧周末。周末像是走不出的梦魇，无论怎么挣扎，偏瘫一样的时光总会将她拖进寂寥的胡同。

多亏公寓一楼开了这家彼岸咖啡，让她有了一个休闲和转换脑筋的去处。彼岸咖啡说是咖啡厅，其实更像酒吧，光线柔和的水晶吊灯，厚厚的苏格兰红格子台布和高档的骨瓷杯盏，让咖啡馆内格外温馨。因为大有公寓居住了许多外国人，咖啡馆生意不错，每到周末夜晚，会有一个叫杰克的爱尔兰人演奏萨克斯。她觉得在这里小憩，如同坐在小船上顺流而下，有一种难得的放松和惬意。她觉得消弭周末恐惧的最佳方式是到这里看看书、听听音乐，和胡杨通通电话。

来彼岸咖啡，她总是换上一身纯棉象牙白休闲装，在临窗那个熟悉的卡座坐下，点一杯卡布奇诺，然后静静地在背景音乐的缠绕里发呆。她把这里当成了书房。咖啡屋从老板到服务生都知道这位喜欢穿白色休闲装的女士就住在楼上，她到酒吧来就像当年列宁到中央咖啡屋一样，似乎是一种工作。她每次来都会带一本书，安静地读书或沉思，橘色的灯光洒在她身上，犹如给柔和的象牙白镀了一层金，看上去多了不少暖意。一次胡杨来京开会，她约胡杨来过这里。胡杨那次来，脸上一直洋溢着笑容。她喜欢读胡杨的微笑，阳光般明亮。工作后的胡杨变得喜欢用目光交流，但她更喜欢听胡杨的声音，因为胡杨声音中的磁力令人无法抗拒。那一次，胡杨想点酒，她阻止了，说还是点爱尔兰咖啡吧。胡杨说就听您的，您一向是站在理智的冰山上说话。当时，她特别想吃一块糯米糍，糯米糍是她和胡杨共同拥有的秘密。男女之间一旦共同拥有秘密，关系就非同一般。她和胡杨之间就是这样，彼此心有灵犀，但又相处有度。

毕业后她与胡杨见面机会并不多,更多的时候是打打电话。后来,胡杨被提拔为Y省红江州州长,成了名正言顺的地方官。

担任州长的胡杨到党校轮训,她提出想请胡杨吃顿饭,问胡杨想吃什么。胡杨说:“想吃炸酱面,肉花酱、胡萝卜、黄瓜丝和香菜末加辣子。”

她说:“真想吃,就我来给你做吧。”

“那我就做一回幸福的人!”胡杨很兴奋。两人约定了时间,就在她的公寓。她很激动,这是平生第一回做炸酱面。

肖樱的公寓房间不大,两居室,她将其中一室做书房兼卧室,另一间做客厅兼餐厅。一张象牙白方木桌,两把象牙白木椅,穿着象牙白纱质连衣裙的女主人,让公寓阳光明亮。餐桌中央的玻璃花瓶插着几棵薰衣草。她喜欢薰衣草,楼下彼岸咖啡旁边就有个花店,她是花店的老主顾。胡杨依约而至,系着白花围裙的肖樱让他有些不敢相认:“你好像换了个人。”

她笑了笑,道:“你是本公寓第一个来访的异性,这里是我的私密空间。”

“看来,嘴馋有便宜占。”胡杨换下鞋,想到厨房帮把手。厨房很狭窄,高大的胡杨站在这里,如同花盆里栽了一棵大树,连转身都有些不便,免不了就有些肢体剐蹭,室温也随之升高。她说:“你还是到客厅吧,你在这里容易发生交通事故。”好在炸酱面并不复杂,切好作料后,就是炸酱煮面,因为肖樱很少下厨,显得有些手生,切胡萝卜丝的动作就不那么规范。

胡杨并没有走,站在肖樱身后看着她切葱段、胡萝卜丝,胡杨有些担心,怕她伤到手指,正要提醒她小心,话没出口,肖樱突然“哎哟”一声,果然就伤到了食指。胡杨一把将伤手拉过来,看到伤口在渗血,便低下头把伤指含在嘴里用力吸吮了几下,吐出一口血水,问:“有创可贴吗?”肖樱指了指旁边的抽屉,胡杨拉开抽屉,找出一块创可贴将伤指包扎上，让肖樱到客厅休息，接下来的事情由他做。肖樱也听话，老老实实到客厅里坐下来。刚才伤到手指是意外，胡杨弯腰吸吮她的伤口更出乎意料，刹那间她有些缺氧，十指连心，一个小小的切口竟然钻心地疼。

“现在，没有年轻人在家里做炸酱面了。”胡杨在厨房大声说，“都怪我异想天开，结果让您受伤。”

“我是不是很没用？生活上的事一窍不通。”肖樱说。

“这是社会进步的体现，现在的女孩子都喜欢远离厨房。”

厨房里炝锅，炸酱，香味儿飘到客厅。肖樱忽然明白了一个道理，家里一定要生火做饭。这就是平常所说的人间烟火。

胡杨笑呵呵地将面和炸酱端出来，道：“不知是否可口，这世上有的人为生活而生，有的人为使命而生，看来你我都属于后者。”

两人正要吃面，肖樱忽然想起了什么，十分歉意地说：“忘了买酒。招待大州长，怎么也该有点儿酒才对。”

胡杨拍了一下脑门儿说：“我怎么忘了呢？”他打开随身携带的背包，里面有两瓶味美思葡萄酒。“这是我来的路上买的。”

肖樱家没有酒杯，两人只好用茶杯斟满浅红色的味美思。肖樱先举起杯道：“来，祝贺你当州长，干杯！”

胡杨举杯道：“也为了雁大情，干杯！”

说是干杯，但两人都浅浅地抿了一口。胡杨说自己对酒不感兴趣，这是从小养成的习惯。在西部的永昌乡下，家里连吃饭都成问题，哪里会买酒？他记得第一次喝啤酒还是在雁大，宿舍同学打来散装啤酒，他喝一口就吐了，说这酒馊了，喝了要坏肚子。同学们没有谁纠正他的说法，都在咕咚咕咚大口喝。后来他才知道，散装啤酒就这个味道，是自己少见多怪。自那次以后，胡杨很少发表意见，只是拼命地读书，他知道自己在形象体魄上不输任何人，但在人生见识上却逊色于同学。

肖樱说:“其实,你不该过于挑剔自己,你已经很出色了。”

一种苦涩的微笑在胡杨脸上弥漫开:“雁大四年,除了你,我没有更亲近的朋友,我需要蛰伏,潜龙勿用,毕业分配大家都去了高大上的司法系统,而我却选择了支边。”

“事实证明,离开北京未必是坏事,你现在发展势头很稳健。”

“关键是找到了自信。”胡杨挺了挺有些前倾的胸膛,用手指梳了梳额头上的黑发说,“在Y省,人们关于我的话题不再是永昌,更多的是雁大。”

她第一次感到胡杨高大的身躯内还有些脆弱的东西,这些东西像瓷器,又像气泡,胡杨在精心呵护这些东西,生怕它们破碎。这是一种折磨,出身无法选择,起跑线上的泥泞会黏人一辈子。

“你好像很在意别人的看法。”她说。

胡杨点点头说:“男生和女生有所不同,女生可以安心做专业,而男生肩膀上扛的不仅仅是自己的东西。”

“女生也一样,我们都是为使命而生。”肖樱纠正说。

“因为起跑线的问题,来自欠发达地区的学生要格外多付出。”胡杨仰头看了看天花板,公寓房天花板很简单,是简单吊顶和隐藏式日光灯。“进入雁大第一个学期,我就相信了一个道理,能补齐自身短板的,唯有读书。”

“所以你拼命读书,科科全优。”肖樱说,“读书确实让你充满了魅力,英俊的形象、富有磁性的嗓音再加上优异的学习成绩,你完全具备自豪的资本。”

胡杨有些羞涩,这是肖樱第一次毫无掩饰地夸奖他。

时光像一个识趣的仆人,在两人世界里悄悄地退走。碗里的炸酱面吃光了,酒却下得很少。“难道,这瓶味美思是个解决不了的难题吗?”胡杨拿起酒瓶端详着说。她笑了笑说:“你是男生,难题自然由你来解决。”胡杨放下酒瓶道:“我虽不擅长饮酒,但在你面前我可以破例。”“为什么？”她问。“因为只有在你面前，我才可以解除所有的武装，回归本质上的自己。”胡杨给自己倒了个满杯，像个任性的孩子，一副大义凛然的表情。她提醒说：“酒量不大的话，千万不要逞能。”

男生往往在女生的劝阻面前表现得奋不顾身，胡杨也不能免俗，抬手便干了个满杯。

她也受到了感染，给自己倒了半杯酒，然后举杯对胡杨道：“巾帼不让须眉，奉陪！”

胡杨又满了一杯，说：“马克思曾经对女婿说过，不喜欢葡萄酒的人没有任何前途。伟人的话，需要不折不扣地践行。”说完再次喝了一杯。

她看着胡杨干杯时方形的下颌高高翘起来，像古代高士在迎风畅饮，忽然有了一个新发现，干杯时男人下颌最性感，这种性感隐藏得很深，只有在畅饮的瞬间才有所展现。她对自己说，为了这个发现，也理应喝了这杯酒。她果真干了，看着手中的空杯，她甚至有点儿佩服自己。

胡杨打开了另一瓶，没有征求她的意见，她也没有阻拦，酒是胡杨带来的，胡杨想喝就让他喝吧。她忽然觉得胡杨过得比自己苦，有一种不可言状的压抑，以前，她没有这种想法，胡杨毕业后顺风顺水，仕途一路绿灯，有多少同学羡慕他。

“我来京前回了一趟永昌，”他说，“见到了当年送我上学的老支书。老支书患了老年痴呆症，但见了我，他说小知府回来啦！老支书一直希望我不当翰林当知府。”她点点头：“几千年来形成的官本位思想，男儿封侯才算有出息。”

“我不能让家乡失望，”胡杨说，“我对自己充满信心。”她喜欢胡杨这种男人气概，自信，应该是男人最优秀的品质。她拿起酒瓶，给胡杨斟满一杯，看了看桌上两只空碗说：“你看，我真是不会生活，应该准备一点儿下酒菜才对。”她起身打开冰箱，冰箱里没有菜，只有半饭盒糯米糍。看到糯米糍，思绪马上就飘回大学时代。她捧着雪糕，站在冰箱前，闭上眼静默了一会儿。

胡杨站起身，走到她身后低声问：“是不是喝酒不适？”

她恢复了常态，将饭盒递给胡杨，莞尔一笑：“没有，我在感受这糯米糍的奶香。”

“糯米糍？”胡杨接过饭盒一看，“十几年了，还有糯米糍？那一年，为了给你买糯米糍，我走了很远很远的路，结果都化了。”

怀旧情绪像一把伞，很容易把人罩住。两人将杯中的红酒一饮而尽。“我很想为你吹奏一曲《月亮河》，可惜没有带口琴。”胡杨说，“我一个人在宿舍时，常常吹奏这支曲子，吹奏的时候，脑海里会飘下槐花雨。”

她双手托腮，认真倾听胡杨说话。倾听，是一种幸福，一种难得的幸福。

第二瓶红酒见底后，胡杨看看表起身告辞。“谢谢你，让我度过了一个温馨浪漫的夜晚。”站在门口，胡杨转身望着肖樱说。

“深夜两点，这个时候你回党校，门卫怎么看你？”她忽然想起党校学员是有严格管理制度的。“这的确是个问题。”胡杨想了想，“学校规定夜里十一点前要归宿的。”“算了，你在客厅睡沙发吧。”她说。

胡杨犹豫了一下说：“这个，这个不太方便吧。”口才极好的胡杨，第一次变得结巴起来。

她道：“我们都是学法律的，会清楚关系的边界。”说完，她走进卧室，抱出一个白枕头，一条灰色毛毯放到沙发上，笑了笑说，“委屈你了，州长大人。”

她转身走进卫生间，简单洗漱后回卧室休息。胡杨站在客厅中央，像一棵孤零零的胡杨树，他的头离顶灯很近，灰毛毯如同一只大兔子温顺地蜷在沙发上。

卧室的灯关掉了,门虚掩着,一阵薰衣草的幽香飘出来,卧室里应该有薰衣草精油。沙发很短,躺下不会舒服,地板是柚木的,灯光下泛着暗红色的光。他将毛毯铺在地板上,摆正枕头,熄灯躺下。他嗅到了枕头里散发出的隐隐香味儿,这香味儿很熟悉,可一时又想不起来,是香水?是某种洗发香波?还是肖樱的体香?这些都被他排除了,因为这些香味对于他来说都是陌生的,而闻到的香味却是那么熟悉,他恍然大悟:这不是糯米糍的奶香吗?味美思后劲很足,胡杨在想出糯米糍香味的同时,感到有些头晕,渐渐进入梦乡。梦里一个轻柔的声音在耳边说:怎么能睡地上呢?容易着凉的。说话的是白发苍苍的母亲,胡杨已经很久没有见到母亲了,母亲有眼疾,每次见到儿子总是用一双粗糙的手摩挲胡杨的头和脸,母亲轻轻抱起儿子,喃喃地说,不要睡地上,地上凉。他很吃惊,母亲单薄的身体竟能抱起自己,他抱紧母亲,泪水夺眶而出。母亲的怀抱永远是温暖的,他把头埋在母亲怀抱里,感到自己是世界上最幸福的人。

早晨醒来,胡杨发现自己睡在床上,而肖樱却裹着灰毛毯蜷缩在沙发里。

胡杨惊出一身冷汗,看到自己的衣服叠得整齐,放在床头柜上。

肖樱从沙发上起来,肖樱的睡衣也是象牙白,衬出肤色的润泽。她倚着门框慵懒地说:"我昨夜做梦了,梦见我俩去香格里拉旅游,不留心掉进溪流里,水流很急,我喊你,你在岸上不理我,背着手远去。"

"对不起,"胡杨快速穿好衣服,脑海里却在想昨夜都发生了什么,怎么会出现乾坤大挪移这样的怪事。"我该回去了。"

"回去吧,要遵守学校纪律。"她调侃说。

胡杨从包里拿出万宝龙钢笔说:"送给你。"

肖樱接过笔,很歉意地说:"我没有给你准备礼物。"

胡杨说:"你已经把最好的礼物给了我。"肖樱脸红了,看着手里的笔。胡杨望着她，用穿透力极强的低音说："昨夜沐浴着钻石的宝光，心灵得到一次洗礼和解放，谢谢你。"说完，胡杨推门走了。

肖樱迟迟没有关门，一直看着胡杨走进电梯。

2

她没有想到时隔多年之后会再见到于泽。而且是为复核吴为群的案子。

之前，胡杨来电话说你还记得于泽律师吗？他绕了个大弯儿找到我这里了，让我给你打招呼，说要去拜见你。

于泽曾是胡杨同事，后来改行当了律师，在京城司法界小有名气。胡杨说，于泽绝非等闲之辈，吴为群找对了辩护人。

于泽似乎是来分享故事的，开口便说："您别担心肖法官，我不是来跑关系、套近乎的，我给吴先生辩护，不是为了钱，我太太在国外做生意，钱对于我来说无所谓，我之所以为吴先生辩护，是觉得这个案子富有挑战性，如果您不反感的话，我想把案件有些情况说给您听听。"

她给于泽沏了一杯茶。于泽的开场白很成功，首先表明来无所求，这让她不必过于警惕。

"我们先说说案件当时的情况。十九年前，公安为了破获这起杀人碎尸案费尽周折，花费了大量人力物力。一个妙龄女孩被害，碎尸抛到城市东南西北四个方向，这是对公安的公然挑衅。公安方面自然要下气力破获此案，给全市人民一个交代。公安人员先是排查了全城的外科医生，因为碎尸很专业，几百个外科医生都过了遍筛子，结果一一排除。接着又排查所有的法医，法医是公安内部的人呀，也要排查，因为碎尸刀法特像法医解剖，法医也一个个排除了。然后又开始排查全城的作家，因为死者是个文学青年，经常到有名气的作家那里去接受辅导，作家也一一排除了。最后又排查出租车司机，排查夜宵店，总之，案子就是破不了。这件事成了南城公安的耻辱，每一任公安局长卸任时都会把它移交给继任者，有的老公安局长去世前还念念不忘这个案子，说等案子破了，一定到墓前告诉他一声，否则死不瞑目。”

她没有打断于泽的话，也没提疑问，任由于泽讲下去。

“如果我是刑警，我也会想到三种可能，一是图色，二是谋财，三是情变。这三种可能属于常理，但无论是我，还是破案的刑警都偏离了破案的大方向，没有怀疑到这位艺术大师，名气是最好的掩护，如果当时调查吴先生，案子早就破了。”

于泽喝了口茶接着说：“吴先生是国内外有名的雕塑家，他对艺术的追求到了如醉如痴的境界，他是一个为了艺术不惜牺牲任何代价的雕塑大师。您可能不知道，吴先生除了雕塑外，还是个摄影家，他的摄影作品常常在大展中获奖。吴先生是个完美主义者，他追求完美，容不得任何瑕疵，曾经亲手砸毁自己认为有瑕疵的雕塑作品。吴先生平生最大的愿望是把维纳斯的断臂给接上，为此，他创作了上百件雕塑，这些雕塑都是胳臂完整的维纳斯，作品完成后他不满意，当然都毁掉了，没有一件流入市场。吴先生对美的苛求近乎偏执，这一点他毫不掩饰。他有个著名的观点：美是人创造的，又回馈人，所以为了创造美，人必须做出牺牲。他的观点受到了自然主义学派的批评，但吴先生视观点为信仰，绝无丝毫妥协。吴先生有众多的拥趸者，尽管这些拥趸者有的根本不懂美术或雕塑，仅仅因为他的发型、气质或与众不同的装束就成了他的粉丝，但这毕竟是魅力的体现，让许多同行羡慕嫉妒恨。”于泽又喝了口茶，目光在她脸上飞快地扫了一下，接着说：“今年年初，巴黎有个著名的摄影展，吴先生的一幅作品获了大奖，这可是国际大奖，国内获奖者寥若晨星。吴先生这幅作品叫《束腰》，照片中是一个裸体少女躺在黑色的床单上，两臂上曲，双腿交叉直伸，腰部束着一条红纱巾。应该说这是一幅美到无可挑剔的照片，女孩子羊脂玉一般的肌肤在黑色床单衬托下格外入眼。这张照片在网上广泛传播后，被南城一个叫王玉的作家发现了，王玉对照片中少女的印象刻骨铭心，当年碎尸案发生后，因为这个少女经常到王玉家里请教创作问题，王玉便成了重点调查对象，在刑警队被审查了一天一夜，王玉看到了这幅获奖照片，认出了照片中的人就是当年被碎尸的柳念，便给公安局打了举报电话，公安局通过王玉的举报追查到了吴先生。”

她在卷宗中知道这个倒霉的王玉，此人因为这起案件被调查，也为此背负了许多不该背负的东西。

“那个叫柳念的女孩是吴先生的雕塑模特。吴先生以柳念为模特创作了著名的《安》系列雕塑。柳念非常美，是超凡脱俗的美，以她为模特的这组雕塑被京城一个著名的美术馆收藏。当然，因为柳念这张裸照，吴先生又多了一个摄影大师的荣誉。您知道，大师是个完美主义者，容不得美中瑕疵，柳念尽管脸庞、四肢、胸部都无可挑剔，但她也有点儿不足，那就是她的腰略显长一点儿。吴先生曾对柳念说，你这腰如果短一寸，那就是完美中的完美了。可是要怎么短回去呢？人体有的地方可以整形，有的地方无法改变，对于女性的腰来说，可以吸脂减肥，想变短是神仙也没有办法的事。柳念说我要是一块铜就好了，吴老师可以重塑，再造一个没有遗憾的柳念。不想，这话吴先生还真听进去了。一天夜里，柳念来工作室做模特，吴先生鬼使神差实施了不该发生的罪恶。柳念多次来工作室做模特，轻车熟路，工作室是封闭的，窗子被紫色的天鹅绒窗帘遮挡得一丝光亮不透，室内陈设简单，几种高高低低的落地灯，大大小小的模具，支起的画板，几把椅子和一个茶几，其中最显眼的是一张欧式单人铁床，很考究的编花铁艺床头，席梦思床垫上蒙着黑色的绸缎床单。吴先生创作雕塑要先画草图，柳念熟悉这套程序，很快褪尽衣裙，侧卧在床，目光凝视着一盏橘色的落地灯。吴先生迟迟没有动笔，就坐在画板前吸烟，他的木质烟斗很大，古巴烟丝燃烧产生的烟雾弥漫在整个工作室。躺在黑床单上的柳念轻咳一声，吴先生于虚幻状态里醒过来，从茶几下拎出一瓶轩尼诗和两只高脚杯。我们要找找创作灵感，吴先生说，感觉是艺术的生命，没有感觉就没有艺术。吴先生让柳念先起来穿好衣服，然后打开音响，开始播放电影《人鬼情未了》的主题曲。在舒缓的音乐中，吴先生打开轩尼诗，倒了两杯酒，酒体呈金黄色，酒香浓郁。柳念是个很乖巧也很开放的女孩子，猜想这应该是大师进行创作的前奏，便坐下来与吴先生对酌。吴先生不说话，注视着柳念那头柔软的长发频频饮酒。柳念酒量并不大，两杯轩尼诗下去，她醉了，说了句今晚做不成模特了，便仰坐在椅子上不省人事。柳念睡去后，吴先生对柳念进行了重塑，他将柳念腰部截去一小段，然后进行缝合，再用红纱巾掩盖住伤口，用相机从不同角度拍摄了重塑后柳念的裸体。完成这一创作后，吴先生在柳念的遗体前坐了一夜，一盒烟丝全部抽净。凌晨时分，他肢解了柳念的遗体，然后亲自开车将肢解后的遗体分东南西北四个方向抛掉。”

“这哪里是雕塑大师？就是一个人性泯灭的杀人犯！”她忍不住插了句话。

于泽说：“我同意您的说法，但作为辩护律师，我还是要尽一个律师的责任，希望您理解我。”

她明白了于泽的来意。

“说实话，代理这个案子，我时常感到心在流血。”于泽表情痛苦。

“吴为群承认了这一切？”她问。

于泽点点头。“当刑警根据照片线索找到他时，他当时就承认了，说当年在那瓶轩尼诗中他放了麻醉药，然后实施了这一切。他特别强调柳念是在没有知觉中被重塑的，没有任何痛苦，在离开这个世界时她的记忆里是轩尼诗，是美酒，柳念的血被他融到了一尊铜雕里，那尊铜雕是缩小版的柳念。警察问他为什么要杀人，他说自己不是在杀人，而是在重塑一种美，一种无与伦比的美，柳念虽然不在了，但她那张美到极致的照片会世世代代流传下去。这次获奖，就充分证明了自己的论断。”

“荒谬！”她感到血往头上涌，“用杀人来制造所谓的美，这种美对人来说还有什么意义？”

“吴先生没有供述其他问题，刑警曾经怀疑是不是有性侵，但没有结论，因为从照片看，死后的柳念没有其他体伤，据吴先生同事和学生们反映，吴先生不是好色之人。”于泽又补充了几句。于泽额头上细碎的汗珠争先恐后往外涌，她心里有些纳闷儿，于泽讲述吴为群犯罪经过时，她时时感到后背发冷，于泽怎么会很反常地冒汗？

“对不起，”于泽站起身，“我接手这个案子不知怎么就想到了您，觉得应该来和您接洽一下，就麻烦胡杨给您打了电话，您不会介意吧？”

“会见律师是我的工作，为什么要介意？”她也站起身。

于泽告辞了，他人虽胖，但步子很轻。

好一个聪明的于泽！她想，于泽此行是想在她头脑里强化某种意识，她隐隐感觉到了。

她拨通了胡杨的电话，说了于泽来访情况。

胡杨沉默了许久，然后很肯定地说：“于泽一定在兜圈子，做铺垫，直觉告诉我，于泽想保下吴为群的命。”

“我想过了，如果于泽有可以采信的证据，我会认真研究，说实话，艺术家犯重罪的案件我还没有经手过，这是一个挑战。”

胡杨说：“艺术家走上犯罪之路没有普遍性，但艺术观扭曲的艺术家却不在少数，象牙塔空间有限，那些无法跻身塔尖的艺术家容易患上焦虑症，有的可能偏离正轨。”

“不过，吴为群这样的名家已经置身塔尖了，他还想要什么呢？”她想不通吴为群为什么要走这条不归路。

“塔尖之上，还求再上，人莫不如此，欲望无止境。”胡杨几乎不假思索就给出了答案。

“当年那张合影我还留着，就摆在书柜里，没想到会是这样。”

“我也一直珍藏着这张照片，”胡杨说，“照片上你的发型很像日本影星山口百惠，当时非常时尚。”

她心里颤了一下。胡杨哪里知道，就是因为当初胡杨夸过自己的发型，毕业二十年了，这种倒梨子发型她一直保留至今。她知道这是为了谁而保留，有几次坐在美发室里，禁不住美发师动员，差一点儿就要动心换一个发型，但就在美发师抄起剪刀时，她脑海里会忽然出现胡杨那双有神的眼睛，这双眼睛正凝视着她，便狠狠心又放弃了，胡杨的审美不容置疑。她知道胡杨不会要求她从青年到中年发型保持不变，但她有一个天真的想法，发型不变，胡杨就在。

“吴为群这样的艺术家，致命缺陷是完美主义。”

“你在否定完美主义。”她说。

“与完美主义者共事是一场灾难，因为自始至终都会充满挑剔。”胡杨的话语中带有一种理性的提升。“世界上没有完美的东西，美都是相对的，而完美主义者容不得别人有瑕疵，哪怕很小一点儿瑕疵，那个被重塑的死者从某种意义上说，就是死在了完美主义者扭曲的观念上。”

“吴为群的动机到底是什么？真是想塑造美吗？”她对于泽的说法将信将疑。

“这个我说不好，法律靠证据说话，我不敢臆测，不过，我相信你能做出判断。”

她知道胡杨是担心臆测会给复核该案的她产生心理暗示，才没有把想法说出来。胡杨一向善解人意，从他嘴里几乎听不到恶狠狠的言辞，他像一个憨厚仁慈的长者，无论何时何地，总是能感觉到他高大的身躯站在你身后。

“我们只是探讨一下吴为群的动机问题，你放心，你的观点不会成为我的结论。”她要打消胡杨的顾虑。

胡杨在电话里压低了声音道：“我认为吴为群是个隐藏很深的两面人，一方面以正人君子模样明面示人，一方面又以龌龊之心暗地行事，在柳念一案中，吴为群很可能有其他杀人理由，否则不至于那样碎尸抛尸，而从碎尸抛尸中的沉着与冷静看，他应该是个有一定经验的作案老手。”

这是一个提醒，在此之前她没有想到这一点，不可否认，于泽的介绍多少还是影响了她的思考与分析。

“谢谢你的分析，”她说，“不愧是法律专业的学长，离开专业这么多年，还是行家里手。”胡杨的话似乎打开了一扇门，她知道自己该如何去做。

“这也是你对我的影响，有你这个朋友在，法律就从未远离，当然，在吴为群的案子上但愿我想错了，希望一切的一切都因为艺术，都因为那瓶轩尼诗。”胡杨有些痛心地说，“一个雕塑家，经过几十年的努力，把自己雕塑成了一个魔鬼，这是人生最大的悲剧。”

胡杨的思考站位明显高出一截，不愧雁大法律系的高才生。

她问胡杨高升了有什么感受，是不是有一种春风入怀的惬意。胡杨说绝对没有那种感觉，自从戴上了这顶乌纱帽，一个字是忙，两个是很忙，三个字是非常忙。说自己累的时候，真想到老槐树下那张缪斯胡床上躺一会儿，哪怕躺上一刻钟也行。

“一个人生活，要学会管理自己。”她说。

胡杨已经离异，这是于泽告诉她的，于泽似乎是无意中透露出这个消息，她并没有表现出惊讶，在她的印象里，那位省人大常委会主任的千金胡晓梅与胡杨的婚姻注定走不远,因为胡晓梅是翡翠珠宝商,他们之间缺少一座桥。

于泽再次来的时候人瘦了一圈,脸上倦意似乎结痂一样无法消除。

"我的当事人病了,"于泽说,"肯定是精神方面的疾患。"

"这是很多律师习惯找的理由。"她看了看于泽憔悴的脸,心想,于泽这样的名律师,想在精神疾患方面为当事人做文章,可见有些山穷水尽。

"我去找他,他的话充满偏执。"于泽喝了一口水,用纸巾沾沾额头的细汗,忽然问,"我多说几句不会影响您工作吧?"

她摇摇头说:"我说过,会见律师本身就是我的工作。"

"吴先生相当不配合,在拘留所开始绝食,公安的同志找到我,让我帮助做做工作。"于泽还是习惯称吴为群为吴先生,可以看出他和自己当事人的感情很深。"吴先生毕竟年事已高,如果在起诉判决前出现状况,这个事情就不好说了,我作为辩护律师,又是吴先生的好友,去做工作再合适不过了。我见到吴先生,状态很不好,眼袋黑青,胡须齐颌,两根锁骨高高翘起来,像蝙蝠的翅膀。我说为什么绝食,吴先生说为了死。我说你错了,死很容易,这一点你清楚,你绝食肯定是为了满足某种要求。吴先生一听顿时老泪纵横,说我想创作,不创作,毋宁死。我说在刑拘期间是不允许有其他劳动的,将来服刑了,政府会按照规定,合理安排你的劳动。我说你要想将来在服刑期间能有创作的时间和体力,你现在就要停止绝食,配合工作。吴先生说绝食我可以停,但配合工作我做不到,这样吧,公安怎么说我怎么认行了吧。不管我怎么劝,吴先生都是这个态度。"

她觉得于泽去做工作还是有成效的,毕竟吴为群不再绝食。

"我问了吴先生一个问题,尽管这个问题或许和法律关系不那么密切,但作为辩护人我一定要搞清楚。”于泽从包里掏出一个本子,打开翻到一页停下来,将本子放在两膝间,两腿并拢,像个听话的学生。上次于泽来访,就表现出一副谦卑的样子,她感到奇怪,以于泽的名气本不该这样低调,自己又不是大领导,于泽干吗会这样?“我问的问题是:十九年,这么长的时间里怎么就能做到心安理得?这是困扰我很久的一个问题。”这个问题她也思考过,于泽的提问好像替自己提问一样,她想。

“吴先生对我的提问似乎早有答案, 他说, 我不觉得我是在犯罪。如果从成就了人类一幅传世佳作的视角看,柳念应该感谢我才是,没有我的创作,她就是芸芸众生中一个模样还算不错的女孩,由生到死,嫁人生孩子,驾驶出租车平淡无奇地度过一生。我发现并塑造了她的美,那幅叫《安》的系列铜雕让她像蒙娜丽莎一样永远在国家级美术馆里占有一席之地。美是有代价的,也是需要牺牲的,我问过柳念,是否愿意为美而牺牲,她的观点很现代,说她追求美,为追求而牺牲,就是为信仰而献身,这是高尚的行为。有了她这句话,我就有了底气,你知道我在重塑她的时候,没有把她看成是一具少女的胴体,我眼里是一池熔铜,我要按照自己的想象把她重塑成型,达到我理想中的极致之美。”

于泽的话很有感染力, 她几乎就要被这种艺术精神所感动了,但很快她就恢复了自我,她很清楚,于泽之所以来说这些,目的是动摇她的看法,让她从艺术的角度来对待吴为群的犯罪。

“也许吴先生真是病了,而且病了几十年,他是在一种病态艺术观的驱使下犯下了如此重罪。”于泽开始分析。

她破例点了点头。“艺术家犯罪,与那些流氓、性犯罪者还是有本质区别的,我当然说的是动机,如果吴先生在实施犯罪前对被害人有性侵行为,那就是另一码事了,吴先生没有那么做,实际上是降低了罪行的恶劣程度。”于泽又进一步分析。

这一次她没有点头。

“昨天,我又去见了吴先生。他虽然已经吃饭,却开始说胡话了,他说自己见到了柳念,柳念还活着,生活在巴黎,是个服装模特,这显然就是胡话了。”于泽快速看了她一眼,没想到与她的目光发生了碰撞,于泽瞬间将目光闪开,落在面前的茶杯里。

“吴先生说了,柳念在巴黎生活得相当体面,而且还嫁了人,老公是一个获过国际大奖的著名作家。”

她心里似乎有一扇小窗被推开,这扇小窗将是自己穿透这一案件的命门。

“那个举报人还在南城?你有他的联系方式吗?”她问。

“当然有,”于泽说,“只不过这个作家邋遢得像一只树懒,有点儿玩世不恭。”

她觉得有必要提押讯问吴为群,尽管内心里对这个所谓的艺术大师厌恶至极,但为了解开一系列疑团,自己必须去南城。

同事小青疑惑不解:“这个案子没有任何疑点,您为什么要亲自下去?”

她很喜欢小青这个年轻同事, 小青多少有一点儿侠女性格,爱憎分明,善解人意。受她的影响,小青接受案件后,也喜欢先嗅嗅卷宗的味道,嗅过一些卷宗后,小青感慨地说这个本事不是一天两天练成的,所有的卷宗闻起来都一个味——涩味。

她说:“如果一个案件的复核仅仅是为了核准或不准,那么这就是一个孤零零的案件,但法律的精神在于最大限度地预防这种结果出现,毕竟,法律是人类为了共同利益在经验基础上做出的最后成果,这个成果应该被大众共享,从这个意义上讲,个体案件要回归到一般去分析, 要弄清楚案件存在的所有疑问, 不让死囚把谜底带走。”

小青点点头，这些话在课本上是学不到的。

“法律的真正目的是诱导那些受法律支配的人求得他们自己的德行，如果通过这起案件，能矫正一些所谓艺术家发生癌变的艺术观，这便是法律的胜利。”

小青被感染了：“肖姐，你想的问题不仅仅局限于法律。”

她笑着说：“这是一个学长给我的启发。”

在南城拘留所，当戴着镣铐的吴为群被带进接见室时，她甚至感到有些失望，坐在对面的是一个羸弱的老年人，胡须和头发一样长，小号灰色囚服穿在身上，像套在一截竹竿上一样晃来晃去，这与当年在雁大合影时简直判若两人！

在做了自我介绍后，她问：“你还有什么想说的？”

吴为群愣了一下，想了想，抬起头说：“柳念是最能赋予我灵感的模特，我不是在杀她，而是在重塑一种无与伦比的美，你们身为法官，应该补补审美理论，不懂艺术审美的人不配审我的案子。”吴为群显示出不顾一切的傲慢。

她冷笑道：“你重塑了受害人的腰部，为什么还要碎尸？”

吴为群眉毛跳了跳：“绝美的东西不允许别人染指，一定要孤版，防止被复制，就像景德镇古代官窑瓷器，多余的要砸碎，目的是保证原版的唯一性，重塑后的柳念已经被我拍照下来，再留着，只会腐烂发臭，破坏其美感，要知道，毁灭是一种更高境界的存在。”

身旁小青肩膀抖了抖，如果不是纪律所限，她猜想小青一定会冲过去扇对方几个耳光，这无耻的诡辩简直令人气愤！

“画也好，瓷器也罢，那毕竟是物件，而受害人是一个活生生的生命！”她忍住了冲动。

吴为群慢条斯理地说：“画和瓷器也有生命，甚至比人的生命更长，你能说唐三彩没有生命吗？能说《清明上河图》没有生命吗？它们都有生命。”

她欲言又止，不得不承认，眼前这个干瘦的老头儿是个诡辩高手，看来，对艺术家犯罪的调查，寻找其软肋至关重要，如果不跳出艺术，就会纠缠不清。“你认为自己杀人碎尸是为了艺术？”

吴为群缓缓地摇了摇头，道：“也不尽然，我是在塑造美的动机下，做了触犯现有法律的事，当然，如果法律不这样规定，我可能就是小罪，微不足道的小罪。”

“你残忍地剥夺了一个无辜者的生命，却希望法律宽恕你，你认为这能说得通吗？”她提高了声音质问。必须承认，吴为群的头脑很灵活，没有于泽所说的病态，这一点从对话中已经得到了印证。

“当然说得通，挪威出现了一起枪击事件，一个叫布雷维克的青年人，先是炸了市政府，然后又持枪扫射在小岛上搞夏令营的学生，打死八十余人，不也就判了二十几年？何况布雷维克是为了种族和宗教，而我是为了艺术和美，我的动机比他更纯洁和高尚。”吴为群说起来滔滔不绝。

她觉得没有必要再听对方卖弄，犯罪，不能因为冠以艺术的头衔就可以宽恕。她问：“我问你的问题你是否已经回答清楚？”

“我再补充一句，”吴为群眼球快速转了几圈，“你们在高举法律之剑的同时，能不能也运用一下艺术之眼，我建议你们看看我的系列雕塑《安》和获奖摄影作品《束腰》，你们看了这些顶级艺术作品之后就会发现，柳念之死是值的，她的灵魂在天堂里会朗声大笑。”说完，吴为群站起身，被警察带离了接见室。

她坐在椅子上，久久没有起身。小青望望她，知道她在思考，便没有打扰她。

看守所所长推门进来，这是一个高大健硕的警察，进来看见她坐在那里默不作声，知道提押没有达到预期目的，便劝她道：“这个小老头儿挺难缠吧，他从进来起就不让剃发剃须，威胁说要是强行给他剃发剃须，他就绝食抗议，他那么大年纪，我们也只好让他留发留胡子，按道理，这是不允许的，看守所有看守所的规定。”

“有规定你们为什么不执行？”她回了一句。

“这个，这个不是考虑到他是个艺术家嘛。”所长有些口吃。

她冷冷地说：“所长同志，法律从来没有说对艺术家可以网开一面。”

她站起身，很果断地说：“犯罪人真实心态已经暴露，这次讯问很有收获。”

离开看守所，小青惊喜地问：“提押真有收获？”

她点点头说：“你还记得他说了这样一句话吗？绝美的东西不允许别人染指，这句话就是一条线索。”

见到王玉是在晚饭后，她请人把王玉邀到一家临街咖啡店。

身穿纯棉米色休闲装、头戴棒球帽的王玉一进来就说：“我这是破例，从南城出了那起谋杀案我就不再单独辅导文学女青年了，也不私下与女性接触。”他打量了一下肖樱，加重语气说，“尤其像您这样有气质的知识女性，最好不单独会面。”

她让了座，笑着道：“我们不是单独会面，我的同事小青不是还在场吗？”

王玉坐下来，有些疑惑地问：“找我何事？请讲。”

她把点好的咖啡往前推了推，像粉丝对待偶像一样说：“我读过您一本叫《隐形恋人》的小说，看得出来，您对人物情感和心理刻画精细微妙。”

“您喜欢读小说？”王玉眼里闪过一丝惊讶。

“遇到有意思的小说当然不能错过，读小说是一种享受，”她说，“当然，请您来不是谈小说，我们要感谢您帮助公安机关破了一件积案，如果不是您从影展作品中发现端倪，罪犯就逃脱了法律制裁。”

“不必感谢我，多年来我一直想找到真凶，以解心头之恨！”

“您说的心头之恨，仅仅是公安调查给您心中造成的阴影吗？”她迅速切入正题。

王玉愣了一下，道：“就是，我是个作家，不是犯罪分子，作家的自尊心像植物的嫩芽，很容易折断，办案人员对我调查那几天让我心里有了负担，导致我现在都谨慎与女孩子独处。”王玉说这番话的时候，目光是顺着的，没有与她对视，只是不时瞄一眼另一端的小青，小青一直在倾听，没有记录什么，也没有录音。事先她交代过，与王玉见面不在法定程序之内，是一个例外。

她看出了王玉有所保留，觉得有必要进一步挖掘他：“您怎么评价被害人？”

“柳念，那是个人见人爱的女孩子。”王玉脱口道，“柳念有文学天赋，散文写得好，文笔飘逸，能写出一种文气缭绕的氛围来，若是不遇害，会是一个很有成就的作家，当然，我对她没有别的想法，柳念就是我的学生。”

王玉不解释才是正常，她想，特别解释自己对柳念没有别的想法就有些此地无银三百两了。“从卷宗里照片看，柳念很有三十年代旧上海摩登女郎的气质，对吧？”

作家容易被情绪裹挟。她这句话让王玉回到了过去，王玉脸上露出凝重的伤感，端起咖啡想喝，想了想又放下，招手让服务生送来一瓶矿泉水，然后拧开瓶盖，“咕咚咚”一连喝了几大口。“柳念要不遇害，我敢保证今天一定是个了不起的散文大家，说不定已经拿了鲁迅文学奖。我在阅读当代一些名家散文的时候，常常会和柳念的文章做比较，说实话，柳念不比他们这些名家差，要知道，柳念当时才二十三岁。柳念写的文章是有灵魂的，每一个字、每一个标点符号都是活的，捧起来你就不会放下。”

她知道王玉本人还没有拿到鲁迅文学奖，能这样评价自己的学生，将学生的年龄记得这么清楚，看出王玉对这个女孩的爱和器重。

“面对如此优秀的一个女孩，您就毫不动心？据我所知，您那时还是单身。”她问。

“我是正人君子。”王玉说。

“谁说正人君子就不能恋爱？”

王玉点了点头，道：“我不是那个意思，我是说我没有做对不起柳念的事，我甚至都没有摸过柳念的手，哪像吴为群，逼柳念当模特，画裸体，拍裸照，简直无耻至极。”

“我不想猎奇，探究您和柳念之间的感情问题已经没有意义，但从一个女人的角度讲，面对一个无处栖身的冤魂，总觉得您应说点儿什么，柳念的在天之灵如果能听到您几句知心话，至少是个安慰吧。您是作家，您在《隐形恋人》中写道，一个遇害的女孩总会在梦里凝视自己的恋人，泪眼如冰泉，她渴望恋人能为她伸张正义。如果我没猜错，这里面似乎就有您和柳念的影子。”

王玉的眼角有些泛红，眉心锁紧，声音颤抖地说：“我承认，到现在我还爱着柳念，柳念在我心头永远定格在二十三岁，那是圣女般的一张面孔，说真话，我之所以不再和异性独处，是觉得没人能比过柳念，遇到年轻的女孩子，我总会自觉不自觉地和柳念做比较，这是无比痛苦的一件事，柳念遇害第三年，我写了小说《隐形恋人》，就是想表达对柳念的一份眷恋。”王玉抬起头，很郑重地看了看她和小青，忽然变得自信起来，他端坐着，努力让胸膛与桌面保持直角，用控制着节奏的语气说：“我当时向柳念求婚了，这一点，对公安我都没说，十九年后的今天我把这话说出来，是因为您说柳念现在是无处栖身的冤魂，柳念这么好的一个女孩子，上天为什么对她如此不公？她没有伤害过任何人，对谁都是甜甜的微笑，她像一缕春风，所到之处只会带来暖意，我甚至没有见她发过火，这样一个女孩儿被残忍地杀害，为什么？到底为了什么？尽管柳念不在了，今天我想让柳念知道，我当年向她求婚，今天我还爱着她，我对她的爱没有变，而且将来也不会变。”泪水从两颊流下来，王玉的胸脯在快速起伏，看得出他很激动。一边的小青也被感动了，用面巾纸轻轻擦拭泪水。

“柳念没有马上回答我的求爱，她说想考虑考虑，说过几天会答复我，然后突然失踪了，后来才知道她被残害了。”王玉拿起矿泉水瓶，捏得咔吧咔吧响，如果这是吴为群的脖子，恐怕早就拧断了。

她心里猜测，会不会是柳念把王玉求婚的事告诉了吴为群，吴为群为此起了杀心？

王玉是个有情有义的作家，柳念没有看错，一个男人能对一个逝去的女孩如此痴心，这并不是件容易的事。感情这东西，发生容易，维持很难，善始善终相当不易，尤其对于王玉这样的作家，更是难能可贵了。“您是作家中的另类，”她说，“在我对作家有限的印象里，他们大都多情多变。”

“我也是个感情丰富的人，但就是忘不了柳念，我说过，她在我心里永远定格在二十三岁。”王玉舒了口气道，“我为什么要和您说这些？朋友说您是法官，我看您怎么很像心理学家，几句话就让我掏心窝。”

“法官追求的是真相，真相是对死者最高的祭品，应该感谢您，正因为您多年一直没忘记被害人，才在一则获奖报道上发现了线索，及时帮助公安破了这个案子，否则，被害人还要沉冤下去。说句题外话，我觉得柳念交了您这样的朋友，很值！我的同事小青刚才也流泪了，您的一往情深让人感动。”

王玉起身鞠了一躬，道：“对不起，我去打个电话，请稍等。”

一会儿，王玉返回来，和她俩相互留了电话，大家离开咖啡店。她和小青送王玉到门口，王玉驾车离开。

小青转身过去结账，服务生告知，那位先生刚才结过了。

她决定再次提押吴为群。

“一定要让这个所谓的艺术家在法律面前全裸现身。”她对小青这样说。

吴为群见到她和小青很有些不以为然，歪着脖子，目光斜视，眼袋低垂。

“在杀害柳念前，柳念对你说了什么？”她开门见山。

“不是杀害，我说过是重塑。”吴为群摆正了脑袋，道，“柳念没说什么，安静地睡着了。”

“言不由衷，编造谎言，难道你就不觉得脸红？”她毫不留情。

吴为群眼神有些跳跃，身子前倾了一下，问：“什么意思？我编造了什么谎言？”

“我们掌握了确凿证据，柳念到你画室前有一件事要征求你的意见，你为什么不敢承认？”她加重了语气。

“时间太久了，让我想一想。”吴为群目光有些慌乱，闭上眼靠在椅子上，头上的白发有些抖动。

“有两句话我想提示你，一句是人之将死，其言也善，一句是好汉做事好汉当。前一句话是说，再残忍之人也尚有一丝人性未泯，人毕竟不是畜生；后一句是告诉人们，男人之所以是男人，就是因为能担当，一个人如果在自己编织的谎言中死去，他在地狱里都无处忏悔，做过了却不敢承认，连胆小鬼都会嗤之以鼻！”她不给对方喘息的机会，想用唇枪舌剑剥光这个道貌岸然的艺术家。

“我想起来了，”吴为群忽然说，“记得柳念说她恋爱了，好像男朋友是个作家。”

“能承认这一点，说明你还有诚实的一面。”她并没有放松语气，“你当时听到这个消息是怎样回答的呢？是心安理得还是火冒三丈？你自己承认你特别喜欢柳念，当自己喜欢的姑娘要名花有主的时候你会怎样做？”

“我当然生气了，柳念怎么能委身一个作家，而且还是个三流作家。”吴为群脱口而出。

“所以,你想通过重塑来阻止她恋爱、嫁人。”

吴为群低下头,沉默许久,再抬起头,鼓鼓的眼袋变得灰黑起来。“我是有贪美玉为己有的念头,我承认重塑柳念有这个动机成分。”

“既然你已经能平静地对待这一切,就应该说出真相,让自己得到解脱,让一桩沉案得以昭雪,后人再提起此事,也许会因为你的忏悔而对你的作品多看几眼,因为你毕竟是一个自己说出真相的人。”

吴为群脸上的皮肤忽然绷紧,五官有些错位。她知道吴为群的心理防线松动了,人在做出重大决策之前,脸上的皮肤不会松弛。

“我想,我还是说出实情吧,不过不是和你们说,我想和律师于泽说。”

“为什么非要和律师说?”她有些不解,既然要说,当着复审法官的面来说不更好吗?

吴为群摇摇头:“和你们说,我有一种受审的感觉,和于泽说则不然,和于泽见面,我有一种与自己作品对视的感觉,这种感觉和受审不一样,受审是步步逼问,对视能娓娓道来,我在述说事情经过的同时,是进行一次再创作。”

“于泽令你想到自己的作品?”她有些不解。

“是这样,我曾经为于泽律师雕塑过一尊等身铜像,那是我很满意的一件作品。”

她明白了,站起身,看来吴为群向于泽交代的确比较合适。

于泽来了,带来了吴为群的交代。

于泽很清楚自己这次辩护的结果,因为吴为群的交代让他得出一个板上钉钉的结论:发回重审几乎不可能。

吴为群的交代并没有几多悔恨,更多的是想表达一种自私的想法，一旦被判死刑，决不把一丝一毫的负担带过奈何桥。他说与于泽对话，权当在喝一碗孟婆汤，把做过的一切善与恶、美与丑，通通留在这个世界里，自己赤条条游过奈河去。

那天，柳念来找吴为群，并不是来做模特，而是来征求恋爱意见，两人在画室喝茶，柳念说有个作家追求自己，自己准备答应作家的求婚。吴为群当时就火了，说你怎么能这样嫁人，你属于艺术，属于我吴为群，你这样嫁人会带走我的创作灵感。柳念说那怎么办，我总要有自己的生活啊，我喜欢文学，和王玉老师在一起，我感到很快乐。吴为群当时控制不住情绪，摔碎了两件瓷器，然后仰卧在床喘粗气。柳念没有听劝，一直在说王玉怎么好，吴为群看出柳念心意已决，起身在画室里来回踱步，走着走着，心里的火气便化成一把利刃从肋下刺出来。他欺骗柳念说，既然你想谈恋爱，我们就庆祝一下吧。他打开了一瓶轩尼诗，和柳念对饮，其间趁柳念不备，在柳念酒杯中放了安眠药。事后，他提出要给柳念画一幅画作纪念，昏沉沉的柳念脱衣上床，很快就昏睡过去，这个时候，吴为群实施了犯罪。但吴为群说自己没有性侵柳念，不是不想，而是想保持柳念身体的某种圣洁。

“我没想到吴为群是因为吃醋而起了杀心，”于泽说，“这完全颠覆了我对吴为群的看法。”于泽开始直呼吴为群其名，在此之前于泽一直称吴先生或我的当事人。

“就这些？”她觉得吴为群的话不会到此为止。

于泽神情复杂地摇摇头，说出了吴为群交代出的另一起案子。

还有一起保洁女工失踪案凶手也是吴为群。这个可怜女人的失踪没有引起任何轰动，像吴为群工作室里一包被扔掉的垃圾。她是吴为群雇来的保洁钟点工，一个从牙膏厂下岗回家的中年妇女。按理说吴为群不该打这个女人的主意，但艺术冲动是魔鬼，因为这个保洁女工体型独特，怎么独特呢？就是臀部特别夸张，是那种变形雕塑的形态。吴为群的说法是这个女工让他想到十九世纪在欧洲展览的萨尔特杰·巴尔特曼,这个黑人妇女因为长着巨臀而轰动一时。吴为群用金钱诱惑这个女工来给自己做雕塑模特,一来二去两人就有了暧昧关系。吴为群是个阳痿患者,行事极其变态,后来,保洁女工因为受不了吴为群的做法,精神受到刺激,身体出了状况,吴为群担心事情暴露杀害了她。吴为群残忍地进行了毁尸,把遗体熔铸到了一尊女性雕塑里,这尊巨臀女性雕塑一直摆放在某五星级宾馆的大厅里。公安人员找到这尊铜雕,锯开查验,连一块遗骨都没有找到,因为任何肉体在过千摄氏度的高温铜水中都会消融得片甲无存。

“这尊雕塑叫什么?”她有些吃惊。

“这尊雕塑的名字叫《大地》,”于泽说,“吴为群为什么起个大地的名字我没有问,但我还是佩服他的想象力,由女性的臀部联想到大地,这是多么大的跨越啊!”“吴为群是怎样忏悔的?”她想知道这个杀人的艺术家是否有所悔悟。

于泽忽然变得有些愤怒:“我辩护过这么多刑事案,没见过人心如此冷硬的,他那张没有血色的脸就像坟墓里放置千年的青铜,带着霉锈,散发着恶臭,毫无生命的温度。”

她有些奇怪,辩护人如此看待自己的当事人,这让辩护有些滑稽。

于泽说,吴为群讲完杀人经过后彻底解脱,能吃能睡,甚至还提出想创作一尊雕塑,当然,他不会再有机会,他必须受到法律的惩罚。

“那么,吴为群为什么非要和你交代这一切呢?”

“他信任我,案发后他聘请我的时候,见面第一句话他就说:我信任你,于大律师,我相信你通过努力会让我免死,尽管我不怕死。这句话让我压力很大,我为此做足了功课,包括私下来接近您,我知道您是冷面法官,不好接触,便请胡杨给您打电话,目的是通过合法辩护，将此案发回重审。”

“你是个精明的律师，辩护的过程，一直在布局。”她直视于泽。

于泽的脸又泛出细密的汗珠来，在自然光线里显得很油腻，他搓着两只手，声音很轻地说：“这个案件让我开始怀疑崇高，这个世界上还有没有值得敬仰的东西。不瞒你说，我心中有一座大厦倾塌了，废墟中我看到了一种冠冕堂皇的龌龊。当然，出于职业精神，我还是要为我的当事人辩护，这一点希望您不要鄙视我。”

“一个吴为群，不足以放大对人生的悲观。上帝怎么样我不知道，但我可以负责地告诉你，这个世界上从来不缺少情感健康的艺术家。”

于泽用手帕擦了擦汗，神情依然黯淡。

她第一个在合议庭文书上签下了名字，没有丝毫犹豫。

城市里华灯初放。她回到公寓时感到很疲惫，忽然想吃糯米糍，冰箱里已经没有存货，她靠在沙发上，看完了《新闻联播》，便换上那套象牙白休闲装，到一楼彼岸咖啡馆小坐。

还是老位置，熟悉的服务生，永远不变的卡布奇诺，永远低回悦耳的背景音乐。

店内还没有乐手演奏，客人也不多，她下意识拿出电话，拨通了胡杨的手机。

“我把那个雕塑家送去了该去的地方。”没等胡杨说话，她先这样说。

电话那一端沉默了一会儿，仿佛有风声从电话里传过来，她愣了愣，知道这是胡杨粗重的呼吸。“我这样做你怎么看？”她等待胡杨说话。

“今天晚上，不要听那首音乐了，好好睡觉。”胡杨说。

“不，我要听。”她很少这样与胡杨说话，但这次很坚决，每次在合议庭文书上签过字，她都会来这里听胡杨所说的那首音乐，这已经成了一个难以改变的习惯。她知道,胡杨在内心里对《忧郁的星期天》有某种敏感。

“不要伤感,”胡杨说,“你也伤感不起。”

“我不是伤感,我想不通,一个已经登上艺术巅峰的人,为什么会走向犯罪?”

“因为他没有归宿,” 胡杨说,“就像一个一心想攀登高峰的人,一旦登顶成功,就失去了目标和动力,这个时候人性中的恶之花就会悄悄盛开,做出一些常人看起来匪夷所思的蠢事。”

“归宿,很多归宿都是虚拟的。”

“虚拟的也是归宿,可怕的是灵魂在漫无目标地游荡。”胡杨说,“知道我为什么选择了改行吗?我不愿意用法律的利刃去收割那些恶之花,因为那是一种煎熬。”

她说:“可是我正恰恰相反,我成了恶之花的杀手。”

“这正是令我佩服的地方,你是能切割开玻璃的钻石。”胡杨的话语里充满了真诚,这个钻石比喻从大学校园开始一直沿用至今。

“其实,我不想给任何一个复核的犯罪人发放地狱签证,但是,当我深入案件细部,我发现仁慈有时是一种虚伪,如果仁慈被泛用,对被害人来说就毫无公道可言,你的所谓心理平衡,是以牺牲正义为代价,这是无论如何我都不愿意做的,你说我像一块坚硬无比的钻石,我把这句话当成了座右铭。”

两人聊到很晚。

挂掉电话后,她戴上耳机,开始播放那首《忧郁的星期天》,听了一遍,她忽然想,那个叫王玉的作家今夜也许会做梦。

3

不讲人性的科学研究是一种罪过。

对这句话，肖樱在接手王珩案件之前，没有引起注意，就像报刊书籍里数不清的名言警句一样，尽管看上去很美，但根本无暇消化，但她知道这句话是英雄甘地所总结的人类七宗罪之一。

王珩案有点儿匪夷所思，他是在思维极度清晰的情况下，将自己的生命融化在了烧杯里，或者说是把自己送进了地狱之门。

在王珩眼里，人如同小白鼠、猴子甚至无土栽培的植物，这些生命的存在就是服从和服务于自己的科学实验，王珩对此的解释十分经典：科学实验创造并检验真理，为了真理而付出成本无可厚非。

王珩所说的成本，其实是一条条生命。

她分析了王珩的收入情况，在发明盐酸伪麻黄碱 B 冲剂之前，这个化学家的年收入已经非一般科学家所能比，自己拥有别墅、高档车，还有一个博士站，就在几年前，还荣获了国内科技大奖，成为科学金字塔顶端的人物。这样一个化学家为什么要践踏法律呢？

警察在抓捕王珩时，王珩正在实验室搞试验，他给自己的科研成果命名为缓释 C 冲剂，他对博士们表示，该冲剂将改变人类依赖毒品的历史，给无数有需求的人带来不尽之幸福。当警察走进实验室时，他向这些不速之客微微点了点头，道："请允许我把这一组实验数据在电脑上记下来好吗？"就在他要坐下来的时候，一个警察拦住了他，警察很专业，担心他将计算机里的数据格式化，便没有给他这个机会，这件事成了王珩在拘留所里喋喋不休的理由，说这组数据非常重要，没记下来万分可惜。缓释 C 冲剂没有实验成功，王珩和他的团队便被端了老巢，那个给他提供研究实验室并获取暴利的制药公司法人杜丘也没能脱离干系。

那么，王珩研究的是一种什么东西呢？权威部门的结论很明确，王珩研发的所谓 B 冲剂，就是一种毒品。但是，由于王珩在标准问题上做了埋伏，瞒过了相关检验。

B 冲剂热销的时候，广告铺满一线卫视，黄金时间打开电视，几乎都能看到一个当红影星在介绍这个产品，没有谁怀疑它的副作用，它几乎成了消费者深信不疑的灵丹妙药。

问题发生在外销上，这种药在某个国家很快打开了市场，该国一个不知来路的机构在研究分析了该冲剂成分后提出疑问，因为冲剂中有明令禁止的化学成分。消息传回国内，导致王珩的制药发明画上了句号。

说来奇怪，翻开王珩卷宗时，她闻到了一股浓重的油漆味，这种实验室才有的化学味道格外刺鼻。阳光从窗子照进来，她没有拉下伸缩窗帘，希望阳光能晒一晒案头的卷宗，只有阳光能蒸发掉这刺鼻的味道。

小青敲门进来，说于泽律师来了，问她见不见。她说，为什么不见呢？

于泽进来的时候她几乎没有认出来，一身休闲装束，与以往的西装革履形象迥然有异。于泽是来告辞的，说他准备改行了，到过去工作的Y省办企业。

Y省？那不是胡杨所在省吗？她问于泽为什么好好的律师不当，而要半路出家办企业。于泽说也没什么特殊的原因，就好比大鱼大肉吃腻了，换换口味而已，再说了，太太在T国做生意，回Y省可以方便见面。她觉得问题不那么简单，能让于泽改行的人一定有着超群的影响力，凭她多年对于泽的了解，如果没有更优厚的条件，在京城律师界很吃得开的于泽不会动心。第六感觉告诉她，这件事或许与胡杨有关。

“为什么想来告诉我？”她问。

于泽说：“是胡主任让我来向您报告的，我去这个公司也是胡主任牵线，是中外合资企业，致力于老少边穷脱贫致富，我也是看好了这一点才动心的，为弱势群体改变生存状况做点儿工作，是善事。”

胡杨和于泽又重新成了同事，这个世界还是太小了，对于泽，她说不出清晰的感觉，这是一个若隐若现的人物，总是在意想不到的时候出现在面前。

于泽走后，她给胡杨打了个电话，她一般不在工作时间给胡杨打电话，这次，她觉得不打心里有些堵。胡杨一接到电话就说："一定是于泽去见你了。"她本来想提醒胡杨几句，于泽是个见风使舵的人，挖这样的人应当谨慎。胡杨这样说，她一时没了话，想了想，降低了声调问："你欣赏于泽？"

胡杨道："于泽是个人才啊。"

"我觉得你们不是一路人。"

"我是从法律层面考虑的，"胡杨说，"公司业务不愁，用一个懂法的人当老总，至少可以规避法律红线，确保公司经营安全，现在很多公司出了些低级差错，什么原因？就是不懂法，缺少法律意识。"

胡杨的话没错，别说一般企业，就是自己正在复核的王珩案，如果有法律意识，也不至于犯下如此重罪。她又一想，聘个律师当老总，就像聘个税务局稽查当会计一样，目的似乎有些不纯。"我正在复核一起重案，一个涉及道德与科学的案子。"她看着桌面上的卷宗说，"我想，假如我俩换换位置，你会怎样看待道德与科学。"

"道德是运动场，"胡杨说，"法律是运动场上画出的跑道。"

"以法律为借口不讲道德的并不少见，"她说，"个别律师就是这样。"她没有点出于泽的名字，因为这只是感觉，于泽也没有违背道德的实例。

"你放心，我不是庸官。"胡杨说。

她笑了："话说回来，庸官也不会成为我的精神导师。"

提押讯问，是她复核案件非常看重的一步。虽然有些案件卷宗很清楚，但为了严谨公正、万无一失，她还是要讯问被告。王珩进来的时候，眼镜上似乎蒙着一层霜，让人看不清瞳孔。王珩在铁椅上坐下，警察在他胸前加了一道横隔板，然后上锁。王珩很听话，任由摆布，清瘦的下颌上胡楂儿杂乱，像懒妇随意割过的韭菜地。

“王珩，说说你研制并销售毒品的动机。”眼前这个曾获过大奖的化学家如此模样，她感到一种莫名的悲哀，科研之路有一千条一万条，唯独违法这一条不能走，但王珩偏偏就走了，走上了这条断头路。

“动机嘛，很简单，就是想解救千千万万的吸毒者。”王珩的回答很简练。

“怎么个解救法？”

“如果说两年前我发明的B冲剂还有致瘾成分，会导致服用者不同程度出现依赖症状，那么，C冲剂就要克服这个问题，服用者不会上瘾，这一重大发明预示着什么呢？预示着那些深受毒品伤害的人从此可以根据自己的需要来健康地消费，他们可以在C冲剂带来的精神愉悦里幸福地享受人生。很可惜，C冲剂的研制功亏一篑，警察如果不干预，这个产品就研制成功了，真是谋事在人，成事在天啊，谁想到我们有些执法机关会被国外的报道牵着鼻子走。”

“你认为研制和销售毒品是在做好事？”一个科学家能这样看问题很奇怪，即使一个没有受过高等教育的人，也知道这是犯法。

“这就涉及一个概念，究竟怎样界定毒品。”王珩振振有词，“比如说国外已经用于临床多年的药，疗效也得到公认，仅仅因为没有获得国内认证，这药就成了假药。认定毒品也是如此，有的化学物质在这个国家是毒品，在另一个国家就是合法药剂，你们判定B冲剂是毒品，这是个需要论证的课题，盐酸伪麻黄碱用于很多药品，那些药不是毒品，为什么唯有我的B冲剂就是呢？”

她对这些化学概念了解不多，也不需要了解，因为会有权威部门做鉴定，卷宗中认定材料完备，程序合法，王珩再狡辩也是徒劳，但她还是想听听这个热衷于研制毒品的科学家究竟是何种心态。

"鉴定结果不容置疑,这一点你作为科学家应该清楚,司法机关不会为了惩罚你才去制定标准,尤其这些结果大都是科学仪器计算比对出来的,你应该接受科学检测做出的结论。"

"对此,我只能无可奈何,我想也许未来有一天,当人们回望我的发明时,会给我正名,承认我是一个对人类有贡献的化学家。"

"是因为发明C冲剂吗?"

"我怎么才能说明白呢?举个例子说吧,爱因斯坦促成了原子弹研制成功,而且有两枚原子弹在'二战'中用于实战,那么你能因此判定爱因斯坦是战争罪人吗?不仅不能,我们今天还在纪念爱因斯坦,他是伟大的科学家。"

这真是很有意思的逻辑,王珩居然把自己研制毒品比喻成爱因斯坦的伟大发明,王珩自己不会想到,无论怎么讲,他研制一种新毒品的事实和性质没有变,其用途指向也十分清楚。"我问你,爱因斯坦一直主张不使用核武器你知道吗?"

王珩点点头说:"当然,问题是原子弹还是被用于实战了,而且加快了日本的投降。"

"问题的症结就在这里,爱因斯坦的研究是为了结束战争,而你,是在扩大毒品的消费并从中获益,两者岂有可比性。你知道B冲剂害了多少人吗?二审起诉书你应该不会忘记,成千上万个家庭被你的冲剂给冲散,有人还为此走上了犯罪道路,你美其名曰拯救吸毒者,实际上恰恰导致了更多的人去吸食毒品,对此,你应该心知肚明,而你却没有一点儿良心上的自责。"

"喜欢B冲剂的人从某种程度上说,都是实验的志愿者,因为冲剂说明书已经写上了长期服用会产生一定依赖性,在饮用前他们是知情的,也就是说愿意承担相应风险,这个责任怎么能由研制者来背锅?"王珩反驳。

她明白了,在这位化学家眼里,那些饮用B冲剂的人都是志愿者,尽管没有协议,但饮用后果销售公司是不用负责任的。她忽然觉得对"科学"二字有必要深度思考,世界上会有多少人打着科学旗号做一些有违人道的所谓研究呢?科学是一个庄严的概念,庄严的前提是对道德的遵守,也就是只有穿戴道德的衣冠,科学才能显示其神圣,一旦脱去了道德衣冠,科学就变成了裸奔的神父,让芸芸信众蒙羞。

"你在进行所谓研究的时候,是否想过道德因素呢?"她问。

"道德是后天形成的,科学是物质本身存在的规律,在科学面前道德不堪一击,尤其是落后的道德观,很多时候科学的进步就是以破除落后的道德束缚为开端。"王珩侃侃而谈,表现出一个科学家的自信,似乎这不是提押,而是在给博士生上课。"你团队其他人怎么看这一研究?"她想到了另一个问题:谬种流传。王珩所带的博士将来都是独立的科学家,如果任由这种因为科学而蔑视道德的思想蔓延开去,会产生什么恶劣影响难以估量。

"他们无疑都是具有科学精神的好学生。"看得出来王珩对自己的科研团队很满意。

她停止了这次提问,想改变王珩,靠唇枪舌剑不行。

一定要让王珩的科学穿上衣服,她在电话里这样对胡杨说,一个裸奔的科学家,侮辱的不仅仅是科学。胡杨说,把每一次复核都当成论文来做,你够累的。

听了胡杨这句话她心里很美,胡杨夸人不留凿痕,总是水到渠成。

要从外围来透视王珩,她想。

首先找的是王珩的学生刘涵,参与C冲剂研制的女博士。谈话在大学校园一棵苦楝树下进行,苦楝树下有一个石桌,石桌四周摆放着四个石鼓凳,是闲坐聊天的好去处。刘涵来自东北漠河,长相大众，没画眼影也没涂唇膏，看上去和她的家乡一样高寒。

一坐下刘涵开口：“你们找我一定是为了王教授的案子吧，我恐怕会让你们失望。”

她很欣赏刘涵的直来直去，这种谈话简约明了，不损伤脑细胞。她让刘涵谈谈王珩，刘涵说：“我十分崇拜自己的导师，王教授是因为科学而无意犯罪，如果按照二审判决，那么王教授就是当代东方的布鲁诺，布鲁诺在罗马的百花广场上被烧死，那是科学与法律的冲突，法律赢得了一时，而布鲁诺却赢得了永恒。”

她不能认同刘涵的观点，但并不打断刘涵的话。

“我认为法律应该给科学让路，科学研究不应该受到限制。”刘涵的观点好像每个字都带着惊叹号。

刘涵所表述的是王珩一贯的观点，科学至上，其他一切包括法律都在附属地位。在王珩已经二审宣判了重罪的情况下，刘涵还能这样说，说明这个女博士对导师是多么盲目崇拜。她问如何看待这一研究成果给许多家庭带来的灾难性后果，刘涵的回答像冰一样透出一种凛冽之气，使她不禁打了个寒战。“即使没有B冲剂，这些人也会吸毒，而且海洛因、冰毒比B冲剂要昂贵得多，两者相比较，王教授的发明惠及了那些有需求的人。至少减轻了吸毒者的负担。王教授是个善于权衡利弊的人，他曾做过一个调查，一旦吸毒成瘾，能完全戒掉毒瘾的寥若晨星，大部分瘾君子还会以不同的替代方式吸食，这就让那些暗地里生产和贩卖毒品的人有机可乘，进而牟取了暴利，要想铲断这个罪恶的产业链，最好的方式就是研制出价格低廉的替代品，让每一个有需求的人都像消费阿司匹林一样能吃得起，而且又没有致幻成瘾的副作用，这样一来，供求关系发生了扭转，毒贩就没有了寄生的土壤，因为没有哪个药贩子倒卖阿司匹林，国家也就不用再供养那么庞大的禁毒队伍了。算算账就会知道这个研究成果意义有多大，毫不夸张地说，C冲剂一旦研制成功，将彻底改变历史。”

她暗暗吃惊，王珩对学生的影响已经深入骨髓，深挖这个案子很有必要。

她问刘涵，研制中有没有考虑过国家的法律？

刘涵说王教授一心用在研究上，无暇琢磨法律条文。出事后，团队其他成员都恶补了一通法律，但王教授不会，学生们都知道教授时间宝贵，而且科研也到了关键阶段，他正在接近自己的梦想，王教授自己说，一旦梦想成真，毒品这个概念就会被丢进历史的垃圾桶。

“为什么要选择毒品呢？化学方面的课题有许多。”

“我也想过这个问题，但如果你对吸毒人群有过统计你就会知道，这是一个惊人的群体，这个群体旺盛的需求是任何科学家都会心动的市场，王教授常对我们说，市场需求是科学研究的最大动力，这一点从B冲剂的畅销和巨大效益就足以证明。”刘涵说话很有逻辑，毕竟是名校博士，学术视野开阔。刘涵接着说：“王教授曾经说过自己这一研究的理想，如果能把世界上数以千万计的吸毒者从贫困和毒瘾中解放出来，他就是吸毒者的上帝。从这句话可以判断，王教授科研的目的是拯救而不是伤害。但是，法律的滞后性害了王教授，也难怪，哪一个科学先驱不付出代价呢？”

在倾听刘涵说话的同时，肖樱觉得自己很多年来存在一个误判，就是低估了当下青年人的思考能力，她甚至认为这些青年整日沉溺于网游和网络小说，靠搞怪和刺激来填充空虚，缺少起码的担当和责任。刘涵这番话让她意识到，情况不是这么简单，青年人有他们自己的思考，只是有些思考反传统。刘涵话里似乎有着胡杨的影子，胡杨不止一次表达过，把一种具有局限性的东西奉若神明本身是有问题的，法律解决不了一切问题，它只是一个集团管理另一个集团的工具而已，崇拜工具说到底是一种原始情结。她不认同胡杨的话，认为胡杨的思维过于发散，今天，一个在校的博士说出了类似的思考,她觉得心底有一块土地在龟裂,裂声像古筝上挑起的颤音。

“看问题不能一个角度,刘涵同学,如果社会上每个行业都这样处理专业和法律的关系,社会将是一种什么状态?相对理由无法穷尽,唯有法律才能找到公平正义的最大公约数,这是法治精神的宝贵之处。”她说这番话时,嘴里有一种咸味在上涌,这些话本来不用说,但面对一个科学至上主义者,这话不能不说。

苦楝树上没有鸟声,十点钟的阳光透过枝叶落在石桌上,青灰色的桌面上有一团红绿混杂的油彩,应该是哪位画画的学生不小心留下的。刘涵眼睛盯着那片油彩,有些歉意地说:“对不起这位大姐,您想从我这里找到能抹黑王教授的素材并以此加重处罚,您恐怕失望了,我真的找不到这位科学家有什么瑕疵。”

“你错了,法律不会抹黑任何人,法律要探求的是真相。”她说。

刘涵站起身,忽然向她鞠了一躬,抬头说:“求求您了,放王教授一条生路,就等于给科学打开了一扇虚掩的门。”她没有回答,也无法回答。“谢谢你接受我们的谈话,你可以回去了,刘涵同学。”

刘涵走后,她又坐回石鼓凳,看了那片油彩许久。

此刻,如果换了胡杨在这里,他会怎么说?

与石国良见面是在门头沟的潭柘寺。石国良是王珩所带的博士,因为在本案中有所获利被追究了刑责,正处于保释期,在门头沟家中等待处理。

小青打通石国良的电话,对方一听是法院的人马上就紧张起来,说话有些结巴。小青告诉他就是随便聊聊,不要紧张。石国良这才平静下来,说我会无条件配合你们办案,但你们别去我家了,我父母胆小,我保外的事儿一直瞒着二老,你们要找我聊,就到潭柘寺好吧?我现在每天都到寺里讨清静。

到寺院谈案子这是前所未有的事,她感到有点儿滑稽,去门头沟头一天晚上，她给胡杨打了个电话，说起这件事，胡杨那边好像很忙，说他正焦头烂额，要是能休假他也想到潭柘寺住一段时间。她听后忍住不笑出声来，一个政界明星想到了出家，看来这官越大越难当。胡杨说到潭柘寺谈话也好，至少不能说假话，因为有一层无形的佛法罩着。她想也是，石国良保释后天天去潭柘寺，说是讨清静，一下子就让人想到忏悔和赎罪。

石国良应该明白，当今寺庙不是法外之地。

上午，石国良早早就在味一禅茶等候，味一禅茶其实是个饭店，因为不是饭点没有顾客，石国良和服务员很熟，客人落座后，很快就提了一壶茶水过来，也不多问就去忙了。石国良显得有些局促，一个保外的犯罪嫌疑人见到法官，心里不可能不打鼓。石国良水蛇腰，加上稀疏的头发，有一种元气消散的感觉，至少缺几分科学家气质，与先前见过的刘涵相比，阴盛阳衰的结论就会找到典型证据。双方做了介绍，大家坐下来，石国良说："你们问吧，只要我知道的，一定实话实说。"

她直奔主题："你怎么看王珩犯罪的问题？"

石国良先是愣了一下，然后盯着桌上的茶碗道："当然是对法律的无知。"

她有些失望，这个回答没有丝毫创意，是大街上任何一个行人都会说的一句话。

"你们朝夕相处，应该了解王珩的人生观、价值观。"

"我也没想到王教授会走到这一步。"石国良答非所问。

小青插话："王珩是不是经常给学生洗脑，比如给学生灌输道德束缚科学这样的理念？"

石国良说："王教授说话少，他总是讲 C 冲剂，讲科研问题，其他的，没听说，我不能撒谎。"

"名和利，他更看重哪一个？"她问。

“这个，这个我说不好，我听过他与杜丘老板说，最成功的人生是鱼和熊掌兼得。”

“为此，你们师生就铤而走险，制毒贩毒？”她加重了语气。

“我是鬼迷心窍，稀里糊涂犯了罪。”石国良把头垂得很低，暴露出过早谢顶的脑袋。

“现在，你怎么看王珩？”她知道石国良已经没有什么心理防线，他正被一种无法预测的恐惧笼罩着。

“过去，我崇拜他，现在，我有点儿埋怨他。”石国良惴惴地说，“我让父母受了惊吓，我父亲患泥沙型结石，胆囊手术摘除，母亲神经衰弱，整夜睡不着觉，我回来了他们才稍稍安慰一些，要是我再进去，两个老人都活不成。”石国良讲起父母，话才稍多了些，说这些当然是为了博取同情。

“你既然知道违法，当时为什么还要参加研制？”

“还不是利益驱动，杜老板许诺C冲剂定型销售时，给我们每人奖励一辆奥迪，说实话，B冲剂的副作用问题我问过王教授，他说正是因为要克服B冲剂的副作用，才抓紧研制缓释C冲剂。”

“你们团队其他成员怎么看王珩？”

“据我所知，没有谁反感王教授，大家都认为王教授是一个不可多得的科学家，将来有望冲击诺贝尔化学奖，现在只有我不这么看，我知道法律之墙有多硬，不小心就会碰个头破血流。”

她不想和石国良再谈下去，与一个满头蒸汗的人谈话，不是一件愉快的事。

从潭柘寺回城的车上，专心开车的小青忽然冒出一句：“抛开法律问题，单就人品来说，这个石国良不如刘涵。”

她笑了笑说：“是啊，女人比男人更忠诚，尽管很多时候这忠诚有点儿傻。”

杜丘是这家涉案制药公司的老板，业内同行都知道他手眼通天，否则B冲剂的批号是拿不到的。杜丘的本事是移花接木，也就是说批号没问题，但批量生产时B冲剂的成分却发生了改变，如果这次不是在境外露馅，他的猫腻没谁注意。

B冲剂给杜丘带来源源不断的真金白银，让人异常眼热，但谁也没想到这滚滚财源也是滔滔洪水，裹挟着他一路跌入龙潭虎穴。当律师告诉他，他的余生很可能在监狱度过时，这位刚过不惑之年的老板哭了，哭得一塌糊涂，说自己积累了这么大的家业给谁呢？早知如此，何必当初，财富这个东西就是大烟，吞多了会要命。他告诉律师，自己愿意用全部家产来赎无期为有期。律师说能保住命就烧高香了，其他的事以后再说吧。

她见到杜丘之前，对这个见利忘义的商人很是不齿，王珩虽然是B冲剂的研发者，但推动这件事并从中获取暴利的是杜丘，杜丘的资本像是个巨大的马粪包，在充分发酵后，催生了B冲剂、C冲剂这两株狼毒花。资本这个东西说它每个汗毛孔都往外渗血一点儿不过分，资本如同神秘的太岁，往往把灾难罩在挖掘它的人头上。她审判过的许多被告，都是被自己聚拢的庞大资本所埋葬，杜丘不是特例，像杜丘这样的人她见得很多。她唯一感到迷惑的是，杜丘是怎样说服一个科学家来为自己卖命，王珩的科学成就已经令人羡慕，如果仅仅是利诱恐怕未必见效。

见面后她直奔主题，与杜丘这样的人谈话没有必要铺垫什么。

“王教授答应我建实验室，不是为了钱。”杜丘似乎早就想好了答案，“王教授是一个有追求的科学家，他发明这种能替代毒品的新药，是想让自己成为具有划时代标志的科学家。”

“那么你呢？你怎么想？你应该很清楚这种研发生产行为的性质。”

“我有罪，这个我在一审二审法庭上都做了陈述，我没有王教授那么崇高，我的目的当然是效益，我想让公司上市，开若干分公司，把公司做强做大。”他的话听起来还算诚恳。

杜丘说：“我的企业就是一艘小舢板，从我驶离岸边之时起，方方面面的声音就响彻耳畔，让我变大船，变航母，世上的事就是这样，本来子虚乌有的事，说得久了，连自己都信了。这个时候经朋友介绍我认识了王珩教授，我有平台，他有科技，他要名，我要利，我给他建实验室，他为我发明B冲剂，我俩一拍即合。B冲剂就像融金池，让我这个小企业快速膨胀起来，企业真的发生了核变，当年就成为区里的纳税大户。可惜，核变并非好事，膨胀到一定程度就会爆裂，结果，我和王教授都进了监狱。”杜丘的声音带着颤音，看得出来他很后悔。

“你这是把犯罪原因归结在发展上。”她感到杜丘的反思有问题。

杜丘抬起头，目光里好像有很多灰色的丝线纠缠在一起：“我在这里面也想了很多，做强做大到底对不对？比如意大利、西班牙有些家族企业，几百年的老店，几乎没有大的变化，人家根本不想做强做大。我们公司楼下有个即墨炉包铺，每天就是八十屉炉包，卖完就闭店，节假日还休息，结果天天清早买包子的排长队，多少年了，这个情景没有变化，人家也不开连锁店、分店。我想如果我早明白这一点，就不会像河豚那样把自己肚皮往死里鼓，做一条自在的小鱼也很好，小富即安绝不是目光短浅，而是一种深谋远虑。”

她觉得杜丘的反省有点儿价值，发展走捷径、抄近路容易触碰法律的高压线，可悲的是，法律制裁让杜丘又走向了另一个极端，让这条河豚像刺猬一样缩成一团。与杜丘的对话让她对王珩有了新的认识，王珩的行为已经超出了常人所能理解的范畴，说到底这是一种吞噬古今的野心在作祟，目的想改写历史。

“王珩案，真正有深刻悔悟的是杜丘。”她对小青说。

小青道:“这个人怎么能起个杜丘的名字呢?外国电影里的人物。”

她点点头:“我注意到了,杜丘一九七八年出生,那一年日本电影《追捕》进入中国,杜丘父母一定是高仓健的粉丝,便起了电影中人物的名字。很可惜,他们的儿子没成为高仓健,却成了长冈了介。”

在此期间,她被临时抽调到一个专案组封闭工作了一段时间。在专案组工作期间,她让小青负责一些复核基础工作。工作结束回到办公室,重新打开王珩卷宗,那股油漆味依然存在。小青敲门进来,说她见了几个受害者家庭的惨状,对B冲剂的毒害性有深刻了解。“王珩死有余辜!”小青恨恨地说,“你没见到那些吸毒者家庭有多惨啊,好端端的家庭,就因为B冲剂,毁了,许多人的人生已经不可逆转。”

她并不吃惊,几年前她审理过一起贩毒案,知道毒品对社会的危害程度,小青是第一次接触这类案件,由此产生愤怒的情绪很正常。“问题的关键是要让王珩认罪,零口供虽然也可以判决,但罪证如此确凿的案件,还是让被告人认罪伏法,审判才会产生应有的社会效果,法律的精神才能得到充分彰显。”她说。

“我不明白,王珩自己不用B冲剂,为什么振振有词让别人用?”小青说,“一个科学家如果没有基本的道德,他科学发明的目的又在哪里?难道科学的进程真的以毁灭人的道德为前提?果真如此,人类还不如不要这种所谓的科学。”

她理解小青的态度,伸出一只手按在卷宗上说:“所以,我们要让王珩认识到自己的罪孽有多重,而不是简单地按图索骥,一核了之。”

小青说:“该做的工作都已经完成,就等着上合议庭。”

她想了想说:“不急,你将搜集来的受害人情况汇总一下,在合议庭审议前我们最后再见一次王珩。”她说，“只要能唤醒王珩一丝未泯的良心，我们的努力就没有白白付出。”

夜里，她给胡杨打电话。长时间没有联系，胡杨磁性十足的声音总是出现在梦境里，每次醒来她都会暗暗抱怨，这个功成名就的家伙为什么要跑到自己梦里来，她想开玩笑问问胡杨，是不是偷偷下了蛊。当上高级干部就是不一样，属于自己的时间像得不到补充的钱夹，越来越干瘪。她已经感觉到了胡杨的变化，胡杨有两部手机，一部办公用，另一部联系几个亲近的人用，在没有提职前，这部手机随时可以打通，提职后情况就有了变化，这部电话有时会处于无人接听状态。这一次，果然没有打通。

小青整理了三个有代表性的受害人家庭情况，她决定再去会一会王珩。

王珩被带进来的时候，显得有些焦躁，坐在铁椅上，没等她问话，先开口质问道：“你们这么对待我，是对科学精神的慢待，你们的行为会受到后人的谴责！”

“说说理由。”她不紧不慢。

王珩把头歪向一侧，用一种不屑的目光在她和小青脸上瞄来扫去：“科研无罪，发明有功！”

“具体说呢？”

“氰化物有毒，很多人用它杀人或自杀，但是，你能说合成氰化物的化学家是罪犯吗？你们审判的逻辑是荒谬的，是违反科学精神的，你们应该宣判我无罪，向所有和我一样的科学家道歉！”王珩的声音很大，身后的警察提示他注意，会见室不是课堂，不允许这样讲话。

她问：“你说向和你一样的科学家道歉，我问你，你能说出一个和你一样在做这种发明的科学家吗？”王珩愣了一下，沉思片刻，道：“这个专业我是领军者，当然知道身后没有跟进者，因为我的科研遥遥领先。”

“那么，我告诉你，目前公安机关在其他行业也没有发现这样的犯罪嫌疑人，因为绝大多数科学家知道这种所谓的发明不仅触碰了法律的底线，而且还脱掉了道德的外衣，也许，只有你还穿着皇帝的新装在招摇过市，而在其他科学家眼里，你其实在裸奔。”

王珩睁大了眼睛问：“什么道德的外衣？”

“人之所以为人，最显著的特征是道德，而你恰恰漠视道德，你听听这位法官了解的被害人家庭情况，这是你在法庭上没有听到的，法庭上你听到和看到的仅仅是吸毒者本身受到的伤害，当你走近这些受害人的背后，你看到的情景更加触目惊心。”

王珩嘴角挤出一丝不屑。

小青开始一个个讲述她所调查的几个受害人家庭情况。随着小青的讲述，她发现王珩的嘴角在倾听中慢慢张开了，而且越来越大，当小青讲完第三个家庭的悲惨状况后，王珩把歪着的头正过来，问：“这些不是你们虚构的？”

“你给我一个虚构的理由。”她反问。

“我没有时间和精力来了解这些事，好比医生和患者，医生难道还要知晓患者的家庭背景吗？当然，我听到这些家庭的情况也很震惊，这些家庭各有各的不幸。”

“如果是你的家人，你的话还会这么轻松吗？”

“这个，这个问题要怎么看，我的太太和孩子都是搞科研的，属于精英级别，他们不会空虚到使用 B 冲剂的程度，B 冲剂、C 冲剂都是针对特定人群的。”王珩声音渐渐低下去，没有了刚才的铿锵。

“作为一个科学家，你怎么能把人分出等级呢？人生而平等，不管从事什么职业，首先他是一个人。”

“那倒是。”王珩低下头，不再说话。

提押结束，走出拘留所大门，她长舒一口气说：“最后宣判时，王珩会怎么说,我已经能猜到八九不离十。”

小青点点头:“看样子王珩不会再嚣张。”

“迷信,是一种罪过。”她拢了拢头发,阳光正足,小青无意中发现,这位精力一向充沛的领导头上,竟然出现了一根白发。

在合议庭文书上签下自己的名字时,她是一笔一画写的,每一笔都停顿了片刻,在签名的时候,她眼前总是出现王珩的学生刘涵的面孔,这个来自北方的女孩一定因失去了自己崇拜的导师而伤心,而此时此刻,那个在监狱里的杜丘,则一定悔青了肠子。

签字的这一天还是周五,因为周五是合议庭讨论的日子。下班后,她没有吃晚饭,在彼岸咖啡老位置坐下来,戴上耳机开始播放《忧郁的星期天》,听了一遍,手机响了,是胡杨,胡杨说:“我的耳朵热得发烫,不知谁在咒我。”她心里好笑,嘴上却有些发僵,放低了声音道:“我心里添堵,因为今天给那个化学家签发了通行证。”胡杨说:“对于地狱来说,又是一个破门而入者,你就没动过宽恕的念头吗?”她说:“我动过,怎奈法律的准绳已将他捆死。”

电话那边传来胡杨低沉的声音:“一出悲剧。”

4

在小青提押金可可之前,肖樱不知道金可可崇拜王安石。

按理说,作为一个金融大鳄般的人物,该崇拜索罗斯、巴菲特这样的资本怪才,毕竟这些传奇人物韬略非凡,富可敌国,但金可可不是这样,他因为中学时一篇古文爱上了王安石,那篇古文是《游褒禅山记》,大宋宰相王安石写的一篇小短文。

因为同步复核几宗案子,她安排小青独自承担了许多基础性工作,尤其金可可案,她让小青将案件往深处挖挖,由感性分拣再上升到理性抽取,这对小青是一个锻炼。

小青提押回来，把车钥匙往茶几上一拍："真给雁大丢脸！"

小青骨子里有一股凛然正气，是一种没有受到任何污染的生命之气，像新铸成的宝剑，带着试刃的渴望全身心投入工作。"原因呢？"她问。

"因为他早就知道后果。"小青说。

"那就是明知故犯。"

"金可可的犯罪足以让一千多年前的王安石蒙羞。"小青坐下来，胸脯却在不停起伏。

小青了解到了金可可的来龙去脉。金可可是中原某省S县人，以全县文科第一名的成绩考入雁大哲学系。因为是全县高考状元，他得到了县政府颁发的一万元奖金。金可可说，当时他对两件事感到震撼。一个是钱，一万元对于他的家庭来说是一笔巨款，这笔钱解决了他入学问题。再就是对县政府会议室印象深刻，那是他第一次走进有着一排排黑色真皮座椅的会议室，室内空调的温度恰到好处，明明是白天，还要拉着窗帘，靠灯光照明，应该是灯光比自然光更有美化效果。县长姓吴，座位前的名牌上写着吴广祥。他当时想，要是把后面"祥"字去掉，县长就成了大泽乡起义领袖。吴县长一张方方正正的脸像一枚大大的印章，奖励大会召开前，吴县长专门过来和他握手。吴县长说，记住，富贵不还乡，如锦衣夜行。你将来学有所成一定要回报家乡，为建设家乡添砖加瓦。"那么，这与王安石有什么关系？"她不明白小青的铺垫。

小青说："金可可有一句座右铭，富贵险中求。"小青讲述了她从金可可那里了解到的情况。

金可可在读了王安石《游褒禅山记》之后，忽然悟出一个道理：既然世之奇伟、瑰怪、非常之观常在于险远，那么，世之财富也一定多匿于险途。基于这种想法，他才辞职办了投资公司。金可可极聪明，在学习上攻城拔寨，势如破竹，像雁大这样的一流名校，金可可能本硕博一路读下来，实属不易。应该说他也很顺，当他头顶博士帽在学校主楼前的草坪上照完那张春风得意的单人照后，接到了社科院发来的面试合格通知，实现了毕业后事业单位稳定就业。转折出现在就业后，工作两年，金可可经济状况远没有想象得好，社科院只有几个有名气的教授收入超常，这些被媒体放大的名家经常被邀请到外地讲学，讲课费加著述版税远远超过工薪，而金可可这样的新入职者，只能按规定拿工资表上那点儿死工资。金可可有个姐夫姜亮，姜亮中师毕业在县实验小学当美术教师，上中学时金可可经常批评姐夫，说姐夫不该读书止于中师，至少应该读个本科，中师毕业只能当小学老师，这就等于给自己的未来定型了。姜亮是个老实人，说自己出生在农村，能当上小学教师就满足了，那些小时候的伙伴还在村里种田呢。金可可说我将来一定要把书念足，书是进步的台阶，台阶不够，没法登高望远。姜亮知道金可可把自己当成了反面参照，毕竟自己学历低、收入少，当教师还不是教主科，遇事说话便矮了三分。让金可可产生离职想法的是有一年春节回家过年。姜亮忽然说起了买车的话题。金可可隐隐感觉到，姐夫应该知道自己的收入，说这个话题明显在给他难堪，意思是：你读了八年雁大又如何，也不比我这个中师毕业生挣钱多！

理想与现实似乎就像梦里梦外一般残酷，一旦清醒，心里会充满秋风般的惆怅。金可可预料，自己的生活如此按部就班走下去，将来即便成了被邀请讲课的研究员，恐怕已是白发苍苍的晚境，无力享受收获。金可可暗下决心，必须以梦为马，不惧艰险，走一条抵达富贵的近道捷径，让当小学教师的姐夫不再轻看自己。在精心做了一番比对后，金可可决定创办地储投资公司，主业是投资理财和网贷。对于金可可来说，这是一条险路，因为他知道自己是空手套白狼，能套住就腰缠万贯，套不住则一文不名，甚至债台高筑。

金可可给院里写了辞呈，关于辞职的理由，他写下这样一句话：

我要去勘探人生的“后洞”。他估计院领导会打来电话问他辞职的具体理由，因为领导不会理解“后洞”的含义，后洞是王安石在《游褒禅山记》里写到的一处偏僻景点，王安石只探寻了后洞的十分之一，为此王安石颇感遗憾。让他失望的是他的报告如同落进未平湖的一片国槐叶，连一丝涟漪都没激起，没有任何领导找他谈话，只是人事干事给他发了一条短信：辞呈批准，你可以走了。看着短信他大脑一片空白，好一会儿，心里开始为母校雁大抱不平，院里小看我就等于小看雁大，雁大毕业生从来都是抢手货。

肖樱听了小青的介绍，心里浮现出一个桀骜不驯的青年学生形象，雁大这样的学生很多，一副超自信的模样，走在大街上都是迈着六亲不认的步伐。金可可辞职很正常，名校毕业生都热衷跳槽，问题是一个高智商的名校博士为什么要去犯罪呢？要用法律的利刃剖开罪念产生的毒瘤，给年轻人以警醒。“剖析金可可，对很多创业学子是一个警示，”她说，“现在的年轻人太急，急于成功，普遍患有成功焦虑症。”小青说：“我要学会像您那样在研究心性上多下功夫。”

“由法官到良医，是我们要努力达到的境界。”她说。

“看着一个出自名校的年轻人走向毁灭，是一件很残忍的事。您不去提押，是不是心有不忍？毕竟是您的校友。”小青很有头脑，肖樱在金可可案件复核中，从未亲自提押，应该事出有因。

“我会出面的，”她说，“等你把该核准的证据都核准无误。”

小青再次向她汇报案情时已经有了许多思考，小青说：“想法上的荒谬，必然导致行动上的沦陷，这是金可可案件给人最大的启示。”

金可可因非法集资导致三名血本无归的老人寻了短见，因为网贷逼债造成一个女青年精神失常，因为非法限制人身自由、故意伤害导致两个青年死亡。金可可的重罪来自最后这起命案，因为杀害两个青年的指令是他下达的。在阅卷时,她注意到了金可可几个关系人,复核不应该忽略这些人。

第一个关系人是金可可的姐夫姜亮。

姜亮文质彬彬,戴着黑框近视镜,当年初中毕业考了中师,毕业分配到县实验小学当教师。金可可博士毕业到社科院工作,冷酷的现实让他对未来的憧憬受到重创。

社科院是个研究部门,相互比的是课题和成果,刚刚参加工作的金可可不可能拿到重要研究课题,成果自然也就不多。更难堪的问题是在社科院的收入让他无法面对家人,他悄悄问过姐姐姜亮月工资是多少,姐姐的回答让他几乎当头挨了一棒,姐夫的工资要高出自己一截。姐夫是中师毕业生,自己是名牌大学本硕博一条龙毕业生,如此收入差别,知识的价值如何体现?

中秋节回家,姐夫的问话让他脊梁仿佛爬上一只壁虎,感到周身皮肤有些缩水。姐夫因为业余时间在县少年宫教孩子画画,有了外快,新买了一辆白色蓝鸟轿车,加上车牌照的尾号摇了个8,心里就格外爽,对双手插着裤兜站在院子里看车的金可可说,你买车不会买这种小排量的吧?说者无心,听者却有意,这句话让金可可伤了自尊,自己的收入尚难维持生活,还买什么车。去年夏季,他嫌单位宿舍逼仄,而且是两个人一间房,便想租个房子住,到周边地区一打听,舌头顿时伸得老长,自己每月工资收入都用来交房租,也租不起像样的房子。但姐夫的话他不能不回,无论何时在姐夫面前他要保持一种心理上的绝对优势。他说,买车买房已经列入了计划,不仅列入计划,而且包括对姐夫未来的发展也做了设计。姐夫被他的话吓住了,问,帮我设计什么?金可可说,我要让你离开实验小学,找一个体面的单位管点儿事。姐夫脸红了,说自己就会画画,当不了干部,这个就不劳你设计了。

辞职后的金可可如同一只野心勃勃的蜘蛛开始编织他的地储

投资平台，首先他要设计一个乌托邦式的欲望迷宫，迷宫里充满财富诱惑。金可可的信心来自街旁的彩票站，他曾经无数次驻足彩票站的门口，看一个个梦想瞬间暴富的人如何购买彩票。他曾经问过一个五十多岁的男人，那是一个穿着旧式米色风衣的知识分子，问他彩龄几年，是否中过大奖。男人说没有。问他为啥还坚持买，男人说人要有希望和梦想，不买，连一点儿中奖的机会都没有。这个彩民的话给了他启发，他知道，每一个走进彩票站的人都希望中奖，这次不中，会把希望寄托在下次，如此循环，彩民们的生活就总是充满幻想。金可可正是基于迎合人们这一心理，才创办了地储公司，公司创办后，神奇的一幕让金可可都始料未及，地储公司就像一个富有引力的旋涡，大量民间投资滚滚而来。金可可有钱了，钱多得不知该如何花。金可可没有忘记吴县长的话，给家乡县城投资建了一个中小学生实训基地，占地几十亩，配置相当现代化。让金可可遗憾的是当年那位有着印章一样脸庞的吴县长早已交流到异地，否则看到金可可回家乡投资一定欣喜万分。现任县长是个年轻干部，姓什么叫什么金可可没有记住，但金可可感到这个年轻干部精力充沛，十分追求显绩。县长为本县出了一个著名投资人深感荣幸，表态要把金可可捐资建设实训基地这件事写到县志里。县长问金可可有什么要求，并表态不管有什么要求县里一定会尽力解决。金可可提出希望把在县实验小学当美术教师的姜亮调到实训基地做个副职。陪同县长接见的县教育局局长听到这个要求心里暗暗发笑，这算个啥要求，就是人事科一张纸的事嘛，县教育局是科级，下面的实训基地顶到天也就股级，提拔一个副股级干部还不是小菜一碟！

金可可没把这个要求告诉姐夫，他希望给家人一个惊喜。好消息不能事先预热，闪电般突降才有轰动效果。基地即将竣工，当金可可把他的设计告诉了姜亮，没想到姜亮一口拒绝了。“我哪里也不去，在实验小学干得好好的，去基地干啥？”姜亮这样对内弟说。金可可泄气了，好心被当成驴肝肺，这让他很郁闷，他对姐夫说：“别早早下结论，啥时候想好了再答复我。”姜亮道：“我就是个当小学老师的料，和你这雁大毕业的比不了，我是狗尿苔上不了金銮殿。”金可可说，有香车宝马，你为啥还要骑驴牵牛？姜亮羞愧地笑笑：“你坐你的宝马，我开我的蓝鸟，要是让我开豪车，我怕把不稳方向。”

金可可开公司半年，生意就铺到了十多座城市，账上流水额度惊人，成了多家银行的大客户。按照当年对姐夫夸下的海口，他买了奔驰、独栋别墅，他设计的一张张空头支票竟然真变现了。

财富突然间火山爆发一样涌到内弟身上，让姜亮感到恐惧，姜亮私下曾对同样当小学教师的爱人说，财悖而入必悖而出，弟弟常说自己在结网，可千万别作茧自缚，把自己缠住。爱人说弟弟是雁大毕业的，八年雁大可不是学画画。姜亮知道爱人是讽刺自己少见多怪，仔细想想也没错，人家毕竟本硕博一条龙，要和就和大牌，自己何必替人家操心呢。

金可可出事一点儿迹象都没有，头一天晚上还在省电视台财经频道当嘉宾，神采飞扬讲天使投资，第二天上午便被控制，这一切看起来好像一个不靠谱的梦，毫无逻辑可言。

让人哭笑不得的是，金可可出事后姜亮也被调查了，办案人员怀疑金可可与姜亮有经济往来。结果办案人员查了好久，发现姜亮与金可可毫无干系。小青约见了姜亮，问他是怎样预料到金可可会出事的。姜亮说，我哪里能预料弟弟会出事？我不要弟弟的钱是因为自尊，弟弟原本就瞧不起我，我若拿他一分钱，在他面前就会矮一分，拿十分就会矮十分，要想面对面说话脊梁骨不弯，就不能要他的钱。姜亮还分析了金可可出事的原因，就是没画好人生的线条，没用对生活的颜色。小青觉得姜亮挺有思想，金可可要是能和这个姐夫常交流，也许会有另一种人生。姜亮说话三句不离本行，他觉得金可可本来会有大出息，能画一张壮丽的人生长卷，但他有一样东西选错了。小青问是什么，姜亮神情伤感地说，画布呗，他把一张大作品画在了蛛网上。

小青心里忽然闪过一丝光亮，是啊，金可可的犯罪问题说到底是根本上的问题。

第二个关系人是那个脸像印章一样的吴县长。

金可可在社科院还没有辞职前，在一次会议上邂逅多年未见的吴县长。人的印象没有道理可言，有的人天天厮混在一起，却总是模糊不清，而有的人只有一面之交，却终生难忘，吴县长当然属于后者，他那张标志性的印章脸有着很高的辨识度，你想在记忆中擦去都难。两人相遇后，吴广祥已经将S县当年这个高考状元忘得一干二净，对主动上前搭讪的金可可态度不冷不热。金可可介绍了自己的情况，提到了当年一万块奖金的事儿，吴广祥想了好一会儿似乎想起了当年表彰一事，便仰着那张印章脸问，怎么，雁大博士毕业，就在社科院写材料？金可可说在社科院工作也许就是一个过渡，将来会有些打算。吴广祥叹了口气说，咱S县出去的人就是胸襟不宽，小富即安，难怪整个北上广找不到一个S县出来的大老板，像你这样的状元就窝在社科院，能有什么出息？金可可说社科院是智库，很多重要决策都需要社科院调研论证。吴广祥说，智库当然重要，但智库毕竟是玩虚的，你给家乡写十篇论文，不如回去搞一个小项目，因为有项目就有税收有就业，这是现实，离开现实人没法活你懂吗小伙子。吴广祥对社科院的轻视深深刺痛了金可可。吴广祥现在是市政协副主席，官至副厅级，但他看问题还是站在S县县长的角度，可见县里最渴望的是什么。

金可可对吴广祥说，我有些自己的设计，还在等时机。

吴广祥那张印章脸瞬间有些放大，道，怎么，你另有打算？

金可可说，我如果成功，一定会高薪聘您到我的公司当顾问。

吴广祥邀请金可可到自己下榻的宾馆小坐，说房间里有新下来的信阳毛尖。金可可婉拒了，他有许多比喝茶更重要的设计要做。

吴广祥退休后，果然就被金可可聘为公司顾问，尽管只是挂名，但吴广祥成了金可可最得力的宣传员，地储公司很多促销活动吴广祥都主动站台。金可可出事后，吴广祥因为介入公司许多活动被立案调查，虽没有深陷囹圄，却受到很重的纪律处分。退休待遇由副厅级降为副处级。小青和吴广祥联系过，吴广祥拒绝见面，但在电话里说，金可可就是一粒罂粟种子，是谁在给他浇水、施肥，让他长成了害人的大烟？肯定不止我一个，有没有人心里明白却装糊涂？能听出来，吴广祥对自己受到降职处分很有些情绪。小青特别想见识一下这张印章脸，便在网上调了公开资料来看，这一看心里很失望，印章脸是不假，但上面却是刻满铁线小篆。

刘小平和顾小平则是命案的受害者，这是两个来自东北边陲一家职业学院的应届毕业生，刘小平学数控机床，顾小平学装潢设计，两人就业不成，便相约到京城做北漂，幻想着有朝一日能出人头地。在北京街头转悠了三天后，囊中羞涩的两人被一个老乡引入了地储公司名下的传媒公司。传媒公司说是传媒，其实就是传销，两人进来后很快发现了这一点，不久就想离开，去找一份正经事做。传销这种组织进去容易出来难，他们的法宝是通过洗脑杀生，层层连环相套，让每一个加入者都成为链条中的一节。刘小平和顾小平天生就是一根筋，这种人的特点是从事简单劳动不成问题，但进入关系复杂的传媒公司就格格不入了，公司怎么洗脑两人都油盐不进，一心盘算着逃跑，结果几次逃跑都被捉了回来。情况报到金可可那里，金可可指示了两个字：磨他。一般人是经受不住“磨”的，因为磨的过程就是大脑被一遍遍冲刷的过程，像一边淋水一边转动的碾盘，脑子里原有的东西会磨成粉末被流水冲走，留下一片空白。两个年轻人磨不下，报告又报到金可可那里，他指示了两个字：困他。这是传媒公司屡试不爽的办法，人可以长时间饥饿，但不睡觉是不行的，你就是铁嘴钢牙，困你个七天七夜看你还能不能扛住？谁知这俩青年人很有耐困本事，七天七夜过去，就是不告饶。情况再次报到金可可案头，金可可皱着眉头不耐烦地说出两个字：灭他！

金可可的这个指示导致了惨案的发生。

金可可没有想到，指示这个东西在呈现权威的同时，也有一根看不见的绳索系在发令者的脖子上，灭他，在执行中会发生什么，金可可无法预料，也许他只是一句气话，也许是他不耐烦情况下随口而出的一句说，但回到法律层面上，这就是一句不折不扣的杀人指令。小青说和金可可谈到这两个被害人时，金可可目光透出一种怨恨，他说根本没见过这种死心眼儿的人，这俩人不配发财，脑子像玄武岩，天生就是出大力的，要是按照公司设计的路子走下去，现在这俩北漂也是有房有车的人，好日子不过他们却选择了对抗，难道挣钱比死亡还难吗？小青问过金可可，你是学哲学的，哲学是解决世界观的学问，你想没想过你的世界观出了问题？金可可回答时表情十分平淡：哲学家都是训导别人的，轮到自己会有另一个认识体系，这就好比再伟大的医生也治不了自己的病一样。小青觉得应该给金可可做个精神鉴定，很显然，在如何看待两个人被伤害至死一事上，金可可的认识是分裂的。

她对小青的讲述未加评论，她注意到了一个问题：金可可非法理财集资、网贷、传销，受害人没有S县的，这和一般传销杀熟的做法不一样，需要搞清楚其中的原因是什么。

小青提到了金可可最后一个关系人，一个瑜伽师小琼，金可可的女友，但此人没有涉案。

带着几个新课题，小青开始了又一轮调查。

当小青提出受害人为什么没有S县人时，金可可道:“这还用问,兔子还不吃窝边草呢。”

小青觉得这个想法很幼稚,也有违骗子常理,在骗子眼中,哪里会有这种地缘概念。“但你不是兔子,你是一个非法集资者。”小青说。

“S县是我故乡,无论我做多大的生意,将来还是要回去的。”金可可陷入一种遐想状态,盯着会见室的铁窗,好像望着自家花园的铁艺栅栏一样。看得出来,金可可很在意故乡。小青告诉他,S县的人现在已经不可能把他当英雄,包括他的姐夫姜亮,他已经成了家乡的耻辱。

“这没关系,”金可可说,“我只要自己的感受。”

会见室窗外忽然传出几声鸟叫,是麻雀,金可可扭过头望了望窗子,麻雀的叽喳声已经远去,他还在歪着脖子看。窗子很小,只有窄窄一块砖宽,马脸一般长,但上面还是安上了铁栅栏。小青问他在想什么。金可可转过脸,舒了一口气,道:“人为财死,鸟为食亡。”

小青觉得这句话已经把金可可的想法说透了。

她在知道了金可可这句感慨后,重新打开了卷宗,与吴为群案和王珩案卷宗不同,她嗅到了一股尼古丁的味道,她感到很奇怪,金可可身上还是有一团迷雾没有揭开,这团迷雾只有犯罪者本人有所悔悟的时候,才能露出真容。尽管小青已经弄清楚了该了解的一切,但职业的敏感让她不想到此为止,她知道,自己需要挖掘的东西不是具象的,而是无形的思想。

晚上,她给胡杨打了个电话,两人讨论一个问题:决定人行为的到底是动机还是信念。胡杨认为,动机是对目标的欲望,信念是目标的神化,就金可可来说,不能简单用发财的动机去解释,问题的本质出在信念上。胡杨总能看到点子上,这个分析她表示认可,她告诉胡杨,准备挖掘一下金可可的信念到底中断在哪一条经纬线上。胡杨也说这个案子值得挖掘,青年人在实现目标的手段上存在一些迷糊认识,澄清这个问题,会让一些急于成功却不择手段的青年人迷途知返。

地储公司造成的社会问题不可低估,当地政府为此花费的处理成本十分惊人,因为涉案金额近百亿,有许多投资理财的人血本无归。地储公司吸收民间资金时的承诺是年回报百分之二十,这是十分诱人的回报率。地储公司清算的公示一出来,几个省份的分公司门前投资者排成了长队,要求赎回本金,有的地方甚至发生了群体事件。有个将全部养老钱投进去的老者在家中悬梁自尽,一位老人在地储公司门前上访时突发脑梗而死,还有一位老人则在公司走廊里喝下农药送医院不治身亡。这么恶劣的影响引起政府高度关注,调查组一查,发现这是一个很大的毒瘤。

如果说三位老人的死是意外,那个被网贷逼得精神失常的女青年小惠就让人气愤了。

小惠家境不好,为了买一款手机,网贷五千元,分十二期还款,但到了期限她打工的企业倒闭,失去了固定收入,无钱还贷,只好以贷养贷。再后来网贷收紧,出现断供,地储公司的人便幽灵一样找上门来开始讨债。地储公司的人和车就在小惠家门前停着,小惠到哪里他们就保镖一样跟到哪里,应该说地储公司的人没有动粗,也没有暴力行事,但这种跟踪紧盯的办法,给小惠造成了极大的精神压力,小惠欠贷总额已经滚到六万块,根本无力偿还,家人选择了报警,派出所来人做了调查,因为催债人没有进屋,也没有动粗,警察也无法解决,只能警告催债人不许有违法行为,否则将进行处罚。催债人有丰富的规避处罚经验,在警察面前恭恭敬敬,解释他们之所以这么做是有理由的,有的借贷人卷款失踪不知去向,给公司造成很大损失。警察也很同情他们,嘱咐一番后只好收兵。几个黑衣男人总是幽灵一样在家门前晃荡，像电影里那些心狠手黑的盯梢特务，年纪轻轻的小惠哪里见过这个，不到一周，小惠就因惊吓过度精神失常，把那部手机摆在椅子上一个劲儿磕头作揖。这件事小惠有责任，但地储公司的做法实在过分，仅仅因为几万块钱把一个女孩子给逼疯了。事件在网上曝光，很快形成舆论旋涡，引起管理者重视，网贷也因此成了整顿对象。

她认为，应该将小惠的情况告知金可可，小惠的伤残没有加重金可可的量刑，谈这个事金可可不会有抵触情绪。她对小青交代：复核一个案件，不是简单的量刑复核，而是要用法律的洗涤剂将蒙在罪犯人性上的污秽揩干净。

小青再次提押金可可时，发现金可可竟然胖了一些。金可可已经委托律师转告女朋友小琼，让小琼不要等他，另行设计自己的人生，他很清楚未来会是什么样子。

金可可女朋友小琼是个瑜伽教练，本来两人开始谈婚论嫁，在选定好婚姻登记日子的前两天，金可可出事了。金可可被带走时小琼就在现场，小琼很镇定地说，你若问心无愧，我便一心等你。二审结果出来，金可可知道自己来日不多，便让律师传话给小琼，嘱咐她开始新的生活。金可可很少关心别人，但对小琼是个例外，他喜欢小琼，尤其欣赏小琼做瑜伽的动作。高水平的瑜伽就是把身体的不可能变成可能，他觉得经营公司也是同理，小琼用形体语言告诉他经商的道理，他称小琼是自己的智慧之源。

“你牵挂小琼，可是你知道那个住在精神病院的小惠吗？”小青问。

金可可摇摇头，他脑子里没有小惠的印象，网贷催款每天都在发生，他怎么会知道一个小额度的催款事件。“借钱还钱，这个道理不用解释。”

“如果小惠是小琼，你会怎么做？”

“笑话！”金可可冷笑道,“我怎么会找一个连自己都经营不好的女朋友。”很显然,金可可对小惠不屑一顾,认为她是一个不会经营自己的女孩。

“小惠网贷有自己该承担的责任，但她是因为打工企业倒闭而失去固定收入,这是一种意外,你们就采取那样的方式去逼迫她？”

“这是典型的因果关系，我们没有违法，公司的钱总不能打水漂。”金可可语气肯定,没有一丝犹豫。

通过小惠来让金可可良心发现这条路走不通,金可可的灵魂如同隐藏洞穴的黄鳝,想捉出来很难,最好的办法是钓出来,小惠这个钓饵引不起金可可的兴趣,小青忽然就想到了小琼,如果说金可可是个道德上的滚刀肉,那么小琼很可能就是他的软肋。

小青向肖樱汇报了自己的想法,想去接触一下小琼。肖樱听后担心小琼不配合,因为小琼不是涉案人,两人又没有法定夫妻关系,这种情况下小琼完全有理由拒绝和法官接触,加之小琼毕竟是个未婚女青年,被法官询问影响也不佳。小青说我有办法,只要您不反对就成。肖樱默许了,她很欣慰地看到,小青已经在成熟,从小青身上她看到了自己当年的影子,法律在成长,一代代法官也在成长,这是法治社会的希望所在。她说:“去吧,刘禹锡有句名言‘法以砥焉,化愚为智’,挖掘罪犯脑中淤积的泥沙,用来砥砺法律利器,这是更高层次的司法理念。”

小青很早就有学习瑜伽的念头,结识小琼的愿望则加快了这个念头的实施。

她走进小琼担任教练的瑜伽馆，看到豪华的装修心里吓了一跳,一问,价格也令人咋舌,但她还是报了一个短期班。

小琼工作很投入,似乎看不出恋爱方面所遇到的挫折,指导每一位学员都十分用心。小青因为基础不好,主动提出课程结束后想吃点儿小灶，并说可以增加一点儿费用。小琼说，遇到你这样用心的学员，不另收费也愿意教。小青很感激，问，你为什么对我这么好。小琼实话实说，我不是对你好，我是担心一个短期班结束后你毫无起色，影响我的声誉。小青脸上有一种被火燎的感觉，很多时候，师以弟子为荣，一个学业毫无成就的弟子，对老师的名誉是一种损害。

教与学是一种双向交流，小青和小琼很快就熟悉起来。一次课程结束，汗津津的两人坐下补水。小青说："做工作要是都像练瑜伽这样，付出和收获能成正比就好了。"她的话引起了小琼的好奇，问："什么工作不是付出和收获成正比呢？"

"我们做审判工作啊，我最近接手一起复核案件，犯罪人始终没有悔过。"

小琼惊奇地问："你是法官？"

她点点头，看着小琼问："你怎么这样看我？"

小琼放下水杯，把椅子往前拉了拉，看看左右，然后小声问："我咨询一个案件，你可能知道，前段时间网上传得沸沸扬扬的地储公司非法集资案，被抓的老板叫金可可，他会被判死刑吗？"

"我知道这个案件，"小青说，"小琼老师怎么关心这起案件呢？"

小琼脸上蒙上一层薄雾，轻轻叹了口气道："金总是我男友。"

小青问："哦，你男友怎么会犯罪呢？"

"问题出在哲学上，" 小琼说，"一些似是而非的哲学道理害了他，那些所谓的道理让他在刀刃上跳舞，我曾试图劝他，但我说不过他，世上很多事都坏在那些假道理上。"

小青被小琼的话吸引了："什么是假道理？"

小琼说："我也说不好，有一次我和可可谈论道德，我们发生了争论，他主张道德是目的而非手段，要把人从对手段的忌惮中解放出来。他还举了个例子，说孔子的学生子路死得很惨，原因是他在战斗中去实践老师那句'君子死，不免冠'的教诲，结果被敌人砍成了肉酱,要是子路不在意搏斗中帽缨是不是被砍断,就不至于死得那么惨。可可说这个世界坏就坏在到处都是虚伪的道德,卫道士一贯刀尖向外,明明爱财如命,却硬要装出路不拾遗的样子,所以他要选择以假制假,成就自己。我不同意可可的观点,我认为忽视道德会给社会带来混乱,道德就像瑜伽技法,你按照正确的技法练,身材会越来越好,你要是不讲技法,身体就会走形。”

小青惊诧于小琼的见识,用瑜伽技法比喻道德这是绝无仅有的比喻,不管是否贴切,小琼至少做到了知与行相统一。“据你了解,金可可是一个为了目的不择手段的人吗?”

“也不全是,”小琼说,“可可不是个坏人,他是为了自己的信仰在做事,一个为了信仰而闯下大祸的人,不能过多谴责他。”

“他的信仰是什么?”

“冒险,”小琼说,“在可可的理论中,钱当然是目标,但钱只是他冒险的收获,并非全部。”

小青吃了一惊,很少有人公开将冒险作为信仰,一个学哲学的大学生,为什么会变得如此浅薄。“你们观点不同,为什么还能成为情侣?”

“我也想过这个问题,后来想通了,可可的信仰是喜欢把不可能变成可能,正是这个性格让他开始注意我,爱上我,追求我,他想实现一个爱情上的不可能。我们是在一次聚餐时相识的,当时组织饭局的人一一向可可介绍宾客,桌上有五六位女士吧,个个光彩照人,见到可可表现出千娇百媚,唯有我,只是礼貌性地点点头,便安静地坐在那里听别人聊天。我的冷淡激起了金总的热情,后来他说,每一个想认识他的女人他都会感到乏味,因为这种结识没有任何挑战意味,只有看到你时,我忽然萌发出一种强烈的追求欲,一方面你的确优秀,气质超凡脱俗,另一方面我也想挑战不可能,实现一种价值设计。说实话,可可是个有魅力的人,意志坚定,决不妥协,他身上那种反传统、叛逆的东西会无节制地膨胀，像绽放的烟花。我们彼此有个共识，人生美好的东西往往都很短暂，有时只是一瞬，抓住了，是你幸运，擦肩而过，就成为无法弥补的遗憾。可惜老天不成全我们，我们相恋不久，他就以三级跳远的节奏跨进了监狱。”

小青很惊讶，难道小琼没有认识到金可可犯罪的性质？“你同情他？”

小琼摇摇头：“他从里面让律师传话给我，希望我设计新的生活，他说感谢我，是我让他实现了另一个不可能。他这个人啊，总是在设计，殊不知搬起石头也会砸中自己的脚。”

话已经说清，小青觉得应该说明缘由，便说了自己是金可可案的复核法官，案件会依法复核，但有一点，金可可没有悔罪之心，这对于案件复核来说不是一件好事。

“法律是无情的。可可毕竟直接背负了两条人命。”小琼皱着眉头说，“我实在想不通，他为什么会让马仔做那种事？那些可恶的马仔总是成事不足败事有余！当然，现在说这些已经晚了。”

“他至今执迷不悟，给人一种心死的感觉。”小青也把身体前倾了一下说，“如果小琼老师能劝劝他，让他有所醒悟，对他和与他相似的人，未尝不是一件有益的事。”

“我倒是想见见他，但现在不允许探视，”小琼道，“作为他曾经的女友，我想安慰安慰他。”小青想了想：“是否有话需要我转告？”

“当然有，”小琼回答得很干脆，“只要你转告他一句话：挑战不可能，不能以牺牲别人为前提，尤其是别人的生命。希望他接受这个观点，否则，他的任何挑战都赢不来掌声。”

按法定时限，复核到了时间节点。在合议庭做出决定之前，肖樱决定提押一次金可可。

会见室那个窄窄的铁窗给人一种夹扁石般的压迫感，金可可对自己的未来似乎并不抱什么希望，他带着一副无所谓的神情坐在对面，眼睛充血，嘴角抿得很紧。金可可认识小青，肖樱却是第一次见，肖樱的凛然与小青不同，不怒自威，目光中仿佛带有穿透性极强的射线，让人有一种不寒而栗的紧张感。

“你不用这样看着我，”金可可说，“我对判决有心理准备。”

她目不转睛地看着对方充血的眼睛，冷冷地说：“你知道我为什么来吗？”金可可愣了一下，摇摇头，等着她说下去。

“我们见到了小琼。”

金可可眼睛一瞪：“小琼？你们找小琼干什么？她与本案没有半毛钱关系，你们这是搞株连，违法！”金可可变得很激动。肖樱心里一动，金可可的激动暴露了自己的软肋，能够使之清醒的良药也许正是小琼。

“小琼很伤心，因为你的执迷不悟。”她用敏锐的目光直逼对方。

“我为自己的信仰而奋斗，怎么叫执迷不悟？”金可可马上反驳。

“你的信仰是什么？不就是你引以为豪的挑战不可能吗？而你的不可能是什么？是建立在别人痛苦上的幸福。”

金可可道：“信仰是具体的，有人视金钱为粪土，你不觉得很假吗？这样讲话的人你扣他几块钱工资试试，一般情况下目标就是信仰，不能把信仰完全抽象化，也不能因为考虑别人幸福还是痛苦就改变自己的目标。”

“行了！”肖樱提高了声音道，“谁都知道你所谓的冒险是为了什么，说穿了你所谓的冒险只是你敛财的手段，你的真正目的是什么还用我说出来吗？事实上不管你悔不悔罪，你已经被所有人唾弃，包括曾经爱着你的小琼，你留给大家的是一个强词夺理的形象，我为雁大有你这样的毕业生而感到耻辱。”

“我认罪，但不悔罪，为信仰而牺牲应该受到起码的尊重。”

“你知道小琼怎样说的吗？小琼让我们转告你，挑战不可能，不应该以牺牲别人为前提，尤其是别人的生命，希望你接受这个观点，否则，你的任何挑战都赢不来掌声。”

金可可像被强力胶粘在铁椅上，想动一下却动不得，上身有些变形，眉头如同两条打架的黑蛇扭结在一起。“小琼真这么说？”

“为什么要骗你？你的犯罪事实已经很清楚，复核法官之所以几次提押，目的是想搞清楚你犯罪后面的深层次原因，这不是好奇，我们想做的无非是举一反三，警示社会，好让此类案件不发生或少发生。”

“我的罪，我并不回避。”金可可放低了语气说。

“仅仅是个不回避的问题吗？你是不是对被害人和被害人家属缺一声道歉呢？”

肖樱觉得金可可一直在绷着，绷着的原因是内心有自我哲学建构，这种建构不被摧毁，哪怕面对极刑也无所谓。金可可没有马上回答，或许金可可心里清楚，一旦绷不住就会像烂泥般瘫软下去。

“我是要道歉，但不是给那两个不识时务的青年，我要向小琼道歉，我不该追求她，不该给她的生活带来麻烦，请你们转告她。”

“小琼捎给你的话你如何回复？”

“我想告诉她，竞争就是伤害，市场社会容不得妇人之仁。”停顿了一下，金可可接着说，“我在一审二审时都申辩过，我不想指使手下杀人，死人事故是我的指令在传送和执行中发生变化所致，但我承认我对手下说过那两个字，为此我承担相应的法律责任。”

“任何一个法治国家，都不会让剥夺别人生命的犯罪分子逍遥法外。”她不给对方喘息的机会。

“既然已经踏上这条路，任何东西都不能妨碍我沿着这条路走下去，但是我还是想让你们转告小琼，我接受她的观点，我向那些无辜的人道歉。”金可可说完，面部肌肉抽搐了几下，闭上眼睛停顿了一会儿，然后说：“如果我不踏上这条路，我的路在哪里？让韶华在社科院的资料室里悄无声息地损耗吗？就像办公室窗台那盆多肉，几个月看不出一点儿变化，生存只是为了存在。”说完，他流出了两行清泪，鼻子微微泛红，嘴唇变成了紫樱桃。

压抑很久的人一旦闸门打开，话语就会像决堤的水喷涌而出。果然，金可可在擦了下眼泪后，望着她说：“我可以谈谈我的想法吗？”

“我之所以来，就是想听听你的真实想法。”

“那好，我本来不想说这些，因为说了也没有用，但我还是说说吧，有些话你可以转告小琼，让她了解我为什么会有这样的荣辱观。”金可可语言表达能力相当不错，用词也经过斟酌，他把信仰说成了荣辱观，为的是让对方更便于理解。

“我听我的律师说过，您是雁大法律系的，和我是校友，您本科毕业，没有读研，就分到了最高审判机关工作，二十年后，您成了著名的法官，而且还担任相当高的领导职务，我之所以说这些，是因为您的成长渠道是畅通的，只要勤勉工作，就可以平稳地实现自己的人生价值。可是，您知道我这个雁大哲学专业的博士吗？我的上升渠道在哪里？是的，我还是幸运的，实现了稳定就业，但是您知道吗？在社科院要想熬成一个有影响的学者谈何容易！那么多人，有的白发苍苍临近退休，还是个名不见经传的研究员，一辈子毫无建树，尽管他们不乏著作，也不乏有见地的学术成就，但是这些并没有改变他们的境遇，他们像藤蔓末端上的西瓜，一直到老都没有瓤红蒂落。从他们身上我看到了自己，他们的今天不就是我的明天吗？我不甘心，我曾埋怨我的姐夫为了就业而在初中毕业时考中师，说如果他能读高中，参加高考，现在他不至于只是一个小学美术教师。当我读完博士实现就业后，我发现我并不比我姐夫好多少，在这座消费水平极高的城市，我的收入甚至连一处像样的公寓都租不起，这让我想到了王安石那篇著名的散文《游褒禅山记》，在社科院，就是‘夫夷以近’的落脚处，如果选择辞职办公司，那就是选择了‘险以远’的冒险路，我知道，要想赢得别人的尊重，按部就班论资排辈肯定行不通，富贵险中求，胆大异军起。于是我选择创办地储公司，我创业时间虽然不长，但实现了自己的追求，回S县投资建实训中心的时候，县领导把我视为贵宾接待，这让我想起当年第一次走进县政府会议室时那种诚惶诚恐。公司成立后我聘请的顾问是当年给我发放奖学金的吴县长，他已经是个厅级干部，退休后心甘情愿为我的公司忙前跑后，帮我协调了许多难事。要知道，就在我办公司前，一次会议上见到吴县长，他的下巴还翘得好高，对我相当藐视。发生逆转是什么起作用？不用我说您也清楚，当然是冒险收获的财富，这是经济基础，没有经济基础，一切都是空谈。我知道，我深入了王安石所说的‘后洞’，这是很少有人光顾的地方，我认为自己一生要奋斗的目标，在短短四年里实现了。现在，尽管我失去了自由，但我不认为自己是个失败者，就像康德所言：生得伟大者，笑对无常。”

金可可一口气说了这么多，她没有插话，这番话听起来很扭曲，扭曲也是一种真实。

“我曾经为自己选择哲学专业而骄傲，因为哲学位于社会科学的顶端，八年学下来步入社会，我忽然觉得康德、黑格尔在市场经济的融金池里，连根骨骼都留不下，物欲横流的场域不需要哲学，这是我在梦想门前义无反顾转身的原因。”

她忽然看到金可可头顶上有一缕黑气在升起，像没安除尘器的烟囱，揉揉眼再看，黑气不见了，是只苍蝇在盘旋。

“我并不蔑视法律，我知道它像鳄鱼一样潜伏在平静的河水中，而我是一只渴望过河吃到青草的角马，舍身跳入滚滚洪流，能脱离鳄鱼之口是幸运，葬身鱼腹也没有遗憾，毕竟我追求的是彼岸的草原。”

她被这句话深深激怒了，但她没有发作，听对方一味说下去。

“请你们转告小琼，她是我对这个世界唯一的留恋，我祝福她，希望她设计好新的生活，实现自己的挑战。”

提押结束。走出会见室大门，小青忽然说：“真不可思议，聪明伶俐的小琼为什么会喜欢金可可。”马路上车流人流熙熙攘攘，一个门可罗雀的报刊亭里，守摊的老大爷正在瞌睡。她若有所思：“正因为有这么多不可思议，生活才变得丰富、复杂和令人期待。”

合议庭结果出来后，又遇周末，完全是巧合，走完签批程序后，没有坐车，她换了便装独自步行回公寓。京城再熟悉也总是给人一种无法撤销的陌生感，这座日新月异的城市在把光鲜的一面呈现给世界的时候，也充满了人们对交通拥堵的埋怨和对各种冒险的期待。她一路都在想，金可可错在了哪里？

走到公寓楼下，她觉得腿有些软，看见彼岸咖啡里空荡荡的，没有一个客人，看看手表，不到七点钟，休闲的客人不会来得这么早，索性推门走进去，来到自己常坐的那个靠窗的位置坐下。室内灯光暗淡，背景音乐是德彪西的一支曲子，旋律似曾相识，却想不起名字。熟悉的服务生朝她笑了笑，很快端来一杯卡布奇诺。这时，穿着便服的小庄推门走来，对迎上来的服务生摆摆手，手里拎着一个保温饭盒径直来到她面前。

“你怎么来了？”她让小庄坐下，轻声问。

“我来送糯米糍。”

她心头涌上一股热流，小庄像亲弟弟一样关心她，这一刻，她觉得很幸福。

小庄说：“我看您下班一个人走了，车也不坐，似乎有心事，就给小青打了个电话，小青说您因为金可可案件心情不佳，我想也许糯米糍能让您心情好起来。”

她笑了笑说：“你这是行贿？”

“要是因为一块糯米糍受处分，我就创造了奇迹。”小庄变得很幽默，人到中年，已经没有了青年人的腼腆，但对肖樱这位法律导师的尊敬却始终如一。小庄知道她到彼岸咖啡是一种休息，也是一种思想过滤，便不多打扰，起身告辞。她说：“谢谢你的糯米糍。”小庄却严肃地说：“有句话我想说，当年您教育我说审案要进得去，还要出得来，您自己可别忘了这一点。”说完，小庄摆摆手走了，那个保温饭盒留在桌子上。小庄几年前交流到了民一庭，人虽走了，感情却热度不减。

她戴上耳机，用手机播放那首《忧郁的星期天》，室内并不嘈杂，她把声音控制得很小，旋律像溪水在耳畔流淌。她闭上眼睛，脑海里浮现出金可可的影子，金可可最后那段话让她从一个全新的视角来反思法律，神圣的法律在金可可眼里怎么成了非洲大陆河水中的鳄鱼呢？她一向讨厌那些藏在河水中伏击迁徙角马、羚羊的冷血杀手，没想到金可可会有这种不可思议的认识。

听完第二遍音乐，她看看手表，这个时间正是胡杨饭后散步时间，便拨通了胡杨的手机。胡杨果然在散步，听到她的声音，很兴奋地说：“今夜，我只想听好消息。”她问为什么，胡杨告诉她，最近他亲自抓的一个大项目正式落地了，这是一个惠及全省所有贫困村庄的项目，政府支持，农民期待，前景看好，这是他担任现职以来抓的最有成就感的一个项目。她替他高兴，但还是沮丧地告诉胡杨，她要说的可不是个好消息，就好像新穿的制服，被一个神经病泼了一身污水。

胡杨没听明白，问：“什么污水？”

“那个金融诈骗案的主犯，我们雁大校友，此人打了个比方，说法律是潜伏在河水下伺机等待吞噬角马的鳄鱼。”

胡杨在电话那边哈哈大笑。她问：“这个比喻值得笑吗？”

胡杨止住笑，道：“这个比喻很形象，也很说明问题，我们经常说法网，法网和鳄鱼是一个道理，网不能网住所有的鱼，正所谓鱼过千层网，网网都有鱼，河里的鳄鱼不也是一样吗？大多数角马还是游过河去了，被咬住吞噬的只有倒霉的几只，你说这个比喻是不是有些道理。”

“我不能同意，法律是公正的，而鳄鱼是残忍的机会主义者。”她坚持自己的观点。

胡杨说：“看问题的角度不同而已。”

“胡杨啊，你当了高干和以前不一样了，以前你是个称职的精神导师，现在，你正在减少对法律的神圣感。”她很少这样对胡杨说话，但胡杨今天能肯定金可可的比喻，让她心里有点儿不舒服。

胡杨知道自己说了错话，连连道歉，说不要往心里去，这只是信口开河而已，你要是真生气我就打飞机去北京找你。她说我哪里有资格生气，我要祝贺你的一个大项目呢，不过，话又说回来，你如果不安慰我几句，我在梦里不会饶你。

胡杨说：“这样吧，我下次去北京请你吃糯米糍。”

听到胡杨这样说，她的眼泪止不住就下来了，一个糯米糍，能让胡杨记住这么多年，这其中甘苦也许只能意会，不可言传。

放下电话后，她再次听了一遍《忧郁的星期天》，然后走出彼岸咖啡，回家休息。

5

纪老畋的案子她称之为花炮案。

纪老畋是浏河镇纪氏花炮第八代传人。纪家祖宅处于浏河开发区，因为私藏爆炸品罪、爆炸罪、非法持有枪支罪等数罪并罚，被当地法院依法判处极刑。

七条人命，其中除了动迁队长年纪在四十岁以上，其他六人都是年轻人。按理说这种案子案情清楚，证据确凿，量刑适当，应该尽快给予复核。但她在打开卷宗，看到纪老畋鹅冠般的眉心时她犹豫了，这个鹅冠好像一个三维问号，散发着一股柴草燃烧的味道。柴草燃烧的味道就是炊烟的味道。

这张照片里的纪老畋，满脸沧桑像一个风干的土豆，唯一醒目之处就是眉心处那个奇怪的鹅冠。

她决定去H省提押纪老畋。戴着手铐脚镣的纪老畋走进会见室时，脚镣发出的声音很重，她注意到小青哆嗦了一下。纪老畋按管教要求在固定的椅子上坐下，花白的头发像秋天的杂草，目光躲躲闪闪。她注意到，纪老畋眉心处那个鹅冠状的东西有些紫黑，好像随时要裂开一样。

她做了自我介绍，还没有问话，纪老畋就抢着说："我没想伤人，那些人送命活该，是报应！"

她让纪老畋从头说起，不要有顾虑，把事情真相说出来。

纪老畋的目光缓缓直过来，打量了她和小青一番，用铐着的双手擦了擦带有污垢的鼻尖，开始讲述案件的发生经过。

纪家是浏河镇有名的花炮世家。一百多年前，纪家是浏河之滨有名的爆庄，生产的花炮曾是宫廷贡品。咸丰年间，他的祖先开始在浏河边建设花炮作坊，之所以选在远离街区的河边，主要考虑安全问题，加工花炮毕竟是和火药打交道，万一走火，会伤及邻里，水克火，在河边建作坊，顺应五行。因为纪氏花炮牌子响，很多花炮业主也跟着到河边建作坊，到民国初期，浏河边已经聚集了几十家花炮作坊，成了远近闻名的花炮街。二十世纪八十年代后，采购花炮的客户管这里叫浏河花炮一条街。一进腊月，来采购花炮的汽车就排成长队，花炮一条街天天集市般热闹。花炮作坊大都前店后厂，规模不大，纯手工卷制，质量信誉没得说，因为每只花炮上都印着作坊的名号和电话号码，要是放不响，一个电话打过来，包退包换。纪家花炮在这些花炮作坊里可谓鹤立鸡群，这不仅因为纪家花炮历史悠久，还因为纪家祖屋在花炮匠人心目中地位独特，因为祖屋中堂里供奉着爆竹祖师爷——李畋，是一尊清代檀木神像。李畋是花炮匠人共同祭拜的神。每年阴历四月十八，祖师爷李畋生日这一天，浏河边所有花炮匠人都要到纪家拜神。祭拜爆竹之神不上香，只摆果品，然后每家作坊挑选出当年最中意的花炮摆在祖师爷像前，然后行跪拜礼。这种祭拜方式是祖上传下来的，作坊里不用烟香，严管火烛，自然是为了安全。祭拜仪式结束后，纪家会把这些花炮收起来，放进厢房一个专门仓库里收藏，这间仓库几乎成了一个各年代花炮样品的博物馆，琳琅满目，品种繁多。浏河边花炮匠人有个共识，家家户户要无条件恪守祖上定下的规矩，祭拜祖师爷时要默念“不用烟香，严管火烛，慎终追远，福寿绵长”十六个字，让祖师爷保佑他们生意红火，不招灾害。正因为有这样一条规矩在，几十家花炮作坊，几百个工匠，没一人有抽烟的习惯。工匠们常常拿邻县生产花炮的栗子镇说话，栗子镇没有拜李畋的习俗，也没有严管香火的规矩，结果隔三岔五出事故，年年死人伤人。后来他们来浏河参观，请了李畋神像回去，家家把祖师爷神像挂在墙上，在行业里推广不用烟香、严管火烛的规矩，事故果然就少了。纪家祖屋已经传了八代，是个两进的院子，前院生产，后院住人，前后共十间房子黑瓦白墙，安详别致。前面院子里有两棵樟树，樟树下各有一只大号铸铁水缸，水缸常年满水，水里养着金鱼，几株开着白色小花的睡莲长势喜人。祖屋院墙外有个巨大的柴草垛，垛着油菜秸秆。作坊里卷制花炮的雇工有七个，四男三女，工龄都超过三十年，个顶个都是手艺人。纪家的日子像头不急不缓的毛驴，小步快跑，细水长流，虽说不能日进斗金，但日子很宽裕。浏河镇每年元宵都搞花炮晚会，头彩十有八九会落在纪家，纪家花炮手艺好，硝石、木炭、硫黄、红土、楠竹配比独到，炸开的花炮抓人眼球，纪老畋说这是祖师爷保佑的结果。纪家那尊檀木李畋像有两尺高，一百多斤，是光绪年间祖上从莆田请回来的，千金不换的传家宝。

在一番铺垫之后，纪老畋降低了声音说："谁也没料到，浏河镇不知从哪里调来一个说话喜欢夹杂外语的郑镇长，年轻，剃着寸头，腰带扎在肚脐眼下。这人脑洞像蜂窝，一天一个新点子。他上任后到浏河边转了一圈儿，看着一栋栋基石上长满青苔的花炮作坊和连片的油菜地，眉头越蹙越紧，当场就批评副镇长老朴，说老朴安于现状，不思进取。郑镇长亲自制定了一个规划，提出了打造世界级花炮生产园区的口号。郑镇长开大会说，新建园区必须高大上，要有安全通风的现代化厂房，统一的牌匾，统一的销售公司等等。郑镇长办事讲效率，规划很快实施，一个敲锣打鼓的启动仪式后开始征地、动迁。眼看着大片的油菜田被铲平，那是多好的油菜啊，还开着花呢，我们吃它的嫩叶、榨它的籽油，烧它的秸秆，现在却要把它们连根铲去。钩机、铲车、推土机轰隆隆就开到了我们这些作坊门口，那架势好吓人，很多老人都尿了裤裆。左邻右舍来问我咋办，我说我不管你们咋办，反正我不搬，我供奉的祖师爷在这儿，我祖宗八代埋在屋后，我往哪里搬？我哪里也不去，补偿再多也不要。有好心人劝我还是别拿鸡蛋碰石头，好汉不吃眼前亏，多要点儿补偿搬了吧，到别处还不是一样卷花炮？我说就是像鸡蛋那样碰个稀碎也认了，至少对祖宗是个交代。身为纪氏花炮传人，我头顶上是有紧箍咒的，我家祖屋是屋，更是庙，当年祖上建庙时有家训，这家训就刻在祖师爷像的背板上，是一首诗，纪氏后代人人会背。诗是这样写的：祖安自风水，敝帚当琏瑚，匠心非功利，守土即传家。动迁公司队长是个嘴不离烟的中年人，文臂光头，脖子上吊着一根金链子，人特冲，满嘴辣根味。光头说，你这个老宅子连房产证都没有，说扒就扒，你没辙儿。我说这祖屋已经传了八代，你说我没证？光头挠挠头，他本来就没头发，挠头的动作挺滑稽。光头说，传了八代就了不起啦，别说清朝，就是大唐大宋建的,该扒还得扒！我知道和光头说不通,就不再理他。”

“你不愿意动迁是因为对祖屋感情深？”她问。

“我就是一个卷花炮的,我的心思除了养家糊口,再就是不负祖上遗训。我知道‘祖安自风水’这一句就是让祖师爷、让列祖列宗在地下能安稳，他们在屋后的坟地里安睡了上百年，折腾他们干吗？‘守土即传家’就是守住这老作坊,守住卷花炮人的饭碗,一代代传下,我就认准这个理,宁死不搬。”

“那么,后来呢？”她问。

“后来,光头开始修理我,先是掐了电,然后又以安全为由收了我的执照,我没法卷花炮了。工人都回家的那个下午,我坐在院子里一个人流泪,我知道自己恐怕要愧对祖宗,扒掉祖屋,铲平祖坟,祖师爷无处安身,传了八代的花炮手艺断在我的手上,我纪老畋将来有啥脸面去见列祖列宗？那天晚上,我自己和灰搬砖,在前院垒起一道夹壁。为什么要垒夹壁呢？执照收走后,作坊里还有三合料,还有配好的黑药,这些东西要有地方放呀！我就学孔鲋藏书,垒了这道夹壁。我将硝石、硫黄、木炭和配好的黑药装坛封好,都放在夹壁里,又把祖上代代传下来的花炮样品也藏在里面,再把夹壁封好。完工时天已放亮,一只猫头鹰落在屋脊上冷冷地望着我,我心里晦气,猫头鹰是鬼鸮,这东西来不是好兆头,我捡起一粒石子将它赶走,它飞走时还叫了几声,猫头鹰的叫声很瘆人,让人心里发毛。”

“你储存这些黑药没有告诉别人？”

“不能告诉,告诉了就会被没收,夹壁建好没几天,光头又来了,叼着烟,绕着夹壁转了一圈,冷笑一声说:好家伙,旧的不拆,还把新的建起来了,想多捞补偿金,没门儿！我对叼着烟进家的人向来没好印象,加上光头带的全是清一色黑衣年轻人,像出殡的一样,我就更烦,我说我不搬,谈什么补偿金？光头说,我们是先礼后兵,这次送达文书,下次再来催一次,三顾茅庐之后,你就是诸葛亮的宅子我们也照拆不误。光头扔下一张纸扬长而去。我没捡那张纸，眼见着那纸飘落在夹壁前的泥水里。”

“镇政府没人出面吗？”她觉得事情有点儿蹊跷。

“镇政府老朴出面了，我猜老朴出面是半公半私，因为我和老朴有些交情，他不来一趟于情于理都说不通。老朴人不错，说话喜欢兜圈子，明明两句话能说透的事，非要说上个十句八句，绕来绕去把你绕糊涂为止。”

“朴镇长没有劝动你？”

“没有。朴镇长来到我家后径直走进后屋中堂，站在祖师爷像前躬身拜了三拜，说对不住了老祖宗，搬家这事怪不得老纪，是政府决定，祖师爷要是个明白人，就让老纪别横着了，胳膊拧不过大腿。我知道老朴这话是说给我听的，老朴这人会办事，他知道我真正放不下的是祖师爷，想以这种方式让我解脱，可是这怎么行？我又不是小孩子，糊弄几句就把原则丢了。”

“可是，你们是好朋友呀，好朋友的话你一点儿不在意？”

“当然在意了。要是光头来，我不会让他到后屋打扰祖师爷。我说朴镇长，镇上建花炮园区为啥非拆我家祖屋？我这祖屋碍着园区啥事了？老朴说主要是你这作坊太旧了，一个现代化厂区里，怎么能有个古董作坊存在呢？我说卷花炮只能是手工，手工才安全，大机器没法搞。老朴说，这就不是你考虑的问题了，再说炮弹都能机械化生产，难道花炮就不成？老朴说你还是早点儿动迁吧，越主动越好，郑镇长说了，你要是带头动迁，镇上花炮协会会长就让你当，你可知道左右几十家作坊都看着你呢。我说朴镇长你别劝我了，搬迁的事我铁了心不走。老朴摇摇头来到前院，指着夹壁说，你何必花钱建个影壁呢？它能挡住铲车？我提醒你，尽快把后面的祖坟迁了，坟墓不是房屋，铲车一上就平了。我心里咯噔一下，没想到动迁公司会先从祖坟下手。”

“怎么又出来个祖坟问题？事先告知了吗？”

“告示是贴了，凭啥贴出张告示，我就要起祖坟？老朴走后，我让老伴回了娘家，老伴心脏不好，在这里提心吊胆不安全。儿子在外地跑销售，我打电话告诉他家里这事别插手，钉子户这顶帽子我一个人戴就是了。我到坟茔地里支了顶帐篷，为了壮胆，我带上了太爷留下的那杆土铳，太爷买它原本是防匪防盗，土铳就一直没用，后来政府收缴枪支，我就把它打上黄油包起来放到天棚上了。那天晚上我取出土铳，擦净黄油，填了枪药，想了想却没装铁砂，吓唬吓唬那些马蛋子就行了，不能真打，真打是犯法的。第二天清早，轰隆隆一阵轰鸣声把我震醒，我走出帐篷一看，铲车果然来了，还有一群黑衣黑墨镜的马蛋子。就在我朝家里张望时，前院炸了，一声巨响传出，只见我家院子里火光四射，然后升起一团蘑菇云。爆炸将那些花炮样品炸飞起来，又引燃了院墙外的草垛，场面那叫吓人！”

“你没想到火药会引爆？”她问。这是一个很关键问题，如果知道夹壁私藏火药会爆炸，问题的性质就发生了变化。

纪老畋抬起头，眼里噙满了泪。“纪家储藏黑药上下八代了，从来没有爆炸过。这一回肯定是祖师爷显灵。”纪老畋说，“除此之外，没别的解释。”

肖樱记得卷宗里的说法是纪老畋在夹壁里安置了起爆机关，最终导致了这场爆炸。

纪老畋所犯之罪是成立的，私藏炸药并导致严重后果，还有非法持有武器一罪，但她总觉着核准判决这个字签不下去，因为每次翻开卷宗，她总能闻到炊烟的味道。镇机关的干部讲，七个死者中光头被炸得最惨，遗体是拼凑起来的，据说遗体少了右手，因为爆炸后大量陈年花炮样品出现了二次燃爆，估计这只手很难再找到了。纪老畋没有请律师，可以判断，老人抱定了一死。

犯罪嫌疑人越是这样，她越是觉得应该冷静对待，出现这种情形对于法官来说并不是好事,容易出现量刑上失衡,这就是法庭为什么要有律师辩护的原因,辩护的功能之一,是维持理性平衡。

她觉得有几个问题需要仔细核实:一是犯罪动机,纪老畋为什么要这么做?二是是否有预谋,也就是纪老畋谋划这件事指向性是不是很明确。三是夹壁有无爆炸装置,如果安放了爆炸装置,说明犯罪的实施已经在进行当中。最后一个是否真的见死不救,如果纪老畋在爆炸现场放任伤者流血死去而不施救,可以反证他的犯罪目的。这些问题尽管公诉机关的举证能够闭合,但她也不得不慎重对待。

在H省,她约见了四个人,第一个是纪老畋说的那个脑洞像蜂窝的郑镇长。

郑镇长是海归,城市规划专业,是市里下派、县里重点培养的年轻干部。

郑镇长的办公室里挂满了各种规划效果图,书柜像一个荣誉柜,里面摆着各种奖牌、奖杯。他指着挂在墙上的规划图说:“浏河镇的未来,必须走全域城市化道路,现在差距还很大,需要大刀阔斧推进。城市化归根结底是靠产业,浏河镇的产业优势在哪里?当然就是上百家花炮厂。但问题是这些厂家都是小打小闹的个体作坊,不能做强做大,花炮生产者满足于小富即安,这是浏河镇发展的瓶颈。我到镇东看过,一栋栋横七竖八的老宅子,一片片沟渠不连的油菜地,有的人家还在烧柴火做饭,这哪里是城镇生活?这是原始农耕状态嘛!这种现状不改变,五十年后浏河镇还是老样子,所以我们规划了浏河花炮生产园区,这是一个脱离了落后模式的现代化生产园区,建成之后,园区里有成排的现代化厂房,发达的物流,统一的工服,还有严格的检验程序,总之这是浏河镇脱胎换骨的一次发展机遇。都怪纪老畋,阻挡了浏河发展步伐!”郑镇长心里愤愤不平。

她站在规划图前看了看，规划图上面大圈套小圈，大框摞小框，全是线条数据。她不太懂规划，看不出郑镇长所说的效果，倒是图上一个红笔打的×引起了她的注意。

“这个红×是什么意思？”她问。

“这就是纪氏花炮作坊，因为案子没结，还戳在河边，成了园区建设的拦路虎。”

“浏河边这些老宅子非要拆吗？有没有考虑一个兼容的方案，比如把它们保留下来，建些花炮博物馆什么的，也可以发展旅游。”她忍不住说了一句与自己审案无关的话。郑镇长愣了一下，到办公桌前端杯喝了一口水：“旧的东西未必全是文物，盲目的保留是一种不作为、不担当的体现。”他背着手在办公室走了几步，“Safety first（安全第一）。”他忽然冒出一句英语。“你知道花炮生产最重要的是什么吗？是安全，一家一户小作坊容易发生安全事故，集中规划，实行现代化生产，并不是为了形象好看，主要是为了安全和提高劳动生产率。”

这真是一个滑稽的逻辑，一百多年来，浏河花炮没出现过大的事故，现在，以安全为理由规划建设花炮园区，倒出了爆炸事故。她说：“听说在此之前浏河并没有出现过生产伤亡事故。”

郑镇长说：“以前没出不等于以后不出，我们必须未雨绸缪。”

她觉得郑镇长说得没错，以后出不出事故谁敢保证？

“我们本来要把浏河建成神州花炮第一镇，不承想出了这个案子，不瞒您说，镇里已经向县、市、省三级写了检查！”郑镇长忽然变得怒气冲冲起来，瘦削的脸庞涨得通红，“镇里不但要写检查，还要赔偿动迁公司损失。”

她能感到郑镇长对纪老畋的痛恨，这起爆炸案不仅让这位海归镇长的发展计划一时搁浅，还让他原本大路通天的仕途变得山重水复。“这个案子没得商量，如果不判死刑，这么多受害人的亲属就会进京上访。”郑镇长话里显然带有一丝威胁。郑镇长的话她听起来有些反感，法院判案是要参考民意，但最终要以事实为依据，以法律为准绳，怎么能让舆论绑架法律呢？“你说纪老畋犯罪动机到底是什么？这样做，老宅也被毁掉，他能得到什么呢？”

“这个问题很简单，他想制造影响引起上层关注，给我们增加压力。爆炸事件一出，全国各地的记者像成群的蝙蝠一下子冒出来了，浏河镇成了舆论焦点，你知道记者是专找瑕疵的，尽管不乏正义的媒体替我们说话，但很多小报、网站一直在批评我们，说我们不重视非物质文化遗产保护，强迁导致了矛盾激化。”

“那么，你们的强迁有没有违法之处呢？”

“当然没有。”郑镇长语气十分坚定，“我们是拆夹壁，不是房屋主体，如果强拆房屋主体要有法院来判决，这一点我清楚，但夹壁就不同了，夹壁连临建都不算，临建也需要审批，夹壁是纪老畋一夜之间自己弄起来的非法建筑，镇政府有权拆除。”

她又问了一个工作上的问题：动迁工作一般由政府来做，怎么会包给动迁公司？郑镇长的答复与她的猜测基本吻合，由动迁公司来做就把动迁变成了企业行为，这样政府就变成了裁判员而不再是运动员。

见的第二个人是副镇长老朴。

老朴因为这起爆炸案被撤职，天天在家里用偏方治痔疮。老朴接到镇里电话通知时说话就有点儿结巴，问找他干什么，他已经是一个被撤职的人。镇里干部说来人是法院的不是纪委的，你别害怕。老朴这才缓过神儿来。爆炸案发生后，老朴和好几个人说，那天早晨本来他应该到现场的，毕竟是强迁，真要是打起架来，他也好出面处理。谁知头天夜里他做了个梦，梦到浏河发大水，把纪老畋的祖屋冲走了，自己掉进水里怎么扑腾也上不了岸。早晨起来他怎么琢磨都觉得奇怪，为什么会做这样一个梦？梦里之事一向相反，大水淹了祖屋,该不是要发生火灾吧?因为想着心事,加之痔疮犯了,他蹲在厕所足足有一个钟头,老伴催了好几遍,他才提上裤子从卫生间出来,刚刚在饭桌前端起粥碗,浏河边就传来了爆炸声,他放下饭碗就往镇东跑,作为第一个赶到现场的镇领导,他从瓦砾中扒出了两个伤员。

夹壁里有爆炸机关的说法最早始于老朴。她要问的也是这一点。

老朴说这个机关就是在装药的瓦罐旁放一些火石。铲车铲到火石就会碰出火花,导致药罐爆炸。火石就是燧石,当地没有,肯定是纪老畋从外地弄来的。“其实啊,这个花炮园区真没有必要搞,怎么说呢?我觉得小郑太急于求成了,花炮这东西不一定要做强做大,因为越来越多的城市开始禁燃烟花爆竹,生产多了卖给谁?再说了,谁都知道萝卜快了不洗泥,一做大,品质就难保证了。可是小郑不听劝,不做强做大说你保守,我只好硬着头皮硬抓。”

郑镇长毕竟是老朴上级,当着调查法官的面这样说领导,说明老朴已经不在乎仕途。老朴说他爱好摄影,最喜欢拍照的地方就是浏河两岸,那里有成片的油菜地,油菜花开的季节,蜿蜒的浏河,两岸油菜花海和黛瓦粉墙的花炮作坊相互映衬,简直就是天上人间。“我准备退休后搞个花炮人家摄影展,现在,这美景只能在照片中见到了。”

她问:“如果排除火石引爆火药这种说法,还有什么能导致爆炸?”纪老畋对燃爆的解释是祖师爷显灵。卷宗笔录中,纪老畋一直否认火石铲出火花引爆黑药一说,火石擦出的火花,只能引燃火绒,根本引不爆火药。他甚至主张由公安人员来做个试验,看看能不能引爆。当然,没有谁去做这个试验,按照推理,铲车在推倒夹壁时引起黑药爆炸这毫无疑问。

“只能是火石,没有其他可能。”老朴的态度十分肯定。

“我不主张判纪老畋死刑。”老朴说，“尽管死了那么多人，我是了解老纪的，他充其量就是个花炮痴，连只鹅都不敢杀怎么会想到杀人？我当时对办案同志讲，夹壁放了火石等于设置了起爆机关，这话也不假，但老纪为什么要这么放还是个谜。老纪这个人迷信祖宗、崇拜祖师爷，是个一条筋的匠人，他出事就出在不敢忤逆师祖爷上。办案的同志说纪老畋早就知道夹壁会爆炸，所以安排老伴回了娘家，自己跑到坟地里支帐篷住。坟地是啥地方？鬼火荧荧怪吓人的。其实，这一点我清楚，是我透露消息说动迁公司要来平坟，他才到坟地去支帐篷守墓。当然，我的话公安不会信，他们说即使夹壁不爆炸，纪老畋也会躲在坟地打冷枪，因为他带了填上火药的土铳。公安早就宣传私藏枪支违法，有枪支的一律上缴，这一点纪老畋不是不知道，但还是私藏了土铳，这也是重判他的一个理由。”

老朴的说法引起她的好奇。按理说，老朴应该比郑镇长更恨纪老畋，因为这起爆炸案，老朴受到了牵连，不仅撤了职，还背了个留党察看处分，要不是他第一个赶到现场并救出两个伤员，他的公职也丢了。她问：“你刚才说不主张判死刑，仅仅是同情吗？”

老朴的说法让她颇感意外。

“杀了纪老畋，等于灭了一个非遗项目。纪氏花炮传人，八代手工工艺，县里正在申请非遗项目，一颗花生米就断送了，可惜！当然啦，这一切本来都不该发生，没有因，就不会有果，就说那个光头队长，头天布置强迁时，我明明交代他先迁死人后迁活人，通过死人来逼活人就范，谁知这小子自作主张，带着队伍去铲夹壁，结果把命搭上了。”

这是一个新的证据。她想，如果光头没有按照镇政府部署去做，而是自作主张铲夹壁，这里面就有需要斟酌的问题了。“你确定镇里交代的不是去强迁房屋吗？”

“当然确定。”老朴有些遗憾地说，“我本来是想用迂回之计，把动迁冲突局限在坟地里，让纪老畋看到祖坟被平，大势不可逆转，进而打消抵制动迁的幼稚想法，主动搬出祖屋，谁知遇到光头这样一个猪队友，非要拿那面夹壁开刀。光头和我说过，说纪老畋太目中无人了，这边催促动迁，那边却顶风修夹壁，完全不把政府放在眼里，强迁时一定先铲了那道夹壁，灭掉纪老畋的威风！我以为光头就是嘴上说说，谁知他真这么干了。”

离开朴家时，老朴说：“我要感谢那天犯痔疮，要不我这小命也丢了。”

她见的第三个人是爆炸案幸存者——铲车司机老孙。

老孙被炸成脑震荡，两个髌骨粉碎性骨折，好像受了古代的髌刑。

见面是在医院病房，老孙躺在病床上，双目无神望着没有任何装饰的天花板。她了解到，老孙的铲车是私家车，是动迁公司花八百块雇来的，事故中铲车被烧毁，老孙受了重伤。

老孙虽然恨纪老畋，但更埋怨光头队长。

恨纪老畋是因为爆炸后纪老畋赶来却没有救人，慌慌张张跑到后屋去了，后屋东西再贵重，能有人命值钱吗？老孙说眼看着纪老畋头一个赶到，到了却不救人，跑到后院抱着一个黑乎乎的雕像摇摇晃晃从火光中返回来，转眼间离开现场不见了。等大伙陆续来救人时他才回来。纪老畋这么做太不该了，死伤那么多人他不管，却跑到后院搬什么鬼神像，这是见死不救，罪加一等。

她问过纪老畋，当时为什么不抓紧救人？纪老畋的回答倒是很直接：这些马蛋子该死，救他们等于救祸害。

老孙的话卷宗里有笔录，但她还是想深入了解个中原因。她问老孙：“在强迁夹壁之前，动迁公司队员与纪老畋是否有过肢体冲突？”

老孙否认了这一点。老孙说有肢体冲突也不该是纪家,应该是纪老畋的邻居郭瞎子，郭瞎子在动迁问题上是纪老畋的跟屁虫,纪家不搬他就不搬,光头队长决定杀鸡给猴看,决心把郭瞎子家门楼先给铲了。郭瞎子家门楼高大气派,斗拱飞檐,黑漆大门上挂着一把铜锁,门前还有一对一米高的石狮,石狮脖子上系着红布条。其实我们知道郭瞎子就在院子里,上锁是为了掩人耳目。光头队长一看红布条就火了,红布条在当地是辟邪的,郭瞎子这么系,把动迁公司当成什么了？光头队长脸色铁青,文过的粗胳臂一挥,我的铲车上去,一下就把门楼推倒了。我还记着门楼倒塌的时候,有几只黄鼠狼落荒而逃。郭瞎子站在院子里面如死灰,那双小眼睛黑棋子一样眨都不会眨,整个人被吓傻了。纪老畋赶过来,对光头队长和围成一圈的黑衣人们说:作孽,会遭报应。光头队长嘴里叼着雪茄,冷笑一声道:你要是不搬,也这个样子！郭瞎子是厚道人,门楼被铲,没扑上来拼命,几天后纪家爆炸后还跑到现场帮助抬人救火,要知道当地有种说法:拆人家门楼就是打人家脸啊。

老孙埋怨光头是有原因的，他讲了卷宗里没有的一个关键细节。

“铲车铲倒夹壁正面一侧砖墙时，夹壁里露出花花绿绿的花炮样品,还有被铲裂的几个黑坛子。光头队长摆摆手没让铲车再铲,自己踩着瓦砾上去查看夹壁里都藏了些什么,那些黑衣也都摘了墨镜围了上去看光景。光头队长叼着雪茄,扒拉了几下,大概看出都是些陈年花炮,嘴里叼着雪茄说了一句:这东西可是宝贝呀！光头队长还是识货的，这些花炮里有民国时期纪家生产的名牌花炮满街红,还有清末的花炮名牌柳絮飞,这两个牌子的样品都成文物了,有藏家出大价钱买,据说一盘清末生产的满街红能换一台小四轮。光头队长伸出双手去搬上面那些花炮,嘴上雪茄猛吸了一口,烟头变成红红一块火炭,取下花炮时不小心碰掉了嘴上的雪茄,雪茄恰巧落在了铲裂的坛子里，结果引起了爆炸。我在车上看得很清楚，要不是光头队长叼着烟，这意外不会发生，黑衣人们要是不那么好奇围上去看热闹，也不至于炸死那么多。爆炸那个场景很惨的，十几个黑衣人猛地向后飞起来，像一朵瞬间盛开的大黑花，我看到黑花盛开后就什么也不知道了。醒过来时，我看见纪老畋慌慌张张往后院跑，草垛燃起的大火形成了一股热风，我喊救命，纪老畋不理我，撒丫子跑进后院，去抱那尊雕像。"

"那么，是谁救了你？"她问。既然纪老畋见死不救，那么双腿受重伤的老孙又是如何脱险的呢？

老孙有些难为情："是郭瞎子，郭瞎子发现了困在挤扁的驾驶室里的我，就把我拖出来，背到他家院子里。郭瞎子是好人，我躺在他家院子里正好能看见被我铲倒的门楼，郭瞎子没收拾，砖头瓦砾还在，我那个悔呀，要是早知道郭瞎子这么好，就是再加一倍工钱我也不来铲他家门楼。"

她相信老孙说的是实话，但公安预审时他为什么不说雪茄掉入火药一事？她提出了这一点，问老孙为什么。老孙摇摇头，看着天花板眼角有些湿，不做任何解释。她看出了老孙的顾虑，没有再深问。

一直望着天花板的老孙很可怜，老孙是一个靠私家铲车谋生的个体户，这起爆炸案彻底毁掉了他的生活。在谈话结束时，老孙望着天花板说，下辈子，给多少钱也不开铲车了。

她见的第四人是纪老畋的邻居郭瞎子。

郭瞎子并不瞎，只是眼睛细小，眼睛就像快刀在两个汤圆上割出一道缝儿，人们因此给他起了个郭瞎子的绰号。郭瞎子的花炮作坊规模比纪家要小，主要生产一种叫"麻雷子"的中型炮仗。郭瞎子是纪家每年四月十八祭拜祖师爷的大支宾，为了保持仪式的严肃性，这一天他会戴礼帽穿长袍，礼数十分到位。她和小青来到郭家，被铲倒的门楼的废墟挡住了进院的路,郭瞎子蹲在屋檐下正用柳条编织鱼囤,见到门口来了两个女性,提示道:“小心脚下,别绊倒。”两人踮脚跨过成堆瓦砾,来到郭瞎子面前,她做了自我介绍,郭瞎子点点头,把编了一半的鱼囤放下,请她们进屋。屋内光线暗淡,因为断电断水,屋内没灯可开,没茶可饮。她们在中堂的方桌前坐下,女主人说这些天家里喝河水,河水不干净,需要用矾先滤一下,你们是北京来的,这水就别喝了。女人五十岁出头的样子,穿一件青地白花上衣,头发很黑,盘着发髻,给人干净利落的感觉。她注意到,尽管院子里一片狼藉,但屋内却纤尘不染,中堂正北面挂着一幅很旧的画像,不用问,这应该是花炮祖师爷李畋了。女人弱弱地问:“老畋会判死刑吗?”她一时不知怎么回答,答非所问道:“要相信法律。”女人不再问,回里屋去了。

郭瞎子因为救人,胳膊受了伤,手腕和肘部贴着伤湿止痛膏,大概刚贴上,散发出一种很重的中药味。

她说明了来意,想知道纪老畋平时是个什么样的人。

“老畋被戴了顶高帽子。”郭瞎子说,“其实,老畋不是带头闹事的,到市里上访的那几个人和老畋没半毛钱关系,是他们自己去的,老畋想拦也拦不住,但这个锅让老畋背了,镇上说老畋是非法群访组织者、爆炸实施者、非法持有枪支者和见死不救者,这些都是大罪。”郭瞎子对纪老畋案子知道不少,连罪名都背下来了。

“老畋是个花炮痴。一年到头就是琢磨花炮,想着一年一度的浏河镇花炮节如何拿头彩。”

她注意到郭瞎子在说话时,眼睛并不是一道缝,而是变成了圆圆的两个黑洞,只是看不到眼白,瞳孔显得很深。“都说同行是冤家,但老畋从不打压同行,他家花炮销售完,会把买家介绍给我们,有钱大家赚,所以老畋在我们这群人里说话管用,只要他发句话,大伙谁也不会当耳旁风。”

“这起爆炸是不是纪老畈精心策划的一个阴谋？”

郭瞎子摇摇头：“那倒不是，老畈胆子忒小，借他个胆也不敢策划这等事儿，老畈家里至今不用液化气，生火做饭一直烧油菜秸秆，你看现在谁家还有柴火垛，就他家有，浏河家家户户的烟囱都成了摆设，只有纪老畈家还有炊烟，纪老畈家的炊烟是青白色，带着一股锅巴味儿。”她心里咯噔一下，在打开纪老畈案卷宗时，她似乎也闻到了一股锅巴味儿。郭瞎子继续说：“也许你不会信，爆炸着火那天，我看到草垛着火冒出的青烟，都朝着一个方向刮去，去了屋后纪家坟茔地，坟茔地七棵古柏树好像七个张开嘴巴的巨人，把烟都吞了下去，真是奇怪，夹壁冒出的黑烟它不吞，偏偏吞草垛冒出的青烟。”

郭瞎子绘声绘色的描述让记录的小青打了个冷战。郭瞎子不像是撒谎，七棵老柏树吞下青烟的说法很可能是郭瞎子的错觉，因为周围比较醒目的东西就那七棵老柏树，烟刮到那里被柏树挡住自然就看不见了。她笑了笑，把话题重新拉回门楼上：“你家门楼被扒，是不是特恨那个光头队长？”

郭瞎子点点头，两道细缝变得更细，咽了口唾沫，摇摇头说：“不过人都死了，就别计较了。”

“门楼被推倒后，纪老畈是否和你说过要报复的话？”她问最后一个问题。

“说过。”郭瞎子并不隐瞒，“那天晚饭后，老畈在草垛上叫我，让我上去坐坐。我上去了，那晚有点儿阴天，头顶不见星星，浏河上有雾，被推平的油菜田不再有蛐蛐叫，闷热难受。老畈和我说到了生死问题，他问我，老郭你说人活着到底为了啥？我说还不是吃喝拉撒睡，安安逸逸过日子。老畈说这些都不错，但还有一条你没说。我说是啥。他说传宗接代呀，不仅人这样，动物植物也都这样，拿植物来说，花再小也要开一回，目的就是为了结籽。但是人与动植物是不同的，人除了繁衍外，还要传承，也就是把祖宗的东西传下去，老祖宗的东西不能断送在你这一代。他说纪氏花炮传到他是第八代，要是在他这儿绝了传承，对祖宗没法交代。老畋叫我尽快动迁，说顶下去没啥好结果，至于他自己，则做好了鱼死网破的准备。老畋这话把我吓了一跳，我说你别干傻事，实在不行咱到别的地方盖房子。老畋说故土难离啊，祖屋在他心里已经不是房子了，是会说话的列祖列宗，祖屋和后面的祖坟是他的命门，如果祖屋和祖坟没了，他就成了孤魂野鬼。我劝不了老畋，能看出来老畋是铁了心不想走，老畋是个讲迷信的人，一向视祖宗为神灵，我知道老畋还有一个不切实际的幻想，那就是到关键时刻，祖师爷会出来保佑祖屋。”

郭瞎子复述的话让她忽然想到了一个问题，有没有必要对纪老畋做一次精神疾患方面的鉴定？如果纪老畋的偏执构成裁定依据，能否将其划为限制刑事责任能力一类呢？她内心里像郭瞎子的眼睛一样，突然欠开一道缝儿。

离开郭家时，她问："纪老畋眉心为啥会长个大包？"

郭瞎子的回答完全出乎意料。"那个包是磕头磕出来的，"郭瞎子说，"老畋每天都给祖师爷磕头，祈祷祖师爷保佑，一来二去把眉心磕肿了，一肿就消不下去，成了鹅冠大小一个硬包。纪老畋说这个包是祖宗对他的惩罚，他要顶着这个包去见祖宗。"

谢过郭瞎子，她和小青绕过门前那堆瓦砾走出院子，小青不小心踩在一块活动的青砖上，身体闪了一下，她扶住小青，发现瓦砾旁那两只石狮子还在，石狮子脖子上的红布条已经褪色，变得灰白。

纪老畋做了精神疾病鉴定，结果没有问题。

合议庭研究复核意见，铲车司机老孙的话让法官们改变了最初的看法，合议庭决定：案件发回重审。

当夜，她走进彼岸咖啡，在那个熟悉的位子上坐下来，戴上耳机，用手机开始播放那首《忧郁的星期天》。听了一遍，她摘下耳机，拨通了胡杨的电话，告诉胡杨花炮案发回重审了。胡杨问为什么。她想了想，没有从法律角度回答，而是说："如果核准，我担心再也闻不到炊烟的味道。"

6

已经几天没有打通胡杨的电话了，她心里像有只不安分的兔子蹦来蹦去。周末，她换上休闲装，来到楼下的彼岸咖啡，今天是自己生日，胡杨一定会打电话来。服务生端来卡布奇诺，她微笑示意，发现那个爱尔兰乐手今天来得特别早，还穿了一件黑燕尾服。这时，手机嘀地响了一声，打开一看，她一下子僵住了，屏幕上弹出一条推送新闻：Y 省政界明星扶贫办常务主任胡杨因严重违纪违法，正在接受纪委监委机关调查。

胡杨出事了！胡杨怎么会出事?!

她站起来，却不知去哪里，只好又坐回去，大脑在飞快运转。她想起了于泽，便立刻给于泽打电话，于泽电话不通，她隐隐地感觉到，胡杨出事或许与于泽有关。她又拨通了 Y 省高院院长的电话，对方回答很明确：胡杨涉嫌渎职、受贿和行贿，数额特别巨大，是一件捅破天的大案。

挂断电话，她脑海里不停地闪现两个大字：陷害。

胡杨一向对自己要求很严，从不越雷池半步，怎么可能去碰高压线呢？会不会胡杨的仕途妨碍了谁，落进了别人故意建构的陷阱？她曾经审理过一起官员之间的诬陷案，其中手段令人不齿。

一定另有隐情！她做出这样一个判断，但因为有纪律，她不能过问案情，可心里一直惦记着胡杨，几乎天天夜里都会梦中惊醒几次。最难忘的梦境有两次：一次是她在法庭上主审，胡杨突然撕开了白衬衣的纽扣，露出胸前的疤痕，说是遭受了刑讯逼供，当时她控制不住自己，将法槌当庭敲断，醒来后觉得自己太情绪化，这是某个电影中的镜头，竟被自己嫁接到了梦里。再一次是胡杨被判了重刑，她成了法场监督，胡杨被执行的是电刑，因为电压不足，胡杨高大的身躯在电椅上痛苦地扭动，这时小青递给她一份文件，告诉她案件有了新线索，她摇着手中文件大声吼了一句：手下留人！她把自己喊醒了，发现自己手里真攥着东西，只不过是她睡前看的一本杂志。

肖樱无论如何也没想到，几个月后她从专案组回来，会成为胡杨案的复核办案人。

小青抱来卷宗，小心翼翼地摆到写字台上，轻声说："这位还是个帅哥呢，可惜了。"她白了小青一眼，没有说什么，小青说得没错，胡杨就是一个出类拔萃的帅哥。小青发现领导脸色不对，不便多问，轻轻离开了。

打开了胡杨的卷宗，奇怪的是胡杨的卷宗闻不出任何味道，经验在这个卷宗前不灵了。她闭上眼睛拿起卷宗再次嗅了嗅，还是没有味道，她觉得有些不妙，是自己失去了嗅觉辨识力？复核过的前四本卷宗各有各的味道，为什么胡杨的卷宗就什么也嗅不到呢？

胡杨的犯罪事实主要有三：一是渎职，导致巨额扶贫款被不法商人转移到境外无法追回；二是受贿，他收受外商一块价值连城的钻石，号称"苍穹之眼"，案发后估值很难，认为是无价之宝，香港一家拍卖行拍卖价超过两千七百万美元；三是行贿，给一位退休老领导送了价值不菲的翡翠手镯、翡翠山子。三个犯罪事实中，性质严重的是前两件，尤其是渎职一项，导致 Y 省扶贫工作遭受了不可挽回的损失，上级批示必须依法从严惩处。

她觉得脑海里波涛涌动，三个犯罪事实就像三只海水中滑溜溜的斑海豹，一会儿钻出水面，一会儿又沉入海底，她无法精准地做出判断。依胡杨的能力和智商，怎么会犯这样的低级错误，除非胡杨是姜太公钓鱼——愿者上钩。

关于渎职一事，问题出现在一个叫国润公司的中外合资企业上，这是一个背景深邃的大企业，他们在Y省贫困山区种植一种叫牛卡的药材，这种药材在国际上十分抢手，销售获利惊人。胡杨相信了国润老板的介绍，把本来应该帮扶到户的扶贫款，以入股的形式与国润公司合作，并签署协议，扶贫款入股获利，全部分给应该享有这些扶贫款的贫困户。应该说这是一个听上去、想起来都很美的设计，如果能够兑现协议，近百万贫困人口当年就可脱贫。协议签署后，Y省电视台还采访过胡杨，胡杨说这是精准扶贫的重要举措，种牛卡是为山区老百姓脱贫致富找到了一条好路子。从卷宗中可以看到，Y省的其他领导曾表示过担心，胡杨的领导甚至问：种植万一失败怎么办？但胡杨态度坚决，并打了保票，说国润公司已经试种成功，而且公司还会提供技术支持，最重要的是国润公司全部回收产品，这是典型的公司加农户模式。胡杨还说自己考察了很多地方，Y省山区是种植优质牛卡的最佳地区，牛卡就像北美的西洋参一样，会成为Y省重要的地理标志产品。

在这个环节上她想不通，胡杨的固执来自哪里呢？为什么要拿自己的前途甚至身家性命来赌一个牛卡种植项目？既然有人已经意识到“万一不成功”这种局面的出现，依正常之逻辑，胡杨应该三思呀！

令她不解的是，胡杨不但没有三思，还委派于泽担任该项目中方负责人，直至案件发生后才幡然醒悟：于泽与境外这家企业竟然蛇鼠一窝。

受贿一事更不可思议，记得胡杨曾把她比喻成钻石，认为和钻石在一起会被划伤，对她若即若离，有时还退避三舍，一个钻石般的尤物都摇动不了胡杨心旌，又怎么会去受贿一块冷冰冰的“苍穹之眼”呢？卷宗中记录的这块“苍穹之眼”出身不凡，它曾是中东某国一位公主项上的心爱之物，后来几经易主，到了一个国际珠宝大鳄手中，多年前，大鳄在香港拍卖了这块稀世钻石，几乎是天价成交，因为买家低调，秘不示人，也就没有人知道“苍穹之眼”归于何处，没想到，在胡杨一案中，“苍穹之眼”被揭开了神秘的面纱。她咨询过一位珠宝鉴定专家，专家说“苍穹之眼”非吉祥之物，有珠宝中传国玉玺之称，历史上传国玉玺并没有给持有者带来既寿永昌的好运，大多没能善终，“苍穹之眼”亦如此，中东拥有过它的女主人大都死于非命，这样一块钻石，为什么还会受人追捧？

唯一她觉得有可能发生的是第三条，行贿。胡杨重情重义，将家中藏品送给自己敬重的老领导以报提携之恩，符合胡杨行事逻辑，更何况胡杨前妻胡晓梅有生意上的便利，家中存一些翡翠手镯、翡翠摆件并不奇怪，慷慨的胡杨将此随手送人完全有可能。当然，近年来一路飙升的翡翠价格，让这种礼物改变了性质。

心中的谜团像滴在宣纸上的墨汁，浸染开来，变成满眼的乌云，有太多待解的谜团。胡杨一直和自己争辩说道德高于法律，法律仅仅是一个基础性工具，这一次，就让基础性的工具去扫荡所谓的道德至上论。当然，她毫无乐观思想，因为卷宗中闻不到任何味道，这是否意味着本案找不出需要复核的瑕疵？

胡杨案从发案到移交司法，再到起诉审判，体现出一种高效率。但她并不为这种效率喝彩，之所以这么高效，一定是胡杨无条件配合的结果。她想，必须尽快见到胡杨。

小青从没见到她为了一个复核案件而变得憔悴，她标志性的倒梨子发型也缺少打理，工作之余，她心爱的象牙白套裙被一身黑色西装所取代，一个干净利落的职业女性，正是浑身上下魅力四射的成熟季，怎么突然穿起如此老成持重的衣服？

小青不知道她和胡杨的关系，在审阅卷宗时不止一次露出对胡杨的惋惜之情。“哎呀，这个人还是您雁大校友呢！”小青不经意的一声惊诧之语，会让她心悸好一阵子。“瞧，这个人眉眼多像古罗马角斗士，斯巴达克斯。”“高官犯罪，少有没情人的，胡杨是一个例外。”

对于小青这些话她无法应和，小青每一句唐突的话语，都会把她拉回雾霭般的往事中。为什么？多么顺风顺水的仕途，为何铤而走险？这样存在风险隐患的大事，两人交流时胡杨为什么只字未提？她相信自己的感觉，离异后的胡杨生活中不会有其他亲密异性，胡杨的眼光挑剔而独到，凭感觉她认定自己应该是胡杨的初恋，一个能牺牲初恋而奔赴边疆从政的男人，做事应该懂得权衡利弊呀。

在另案中她知道了于泽的情况，与本案紧密相关的于泽已经失联，上了国际红通名单，办案人员怀疑他去了T国。因为于泽太太在那里做生意，而且加入了T国国籍。

“你不该来。”

这是在会见室胡杨见到她时说的第一句话。胡杨看上去神情暗淡，但她还是从胡杨目光里发现了一闪即逝的几丝光亮，如同夜幕中划过的流星。

语言在这个时候发生了交通拥堵。她下意识咽了口唾液。一同来的小青惊诧地看了她一眼，目光怯怯的，像自己做错了什么事。大概小青没有想到，原来领导和被告人熟悉！小青低下头，看着电脑键盘默不作声。

“为什么？”她坐下来，目光像强力胶黏在胡杨脸庞上。

“我要说的都记在了卷宗里，起诉书上的所有指控我均无异议。”胡杨努力向后靠着椅背，好让自己的背部挺拔一些。

“给我一个理由，为什么？”她又问了一句同样的话。

胡杨摇摇头，看上去有些痛苦：“现在，说什么都晚了，该负的责任，我负。”

“过程，”她说，“许多初衷是在过程中发生了反转，比如说种植牛卡，为什么要一意孤行？过程中是不是有别的因素？”

胡杨仰起脸望着天花板，会见室的卫生不是很好，天花板上有一只叫不出名字的昆虫在缓慢地爬动。空气有些沉闷。好一会儿，胡杨长舒了一口气，道："既然你问到牛卡种植项目，我就说说种植牛卡的缘起吧。种植牛卡是个正确的选择，直到现在我还坚持这个观点。"胡杨目光透出一种坚毅，这是她熟悉的眼神，幽深中藏着引力波。"我去北美考察过西洋参种植，当地种植户因为种植西洋参收入非常可观，我就想，可不可以引进西洋参种植呢？问了专家，专家说纬度不同，此路不通，但专家给出了一个建议，可以引进南美安第斯山脉的牛卡，那也是不错的生财之道。就这样，我开始研究牛卡，从而迷上了这个长得像生姜一样的舶来品。"

她听说过牛卡，她的同事平时就含服牛卡制成的含片，有人还用牛卡煲汤，据说价格不菲。

"很可惜，牛卡市场出现了波动，收购价格几乎是断崖式下降，牛卡变成了萝卜价，种植项目自然就失败了，公司卷款跑路，财政资金打了水漂，贫困百姓不仅脱困无期，还背负了新债，而我，就像一个骑着牛卡狂奔的骑士，一头栽下了万劫不复的深渊。"说到此，胡杨紧紧闭上那双眼，平息了一下呼吸，然后接着说，"我不为这个项目后悔，市场嘛，有起伏很正常，不能因为今天鸡蛋价格低，就说养鸡不对，市场大潮中，没有常胜将军。我要检讨的是选择错了合作对象，任用了不该用的干部，如果是一家有担当、负责任的公司来做，如果不是请于泽回来担任中资负责人，也许不是今天这个结果。"

"那么，为什么不选择一个讲信用的公司来合作呢？毕竟扶贫款是政府专项。"

胡杨摇摇头："找了，谈了，没有公司愿意做，农业投资周期长，回报低，有实力的公司看不上，没实力的公司我又不放心，这种情况下，于泽介绍了国润公司。"

"你不知道国润公司和于泽有关系？"

"一开始不知道,后来才了解,于泽的太太在国外还开了个康国公司,国润公司其实是于泽太太在国外开办的另一家影子公司,法人是个外国人,实际操控者还是康国公司法人。但是,即便这样,如果牛卡价格不跌,公司运行也不会出问题,价格就像潮水,涨上来时一俊遮百丑,退下去后便会水落石出。"

"于泽是不是在设置圈套?你深入地了解过这个人吗?"她觉得事到如今,胡杨还这么看待跑路的合作伙伴有些不合常理。

"逐利是企业的天性,经营形势好当然没问题,可是当市场出现危机,不可抗拒的风浪扑来时,合作方肯定断缆逃生。不要指望企业良心高过效益,至于于泽,我还是比较了解的,于泽精通法律,选用他本来是为了更好地守法、规避风险,没想到跟着会水的最容易溺水,这是我失去自由之后才悟出的道理。"

跟着会水的最容易溺水,她反复琢磨这句话。

"追回扶贫款,减少损失,是量刑的重要因素,这个你清楚的。"这是她要告诉胡杨最重要的一句话,她知道,也许胡杨不需要这种提醒,作为法律专业毕业的高才生,这样的问题属于小儿科。

"于泽精通法律,加之他精心布局,想必早有安排,想追回资金几乎不可能。当然,我希望公安机关尽可能多追回一些,让国家少些损失,至于我,已经无力回天。"说完,胡杨再次闭上双眼,眉头紧锁。

"据我了解,你不是一个借力上位的人,无论社会如何浸染,你都有属于自己一块干净地方,行贿,这样的罪名与你联系起来,让人难以置信,是不是有什么难言之隐?"她几乎带有提示之嫌,在她说出这话的时候,小青敲打键盘的手停了下来。"告诉我,翡翠手镯是怎么一回事?"她开始往下深入。

"知道你会问这个,我在法庭上已经说过,那对手镯和那块翡翠山子是我前妻胡晓梅留下的,分手时我没有发现,后来在书柜里看到了,我给胡晓梅打电话,说她落下一对镯子和一块山子,让她取回去。胡晓梅是个不在意金钱的女人,她为了一块清代普洱茶膏,不惜一掷百金,一对翡翠手镯和翡翠山子不会放在眼里。胡晓梅说夫妻一场,你就留着做个纪念吧。虽然我和胡晓梅聚少离多,志趣不同,但彼此还算信任,不存在伤害感情的事情,胡晓梅对我的职业有一种本能的警惕,她生于高干家庭,对高干有一种说不清的担忧,她对我说,攀登珠峰越往高爬越危险,稍有不慎就会跌落深渊,说从我当上省级领导那天起,她就吃不好睡不好,老是梦到《红楼梦》里大观园破败的那一幕,为了饭香梦安,还是分手的好。我当时认为她的想法过于经验化,因为她父亲在那个特殊年代遭受过冲击,她由此产生了不必要联想。我说这些是想说胡晓梅让我留下这两件翡翠物件很正常,我没有拒绝也是常情,当时我就想,两样物件也许有用得上的时候。"

"可是,这两样物件太贵了,远远超出人情往来。"她插了一句。

"说实话,我真不知道两样东西的确切价格,我对这种东西不感兴趣,放在书柜里也没特别在意,尽管我知道它很值钱。有一次我去看望一位老领导,这位老领导对我帮助很大,他的孙女结婚,他老伴说想给孙女买对镯子,但翡翠这东西水很深,怕买到 B 货,就想请我前妻给参谋一下,我当时就想到了抽屉里这对镯子,就说这件事我来办吧,你们不用操心了,我就把这对镯子和山子送给了老领导,我被调查后,经过权威部门鉴定才知道,这两样东西价格太高了,高得连我都大吃一惊。不管怎么说,以这对镯子的价值来定我行贿罪,我是有口难辩,因为当时上级来考核我时,这位老领导曾大力举荐我,这意味着输送和获利。"

"既然是前妻留给你的镯子,镯子的所有权应该确认一下。"

"这个已经没有必要了,我不想给人留下一个诡辩的印象。"胡杨似乎想过这个问题,"在我的案件中,我始终坚持一条原则,不伤害任何人。"

“可是，你却伤害了山区千千万万贫困百姓。”她不想这样说，但胡杨这种义气似乎用错了地方。

“这正是我认罪认罚的原因，”胡杨诚恳地说，“祸是我闯的，殃及他人只能是祸越闯越大，该放下时须放下，我不下地狱谁下地狱。”

她心里一颤，明白了胡杨为什么没有上诉。

胡杨已经心冷，这是一种冷静思考后的态度，她感到有无形的冷风从对面吹来，浑身顿时揪紧。她想停止这次谈话，因为忽然有一种着凉的感觉袭上心头。她目不转睛地望着胡杨，眼中有泪在汩汩回流。小青大概看出了她的不适，轻轻咳了一声提示她。她缓过神来，站起身说：“今天就说这些吧。”

胡杨清癯的面孔有些泛红，声音依旧磁性十足：“如果不是法律必须履行的程序，你就不必再跑了。”

她没有说话，紧紧地咬着下唇，转身走出会见室。

小青跟出来，发现她一只手扶着灰色的砖墙，另一只手用力捂着嘴，肩膀在一阵阵抽搐。小青想过去劝，却又不知说什么好。须臾，她转过身来，快步走到甬道上，对小青说：“我失态了。”

小青不知怎么回答，想了想，突然冷不丁说：“姐，您今天特女人。”

她花费了几天时间研究胡杨的卷宗，希望能找到有价值的线索，多年的办案经验告诉她，装订好的卷宗里往往隐藏着草蛇灰线，如果不留心，这些有用的线索就会被忽略。本庭一位老法官就是从卷宗口供中看到一句与当时时间不符的话，便顺藤摸瓜，纠正了一起冤案，而那个后来无罪释放的被告人，原本是被判重刑的。

她总觉得胡杨犯罪的动机值得怀疑，就像一个在平坦马路上驾车前行的人，为什么不明不白非要把车开到岔路上去，岔路上又没有风景。胡杨说问题出在选错了合作公司、选错了干部，但她总觉得胡杨有难言之隐，胡杨不说，这个谜就不会解开。但她不能超越职权询问，会见室有视频监控，交谈内容有严格要求，提押不能逾规。

也许，能说明这一切的只有于泽，但于泽已经失联，这个问题应该去找谁呢？她想到了胡杨的前妻胡晓梅，那两样用来行贿的翡翠手镯和山子是她留给胡杨的，也许她能够说明一些情况。胡杨前妻没有涉案，珠宝生意也是合法经营，胡晓梅已经和一个法国人重新组织了家庭。她觉得自己应该去做一些调研，这个调研不在法定程序之内，因为胡晓梅与本案无关，不需要协助调查。

她特意穿上了那件象牙白套裙，胡杨出事后，这套衣服就挂在衣橱里，去Y省前，她犹豫再三，还是穿上了这件套裙，约见胡晓梅，她心里有种五味杂陈的感觉，其中有一点，她不想在形象上逊色对方。飞机上，她望着舷窗外的天空心里很不托底，乘飞机是家常便饭，但这一次她却觉得有些不适，邻座是个中年胖男人，一坐下就打呼噜，正是这呼噜声让她产生了忽高忽低的升降感。胖子睡得很香，嘴里不时还嘟哝一句话：不要！她知道这是梦话，但胖子不要什么呢？是餐桌上的酒，还是成为负担的脂肪？赴Y省前，她找到了胡晓梅的电话，说了想过去和她聊聊的想法，对方犹豫片刻便答应了。对方说，您若以法官身份来我不见，你若以胡杨同学身份来，我请您喝茶。她很感动，听得出来，胡晓梅是个明快严谨的企业家。

见面地点是胡晓梅选的，在一个古香古色的普洱茶馆。胡晓梅是个面容和身材姣好的中年女士，穿着并不奢华，但处处显示出一种高贵的气质，她认为胡晓梅是那种气场能够产生虹吸现象的女人，难怪胡杨会动心，在这样的女人面前无动于衷，那倒是胡杨有问题了。见面后胡晓梅很警惕，说我们谈话不要录音，也不要记录，我不想给自己惹麻烦。她点点头，道：“你我见面不是法定程序，聊天而已，若是法定程序就不会我一个人来。作为胡杨同学，我想知道案件之外的一些情况，力求复原案件真相。真相，永远是法律的镜子，任何模糊真相的办案都是不负责任的。”

胡晓梅坐下来，很仔细地打量着她，目光很专注。她有些不自然，不知道胡晓梅为什么要这样看自己，便抬手理了理头发。

“知道我为什么同意见您吗？”

她礼貌性笑了笑，心想，胡杨毕竟是你前夫，一日夫妻百日恩，胡杨出了这么大的事，你难道会无动于衷？她摇摇头。

“因为我想见见您。”胡晓梅语气很清冷。

“想见我？”她吃了一惊。

“我知道胡杨心里有一个影子，一个没有光线也会存在的影子，这个影子就是您。胡杨在提拔为局级干部之后，有一次从北京回来，对我说起了您，胡杨说自己耽误了一个女人，一个很优秀的女人，因为自己的怯懦错过了情缘，这个女人一直单身。胡杨没有说出您的名字，但我通过于泽打听到了，于泽这个人没有不知道的消息。”

原来胡杨心里一直这么想。她心跳有些加快，脸上似乎有束紫外线在舞蹈。

胡晓梅给她斟上普洱茶，是生普，茶汤泛着黄绿。“我虽然知道您，但我不嫉妒，在我的交际圈子中，比胡杨优秀的男人有很多，这里面就包括我现在的丈夫，他是法国著名的建筑师。”胡晓梅停顿了一下，接着说，“但我还是对您感兴趣，我认为自己应该是胡杨眼中最优秀的女人，没想到却输给了您，所以我想见见您，今天一见，您给我的印象清晰明亮，胡杨没有看走眼。”

“可是，我和胡杨是纯洁的同学感情，别无其他，请您不要误会，我单身也不是为胡杨，一种生活方式而已。”她知道自己必须做出解释。

“这些都不重要，和胡杨分手是我提出来的，原因的确不是因为您。”胡晓梅端起建窑茶盏，无名指和小指兰花般跷起，深色茶盏衬出那只保养恰好的手羊脂玉般润泽。“一切俱成往事，我还是谈谈您关心的事吧，您想问什么，请讲。”

刚才的开场白有点儿惊心动魄，她觉得自己差点儿成了一个破坏别人家庭的第三者，好在胡晓梅不是个醋意很浓的女人。“国润公司为什么能让胡杨中圈套？依胡杨的精明，应该不会犯如此低级的错误。”

“换了别人也会中招，无论胡杨张杨还是王杨，”胡晓梅说，“因为有神秘人物打招呼。”

这是卷宗中没有体现的问题，也就是说胡杨供词中没有这一点。

“打招呼的人是谁呢？”

“对不起，这个我不能说，我也只是猜测，道听途说再去传播，伤及人的品质。”胡晓梅很聪明。

“作为同学，我总觉得胡杨犯罪不可思议。”

“是吗？”胡晓梅嘴角微微翘了翘，把手中的茶盏放回茶盘，然后两手交叉抱住膝盖，“我觉得胡杨会出事，或迟或早。”

“为什么？”她很吃惊。

胡晓梅道：“因为他一心想上升。”停顿了一下又接着说，“上升本身没有错，问题是上到了一定高度就机遇和挑战并行了，就像攀登珠峰，人们只看到登顶者的欢呼，可是有谁知道登顶路上随处可见倒下去的人，这些人客观上成为登顶者的路标，很不幸，胡杨就成了这样一个路标。”

胡晓梅接着说：“当你身系登山绳，悬挂在悬崖峭壁时，你的世界就只剩下这条绳子！此时此刻，你还有别的选择吗？恐怕连放弃的权利都没有。”

“也许挑战能赋予人精神上的快乐吧。”她觉得胡晓梅的说法过于片面。

胡晓梅说:“即使登上去又如何，带走的是虚荣，留下的是垃圾。”

“恕我直言,您离开胡杨是为了后来的自保吧?”她问得很直接。

胡晓梅愣了一下,摇摇头:“不是的,离开他是因为他的心另有所属,一个自尊的女人,应该知道什么时间离开。”

“另有所属?”她重复了一句。

“胡杨说过自己心房里有一张缪斯胡床,但十几年来,这张床是空的。我由此知道胡杨在等什么,我怀疑过他在等您,但于泽告诉我,说您是个冰清玉洁、守身如玉的女法官,我就想,胡杨的缪斯胡床恐怕一辈子要虚席以待了,至于我,绝不会堕落为胡床边服侍主人的女佣。”

她感到呼吸有些紧,胡晓梅洞悉一切,只不过没有把话说破而已。胡晓梅是个有修养的女人,气质条件完全配得上胡杨,胡杨能找到这样的伴侣,说明眼光不凡。她端起茶盏,轻啜一口,茶有点儿涩,但味道纯正,她没有与胡晓梅对视,心想胡晓梅也许错解了缪斯胡床,但她又不能解释,此时最好保持沉默。

“胡杨不是贪官。”胡晓梅说,“我想对您说,在法律允许的尺度内,尽可能不判极刑,胡杨罪不至死。我想向您介绍一个神秘人物,这个人叫孟庆周,虽然退休了,但这个人能帮胡杨减轻罪责。话我只能说到这里了。”

她看出胡晓梅有结束谈话的意思,就问了最后一个问题:“既然胡杨不贪,为什么要接受国润公司价值连城的‘苍穹之眼’?”

胡晓梅的目光忽然变得敏锐起来,盯了她一眼,冷冷地说:“我不知道‘苍穹之眼’,不知道就不能乱说。”

从Y省回来,她就约见孟庆周,但约见这个大人物不是件容易事,孟老不但是退下来的高官,还是一个著名的经济学家,一年四季在全国各地讲学，时间安排精确到了小时，陌生人约他谈何容易。

她把小庄和小青叫到办公室来，大家一起想办法。

小青说，需要找个牵线的，我可以排查一下，我们有的放矢。

小庄眼珠转了转，忽然说："有门儿，就看姐能不能降下身段求人了。"

她知道小庄会有办法，问小庄："求谁？"

"找牛路牛主任呀，他请孟老来院里讲过课。"小庄记忆很好，多年以前牛路主任找孟庆周来院里讲课一事还记得。

她似乎想起来了，有一年确实有一个孟姓经济学家来院里讲过课，没想到这是牛路请的，也没想到此人就是孟庆周。牛路是政治部副主任，年轻时曾追求过她，被她拒绝了，去求牛路多少会有点儿忌讳。"你可真会出主意，"她说，"这是一道难题。"

小庄却大度起来："姐啊，谁都年轻过，牛主任现在是正经人。"

一句话把她和小青说笑了，人家牛路主任啥时候不正经过？

小庄说："我来给你铺垫一下，姐，我让牛主任来找你。"

多年来，她和牛路虽然在一个机关，彼此几乎没有什么交流，让她去求牛路办事，多少有些难为情，她知道，一个感情受挫的男人会很记仇。但孟老必须见，因为胡晓梅明显话里有话，估计那个给胡杨打招呼的人，十有八九是孟庆周。

她正想给牛路打电话，桌上的内线电话突然响起，电话是牛路打来的。牛路说："肖樱吗，小庄说你有事找我，却不好意思开口，啥事你说吧，咱俩谁跟谁呀。"她知道这是小庄做了铺垫，便说："电话里不说，我去您办公室面谈。"

她起身去牛路办公室。牛路很客气，新沏了一杯龙井，玻璃杯中的茶叶碧绿可人。她三言两语说明来意，然后等着回复。

"孟庆周是名人，谱儿很大。"牛路说。

"是的，正因为谱儿很大，才想到了牛主任，听说你俩关系不一般,是老交情。”

“交情是有,不过人家是大干部,门槛高啊。”牛路卖了个关子。

她没有接话,等着下文。

牛路停顿时间很短:“这样吧,我亲自陪您去见他。”

她愣了一下说:“不麻烦牛主任亲自去了,您帮助联系一下就可以。”

牛路点点头:“那好,那好。”牛路突然指着书柜里一张三人合影说:“您知道吗?我儿子的理想是考上您母校的法律系,如果真能实现,和您就是校友了。”

她看了看那幅照片,牛路的妻子很白净,儿子胖胖的,圆脸,眼睛鼻子嘴都很圆,一脸福相。她忽然有点儿后悔来牛路办公室,牛路此举无非是想告诉她,自己爱情美满、家庭幸福。她赞赏了一句:“如果令郎考中雁大,你们牛家就是法律世家了。”

牛路说:“我是政工干部, 法律业务不如你们这些科班出身的,还谈不上法律世家。”牛路话里有话,言外之意当初你肖樱就是看不起我这白帽子干部。

她不想继续这个话题,问:“孟老会给您面子吗?”

牛路很有信心:“我尽快联系,您的事我不敢不认真。”

她道了谢,起身告辞,牛路目光在那杯龙井上稍作停顿,起身相送。他大概在想:这么好的茶为什么就不能喝一口。

次日一上班,牛路就打来电话,说已经联系了孟老,约定上午十一点去一个老年大学会客室见面,孟老在那里有讲座,午饭前有半个小时时间。牛路特意嘱咐说,他没提案子的事,说是有几个经济法学方面的问题去请教。她觉得这样很不妥,怎么能欺骗孟老,心想一旦见面,就坦诚相告。

如约来到孟老讲课的老年大学,在会客室等了一会儿,孟老走进来。孟老鹤发童颜,双目炯炯有神,见面后主动伸出手来:“听小牛说你是个主审经济大要案的法官，幸会幸会，有什么问题我们可以交流。”孟老看看表，“我们有三十分钟。”

她开门见山：“我是为胡杨的案子而来，孟老。”

刚才还笑容可掬的孟老愣了一下，目光变得警惕起来：“胡杨的案子？”

“是的，我们知道您和胡杨有交集，有些细节想听听您的看法。”

孟老端坐在沙发上，右手五指在沙发扶手上有节奏地敲着，像是在弹钢琴，做出一副思考的样子。

“哦，刚才大脑过了一遍电影，我认识十几个省的领导，好像其中没有姓胡的，不能否认你说的这个胡杨听过我的课，或者我在部里工作时向我汇报过工作，但我怎么也想不起来认识他，这很正常，年纪大了记忆下降，许多人说是我的学生，其实我没有收过一个弟子，他们无非是听过我的课而已。”

她明白了，孟老不想承认与胡杨熟悉的事实。

“你办案怎么想到了我这个退休老人？”孟老问。

“是这样，胡杨二审判决结果出来后，本着极刑慎之又慎的想法，我们想多了解一些情况，问问与胡杨有过交集的人，看看是否有遗漏的证据，之所以找您，因为有人说您和胡杨很熟，既然您说不认识胡杨，我们的谈话也就到此为止了。”

孟老停住敲沙发扶手的动作，道：“这个小牛，为什么要骗我？”

她觉得应该替牛路解释一下，就说：“怪我没和牛主任说清楚拜见您的理由。”

她起身告辞，孟老坐在沙发里的身体看上去变得松弛起来，与刚走进会客室的样子判若两人。

第二次提押胡杨时，胡杨看上去十分憔悴，原本茂密的头发变得稀疏起来。

她问胡杨:“孟庆周为什么要说假话,不敢承认你们熟悉?这说明心里有所忌惮。”

胡杨说:“你不该去找他,我的供词从来没有涉及孟老。”

“为什么?你想保护别人?”她语气很急。

胡杨把目光转向明晃晃的墙壁,脸部的肌肉显示他在空口咀嚼。过了一会儿,他正过脸望着肖樱,目光聚焦如同中午的猫咪。“好汉做事好汉当,为什么要牵连别人。”胡杨说的话显然经过深思熟虑。

“你是个高级干部,何时身上有了江湖气?”她有些生气。

“不是江湖气,是最后做点儿善事,自己已经掉进井里,为什么还要拉上别人?他们都是有家庭、有事业、有社会关系的人,何况毁掉他们也于事无补。”

“可是,你知道这样固执的后果吗?”

“知道。”胡杨深吸一口气,压低了目光说,“仕途充满诱惑,危机如影随形,善始未必就能善终,现在看来,你的选择是对的,你选择了一条行稳致远的路。”停顿了一下,胡杨接着说:“昨晚我做了一个梦,梦到在香格里拉看风景,你选择了往草原深处走去,你穿着象牙白连衣裙,在成片的蓝色鸢尾花海中,如同一朵盛开的马蹄莲,你走去的方向,有袅袅炊烟正在升起。而我呢,选择了去攀登雪山,山上虽然雪白耀眼,但脚下的冰雪很脆,像碎玻璃,鞭子一样的飕飕冷风抽在脸上,眼前一片苍茫。在半山腰,我远远地看见你在草原上向我招手,手里挥动着一条白纱巾。梦醒后我想,如果再给我一次选择的机会,我一定和你一起看草原,让雪山见鬼去。”

她感到两颊发凉,有两行清泪缓缓流下。小青递过一包纸巾,眼角也有些湿润。

“你选择仕途也没有错,只是不该忽视了法纪。”她压低了声音说,“我一直以为你强大无比,没有什么事能难住你,现在也搞不清楚到底是什么击败了你。”

“权力，”胡杨深有感触地说，“是毒品一样的权力。”说这句话的时候，胡杨恢复了他那种充满磁性的男中音。“我这个反面教材，对于那些出身寒门的年轻人，或许有点儿价值。”

胡杨的确迷恋权力，这一点她很清楚，迷恋权力是人之常情，机关工作，谁不渴望进步呢？不求上进的人一定会被边缘化，但胡杨把犯罪的原因归结在“权力”二字上，她没有料到。

“手握权力的人，没人想把权力装进笼子，其实，权力是通向欲望之门的钢丝，行走在上面的人一旦春风得意，就会无视下面的万丈深渊，我现在体会到了，当然也失足跌进了深渊。”

“你后悔了？”

“我后悔的是对不起那些贫困中的农户，因为我的渎职，他们原本的小康之梦推迟了实现的时间，我的灵魂无法摆脱他们的怨恨和骂声。”

“你能这么想很好，我建议你把犯罪的经过认真梳理一下，把真相说清楚，你是学法律的，这些道理你懂，到了复核阶段，就是最后一道程序了，作为校友，我对你有所了解，你本质上没有远离善良。”

“把所有的过错都归结到我一个人身上吧，不要多怪罪于泽，事情发展到这个地步，也不是他所希望的，如果我不把于泽拉回来，他在北京当律师挺好的，是我害了于泽。”胡杨还在为于泽说情。

“我还会再来见你一次，希望不是最后一次。”

她离开了会见室，小青合上电脑跟出来，自言自语道：“真是条汉子！”

她摇摇头：“什么汉子，我看是傻子！”

小青吐了下舌头。她停下脚步，问小青：“你从我们谈话中能听出什么吗？”

“听出您想让他说出案情真相，找到能挽救他的证据。”小青并不隐瞒观点，“这个人也值得挽救，他想把什么都自己扛起来，其实不值得，别人害了他，他还袒护人家。”

“胡杨曾经是我们雁大法律系的骄傲，走到这一步，我情感上一时无法接受。胡杨让我对法与情有了一个全新的感悟，过去认为水火不容的两种东西，今天看来，却交织得难以分割，我明白了，法律是机器，而运转这部机器的血液是情感，离开了情感，这部机器就失去了应有的温度。”

“可以发回重审啊。”小青脱口而出。

她看了小青一眼，问：“理由呢？你我都清楚，机器运转是有固定轨道的，不可无理由变轨。”

小青又吐了一回舌头。

合议庭另外两位法官观点不一致，一位主张发回重审，另一位则主张核准二审判决，理由很明确，扶贫领域中的腐败分子必须严惩。而她的意见将直接决定合议庭的复核结果。

胡杨什么新证也不提供，似乎已经有了赴死之心。

夜里，她无法入睡，起身到书架里随意抽出一本与法律无关的书，乏味的书是最好的催眠剂。忽然，灯光下她看到了书柜里那个九孔埙，这是当年胡杨送的礼物，这个九孔埙像一只小刺猬静静地趴在书柜的角落，黑色的音孔像惊恐的眼睛。她双手把埙抱出来贴着胸口，睡衣很薄，能感觉到埙的一丝凉意。她将埙放到床头，望着它许久，卧室灯光不明，那个蜷缩的埙两只音孔却看得很清，看上去有一种无声的哀怜。如果此时吹响，它发出的声音一定是悲伤的呜咽，她叹了口气，轻轻上床仰卧，打开枕边的手机，找到那首《忧郁的星期天》，按下了播放键。音乐像从窗棂缝隙刮进的风，在卧室里漫无目的地游荡，在风中，她想起了那个围墙上爬满凌霄的青砖二院，想起了未平湖边那棵老国槐和国槐下的缪斯胡床，往事历历在目，像幻灯片一样一幕幕翻过，不知不觉，她的眼角变得湿滑，用手一拭，并没有泪水。如果当初自己和胡杨能够结合，她一定会阻止胡杨犯罪，胡杨能听进她的话，这一点她很自信，现在，这一切都无法挽回了，人生往往就是这样，失之交臂，两样人生，这其中是不是有些宿命的成分呢？她有点儿埋怨胡晓梅，早早地离开了胡杨。多年的办案经验告诉她，婚姻上的解脱，看上去是自由，其实更多的是一种伤害。

一夜无眠。

早晨，她决定最后一次去见胡杨，她要问清楚一个关键问题，为何要受贿那么贵重的"苍穹之眼"，正是这块没有任何实用价值的石头，成了量刑最重的砝码。

去拘留所的路上，小青忽然没头没脑地说："胡杨是我见到的贪官中最男人的，不知为什么，我对他恨不起来。"

小青的话没错，胡杨虽然犯了重罪，但你对他恨不起来，总觉得他是被设计了，或者事出有因。但是法律在有些事情上是没有弹性的，没有新的举证，判决结果很难改变。

或许胡杨知道再见面的机会微乎其微，从走进会见室时，他的目光就一直泊在肖樱脸上，两人久久对视，谁也没有移开。

"如果不能有新的举证，你应该知道什么结果。"她说。

"地狱之门是虚掩的，每一个破门而入者都有自己的理由，辩解没有任何意义。"胡杨语气很坚定。

"记得你说过，不义之财，视而不见，为什么要收受那块价值连城的'苍穹之眼'？"

这个问题很突然，胡杨先是一愣，接着轻轻摇了摇头："说实话，在接受'苍穹之眼'时，我犹豫过，但想想它的用处，我便破例留下了，因为'苍穹之眼'对于我有特殊用处。"

"什么特殊用处？"她问。

"因为我想赎罪，赎错爱之罪，必须承认，我错过了不该错过的一次感情，那是我心中永远无法愈合的痛，我深深爱着一个女人，我相信这个女人也深爱着我，我人生没有成就的时候，不敢接受这份爱，因为她在我心目中冰清玉洁，无上高贵，我这个来自大西北的农民的儿子不敢接受一个众星捧月的北京公主。我被提拔为高级干部后，过去自卑的心理发生了改变，我觉得自己有了接受这种感情的准备，这个念头像准确的生物钟总在深夜里提醒我。我们常常在深夜通电话，虽然只是讲一些工作上的事，但我们能感受到彼此的心跳，每次与她通完电话，我都会有一种莫名的冲动，想抚摸一下她倒梨子般的发型，我很清楚，因为我的原因，她二十年没改过发型，发型为谁而留？我相信是为我。我想，我能以什么来回报这个痴情的女子呢？在见到'苍穹之眼'后，我辗转反侧几个夜晚，最后暗下决心，收下了它，我想今年暑假，把她约到未平湖畔，让那棵老国槐做证，就在缪斯胡床上，我郑重向她求婚，'苍穹之眼'将是我求婚的信物，我知道，这个世界上，唯有她才能佩戴这枚绝世的'苍穹之眼'。"

会见室陷入窒息般的宁静，她闭上双眼，室内严重缺氧，胡杨磁性十足的回音绕梁不断。

"这些话本不该说出来，既然你问了，我就坦诚相告，我想说的还有一句：对不起！"

小青扭头看了看她，她的脸色纸一样白。她睁开眼，会见室有全程视频监控，无论如何都要保持镇定。她站起身，看着胡杨许久，声音有些沙哑地说："胡杨啊，你果然被钻石划伤了，而且伤及性命！"

胡杨抬起头，目光又变得深邃起来，微微笑了笑："判决书上能有你的签名，这好像是法律和我们开的一个玩笑。"

她问："你就没想过那个女人需要的不是'苍穹之眼'吗？"

胡杨略作沉思道："想过，但是在我心里，'苍穹之眼'就是她明亮的眸子。"

她再次闭上眼睛，耳边回想起多年以前那句浑厚的男中音："你是块钻石，和你在一起我担心会被划伤。”

“不要浪费司法资源了，核准二审的判决吧，我已经想通了，法律，才是洞悉一切的‘苍穹之眼’。”

“你还有什么要求？”她问。

胡杨站起身说：“如果有可能，请给我买一只口琴，我想在生命最后那个清晨，吹奏一曲《月亮河》。”

她没有回答，只感觉眼前的胡杨，变成了没有绿叶的木雕。

离开会见室，室外因为下过一场小雨，道路有些湿滑，她打了几个趔趄，小青上前扶住她，两人走出大门，一坐进车里，她便趴在后座上哭出声来，小青没有回头，呆呆地望着挡风玻璃，前方是拥挤的车流，汽车驶过的声音覆盖了车内的抽泣。聪明的小青已经明白了怎么回事，双手握着方向盘，迟迟没有发动汽车，也没有插话，只有两行清泪挂在脸上。

空气中弥漫着沙尘的味道，这个难挨的星期五，受窗台那盆月季感染，办公室一切物件似乎都出现了毛刺，明明很软的纸张竟然会割伤食指，她看着指尖上渗出的血珠，她心里奇怪，竟然没有丝毫的痛感。擦去血迹，她走到玻璃窗前，想看看熙熙攘攘的街景，大街上是车辆的河流，几乎看不到人影，她收回目光，不经意间却发现窗台上的月季花竟然长了腻虫。这些讨厌的小虫子从哪里来？为什么要残害这屋内唯一的绿植？小庄打来电话，问糯米糍还有没有了，想下班送一盒过来。她拒绝了，这是她第一次拒绝小庄的糯米糍，小庄有些不解，问：“姐，你咋了？没事吧？”她编了个理由，说最近体检血糖不正常，医生建议少吃甜食。

下午本来要召开合议庭会议，犹豫再三，她还是推迟到下周一。另外两位法官颇感意外，按照肖樱的惯例，合议庭拿出复核意见都是在周五下午，这一次为什么就改变了呢？

下班回到公寓楼下，她迟疑了一下，没有上楼，而是直接走进没有顾客的彼岸咖啡。熟悉的服务生把她引到常坐的位置上，转身要去端咖啡，她叫住了服务生，说："给我来杯酒吧。"

服务生睁大了眼睛，定了定神问："喜力行吗？小瓶的。"

"喜力是什么？"

"啤酒，进口的。"服务生说。

"不，要一杯高度的，"她强调说，"白兰地、威士忌都可以。"

服务生点点头，倒退了三步才转身走开，片刻，用托盘端来半杯白兰地酒和一盘杏脯、一盘南瓜子。

她盯着酒杯，酒色很纯正，像琥珀，她不知道自己为什么要酒，其实，她并不想喝，要来酒也只是看着，此时此刻，这杯白兰地更像心中的一杯祭酒，一个遥远的象征。

昨夜一夜未曾合眼，酒上来，同时上来了睡意，酒的催眠作用不仅仅是饮用后，有时，看着也能醉人。果然，她靠在软沙发上睡着了，她梦到了胡杨，胡杨在一条汹涌的大河里游泳，开始还劈波斩浪，变换着姿势前进，忽然，水面上伸出两只舞动的手，不好，胡杨溺水了！她惊呼一声，把自己吓醒了，四处看看，咖啡店内顾客依然很少，不远处一个角落里，两位白发老人在抵首私语，古稀之年了，还有这么多悄悄话，不在家中，专门到这时尚的咖啡店来，说明这对老人很讲究情调。她忽然就想，未来自己老去那一天，心里的话儿与谁说呢？她不免有些伤感，端起酒杯，嗅了嗅，酒味很香，也很冲，她没有品尝，放下酒杯，从包里掏出手机，找到那首《忧郁的星期天》，戴上耳机开始播放。一连播放了三遍。第一遍，她听出了过去的时光，过去的时光是一幅幅凝固的画面，亲切祥和；第二遍，她听出了当下困惑，这困惑是一堵墙，她无法穿墙而过，因为她知道自己不是崂山道士；第三遍，她听出了未来的某一个黄昏，她站在那棵国槐树下，往草丛中放生一只埙一样的小刺猬。三遍听过，她回到播放首页，找到

《忧郁的星期天》曲目，毅然按下了删除键。

当天夜里，她给院委会写了一份报告，请求回避胡杨案的复核，理由只有一个：胡杨是自己难以忘怀的初恋。

【作者简介】老藤，本名滕贞甫，山东即墨人，研究生学历。中国作家协会全委会委员，辽宁省作家协会党组书记、主席。出版长篇小说《战国红》《刀兵过》《腊头驿》《鼓掌》《樱花之旅》《苍穹之眼》《北地》《北障》《铜行里》等，小说集《黑画眉》《熬鹰》《没有乌鸦的城市》《会殇》等，文化随笔集《儒学笔记》《探古求今说儒学》《孔子另说》。作品多次被《小说选刊》《中篇小说选刊》《长篇小说选刊》《新华文摘》《小说月报》等转载。曾获东北文学奖、辽宁文学奖、《小说选刊》奖、《北京文学》奖、中国作家出版集团优秀作家贡献奖等几十种奖项，长篇小说《战国红》荣获第十五届全国精神文明“五个一工程”奖。有作品被译介成英、法、西班牙、阿拉伯等五种文字。